中国文论史

上册

李 春青
窦 可阳
徐 宝锋等
—— 著

山西出版传媒集团 山西教育出版社

图书在版编目 (CIP) 数据

中国文论史 / 李春青等著 .—太原：山西教育出版社，2019.11
（中国分类文学史 / 张炯，郎樱，仲呈祥主编）
ISBN 978-7-5703-0641-1

Ⅰ . ①中… Ⅱ . ①李… Ⅲ . ①中国文学—文学理论—文学史—研究 Ⅳ . ① I209

中国版本图书馆 CIP 数据核字 (2019) 第 214824 号

中国文论史
ZHONGGUO WENLUN SHI

出 版 人 李 飞
责任编辑 康 健 张志强
复 审 杨 文
终 审 樊爱香
装帧设计 王春声 薛 菲
印装监制 蔡 洁
出版发行 山西出版传媒集团 · 山西教育出版社
（地址：太原市水西门街馒头巷7号 电话：0351-4729801 邮编：030002）
印 装 山西人民印刷有限责任公司
开 本 720 × 1020 1/16
印 张 42.25
字 数 714千字
版 次 2021年9月第1版 2021年9月山西第1次印刷
书 号 ISBN 978-7-5703-0641-1
定 价 170.00元（上、下册）

总　序

中国文学史的编撰已有百多年的历史，先后出版著作多种。那么现在为什么还要主持编撰一套 10 卷的“中国分类文学史”丛书呢？应该说，这与文学艺术理论中的类型学有关，也与我国文学史编撰的现状有关。

文学艺术类型实际指的是文艺的样态及其本质的区别。西方从古希腊即对文艺有类型的划分，如古希腊神话有关九位缪斯女神掌管九种艺术的传说，其缪斯体系即包含音乐、诗、舞蹈（以及悲剧、喜剧——它们当时是诗下面的两种体裁）等划分。后来雅典的智者派提出了一种艺术分类方法，即以有益或产生快感为标准，将艺术划分为有益的艺术与产生快感的艺术。柏拉图关于艺术的分类涉及多种不同的标准和视角，影响较大的一种，是他在《理想国》中的如下划分：“我说关于每件东西都有三种技艺：应用，制造，摹仿。”在《智者篇》对话里，柏拉图则把技艺（艺术）分为“厚生学”和“创造学”，前者指“利用自然中存在之物的技艺”，后者则指“创造自然中不存在之物的艺术”。这种分类，大体以艺术对事物的关系为原则。而在《智者篇》中，柏拉图又把艺术分成创造事物的和创造影像的两大类，并进一步把创造影像的艺术再分为二：一类是再现原物外貌，保持适当的色彩和比例；另一类是不管原物的外貌，依靠虚构、变形、幻觉改变它的比例和颜色。此外，柏拉图还提出过其他一些艺术分类的主张，如他把艺术分为基于计算的艺术（如音乐）和基于普通经验的艺术。他对诗（泛指文学）的次一级的体裁划分也进行了开创性的探讨，如他在《理想国》中就划分了诗的三种体裁：单纯叙述、模仿以及这二者的结合。这为后世文学的三分法（抒情诗、戏剧诗、叙事诗）打下了基础。

后来，亚里士多德总结了古希腊的艺术理论，认为艺术作为人类的一种活动，与自然相区别。人类的活动有三种，即认识、实践行动和创造。艺术乃创造。创造不同于认识和实践，在于它能生产产品。另外，亚里士多德也并不认为一切创造都是艺术，而只有“自觉的和以知识为基础的创造”才是艺术。这样就把那些基于本能、一般经验和技能的生产从艺术中区分出来。当然，亚里士多德所谓的艺术，仍是广义的技艺，不是近代所谓的艺术。不过，亚里士多德提出一个实质上已非常接近于近代“美的艺术”的概念，即所谓“模仿的艺术”：包括绘画、雕刻，也包括音乐、诗以及悲剧、喜剧等等。在艺术分类上，亚里士多德沿用了柏拉图的原则，即以艺术对自然的关系为原则，划分为补充自然的艺术和模仿自然的艺术。另外，亚里士多德在《诗学》第一章中，从“模仿所用的媒介不同、所取的对象不同、所采的方式不同”来给“诗的艺术”进行再划分。他的艺术分类学说实际包含三个不同的标准：第一，媒介或材料的标准；第二，对象或题材的标准；第三，叙述、模仿的方式标准（即把诗区分为叙事、抒情、戏剧三大类别）。西方文艺理论家后来还有时间的艺术（如诗歌、小说）和空间的艺术（如雕塑、绘画、戏剧、舞蹈）等不同视角为标准的划分。

我国古代的文艺理论家对当时的文学也有不同标准的分类，如《毛诗序》对古代诗歌的“风”“雅”“颂”的分类标准，做如下解释：“上以风化下，下以风刺上。主文而谲谏，言之者无罪，闻之者足以戒，故曰风。至于王道衰，礼义废，政教失，国异政，家殊俗，而变风、变雅作矣。国史明乎得失之迹，伤人伦之废，哀刑政之苛，吟咏情性，以风其上，达于事变而怀其旧俗者也。故变风发乎情，止乎礼义。发乎情，民之性也；止乎礼义，先王之泽也。是以一国之事，系一人之本，谓之风。言天下之事，形四方之风，谓之雅。雅者，正也，言王政之所由废兴也。政有小大，故有小雅焉、有大雅焉。颂者，美盛德之形容，以其成功告于神明者也。”它主要从作品的内容来划分诗类。陆机的《文赋》则这样论述其时的文体："诗缘情而绮靡，赋体物而浏亮，碑披文以相质，诔缠绵而凄怆，铭博约而温润，箴顿挫而清壮，颂优游以彬蔚，论精微而朗畅，奏平彻以闲雅，说炜晔而谲诳。"他的分类虽兼及作品内容，却主要基于作品风格。刘勰的《文心雕龙》把那时的文类分为诗、乐府、赋、颂赞、祝盟、铭箴、诔碑、哀吊、杂文、谐 、史传、诸子、论说、诏策、檄移、封禅、章表、奏启、议对、书记等二十类。他的分类标准显然不一，但已分得非常细致。现代新文学产生后，以审美的特质来划分文学与非文学，历史上的许多文体便不再被认为是文学了。可见文学艺术的分类由来已久，体现了不同时代人们对文学艺术的样态及其本质的认识。文学艺术由于构成要素的差异和结构方式的不同，产生的功能也不一样，不同类型艺术的产生和发展、消亡都与一定的历史时代的条件相联系，因而，文艺理论家基于自己时代的认识，根据不同的标准原则加以不同的分类，也是很自然的。

回顾我国文学发展的历史，不难发现，我国文类的划分也从简到繁。从最早的神话、传说和歌谣，后来分离出叙事体的历史记载和各种散文、各种诗歌和赋体，逐渐又产生了小说，后来出现戏剧。到了今天，文学的样态更加多样了。诗歌就分为旧体诗（涵盖唐诗、宋词、元曲）和新体诗（包括自由体和格律体）；既有叙事诗，还有抒情诗（包括政治抒情诗、生活抒情诗）以及哲理诗、寓言诗、儿歌等等。小说不但有长篇小说、中篇小说、短篇小说和微型小说（小小说）的划分，还有政治小说、推理小说、言情小说、科幻小说、武侠小说、历史小说与历史穿越小说等的区别。散文也分化为叙事、抒情，还分为政治散文、文化散文、杂文和随笔、小品、报告文学、文学传记、回忆录等等。戏剧不仅有传统戏曲，还有话剧、歌剧、哑剧、小品和舞剧，以及新出现的发展快速的电影和电视剧等综合艺术。分类文学史的学术意义，我以为在于文学样态的发展既体现为反映内容的差异，也表现为艺术形式的不同，根本上则是基于历史渊源和时代原因而导致的作品构成要素、结构方式与产生功能的差异。故而文学史研究的深入，对不同文学样态类型的历史发展进行更细致的考察，便成为学术发展的必然。

我国文学史研究界早已有中国小说史、诗歌史、散文史、戏剧史的分野和著作出版，如今更出现了辞赋史、杂文史、新诗史、笔记小说史、戏曲史、儿童文学史、民族文学史、地区文学史、海外华文文学史等新的著作，还出现了对网络文学等新的媒体特色的研究，因而编撰一套分类文学史，促使文学史研究更加全面和深入，乃属势所必然。山西教育出版社恰好提出这样的出版规划，委托我牵头敦请有关的专家、学者分工协作，编著一套“中国分类文学史”丛书。我便慨然应承，并得到各位分卷主编和执笔专家的热情支持。其间，葛志强同志协助做了诸多组织联络工作，不幸书稿尚未收齐，他便遽然去世。好在山西教育出版社各位领导的执着和负责这套丛书的杨文同志以及各卷责编的努力，终使这套丛书各卷先后完成。

现在出版的“中国分类文学史”丛书10卷，包括诗歌、小说、散文、戏剧、影视、网络文学、民间文学、少数民族文学、华文文学和文论等分卷，分类的视角与标准虽不尽一致，但各有自己研究的范围和学术价值。我希望这套分类文学史著作能够对广大读者了解我国文学各种样态和类型的历史发展有所帮助。当然，本丛书会有欠缺和不足之处，期望能够得到读者和专家的指正、批评。

是为序。

张　炯

前　言

记得是2014年秋天，有一天老朋友金惠敏教授突然打电话给我，说张炯先生要编一套丛书，是“中国分类文学史丛书”，其中包括散文卷、小说卷、戏剧卷等等，想请我负责文论卷的写作。我想张炯先生是德高望重的前辈学者，由他牵头的丛书一定是高质量的，便欣然答应下来。之后便是多次开会讨论丛书体例、撰写原则之类的事情，到了2015年初就开始了这部《中国文论史》的编写。及至2016年10月这部从先秦直至当代、近七十余万字的书稿就编成了。本书进展还算比较顺利，这当然得力于各位参编者的通力合作。编写组分工如下：

李春青（北京师范大学文艺学研究中心教授）	绪论、第一章
吕逸新（山东理工大学文学与新闻传播学院教授）	第二章
郭世轩（阜阳师范学院文学院教授）	第三章
彭民权（江西社会科学院副研究员）	第四章
高宏洲（人民文学出版社副编审）	第五章
闵靖阳（南通大学艺术学院教授）	第六章
徐宝锋（北京语言大学人文学院教授）	第七章
陈雪虎（北京师范大学文艺学研究中心教授）	第八章
吴海清（北京舞蹈学院人文学院教授）	第九章
窦可阳（吉林大学文学院副教授）	第十章

这些位作者先后在北京师范大学文艺学研究中心求学、访学，其中吕逸新是我的访问学者，可阳是我的博士后，其余都是我的博士生。他们基本都有教授或副教授职称，且都在中国文论和文化诗学领域深耕多年，再

加上态度认真，所以合作很顺畅，高质量地完成了创作任务。在这里我作为本书主编，对各位作者表示诚挚感谢！

本书副主编窦可阳副教授前几年在我这里做博士后研究，他是一位勤奋好学、基础扎实的青年学者，负责本书第十章的撰写。该书一校样出来之后我就委托窦可阳博士处理各项后续事宜，他尽心尽力，认真负责，在校对及与各位作者、责任编辑的反复沟通方面做了大量工作，我在这里也表示由衷的感谢！

李春青

于京师园

目　录

第三章　魏晋六朝的文论发展 ……………………………… 136

绪论 // 趣味与中国文论思想发展之关联

按照通常的文学理论观点，文学与情感之间有着极为密切的关系。文学艺术是情感的流露，这一判断在浪漫主义或表现主义美学那里是再自然不过的事情了。在我们的文化语境中，特别是20世纪80年代，这一判断也几乎成为共识。如此看来，情感对于文艺创作来说具有重要意义应该是不争的事实。但是除情感以外，对于文学艺术来说，还有一个主体因素具有同样的、甚至比情感更重要的作用，却往往受到忽略，那就是趣味。情感无非是喜、怒、哀、惧、爱、恶、欲等所谓“七情”，趣味则要复杂多了。任何一部文学艺术作品总是体现着一个人、一个社会集团、一个社会阶层、一个民族的趣味。文学艺术的风格特征，归根结底也是表征着某种趣味。我们可以说文学艺术“是情感的客观对应物”，我们同样也可以说文学艺术是“趣味的客观对应物”。一个时代有一个时代的主导趣味，它决定着此一时代文学艺术的风格特征，也决定着人们对文学艺术的评价标准。在中国古代，“文人趣味”在一个相当长的时期内决定着文学艺术的风格与走向，也决定着古代文艺思想与文论观念以及文学批评标准的基本形态与特征。因此，对文人趣味的深入探讨，可以说是研究中国古代文艺思想或文论观念的一个不可或缺的视角。

一、文人趣味的基本特征

究竟何为“文人趣味”？简单说来，就是古代文人特有的兴趣爱好之总称。所谓“文人”不是某种特殊的人群，不是某个社会集团或社会阶层。“文人”是一种文化身份，是一个人的许多副面孔中的一副，或者说是一个人所扮演的多重角色中的一种。此一身份或角色的基本特点就是在诗词歌赋、琴棋书画等的文学艺术门类的创作与鉴赏方面有明显爱好和特长，善于运用文字来表达个人的内心世界。比“文人”外延更大一些的范畴是“士大夫”。所谓“士大夫”是指以做官为目的的读书人和凭借读书而做官的人，亦称为“士人”或“士人阶层”，也就是中国古代的知识阶层。“士大夫”是中国古代一个特殊的社会阶层，就社会地位、生存方式、文化惯习、价值观等方面言之，他们具有相对独立性，对于维系中国古代秦汉以后以君主官僚政体为核心的社会结构具有重大作用。这个社会阶层中的每一个人几乎都拥有多重身份——读书求学时是官僚队伍后备军，为官之后是政治家或社会管理者，为官之余整理文献、著书立说时是学者，而饮酒酬唱、吟诗作赋、舞文弄墨之时就成了文人。读书、做官或准备做官是士大夫的基本身份，不读书就不是士大夫，仅仅读书而与做官毫无关联，也不是士大夫。学者、文人之类则是士大夫的附属身份，或衍生身份，所以有许多士大夫就不是学者，也不是文人。譬如包拯这个人，可谓是名声最为显赫的中国古代士大夫之一，但是他既没有学者的身份，也没有文人的身份，因为他除了读书做官之外，既没有钻研学问，更不善于吟诗作赋。故而被欧阳修评为“峭直少文”。而欧阳修、王安石、苏轼这类人物，则既是官员，又是学者，更是文人，而且在各方面都有很大建树。

理清了“文人”作为一种“身份”的特征，我们就不难理解“文人趣味”了。简单说来，“文人趣味”就是读书人的“闲情逸致”。那么什么是“闲情逸致”呢？

我们知道，中国古代的知识阶层，即士大夫或士人阶层，从诞生之日起就有强烈的政治情结，他们是社会大动荡、大变革的产物，是被“抛入”到价值失范、战乱不已的社会境况中的，因此，对于拥有文化知识的士人阶层来说，世上没有什么比消弭战乱、重建社会价值秩序更紧迫更重要的事情了。所以士大夫或士人阶层骨子里就是政治性的，他们有所言说，其指归不是求真的，不是求美的，而是政治性的，就动机而言，他们提供的那套话语系统就是救世之术。无论是主张出世还是入世，无论是儒家还是道家，莫不如此。这是士人阶层的基本品格，是士人文化的基本特征。因此在以士人文化为主导的文化语境中，美丑善恶的评价标准就必然带有实用特点——以治国平天下为基点，离之愈近，价值愈高；去其愈远，价值愈低。伦理道德在作为士人文化之主流的儒家思想中一直处于核心位置，那是因为儒家始终试图通过改造人来达到改造社会的目的，于是伦理道德就成为他们实现政治目的的必要手段。这就意味着，对儒家而言，道德本身就意味着政治。因此在儒家的言说中，伦理道德就始终处于核心位置。在先秦的诸子百家之中，那些距离直接的政治功能稍远一些的学说，例如名家、农家、墨辩、杨朱学说等等，在汉代之后就或者为其他学说所吸收，或者渐渐湮没无闻了。

道家学说原本也如儒学一样，是一种救世之术，带有明显的政治性。但是其实现政治目的的方式比儒学更为迂回曲折——靠人们自觉摆脱一般的知而达于大知，摒弃一般的善而达于大善，超越一般的美而达于大美，否定一般的政治而达于善政，本质上是通过“无为”而达于“有为”，借助否定而达于肯定。由于其政治理想过于高远难达，因此久而久之，士人们渐渐忽视了道家学说的政治功能，只取其手段，即以手段为目的，把它视为一种关于个体生命的话语表征，借助于它来与现实政治保持一定距离。换言之，道家学说被士人阶层当作保持个人体验与想象力，维护个体精神自由的话语资源了。结果出现了这样的情景：儒家引导人们走向政治，道家召唤人们回归内心。只是到了宋代以后，儒家士人才借助于二氏之学的刺激、启迪与滋润，重新发掘原始儒学所蕴含的个体心性内容，形成了一种真正能够“合外内之道”的“内圣外王”之学。

从学理的逻辑上说，士大夫“闲情逸致”的话语起源首先是来自道家学说，其次是来自佛释之学，最后亦来自儒家心性之学。如前所述，士大夫阶层骨子里是政治性的，他们有一种与生俱来的使命感，认为自己对天下苍生、社稷安危负有责任，所以“闲情”、“逸致”就是针对这种使命感而言的，具体言之，是针对现实政治或与之相关的功名利禄而言的。“闲”是指在现实政治或功名利禄之外的余闲；“逸”是指对现实政治或功名利禄之超越。简言之，脱离了现实政治与功名利禄的兴趣与情致便是“闲情逸致”。道、释以及儒家心性之学都有超越现实政治与功名利禄的一面，故而可以成为士大夫之“闲情逸致”的话语资源。

然而“闲情逸致”本身如何并不是问题的全部，甚至不是最重要的问题。因为人的精神世界在任何时候都是丰富的而不是单一的，即使是在战乱频仍的先秦，士人的精神世界也绝不会仅仅囿于政治一个维度。我们不难想象，先秦的士人们有时也会看看天上的云，也会听听窗外的雨，也会为皎洁的明月、浩繁的星空所沉醉，也会因鸟语花香而入迷……他们的美感不一定真的比六朝士人贫乏，即使对自然山水也同样如此。这里的问题是：在先秦以至于两汉的士大夫言说与书写中，“闲情逸致”何以难见踪迹呢？这里的关键在于：在某个历史时期，究竟哪些人类经验受到重视被言说与书写，而哪些经验被遮蔽只做不说呢？个中原因何在？所以，“闲情逸致”本身可能是任何时代在日常生活中都司空见惯的现象，而“闲情逸致”的被关注、被言说，尤其是被书写，则是极富意味的文化现象了。

从历史的逻辑看，“闲情逸致”进入主流话语的前提条件是言说主体在政治、经济、文化上都获得相对的独立性，三者缺一不可。政治上的相对独立性是士大夫精神独立性的前提。如果士大夫完全被君权控制，政治上没有选择的权利，与政治不能拉开一定距离，那么他们就只能成为统治者的工具，在主流话语中就不可能有“闲情逸致”的位置；经济上的相对独立性为士大夫的“闲情逸致”提供物质条件，没有相当的物质基础，也就不会有“可观的”“闲情逸致”，只有作为一种生活方式的“闲情逸致”达到相当丰富的程度，它才会为主流话语所关注；文化上的相对独立性则使言说者获得选择的权利，使他们能够自觉地把“闲情逸致”作为言说与书写的对象，只有在文化上具有一定独立性，言说者才有能力为文化活动制定规则，他们才能够不断拓展文化空间，不断丰富意义世界，从而创造出丰富的精神文化产品来。按照上述三个标准衡量，以孔子为代表的第一批士人阶层政治上、文化上都有较大的选择空间，有较大的独立性，但他们在经济上缺乏稳定收入，由于诸侯争霸、战乱频仍，也就缺乏安逸的生活环境，因此他们的“闲情逸致”是有限的，不大可能成为一个被关注的话题。孔子的“吾与点也”之志固然是对“闲情逸致”的肯定，但在先秦诸子中，即使是儒家内部，都没有得到普遍回应。这说明曾点那种“浴乎沂，风乎舞雩，咏而归”的“闲情逸致”在当时不能构成一个被关注的热点问题。两汉时期中央集权的君主官僚政体确立，天下一统，士大夫阶层在政治上失去选择的自由，也就谈不上什么相对的独立性；在文化学术上，武帝之后经学大行于世，读书人被主流学术所裹挟，也失去了独立性。因此，在汉代，“闲情逸致”也很难成为被言说的对象。只有汉末魏晋时期的士大夫阶层是完全具备上述三个条件的，因此“闲情逸致”也就是在这个历史时期得以正式进入主流话语之中的。

汉末魏晋时期以“闲情逸致”为核心的“文人趣味”成为主流话语关注的话题，从主体身份演变的角度看亦有其必然性。东汉直至魏晋时期的士大夫阶层之中出现了一批特殊的人物：世家大族或士族。① 世家大族或士族可以说是士大夫阶层中的贵族，是这个阶层中最成功的一批人。一般说来，在中国古代，凡是读书人都可以归入士人阶层或广义的士大夫阶层之中。但世家大族或士族不是一般的读书人，而是凭借读书而做官，做官之后仍不忘读书，世世代代都读书然后做官的那种家族。他们所读的书也不是一般的书，而主要是儒家经典，东汉之末始涉玄言。换言之，可以说正是经学造就了世家大族或士族这一特殊的社会阶层。看看《汉书》，特别是《后汉书》，这样世世代代治某经、传某学的官僚家族不胜枚举。在东汉中叶以后，这个社会阶层已经积累了极为雄厚的政治资本与文化资本，成为政治精英和文化精英。这些儒学世家当然也是名教楷模，出现了许多因恪守儒家伦理而得到好名声的人物，但他们的精神世界并不仅仅局限于道德层面，也渐渐形成了多维度的精神旨趣。这得益于他们的生活方式与社会交往。世家大族或士族之间通过同僚、师生、婚姻、亲戚、同窗、同乡等各种关系相互勾连，形成一个庞大的社交圈子，又在这个圈子里孕育、形成了种种习惯、时尚、雅好，士大夫阶层原本就有的“闲情逸致”在这里得到非常充分的发展、膨胀与升华。

在这一过程中，士大夫或士族的“群体自觉”（余英时语）具有重要意义。所谓士族的“群体自觉”，就是这个社会阶层意识到自身的价值与独特性。这种“群体自觉”首先是政治性的，按余英时先生的观点，这一自觉乃是士大夫集团与外戚宦官集团长期政治斗争的产物：

> 东汉之政治，自和帝永元元年（公元 89 年）以降，大抵为外戚宦官迭握朝政，且互相诛戮之局，——而东汉之士大夫亦遂得在其迭与外戚宦官之冲突过程中逐渐发展群体之自觉。②

---

①何为世家大族？何为士族？二者是否是同一概念？这在史学界是有不同意见的。按余英时先生意见，士族就是“士”，读书人家族——宗族。有宗族背景的士大夫就是士族。也就是说，在他看来，东汉的世家大族就是所谓士族。（参见余英时：《东汉政权之建立与士族大姓之关系》一文，见《余英时文集》第一卷，广西师范大学出版社 2004 年版。）而按田余庆先生意见，则世家大族乃指东汉时期的士大夫家族，而士族则专指魏晋以后形成的新的社会阶层。世家大族传承儒学，士族则濡染玄风。（参见田余庆：《东晋门阀政治》，第 329、330 页。）

②余英时：《士与中国文化》，上海人民出版社 1987 年版，第 288 页。

由于外戚和宦官的刺激，士大夫集团以“清流”自许，渐渐愈加明确了自身的身份意识与社会责任。在他们看来，外戚宦官之流唯权力与利益是求，是毫无道德自律与价值理想的“浊流”，是蝇营狗苟的鼠辈。而士大夫自身，则是以天下苍生为念，以江山社稷为重的正人君子。在强大的政治对手的刺激下，士大夫的历史使命感越发强烈了，这也就是所谓的“群体自觉”。这种“群体自觉”使士大夫阶层形成一股强大的势力，而“士人在政治、社会上势力之表现，最先则为一种‘清议’”①。所谓“清议”，原本是汉代选士任官制度的产物：

> 东汉用征辟、察举等制度，来选拔统治人才。选拔的标准，大半依据乡闾宗党平日对这个人长期观察得出的社会舆论——也是一种舆论方面的鉴定，即所谓清议来决定的。②

在一个时期里，这种由“清议”而形成的社会舆论对于选拔人才常常具有决定性作用，可见在社会上“清议”的力量之大。到了东汉桓灵时期，宦官外戚争权夺利的斗争愈演愈烈，同时，宦官集团与“清流”的矛盾也到了白热化程度。此时那些原本埋头于经学章句的“清流”们“大多数居京师，目击世事之黑暗污浊，转移其兴趣于政治、社会实际问题，放言高论，则为清议”③。于是原本主要是针对士人自身的道德和才能评价“清议”就转而为一种对政治人物的激烈评论，即所谓“处士横议”或“党人之议”了。这种“党人之议”一方面是对掌权的宦官集团及其追随者们的猛烈抨击，所谓“品核公卿，裁量执政”是也；另一方面则是对“清流”领袖及名士的高度褒扬，所谓“激扬名声，互相题拂”是也，于是社会被一种“婞直之风”所笼罩④。“婞直”是指性格倔强、刚直，引申为特立独行、耿介不群。“婞直之风”则是一种社会风气：敢于表达意见，敢于张扬个性。这说明，在宦官集团的压迫下，东汉士风发生了重要变化——在经学与名教伦理的规范熏染下，东汉中期以前的士大夫原本埋

①钱穆：《国史大纲》，商务印书馆 1996 年版，第 176 页。

②王仲荦：《魏晋南北朝史》，上海人民出版社 1980 年版，第 738 页。

③钱穆：《国史大纲》，商务印书馆 1996 年版，第 178 页。

④《后汉书》卷六十七，中华书局 1965 年版，第 2185 页。

头典坟，循规蹈矩，唯谨唯慎，做着“皓首穷经”的事业，以“经明行修”为鹄的的，现在却突然血脉贲张、激越亢奋起来，那些原本因为不够谦谦如、恂恂如而为乡里所排斥的人物，例如赵壹之类，此时也得到了士林的敬仰。政治斗争导致了知识阶层风气的转变。然而这并不是问题的关键所在，更重要的是，士林风气的变化又进而导致了精神文化的变化，这才是具有文化史意义的大事。桓灵时期的前后两次“党锢之祸”是对清流士大夫强烈政治热情的无情打击，此后，士大夫的精神旨趣分流为二，一是潜心经学，继续钻研学问，郑玄可为代表；二是游心于诗词歌赋、琴棋书画，蔡邕堪为代表。稍后，士大夫开始突破经学藩篱，涉猎于老庄，于是玄风渐炽。也正是在这期间，“闲情逸致”开始进入士大夫的言说范畴。这种变化可从“清议”的消歇，“清谈”的兴起见出来：

时讨虏校尉公孙瓒与大司马刘虞有隙，超乃遣洪诣虞，共谋其难。行至河闲而值幽冀交兵，行涂阻绝，因寓于袁绍。绍见洪，甚奇之，与结友好，以洪领青州刺史。前刺史焦和好立虚誉，能清谈。①

袁本初公卿子弟，生处京师。张孟卓东平长者，坐不窥堂。孔公绪清谈高论，嘘枯吹生。并无军旅之才，执锐之干，临锋决敌，非公之俦。②

时诏书博求众贤。散骑侍郎夏侯惠荐劭曰：“伏见常侍刘劭，深忠笃思，体周于数，凡所错综，源流弘远，是以群才大小，咸取所同而斟酌焉。——臣数听其清谈，览其笃论，渐渍历年，服膺弥久，实为朝廷奇其器量。以为若此人者，宜辅翼机事，纳谋帏幄，当与国道俱隆，非世俗所常有也。惟陛下垂优游之听，使劭承清闲之欢。得自尽于前，则德音上通。辉耀日新矣。”③

这里所谓“清谈”不同于以往的“清议”，一般是指既不涉及时事政务，亦不关乎道德伦理的高雅谈论。所谓高雅，是说此种谈论内容脱俗、言辞精美。清谈的形成或许并不是完全来源于东汉的清议，但与清议有一

①《后汉书》卷五十八，中华书局标点本1965年版，第1886页。

②《后汉书》卷七十，中华书局标点本1965年版，第2258页。

③《三国志》卷二十一《魏书·刘劭传》，岳麓书社标点本1990年版，第498页。

定关联应该是没有疑问的。清议原本是对于乡党人物的品评，主要是从才能与道德两个方面进行的谈论。清谈开始也是关于人物的谈论，只不过不再限于谈论才能与品德，而是扩展到对人物相貌、举止、风度、个性的评价。这就意味着，关于人的评价已经形成了新的标准，传达出一种新的趣味，即文人趣味，其核心便是“闲情逸致”。到了曹魏正始年间，何晏、王弼倡玄学，士大夫谈论的内容渐渐变为玄远之论，此为“魏晋清谈”。因此可以说汉末的“清谈”乃是介于“东汉清议”与“魏晋清谈”之间的一种谈论。与清议的严肃评价相比，关于人的容貌、风度、个性的汉末清谈当然是“闲情逸致”了。后来的魏晋清谈所谈论的“三玄”等，虽然深奥精微，但归根到底也不过是文人的一种“闲情逸致”而已。其与诗文书画有着同样的功能与意义。

通过以上分析，我们可以说，“文人趣味”就是士大夫阶层的“闲情逸致”；“文人”就是士大夫在享受并表达“闲情逸致”时的身份。因此“闲情逸致”进入主流话语并得到认可乃是“文人”身份得以确立的标志。中国古代的读书人或知识阶层，当其忧国忧民或热衷于功名利禄时，是士大夫；当其饮酒高会、赋诗填词、游山玩水时则是文人。作为社会阶层，文人与士大夫是同一伙人；作为身份，则文人是文人，士大夫是士大夫，不可混为一谈。那么，“文人趣味”的特征是什么呢?

根本上说，“文人趣味”是对士大夫身份的一种疏离。统治者需要统治天下百姓的工具，或合作者；士大夫希望按自己的意愿重建社会秩序，或建功立业，实现个人抱负。这两种诉求合二为一，就构成中国古代士人极为强烈的“入世”精神，或做官意识。中国的读书人喜欢做官，至今依然。然而僧多粥少，并非人人有官可做。退一步说，即使做官也未必一帆风顺，事实上大多数人都是仕途坎坷的。再退一步说，即使仕途畅达，一帆风顺，也未必可以满足一个读书人的全部精神需求。因此，以做官为己任的古代知识阶层，渐渐寻觅出一种自我解脱、自我排遣、自我超越的有效路径，这便是“闲情逸致”了。假如没有这“闲情逸致”四个字，中国古代士大夫也就成为很乏味无趣的一群人。因此，“文人趣味”的基本特征也就在这四个字上找。

我们先看“闲”。《说文》：“闲，隙也。”本指缝隙言，后引申为闲暇。又指人之某种心境，乃诸事不萦于怀之意。《庄子·大宗师》：“曲偻发背，上有五管，颐隐于齐，肩高于顶，句赘指天，阴阳之气有沴，其心闲而无事，胼䠑而鉴于井，曰：‘嗟乎！夫造物者又将以予为此拘拘也。’”郭象注“心闲而无事”云：“不以为患。[①]”这个“闲”是不以自身残疾而烦恼之意。又《庄子·天地》：“天下有道，则与物皆昌；天下无道，则修德就闲。”这个“闲”是远离世事，了无牵挂之意。宋儒程颢诗云，“闲来无事不从容”，此“闲”亦为心中无事之意。“心中无事”四个字是明道一派宋儒追求的理想境界。这里的“无事”不是无所思、无所想的意思，而是不为个人的功名利禄而戚戚然之意。超越了一己之小我，不萦怀于个人之荣辱得失，也就做到“心中无事”了。

我们再来看看“逸”。《说文》：“逸，失也。”“段注”：“亡逸者，本义也。引伸之为逸游，为暇逸。”后又引申出超越、从世事尘网中挣脱而出的含义。故其所派生之“飘逸”、“超逸”、“隐逸”、“清逸”、“俊逸”等词语，均有立身行事不拘于俗，超迈远举之意。根本上还是摆脱世俗之功名利禄之羁绊，获得心灵自由的意思。

至于“情”与“致”二字，在这里即指个人情趣兴致而言。“情”这个概念在先秦时期就已经有了概指人之喜怒哀乐的义项，但是一般都是泛指“民之情”或“人之情”，是指一种普遍的情感倾向，很少是指个人的情绪与情感。这种情形可以说一直持续到汉代，即使是在谈论诗文时也不例外。例如《毛诗序》有：“国史明乎得失之迹，伤人伦之废，哀刑政之苛，吟咏情性，以讽其上，达于事变而怀其旧俗者也。”[②] 这里的“吟咏情性”并不是指表达个人情感，而是说“国史”们看到政治混乱，社会动荡，来表达人民普遍的不满之情。一直到了汉末魏晋时期，“情”才具有了个人性质。陆机的“诗缘情而绮靡”说、刘勰的“情以物迁，辞以情发”说、钟嵘的“摇荡情性，形诸舞咏”说等等所讲的“情”才是指个人的情绪、情感。我们这里说的作为“文人趣味”之标志的“闲情逸致”就是指这种无关乎世事与他人的个人情感。

然而，“闲情逸致”并不能仅仅理解为无关紧要的情趣兴致，其深层含义是指人们摆脱了尘世利益关怀，不为功名利禄所萦绕，从而达到心灵自由时所产生的一种心理状态或情趣。作为对现实政治的疏离与拒斥，

①郭象：《庄子注》，上海古籍出版社 1995 年版，第 86 页。

②孔颖达：《毛诗正义》卷一，清阮元刻《十三经注疏》，中华书局影印本，第 271 页。

“闲情逸致”实质上依然具有强烈的政治性。“文人趣味”正是在这样的“闲情逸致”的心理状态下产生的一种融合着感性与理性、体验与观念的精神旨趣。因此，“文人趣味”的根本特征就在于在一定程度上摆脱现实功利（包括对江山社稷的责任感与个人对功名利禄的追求）的纠缠而达到某种较为自由的境界。在这个意义上说，“闲情逸致”标志着“文人”对“士大夫”身份的疏离与超越，是古代知识阶层在体制之外寻找到的一种自我确证、自我实现的方式。

二、文人趣味的呈现方式

“文人趣味”是一种主体性的东西，它必须“对象化”为某种可见可闻的存在物，才能为人所把握。因此“文人趣味”就有个呈现的问题。那么“文人趣味”究竟通过什么方式展现出来呢？

文人之所以为文人，主要是因为其言说方式是借助于当时最先进的传播媒介——文字。掌握文字并通过以文字为主的文化符号来表达自己的“闲情逸致”的人便可称为“文人”。除了文字以外，许多其他艺术形式也具有同样的作用。这就是说，文字书写与琴棋书画等艺术形式均有可能成为文人“闲情逸致”的呈现方式。

文字书写原本是为了实用的功能，在古人看来，主要是为了政治功能而发明出来的。许慎说：“古者庖牺氏之王天下也，仰则观象于天，俯则观法于地，视鸟兽之文，与地之宜，近取诸身，远取诸物，于是始作《易》八卦，以垂宪象。及神农氏，结绳为治而统其事。庶业其繁，饰伪萌生，黄帝之史仓颉，见鸟兽蹏迒之迹，知分理之可相别异也，初造书契。百工以乂，万品以察，盖取诸《夬》。‘《夬》，扬于王庭。’言文者宣教明化于王者朝庭，君子所以施禄及下，居德则忌也。”① 伏羲氏之创制“八卦”是为了“王天下”；神农氏之“结绳为治”同样是为了“统其事”。至于黄帝之时“初造书契”，也是为了“宣教明化于王者朝庭”，都具有明确的政治功用。事实上，从历史角度看，历来的传播媒介都与政治有着极为密切的关系。一方面，传媒依政治需要而变化；另一方面，政治亦受到传媒的制约与影响。口传时代有口传时代的政治形式，文字媒介时代有文字媒介时代的政治形式，因此许慎所言并非虚妄之词。然而，文字与书写何时成为“闲情逸致”的呈现方式，从而获得审美意义呢？这是个

---

①段玉裁：《说文解字注》，上海古籍出版社 1981 年版，第 1 页。

大问题。我们可以从“诗词歌赋”和“书画”两个角度来看。

在古代主流话语中，诗歌原本具有特殊功能，考察西周贵族的用诗，最基本也是最神圣的功能是沟通人与神的关系——在祭祀天地神祇和祖先神明时的仪式中使用。钱穆先生尝作长文《读诗经》，谓《诗经》实际创制次序与《毛诗》之次序刚好相反，应该是先《颂》、次《大雅》、次《小雅》、次《国风》①。此言甚确，可谓卓识。上博简楚竹书之《孔子诗论》，据研究者考订，正应合钱穆推论之次序。最早的诗歌类型“颂”就是在人与神的关系中产生的：“惟颂之为体，施于宗庙，歌于祭祀，其音节体制，亦当肃穆清静。朱弦疏越，一唱三叹。”② 盖上古之时，巫术与原始宗教乃是人们最重要的精神活动，是人与神的沟通与交流，具有神圣性质。因此在这一活动中就不能用日常生活语言来言说，诗的起源即与这种人神交流的特殊性、神圣性有关系。国内有不少学者曾撰文指出，甲骨卜辞与《周易》之卦辞爻辞都是一种特殊的话语形式，有些近于诗经作品，这或许就是中国古代诗歌的主要源头③。至于民间谣谚，其对于诗歌之发生或许有着一定作用，但应该不是决定性的作用，正如后世的民间谣谚对文人的诗歌有时会有一定影响，但始终不是决定性的影响一样。商周时期各种礼仪形式有一个从神到人的转变过程。就是说，礼仪仪式最初也是起源于原始巫术与原始宗教活动的，后来才渐渐施之于人世之间。于是除了各类祭祀仪式之外，诗歌还被用于朝会、出征、凯旋、交接、聘问等世俗活动。后来，随着贵族教育的发展，诗歌还被当作一种贵族教养，期待着通过诗教培养出“温柔敦厚”的贵族气象来。“诗教”的结果是贵族人人精通于诗，对官方编订的诗歌教材烂熟于心，以至于后来诗就进入贵族阶层的日常交往之中，成为这个阶层上下之间、同辈之间一种可以显示教养的、委婉而优雅的言说方式。我们看看《左传》《国语》中有关“赋诗”

---

①钱穆：《中国学术思想史论丛》（一），见《钱宾四先生全集》（18），台湾联经出版事业公司 1998 年版，第 165 页。

②钱穆：《中国学术思想史论丛》（一），见《钱宾四先生全集》（18），台湾联经出版事业公司 1998 年版，第 167 页。

③关于《周易》与诗歌的关系问题，近人李静池《周易探源》、郭沫若《中国古代社会研究》、高亨《周易卦爻辞的文学价值》以及今人李炳海《色彩神秘的周易卦爻辞》、顾祖钊《华夏原始文化与三元文学观念》、沈志权《周易与中国文学的形成》、陈良运《周易与中国文学》等著述均有论及，可以参考。

的记载就可以一睹周代贵族的温文尔雅与文采风流了。“赋诗”作为贵族教养的体现，在春秋诸侯争霸的历史语境中之所以常常具有意想不到的功效，主要原因恐怕是文化习惯使然。春秋时期，礼崩乐坏，西周初期建立的那套政治及礼乐制度遭到破坏，但是在观念层面上依然是贵族文化居于主导地位。因此在相当一部分贵族已经失去以往那种优雅的贵族教养的情况下，善于继承传统，例如能够赋诗的贵族们依然受到极大的尊敬，以至于同为谏议，用日常语言和用赋诗的方式，效果会迥然不同，《左传》中不乏这样的例证。孔子说：“诵《诗三百》，授之以政，不达，使于四方，不能专对，虽多，亦奚以为？”（《论语・子路》）又说：“不学诗，无以言。”（《季氏》）都是指在贵族社会中“诗”的这种独特的交往功能。

汉儒的以《诗》为经，进一步凸显其政治伦理的功能，并非主观臆断，而是对《诗》的原始功能以及先秦儒家说诗传统的继承。汉儒的问题在于力求将一首诗与某件具体历史事件勾连起来，使诗的政治功能具体化，由于史料的不足，这里面就难免有大量穿凿附会了。后世儒者（例如宋儒）以及现代学者（例如古史辨派）抓住汉儒的这一缺陷而大肆攻击，以至于非要把古之诗等同于今之诗不可，完全无视在先秦两汉时期诗歌具有的独特政治功能，这显然是非“历史化”、非“语境化”的研究，肯定是有问题的。应该说，从先秦到两汉，《诗三百》或《诗经》始终都没有作为审美对象存在过，人们确实不是以审美的眼光来看待这些诗歌作品的，尽管在今天看来它们大都是很美的。至于“闲情逸致”，更与《诗三百》没有丝毫干系了。

对汉代士大夫影响甚巨的诗歌除了《诗三百》之外，就是以屈原为代表的楚骚系统了。汉初文化受楚文化影响极大，屈原等人的辞赋，无论是内容上的哀婉缠绵还是形式上的华丽婉转，都对汉代士大夫具有极大的吸引力。陆贾、贾谊以骚体赋的形式来表达个人的激愤不平之情；枚乘、司马相如等人开创散体大赋形式，以描述皇家园林宫室之恢宏。前者表达个人情感，后者追求富丽堂皇，似乎均与“审美”有了关联。但是它们都不是文人趣味之表现，何以见得呢？前者固然充满个人情感，但是这种屈原式的情感是典型的失意政治家的孤愤之情，而丝毫不具有文人的“闲情逸致”；后者固然华美富丽，但不是个人情怀的表达，只具有“润色鸿业”的作用，同样与文人趣味相距甚远。

汉代还有一种不同于《诗三百》与辞赋的诗歌样式与传统，这就是乐府诗。汉乐府既不像《诗三百》那样典雅，又不像辞赋那样华美，这是一种情感直露、语言朴素、口语化的民歌。班志有云：汉乐府“自孝武立乐府而采歌谣，有代、赵之讴，秦、楚之风，皆感于哀乐，缘事而发，亦可以观风俗，知薄厚云”①。宋郭茂倩编《乐府诗集》存汉乐府诗四十余篇。从形制上看，汉乐府多为五言，有些就是很规整的五言诗。由于“汉乐府”的民间性质，其所表达的情感意蕴与“文人”情趣同样相去甚远。如此看来，《诗三百》、“楚骚”、“汉乐府”这中国古代诗歌的三大源头，在中国古代诗歌史上各有各的作用，不可或缺，但在汉代之前都不是“闲情逸致”的载体，因而与“文人”了无干系。

然而，《诗经》、“楚骚”、“汉乐府”这三大诗歌传统在文体与表达方式方面无疑为表达“闲情逸致”提供了前提条件，这里的关键是士大夫阶层身份与趣味的变化。“闲情逸致”何时都会有，但它要进入主流话语，构成被谈论和评价的对象则需要历史的契机。换言之，只有在“文人”这一身份得到主流话语认可的历史条件下，标志着“文人”特点的“闲情逸致”才会被公开谈论，并形成评价机制。这当然是一个漫长的历史过程，在这一过程中，东汉汉灵帝时期设立“鸿都门学”是一个标志性事件。

> 初，帝好文学，自造《皇羲篇》五十章，因引诸生能为文赋者并待制鸿都门下 。后诸为尺牍及工书鸟篆者，皆加引召，遂至数十人。侍中祭酒乐松、贾护，多引无行趣势之徒置其间，熹陈闾里小事；帝甚悦之，待以不次之位；又久不亲行郊庙之礼。(《资治通鉴》卷五十七)

汉灵帝为什么会置鸿都门学？或许是为了和主流士大夫抗衡，或许是为了在朝廷培植起自己的政治力量，或许干脆就是为了帮助他造《皇羲篇》，都有可能，但都无法找到确切证据。然而作为一个事件，结果还是清楚的：灵帝招了一批与他的个人爱好相关的才艺之士，与当时征辟察举的标准不相一致；这些人的“才艺”包括善写文章、辞赋以及书法。这批人之所以受到灵帝喜爱，还由于他们善于讲述民间故事。我们再看当时士大夫的批评，就对鸿都门学的内容有了进一步了解：

①班固：《汉书》卷三十，岳麓书社1993年版，第777页。

> 蔡邕上封事曰："夫书画辞赋，才之小者；匡国治政，未有其能。陛下即位之初，先涉经术，听政余日，观省篇章，聊以游意，当代博奕，非以为教化取士之本。而诸生竞利，作者鼎沸，其高者颇引经训风喻之言，下则连偶俗语，有类俳优，或窃成文，虚冒名氏。臣每受诏于盛化门，差次录第，其未及者，亦复随辈皆见拜擢。既加之恩，难复收改，但守奉禄，于义已弘，不可复使治民及在州郡。（《资治通鉴》卷五十七）

从蔡邕的这段话中，我们也可以窥见鸿都门学的大体内容。其一，鸿都门学的主要内容是辞赋、书法和绘画。在经学为主导的社会文化语境中，辞赋、书法、绘画一直是作为"小道"而受到压制的，根本不能进入主流话语系统之中。灵帝置鸿都门学，专门招揽这类才艺之士，这种行为本身就足够振聋发聩了。在"清流"与"浊流"大决战的两次"党锢之祸"的历史语境中，灵帝此举一方面证明了这位"好文学"的年轻帝王敢于蔑视主流意识形态的勇气，另一方面也说明辞赋、书法和绘画之类的文学艺术门类在当时的社会上已经相当普遍，成为许多读书人的雅好，只是未能获得主流文化的地位而已。其二，如果说西汉前期的辞赋还有张扬国威、润色鸿业的政治意义，那么到了东汉后期，辞赋就成了娱情之物了。"连偶俗语，有类俳优"是什么意思？就是说在辞赋中用对偶、用俗语，其作用近似于善于表演的艺人。俳优是指以歌舞谐戏的表演为业之人，其职能就是给人以愉悦享受。蔡邕用"连偶俗语，有类俳优"来批评鸿都门学的辞赋、书画之类，恰恰说明了此类书写方式和文化符号，在当时已经成为疏离于政治生活的陶情冶性之方式。换言之，自灵帝置鸿都门学之后，那些表现人们"闲情逸致"的艺文形式正式获得了主流文化的认可。因此朝廷从各地招来在鸿都门下待诏的那批多才多艺的"诸生"们就是最早具有"文人"身份的一批人。这就是说，到了东汉后期，以灵帝置鸿都门学为标志，"文人趣味"开始受到主流文化的正视并在一定程度上获得认可了。

在包括帝王等多方面因素影响下，在东汉末年，个人情趣已经成为辞赋歌诗表达的重要内容了。在这里，除了因时运不济、命途多舛而生的哀婉怅惘之情外，"闲情逸致"也开始占据一席之地了。东汉后期出现的大量辞赋作品都是表达“闲情逸致”的，除了那些抒情短赋之外，诸如琴赋、棋赋、扇赋、长笛赋、鹦鹉赋、杨柳赋、览海赋以及各种各样的器物铭，都传达出一种文人雅趣，是典型的“闲情逸致”的体现。

我们再来看看书法。中国古代书写的历史是很悠久的。传说黄帝的史官仓颉造字，造字当然是为了书写。现在我们能看到的最早的文字是甲骨文，其次乃钟鼎文、石鼓文、秦朝的碑刻小篆、隶书等等。毫无疑问，文字书写在相当长的时间里都是出于使用目的的，并没有被当作艺术品。那么实用的书写为何会成为一种高雅的艺术呢？我们知道，在商周时期，书写内容固然体现了占统治地位的意识形态，书写形式也自觉不自觉地体现出统治阶层的趣味。商代乃文字初始，处于象形描摹阶段，朴拙稚嫩，尚不能蕴含太多精神韵味。周代金文，以大篆为体，显示出平和厚重、雍雍穆穆的风格，乃贵族气度之显现。西周中晚期的《休盘》、《免尊》及《颂簋》等堪为代表。春秋战国时期，诸侯分立，各国书体在西周大篆基础上多有改进，除体现基本的贵族旨趣外，还显示出明显的地域色彩。又因为诸侯之间聘问盟会，书写用途越来越广，故而书体也就越来越简化多变，以便于实用。头粗尾细的“蝌蚪文”以及早期“草书”的出现为一时之特点。而简牍、帛书等新的书写方式的出现，也使得书体进一步变化，大多字体方扁，结构紧凑。而独具一格的秦国小篆，最早出现“隶变”，随着秦王朝的建立，渐渐成为主流字体，直接影响了汉隶的形成。

从甲骨文到商周彝器铭文，再到秦汉的简牍、石碑、铜器以及陶器砖瓦之铭刻，都是统治者掌控的行为，其中当然也有美的追求，蕴含着审美意蕴，但是丝毫看不出个人情趣，乃是一种集体审美意识的体现。西汉时期书法已经开始有了明确的评价标准，据史书记载，吏民上书如果字体不规整，或有错讹，是要受到惩罚的。① 在只有极少数人可以读书识字的时代，知识阶层是社会价值观的承担者与维护者，书写也不是一般的行为，是一种带有神圣性的立法行为，因此，书法也就必然要求堂堂正正、工工整整，以显示其权威性与神圣性。但是，随着书写的不断丰富发展，不同人之间的书法总会有差异，因此评价标准也就必然出现变化：

①《北史》卷三十四《江式传》：“汉兴，有尉律学，复教以籀书，又习八体，试之课最，以为尚书史。吏民上书，省字不正，辄举劾焉。”中华书局 1983 年版，第 1278 页。

> 后汉郎中扶风曹喜号曰工篆，小异斯法，而甚精巧，自是后学皆其法也。……左中郎将陈留蔡邕采李斯、曹喜之法为古今杂形，诏于太学立石碑，刊载《五经》，题书楷法，多是邕书也。后开鸿都，书画奇能莫不云集，于时诸方献篆，无出邕者。①

从这段记载中我们可以看出曹喜与蔡邕书法对世人的影响，说明书法已经成为一门具有个人性特征的艺术。因此也就出现了一大批书法名家，如曹喜、杜操、崔瑗、崔寔、蔡邕、邯郸淳、张芝、钟繇、梁鹄等，都是人们公认的书法大家。书法成为文人士大夫关注的对象，于是也就出现了一批谈论书法的文章，最早的有曹喜的《笔论》，许慎的《说文解字叙》，崔瑗的《草书势》，蔡邕的《篆势》、《笔赋》，赵壹的《非草书》等等。最重要的是，书法已经渐渐脱离其实用功能而获得某种独立的价值，或者说，书法在使用之外还具有了鉴赏价值。例如"草书"，据崔瑗《草书势》所言，原本是为了书写的方便："草书之法，盖又简略，应时谕指，用于卒迫，兼功并用，爱日省力，纯简之便纯俭之变，岂必古式。"② 但后来成为一种书体，许多人纷纷效法，成为文人的一种时尚，乃至于赵壹专门写出著名的《非草书》来批评这一现象。但是从我们的角度看，赵壹所论恰恰证明了书法从实用走向艺术的演变。对此我们可以稍作分析，其有云：

> 余郡士有梁孔达、姜孟颖者，皆当世之彦哲也，然慕张生之草书过于希孔、颜焉。孔达写书以示孟颖，皆口诵其文，手楷其篇，无怠倦焉。于是后学之徒竞慕二贤，守令作篇，人撰一卷，以为秘玩。余惧其背经而趋俗，此非所以弘道兴世也；又想罗、赵之所见嗤沮，故为说草书本末，以慰罗、赵，息梁、姜焉。③

从赵壹的描述看，当时许多人对于草书的热爱丝毫不亚于今日之书法爱好者，已经达到了迷恋的程度。这说明在东汉后期的士林中不仅形成了

---

①《北史》卷三十四《江式传》，中华书局1983年版，第1279页。

②卫恒：《四体书势》，见《历代书法论文选》，上海书画出版社1979年版，第16页。

③赵壹：《非草书》，见《历代书法论文选》，上海书画出版社1979年版，第2、3页。

一个书法爱好的群体，而且形成了比较成熟的评价系统，对于书法的美丑妍媸已经有了一致的判断，只有在这样的情况下，张芝的草书才会有那么多的追慕者。但是从另一个角度看，书法毕竟刚刚成为文人士大夫的雅好，尚未能成为一种文化惯习，故而赵壹才会从传统卫道者的立场出发来予以批评。我们再看：

> 夫草书之兴也，其于近古乎？上非天象所垂，下非河洛所吐，中非圣人所造。盖秦之末，刑峻网密，官书烦冗，战攻并作，军书交驰，羽檄纷飞，故为隶草，趋急速耳，示简易之指，非圣人之业也。但贵删难省烦，损复为单，务取易为易知，非常仪也。故其赞曰："临事从宜。"而今之学草书者，不思其简易之旨，直以为杜、崔之法，龟龙所见也。……龀齿以上，苟任涉学，皆废仓颉、史籀，竟以杜、崔为楷；私书相与之际，每书云：适迫遽，故不及草。草本易而速，今反难而迟，失指多矣。

其所论草书产生的历史与崔瑗相近，颇具眼光，特别是其指出草书产生于秦末战乱的需要，应该是很有道理的。赵壹指出其时学草书者，倒因为果、反本为末，把原本为了方便而创制的书体当作需要用心模仿的对象。作为事实，赵壹所说的完全正确，但是作为一种判断，则失之浅陋了。一种实用的书写转变为一种艺术创作，当然是由简入繁的，如果还用实用的标准来衡量作为艺术的书法，就难免圆凿方枘了。至于他希望书法保留"仓颉、史籀"传统，就更是缺乏发展眼光的保守之见了。再看：

> 凡人各殊气血，异筋骨。心有疏密，手有巧拙。书之好丑，在心与手，可强为哉？若人颜有美恶，岂可学以相若耶？昔西施心疹，捧胸而颦，众愚效之，只增其丑；赵女善舞，行步媚蛊，学者弗获，失节匍匐。夫杜、崔、张子，皆有超俗绝世之才，博学余暇，游手于斯，后世慕焉。专用为务，钻坚仰高，忘其疲劳，夕惕不息，仄不暇食。十日一笔，月数丸墨。领袖如皂，唇齿常黑。虽处众座，不遑谈戏，展指画地，以草刿壁，臂穿皮刮，指爪摧折，见腮出血，犹不休辍。然其为字，无益于工拙，亦如效颦者之增丑，学步者之失节也。

赵壹看出书法与人的个性有紧密关联，这是不错的，凡是艺术品都是个人创造的产物，必然与创造者的天分、个性直接关联。但如果把书法与人的容貌相提并论，则大谬不然了。这说明彼时书法成为一门艺术时日尚浅，人们还不能正确理解其美丑高下及其原因。而“专用为务”云云，则极为形象地反映出当时文人对书法的热衷，也说明书法对于确证“文人”身份已经具有重要意义了。书法已经成为实现其价值的一种方式，他们可以借助于书法而获得尊重。然而对于以“通经致用”、“治国平天下”为核心的士大夫主流意识而言，书法与被称为“雕虫小技”的辞赋一样，依然受到轻视：

> 且草书之人，盖伎艺之细者耳。乡邑不以此较能，朝廷不以此科吏，博士不以此讲试，四科不以此求备，征聘不问此意，考绩不课此字。徒善字既不达于政，而拙草无损于治，推斯言之，岂不细哉？夫务内者必阙外，志小者必忽大。俯而扪虱，不暇见地。仰而观虮，不暇见天。天地至大而不见者，方锐精于虮虱，乃不暇焉。

赵壹这段话一方面说明书法对于士大夫的仕途进身毫无意义，完全是无关功利的技艺，这证明疏离于士大夫政治身份的“闲情逸致”已经获得某种独立性，“文人趣味”已经形成；另一方面也说明这种“文人趣味”与士大夫的政治趣味之间尚未达成“张力平衡”，而是处于矛盾对立之中。赵壹代表的“清流”以“扫天下”为己任，对无关宏旨的个人情趣无暇顾及，对一些文人热衷于书法也就心存鄙视。因此在赵壹看来，精研儒家经典才是士大夫之正途：

> 第以此篇研思锐精，岂若用之于彼七经，稽历协律，推步期程，探赜钩深，幽赞神明，鉴天地之心，推圣人之情。析疑论之中，理俗儒之诤。依正道於邪说，侪《雅》乐于郑声，兴至德之和睦，宏大伦之玄清。穷可以守身遗名，达可以尊主致平，以兹命世，永鉴后生，不以渊乎？

从赵壹的这篇《非草书》来看，从士大夫身份中衍生出“文人”身份是一个艰难的过程。在我们看来，书写成为艺术品，即书法的出现乃是士大夫“闲情逸致”的体现，是“文人”身份的重要表征之一。

三、“文人”与“士大夫”的身份冲突及冲突之解决

蔡邕等人对鸿都门学的批评可以理解为传统“士大夫”与新兴“文人”两种身份的冲突，是蔡邕站在“士大夫”的立场上对“文人”身份的拒斥。就蔡邕本人而言，他是典型的兼具“士大夫”与“文人”双重身份的人物。看前引其奏疏，他显然是一位忧国忧民且敢于直言的政治家，而政治家正是“士大夫”身份最基本的表现。然而再看看蔡邕的辞赋、书法以及关于琴的理论，就知道除了政治家以外，他又是一位杰出的辞赋家、书法家、音乐家，是历史上少有的具有多方面技能的艺术天才。他在辞赋、书法、音乐方面的修养不知要比那些鸿都门待诏们高明多少倍。但是在蔡邕的心目中，“士大夫”乃是自己的主要身份，“文人”则不过体现了自己无足轻重的个人爱好而已。这种心态与西汉的东方朔、扬雄如出一辙。后者“雕虫小技，壮夫不为”之谈就是这种心态的集中表现。

其实这种身份的冲突可以追溯到先秦士人那里。被后世士大夫阶层奉为“至圣先师”的孔子就是最突出的代表。在著名的“侍坐章”中就鲜明地展示了这种身份的冲突：

> 子路、曾皙、冉有、公西华侍坐。子曰：“以吾一日长乎尔，毋吾以也。居则曰：‘不吾知也！’如或知尔，则何以哉？”子路率尔而对曰：“千乘之国，摄乎大国之间，加之以师旅，因之以饥馑；由也为之，比及三年，可使有勇，且知方也。”夫子哂之。“求，尔何如？”对曰：“方六七十，如五六十，求也为之，比及三年，可使足民。如其礼乐，以俟君子。”“赤，尔何如？”对曰：“非曰能之，愿学焉。宗庙之事，如会同，端章甫，愿为小相焉。”“点，尔何如？”鼓瑟希，铿尔，舍瑟而作，对曰：“异乎三子者之撰。”子曰：“何伤乎？亦各言其志也。”曰：“莫春者，春服既成，冠者五六人，童子六七人，浴乎沂，风乎舞雩，咏而归。”夫子喟然叹曰：“吾与点也。”三子者出，曾皙后。曾皙曰：“夫三子者之言何如？”子曰：“亦各言其志也已矣！”曰：“夫子何哂由也？”曰：“为国以礼，其言不让，是故哂之。唯求则非邦也与？安见方六七十，如五六十而非邦也者？唯赤则非邦也与？宗庙会同，非诸侯而何？赤也为之小，孰能为之大？”（《论语·先进》）

让我们来分析一下这段有趣的文字。这里子路、冉有、公西华三人所言都是当时士人最正当的，也是最普遍的志向。孔门弟子及其后学大都走上三人所言之路。也就是说，孔子的“学而优则仕”（《论语·子张》）之谓与孟子的“士之仕也，犹农夫之耕也”（《孟子·滕文公下》）之谓原是先秦儒家士人之共识。而曾点之志，在儒家士人中则是属于“另类”。令人奇怪的是，那么汲汲于“克己复礼”、以道自任的孔子居然会赞成曾点！这里的微妙玄机何在呢？

这里正体现了以孔子为代表的先秦士人阶层普遍的人格冲突。这种人格冲突主要表现为社会责任感、历史使命感与个人精神的独立和自由之间的冲突。对于先秦士人阶层以及两汉以后的士大夫阶层来说，这种冲突是固有的、与生俱来的。这是因为这个社会阶层从一开始就承担着来自社会现实的巨大压力，而且把改造社会作为自己的神圣使命。从这个意义上说，士人天生就是“政治的动物”。但是作为拥有丰富知识的读书人，他们又拥有丰富的精神世界，有个人的情趣与心灵自由的追求与向往。这就构成了一种人格冲突—— 一方面关心天下，自认为对这个世界负有重要责任，一方面又看护自己的内心世界，极力追求内心的自由与宁静。从整体上来看，儒家士人代表着士人阶层强烈的社会责任感与历史使命感的一面，他们具有“天生德于予”（《论语·述而》）、“如欲平治天下，当今之世，舍我其谁也”（《孟子·公孙丑下》）的抱负与自信。儒家思想的主旨就是为天下定规则，使纷乱的世界从无序走向有序。道家，特别是庄子，则刚好相反，代表着士人阶层极力维护个体精神自由的一面，以摒弃与超越现实通行价值观为己任，以“独与天地精神相往来”为人生至境，鄙视一切的依傍与凭借，对人世间的功名利禄不屑一顾，对那些为了功利目的而蝇营狗苟之辈嗤之以鼻。道家的思想当然也含有政治上的目的，甚至也是一种救世之术，但是它彰显了士人阶层对心灵自由的向往，则是毋庸置疑的。

儒、道两大思想体系契合了中国古代士大夫阶层两种最基本的精神追求和人格倾向，故而深为他们所服膺，从而就像长江、黄河成为中华民族的象征一样，儒、道两家也几乎成为中国传统文化之别名。然而，儒、道作为士人阶层两种精神倾向的话语表征这一事实并不代表着儒家士人与道家士人是两种截然不同的人格类型。事实上，无论是儒家士人还是道家士人，他们的人格结构都是一样的，都有着社会责任感、历史使命感与个体精神自由之间的对立与冲突。二者的区别在于人格的主导倾向不同。所以，儒家身上有道家色彩，道家身上有儒家色彩，就不是什么稀奇之事了。前引孔子的“吾与点也”之志，在我看来，正是儒家身上的道家色彩之显露，或者说，是孔子这位终生以“克己复礼”为职志的士人思想家人格结构中个体心灵自由之维度的表现，因此也是孔子所代表的士人阶层所固有的人格冲突之显现。这种依违于出世与入世的矛盾心态在孔子那里多有表现，例如：“天下有道则见，无道则隐。邦有道，贫且贱焉，耻也；邦无道，富且贵焉，耻也 。”（《论语・泰伯》）又：“宁武子邦有道则知，邦无道则愚。其知可及也，其愚不可及也 。”（《论语・公冶长》）又：“道不行，乘桴浮于海。从我者其由与?”（《论语・公冶长》）这些话里面都显示孔子内心深处的一种选择——隐居，远离世事纷争，保持内心宁静。对于一个有智慧的饱学之士，在一个战乱频仍的时代，隐居往往是最好的选择。对于子路、冉有、公西华等人的志向，孔子之所以或不表态，或则“哂之”，乃是因为在他看来这些志向是幼稚的，即使实现了也不足以改变这乱世的局面，与其不能实现“克己复礼”——根本上就是使天下从无序状态复归于有序——还不如像曾点那样在悠游恬适之中寻求内心的自由与安宁呢！因此孔子的“吾与点也”之志体现了先秦士人阶层的人格冲突，就如同儒道两家的学术分野表征着先秦士人的人格冲突一样。从这个意义上说，孔子正是“文人”的鼻祖——他多才多艺，而且有悠游闲适的文人情怀①，并不是一个整天敛首蹙额、忧心忡忡的利禄之徒或者愤世嫉俗的政治家。“子在川上，曰：‘逝者如斯夫！不舍昼夜。’”（《论语・子罕》）——这不是典型的触景生情、感物伤怀的文人趣味吗?“子曰 ：‘予欲无言。’子贡曰 ：‘子如不言，则小子何述焉?’子曰 ：‘天何言哉? 四时行焉，百物生焉，天何言哉?’”这不是典型的中国古代文人对人生与世界之存在的深刻生命体验与领悟吗? 所以孔子不仅是政治家、教育家、思想家，而且是文人，真正的文人——看护并表现个体生命体验与个人情趣的人。

对于孔子的这种“文人趣味”，汉唐儒者似乎不大能够认同，因为他

①《论语・述而》：“子之燕居，申申如也，夭夭如也。”朱熹注引杨氏云：“申申，其容舒也。夭夭，其色愉也。”见《四书集注・论语集注》，岳麓书社 1987 年版，第 134 页。

们过于热衷于建功立业了，把功名看得甚至比生命还重要，只有宋儒——在老庄佛释之学刺激下重新在儒学内部寻求所谓“内在超越”（牟宗三语）之路的士人——才对孔子的“吾与点也”之志深有会心，并且把“孔颜乐处”作为为学的根本点之一，作为一种终生追求的“圣贤气象”。宋明儒者念兹在兹的“心中无事”、“常舒泰”、“如光风霁月”的精神状态或心理状态，的确与孔子的“吾与点也”之志一脉相承，都可以视为是士人阶层固有的人格冲突的产物。从看护内心世界，维护心灵的自由、宁静与超越这个角度看，宋儒是真正继承了先秦儒家的衣钵了。

然而，对于汉唐儒者来说情况又如何呢？他们是如何呵护自己的内心，如何保持心灵的自由状态呢？他们的确没有像宋儒那样从儒学中寻求“内在超越”的资源，但是他们依然存在人格的内在冲突，依然有自己解决的办法。除了借助于道家之学与佛释之学以外，寄情于诗词歌赋，徜徉于琴棋书画也是他们自我超越、自我解脱的方式之一。换言之，“文人”这种身份乃是士人或士大夫阶层固有人格冲突的必然产物。这是一种身份的自我疏离，是知识人对自身文化人格的自觉整合与完善，这是一种良性的冲突，可以使士人们的内心世界保持一种张力平衡。如此，则来自政治理想与使命的压力可以在吟诗作赋与徜徉山水中得以缓解，而在仕途中遭受的坎坷与屈辱亦可以在诗文书画与自然山水的审美娱乐中得以消弭。

对于“文人”身份的形成来说没有什么比诗文书画更有意义了。在西汉，《诗经》作品虽然很多都饱含着个人情趣与生命体验，但是由于它们被神化了，成了儒家经典，因此就是作为一种政治话语或意识形态话语而被言说的，或者早已失去传达个人情怀的功能。因此在这个时期，那种从楚文化直接继承而来的辞赋作品就成为一种可以利用的言说方式。例如贾谊，他的辞赋在汉代士大夫中最接近屈原，原本是借助辞赋来抒发个人内心积郁与不平的。当然，贾谊辞赋中表达的那种屈原式的情感与后来以“闲情逸致”为主要特点的“文人趣味”并不完全一致，尽管也是一种个人情感，但这种情感绝非“闲情逸致”，而是带有强烈的政治色彩，是士大夫情怀。汉代以及后世历代士大夫共有的那种“士不遇”和“有志不获骋”的慨叹，都不属于文人情趣而应是士大夫情怀。然而，在贾谊身上表现出另外一种情趣和智慧则反映出与士大夫人格相疏离的“文人”品格，这就是达观心态。贾谊著名的《鹏鸟赋》云：

> 且夫天地为炉兮，造化为工；阴阳为炭兮，万物为铜。合散消息兮，安有常则？千变万化兮，未始有极，忽然为人兮，何足控抟；化为异物兮，又何足患！小智自私兮，贱彼贵我；达人大观兮，物无不可。贪夫殉财兮，烈士殉名。夸者死权兮，品庶每生。怵迫之徒兮，或趋西东；大人不曲兮，意变齐同。愚士系俗兮，窘若囚拘；至人遗物兮，独与道俱。众人惑惑兮，好恶积亿；真人恬漠兮，独与道息。释智遗形兮，超然自丧；寥廓忽荒兮，与道翱翔。乘流则逝兮，得坻则止；纵躯委命兮，不私与己。其生兮若浮，其死兮若休；澹乎若深渊止之静，泛乎若不系之舟。不以生故自宝兮，养空而浮；德人无累兮，知命不忧。细故蒂芥兮，何足以疑！

贾谊在这段文字中表达的是一种“达观心态”，尽管在实际的生活中他未必能够真正做到这一点。至少，对于一个士大夫来说，达观是一种姿态。毫无疑问，贾谊是受了庄子学说的影响。在先秦道家学派中，老子思想是深湛、宏远、机智的——对自然宇宙、万事万物之理的理解是深刻而宏远的；对人世间事物的理解则是机智的。前者表现在对“道”的体认上；后者表现在对“柔弱”、“退让”、“处下”等“水”之品性的推崇上。然而老子并不达观。达观主要表现在对生死、荣辱、成败等人生重大事件的透彻理解上，表现在对关于这类问题的通行价值观的拒斥与超越上。庄子学说是达观的：人人视为珍宝的东西我弃之若敝屣；人人畏之若虎、避之唯恐不及的事物，我安之若素。老子是看得深，揭示出自然宇宙与人世间的种种道理，使人明白事理，能后发制人，时时处处立于不败之地；庄子是看得透，打破了世间许多现成的道理，让人摆脱束缚，从一个完全不同的角度看待一切，从而使心灵进入自由无碍之境。以世俗眼光论之，老子使人变聪明，无所不知，无所不晓；庄子则使人变痴呆，变荒诞，成为另类。庄子达观——达观的根本之处就是获得一套不同于世俗的评价标准，从而不为他人眼中的喜怒哀乐、荣辱得失所左右，我行我素、自得其乐。因此达观与痴呆颇有相近之处。从士人阶层人格结构的角度看，达观心态显然是与社会责任感、历史使命感相疏离的。正如一位宋儒所言，老子还是要做事，庄子就什么都不要做了。

庄子为什么会有这样的达观心态？其思想资源从何而来？这是一个不容易回答的问题，我们可以暂不置论。我们要强调指出的是：庄子开启的这种达观心态对于后世历代文人士大夫的人格都具有至关重要的作用，对中国文化，特别是文学艺术两千多年的发展影响甚巨。达观是中国古代知识阶层在与君权合作过程中保持独立精神的心理基础，是文人成为文人的必要条件。假如没有达观心态，那么中国古代士大夫阶层就真的成了统治阶级的工具了，就真的成为一群人格卑下的利禄之徒了。君主和儒生们建立起来的那套神圣的价值观念体系——诸如天命之神圣、皇帝之尊贵、等级之森严、势位富厚之可喜等等，在达观心态面前都会大大贬值，反而不如天上之明月，江上之清风这些“不用一钱买”的自然之物更可宝贵。千古文人的潇洒、豪迈、超脱、飘逸都是基于这种达观心态的。那些千古流传的诗文书画大多数都是表现了这种达观心态的。所以，达观乃是“文人趣味”的重要内涵，是“闲情逸致”之基调。士大夫身份“以天下为己任”，“以道自任”，“退亦忧，进亦忧”，念兹在兹的都是江山社稷、天下苍生；文人身份则以万物为一体，视古今为一瞬，纵浪大化中，无喜亦无忧。这两种身份互相对立、彼此消解，然而却奇妙地组合在一个人身上，这也可以算是中国传统文化的一大特点。然而，汉代儒者堪称达观者殊少，东方朔庶几近之，其《答客难》有云：

> 今世之处士，时虽不用，块然无徒，廓然独居；上观许山，下察接舆；计同范蠡，忠合子胥；天下和平，与义相扶，寡偶少徒，固其宜也。子何疑于予哉？若大燕之用乐毅，秦之任李斯，郦食其之下齐，说行如流，曲从如环；所欲必得，功若丘山；海内定，国家安；是遇其时者也，子又何怪之邪？语曰：“以管窥天，以蠡测海，以筳撞钟”，岂能通其条贯，考其文理，发其音声哉？犹是观之，譬由鼱鼩之袭狗，孤豚之咋虎，至则靡耳，何功之有？今以下愚而非处士，虽欲勿困，固不得已，此适足以明其不知权变，而终惑于大道也。①

士大夫以治国平天下为职志，能在仕途进退穷达上看破者盖寡。东方朔原有大志，本质上颇近于先秦之游士，希望择主而事，建功立业。但是在汉代大一统的政治格局中，他也只好另寻安身立命之所了。在这篇著名的《答客难》中，集中反映了以东方朔为代表的一批汉代士大夫的心态。

---

①萧统：《文选》卷四十五，中华书局影印清胡刻本 1977 年版，第 629 页。

西汉士人处身于一个前所未有的高度中央集权时代，这样的历史语境与战国时期大相径庭，故而他们一时难以适应。可以说，先秦游士的标新立异、择主而事、自尊自贵精神与汉代专制政治之间的矛盾是决定着此时期思想文化的主要因素。西汉士大夫心态——矛盾、纠结、困惑——主要因此而来，这种心态必然显现于文化学术，包括辞赋之作之中。那种屈原式的愤懑不平由此而来，那种庄子式的达观亦由此而生。有趣的是，正如贾谊那样，这种复杂的心态常常是交织在一起的。司马迁《悲士不遇赋》有云：

悲夫！士生之不辰，愧顾影而独存。恒克己而复礼，惧志行而无闻。谅才韪而世戾，将逮死而长勤。虽有形而不彰，徒有能而不陈。何穷达之易惑，信美恶之难分。时悠悠而荡荡，将遂屈而不伸。①

这里表达的显然是“有志不获骋”的忧虑与愤懑。“惧志行而无闻”云云，表达的是一种建功立业、显名天下的冲动。名声始终是士人最为看重的东西，根本上是因为他们都有有所作为的志向，而在人治社会之中，只有获得好名声，实现志向的机会才会多。另外，古人对人生之短暂有深刻理解，而名声在他们看来乃是延续生命的最佳办法。所谓叔孙豹的“三不朽”之类就是这个意思。孔子也有过“君子疾没世而名不称焉”（《论语·卫灵公》）的说法。然而《悲士不遇赋》又云：

逆顺还周，乍没乍起。理不可据，智不可恃。无造福先，无触祸始。委之自然，终归一矣！

这显然是老庄精神，是达观心态。汲汲于功名利禄又时时表现出达观心态，这就是汉儒特点。不独贾谊、东方朔、司马迁是如此，司马相如、枚乘、王褒、刘向、扬雄等也莫不如此。到了汉末魏晋，新的一批名士出来，将建功立业的冲动以及功名利禄的欲望隐藏或压制起来，表现出来的就只有达观了。从总体来看，汉儒都是入世的，都以建功立业作为自己人

①司马迁：《悲士不遇赋》，龚克昌等《全汉赋评论》，花山文艺出版社2003年版，第247页。

生追求。在他们看来，立功是第一位的，著书立说则是不得已而求其次之举。司马迁尝有著名的“究天人之际，通古今之变，成一家之言”的志向，以今日观之，此志向不可谓不大，简直可以与孔子并驾齐驱了。但是在司马迁心目中，这只是“刑余之人”不得已而选择的实现人生价值的途径。这就如同后世的李白、杜甫一样，生前已经名满天下，得到士林以及众多达官贵人的赏识与尊敬，然而在他们自己的心目中，自己始终是个失败者，似乎一生郁郁不得志。他们的“志”是什么？不是写出“笔落惊风雨，诗成泣鬼神”的诗句，而是“致君尧舜上，再使风俗淳”。——他们是要做王者之师，做“博施于民而能济众”的圣人。东方朔、司马迁亦怀有同样的心理。

如此观之，从先秦士人到秦汉士大夫，作为承担着文化主导作用的知识阶层，他们始终处于一种矛盾心态之中，一方面试图有所作为，大则匡正君主、泽被百姓，小则势位富厚、光耀门楣。而另一方面又欲超然于世事之上，视荣华富贵如无物，与天地精神相往来。前者是根深蒂固的功名心，是中国读书人都极难摆脱的诱惑；后者是达观心，是古代士人与自身的士大夫身份自我疏离的心意能力。前者指向人世，指向现实政治；后者指向人的内心，指向诗词歌赋与琴棋书画。前者使之成为士大夫，成为社会管理者，成为政治家；后者使之成为文人，成为文学家、艺术家。这就意味着，早在先秦时期，在孔子和老庄身上，就已经具备某种文人素质了，达观就是这一素质的标志性特征。但是这并不意味着在士人阶层中“文人”已经作为一种文化身份而存在了，这是因为，作为一种文化身份，“文人”不仅需要多方面的表现，诸如娱情性的书写（诗词歌赋小品文之类）和各种艺术技能（琴棋书画篆刻之类），而且需要形成关于这些书写和艺术技能的评价系统。显然在先秦，这些是远远没有达到的。即使是汉代士大夫，尽管在辞赋与诗的写作方面已经有了很大进步，但也还未能达到足以支撑一种文化身份的程度。例如司马相如和枚乘等辞赋家，尽管他们基本上是以辞赋创作成名并得到帝王赏识的，但他们主要是面向帝王的，是所谓的“宫廷文人”，与后世民间自然形成的诗歌、文章、书法、绘画的创作、欣赏和评价群体迥然不同。所以他们还不是真正意义上的文人，而是传统士大夫，只不过是一种拥有特殊职业的士大夫而已。

士人或士大夫是一种身份，同时也是一个社会阶层。其身份标识与阶层特征就是四个字：“读书做官”。在中国古代，凡是凭借读书获得文化知识然后做官或者以做官为目的来读书的人就是士大夫。自先秦时代起，士人或士大夫阶层就是官僚队伍的后备军。汉代虽然在一个时期里是宗室、功臣与外戚占据绝大部分重要官职，但从武帝开始，士大夫就逐渐成为官僚队伍的主要来源。公孙弘是具有标志性的人物。文人则不同于士大夫。首先，文人并不是一个社会阶层，至少在明代中叶以前没有一个可以称为社会阶层的文人群体。文人是一种文化身份——凭借某种独特的精神旨趣与技能而获得的社会认同。一般说来文人首先是士大夫——士大夫中那些获得独特趣味与技能的人便是文人。这就意味着，凡是文人都是士大夫，但并非所有的士大夫都是文人。这里的区别就是文人趣味。因此文人身份的形成取决于两个方面：一是士大夫中的相当一部分人形成一种独特趣味并能够借助于某种文化符号把它传达出来；二是社会上对此一类人及其趣味与技能表示认可，即持尊重态度。也就是说，文人身份的形成取决于一种趣味及其表现形式的形成而且获得了合法性。这种趣味就是文人趣味。那么文人趣味的根本之处究竟是什么呢？

文人趣味并不是一种单一的精神旨趣或兴趣爱好，它是一种精神的与心理的复杂结构，由多种因素所构成。在这一结构中，除了闲情逸致、达观心态之外，最重要的就是“雅”之追求了。闲情逸致是就文人趣味的基本性质而言的，说明这种趣味根本上是不关国计民瘼的，只是一种个人化的情趣、爱好；达观心态是就文人趣味的超越性来说的，说明这种趣味对现实生活，包括人们关于生死的忧虑以及通行的、支配着人们日常生活的那种世俗价值观有一种拒斥与超越。“雅”之追求则是就文人趣味的价值取向而言的，说明这种趣味旨在打造一种不同流俗、精致玄妙、少数人才可以达到的高层次生活品位与艺术品位。文人趣味的这三个基本维度构成了一种独特的精神结构，这一精神结构的基本功能就是消解来自士大夫身份所造成的精神的与心理的压力，使人的整个心理结构处于一种张力平衡状态。考察古代士大夫的实际生存状况与他们的精神状态就不难明了，士大夫阶层的精神的与心理的压力主要是来自两个方面：一是“士不遇”与“有志不获骋”的失落惆怅；二是“忠而被谤，信而见疑”的悲愤。士大夫当然是饱读诗书之士，人人怀抱一腔大志，希冀遇到明主赏识，干一番轰轰烈烈的事业，青史留名。然而在秦汉以后大一统的政治格局中，天下读书人如过江之鲫，君主只有一个，有几个人可以有幸得到君主的青睐呢？于是“士不遇”与“有志不获骋”便成为士大夫最为普遍的消极情绪，甚至可以说是这个阶层的一种“基本焦虑”。对于那些仕途不顺，无缘跻身高位的士大夫们而言，基本上都会有这种心理焦虑。另有些人因机缘巧合，一度侥幸受到君主重用，本欲大展宏图、有所作为，不料仕途险恶，嫉贤妒能者所在多有，君主听信谗言，于是屈原式的悲愤就产生了。这种情感类似于女人被自己所爱的人怀疑、冷落，故而士大夫与君主的关系常常被比喻为夫妻关系，士大夫从来都是自居于妾妇位置。这就是后世“男子作闺音”的“怨妇诗”那么多的根本原因。

具体言之，则这一趣味结构的三个维度各有不同的作用。闲情逸致作为一种趣味维度乃是对士大夫“读书—做官”人生模式的突破，是给从士大夫的角度看上去没有意义的行为赋予意义。孔子的“吾与点也”之所以有价值，就在于他第一次为悠游闲适的非政治性行为赋予意义。孔子的这种价值赋予意味着士大夫的人格结构中原本就潜藏着一种与读书做官相疏离的精神旨趣：对心灵自由状态的向往与追求。正是这种精神旨趣后来成为“文人”身份形成的主体依据。所以，闲情逸致乃是士大夫固有的心理倾向，只不过这种心理倾向长期受到压制而未能获得合法性而已。尽管有孔子开风气之先，但是由于在战国至两汉时期士人们政治情结过于强大，闲情逸致始终未能受到主流话语的重视。尤其是汉代经学，那些急功近利的儒生们把丰富多彩的孔孟思想阐释为一种政治哲学甚至政治神学了。只是到了东汉后期，在建功立业的豪情屡屡受挫之后，这种闲情逸致方才开始进入士大夫的视野之中，渐渐形成一种具有普遍意义的话语方式，从而促进了诗文书画的蓬勃发展。魏晋六朝时期文学艺术的大繁荣就根本旨趣而言，正是闲情逸致获得合法性的产物。因此，如果要概括魏晋六朝的文学艺术繁荣之原因，与其说什么“人的觉醒”导致了“文学的自觉”，毋宁说是文人趣味获得了正当的表达方式与传播途径——除了建功立业、荣华富贵之外，在琴棋书画、诗词歌赋上的优异表现也成为士大夫自身价值实现的标志。换言之，表现以往看上去无关紧要的闲情逸致也可以确证士大夫自身的价值。于是士大夫不仅仅作为士大夫而存在了，他们中的许多人获得了一重新的身份——文人。如此看来，闲情逸致在中国文化史，特别是文学艺术史上的意义是不容小觑的呢！

四、趣味的丕变：从传统文人士大夫到现代知识分子

从士人阶层诞生之日起，其人格结构中就隐含着一个根深蒂固的矛盾：承担社会责任与守护心灵自由。孔子是最早一批士人的代表人物，他

念兹在兹的是“克己复礼”，其周游列国、游说诸侯为此，删述六经、收徒讲学，亦为此。然而，孔子又是中国古代最早的一批“体制外”的知识人的代表者，拥有自由思想的权利与对心灵自由的向往，其“吾与点也”之志正是其向往心灵自由的明证。就整个先秦士人阶层而言，可以说老庄之学（特别是庄子）更多地表达了对于心灵自由的向往与追求，而儒、墨之学则更多地表达了对社会责任的承担精神。具体到一个士人思想家身上，就往往是二者兼具而有所侧重。这说明对于士人阶层而言，入世与出世、社会责任与心灵自由、集体主体与个体主体两种选择乃是基于士人人格的深层矛盾，是一种根深蒂固、难以消弭的人格冲突的表现形式。这就意味着，就先秦的士人阶层和秦汉之后的士大夫阶层来说，这两种人格倾向都潜伏在他们的内心深处，至于哪种倾向显露出来并形成某种话语系统的强大内在动力，则要看具体社会条件与士人阶层的境遇。

士人阶层人格中的这两种基本倾向之间构成一种内在的张力关系，维系着整个人格结构的某种平衡，二者缺一不可。当集体主体，即从社会责任出发来言说的那个角色，受到挫折之后，其负面的或消极的心理能量可以通过个体主体，即从人心灵自由出发来言说的那个角色予以宣泄，从而使倾斜的人格恢复平衡。孔子周游列国，处处碰壁，其实现政治理想的希望极为渺茫，于是自然生出“吾与点也”的冲动；屈原以楚国的长治久安为己任，忠于君主，勤劳王事，但信而见疑，忠而被谤，集体主体严重受挫，于是以哀婉瑰丽的《离骚》宣泄之。但总体言之，士人或士大夫的这种维持人格平衡的方式亦受历史条件的制约而呈现历史性特征。下面述其大概：

春秋战国时期，诸侯争霸，天下大乱，士人阶层诞生不久，主要兴趣集中于弭平战乱、重建社会秩序。此时，“立法者”是士人思想家们主要的身份认同。在这样的情况下，士人阶层找到两种保持个体心灵自由的有效方式，一是哲学的，二是道德的。哲学的方式由杨朱、庄子及名家学者所代表，乃以一种“超越”的方式与社会现实相疏离，也因此而与自身的“立法者”角色相疏离。杨朱之学高举“为我”大旗，以个体生命为最高价值；庄子则提升心灵，在想象中与造物者游，一万物、齐生死，从而保证个体精神的自由无碍。名家则设置概念的游戏世界，徜徉乎其中，一切人世价值均被超越。当然，从另一个角度看，上述诸种“超越”方式，也可以理解为一种“立法”，也是提供一种社会价值秩序，但无可否认的是，其实际的作用却是主体心灵的自我调节。孔子、孟子试图通过建构一种高尚人格来作为一种精神指向，将人的心灵引向“内在超越”之途，从而与现实保持一定距离，也使自身的“立法者”角色遭遇挫折时有自救之道。例如孔子的远大抱负当然是“克己复礼”，但其具体政治理想则与子路、公西华等人并无不同，即做官，但他还另有一种人格理想或称为道德理想，即君子、仁者，直至圣人。当他的政治理想遭遇挫折时，他就会用道德理想来自我安慰。他说：“天生德于予，桓魋其如我何!”（《论语·述而》）这是一种道德自信。孟子在政治上遭受的挫折更大，孔子至少还有做几天鲁国的大司寇、摄几天相位的机会，而且晚年在鲁国被尊为“国老”，也受到相当的尊重，他的弟子中做大夫、邑宰、家臣者众多，所以他在政治上也有一定影响力。孟子则尽管受到齐宣王、梁惠王等君主表面上的尊重，却从来没有做官的机会，对当时的政治可以说没有丝毫发言权，所以孟子心灵自救的手段也就比孔子更进了一步。于是孟子就提出一套“天爵”、“人爵”的说法来强调道德价值之重要①。在孟子的价值观念中，“天爵”显然高于“人爵”，这是一个值得追问的问题：“天爵”从什么意义上说才高于“人爵”呢？公卿大夫在政治上居于高位，有发号施令之权，在经济上他们是“肉食者”，有很高的俸禄，在社会地位上，他们受到全体下层百姓的敬畏。“人爵”呢？其价值何在？作为一介百姓，其仁义忠信又能有多少实际效果呢？恐怕距离“博施于民而能济众”的儒家最高理想太遥远了。按照孟子的逻辑，“天爵”之高于“人爵”，就只能在他和其他儒家建构起来的评价系统中才能实现，而“天爵”的功能根本上不在于改变世界，而在于充实自身，使自己的人格完满自足。所以孟子又提出“养气”之说。什么是“养气”，其实就是一种道德的自我修养，是因具有较高道德品质而获得的一种自信心的不断积累。这种道德自信积累到一定程度，主体就会产生一种藐视一切的气概，就会彻底消弭因政治生活的不顺而带来的挫折感。孟子本人正是这样的，翻开《孟子》一书，那种由道德自信而来的气概与气势立即会扑面而来，这在先秦诸子中是无与伦比的。如果说杨朱、庄子等人是借助于想象力来膨胀心灵，从而超越现

①孟子曰：“有天爵者，有人爵者。仁义忠信，乐善不倦，此天爵也；公卿大夫，此人爵也。古之人修其天爵，而人爵从之。今之人修其天爵，以要人爵，既得人爵，而弃其天爵，则惑之甚者也，终亦必亡而已矣。”（《孟子·告子上》）

实，获得内心完满自足的，那么孔子、孟子就是借助于道德修养，把心灵提升到高于世间一切价值的位置上，以此来获得内心的充实与安宁。从这个意义上说，先秦的道家与儒家学说都具有某种宗教功能，也具有某种艺术功能。

汉儒身处与先秦士人大不相同的文化语境，其解决人格矛盾的方式也发生了很大变化。总体言之，汉儒寻求实现个体价值以保持内心平衡的方式较之先秦士人似乎更多了一些选择。

首先，“做学问”成了一条普遍的路径。由于在汉代先秦儒家修习的“六艺”都成了经典，而这些经典由于年代久远，许多文字已难明其义，再加上传承过程的增删改窜，就更是错讹百出，又经历了秦火之灾，于是章句训诂之学就应运而生了。“做学问”，尤其是求真的学问，对于知识阶层而言，是使心灵完满自足的最佳方式之一。汉学，主要是传注之学、章句训诂之学，即在此时期形成，影响了中国传统文化两千多年的发展演变。就其主流而言，汉学是一门“求真”的学问，目的是探求经典之原意。对于知识阶层而言，“求真”常常就是最终目标，汉儒开创的“汉学”这一门学问，就成为许多读书人一生追求的目标，所谓皓首穷经就是这个意思。经学固然与做官相关，是一条仕进之路，但是也有许多儒生一心向学，终身不仕。例如党锢之祸之后的郑玄，绝意仕进，编注群经，成为一代经学大师。经学大行于世，渐渐形成了完备的评价系统，士大夫在这个领域中可以得到肯定，从而实现自身价值，于是经学也就成为他们心灵寄托的一种方式。当仕途多舛、实现政治理想的希望渺茫之时，他们就会回归经学之中，以保持心灵的宁静平和。在儒生中，因知世事不可为，遂绝意仕进，专心学问者所在多有。翻翻《后汉书·儒林传》，诸如被时人称赞为“居今行古任定祖”的任安、习《京氏易》与《古文尚书》的孙期、传《毛诗》的孔僖、习《古文尚书》的杨伦等，或中道辞官归隐，一心向学；或埋头经书，终身不仕。对这批儒生的心态，孔子健回答劝其出仕为官的好友崔篆的话是很好的注脚：“吾有布衣之心，子有衮冕之志，各从所好，不亦善乎！道既乖矣，请从此辞。”做官是一种志向，做学问也是一种志向；做官是一种爱好，做学问也是一种爱好，二者均足以令人安身立命。这说明，在汉代，“做学问”已经被相当多的士人视为职志了。

除了“做学问”之外，实践儒家伦理、砥砺名节，在人格修养上追求至善境界也是汉儒保持人格完满自足的重要方式。汉儒普遍重名节，这在中国历史上也是很突出的。特别是东汉时期，士大夫视名节如性命，常能独自反省，自觉压制私欲，努力实践儒家伦理纲常。这有近于先秦儒家的"道德超越"。像陈蕃、陈寔、李膺、范滂、郭太、赵壹等人无不人品高洁、蔑视权贵，成为世人之楷模。这些人在实现政治理想方面遭遇挫折，但在道德上却占据绝对的优势地位，他们在天下士人的敬仰中会产生一种自我实现的感觉，从而达到内心的完满自足。自古以来，对于领导着社会主流文化的知识阶层而言，道德上的优势地位始终是他们优越感和自信心的主要支撑。

除了"做学问"与追求道德上的优势地位之外，汉儒还有一种保持人格张力平衡的重要方式，那就是创造性书写。中国古代从汉代开始才有"作者"、"文人"、"诗人"的自觉意识。先秦诸子虽然著书立说，却没有明确的"作者"意识，孔子是"述而不作"的，孟子是"不得已"的，庄子是"以卮言为曼衍"的，都不是明确的作者意识。东汉时期人们才开始有作者意识，这在王充的《论衡》中表达得很清楚①。"诗人"这个词在西汉以前基本上都是指《诗经》作品的作者，不是一般意义上的"诗人"，到了东汉，才开始指时人之作诗者。"文人"这个词在先秦典籍中是指那些有好品德的先祖，到了东汉才开始指善于写诗辞歌赋之人。这都是因为此时的书写，特别是辞赋、歌诗、史传、论说诸种文章的写作，已经成为比较普遍的现象。由于多种原因，楚文化在汉初具有重要影响，再加上帝王们的特别爱好，因此辞赋创作在汉代成为影响巨大的文学样式。辞赋与后世的诗歌词曲创作相比似乎更多地表达了某种集体意识，缺乏个体的细腻情感，这是不错的，但是即使如此，辞赋创作也还是成为士大夫实现自身价值的另一种途径，成为消弭因政治理想不能实现而造成的挫折感

①王充《论衡》："或曰：'圣人作，贤者述。以贤而作者，非也。《论衡》、《政务》，可谓作者。'曰：'非作也，亦非述也，论也。论者，述之次也。《五经》之兴，可谓作矣。太史公《书》、刘子政《序》、班叔皮《传》，可谓述矣。桓君山《新论》、邹伯奇《检论》，可谓论矣。今观《论衡》、《政务》，桓、邹之二论也，非所谓作也。造端更为，前始未有，若仓颉作书，奚仲作车是也。《易》言伏羲作八卦，前是未有八卦，伏羲造之，故曰作也。文王图八，自演为六十四，故曰衍。谓《论衡》之成，犹六十四卦，而又非也。六十四卦以状衍增益，其卦溢，其数多。今《论衡》就世俗之书，订其真伪，辩其实虚，非造始更为，无本于前也。儒生就先师之说，诘而难之；文吏就狱之事，覆而考之，谓《论衡》为作，儒生、文吏谓作乎？'"（《对作篇》）

的有效手段。西汉时期，除了高祖、武帝等帝王们偶作歌诗之类，士大夫的创造性书写主要是辞赋。士大夫的辞赋创作看上去是为了投帝王之所好，是为了“润色鸿业”，但实际创作过程，从布局谋篇到遣词造句，却是艰难的个人创作。刘勰云：“至于草区禽族，庶品杂类，则触兴致情，因变取会，拟诸形容，则言务纤密；象其物宜，则理贵侧附。”① 颇能概括辞赋创作的甘苦。因此西汉的辞赋之作虽然的确没有表达多少个人情趣，但也确实是艰难的文学创作，而且是自觉的创作，其中蕴含了士大夫们的审美趣味。辞赋的大规模出现，在中国文学史上是一件大事，在中国士大夫阶层的发展历史上同样是一件大事。这说明这个中国古代的知识阶层获得了一种新的言说方式，一种新的书写方式，他们可以通过这种言说与书写同帝王与社会建立一种特殊关系，这种关系主要不是政治的、经济的，也不是道德的，而是美学的，是一种趣味的联系，一种没有直接利害关系的联系。建立这种联系的意义在于：士大夫可以通过一种无直接功利作用的方式实现自身价值了，在他们的精神世界中从此多出了一个维度，这一精神维度的重要性在于：魏晋以后直接导致文学艺术大繁荣的文人趣味正是从这里衍生而出的。

在汉代，有人已经意识到建功立业与文章书写是士大夫实现自身价值的两种不同的方式。司马迁的“发愤著书”说旨在揭示仕途困窘对于书写的刺激作用，王充则意识到仕途畅达对书写的负面影响：

> 文王日昃不暇食，周公一沐三握发，何暇优游为丽美之文於笔札？孔子作《春秋》，不用于周也。司马长卿不预公卿之事，故能作子虚之赋。扬子云存中郎之官，故能成《太玄经》，就《法言》。使孔子得王，《春秋》不作；长卿、子云为相，赋玄不工。(《论衡·书解》)

司马迁和王充从相反的角度论证了同一个道理：建功立业或事功与文章书写之间呈现一种反向作用的关系，事功有成者，文章无成；文章有成者，事功无成。这说明，对于以治国平天下为己任的士大夫阶层来说，文章书写作为一种自我实现的方式，是作为事功的补充而存在的，是不得已

①刘勰：《文心雕龙·诠赋》，人民文学出版社 1958 年版，第 135 页。

而求其次的。正是由于这个原因，司马迁写出流传千古的鸿篇巨制，却郁郁而终；杜甫诗名满天下，却总觉得自己是个失败者，书写的补偿功能只能在一定程度上缓解其“不得志”的心理缺失，却不能从根本上消除那种深刻的挫折感。这就意味着，“文人”是“士大夫”的补充身份，永远不能取而代之，而且永远处于“附属”地位；“文章书写”是“事功”的补充行为，永远不可能居于事功之上。

清末民初之后，随着政治体制的根本性变革，中国人的文化精神、趣味也发生了根本性变化。我们知道，在现代中国精神文化的形成与演变过程有两种因素是至关重要的：一是言说主体从传统文人向现代知识分子的过渡，二是西方文化观念与中国固有文化传统的碰撞与融会。就前者而言，脱胎于传统文人的中国现代知识分子从降生之日起便处于与生俱来的那种“基本焦虑”的煎熬之中，因此他们是极为复杂的，他们有着强烈的内在冲动和严重扭曲的文化人格，急于改变现状以摆脱这种心理压力便成为他们共同的目标；就后者而言，西方文化一方面被一些人视为救世的良药，一方面又被另一些人视为吞噬中国传统文化的洪水猛兽，从而形成文化激进主义与文化守成主义的双重变奏。有着五千年灿烂文明为遗产的中国现代知识分子不甘心总处于“事事不如人”的悲惨境地，于是他们的种种冲动、矛盾、焦虑、痛苦最终都汇集为“救亡图存，振兴中华”这八个大字。经过“五四”新文化运动的洗礼，经过20年代各种思想流派的相互碰撞，终于在30代初期被整合为左翼文化的洪流—— 一种主导着思想文化界的意识形态形成了。在这种意识形态的影响之下，新的审美范式终于最终取代了“精神贵族审美”而成为人们审美经验的准则。那种飘逸淡远、典雅静穆的审美趣味被边缘化，成为少数人躲在书斋里自娱自乐的东西，而充满抗争精神、粗犷风格的文学艺术则成为主流。这是从《莎菲女士日记》到《太阳照在桑干河上》的转变。

“文化大革命”时期的审美经验是这种“意识形态审美”的极端形式。在短短几年之间，不仅几千年形成的传统审美趣味被否定，而且“五四”以来，甚至新中国成立之后形成的新的审美经验也失去了合法性。“文化大革命”的审美经验是一种类似宗教狂热的审美。但无可否认的是，这种意识形态的审美也确实可以通过直觉体验而给人以美感（或者说是一种特殊的美感），就是说主导意识形态由理性层面渗透于感性层面从而获得审美品格。例如在当时的“青少年亚文化”中，“军便服”、“国防绿”、“军帽”、“一身儿蓝”、“白边懒汉鞋”以及女生的“羊角辫”、“拉毛围巾”等都曾是“时尚”，给那时情窦初开的青少年男女们以极大审美感受，其强烈程度绝不亚于今天的任何高档时髦服饰。现在看来，这种审美毫无疑问属于“意识形态审美”，尽管是在“文化大革命”时期，“青少年亚文化”也具有反叛主流意识形态的意义，但意识形态还是可以渗透其中。主流意识形态对青少年的审美意识尚且有如此强大的影响力，更不用说其他社会阶层了。

中国古代文论从某种意义上说正是文人士大夫趣味的理论化形态，我们通常熟知的那些古代文论范畴，诸如气、神、韵、妙、味、骨等等，莫不与文人士大夫的趣味密切关联，都可视为后者的话语表征。中国现当代文论发展则与现代知识分子趣味有着密切关联，是现代以来中国人“图存救亡、振兴中华”主导精神在文论话语上的显现。因此，探讨中国文论史的发展演变也就是探讨中国文人士大夫乃至现代人文知识分子的趣味演变史。

第一章 // 先秦的文论发展

从世界文化史的发展角度来看，中国的“先秦”正处于所谓“轴心时代”。现在越来越多的学者认为，“轴心的突破”是导致诸子百家之学勃兴的主要原因。就中国的情况而言，所谓“轴心的突破”也就是《庄子·天下》里说的“道术将为天下裂”。“道术”是指“前轴心时代”的思想文化，即西周贵族在继承夏商时代文化传统的基础上建立起来的礼乐文化体系。“裂”就是突破，就是颠覆，当然也就是新的学术的诞生。这就是“先秦文论思想”产生的历史语境。

第一节 概 述

商代以前有没有文学艺术？当然是有的。那么有没有文论思想呢？理论上说也应该是有的。然而我们不是在讨论“商代（或夏代）的文论思想”这样的话题，因为“文献不足征也”。因此所谓“先秦文论”基本上是指西周之初至战国之末这八百多年中人们关于诗、乐等文艺形式的思想。具体言之，主要是周代贵族阶层与春秋战国时期诸子百家们的文论思想。

一、周代经典中的文论思想

西周建立起来的贵族等级制是中国古代第一个完备而严密的政治制度。大约是受到强大的商王朝瞬间崩溃的刺激，周代贵族在制度建设上可谓殚精竭虑。周初的“封土建君”与“制礼作乐”乃是政治体制建设的两件至关重要的大事：“封土建君”的目的是“藩屏周”，其结果是建立起了一个以亲疏远近为次序的、上下一体的严密等级秩序。这个由分封而来的天子、诸侯、卿大夫、士的贵族等级秩序是西周政治制度的核心，同时也是周人精神文化的核心。

“制礼作乐”的实质是国家意识形态建设，目的是为贵族等级制确立合法性依据。其直接的结果是建立起程式化的、无比繁复的贵族文化系统，通过使贵族成为贵族——在感性和形式层面上培养起特殊趣味——的方式确证了每位贵族身份的合法性，从而也就确证了整个贵族体制的合法性。其间接的结果是为中国此后三千年精神文化的发展奠定了基础，在很大程度上决定了中国古代的重“文”传统，这一传统具体表现为繁文缛节、含蓄、隐晦、迂回的表达方式，华丽无比的形式以至日常生活中的重面子等等。

可知“制礼作乐”的实质乃是建构一整套文化制度，其内核为贵族等级秩序，其形式为各种仪式、文化符号与话语系统，其功能则是沟通人与神、人与人之关系，使既有政治等级秩序获得一个看上去庄严、肃穆、神圣的外在形式，从而对这种秩序起到巩固、强化的作用。

王官之学就是在这样的文化历史语境中产生的。可以这样来表述：王官之学就是西周礼乐文化的话语形态，是作为统治阶层的西周贵族的意识形态话语系统，也是中国古代政治、哲学、道德伦理、宗教思想之源头。在这套话语系统中还包含着丰富的文学艺术思想，因而也是中国古代文论的源头所在。从这个意义上说，汉儒刘歆的“诸子出于王官”之说，如果改为“诸子出于王官之学”或许就不会受到胡适先生的批评了。在这里我们无意对王官之学本身进行系统探讨，我们感兴趣的是王官之学对中国古代文论的发生、发展究竟产生了怎样的影响，这主要包括下列几个方面：

《易》或《周易》、《易经》所代表的卜筮系统。今存《周易》之卦象及卦辞、爻辞可以肯定为西周所作。《周易》除了其占卜吉凶祸福的工具性功能之外，的确包含着很丰富的哲学思想，其中最为重要者有二：一为对于宇宙秩序的理解。八卦，即乾、坤、震、巽、坎、离、艮、兑，分别代表天、地、雷、风、水、火、山、泽八种自然现象，其中“乾”、“坤”两卦具有化生万物的能力，是构成自然宇宙乃至人类社会的本源。这意味着，在周人眼中，自然宇宙并非混沌一片，也不是不可理解的自在之物，而是有着严密秩序的有机整体，在各个自然物之间存在着相互关联、相互转化的关系。二为变化观念。在理解自然万物的存在形态及其关系时，

《周易》之六十四卦及卦爻辞表现出三千多年前的中国古人杰出的概括、抽象能力。尽管卦爻辞都是对具体事物与事件的描述，并未出现阴阳、刚柔之类具有高度抽象性的词语，但乾、坤二卦可以理解为对天地、阴阳的高度概括，而阴阳二爻的排列组合则象征了事物的发展变化，贯穿其中的的确是周人对自然万物及人类社会之变化规律的理解。作为一种高度抽象的符号，八卦是古人对天、地、人三大领域某些共通性的理解与概括，这是中国古代“天人合一”思想的早期表达，从这个意义上说，《周易》塑造了中国传统文化的基本品格，当然也塑造了中国古代文论的基本品格。

《易传》，即所谓《十翼》是战国时期儒者对《周易》之卦爻辞的阐发，除了诸多政治、道德方面的附会之外，基本上揭示出了《周易》所包含的丰富而深刻的哲学思想，可以作为理解《周易》之卦象、卦爻辞的重要参考。其有关阴阳、刚柔、通变、性命、时、中、几、神等概念的概括的确符合《周易》的根本精神，并对后世中国文化思想的发展演变产生了重要影响，其于文论思想也有极大影响。在南朝刘勰《文心雕龙》之《原道》、《通变》等许多篇目中都体现出《周易》的精神。

《周易》对“象”的使用以及对“言、象、意”三者关系的理解是非常伟大的创造，开启了中国古代言说方式之先河，对这种言说方式我们可以使用“比喻”、“象征”、“类比”、“关联性思维”、“具象思维”等等概念来指称，无论如何命名，这种言说方式以及与之紧密相关的思维方式在中国古代的确是源远流长的、独特的，是中国传统文化的基本特征之一。在中国古代文论的话语系统中，这种思维方式与言说方式得到了最充分体现。

《书》或《尚书》、《书经》是西周王室官方文件及部分从往代传承下来的重要文献之汇编，集中体现了西周贵族阶层的政治观念。其中最可重视者，除了“天聪明，自我民聪明；天明畏，自我民明畏”（《皋陶谟》）的民本思想之萌芽外，便是对“德”的高度重视。诸如“宽而栗，柔而立，愿而恭，乱而敬”等“九德”（《皋陶谟》），“正直”、“刚克”、“柔克”等“三德”（《洪范》），“明德慎罚”（《康诰》），“小大德”、“中德”、“元德”（《酒诰》），“明德”（《梓材》）等等，不胜枚举。其他如“敬”与“慎”的观念亦随处可见。这就意味着，周人虽然是凭借武力推翻殷商统治的，但是他们却很清楚不能靠武力来进行治理的道理。上引之“德”的概念主要是针对统治者的道德品质而言，而“敬”、“慎”则是针对执政者自身的自我戒惧、自我约束而言，这就是说，周代贵族统治者试图奉行“以德治国”的政治路线。通过个人道德品质的自我改造、自我提升而达到治国平天下的目的，这正是后世儒家极力宣扬的政治路线。

“以德治国”是中国三千年以来一直宣扬的政治理念，其在具体政治实践中究竟在怎样的程度上被贯彻是另外一回事，在这里我们感兴趣的是这种政治理念对文学思想产生了怎样的影响。概括说来，这里的文化逻辑是这样的：西周贵族对道德品质之于治理国家之首要意义的竭力强调开启了后世儒家“内圣外王”——即所谓“三纲领”（明明德、新民、止于至善）、“八条目”（格物、致知、诚意、正心、修身、齐家、治国、平天下）——政治路线之先河。在儒家的文化语境中，无论是政治问题还是审美问题，往往都被还原为伦理道德问题。故而中国古代文论的主要价值取向之一正是道德批评，即从伦理道德角度评价诗文，把善与恶、正与邪、雅与俗作为基本评价标准。这种表现于诗文批评中的价值取向可以说与西周贵族文化一脉相承。

《诗》或《诗三百》、《诗经》是周王室搜集、整理的诗歌集，入乐之后，成为主要用于各种祭祀、典礼仪式的乐歌以及房中之乐。《诗》的作品大抵为不同阶层的贵族所作，其中蕴含了非常丰富的历史材料以及政治、哲学、伦理、文艺等方面的思想。后世儒家把《诗》奉为经典，通过各种传注，阐发出系统的儒家思想，并且形成一种独特的诗学阐释学传统，对中国古代文学艺术的发展产生重要影响。《诗经》本身包含的批评思想可以用“美刺”与“讽喻”这两个词语来概括。诸如“维是偏心，是以为刺”（《魏风・葛屦》）、“夫也不良，歌以讯之”（《陈风・墓门》）、“家父作诵，以究王讻”（《小雅・节南山》）、“吉甫作诵，其诗孔硕，其风肆好，以赠申伯”（《大雅・崧高》）、“吉甫作诵，穆如清风”（《大雅・烝民》）等等，或美或刺，不一而足。盖“诗”作为一种特殊的言说方式，原本是古人用来沟通人与天，或人与神的特殊话语形式，其起源应该是卜筮之辞。到了西周时期，诗被贵族统治者用之于各种礼仪形式之中，已经开始从人神关系泛化到人与人——例如天子与诸侯、诸侯与诸侯、诸侯与卿大夫、卿大夫与卿大夫之间等——的关系中。而且由于礼乐是贵族教育的核心内容，而诗又是礼乐系统核心内容，于是久而久之，诗就演变为一种贵族教养，成为识别贵族身份的重要标志之一①。又由于这是一种隐晦、含蓄、迂回的表达方式，不仅显示出言说者的优雅、高贵，而且很适合于表达某些不便直言的想法和意见，特别是评价性的观点，于是诗就获得了"美刺"、"讽喻"之功能，成为在身份和权力方面处于弱势地位的贵族向处于优势地位的贵族表达意见的手段。后来经由儒家的经典化、神圣化过程，《诗》在中国文学史上的源头与范本地位进一步确定，于是"美刺"、"讽喻"也就自然而然地成为中国古代文学思想中最重要的内容。

"礼"是"王官之学"的重要内容，今存所谓"三礼"——《周礼》、《仪礼》、《礼记》在汉代以后均被奉为儒家经典。然而自古以来，对于"三礼"的成书年代就存在争论，即使是儒家内部的意见也是大相径庭。好在有一点是可以成为共识的，那就是："三礼"中至少部分地记录了西周时期的礼乐制度、礼仪形式。从"三礼"的这些记载中我们可以窥见西周文化的一大特征，那就是对于形式的高度重视（后世称之为繁文缛节）。所谓"形式"，用先秦时期通用的说法就是"文"。孔子说的"周鉴于二代，郁郁乎文哉"，即是对周代礼乐文化的充分肯定与赞扬。盖贵族之所以为贵族并不仅仅靠政治与经济上的特权，他们要成为一个在社会上受到普遍敬仰的特殊阶层，需要高于一般人的文化教养与迥然不同的生活方式。从某种意义上说，"礼乐"的主要功能就在于"正名"，也就是使贵族成为贵族，并且在贵族内部进行身份分层，使天子成为天子、诸侯成为诸侯、大夫成为大夫、士成为士。通过"正名"而使事实上的贵族等级制获得合法性形式，并且使等级观念、身份意识深入到人们的感性活动层面，从而成为一种生活方式。通过礼乐的这种"正名"，严酷无情的贵族等级制就被看上去庄重典雅、温情脉脉的仪式所包裹，变得"郁郁乎文哉"了。西周贵族这种对"文"的重视与其用道德修养的方式进行统治的政治策略是相辅相成、互为表里的。由此而形成的重"文"的文化惯习对于中国春秋战国以降两千多年的文学艺术的发展演变起到了莫大的影响作用，中国古代的所谓"文统"观念即由此而成。

---

①这一点有些像拉丁语之于欧洲中世纪的贵族与教士阶层、法语之于19世纪的俄国贵族、英语之于20世纪前半期的中国的上流社会一样，是一种特殊的交流方式，这种与众不同的言说方式确证着贵族身份的特殊性。

二、诸子的文论思想

从以上阐述中可以看出，中国古代文论的基本精神，从思维方式、言说方式到主要价值取向，无不渊源于春秋之前的所谓“王官之学”。诸子之学从王官之学发展演变而来是毋庸置疑的，章学诚所谓“战国之文章，先王礼乐之变也”① 并非无根之言。但是这仅仅意味着王官学是诸子学的思想资源，并非说诸子学直接地继承了王官学的精神旨趣与价值诉求。二者的差异无疑是巨大的。

在王官之学语境中形成的文论思想经过诸子的继承、重构而获得新的意义；而在诸子之学语境中又根据新的社会需要提出若干新的文艺思想。那么诸子学在文论方面究竟有哪些独特贡献呢？这需要做一番清理工作。

“诗言志”之说甚为古老，但它究竟产生于何时，就目前的文献资料来看，却很难作出准确判断。根据对相关文献资料的分析，我们似乎可以得出这样一种结论：“诗言志”之说的产生并非一蹴而就的，而是有一个过程，这一过程正好契合了从王官之学向诸子之学的转变，换言之，“诗言志”之说的产生是王官之学向诸子之学转变过程的产物。理由如下：其一，先秦诸子中多有把“诗”与“志”相联系的例证，如“诗亡隐志”（孔子）、“以意逆志”（孟子）、“诗以道志”（庄子）、“诗言是，其志也”（荀子）等等，这说明“诗”与“志”有紧密关联乃是诸子们的共识。我们知道，诸子百家，各道其所道，不肯接受他人成说，故而他们的这一共识必然基于某种共同的先前的文献资料，换言之，在诸子学出现之前应该已经有与“诗言志”近似的说法了。其二，记载春秋史实的《左传》、《国语》等典籍载有大量“赋诗言志”的实例。诸侯君主、卿大夫在交接聘问之际，常常会赋诗，以表达或感谢、或赞扬、或批评、或警告、或祈求之类的意见。他们自己称这种行为为“诗以言志”②。因此，春秋时期的“诗以言志”或“赋诗言志”之说，就是上引战国时期诸子们关于“诗”与“志”关系的各种说法的共同思想资源。其三，“诗”在王官学中占据重要位置，是礼乐文化系统之重要组成部分，因此也是儒家思想的主要来源之一。儒家在传授、整理、传注“六艺”之时，往往要对其各自的功能

---

①章学诚著、仓修良编：《文史通义新编·诗教（上）》，上海古籍出版社 1993 年版，第 25 页。

②《左传·襄公二十七年》：“卒享，文子告叔向曰：‘伯有将为戮矣！诗以言志，志诬其上，而公怨之，以为宾荣，其能久乎？幸而后亡。’”

予以概括，例如“乐合同，礼别异”、“《书》言是，其事也”之类。“诗言志”也正是这样一种概括。儒家思想家对《诗》的这种概括一方面包含着他们对此前人们关于《诗》的观点的继承，一方面也包含着他们对《诗》的独特理解与价值赋予。

由以上分析我们可以得出这样一个结论：作为王官学之一的“诗”曾经是礼乐文化系统的重要组成部分，后来通过贵族教育渐渐成为贵族子弟必备的文化修养，人人都烂熟于心，因此至迟在春秋时期，“诗”就脱离开典礼仪式而演变为一种贵族之间的特殊言说方式，于是出现“赋诗言志”的普遍现象，在此基础上产生出“诗以言志”这样的概括。由于春秋时期虽然西周建立的礼乐制度遭到很大程度的破坏，但社会制度依然是贵族等级制，主流社会文化则是受到破坏的礼乐文化，因而此时关于“诗”的理解依然是属于王官之学范畴。到了春秋之末乃至战国时期，诸子学发展起来，诸子秉承春秋贵族们关于“诗”的使用和理解这种文化惯习，依然把“诗”与“志”相联系，然而此时那种有教养的贵族阶层已经瓦解，代之而起的是有本事而无教养的新兴的官僚阶层，于是春秋时期的那种温文尔雅的“赋诗言志”行为也就成为历史。由于缺少了现实的参照，“诗以言志”之说的含义就渐渐发生了变化：原本那种指通过“赋诗”表达“意见”的含义渐渐隐匿不见了，“诗”与“志”都在一般的意义上被使用了，于是某位儒家思想家，在整理《尚书》时，就把“诗言志”之说加入到根据传说或支离破碎的古代文献而编成的《尧典》之中。从“诗以言志”到“诗言志”，这个命题由对一种现象的特指，变为一般性的诗学命题，这里也昭示着贵族时代的王官之学向产生于“礼崩乐坏”时期的诸子之学的转变轨迹。作为这一转变过程，孔子的“诗亡隐志”以及其他相关于诗的观点，可以说是一个“中介”或者“过渡”。

孔子的“诗亡隐志”之说见于前些年刚刚整理出来的上海博物馆馆藏楚竹书之《孔子诗论》。其中“隐”字之释文诸家多有出入，今从李学勤先生之说①。其完整的句子为：“孔子曰：‘诗亡隐志，乐亡隐情，文亡隐意。’”我们知道，正如“诗”与“志”一样，“乐”与“情”、“文”与“意”相连属乃是从王官学到诸子学普遍存在的现象。这里的关键是如何

①李学勤：《〈诗论〉的题材和作者》，见《上博馆藏楚竹书研究》，上海书店出版社2002年版，第52页。

理解孔子心目中的“诗”与“志”之关系。联系孔子在《论语》中的相关论述，我们以为，在这个问题上，孔子恰好是从王官学到诸子学转换的中介。何以见得呢？请看《论语》的记载：

>……鲤趋而过庭。曰：“学诗乎?”对曰：“未也。”“不学诗，无以言。”鲤退而学诗。他日又独立，鲤趋而过庭。曰：“学礼乎?”对曰：“未也。”“不学礼，无以立。”鲤退而学礼。(《季氏》)
>
>子曰：“诵《诗三百》，授之以政，不达；使于四方，不能专对；虽多，亦奚以为?”(《子路》)

从孔子的话中可以看出，在他心目中，“诗”的基本功能是交流。所谓“无以言”，所谓“专对”都是在“赋诗言志”的意义上说的。盖孔子去古未远，对贵族们的文采风流有所见，有所闻，并心向往之，故而要求弟子们学诗，以获得贵族式的特殊交流方式。实际上根据《左传》、《国语》等史籍记载，到了孔子生活的春秋之末，“赋诗言志”的事情虽然已经很少有了，但毕竟还存在着①，故而孔子要求子弟们学诗以获得“专对”能力，也还算是有现实的基础。然而，诗的其他功能似乎更加受到孔子重视，其云：

>小子何莫学夫《诗》?《诗》，可以兴，可以观，可以群，可以怨。迩之事父，远之事君，多识鸟兽草木之名。(《阳货》)
>
>兴于《诗》，立于礼，成于乐。(《泰伯》)

“兴观群怨”之谓显然已经不是“赋诗言志”所能包容的。这里所强调的已经不是诗歌的“专对”功能，而是其对于个人修养与个人情感表达的意义。换言之，在孔子这里，诗歌开始具有个体心性价值，被当作人格自我改造、提升的方式来理解了。其他如“《关雎》乐而不淫，哀而不伤”(《八佾》)说、“《诗》三百，一言以蔽之，曰思无邪”(《为政》)之说，都是在个体道德角度讲的。这说明，对于以孔子为代表的士人阶层来说，

---

①在《左传》中，最后一次关于“赋诗”的记载大约是昭公十六年（前525）的事情，其时孔子已经26岁。

作为西周文化遗存的《诗》已经被赋予新的意义与价值，而不再是贵族阶层的标志性文化符号。此后孟子之以“诵诗”为“尚友”之途径、荀子以及汉代经生之以《诗》为圣人志向之表达等见解，均为孔子思想之发展。因此，从古代文论发展、演变的角度看，孔子是从王官学向诸子学转变的“中介”与过渡。孔子身上蕴含着周代贵族与战国士大夫的双重精神。

在王官之学语境中，诗歌、音乐、舞蹈艺术形式以及各种仪式、器物等文化符号是对秩序与集体精神的肯定与张扬，个人情感、个体精神在这里是被压制与遮蔽的。相比之下，在诸子学语境中，个人情感与个体精神得到一定程度的彰显。孟子说：“故说诗者，不以文害辞，不以辞害志。以意逆志，是为得之。”（《孟子·万章上》）按照孟子的意思，“说诗”的根本目的在于把握到诗人所欲表达的情感与意念，即“志”。这里的“志”与春秋“赋诗言志”之“志”显然有着迥然不同的含义。在孟子这里，“志”是个人之情志，近于汉儒“在心为志，发言为诗。情动于中而行于言”（《毛诗序》）之谓。换言之，在孟子看来，每首诗都有一个作为个体的“作者”在那里，因此就包含着个体精神与情感。后世之人学古人之诗，目的是“尚友”，即与古人交朋友，向古人学习做人的道理，故而关键就在于了解诗人的个体精神与情感，借助诗的中介，达到今人与古人精神世界的沟通与交流。而春秋贵族的“赋诗言志”之“志”则并非个人之情志，而经常是指某种政治性的观点、意见、评价、希望等，其背后隐含不是“个体主体”，而是“集体主体”。“诗”在贵族阶层心目中并不是个体精神与情感的体现，而是一套特殊的语言表达方式，是贵族教养的表现，是公共话语，这里丝毫没有个体性、私人性存在的空间。

老庄之徒基于其否定文化话语建构的整体思想倾向，对诗文鲜有论及，然则从其只言片语中亦可窥见诸子学特点之一斑。《庄子》云：

> 世之所贵道者，书也。书不过语，语有贵也。语之所贵者，意也，意有所随。意之所随者，不可以言传也，而世因贵言传书。世虽贵之，我犹不足贵也，为其贵非其贵也。故视而可见者，形与色也；听而可闻者，名与声也。悲夫！世人以形色名声为足以得彼之情。夫形色名声，果不足以得彼之情，则知者不言，言者不知，而世岂识之哉！（《天道》）

这里阐述了“书”、“语”、“意”、“言”以及“不可以言传”者之间的关系。首先，庄子认为被书写下来的东西是语言，语言之所以值得书写是因为它表达了人的意念或意见，这就意味着，庄子是把书写，当然包括诗歌的书写，理解为人的意念或意见的表达，而不是某种程式化、仪式化的文化符号，这显然是诸子学语境的言说，而非贵族话语。其次，庄子认为人的意念或意见亦非书写之最终根据，它的背后还隐含着更加深层的根据，而这个根据是不可以用语言来表达的。我们当然有充分的理由把这个“不可以言传”之物理解为“道”。这个在老庄语境中“维恍维惚”、“维惚维恍”的“道”在中国古代哲学史、思想史、政治文化史上具有极为重要的地位，在中国古代文论史上也有着深远影响。完全可以说，离开了“道”，中国传统文化学术将完全是另外一个样子。老庄标举这个形而上的“道”作为天地宇宙与人世间万事万物之本根、一切价值之本源，对中国文化是莫大的贡献，同时也是诸子学根本特征之一。这主要表现在下列方面：其一，如果说“礼乐”或者“文”是以王官之学为代表的贵族文化的标志性符号，那么“道”就是以诸子学为代表的士人文化的标志性符号。其二，在王官之学的话语系统中，“天”、“上帝”、“神明”、“天命”等具有至高无上的、神圣的性质，它们构成了现实周王朝贵族等级秩序的最终合法性依据。在诸子学的话语系统中，“道”取代了“天”、“天命”、“上帝”、“神”的地位①，成为诸子话语系统的最终价值依据。其三，“道”的提出有其重要的现实需求，这种需求是来自于“通过话语建构来实现改造社会之目的”的诸子学之普遍政治策略。诸子之学都是“纸上谈兵”，都是试图先建构完备的、具有吸引力的话语系统，再进而使之落实为现实的价值秩序。诸子百家在根本上无非是一个个美妙的社会理想蓝图，都是针对混乱不堪的现实社会状况立言的。因此，“道”的确具有明显的乌托邦色彩，本质上是对战乱频仍、价值失范的现实社会的批判与超越。

“道”被诸子打造为一切存在、一切价值的最终根据与本源，于是如何“体道”，即接近、了解、守护、把握这个“道”便成为诸子学之最高学术追求。老子说：“道常无为而无不为，侯王若能守之，万物将自化。”（《老子·三十七章》）孔子说：“朝闻道，夕死可矣！”（《论语·里仁》）

---

①在儒家话语系统中，往往混杂了大量贵族文化因子，因此诸如“天”、“天命”之类的词语也常常被使用，在儒家这里，它们其实就是“道”的别名。

庄子说："夫体道者，天下之君子所系焉。"（《庄子·外篇·知北游》）孟子说："得道者多助，失道者寡助。"（《孟子·公孙丑下》）这里所谓"守"、"闻"、"体"、"得"都是把握"道"的方式。先秦诸子正是在思考如何把握"道"的方法、路径的过程中确定了中国古代学术文化的基本特征，同时也就确定了中国古代文论的基本特征。这种运思方式的本质就是"自得"①，也就是自行进入到"道"之中，使自身精神成为"道"之状态。这种"自得"既是中国古代哲学的基本运思方式，也是古代文论的基本运思方式。何以见得呢？

中国古代文论与西方文论之根本差异不在于价值观的不同，系统、体系之有无以及关注点之别，而在于运思方式之迥异。盖西方文论自柏拉图、亚里士多德始，就建立起比较成熟的"对象性思维"的运思模式，把所谈论的文学（史诗、悲剧、抒情诗等）视为一种客观存在物，在主客体二元对立的认知框架下，运用以归纳和推理为基本方式的逻辑思维对对象进行分析，作出判断，得出结论。中国古代文论则大异于是。在"体道"、"自得"的运思方式影响下，古代文论从来就不把所言说之物视为"对象化"的客观存在，而是当作自身有待进入的境界或状态。在言说过程中总是把自身置于其中，成为"参与者"而非"看客"。例如，陆机对诗文创作的描述与其说是总结、概括一般的创作规律，毋宁说是在谈论自己的创作体验；刘勰对"风骨"、"神思"的论述也无疑是个人感受与体会的升华。在古代文论的言说中处处有个"我"在那里。读者阅读古代文论的文字也不是要得到这些文字所给出的客观知识，而是根据其所描绘的情境使自身进入其中，在心中产生近似于文论作者在写作时所具有的精神状态。这有些近似于禅家所谓"以心传心"——不执著于概念的清晰、定义的确切、论证的严密、结论的明确，而是使读者进入到一种情境之中，从而完全领会、体悟到作者所欲传达的意指。所谓"不着一字，尽得风流"（司空图）、"但见性情，不睹文字"（皎然）、"妙悟"（严羽）云云，都是这

①《孟子·离娄下》："君子深造之以道，欲其自得之也。自得之，则居之安；居之安，则资之深；资之深，则取之左右逢其原，故君子欲其自得之也。"朱熹注云："言君子务于深造而必以其道者，欲其有所持循，以俟夫默识心通，自然而得之于己也。自得于己，则所以处之者安固而不摇；处之安固，则所借者深远而无尽；所借者深，则日用之闲取之至近，无所往而不值其所资之本也。"可知"自得"即是自然而得，自己而得，非由外铄。换言之，就是通过自我提升而使自己达于道之境界。

个意思。

由此观之，诸子学之于后世中国古代文论发展的影响是决定性的，不仅规定了其价值取向，而且确定了其思考方式。从周代王官学到诸子之学是中国古代文化思想演变史上的一大转折点，同时也是中国古代文论发展史上一个重要关节，后来古代文论的发展演变的历史以及基本特征、基本观点都可以从这次转折中寻觅到源头。

第二节　孔　子

孔子（前551—前479），春秋后期鲁国人，中国古代伟大的教育家、思想家、儒家学说创始人。中年时开始授徒讲学，开私学之风；整理诗、书、礼、乐等古代典籍并加以改造，形成儒家思想。《论语》是对孔子及其弟子言行的记录，其中包含着丰富的哲学、伦理、教育、政治、文学、艺术思想，对后世影响至深。

一、关于诗歌的功能

我们先看看孔子的说法：

> 兴于《诗》，立于礼，成于乐。（《泰伯》）
>
> 人而不为《周南》、《召南》，其犹正墙面而立也与？（《阳货》）
>
> 诵《诗三百》，授之以政，不达；使于四方，不能专对，虽多，亦奚以为？（《子路》）
>
> 不学诗，无以言。（《季氏》）
>
> 小子何莫学夫《诗》？《诗》可以兴，可以观，可以群，可以怨。迩之事父，远之事君；多识鸟兽草木之名。（《阳货》）

我们如果稍稍进行一下比较就不难发现，这些功能实际上并不是处于同一层面的，它们并不是同一文化历史语境的产物，简单说，它们并不都是可以同时存在的。这种情形是如何形成的呢？为了解决这个问题，我们就必须进一步追问：这些看法是怎样形成的呢？是孔子对诗歌在实际的政治文化生活中之作用的概括总结，还是他寄予诗歌的一种期望？是他个人对诗歌功能的理解，还是当时普遍的观念？

上引一、二两条毫无疑问是讲修身的。对于“兴于诗”，朱熹注云：“兴，起也。《诗》本性情，有邪有正。其为言既易知，而吟咏之间，抑扬反复，其感人又易入。故学者之初，所以兴起其好善恶恶之心而不能自已者，必于此而得之。”朱熹的意思是由于《诗》是人的本性的呈现，所以具有激发人们道德意识的功能。关于第二条，历代注家皆以为“不为《周南》、《召南》”，即意味着不能自觉进行道德修养，因此就像面墙而立一样，寸步难行。然而考之史籍，修身实非诗歌的固有功能。据《周礼》、《礼记》记载，诗歌的确是周人贵族教育的重要内容。但是在西周，诗与乐结合，同为祭祀、朝觐、聘问、燕享时仪式的组成部分，属于贵族身份性标志的重要方面。而在春秋之时，诗则演化为一种独特的外交辞令，更不具有修身的意义。所以孔子在这里所说的修身功能乃是他自己确定的教育纲领，当然也是他授徒讲学的实践活动所遵从的基本原则。因此孔子关于诗歌修身功能的言说可以说是他与弟子们构成的私学文化语境的产物，在当时是没有普遍性的。根据孔子的道德观念与人格理想，他的修身理论的主要目的是要将人改造成为能够自觉承担沟通上下、整合社会、使天下有序化的意识形态的人：在君主，要做到仁民爱物、博施济众；在士君子，要做到对上匡正君主，对下教化百姓；在百姓，则要做到安分守己、敬畏师长。总之，家庭和睦、天下安定、人民安居乐业乃是孔子修身的最终目的。后来儒家大讲特讲的“修、齐、治、平”，正是对孔子精神合乎逻辑的展开。孔子基于“修身”的道德目的来理解《诗》，就必然使他的“理解”成为一个价值赋予的过程。无论一首诗的本义如何，在孔子的阐释下都会具有道德的价值——这正是后来儒家《诗经》阐释学的基本准则。

接下来的两条是讲诗歌的政治功能。看看《左传》、《国语》我们就知道，这是春秋时普遍存在的“赋诗言志”现象的反映。《左传》一书记载的“赋诗”活动大约有三十余次，其中最晚的一次是昭公十六年（前525）楚国的大夫申包胥到秦国求援，秦哀公为赋《无衣》。这一年孔子已经26岁。这说明在孔子生活的时代，“赋诗言志”依然是贵族的一项受到尊重的并具有普遍性的才能。尽管在《论语》中没有孔子赋诗的记载，但我们可以想见，在他周游列国的漫长经历中，一定也像晋公子重耳那样，所到之处，与各国君主、大夫交接之时常常是以赋诗来表情达意的。这样，孔子对诗的“言”或“专对”功能的肯定就是彼时大的文化历史语境的产物，具有某种必然性。倘若在孟子或荀子那里依然强调诗歌的这一功能，那就显得莫名其妙了。对于这种对《诗》的工具主义的使用，按照孔子的思想逻辑，是不会予以太大的关注的，因为他历来主张“辞，达而已矣”，并认为“刚毅木讷，近仁”，“巧言令色，鲜矣仁”。但是由于在他生活的时代利用诗歌来巧妙地表情达意乃是极为普遍的现象，而且在某种意义上还是贵族身份的标志，所以他也不能不对诗歌的这种功能予以一定程度的肯定。

最后一条是孔子关于诗歌功能的最重要的观点，其产生的文化语境也最为复杂。关于“兴”，孔安国说是“引譬连类”，朱熹注为“感发志意”。以理度之，朱说近是。此与“兴于诗”之“兴”同义，是讲修身（激发道德意识）的作用。关于“观”，郑玄注为“观风俗之盛衰”，朱熹注为“考见得失”，二说并无根本区别，只是侧重不同而已。这是一种纯粹的政治功能。关于“群”，孔安国注为“群居相切磋”，朱熹注为“和而不流”。二说亦无根本差异，只是朱注略有引申，而这种引申非常符合孔子本意。孔子尝云：“君子衿而不争，群而不党”，朱熹注云：“和以处众曰群。”可见这个“群”具有和睦人际关系之意。这是讲诗歌的沟通交往功能。关于“怨”，孔安国注为“怨刺上政”，朱熹注为“怨而不怒”，意近。这也是讲诗歌的政治功能。

如此看来，“兴、观、群、怨”涉及诗的三个方面的功能。关于修身功能已如前述，不赘。关于沟通、交往功能则《荀子・乐论》有一段关于音乐功能的言说堪为注脚。其云：

> 故乐在宗庙之中，君臣上下同听之，则莫不和敬；闺门之内，父子兄弟同听之，则莫不和亲；乡里族长之中，长少同听之，则莫不和顺。故乐者，审一以定和者也……

这里所说的“乐”是包含着“诗”在内的。在荀子看来，“乐”的伟大功能是调节各种人际关系，使社会变得更加和睦、团结。这正是孔子“群”的本义。

关于政治功能，孔子是从两个角度说的：一是执政者的角度，即所谓“观”，也就是从各地的诗歌之中观察民风民俗以及人们对时政的态度。在

《孔子诗论》中有“《邦风》，其内物也博，观人俗也”之说，可以看作是对“兴、观、群、怨”之“观”的展开。二是民的角度，即所谓“怨”，亦即人民对当政者有所不满，通过诗歌的形式来表达。《孔子诗论》云：“贱民而怨之，其用心也将何如?《邦风》是也。民之有戚患也，上下之不和者，其用心也将何如?”这是对“怨”的具体阐释。从这里可以看出，孔子对诗歌这种“怨”的功能十分重视，并且认为“怨”的产生乃是“上下不和”所致。而“怨”的目的正是欲使“上”知道“下”的不满，从而调整政策，最终达到“和”的理想状态。由此可以看出“兴、观、群、怨”说的是内在联系。

这样看来，孔子对诗歌功能的确认共有四个方面：修身、言辞、交往、政治。这四种功能显然是不同文化历史语境的产物，是《诗经》作品在漫长的收集、整理、传承、使用过程中渐次表现出的不同面目的概括总结。这种对诗歌功能的兼容并举态度，是与孔子本人的文化身份直接相关的。如前所述，孔子祖上是宋国贵族，他本人也曾在鲁国做过官，有着大夫的身份，他晚年也受到鲁国执政者的尊重，被尊为“国老”。这些都使他常常自觉不自觉地站在官方的立场上说话。但是，他毕竟又是春秋末年兴起的民间知识阶层（即士阶层）的代表，具有在野知识分子与生俱来的批判意识与自由精神，同时他作为传统文化典籍的传承者、整理者，作为最为博学的西周文化的专家，对先在的文化遗产怀有无比虔诚的敬意。这样三重身份就决定了孔子对诗歌功能的理解和主张是十分复杂的。作为现实的政治家，他不能不对在当时普遍存在于政治外交，甚至日常交往场合的“赋诗”现象予以足够的重视，所以他强调诗的言说功能。作为新兴的在野士人阶层的思想家，他对于自身精神价值的提升十分重视，深知“士不可不弘毅，任重而道远”的道理，故而时时处处将道德修养放在首位。对于长期存在于贵族教育系统中的《诗三百》，孔子也就自然而然地要求它成为引导士人们修身的手段。而他的社会批判精神也必然使其对诗歌的“怨刺”功能予以充分的重视。最后，作为西周文化的专家和仰慕者，孔子对《诗三百》在西周政治文化生活中曾经发挥过的重要作用当然心向往之。而沟通君臣、父子、兄弟乃至贵族之间的关系，使人们可以和睦相处，使社会安定有序，正是诗乐曾经具有的最重要的社会功能，是周公“制礼作乐”的初衷。因此对于诗歌沟通、交往功能的强调对孔子来说就具有了某种必然性。总之，孔子言说身份的复杂性使之对诗歌功能的理解与强调也具有复杂性，这种复杂性也表现于孔子思想的方方面面。

在“兴、观、群、怨”四项功能之中，后三者最突出地表现了孔子对《诗》的意识形态功能的强调。“观”实际上是对统治者的要求，即要他们通过诗歌来了解民情，从而在施政中有所依据，也就是要求统治者充分尊重人民的意愿与利益。“怨”是对人民表达意愿的权利的肯定，是鼓励人民用合法的方式对执政者提出批评。至于“群”，则更集中地体现了意识形态“中间人”的独特功能，是对于和睦、有序的人际关系的吁求。

孔子将《诗经》作品在不同文化历史语境中曾经有过或者可能具有的功能熔于一炉，其目的主要是使之在当时价值秩序开始崩坏的历史情境中，承担起重新整合人们的思想、沟通上下关系、建构一体化的社会意识形态的历史使命。将社会实际问题的解决寄托于某些文化文本的重新获得有效性之上——这正是以孔子为代表的儒家思想家的乌托邦精神之体现。所以对于《诗》、《书》、《礼》、《乐》等文化典籍，孔子都是作为现实的政治手段来看待的。他说：“先进于礼乐，野人也；后进于礼乐，君子也。如用之，则吾从先进。”包咸注云：“‘先进’、‘后进’，谓仕先后辈。礼乐因世损益，‘后进’与礼乐，俱得时之中，斯君子矣。‘先进’有古风，斯野人也。”朱熹注云：“‘先进’、‘后进’，犹言前辈、后辈。野人，谓郊外之民。君子，谓贤士大夫也。程子曰：‘先进于礼乐，文质得宜，今反谓之质朴，而以为野人。后进之于礼乐，文过其质，今反谓之彬彬，而以为君子。盖周末文胜，故时人之言如此，不自知其过于文也。’”根据这些注文我们可以知道，孔子之所以“从”被时人视为野人的“先进”，根本上是因为其奉行之礼乐质重于文，亦即重视实用而轻视形式。而“君子”的礼乐则相反，过于重视形式而忽视了实用。孔子感叹：“礼云礼云，玉帛云乎哉？乐云乐云，钟鼓云乎哉?”也正是强调礼乐的实用功能。孔子天真地以为，只要西周的文化典籍得以真正传承，那么西周的政治制度也就自然而然地得到恢复。实际上，尽管这些典籍曾经就是现实的政治制度，可是到了孔子时代早已经成为纯粹的文化文本了。一定的经济、政治制度可以产生相应的文化文本，而流传下来的文化文本却不能反推出它当初赖以产生、现在已经崩坏的经济、政治制度。这是先秦的儒家思想家所无法意识到的，也是先秦儒家知识分子的悲剧性命运的根本原因之所在。

二、关于诗乐的审美特征

我们还是先来看孔子的说法：

> 子曰："师挚之始，《关雎》之乱，洋洋乎盈耳哉！"（《泰伯》）
>
> 子在齐闻《韶》，三月不知肉味，曰："不图为乐之至于斯也。"（《述而》）
>
> 子谓《韶》："尽美矣，又尽善也。"谓《武》："尽美矣，未尽善也。"（《八佾》）
>
> 子曰："《关雎》，乐而不淫，哀而不伤。"（《八佾》）

其中一、二条是讲诗乐的审美感染力，可以证明孔子对于诗乐有着很高的审美鉴赏能力，也可以证明诗乐在实现其意识形态功能的同时也还具有审美方面的功能。第三条是孔子关于诗乐的最高评价标准，这是道德价值与审美价值相统一的准则，此后一直是儒家关于文学艺术的基本评判标准。最后一条是关于诗歌在表情达意方面的准则——适度，即有克制地表达情绪。这也是后世儒家最基本的文学价值观之一。"哀而不伤"之说，如果和前面谈到过的"怨"联系起来看，我们不难看出这实际上是对处于被支配地位的臣民们如何表现"怨"之情绪所规定的标准。按照孔子的这一标准，臣民百姓有权向执政者表达自己对时政的不满，可以用诗的方式"怨刺上政"，这是对被统治者权利的维护。但是这种不满之情又不可以表现得过于强烈，一定要适度才行。为什么表情达意要受到这样的限制呢？这是孔子所追求的那种意识形态功能所决定的：这种意识形态的根本目的是沟通上下关系，使不同阶层的人和睦、有序地生活于一个共同体之中。要达到这样的目的，不同阶层之间的有效交流是最重要的。所谓有效交流，是说既要让下层民众有机会表达自己的意见、宣泄自己的不满情绪，又要使统治者能够接受批评，从而调整政策。这样才能使统治者与被统治者之间的矛盾得到缓解而不是激化。因此孔子要求双方都做出让步：统治者能够倾听意见，被统治者能够克制情绪。这便是汉儒所说的"上以风化下，下以风刺上，主文而谲谏。言之者无罪，闻之者足以戒，故曰风"。孔子和后世儒者大讲所谓"中庸之道"与这种意识形态建构的目的直接相关，而儒家"中和之为美"的审美原则生成的深层原因也正在于此。在中国古代，特别是先秦时期，一种看上去纯粹的审美观念，往往实际上蕴含着深刻的意识形态内涵。

第三节　老　庄

老子，又称老聃、李耳，春秋时期楚国苦县人。曾在周朝做“收藏室之官”。中国古代著名思想家，道家学派创始人。庄子（约前369—286），名周，宋国蒙人。战国中期著名思想家，道家学派主要代表人物。以老子和庄子为代表的道家是反对一切文化建构的，他们原本就是针对“周文疲弊而发”的，是一种以“解构”为主的理论。但是对于后世的文学艺术以及文论思想来说，老庄的影响确实很大，有时候甚至超过孔孟，这是什么原因呢？原因就在于老庄标举的那些人生价值范畴，在现实中很难实现，是一种乌托邦，但是在诗文书画中却找到了自己的落脚点。下面我们即以这些范畴为线索来考察老庄的文论思想。

一、朴与妙

老子说：

> 知其荣，守其辱，为天下谷。为天下谷，常德乃足，复归于朴。朴散则为器，圣人用之，则为官长。（《老子·第二十八章》）

这段文字讲的是老子对人的自身修养的要求。一个人知道自己可以享受荣华富贵，而持有虚怀若谷的胸怀，就能保持原有的自然本性不灭，返归于纯真质朴的原始状态，如同那朴素的原木一般，从而现出万物的本来面目。“朴”原本是未经加工的原木，引申为事物之原本状态。没有任何人的机巧之心在其上。这也是“道”的特性，与自然联系紧密，“朴”就是自然状态，是“道”浑然呈现的状态。又：

> 道常无名，朴。虽小，天下莫能臣也。（《老子·第三十二章》）

“道”幽隐无形，不可言说，“道”没有万物之形，却有万物之质，可成万物之用，其原始状态就是“朴”。“道”虽幽微渺小，但天下万物却不能使役它、控制它。这里的“朴”就指的是道纯一无伪、本然自在的特性。老子以“朴”喻“道”，揭示了“道”的本质特征。又：

> 见素抱朴，少私寡欲。（《老子·第十九章》）

老子主张“绝圣弃智”、“绝仁弃义”、“绝巧弃利”，只有彻底废除了仁义、孝慈、圣智、巧利，才能复归于自然无为之道。只有民众的思想和行为都质朴无华，不加巧饰，才能保持其原始的质朴；只有抑制减少民众利己的私心，削弱其对巧利的贪欲，才能保持其天然的纯真。这里的“朴”意为自然、不加巧饰。

作为美学意义上的“朴”，除含有“自然”之意外，还有简单、朴素、质实之意。朴拙、素朴、质朴、古朴、朴诚、朴厚都是中国美学的重要范畴。又：

> 无，名天地之始；有，名万物之母。故常无，欲以观其妙；常有，欲以观其徼。此两者，同出而异名，同谓之玄。玄之又玄，众妙之门。（《老子·第一章》）

“道”是万物之母，它孕育长养着天地万物。“道”具有永恒性和玄妙性，它幽隐精微，神奇玄妙，只有无欲无私之人才能明圣通达，察知明了它的精微玄妙。这里的“玄”指的是道存在的深微难测的特性，“妙”指的是道运动变化的神奇莫名的特性。又：

> 古之为道者，微妙玄通，深不可识。（《老子·第十五章》）

这句话是说圣人体道的情形，“道”幽隐精微，圣人体道之时其心志精微幽隐而玄妙通达，其行为深藏不露而难以测知。“玄”与“妙”均指“道”的难于把握的神奇性质。万物变化之非人力所能及处均可称之为玄妙。可知其然而不知其所以然。这正是中国古人保留外部世界之神秘性、不可知性的大智大慧处。不像西方许多学人那样强作解人，凡事都要给出明确的解释。正是由于具有这种“玄”与“妙”的性质，“道”才不同于“逻各斯”、“规律”、“法则”等任何一个西方哲学范畴。看老子的意思，道是“有”与“无”，或者说是有限性与无限性的统一体，就其“无”言之，“玄”与“妙”是其性也，非人的感官所能把握，因此道不可成为认知对象，它是无限的，具有神秘莫测的性质；就其“有”言之，人目之所及、耳之所闻的万事万物莫不是道的显现，因此道又是有限的，具有至真至朴的品性。玄与妙尽管是道或自然之无限性的表现，非人的理智所能了解，但是人依靠体验与想象的能力依然可以感受到它们，并从而获得对宇宙的敬畏与美感。到了魏晋之后，玄与妙作为美学范畴，指艺术境界或审美对象的难于言说之处。可意会而不可言传。心有所感而口不能言。知其然而不知其所以然。对于玄妙人不能去“知”，只能去“体味”、去感受，诉诸审美鉴赏能力。

老庄崇尚“朴”与其社会理想和人生理想相关。与孔孟代表的儒学一样，老庄之学也有自己的社会理想，其主旨也是为动荡的社会、崩坏的政治秩序开出疗救的药方。对于老子来说，这社会理想是“小国寡民”——消除了一切人为的因素之后的朴素自然状态。或者说是人类的前文明状态。就其实质，老庄之学是希望通过绝对的否定而达于肯定，或者说，借助否定的方式完成一种肯定，其最基本的价值取向同样是建构而非解构——解构只是手段，建构才是目的。同作为士人思想家，老庄之徒与孔孟一样都面临着同样的社会问题，这就是原有的社会秩序崩坏，失去了统一的价值准则，利益成为社会政治行为的主要杠杆。所以改变现状、为社会提供新的规范就成为包括诸子百家在内的所有士人思想家们言说的主要动机。与儒家不同的是，道家在曾经是那样光辉灿烂的周代文明土崩瓦解的现实面前产生了更加深重的幻灭感：不再相信依靠像周公“制礼作乐”那样积极的文化建设可以一劳永逸地解决社会问题。他们比儒家更深刻地看到了话语建构的悖论：你建构了一套话语系统来规范这个世界，约束现实的权力，而现实权力却立即将它变为维护自身并攫取更大权力的工具。道家对现实权力与话语建构之关系的这种理解显然比儒家要深刻得多。在道家看来，既然一切的话语建构最终都会被现实权力所战胜并且还充当其帮凶，那么还要话语建构有什么用呢？这是道家选择消解策略的主要原因。

道家基于文化话语建构之无益而有害的现实情形，竟将道德沦丧、价值失范的责任归之于话语建构的主体——圣人。于是在他们的心目中便形成了这样一种根深蒂固的观念：在形而下层面上是建构不如消解，进不如退，有为不如无为；在形而上层面上则是有不如无，实不如虚了。既然无为乃是最佳选择，那么，见之于人类社会自然是纷乱虚伪的当今不如淳朴简单的上古了。于是原初的、未开化的、天真未凿的人类初民社会就成为道家最高社会理想了。既然任何价值规范都不免被某些人利用来谋取私利，那么就不如将压根儿就没有任何价值规范的社会当作理想来追求——这就是道家社会理想产生的逻辑，也同样是他们形上追求的现实根源所在。道家的价值追求就是否定整个现行的价值观念体系。这个体系主要由两部分组成：一是西周遗留下来的礼乐文化之残余；二是儒、墨等士人思想家在西周文化基础上建构起的新的价值系统。它们的共同特征就是试图通过人为的话语建构实现政治上改造社会的目的。这在老庄之徒看来是幼稚可笑的。出于对历史事变的洞察，老庄之徒深知任何知识话语的建构最终都会成为权力拥有者们手中的工具，然而他们自己却一如儒、墨一样，也仅仅拥有话语建构的能力，因此在不得已的情况下他们就选择了否定作为自己最基本的话语策略。否定的话语策略最根本之处就是处处与现行价值体系反其道而行之。以话语建构的形式否定任何话语建构的意义——这就是道家之学的策略。既然反对话语建构，则其反面——人类初民的自然状态：无知无识、天真未凿、浑然与物同体就成了最高价值理想。那么，为什么这样的自然状态就是最高的价值呢？这种价值理想的合法性何在呢？因为“道”就是这样的。从这个意义上说，“道”是设定的、自明的、本原性的。而从话语建构的逻辑轨迹看，则“道”是自然万物本然自在性这一特征获得了话语形式。“道法自然”隐含的意思就是“道”是从自然状态中提升而来的。所以“道”能够成为价值本原，就是因为它是“自然”的别名，而“朴”、“素朴”之类则是“自然”的存在状态，因此也是“道”的基本品格。中国后世文学艺术中那种崇尚古拙、朴素、厚重一脉风格的，可以说都是老庄哲学思想的艺术化、感性化形式。“妙”与“玄”则是老子对自然万物变幻莫测特性的概括。其之于后世文学艺术的影响也极为深远。

二、自然

老子说：

> 功成。事遂。百姓皆曰：“我自然。”（《老子·第十七章》）

这段话是说圣人遵循大道而引导百姓顺应自然。这里的关键是圣人的引导方式本身就是自然的，即顺乎人之天性而施为的，因此百姓达到顺乎自然的理想境界的过程被他们理解为自然如此，根本看不到圣人的任何着力之处，甚至于感觉不到圣人的存在。这样看来，老子标举“自然”首先就是对君主之“人为”的否定。这里的一切都是自然的，但又具有政治性：目的是达于自然，手段是顺其自然，百姓的感觉是自然而然；然而从另一个角度看，自然既是老子的政治目标，又是他的政治策略。又：

> 希言自然。故飘风不终朝，骤雨不终日。孰为此者？天地。天地尚不能久，而况于人乎！（《老子·第二十三章》）

这里的“希”的意思是“听之不闻”（见十四章），其与“夷”（视之不见）、“微”（抟之不得）三者“混而为一”，是为道“无物之象”与“无状之状”的存在样态。同时也就是万事万物的自然状态。宇宙间的一切都在瞬息万变中，但其变化的几微之间，却是人的感官所不能完全把握的，因此自然也并非仅仅指人们耳目所及的客观存在，也包括事物的微妙变化，这些变化是人无法靠感官来认知的。又：

> 人法地，地法天，天法道，道法自然。（《老子·第二十五章》）

王弼注“道法自然”云：“道不违自然乃得其性。法自然者，在方而法方，在圆而法圆，于自然无所违也。自然者，无称之言，穷极之辞也。”这就是说，“道”乃以“自然”为其本性，或者说，它就是自然的别名。所谓“无称之言、穷极之辞”乃是说自然这个词语涵盖宇宙万物，大而无外，小而无内，亦包括事物一切微妙难测的变化。由此观之，自然这个概念既是指耳目之所及的山川日月、草木鱼虫，又是指万事万物深不可测的几微变化。这一切又都是自然如此，绝非任何外力所施为。所以可以说“自然”就是宇宙间可见与不可见、可知与不可知的一切存在，或存在之整体，而“道”则是自然本身的这种自在本然性，离开了“自然”也就没有什么“道”可言了。又：

> 道之尊，德之贵，夫莫之命而常自然。（《老子·第五十一章》）

老子认为“道”生长万物，“德”养育万物，所以万事万物莫不尊崇“道”而珍贵“德”。但“道”和“德”并不干涉万物的生长繁衍，而是顺其自然。又：

> 是以圣人欲不欲，不贵难得之货；学不学，复众人之所过。以辅万物之自然，而不敢为。(《老子·第六十四章》)

圣人总是顺其自然，清静无为。圣人希望得到众人不愿得到的东西，而不看重那些难以得到的东西；总是学习那些众人不愿学的东西，返归众人远离之地。圣人能够辅助天下万物顺其自然地发展变化，从不敢为了满足私欲而肆意妄为。“自然”表现于人世间就是要行“无为”之政，清静自处，顺时达变。总之，“自然”是“道”之根本特性。即自己如此、原本如此，没有任何人力为之，亦没有任何其他有目的者为之。

作为美学概念来说，“自然”就是美，而且是至高无上的美。作为万事万物所共有的存在特性，自然呈现给人的是某种朴素无华的无限性，它就是那样，看上去并没有令人惊奇之处，但是人的心智无论如何聪慧，也无法真正把握到它。老子所说的“希声”的“大音”与“无形”的“大象”都是就自然的自在本然性与无限性而言。在老子这里，以自然为性的“道”和效法道的天地万物都是不可以被对象化的，也就是不可以作为人的认知对象而被把握。面对这样的存在之物人们只有通过体验和想象才能接近它。所谓“致虚极，守静笃”与“涤除玄览”是也。而这也就是审美，唯有审美的方式才能够接近自然本身。在这里一切概念与推理都于事无补。对于人为的艺术品来说，“自然”就是无人工痕迹，给人以“浑然天成”之感，这是后世对老子美学的继承与发展。从根本上说，“自然”既是一种人格理想，也是一种社会理想。老子的“自然”不同于西方哲学史上的“自然”（nature）。西方的自然是指物质世界或客观世界，是实际的存在之物，是人类认识、改造和征服的对象；老子的自然不是世界本身，而是世界，也包括人类应有的存在样式，因而也是人生之最高理想。自然即自己如此，不加外力的意思。在西方，人与自然的关系是共时性的二元对立；在中国，人与自然的关系是历时性的过程：人生而自然，后天习得使人离开自然状态，通过体道，人还可以复归于自然。

以往论者通常是在“清静自然”、“少私寡欲”、“为而不争”的意义上来理解道家人格的价值。如果从文化发展的角度来看，与其说道家为后世士人开出了一个人格境界，毋宁说是在言说之域开出了一个意义生成的空间。如果说儒家的人格理想是不停顿地建构与自我警戒，所谓“无一日违仁”、“颠沛必于是，造次必于是”、“吾日三省吾身”等等，是追求“动”的意义，那么道家则是彻底放松，像婴孩那样万事不萦于心，是强调“静”的价值。人的生命亦如万事万物的生命一样，都是“动”与“静”的变奏。“动”固然是人类无数文化价值之源，“静”同样也生成着无数的文化意义。二者都植根于生命存在本身，是无法取舍的。但是如果从历史的角度来看，则儒家人格理想的作用是构成一种积极的主体性，从而培养一个改造现实世界的大军；道家人格理想则是要为放弃社会责任与担当精神提供一种合法性，为无能为力与绝望之情提供心理的慰藉。因此道家人格的文化之维与历史之维有着迥然不同的意义与实际效用。我们可以说那种“知足常乐”、“安时处顺”、“游戏人生”甚至“好死不如赖活着”之类近于消极的生存观念均与道家人格息息相关，我们也可以说，那种宁静淡远、精微玄妙的艺术境界，那种超尘脱俗、心系自然、童心宛在、开朗达观的积极健康的生活态度也与道家人格密不可分。对于特定历史情境来说，道家人格可能是起着消极的作用，但对于具体的生命个体来说，道家人格则可能会大大提高他的生活品位。

三、言与意

《庄子》说：

> 世之所贵道者，书也。书不过语，语有贵也。语之所贵者，意也，意有所随。意之所随者，不可以言传也，而世因贵言传书。世虽贵之，我犹不足贵也，为其贵非其贵也。故视而可见者，形与色也；听而可闻者，名与声也。悲夫！世人以形色名声为足以得彼之情。夫形色名声，果不足以得彼之情，则知者不言，言者不知，而世岂识之哉！
>
> 桓公读书于堂上，轮扁斫轮于堂下，释椎凿而上，问桓公曰：“敢问公之所读者，何言邪？”公曰：“圣人之言也。”曰：“圣人在乎？”公曰：“已死矣。”曰：“然则君之所读者，古人之糟粕已夫！”桓公曰：“寡人读书，轮人安得议乎！有说则可，无说则死！”轮扁曰：“臣也以臣之事观之。斫轮，徐则甘而不固，疾则苦而不入，不

> 徐不疾，得之于手而应于心，口不能言，有数存乎其间。臣不能以喻臣之子，臣之子亦不能受之于臣，是以行年七十而老斫轮。古之人与其不可传也死矣，然则君之所读者，古人之糟粕已夫！”（《庄子·天道》）

这段话涉及道、书、语、意、意之所随者五者之间的关系。大意是说，世上的人之所以重视“道”是因为书上说它重要；然而书上记载的不过是古人的语言而已；语言之所以重要是因为它负载着古人想表达的意思；然而意思的产生必定是有缘由的，这个缘由却是说不清楚的。所以，世人都是因为重视古人的语言而传承那些记载了其语言的书籍，而我觉得这都是不值得重视的，因为他们重视的是不值得重视的东西。联系下一段的轮扁斫轮的故事，这里的意思是书本上记载下来的东西都是古人的糟粕，真正有意义的东西是无法用文字传达的。又：

> 筌者所以在鱼，得鱼而忘筌；蹄者所以在兔，得兔而忘蹄；言者所以在意，得意而忘言。（《庄子·外物》）

在庄子看来，筌、蹄、言都是工具，目的是鱼、兔、意，只要逮住了鱼，抓到了兔，领会了精神实质，这些工具就可以忘掉了。此句是讲“意”重于“言”，但是联系原文，则在“意”的背后还有更重要的东西在。这个更重要的东西是什么？在老庄语境中，它只能是那个虽然看不到、摸不着，却是无处不在的“道”。它才是最根本的存在，是万物之本根、本原。

根据庄子的逻辑，要彻底解决为了权力争夺而导致的社会动荡问题，就必须先行否定现行价值观念的合法性；为了否定现行价值观念的合法性，就必须颠覆通行的思维方式；为了颠覆通行的思维方式，就不能不涉及“言”与“意”的关系问题，因为任何价值观念与思维方式都是通过言说而显现出来的。于是其“说”与其“所说”之间的关系就成为一个值得追问的话题。对于庄子的追问可以从下列两个方面来考察：

首先，语言是有局限的。语言无疑是人类最重要的表现方式，当语言作为言说者日常生活中一般意愿的表达方式时，它是有效的，旁人可以通过它而明了说者的意思。然而，但当语言作为对世界复杂性的表现方式时，它却往往是无效的，因为它不可能穷尽这种复杂性。在它呈现了事物的某种性质时，总是同时遮蔽了另外一些性质。庄子意识到，文字所要表现的是人们的语言，语言所能表现的是人们的意念，尽管也有言不尽意的问题，但大体上三者之间是比较契合的。问题出在“意之所随”上。“意”并非凭空产生的东西，它具有指涉性质，总是相关于人的意识后面隐含的某种心理因素或者外在于人的某种存在物。此二者都是难以用语言呈现出来的，所以说“意之所随者，不可以言传也”。人们通常用眼睛可以看到的形与色、用耳朵可以听到的鸣与声都是事物的表象，根本不足以显现事物的真正状况，因此人们说出来的以及用文字表达出来的意思都是不值得相信的。语言只不过是人们为了交流的需要不得已而用之的工具而已，不应该将其神圣化。根据《庄子》的意思，语言所能做的便是传达言说者的意愿，只要这意愿已经传达出去，语言就完成了自己的使命。至于事物本身的复杂性则是语言根本无法传达的。因此语言和用语言组成的各种文本都是不值得重视的。真正知道的是不说的，因为语言无法表达他所知的东西；说出来的都是不知道的，因为能用语言传达出来的东西肯定不是事物的真正情状。根据整个《庄子》一书的逻辑，这里所说的那种“不可言传”的东西也就是天地之间无处不在的“道”。

其次，庄子语言观具有现代意义。20 世纪后半期以来，语言忽然成为西方哲学关注的焦点：语言被赋予了某种世界本体的性质。在一些后现代主义者看来，现实并不先在于语言，相反，是语言塑造了现实，因为人们是借助于语言来建构他眼中的整个世界的。这样一来事情就发生了根本性变化，出现了一系列在传统眼光看来是匪夷所思的结论，诸如先有语言而后有被表现者、文学先于现实、语言是存在之家、历史即是文本、语言使世界成为世界、语言说人而非人说语言等等——这些观点和提法都与后现代主义对近代以来形成的理性中心主义以及与之相关的主体性意识的颠覆性反思有着极为密切的联系。然而被许多西方的和中国的学者判定为具有后现代主义特征的庄子学说在这一点上似乎与上述观点刚好相反：在庄子看来，语言的意义是渺小的，它只能呈现事物最表层的即可以为感官把握的东西，而无法显现事物的真实性本身。那么应该如何看待庄子与后现代主义语言观的这种差异呢？

我们认为庄子的观点更加深刻一些。庄子的深刻性在于：世界上真正具有重要意义的东西是无法用语言传达的。标示着宇宙万物存在与演变的大道，是超越语言范围的。也就是说，人类借助于语言建构起来的世界是虚假的、表层的、自欺欺人的。真正决定世界之命运的力量是人的智慧所无法言说的。譬如混沌，在庄子这里是指世界存在的整体性，实际上是无法言说的。对于世界的不可言说性，人们无法准确表达，但可以体会，可以感受，因此也可以效法或顺应。语言是达“意”的，亦即表达人们的思想意愿的，而那决定着“意”的东西则是无法言说的、神秘的、无意识的。就像斫轮老人那样 70 了还在斫轮，因为无法将他悟到的技术传给子孙。其中有“数”存焉。西方人的特点在于认为语言可以传达一切，即使是无意识也可以透过语言来解读，最终语言取代外在于人的精神实体而获得本体地位。这里实际上是预设了世界的可认知性，这与西方传统的知识论模式有着深层的一致性。因此承认不承认世界本身的神秘性是庄子思想与西方后现代主义的根本区别之一。

第四节　孟　子

孟子（约前 372—前 289），名轲，战国中期邹人，曾受业于孔子之孙子思的弟子，为儒家主要代表人物之一，后世被尊为“亚圣”，常常与孔子并称孔孟。孟子在孔子的基础上发展了儒学，提出“仁政”、“王道”等政治思想，并设计了“制民之产”、“与民同乐”等具体措施。另外他还提出了一套“心性之学”，主张通过“养气”、“求放心”、“存心养性”等个体修养手段提升人格，这对后世儒学，特别是宋代道学产生了重大影响。《孟子》一书是孟子本人和他的弟子共同编写的，在宋代以后被尊为儒家经典“十三经”之一。

一、关于“以意逆志”

孟子说：

咸丘蒙曰：“舜之不臣尧，则吾既得闻命矣。《诗》云：‘普天之下，莫非王土；率土之滨，莫非王臣。’而舜既为天子矣，敢问瞽叟之非臣，如何?”孟子回答说：“是诗也，非是之谓也；劳于王事而不得养父母也。曰：‘此莫非王事。我独贤劳也。’故说诗者，不以文害辞，不以词害志。以意逆志，是为得之。如以辞而已矣，《云汉》之诗曰：'周余黎民，靡有孑遗。'信斯言也，是周无遗民也。"（《万章上》）

看《孟子》一书，引诗论诗之处很多。其论诗引诗都是为着证明自己理论的合理性。孟子论诗最有名的有两处，这里我们分别予以考察。

在《万章上》所载孟子与弟子咸丘蒙之间的著名问答中，孟子明确讲出了如何理解诗歌含义的方法，其要点是"以意逆志"。那么如何理解这个"以意逆志"呢？古代的注释，例如汉儒赵岐、宋儒朱熹的注以及托名孙奭的疏、清儒焦循的正义，基本上都认为，"志"是指诗人所要表达的意旨；"意"则是说诗者自己的"心意"，所以，"以意逆志"的意思就是说诗者用自己的心意揣测诗人的意旨。至于"不以文害辞，不以辞害志"，是说不要胶柱于诗的文辞而偏离了诗人的意旨。古人也还有另一种说法：清人吴淇认为，"志者古人之心事，以意为舆，载志而游。……以古人之意求古人之志，乃就诗论诗，犹之以人制人也"，他的意思是，在诗歌的文辞上直接呈现的含义是"意"，诗人真正要表达的意思是"志"，文辞是承载"意"的工具。"意"又是承载"志"的工具，这种解释虽亦言之成理，但毕竟与孟子表达出来的意思隔了一层。笔者以为要真正理解孟子的意思，将"以意逆志"之说与"知人论世"说联系起来考察是十分必要的，两种说法构成了孟子对古人文化遗留的一种完整的态度。如果说"知人论世"的核心是"尚友"，即在与古人平等对话中将古人开创的精神价值转换为现实的精神价值，那么，"以意逆志"就是"尚友"或平等对话的具体方式。"志"即是"诗言志"之志，指诗人试图通过诗歌表达的东西；"意"本与"志"相通，《说文解字》中二者是互训的。在这里可以理解为"见解"。《论语·子罕》有"子绝四：毋意、毋必、毋固、毋我"之谓，朱熹认为"意"指"私意"，即就个人的见解而言。意思是说，孔子为人不过分坚持自己的个人见解，即不自以为是。《周易·系辞上传》有"书不尽言，言不尽意……圣人立象以尽意"。这里的"意"也可以理解为"见解"或"意思"。联系孟子的具体语境，"志"是指诗人所要表达的意旨，"意"则是说诗者自己的见解。用自己的见解去揣测诗人的意旨，这就是"以意逆志"的含义。看孟子的意思，并不是主张说诗者可以随意地解释诗人的意旨，而是强调解释的客观性，即符合诗人本意。但是由于诗歌言说方式的特殊性，诗人的本意往往是隐含着的，说诗者并没有十足的证据证明自己的解释就是完全符合诗人本意，所以说诗者的“意”与诗人的“志”之间就难免出现不相吻合处。也就是说，说诗者的“意”近于海德格尔所谓的“前理解”——在解释活动开始之前就已经存在于解释者意识和经验中的主观因素，它们必然进入解释过程并在很大程度上影响这一过程及其结果。这样的解释当然也就离不开主观性因素。实际上这正是任何两个主体之间的对话都必然存在的现象。古人说“诗无达诂”也正是就这种解释的主观性而言的。所以孟子的“以意逆志”之说真正强调的并不是解释的绝对客观性，而是对话的有效性：说诗者与诗人之间达成在“意”或“志”的层面上的沟通，而不被交流的媒介——文辞所阻隔。只有这样才符合“尚友”之义：平等对话。如果停留在对诗歌文辞固定含义的解读上，就丧失了说诗者的主体性，当然也就谈不上“尚友”了。

二、关于“知人论世”

孟子说：

> 一乡之善士斯友一乡之善士，一国之善士斯友一国之善士，天下之善士斯友天下之善士。以友天下之善士为未足，又尚论古之人。颂其诗，读其书，不知其人，可乎？是以论其世也。是尚友也。（《万章下》）

过去论者多以现代的认识论角度来解释“知人论世”的含义，认为为了真正理解一首诗，就必须了解作者的情况，而要了解作者的情况又必须了解其所生活的时代的情况——总之是理解为一种诗歌解释学的方法了。这种理解当然并不能算错，只是并没有揭示孟子此说的深层内涵。这里孟子真正想要表达的意思是“交友之道”。在此章的前面孟子先是回答了万章“如何交友”的问题，说“不挟长，不挟贵，不挟兄弟而友。友也者，友其德也，不可以有挟也”。然后又讲到贤明君主也以有德之士为师为友的诸多例子，最后才讲到有德之士之间亦应结交为友的道理。古代的有德之士虽已逝去，但是他们的品德并没有消失，所以今天的有德之士也要与古代的有德之士交友。与古人交友看上去是很奇怪的说法：古人已经死了，如何与之交友呢？这恰恰是孟子的过人之处——试图以平等的态度与古人交流对话：既不仰视古人，对之亦步亦趋，也不鄙视古人，对之妄加褒贬。“尚友”的根本之处在于将古人看成是与自己平等的精神主体。与古人交流对话的目的当然是向古人学习，以使自己的品德更加高尚。所以，“知人论世”之说实质上是向古人学习美好品德的方式，用今天的话来说就是将古人创造的精神价值转化为当下的精神价值。这绝不仅仅是一种解诗的方式。如果沿着孟子的思路进行进一步的阐释，我们就会得出这样一个结论：孟子的“知人论世”说可以理解为一种“对话解释学”——解释行为的根本目的不是要知道解释对象是怎样的（即对之作出某种判断或命名并以此来占有对象），而是要在其中寻求可以被自己认同的意义。这也就是后世儒者特别喜欢使用“体认”一词的含义。“体认”不是现代汉语中的“认识”，而是“理解”加“认同”。对于古人，只有将他们视为朋友而不是认识对象，才能以体认的态度来与之对话。因为古人在其诗、其书之中所蕴含的绝不是什么冷冰冰的知识，而是他们的生命体验与生存智慧，是活泼的精神。故而后人就应该以交友的态度来对待之，就是说要把古人当作可以平等对话的活的主体，而不是死的知识。读古人的诗书就如同坐下来与老朋友谈话一样，其过程乃是两个主体间的深层交流与沟通。通过这种交流与沟通古人创造的精神价值或意义空间就自然而然地在新的主体身上获得新生。由此可见，孟子的“知人论世”之说实际上包含着古人面对前人文化遗留的一种极为可贵的阐释态度。在当今实证主义的、还原论的研究倾向在人文学科依然有很大市场的情况下，孟子的阐释态度尤其具有重要的现实意义。

三、作为儒家说诗的基本原则

孟子这种“以意逆志”与“知人论世”的说诗方式确立了后世儒者，特别是汉儒说诗的基本原则。这里我们分析几个孟子说诗的具体例子来进一步探讨这种说诗方式的奥妙。《孟子·告子下》载：

> 公孙丑问曰：“高子曰：《小弁》，小人之诗也。”孟子曰：“何以言之？”曰：“怨。”曰：“固哉，高叟之为诗也！有人于此，越人关弓而射之，则己谈笑而道之；无他，疏之也。其兄关弓而射之，则己垂涕泣而道之；无他，戚之也。《小弁》之怨，亲亲也。亲亲，仁也。固矣夫，高叟之为诗也！”曰：“《凯风》何以不怨？”曰：“《凯风》，亲之过小者也；《小弁》，亲之过大者也。亲之过大而不怨，是愈疏也；亲之过小而怨，是不可矶也。愈疏，不孝也；不可矶，亦不孝

也。孔子曰：舜其至孝矣，五十而慕。”

从这段对话中可以看出，孟子说诗完全是从自己的价值观念出发来判断诗歌的意义与价值的。如果说这就是“以意逆志”说诗方法的实际应用的话，那么孟子的所谓“意”并不是一般的主观意识或经验，而是一套完整的价值观念系统。诗人的“志”也就是与说诗者价值观念相吻合的阐释结果，它是否就是诗人的本意并不重要，因为这基本上是无法验证的。《小弁》是《诗经·小雅》中的一篇，从诗的内容看是一位受到不公正待遇的弱者的怨望之辞，充满了忿忿不平之情。古注多以为是周幽王的太子子宜臼被逐之后所作；今人则一般地判定为遭父亲冷落之人的怨望之作。然而孟子从中读出的却是“亲亲，仁也”。《凯风》是《诗经·邶风》中的一篇，看诗的意思，是儿子赞扬母亲的贤惠勤劳，并责备自己不能安慰母心。但是公孙丑为什么拿这样一者怨父、一者颂母的两首看上去并无可比性的诗来比较呢？孟子为什么又用“亲之过大”与“亲之过小”来解释两首诗的差异呢？《诗序》云：“《凯风》，美孝子也。卫之淫风流行，虽有七子之母，犹不能安其室，故美七子能尽其孝道，以慰母心，而成其志尔。”就是说“母”是有过的，但由于“过小”所以做子女的不应表现出“怨”来。汉儒的解释不知有何依据，但看公孙丑与孟子的对话，似乎当时对此诗已经有了这样的解释。如此说来汉儒并不是凭空臆断。

由此观之，“以意逆志”的实质乃是说诗者从自己的价值观出发来对诗歌文本进行意义的重构，其结果就是所谓“志”——未必真的符合诗人作诗的本意。可知，孟子的说诗原则是自己已有的道德价值观念。这一点在他的“知言”、“养气”论中亦可得到印证。《公孙丑上》载，在回答公孙丑“敢问夫子恶乎长”的问题时，孟子回答说：“我知言，我善养吾浩然之气。”其解释“浩然之气”云：“其为气也，至大至刚，以直养而无害，则塞于天地之间。其为气也，配义与道；无是，馁也。是集义所生者，非义袭而取之也。行有不慊于心，则馁矣。我故曰，告子未尝知义，以其外之也。必有事焉，而勿正，心勿忘，勿助长也。”可知这种“浩然之气”是小心翼翼地培育起来的一种道德精神，或者说是一个道德的自我。那么什么是“知言”呢？孟子说：“诐辞知其所蔽，淫辞知其所陷，邪辞知其所离，遁词知其所穷。——生于其心，害于其政，发于其政，害于其事。圣人复起，必从吾言矣。”可知所谓“知言”是指对别人言辞的一种判断力。

那么“知言”与“养气”有什么关系呢？为什么孟子将二者联系起来并且作为自己的特长所在呢？从孟子的言谈中我们可以看出，“养气”正是“知言”的前提条件。通过“养气”培育起一个不同于自然“自我”的道德自我，这个道德自我具有一以贯之的、完整的价值评价系统，一切的言辞都可以在这个评价系统中得到检验。所以“以意逆志”的说诗方式恰恰是“知言”的具体表现。如果将“以意逆志”看作是一种诗歌阐释学原则，则其主旨乃在于凸显阐释者的主体性，而不是阐释行为的客观性。对于孔子那种在意识形态的建构中确定诗的意义的基本思路，孟子是深得个中奥妙的。看孟子之用诗、论诗处处贯穿了这一思路。我们随便举两个例子以说明之。

其一，孟子曰：“仁则荣，不仁则辱；今恶辱而居不仁，是犹恶湿而居下也。如恶之，莫如贵德而尊士，贤者在位，能者在职；国家闲暇，及其时，明其政刑。虽大国，必畏之矣。《诗》云：‘迨天之未阴雨，彻彼桑土，绸缪牖户。今此下民，或敢辱予?’孔子曰：‘为此诗者，其知道乎！能治其国家，谁敢侮之!’今国家闲暇，及是时，般乐怠敖，是自求祸也。祸福不无自己求之者。《诗》云：‘永言配命，自求多福。’《太甲》曰：‘天作孽，犹可违，自作孽，不可活。’此之谓也。”（《公孙丑上》）在这里孟子是在讲统治者如何可以避免受到侮辱的办法。根本上只有一条，那就是“仁”，而“仁”对于统治者来说也就是“贵德而尊士”。“贵德”就是爱护百姓、与民同乐；“尊士”就是尊重人才、举贤任能。为了证明自己的观点，孟子两引《诗》，一引《书》。其所引之诗，一为《豳风·鸱鸮》，此诗据《周书·金縢》、《史记·鲁世家》等史书记载，乃是周公平定管蔡之乱后写给成王的，目的是平息流言，向成王表示忠诚之意。孟子所引是该诗一节，大意是要未雨绸缪、预先防范可能的危机。孟子所引孔子语不见于《论语》，然观其意，符合孔子思想。孟子所引另一首诗为《大雅·文王》，二句诗意为：只有靠自觉的努力才能符合天命，多享福祉。同样是告诫统治者要自我警戒、多行仁义，方能永保太平。总之，在这里孟子是借助于《诗》、《书》来警告统治者应严于自律，小心谨慎地实行对人民的统治。这是将《诗》、《书》当作迫使统治者对被统治者作出让步的有效工具了。孟子的这一做法在后来的两千余年间，成了儒家士人约束统治者的基本方法。他们大力推崇“四书五经”，推崇“圣人”，根本目的就是要建构一种高于现实君主权力的权威，以便对其进行有效的控制。儒家清醒地认识到，只有抑制君权的过分膨胀，方能实现上下一体、和睦相处的社会理想。

其二，公孙丑问曰："高子曰：'《小弁》，小人之诗也。'"孟子曰："何以言之?"曰："怨。"曰："固哉，高叟之为诗也！……《小弁》之怨，亲亲也。亲亲，仁也。固矣夫，高叟之为诗也!"曰："《凯风》何以不怨?"曰："《凯风》，亲之过小者也。《小弁》，亲之过大者也。亲之过大而不怨，是愈疏也；亲之过小而怨，是不可矶也。愈疏，不孝也；不可矶，亦不孝也。"（《告子下》）

这里孟子是在为"怨"辩护。《小弁》之诗出于《小雅》，旧说是周幽王太子宜臼被废而作。此说因无确据而在宋以后常常受到质疑。从诗意观之，此应为不得于父母者所作。孟子这段话的关键是为"怨"所作的辩护。高子认为《小弁》是"小人之诗"，因为诗中表达了身为人子者对父亲的怨望之情。而在孟子看来，这种"怨"是合理合法的，因为从"怨"中反映的乃是"亲亲"之情。按照孟子的逻辑，如果父亲有了过错，作为子女不应保持沉默，而应该表示自己的"怨"（当然，如果父母只是有小的过失就大怨特怨，那就成了"不可矶"，同样是不孝的表现）。正是"怨"，才可以使父子间的隔阂消除，如果有不平之情而不说，那就只能使父子感情更加疏远。孟子为"怨"辩护实际上是要保留诗歌作为被统治者向统治者宣泄不满情绪之手段的独特功能，这与孔子所讲的"怨"是一脉相承的。

通过以上分析我们不难看出，孟子在孔子"克己复礼"的"立法"策略的基础上进一步在改造人的心灵、建构道德自我的方面进行了更为深入、系统的探索。如果说孔子重"礼"说明他在为人的心灵立法的同时更侧重于为社会立法，即重建社会价值秩序；那么孟子重"存心养性"或"养气"则说明他在试图为社会立法的同时更偏重于为人的心灵立法，即建构人格境界以及实现之途。这种转变实际上反映了士人阶层面对日益动荡的社会状况的忧虑与无奈。到了先秦儒家另一位代表人物——荀子那里，情形则又发生了重要变化。

第五节　荀　子

荀子（约前325—前238），名况，战国后期赵国人，思想家、教育家，为儒家重要代表人物之一。尝游学于稷下学宫。在荀子之时，儒学已经分化为多种派别，其存在的共同问题是如何获得实际的社会影响力。荀子吸收了道家、法家思想来改造儒学，试图使儒学成为一种具有可操作性的政治哲学。在人性方面，他强调后天修习的决定性作用，提出“性恶”、“化性起伪”等观点。

一、对诗所言之“志”的新阐释

“诗言志”之说究竟是何时提出，迄今并无人们普遍接受的结论。但是将“诗”与“志”相连而言之则是战国时期比较普遍的现象。例如《左传》襄公二十七年有“诗以言志”之说；昭公十六年有“二三君子请皆赋，起亦以知郑志”之说；《国语·楚语上》有“……教之诗而为之导广显德，以耀明其志”之说；《孟子·万章上》论说诗方法时有“以意逆志”之说；《庄子·天下篇》有“《诗》以道志”之说，等等。这说明“诗”是用来言“志”的，乃是彼时的共识。但是关键问题是如何理解这个“志”字。看上述引文，“志”并不是一个具有确指的概念，而是泛指人的情感和意愿，是作诗或赋诗所要表达的意思。即使是孟子的“以意逆志”也只是指诗人作诗的本意。然而荀子却有了新的阐释，其云：

> 圣人也者，道之管也。天下之道管是矣，百王之道一是矣，故《诗》、《书》、《礼》、《乐》之归是矣。《诗》言是，其志也；《书》言是，其事也；《礼》言是，其行也；《乐》言是，其和也；《春秋》言是，其微也。故《风》之所以为不逐者，取是以节之也；《小雅》之所以为《小雅》者，取是而文之也；《大雅》之所以为《大雅》者，取是而光之也；《颂》之所以为至者，取是而通之也。（《荀子·儒效》）

对于这段论述应予以足够的注意，因为这是汉儒说诗的基本原则，也是儒家诗学观念的最终完成。这里的要旨在于将《诗三百》一概视为圣人意旨的表达，从而将其规定为儒家经典。如前所述，荀子与孟子很重要的区别之一是对“圣人”的作用看法不同。与此相关的则是对“圣人之道”的理解的差异。在孟子看来，“圣人之道”实际上是“天之道”与“人之道”的统一，前者是最终的价值依据，具有本体的意味；后者是前者在人世间的具体显现，也就是仁、义、礼、智等伦理道德规范。圣人之所以为圣人，就在于能够自觉到“人之道”与“天之道”的内在相通性，并通过个人的努力使二者都得到彰显——仁、义、礼、智等道德规范也不是人为的东西，而是“天之道”的产物，所以即使是圣人在这里也不创造什么，而是使人人本自具足的东西得到显现。这就是所谓“尽其心者，知其性也。知其性，则知天矣。存其心，养其性，所以事天也”之义。思孟学派与宋儒在学术上的一个重要特点就是试图给他们所选择的人世间的价值系统寻找一个超越于人世间之上的本体依据，由于文化语境与历史语境的双重限制，他们只能吸收老庄之学的精神，将无限的自然界设定为这种本体依据。荀子却是反其道而行之：在他看来，人世间的价值都是人自己制定出来的，这就是所谓“伪”，根本与天地自然无涉。人之所以是人而不是其他自然之物，正在于他能够制定人人遵守的礼仪规范。圣人之所以异于常人，就在于他就是这礼仪规范的制定者。《诗》、《书》、《礼》、《乐》之所以可贵也正是因为它们是圣人思想情感的表现或立身行事的记录。所以《诗》所言之“志”不是一般人的思想情感，而是圣人的意旨。他在《赋》篇中说:“天下不治，请陈佹诗。”这里“佹”通“诡”，“佹诗”即是言辞诡异之诗。荀子称自己的诗为“佹诗”，恰恰体现了他既以圣人自命，又不敢堂而皇之地自称圣人的矛盾心态。实际上荀子正是要像圣人那样为天下立法的。一部《荀子》就是为社会各阶层制定的行为规范。

将《诗》理解为圣人之志的表达，实际上也就提出了一种诗歌阐释学的基本原则：说诗的结果一定要归结为圣人的意旨。这不正是汉代经师们的做法吗？这种诗歌阐释学与孟子的“知人论世”、“以意逆志”已然大相径庭：在孟子看来，说诗者与诗人是处于平等地位的，二者是“友”的关系，说诗就是一种朋友间交流沟通的方式。在荀子，诗人就是圣人，说诗者只能是学圣之人，二者是不平等的。所以尽管孟子的“以意逆志”强调了说诗者的主体性，但是由于他毕竟还是将诗人视为曾经生活在具体历史环境中的活生生的人，故而在说诗时颇能顾及诗人的本意，至少不会相去太远。荀子开创的诗歌阐释学将诗规定为圣人之志，表面上是以极客观的、不敢有丝毫曲解的态度说诗，实际上则处处体现了主观性与曲解。因为一定要将那些在不同文化空间中产生并具有不同功能的诗歌一概阐释为圣人之言才符合这种阐释学原则。事实上，荀子本人正是如此说诗的。现举数例以明之。其一，《正名》篇论“期命”（命名）与“辨说”（辨明与解说）的道理云：“期命也者，辨说之用也。辨说也者，心志向道也。心也者，道之工宰也。道也者，治之经理也。心合于道，说合于心，辞合于说，正名而期，质请（情）而喻。……说行则天下正，说不行则白道而冥穷，是圣人之辨说也。”接下来便引了《诗·大雅·卷阿》之句：“颙颙卬卬，如珪如璋，令闻令望。凯弟君子，四方为纲。”并说“此之谓也”。实际上这些诗句本是赞扬君主品德之美的，与“期命”、“辨说”没有丝毫关系，荀子搬到这里来证明其正名之论的合理性，完全是一种为我所用的曲解。又如《礼论》云：“天能生物，不能辨物也；地能载人，不能治人也；宇中万物，生人之属，待圣人然后分也。《诗》曰：‘怀柔百神，及河乔岳。’此之谓也。”这里荀子是在讲天人相分的道理，是极有见地的。但是所引之诗殊为不类。盖此二句乃出于《周颂·时迈》，本意是说周武王遍祭高山大河，取悦山川之神。这恰恰是讲人与天地自然的相通而非相异。由此可见，荀子心目中的“圣人之志”实际上常常就是自己的观点。他将圣人当作最高的价值依据实际上是出于自己立法活动的需要。诗歌在他这里被当成了建构社会价值秩序的现成工具。

二、诗与“性”、“伪”的关系问题

在荀子的思想系统中，凡人生而有之的东西即为“性”；凡人后天创造或习得的东西即为“伪”。按此逻辑，诗歌自然应属于“伪”的范畴。但是荀子却并不如此简单看问题。在他看来，诗歌与人之“性”与“伪”均有密切联系。其《乐论》云：

> 夫乐者，乐也，人情之所必不免也，故人不能无乐。乐则必发于声音，形于动静；而人之道，声音动静，性术之变尽是矣。故人不能无乐，乐则不能无形，形而不为道，则不能无乱。先王恶其乱也，故制《雅》、《颂》之声以道之，使其声足以乐而不流，使其文足以辨而不諰，使其曲直、繁省、廉肉、节奏足以感动人之善心，使夫邪污之气无由得接焉；是先王立乐之方也。……夫声乐之如人也深，其化人

> 也速，故先王仅为之文。……乐者，圣人之所乐也，而可以善民心，其感人深，其移风易俗，故先王导之以礼乐而民和睦。(《荀子·乐论》)

这里虽是论乐，亦完全适用于诗，因为在荀子看来，《诗》正是用来承载这种圣人制作的中和之乐的，也就是所谓“《诗》者，中声之所止也”(《劝学》)。这里的逻辑是这样的：《诗》（包括诗与乐）产生的最终根源是人之性，因为人之性具体表现为喜、怒、哀、乐之情，而人的这些情感必然要有所表现，或为声音（言辞），或为动静（行为）。但是这种人性的自然流露有多种可能性：或者成为哀伤淫靡之声、悖乱无法之行，或者成为中和之声、仁义之行。这里的关键在于是放任人性的自然流露，还是对其予以引导、规范。圣人正是在这个关键点发挥作用的：创制出《雅》、《颂》之声来引导人之性，使之沿着适当的途径来表现。所以《诗》既是人之“性”的表现，又是圣人之“伪”的产物，是二者的结合。看到荀子这种极有见地的诗歌发生论很容易令人想起弗洛伊德的压抑理论。在弗氏看来，人的遵循“快乐原则”的本我与遵循“现实原则”的自我之间就存在着一种压抑与引导的复杂关系。本我是人生而有之的自然本性，主要是生理欲望，它以获得满足为唯一目标，近于荀子所谓“性”；自我则是人后天形成的，或者说是社会塑造的人格，他处处遵循社会规范行事，近于荀子的所谓“伪”。在弗洛伊德看来，一部人类文明史就是一部压抑史——文明是作为社会存在的人类用来压抑作为个体存在的本能欲望的。在荀子看来，一个社会如果顺人性之自然就必然会出现混乱无序的局面，所以圣人才要创制出一整套礼义法度来规范人性。如此说来，从功能的角度看荀子的“伪”基本上就是弗洛伊德的“现实原则”。从另一个角度看，无论是荀子的“伪”还是弗洛伊德的“现实原则”又都不仅仅是压抑的手段，或者甚至可以说它们的主要功能并不是压抑而是疏导：为人的本能欲望的满足提供现实的途径。人的本能欲望如果能够得到自然的满足，当然是令人向往的事情，然而事实是，作为社会存在物的人类根本无法“自然地”满足自身的本能欲望：一旦人人都沿着自然的途径，即依据快乐原则来追求欲望的满足时社会就会混乱一片，人们就会在争斗中耗尽力气，结果是任何人的本能欲望都无法得到满足。这就意味着人们满足本能欲望的方式需要规范，这是人作为“类”的存在形态本身决定的。至于这种规范方式具体是怎样的则是一个历史的问题——在人类不同的发展阶段上总是存在着不同的满足欲望的合法性方式。如此说来，压抑和规范反而成了使本能欲望得到满足的有效手段。然而既然是以压抑的方式来获得欲望的满足，这种满足就必然是大打折扣的。所以后来法兰克福学派的思想家马尔库塞提出“非压抑性文明”的观点，实质上是主张通过社会的改造寻求一种将压抑的负面效应减到最低程度而使满足最大限度地得到实现的设想。

弗洛伊德正是用这样的观点来理解人类文学艺术和其他形式的精神创造的。例如他认为，在社会生活中人的本能欲望无法直接得到满足，但它又不能永远处于被压抑状态，所以只能寻求某种被社会认可的方式来得到满足，文学艺术的创造就是人的本能欲望改头换面的满足方式。这就是他那篇题为《作家与白日梦》著名论文所表达的核心观点。有趣的是，荀子的诗学思想与弗氏颇有异曲同工之妙。看前面的引文，荀子认为“乐”（音勒）是人不能无之的自然本性，它必然要有所表现：或“发于声音”，或“形于动静”。对这种自然本性的表现方式如果不加以引导就必然出现混乱，“先王恶其乱也，故制《雅》、《颂》之声以道之”。这就是说，诗和乐是“先王”创制出来专门疏导人情的。其功能就在于使人的自然本性按照一个符合社会规范的途径得到实现。所以，人的自然本性为诗乐的产生提供了必不可少的能量或内驱力，“先王”创制的诗乐形式则为人的自然本性提供了实现的途径。诗乐因而就成为“性”与“伪”的完美融合。或者说诗乐是人的自然本性形式化的、合乎规范的、具有合法性（为社会所认可的）的显现。不难看出，在文学艺术具有实现人的本能欲望之功能这一点上，荀子与弗洛伊德是极为接近的。但是二者毕竟是在迥然不同的文化历史语境中的言说，故而差异也是十分明显的。大略而言，弗洛伊德是在讲精神文化的一般性的生成原因，是个体与社会之间矛盾的自然解决，这里丝毫没有人为的因素。荀子却是讲“先王”或“圣人”对人类社会的引导作用，其所言之《雅》、《颂》是特指而非泛指（譬如所谓“郑卫之声”就肯定不包含在内）。而且荀子所强调的是“立法”行为的合理性与必要性，突出的是社会精英的社会作用，弗洛伊德所强调的则是个体与社会之间根深蒂固的矛盾以及这种矛盾在客观上的调和方式。一是价值的建构，一是认知性的解释，在言说的动机上是大相径庭的。

所以荀子的乐论或诗论最终归结为社会功用。在他的眼中，诗歌也罢，音乐也罢，都不过是圣人为社会立法的手段而已。观荀子所言，他是将诗乐作为“礼”的辅助手段来看的。按照他的逻辑，人类社会必须划分为不同的等级并规定出每个人的行为规范和所享受的权利，才会安定有序。这就是“礼”的功能所在。但是这样一来人与人之间就难免因等级的差异而出现严重的隔阂，这也不符合儒家的那种亲密和睦的社会乌托邦了。所以应该有补救的措施，使不同阶层的人在差异的基础上建立亲密的人际关系。这就是诗乐的功能了。在《乐论》篇中荀子是这样来描述这种功能的：

> 故乐在宗庙之中，君臣上下同听之，则莫不和敬；闺门之内，父子兄弟同听之，则莫不和亲；乡里族长之中，长少同听之，则莫不和顺。故乐者，审一以定和者也，比物以饰节者也，合奏以成文者也；足以率一道，足以治万变。是先王立乐之术也……故乐者，天下之大齐也，中和之纪也，人情之所不免也。

诗乐的功能关键在一个“和”字。《劝学》篇中所谓“诗者，中声之所止也”的“中声”就是指“中和之声”。既然诗乐可以将那么多种多样的声音、节奏整合为一种统一的旋律，它当然也可以将形形色色的人整合为一个和谐、亲密、温情脉脉的整体。“礼”的作用是晓之以理：人天生就有差别，要安分守己，承认贵贱之分；诗乐的作用是动之以情：君臣上下、父子之间，有如一体，要亲密无间。这样，诗乐就具有了无可替代的政治意义。

荀子对于诗乐功能的观点实际上是儒家乌托邦精神的深刻体现，关涉到先秦儒家“立法”活动的基本策略，也关涉到此后两千余年间中国官方意识形态的基本特征。就社会乌托邦的层面来看，荀子与孔孟一样，都是向往那种既有严格的等级差异，又充满温情、其乐融融的社会状态。君则仁君，臣则忠臣；父则慈父，子则孝子。人人都恪守着自己的职分，享受着自己应有的权利，承担着自己应尽的义务，同时在不同的阶层之间又被一种深挚动人的亲情所统合。这样，对于社会差异，人们就不是被迫地接受而是诚心诚意地认同，不仅认为必须如此，而且觉得理应如此。这种将严格的礼制法度与温柔敦厚的诗乐教化统一起来的政治策略根本上乃是一种融合社会价值与个体价值、理智与情感、道德与法律的努力。与儒家这种社会乌托邦相比，墨家强调平等（“兼爱”、“尚同”）而反对差异的主张虽然对下层民众更具有吸引力，却显得更加不切实际；法家那种将人际关系完全置于强制性规定之下、以赏罚作为肯定或否定人的价值的主要的、甚至是唯一手段的策略，虽然能够在短期内取得较大的成效，却决然不是长治久安之计。至于道家，试图取消一切人为的建构而以自然形态为最高追求，作为一种社会理想就更是玄远难达了。墨家只看到"群"而忽视了"分"，法家只看到"理"而忽视了"情"，道家只看到"性"而忽视了"伪"，唯有儒家能够统筹兼顾，具有先秦诸子无法比拟的全面性。由此观之，历史选择儒家学说作为雄霸两千余年的国家意识形态绝非偶然之事。尽管先秦儒家的社会理想具有乌托邦性质，但是由于它具有统筹兼顾的全面性，故而很容易被转换为一种总体性的国家意识形态。汉代帝王"王霸道杂之"的统治之术实际上是两汉以降历代统治者共同尊奉的政治策略。其理论的根据正是先秦儒家的社会乌托邦。

先秦儒家的诗学观念在孔子那里是兼顾个人的道德修养与社会政治功能的，在孟子那里则提出一种旨在与古人交流、沟通的诗歌阐释学原则。到了荀子这里就被完全纳入到政治话语系统之中了。如果说圣人（或兼有圣人品质的君主）作为具有绝对权威性的社会立法者，其一切话语建构根本上都是政治行为，那么诗乐作为这种话语建构中的重要内容也就只能以政治目的为指归了。所以，如果说孔子的诗学观念开启了后世以诗歌作为陶冶个人情操的修身方式以及臣下对君主表达不满的形式之先河，孟子开启了一种诗学阐释学之先河，那么荀子则主要是在理论上突出了以诗歌作为社会政治教化之手段的功用。《毛诗序》中的诗歌功能论正是与荀子一脉相承的。

第六节　《吕氏春秋》

《吕氏春秋》是在秦国丞相吕不韦（前292—前235）主持下，集合门客们编撰的一部黄老道家名著。成书于秦始皇统一中国前夕。《吕氏春秋》包括十二纪、八览、六论，内容以道家黄老思想为主，兼收儒、墨、法、兵、农、纵横和阴阳各先秦诸子百家言论，所以《汉书・艺文志》等将其列入杂家。

在孔、孟、荀之后，先秦最后一部包含丰富儒家意识形态建构意识的重要典籍是《吕氏春秋》。大约是由于吕不韦其人在儒家眼中压根儿就不是什么正人君子，故而他主持编写的这部皇皇巨著在中国古代从来没有受到过应有的重视。尽管它在实际上也许对汉代经学发生过很大影响①，但即使是汉儒，也对这种影响闭口不谈。正如徐复观先生所说，这部书就动机的高远与内容的恢宏而言，委实是一部中国古代少有的伟大著作。徐氏云：

《吕氏春秋》乃是为了秦统一天下后所用治理天下的一部宝典。这部书……乃是以儒家为主，并可谓撮取了儒家政治思想的精华，而在泛采诸子百家之说中，独没有采用法家思想……实际上是以儒、道、阴阳三家为主干，并且由儒家总其成的一部著作。②

这应该是公允的评价。比之原始儒学，《吕氏春秋》更多了一些对个体生命价值的肯定与张扬——在《孟春纪》中反复强调了生命的可贵。比之老庄之学，《吕氏春秋》更多了一些积极的政治热情——从各个角度讲述了为政的方式方法。当然，按照我们的阐释角度，这部书最值得称道之处乃是其建构社会统一意识形态的明确动机以及试图用话语建构的方式有效地限制君权的努力。

从基本倾向上来看，《吕氏春秋》是一部教人如何做君主的书，同时也是一部教君主如何给自己定位的书。其基本精神完全符合儒家极力扮演的那种“中间人”角色——令君主成为顾及全天下利益的、克己奉公的、天下百姓乐于接受的统治者。其云：

能养天之所生而勿撄之，谓之天子。天子之动也，以全天为故者也。此官所以立也，立官者以全生也。（高诱注《吕氏春秋·孟春纪·本生》，《诸子集成》本）

依高诱注，“全”为“顺”之意；“故”为“事”之意，则此言天子

---

①徐复观：《两汉思想史》第二卷，台湾学生书局1985年版，第1页。
②徐复观：《两汉思想史》第二卷，台湾学生书局1985年版，第1页。

及官员的职责即是护佑天地所生之万物。其又云：

> 昔先圣王之治天下也，必先公，公则天下平矣。……天下非一人之天下也，天下之天下也。（高诱注《吕氏春秋·孟春纪·贵公》，《诸子集成》本）

这是对君主的警告：只有以天下万民的利益为先，人民才没有意见，天下才会太平。又云：

> 不出于门户而天下治者，其惟知反于己身者乎！（高诱注《吕氏春秋·季春纪·先己》，《诸子集成》本）

这是要求君主自觉地进行道德修养，达到道德自律的境界。《劝学》、《尊师》之篇要求君主尊师重道，这是士人阶层向君主要求分享权力的一贯策略；《顺民》、《知士》之篇是要求君主顺应人民的心意，尊重士人的才能和意见……总之这是一部为君主确定行为准则与道德规范的书，只专门限制君权的。

如果说儒家作为介于统治者与被统治者之间的“中间人”在言说之时常常有所侧重，那么孔子偏重于君权一侧，孟子偏重于民众一侧，荀子主要是站在“中间”的立场上向君主和臣民同时提出要求，《吕氏春秋》则比孟子更多地倾向于站在臣民的立场上向君主提出要求。他们之所以各有侧重，根本上是由于各自言说的历史语境有所不同。例如孔子之时，王纲解纽，乱作于下，故而孔子更多地要求臣子们自觉遵守礼仪规范，不要做僭越之事；孟子之时诸侯国君主成为实际的统治者，周王室已经不在孟子的视野之中。天下的征战杀伐都是诸侯君主为满足一己之私而发动的。所以孟子主要是站在无拳无勇、饱受战乱蹂躏的百姓的立场上向君主言说。荀子与《吕氏春秋》之时天下统一于秦之局已定，荀子作为远离秦国的政治思想家，能够比较客观地综合儒、法思想，提出君主如何做君主、臣子如何做臣子的政治行为准则。《吕氏春秋》的主持者和作者们，由于长期生活于秦国，对于法家的残酷政治有切身的体验，故而反倒激发了更多的批判精神，有了更多的乌托邦色彩，更懂得限制君权的重要性。秦国统一天下之后如果真的哪怕只是稍稍奉行一些《吕氏春秋》的政治主张，秦朝也许就不会那么短祚了。

但是无论侧重点如何，先秦儒家的根本目的都是寻求统治阶层与被统治阶层的和睦相处，故而“和”乃是儒家士人最根本的政治诉求，影响所及，在审美意识方面，“和”也同样成为儒家的基本价值取向。这一点在《吕氏春秋》中表现得尤为突出。其云：

> 音乐之所由来者远矣。生于度量，本于太一。太一出两仪，两仪出阴阳。阴阳变化，一上一下，合而成章。……凡乐，天地之和，阴阳之调也。……大乐，君臣父子长少之所欢欣而说也。欢欣生于平，平生于道。道也者，视之不见，听之不闻，不可为状。……道也者，至精也，不可为形，不可为名，强为之谓太一。故一也者制令，两也者从听。先圣择两法一（按，高诱注：择，弃也；法，用也）是以知万物之情。故能以一听政者，乐君臣，和远近，说黔首，合宗亲。能以一治身者，免于灾，终其寿，全其失。能以一治其国者，奸邪去，贤者至，成大化。能以一治天下者，寒暑适，风雨时，为圣人。故知一则明，明两则狂。（高诱注《吕氏春秋·仲夏纪·大乐》，《诸子集成》本）

这是对乐与和的关系以及乐之功能的系统阐述。这里的逻辑是这样的：“太一”或“道”是天地万物之本原，“两仪”（即天地）和“阴阳”是“太一”运作的方式。无论天与地、阴与阳存在多么大的差别与对立，二者都只有结合起来方能生成万事万物。因为唯有二者结合为一才体现了“太一”的根本特性。换句话说，“太一”或“道”根本上是以“和”的方式存在的。“太一”本身的存在是不可知不可闻的“浑浑沌沌”状态，这实际上就是一种“和”的状态。天地、阴阳的变化亦须以“和”的方式进行，才可以化育万物。说到政事，圣人治理天下的根本原则是“择两法一”——消除对立、分离，寻求和谐平衡。这恰恰是儒家建构“中间人”式的意识形态的核心之处。再由政事说到音乐，真正的音乐恰恰就是这种“和”之状态的表现形式。因此音乐与“天地之和”是相通的。也可以说，音乐实际上乃是“太一”或“道”的象征，因此也就是儒家理想的社会秩序的象征。也正是由于音乐以“和”为根本特性，所以它又可以反过来产生出“和”的社会价值。这也就是音乐的根本功能所在了。总之，天地之和、政事之和、音乐之和，三者息息相通，其核心则是一种意识形态的话语建构。这种“和”的精神是孔子确定的儒家基本精神，其表现则见于儒家话语的各个方面。诸如“中”、“时中”、“中庸”、“仁”等都是这一精神的具体体现。考之先秦典籍，将音乐与“和”联系起来应该是一个古老的传统。据《左传》昭公二十年载，晏子尝言：“先王之济五味，和五声也，以平其心，成其政也。”这里的“和五声”是说使宫、商、角、徵、羽五种声音和谐动听。《国语·周语下》亦载伶州鸠语曰：“夫政象乐，乐从和，和从平，声以和乐，律以平声。”也强调了“乐”与“和”的密切关系。但这些论述还主要是从音乐本身的特点来讲的，并没有将“和”当作贯通天地自然与人世之间普遍价值范畴。只是到了战国后期乃至汉初，荀子及《吕氏春秋·仲夏纪》和《礼记·乐记》的作者等儒家思想家从意识形态建构的目的出发，开始将声音之和与天地万物的和谐、社会政治的公正合理联系起来，从而赋予音乐以巨大的价值意义。《荀子·乐论》云：“故乐者，天下之大齐也，中和之纪也，人情之所不免也。”《礼记·乐记》亦云：“故乐者，天地之命，中和之纪，人情之所不能免也。”这都是说音乐乃符合于天地万物存在的基本法则，这种法则即是“中和”。由于人情与天地万物相通，故而“中和”也是人情必然具有的根本特性。这样看来，“中和”实际上是天地万物与人的内在世界所共有的、最合理时的状态。就儒者言说的内在逻辑而言，所谓“中和”，根本上乃是事物在多种因素共同存在、交互作用情况下呈现的有序、和谐状态，而最主要的是社会的井然有序。《淮南子·泰族训》中有一段话颇得此旨：“上无烦乱之治，下无怨望之心，则百残除而中和作矣。此三代所以昌。”儒家极力标举“中和”，根本的着眼点是在社会政治上。他们那样重视音乐，也正在于音乐要求各种声音和谐一致，这样才合韵律，才能入耳，这与社会政治的和谐有序构成某种相似性。

第二章 //汉代的文论发展

第一节 概 述

两汉时期文学与文学批评的发展，从总的方面来看，是先秦的继续，也是在先秦基础上的进一步深化。大体上，两汉文学与文学批评经历了三个发展阶段：

公元前 221 年，秦王朝的暴政，令秦王朝在短短时间内灭亡，取而代之的是由汉高祖刘邦所创立的汉王朝。两汉（前 202—220），包括东汉与西汉，西汉为汉高帝刘邦所建立，建都长安；东汉为汉光武帝刘秀所建立，建都洛阳。汉代奠定了中国官僚制度，士与大夫结合的文官制度成为中华帝国政治运作的基础。在汉代，随着儒家思想的崛起并获得统治地位，中国的文化和意识形态长期以来由儒家占主导地位；以儒学经学为指导思想和理论依据的选官制度的推出，标志着我国文官制度的正式确立，奠定了后来科举取士和官员选拔的基础，也为官僚政治奠定了基础。在中国文学批评史上，这一时段的一大特色是文论和文学批评深受经学的浸润和影响。

一、两汉的政治文化与文学状况

两汉在政治上的主要特点是大一统的君主官僚政体的形成与完善，两汉文化上的主要特点是经学的兴盛，这种政治与文化上的特点在文学与文论上都有鲜明的表现。

（一）从无为而治到中央集权制

汉初，战争的创伤还未过去，老百姓早已厌倦了动荡不已、战乱频仍的生活，社会也需要安定，所以汉初的执政者迎合当时社会之需要，采取休养生息政策，以黄老之说治国，内则主申韩刑名。及于文景，经过几十年的休养生息政策，社会富庶，开始充满活力，这时先前所提倡的休养生息政策已不适合，尤其是面对经过休养后社会财富的大量积累，人的欲望的激增，社会财富的两极分化，地方诸侯势力的极端扩张，国家需要有新的法度和纲纪来统一全国人民的思想和行为，而不是一任汉初的自由散漫和无为。另外，在汉武帝时先前困扰中央政府的功臣、外戚、同姓三系之纷争也基本结束，中央政府的统一权威已开始确立，而边境匈奴的骚扰因先前的忍让而变本加厉。在这样的情况下，中央集权就成为历史的必然。

中央集权制表现在以下几个方面：1. 汉武帝执政时期采纳了以研治春秋公羊学著称的儒生董仲舒的建议，罢黜百家，独尊孔子所编订的六经，以效唐虞时代王官之学，以统一全国言论和思想，加强中央集权。2. 地方诸侯和分封王不再养士，官员一律通过科举考试和选拔进入朝廷。自此，汉武帝以后，士的角色和地位发生了很大变化。孟子曾说："非其道，则一箪食不可受于人；如其道，则舜受尧之天下，不以为泰。"（《孟子·万章下》）孟子所说的那种士相对自由选择主子，特别是相对自由的双向选择在汉武帝时代已不复存在。翻译《资本论》的王亚南先生曾指出中国的官僚政治有三个特点：1. 延续性，即指中国官僚政治延续期间的悠久，它几乎悠久到同中国传统文化相始终。2. 包容性，即指中国官僚政治所包摄的范围广阔，即官僚的政治活动同中国各种文化现象，如伦理、宗教、法律、财产、艺术等方面，发生了异常密切而协调的关系。3. 贯彻性，即指中国官僚政治的支配作用有深入的影响，中国人的思想活动乃至他们的整个人生观，都拘囚锢蔽在官僚政治所设定的樊笼之中。①

（二）道家思想的活跃到独尊儒术

汉初行政之道的形成是对历史各朝兴亡教训探讨的结果。"亡"主要指秦政的失败，"兴"主要指秦以前古政的成功。"行仁义、法先圣"（陆贾《新语·道基》），从古政寻找行政之道是汉政的价值取向。嬴政专任法家，"举措暴众，用刑太极"，结果在短短时间内灭亡。相较秦法，汉代法律较轻，文帝时废除肉刑，景帝时减轻笞刑，这些法律制度更变的根源在于社会的需要。"在这种情况下，为政从简、清净无为似乎与黄老政治主

①王亚南：《中国官僚政治研究》，中国社会科学出版社1981年版，第19、20页。

张暗合；而为政以德、轻刑薄赋又和儒家政治圭臬神契。汉初的行政之道一方面是统治者价值取向的主观结果，另一方面则是汉初社会现实的客观必然。”①

伴随着这种无为思想的就是汉初实行开放的文化政策，对秦政进行拨乱反正，给百姓一定的精神空间。“汉兴，改秦之败，大收篇籍，广开献书之路。”② 汉惠帝四年（前 191）正式废除“敢有挟书者族”③ 的《挟书律》。吕后元年（前 187）又废除以“过误之语为妖言”加以重责的《妖言令》。④ 这为西汉前期学术思想的活跃创造了一个比较宽松的环境。

汉初黄老之学的流行也来自于汉初士人生存的需要。汉初黄老之学的应用：黄老之术以蛰伏保身、深藏不露为本，最切合暴秦时期士人之生存需要，正因为如此，当时士人大多自觉不自觉地走向了黄老。如韩信，在战争中以“怯”退而取得胜果。在沛中百姓杀死沛令后推举首领时，萧何、曹参心存顾虑、坚辞不就，却推让给高祖⑤，暗合了老子“不敢为天下先”之教义。甚至儒士叔孙通能“知时变”，“面谀亲贵”，已改变了原始儒家“杀身成仁”、道统高于政统的人格风貌，已带有黄老之学的明哲保身、择时而进退的色彩。⑥学者程世和在用具体例证说明汉初士人在生活中应用黄老之学以避凶趋吉后，对此作了总结：“综上所述，秦末士人在秦之暴政的威逼下，大多对自我个性进行了一番洗割，以蛰伏保身、顺时而动的人生策略应对时势。正因秦政暴戾冷峭，秦末士人已变战国士风之张扬为秦末士风之深敛，在这种勇、‘怯’之变中诞育出了以黄老之术为处世策略的时代氛围。由此看来，汉初黄老思想的最初起因并非根源于汉

---

①孙筱：《两汉经学与社会》，中国社会科学出版社 2002 年版，第 68 页。

②《汉书·艺文志》。

③《汉书·惠帝纪》。

④《汉书》卷三《高后纪》有这样一段记载：“元年春正月，诏曰：‘前日孝惠皇帝言欲除三族罪、妖言令，议未决而崩，今除之。’”据颜师古注：“罪之重者戮及三族，过误之语以为妖言，今谓重酷，皆除之。”

⑤沛中父老率其子弟杀死沛令后，要推举新的县令，“萧曹皆文吏，自爱，恐事不就，后秦种族其家，尽让高祖”。(《汉书·高帝纪上》)。

⑥当时承继原儒精神的鲁生的行为，正好与叔孙通形成了鲜明的对比：“通使征鲁诸生三十余人，鲁有两生不肯行，曰：‘公所事者且十主，皆面谀亲贵。……公往矣，毋污我。’”(《汉书·叔孙通传》) 叔孙通则笑鲁之两生曰：“若其鄙儒，不知时变。”

初‘与民休养’的社会需要，而是根源于暴秦时代士人蛰伏保身的人生需要。”① 饶有意味的是，刘邦集团能最终战胜项羽集团，策略上用的就是以柔克强，以怯胜勇的黄老思想，他的周围就集结着韩信、张良、陈平、萧何等一批带有浓厚黄老色彩的谋臣策士。

汉初，“与民休息”，盛行黄老之学，儒家思想不受重视。儒家思想在西汉统治地位的确立有个历史过程。汉廷在现实生活中需要儒家思想，首先是儒家的礼仪有助于秩序的建立。陆贾进言之前，刘邦对于儒之认识还停留在叔孙通为汉立朝仪的形式上，未能意识到儒家思想对于治理天下的重要性。当他直面如何治理天下时，他觉得陆贾说得确实有道理，“贾凡著十二篇。每奏一篇，高帝未尝不称善，左右呼万岁，称其书曰《新语》”②。这是汉初行政从战乱之时武道转向和平时期文道的标志。

在上层对儒学的作用有所肯定的情况下，儒学于西汉前期在民间开始复兴，文帝在位时，民间儒学的传授活动已具有一定的声势。

政府开始有所重视。申公和韩婴为文帝时博士，“文帝时，闻申公为《诗》最精，召以为博士”③。“韩婴，燕人也，孝文时为博士。”④ 这两人为大儒师。景帝时设有包括儒者在内的博士官以待问。文景之时，名士硕儒为博士者，如《诗》有博士辕固生、韩婴，《书》有博士张生、欧阳，《春秋》则有胡毋生、董仲舒。《孟子》、《尔雅》、《孝经》亦有博士。辕固生、董仲舒即为景帝时博士。许多大儒为太子和诸王作太傅，如从申培学《诗》的王臧为景帝的太子少傅，辕固生为清河王太傅，韩生为常山王太傅⑤，为以后儒学获得独尊地位创造了条件。

在朝廷内部，先有贾谊后有董仲舒推动儒学发展，尤其董仲舒对儒学的推动起到了决定性的作用。元光元年（前 134），汉武帝令郡国举孝廉，策贤良，而董仲舒以贤良对策。整个对策的中心议题就是天人关系问题，要求用儒家经学改良政治，统一思想。汉武帝采纳了董仲舒有关推广儒家思想、注重教育和注意人才搜罗等建议。

这个对策对武帝朝的制度、政策和对后世的影响都很大。汉武帝在选

---

①程世和：《汉初士风与汉初文学》，中国社会科学出版社 2004 年版，第 37 页。

②《史记·郦生陆贾列传》，岳麓书社 1995 年版，第 715 页。

③《汉书·楚元王传》，中华书局 2007 年版，第 395 页。

④《汉书·儒林传》，中华书局 2007 年版，第 879 页。

⑤详见《史记》卷一百二十一《儒林列传》。

拔人才方面加强导向，侧重儒家思想，其设立的科目，有孝廉、茂才、方正、贤良文学、明经、有道、至孝、敦厚……都是以儒家思想为核心，引导士人学习儒家经典。其次，在教育制度和学术制度方面进行改革，武帝朝于元光五年（前 130）正式改“太常”为“太学”，并采纳董仲舒在对策中提出的改革太学教学内容、专用儒经的建议，在太学设置“五经博士”，非儒经不得立为博士。除了在全国最高学府太学推广儒家思想外，武帝还在地方普及儒家思想教育。

对武帝时期的儒学复兴，王永祥学者有很好的概括：“在董仲舒之后，公孙弘得以布衣之儒入相，董仲舒的许多学生也都做了大官，无疑都有赖于董仲舒‘独尊儒术’的上书。自汉以后，不仅指导思想，而且几乎所有文官，都为儒家所包揽，成了儒家的一统天下，显然也都仰仗他所倡导的‘独尊儒术’。董仲舒也就为后世之儒开辟了仕途，而封建统治者也以此劝以官禄，广为网罗人才，以固其业。因此，《汉书·儒林传》‘赞’曰：‘自武帝立五经博士，开弟子员，设科射策，劝以官禄，讫于元始，百有余年，传业者寖盛，支叶蕃滋，一经说至百余万言，大师众至千人，盖禄利之路然也。’”①

总之，在武帝以后，随着儒家思想统治地位和文官制度的确立，士人阶层完全纳入汉帝国的统治和控制之中。

（三）汉赋的兴盛与文学的自觉

赋是汉代最为流行的一种文学样式。作为文体的赋在形成过程中受到以《楚辞》为代表的楚文化、《诗》以及包括纵横家说辞在内的诸子文章影响。刘勰《文心雕龙·诠赋》云：“然则赋也者，受命于《诗》人，而拓宇于楚辞也。”《汉书·艺文志》著录的“诗赋”为五种，仅赋就有四种：屈原赋二十五篇以下共二十家，为一种；陆贾赋三篇以下共二十一家，为一种；孙卿赋十篇以下共二十五家为一种；《客主赋》十八篇以下十二家，别为杂赋一种。所谓屈原赋实指辞人之赋，《史记·贾生屈原列传》说：“屈原既死之后，楚有宋玉，唐勒，景差之徒者，皆好辞而以赋见称；然皆祖屈原之从容辞令，终莫敢直谏。”

屈原是辞人之赋的创始者，对汉赋发展具有决定性影响的司马相如、枚乘和早年的扬雄，均属于辞人之赋的作家。扬雄《法言·吾子》云，

①王永祥：《董仲舒评传》，南京大学出版社 2002 年版，第 390 页。

“诗人之赋丽以则，辞人之赋丽以淫”，不管是诗人之赋，还是辞人之赋，“丽”都是赋的共性。

相对于传统儒家以善为美，赋以“丽”为美，即赋偏重于美的形式与外表，体现了赋自觉的文学追求。《西京杂记·卷二》引相如谈辞赋创作：“合纂组以成文，列锦绣而为质，一经一纬，一宫一商，此赋之迹也。赋家之心，苞括宇宙，总览人物，斯乃得之于内，不可得而传。”相如认为赋有“锦绣”般形式之美，赋也有一种囊括万物、大观宇宙的精神。相如是由抒情性的楚辞过渡到以体物为主而侈丽闳衍的汉大赋代表性作家，他的观点在汉赋作家中具有代表性。

从文学史来看，由先秦《诗经》到汉赋实际上是一个追求文学自觉的过程。汉赋已具有成像即具有类似图画的造型能力。刘勰在《文心雕龙·诠赋》中描述了汉赋“品物毕图”的能力：“汉初词人，顺流而作：陆贾扣其端，贾谊振其绪；枚（乘）马（司马相如）同其风，王（褒）扬（雄）骋其势；（枚）皋（东方）朔以下，品物毕图。”汉赋之所以有“品物毕图”、“写物图貌、蔚似雕画”即具有一种油画、雕塑、织锦般的视觉之美，在于它注重文学自身形式的书写，即通过白描、比喻、象征等修辞手法使文学中的语词转化成语象。语象作为呈现在语言之中的图像，是文学语言的一个显著特征。就是因为语象的存在，才使得语言向图像的转化成为可能。① “在汉赋产生以前，中国文学史上存在着一个文学缺失的时代，自《诗经》而后以至于汉初这一漫长的历史阶段，除了有楚辞特出于南楚大地以外，几乎不见有文学作品的呈现。”② 因此，作为文学作品的汉赋在艺术成像即语象生成方面不存在问题。以枚乘《七发》中描写涛水为例：“其始起也，洪淋淋焉，若白鹭之下翔。其少进也，浩浩溰溰，如素车白马帷盖之张。其波涌而云乱，扰扰焉如三军之腾装。其旁作而奔起也，飘飘焉如轻车之勒兵。六驾蛟龙，附从太白。”这段采用了大量的描写和比喻，描写：“洪淋淋焉”，“浩浩溰溰”，“波涌而云乱”，比喻：“洪淋淋焉，若白鹭之下翔”，说山洪飞泻而下，似白鹭向下飞翔；“浩浩溰溰，如素车白马帷盖之张”，说水势浩浩荡荡，白茫茫一片，像白马驾着素车，

①对语象的性质及其如何生成详见陆涛：《论文学语象及其生成》，载包兆会主编《中国美学》第一辑，上海古籍出版社 2010 年版。

②程世和：《汉初士风与汉初文学》，中国社会科学出版社 2004 年版，第 255 页。

车上张设着车盖帷幔；“波涌而云乱，扰扰焉如三军之腾装”，说当波涛汹涌乱云一般滚来，纷乱的样子就如大军奋起装束列队向前。枚乘在这里成功地描写了潮水，把潮水写成一支声势显赫的军阵，从形貌、动态、气势、声威各方面加以比较，多角度展现潮水与军阵之间近乎神似的相通之处。

二、两汉文学与文学批评概览

两汉时期文学与文学批评的发展，从总的方面来看，是先秦的继续，也是在先秦基础上的进一步深化。大体上，两汉文学与文学批评经历了三个发展阶段：

（一）西汉初至武帝前后的文学与文艺思想

西汉初到汉武帝前后是两汉文学与文学批评发展的第一阶段。这一时期是道家文艺思想比较活跃的时期。像刘安、司马迁等，在文艺思想上都是以道家为主。特别是淮南王刘安所主编的《淮南子》，乃是体现这一时期道家文艺观的代表作。《淮南子》的特点是在承继先秦道家思想积极方面的同时，又吸收儒、墨、法等思想，一定程度上又避免了道家的消极思想。《淮南子》与道家一样崇尚天然之美，顺乎自然本性的美，“求美则不得美，不求美则美矣。求丑则不得丑，求不丑则有丑矣。不求美又不求丑，则无美无丑矣，是谓玄同”（《淮南子·说山训》）。《淮南子》也不否定人为之美，它认为美虽然存在于物的天然本质上，但人的修饰加工并不损害天然本质之美，在《修务训》篇中它以天下美人毛嫱西施为例，认为虽然她们天生丽质，但若她们“衔腐鼠，蒙猬皮，衣豹裘，带死蛇”，连布衣百姓也不敢正面看她们；若她们换另一种打扮，“施芳泽，正蛾眉，设笄珥，衣阿锡，曳齐纨，粉白黛黑，佩玉环，揄步，杂芝若，笼蒙目视，冶由笑，目流眺，口曾挠，奇牙出，靥辅摇”，即使那些对自己道德有严格要求的王公大人对之也无不心动，被其美色打动。在《淮南子》作者看来，美的本质是形与神的统一，是文与质的统一，这显然与庄子那种美在神不在形、荀子那种重质不重文的观点是不同的。《淮南子》重视儒家思想中人工、有为的部分也同样表现在它对老庄“虚静”、“物化”的评价上。它对先秦老庄所提倡的“虚静”、“物化”在文艺创作中的作用，是持充分肯定的，但是它又不像老庄那样强调只有“无知无欲”、“绝圣弃知”才能进入这种创作境界，它并不否定知识学问的作用。在论述到有无、形神、虚实、言意等关系时，《淮南子》同样以道家的观点为主，突出以无为本，注重神、虚、意的重要地位和作用，但同样也不否定有、形、实、言的必要性，也充分肯定了其意义和作用。

《淮南子》吸取了儒家文艺思想和美学思想也表现在它对文学作品形成过程的看法上。《淮南子》把文学作品看作是“愤于中而形于外”（《淮南子·齐俗训》）的产物，显然受儒家思想影响。儒家认为文艺是人的内在情性之外在表现，《乐记》说：“和顺积中而英华发外”，但《淮南子》又把“情发于中而声应于外”的过程看作是一种自然而然的结果，如“水之下流，烟之上寻”，则显然又受道家崇尚自然思想的影响。

在汉初，不仅《淮南子》的文艺思想体现了以道为主、道儒结合的特点，像刘安、司马迁在对《楚辞》的评论中，也明显地体现了儒道结合的倾向。认同楚文化并受楚文化影响的刘安和司马迁给屈原的作品以很高的艺术评价，刘安既肯定了儒家传统文论重在发扬《诗经》的古典现实精神，也肯定了《楚辞》的理想主义和浪漫主义精神，认为“《国风》好色而不淫，《小雅》怨悱而不乱，若《离骚》者，可谓兼之矣”。尤其司马迁着重发挥了道家对黑暗现实所持的愤世嫉俗精神，充分肯定了屈原作品中“怨”的特征，赞扬其志洁行廉的高尚品格。刘安和司马迁对屈原及其具体作品的评论，在同时代产生了极大的反响，并引起了后世激烈的争论，他们对不同于《诗经》传统的另一文化——楚文化的肯定和赞扬，大大丰富了中国古典文论的内容，而他们对屈原和《楚辞》的认同，是跟他们的道家思想分不开的。难怪坚持正统儒家文艺思想的班固批评司马迁“是非颇谬于圣人：论大道则先黄老而后《六经》”（《汉书·司马迁传赞》），并对屈原及其作品进行了否定。

西汉初期道家文艺思想的流行还表现在其他文艺论著中，如贾谊的《吊屈原文》、陆贾的《新语》、韩婴的《韩诗外传》等。西汉道家文艺思想发展中的新特点直接启示了魏晋玄学的文艺观和美学，成为庄学文艺美学向玄学文艺美学过度的中介。到了汉武帝时期，随着“罢黜百家，独尊儒术”的实行，儒家思想渐渐地在官方那里获得了独尊的地位，道家文艺思想也就明显地衰落了。汉代文论发展也进入了第二阶段。

（二）武帝至章帝时期的文学与文艺思想

从汉武帝的“罢黜百家”到东汉章帝亲自发起的白虎观会议是汉代文论发展的第二阶段。这一阶段是儒家文艺思想发展的极盛与高潮时期。这一时期的儒家思想“定于一尊”，儒家思想也成了指导当时文艺创作的唯一原则，产生了如代表汉代儒家文艺思想纲领性著作的《礼记·乐记》和《毛诗大序》。《乐记》的基本思想来自《荀子》的乐论，同时杂有汉初阴阳五行说的音乐思想，这大概与董仲舒以阴阳五行说儒学有关。《乐记》认为，音乐乃是王道政治的重要组成部分，音乐的功用在于“治心”以达到人们改恶从善的目的。《毛诗大序》则直接提出了诗歌要起到“经夫妇，成孝敬，厚人伦，美教化，移风俗”的作用，诗歌创作要合乎“发乎情，止乎礼仪”的原则。诗在讽谏方面要“主文而谲谏”，目的是以十分委婉的方式，在统治者所允许的范围内和可接受的限度内对他们进行批评。另外，还要对统治者歌功颂德，“美盛德之形容，以其成功告于神明者也”。

这一时期文论的主要代表是西汉末年的刘向和扬雄，东汉初的桓谭、王充和班固。这一时期的文论家虽在坚持儒家思想方面有不同的立场和倾向，如儒家立场比较坚定、理论也较为正统的刘向和班固，对正统儒家思想有些疏离、处于矛盾当中的扬雄，以及不喜儒家章句之学、思想特别活跃且常常批判“俗儒”并对正统的儒家及谶纬神学进行质疑与反思的桓谭和王充，但他们都是在儒家内部展开的，在文论的基本倾向方面，他们同属儒家理论体系。刘向和班固继承了前儒的教化中心说，只不过刘向是今文经学家，他的美刺“谴告”说，更多受董仲舒的影响，他的文论也具有了一定的开放性，他把“诗言志”扩展为“作诗明指”（《列女传》卷一《齐女傅母》）、“作诗明意”（《列女传》卷四《召南申女》）、“作诗讥刺”（《列女传·卫寡夫人》）。班固则倾向于古文经学派，受《毛诗序》和《乐记》的影响更大些。刘向要求谈文章以“晓合经义”（刘向《管子书录》）为旨，写著作则要求“忠谏其君，文章可观”，以“合六经之义”（刘向《晏子叙录》），还以儒家经义解非儒之作，“道家者，秉要执本，清虚无为，及其治身接物，务崇不竞，合于六经”（《列子书录》）。班固论诗赋则要“尽忠孝”、“通讽喻”，以之为“雅颂之亚”（班固《两都赋序》），这明显继承了《毛诗序》的“美刺”理论。东汉的桓谭与王充则更多发挥了对儒学尤其谶纬之学的怀疑和批判。桓谭认为，著作文章是为了社会的“兴治”，与“《春秋》褒贬”（《新论·本造》）无异。王充本于儒家“重质”、“尚用”的传统文学观，提出了“疾虚妄”以致“实诚”，斥“华伪”而求“真美”的理论主张。

这一时期儒学在文学专题研究方面也居主导地位。儒学的《诗经》研究已表现在《毛诗序》中，这里不再赘述。儒学在屈赋、汉赋、《史记》

等研究和评价方面，也发挥了主导性的影响。深受儒家思想影响的扬雄对屈原的评价没有西汉初年的刘安、司马迁高，对屈原自沉汨罗江、不具有儒家进可治国平天下、退可独善其身的处世态度表示了惋惜。班固则对屈赋富于浪漫主义色彩的奇异想象以不合经典为由加以否定，对其诗风过激不合儒家的温柔敦厚也进行了批评。在汉赋评价方面，扬雄提出“诗人之赋丽以则”，“丽”是对赋体形式风格上的要求，“则”指儒家的法度和准则，这法度和准则具体表现在明道、征圣和宗经上。对于司马迁及其《史记》，作为史学家的班固一方面批评《史记》“采经摭传，分散数家之事，甚多疏略，或有抵牾”，一方面又肯定“其涉猎者广博，贯穿经传，驰骋古今上下数千载间，斯以勤矣”；一方面指责司马迁“是非颇缪于圣人：论大道则先黄老而后六经，叙游侠则退处士而进奸雄，述货殖则崇势利而羞贱贫”，另一方面又赞同刘向、扬雄等人的观点，赞扬司马迁“善序事理，辨而不华，质而不俚”的叙述风格，并对“其文直，其事核，不虚美，不隐恶”① 的“实录”精神深表钦佩。

这一时期的儒家文艺思想与先秦儒家文艺思想相比，呈现出三个特点：

首先，它比先秦儒家文艺思想保守性增强了，批判性减弱了。汉儒所提倡的“温柔敦厚”也好，“主文而谲谏”也好，“发乎情，止乎礼仪”也好，都是极力强调文艺为政治教化服务，文艺所表达的内容不能触及统治者的地位和妨碍封建秩序的稳固。所以汉儒明确提出写文章的一大内容是对政权的美化和对圣上的歌功颂德，至于“刺”必须要考虑统治者接受的程度及接受的范围，这明显对孔子所说的“兴观群怨”的“怨”作了限制。尤其董仲舒提出“道之大原出于天，天不变，道亦不变”（《汉书·董仲舒传》），主张“奉天而法古”（《举贤良对策》），在这种观念控制影响下，这一时期的文学艺术充满了僵化保守、复古模拟的倾向。如扬雄的《甘泉》、《羽猎》模仿司马相如的《子虚》、《上林》，扬雄的《解嘲》、《解难》和班固的《答宾戏》模仿东方朔的《答客难》……这一复古论的代表是扬雄。他公开倡导复古模拟，“或曰：‘处秦之世，抱周之书’益乎？曰：‘举世寒，貂狐不亦燠乎！’”（《法言·寡见》）提倡“非圣哲之书不好”。以至于当时流行着这样一种文学观念，如果所写的文章与前人

①《汉书·司马迁传赞》，中华书局2007年版，第622页。

不相合或不相似，就不能博得好名声，“文不与前相似，安得名佳好，称工巧”（王充《论衡·自纪》）。

其次，它比先秦儒家文艺思想对文学的认识更加深化了。在汉代，董仲舒为了抬高儒家经学的地位，把经学与“天”、“道”联系起来，由于文学理论受经学的影响，对文学的探讨也自然地与天、道等联系起来，从而为文学的形而上学的探讨奠定了基础。董仲舒认为，礼、乐、诗、文等文化艺术，是为永恒不变的天道服务的，但天道不言，它是通过“圣贤”来“传其法于后世”的，“圣贤”则又是通过儒家经典来传达的，所以他说：“君子知在位者之不能以恶服人也，是故简六艺以赡养之：《诗》、《书》序其志，《礼》、《乐》纯其美，《易》、《春秋》明其知。六学皆大，而各有所长。”（《春秋繁露·玉杯》）因六艺而达天道，六艺在这里也获得了神圣地位。此时，“道”也作为一个文学批评观念出现在文学批评领域。董仲舒把六经与天道联系在一起，成了后代明道、征圣、宗经文学观的先声。扬雄、刘勰就是在“道沿圣而垂文”这一框架内探讨的。

这一时期对诗歌本质的认识也比先前深化。先秦的“诗言志”说在《毛诗序》中扩充成了“抒情言志”说，在理论上把“情”和“志”统一了起来，强调了诗歌中“吟咏情性”的重要性；而诗与情的联系，为魏晋以后诗“缘情”说的兴起起了一定的作用，虽然这里的“情”还往往受“发乎情，止乎礼仪”的限制。

再者，它比前秦儒家文艺思想迷信化倾向增强了。由于受谶纬神学的影响，这一时期的作家写作喜好“苟驰夸饰”；文论家则喜好大谈天人感应、谶纬、图符。这给汉代文艺创作蒙上了一层阴阳五行、天人感应的浓重阴影，文学艺术成了天变谴告、异物祥瑞之论。所以汉大赋中充满了“天人合应，以发皇明”（班固《两都赋序》）、“膺箓受图，顺天行诛”（张衡《东京赋》）的说教。班固在《白虎通义》中，将诗与上天的“谴告”联系起来，连坚持以经验理性判断万物的王充也在其《论衡》中专列《验符》篇，列举汉代的许多天人感应的“符瑞”现象，如“孝武、孝宣时，黄龙皆出”，“宣帝时，凤凰下彭城”，以此证明“汉德丰雍”。

（三）东汉中期以后的文学与文艺思想

从东汉中期白虎观会议到汉王朝灭亡是两汉文论发展的第三时期。东汉中期以后，统治阶级日趋黑暗与腐败，社会日趋混乱，在思想文化领域呈现出多元化的倾向。此时，儒学因神秘化、迷信化倾向以及其他各种原因日渐暴露出它的局限性，曾经为意识形态大一统作出重要贡献的官方儒学已呈式微之势。据《后汉书·儒林列传》载，安帝以后，“博士倚席不讲，朋徒相视怠散，学舍颓敝，鞠为园蔬，牧儿荛竖，至于薪刈其下”。随着儒学的衰微与没落，社会上开始出现了“匹夫抗愤，处士横议”（《后汉书·党锢列传》）的思想言论局面。此时出现的名儒，大多是融会今古文，兼通数家法，这一时期文论的代表人物王逸和郑玄的文论思想就有这样的倾向。他们的文论还没有摆脱“依经立义”的传统框架，但已突破以正统儒学自居的经师（如班固）解读作品时所强调的师法和家法。

王逸和郑玄的文论是围绕《诗经》和《楚辞》展开的。王逸在《楚辞章句》诸序中，继承了儒家积极入世的思想，沿着刘安、司马迁肯定屈原的这一路线，对汉初以来有关屈原及《楚辞》的讨论作了系统性和理论性的总结。稍后于王逸的郑玄，他多以儒家的理性眼光和现实精神注释《诗经》。郑玄是以兼收并蓄的眼光来从事文学研究的。其《诗谱序》说：“欲知源流清浊之所处，则循其上下而省之；欲知风化芳臭气泽之所及，则傍行而观之。此诗之大纲也。举一纲而万目张，解一篇而众篇明。”显示了作者要从横向的社会联系（“傍行而观之”）和纵向的历史发展（“循其上下而省之”）相结合的方式来研究文学的源头，这对魏晋以后文论的系统化和理论化应是有所启发的。

通过以上简要概括，我们看到，除汉初外的汉代文论家和作家对文学的思考极大地受到汉代经学的影响，这可以说是汉代文论的一大特色。无论是受谶纬神学影响的汉代作家，他们所追求的对神秘世界的向往以及“虚妄”浪漫的写作，还是受经（史）之“实录”精神影响的文论家，如司马迁、班固、王充，他们对文学真实性、实录的要求，都是与汉代经学有关系的。由于这些文论家主要从经学框架内思考文学，自然影响了他们对文学自身特点的思考。如王充，因反对谶纬神学影响下的文艺审美观，他也反对文学艺术中的夸张，认为夸张也属于“虚妄之言”，不是“实事”，他在此混淆了艺术真实与生活真实的区别，由此在否定“虚妄之言”的同时，把艺术夸张和艺术真实也一起否定了。这说明在汉代，对文学自身的思考还没完全独立，也不成熟。

但同时我们也要看到，在汉代，文论家和文人虽然对文学自身的思考受经学影响很大，但经学与文学的区分在汉代已渐分明，原因与经学在汉代获得自身独立和至尊的地位有关。汉代的文论家大体上都能区分文学之士与文章之士。文学之士主要指研究经学的儒生，文章之士并非专指擅长一般辞章的文人，同时也包括子书及史书的作者。这在刘向的《别录》、刘歆的《七略》及班固的《汉书·艺文志》中都有鲜明反映，并且也在他们的图书分类上被确认。《别录》中区分了经传、诗赋、诸子等类，《七略》则修订为《六艺略》、《诗赋略》、《诸子略》等不同类，《汉书·艺文志》即依《七略》而删其要。《后汉书》之《文苑》、《儒林》分传，即《经》、《文》分治之正式形成。可见，从文学观念发展演进来看，汉代的“文章”观念比起先秦实是一大进步。因为在先秦中，文学包含了博学与文章两个方面，是文化之“文”，其中，“文章”的含义所占的比重很少。而汉代把文章（文）与文学（学）区分开，对文章的文学性认识加强了。汉代的文章观念一直延续到魏晋六朝。萧统编《昭明文选》提出要以“事出于沉思，义归乎翰藻”为选文之标准，而不选“姬公之籍，孔父之书”，“老庄之作，管孟之流”，“记事之史，系年之书”。而在汉以后的一千多年中，“文章”的含义大体还是和汉代接近的，这就是近人所谓的杂文学的观念。

汉代文艺理论家对文学的思考也不仅仅从经学角度展开。即使在一些从经学角度思考文学的文艺理论家身上，对文学的作用和功用的认识也是复杂甚至是矛盾的，如汉初的司马迁一方面从个人的遭遇及其文学传统提倡“发愤著书”，另一方面又受经学政治化影响，提倡写作要对封建帝王歌功颂德；再如西汉末年的刘向，作为经学家的他强调文章皆合六经之义，但作为文学家的他又隐约感到文章另有别于六经的特征存在，如此等等。这显示出了汉代文论有它自身的纷繁复杂性，这种纷繁复杂性一方面来自于六经中《诗》和《乐》既是经学又是文学，另一方面也来自于汉代的文艺理论家既是经学家也是文学家，在谈论到文学为政治服务和社会教化作用时，往往是在经学的框架内论述，在论述先秦以来的文学传统及文学与现实关系时，他们又强调了文学自身的特色和先秦以来文学的传统——《诗经》、《汉乐府》以来的“美刺”传统。这方面如东汉的班固，他既肯定了汉乐府“缘事于发”的现实主义精神，强调文学“有补于世”，同时又在《白虎通义》中提出了文学产生于神明、道德的文学观。汉代文论纷繁复杂性的原因还来自于受到了道家思想和楚骚传统的浸润，这在刘安的《淮南子》、司马谈的《论六家要旨》、扬雄的《太玄经》中窥其一二，也在司马迁、王逸对屈原写作的欣赏中得到印证。这说明汉代文论还处在孕育变化之中。

可见，汉代经学给汉代文论带来了束缚，汉代的文学思想、文学批评须在经学这一框架内提出，但同时汉代文论因着汉代经学的注入也给自身带来了一些新的品性，如汉代对文学思想的探讨带有本体和本源的性质。汉代经学因自身的丰富性（今文经学与古文经学）和衍生性（谶纬神学的出现），也给汉代文论提供了某种开放性，如董仲舒基于天人感应提出的心物感应和对应说，① 虽主要不是从审美和艺术的角度论述心物对应说，但也影响了后世的诗论和画论。② 这一切都跟汉代经学家喜欢把一切人事伦理文学艺术都纳入到本体论的宇宙大规律中去探讨有关，也跟他们想通过经学神圣化以获得永久的学术生命、通过经学政治化获得官方认可有关，而汉代的文论思想无疑也带上了这些痕迹。

第二节　司马迁

司马迁（前145—约前90），字子长，夏阳（今陕西韩城）人，西汉著名史学家与文学家。司马迁著有不朽巨著《史记》，还有保存于《汉书·司马迁传》中著名的《报任少卿书》，以及《艺文类聚》卷三十载的《悲士不遇赋》一篇。作为一个历史学家，司马迁没有专门的文论著作，其文学思想主要体现在《史记》、《太史公自序》和《报任少卿书》中，尤其是《史记》，已经涉及一些具体的文论问题，也更具体、完整地表现出

①“五官相比而自鸣，非有神，其数然也。美事召美类，恶事召恶类，类之相应而起也。如马鸣则马应之，牛鸣则牛应之。”（《春秋繁露·同类相动》）“天亦有喜怒之气、哀乐之心，与人相副，以类合之，天人一也。春，喜气也，故生；秋，怒气也，故杀；夏，乐气也，故养；冬，哀气也，故藏。”（《春秋繁露·阴阳义》）董仲舒在这里明确提出了天与人“以类合之”、“同类相动”、“类之相应而起”的观点。

②董仲舒之后的陆机在《文赋》中提出了秋悲春喜情感类型，把天人合一、心物感应的思想引入美学范畴。“遵四时以叹逝，瞻万物而思纷，悲落叶于劲秋，喜柔条于芳春。”刘勰在《文心雕龙·物色》中也说：“春秋代序，阴阳舒惨，物色之动，心亦摇焉。……岁有其物，物有其容，情以物迁，辞以情发。”在这里，作家的情绪表现存在或对应于物的外形结构中。

他的文学修养和文学写作手法的高明及驾驭题材的精湛之处。纵观司马迁的著作，他的文学思想主要有以下几个方面：

一、“发愤著书”说

“发愤著书”即作家在“意有所郁结，不得通其道”的时候，可以通过文学创作来抒发自己的情感。在司马迁看来，人们在现实生活中总会因为种种原因而产生郁闷、忧愁等消极的情绪，这些消极情绪有损于人们的心理健康，出于维持心理平衡的需要，人们就要用种种社会性活动调节它，活动之一就是创作。通过创作，作家将自己的消极情绪抒发宣泄出来，这样心理上就能够得到一种安慰一种满足，而不平衡的心理也就能恢复某种意义上的平衡。另一方面，“愤怒出诗人”、“哀怨起骚人”。作家对黑暗社会怨愤越深、感慨越多，气就越盛，这样才能文采发之于外，创作出内涵丰富、艺术价值较高的优秀作品。

关于司马迁所提出的“发愤著书”说，在其自身经历和所作著作中有突出体现。司马迁承父命，立志写出一部像《春秋》那样伟大的史学著作，正当他满腔热情地从事此项事业时，却因替李陵投降匈奴一事辩护而惨遭宫刑。宫刑不仅使司马迁身心受到巨大伤害，而且令他痛感失去了生存的价值。在对生命价值的思考和追寻中，司马迁提出了著名的“发愤著书”说。在其被幽禁期间，司马迁更加坚定了要完成《史记》的决心。在他的作品《报任少卿书》中，他明确写道：“所以隐忍苟活，幽于粪土之中而不辞者，恨私心有所不尽，鄙陋没世，而文采不表于后世也。”司马迁认为，写文章不是为了图一时快乐，也不是为了迎合大众口味或者为了获得眼前的某种利益，而是为了“表于后世”，千古流传。在《史记》中，他也写道：“夫《诗》、《书》隐约者，欲遂其志之思也。昔西伯拘羑里，演《周易》；孔子厄陈、蔡，作《春秋》；屈原放逐，著《离骚》；左丘失明，厥有《国语》；孙子膑脚，而论《兵法》；不韦迁蜀，世传《吕览》；韩非囚秦，《说难》、《孤愤》；《诗》三百篇，大抵贤圣发愤之所为作也。此人皆意有所郁结，不得通其道也，故述往事，思来者。乃如左丘无目，孙子断足，终不可用，退而论书策，以舒其愤，思垂空文以自见。”由此可见，作家在遭受到封建专制的压迫和暴君暗臣的谋害时，理想与愿望得不到实现，就会对黑暗的社会产生一种激愤的感情。这种感情积聚在胸，就像一座即将爆发的火山，一旦撰写成文就能化作钢刀利剑，在抒发宣泄自身不良情绪的同时，起到揭露黑暗、打击丑恶、伸张正义的作用。

其实，对于“发愤著书”说中的“愤”这一情感形式，司马迁把它升华为文学创作中不可或缺的一种因素。因为有了“发愤”之情，才能产生一种勇往直前、锐不可当的力量，才能树立正义必定能战胜邪恶、光明一定能代替黑暗的信念，才能激励著作家剖析封建专制社会的罪恶本质。司马迁主张“发愤著书”，旨在鼓励著作家要忍辱负重，展望未来，相信光明和进步一定能战胜黑暗残酷的势力，将会有施展自己抱负和表露文采的机会，为人类的文明与繁荣贡献自己的聪明才智。所以司马迁的这一文论思想无疑为文学创作提供了有利动机。

二、重视文学的社会功用

司马迁认为，作家要用自己的笔触，揭露黑暗，歌颂光明。要做到这一点，作家要敢于正视现实，大胆揭露朝廷的弊端，谴责统治者所实行的苛政以及残酷压迫和盘剥人民的罪行，而在具体的文学创作中，就必须要发挥文学作品的“讽谏”和“直谏”作用。所谓“讽谏”就是用生动的形象，曲折隐晦的手法，引导人民了解政治、认识社会，激发他们追求真理、批评时政，使人民对国家和社会政治生活作出正确的审美判断，分清真善美和假恶丑，从而唤起人民向残暴、罪恶的社会及其统治进行斗争，使文学起到干预生活、干预政治的作用。

其实，“讽谏”本是屈原利用《离骚》讥刺时弊的一种形式。在《离骚》中，屈原称述上古帝喾的事迹、近代齐桓公的霸业、中古汤武的事功，用历史来讥刺时政。在司马迁看来，屈原与其后继者宋玉、唐勒、景差等人最大的不同就是屈原敢于“直谏”，为了国家和人民利益，不顾个人荣辱安危而进行了不屈的斗争。对于这一点，司马迁在《史记》的《屈原贾生列传》中叙述得很明显：“屈原既死之后，楚有宋玉、唐勒、景差之徒者，皆好辞而以赋见称；然皆祖屈原之从容辞令，终莫敢直谏。其后楚日以削，数十年竟为秦所灭。”在司马迁看来，文学的讽谏作用是非常重要的，它甚至关系到国家的兴亡。

汉代赋作流行，对于当时流行的辞赋作品，司马迁同样非常强调其讽谏意义。司马相如是作赋的大家，司马迁对其辞赋作品中所体现出的讽谏作用就进行了极大的肯定和推崇。如司马迁认为，《谏猎疏》是“常从上至长杨猎，是时天子方好自击熊彘，驰逐野兽，相如上疏谏之”，《哀二世赋》是“相如奏赋以哀二世行失也”。在司马迁看来，司马相如的这些文章都不同程度地具有社会实用性，起到了应有的讽谏作用。另外，司马迁指出，《天子游猎赋》中对于对话、事件和人物描写的虚构和夸张是失实而不足取的，但其篇末归之于节俭和崇尚礼义，有讽谏之意，因而仍值得肯定。由此可见，司马迁对于文学在外在表现形式上虽有批判之意，但对文学作品所承载的“讽谏”和“直谏”的社会作用是极其重视的。

司马迁如此重视文学的社会功能，是和当时社会的文化观念以及他特殊的身份有极大关联的。首先是经学观念的影响。在汉代，经学是一门专攻儒家经典的学问，这门学问的宗旨是为封建社会的思想教育和理论建设服务。汉代经学重美刺，“汉儒言《诗》，不过美刺二端”，强调汉赋要像诗那样发挥讽谏的功用。因此赋家作赋都会在作品中增加讽谏的成分。由于经学观念的影响，司马迁也便很自然地将“美”、“刺”作为文学批评的原则，强调文学的社会作用。其次便是司马迁特殊身份的原因。司马迁作为一个历史学家，有着浓重的史家意识。他认为，史学应提供历史的范例，判别嫌疑，辨明是非，决断疑惑；史学应记载已灭之国、已绝世系的史实，从中总结兴亡之理。司马迁对历史、政治的关注很自然影响到他对文学的态度，使他非常重视文学的社会作用。历史著作讲究的是实录而不是虚构，这也直接影响到司马迁对汉赋虚构性的态度。他从史家意识出发，对汉赋的虚构性进行否定和批判而提倡肯定其所体现出的讽谏的社会功能。所以，对于文学社会作用的重视，也是司马迁文学思想的一个重要方面。

三、“通古今之变”的文学创作观念

“通变”一词源于《易传·系辞》。变是变化，通是通畅不阻塞。《系辞下》云：“变通者，趋时者也。”由自然界的变化论及社会的变化，指出人们必须随着时势发展而有所变化。

司马迁将《周易》的通变思想运用到人类社会历史领域，提出了在旧时代的历史条件下如何保持社会制度的活力问题。“究天人之际，通古今之变”，这是司马迁写《史记》的主要目的，从这里我们也不难发现，司马迁的创作，是以实际生活体验和考察作为源泉与基础的。“近自托于无能之辞，网罗天下放失旧闻，略考其行事，综其终始，稽其成败兴坏之纪。”这句话说明，司马迁作文讲究“写实”，在著书之前，搜集各种史诗，认真考证，本着对历史负责、对读者负责的原则。作者只有在博览群书，再结合自己的考察之后，才能做到“究”和“通”二字。这里的“通”即司马迁所说“原始察终，见盛观衰”之意。“今天”从“昨天”

发展而来，要把握“今天”的社会，就必须了解“昨天”的历史。

司马迁在《太史公自序》中谈作八书的目的：“礼乐损益，律历改易，兵权山川鬼神，天人之际，承敝通变，作八书。”司马迁的《史记》，也处处体现出“通变”思想。如从秦楚之际的战争风云，到刘邦建国，社会急剧变化。司马迁从“通变”思想出发，对这段历史作了高度概括：“初作难，发于陈涉；虐戾灭秦，自项氏；拨乱诛暴，平定海内，卒践帝祚，成于汉家。五年之间，号令三嬗。自生民以来，未始有受命若斯之亟也。”陈涉、项羽、刘邦三人就代表了这个时期的三个阶段。在《高祖功臣侯者年表序》中又说：“居今之世，志古之道，所以自镜也，未必尽同。”“今”以“古”为鉴，可以明得失，可以知教训，这即是“通”；但“今”与“古”又不相同，一切都处在变化之中，这即是“变”。所以，司马迁对古今关系的认识，也包含着深刻的“通变”思想。整部《史记》，上下三千年，司马迁注意到历史发展的阶段性，如“十表”，把几千年的历史划为三个段落（上古、近古、今世），五个时期（古朴时代、春秋时代、战国时代、秦亡至西汉统一时代、今世时代），用以表现历史之“变”。

由以上可以看出，在文学创作中，司马迁很重视对古今历史发展的脉络的把握，尽力做到融会贯通，讲求实际，在对古今关系的认识和史实的考察中总结出深刻的道理。

四、区分“文学”与“文章”

从《史记》开始，司马迁对文学和学术进行了区分。《史记》中所说的“文学”，是指学术、学问，如：上乡儒术，招贤良，赵绾、王藏等以文学为公卿。而今天意义上的文学，司马迁则用“文”、“辞”或“文章”表示。如“屈原既死之后，楚有宋玉、唐勒、景差之徒者，皆好辞而以赋见称”（《屈原贾生列传》）。司马迁用“文学”、“文章”等不同的术语来分别指称学术与文学，可见他已注意到文学和学术的区别，具有一定的文学独立意识。这种意识既是当时文学与其他学术著作逐渐分离这一现实的反映，更是他重视文学的一种表现。正因如此，司马迁才会为作家立传并用大量篇幅录载那些有感情、有文采的作品。

在汉代，辞赋虽然受到帝王、上层人士的喜爱，但当时辞赋家的地位很低，被视为倡优一类人物。但司马迁打破成见，在《史记》中为汉赋的代表作家司马相如设立专传，并录载他的《子虚赋》、《上林赋》、《大人赋》、《哀二世赋》、《上疏谏猎》等作品，使之成为《史记》篇幅最长的一篇列传。司马迁还为屈原、贾谊等人立传，并收录了他们的一些代表作品。除此之外，《史记》还广载那些文学性较强的作品，如在《李斯列传》中收录《谏逐客书》、《论督责书》；在《乐毅列传》中收录《报燕惠王书》。司马迁甚至还因文立传，如《三王世家》的赞语说："燕齐之事，无足采者，然封立三王，天子恭让，群臣守义，文辞烂然，甚可观也，是以附之世家。"可见《三王世家》是因文而立传的。

司马迁对文学和学术的区分以及对文学的重视，无疑有利于文学向独立的、成熟的方向发展。司马迁的这一观念对后世的影响是非常大的。班固的《汉书》基本继承了司马迁的观点，以"文章"、"文辞"指代有文学色彩的作品，以"文学"指代学术、学问。另外，《汉书》对文学家也非常关注，大量收录他们的作品，较全面地展现了西汉一代文学的发展情况。这些都与《史记》的影响有直接的关系。

总之，两汉时期，强调文学抒发情感的作用，提出"发愤著书"说，并且有意识地注意文学的独特性，重视文学家的社会地位，重视文学作品的社会功能，践行"通变"的文学创作观念，司马迁的这些文学理论思想直接影响到后世文人对文学价值及文学特征的认识，也在中国文论发展史上留下浓墨重彩之笔。

司马迁是一位伟大的历史学家，他的实录精神、"发愤著书"、"通古今之变"等观念，虽然主要是针对史书写作而言的，但也同样适用于文学，并成为对后世发生重要影响的文学理论思想。司马迁在《史记》中体现出来的实录精神虽是史书的写作原则，却对后来文学创作及文学思想发生了重要影响。汉代刘向、扬雄、班固都肯定了司马迁的实录精神。班固在《汉书·司马迁传赞》中说："自刘向、扬雄博极群书，皆称迁有良史之才，服其善序事理，辩而不华，质而不俚，其文直，其事核，不虚美，不隐恶，故谓之实录。"对司马迁的实录精神给予了高度赞扬。司马迁在评价作家作品时，往往把个人品性与作品风格联系在一起。如他在评价屈原及其作品时说："其文约，其辞微，其志洁，其行廉。其称文小而其指极大，举类迩而见义远。其志洁，故其称物芳；其行廉，故死而不容自疏。……推此志也，虽与日月争光可也。"（《史记·屈原列传》）在司马迁看来正是由于屈原"志洁"、"行廉"的伟大人格，才造就了伟大的文学作品《离骚》。后世曹丕、刘勰等在评论作家作品时非常注重作家个性与文学创作之间的联系，是与司马迁的影响分不开的。司马迁的"发愤著书”说是对前人及自己写作实践的理论总结，揭示了文学创作与现实政治、生活，人生经历以及个人品性之间的内在关系，得到历代文论家的重视。如刘勰评价《诗经》和《楚辞》提出了“蓄愤”说，钟嵘则在《诗品序》中提出了“怨愤”说，还有韩愈的“不平则鸣”说，欧阳修的诗“穷而后工”的观点，李贽、金圣叹视《水浒传》为愤书的观点等，都是对司马迁发愤著书观点的继承和发展。刘勰《文心雕龙》在论述文学发展、揭示各时代文学的相互影响和文体的演变时所体现的以“原始以要终”，以“通”观“变”，以“变”观“通”的精神则体现了刘勰对司马迁“通古今之变”思想的继承和发扬。

第三节 刘 向

刘向（约前77—前6），字子政，沛（今江苏沛县）人。西汉经学家、目录学家及文学家，著有《别录》、《新序》、《说苑》、《列女传》等。其中《别录》是我国古代第一部比较详细的书目提要，是中国第一部有书名、有解题的综合性的分类目录书，而刘向也因此被尊为我国目录学之祖。西汉时期，文学思想尚未独立，但随着文学创作从汉大赋到抒情小赋的繁荣发展，文学思想也逐渐开始萌芽，并在儒家思想的影响下，逐步演变发展。作为西汉后期的一名博学大儒，刘向在继承前代文学观念的基础上，通过自己的创新，在自己的著作中体现出其明确的文学理论观念，进一步阐述了文学的特质和作用。刘向在其著作中所体现的文学思想，我们可以从以下几个方面来分析。

一、重视性情对文学创作的影响

自先秦以来，对于性情的观点，可谓论述颇多。先秦孔子认为“人之初，性本善”，孟子主张性善论，荀子主张性恶论。到了西汉，董仲舒发展了孔子的思想，按照儒家阳尊阴卑和阳善阴恶的观念提出“性三品”说。与董仲舒不同，刘向认为“人之善恶非性也，感于物而后动”，“性情相应，性不独善，情不独恶”，人性初无善恶之分，善恶不是生来如此，而是“感于善则善，感于恶则恶”，善恶是后天教化和环境影响的结果。刘向的观点突出了人们自我修养的必要性和可行性。

自古以来的文学作品，不论是状物还是抒情，都流露出作者心中的情感意向，是作者心志的体现。从论性情的阴阳善恶观念出发，在具体的文学创作中，刘向认为，文学具有抒情的特征，它是作家心灵深处触物而动的产物。刘向特别强调创作中的“至诚”。他在《新序·杂事四》中借钟子期之口说：“悲在心也，非在手也，非木非石也，悲于心而木石应之，以至诚故也。”文学艺术不能离开感情，真情实感是文学艺术的生命，作者感物而动，满怀深情，用一颗诚心，让真情实感流露，才能创作出有意义、有感人肺腑力量的文学作品。在具体的文学创作实践中，刘向也自觉践行着这一点。如他的拟骚赋《九叹》，生动地反映出屈原“肠愤悁而含怒兮，志迁蹇而左倾”的凄凉心境。这样的创造效果，和刘向的经历有关，他由屈原的遭遇联想到自身的际遇，心中所生出的激愤之情便自然而然通过文学作品表现出来，并且体现得真切自然，感人肺腑。

当然，重视性情对文学创作的影响，使文学体现出抒情的特征，这固然可以使文学作品更具感染力和影响力，但这种抒情也要适可而止，控制在一定限度内。《礼记·中庸》有言：“喜怒哀乐之未发，谓之中；发而皆中节，谓之和。中也者，天下之大本也；和也者，天下之达道也。致中和，天地位焉，万物育焉。”心里有喜怒哀乐却不表现出来，被称作中；表现出来却能够有所节制，被称作和。中，是稳定天下之本；和，是为人处世之道。孔子在《论语》中也表达出关于性情要适可而止的想法，认为人所表现的情感是有限度的，有节制的，应该适度且和谐。刘向继承前人的思想观念，也主张在具体的文学创作中文学抒情要有一定限度。他在《说苑·贵德》提出：“善之，故言之，言之不足，故嗟叹之，嗟叹之不足，故歌咏之。夫诗，思然后积，积然后满，满然后发，发由其道，而致其位焉。”在刘向看来，文学作品应该发乎情止乎礼，抒情要符合中和之道，不偏不倚，这也是他在文学思想理论方面比较重要的一个思想观念。

二、文学应承担起“美刺”的社会功能

关于文学的社会功能，司马迁曾提出赋予文学作品“讽谏”与“直谏”的社会作用。刘向认为文学的抒情性特性，决定了文学具有“美刺”的社会功能，即在潜移默化的艺术感染中完成政治教化作用。因为文学将道德准则与行为规范融于具体的创作中，以感悟的形式引发人们的思考，启发人们的认识，从而自然而然地使人们生成对善恶是非的明辨能力。

刘向生活的西汉后期，正是汉代社会动荡，外戚与宦官交相干政，刘氏皇权日渐衰微之时。作为汉朝皇室，刘向目睹了朝风日下、社稷衰微的局面，而且他本人也因多次劝谏而遭受仕途上的挫折，这样的国家局面和自身经历必然使刘向关注文学的“美刺”功能，以“著书当谏书”的方式参与朝政，使文学实现对政治的教化作用，匡扶皇权。如刘向所作《新序》、《说苑》、《列女传》三部书就是他在目睹成帝时“赵氏乱内，外家擅朝”，汉王室日渐衰微的局面下，抱着“吾而不言，孰当言者”的信念，为整个汉王朝所作的劝谏之书。这三部书是刘向根据先秦、汉初的典籍以及部分民间的传说而编纂加工成的杂著。从这三部书的文本以及后人对其研究的情况来看，刘向在这三部书的编制过程中，并不是将历史事件简单地罗列在一起，而是在史料的选择、加工和编排中融入自己的政治主张和道德信仰，甚至为了表达思想的重要性，采用一些虚构的事件和言辞来进行叙述。这些都充分体现了刘向文学服务于政治的思想，他就是要利用文学的“美刺”功能来达到“上以讽君，清明政治；下以化民，移风易俗”的目的。同时为了加强文学的这种“美刺”的功能，又通过阴阳灾异的思想，以“天命”之权威来上书。

由以上可以看出，刘向对文学“美刺”的社会功能是极其重视的。文学应服务于政治，在具体的创作形式和内容下，在潜移默化的影响中，自觉承担起政治教化的作用。

三、文学创作应文质并重

所谓“文”，是指作品的语言等外在形式，所谓“质”，是指作品的情感、道德等内在内容。对于文学作品中文质关系的探讨，实际上也就是对作品形式与内容问题的探讨。先秦对于文质关系的探讨，始于对人格修养的探讨。如孔子在《论语·雍也》中说，“质胜文则野，文胜质则史。文质彬彬，然后君子”。在孔子看来，理想的君子，既要有外在的言行举止，又要有内在的道德品质的修养，要内外兼备。后由谈人格的修养而引申到文学作品的内容与形式中去。孔子认为在注重美质的同时，也要重视语言在传情达意上的作用。由此可见，孔子既重视作品的内容，也重视作品的形式。

刘向对于文质关系的看法主要保存在《说苑》中。总体来看，刘向既重质轻文，也重文轻质。这样看似矛盾的观点，实际上是从不同的两个层面分开来评价文与质在文学创作中的作用的。这样矛盾的观点之后，依然是对文学作品文质并重、内容与形式兼备的重视。

对于重质轻文的观念，刘向在《说苑·修文》中说“质主天”、“文主地”，天尊地卑，可见刘向认为质比文重要。这一观念是刘向基于功用主义观点出发的。这其中的质为“质朴”，是要提倡的，而与之相对的文则为“奢”，是要舍弃的。在修身、齐家、处世、治邦过程中，质是最宝贵的、最重要的。而片面地追求雕文刻镂的外在形式美，对于国家来说是有危害的。如他在《说苑·反质》中说：“雕文刻镂，害农事者也。锦绣纂组，伤女工者也。农事害，则饥之本也；女工伤，则寒之原也。饥寒并至而能不为奸邪者，未之有也；男女饰美以相矜而能无淫佚者，未尝有也。”这就体现出了追求文对于社会民众的危害。

另一方面，在文质关系的探讨中，刘向又主张重文轻质。此时这里的质变成了“野”，而与之相对的文则拥有了文明、文雅、和美的意思。在刘向看来，质过于简单，比较粗野、野蛮，而重视修文，即通过修饰仪容，通过礼乐教化的作用，可以使人变得文明、文雅。在具体的文学创作中，重视语言艺术的表达，对文学作品内容的体现也具有重要的影响。要想成功地表情达意，就要善于言谈，讲究语言艺术。如刘向在《说苑·善说》中写道：“诗云：‘辞之绎矣，民之莫矣。’夫辞者人之所以自通也。主父偃曰：‘人而无辞，安所用之。’昔子产修其辞，而赵武致其敬；王孙满明其言，而楚庄以惭；苏秦行其说，而六国以安；蒯通陈说，而身得以全。夫辞者乃所以尊君、重身、安国、全性者也。故辞不可不修而说不可不善。”由此可见，在刘向看来，语言文辞在社会生活中具有很大的作用，它与个人的安危、政治的得失和国家的兴亡密切相关。因此人们应该重视说话的艺术，在具体的文学创作中，也应该重视语言修辞手法的运用。

由以上可以看出，在文学创作的文质关系中，刘向是主张文质并重、内容与形式兼备的。在继承前人对文质关系探讨的基础上，刘向又在文质关系中注入了礼教含义的充内而现外之美，这可以说是其文质观的一个独到之处。

四、文学有别于经学

刘向在《晏子叙录》中曾写道：“其书六篇，皆忠谏其君，文章可观，义理可法，皆合六经之义。”从这句话的意思，我们可以看出，刘向既强调“文章可观”，又强调要“合六经之义”，可依稀体现他认为“文章”有别于“六经”的观点。另根据罗泽根先生在《中国文学批评史》中提到：“先秦所谓‘文章’，皆有指现于语言文字者之义。但先秦无文学之文，故其狭义的‘文章’，与其所谓‘文学’无大异，不过较重形式而已。基于这种原因，汉代遂用‘文章’，称文学之文。”由此，我们可以认为，刘向所谓的“文章”，即指文学之文，他认为“文章”有别于经学，即指文学有别于经学。而他在《说苑·尊贤》中写道：“仲尼修道行，理文章，而天下之士亦至矣。”这句话也可以看出他对文章的重视以及对文学初步的觉悟。

当然，从刘向所著的《汉书·艺文志》中我们也可以看出他对文学有别于经学观点的阐释。此著作将图书分为六类，分别是六艺略、诸子略、诗赋略、兵书略、数术略和方技略，而每一略又分为若干小类。由此可以看出，刘向已经明确认识到，以诗赋为代表的文学是不同于经学的，它并不是经学的一部分，而是相对独立的。以上所言，都是刘向认识到文学有别于经学的区别所致，它反映出西汉文学思想的萌芽与进步。

五、推崇文学创作中对神话素材的运用

辞赋是继《诗三百》之后最先兴盛起来的纯文学体裁，是最能代表汉代文学发展的重要体裁。纵观整个汉代，辞赋受到了著录者的重视和统治者的提倡。辞赋的大量创作，也使其成为汉代文学评论中极具特色的一部分。在赋的体裁中，刘向对楚辞类作品可谓极其重视。尤其在他晚年校书时，对《楚辞》的整理收集作出了极大的贡献。他在校书时，将屈原、宋玉等人的辞赋，连同贾谊、淮南小山、严忌、王褒、东方朔等人模仿屈原的作品编辑成辑，名之《楚辞》，使其成为战国两汉骚体的选集。在对《楚辞》的辑录过程中，刘向对屈原的高洁人格进行了高度的评价和肯定。他也认为，辞赋应该承担起与诗同样的褒扬德行事功的传统，强调赋的思想性。刘向所作《汉书·艺文志》对各种辞赋进行了分类，阐述了辞赋的发展流变，体现出辞赋出于古诗的观点，将诗赋与六艺并举，这些都体现出刘向对汉代辞赋的重视。

另外一方面，在西汉后期，刘向是贯通古今的大儒，他在校书整理古代文献以及进行文学创作时，很自觉地体现出对上古神话的重视。如刘向所著的《汉书·艺文志》中，收《山海经》十三篇入“形法六家”，认为其“精微之独异也”。另外，刘向还重视在文学创作中运用古籍中的神话传说作为写作素材。如在刘向的《新序》、《说苑》、《列女传》中，引用了许多先秦的典籍与神话传说。又如在其续集的《楚辞》中也运用了大量的神话故事。这种在创作中大量注入神话传说的做法正是对神话文学重视的表现，也对后世产生了深远影响。

在西汉后期文学创作理论思想发展的过程中，刘向提出了许多具有深远影响的理论。他重视文学的抒情性在创作中的影响，认为文学应承担“美刺”的社会功能，实现对政治的教化，而且在具体的文学创作中，要实现内容与形式的统一，做到文质兼备。他提出文学有别于经学，并且重视辞赋在汉代文学中的地位，以及自觉地将古籍中的神话传说当作素材，运用于文学写作。以上关于文学创作的理论观点，无一不体现出刘向作为汉代儒学大将的风范，这些理论也为后世提供了宝贵经验。

第四节　扬　雄

扬雄（前51—18），字子云，蜀郡成都（今属四川）人。扬雄是西汉末年著名思想家、文学家及语言学家，著有《法言》、《太玄》、《方言》，以及《甘泉》、《河东》、《羽猎》、《长杨》等辞赋作品。扬雄一生，博览精研，勤于著述，他的文学理论在吸收前人成果的基础上更趋系统和完备。他提出文必丽靡与文以致用的观点，他继孟子、荀子之后，进一步强调明道、征圣、宗经的文学观，并且融合道家“体自然”的思想；在文质关系问题上，扬雄提出华实相副、事辞相称的观点，论述了作品内容与形式的问题；在“述”、“作”关系上，他从因循革化思想出发，提出既述且作的观点；在言、书与作家思想感情关系上，扬雄提出“言为心声与言不尽意”的观念。下面我们就从这几个方面入手来具体了解扬雄的文论思想。

一、“文必丽靡”与“文以致用”的文学观念

“文必丽靡”与“文以致用”的观念是扬雄在融合了儒家和道家思想的基础上总结出来的。它是扬雄对文学特质的一种认识，是立足于文学本体和文学的社会功能两方面而提出来的文学理论，也是扬雄文学理论的核心。其中“文必丽靡”的观念是扬雄最初的一种文学观念，体现出他对于文学创作中审美功能的重视。而“文以致用”则是从文学的社会功能出发，主张文学的教化作用。前者体现的是道家的一种“体自然”的观念，后者体现出儒家“征圣、宗经”基础上的“明道”的观念。

“文必丽靡”的文学观，是扬雄着眼于文学本体对文学特质的概括。“丽”即华丽，指语言辞藻的华丽；“靡”即细腻，指描写刻画细腻。其实对于文学特质的理性认识，扬雄可以说是为中国文学批评史作出了独特的贡献。因为在先秦时期，虽然出现了“文学”、“文章”等词语，但是它们大都指的是古代的文献资料，全然不同于后世出现的“文学”、“文章”的概念。直到汉代，开始有了“文学”与“文章”的区别，但人们对文章（文学作品）不同于文学（学术著作）的意识还比较朦胧。不过在汉代人们的心目中，盛极一时的辞赋才是唯一的文学形式，才是纯粹的“文章”。尽管汉赋不乏“劝百讽一”的社会功能，但在倡导辞赋创作的帝王将相看来，辞赋更多的是以娱耳目、悦心意的审美对象而存在的。这一时期，文士们作赋追求繁文博采，崇尚文辞辩丽。于是汉赋以其闳侈巨衍的风格、华美靡丽的语言呈现在后人面前。辞藻华丽、铺陈细腻的散体大赋是扬雄最初作赋时模仿的范本。他曾一度殚精竭虑、精思苦吟，于汉成帝之世进献了《甘泉赋》、《河东赋》、《长扬赋》、《羽猎赋》等文辞婉丽的赋作。正是有感于一时创作风气，有赖于自身的创作实践，扬雄敏锐地认识到赋作为文学作品所具有丽靡的突出特点。他在《法言·吾子》中提出“诗人之赋丽以则，辞人之赋丽以淫”的观点，明确地指出了辞赋丽靡的特质。虽然扬雄论说的立足点在于区分“丽则”与“丽淫”，但他首先认定的是“丽”这一汉赋语言形式上的突出特点。不管是“丽则”还是“丽淫”，它们首先具有“丽”这一共同的特性。“极丽靡之辞，闳侈巨衍”，这便是扬雄认定的辞赋的突出特征。它已经成为区分“文章”与“文学”的鲜明标志。这种对文学作品特质由朦胧到明确、由直觉到理性的认识，已全然不同于在“文章”与“文学”区别上的朦胧意识，这标志着对文学特质的理性认识的一个飞跃。

“文以致用”的文学观，是扬雄从文学的社会功能方面对文学作品所作的进一步的认识。虽然扬雄敏锐地认识到了文必丽靡的文学特质，但他尤为关注的却是文学的尚用功能。作为经学大师，扬雄信守的是儒家孔孟之道，“立经世致用之学，做补偏救弊之文”是他一生的崇高追求，所以文学创作对于他来说，更重要的是担负着神圣的讽谏使命，而不纯然是骋才使气，它需要履行成人伦、助教化、惩恶扬善的现实功利职责。“文以致用”就是他一生信守的文学准则。扬雄信守“文以致用”的准则，具体说来即是以儒家道统、圣人经典作为行文的指导思想，让文学充当以儒家道统治国安邦的媒介。我们知道，汉王朝为巩固中央集权的封建专制主义的统治，以君主专制统治作为国体，而以“罢黜百家、独尊儒术”作为思想文化专制政策。儒家思想被确定为正统思想，儒家传统的文学观在这种历史条件下得到了进一步的发展。扬雄生当西汉末年，作为造诣非凡的经学大师，他对儒家经典更是推崇备至。他认为万事纷纭错杂，只有放到自然之道那里去衡量；众言混淆杂乱，则要把它们放到圣人那里去判断。圣人在世找圣人，圣人不在找经书。由此可见其明确的征圣、宗经主张。而也正是立足于“文以致用”如此崇高的目的，他标榜“丽以则”的诗人之赋，也就是源自诗经、屈骚的文学服务于政治教化的文学主张。孔子在《论语·阳货》中说：“诗可以兴，可以观，可以群，可以怨。迩之事父，远之事君，多识于鸟兽草木之名。”扬雄“文以致用”的文学观念正是孔子这种“兴观群怨”文学功能论的继承。

由以上分析可以看出，扬雄从文学本体和其社会功能出发，认识到文学“丽靡”的特质，同时他也提出“文以致用”的观点，这体现出他对儒家思想文化的继承和发展，也体现出对道家思想的吸收，是对文学审美和教化功能的深刻认识，从而在中国文学批评史上作出了独特贡献。

二、文质相副、辞事相称的文质观

“文质”说是中国古代文学思想上的重要理论范畴，现在关于文学上的“文质”说起于何时何人，大致有两说：一说起于孔子，这是各种文学批评史著作的流行说法；二说起于刘勰，认为他是“首先把‘文’和‘质’这对概念运用于文学领域的理论家”。这两种说法都忽视了扬雄在哲学和文学上的贡献，第一个提出文学上的“文质相副”说的应是扬雄。在扬雄之前，孔子等人的文质之说并非文学理论；在扬雄之后，刘勰提出的“文质”说，已是继承扬雄等人的文学思想而加以了集大成的发展。

扬雄在前人思想成果和当时文学发展的基础上首先提出了系统的“文质相副”说。他的“文质”说兼容儒道两家的影响，其基本看法是：质决定文，文表现质，质待文而成，文附质而行，要求文质相副。扬雄首先肯定了文学内容的主导地位，又充分认识到文学形式的重要作用，认为内容与形式应该完美统一。他在《太玄·太玄莹》中说“质干在乎自然，华藻在乎人事”，说明质比文更重要，内容是主要的。他在《法言·吾子》中说：“圣人虎别，其文炳也。君子豹别，其文蔚也。辩人狸别，其文萃也。”所言明确指出本质决定文采，内容决定形式。因此，扬雄赞赏素朴有质的文章，反对过度的文饰，非常讨厌浪费光阴的雕琢纤细之作、淆乱美姿的华丹和搅乱法度的淫辞。但是，他并不排斥必要的文采和优美的形式，而是主张文饰的不可或缺。他在《法言·寡言》说明言无文采、典谟之类的书籍也不能作为经典。他又进一步提出华实相副、事辞相称、文质一致的主张。他在《法言·修身》中写道："实无华则野，华无实则贾，华实副则礼。"《法言·吾子》中也说："君子事之为尚。事胜辞则伉，辞胜事则赋，事、辞称则经。"在扬雄看来，内容充实而华采缺少就显得粗野，华采有余而内容不足就如同商贾，事理胜过文辞就不免率直，文辞胜过事理就如同作赋，只有内容与华采相副，事理与文辞相称才能符合礼义与经典，达到文学作品的最高标准。

对于文学创作中的文质观，因为要矫正汉儒以文害质之弊，也因为要救汉赋家文丽用寡之病，故扬雄的"文质"说在"文"的方面没有多少详论，而在"质"的方面却充分展开了论说。他说的文章著作之"质"，包含三个方面："质"是"情"，"质"是"道"，"质"是"事"。所谓"情"，即人内心的思想情感，人内心的欲望，文章首先在于表情达心，也就是表达中心之所欲。"文"在于现"质"，"辞"在于睹"情"，文质相副也就是辞情相副。所谓"道"，即自然之道，是自然万物的本原，自然之道主宰人事，人必须遵循自然之道而行，因此他把人事与自然之道的关系也称为文与质的关系。所谓"事"，是扬雄从尚用的观点出发提出来的，相对于"情"与"道"的无形不可见来说，"事"是具体的，而感情和自然之道也必须通过具体的事表现出来。因此文质相副也就表现为辞与事的相副。

总之，扬雄在前人思想成果和当时文学发展的基础上首先提出了系统的文质相副说。他要求文质相副，质既表现为情和事，也展现为道，文则是文采和藻饰。扬雄的"文质"说，往往将学术作品和文学作品不分，忽视了对文学本身特点的分析，但学术和文学上的"文质"说首先由扬雄提出，这是毋庸置疑的。

三、"言为心声"与"言不尽意"

对于"言为心声"与"言不尽意"，扬雄在《法言·问神》中写道："故言，心声也；书，心画也。声画形，君子小人见矣，声画者，君子小人之所以动情乎？"扬雄根据征圣的原则，阐明言与书的问题。他认为言语和著作的性质有所区别，不过，人们能够通过言语或者著作来说明事物，记载历史，交流思想感情。他指出言语是人们心灵的声音，著作是人们思想的记载，不同的思想感情就会产生不同的言和书并表现出君子和小人的区别。所谓“言为心声”和扬雄对于文质关系中“质”即“情”的观点有相通之处。文章首先在于表情达心，文学创作中的言辞所表现出来的往往是作者内心的情感欲望，是作家内心的想法。然而有些时候人们内心的想法想要真正表达出来，语言又往往是比较朦胧晦涩的，落实到具体的文学创作中起不到预想的结果，形成“言不尽意”的一种困惑与矛盾。这便是言、书与人们思想感情的关系，也涉及作品内容与形式的问题。

四、“因循革化”观念下的述作关系

“因循革化”在扬雄看来是事物发展变化的根本规律。所谓“因循”，即因袭、遵循，表现为事物继承的一面；所谓“革化”，即改革、变化，表现为事物创新的一面。扬雄认为，事物的发展只有把继承与革新较好地结合起来，才符合天道，这是事物发展的客观规律，也是文学发展的规律。在文学发展的过程中，后代文学既继承前代文学的优良传统，又有所变革，有所创新，才能绽放异彩。而且这种继承性和创新性不仅体现在艺术形式上，更要体现在思想内容上。对前代文学的继承，体现在实际的文学创作中，便是对“述”的重视，即继承、论述、阐释前人的著作；对于文学的创新便是在前人研究的文学思想成果上，勇于提出创新性的想法和意见，自己著述，以文立言，以文立命。这也是儒家思想所倡导的人生价值观。因此在文学创作“述”与“作”的关系问题上，扬雄从“因循革化”的思想观念出发，倡导既述且作。这种文学思想是对儒家功利主义文学观的肯定与强化，上承孟轲、荀卿，下开刘勰、韩愈，而扬雄重丽的文学思想则是对文学特质认识过程中的重要一步，有力地启发了文学观念的自觉。

扬雄文论思想对后世的影响主要表现在两个方面，一是扬雄以“丽”衡量赋的审美标准，二是扬雄宗经复古的文学观念。曹丕《典论·论文》提出了“诗赋欲丽”的主张，明确指出了诗赋作为文学体裁应有的美学特征，标志着文学自觉时代的到来。刘勰《文心雕龙·诠赋》认为赋的创作必须是“丽辞雅义，符采相胜，如组织之品朱紫，画绘之著玄黄，文虽新而有质，色虽糅而有本，此立赋之大体也”。刘勰要求赋应“有质”、“有本”，这与扬雄文质并重的赋论观点是一致的。刘勰征圣、宗经的学术思想，不可避免地受到扬雄“尊经崇圣”思想的影响。扬雄重视礼乐，宣扬提倡古文，并拟儒家经典而作《法言》，他的复古思想对唐代陈子昂、韩愈、柳宗元产生了巨大影响。初唐时期陈子昂高举“复古”的大旗，反对沿袭六朝余习、风格绮靡纤弱的文风；中唐时期，韩愈、柳宗元等领导的“古文运动”兴起，抛弃六朝骈文华丽空虚的文风，学习先秦两汉时期的古文。显然陈、韩、柳的文论思想继承了扬雄正统的文学观，并作了进一步的发展。

第五节 桓 谭

桓谭（前23—56），字君山，沛国相（今安徽省淮北市）人，两汉之际著名的古文经学家和思想家。桓谭对扬雄推崇备至，其文论思想多受到扬雄的启发。桓谭的文论思想主要集中在《新论》一书中。

一、小说理论

小说一词最早见于《庄子・外物篇》中“饰小说以干县令，其于大达亦远矣”一语，在庄子那里，小说指琐碎庞杂，不经之言说，有轻视贬低之意。《文选》卷引江淹《杂体诗・季都尉》时李善注引桓谭《新论》曰：“若其小说家，合丛残小语，近取譬论，以作短书，治身理家，有可观之辞。”① 桓谭这段话指出了小说的内容、文体形式、创作方法和小说的价值，表明他对小说这一文体有着比较全面的认识。“丛残小语”是指立意不高未成体系的片言只语，小说家把这些漫无中心的片言只语联缀成具有形象性、故事性、形式短小的“短书”。也就是说小说是一种内容丛杂，运用外物譬喻来形象说理，形式短小的一种文体，它言及“治身理家”，“有可观之辞”。桓谭之论表明他对小说的态度是积极的，对古代小说观念的认识也是比较全面的。桓谭对小说的看法一方面承袭了先秦小说思想，另一方面他认为小说“治身理家，有可观之辞”，又从小说的实际功用层面正面肯定了小说的价值。桓谭小说的观念深刻揭示了“小说”概念的内涵及其作为一种文体的意义，实质上反映了汉代小说概念已从先秦的词语概念转变为目录学领域中的分类概念，这种概念在《汉志》固定后便在各

①萧统编，李善注：《文选》，中华书局1977年版，第444页。

朝正史的目录著作中沿用不改，这对以后小说文体的独立具有重要意义。杨义先生曾指出：“桓谭这批非常博学的文献学家从成千上万的汉字里，选一个‘小’字，再选一个‘说’字合成一个新词，绝非随意为之，而是煞费苦心的一种创造。造一个词，就是合成一个‘文化因’，合成一个精神关节，不可等闲视之。”① 桓谭正是从文化性质上把握了短书与小说的共性，并以短书作为小说的文献形态，完成中国古代小说概念发展中的一个重大转变。

二、创作技巧

桓谭善于总结自己的创作实践，在写作技巧问题上，他提出了“伏习象神”的说法。《新论·道赋》记载学赋、学剑的事情时说：

> 扬子云工于赋，王君大晓习万剑之名，凡器遥观而知，不须手持熟察。余欲从二子学。子云曰：“能读千赋，则善赋。”君大曰：“能观千剑，则晓剑。”谚曰：“伏习象神，巧者不过习者之门。”②

“读赋”与“观剑”虽是两种不同的事情，其相同之处在于熟能生巧、巧能通神。在桓谭看来一个人要想写好赋，首先要多读别人的作品，通过阅读才能体会到他人赋作结构布局的妙处、选词造句的工巧，进而能够知晓创作的秘密，体悟出别人写赋的用心所在，进而掌握作赋的方法。桓谭充分认识到艺术实践的重要性，从“读千赋”到“善赋”是一个不断学习、实践和提高的过程，只有专心致志坚持不懈地进行创作实践，有了一定的经验积累，才能发现艺术创作的规律，掌握艺术创造的技巧，并把自己的人生体验融入其中，使创作达到得心应手、出神入化的境地。桓谭在这里已经提到了写作要遵循一定创作规律的问题，而事实上，无论任何活动都是有规律可循的，文艺活动也不例外。大量的模拟前人之作就是为了探寻一定的规律，这个过程就是“观千剑”、“读千赋”的过程。后世刘勰在《文心雕龙·知音》中提道，“凡操千曲而后晓声，观千剑而后识器”，大概是由此化出的。

桓谭认为文学创作是一种复杂的精神生产活动，它不仅是技巧问题，

---

①杨义：《通向大文学观》，安徽教育出版社 2006 年版，第 193 页。

②朱谦之：《新辑本桓谭新论》，中华书局 2009 年版，第 52 页。

还要全身心地投入，甚至费尽心神。

《道赋》记载：

> 余少时见扬子云丽文高论，不自量年少新进，猥欲逮及。尝激一事而作小赋，用精思太剧，而立感动致疾病。子云亦言：成帝时，赵昭仪方大幸，每上甘泉，诏使作赋，一首始成，卒暴倦卧，梦五藏出地，以手收内之，及觉，大少气，病一年。由此言之，尽思虑，伤精神也。

桓谭用自己和扬雄因创作辞赋致病的事，说明辞赋创作是一个非常复杂的劳精费神的过程。作赋的时候，既要考虑作品情感的表达，谋篇布局，还要字斟句酌，选择最能表达自己意图而又新颖的词汇，殚精竭虑难免因创作伤身劳神。

三、文学创作的个性化

在桓谭看来，文学创作是一件费心劳神的事情，且是一种难以言明的无法相传的艺术工程。他说："圣贤之材不世，而妙善之技不传。""惟人心之独晓，父不能禅子，兄不能教弟也。"（《离事》）文学创作是一种高度复杂的精神创造的系统工程，它是人的情感的表达，是人的心灵活动轨迹的彰显，作品内涵的复杂性，遣词造句的匠心，费尽心神的勤苦，只有自己才能"独晓"，而且这种"独晓"难以用语言清晰地表达出来，他不可能由父传授给自己，也不可能教授给别人。父亲不能传授给儿子，兄长也无法教给弟弟。实际上桓谭已经意识到文学创作的高度复杂性、神圣性、神秘性，创作的方法只能靠自己在实践中摸索，创作的心得只可意会，不可言传，只可"独晓"，不能分享。这同庄子的论说颇为相似。《庄子·天道篇》云："不徐不疾，得之于手而应于心，口不能言，有数存焉于其间。臣不能以喻臣之子，臣之子亦不能受之于臣，是以行年七十而老斫轮。"庄子和桓谭的这种看法，引起了曹丕的共鸣，他认为此说十分正确，也为自己文采不如其弟曹植找到了借口。他在《典论·论文》中应和道："譬诸音乐，曲度虽均，节奏同检，至于引气不齐，巧拙有素，虽在父兄，不能以移子弟。"文学创作极具个性化，作者的气质秉性在很大程度上影响着文学创作，写作方法可以传授，但作者独特的个性、感悟等确实是无法传授的。

四、文学创作与环境

桓谭意识到文学创作与时代文化、个人经历等有着不可分割的联系。《新论·求辅》云："贾谊不左迁失志，则文采不发；淮南不贵盛富饶，则不广聘俊士，使著文作书；太史公不典掌书记则不能熟悉古今；杨雄不贫，则不能作玄言。"论述了文学创作与作家学养积累、人生体验和情感陶冶之间的密切关系，强调客观环境对主体创作的影响。每个人都有自己独特的人生经历、知识积累和生存境遇，只有正确地处理创作者和创作环境的关系，充分发挥创作主体的能动性，才能写出流传后世的杰作。贾谊年少得志，二十多岁就被擢升为大中大夫，后为旧臣周勃、灌婴等嫉害，被汉文帝疏远，左迁长沙王太傅。正因为命运多舛，他对社会人生有了更深刻的认识，并把自己的精力集中在文学创作上，写出了情感激荡、文采焕发的《吊屈原赋》、《鵩鸟赋》。正因为生活贫困，扬雄远离了和权贵的宴饮交游，疾世俗之舛乱是非，仿《论语》而作《法言》，失志、贫困能够使人锲而不舍地追求艺术。桓谭的看法与司马迁"发愤著书"的观点是一脉相承的，但可贵的是他不仅认识到由"失志"、"贫困"等缺失性体验和不幸经历导致的心理失衡对作家创作才能和创作欲望所产生的激发与诱导作用，而且在桓谭看来，良好的生活环境和相关的工作环境对文学创作的作用也是巨大的。淮南王刘安如果不是身居高位、家产丰饶，就无法广聘才能出众之人，在其周围形成一个热衷于创作的文人团体共著《淮南子》；司马迁如果不做史官饱读诗书，就不可能写出作为史家之绝唱的《史记》。在桓谭看来创作都是有条件的，这些条件可以包括深刻的人生体验、深厚的学养、充裕的物质保障、适宜的写作环境等，当条件具备时，才能促成一部不朽著作的问世。无论是什么样的客观条件，我们要从事文艺创作，就要充分发挥自身的主观能动性，这样才能使创作主体处于自由自觉的阶段，从而创作出更多更好的文艺作品。

桓谭对文质问题也有自己的新见，他在汉代经学家们普遍注重"质"的情况下提出对文的重视。如《新论·启寤》中说："夫不翦之屋，不如阿房之宫，不琢之椽，不如磨砻之桷，玄酒不如仓吾之醇，控楬不如流郑之乐。"这就是说没有修剪的房屋肯定不如阿房宫漂亮，玄酒是水，不如醴酒的醇香。美是人类创造的，自然之美再加上人的修饰才会更加精致、典雅和美好。房子、椽、玄酒这些存在物必须要有一定的装饰即要有辅助性表现的"文"，它们才会更加美好。这种思想使桓谭看到了形式的重要作用，也看到了形式美对文学的发展起了极其重要的作用。文学形式不是被动的，形式美也有自身的规律性。桓谭更多的是继承了儒家文质并重的思想，如《新论补遗》中说："予见新进丽文，美而无采；及见刘、扬言辞，常辄有得。文家各有所慕，或好浮华而不知实核，或美众多而不见要约。"新进丽文虽词采美丽而无可取，因为它华而不实；刘向、扬雄的作品则既富文采，又有内容，所以读后常有所得。这表明其论文的标准是文质并重，贵在"要约"。当然他也有注重文章内容的要求。如他在《新论·本造》中提道："庄周等虽虚诞，故当采其善。"庄子的文章虽然从形式上看常常是虚假的、不真实的，但是其内容体现了人世间的"仁义"，老子反对在政治领域鼓吹仁义，但不反对人与人之间有"仁"在焉，"上仁为之而无以为"，道家的著作也是既有形式又有内容的，即文质并重的。因此，以庄周为代表的道家的文章也是应该被肯定的。

在评论文章方面，桓谭强调要对人有全面的认识，即所谓知人论世，"凡人耳目所闻见，心意所知识，情性所好恶，利害所去就，亦皆同务焉。若材能有大小，智略有深浅，听明有暗照，质行有薄厚，亦则异度焉。"(《言体》)桓谭的这一论说对后代文论批评家有重要影响，如被誉为"体大虑周"的《文心雕龙》中的《定势》篇就直接引用桓谭之语："桓谭称：'文家各有所慕，或好浮华而不知实核，或美众多而不见要约。'"又紧接着引曹植语："世之作者，或好烦文博采，深现其旨者；或好离言辨句，分毫析厘者；所习不同，所务各异。"可见，曹植的话乃受桓谭影响而发，而又被刘勰用在自己的论述里。对于桓谭能够知人论世、具有慧眼识英才的胸襟与识见，王充表现出了极大的钦佩。王充论道："君山差才，可谓得高下之实矣。……能差众儒之才，累其高下，贤于所累。""桓君山论之，可谓得实矣。论文以察实，则君山汉之贤人也。"王充将其尊为"贤人"，认为桓潭不仅学问高深，品德也高尚。

桓谭作为两汉之交重要的思想家，其文学批评理论对后代产生了深远的影响。刘勰在文论巨著《文心雕龙》中就曾多次称引桓谭的文学批评理论，《文心雕龙·知音》篇的"凡操千曲而后晓声，观千剑而后识器"，就是取材于《新论》的"扬子云工于赋，王君大习兵器，余欲从二子学。子云曰：'能读千赋则善赋。'君大曰：'能观千剑则晓剑。'"刘勰还常常在《文心雕龙》中直接称引桓谭的名字，如《通变》中的"桓君山云，予见新进丽文，美而无采，及见刘扬言辞，常辄有得，此其验也"，《知音》中的“至如君卿唇舌，而谬欲论文，乃称史迁著书，咨东方朔，于是桓谭之徒，相顾嗤笑”，《定势》中的“桓谭称文家各有所慕，或好浮华而不知实覈核，或美众多而不见要约”等等，足见桓谭对刘勰的影响之大。

第六节　王　充

王充（27—约 97），字仲任，会稽（今属浙江上虞）人。王充出身“细族孤门”，自幼聪颖好学，饱学深思，博学多才，是一位具有独特品格和求真精神的思想家，他勇于反对谶纬神学，批判虚妄之言，著有《论衡》八十五篇，二十余万言。在《论衡》中王充“疾虚妄”、“务实诚”，反对是古非今，批判华而不实、伪而不真的文风，提出了尚真崇实、文为世用、文贵创新的文学批评标准。

一、崇尚真实，反对虚妄

“崇实”在汉代是一种多层面、复调式意义系统，它既指一种非虚幻、非宗教的世俗之“实”，也指艺术风格上的“写实”。① 汉代的绘画、雕塑、乐府民歌等都表现出“写实”的艺术趣味，特别是乐府民歌大都缘事而发，即事见义，展现出真切生动的现实生活画面。东汉时期谶纬迷信思想流行，伪妄荒诞之言泛滥，王充直面“众书并失实，虚妄之言胜真美”的现实，明确地倡导“崇实”精神，体现了其文学理论的现实性和自觉性。

王充的“崇实”思想主要由两部分组成，一是“疾虚妄”，二是“务实诚”，就是反对汉代儒生的“空言虚语”、“浮妄虚伪”的谶纬之术的“预言”、“谶记”等，要求为文应做到描写符合事实，思想感情真实。王充所崇尚的“实”是指能被经验事实有效验证的真实，他说：“凡论事者，违实不引效验，则虽甘义繁说，众不见信。”② 如果文章所言之事得不到有效的验证，就无法确定事实的是非真伪，无论说得多么好，也不值得相信。王充撰写《论衡》的目的就是针对“虚妄之言胜真美”的现实弊端，

①陈炎主编：《中国审美文化简史》，高等教育出版社 2007 年版，第 152 页。

②黄晖：《论衡校释・知实》，中华书局 1990 年版，第 1086 页。

提出明辨是非、诠释真伪的标准，拨乱反正，推行务实文风。他说："'《诗》三百，一言以蔽之，曰：思无邪。'《论衡》篇以十数，亦一言也，曰：疾虚妄。"（《佚文》）王充认为一切文章都应该是真实的，真实是衡量文章优劣的标准，坚决反对一切荒诞不经的虚妄之作。他肯定《诗经》、《春秋》、《国语》、《左传》、《史记》，就是因为这些著作能够极尽笔墨，描述评定善恶的真实情况，无虚语，无增减，符合"真美"的标准。崇尚"实诚"是中国传统文化的重要内涵，它是一种向善的内在真诚。《周易》的"修辞立其诚"，孔子的"情欲信，辞欲巧"、"不语怪、力、乱、神"，庄子的"真者，精诚之至也。不精不诚，不能动人"（《庄子·渔父》）都强调为人为文要真诚，文章要反映现实世界的真实情况，表达真挚的道德情感。王充在继承前人思想的基础上，从"为文"的角度比较明确地提出了真实、诚实的重要性，体现了其文学思想的创新性和自觉性。"实诚"是内在的东西，所谓"精诚由中，故其文语感动人深"（《超奇》），就是文章用真实的语言，抒发源于自己内心的真情实感，实现了真实之语与言志抒情的和谐统一，自然能感人至深。在王充那里，"务诚实"与"疾虚妄"是一体的，文章做到了"真"、"实"、"诚"，自然就会消除"伪"、"虚"、"妄"的东西；抑制了虚妄之言，张扬了实诚之语，文章自然就会有"真美"的特性。

王充"崇实"精神是对司马迁"实录"精神的继承与发展，他针对当时浮妄虚伪的文风，发出了黜虚妄，存"真美"的吁求，其"崇实"说有着更为鲜明的现实意义和文学意义，并对后世产生了积极的影响。刘勰提出的"情深而不诡"、"事信而不诞"（《文学雕龙·宗经》）、"酌奇而不失其真，玩华而不坠其实"（《文学雕龙·辨骚》）的创作原则；白居易提出的"为文者，必当尚质抑淫，著诚去伪"① 的创作理论，都滥觞于王充的"崇实"论而有了进一步的发展。值得注意的是，王充虽然充分认识到"崇实"、"实录"精神对文章写作的重要意义，但却没有正确地理解"崇实"、"实录"精神与文学的真实性之间的关系，这在一定程度上束缚了文学创作的发展。

①白居易：《白居易集》，顾学颉校点，中华书局 1979 年版，第 1369 页。

二、文为世用

王充写作《论衡》批判浮妄虚伪的文风，倡导“务实诚”，不是单纯为了求得真相，而是在于求善。“崇实”只是王充高举的一面旗帜，“为世用”才是最终目的。文章家弄清事实、辨明是非的根本目的意在应用，王充认为：“凡贵通者，贵其能用之也。”（《超奇》）人们看重读书多的人，不是因为他们知识渊博，而在于他们能很好地应用所学到的东西。在王充看来，文章的根本作用就是帮助人辨识真伪，劝善惩恶，匡济薄俗，使人回归到朴实真诚的轨道上来。实用性是王充评价文章高下优劣的基本标准和尺度，只有益于增善消恶，匡正不良世风，修整伦理，推进社会教化的文章才是好的；那些无用之文，文辞再美也算不上好作品。王充批评汉赋，主要是因为它过分追求华美的文辞、夸大事实，结果是劝百讽一，教化功用甚微，根本起不到劝善讽谏，发挥道德教化的作用。

王充“崇实”和“文为世用”的思想，体现在文学创作上就是要求真与善的统一，而二者又是美得以存在的前提，既不能离开真去讲实用，也不能离开实用去讲美。就文学作品而言，它不能违背真实的原则，不能雕文饰辞、言过其实，“徒弄笔墨，为美丽之观”，也不能模拟因袭，文字艰深，意指难睹，善恶不彰。作家创作时必须“实诚在胸臆，文墨著竹帛，外内表里，自相副称，意奋而笔纵，故文见而实露”（《超奇》）。做到情感真实，语言明白畅达，恰当地处理好形式与内容的关系，增加作品的通俗性和说服力，突出作品劝善惩恶、匡济薄俗的作用。

王充的文学功用论颇具现实性，是儒家尚用文学观的具体化和新发展，并对后世文艺观念产生了重大影响，韩愈、欧阳修“文以载道”的主张和白居易“文章合为时而著，歌诗合为事而作”（《与元九书》）的思想都与王充“劝善惩恶”的社会教化思想有着不可分割的联系。

崇尚真实和文为世用体现了王充文学观念的真实性和实用性原则，“崇实”成为他文艺思想的基本出发点，能否“为世用”则成为他评判文章优劣的基本标准。“崇实”是“文为世用”的基础，“文为世用”是王充“崇实”思想的必然结论和逻辑终点，“崇实”与实用的“合谋”，则体现了王充文学思想的理性自觉。

三、反对崇古抑今，提倡独创

汉代论经、解经的今古文学派兴盛，复古、模拟成为风气，创新的行为受到压制，这在很大程度上影响了文学的繁荣和发展。王充反对奉天法古尊古卑今的僵化思想和模拟因袭的做法。

述事者好高古而下今，贵所闻而贱所见。辩士则谈其久者，文人则著其远者。近有奇而辩不称，今有异而笔不记。(《齐世》)

饰貌以强类者失形，调辞以务似者失情。百夫之子，不同父母，殊类而生，不必相似，各以所禀，自为佳好。文必有与合然后称善，是则代匠斫不伤手，然后称工巧也。文士之务，各有所从，和调辞以巧文，或辩伪以实事。必谋虑有合，文辞相袭，是则五帝不异事，三王不殊业也。(《自纪》)

王充对文坛上这种厚古薄今观念的批评是中肯的。如果没有敢于立足当代、勇于创新的气魄，任何真正的文学作品都无从产生与形成，所以王充反对类型化的写法，鼓励大胆创新。他认为修饰容貌与别人相似就会失去自己本来的面貌，而修辞造句如果与别人的文章相似就不能很好地表达自己的真实情感，就做不到“实诚”。每个人的个性禀赋、学养和写作目的不同，所写出的文章在构思、语言风格等方面自然也会不同，文学艺术的价值就在于风格的多样化。文学的价值标准不在于是否与古人的著述类似，迎合了前人的思想，而在于是否能做到语言晓畅，思想正确，有个性，有创新。王充看到了作家主观气质与时代文化等因素对创作的影响，强调创新的重要性，反对陈陈相因纷纷仿效古人之作的做法，体现了他比较进步的文学思想。

四、主张言文一致，通俗易晓

王充认为说话、写文章都是为了让别人明白和接受自己的思想，因而书面语和口语应该一致，文章的语言一定要力求通俗易懂，不能故作高深。他在《自纪》中说：

《论衡》者，论之平也，口则务在明言，笔则务在露文。高士之文雅，言无不可晓，指无不可睹。观读之者，晓然若盲之开目，聆然若聋之通耳……夫文由语也，或浅露分别，或深迂优雅，孰为辩者？故口言以明志；言恐灭遗，故著之文字。文字与言同趋，何为犹当隐闭指意？……深覆典雅，指意难睹，唯赋颂耳！经传之文，贤圣之语，古今言殊，四方谈异也。当言事时，非务难知，使指闭隐也。

写文章跟说话一样，语言风格时有不同，有的浅显易懂，有的含蓄优雅，但写作与说话的目的是一样的，都是为了表达自己的思想，并使读者能够看懂自己的文章，因此故弄玄虚，把文章写得繁难晦涩是无益的，必须用通俗易晓的语言阐释深奥的道理，引起读者的共鸣，这样才能发挥文章应有的社会功用。文章好坏的标准在于能否用浅显的语言说明深刻的道理，为读者所认同，并起到文章应有的作用。因此他批评汉赋铺饰过度、语言典奥靡丽、指意隐晦的文风。王充还批评了试图复古，崇尚旨意隐晦的经传之文的做法。他认为古人的著述不好理解是因为古今的方言不同，并不是古人故意把文章写得隐微难解，他反对一味是古非今、因循守旧、墨守成规的做法。王充还意识到，文章的风格是多样的，并没有固定的标准，内容决定着形式，他在《论衡·自纪》中说“意异则文殊，事改则篇更”。作家选择何种表达方式，依据的是情感表达的需要，文章表达的内容改变了，语言形式就要发生相应的改变。

王充肯定夸张和比喻在增强表达效果上的作用。他说：“俗人好奇。不奇，言不用也。故誉人不增其美，则闻者不快其意；毁人不益其恶，则听者不惬于心。”（《艺增》）但由于王充对虚妄之言深恶痛绝，他从“归实诚”、“疾虚妄”的立场出发，时有将真实极端化、片面化的倾向，又认为夸张的语言会损害事情的真实性。他把真实地描写现实视为包括文学在内的一切文章应有的标准，把文学作品中合理的想象、夸张、虚构也当成了“虚妄”之言，这显然是片面的。但就王充文学思想的整体看，他并不绝对地排斥带有想象、夸张、虚构的华文之美。王充并没有否定语言形式的作用，他反对的是那些华而不实的文章，而对于那些文情并茂的作品，他还是肯定的。王充认为好的文章应该是“外内表里，自相副称”，他对内容实在、感情真实、文辞华美的文章是肯定的。他曾说，“繁文之人，人之杰也”（《超奇》），“物以文为表，人以文为基”（《书解》），“为言不益，则美不足称；为文不渥，则事不足褒”（《儒增》）。这表明他已深刻地意识到“文”在增强表达效果上的重要作用，华而不实与实而不华的文章都是不好的，并没有无原则地贬斥华文。王充所反对的是失真违实、虚语浮辞的华文，是不能判定是非、明辨真伪，不能“为世用”的华文。王充意识到文学形式本身的审美价值，形式的好坏直接影响到思想内容的表达，所以他提倡语言创新，要求语言通俗易晓，但就整体而言，王充还没有充分认识到语言形式独立的审美价值。

王充反对谶纬神学，批判虚妄之言，提出了颇具进步性的文学批评观念，在文学批评史上起到了摧毁两汉正统学风，推动文学创新的重要作用，其文艺思想对后世产生了积极的影响。刘勰在《文心雕龙·原道》中提出“写天地之辉光，晓生民之耳目”①，唐代白居易呼吁“文章合为时而著，歌诗合为事而作”②，他们强调文章社会功用的思想都继承和发扬了王充“文为世用”的观点。刘勰“要约而写真”③ 和钟嵘“感物起情论”的主张，要求文章有感而发，反对为写作而虚造感情，与王充《论衡》崇尚真实、反对虚妄的思想是一脉相承的。而韩愈“能自树立，不因循”④的思想则与王充主张文章应该大胆创新，反对因循模拟不无关系。白居易“重写实、尚通俗、强调讽喻”的文学观念，更是对王充文学思想的多方面发展。王充“内外表里，悉相副称”的“文”质观一方面继承了先秦以来的“文质”观，又对以后“文质”论的发展产生了重要影响。刘勰在《文心雕龙》中提出的“木体实而花萼振，文附质也”⑤ 和“夫情动而言形，理发而文见，盖沿隐以至显，因内而符外者也”⑥ 与王充在《论衡》中提出的“有根株于下，有荣叶于上；有实核于内，有皮壳于外。……实诚在胸臆，文墨著竹帛，外内表里，自相副称，意奋而笔纵，故文见而实露也”（《超奇》），有一种明显的理论继承关系。

陈良运在其所著《文与质·艺与道》一书中论及王充的文章学说，就认为“王充充分认识并论证了著作文章及文章家在文化领域内独特的地位，把文章学术从大文化（从国家典章制度到个人服饰）圈子里区分开来，为即将到来的‘文学的自觉’时代开拓了道路”⑦。由此看来，王充继承并发展了孔子“文质彬彬”之说，并应用于对文章论著的评价，比起扬雄着重在经学的经世致用之道发挥其文质主张，王充的文质理论无疑让“文质”说走向文学并成为文艺理论的范畴又前进了一步。

---

①陆侃如，牟世金：《文心雕龙译注》，齐鲁书社 1995 年版，第 98 页。

②《与元九书》卷四十五，见《白居易集》，中华书局 1979 年版，第 962 页。

③陆侃如，牟世金：《文心雕龙译注》，齐勇书社 1995 年版，第 405 页。

④卞孝萱，张清华编选：《韩愈集》，凤凰出版社 2006 年版，第 311 页。

⑤陆侃如，牟世金：《文心雕龙译注》，齐勇书社 1995 年版，第 41 页。

⑥陆侃如，牟世金：《文心雕龙译注》，齐勇书社 1995 年版，第 368 页。

⑦陈良运：《文质彬彬·文与质》，百花文艺出版社 2001 年版，第 74 页。

第七节 班 固

班固（32—92），字孟坚，扶风安陵（今陕西咸阳）人，东汉初著名的史家及文学家。他著有《汉书》及诗赋文章数十篇，后人辑有《班兰台集》。他也曾参加讨论与整理儒经的白虎观会议，并奉诏记录、整理了《白虎通义》。根据范晔《后汉书·班固传》及《汉书·叙传》记载，班固出生于书香世家，从小便刻苦学习，长大以后，博览典籍，将九流百家之言融会贯通，成一家言。班固的父亲班彪曾续《史记》作《后传》六十五篇，还没有完成便逝世了。班固继承父志，广搜史料，潜心研究，以数十年的努力，终于基本上完成了现有《汉书》的规模。在历史上，班固的地位很高，后人对其虽偶有讥议，但影响不大。及至近现代，由于加强了对于儒家正统思想的必要批判，以致忽略了其思想中进步的一面，因而班固的地位便有所下降。其实，作为一个官方史家与文人，坚持儒家正统思想而致保守倾向较为严重是可以理解的。况且班固思想中还有另一个方面，那就是作为一个正直、诚实的史家和文学家，在西汉末年农民大起义后不久，敢于正视现实、直面人生的这样一种精神。

班固的文学理论批评，集中表现在《两都赋序》、《离骚序》、《离骚赞序》、《典引·序》以及《汉书》的《艺文志》、《地理志》、《食货志》、《儒林传》和其他有关的文学家传记中。尤其是《艺文志》一篇，是他在刘向《别录》、刘故《七录》的基础上改写的，反映了时代的成果，当然也包括了班固自己的意见与贡献。《汉书·艺文志》中的某些文学见解，与班固其他文章有异，这只能从另一侧面反映出班固文学思想复杂、矛盾的特点。我们可以从以下三个方面对班固的文论思想进行分析和认识。

一、诗歌的抒情言志特征和怨刺功能

汉代是儒家经学统治的时代，作为御用学者的班固，其文学思想无疑会受到经学的直接影响。他常常依经立义，用儒家经义解释文学现象，把文学作为阐释儒家礼教的附庸。但班固又是一个正直的史家和有识的文人，能够正视现实，因而他对文学的艺术本质和社会作用又有所认识。班固对诗歌的产生、性质及功用的论述，基本继承了儒家文艺的传统观点，

又结合文学发展的实际情况，予以一定程度的发挥。

关于诗歌的本质特征问题，班固在《汉书·艺文志》中曾作过这样的论述："《书》曰：'诗言志，歌咏言。'故哀乐之心感，而歌咏之声发。诵其言谓之诗，咏其声谓之歌。"在《礼乐志》中班固也写道："夫民有血气心知之性，而无哀乐喜怒之常，应感而动，然后心术形焉。……音声足以动耳，诗、语足以感心，故闻其音而德和，省其诗而志正。"在班固看来，诗歌是人心受到感动后，自然而然地以歌谣的形式抒发情感的结果。这些意见继承和发扬了古代儒家的文学观念，明确指出了诗歌抒情言志的特征。所谓"应感而动"，就是诗人主观方面的"心"、"志"因为世界外"物"的刺激，而有所触动与感应，外发而为诗歌。所以说是"哀乐之心感，而歌咏之声发"。悲哀和愉悦的情感，通过不同风格的诗歌作品，艺术地表现了出来，以期达到言志抒情的目的。而引起创造激情的所谓外"物"，是指与社会现实有关的事物，这是班固吸收了《礼记·乐记》中"物感说"的思想发展而来的。关于民间歌谣的产生与出现，《汉书·五行志》分析认为：封建统治者"无惠泽于下"，而士大夫又"畏刑而钳口"，人民"怨谤之气"郁积于中而无所伸张，于是转向文艺，通过诗歌来倾泻自己的怨恨之情。《艺文志》中论及民间歌谣的产生时写道："自孝武立乐府而采歌谣，于是有代、赵之讴，秦、楚之风，皆感于哀乐，缘事而发。"以此来说明诗人主观情志的所"感"所"动"，确是由于客观外"物"——社会人生之"事"的推动而产生。文学创作应该是发自内心，真情动人，而不是无病呻吟，这就是"感于哀乐"；而所谓"缘事而发"，又说明它应是言之有"物"、有为而发的真实反映。既然诗歌是人心感物而动的结果，那么在班固看来，诗歌也就必然蕴涵着抒情言志的特征，这也是班固继承儒家诗论的结果。

相比于诗歌的抒情言志特征，班固从诗歌的本质与现实生活关系的角度出发，进一步强调诗歌的社会作用，即诗歌的怨刺作用。关于这一观点，班固在《艺文志》中说："故古有采诗之官，王者所以观风俗、知得失、自考正也。"所谓"观风俗"，是说文学作品如果能够真实地反映现实，那么它就是生活的一面镜子，因而可"观"；而"知得失、自考正"的意思是说通过作品的反映，检查政策的正确与错误，勉励统治阶级中的有识之士，使他们能够正视现实，因势利导，进行自我调节，以便更有效地维护统治。所以在班固看来，诗歌可以反映社会风俗之盛衰，政治之得失，统治者可以据此了解民风、民情、民声，以便及时自省与调整，从而进一步巩固统治。上述的这些论述，反映了当时的统治阶级敢于提倡“缘事而发”的“怨刺”文学，以资政治借鉴，应该说这是儒家“诗言志”传统文学观念进一步发展的一个表现。

如果说班固对诗歌的本质特征和社会功能的认识多少是对儒家诗学观念继承的话，那么对于诗歌“本义”的重视和探索，则是班固文学思想中最具原创性的一部分。西汉前期学者对于诗歌的认识和解读，虽然在细节之处可能不同，但是方式基本都是一样的，都是从经学的角度出发，脱离诗歌的文本，而看重诗歌本身之外的政治和历史，用“美刺”思想一以贯之，以扬善贬恶为宗旨。然而班固处在东汉思想变革的一个特定时期，他不尊师法、家法和章句之说，脱离经学的藩篱，以一个史学家和文学家的视角来解读诗歌，尽力还原诗歌的本来面貌，努力探求诗歌的“本义”。如班固在《食货志》中对《诗经》中《七月》一诗的解读，是将诗歌放置在殷周那个特定的时代，完全符合农事诗的本质，而不掺杂其他任何的美刺成分。并且班固也从当时的社会生活情状和人民的风俗习气出发，将诗歌的本来面貌还原，成功挖掘出诗歌的“本义”。这是班固文学思想中原创的一面，也是给我们启发的一面。

以上可以看出，班固的诗学观念，主要是继承了儒学对于诗歌“抒情言志”和讽喻作用的认识，但他又有所侧重，强调了诗歌自下而上的表情言志功用，也强调诗歌的“本义”，这既是对前人思想的继承，也是对诗学思想的发展。

二、强调文章的教化和颂美功能

班固生活的时代是儒术昌明的时代，而儒家的“礼乐”观念对于儒生而言，无疑是理想的美政标志。班固作为“通儒”之人，对“礼乐”有着相当的执着和信仰。再加上当时的统治者对于礼乐是极其推崇的，这也就更加激发了班固对于“礼乐”的情感。在班固心中，礼乐和文章是一体的，是密不可分的，文章辞赋是礼乐文化中的一个有机组成部分。而正是这种强烈的礼乐思想，深深影响着班固的文学观念。

众所周知，儒家向来是重视礼乐的，自孔子以来的儒家思想观念中，特别强调礼乐的修身和治国的社会功用，孟子和荀子也从不同的角度发展了孔子的礼乐思想。汉武帝时期编成的《礼记·乐记》可以说成就了儒家的礼乐观念。而班固的礼乐思想，也基本是继承了《荀子·乐论》和《礼记·乐记》的礼乐观。

班固的礼乐思想主要体现在《汉书·礼乐志》中。《礼乐志》首段开宗明义，将礼、乐并论，道出礼乐的功用及其重要性。“《六经》之道同归，而《礼》、《乐》之用为急。治身者斯须忘礼，则暴嫚入之矣；为国者一朝失礼，则荒乱及之矣。人函天、地、阴、阳之气，有喜、怒、哀、乐之情。天禀其性而不能节也，圣人能为之节而不能绝也，故象天、地而制礼、乐，所以通神明，立人伦，正情性，节万事者也。”这是班固继在《乐记》和《乐论》思想基础上对礼乐的功用进行的阐释。在班固看来，《六经》的道路都是达到同一目标，而《礼》和《乐》的功用尤为迫切。进行自我修养的人稍微忘记一下礼，就会染上凶恶轻慢的毛病；治理国家的人，一天失去礼，那么荒废紊乱就会到来。人包含有天地阴阳的气，有喜怒哀乐的感情。天承受它的特点却不能有所节制，圣人能够加以节制地利用而且不会断绝，所以就依照天地的规律制作了礼乐，用来通达神灵，建立人的伦理，端正人的性情，调节各种事情。由此可以看出班固对礼乐教化人心和修身养性功能的肯定。而且班固也追溯了礼、乐各自的发展史，为我们描绘了礼乐在不同历史时期的发展概况。在班固看来，礼乐具有颂美的功能，一个礼乐制度相对完善和兴盛的时代，可以为国家带来和睦融洽的局面。因此班固向统治者发出制礼作乐、以礼乐治天下的倡议，足可见他对礼乐的重视。而这样的一种礼乐思想也无疑为他在文学创作中提供了不可或缺的引导和制约。

三、重视辞赋的颂美和讽喻功能

班固的辞赋观念是班固文学思想中最核心的部分，也是最能体现其文学观念特质的部分。班固的辞赋观是融合了他的诗学观念和礼乐思想发展而来的。班固的辞赋观散见于《汉书·艺文志》、《两都赋序》、《离骚序》和《汉书》中某些人物传或传赞中。他的辞赋思想非常有价值，对后人影响也很大。具体来说，包括辞赋渊源论和辞赋功能论两个方面。

如同论述诗学观念和礼乐思想一样，班固论述其辞赋观念时也对辞赋的渊源、流变进行了探究和考问。班固在其《两都赋序》中写道：“赋者古诗之流也。昔成康没而颂声寝，王泽竭而诗不作。”在《汉书·艺文志·诗赋略》中班固也提出：“不歌而诵谓之赋，登高能赋，可以为大夫。”在这里，班固的前一句话论述的是《诗》与赋在“美刺”传统上的继承，后一句则从诵读的角度入手提出“诗言志”对赋的影响。在班固看来，赋是“六义”之一，而且赋继承了儒家诗学观中诗的抒情言志特征和“美刺”传统，具有与诗一样的政治教化功能。班固对诗和赋之间关系的解读，其实正是班固经学思想的体现，是班固的“诗教观”的体现，以《诗经》的写作要求来要求赋体。既有诗的颂美或讽谏精神，也继承诗的审美和艺术特征。这样班固就把辞赋的起源和辞赋的功能串接起来，一并纳入儒家诗教的范畴，从而把辞赋提高到了《诗》之流的高度。

关于辞赋的功能，班固是从辞赋的社会功能和审美功能来论述的。对于辞赋的社会功能，前面已经提到，班固认为辞赋具有和诗一样的政治教化的功用，可以抒情言志，可以进行讽喻。在《两都赋序》中，班固写道：“昔成康没而颂声寝，王泽竭而诗不做……至于武、宣之世，乃崇礼官，考文章……以兴废继绝，润色鸿业……”，“雍容揄扬，著于后嗣，抑亦雅颂之亚也”。在这里班固指出，赋的主要功能是“或以抒下情而通讽喻，或以宣上德而尽忠孝”，“或以抒下情而通讽喻”主要强调的是赋的“言志”功能，作家有疾苦、不满、委屈，通过辞赋这种形式向统治者反映，这是“抒下情”；“或以宣上德而尽忠孝”是颂美，统治者有丰功伟绩也需要御用文人来歌功颂德，这是“宣上德”。两者中又都体现了作者的“言志”。可以说，辞赋是沟通上层社会和底层社会的渠道，是辞赋作家抒情言志的工具。班固对于辞赋的“颂美”和“言志”功能的认识是和当时的社会状况分不开的。汉代统治者好大喜功，天下学术、文学都归于汉家王朝。那些以文章入仕的文章之士自然少不了为朝廷歌功颂德，为皇恩的浩大而吹捧献媚，所以在文艺思想上，汉代提倡歌功颂德，即班固所说的“宣上德而尽忠孝”。而对于汉代的许多文人来说，政治和社会生活中的失意也必然使他们产生消极的情绪，因此就通过辞赋创作来抒写自己内心的情感。所以对于班固而言，他既崇尚赋的经世致用即颂美功能，又欣赏赋的抒情言志的功能。

对于辞赋的审美功能，这是班固对辞赋主要在形式上的认识，这样的一种辞赋观念主要体现在班固对司马相如等一些辞赋家的评价中。比如，班固对司马相如的评价：一方面批评司马相如“竞为侈丽闳衍之词，没其讽谕之义”、“文艳用寡，子虚乌有，寓言淫丽”；一方面又肯定司马相如“托风终始，多识博物，有可观采，蔚为辞宗，赋颂之首”。很显然，虚假之辞以文害义，不符合儒家诗教“辞达而已”的要求。司马相如当初作《大人赋》，意为讽上求仙事，然劝百讽一，天子读之反而“飘飘有凌云气游天地之间意”。不过“侈丽闳衍”作为文学表现手法，却能给人美的愉悦享受。班固在《汉书·艺文志》中也引用扬雄的话说：“诗人之赋丽以则，辞人之赋丽以淫。”很显然，班固反对的不是赋的文采，而是过分的虚夸。他承认辞赋“丽”这一本质，承认辞赋形式上的文学特色。

总之，在辞赋论方面，班固的赋论强调诗和赋之间的关系，强调赋的颂美和讽喻功能，这是因为他在诗学和礼乐方面都深受儒家思想影响，但同时又处在一个复杂的学术背景下，思想中难免出现矛盾之处。

班固有着浓厚的儒家正统观念，尊孔重道，以圣人之言和儒家经典为评判事物的标准，这使其文学思想和文学批评带有官方和正统的色彩，他强调诗歌的抒情言志和怨刺功能，同时努力探求诗歌本义；他重视礼乐的教化和颂美功能，以及他强调辞赋的讽喻和颂美功能，这都说明他对儒家思想的继承和发展。当他以正统的经学家的眼光批评作家作品时，便时常发出带有保守消极色彩的言论；当他以严谨的史学家、审美的文学家的眼光来看待作家作品时，便间或有精彩警策之论。他维护的是君王的权威，遵循的是儒家的典则范式。班固文学思想的矛盾既是个人思想认识的局限，也是时代风习所染。

第八节　王　逸

王逸，东汉末人（生卒年不详），字叔师，南郡宜城（今湖北宜城）人。东汉文学家。著有《楚辞章句》和后人所辑的《王叔师集》。王逸的文论思想主要体现于《楚辞章句》中。

王逸对《楚辞》的解读体现出比较鲜明的文学批评色彩，他以情释志，深入挖掘作品中所表达的情感，认为《离骚》等的作品抒发了屈原的愤激情怀，如“忧心烦乱，不知所怨”（《离骚经叙》），“怀忧苦毒，愁思沸郁”（《九歌叙》），“思君念国，忧心罔极”（《九章序》），“忧愁叹吟”（《渔父序》），“以泄愤懑，舒泻忧思”（《天问章句序》）。王逸揭示楚辞作品产生的情感动力，把源于作者生命深处的情感视为作品创作的主要原因，揭示了作者忧心愁苦的心理特征。楚辞作品表现出了言志抒情的特点，自司马迁首倡发愤抒情之说，中经刘向辑集《楚辞》，到王逸注《楚辞》，汉代学者对楚辞文体的抒情特征越来越明晰了。王逸注重人的情感的个性化，正是个性化的情感，引起了读者的感情共鸣，“凡百君子，莫不慕其清高，嘉其文采，哀其不遇，而愍其志焉”（《离骚序》）。他肯定屈原的“露才扬己”的个性，超越了儒家“温柔敦厚”、“止乎礼义”的诗教原则。

王逸明确提出《离骚》等作品是作者“自慰”的产物。“自慰”说有两个层面：一是自我慰藉，二是作家写作是从自己的内心需要出发，抚慰自己愤愤不平的内心，用创作来使自己的心理得到极大的补偿和满足。在王逸看来，屈原在政治上的抱负得不到实现，于是就在文学创作中寻求自己的心理满足，以补偿自己在政治上的失意，“履忠被谮，忧悲愁思，独依诗人之义，而作《离骚》，上以讽谏，下以自慰”。王逸意识到文学作品具有宣泄情感，使人的内心世界得到慰藉的审美价值。他不再仅仅从儒家伦理的角度解读屈原及其作品，他在肯定屈原作品社会功能的同时，也非常重视文学对个人情感的表现，这就涉及文学创作心理动机的层面，这是一种作家创作动机论，从心理补偿机制和作家内在的主观心理动机对作家的创作动机进行新的解读与研究，表现出与经学家不同的理论阐述，这是汉代文学批评的进步。“自慰说”从字面上看，是自我安慰、自我抚慰的意思，王逸的“自慰”说发挥了司马迁的“发愤著书”说和刘安“盖自怨生”的观点。这也在一定程度上体现了儒家诗教“温柔敦厚”而“止乎礼义”的观念。王逸对屈原作品抒情传统的阐扬，为汉末文学抒情性的全面复归起到了奠定性的作用。这说明王逸的注释并没有完全局限于经学的阐释模式中，其中文学解释的成分非常明显，从而使其解读更接近《楚辞》作品文本的情感真实状况。

王逸虽然在解读《楚辞》时体现了鲜明的文学审美色彩，但他依然“依托五经以立义”，他对《楚辞》进行了经学化的解释。王逸在作品的序中，不仅要指明作品符合儒家经典标准的思想内涵，还力求找出作品中的文句与儒家经典《诗》、《书》、《易》在意旨上的对应关系。对应的比照也许不够准确或有生搬硬套、过分拔高之嫌。他说：“屈原履忠被谗，忧悲愁思，独依诗人之义而作《离骚》。”（《离骚序》）“诗人之义”，是指儒学宣扬的《诗经》中的讽谏精神，王逸在注解屈原作品时常常彰明屈原作品的讽谏之意，强调屈原的“思君念国”、“忠信之笃，仁义之厚”等儒家忠臣的优秀品质。如《九歌》是“上陈事神之敬，下见己之冤结，托之以风谏”，《惜诵》是“此章言己以忠信事君，可质于神明”，《哀郢》是“此章言己虽被放，心在楚国，思见君而不得”，《思美人》是“此章言己思念其君，不能自达”等。王逸《楚辞章句序》云：“夫《离骚》之文，依托《五经》以立义焉。”① 王逸“依经立义”用儒家的一套理论解读《楚辞》难免牵强附会。屈原的作品有一定的讽谏性质，但并非所有的作品都有讽谏之义。

就总体而言，王逸对《楚辞》作品情感的解读，一方面开始突破经学的阐释模式，实现了作品解读从关注社会功能的发挥向解释人的情感表达的转移，强调了文学的抒情功能；另一方面王逸的解读并没有摆脱经学政教功能的影响，他在张扬文学的抒情传统时并没有远离经学之意。这种个人情感源于作者政治理想无法实现而产生的苦闷与愤恨，将文中物象的象征说成是“依《诗》取兴”，强调“其词温而雅”，从而弱化了屈原的发愤而抒情。

王逸对屈原及其作品进行了高度的肯定和赞扬，他对班固对屈原的指责很不满，并进行了驳斥。

> 且诗人怨主刺上曰：“呜呼！小子，未知臧否，匪面命之，言提其耳。”风谏之语，于斯为切。然仲尼论之，以为大雅。引此比彼，屈原之词，优游婉顺，宁以其君不智之故，欲提携其耳乎？而论者以为“露才扬己”，“怨刺其上”，“强非其人”，殆失厥中矣。②

王逸认为，屈原作《离骚》之目的是“讽谏”，“优游婉顺”的行文风格符合圣人论诗的标准。王逸的“优游婉顺”说，虽然具有文学阐释内涵的因素，并非完全从文学审美的角度对《楚辞》行文风格进行评价，它是从“温柔敦厚”的诗教传统中衍生出来的产物。王逸显然是从经学立场出发为屈原辩护。《离骚》为优婉之讽的理论，继承了《毛诗序》“主文而谲谏”的思想。

王逸对《楚辞》的艺术成就也给予了充分肯定，《离骚经序》说：

---

①洪兴祖撰，白化文点校：《楚辞补注》，中华书局 1983 年版，第 49 页。

②洪兴祖撰，白化文点校：《楚辞补注》，中华书局 1983 年版，第 49 页。

《离骚》之文，依《诗》取兴，引类譬谕，故善鸟香草，以配忠贞；恶禽臭物，以比谗佞；灵修美人，以媲于君；宓妃佚女，以譬贤臣；虬龙鸾凤，以托君子；飘风云霓，以为小人。其词温而雅，其义皎而朗（一作明）。①

这段评论精辟地总结出了《离骚》“引类譬谕”这一重要的艺术特色，将屈骚之比兴纳入汉代《诗》学体系，而且肯定了《离骚》之文采，誉称《离骚》为“金相玉质，百世无匹”的绝佳之作。“兴”是《诗经》中作品常用的写作手法，王逸说《离骚》“依《诗》取兴”，一是为了说明《离骚》文学形式的渊源，二是为了强调《离骚》与《诗经》在政治、伦理的价值取向上是一致的，表明《离骚》所言也是法度之政，经义所载。

许多汉代批评者从儒家经义出发批评屈原作品中幻想丰富、构思神奇的浪漫主义艺术特色，如扬雄曾斥屈原作品“浮蹈云天”的虚无不实之语；王充、桓谭等人也将屈原作品的想象斥为“妄作”、“虚无”；班固也视《离骚》中运用的神话传说、夸张想象等写作手法为“虚无之语”。而王逸却有不同的见解，他坚信这些看似荒诞虚无的言辞正是《楚辞》这部瑰奇著作的闪光点。

王逸还对屈原创作之“文采”进行肯定与颂扬。从扬雄之“诗人之赋丽以则”到班固之“其文弘博丽雅”，都是对《楚辞》的辞章之美的总结，王逸坚持依经立义，但这并不意味着要放弃对屈原文采的肯定，王逸对屈骚的辞章之美极为推崇与赞赏，他在《楚辞章句序》中评论道：

屈原之词，诚博远矣。自终没以来，名儒博达之士，著造词赋，莫不拟则其仪表，祖式其模范，取其要妙，窃其华藻。②

在《离骚序》中说：

其词温而雅，其义皎而朗。凡百君子，莫不慕其清高，嘉其文

①洪兴祖撰，白化文点校：《楚辞补注》，中华书局1983年版，第3页。
②洪兴祖撰，白化文点校：《楚辞补注》，中华书局1983年版，第49页。

采，哀其不遇，而愍其志焉。①

在《九思序》中又说道：

又以自屈原终没之后，忠臣介士游览学者读《离骚》、《九章》之文，莫不怆然，心为悲感，高其节行，妙其丽雅。至刘向、王褒之徒，咸嘉其义，作赋骋辞，以赞其志。②

可见，王逸试图将“诗义”与“文采”统摄于他对屈原《离骚》的赞美之中。在《远游序》中，王逸进一步指出：

《远游》者，屈原之所作也。屈原履方直之行，不容于世。上为谗佞所谮毁，下为俗人所困极，章皇山泽，无所告诉。乃深惟元一，修执恬漠，思欲济世，则意中愤然，文采铺发，遂叙妙思，讬配仙人，与俱游戏，周历天地，无所不到，然犹怀念楚国，思慕旧故，忠信之笃，仁义之厚也。是以君子珍重其志，而玮其辞焉。③

这里，王逸从屈原“金相玉质”的人格出发表达出对楚辞作品悱恻感人，情采缤纷艺术特点的艳羡。所谓的“意中愤然，文采铺发”，“珍重其志，而玮其辞”都是从作品之情志与文辞相结合角度来看待屈原作品，因为屈原思想之高洁，文辞越发优美，反之亦然，楚辞哀愁华艳的文辞之中莫不体现着屈原敢于直谏和“九死未悔”的精神。这里，王逸充分肯定了屈原之“诗义”与“文采”相结合而焕发的情感光辉。

王逸虽然从经学立场出发为屈原辩护，企图把屈原塑造成儒家圣贤，把《离骚》比附成儒家经典，但其实质又是欲努力摆脱传统经学对于文学的束缚。他论析《离骚》之文，是“依托五经以立义”，将文中物象的象征说成是“依《诗》取兴”，强调“其词温而雅”，从而弱化了屈原的发愤而抒情。从文学发展的角度看，王逸对班固的激烈反驳，其实质就是对

①洪兴祖撰，白化文点校：《楚辞补注》，中华书局1983年版，第3页。

②洪兴祖撰，白化文点校：《楚辞补注》，中华书局1983年版，第314页。

③洪兴祖撰，白化文点校：《楚辞补注》，中华书局1983年版，第163页。

《毛诗序》中确立的以礼节情的群体性情感抒发的否定，是其努力倡导情感要挣脱礼仪的束缚，转换成为个性化情感抒发的结果。王逸的这种批评即是文学发展到东汉中后期自身情感因素逐渐走向理性苏醒的一种客观反映，潜含着个人情感的抒发超越了政治教化作用的倾向，同时亦表现出对于文学创作主体作为个体的人的肯定和尊重，为汉末文学抒情性的全面复归起到了奠基性的作用。

第九节　郑　玄

郑玄（127—200），字康成，北海高密（今山东高密）人。东汉著名经学家。郑玄遍注群经，集汉代经说之大成。郑玄文论是在汉代儒学独尊谶纬盛行的时代文化语境中产生的，具有鲜明的礼乐价值取向，带有明显的政治功利性。

一、对于诗歌“缘情”艺术特征的认识

郑玄重视诗的言情作用。《礼记·孔子闲居》载孔子在回答子夏何谓“五至”时说：“志之所至，诗亦至焉，诗之所至，礼亦至焉，礼之所至，乐亦至焉，乐之所至，哀亦至焉，哀乐相生。是故正明目而视之，不可得而见也，倾耳而听之，不可得而闻也。志气塞乎天地，此之谓‘五至’。”郑玄注云：“凡言至者，至于民也。志谓恩意也，言君恩意至于民，则其诗亦至也。诗谓好恶之情也。”在郑玄看来，通过诗所表现出的喜怒哀乐之情，可以印证“君恩至于民”，郑玄此处所说的情，是专指情感而言，已不包含志意的内容。《邶风·燕燕》第一章云：“燕燕于飞，差池其羽。之子于归，远送于野。瞻望弗归，泣涕如雨。”在“送于野”下，郑玄笺云：“妇人之礼，送迎不出门，今我送是子乃至于野者，舒己愤，尽己情。”这体现出郑玄对诗言情特征的深刻认识。《唐风·葛生》第四章云：“夏之日，冬之夜，百岁之后，归于其居。”郑玄在“夏之日，冬之夜”下笺云：“思者于昼夜之长时尤甚，故极之以尽情。”在“百岁之后，归于其居”之下又笺云：“居，坟墓也。言此者，妇人专一，义之至，情之尽。”郑玄在为《毛传》作笺释时，从大量的对诗的具体解释中，体现出了这种认识。在总结我国古代对文学认识的发展历史时，郑玄对诗言情特征的认

识所达到的成就，是应该受到重视的。

二、诗的正变论

郑玄认为《风》、《雅》之诗可分为“正”与“变”两类。盛世诗人才能写出颂美之作，文王、武王具有超凡的道德修养，彼时是“盛之至”的社会，所以那时的诗乃是诗的最佳范本，属于“《诗》之正经”。当君主之德与政背离圣德与太平之治时，诗歌也会由“正风”、“正雅”发生质的变化。

在郑玄眼里，“正”、“变”之诗的生成与时世之盛衰是息息相关的。“正风”、“正雅”是太平盛世的产物。于时，整个社会政治文化处于上升的趋势，君主德高，政治清明，百姓安居，此时的诗人所见到的，是政治与文化的良好态势，他们所感受的，是人民同这样的政治文化的和谐相处。“变风”、“变雅”是在王纲陵迟、“周室大坏”情况下的作品，是“乱世之音”，甚至是“亡国之音”，是国运衰微、民怨沸腾之时的“刺怨相寻”之歌。

郑玄认为，“正”诗产生于君主德行淳备、功业卓著之时，而“变”诗则生成于政业衰败、君德衰微之时。《诗谱》中他论述了各国“变风”及“变雅”的生成，并对其生成原因进行了揭示。《邶鄘卫谱》首先阐述了邶、鄘、卫开国立君的始末，即封康叔于卫，后世子孙并有二国。而后谈到，“七世至顷侯，当周夷王时，卫国政衰，变风始作。”① 到顷侯时，朝廷的大环境和卫国的具体环境都处于衰败时期，周夷王失礼，朝纲陵迟，卫又政衰，于是，朝廷之诗为“变雅”，卫国之诗为“变风”。卫国“变风”产生的根源，乃在于“卫国政衰”。

通过上述分析可以看出，在“正变论”的背后，总是存在一个若隐若现的逻辑关系，即诗歌紧密关联社会现实，诗人心灵的律动受社会现实的感发。政教的得失，礼乐的兴废，乃是社会现实的主要标志，而诗的类型与性质亦由此产生：社会兴盛，则诗为“正”；社会衰败，则诗为“变”。但社会究竟能否达到政治昌明、民有政有居的兴盛局面，其关键乃在于君王之“德”。“诗之正经”与“变风”、“变雅”的生成，不仅揭示了周王朝诗歌的发展变化，同时也表现出郑玄对诗歌形态、性质、生成原因的认识。郑玄认为，人君之德是决定社会兴衰，进而决定诗歌品性的根本。君

---

①孔颖达：《毛诗正义》（十三经注疏本），中华书局1980年版，第296页。

德之高下决定了社会的兴衰变化，而社会兴衰不同，其所引发的诗人的心灵感受亦不同，由此决定了诗歌创作主旨及表现内容的不同，“正”、“变”之诗由此生成。在这一思考逻辑中，德成为原初动力。德行淳备，必然转化为太平之政，更进而催生出具有“正”性质的风诗、雅诗。郑玄《诗谱序》，继承了前代“正变说”的思想要素并将其体系化：将《诗》明确分为诗之“正经”和“变风”、“变雅”，“诗乐正变论”由此得到定型。

郑玄对诗歌正变论的论述，表明他已经深刻认识到社会现实对诗歌创作的影响，揭示了文学创作的基本性质。

三、美刺论

郑玄从本体论与发生论的角度出发，把诗的产生与“诵美讥过”的功能需求联系了起来。在《六艺论·论诗》中说：

> 诗者，弦歌讽喻之声也。自书契之兴，朴略尚质，面称不为谄，目谏不为谤。君臣之接，如朋友然，在于恳诚而已。斯道稍衰，奸伪以生，上下相犯。及其制礼，尊君卑臣，君道刚严，臣道柔顺，于是箴谏者希，情志不通，故作诗者以诵其美而讥其过。

就诗之功能言之，在“诵美讥过”四字，即《诗谱序》所言：“论功颂德所以将顺其美，刺过讥失所以匡救其恶。”“匡救其恶”的目的性，决定了“讥过”只能是尽忠孝的一种形式。郑玄通过对《诗》的本体、发生和功能的重新认识，已将“刺”字的初意化于无形了。“弦歌讽喻”变成了诗的本质，“君道刚严”成了绝对保护的对象，“臣道柔顺”变成了为臣的原则，“讽喻”、“讥过”变成了诗歌合法存在的依据。

本着“弦歌讽喻”的本体理论，郑玄将“六诗”也纳入了以“美刺”为核心的评价系统中，并作了全新的解释。其《周礼·大师》“六诗”注曰：

> 风，言贤圣治道之遗化也；赋之言铺，直铺陈今之政教善恶；比，见今之失，不敢斥言，取比类以言之；兴，见今之美，嫌于媚谀，取善事以喻劝之；雅，正也，言今之正者，以为后世法；颂之言诵也、容也，诵今之德，广以美之。①

---

①阮元校刻：《十三经注疏》卷二十三，中华书局1980年版，第796页。

“六诗”即风、赋、比、兴、雅、颂，在《诗序》中变作“六义”。在郑玄之前，郑众曾对比兴作过解释，他认为：“比者，比方于物。兴者，托事于物。”郑众只是把比兴看作是一种表现方法，根本没有所谓“不敢斥言”、“嫌于媚谀”的意思。而郑玄则在由“美刺”转换而来的“颂美讥过”观念之下，将“六诗”全部与政治评价联系起来，所谓“圣贤治道遗化”，其意在“美”，“政教善恶”，则兼有“美刺”。所谓“见今之失，不敢斥言”，所指的是诗之“刺”；所谓“取善事以喻劝”，所言是诗之“美”。“雅者正也”，“以为后世法”，意在“美”；所谓“颂之言诵”，自然也是在“美”。这里在对诗的意义归类分辨中，“美刺”二分的思路虽隐然可见，但在字面上，“刺”字却消失得无影无踪了，而且“美”的比重远远超过了“刺”。显然这与汉赋“寓微讽于颂德”的创作表现，乃是同一种文化语境中的产物。不过，这里所反映的只是郑玄早期的观点，在郑玄作《诗笺》、《诗谱》时，对以上观点作了大幅度的修正。如关于比、兴，《周礼注》以为兴主美，比主刺，在《诗笺》中比兴则或美、或刺，未有定格。《周礼注》风、雅不分正变，皆倾向于美。在《诗笺》与《诗谱》中，则将风、雅分为正变，“美”诗主要在正风、正雅中，变风、变雅的主要倾向则是刺。但这种修正、变化，仍是在“美刺”评价系统思路的统摄下进行的。

在“美刺”评价系统的支配下，郑玄为了突显诗篇“讥过”、“讽谏”的意义，在诗篇注释中采用了多种方式。

第一种是补充诗意，以明“讽谏”、“讥过”之意。像这样的以意补诗，目的是让读者从讽谏的角度理解诗意。

第二种是引经说经，婉曲诠解，以示“讽谏”之意。我们从经文中是很难直接读到的，这可以说是郑玄的体会，他无疑是把自己的思想注入经典的诠释之中了。

第三种是通过兴喻，引诗人“讽谏”、“讥过”之用，这是郑玄所采用的最为普遍的手法。借助于“兴—喻”的意义转换，在充分自由伸展的“兴—喻”空间中，把诗中没有明确言说的意思填充进去，并且充分利用这个伸展空间，把“讽刺”纳入他的“讥过”的新《诗》学系统中。其目的非常明确，就是遵循《序》意，既彰“美刺”之意而又避免把“刺”对准君王。

第四种是改释经文，将“刺”意婉曲化。表现了郑玄对《诗》“讽谏讥过”方式和功能的规定性意识，也透露出郑玄对“君刚臣柔”义务和责任的维护。

经过郑玄对“美刺”意义的修正，不仅“刺”具有了“婉言微讽”之意，连“美”也具有了“嫌于媚谄”而求委婉以“喻劝”的意义。于是以“美刺”为评价标准的诗学理论，因其不但无碍于皇帝的尊严，反而有利于皇帝尊严的提升，故而在专制政体下被合法化，使周代文艺干预政治的传统获得了延续，由对《诗经》的评价而影响到了诗歌创作，促进了中国写实诗歌的发展，在历史上起到了积极的作用。这不能不说是郑玄及汉儒对中国历史的一个贡献。

郑玄文论思想中的理论范畴或观点不但在汉代产生了重要影响，也成为后代文论家丰富发展自己文艺思想的重要资源。刘勰就深受郑玄影响，其《文心雕龙·哀吊》云：“固宜正义以绳理，昭德而塞违，剖析褒贬，哀而有正，则无夺伦矣！”刘勰认为“哀吊”之文要“哀而有正”，这样才能“无相夺伦”，明确文章的思想内容和情感表达都要依循“经”、遵从“圣”，即依从儒家之道。刘勰以立意论“正变”的思想是对郑玄“正变”思想的继承。郑玄以“比兴”说诗，使人们注意到“兴”是诗歌最为独特的艺术表现方式，郑玄的“比兴论”奠定了后代文艺理论家关注“兴”的先河，他们在郑玄及其前代学说的基础上不断开拓，形成了中国古代文学思想中内涵丰富的“比兴”理论。诸如刘勰的《文心雕龙·比兴》云：“兴者，起也。附理者切类以指事，起情者依微以拟议。起情故兴体以立，附理故比例以生。比则畜愤以斥言，兴则环譬以记讽。”刘勰把“兴”视为文艺创作的重要手段，他发展了郑玄的理论，但并没能跳出郑玄“比，见今之失，不敢斥言，取比类以言之。兴，见今之美，嫌于媚谀，取善事以喻劝之”的圈子。又如钟嵘的“比兴论”，《诗品序》云：“文已尽而意有余，兴也；因物喻志，比也；直书其事，寓言写物，赋也。宏斯三义，酌而用之，干之以风力，润之以丹彩，使味之者无极，闻之者动心，是诗之至也。若专用比兴，患在意深，意深则词踬。若专用赋体，患在意浮，意浮则文散，嬉成流移，文无止泊，有芜漫之累矣。”钟嵘站在与郑玄完全不同的角度立言，“文已尽而意有余”，强调的是诗歌运用“兴”以后达到的艺术效果，而“因物喻志，比也”，则完全摆脱了“见今之失，不敢斥言”的局限。郑玄发展、完善了《诗大序》的“美刺”说，明确了

“美”、“刺”的对象及宗旨，对后世的文学创作及文学批评产生了较大影响，宋代的欧阳修即是受其影响的文学家之一。欧阳修在《诗本义·本末论》中说：“诗之作也，触事感物，文之以言，善者美之，恶者刺之，以发其揄扬怨愤于口，道其哀乐喜怒于心，此诗人之意也。”[①] 欧阳修此言一是表明诗歌是诗人感物后内心喜怒哀乐情感的宣泄表达；二是明确诗歌的作用在于美善刺恶。欧阳修所言的“善者美之，恶者刺之”是对郑玄“论功颂德，所以将顺其美；刺过讥失，所以匡救其恶”思想的直接继承。

①欧阳修：《诗本义》，上海涵芬楼刻本。

第三章 // 魏晋六朝的文论发展

第一节 概 述

在魏晋南北朝（196—589）近四百年的时间内，中国古典文学和文学思想取得了迅速的发展。这是一个非常重要的时期，既是文学思想发展的奠基与转型阶段，也是面向未来文学世界范型的总结与开新阶段。在玄佛交融的自由语境里，中国古典文学逐渐摆脱儒家意识形态的阐释功能和政治教化的附属功能，开始以崭新的姿态回归自我，重塑自己的本质特征，开掘新的表现空间，在感性、理性和形式等方面进行了新的探索，在抒情化、形式化和思辨化等方面迈出了新步伐，为古典诗歌、散文和小说的深度发展奠定了坚实的基础。从此，中国古典文学伴随着文学理论的思辨和文学批评的繁荣走进抒情化、表现化与韵味化的新时代。

一、政治的分割与对峙

这一时期的政治格局最突出的特征就是割据性与对峙性。西晋短暂统一的三十年（280—317）尚不足这一时期十分之一，可以忽略不计。如此的政治格局在潜意识中制约着士人的心态，改造着士人的世界观、人生观与价值观。这一时期的时代特征被学界概括为最黑暗、最混乱、最富激情与最具创造力的时期。① 东汉末年党锢之祸的洗礼使士人的价值观产生裂变。“内圣外王”的儒家政治方略全面接受严酷的政治语境熏陶，逐渐变得世俗化、内敛化与自我化。皇室的黑暗与杀戮令有识之士从绝望中醒

①宗白华：《艺境》，安徽教育出版社2000年版，第70页。

悟，纷纷从愚妄的忠诚与欲望的洗礼中走向自我保护与家族荣耀。潜伏的道家思想乘虚而入，彰显出以柔克刚、以弱胜强的韧性力量，暂时填补了儒家神学化破灭后的空缺。

时势造英雄。群雄逐鹿的战场使文武双全的曹操成为军阀混战的优胜者。“挟天子以令诸侯”的人格魅力使海内贤才趋之若骛，北中国的统一使他成为士人神往的传奇英雄。四次“求贤令”改写了现实的潜规则：乱世需要实用型人才，真才实学远远高于德行。① 战时需要功利主义式的人才观。这种颇具法家色彩的人才观与儒家大相径庭，似乎与三百多年前的陈平不谋而合。② 曹魏政权代汉自立，开辟了三国鼎立的分裂局面。曹魏的“禅让”夺权在四十多年之后为更加残酷与邪恶的司马氏所取代。汉末两次党锢之祸冷却了志士仁人的政治热情，西晋王朝的两次杀戮则震慑了正始士人的虚幻美梦。从此，历史进入了黑暗的混战与割据时期。赤裸裸的杀戮终归心虚胆怯，但必须蒙上体面的遮羞布以欺名盗世。因此，被消解与稀释的儒家思想再度为晋武帝司马炎所利用。利欲熏心的王朝只能用名教来笼络人心。追求自然主义的精神风范以对抗虚伪透顶的名教招牌，嵇康最终以生命的惨烈为“越名教而任自然”画上了句号。决绝赴死对司马政权进行了无声的抗议，进一步迫使竹林七贤走向分裂与飘零。隐忍佯醉助长了邪恶的猖狂，华丽转身默认了苟活的重要，苟且偷生出卖了“浩然之气”的传统。士人道德的群体缺失与人格的竞相卑劣象征着儒学的全面崩溃，成全了短命的西晋王朝。“八王之乱”（301—317）结束了西晋的短暂统一，催生了南北分裂割据时代的提前到来。从此，北方进入五胡十六国（317—439）的混战与北朝时代，南方进入割据偏安的东晋与南朝时期。苟延残喘的司马氏在北方与江左世家大族的联合支持下建立东晋王朝（317—420）。作为偏安江南的苟且者，来自北方的皇族与世族只能放下固有的傲慢与偏见，向江左大族寻求容身之地。江左大族沉浸在昔日屈辱与辉煌的记忆里。经历痛苦与磨合、让步与妥协的煎熬，江左大族开始与东晋皇室进行交流与合作。来自北方的王谢大族炙手可热，垄断着军政与文化大权。作为侨姓大族的王谢家族是东晋王朝的支持者与提防者。作为土著的江左大族则是皇室集团的合作者和侨姓大族的竞争者。政治力量上的

---

①陈寿：《三国志》（简体字本），中华书局 2000 年版，第 23、31—32 页。

②班固：《汉书》（简体字本），中华书局 2000 年版，第 1579—1580 页。

格局导致了多重矛盾：世家大族在地域上存在着尊卑优劣等差的矛盾，世家大族与寒门士人同样也存在着文武贵贱对立的矛盾。为了摆脱世家大族军事力量的制衡，东晋皇室在吃苦耐劳、勇谋兼备的寒门素族士人中建立北府兵系统，以对抗自恃豪强的世家大族。长期的养尊处优诱惑着世家大族沉溺于玄谈的美感与物欲的腐蚀中而不能自拔，并逐渐走向衰亡。在炙热的玄风熏陶下，朝野君臣与士人只擅长谈玄论道、游山玩水、矫情纵欲与敛财尚艺。野心家的多次叛乱威胁着晋室的稳固力，耗散着皇权的凝聚力，诱惑着素族的僭越力。

在血雨腥风的洗礼之下，摇摇欲坠的东晋王朝终于被素族出身的刘裕建立的宋所取代。行伍起家的刘裕逐步登上东晋的军事政治舞台。在镇压桓温、孙恩等人的变乱中逐渐成为皇室无法左右的人物。在屡试不爽的禅让中他终于代晋自立，开辟了南朝时期。宋（420—479）、齐（479—502）、梁（502—557）、陈（557—589）的更替彰显了人性的邪恶。其中宋、梁存续时间较长。刘宋皇室为了争权夺利多次杀戮，似乎是西晋末年悲剧的重演。萧梁王朝相对较为平和与繁荣，在政治与文化上有较大作为。长寿而有作为的梁武帝萧衍仿佛魏武帝曹操的再世。梁朝在宗教、文学和文化建设上成为短暂而辉煌的朝代，是梁武帝萧衍一生的杰作。北府兵出身的刘裕只有军事优势，而恰恰缺少文化精神优越。为了抵御来自世家大族的精神威压，刘宋皇室在焦虑中努力缩小一切差距：提高自身的文艺修养以取得文化领导权，重用寒门士族以掌控军政大权，巧立罪名肆行杀戮以削弱世族。世家大族终成军事上缺少实力、政治上形同虚设、文化上吟风弄月的摆设，寒门起家的皇室后裔逐渐成为政治强人和文化新秀。宋齐之后的琅邪王氏和梁后的陈郡谢氏很少文学翘楚与政坛领军人物，彭城的刘氏、到氏和兰陵的萧氏等寒门家族急剧成为政坛文坛的执牛耳者。刘宋王朝蓄谋已久的政治文化策略对南朝门阀士族具有持久而全面的杀伤力。

如此的政治策略制约着士族文人的命运。刘宋王朝在恩威并用与时开杀戒中，使谢灵运、谢混等望族名士死于非命。萧齐皇室对名门之后虚与委蛇，偶有杀戮，绝不重用。梁朝对文人与士族较为宽容，予以重用。到了陈朝，士族的政治威胁和文化竞争不再。四朝的共性就是掌握文化领导权和政治操控权。“王与马，共天下”已成隔代神话，呼马为虎的门阀士族却是现实写照。割据局势的险象环生催生了军事政治的联姻，君权成为强梁者追逐的对象。一百多年南朝政权更迭的恐怖真相既是曹魏以来政治规律的生动体现，也是对儒家禅让传说的绝妙反讽。

相比较而言，草原文化所建立的北朝政权也不例外。公元439年，鲜卑族首领拓跋珪建立的北魏（386—534）统一北方，百年之内很快分裂为东魏（534—550）和西魏（535—556），二十多年后分别为北齐（550—577）和北周（557—581）所取代。军事上强悍、充满野性与血腥的鲜卑族终于为中原文化固有的理念所同化，奉行君臣之义的同时照样谋权篡位。与南方的文雅与含蓄相比，北方更加野蛮与直白。

魏晋南北朝是一个分裂与混乱、丰富与怪异并存的时代，也是一个道德滑坡、纲纪崩溃、欲望盛行、人格卑污、文风奢靡、文化杂交的时代。

二、文化的冲突与融合

混乱与狭小的政治格局影响着文化布局和思想建构，制约着文化语境的生成和精神世界的走向。历史证明，政局的治乱兴衰与思想的资源重构密切相关。综合统一的思想有利于催生出统一的政治，而驳杂混乱的思想却不利于政治的统一。反之亦然。另外，政局的稳定还与君权的制衡力与士人的干政力密切相关。这一时期的文化冲突与融合主要体现在儒家与道家之间，儒家与释家、华夏与蛮夷之间的冲突与融合相对较为隐性。

汉武帝“罢黜百家，独尊儒术”是时代与政治所需。从此，儒家思想成为选拔官吏和读书人立身的准则。桓灵王朝的腐败充分暴露了儒家德行修养对皇权暴政的无能，党锢之祸的连发令忧国忧民者走向绝望。在邪恶暴政面前，王朝的支持者愤然抗争、凛然赴死，由屈原的个人壮举扩大成为群体觉醒。军阀混战和瘟疫疾病的交互侵袭使士人有危在旦夕之慨。儒家的暂时失灵为道家的知足不辱、无为自守找到心灵慰藉。纵观魏晋南北朝文化思想的演变，作为一种伟大的思想传统与人格支撑，儒家思想仍然发挥着潜移默化的作用。儒家以浓厚的现实关怀与退居自守的道家和超拔脱尘的释家构成互补关系，由冲突逐渐走向融合，仍然是士人出处定夺的思想资源。在南朝，宋文帝设立四科、梁武帝教育子女谨守孝道。在北朝，儒家仍为官方的主流意识形态，规训着蛮夷思维的惯性，制约着道家、道教与佛教的泛滥，使得佛教只能朝宗教方向发展。

建安时期，儒道法并行。“唯才是举”① 充分说明真才实学可以超越道

①陈寿：《三国志·魏书·魏武纪》（简体字本），中华书局2000年版，第23页。

德污点，陈平式的奇才可以成为优等人选。这种普遍肯定人欲的异端思想在东汉中期信奉“生贵于天下”① 的马融那里就表现得淋漓尽致，尽管“常坐高堂，施绛纱帐，前授生徒，后列女乐，弟子次相传，鲜有入其室者”② 的行为已与原始儒家精神大相径庭。

玄学在魏初兴起是社会基础与学术条件交相激化的产物。作为玄学的倡导者，魏晋名士由皇亲贵族、豪强地主、经学家和“唯才是举”新政孕育出的轻视礼教的新人构成。儒道结合的玄学成为新的社会思潮，迎合了名士追求自由的精神需求。此前，融合儒道名法诸家、要求名实相符的选官理论——名法学应运而生。玄学家同时多精于名法学。玄学既是一种道学化的儒学，也是魏晋名士解放儒学的一种新尝试。新问题层出不穷。如何在弘扬儒家精神与避免王朝倾覆、解放儒学与神化儒学、积极入世与保存自我之间寻求最佳平衡点以应对险象丛生的社会环境，既是汉代覆亡给人的反思，也是王弼、何晏所要解决的问题。汉代经学无济于事，只能从老、庄、易中发掘资源，从综合中寻找生路，从思辨中探讨活道。将名教与自然、儒家与道家统一起来并身体力行的就是名士。玄学的主要特征可以概括为：以《老子》、《庄子》和《周易》为主要资源，以注释经典为主要形式，以儒家的名教伦理与道家的自然无为相综合为主要成果。③《易传》包含有道与阴阳思想。西汉初年就有一批兼治《老子》、《周易》的学者在默默传承。玄学家以儒家经义阐释老庄和《周易》并使儒道学说在玄学中融合。经学只注释“儒经”，玄学专注“杂经”（兼含子学）；汉儒重章句训诂，玄学家重发挥义理。玄学借经义阐释已说打破沉闷的学术体制，开启独立的思考大门。在玄学家看来，无能生有，老子“体有”，孔子“体无”，因此孔子高于老子，是道家化的圣人。由此可见，曹魏时期兴起的玄学继汉代经学之后开了一代新风。

魏晋玄学大致可分三个阶段。第一阶段以何晏、王弼为代表的“正始名士”主张“无中生有”。第二阶段以阮籍、嵇康为代表的“竹林七贤”以“自然”反对“名教”。第三阶段以向秀、郭象为代表的“中朝名士”或“元康名士”主张“自生”说。

---

①范晔：《后汉书·马融传》（简体字本），中华书局2000年版，第1953页。

②范晔：《后汉书·马融传》（简体字本），中华书局2000年版，第1972页。

③张岂之主编：《中国思想史》，西北大学出版社1993年版，第172—173页。

何晏、王弼认为，无/有、本/末、本质/现象可以高度概括世界图景。这标志着中国古代理论思维的深化，并推演出“言不尽意”和“得意忘象”。“言不尽意”旨在解决儒经与新思、文字与“真理”、圣人之意与自然之道的矛盾。“言不尽意”、“得意忘象”分别使创作和欣赏的理论得到发展。刘勰的神思论、知音说多与此相关。相比较而言，玄学的政治人生哲学更耐人寻味。“以无为本”旨在维护统治阶级的利益。“名教”既然兼具“朴”与“真”等特点，也就统一于自然。个人的政治活动必须把握两条基本原则：“居安思危”、“以静制动”。远祸全身高于一切，即使“动天下，灭君主”的大事也可置之度外。这种凸显个人本位的哲学观既是对董仲舒君主本位的反驳，也是对马融“生贵于天下”的光大；既是对“党祸”之后士人价值的修正，也是导致两晋南北朝士大夫人格畸变的根源。明白这一点，我们就不难理解建安至隋四百年间政权更迭如走马、臣下弑君如儿戏，却罕闻壮烈臣节之事。嵇康、阮籍认为，“自然”之“道”就是按照人的自然本性生活。“名教”窒息个性、导致纷争。“越名教而任自然”（嵇康《释私论》）不是废除“名教”，而是要在君臣相安的前提下维护“名教”，以“清虚泰静，少私寡欲”对抗虚伪的“名教”。这里已有陶渊明的身影。另外“声无哀乐”论认为自然声响具有客观性，“天人感应”的乐教是荒谬的。向秀、郭象提出“自生”说，企图以儒道合一来强化儒家，把玄学的重点转向庄子。世间一切现象皆无因果关联，变化莫测。“名教”与“自然”并不矛盾，皆有其合理性与必要性。人们只要顺从自然安排、各安其位，天下即可太平。君臣关系就是必要与合理的。君主专制成为天道(“自然”）与人道(“名教”）的桥梁，道家的思想转换成儒家的“君为臣纲”，“自然”与“名教”相互渗透。这种和稀泥以消解矛盾的思想直接影响着两晋南北朝士人的精神面貌。这是对司马炎政治调和术的发展，也是对士人乱世求生存语境的总结，更是对嵇康激进人生的背叛。东晋之后，玄学在微弱的反对声中与佛学合流。

佛教于西汉末年经中亚传入中国，到南北朝进入了第一个高潮——佛玄合流的完成阶段，即“佛玄”期。因对《般若经》“空”的不同阐释而形成“六家七宗”，其中“本无”、“即色”和“心无”三宗影响最大。“本无宗”认为世界本性就是空，对待一切不要太计较。该派近于“贵无”说，但侧重于禅学。“即色宗”认为色即是空，空即是色。本体界也是空，色是作为假象存在的。这种理论似乎受到向秀、郭象的影响。“心无宗”

则肯定外物的客观性和真实性，做到心无杂念、处以虚静，并未否定心的存在。以心、物为有，近于“崇有”派。僧肇（384—414）综合三说将佛玄推向高潮。幻象是存在（有）的和不真实（无）的。他以具体事物存在的相对性和条件性来否认事物存在的客观实在性，以证明物质世界的一切皆为幻象与假象。他还通过对运动的分析来否定事物的运动，以绝对化运动的间断性来否认运动的连续性和事物的转化与发展。这是对魏晋玄学的发展，同时汲取佛学的思辨理论，在动静关系等方面作出深度贡献。慧远提出“神不灭论”，认为精神现象是一个独立的实体，具有不灭性与无限性，可以引起善恶后果无限循环。“因果报应”、“轮回转生”说是对两汉时期无神论者不彻底的“薪火之喻”的歪曲利用。需要补充的是，佛教的传入，对南朝的山水文学、诗歌声律、宫体文学和叙事文学起着催生或助推作用。①

三、文学的发展与繁荣

特殊的政治环境和文化语境催生了士人特殊的处世心态与生命体验，产生了独特的魏晋南北朝文学，使之在诸方面获得长足的发展与进步。总体来看，与前代相比，这一时期的文学具有突出的形态与特征。在创作形态上可以概括为集团化、规模化与竞技化。在审美追求上主要表现为率真、抒情与华美。在体裁发展上，以五言诗、志怪小说和骈体文为主要代表。

建安之前，文人很少结集而成为文学集团，较为突出者就是西汉所谓梁园宾客。其后，文人集团非常突出，并呈现集团化、规模化和竞技化的倾向，其作用与地位也不尽相同。建安七子、正始名士、“竹林七贤”、“二十四友”等虽难摆脱言语侍从的陪衬地位，但皆与政治集团结缘。区别只在于当朝与在野。在朝的多以宫廷或藩王贵族为中心结成主客关系。②集团具有文学性、学术性、政治性、交际性和互利性等。南朝文人集团不仅数量多，而且文学意义与政治意义较强。其中尤以兰陵萧氏文学集团最为著名。仅在南齐永明年间就存在着四个文人集团，先后有王俭集团、萧

①普惠：《南朝佛学与文学》，中华书局2002年版。

②郭英德：《中国古代文人集团与文学风貌》，北京师范大学出版社1998年版，第40、41页。

子良集团、萧嶷集团和萧子隆集团。[1] 南朝文学集团多以藩王贵族集团的形式出现，而梁代萧统、萧纲、萧绎的文学集团则呈现出由藩王贵族集团向宫廷集团过渡的特点，陈朝的文学集团则纯属宫廷集团。在南朝 170 年间出现如此众多的文学集团可谓史无前例。大量文学集团的出现与延存对文学创作与批评的繁荣与发展有着不可磨灭的贡献。文人之间相互切磋，闲暇之时相互交流、相互比赛，使文学在内容与形式、规模与范式等方面获得深入发展。整体而言，建安文学非功利性、主缘情、重个性、求华美和慷慨悲凉，正始文学哲理化、内敛化，西晋文学结藻清英、流韵华美，东晋文学玄理化、深情化，南朝文学山水化、华丽化、声律化、娱乐化和轻艳化，北朝文学重实用、尚真实、求质朴。[2] 事实上，文学自汉末以来尤其是“文人创作态势”的形成，表现为抒情方式、抒情技巧和创作倾向的转变，形成一个较为封闭的系统。[3] 由于政治归属和思想认同较为接近，因此心理认同和情感表达呈现出较多共性。抒情方式的变化使得感情体验更加细腻、抒情范围更加宽广。感情抒发由政治豪情、儿女柔情和人生苦情转向山水宴集、安时处顺、寓目写物。抒情技巧的变化表现为追求文学的独立、自治与自律。政治抒情渐行渐远，一己之情、寓目之情、率性之情、乍别之情渐成抒情主流。凸显的文学性与作家的自主性成正比。作家调动一切积极因素和技术手段以提高文学的艺术魅力与沁人心脾的感染力。情采失调使文学朝着绮靡、轻浮与艳丽的方向狂奔。创作倾向渐成内敛化。由于抒情内容的情感化与多元化，抒情方式的声律化、视觉化与艳丽化，其技巧精细，诗境纤巧，文字游戏和娱乐无聊等弊端也日渐凸显。名目繁多的咏物诗、回文诗、离合诗等创作使作家聚焦于女体，使女性凸显为物欲化、色情化与娱乐化的对象。宫体文学的繁盛充分暴露出南朝文人整体沉沦之病象。南朝武人阶层的崛起催生了皇族子弟文化水平的整体提升和趣味好尚的优势张扬，王谢等大家士族贵族精神的日渐衰落，北伐忧患意识的遗忘和承平日久的安乐局面助推了文学集团好文爱巧求变的风尚。因此，文学之路在独立自治的前提下也越走越窄，娱乐化、艳情化的

---

①刘跃进：《门阀士族与永明文学》，生活·读书·新知三联书店 1997 年版，第 39 页。

②罗宗强：《魏晋南北朝文学思想史》，中华书局 1996 年版。

③刘跃进：《门阀士族与永明文学》，生活·读书·新知三联书店 1997 年版，第 4 页。

局面出乎文学独立之意外。

在体裁发展上，以五言诗、志怪小说和骈体文为主要代表。五言诗充分汲取《古诗十九首》的思想资源和艺术技巧，成为诗歌之冠冕。骈文是对汉赋、诗歌两种文体的继承与发展，是汉语的音韵美和节奏感在形式上的集中体现。四六形式和起伏节奏使汉语的内在魅力发挥到极致。

五言诗在曹氏父子和建安七子的广泛唱和中成为诗坛主流，并以慷慨悲凉、壮志满怀的总体风貌总领风骚。曹植代表着建安文学的总体成就，不仅展现高扬理想、慨叹人生、抒发个性和体验悲凉的时代特征，而且以华丽指向激励与启发着后来者。曹魏压制宗室和提倡道家促使正始文人诗酒风流，谈玄论道。阮籍、嵇康代表的正始之音以苦闷与旷达、渊永与隐曲、清峻与高蹈著称。正始文学精英的相继陨落，迎来了更加苟且偷生的太康文学。以陆机、潘岳为代表的太康诗风以辞藻的华丽和情感的放纵而著称。失意寒士左思和觉醒抗敌的刘琨为太康文学增光添彩。“八王之乱”虽吞噬了许多充满欲望的著名文人，但并未断绝清谈亡国的玄风。东晋文学主要表现为以郭璞为代表的玄远富艳的游仙诗，孙绰、许询为代表的心隐与适意的玄言诗。陶渊明的出现“照亮”了平淡无奇的两晋诗坛。他以生命体验的心路历程将那个时代仕与隐、贫与富、安贫乐道与崇尚自然、伪我与真我等人生命题凝练成人生艺术化的绚丽诗篇，是魏晋风度最杰出的代表。他那“不为五斗米折腰”的独立人格和诗酒风流，成为古代士人建立精神家园的风标。南朝诗歌在模山范水和酬唱应答中逐渐走向形式化、音律化和体物化。谢灵运山水诗的摹写与华丽在永明文学中发扬光大。以萧纲为代表的宫体诗进行华丽转身，在形式主义的演绎中为后世所诟病。庾信等人的北方滞留成为宫体诗最好的救赎。另外，以刘义庆、干宝为代表的志人志怪小说的创作使小说这种文体在语言风格、叙事技巧与叙事模式等方面产生了持久的影响力。“六朝之骈文”成为文学史家之定论。即使是理论家的文章也都打上骈文的烙印。先秦谣谚、六经丽辞、诸子骈语、俪偶《楚辞》皆为骈体之源。宋玉的《对楚王问》以骈俪为辞赋，开汉赋骈俪之先河，枚乘、邹阳推波助澜，相如、子云登峰造极。曹魏时期，曹丕、曹植等人的部分书论骈偶体制明显。陆机的努力开掘使两晋骈文更加典丽富赡。优美的自然人文环境和帝王的雅好辞章促成了江左文学之盛，文学创作进入为艺术而艺术的黄金时代，对文学规律的认识更加到位。声律成为重要推手，使南北朝的偶俪之风遍及天下。古体诗演变为今体诗，骈体文演变为四六文，连杂文、小品文也逐渐声律化、骈偶化。刘宋是四六骈文鼎盛的第一步。谢灵运、鲍照可圈可点。齐梁骈文四六句式基本定型，声律说使之对形式美进行全面追求。谢朓、江淹脱颖而出。梁陈之际，萧纲与江总等人唯美宫体趣味浓郁。南朝徐陵和北朝庾信的骈文众美齐备，登峰造极，各有所长，成为骈文难以企及的千古宗师。庾信擅长言情，骨气端翔、声情顿挫；徐陵说理为胜，铺列锦绣，丽采秀发。长期滞留北朝的生命体验使庾信逐渐摆脱宫体习气，自觉融合南北文学之长，在束缚与创新、骈体与散体、内容与形式、寄新意与守法度之间游刃有余，把形式优美与“乡关之思”发挥得淋漓尽致。

四、文论的新变与升华

崇尚旷达洒脱的时代思潮全面制约着士人的思想言行，改写着他们的生命历程，发展着他们的世界观，深化着他们的生命体验，提升着他们的文学观念。这一时期的文学思想在潜滋暗长中发生着剧烈变化，并在对形式美的追求中推波助澜，不断升华，成为文学理论和文学批评的辉煌时代。

曹氏父子的率先垂范吸引着海内文学才俊聚集中原。集政治领袖、文坛领袖和军事领袖于一身的曹操成为文人学士仰慕的时代英雄。曹操生活上的风流倜傥，用人上的不拘一格，才艺上的广采博纳，文学上的慷慨悲凉，政治上的标新立异，无不为后人留下敬仰与反驳的空间。其中试图改变现状而“求变”的思想独领风骚，启发着后来的文人志士。曹丕提出“诗赋欲丽”的主张，不仅是对汉赋创作成果的总结，而且也开辟了新时代文学创作的新动向。战乱频仍、疫病流行、军阀割据、杀戮盛行的时代语境激发着士人对人生短暂、命如朝露的悲凉凄怨的生命体验。慷慨悲凉、壮志满怀的时代风貌在曹植那里表现为哀怨与华丽，并获得南北朝文人的广泛认同。与之相对应，这一时期的文学理论在文学思想、理论形态与批评理念等方面也发生着相应的新变与升华，其特征可以概述为：新变性、思辨性、形式性和情采性。

新变性主要通过情、采、律三者的偏执与互动来展现。三者的相互关联在这一时期的文学理论发展过程中表现得较为明显。具体来说，其新变的轨迹大致是：诗赋欲丽—缘情绮靡—情采合一 —新变代雄。曹丕提出“诗赋欲丽”，明确指出诗歌和赋体文学有趋向华丽的愿望与冲动，这既是对《古诗十九首》等质朴形态的超越，也是对汉赋成果的吸纳。汉赋文学的华丽已经展现得淋漓尽致，扬雄的辩证与反问也都间接承认“丽”是诗人与辞人的必然追求。“诗赋欲丽”既是一种事实陈述，也是一种姿态展现。作为事实陈述，他认为诗歌已经是华丽的转身；作为姿态展现，他声明诗歌已经开始新变。事实上，建安文学确实是为情而文，浓烈真实的感情自然激发着诗歌的华丽表现，慷慨悲歌的内容必须有相应的优美形式相伴。在这方面，曹植成为“三曹”的翘楚，王粲、刘祯秀拔于“七子”之群。陆机提出“诗缘情而绮靡”，将曹丕的观念向前推进一步，认为诗歌必须将感情与形式结合起来，只不过他是将“丽”推向“绮靡”的极端，把“情”作为诗歌的起点，“丽”则成为诗歌的重点。这又是一变：只要源于感情皆可将“丽”进行到底，推向极致。这种声明无异于对华丽辞采的推波助澜，同时也是对诗赋两种文体体裁的严格界定——“诗赋欲丽”变成了“诗缘情而绮靡，赋体物而浏亮”。这既是对诗赋两种文体的高度认识，也是对这两种文体的事实陈述。既然源于情，就可以不分情之高下与雅俗。这种声明的潜在危险就包孕着泛情迷采的不良倾向，流连于情感的泛滥和辞采的富靡而忘返。西晋的诗坛也确证了陆机的声明与预言，诗歌对低级趣味的流连，变成了华丽富靡的竞赛。太康之英陆机最为明显。陶渊明的创作立足于田园，展现出“高情淡采”的境界，是对西晋诗歌和玄言诗歌的超越，将情与采融合无间，成为这一时期真美诗歌事实上的典范，真正做到“情兼雅怨”。南朝的文坛却逐渐朝着反向前进，竞采斗奇，一味华丽，将形式推向危险的边缘。沈约倡导声律说并身体力行之，领导永明文坛，无异于为重采轻情火上浇油。这种建基于汉赋、竞拔于魏晋的“为文而造情”的倾向愈演愈烈，导致了情采严重失调的严峻形势，以至于刘勰在《文心雕龙》中特辟专章予以论述与强调。即便如此强调也难以阻挡华丽的脚步迅跑，此时的刘勰毕竟是人微言轻。萧子显坦言“若无新变不能代雄”，而萧纲以太子与皇帝的身份振臂一呼，“立身先须规矩，为文且须放荡”，应者云集，宫体文学直接把华丽变成淫靡，在形式主义和唯美主义的道路上一去不返。可以说，萧纲把魏武帝“新变”的初探变成了极端的理论和偏执的实践。在这方面，曹丕、陆机、挚虞、李充、颜延之、谢灵运、沈约、谢朓、萧纲等人皆做出自己应有的贡献。

这一时期文学思想的升华主要体现为情采合一、通变得体，展现出情采性与思辨性的特征。如前所述，陶渊明是这一时期最伟大的诗人和最理想的代表。他以自己身体力行的人生实践与诗意生活，将情与采、出与处、人生与艺术、内容与形式等关系高度统一，展现出诗歌创作和文学创作的理想境界，创造出“真美”诗歌的奇迹。这也是“素朴的诗”和素朴的诗人的本真呈现，充分体现出文学艺术的辩证法：情采合一，不能偏至，“文质彬彬，然后君子”。可以说，陶渊明坚守艺术的朴素辩证法，成为这一时期理所当然的代表。陶渊明艺术化的人生轨迹使艺术辩证法变得生动活泼，亲切可感，以创作实践和人生体验证明了通变的可行与可贵。这种艺术的思辨性主要表现在文学理论家自觉将“通变”作为自己独立思考的理论课题和关键词。钟嵘在《诗品》中将诗人进行三品九级划分，其中深得“真美”之境的莫过于诗人之冠冕的曹植，而被置于中品的陶渊明却是真正的代表。虽为误置，但也因突破时代的局限而显得难能可贵。相比较而言，曹植在“情兼雅怨”中“怨”的一面占据上风，而陶渊明则以情为主导。刘勰在《文心雕龙·通变》中将通变的重要性阐释得异常清晰，并从文体演变的历史语境入手，提出“设文之体有常，变文之数无方”的总论以统领全篇。文有常体，数则无方，也就是说，诗、赋、书、记等文体各有自己的规定，但是在文、辞、气、力等方面的变化规律却难以尽括。只有洞察其中的奥妙才能做到“通变则久”。“名理有常，体必资于故实；通变无方，数必酌于新声。”各种体裁和体要古今传承才能成为不变的法则，而文辞文情的创新却是变动不居的；各种文体的变化规律必须借鉴前人，文辞文情需要独创与新声。从先秦以来，后代仅仅模仿前代，却忘记了最值得学习的远古经典。只有取法其上，向久远的经典学习，才能推陈出新，超越前人。贵今贱古，却难以创新。既要看准时代的要求以及时出奇制胜，也要虚心向前人学习。正因为熟悉通则与变化、继承与创新的辩证关系，刘勰才能有集大成的理论著作问世。刘勰旁征博引，视野宏阔，将魏晋南北朝文学思想的发展轨迹予以升华，创生出绚丽多彩的智慧之花，成就了空前的理论光华，代表着时代的巅峰。在理论的辩证与升华上，钟嵘、刘勰居功甚伟。同时，颜之推也在复古与创新、政教与审美、内容与形式等方面予以总结与提升，推进着北朝文学的发展，与刘勰、钟嵘遥相呼应，为此时文学思想的发展、总结与升华默默贡献自己的智慧。

第二节 曹 丕

曹丕（187—226），字子桓，沛国谯（今安徽省亳州市谯城区）人。曹操次子，为卞皇后所生，与曹植为同母兄弟。先后任五官中郎将、副丞相（211）、太子（217）、丞相、魏王（220）和皇帝（220—226）。特殊的身份地位使之成为建安文坛领袖和文坛活动的实际组织者与倡导者。其文学思想主要集中在《与朝歌令吴质书》（215）、《与吴质书》（218）和《典论·论文》（218—220），主要表现在文章观、文气说、文人观、欲丽说、文体说等方面。

一、文章观

在曹丕那里，文章是“经国之大业”、“不朽之盛事”，属于治国平天下的大事和永垂不朽的神圣事业。先秦时期的“三不朽”就有“立言”不朽。这一点在《典论·论文》、《与吴质书》里有着充分论述。其中，曹丕的文章包含着实用文体和诗赋文学，相比较而言，持言立论成一家之言的著书立说尤为重要。为何这样说？答案皆包含在曹丕自己的文章里。《典论·论文》中论四科八体时，最后提出“诗赋欲丽”。八体之顺序是奏议、书论、诔铭、诗赋。在评价七子之时，“王粲长于辞赋，徐干时有齐气，然粲之匹也”。徐干凭什么能够成为七子之首——王粲的对手？这可以从两个方面说起。《典论·论文》就有正反两方面的对比。孔融虽然气体高妙，有常人不及之处，但是他的软肋恰恰是“不能持论，理不胜辞”。七子中谁最擅长持论呢？“融等已逝，唯干著论，成一家言。”这算正面回答。同时，《与吴质书》也在与其他“五子”的对比中提出了正面评价。古今文人以名节自立者甚少，但只有徐干能够怀文抱质，恬淡寡欲，堪称君子。支撑他能够不朽者就在于，著述《中论》二十余篇，辞意典雅，成一家之言。这既是他一枝独秀于七子之处，也是其他六子所难能者。孔融理不胜辞，王粲体弱不足行文，应玚才学与志向皆可以成就，可惜天不假年。在这里，作为文坛领袖，曹丕最看重、最佩服的不在于诗赋文学，而在于能够成一家之言的、实用文体之外的持论与立说。曹丕的文章观由此可见一斑。事实上，“七子”中也只有徐干有学术著作留传。正因为如此，主持与编写《典论》的曹丕才不惜笔墨在相互不服气的情况下，站在时代的高度给“七子”作了价值品评。若论文学，王粲第一；若论理论，徐干第一；综合考量，徐干胜出，成为七子中的佼佼者。可以说，曹丕的文章观包含着文学，但尤为看重理论著作。这一点上承司马迁、扬雄、桓谭、王充，下启挚虞、李翰、萧统、刘勰、颜之推。

二、文气说

文气说在曹丕的文学思想中较为显著，可谓尽人皆知。在中国思想发展史的演变过程中，“气”的内涵发生了多次转变。在庄子看来，“气”是天下万物的构成要素，人与万物同气同质。齐生死，一美丑，同人物，混人我，顺理成章。道家之气主要是物质性的。“气”既是物理物质性的，也是生理、心理和精神的。东汉中期道教经典《太平经》认为“元气自然，共为天地之性也”，肯定元气是构成天地万物的元素，人神都是承接元气中的天气而来。神人乘天气而飞翔。人纳天气有精神、生气。“天气”相当于“阳气”。阳气多者生龙活虎，可以超越生死而成仙。“气”的类型难以改变，但可以人为引导与补偿。道教之气具有物质性、生物性，将庄子之气的自然属性、物质构成说改造为社会属性、道德本源说。三国“刘劭”把“气”分为阴、阳，兼有生物性与精神性。品人者通过人的气质外貌来辨别其才能与性情。他试图将人的体貌、骨相与精神气质、性格情感有机地统一起来。任嘏将五行学说与气论结合，试图以君子比德原理把“气”分为五种。刘劭、任嘏的气论无形之中也启发了曹丕。曹丕把刘劭的阴、阳气改造为清、浊气，并认为气的性质非人力所能改变。秉气而生的人写出来的文章也是气之表现。气兼有生命力（就生命而言）、个性（就个体而言）与风格（就文章而言）之意。这也是建安文学重个性、重感情思潮的理论表征。“魏武好法术，而天下贵刑名；魏文慕通达，而天下贱守节。”（傅玄《上晋武帝疏》）曹氏父子非儒家的思想倾向直接强化着建安文学追求个性、表达理想情志的时代特征。因此，文章的价值才远离儒家政治教化的藩篱而成为凸显个性才华的自由天地、自我实现的立言大业，可以超越时空延伸生命的不朽力量。至尊的太子视文章为令人羡慕的“伟业”，与曹植不屑辞赋的姿态形成互补情结：东宫太子珍视文章，文学泰斗羡慕权力。需要补充的是，“本同末异”说也是建基于文气说之上的。实际上，如果没有文气说，“本同末异”说就不能成立。在这里，文章之本在于“气”，文气，生命力。文气是作家生命力的直接体现，气之清浊直接关涉文章的刚柔、阴阳等风格的表现。文章之末就是文体、言辞、结构、技法等形式因素。因此，作为文章之本的“气”有清浊之分，作为文章之末集中表现的风格随之也就有阳刚、阴柔之别。

可以说，曹丕高度重视的文章的思想可以从桓谭与王充那里找到渊源。“本同末异”说既受玄学辨别本末思潮的影响，也与他的“文气”说相关。既然“气”的性质不变，那么以“气”为支撑的文学的本质也不会改变。“气”有清、浊二体之分，那么文章的体裁就有“四科八体”之别。作为文章的共同本质却是“气”，“四科八体”也是“气”（清气与浊气）之表征。而一般人只能秉有一种气质（清气或浊气），所以就很难兼擅全部文体的写作。只有兼具清气与浊气的通才才能做到。王充所崇尚的“通才”理论至此才圆满地画上一个句号。

三、文人观

文人观，也是作家观。“文人”大抵只有两种解释，即古称先祖之有文德者和知书能文的人。“文”的甲骨文字绘画，像正面的“大人”，有“大象有形”、“象形”之寓意；放大的胸部之“心”，含有“外界客体在心里面的整体影像、整体写真、整体素描、整体速写”之意。许慎《说文解字》解释：“文，错画也。象交文。今字作纹。”这与他独体为文、合体为字的意思是一致的。“说文解字”似乎暗含着“文”只能“说”而“字”只可“解”。“文”是客观事物外在形象的速写和人类了解事物内在性质的基础。“文”与“字”的关系是：“文”为父母，“字”是孩子。“文”类似于偏旁部首，是组成字的基本元素。如“哲”是由“手”、“斤”和“口”建构而成的新字。另外，“文”还兼有事物错综所造成的纹理或形象、刺画花纹和记录语言的符号等含义。遣词造句叫做“文”，结构段落叫做“章”。作为动词，“文”则有在肌肤上刺画花纹或图案、修饰、文饰、装饰、撰写文章之意。“文”之意大致有与“质”或“野”相对的文采华丽，如“其旨远，其辞文”（《易·系辞下》），“晋公子广而俭，文而有礼”（《左传·僖公二十三年》），与猛烈相对的“柔和”、美、善，通“紊”（紊乱的）等。作为量词，用于旧时的铜钱和计算纺织物的单位，如“五扶为一首，五首成一文”（《后汉书》）。作为独立的概念，大致始于王充。在《论衡·超奇》中，王充根据创造性才能的高低把士人分为五等，由低到高分为：俗人—儒生—通人—文人—鸿儒。“杼其义旨，损益其文句，而以上书奏记，或兴论立说，结连篇章者，文人鸿儒也。……著书表文，论说今古，万不耐一。”“通览者世间比有，著文者历世希然。”① 由此高度评价司马迁、董仲舒、扬雄、刘向父子、桓谭，尤其推崇桓谭。这种极力推尊创造性文章的学说上承桓谭，极大启发了曹丕。“文人相轻，自古而然。”这是历史结论，也是现实事实。古有傅毅与班固，在善于属文上难分高下。但班固却在与弟书中讥讽他“下笔不能自休”。眼下的事实大概也存在于“建安七子”之中。曹丕在《论文》中作为一个重要议题说这件事，具有较强的针对性。“斯七子者，于学无所遗，于辞无所假，咸自以骋骥騄于千里，仰齐足而并驰。以此相服，亦良难矣！盖君子审己以度人，故能免于斯累，而作论文。”这就是他行文的目的。作为作家，要有广泛的知识视野，也要有开拓创新的能力，还要有虚怀若谷的君子风度。在《与吴质书》中也说，“观古今文人，类不护细行，鲜能以名节自立”，“昔伯牙绝弦于钟期，仲尼覆醢于子路，愍知音之难遇，伤门人之莫逮也。诸子但为未及古人，自一时之隽也，今之存者已不逮矣。后生可畏，来者难诬，然吾与足下不及见也”。这里已经暗示着七子各有自己的不足，只有徐干颇具君子之风，其他人可能缺点更多，但又互不服气，自以为了不起。人们“善于自见”却又“贵远贱近，向声背实”、“暗于自见，谓己为贤”。这种不自知的偏见直接导致文人相轻局面的形成：各以己长轻人所短。这与《论文》中的“家有敝帚，享之千金”可以相互发明。知音难得，皆源于不能客观公正地看待自己与他人。古希腊雅典娜神庙的箴言“认识你自己”，直接指明了人性的弱点。正因为常人不能正确地认识自己，所以知音才异常难得。另外，知音难得大概还与文章的体裁多样、个人的才能有限和敝帚自珍的自恋偏好等主客观因素相关。在这里，曹丕呼吁作家正视自己与他人，相互尊重，相互学习，了解自己，完善自己，见贤思齐，见不善而改之。只有这样才能充分发挥自己的创造天才，在适合自己的领域内实现自我价值，达到不朽，寻找知音，相互欣赏。这种思想继承了扬雄的“心声心画”说，并加以发扬光大，又在刘勰的《程器》、《知音》和颜之推的《文章》、《涉务》中得以传承。

①张少康，卢永璘编选：《先秦两汉文论选》，人民文学出版社 1996 年版，第 512 页。

四、作品观

曹丕的作品观包括形式观和文体观两个方面，主要体现为“四科八体”和“诗赋欲丽”。在文体的分类上，他提出“四科八体”的文体说，并将诗赋一类的文学作品在形式上的特征定位为“丽”。大致来说，在曹丕看来，文章可以分为实用与审美、立言与抒情、大业与小气、一家言与目前务等区别。诗赋属于审美一类，固然讲求华丽。其他三科则局限在明白晓畅上。奏、议属于国家大事的协商与探讨，在君臣之间进行交流与对话，因此要用雅言、雅语，体现典雅的风格。书、论属于上行文和平行文，针对某项问题进行申诉、探究与思考，因此要注重道理和条理的分布，目的在于以有条理的陈述达到道理的明白与接受。诔、铭属于私人文字，主要用于某人某事的追忆与认同，因此必须注重实事求是，不虚美不掩恶。这既是对文体的大致分类，也是对这八种具体体裁的粗略定性。当然，对于作品的探讨，他还表现在对大类风格的涉及，如“七子”中应场的和而不壮，刘桢的壮而不密，孔融的体气高妙（清高）和理不胜辞。这也间接指明了三人的缺点：应场的文章缺少阳刚之气，刘桢的文章“有逸气”（俊逸）较为疏阔，孔融的文章不善说理。至于王粲只善于辞赋，陈琳、阮瑀只擅长章奏，徐干尚“有齐气”。但在说理成一家之言上都赶不上徐干。徐干的《中论》成为不刊之“论”。在这里，曹丕似乎也发现了文体风格与作家的个性气质之间具有某种对应关系。事实上，这种大致的风格分类可以上溯到先秦时期。《孟子》中就有关于诗、史分家的议论。“王者之迹息，《诗》亡然后《春秋》作。”诗歌记录历史大事和族群兴亡的史诗功能已经为历史著作所取代，这大概就已经预示着审美与实用文体分道扬镳的开始。另外，诸子中有关“六经”功能的议论，恰恰是对文体的初步认识。曹丕进一步发展了这种文体分类观，是对汉赋文体充分发展的认真总结，也是一次新的总结与巡礼。奏、议、书、论、诔、铭、诗、赋八种文体中只有赋体是新出现的文体，但曹丕做出如此专门细致的规定，具有开创之功。“诗赋欲丽”体现着新的时代要求和新的文学界定。此前，扬雄有关“诗人之赋丽以则，辞人之赋丽以淫”的论述，已经确认了赋体文学“丽”的特征。曹丕的创新之处在于，他把赋体文学的特征扩展到诗歌上面。因此说，“诗赋欲丽”是对文学新特征的及时吸纳与总结，标志着建安诗歌的新特征：由汉声的质朴转向魏响的华丽。对文体的及时总结直接影响了刘勰《文心雕龙》的建构与写作：二十篇涉及三十多种文体，将文体问题推向极致，可谓文体大成。

曹丕在中国古代文学思想发展史上的地位与价值，应该得到应有的评价和重视。作为一代文坛领袖，曹丕既有丰富的创作实绩，也有自觉的理论建树，在中国古代文坛上非常突出，作为帝王文学家更是空前绝后。《典论·论文》是中国文学史上第一篇专门的文学理论论文和作家研究专论。他代表着建安时代的文学风貌。鲁迅曾给予较高的评价，称他的时代为文学自觉的时代、为艺术而艺术的时代。事实上，文学自觉的时代并非从魏晋时代开始，早在先秦时期就已初露端倪，汉代文学尤其是汉赋的繁荣发展就已表征着这种自觉时代的到来。陆机也已经认识到汉代作家张衡《思玄》“欲丽前人”的倾向。① 如果没有汉赋的繁富与华丽，建安文学就难有华丽之貌，至少没有曹丕“诗赋欲丽”的萌生。可以说，文学自觉的表现在曹丕的理论中得以确证与升华。《典论·论文》和《与吴质书》涉及作家群研究、风格评价、个性探究、文体与形式美的关系以及文人相轻知音难求等理论诉求，标志着建安时代文学理论的发展水平，使建安文学成为中国古代文学史上不可忽略的理论支撑。曹丕也因此成为汉魏文学的中介和中古文学史上承上启下、继往开来的重要人物。

第三节　陆　机

陆机（261—303），字世衡，吴郡华亭人（今上海市松江县）人，东吴著名将领陆逊之孙、陆抗之子。少有异才，文章出类拔萃，涉及军事。东吴灭亡后，与弟弟陆云一起西赴洛阳，受张华等人赏识，先后任祭酒、太子洗马、著作郎、中书侍郎、平原内史、统兵大都督等职，后卷入“八王之乱”，受人诬陷，为重用他的司马颖所杀。其文学思想较为丰富，代表着西晋文学的最高水平。其文学理论集中呈现在《文赋》中，主要体现在文体论、情感说、创作论和形式论等方面。

①郁沅，张明高编选：《魏晋南北朝文论选》，人民文学出版社 1996 版，第150 页。

一、文体论

文体论是陆机的重要贡献。在《文赋》中，陆机涉及十种文体，并在体与物、辞与意的相互关系中予以较为详细的界定。事物千姿百态，文体复杂多样，如用统一的标准既难以定格，也更难穷形尽相。因此山无常形，水无常态，体无常相。体与物之间常常表现为一与万（多）或万（多）与一的关系。这是从较为客观的层面来立论。从主观方面来看，作家驾驭语言的才能、性格气质和所要表达的情感之间也呈现复杂多样的关系。驾驭语言才能的高低检验着作家观察、体验与表达事物的实力与技巧。只有将辞意表达与事物形象达到高度契合的境界才能称作匠心独运、大家手笔。只有坚持不懈的努力才能把有与无、浅与深、方与圆、形与神等对立因素有机地统一起来，收到栩栩如生、穷形尽相的艺术效果。文学创作还与作家的个性气质密切相关。换言之，作家的个性气质直接影响着语言的驾驭和文章的呈现，制约着作品风格特征的形成。大致说来，性格外向的人喜欢用浮艳华丽的辞藻来表现，以达到惊人耳目的阅读效果；性格内向的人注重内心体验，运用恰当内敛的语言来表现；描写事物不惜语言以期穷形尽相者做到自由书写，论述道理务求通达者达到心旷神怡。无论如何，都要做到词语与意蕴、形似与神似的统一与协调。不同的体裁在内容与形式等方面自然会有不同的要求和表现。在这种语境下，陆机提出十种体裁的本质要求。其顺序分别是：诗—赋—碑—诔—铭—箴—颂—论—奏—说。相较曹丕而言，陆机增加了碑、箴、颂，忽略了书，混溶了议与说。陆机对此做了极大的调整，几乎把曹丕的顺序倒过来了。曹丕的顺序是：奏议—书论—诔铭—诗赋。两相对照充分说明了陆机文学观念的变化：文学大于文章。在陆机那里，诗赋优先，实用文体则退居其次。再者就是分类更加细腻，单一体裁的规定代替了合体论述。对诸多文体的规定分别是：因感情而生的诗文辞必须优美精致，摹写物象的赋语言必须清楚明朗，碑要透过文辞使人看到切近的事实，诔要缠绵悱恻让人体会到感情的凄凉哀伤，铭要事博辞简使人倍感温厚浸润，箴要顿挫有致使人感到清新刚健，颂要立意从容以彰显华美盛大，论要说理精细深切以显明朗顺畅，奏要陈意平稳透辟以使文气舒缓文雅，说要文辞鲜明灿烂而不虚假欺诈。在这里，陆机已经超越曹丕的视野，在“丽”的基础之上给诗赋定位：源于感情而更加华丽优美，摹写物象更加清晰明朗。这种定位更加细致入微、准确生动。诗歌用于表现感情，赋体文学用于描写物象。二者相得益彰：一抒情为主，一描写为主。从汉赋的发展历程中，曹丕只看到华丽的一面，陆机则看到描写的一面。这并非说陆机一定比曹丕高明，而是两人所处的语境截然不同之故。曹丕生活于战火纷飞的年代，慷慨悲歌，历尽沧桑，感情浓烈，建功立业的愿望相当强烈。因此，他的关注点聚焦于文章传世，立言不朽，变质朴为华丽，使文学更具可观性、传世性。相比较而言，陆机入洛恰恰是东吴灭国、西晋统一的年代。太康文学沉浸在歌舞升平、摹写世相、竞逐华丽的语境之中。可以说，陆机的时代是情感稀释的时代，也是司马氏高压一统天下、文人竞相沉沦与享乐的时代。因此，陆机特别提出了“诗缘情而绮靡”和“赋体物而浏亮”，从正面肯定了文学作品抒发感情和塑造形象的重要性，也反映了文学理论的彻底觉醒，同时他还指出了文体与内容风格的相关性。

二、情感说

在“诗缘情而绮靡”中，他高度强调情感的重要作用。在他看来，情感是创作的起点和源泉。这已经涉及了文学创作的本体论。“伫中区以玄览，颐情忘于典坟。遵四时以叹逝，瞻万物而思纷。悲落叶于劲秋，喜柔条于芳春。心懔懔以怀霜，志眇眇而临云。咏世德之骏烈，诵先人之清芬。游文章之林府，嘉丽藻之彬彬。慨投篇而援笔，聊宣之乎斯文。”创作前，作者要对天地万物进行长期而宁静的观察与思考，用丰富的古代典籍丰富自己的情怀，陶冶自己的情操，滋养自己的情感。看到四季的往复变化顿生时间无情流逝的慨叹，目睹万物的变迁兴衰不禁思绪翩翩。深秋的树叶飘零惹人悲伤，芳春的枝叶柔嫩令人喜悦。心中肃然起敬如霜雪在胸，胸中意气风发之时如凌云飞渡。此时，你可以咏唱先祖德行的显赫，歌颂前辈情操的高尚。情绪激扬时，你的思绪会在文海中遨游，文质彬彬的美文令你击节称赏。历史时空中飘荡的美文引你强烈共鸣，使你情不自禁地把心中美妙的感受与体验表达出来，创作出优美的诗篇。陆机既高度强调了创作前作家必备的文艺修养、观察社会和体验自然的能力，也充分说明了情感的居间作用和本源力量。这涉及了艺术与现实的关系问题，具有统领全篇的作用。此前，儒家文艺思想虽有所涉及，但未有如此明细。《乐记》、《毛诗序》仅仅指出了物—心—声之间的序列性。“凡音之起，由人心生也。人心之动，物使之然也。感于物而动，故形于声。声相应，故生变；变成方，谓之音；比音而乐之，及干戚羽旄，谓之乐。乐者，音之所由生也；其本在人心之感于物也。”《乐记》指出人心感于物而成声的过程。“诗者，志之所之也，在心为志，发言为诗。情动于中而形于言，言之不足，故嗟叹之，嗟叹之不足，故咏歌之，咏歌之不足，不知手之舞之足之蹈之也。”《毛诗序》指出情动于中（志）而形于言（诗），阐明诗的来源。陆机以其敏锐的洞察力，看到了客观世界是文艺创作最深的根源。静观现实世界与搜求古典文献分别从纵横两方面去体察、把握与实践，从时空结合点上积累创作素材，及时捕捉创作的诗兴。这是作家进入创作前的必要准备，也是进行创作的必要前提条件。只有进行积极而又充分的创作准备，才能进入具体的创作过程。相比之下，诗主情志是儒家论诗的美学传统。《尚书·尧典》：“诗言志，歌永言，声依永，律和声。”《左传·襄公二十五年》：“志有之，言以足志，文以足言。不言，谁知其志？言之无文，行而不远。”在儒家那里，“情”、“志”是一而二、二而一的问题，只有内外之别。在《毛诗序》中，“情”、“志”联系尚不紧密。这里的“情”、“志”基本属于作家主观心灵的自我流露。陆机的贡献则把“诗言志”的美学思想推向前进。“情志”并举属于内容的结合。他把“情志”从作家的主观心灵中解脱出来，转移到客观的“典坟”方面，增加了新要素，显示出它的革新意义。古典文艺传统是流不是源。文艺创作源于客观世界，揭示了作家主观情志对客观世界的依赖关系，是文艺思想史上的一大进步。这充分说明陆机的视野更高，对文艺现象和艺术规律的探讨领先于时代。

三、创作论

创作论是陆机的重要贡献，主要包括创作主体与创作思维两部分，其中创作思维又包含艺术想象与艺术灵感。主体论主要体现在对“义”、“理”的强调。所谓“义”与“理”，重在强调创作主体全面把握作品以收到理想的艺术效果。他从不同角度论证“理”是作品的总纽带，具有明确的主导（体）性。此外，他还极为重视“义”和“意”。“恒患意不称物，文不逮意。”理、义、意似不相干，实则一脉相承。其确切含义皆指作品的主旨、主题和中心思想。三者的分别运用则出于修辞考虑，并无实质差别。对“理”的重视充分说明作家把握主题以及如何把握的重要性。作家运用理性思维以驾驭鲜活的感性素材与意象，使作品成为有机体。这种理性源于思维的成熟和经典的吸纳。《文赋》强调“理”在文艺创作中的主导性，极大提高了思想与艺术、以“理”论诗和“绮靡”说诗的统一性，冲破了儒家论诗重德教的规训，为文艺创作和思想发展开拓了更大空间。

创作论是前人未涉猎过的领域。陆机大胆揭示了创作的重要规律，丰富了古典文艺理论，其创新意义不言而喻。“遵四时以叹逝，瞻万物而思纷。”这不仅揭示了艺术对客观世界的依赖关系，而且也提出了创作源于自然的命题。先秦以来，作家很少把自然界作为抒发情志的主要描写对象。陆机的《浮云赋》、《白云赋》是个明显的转变。创作源于自然的思想为陶谢所代表的田园诗、山水诗之勃兴奠定了理论基础。“少无适俗韵，性本爱丘山。……久在樊笼里，复得返自然”（陶渊明《归园田居·其一》），则是这一创作思想的回声。从创作源于自然出发，创造性地论述艺术想象是《文赋》的又一大杰出贡献。他以诗的语言对艺术想象和艺术灵感进行生动形象的描绘，为我们把握创作思维的一般规律提供有力的理论支撑。“其始也，皆收视反听，耽思傍讯。……观古今于须臾，抚四海于一瞬。”“若夫应感之会，通塞之纪，来不可遏，去不可止。……思风发于胸臆，言泉流于唇齿。”这些充满诗情画意的语言饱含着作家精心构思和诗意想象的魅力。在创作中，作家的思维纵情驰骋，想象自由飞翔。亘贯古今、浩瀚无垠的广阔世界通过作家丰富的艺术想象尽收眼底，“笼天地于形内，挫万物于笔端”的艺术效果最终呈现。在创作过程中，精心的艺术构思要转化为成熟的艺术技巧，对自然的“巧心”描绘需要驾驭语言的高超能力来支撑。“其会意也尚巧，其遣言也贵妍”，这个观点达到了当时历史条件下所能达到的对艺术创作规律的认识高度，具有划时代的标志。《文赋》论述了以构思为主的创作过程，生动地描绘了构思活动的全貌。想象活动是文学创作顺利进行的必要前提。想象活动超越时空界限，“精骛八极，心游万仞”。情与物在想象中契合而生成新的审美意象，是艺术构思的必然结果。审美意象一旦形成，就要运用恰当的语言文字表现出来。为了寻找最精彩、最能恰如其分表达审美意象的语言文字，就要“倾群言之沥液，漱六艺之芳润”，上下搜索独创性的语言文字。在艺术构思过程中，灵感的作用极其重要，但是灵感非人力所能强制。灵感是想象的极致。灵感状态中的诗人能够刹那间洞察千古，转瞬时博览四海。“虚静”的心态能使灵感降临、文思泉涌，清新独创的佳作才能应运而生。只要灵感来临，就会辞随意起，如沐春风，赋无形于有形、赋无声于有声。灵感的特征是来去自由，无迹可寻。灵感的开塞直接制约着创作的进展，决定着语言的风貌。灵感不来，即使尽心竭力也难以如愿；灵感来临，即使率性而为也有满意之作。但灵感的开塞之谜却难以揭晓。诚实的陆机如实描述灵感通塞之状、把握之难，充分说明对于灵感只能顺应，不能强求。

四、形式论

关于形式美的论述，陆机也是空前深入的。在他那里，形式美包含着语言论和风格论两部分。文学是通过语言来表现的艺术。因此，语言的形式美感是重中之重。首先要巧立意，妙置辞，美声律。对意、辞和律的安排要善于把握时机，使之顺序流畅。事物千姿百态，文体不断变换，立意追求巧妙，遣词贵在美丽。音律、声韵在文章中交替使用，如同五彩绸缎相互辉映。如能通晓变化安排之规律并能及时把握，就如同开渠纳泉顺畅自然。其次要辞意相合。在写作过程中，常常出现这样的情形：文章前后矛盾，相互干扰，辞意失当，虽顺不畅。离之则两美，合之则两伤。只有在细微处认真推敲，才能使辞意合一，相得益彰。第三，要选择警句，以达到纲举目张、惊醒全篇之效。运用警句可以达到“立片言而居要”的奇效。警句的审美效果是画龙点睛。警句之要在恰如其分。美言佳句具有警醒带动的作用，仿佛石中蕴玉山峦生辉、水中含珠河水明媚。美言佳句可使平凡词句增色，如同翠鸟能使人产生爱屋及乌的泛美心态。第四，贵在独创，要以情感人。贵在独创，就要反对模拟与抄袭，使文章的内容与形式有机结合。文藻与情思珠联璧合如锦绣般灿烂，似琴弦般凄婉。拟古要与古人吻合，使情采密切无间。独创的前提要以情感人，不能片面追求语言的华丽。否则，只能使文辞虚浮琐细，文章因缺少真实的感情难以动人。诗文太短小，内容就单薄，前后缺少照应，就会孤掌难鸣。文辞缺少生气，尽管浮华绮丽却显得不和谐。第五，雅正的风格可以使典雅与艳丽和谐统一。如果为了迎合世俗的趣味故意把文章写得奔放恣肆，那么再高亢的声音也难以掩饰曲调品位的低下。文章不仅要写得雅正，还要非常美丽。过分的简约平淡难以产生雅艳并美的审美效果。“选辞考义”等形式美的精微之处难以言传，只有深入体会，方可运用自如。事实上，作文之难非知之难，乃形（表现）之难。

陆机在中国古代文学理论发展史上具有很高的地位。“缘情绮靡”说对感情的突出强调，发扬光大了情感本位的文学思想，奠定了魏晋六朝文学的基本风貌，虽有矫枉过正之嫌，却启发了刘勰的“情采”说。对形式的极度重视极大地推进了曹丕的“诗赋欲丽”说，为刘勰的辩证理论提供了有益的参考。十种文体的规定深入发展了曹丕的文体论，为刘勰系统文体论的建立提供了标杆。另外，作家主体论和风格论的提出虽显稚嫩，却在曹丕和刘勰之间起到居间者的作用。

第四节　沈　约

沈约（441—513），字休文，吴兴武康（今浙江吴兴）人。少孤贫，笃志好学，遂博通群籍，善于属文。历仕宋、齐、梁三代，悉通典章，博物洽闻，兼擅诗文，著述甚丰，先后任宋之尚书度支郎、齐之黄门侍郎、御史中丞、国子监祭酒等职和梁之尚书左仆射、尚书令兼太子少傅，被封为建昌县侯。在齐时，与萧衍、王融、谢朓、任昉、范云、萧琛、陆倕同游于竟陵王萧子良门下，时称“竟陵八友”。因助梁武帝建立帝业有功，而官居高位。谥号曰隐，世称沈隐侯。作为齐梁之际公认的文坛领袖，有着丰富的创作经验和宏通的史学视野。作为南朝第一个文学史家，他以历史的眼光和广博的学术视野对文学思想予以学理性的总结，同时以文坛领袖的身份和三朝元老的资历提携后生、奖掖才俊，在文学思想发展史上成为不可忽视的重要人物。沈约的文学思想主要表现为辩证发展的史学观、追求华美的声律观和易于接受的传播观。

一、史学观

辩证发展的文学史观。以文披质，以情纬文。他在自己独撰的《宋书·谢灵运传论》（约作于488年）中，以著名文学家兼史学家的身份，最早对诗体的发展和变革做出宏观的历史描述。他认为，远在禹夏之前的初民时代，既已有了诗歌，《诗经》并非诗歌的源头。“歌咏所兴宜自生民始也”，这一点已为文学史料所证明，如《涂山氏之歌》、《狩猎歌》等。由此出发，他开始对屈原以来的诗赋发展进行评估，认为可以将其分为汉代与晋宋两大阶段。其中每阶段的诗风又都同时孕育着三个关节点的变化，此所谓“三变”。汉代的变化具体表现为：司马相如的善作“形似之言”到班固的长于“情理之说”，再到建安文学（以曹植、王粲为代表）注重表现自己创作个性的“以气质为体”。考之于文学发展史，这种总结是较为精当与到位的。西晋的变化主要表现为以陆机、潘岳为代表的太康文学继承与发展了建安文学的华丽之风，“体变曹王………缛旨星稠，繁文绮合”，这是西晋文学对建安文学的新变。其后，东晋的玄言诗又是对太康文学的新变。到了刘宋时期的元嘉文学，以谢灵运为代表的山水诗则是对玄言诗的大胆变革。在这两大阶段六个变化中，他对玄言诗予以深度的批判，“寄言上德，托意玄珠，遒丽之辞，无闻焉尔”。应该说，这种批评是贴切的，当然也主要着眼于形式上的词语不够“遒丽”。这也间接反映了沈约难以超越时代的制约。他对其他五个变化都分别从不同的角度予以充分肯定。沈约之所以做出如许的评判，是因为他有自己的文质观和发展观。建安文学主要体现出“以情纬文，以文披质”，将感情作为创作的基础，并用适当的美丽言辞表现质朴的内容，把情与采、文与质有机统一起来。这既是对建安文学的肯定性评价，也是他自己所秉持的基本文艺观。这种观念主要是对孔子“文质彬彬，然后君子”的继承，也是对陆机、范晔等人的超越，同时也启发了刘勰的文质观和情采观。这里不难听到“为情而造文”的声音。

二、声律观

声律观（四声八病）。受晋宋华丽诗风的影响，沈约对诗歌的形式美也是非常在意。他认为好的诗歌不仅语言要具有色彩美，做到“辞采妍富”、“含华振藻”，而且还要体现出声律美。文学是语言的艺术，因而语言不仅是诗歌的载体，而且还是诗歌内容表达的有机组成部分。而真正做到内容形式化与形式内容化的统一，却并非易事。稍不留意，就会矫枉过正，或质木无文，或文过饰非。可以说，玄言诗与宫体诗就走向了两个极端。即使沈约本人的文学创作也难以做到情采合一、文质彬彬。要体现声律之美，就必须在声律上下功夫。而他的最大贡献就在于把当时的音韵学家周颙所发现的平、上、去、入四声总结为比较完整的诗歌声律论，并将“四声”理论运用于文学创作，使诗歌的音节平仄错综、押韵和谐。为此，他还提出“八病说”——写诗时要注意避免音律上的八种毛病：平头、上尾、蜂腰、鹤膝、大韵、小韵、旁纽、正纽——使诗歌格律逐趋细密，推动了永明体文学的繁荣，启发了宫体诗的形式化，为我国诗歌从古体诗向近体诗的发展准备了条件，对于辞赋、骈文以及后来的词、曲等文学形式产生了很大影响。

三、传播观

在当时永明文学团体中，沈约为文坛领袖，而谢朓、王融、何逊、任昉等皆成为一时之选。其中，谢朓善于写诗，任昉擅长著文，沈约则兼而有之，并且在诗歌方面的成就被萧绎评价为“诗多而能者”，而谢朓和何逊则为“少而能者”。沈约在书信与对诗人的评价中，多次论述声律和辞藻等形式的重要性。在《答甄公论》中，他认为经典史籍只有五声（宫商角徵羽）而无四声（平上去入），并以四声比拟于四季以说明四声的重要性。在《注制旨连珠表》中，他认为“连珠”是一种“词句连续，相互发明，若珠之结排”的文体，达到“妍媸优劣，参差相间”的审美效果。在《怀旧诗·伤谢朓》里，他高度称赞谢朓的文学成就主要表现在声律、辞采与高义的统一，“吏部信才杰，文锋振奇响，调与金石谐，高义薄云天”。在《报王筠书》中，称赞王筠寄给他的诗歌是“实为丽则，声和披纸，光影盈字。夔牙接响，顾有余惭；孔翠群翔，岂不多愧？古情拙目，每伫新奇；灿然总至，权舆已尽”。其中难免有过誉之处，但追求文辞声色之情溢于言表。尤其是“古情拙目”的提出，表明沈约对形式美的极端追求。在《报博士刘杳书》中称其“辞采妍富，事义毕多。句韵之间，光影相照………丽辞之益，其事弘多，辄当置之阁上，坐卧嗟览……诸贤从时复高奇，解颐愈疾，义兼乎此”。这里不仅夸赞文辞之美，而且还表达了文辞美的治疗效应，确实是对司马相如《上林赋》有关赋能疗病内涵的理论升华。这里涉及了一个较为有趣的问题，文学内容以何种形式呈现，进入读者的视野使之能够悦耳、悦目、悦心、悦神、悦思、悦志，以达到治疗效果？颜之推在《颜氏家训·文章》中谈到沈约的“三易”之说，颇值得玩味与研究：“沈隐侯曰：‘文章当从三易：易见事，一也；易识字，二也；易读诵，三也。’”① 所谓“易见事”，就是指在用典之时不易让人觉察到你在用典，如邢邵所说的“沈侯文章用事不使人觉，若胸臆语也”。这在黄庭坚为首的江西诗派所主张的“唯陈言之务去”、“化腐朽为神奇”和“点铁成金”之类成说中有所提升与发展。后来王国维《人间词话》中的“隔”与“不隔”就是这种观念的进一步升华。大凡一种语言一旦用的次数过多，不管开始时多么有魅力，后来就会变得索然无趣。作为语言艺术的文学，尤其是诗歌更是主张标新立异、删繁就简，以达到惊耳骇目之效。要做到这一点，谈何容易？大才如杜甫尚且难为之，还有“为人性僻耽佳句，语不惊人死不休”之困，更何况一般人呢？以杜甫为祖师的江西诗派领袖黄庭坚虽为著名的诗人与文学家，但也仍摆脱不了这种困境，所

①郁沅，张明高：《魏晋南北朝文论选》，人民文学出版社1996年版，第437页。

以才提出“点铁成金”之法以为门徒指点迷津。其实，这一问题，在韩愈时代就已表现得十分突出。韩愈“以文为诗”其实不仅仅是对古文运动的推进和后续影响，而且也有对杜甫这位盛极难继的“诗圣”魅力“影响的焦虑”的深思与另辟蹊径的对策性实践。事实证明，韩愈的实践是可行的，但不可推广。否则，诗将不诗，为人诟病。严羽在《沧浪诗话·诗辨》篇中旗帜鲜明地批评了这种不良倾向的危害性，并提出“别才”、“别趣”说，以矫正宋诗尤其是江西诗派的流弊，并指出唐宋诗歌之间的本质区别。这实际上已经涉及了如何学习前人以及如何进行创新的文化策略问题。如果再进一步追根溯源的话，“以文为诗”的倾向在杜甫那里已经初露端倪。后来的“以诗为词”、“以词为曲”等倾向皆与此有关。所谓“易识字”，是指在诗歌创作过程中尽量不用生僻字，使人容易识别，不至于绞尽脑汁而无法辨认，这一点也许受到了汉大赋的启发。汉赋的创作，最初是简明扼要，确实符合沈约“三易”中的二易，即用事易、识字易，如枚乘的《七发》、邹阳的《与吴王濞书》以及司马相如的《上林赋》、《子虚赋》等。而到了司马相如后期，尤其是扬雄开始的赋作则逐渐出现雕琢化、文字化、生僻化、学术化倾向。这也许与他们多是文字学家、辞书学家以及经学化的倾向有关吧！汉赋四大家都有辞书、字书问世，充分说明了汉赋创作的雕虫化倾向。用怪僻字、生造字虽给人以悦目、整齐与震撼的视觉冲击，但走向极端则往往取得适得其反的审美与传播效果。事实证明，东汉的赋作比西汉的赋作难以解读，后期的赋作比前期的赋作难以理解，这恰恰暴露了以文字艰深取胜的积弊必须革除。后来的诗歌创作中这种倾向甚嚣尘上，因此，沈约“识字易”的体术是有针对性和时代性的。与用字怪僻相关的就是声律的考究。到了沈约时代，声律问题日益突出。所谓“易读诵”，就是读来朗朗上口，容易记忆，便于流传。一种文本如果在声律上押韵合辙，读来错落有致，听起来起伏跌宕，能极大地满足听觉对审美的需求，最终达到口口相传、悦耳惊听的审美效果。从传播学的角度来看，沈约的“三易”确实很有价值。一种信息的发出，首先必须具有可接收性和易接受性。只有这样信息才能真实有效。可以接受，要容易识别；易于接受，必须容易理解与记忆。一般信息尚且如此，何况较为高雅的诗歌创作与传播呢？尽管沈约认为自屈原以来的诗歌发展经历了两大阶段，其间不乏六个变化节点。但有一点需要补充的是，诗歌的发展总体趋势是：由古朴到华丽、由简洁到复杂、由单纯到繁复，这确实是古体诗歌发展的演变轨迹。沈约的“三易”理论具有突破性的理论标志意义，尤其在当时永明文学日渐浮靡华丽之时，这种理论的出现无异于逆时而动、中流砥柱。当然，从沈约的创作实践来看，他也很难做到这一点。在以竞采为能事、以华丽为奇才的语境中，沈约无疑是个践行者与推波助澜者。这也间接说明感性与理性难以协调之故，也许表达了沈约“虽不能至，心向往之”的追慕之情。

第五节　刘　勰

作为南朝著名的文学批评家，刘勰（约466—520）祖籍东莞郡莒县（今山东莒县），历经齐、梁两朝。早年丧父，家贫难以婚娶，但笃志好学，孜孜不倦。大约二十岁时，他投身定林寺（今南京紫金山）十余年，主要帮助僧祐整理佛典，充分利用业余时间，广泛涉猎寺庙佛经与皇家图书，饱览经史百家和历代文学作品，为撰写《文心雕龙》奠定了坚实的学养基础。《文心雕龙》“体大而思精”（章炳麟），可以与亚里士多德的《诗学》相媲美（鲁迅）。全书五十篇，可分为上、下两编和四大部分。上篇是“文之枢纽”、“论文叙笔”，下篇为“剖情析采”、批评鉴赏。全书观点一致，体系完整，在中国古代文学批评史上空前绝后。其思想资源属于又超越于儒家。在儒玄佛互融的语境下，他提出文学的本质在于自然之道，并确立了原道、征圣、宗经三位一体的创作原则。“文原于道”体现了刘勰的文艺美学追求：推崇自然之道以反对形式主义的文学，提倡雅正的创作以排斥怪异的文学，肯定抒发真情为主以使辞采之美符合自然之道。其中以情为本、情采并重是他的创作主张。他力主“为情造文”，反对“为文造情”。只有以性情、情理为本，用丰富华美的文采充分表现作者的思想感情，才能抵达文质彬彬、情采芬芳的理想之境。

一、文德观

文德观，是刘勰最为突出的学术思想贡献。其“文德”观集中表现在《原道》和《程器》两篇。“文之为德也，大矣；与天地并生，何哉?”这是刘勰在《文心雕龙》篇的第一句话。这正如《圣经》开篇第一句话“上帝说有光，于是便有了光”一样，具有开宗明义的作用。《旧约·创世纪》强调上帝的英明伟大，无所不能。《原道》空前强调文的意义与价值的伟大。“德”与“武功”相对，有“文治”之意，即指礼乐教化。道家认为天地的自然是“道”，而万事万物所得的自然是“德”。对人来说，“德”便是品德，主要指人内心的情感或信念，付诸人伦则为人的本性、品德。儒家认为，“德”包括忠、孝、仁、义、温、良、恭、俭、让等。刘勰非常重视“文”，据有关资料统计，在37000多字的《文心雕龙》里“文”字多达337处，将近1%。“文”一般指文学或文章，但也间或指文化学术，修辞藻饰，花纹色彩等。① 在老子那里，道为源，德为流。凡是合乎道的法则规律、思维行为等皆可称之为“德”。道生德，德即道的演化形式和特征。“德”者，“得”也。道与德之关系大致可表述为：道体德用，道本德末。人类如果能够真正做到与道同步合一，就会产生创造万物的伟大力量，也就会具有最大的德（得）。文章（学）也不例外。

文章（学）为何具有如此的意义与价值呢？“原”本为“源”，本义即是水源，名词有起源、根本、根由等义，形容词有原来、本来、最初之意，动词则有推究、宽恕、赦免等义。结合“征圣”、“宗经”、“正纬”、“辨骚”、“明诗”等词序来看，“原道”亦属动宾结构。“原”有推究、探究、研究之意。文章（学）的根本在道。道是万物产生之根。同样，文章（学）之根也在道。他因此而提出文本于道的总体文学观。在天地人“三才”中，人最具慧心，能够沟通天地、参化万物。天上日月星辰闪闪发光，地上山川河谷原野广漠动植皆文。而独具慧心善于学习的人类，更会创造绚丽多彩的美文。“日月叠嶂璧，以垂丽天之象”是“天文”。“山川焕绮，以铺理地之形”是“地文”。二者皆为“道之文”。万物尚且“郁然有采”。作为“五行之秀”、“有心之器”的人难道会甘于默默“无文”的处境吗？“人文”发端于《易经》。孔子所独创的《文言》乃“天地之心”，《诗经》的风雅颂则“写天地之辉光，晓生民之耳目矣”。由此可见，“道沿圣以垂文，圣因文而明道”就是“文德”大用的表现。为何文章（学）会有“鼓天下之动”的神奇魅力？原因就在于它是“道之文”。所以说，文章（学）“与天地并生”。

在《程器》篇，刘勰主要论述文人应具有的品德与才能。自曹丕在《与吴质书》中认为文人“鲜能以名节自立”始，后世便有“一为文人，

①陆侃如，牟世金：《文心雕龙译注》，齐鲁书社1995年版，第96页。

便不足观”的成说。事实上，优缺点聚集在文人身上显得格外突出。他列举的文人有缺点的共 16 人，占 72. 72%；而正面肯定较为完满的仅 6 人，占 27. 27%。他借此反驳“文人无行”的偏见，强调作家品德的重要性，反对当下文坛只顾文辞的华美而忽视品德的修养。这种“务华弃实”的不良倾向由来已久，今天尤甚。负面的道德败坏、贪婪无耻，正面的忠君爱国、机敏警觉。这充分说明并非所有的作家都有毛病，后代作家应该向屈原等前贤学习，取法乎上。同时他还举出管仲等七个古代将相以说明人们品评名人而原谅小缺点的成见，这含有为文人辩护之意。文人之所以被视为另类，源于同样的小缺点因无奇功伟业而被无限放大之故。如何避免这种现象的发生？只能文武兼修、文质彬彬、德才兼备。作家不仅要有创作天才，还要注重品德修养、通晓军政大事。只有兼通文武才能避免“空头文人”的苛责。这虽为文人正名，但要求过高，难免矫枉过正。理想的作家只有将文与质、德与才、华与实、内容与形式、文韬与武略有机结合起来，才能做到进可以担当军国重任以立功，退可以独善其身以立言。刘勰的立论具有针砭时弊、力挽狂澜之用心，“纬军国”、“任栋梁”隐含着自己渴望建功立业而不能的感慨。形而上者谓之道，形而下者谓之器。《文心雕龙》正文四十九篇，首尾兼涉“文德”，其用意可谓深远。《原道》兼论道德，《程器》专论文德，可谓首尾呼应、道器兼修。这一点已为有识之士所鉴明，赢得纪昀“发愤著书”和方孝岳“文德”独著之称赏，在对刘勰的研究中可谓独具慧眼。对文德的空前强调在宋代文人那里得到强烈共鸣与回应，在中国文学思想发展史上具有非常重要的意义。

二、神思说

关于“神思”的艺术创作思维，前人已进行了艰难的探索。东汉末年韦昭在《鼓吹曲》中提出“建号创皇基，聪睿协神思”，较早涉及“神思”。其中“神思”具有“奇思妙想”之意。曹植的《宝刀赋》也用“神思”夸赞制作精美绝伦的宝刀。“规圆景以定环，摅神思而造象”中“摅”有抒发之意。“由杜君之辞而广之耳，殊无神思独至之异也。”（《三国志·蜀书·杜琼传》）相比之下，“宜得闲静以展神思”（《三国志·吴书·楼玄传》引华覈语）表明“宜得闲静”与“神思”之关系。这已经接近刘勰的“致虚静”。“平原管辂尝谓人曰：‘吾与刘颍川兄弟语，使人神思清发，昏不假寐。’”（《晋书·刘寔传》）这里间接表明玄谈的理性直观给人带来知性美的享受。相比较而言，华覈与管辂的“神思”集中在

“奇思妙想”、神奇的想法上：只注重“神思”静态的结果，未曾进行相应的形象描述和理论分析。“精骛八极，心游万仞……观古今于须臾，抚四海于一瞬。”（陆机《文赋》）陆机论述了文学创作的艰辛过程，称之为“应感之会”，仿佛是各种感官被打通来聚会。这不就是“神思”的状态吗？为什么他没有使用前人已经频繁运用的概念呢？是感觉不到位，还是学养不够，抑或是思力欠缺？不得而知。他只是凭感觉经验以骈文的形式予以描述，以表达自己的困惑而已。至此，陆机将朦胧的感觉上升到细致学理的描述。这确实是陆机的独到与可贵之处，如实写出自己的感受与困惑而不勉强给出解决的结果。陆机的贡献就是确立路标而不给出答案。

“夫以应目会心为理者，类之成巧，则目以同应，心以俱会……万趣融其神思……畅神而已……”宗炳在《画山水序》里兼采前人的各种用法，“应目会心”含有“应感之会”和“神思”之意。“应会感神，神超理得”、“圣贤暎于绝代，万趣融其神思”，与陆机的感受非常接近。画家的艺术体验更加细腻化、情景化与玄思化。宗炳的探索虽然难得，但理性的不足和感性的发达使他裹足不前。“神思”也有奇思妙想之意。“畅神”令精神舒畅自由。“古人云：‘行形在江海之上，心存魏阙之下。’神思之谓也……故思理为妙，神与物游。”（《文心雕龙·神思》）刘勰继续进行理论化与系统化的升华。刘勰以“思理为妙，神与物游”回答陆机“不知开塞之所由”的困惑。刘勰广采博纳，试图打开文学创作的“黑匣子”。他以精通佛典、擅长逻辑和辩证思维的理论优势，融合儒道佛，以骈体的形式予以独到的探究。他系统探讨了神思的发生、发展和结果，进一步研究神思向深处发展的路径；不仅触及神思超越时空、充满激情、想象与灵感等特点，而且还涉猎神思的保存与可持续发展以及思维与语言、情感、传达、学养、天赋、意蕴等多方面的关联。刘勰对创作思维的研究可谓登峰造极，成为这一领域里的集大成者和总结者。从国际文学理论视野来看，神思还包含想象、联想与灵感等多重心理现象，比西方单纯命名的“想象”更为丰富与深刻。中西思维差异是这种结果的主因。西方以分析思维取胜，主体中心之外的一切皆成为被认识的客体。主客二分的思维大大制约着西方的艺术思维和文学观。“显然，记忆和想象属于心灵的同一部分。

一切可以想象的东西本质上都是记忆里的东西。"① "儿童的记忆力最强，所以想象也格外生动，因为想象不过是展开的或复合的记忆。"② 由此可见，亚里士多德、维柯等理论家极力强调想象的记忆基础。事实上，记忆只是想象发生的一个因素，主体的情感遭际等主观因素更能激励想象的飞翔。这背后的原因源于文学观念的差异。古希腊文学被视为一种模仿与创造的技艺，模仿与创造的逼真度与真理的相似度成正比。在西方，想象只不过是单纯记忆活动的变形。而在中国，文学一直是抒情言志的艺术，与创作主体的生命遭际和心理感受等密切相关。中国"天人合一"的思维模式先在地决定了想象必然是包含记忆在内的生命感受与审美体验。在西方，灵感与想象同样紧密相连。"想象的活动和完成作品中技巧的运用，作为艺术家的一种能力单独来看，就是人们通常所说的灵感……要煽起真正的灵感，面前就应该先有一种明确的内容。即想象所抓住的并且要用艺术方式去表现的内容。灵感就是这种活跃地进行构造形象的情况本身……它不是别的，就是完全沉浸在主题里，不到把它表现为完满的艺术形象时绝不肯罢休的那种情况。"③ 灵感在中国有"应感之会"（陆机）、"神思"（刘勰）和"怪怪奇奇"（汤显祖）等多种称呼。从古至今，中国文学始终强调创作主体的情感体验，"兴观群怨"、"发愤著书"、"发愤以抒情"等皆源于此。因此，想象与灵感等艺术思维的运作皆与情感体验相连。"遗情想象，顾望怀愁。"这是曹植《洛神赋》的创作体验：正因为洛神美艳绝伦的神态，才使抒情主人公魂不守舍。刘勰的神思恰恰具有"遗情想象"的诸种因素，与心理情感、身世遭际等生命体验息息相关。

三、鉴赏论

《文心雕龙·知音》篇是我国最早、最完整的一篇关于文学鉴赏的专论。宋、齐、梁三代文坛的混乱局面招致诸多指责。在互相批评中，要想做到公允、公正、公开并非易事。"知音"篇建构了一个批评者、作品和作家之间交流互动的理论系统。创作主体与审美客体都希望遇到理想的审

①亚里士多德：《记忆与回忆》，《外国理论家论形象思维》，中国社会科学出版社1979年版，第8页。

②维柯：《新科学》，伍蠡甫等编《西方文论丛》上卷，上海译文出版社1979年版，第537页。

③黑格尔撰，朱光潜译：《美学》第一卷，商务印书馆1979年版，第363—366页。

美主体（知音）。但“音实难知、知实难逢”的情况客观存在。知音之所以难遇，就是因为“知”与“音”的不确定性，即审美主体的个体化和批评文本的模糊性。刘勰首次把影响判断客观公正的两种必然因素纳入文本批评理论。

他首先从“难”字入手，分析知音难的两大原因。一方面，主观因素造成知音难得。作为能“知”的审美主体，在面对审美客体时必须克服“贵古贱今”、“崇己抑人”和“学不逮文”、“信伪迷真”等障碍。不可避免的主观缺陷常常制约着审美主体难以抵达“知音”之境。伽达默尔认为，解释学与传统相联系的意义是通过共有基本的主要成见而得以实现的。我们在理解一篇文章的时候，带着自己的观点置身于他人的观点之中。面对文学的批评与鉴赏，审美主体本身的文化积累、审美倾向、道德价值认同都会直接影响到审美判断的准确性。除“知”难外，审美链条上的另一个关节点就是“音”本身的难度：“音实难知”、“文情难鉴”。隐藏在文章背后的思想感情具有多义性和不确定性，解读时要克服许多障碍。文学作品由多个层面组成。英加登认为，文学作品由语音、意义单元、再现的客体以及图示化观象等四个层面构成。前三个层面的表述是模糊不清的，而思想观念只可意会而不可言传，只能依靠读者自己去体会、“填空”。伊瑟尔认为，文学文本是个不确定的“召唤结构”，召唤读者在其可能的范围内充分发挥其丰富、补充文本等再创造才能。“空白”增加了文学文本的不确定性。

除“知”的主观难度以外，一些客观因素也无法避免。“音”本身具有难以克服的难度。“夫麟凤与麏雉悬绝，珠玉与砾石超殊……文情难鉴，谁曰易分?”“文情”之所以“难鉴”，是因为文学世界的神秘莫测。现实生活中野鸡和凤凰、麒麟和獐鹿、美玉和怪石尚难以分辨，而隐藏在文字背后的思想感情也就不言而喻。其次就是“知多偏好，人莫圆该”，审美主体还存在着差异性。“夫篇章杂沓，质文交加，知多偏好，人莫圆该。……会己则嗟讽，异我则沮弃，各执一偶之解，欲拟万端之变，所谓‘东向而望，不见西墙’也。”读者用一隅之见去衡量千变万化的文章，自然也就难以避免“东向而望，不见西墙”的尴尬局面。

如何应对“知音”之难的挑战？要想达到“圆照之象”——即拥有全面观察分析作品的能力，就必须提高自己的识别与鉴赏能力。“凡操千曲而后晓声，观千剑而后识器；故圆照之象，务先博观。……是以将阅文情，先标六观……斯术既形，则优劣见矣。”首先要“博观”，博览群书以增长自己的见识和学养。其次要“六观”，即从六个角度考察作品的方方面面。在具体的文章批评过程中，就是要从位体（体制安排）、置辞（文辞布置）、通变（继承变化）、奇正（“奇”或“正”的表现手法）、事义（事类变化）、宫商（声律变化）等六个方面来细致地考察、分析作品。这六种方法如果能够细致实施，作品的好坏自然见分晓。“六观”的批评方法类似于新批评的文本“细读法”，对作品进行详尽的分析和解释。“细读”的批评家似乎在用放大镜细读每一个字，通过了解词义、理解语境、把握修辞特点，去捕捉文学词句中的言外之意、暗示和联想。而刘勰则通过“六观”最终达到与作者心灵上的契合。所以，穿透“文字”的解读直接抵达“情感”的探索。作为审美批评，刘勰“知音”的最终目标并不像新批评的“细读法”那样仅仅止于文字层面的评判，而是要实现读者与作者心灵的完美沟通。

如果说以上仅仅是对于文字层面的解读，接下来就是最核心的、对“情感”的探索。“夫缀文者情动而辞发，观文者披文以入情，沿波讨源，虽幽必显。……知音君子，其垂意焉。”优秀作家创作的核心与动机一定是因情而现，理想的读者就要顺着情感的脉络来把握文章的用心。只有这样才有可能成为知音，并最终进入知音境界。刘勰受曹丕的影响，高度重视文章的价值。在他看来，书籍是一个国家的精华，要想领悟这个精华，就必须细心体会、耐心玩味，才能领略文章的奇妙。刘勰充分认识文学批评的难度，从学识的积累到文辞的辨析再到情理的探讨，形成了逻辑严密、体系完整的文学批评鉴赏理论。“知音”论是《文心雕龙》理论体系中的重要组成部分。纵观《文心雕龙》，“知音”说贯穿在他对历代作家作品的赏评之中，极大地凸显文学作为“人学”的人文意义和人文精神，将理论核心聚焦于作者—作品—读者的心灵交流。这是非常符合中国古代文学鉴赏活动规律的，也是“知音”说的独特之处和优势所在。

第六节　钟　嵘

作为著名文学批评家，钟嵘（约 468—约 518）与刘勰同时而齐名。

其理论著作《诗品》“思深而意远”（章学诚），是我国现存最早的一部诗论专著。相同的语境激发他为诗歌建立合理的评判标准，以矫正轻靡的文风。《文心雕龙》研究多种文体，而《诗品》则专论五言。本书成书稍晚于《文心雕龙》，约在梁天监十二年（513）以后完成于建康（今南京）。为了针砭痴迷形式的沉疴、批评标准的混乱和文学反思的空泛等时弊，他建立了诗歌的品第标准，对汉代以来的122位诗人进行了三级九品定位，其中上、中、下三品分别为11、39和72人。《诗品》意在探讨流别，区分优劣，研究演变，品评得失，以确立历史维度的批评范式，开启宋代诗话的先河。他主要从纯文学的角度提出诗歌的本质就是吟咏情性。在三品定评中，曹植是他最喜欢的诗人。由于时代风尚和审美趣味的局限，失当的品评（如列陶潜、曹操为中、下品）也在所难免，为后人难以苟同。三品论人法为唐宋之后诗人主客图、文人点将台所宗。

一、滋味说

为了突出五言诗的特点，钟嵘标明“滋味”说，以别于四言诗。四言之所以“世罕习焉”，原因就在于五言居“文辞之要”。文学是语言的艺术，在言象意之间，每一种文学类型都有着独特的区分度。四言与五言之间的差别主要表现在文字、形象和意蕴等三个层面。在文字层面，四言诗短小简约，两句才能表达一个意思，给人以“文繁意少”的困局，不如五言诗言简义丰。虽然仅一字之增，但在语句的顿挫和意义的表达上更上一层楼。在形象层面，从叙述事物、阐明事理、表达情感和描写人物等方面来看，五言诗更为详切。在意蕴层面，二者最重要的差别就是文本之外的“意”：四言“文繁意少”，五言滋味无穷。钟嵘对诗歌作品的品评是全方位的，“滋味”的提出显然是针对意蕴而发。

他以诗之“六义”为切入点，对“滋味”说进行深度阐释。“故诗有六义焉：一曰兴，二曰比，三曰赋。……有芜漫之累矣。”他不仅简化了《毛诗序》的“六义”为赋、比、兴，而且还把赋、比、兴的顺序颠倒为“兴、比、赋”，空前凸显“兴”的重要性。“兴”之所以受到青睐，就是因为它能够做到“文已尽而意有余”。也就是说，五言诗在有限的词句中蕴涵更丰富的诗意，以意蕴深长激起读者广泛的审美想象。“兴”是兼有象征性的艺术表现手法。而“比”主要通过客观景物的描写以表达作者的思想感情，是一种比喻性的艺术表现手法。“赋”要“直书其事”以达到“寓言写物”的目的，即在直接描述“写物”的过程中寄托着作者的情思。

“赋”主要是一种记叙与描写性的手法。三者同时运用才能意味深长，仅用“比”、“兴”，作品难免隐晦难懂。专用“赋”法，作品难免杂乱冗长。与此同时，五言诗还要以“风力”为骨干，以“丹彩”为手段。只有这样，五言诗才能抵达“使味之者无极，闻之者动心”的审美境界。要想达到“味之者无极”的诗之至境，就必须采用相关的艺术手法，在诗歌的文字、形象和意蕴层面达到融会贯通的艺术效果。

作为《诗品》的核心概念，“滋味”说历经艰苦的探寻之后成为中国古代文论重要的审美范畴。在中国文论发展史上，钟嵘第一次将“滋味”提升到文学的审美领域。此后，司空图的“味外之旨”、严羽的“羚羊挂角”等理论都是对钟嵘的“接着说”。

“味”源于中国独特的文化范式。先秦的“味”指向生理快感。此时的文献有“五声”、“五色”、“五味”等记载。其目的主要指向自然宇宙，但原发点却是借助于主体感官对客观事物的主观感受。这种感性认识把主体与对象有机结合起来。老子的“味”成为哲学思考的观照对象。玄风的盛行把“味”升华为对隐藏在文章背后之义理与哲理的体味。《文赋》将“味”引进文学领域。陆机用不调五味的大羹比喻缺乏文采的诗作，使美学之“味”与人之生理感受发生关联。《文心雕龙》也多次使用“味”，并将“味”的体认落实到文章上。钟嵘则把“味”变成一个重要的文学理论概念。“滋味说”在美学发展史上成为重要的理论资源，标志着东方美学的神韵与特色。

一般来说，“滋味”主要指作品带给读者独特的审美阅读感受和审美愉悦效果。作品要使读者“味之者无极”，产生独特体验。作为身体感官感觉的“味”，是较为封闭的个人感受。而作为文学作品的审美“滋味”也是独具一格、无法替代的体验。在诗歌批评中，“滋味”特指诗歌的艺术感染力，即作品能够引起读者产生与作者相同的思想感情之魅力。对于读者而言，艺术感染力主要体现在读者对作品的初步感受与深度接受上，是艺术效果的表征之一。

钟嵘率先将“滋味”落实在艺术思维方式和艺术表现手法上。他将《诗经》的三种艺术表现手法改写成“兴、比、赋”，强调“兴”的重要作用与美学定位。“滋味说”直接建构于五言诗的创作实践和作品鉴赏中。“言有尽而意有余”的创作理念还需要“风力”与“丹彩”的积极配合。辞采既是达到诗歌意蕴的最佳途径，也是文学鉴赏的审美对象。诗歌的审美意蕴隐藏在巧妙的结构和华美的辞采中，每一环节的缺失都会影响诗歌美的建构。

二、直寻与自然英旨（真美）说

在钟嵘看来，诗歌必须是吟咏情性的。吟咏情性的诗歌创作在表现手法上就应该高度重视比兴手法的运用。因此，他把“兴”放在“三义”特别突出的首位。理想诗歌效果的营造必需“兴、比、赋”三种表现手法的相互结合，缺一不可。相比较而言，比、兴尤为重要，是表现诗歌审美本质最直接、最重要的媒介。作为铺陈描写、状物述事的赋在汉大赋的创作中发挥着淋漓尽致的作用，空前提高了中国文学写景状物的能力，同时也为作家嫁接学问、以学掩才提供成名的捷径。在诗歌发生学的意义上，重视感“兴”之用，直面自然景物、社会变换与人生遭际的触动与感发，是诗歌得以产生的原初动力。在诗歌的表达上，才与学、情与理、自然与人为、为情造文与为文造情等辩证关系的处理，始终是诗人与理论家所要思考与解决的问题。事实上，不恰当地运用以往的典故和后起的声律恰恰是当时文坛不利于吟咏性情的大敌。而要真正做到吟咏情性的自然贴切，就必须坚决反对过分用典和迷恋声律。要追求真美的诗境，最佳的途径就是“直寻”和“自然英旨”。“直寻”是指以自然清新的语言直接表达自然真实的情感，给人以清新自然的审美感觉。清新自然的审美效果，就是他所要追求的“自然英旨”的审美理想。相对而言，“直寻”是诗歌发生的最直接动因，是为情造文。“直寻”与“兴”具有大致相似的同步性。所谓“兴”（感情的被触动与激发）到笔来（直寻）。只有这样才能创作出情采合一、情文并茂、符合“自然英旨”的美文，真正做到自然而然地吟咏情性，进入“真美”的理想境界。屈原以来，符合“自然英旨”、“真美”理想境界的诗人非陈思王莫属。曹植之诗将风力与丹采、情与思、文与质等要素高度统一。最高桂冠曹植当之无愧。“如孔氏之门用诗，则公干升堂，陈思入室，景阳、潘、陆，自可坐于廊庑之间矣。”曹植俨然是诗坛的最高领袖，建安诗人刘桢次之，太康之英陆机和太康诗人张协、潘岳却只有陪衬的资格。鉴于此，那些只知舞文弄墨的作者往往借膜拜曹植之机以抬高身价。刘桢“气过其文，雕润恨少”，气势太盛，修饰过少。陆机气弱于刘桢、文劣于王粲，中规中矩、过分重视辞藻修饰，严重伤害了诗歌的真美与自然英旨。此前，沈约、刘勰对陆机的评价间接证明了钟嵘的确评。“降及元康，潘、陆特秀，缛旨星稠，繁文绮合。”（《宋书·谢灵运传论》）“士衡才优而缀词尤繁。”（《文心雕龙·镕裁篇》）“陆机才欲窥深，词务索广，故思能入巧，而不制繁。”（《文心雕龙·才略篇》）其后，陆机受人诟病之处不外乎此。“陆病不在多，而在模拟，寡自然之致。”（王世贞《艺苑卮言》）至于追求陆机之风的颜延之则继承了过于繁缛的毛病，“如铺锦列绣，雕绘满眼”。其最大的失误就是“喜用古事，弥见拘束”和“才减若人，则陷于困踬”。由此可见，钟嵘就是按照直寻和自然英旨的标准建构吟咏情性的“真美”诗学理想的，并极力反对过分追捧典故、辞藻和声律的倾向，并以此来品评诗人。“直寻”近似于西方文学理论中的艺术直觉。在康德、克罗齐那里，作为艺术思维的直觉与逻辑思维、道德理性等不相容。而钟嵘的“直寻”则是以自然之语表现自然之情，反对过分用典和讲究声律，是为了追求诗歌的自然之美而提出的策略。“直寻”说和“自然英旨”说在严羽那里得到积极回应。“别才”、“别趣”说既是对钟嵘理论的系统总结，也是对江西诗派不良诗风的矫正。

三、情兼雅怨与三品论人

诗歌源于吟咏性情，不只表现四季变化的自然景观。值得大书特书的则是人文、社会和精神景观。“若乃春风春鸟，秋月秋蝉，夏云暑雨，冬月祁寒，斯四候之感诸诗者也。”这在陆机之后尤其是谢灵运之时达到高峰。此后，诗人无不把自然景观作为描写对象，模山范水成为一时之累。描写自然风光、物候变化，信手拈来，顺理成章，但很容易造成无病呻吟，为文造情。如果放眼社会、人文和精神景观，“为赋新词强说愁”的弊端就可大大减少。因为没有真情实感就很难下笔，更难以为继。自然风光的变化，一般人很容易形成模式化，仿效起来很容易。而情感经历、痛苦体验等人文景观却非人人能够模仿。“不经历风雨，何以见彩虹?”没有刻骨铭心的体验，也难有令人击节称赏的佳作。“嘉会寄诗以亲，离群托诗以怨。”欢会思亲，生离死别，皆可以用诗歌表达，并且是最佳的表达。发愤抒情、发愤著书成为古今诗人的共识。事实上，古今著名文学作品也多以抒发人间的悲欢离合为主流。如屈原、李陵、苏武、王昭君、蔡文姬、《古诗十九首》、三曹、建安七子等人的作品皆与此相关。这些遭贬、和亲、辞别、客死、戍边、征战、困守、入宫等人生处境多是无奈而又无法避免的境遇，是人生在困惑中最痛苦、最刻骨铭心的生命体验。最恰当的表达形式就是诗歌。“凡斯种种，感荡心灵，非陈诗何以展其义；非长歌何以骋其情？故曰：‘《诗》可以群，可以怨。’使穷贱易安，幽居靡闷，莫尚于诗矣。”在这里，钟嵘只强调孔子“兴观群怨”中的后两者，是极具深意的。“兴”既有审美感动又有象征作用，在表现手法中得以强化，以“比兴”为主要艺术手法成为五言诗的外在标志。“观”是观察、认识，主要指诗歌可以提高读者知人论世、体察万物的能力，三品论人的诗歌实践就是最好的说明。钟嵘之所以强调“群”之效用，大概出于现实语境与历史经验的总结与考量。现实语境是，上层社会的贵族青年沉迷于诗歌的辞藻竞技不能自拔，却不知天下兴亡、家国之慨之大义，留恋于个人的小圈子、小集团而对民族兴亡等国家大事充耳不闻。这是违背诗歌的本意的。诗歌之用不仅使人认识到个人的性情，而且使人明白团体的力量、群情激昂等能够产生撼动人性与人心的气场。这里的群体力量应该是大团体、大局面。不顾家国兴亡而沉迷于私人小团体，足以亡国亡家。东汉末年的宦官专权、外戚执政就是最好的证明，“八王之乱”、空谈误国是两晋灭亡的近因。宋、齐两代短期之内的相继覆亡，确实是近在眼前的殷鉴。这或许就是钟嵘极力专注“群”用的最直接的动因，也是对曹丕以来强调“诗赋欲丽”、“缘情而绮靡”以及张扬个性而反对道德教化的有力矫正。过度彰显个性、轻视道德教化必然会产生轻视群体而导致离心离德之倾向，一部《世说新语》的叙事就是对离心离德个体性情的礼赞。玄学思潮有悖经世致用的儒家初衷，直接导致人心涣散、国体解析的政治局面。此时具有儒家思想倾向的理论家仅仅从道德教化层面攻击缘情派的个性张扬，无异于扬汤止沸。钟嵘则从审美缘情的视野立论，更具针对性，可谓以毒攻毒，釜底抽薪。这在隋及唐初文学理论家那里得到回应。“怨”之为用，由来已久。但“怨”作为审美价值得到高度重视与正视，始自钟嵘。诗歌之“怨”好在不仅使贫贱者心中的怨愤得以释放，取得心安理得、心灵宁静之效；同时还可以使失意而蛰居者心中不再郁闷。因此，幽怨之诗在古代才大受欢迎。但时至今日尤其是太康以来，崇尚辞采华丽的文风使得怨愤之诗不再风光。年少子弟争相学诗作诗，把平庸之作当成宝贝，奉若神明。在富家子弟心中，文采不如人视为可耻之尤，于是夜以继日，吟诵不绝。结果常常是，闭门造车、冥思苦吟而又自以为高明的作品，在常人看来却是非常平庸的。自以为是的轻薄少年看不起建安以来的前辈优秀诗人。之所以认为曹植与刘桢古拙、鲍照古朴，就是因为他们的辞藻不够华丽，只有谢朓才是古今难得的优秀诗人。针对这种个人主义、形式主义的不良倾向，钟嵘提出“情兼雅怨”的批评标准。所谓“雅”就是要求诗歌的形式要典雅、文雅和丽雅，而不仅仅是一味的浮艳华靡。同时还要求诗歌以感情为本位，源于感情并终于感情。当然，这种感情要以怨愤为主调，以典雅为形式，实现典雅与怨愤的有机结合。他所采取的形式就是三品论人。针对“喧议竞起，准的无依”的混乱局面，近人刘士章欲为文坛制定批评标准而未遂。钟嵘则担当起这一重任，制定了“诗品”标准。他借助于魏晋以来举荐人才的九品中正制，实行三品论人制。纵观他对122位诗人的品评，贯彻始终的标准主要就是“情兼雅怨”。凡是将雅与怨处理得很好的就会赢得好评，否则就会得到差评。当然，美中不足的就是对曹操、曹丕和陶渊明的定位有些争议。如果设身处地按照当时华丽的标准来品评诗歌的话，钟嵘还是持之有据的。可以说，钟嵘超越了单纯的儒道文学观，将情与采有机地统一起来，是对刘勰的继承与发展，其超越之处就在于将情上升到怨愤的高度，这在对陶渊明、曹操、曹丕的评价上见出分别。

第七节　萧　统

萧统（501—531），字德施，小字维摩，梁代文学家，南朝兰陵（今江苏常州）人，为梁武帝萧衍的长子和太子，是中国文学史上有重大贡献的文章选家。他的文学功绩主要表现在对“选学”和“陶学”的开拓之功。他主持编纂的我国第一部文章总集《文选》，以独到的眼光保存了许多优秀的文化遗产。在陶渊明谢世百年之后，编辑了我国第一部文人专集《陶渊明集》并为之序，从而使陶渊明作品屹立于世界民族文学之林，使陶渊明“不假良史之词，不托飞驰之势，而名声自传于后”，成为我国文学史上最伟大的文人之一。

相比较而言，萧统的一生比较简单。三岁被封为太子，深受儒家正统思想的教诲，同时又是非常虔诚的佛教徒。他喜好文学、擅长创作，召集大量文学之士编撰各种文集，逐渐形成太子文学圈。作为萧梁太子文学集团的核心人物，主持并编撰了《文选》。其文学观主要以中和为主，具体体现在《答晋安王书》等文章中。其文学思想主要体现在如下几个方面：

一、文学观

在《文选序》中，他结合文学发展的历史演变轨迹，认为文学不同于学术文章、叙事不同于义理阐释；时代不同，“文学”观也随之发生变化。孔门有德行、言语、政事、文学（学术）四科。东汉以后，“文学”的含义逐渐发生变化，与今天的“文学”意义相近。随着文学独立意识的增强，文笔之分在东汉已初露端倪。东汉后期至魏晋，乱世使人的精神发生巨变，自由精神、主体意识和个人价值空前凸显。随着文人创作的日趋繁荣，对文学本质特征的自觉反思逐渐增强，对文体的确认首当其冲。《典论·论文》、《文赋》和《文章流别论》等都在明确文学的体裁特征之时进一步确认文学的本质特征。宋文帝诏立儒、玄、史、文四馆，使“文学”独立。“文学”一词在魏晋南北朝史书中频繁出现。在魏晋南北朝的文学批评之中，文笔之辨正式登场。“鸿都门学”之后，文人创作日渐繁荣，文集开始出现，必然推动人们对文学本质的研究。曹丕开始有意区分各类文体，但“文笔”说却最终成熟于南朝。文笔之争是南朝时期文学批评的重要内容之一，文笔之辨使文学和文章开始真正分离。“文笔”说的成熟意味着文学独立意识的真正完成。

所谓“文”就是指具有审美价值的文学作品，而“笔”则是指具有实用价值的文章。前者如诗赋骈诔，后者如章表奏议。随着文学的发展，这种分离逐步产生，至南朝最终完成。《宋书·颜竣传》记载，面对宋文帝问询颜氏子弟的学问，颜延之说，颜竣得其“笔”之真传，颜测得其“文”之秘诀。也就是说，颜竣善于“造书檄”，即檄文类的公文。这里的文笔之分还很模糊，但形式上的区分在南朝初期已形成共识。随着永明声律说在诗中的广泛运用，文笔之辨也逐渐深入到诗的形式。刘勰在《文心雕龙·总术》中明确提出“无韵者笔也，有韵者文也”。文笔之别在刘勰的时代已被广泛认可。但文笔的界定还较混乱模糊。刘勰引用了颜延之的“言、笔、文”三分法。范文澜的诠释是：“此‘言’字与‘笔’字对举，意谓直言事理，不加彩饰者为言，如《礼经》、《尚书》之类是；言之有文，饰者为笔，如《左传》、《礼记》之类是；其有文饰而又有韵者为文。”在颜延之那里，文采押韵皆无的经书是言，仅有文才的是笔，文采押韵兼备的诗赋是文。刘勰认为，“言”仅指口头传播的话语，书写为文字的就是文或者笔。讲述经久不变之理的是“经”，解“经”的为“传”。文字为语言服务，所谓“笔为言使”。刘勰竭力“宗经”，认为作品不应以文饰形式定优劣，而应以内容表达为准则。是否有“韵”作为界定文笔的标准。萧绎在《金楼子·立言》中从创作主体出发，系统阐发了对文笔之辨的看法。他认为“圣人门徒”有擅长诗赋的文人和喜好经书的儒士之分。当今学者分为“儒”、“学”、“笔”、“文”四类。儒者学贯古今，学士熟悉典籍。二者博览群书，止于记忆难以通晓。笔士只善章奏等公文，文士最善吟咏诗赋。相形之下，“笔”讲究巧妙构思，属于技巧性、目的性写作；“文”则要将华丽辞藻、悦耳音律与动人情感有机融合。萧绎以形式美为基础，直指文学本质。他对文学观念的推进主要体现在对创作主体的重新界定和建立辞藻、情感和音律相结合的“文”学观。王充曾以建功立业的儒学政教系统为标准把文人分为儒生、通人、文人、鸿儒四类。作为对传统的反驳，萧绎把学者分为四类，将文人定位于“吟咏风谣，流连哀思者”，即自由表达内心情感之人。“流连哀思”纯为个己之事，抒写自己的人生苦痛是一种自觉、自由、自有的审美创造。他对文人真实情感、自由创作的肯定具有重要的文学发展史意义。他的“文笔”说突破颜延之、刘勰等人以音律或外在“文饰”的规训。“文”的标准就是“绮縠纷披，宫徵靡曼，唇吻适会，情灵摇荡”。只有将辞藻、情感和音律有机融合，才能创造出吸引人、感染人的“文”学作品。情感性是文学的根基。操“笔”之士“神其巧慧，笔端而已”。南朝的“笔”主要指章表奏议之类的通用公文，其作用重在政事功用，以技巧获得某种实惠。“文”之性情摇荡已非常接近现代文学审美的无功利性要求。齐梁文人多以能“文”为荣、能“笔”为耻。“笔，进则非谓成篇，退则不云取义。”萧绎以情感为标准的“文笔”说突破了文学的功利性，确立了文人的地位和文学的文学性。说萧绎集文笔说之大成兴许有点夸张，但萧绎的文笔观已超越声律论和体裁论而直抵情感本质，实不为过。事实上，《昭明文选》以实际行动为文笔之争画上了句号。萧绎、萧纲的文学本质观皆受萧统的影响。

从历史的高度出发，萧统认为人类初始之时“世质民淳，斯文未作”。伏羲八卦之后，“文之时义”开始呈现。简陋的椎轮是华美大辂的原始模样，但大辂却没有椎轮的质朴。厚冰由积水凝成，但积水不如厚冰寒冷。原因在于“踵其事而增华，变其本而加厉。物既有之，文亦宜然；随时变改，难可详悉。”在《诗经》“六义”中，赋本是古代诗歌的一种表现手法，现在却发展成为一种独立的文体，荀卿、宋玉开其端，贾谊、相如发扬光大。这仅仅是注重外在描述，尚未触及深度的情感抒发。真正把赋体文学建立在情感基础之上者，自屈原始。正因为屈原特殊的政治身份与生命遭际，“含忠履洁”之心、“深思远虑”之怀不为楚王所理解，遂遭到小人的中伤而流放湘南。这种痛苦体验激发起诗人的情感抒发，“耿介之意既伤，壹郁之怀靡诉。临渊有怀沙之志，吟泽有憔悴之容。骚人之文，自兹而作”。他同样认为诗歌是表达情感的，“诗者，盖志之所之也。情动于中而形于言”。随着时代的发展，各种文体不断涌现。但无论何种体裁的文章皆应给人以审美享受，达到“入耳之娱”、“悦目之玩”。据此，他的选文标准就是文情并茂，真正理想的作品就是事与义、沉思与翰藻有机结合的佳作。相比之下，成为不刊之论的周孔之文、“以立意为宗”的诸子之书和纵横策论之士的言说则不予选录。由此可见，萧统的文学观具有强烈的时代性、辩证性、进化性和情采性，是对沈约、刘勰和钟嵘的继承与发展。

二、审美趣味

在《答湘东王求文集及诗苑英华书》中，萧统较为含蓄地表达了自己的审美趣味。他认为，佳作就应该是“虽事涉乌有，义异拟伦，而清新卓尔”。文章的标准是典丽结合、文质彬彬，否则就会流于粗野与浮华。过于典雅就会为粗野所连累，过于华丽也会为浮华所伤及。一般来说，典雅并无不好，但过于典雅，纯粹以质朴古雅来呈现，就会显得不合时宜。齐梁文坛极力追捧浮艳华丽的形式，倘若质朴古雅就会为时人所嘲笑。这一点，在时人对曹操、曹丕和陶渊明的评价中就已初见端倪。陶渊明、曹操和曹丕等优秀作家之所以被钟嵘评为中、下品，就是因为曹操过于古拙、曹丕伤于清雅、陶渊明嫌于“田家语”。若才情、辞采皆在他们之下的诗人之评价，也就可想而知。当然，过于华丽也会显得空泛浮靡。所谓“文典则累野，丽亦伤浮”是也。如果能做到二者的有机结合，就会具有君子之风。“能丽而不浮，典而不野，文质彬彬，有君子之致。”这是孔子所提倡的“《关雎》，乐而不淫，哀而不伤”。（《论语·八佾》）孔子认为《关雎》这首诗真正做到了快乐而没有过于放纵、悲哀而没有过于悲伤。在孔子看来，文艺所表现的情感不仅要有道德的纯洁性和崇高性，而且还要受到理智的节制，适度、平和而不放纵、泛滥。《关雎》中表达的正是中和之美。一切情感的表现都应该恰到好处。不难看出，孔子尊重生命、爱护生命，希望人的生活与感情健康而正常，反对沉溺哀乐、毁伤生命。凡事皆有度，过度则伤和。西汉以来，“罢黜百家，独尊儒术”对于抑制黄老之学的清静无为而倡导儒家的积极入世以巩固西汉初年以来的休养生息确实发挥了重大的历史作用。但是，在一定程度上却把儒家引入死胡同，经典化、神学化和谶纬化大大销蚀了儒家积极有为的构建价值，使得儒家成为人们正常思维的绊脚石。建安以来，曹操尚刑名和曹丕慕通达共同煽起贱名节、轻操守的不良风气。玄风的盛行促进了哲学思维的深度发展，但却大大淡化了人们的现实关怀，腐蚀了经世致用的积极意义，并因此而留下了空谈误国、无益苍生的罪名。这种影响在文学上也不例外。建安以来的诗歌逐渐脱离质朴典雅的形式，追求华丽绮靡的风尚，从而走上文质分离、情采悖谬的歧途，结果出现举世尚文、老幼轻武的局面。鉴于此，萧统重新提出孔子文质彬彬的辩证观念，主张典雅与华丽有机结合的文学作品观，具有针对性和时代性。当然，由于受时代环境的影响，他也难以从实践上做到这一点。这不仅体现在自己的创作中，而且还体现在《文选》的选文标准和作家的评价上。“吾尝欲为之，但恨未逮耳。”结合萧统的创作来看，这是很客观的自我反思。据当时的作家在悼念萧统的回忆文章中可以看出，萧统的文风也很繁富华丽。他的书信就是最好的明证。尤其是在对他所欣赏的陶渊明的作品选录中，存在着比例失当的现象。从选录诗歌的比例来看，陶渊明远不如曹植、陆机和谢灵运的高。这也许就是时代的局限吧。即便从时代的高度来看，萧统的文学观也是立足于时代而又超越于时代的。作为文学史上有着重大贡献的文章选家，其最重要的贡献之一就是主持编纂了我国第一部文章总集《文选》，以选家独到的眼光保存了许多优秀文化遗产。《文选》传之于后世，光耀千秋，成为不朽的“选学”。

三、作家论

在生前和身后的90年间，陶渊明及其作品处于默默无闻的状态。作为陶渊明的忘年交，颜延之在纪念诔文中主要讲述他的为人与道德，有关作品的评价仅有“文取指达”四字，可谓简洁之极。沈约的《宋书·谢灵运传论》可谓视为宋代的文苑传，却对陶渊明只字不提，也许压根儿就没有把他作为文学家看待。事实上，《宋书·隐逸传》为陶渊明保留了一席之地。刘勰的《文心雕龙》更是如此，纵论数百位古今作家竟然不见陶渊明的踪影。钟嵘的《诗品》把他列为中品，并在辩论中称之为“古今隐逸诗人之冠冕”，可谓是史无前例的高评。这一超越时代的定位既凸显了钟嵘不俗的审美眼光，也标志着陶渊明开始进入文学史家的视野。陶渊明逝世百年之后，萧统开始着手广泛收录陶渊明诗文并编纂成我国第一部文人专集《陶渊明集》，并亲自为之作序。这种壮举足以见证萧统卓越的文学史家眼光。《陶渊明集序》高度赞扬了陶渊明的人格与作品。从此，一个伟大的诗人和一部伟大的作品才得以流传千古，永垂不朽。

也许受到刘勰的影响，在对陶渊明的评价中，萧统始终坚持文德观，即把文章与德行结合起来进行考察。在他看来，自我吹嘘、自我推介是士人与女人的丑行，不足为训。而无欲无求，淡然自处，才能体现出明达之士的真实心态。对于真正的圣贤来说，韬光养晦和遁世自处尤为重要。“达则兼济天下，穷则独善其身。”圣贤立身之本最重要的就是道与身俱存。“道存而身安，道亡而身害。”而真正做到者风毛麟角。正因为如此才更值得珍惜。人生百年如白驹过隙，处身尘世似逆旅过客。对于得失荣辱等名利要处之泰然，顺其自然，做到“随中和而任放”，而不应“戚戚劳于忧畏，汲汲役于人间”。如果长期处于“戚戚”、“汲汲”的忧虑之中，人生有何乐趣！面对美食娇女、金银财宝之诱惑，愚夫贪士趋之若鹜，前赴后继；而智者贤人则时刻保持戒惕之心，战战兢兢如履薄冰。正如道家所言，福祸相依，大用而毁。“玉之在山，以见珍而终破；兰之生谷，虽无人而自芳。”玉石为尘世所宝贵，即使身处深山而难逃；兰花为俗人所鄙弃，即使处幽谷而自赏。然而，世间俗人甚多，“饕餮之徒，其流甚众”。苏秦、卫鞅为了名利奋不顾身，主父偃为了五鼎之俸死而无憾。在乱世无道的社会，有“汾阳之心”、“洛滨之志”的“至人达士”可以处之泰然，“轻之若脱屣，视之若鸿毛”，因此而“晦迹”：“或怀厘而谒帝，或披褐而负薪，鼓楫清潭，弃机汉曲；情不在于众事，寄众事以忘情者也。”相比之下，陶渊明可谓别具一格，不同凡响。在当时的文人看来，陶渊明的诗与酒结下了不解之缘，似乎篇篇离不开酒。这大概与陶渊明的隐逸定位不无关系。而萧统则一反世俗之见，认为陶渊明的创作动机与目标是“寄酒为迹者”。这正是“至人达士”的处世之道，“寄众事以忘情”的表现。在这里，萧统通过类比首先确认了陶渊明“至人达士”的地位，以矫正世俗之偏见。陶渊明的文章则有不可替代之处。“其文章不群，辞彩精拔；跌宕昭彰，独超众类，抑扬爽朗，莫之与京；横素波而傍流，干青云而直上。语时事则指而可想，论怀抱则旷而且真。”这几句话将陶渊明诗歌创作的风格特征鲜明地总结出来，将形式与内容高度统一起来。陶渊明文章的卓尔不群就在于，风格上言辞精彩，跌宕豪迈，抑扬爽朗，大气从容；价值上似滔滔清流横绝江河，若一束平地而起的清辉直射云霄；内容上谈论时事具有强烈的针对性而又引人深思，论述抱负给人旷达而率真之感。古人说，“文如其人”，对于陶渊明来说，此言不差。有如此之文，必有如此之人。陶渊明贞洁之志始终如一，安贫乐道，苦守节操，不以亲自耕耘为耻辱，不因处于穷困而苦恼。如果不是圣贤，一心一意磨砺志向，怎能有如此境界？这就是圣贤之人和圣贤之文！这种评价方式是对司马迁“发愤著书”的发扬光大。

陶渊明的作品含有留心政局、针砭时事之意，这类作品稍一想象就可知其所指。这些提示对后人分析《述酒》等谜诗具有指点迷津之妙用。陶渊明生来并非隐士，也具有少年的理想和盛年的壮怀。陶渊明的诗文千百年来之所以获得不同人的喜爱，关键在于“论怀抱则旷而且真”。“真”，是他做人和作文的准则。萧统无意中道出陶渊明诗文的最高美学境界。

圣贤之文有何魅力？它能够使“驰竞之情遣，鄙吝之意祛，贪夫可以廉，懦夫可以立，岂止仁义可蹈，抑乃爵禄可辞，不必傍游太华，远求柱史，此亦有助于风教也”。这种评价极高，可谓史无前例！司马迁评价屈原的作品可与日月争光，但尚未上升到如此高度。这也许受到刘勰《知音》、《程器》篇的影响，对后世评价杜甫等优秀作家产生积极而持久的影响。当然，他认为陶渊明作品中唯一的不足就在于劝百而无一讽的《闲情赋》，并为之惋惜道：“白璧微瑕”、“亡是可也”。这主要是受儒家文艺思想的道德观尤其是汉儒“赋必讽劝”的影响。尽管萧统在形式观念上秉持道家的文学观，但在思想内容上依然脱离不了儒家的规训。看来，一个人在幼年时期接受的思想文化理念常常会对其产生持久甚至深入骨髓的影响，并在无意识中发挥作用，绝非一时所能变易。这一点常常遭到后人的苛责。作为虔诚的佛教徒，萧统能够超越既定的学术成见与信仰宗旨，较为通脱与宽容地评价陶渊明。这一点确实值得我们学习。

钟嵘的《诗品》评价陶渊明的诗作时，“世叹其质直”甚至以“田家语”相讥讽。在崇尚“俪采百字之偶，争价一字之奇”的时代，萧统超越钟嵘，热情赞扬陶渊明作品的直抒胸臆、任其自然、爽朗精拔和无与伦比。这既需要胆识、眼光，又需要勇气和公正。如果我们参照《昭明太子集》的诗文和《文选》的选文标准，就会发现萧统与陶渊明的旨趣有别。“事出于沉思，义归乎翰藻”，他主张作品要善用典故成语和形容比喻，辞采要精巧华丽。而他自己的诗文也大多如此。《序》文不足800字，用典却将近50处。他还有包容不同风格作品的襟怀。萧统编选《陶渊明集》的主要目的与动机源于崇拜与感动。“余爱嗜其文，不能释手，尚想其德，恨不同时。故加搜校，粗为区目。”至今读来，令人感动！

作为评论家，萧统不带信仰偏见，并具有严谨的治学态度。陶渊明受庄子唯物主义自然观的影响，基本上属于唯物论者。而萧统则是一个有神论者，他和神仙道教有极深的家世渊源关系，又是一个虔诚的佛教信仰者。父亲梁武帝三教兼弘，老师沈约世代信奉道教。萧统写有答各寺名僧咨询“真谛”、“俗谛”之义旨的文章。陶渊明的《饮酒》诗直斥佛教因果报应为“空言”，《形影神》批判慧远，主张“神灭论”、直斥神仙道教的虚伪性。萧统却能把这些作品忠实而全面地收录下来。这在那个众声喧哗、互相攻讦的时代显得非常难得，弥足珍贵。

作为太子，萧统为了匡正风气，教化百姓，用心良苦。虽有夸大一个文人集子功用之嫌，但他试图凭一集诗文改造驰竞者、鄙吝者、贪夫及懦夫的目的着实令人肃然起敬。事实上，千百年来不同时代众多有成就的作家都受到陶渊明正直率真、光明竣洁人格的滋润，企羡那无与伦比的创作艺术。这已经远远超出萧统“有助风教”的初衷。

“横素波而傍流，干青云而直上”是对陶渊明作品断代地位和时代意义十分准确而又崇高的评价。明人王廷干对此理解殊深：“元亮远心旷度，气节不群，力振颓风，直超玄乘。遭时不遇，遂解绶归田。赋诗见志，不烦绳削，而有浑然天成之妙。恢之弥广，按之愈深。信儒者之高品，词林之独步也。梁昭明曰：‘横素波而傍流，干青云而直上。’”（《靖节先生集跋》）清人胡凤丹也有类似的评价：“夫诗中之有靖节，犹文之有昌黎也。文必如昌黎，而后可以起八代之衰；诗亦必如靖节，而后可以式六朝之靡。”（《六朝四家全集序》）

第八节　萧　纲

萧纲（503—551），梁武帝的第三子，比起萧统来，他的经历稍显复杂。先为晋安王，后为太子。30岁之前一直生活在京都之外的经历使他与复古的京师文风隔膜，形成了自己成熟的文学观，为宫体诗的倡导奠定了坚实之基。特殊的身份使他形成自己的文学集团，诗歌创作风靡一时。在《与湘东王书》中，他极力反对裴子野为代表的“懦钝”、“阐缓”、“浮疏”的复古文风，认为诗歌迥异于儒经，守道不同于为文。在《诫当阳公大心书》中，他又提出震世骇俗的观点——“立身先须谨重，文章且须放荡”，明确要求作诗要不拘一格地吟咏性情。这为宫体诗的大规模创作奠定了理论基础。在《答张瓒谢示集书》，他提出“寓目写心，因事而作”。在《答新渝侯和诗书》，将“寓目写心”的内容局限在“影里细腰，令与真类；镜中好面，还将画等。此皆性情卓绝，新致英奇”。既然他要以眼前事物和心中感情为主，极其狭窄的宫禁生活使他“寓目”的目标只能锁定在台池花卉、风花雪月、女体容貌、服饰用具与宫女歌伎上，而“写心”仅仅体现在书写与模拟宫中女性的哀愁情思。这样的宫体文学就只剩下内容低俗、语言华丽的空壳。

裴子野（469—530），河东闻喜（今山西闻喜）人，出身于史学世家，曾祖裴松之，祖父裴骃。生性偏孤，年少好学，擅长属文，以速见长，知识渊博，清高自爱，具备文史学家的修养，深受时人称赞，为范缜举荐。其诗作不多，多有古意，言辞典正。针对永明诗风新变之弊，以裴子野为代表的复古派予以批判，认为诗歌的出路只有复古一途。这既是他的性情使然，也与梁武帝倡导儒学、提倡节俭与孝行有关。在《雕虫论》中，他认为“学者以博依为急务，谓章句为专鲁。淫文破典，斐尔为功，无被于管弦，非止乎礼仪”。过于讲究形式美的重文轻质主张就会忽视诗歌的本质、抛开道德的约束，只会使创作之路最后走向死胡同。故而他提倡文行合一的文学。诗歌的出路就在于依古而行，即“古者四始六艺，总而为诗。既行四方之风，且彰君子之志。劝美惩恶，王化本焉”。这种宗经的文学观和以劝惩为本的儒家的传统诗教观，是对《诗经》以来写实传统和现实主义精神的延续。这不仅对齐梁诗风的矫正具有现实意义，而且对稍后的宫体诗创作也有警醒作用。倘若仅从文学的社会功能来批判齐梁诗风，就会走向另一个极端，很容易陷入狭隘的功利主义文学观。

一、主变的文学观

南朝梁代史学家、文学家萧子显（487—537）在《南齐书·文学传论》中明确提出“若无新变，不能代雄”的文学主张，正面肯定“踵事增华”和“新变”的重要性和必要性，反映到对待经典的继承上就是主张变通的灵活性。就文学发展史的演变规律而言，这种观念的提出是切合实际的。比如先秦以来的文体就发生了诸多变化。诗经历了四言、五言、古诗、律诗之变，文有诸子、史传、楚辞、汉赋、骈俪之别。另外还有诔文、小说等新生文体，做出与时俱进的应对。这种观念，与刘勰的通变观念不谋而合，也许其中存在着继承关系。萧子显比刘勰晚出生二十多年，《南齐书》（509—519）成书也晚于《文心雕龙》，也许萧子显的“新变”理论对刘勰的“通变”说有所借鉴。但其中孕育着的历史进化论思想是对刘勰宗经和宗圣理论的突破与发展。相比刘勰的“通变”思想来说，这也是一种有益的补充。这种今未必不如古、甚或胜于古的主张，发展成为“独抒性灵”，则会走向绝对新变甚至突破经典和反经典的方向。萧子显的《南齐书》也与沈约的《宋书》一样在宣扬佛法神秘思想深远的同时，皆过分讲究辞藻的华丽，这既是齐梁时代风尚的印记，也是他们难以超越的局限。

萧子显的文学观念对萧纲、萧绎皆有影响。“文章者，盖情性之风标，神明之律吕也。蕴思含毫，游心内运，放言落纸，气韵天成。莫不秉以生灵，迁乎爱嗜，机见殊门，赏务纷杂。”这里，把“情性”、“律吕”作为文章的标志，并以此来说明文学批评家的目的和动机皆是“各任怀抱，共为权术”。其中的“权术”与刘勰的“通变”密切相关，甚至就是通与变的具体体现。“气韵天成”上承谢赫与宗炳的“气韵生动”，但强调它的“天成”自然性。“属文之道，事出神思，感召无象，变化不穷。”正因为“神思”的变化无穷，所以才能有“新变代雄”之慨，才有“五言之制，独秀众品”，才有不同的时代风格和个人风格相继呈现和应运而生。其中不难看出，刘勰和钟嵘的思想烙印明显存在于其中。“今之文章，作者虽众，总而为论，略有三体”，那就是谢灵运体、傅咸体和鲍照体，分别以清采、借事和清拔取胜，但也各有局限与不足。而萧子显主张“委运天机，参之史传，应思悱来，勿先构聚。言尚易了，文憎过意，吐石含金，滋润婉切。杂以风谣，轻唇利吻，不雅不俗，独中胸怀”。正因为“委运天机”、“独中胸怀”，所以才有谈家论之不周的现象。“理胜其辞”、“兼之者鲜矣”。“学亚生知，多识前仁。文成笔下，芬藻丽春。”这些都是他“追寻平生，颇好辞藻，虽在名无成，求心已足”、“须其自来，不以力构”的结果。受此影响，萧纲在《与湘东王书》里较为系统地表达了新变的文学观。既然诗文皆是“吟咏性情”之作，所以扬马曹王、潘陆颜谢皆不相同，原因就在于“遣词用心，了不相似”。而当下的京师文体，“儒钝殊常，竞学浮疏，争为阐缓，玄冬修夜，思所不得，既殊比兴，正背风骚”，这就大大不同于以前的作家。谢灵运贵在“吐言天拔，出于自然”，不足在于“时有不拘”。裴子野实为史传良才，而恰恰缺少篇什之美。如果不从“吟咏性情”出发，仅仅“模拟内则”，往往会忘记所长，仅得其短。谢灵运的巧言妙语和裴子野的朴实无华皆不可学、不应学。这是因为在胸臆之文上人人皆可独擅胜场，谢、裴并非登峰造极之人，人人不可限量。一旦进入某种局限，就很难突破狭隘的境界。所谓“入鲍忘臭，效尤致祸”是也。一定要立志高远，取法其上，“决羽谢生，岂三千之可及，伏膺裴氏，惧两唐之不传”，否则就会难以超越，难成大器。因此，一旦迎合下流，就会甘居下流。“玉徽金铣，反为拙目所嗤，巴人下里，更合郢中之听，阳春高而不和，妙声绝而不寻，竟不精讨锱铢，核量文质，有异巧心，终愧妍手。”这种甘居下流的环境一旦形成，有识之士就难以改变，使人产生畏惧心理。“握瑜怀玉之士，瞻郑邦而知退，章甫翠履之人，望闽乡而叹息。”要想建立良好的文学创作环境，“使夫怀鼠知惭，滥竽自耻”的局面得以改善，必须通过“辨兹清浊”、“论兹月旦”的形式鉴别高低，选优汰劣，进行改革创新。不管实际效果如何，这种主张是具有实践可行性和理论前瞻性的。

二、创新的形式观

“立身之道，与文章异；立身先须谨重，为文且须放荡。”这是萧纲在《诫当阳公大心书》中所提出的观点。自古以来，为人与为文始终纠缠不清。如果断为两截，则自萧纲始。自先秦以来，人们常常倾向于将为人和为文合二为一来论述。《左传》最早提出为人的不朽命题，也就是人生的目的问题。何谓不朽？不在世家大族的血脉相传，不在拥有物质财富的丰厚，而在于精神财富的久远与深远。这就出现衡量“不朽”的标准，那就是“三不朽”，具体表现为“三立”。如果按照价值的高低来说的话，从高到低的顺序则是立德、立功和立言。可以说，立德与立功属于立身范畴。而立言则属于文章的范围。这一点在古人那里强调二者的一致性，也就是后人所说的道德文章的合一性。比如东汉时期的文人对屈原的创作评价问题，直接将文章与德行、才情与忠君联系起来，导致对屈原评价的分歧与差异。而在西汉扬雄那里，他悔已少作，痛斥为“童子雕虫小技，壮夫不为”，实乃对汉大赋的苛责，同时也表达了他不甘心于自己“文字侍从”

的附庸地位，还要建功立业、著书立说。他之所以“悔其少作”，实在是另有所图，后来的《太玄》、《法言》等征圣、宗经之作就是他理想抱负的表现。同时，他还在《法言》中提出了“心声心画”说，以此判断君子小人之别。尽管后来有学者提出质疑，钱锺书先生还提出“格调”进行补救。这种价值提升，是对文学地位与文人品格的独立要求。事实上，君子“德风”、小人“德草”的说法在先秦两汉中仍然不乏市场，扬雄只是予以凸显而已。当然，这种思想在稍后的桓谭和王充那里得到强烈的呼应。后人在张扬、推崇诗歌“欲丽”、“绮靡”的文学自觉和文人自觉的同时，反而忽视了扬雄—桓谭—王充一脉思想的动机与效果，直到刘勰出现才予以集其大成，并旗帜鲜明地主张“文德”说。如前所述，“文德”说是对文人“无行”说的驳斥与矫正。自从曹丕“文人类不护细行”说的出现，文人的人格泥沙俱下。当然，曹丕只是说出了两汉以来尤其是魏晋时期文人中普遍存在的现象与真实，而非说他是文人无行的代表，尽管他作为文人也有许多瑕疵。颇受后来指责的“建安七子”、“竹林七贤”就是最好的标本，其间也孕育着后人的“羡慕嫉妒恨”。萧纲的这种立场自然也受这种思潮的影响，只不过他是更加着眼于南朝齐梁文学的发展态势和文人的强烈要求。这种鲜明指出文章与立身的区别，既顺承文人做人要讲究道德的人文传统，也开创性地提出为文要突破规矩的创作规律。做人做事要堂堂正正老老实实，作文却要“吟咏情性”、“独抒胸臆”、“不拘一格”，要“且须放荡”。这种“放荡”不仅表现在内容上，尤其要表现在形式上。“删繁就简三秋树，领异标新二月花。”而萧纲以实际行动表现在宫体文学创作过程中，其功过皆集于文学实践上，并将文学形式推向了极端，初步显现出形式主义的倾向。可以说，萧纲为首的文学实践将声律、文辞、摹写等文学要素发挥到极致，为近代诗歌的繁荣奠定了坚实的基础，尽管唐人对此大加声讨。

三、崇高的价值观

既然萧纲对文学如此强调，那么他心目中的文学地位与价值应当是很别致的。应该说，他的文学价值观是崇高的，或者说文学在他看来是非常崇高的。古人“三立”中的立言实际上包括文学创作和著书立说，但凡有文字流传下来者皆是其中的应有之意。言，包含语言与文字、口头与书面两种。立，是确立、确证、确认。“己欲立而立人，己欲达而达人”、“兴于诗，立于礼，成于乐”、“凡事预则立，不预则废”，都是这种语境。这种预警隐藏着古人文字崇拜的基因，为后人重视文化与文学奠定了坚不可摧的心理基础。因此，仅凭立言就可以创造奇迹，成为超时空而独立人世间的不朽存在，与立德、立功鼎足而立。这种思想在世界文化史与文学史上可谓独特而别致。汉武帝虽然视司马相如等为文学侍从，但从内心来看依然充满着认同与敬畏。“恨不能同时”是在读过司马相如《上林赋》之后情不自禁的感叹。至于后来对司马相如没有给予应有的重视，这与其意识形态控制密切相关。试想，如果刘彻不是汉武帝，而是一个普通的文人，他的创作实绩将是不可限量的。刘彻的文学梦想与帝王实践在曹丕那里得到淋漓尽致的体现。这可以说是西汉以来爱好文学创作与欣赏的帝王共同的期望。曹丕并称其父王曹操的文学才能，以建安文学的领袖身份指导并滋润着那个时代的文学队伍，并且在文学创作取得较高水平的前提下实现了一代枭雄曹操的光荣与梦想，从而将文学与政治都做到了极致。曹丕虽然指出了文人不拘小节的缺点，但并未因此而轻视文人。《典论·论文》和《与吴质书》等高度评价文学（文章）的崇高地位，“经国之大业，不朽之盛事”。也许，在现实生活尤其是在政治无序的语境之下，文学与文人显得轻如鸿毛。在乱世语境下能有如此出类拔萃的观念，确实体现出空前的超越性与远见性。到了萧纲时代，同样以太子与帝王的双重身份，进一步确认文学的地位与价值。虽未正面立论，但却以反题的形式实现文学至高无上的价值期待。在他看来，任何对文学的不敬与轻视，皆应受到口诛笔伐，甚至是罪不容诛。比如扬雄认为汉赋创作是童子雕虫小技，壮夫不为，并且悔其少作。他则认为扬雄此举是“小言破道”，难登大雅之堂。曹植身为藩侯而抱怨“不能建永世之业”、“徒以翰墨为勋绩，辞赋为君子”，“辞赋小道，固未足以揄扬大义，彰示来世也”。（《与杨祖德书》）在萧纲看来，这两个人的言论，按照刑法处理，应该严惩不贷，“论在科刑，罪在不赦”。（《答张缵谢示集书》）为了捍卫文学的崇高地位而说出如此发狠的话语可谓空前。而他的文学主张就是“是以沉吟短翰，补缀庸音，寓目写心，因事而作”。（《答张缵谢示集书》）有如此自由的心态和如此重要的文学创作动机，焉有不发愤创作之理？

第九节 颜之推

颜之推（531—约591），字介，琅琊临沂（今山东临沂）人，博览诗文，词情典丽，好饮酒而纵任不修边幅。梁元帝时任散骑侍郎，梁灭入北齐。“八王之乱”结束后，中原地区具有深厚家学渊源的高门大族随之南迁。这种文化资源与政治资源的中心南移给北方的社会文化生态环境留下了新的空白点和增长点。游牧民族携带浓重的草原文化乘虚而入主汉族聚居区，逐渐放弃游牧生活而开始农耕生活。虽然融入中原文化，但其固有的异质文化因子仍然难以改变，尤其是在文学理论和批评方面显现出迥异于南方的特征。第一，北方严酷的草原文化环境缺乏玄学思辨的土壤，高门大族的南迁带走了超然的玄学气息，整个文化环境笼罩在有利于政权统一的经学氛围之下。第二，北方的皇权主要掌握在草原部落联盟的鲜卑贵族手中，而富有中原文化的汉族高门并不具备与之分庭抗礼的能力。北方高门士族努力寻找与异族文化的契合点，以自己应有的文化资本获得政治资本，这就促使北方文学必然与政治密切相关。第三，为了改变草原文化对农业文化的不适应，初入中原的北朝起用汉族官吏加强社会稳定，在选拔官吏时虽重门望，却更重处理日常事务和案牍公文的“材干”。优先考虑才能的选官制度不仅打破了门阀大族垄断权力的局面，而且刺激了北朝后期私人广开学馆以利于经学的发展与繁荣。第四，北朝主流文化仍为少数民族崇尚武力、重视军功的草原文化传统所支配。作为各部大人的少数民族贵族依然以勇武为尊、以雄浑质朴为美，马上的骑射和政治上的作为是他们的立身之本。北朝的诗文创作从未出现过热潮，其文学批评则呈现出保守复古倾向，倡导质朴的内容，反对过分的形式。最能代表北朝文学批评导向的就是宇文泰、苏绰和颜之推。

北朝特殊的社会政治文化环境不允许文学批评逃避政治操控而进行独立言说。虽然缺少南朝那样专门的文学批评专著，但在西魏北周时期的历史记载中依稀可见宇文泰和苏绰改革文风的主张。他们反对华丽的辞藻、追求质朴的文风。作为西魏的建国者和统治者的鲜卑贵族，宇文泰（507—556）的政治理想是统一中原。通过对周王朝各种礼仪、道德和文化标准的继承以确立其政治合法性，争取更多汉族士族的认同。在文学上，他要求百官必须师法西周的《大诰》体例，行文古雅典正，去华存朴。这种做法虽有违背文学发展规律之嫌，但是强力推行的政治措施却制约着北朝文风的走向。苏绰（498—546）是西魏大臣，京兆武功（今陕西武功西）人。少即好学，博览群书，尤善算术，深得宇文泰的信任，任大行台左丞，参与机密，帮助宇文泰改革制度。作为宇文泰最看重的大臣，苏绰与宇文泰保持高度一致，提倡质朴尚理，对南方华艳的文风及其模仿行为极为不满，“建言务存质朴，遂糠粃魏晋，宪章虞夏”。（《周书·王褒庾信传论》）为了抵制南朝浮华空洞文风的影响，他们的改革是正确的、措施是得力的，但是生搬硬套上古艰涩的文风，不仅显得生硬与古板，而且也使强力推行的政令不能持久。

随着南北战争的不断扩大，越来越多的南方文人进入北方。颜之推就是其中之一。颜之推，原籍琅琊临沂，世居建康（今南京市），生于士族官僚家庭。少年时居于南方，成年后多生活在北方。他的文学批评思想主要集中在《颜氏家训·文章》中。在同样反对南方浮艳文风的情况下，他没有苏绰、宇文泰极端，在温和中有所取舍和侧重，具有南方色彩的尚用质朴文艺观。颜之推的文学批评思想综合了南北所长，体现了南北文化融合的趋势，对于北朝整体诗风有着巨大的影响，也为隋唐的诗歌发展奠定了理论基础。

一、作家论与文学观

颜之推笔下的文章就是文学，文人就是作家。他的作家论和文学观既是正统的又是辩证的，不仅是对前人的继承而且还是对前人的发展，在保守功利的外衣下蕴涵着许多创新的内容。在《颜氏家训·文章》中，颜之推认为文章出于“五经”。把“五经”作为文章之源，这一点与刘勰的观点相似。诏、命、策、檄等文体从《书》中产生，序、述、论、议等文体产生于《易》，歌、咏、赋、颂等文体产生于《诗》，祭、祀、哀、诔等文体产生于《礼》，书、奏、箴、铭等文体产生于《春秋》。二十种文体产生于《诗》、《书》、《礼》、《易》、《春秋》五种儒家经典。按照当时的条件来看，曹丕谈到八种文体，陆机增加到十种文体，刘勰扩及三十二种文体。相比较而言，曹丕、陆机显得简单，刘勰较为繁琐。颜延之加以折中，二十种文体较为实用贴切。其中的价值是分等差的。相比政治军事、农业民生以及伦理道德等多种极其重要的实用价值，“陶冶性灵，从容讽谏”虽然不失为人生的一件快乐之事，但不是大事，其重要程度要小得多。孔子早就说过，“行有余力，则以学文”。从文体的划分与文学的作用来看，颜之推从儒家实用主义的功利文学观出发，对文学的作用估计不足。这大概与他经历乱世、由南梁侯景之乱而入北的痛苦经历密切相关。《涉务》篇认为，西晋南渡建立东晋政府，优待并借助于士族的势力。因此对于江南士族子弟大凡有才干者提拔重用，给予高官厚禄，担任尚书郎中书舍人以上令仆以下高级优厚的“机要”职位。其余的“文义之士，多迂诞浮华，不涉事务”。正因为如此，不懂事务、不堪事务而又占据要津，出现错误在所难免。不忍心责罚，只能尸身素位尸位素餐。这样的“益护其短”反而助长了庸官误国的不良风气。至于更高级的“台阁令史”等职务的任用主要用其所长。人们常常自不量力，不能认识自己。举世抱怨梁武帝父子亲近小人而疏远士大夫，最终导致误国亡国的悲剧。这里虽有泛论的性质，其中也许包含着即使连梁武帝父子这样英明的人物也有自身难以克服的缺点，那就是“暗于自见”。这也是眼睛看不到睫毛的缘故。正因为如此，他才不看好只会“品藻古今，若指诸掌，及有试用，多所不堪”的“世中文学之士”。这主要是历史与现实的原因所致。历史上，任用文人已成惯例。现实生活中，偏安江南的现实处境，优厚的生活待遇，“居承平之世，不知有丧乱之祸；处庙堂之下，不知有战陈之急；保俸禄之资，不知有耕稼之苦；肆吏民之上，不知有劳役之勤：故难以应世经物也”。应该说，颜之推对文学之士了解得十分清楚，四“不知”是对梁代亡国经验的高度概括，非常深刻。正因为如此，才得出“文学之士”不堪重用的结论。他还从历史的高度，系统论述“文人”的是非功过。他的结论是，“自古文人，多陷轻薄”。从屈原到谢朓等共计 36 人，都是文人翘楚，虽然个性不同、归宿不同，但其共性都是“不能悉纪”、不懂法纪、不守规矩。不仅文人如此，以往有才华、尚文采的帝王“亦或未免”，“皆负世议，非懿德之君”。这里只写到宋孝武帝，言下之意，身边的君主也未能幸免。即使“有盛名而免过患”的幸运者最终也以“损败者居多”。

除了个性气质等主观原因之外，文人很难善终，大致还与文学本身的特征密切相关。“文章之体，标举兴会，引发性灵，使人矜伐，故忽于持操，果于进取。”从积极意义来看，“标举兴会，引发性灵”是文学本质特征的凸显和文学独立于政治教化禁锢的标志，同时也是文学走向自觉的特征。举世的从文、崇文、重文无形激发起文人心中隐藏的激情与欲望。文章本身的特性很容易使文人自以为是、恃才傲物、夸夸其谈、目空一切。这大概就是文学觉醒之后文人悲剧增多的原因。在颜之推所列举的36名文人中，建安以前（500年以上）的14人，占38.9%；建安及其之后（300年左右）的22人，占61.1%。相比之下，他所列举的9名幸运者，建安之前8人，占88.9%；建安之后的1人，占11.1%。这一统计从正反两方面充分说明了建安之后文学逐渐走向自觉、文人地位日趋重要、文人节操逐渐失守、文人灾祸日益增多的现状与原因。这里虽然体现出颜之推保守的儒家道德观和文学观，但作为当时的见证人能够破除迷雾直指真相，足已显现出他的远见卓识与难能可贵。历史殷鉴不远，现实更加痛切。“今世文士，此患弥切。一事惬当，一句清巧，神厉九霄，志凌千载！自矜自赏，不觉更有傍人。加以砂砾所伤，惨于矛戟；讽刺之祸，速乎风尘。”在此语境之下，他的结论就是“深宜防患，以保元吉”。这虽有明哲保身的倾向，但确实道出封建社会文人命运的悲惨性与无常性。历史上因文获祸者就是明证，明清之后的文人概莫能外。

文人善于自夸，暗于自见。这是曹丕《典论·论文》的主题。颜之推“接着说”，进一步加以认真系统的论证。他首先在文章与学问的比较中加以深化。学问靠积累，快慢皆可。“学问有利钝”，“钝学累功，不妨精熟”，“但成学士，自足为人”。相比之下，文学需要天才，勉强不得。“文章有巧拙”，“拙文研思，终归蚩鄙”，“必乏天才，勿强操笔”。当下文坛，不自知者甚众，缺少文采，更乏天才，到处卖弄，沽名钓誉，不以为耻，反以为荣。并州士族，可笑诗赋，延客揽誉，至死不悟。如何才能避免如此不自见的文痴出现？“学为文章，先谋亲友，得其评裁者，然后出手。”这不失为一个有效的治疗方案！在亲友中寻找内行、有鉴赏力的高人指点，小范围内通过之后再向外传播。这是十分保险的对策！如果小范围内就不被认可，大范围内更难通过。这样做的理由有二：其一，“慎勿师心自任”，否则就会贻笑大方，遭人耻笑；其二，出名不易，因为自古为文者多而“宏丽精华”之篇章微乎其微。退一步而言，没有天才，只要“不失体裁，辞意可观”就可成为“学士”。要想取得惊世骇俗的成绩，谈何容易？“要须动俗盖世，亦俟河之清乎”？

热衷于俗世的浮名薄利不仅容易使文人陷于轻薄，而且还容易使之变节，出尔反尔。像伯夷、叔齐那样“不屈二姓”、“何事非君”的节义之士值得效法，但现在非常稀少。春秋战国以来，家国变易，君臣无常。但是

“君子之交”不能容忍不良的名声。一旦屈膝事人，就会用自己的生死来改变自己的节操。相比之下，置生死于度外，坚守节操，大义凛然，视死如归者令人敬佩。像陈琳般左右反复的文人，受到“时君所命”，有识之士无法干涉。这也是“文人之巨患”，应当引起当局者的高度重视，要“从容消息之”。鉴于此，他对扬雄的评价提出质疑。扬雄只知道诗赋之间“丽以则”和“丽以淫”之变化，不知道成为“壮夫”的原因何在。针对扬雄的“童子雕虫篆刻，壮夫不为也”，颜之推认为少年不会“累德”，只有老年才会出现晚节不保的局面。扬雄晚年著《剧秦美新》称颂王莽，最终“妄投于阁”自取其辱。悔做赋作之后，全力以赴撰写《法言》、《太玄经》以期流芳千古。其中的《太玄经》受到桓谭比之于老子和葛洪方之于孔子的谬赞，原因在于扬雄只懂算术并以此来解阴阳，其中的言论思想连荀子、屈原都不如，“安敢望大圣之轻尘”？现在它的用处恐怕只能用来盖酱菜坛子啦！这仿佛又是五百年前刘歆的回声。姑且不论这种观点的对错，至少表现出颜之推不迷信权威、独立思考的胆识与勇气。另外，在论述“逸气”与“衔勒”关系时，他主张文章要处理好张弛、收放之关系。写文章就像骑骏马，“虽有逸气，当以衔勒制之”，这一比喻十分形象贴切。萧纲说过，为人先须规矩，文章且须放荡。萧纲将为人和为文分割开来，容易引起歧义和理解偏差，走向文人放荡不羁而无行的歧路。而颜之推进一步矫正，将为人与为文、规矩与自由、道德与文章有机结合，既考虑到文章的自由宽松，又考虑到文章的规矩范式，将保守与开放统一起来，显出应有的辩证与通脱。

另外，将文章人体化、拟人化，开辟了文学与人体的类比先例。他分别以文章的理志、气调、事义、华丽类比人的心肾、筋骨、皮肤、冠冕。在这里，我们可以看出他对文章构成诸要素的价值高低的区分。理志、气调、事义、华丽的重要性呈现递减趋势。其中，理志最重要，正如人的心肾功能一样非常关键，直接决定着其他构成要素的组合与匹配。气调次之，如同人的筋骨那样支撑着文章的架构与形态。理志和气调属于内在的因素，事义和华丽则属于外在的范畴，对文章起着修饰与装扮的作用。事义如同人的皮肤，华丽如同人的帽子。事义的好坏要受到理志和气调的制约，就像人的肤色的好坏直接取决于心肾和筋骨的调节。至于华丽并不会影响大局，有了它可以增加气势与威仪。当然，华丽不可过度，否则就会喧宾夺主、本末倒置。华丽有度，以适合文章的理志、气调、事义，为主要衡量标准。相比较而言，理志、气调为文章之本，是看不见的；事义、华丽则为文章之末，则是看得见的。就文章来说，不能本末倒置。可现实的文坛状况却是朝着相反的方向运行。“趋末弃本，率多浮艳。”以辞采的华丽掩盖孱弱的理志，以繁琐的事义掩盖贫弱的才能，结果因“辞胜”、“事繁”而造成“浮艳”的局面。世风如此强盛，个人难以抵制，只能做到不要过分过度就好。殷切希望有“盛才重誉”者能够引领风骚，改变当前不良的文风。这是对曹丕的“文本同而末异”理论的进一步细化与发展。他将曹丕的“以气为本，以体为末”发展为理志气调为本、事义华丽为末，使本末理论更具可操作性。同时，以人体类比文章的有机论，极大地启发了白居易等人的文学功能观。

二、趣味观与富贵气象

通过历史的考察，他认为古今文章在“宏才”、“逸气”、“体度”、“风格”等方面存在着很大差异。“宏才”是指宏达高远的才气，志在千丈松树凌霜不凋，而非玩弄辞藻春花之辈。“逸气”是指自由飘逸的气象。“体度”是指文章体裁的规则。今天的文章在音律、章句和避讳等方面远远超过古代。古代的趋于“疏朴”，今天的日趋“密致”，其基本原则就是，“宜以古之制裁为本，今之辞调为末，不可偏废也”。这又是对文章“本末”说的进一步补充，具有历史主义的视角和变通观念。因此，他主张典正的文学趣味。所谓“典正”就是要求文章既要典雅又要正当，做到内容的高雅与形式的恰当有机结合。“典正”的反面是“流俗”。颜氏家族的文章正因为“甚为典正”而“不从流俗”，“不偶于世，无郑卫之音”，所以梁元帝萧绎所编选的《西府新文》概不收录。又由于人微言轻，名声不显，所著诗赋铭诔书表启奏二十卷未被编次，后遭火焚竟然不传于世，引为终生遗恨。这也间接说明世俗趣味对一个文人文学命运的决定作用。如果陶渊明不遇萧统的崇拜收集编录，也会有如此的命运。正因为主张典正的文学趣味，所以沈约的“三易”说受到他的高度评价。如前所述，沈约的“三易”说对于文学的传播与接受具有很好的认识，对于抵制浮艳的文风具有较好的制约作用，与他的典正趣味观密切相连。沈约“用事不使人觉，如胸臆语也”，这一点使他甚为佩服。这也符合他的事义观，如皮肤般自然，不可过于用力以显别扭。与沈约相对的是任昉。“沈诗任笔”说明任昉以学识胜，沈约以才情胜。北魏的邢邵崇拜沈约，魏收崇拜任昉，结果二人分别继承了沈约和任昉的优缺点。这也间接说明了邢邵和魏收不善学习的缺点，也为杜甫的“转益多师”提供了反面教材。为了更好地促进文章的完善，就应该自觉接受别人的批评指正。江南文坛盛行此风，从曹植开始有之。其实，秦国的吕不韦编著《吕氏春秋》、西汉的刘安编著《淮南子》都曾悬赏纠错以使文章成为不朽。北魏时期却不喜欢这种作风，因此其文学成就远逊于江南，这也是颜之推的言外之意。为了做到典正，至少应注意做到如下几点：其一，一篇文章之内褒贬不能相互矛盾；其二，用事用典不能失误；其三，所写之事不能与地理相冲突；其四，创新之语要有情致；其五，要状难写之情“宛然在目”；其六，要超越形似之言。在探求典正趣味之时，他还涉及了富贵气象的问题。南梁诗人何逊的诗歌以轻巧取胜，“多形似之言”。研究他诗歌的人认为，其诗中多贫寒气，“不及刘孝绰之雍容也”。这也说明诗人的性格气质与文章气象之关系，在唐宋时期产生重要影响，如“郊寒岛瘦”、富贵气象等。

关于文人之间相互欣赏与嫉妒的隐情。刘孝绰对何逊的嫉妒致使其在所编选的《诗苑》中只录何逊两首诗，而对自己所佩服的谢朓，常常把谢诗“置几案间，动辄讽味”。梁简文帝萧纲对陶渊明诗文的喜爱，“亦复如此”。

在《省事》篇，关于“上书陈事”这种文体，他有非常深入的论述。这种文体起源于战国，两汉发扬光大。从“体度”来考察，它有四种用途：攻击人主的长短，这是谏诤之徒的职责；责问群臣的得失，类似于诉讼文体；陈述国家之利害，属于对策的范围；带有私人感情的好恶褒贬，归为游说一类。这四种目的在于“贾诚以求位，鬻言以干禄，或无丝毫之益，而有不省之困”。如果幸运的话，感悟了人主，为当局所采纳，“初获不赀之货，终陷不测之诛”，如汉代的严助、朱买臣、吾丘寿王、主父偃之流的非常多。有良知的史学家在史书中采取狂狷的一面以论政治得失作为借鉴，并非遵守法度的士君子所愿意效法的榜样。从现在来看，具有高洁品格和远大志向者都耻于做这类文章。应该说，这种考察是深入而有远见卓识的。在《音辞》篇，他详细谈论了不晓得反切、避讳与反语所闹出的笑话，以及音辞的地方性和文人的偏好性之关系。这些都是前人所未道或言之不详的。

第四章 // 隋唐的文论发展

第一节　概　述

581 年，北周权臣杨坚建立隋朝。隋朝的建立，结束了南北朝长期的战乱，统一了中国。但隋朝立国仅仅 37 年，即被隋朝贵族李渊取而代之。618 年，唐朝建立，开始了长达近三百年的统治。

隋朝虽然国祚不长，但在政治、经济、文化等诸方面对唐朝有着深远的影响。政治上，隋朝在中央实行三省六部制，在地方实行州、县两级制，地方官吏由朝廷任免，建立起一个强有力的中央集权政府。这种中央集权制为后代所沿袭。经济上，隋文帝继承北魏实行均田制，并实行减免税赋和徭役等一系列经济制度，使经济得到迅速的恢复和发展。《隋书·帝纪第二·高祖下》云：“于是躬节俭，平徭赋，仓廪实，法令行，君子咸乐其生，小人各安其业，强无陵弱，众不暴寡，人物殷阜，朝野欢娱。二十年间，天下无事，区宇之内晏如也。”这种经济政策也为初唐君王继承。唐高祖武德年间，实行均田制，同时辅以租庸调制的赋税制度。《旧唐书》卷四十八《食货志》云：“赋役之法，每丁岁入租粟二石，调则随乡土所产，绫绸絁各二丈，布加五分之一，输绫绢絁者，兼调绵三两，输布者麻三斤。凡丁岁役二旬，若不役，则收其庸，每日三尺，有事而加役者，旬有五日免其调，三旬则租、调俱免，通正役并不过五十日。”均田制和租庸调制的实行，使得很多无地农民得到了土地，并将农民固定在土地上，此种政策大大刺激了初唐经济的恢复和发展。唐人陆贽曾称许初唐的经济政策云：“国朝著令赋役之法有三：一曰租，二曰调，三曰庸。……此三道者，皆宗本前哲之规模，参考历代之利害。其取法也远，其立意也深，其敛财也均，其域人也固，其裁规也简，其备虑也周。”初唐的一系列经济政策，使得唐朝经济大大发展，国力逐渐强盛。杜甫《忆昔》其二云：“忆昔开元全盛日，小邑犹藏万家室。稻米流脂粟米白，公私仓廪俱丰实。九州道路无豺虎，远行不劳吉日出。齐纨鲁缟车班班，男耕女桑不相失。宫中圣人奏云门，天下朋友皆胶漆。百余年间未灾变，叔孙礼乐萧何律。”正因为如此，才有初唐之“贞观之治”、盛唐之“开元盛世”。然而，到了中唐，由于豪强地主的掠夺，大量农民失去土地，被迫逃亡。据《新唐书》卷五十八《食货志二》记载：“租庸调之法，以人丁为本。自开元以后，天下户籍久不更造，丁口转死，田亩卖易，贫富升降不实。其后国家侈费无节，而大盗起，兵兴，财用益屈，而租庸调法弊坏。”在这样的情况下，德宗时开始实行新的赋税制度“两税法”。

此外，隋唐时期实行科举制，这一政策一直被后来的封建王朝沿用，影响巨大。隋文帝为了适应中央集权的需要，废除了魏晋以来的九品中正制，实行科举制。到了隋炀帝，正式实行进士科。《通志》云：“炀帝始建进士科，又制百官不得计考增级，其功德、行能有昭然者，乃擢之。”① 唐朝建立后，进一步完善科举制，进士科成为其中最重要的组成部分。魏晋以来，门阀世族势力巨大，把持政治经济诸多特权。选拔取士的九品中正制也逐渐变为只看门第与出身，出现了“上品无寒门、下品无士族”的现象，庶族子弟向上的通道基本被堵死。科举制的产生，则大大打破了门阀世族的限制，大批寒门子弟得以通过考试走上仕途。这不仅进一步削弱了门阀世族的势力，更激起天下士人报效国家的热情。不仅如此，唐玄宗天宝末年，在明经科外，增加了诗赋取士的进士科。这种以诗赋取士的考试制度，对文学影响巨大，它直接促使诗歌成为有唐一代之文学。“唐诗人上自天子，下逮庶人，百司庶府，三教九流，靡所不备。”② 这种举国上下全民皆诗人的盛况，与诗赋取士的科举制度不无关系。

从文化的层面看，隋唐时期更为开放的文化环境，为文学的发展提供了更广阔的土壤。一方面，隋唐时期，对外交流比以往任何朝代更加频繁，对外来文化的态度也比以往朝代更为宽容和开放。由于隋唐统治者本

①郑樵：《通志》卷五十八，文渊阁四库全书本。

②胡应麟：《诗薮·外编》卷三，中华书局1958年版，第164页。

身就带有浓厚的外来血统，因而对四方民族与外来文化十分宽容。隋文帝的皇后独孤氏是鲜卑族，而李渊之母为独孤氏的姐姐，唐太宗的皇后、高宗之母长孙氏也为鲜卑族。正因为隋唐统治者有浓厚的胡人血统，因而在民族政策上采取十分开明的做法。《资治通鉴》卷一九八记载唐太宗云："自古皆贵中华，贱夷狄，朕独爱之如一。"此外，隋唐时期多次对周边少数民族区域用兵，隋炀帝远征高丽，唐太宗贞观年间大败突厥与吐谷浑，唐高宗又大败西突厥。从唐太宗至武后朝，唐朝先后设置了安西、安北、单于、安东、安南、北庭六个大都府，众多西域诸国的归顺，为唐朝带来了丰富多彩的异域文化。当时留居长安的胡人甚多，"胡客留长安者或四十年，皆有妻子，买田宅，举质取利，安居不欲归"。① 西域的舞蹈、音乐和绘画，在这种对外交流中纷纷传入中原，为唐朝文化增添了一抹浓重的色彩。当时唐朝流行的剑器舞、胡旋舞，以及"十部乐"等，都来自西域。甚至连胡人的生活习俗都影响了唐都长安的人。据《旧唐书》卷四十五《舆服志》记载："开元来，太常乐尚胡曲，贵人御馔，尽供胡食，仕女竞衣胡服。"文化的开放，自然带给了唐朝文学更丰富的内容，唐诗中出现大量描写边塞风光的诗歌，边塞诗也成为唐诗的重要组成部分。

另一方面，唐朝时期，不仅对外来文化持十分开明的态度，文化上还呈现三教并驰的局面。在以往的朝代，对于三教的态度，往往取一派而打压其余。汉代独尊儒术，魏晋时期佛老兴盛，儒家则受到挤压。唐朝对三教的态度则比较开明。唐朝初期，统治者为了神话自己的统治，宣扬李氏为老子的后裔，对道教十分尊崇。唐高祖五德年间，建老子庙，并下诏道教排在三教之首。唐太宗颁《道士女冠在僧尼之上》诏，明确宣称"朕之本系起自柱下"。唐高宗尊封老子为"太上玄元皇帝"。唐玄宗亲注《道德真经》，将《老子》列为科举考试内容，并追封庄子为南华真人。此后的历代皇帝，也对道教多有扶持。但与此同时，唐朝对佛教与儒教也十分重视。唐太宗朝，玄奘法师远赴西方取经归来，朝廷为其准备大规模的译场，方便其弘扬佛法。武则天朝，为了利用佛教来粉饰自己篡位之举，对佛教十分推崇，并下令"释教在道教之上"。② 此后，佛教进一步发展壮大，甚至到了中唐，韩愈等人要大力排佛。至于儒教，在唐朝也得到了一

①《资治通鉴》卷二三二，中华书局 1976 年版，第 7493 页。

②《旧唐书》卷六，中华书局 1975 年版，第 121 页。

定的发展。唐太宗自称："朕今所好者，唯在尧舜之道，周孔之教，以为如鸟之有翼，如鱼依水，失之必死，不可暂无耳。"① 他又令孔颖达撰《五经正义》，命颜师古撰《五经定本》，并将《五经》作为科举考试的内容。有唐一代，儒学一直是科举考试的重要内容，受到唐代士人的尊崇。应该说，唐朝对三教基本持比较开明的态度。唐德宗贞元年间，甚至在殿堂之上，"召给事中徐岱、兵部郎中赵需、礼部郎中许孟容与渠牟及道士万参成、沙门谭延等十二人，讲论儒、释、道三教"。② 正因为如此，唐代士人大都对三教思想兼收并蓄，如萧颖士"儒、释、道三教，无不该通"。③ 这种三教并驰的文化语境，对唐代文人及文学影响更甚。唐代不少文人都出入三教，思想内涵十分丰富。如李白受道箓，王维慨叹"人生几许伤心事，不向空门何处销"（《叹白发》），白居易晚号香山居士，以及皎然、齐己等诗僧的大量出现，都表明唐代文学三教合流的趋势。

此外，唐代文学呈现与前代大不相同的艺术风貌，很重要的原因在于创作主体的心态。唐代实行科举制，大批庶族文人通过科举进入仕途。科举给了他们实现政治理想的机会，因而唐代文人踏上仕途之后，往往渴望大展拳脚，儒家的积极用世成了他们的信条，他们在精神风貌上是积极昂扬的。在安史之乱以前，唐朝国力强盛，积极拓展边疆，与周边多有战事，文人们不仅可以投笔从戎，实现为国效力、建功立业的理想，还可以通过深入边塞，接触丰富多彩的边疆文化，进而创作出丰富多彩的文学作品。安史之乱以前，唐代文人的整体风貌是积极入世，慷慨激昂。因此才有"男儿何不带吴钩，收取关山五十州"（李贺《南园十三首》之五），"功名只向马上取，真是英雄一丈夫"（岑参《送李副使赴碛西官军》），以及"会当凌绝顶，一览众山小"（杜甫《望岳》）这样慷慨激昂、气势不凡的诗句。这种心态与前代大不相同，因而表现在文学上便形成了唐代文学奋发昂扬的艺术风貌。安史之乱后，唐朝由盛转衰，对唐朝文人心态的打击十分沉重，盛唐时期昂扬的文人风貌有所变化。但中唐文人依然拥有积极入世的心态，元稹、白居易的新乐府运动，韩愈、柳宗元的古文运动，都是这种入世心态在文学上的反映。

---

①《格物通》卷四，文渊阁四库全书本。

②《旧唐书·韦渠牟传》，中华书局1975年版，第121页。

③钱易：《南部新书》卷七，文渊阁四库全书本。

隋唐的文论思想，正是在这样的时代语境与文学环境下不断发展的。隋及唐初，文学受到南北朝文风的很大影响，不少文人都是前朝旧臣，因而继承了齐梁文风，创作出一批风格绮靡的作品。这一时期文论思想的主要潮流，便是如何评价齐梁文风的问题，继承与批评成为这一时期的两大趋向。一方面，隋炀帝喜欢南朝词人、创作的不少诗歌类似宫体诗，唐太宗与群臣游宴唱和，创作了诸多具有齐梁之风的诗歌。不仅如此，隋及唐初，前朝旧臣众多，文风尚未独立，因而对齐梁文风的继承，成为诗歌创作的主流。另一方面，出于巩固新朝统治的需要，隋文帝、唐太宗都曾下诏要求摒弃浮华文风，一些有识之士也纷纷对齐梁文风予以批评。其中，隋代李谔、王通，唐初魏征、令狐德棻、刘知几、王勃等人，对齐梁文风的批评比较集中。但他们对齐梁文学及作家的态度又有差异。这种批评，对建立唐代文学风格产生了影响，但在初唐，齐梁文风的弊端并未完全革除。一直到陈子昂提出“兴寄”、“风骨”说，才算真正意义上构建起唐代文学的基本要义。

南朝文风绮靡，但对中国诗歌的发展具有重要意义。其中极其重要的一点，便是南朝文人对诗歌创作规律以及形式、音律等诗歌理论进行了探讨及总结，为唐代诗歌的发展奠定了坚实的基础。《南齐书·陆厥传》云：“永明末，盛为文章。吴兴沈约、陈郡谢朓、琅琊王融以气类相推毂，汝南周颙善识声韵，约等文皆用宫商，以平上去入为四声，以此制韵，不可增减，世呼为‘永明体’。”在此基础上，沈约等人还提出“四声八病”之说，严格限制诗歌与韵文的音律。这种诗歌声律理论，虽然对诗歌的创作有所局限，但其也是诗歌发展的必然，为唐代诗歌之繁荣提供了理论支持。到了隋代，颜之推、薛道衡、陆法言等人又在此基础上撰写了韵书《切韵》，对诗歌的音调声律进行了进一步的规范。在唐代，对诗歌创作理论的探讨也成为唐代文论的重要内容。这方面的代表有诗僧皎然的《诗式》，王昌龄的《诗格》，殷璠的“兴象”论，以及李白、杜甫等著名诗人的诗歌理论。

安史之乱后，唐朝由盛转衰。唐代文人虽然入世之心不减前代，但朝廷衰弱、藩镇割据、党争不断、外戚宦官弄权的现实，对唐人的打击十分沉重。然而，在经历了李白、杜甫双峰并峙的高潮之后，唐代文学在中唐居然又迎来了一个高潮。王谠《唐语林》卷二云：“元和以后，文笔学奇于韩愈，学涩于樊宗师，歌行则学流荡于张继，诗章则学矫激于孟郊，学浅切于白居易，学淫靡于元稹：俱名元和体。大抵天宝之风尚党，大历之风尚浮，贞元之风尚荡，元和之风尚怪。”这里虽然并无赞美之意，但也从一个侧面揭示出中唐文学的丰富多彩。这种现象的出现，大抵一方面是因为国力衰弱、朝政不明，文人只好寄情于文学创作；另一方面，文人试图通过文学创作来影响现实，进而实现有补于世的政治理想。中唐文学，以白居易、元稹为代表的新乐府运动和以韩愈、柳宗元为代表的古文运动，在诗歌与散文两个领域都取得了瞩目的成就。而中唐的文论思想，也以元、白的新乐府诗歌理论和韩、柳的古文理论为代表。

晚唐诗歌虽然也有李商隐、杜牧两位号称“小李杜”的代表诗人成就斐然，对宋初诗风以及后代诗歌影响很大，但晚唐文学相比盛唐和中唐，气魄明显不如以前。由于国力进一步衰弱，唐王朝处于风雨飘摇之中，晚唐文人也开始更多寄情山水和私人感情，对诗歌形式的关注也远超过诗歌表达的内容。这时期的文论思想，以司空图的“味外之旨”以及意境理论为代表。

第二节　李谔与王通

隋朝统一中国后，文学上仍然承袭前代，齐梁浮艳文风仍然占据文坛主流。为了巩固统治，隋文帝多次下诏改革文风。《隋书·文学传序》云：“高祖初统万机，每念斫雕为朴，发号施令，咸去浮华。然时俗词藻，犹多淫丽，故宪台执法，屡飞霜简。”开皇四年（584），隋文帝下诏：“公私文翰，并宜实录。”其年九月，泗州刺史司马幼因上表文辞华艳，被文帝交有司治罪。① 可见，文帝对转变文风态度之坚决。正是在这样的环境下，当时文风有所改变，“自是公卿大臣，咸知正路，莫不钻仰坟集，弃绝华绮，择先王之令典，行大道于兹世”。② 在当时，反对齐梁文风比较突出的代表人物有李谔和王通。

李谔，字士恢，仕齐为中书舍人，仕北周任天官都上士，与隋高祖杨

①《隋书·李谔传》，《隋书》卷六十六，中华书局2000年版，第1038页。

②《隋书·李谔传》，《隋书》卷六十六，中华书局2000年版，第1038页。

坚交厚。隋朝建立，李谔为治书侍御史，因年老出拜通州刺史，卒于任上。《隋书》卷六十六有传。李谔为人公正，好学属文，其文学观念也深受传统儒家思想的影响。其《上隋高祖革文华书》云："五教六行为训民之本，《诗》、《书》、《礼》、《易》为道义之门。故能家复孝慈，人知礼让，正俗调风，莫大于此。其有上书献赋，制诔镌铭，皆以褒德序贤，明勋证理。"显然，在李谔看来，文学的功能在于教化，可以"家复孝慈，人知礼让，正俗调风"。这与《毛诗序》所谓诗歌能"经夫妇，成孝敬，厚人伦，美教化，移风俗"的表述一脉相承。正因为如此，李谔在这篇上书中对魏晋南北朝只重辞采的文风予以批评：

> 降及后代，风教渐落。魏之三祖，更尚文辞，忽君人之大道，好雕虫之小艺。下之从上，有同影响，竞骋文华，遂成风俗。江左齐、梁，其弊弥甚，贵贱贤愚，唯务吟咏。遂复遗理存异，寻虚逐微，竞一韵之奇，争一字之巧。连篇累牍，不出月露之形，积案盈箱，唯是风云之状。……至如羲皇、舜、禹之典，伊、傅、周、孔之说，不复关心，何尝入耳。以傲诞为清虚，以缘情为勋绩，指儒素为古拙，用词赋为君子。故文笔日繁，其政日乱，良由弃大圣之轨模，构无用以为用也。

《毛诗序》云："治世之音安以乐，其政和；乱世之音怨以怒，其政乖；亡国之音哀以思，其民困。"还提到："至于王道衰，礼义废，政教失，国异政，家殊俗，而变风变雅作矣。"在传统儒家思想中，文学与政治是一一对应的，政治昌明的时代，文学是雅正的。而一旦文学失去了雅正的形式和内容，就意味着政治出了问题。这种观点显然也为李谔继承。按照李谔的逻辑，文学的功能在教化，而教化也是文学的核心内容。一旦文学不再关注教化内容，不再具有教化功能，也就意味着政治的衰微。他对魏晋南北朝文风的批判，正在于此。在他看来，魏晋南北朝时期，传统儒家的施政经典著作无人问津，连曹操父子那样的豪雄都只关心文辞，更不用提别人。到了齐梁时期，这一现象更加严重，文人醉心于文辞，沉迷于追求文采，而丝毫不关心文章的教化功能。因而导致"文笔日繁，其政日乱"。在这里，追求文采的齐梁文风成了政治衰乱的罪魁祸首。由此，李谔提出要"屏黜轻浮，遏止华伪"，对于那些"其学不稽古，逐俗随时，作轻薄之篇章，结朋党而求誉”之人，他要求“具状送台”，严加查办。

应该说，李谔对齐梁文风的概括十分精彩，对其批判也入木三分。但他将魏晋南北朝政治的衰乱归之于文学，难免失之偏颇。尤其他将曹操父子所代表的建安风骨与齐梁文风相提并论，显然是受限于其狭隘的文学教化论所致。在隋代，同样坚持传统儒家诗学观念的，还有隋末大儒王通。

王通，《隋书》无传，其生平传记附录于新旧《唐书》之《王勃传》、《王质传》、《隐逸传》以及《旧唐书》之《王绩传》等中。综观这些史书，可知王通曾为隋朝蜀郡司户书佐，大业末年弃官，隐居于白牛溪，以著书讲学为业，门人甚众。义宁元年（617）卒，门人私谥“文中子”。据司马光的《文中子补传》云：“乃著《礼论》二十五篇，《乐论》二十篇，《续书》百有五十篇，《续诗》三百六十篇，《元经》五十篇，《赞易》七十篇，谓之‘王氏六经’。”① 除了这六经，王通弟子还仿《论语》例，撰成《中说》一书，记载王通言论。

由于《隋书》无传，加之《中说》中不少内容与历史事实有诸多抵牾之处，宋代以来不少学者均对王通及其《中说》一书持怀疑态度。晁公武《郡斋读书记》、洪迈《容斋随笔》、王应麟《困学纪闻》等都曾对此进行考论，洪迈甚至认定《中说》为伪书。还有不少人甚至认为，王通此人在历史上并不存在。司马光虽然为王通作传，以补《隋书》之缺，但也认为“惜其自任太重，其子弟誉之太过，使后之人莫之敢信也”。认为其人和书都存在，但没有其人及其弟子所说的那样神乎其神。清《四库全书总目》综合前代考论云：

> 考《杨炯集》有《王勃集序》称：祖父通，隋秀才高第，蜀郡司户书佐，蜀王侍读。大业末，退讲艺于龙门，其卒也，门人谥之曰文中子。炯为其孙作序，则记其祖事必不误。杜牧《樊川集》首有其甥裴延翰序，亦引文中子曰“言文而不及理，王道何从而兴乎”，二语亦与今本相合。知所谓文中子者，实有其人。所谓《中说》者，其子福郊、福畤等纂述遗言，虚相夸饰，亦实有其书。②

①见《宋文鉴》卷一百四十九，文渊阁四库全书本。

②《四库全书总目》卷九十一。

应该说，《四库全书总目》的这种说法还是颇为合理的。王通其人其书可能并无其弟子后人所说的那样神奇，但王通应该是实有其人，《中说》虽有弟子后人增益之处，可大体还是能看出王通的思想。

王通身为隋末大儒，自然坚持儒家正统思想。从《中说》来看，王通是以周公、孔子继承人的角色自居的。其《中说·天地篇》云："如有用我者，吾其为周公所为乎?"如果能为人君所用，必然像周公一样做事。这已经明显有以周公自比之意。而在《天地篇》中还有一句话云："千载而下，有绍宣尼之业者，吾不得而让也。"这里又是以继承孔子事业者的角色自居。这种自神其人与自神其说的做法，难免会让后人对其不满。宋以来不少文人均对此提出批评。

王通的文学观念，也坚持传统儒家诗学思想。从其所撰《六经》来看，他将主要精力都放在续修儒家经典上。因此，对于先秦儒家的文学观，他也继承了下来。如《王道篇》云：

> 昔圣人述史三焉：其述《书》也，帝王之制备矣，故索焉而皆获；其述《诗》也，兴衰之由显，故究焉而皆得；其述《春秋》也，邪正之迹明，故考焉而皆当。此三者，同出于史而不可杂也，故圣人分焉。

《尚书》、《春秋》皆史，按照今天的观点来看，也是成立的。但在王通那里，《诗经》也是史，对于今天文史早已分为不同学科的语境看，就是很难理解的了。实际上，王通的这一观点是继承了先秦及汉代儒家的思想。孔子说："《诗》可以兴，可以观，可以群，可以怨。迩之事父，远之事君，多识于鸟兽草木之名。"兴观群怨，讲的就是《诗经》的教化功能。其中的"观"，即是王通这里所说的，观治乱之兴衰。正因为在先秦儒家那里，《诗经》具有强烈的教化功能，才有了孔子删诗之说。因此孟子才会说："孔子成《春秋》而乱臣贼子惧。"① 在先秦儒家那里，《诗经》与《春秋》的功能都是相同的。到了汉儒那里，诗歌的功能进一步扩大，除了"经夫妇，成孝敬，厚人伦，美教化，移风俗"，甚至"正得失，动天

---

①《孟子·滕文公下》，金良年撰《孟子译注》，上海古籍出版社 2004 年版，第 140 页。

地，感鬼神，莫近于诗”，不仅可以风教天下，还可以沟通鬼神。《毛诗序》所谓“治世之音安以乐”、“乱世之音怨以怒”、“亡国之音哀以思”，与王通之“兴衰之由显”，都是基于诗歌的教化功能以及诗歌与治乱兴衰之一一对应。因此，综观诗歌才可知治乱之兴衰。这也是王通续《诗经》的原因所在。如《事君篇》云：

> 薛收问续《诗》。子曰：“有四名焉，有五志焉。何谓四名？一曰化，天子所以风天下也；二曰政，蕃臣所以移其俗也；三曰颂，以成功告于神明也；四曰叹，以陈诲立诫于家也。凡此四者，或美焉，或勉焉，或伤焉，或恶焉，或诫焉，是谓五志。”①

这里所说的“四名”“五志”更清晰地表明王通诗学观念与先秦儒家及汉儒的观念是一脉相承的。四名为化、政、颂、叹，是对《诗经》的内容而言，显然是在《诗经》“六义”的基础上演化而来的。《毛诗序》云：“故诗有六义焉：一曰风，二曰赋，三曰比，四曰兴，五曰雅，六曰颂。”并解释“风”云：“风，风也，教也，风以动之，教以化之。”显然，《毛诗序》所说的“风”，就是王通这里所谓的“化”。而王通所谓的“政”与“颂”也来自于《毛诗序》:“雅者，正也，言王政之所由废兴也。……颂者，美盛德之形容，以其成功告于神明者也。”显然，王通续《诗经》，对《毛诗序》的诗学理论继承尤多。而所谓美、勉、伤、恶、诫“五志”，说的正是诗歌具有的教化功能。《问易篇》云：“诸侯不贡诗，天子不采风，乐官不达雅，国史不明变。呜呼！斯则久矣，《诗》可以不续乎？”不仅如此，王通还模仿孔子的“兴观群怨”对其《续诗》的教化功能作了详细解说。《天地篇》云：“《续诗》可以讽，可以达，可以荡，可以独处。出则悌，入则孝，多见治乱之情。”显然，王通之《续诗》继承了先秦儒家对《诗经》、《春秋》的态度，以及《毛诗序》对《诗经》功能的阐释，高扬文学的教化功能，试图对时代政治有所干预。

与强调诗歌的教化功能相同，王通还有“学以贯道”、“文以济义”说。《天地篇》云：“子曰：学者博诵云乎哉？必也贯乎道。文者苟作云乎

---

①王通：《中说》卷三，文渊阁四库全书本。下文所引《中说》均本于此，不再另注。

哉？必也济乎义。”文不能苟作，必须贯乎道与义。因为文学具有教化功能，从内容上说，也必然充满教化的内容，这就是道与义。这里又涉及了文章的内容与形式的关系问题。王通对那种只重形式不重内容的文学是持批判的态度，这与李谔观点基本一致。如《事君篇》云：

> 房玄龄问史。子曰：“古之史也辩道，今之史也耀文。”问文。子曰：“古之文也约以达，今之文也繁以塞。”

所谓“古之史也辩道”、“今之史也耀文”，“古之文也约以达”、“今之文也繁以塞”，说的都是内容与形式的问题。虽然一为史一为文，但与其文学观一致。“古史辩道”与前面所说的“学以贯道”、“文以济义”一样，都是强调文章要有道义的内容，不能一味炫耀文字，追求繁文的形式。综观古今文史之对比，足以见出王通对齐梁文风的批评。

不仅如此，王通还直接对魏晋南北朝的文风予以批判。这种批判主要体现在对著名作家的批评上。如《事君篇》云：

> 子谓文士之行可见。谢灵运小人哉，其文傲，君子则谨。沈休文小人哉，其文冶，君子则典。鲍照、江淹，古之狷者也，其文急以怨。吴筠、孔珪，古之狂者也，其文怪以怒。谢庄、王融，古之纤人也，其文碎。徐陵、庾信，古之夸人也，其文诞。或问孝绰兄弟，子曰：鄙人也，其文淫。或问湘东王兄弟，子曰：贪人也，其文繁。谢朓浅人也，其文捷。江总诡人也，其文虚。皆古之不利人也。子谓颜延之、王俭、任昉有君子之心焉，其文约以则。

从谢灵运、沈约到谢朓、江总，王通对南北朝的众多著名作家一一提出批评。而冶、碎、诞、淫、繁、捷、虚，这些都着重批评的是南朝文人重形式而忽视内容。傲、急以怨、怪以怒，这些倒是与文学的内容相关，但都是批评这些作家作品的内容不正。只有颜延之、王俭、任昉三位作家才做到了形式与内容的统一。“约以则”，与前面所引的“古之文也约以达”基本一致，说的都是文学在形式上要简约而在内容上要有道义的内容。不仅如此，对于代表魏晋文学最高峰的陶渊明，王通也给予了批评。《立命篇》云：“或问陶元亮。子曰：‘放人也。《归去来》有避地之心焉，

《五柳先生传》则几于闭关矣。'" 这里还是从内容上对陶渊明的文学作品予以批评，认为其有避世之心，完全忘记了儒家的入世之道。对于南朝最有名的“四声”、“八病”，王通的态度更为坚决。如《天地篇》云：

> 李伯药见子而论诗，子不答。伯药退谓薛收曰：“吾上陈应、刘，下述沈、谢，分四声八病，刚柔清浊，各有端序，音若埙篪，而夫子不应我，其未达欤?”薛收曰：“吾尝闻夫子之论诗矣。上明三纲，下达五常，于是征存亡，辩得失，故小人歌之以贡其俗，君子赋之以见其志，圣人采之以观其变。今子营营驰骋乎末流，是夫子之所痛也，不答则有由矣。”

如前所述，王通坚持先秦儒家与汉儒的诗教思想，对文学的教化功能十分重视，而对那种流于形式的齐梁文风深表不满。因此，其弟子以沈约等人的“四声八病”来谈论诗歌，显然完全背离了王通关于诗教的思想，难免招致其不满。王通对陶渊明“不为五斗米折腰”之辈都尚且看不上，更别提沈约之辈。在他看来，强调声律的“四声八病”无异弃本逐末，诗歌的根本在于对三纲五常、存亡得失的表达，要能“风天下”、“移其俗”、“诫于家”，这样才能观政教之衰乱。对南北朝众多作家的批评，对于“今之史”、“今之文”的贬斥，以及对“四声八病”为代表的南朝诗歌音律理论的抛弃，都代表了王通对齐梁文风的批判。

总之，隋朝立国短暂，齐梁浮靡文风依然占据主流，因而隋人对此文风予以强烈批评，试图建立新朝文风。李谔、王通都坚持儒家正统诗教观念，对齐梁文风展开批评。李谔将魏晋南北朝重文辞、轻儒家经典之风给予严厉批评，并将魏晋南北朝政治之衰乱归因于这种文风。王通为隋末大儒，对儒家经典的坚持更甚，他撰写《六经》正是为了表明对先秦儒家思想的继承。他强调诗歌的教化功能，要求“学以贯道”、“文以济义”，对魏晋南北朝大部分著名作家都给予了批评，对齐梁只重繁文、重“四声八病”音律的文风深表不满，要求诗歌回归《诗经》风教的正道上来。虽然由于隋朝短暂，隋代文人并未形成一代之文风，但他们对齐梁文风的批判，影响了唐初的文论家，并由唐朝的文人完成了这一任务。此外，王通的“学以贯道”、“文以济义”说，也为唐代的韩愈等人继承，成了“文以贯道”说的先声。

第三节　唐初诸史家

唐初，由于国家逐渐统一以及国力逐渐增强，统治者开始编修前代史书。早在唐高祖时期，令狐德棻就谏言高祖修史。唐高祖于是下诏，令“中书令萧瑀、给事中王敬业、著作郎殷闻礼可修魏史，侍中陈叔达、秘书丞令狐德棻、太史令庾俭可修周史，兼中书令封德彝、中书舍人颜师古可修隋史，大理卿崔善为、中书舍人孔绍安、太子洗马萧德言可修梁史，太子詹事裴矩、兼吏部郎中祖孝孙、前秘书丞魏徵可修齐史，秘书监窦琎、给事中欧阳询、秦王文学姚思廉可修陈史”。[①] 这次修史并不成功。太宗贞观三年（629），又令“（令狐）德棻与秘书郎岑文本修周史，中书舍人李百药修齐史，著作郎姚思廉修梁、陈史，秘书监魏徵修隋史，与尚书左仆射房玄龄总监诸代史。众议以魏史既有魏收、魏彦二家，已为详备，遂不复修。德棻又奏引殿中侍御史崔仁师佐修周史，德棻仍总知类会梁、陈、齐、隋诸史”，后来又下诏修《晋书》。[②] 这种大规模的修史活动，显然与唐初统治者对历史的重视有关。唐太宗云：“以古为鉴，可知兴替。”[③] 尤其为避免重蹈隋朝立国短暂的覆辙，唐初统治者对历史的借鉴更为重视。在这样的背景下，唐初出现一批官修史书，有《周书》、《隋书》、《梁书》、《陈书》、《北齐书》、《晋书》，以及李延寿私人所撰的《南史》、《北史》。在大量修撰前代史书的过程中，唐初史家表达了对前代著名文人及前代文学的看法，从而形成了唐初史家的文学观念。在这些史书中，《隋书》、《梁书》、《陈书》均列有《文学传》，《北齐书》有《文苑传》，这些《文学传》（《文苑传》）前都有史家的评论序言，此外，魏晋南北朝著名文人的传记中也有评论，都可以鲜明地看出唐初史家的文学观念。我们可以选择两个具有代表性的史家魏徵、令狐德棻为例，探讨唐初史家的文学观。

---

①《旧唐书·令狐德棻传》卷七十三。

②《旧唐书·令狐德棻传》卷七十三。

③《新唐书·魏徵传》卷九十七。

一、魏徵的文学观

魏徵参与了唐初多部史书的编撰，更为重要的是，多部史书的总论均为其所作。《旧唐书·魏徵传》："初，有诏遣令狐德棻、岑文本撰周史，孔颖达、许敬宗撰隋史，姚思廉撰梁、陈史，李百药撰齐史。徵受诏总加撰定，多所损益，荐在简正。隋史序论，皆徵所作，梁、陈、齐各为总论，时称良史。"① 也就是说，《隋书·文学传序》以及《梁》、《陈》、《齐》三史之总论也为魏徵所作。从这些序及总论中，我们可以比较清晰地看出魏徵的文学观念。

（一）强调文之功用

作为一个政治家，魏徵十分重视文之功用。而重视文之功用也是先秦两汉以来的诗教传统。《隋书·文学传序》云："然则文之为用，其大矣哉！上所以敷德教于下，下所以达情志于上，大则经纬天地，作训垂范，次则风谣歌颂，匡主和民。"② 同样的内容，在其《隋书·经籍志序》中也出现过：

> 夫经籍也者，机神之妙旨，圣哲之能事，所以经天地，纬阴阳，正纪纲，弘道德，显仁足以利物，藏用足以独善。……其王者之所以树风声，流显号，美教化，移风俗，何莫由乎斯道。③

其实，在魏徵看来，不管是文学，还是经籍，都可以达到同样的功用，即经天地、正纪纲、弘道德，这就是儒家的诗教思想。这种观念显然是承继先秦两汉儒家思想而来的。《诗大序》云："故正得失，动天地，感鬼神，莫近于诗。先王以是经夫妇，成孝敬，厚人伦，美教化，移风俗。"曹丕《典论·论文》云："盖文章，经国之大业，不朽之盛事。"④ 刘勰《文心雕龙·原道》也云："文之为德也大矣，与天地并生者何哉？"其

---

①《旧唐书·魏徵传》卷七十一。

②《隋书·文学传序》卷七十六。

③《隋书·经籍志序》卷三十二。

④郭绍虞主编：《中国历代文论选》（一卷本），上海古籍出版社 1979 年版，第 61 页。

《时序》云："故知歌谣文理，与世推移，风动于上，而波震于下者。"①可以说，自从《诗大序》鲜明地喊出"正得失，动天地，感鬼神，莫近于诗"以来，经纬天地、正国家纲纪、维护道德伦理以及移风易俗等成为文之功用的基本说法，在中国漫长的封建时代一直沿用下来。显然，魏徵也持有这种正统的诗教观。

魏徵对文之功用的重视，还可以从其对待小说的态度得到验证。《隋书·经籍志》子部总论云：

> 小说者，街说巷语之说也。《传》载舆人之诵，《诗》美询于刍荛。古者圣人在上，史为书，瞽为诗，工诵箴谏，大夫规诲，士传言而庶人谤。孟春，徇木铎以求歌谣，巡省观人诗，以知风俗。过则正之，失则改之，道听途说，靡不毕纪。《周官》：诵训"掌道方志以诏观事，道方慝以诏辟忌，以知地俗"；而训方氏"掌道四方之政事，与其上下之志，诵四方之传道而观衣物"是也。孔子曰："虽小道，必有可观者焉，致远恐泥。"②

《隋书》体例受到班固《汉书》影响很大。魏徵这里的小说观，实际上也是沿袭《汉书》的观点："小说家者流，盖出于稗官。街谈巷语，道听途说者之所造也。孔子曰：'虽小道，必有可观者焉，致远恐泥，是以君子弗为也。'然亦弗灭也。闾里小知者之所及，亦使缀而不忘。如或一言可采，此亦刍荛狂夫之议也。"③ 显然，《隋书》中的很多语句都直接从《汉书》那里来。但要注意的是，两者对小说的观念仍有差异。班固引用孔子的话，为了说明小说虽是小道，但也有可观之处。显然，在班固那里，小说地位并不高。但在魏徵看来，小说的地位不低。他认为："文者，所以明言也。"④ 所谓"史为书，瞽为诗，工诵箴谏，大夫规诲，士传言而庶人谤"，每一个阶层的人都根据其地位有其表达言说的方式，每种方式都是周代礼乐文化的一部分。而小说显然是庶民阶层之街谈巷语，但这种

①刘勰：《文心雕龙注释》，周振甫注释，人民文学出版社1981年版，第1页、第476页。

②《隋书·经籍志》卷三十四。

③班固：《汉书·艺文志》卷三十。

④《隋书·经籍志》卷三十五。

看似微不足道的言说一旦被周朝手持木铎、查访民情的使者记录下来，就能起到“过则正之，失则改之”的作用。显然，小说也具备诗教功能。可见，在魏徵那里，无论是诗歌、文章，还是小说，都有诗教功能。

（二）对齐梁文学的评价

无论是隋朝，还是唐初，文坛都面临一个共同的问题，即如何清算前代文学尤其是齐梁文学的影响。这就涉及了对魏晋南北朝尤其是齐梁文学的评价问题。与李谔、王通等人对魏晋南北朝文学多持批判的态度不同，魏徵对魏晋南北朝文学也多有肯定。其《隋书·文学传序》云：

> 自汉、魏以来，迄乎晋、宋，其体屡变，前哲论之详矣。暨永明、天监之际，太和、天保之间，洛阳、江左，文雅尤盛。于时作者，济阳江淹、吴郡沈约、乐安任昉、济阴温子升、河间邢子才、巨鹿魏伯起等，并学穷书圃，思极人文，缛彩郁于云霞，逸响振于金石。英华秀发，波澜浩荡，笔有余力，词无竭源。方诸张、蔡、曹、王，亦各一时之选也。

这里着重论述的恰恰是齐梁文学。永明为齐武帝年号，天监为梁武帝年号，“永明、天监之际”，指的正是南朝齐武帝到梁初的一段时期。太和为北魏孝文帝年号，天保为北齐文宣帝年号，“太和、天保之间”指的是北朝北魏孝文帝到北齐初的一段时期。显然，齐梁文学在魏徵那里也颇有可取之处。而其对当时的代表作家江淹、沈约、任昉、温子升、邢子才、魏伯起等，也颇多肯定。同样，其《隋书·经籍志》集部总论中也云：

> 爰逮晋氏，见称潘、陆，并黼藻相辉，宫商间起，清辞润乎金石，精义薄乎云天。……宋、齐之世，下逮梁初，灵运高致之奇，延年错综之美，谢玄晖之藻丽，沈休文之富溢，辉焕斌蔚，辞义可观。

从两处引文来看，魏徵对魏晋南北朝文学并无一个总体上的评价，他所肯定的都是其中的几个时期。如这里所说的永嘉之前。永嘉为西晋怀帝年号，永嘉之前基本是整个西晋的大部分时期。也就是说，西晋末年以前，整个西晋文学是值得肯定的，这时期的代表作家是潘岳、陆机。这一点与李谔连三曹为代表的建安文学都一并贬斥是大不相同的。与前面魏徵对南朝齐武帝到梁初一段时期的肯定相似，这里魏徵对宋到梁初的文学也表示了肯定。不仅如此，其对此时期的代表作家也给予了高度评价。“灵运高致之奇，延年错综之美，谢玄晖之藻丽，沈休文之富溢，辉焕斌蔚，辞义可观。”值得注意的是，魏徵对谢灵运、颜延之、谢朓、沈约等人的评语，大都说的是其文采，可见魏徵并不反对辞采之作。

除了上述几个时期外，魏徵对魏晋南北朝文学也多有批评。其《隋书·文学传序》云：

> 梁自大同之后，雅道沦缺，渐乖典则，争驰新巧。简文、湘东，启其淫放，徐陵、庾信，分路扬镳。其意浅而繁，其文匿而彩，词尚轻险，情多哀思。格以延陵之听，盖亦亡国之音乎！周氏吞并梁、荆，此风扇于关右，狂简斐然成俗，流宕忘反，无所取裁。

同样的评价出现在《隋书·经籍志》集部总论中：

> 永嘉已后，玄风既扇，辞多平淡，文寡风力。降及江东，不胜其弊。……梁简文之在东宫，亦好篇什，清辞巧制，止乎衽席之间，雕琢蔓藻，思极闺闱之内。后生好事，递相放习，朝野纷纷，号为宫体。流宕不已，讫于丧亡。陈氏因之，未能全变。

可见，对于魏晋文学，永嘉以前的文学，魏徵是持肯定态度，但东晋的文学则被魏徵批评。大同是梁武帝后期的年号，联系前面的引文，显然天监到大同时期的文学，魏徵虽然没有多少肯定，但也无批评，但大同以后的文学，则被魏徵直接批评。特别是梁简文帝时期，由他亲自创作的宫体影响甚广，形成一股淫放文风。正如我们前面所说，魏徵对辞采并不排斥，其所赞赏的南朝文人大多辞采华美。但相比辞采，他既看重内容，更看重文学的教化功能。因此，他所批评的东晋、梁代文风，都有一个明显的特征，即内容上偏离正统，尤其涉于淫放。“玄风既扇”、“止乎衽席之间”、“思极闺闱之内”，都是批评其内容。

（三）强调南北文学风格的差异

在中国文学史上，《隋书·文学传序》最著名的论断要数其对南北文风的论述。魏徵对南北文学风格的差异，把握得十分到位：

江左宫商发越，贵于清绮；河朔词义贞刚，重乎气质。气质则理胜其词，清绮则文过其意；理深者便于时用，文华者宜于咏歌：此其南北词人得失之大较也。若能掇彼清音，简兹累句，各去所短，合其两长，则文质斌斌，尽善尽美矣。

东汉末年以来，天下就陷入长期的分裂动荡之中。从魏晋到隋朝，中间只有过短暂的统一。长时期的分裂，导致地区之间的差异日益显露，文学上的地域差异也日渐明显。尤其南北朝时期，南方文风和北方文风的差异十分明显。诗歌音韵学在南朝时期臻于成熟，“四声八病”等音韵理论，让南方文人更注重对诗歌韵律的追求，进而在南朝形成形式主义文风。因而南方文风更注重音律与辞采，这就是所谓“宫商发越，贵于清绮”。但过于追求形式，自然会忽略内容，“清绮则文过其意”。从刘勰到魏徵，唐初以前即有不少文人均对这种形式主义文风提出批评。而北方由于战乱频繁，加之地域文化的差异，北方文学更偏重内容，少有形式的雕琢，这也就是所谓“词义贞刚，重乎气质”。但其缺点也很明显，没有辞采，文学作品自然很难有艺术魅力，不能流传。因此，魏徵希望能够南北文风取长补短，合二为一，则“文质彬彬，尽善尽美”。

应该说，魏徵这一文学观念的提出，与其政治家的身份不无关系。经过隋朝的短暂统一，南北的差异与融合，已经成为一个日益突出的问题。唐朝一统之后，为了打造统一的强大帝国，文化上的统一势在必行。作为政治家的魏徵，指出南北文风的差异，正要让南北文风互相学习，取长补短，进而融合为统一的唐代文风。

（四）提倡素朴典雅的文风

在对隋朝文风的论述中，魏徵表达了其对素朴典雅文风的倡导。其《隋书·文学传序》云：

高祖初统万机，每念斲雕为朴，发号施令，咸去浮华。然时俗词藻，犹多淫丽，故宪台执法，屡飞霜简。炀帝初习艺文，有非轻侧之论，暨乎即位，一变其风。其《与越公书》、《建东都诏》、《冬至受朝诗》及《拟饮马长城窟》，并存雅体，归于典制。虽意在骄淫，而词无浮荡，故当时缀文之士，遂得依而取正焉。

显然，隋文帝之所以下诏，要求文风“咸去浮华”，正是看到文化对政治的影响。隋朝初立，天下一统，破除齐梁文风的影响，创造新的隋代文化与文学气象，对于巩固统治是十分必要的。然而由于隋朝立国未久，君臣文人大都从前代而来，积弊甚重，文风一时很难改变。到了隋炀帝，这一文风才有所改变。与隋文帝一样，唐初统治者也力图改变齐梁文风。唐太宗反对“释实求华”，要“以尧舜之风，荡秦汉之弊；用咸英之曲，变烂漫之音”。① 也就是说，为了改变齐梁文风的影响，隋初与唐初的统治者都提倡素朴的文风，要求以内容为主。这也就是李谔、王通对魏晋南北朝文学痛加贬抑的原因所在。这种文学观念实际是承继北朝文风而来。由于隋唐统治者大多从北朝而来，因而受北方的质朴文风影响甚深。早在北周，就有苏绰“建言务存质朴”。② 魏徵所言南北文风的差异，也肯定了北方之质朴。

魏徵对齐梁文学的评价相对客观一点，但他对淫放之宫体文学的批评，是基于内容的，希望从内容上改变齐梁文风。对于淫放之词，唐太宗在《帝京篇序》中明确提出批评，要求“皆节之于中和，不系之于淫放”。需要注意的是，同样是淫放，梁简文帝与隋炀帝在魏徵那里的地位是完全不同的。在魏徵看来，隋炀帝之诗，虽然“意在骄淫”，但“词无浮荡”，而梁简文帝之宫体则完全“止乎衽席之间”、“思极闺闱之内”，从形式到内容都淫放。原因很简单，隋炀帝之诗虽“意在骄淫”，但形式上十分典雅。因此，他对隋炀帝之诗并无贬抑，对梁简文帝之宫体则痛加排斥。

这样，魏徵对形式与内容的观点就极清晰了。对于魏徵而言，内容是极重要的，对于淫放的内容他极力批判；但如果即使内容上无关教化，形式上辞采华美、典雅，也是十分可取的。显然，魏徵对宋到梁初的文学持肯定的态度，对隋炀帝的诗歌也赞其典雅，都是这种文学观念的表现。

二、令狐德棻的文学观

唐初，令狐德棻（583—666）是修史的积极推动者。唐高祖与太宗时期的两次修史都有令狐德棻的印记。而他之所以积极推动修史，目的与唐初统治者一样，都是为了从史中汲取教训，维护唐朝的统治。《旧唐书·令狐德棻传》载其对高祖谏言修史时云：“如文史不存，何以贻鉴今古?”

---

①李世民：《帝京篇序》，《唐诗纪事》卷一，《文渊阁四库全书》本。

②《周书·王褒庾信传论》卷四十一。

这与唐太宗所谓“以古为鉴，可知兴替”观念一样。可见，唐初统治阶层对历史是十分重视的。

令狐德棻参与修撰的史书不少。《旧唐书·令狐德棻传》载：“贞观三年，太宗复敕修撰，乃令德棻与秘书郎岑文本修《周史》……德棻仍总知类会梁、陈、齐、隋诸史。武德已来创修撰之源，自德棻始也。……寻有诏改撰《晋书》，房玄龄奏德棻令预修撰，当时同修一十八人，并推德棻为首，其体制多取决焉。”可见，唐初的修史中令狐德棻不仅是积极推动者，而且也是其中的一位领袖。其文学观主要体现在《周书·王褒庾信传论》中。

与魏徵一样，令狐德棻的文学观也受到传统文论的影响。但其与魏徵不同之处在于，魏徵深受先秦两汉儒家正统诗教观影响甚深，令狐德棻则受魏晋文学观念的影响很大。他在《周书·王褒庾信传论》中的很多观念都出自魏晋。如《周书·王褒庾信传论》云：

> 原夫文章之作，本乎情性。覃思则变化无方，形言则条流遂广。虽诗赋与奏议异轸，铭诔与书论殊途，而撮其指要，举其大抵，莫若以气为主，以文传意。考其殿最，定其区域，摭《六经》百氏之英华，探屈、宋、卿、云之秘奥。其调也尚远，其旨也在深，其理也贵当，其辞也欲巧。然后莹金璧，播芝兰，文质因其宜，繁约适其变，权衡轻重，斟酌古今，和而能壮，丽而能典，焕乎若五色之成章，纷乎犹八音之繁会。夫然，则魏文所谓通才足以备体矣，士衡所谓难能足以逮意矣。

从最后一句话，可以明显看出令狐德棻接触过曹丕《典论·论文》以及陆机《文赋》，并对二人的观点深表赞同。而令狐德棻的这段话，基本沿袭了二者的文学观。曹丕《典论·论文》云：“夫文本同而末异，盖奏议宜雅，书论宜理，铭诔尚实，诗赋欲丽。此四科不同，故能之者偏也；唯通才能备其体。”① 令狐德棻也赞同这四者有差异，但又引用曹丕“文以气为主”的观点，将所有文体的写作统一在“以气为主，以文传意”上。

①郭绍虞主编：《中国历代文论选》（一卷本），上海古籍出版社 1979 年版，第 60 页。

令狐德棻在这个基础上探讨写作的奥秘。而其对写作过程的探讨，显然又是与陆机《文赋》的写作过程一脉相承。而此段话开头所谓“文章之作，本乎情性”，显然是综合了曹丕《典论·论文》“气之清浊有体……虽在父兄，不能以移子弟”之天性与陆机《文赋》“每自属文，尤见其情”① 之情感。

需要指出的是，令狐德棻显然比魏徵更为通达，其注意吸收前代优秀文学观念。因此，其对历代文学家都很赞赏。不管是阐发圣人之意的儒家系统作家，还是专注辞采的文学家，《周书·王褒庾信传论》都给予了很高的评价。就写作而言，令狐德棻要求广泛吸收前代文学家的长处，“摭《六经》百氏之英华，探屈、宋、卿、云之秘奥”，这种文学观念充分表明其宽广的胸怀和视野。正因为如此，其对魏晋文学的评价也很高。《周书·王褒庾信传论》云：

> 曹、王、陈、阮，负宏衍之思，挺栋干于邓林；潘、陆、张、左，擅侈丽之才，饰羽仪于凤穴。斯并高视当世，连衡孔门。

魏晋之曹、王、陈、阮、潘、陆、张、左，都被视为孔门作家。令狐德棻对他们的评价相当高，这比李谔、王通他们顽固批评魏晋南北朝文学要通达得多。值得注意的是，这里所高度赞扬的八位文学家，恰恰都是魏与西晋时期的人物。同时期的魏徵，对魏晋文学也只是赞赏永嘉之前的魏与西晋的文学，对东晋文学则以贬抑为主。可见，令狐德棻与魏徵一样，对魏晋文学并非全盘肯定，但只是肯定永嘉之前的文学，这从令狐德棻在《周书·王褒庾信传论》中评论北魏文学“有永嘉之遗烈”，足可看出。

此外，令狐德棻与魏徵一样，对辞采之作并不否定，但令狐德棻的态度更为通达，对辞采也十分重视。魏徵《隋书·文学传序》对北朝文学，只对北魏孝文帝到北齐初“太和、天保之间”的一段时期予以肯定，对北周文学“狂简斐然成俗，流宕忘反，无所取裁”予以否定，对庾信也多批评。但令狐德棻对北周文学与庾信、王褒，则以褒扬为主。其《周书·王褒庾信传论》云：

---

①郭绍虞主编：《中国历代文论选》（一卷本），上海古籍出版社 1979 年版，第 66 页。

> 唯王褒、庾信奇才秀出，牢笼于一代。……犹丘陵之仰嵩、岱，川流之宗溟渤也。然则子山之文，发源于宋末，盛行于梁季。其体以淫放为本，其词以轻险为宗。故能夸目侈于红、紫，荡心逾于郑、卫。昔杨子云有言："诗人之赋，丽以则；词人之赋，丽以淫。"若以庾氏方之，斯又词赋之罪人也。

这里虽然也引用扬雄之语，称庾信为词赋之罪人，对"其体以淫放为本，其词以轻险为宗"予以批评。但这种批评放在最后，犹如汉赋"劝百讽一"的效果。从其"奇才秀出，牢笼于一代"、"犹丘陵之仰嵩、岱，川流之宗溟渤"等评语来看，其对庾信、王褒仍以赞赏为主。而且曹丕早在《典论·论文》中明确指出"诗赋欲丽"，令狐德棻对此也予以认同。因此，令狐德棻对诗赋的辞采是十分肯定的。《周书·王褒庾信传论》对战国之屈原、宋玉，西汉之二马、王、杨，东汉至班、傅、张、蔡，魏之曹、王、陈、阮，西晋之潘、陆、张、左，都予以高度评价，充分证明其对"诗赋欲丽"观念的高度赞同。

不过，令狐德棻与魏徵一样，也希望能够达到形式与内容的完美统一。其在接下来对写作过程的探讨中，令狐德棻指出"其理也贵当，其辞也欲巧"，要求内容有理，辞采有巧。又说"文质因其宜，繁约适其变"，这就是完全探讨形式了。也就是说，文与质、繁与约都不是一成不变的，要根据不同的情况与变化，因地制宜。对于形式而言，他要求"丽而能典，焕乎若五色之成章"，也提出与魏徵同样典雅的要求。

总之，唐初出现一批史书，也出现一批史家。不同的史书与不同的史家，所体现出的文论思想也不尽相同。但在唐初的文化语境中，史家的文论思想也有更多的趋同之处。唐初与隋初一样，都需要廓清前代文风尤其是齐梁文风的负面影响，创造出一种新的文化、文学气象，从而来维护与巩固新朝的统治。唐初出现如此众多的史书，除了以史为鉴的目的外，众多史家也在评论前代文人的基础上，对前代文风予以评判，从而倡导新的文风。隋代李谔、王通等人顺应隋朝创立新文风的要求，对魏晋南北朝文学与文人，大多采取全盘否定的态度。但由于隋朝立国短暂，隋代文人并没有完成对齐梁文风的清算。到了唐初，这一清算工作继续进行。但与李谔、王通等人对魏晋南北朝文学顽固否定不同，唐初史家有更宽广的心胸与气魄，他们对魏晋南北朝文学并不完全否定，对其中几个时期的文风以及优秀文人都表示赞赏与肯定。魏徵与令狐德棻对永嘉之前的魏与西晋文学都表示肯定，魏徵对南朝齐武帝到梁初、北朝北魏孝文帝到北齐初等时期文学的肯定，令狐德棻对北魏、北周文学的肯定，都充分表明唐初史家以一种历史的眼光，试图汲取前代文学的优秀成果，为唐代文学指明方向。正是在充分考察历史的基础上，唐初史家渴望实现南北文风的统一，渴望在形式与内容上完美融合，创造新的文风与文学。这些都影响了唐代文学与文论。

第四节　“初唐四杰”与陈子昂

唐代文学史上，“初唐四杰”杨炯、王勃、卢照邻、骆宾王对开创唐代诗风起着承前启后的作用。虽然他们并没有完全扭转唐初沿袭齐梁诗风的局面，但他们的诗歌已经揭开了唐代诗文革新的序幕。而真正代表唐代诗歌形成自己风格的是陈子昂。就文学理论而言，“初唐四杰”的文论虽然并没有对前代文学理论进行彻底改造，但他们的文论，毕竟是唐代诗文革新理论的先声。他们对后来唐代文论的影响，依然不可小觑。而代表唐代文学理论进入成熟阶段的，则是陈子昂。

一、“初唐四杰”的文论

《旧唐书·文苑传》云：“炯与王勃、卢照邻、骆宾王以文词齐名，海内称为王杨卢骆，亦号为‘四杰’。”① “初唐四杰”在文辞上有相似的追求，文论上也有很多共同的主张。

（一）坚持儒家诗教传统

与唐初史家一样，“初唐四杰”也受儒家传统的诗教理论影响甚深。王勃曾自述其家世云：“且吾家以儒辅仁述作，存者八代矣。未有不久于其道，而求苟出者也。故能立经陈训，删书定礼。扬魁梧之风，树清白之业。使吾徒子孙有所取也。”② 卢照邻也云：“先朝好史，予方学于孔、

①《旧唐书》卷一百九十，中华书局1975年版，第5053页。

②王勃：《送劼赴太学序》，《王子安集》卷七，文渊阁四库全书本。

墨。”① 正是由于他们深受儒家思想教育，因此文学观念也基本遵循儒家传统诗学观念。

“初唐四杰”之中，由于王勃为隋末大儒王通之孙，所受儒家思想影响最深，对儒家诗教传统的接受最为彻底。王勃《上吏部裴侍郎启》云：

夫文章之道，自古称难。圣人以开物成务，君子以立言见志。遗雅背训孟子不为，劝百讽一扬雄所耻。苟非可以甄明大义，矫正末流，俗化资以兴衰，家国繇其轻重，古人未尝留心也。②

也就是说，如果文章不关教化，古人不为，自然王勃也是不屑为之。正因为如此，他才在这篇书信中，力劝裴侍郎不要单纯的以辞赋取士：“伏见铨擢之次，每以诗赋为先。诚恐君侯，器人于翰墨之间，求材于简牍之际。果未足以采取英秀，斟酌高贤者也。”正因为诗文具有教化功能，其地位并非单纯的舞文弄墨可比。王勃《平台秘略论十首·艺文》云：

《易》称：观乎天文，以察时变。《传》称：言而无文，行之不远。故文章经国之大业，不朽之能事。而君子所役心劳神，宜于大者远者，非缘情体物，雕虫小技而已。是故思王抗言词赋，耻为君子。③

所谓“文章经国之大业，不朽之能事”，显然直接继承了曹丕对于文章地位的论述。文关教化，自然对国家政治、移风易俗影响甚大，地位非同一般。从这个意义上说，那种只知道“缘情体物”，与王道教化无关的诗文，就是雕虫小技，智者不为。因此，王勃对纯粹的辞赋之作，纯粹玩弄形式的诗文，是极力反对的。

对儒家文论的坚持，“初唐四杰”大体一致。卢照邻《乐府杂诗序》云：

闻夫歌以永言，庭坚有歌虞之曲。颂以纪德，奚斯有颂鲁之篇。

①卢照邻：《释疾文》，《卢照邻集》，中华书局1980年版，第60页。

②王勃：《王子安集》，文渊阁四库全书本，卷八。

③王勃：《王子安集》，文渊阁四库全书本，卷十。

> 四始六义，存亡播矣。八音九阕，哀乐生焉。是以叔誉闻诗，验同盟之成败。延陵听乐，知列国之典彝。王泽竭而颂声寝，伯功衰而诗道缺。

这里沿用了《诗大序》的很多观点。所谓“同盟之成败”、“知列国之典彝”，以及“王泽竭而颂声寝，伯功衰而诗道缺”，说的都是文学与政治的紧密关系，由诗文可知政治兴衰。这就是《诗大序》所谓的“治世之音安以乐，其政和；乱世之音怨以怒，其政乖；亡国之音哀以思，其民困”。而这里所说的“四始六义”，也出自《诗大序》。可见，卢照邻基本沿袭了孔子以来的“诗可以观”的思想。

骆宾王对于诗文的教化功能也是十分看重的。其《和学士闺情诗启》云：

> 切惟诗之兴作，兆基邃古。唐歌虞咏，始载典谟。商颂周雅，方陈金石。……宏兹雅奏，抑彼淫哇。澄五际之源，救四始之弊。固可以用之邦国，厚此人伦。俯屈高调，聊同下里。思入态巧，文随手变。侯调惭其曼声，延年愧其新曲。①

显然，对于学士所寄闺情诗，骆宾王是十分鄙视的。因为在他看来，诗文的功能是“用之邦国，厚此人伦”，也就是《诗大序》中所说的“经夫妇，成孝敬，厚人伦，美教化，移风俗”。正因为诗文具备如此神圣的功能，他才对汉赋以来直至南北朝只注重辞采的文风十分不满，更别提叙闺情这样的“淫哇”之声了。

（二）对魏晋南北朝文学的评价

唐初文学依然受到齐梁文风的影响，要想摆脱这一影响，创造新的文风，首先涉及的问题，就是对魏晋南北朝文学的评价。唐初史家在史传中对魏晋南北朝文风多有批评，但也不全盘否定，这充分展示了唐朝文人的自信。“初唐四杰”对魏晋南北朝文学的评价，与唐初史家有相同之处，也有不同。

“初唐四杰”中，王勃深受儒家诗教思想的影响，对不具备诗教功能

---

①骆宾王：《骆丞集》卷三，文渊阁四库全书本。

的文学都有所批评。其《上吏部裴侍郎启》云：

> 自微言既绝，斯文不振。屈宋导浇源于前，枚马张淫风于后。谈人主者以宫室苑囿为雄，叙名流者以沉酗骄奢为达。故魏文用之而中国衰，宋武贵之而江东乱。虽沈谢争骛，适先兆齐梁之危。徐庾并驰，不能免周陈之祸。于是识其道者，卷舌而不言。明其弊者，拂衣而径逝。潜夫昌言之论，作之而有逆于时。周公孔氏之教，存之而不行于代。天下之文，靡不坏矣。

这里所说的观点，与卢照邻《乐府杂诗序》基本一致，都是承袭《诗大序》文学与政治兴衰一一对应的观点而来。从屈原、宋玉开始，到汉赋代表作家枚乘、司马相如，都是以辞采华美著称。他以为，这种只重辞采不重教化的文风在魏晋兴盛，导致魏晋的败亡。对魏文、宋武的批评，与隋朝李谔对魏之三祖的批评相似。不仅如此，他还认为，沈、谢诗文在齐、梁称雄，实际预示着齐、梁的衰败。徐、庾在周陈主盟文坛，也不能免掉周、陈灭国之祸。将政治的衰败，归因于文学，王勃顽固坚持诗教观念，难免狭隘。这一观点，显然是承其祖父王通以及李谔等隋朝文人而来，这与唐初史家对魏晋南北朝文学的诸多褒扬形成鲜明对比。

骆宾王也坚持儒家诗教传统，对于闺情诗十分贬斥。因而对魏晋南北朝文学也并无好感。其《和学士闺情诗启》云：

> 其后言志缘情，二京斯甚。含毫沥思，魏晋弥繁。布在缣简，差可商略。李都尉鸳鸯之词，缠绵巧妙。班婕妤霜雪之句，发越清迥。平子桂林，理在文外。伯喈翠鸟，意尽行间。河朔词人，王刘为称首。洛阳才子，潘左为先觉。若乃子建之牢笼群彦，士衡之籍甚当时。并文苑之羽仪，诗人之龟镜。爰逮江左，讴谣不辍。非有神骨仙材，专事元风道意。颜谢特梃，戕代典丽。自兹以降，声律稍精。其间沿改，莫能正本。

这里也跟王勃一样，梳理了汉赋以来直至齐梁的形式主义文学传统。他要求文学能够“用之邦国，厚此人伦”，显然，从汉赋到齐梁文学都不符合诗教的标准。因此，他认为从汉赋到齐梁文学，都“莫能正本”，与王勃所说“雕虫小技”的评价类似。

与王勃对屈原、宋玉以来的文学传统反思批判不同，杨炯对屈原评价甚高。其《王勃集序》云：“仲尼既没，游夏光洙泗之风。屈平自沉，唐宋宏汨罗之迹。文儒于焉异术，词赋所以殊源。……贾马蔚兴，已亏于雅颂。曹王杰起，更失于风骚。僶俛大猷，未忝前载。”① 这里已经类似于我们今天文学史的评价，将风、骚作为两种不同的文学传统，屈原作为骚体文学的先祖，在杨炯那里，其地位十分尊崇。可见，杨炯并不像王勃那样，一味反对赋体文学。但这并不意味着他对魏晋文学也同样肯定。其《王勃集序》云：

> 洎乎潘陆奋发，孙许相因，继之以颜谢，申之以江鲍。梁魏群材，周隋众制。或苟求虫篆，未尽力于丘坟。或独徇波澜，不寻源于礼乐。

这里又回到了王勃、骆宾王的论点上来。显然，杨炯也以为魏晋南北朝文学，偏重于“虫篆”、“波澜”，形式上过于雕琢，内容上却“未尽力于丘坟”、“不寻源于礼乐”。对“丘坟”、“礼乐”的重视，表明杨炯依然在很大程度上遵循儒家传统。

（三）倡导“骨气”、“刚健”的唐代新文风

如果说唐初史家对前代文人与文风的总结是为建立唐代新文风作准备的话，“初唐四杰”则鲜明地打出了要建立新文风的旗帜。卢照邻《乐府杂诗序》云：

> 潘陆颜谢，蹈迷津而不归；任沈江刘，来乱辙而弥远。其有发挥新题，孤飞百代之前；开凿古人，独步九流之上。自我作古，粤在兹乎。

这里，我们可以很明显地看出“初唐四杰”批评前代文学尤其是齐梁文学的用意。在卢照邻看来，潘、陆、颜、谢、任、沈、江、刘等为代表的魏晋南北朝文人都没有找到文学的真谛，要想开凿一代文风，还要看卢

---

①杨炯：《杨炯集》卷三，中华书局1980年版，第34页。

照邻等人。这充分展示了“初唐四杰”对开创新文风的自信。杨炯《王勃集序》也云：

> 会时沿革，循古抑扬，多守律以自全，罕非常而制物。其有飞驰倏忽，倜傥纷纶，鼓动包四海之名，变化成一家之体。蹈前贤之未识，探先圣之不言。经籍为心，得王、何于逸契；风云入思，叶张、左于神交。故能使六合殊材，并推心于意匠；八方好事，咸受气于文枢。出轨躅而骧首，驰光芒而动俗。非君之博物，孰能致于此乎？

虽然都是溢美之词，但在杨炯看来，王勃“蹈前贤之未识，探先圣之不言”，已经“成一家之体”。在这里，杨炯对王、何、张、左等两晋文人充分肯定，并没有如卢照邻明确说出要创立新的文风之语。但他在《王勃集序》中也云：“积年绮碎，一朝清廓；翰苑豁如，词林增峻。”显然，杨炯认为，王勃的意义不仅在于其文学上自成一家，最重要的是，他作为文坛领袖，打破了齐梁文风历年积弊，开创了新的文风。显然，“初唐四杰”对于他们开创唐代文风，还是很有自信的。

至于什么是唐代新文风，杨炯在《王勃集序》中已经说得很清楚了：

> 尝以龙朔初载，文场变体，争构纤维，竞为雕刻。糅之金玉龙凤，乱之朱紫青黄。影带以徇其功，假对以称其美。骨气都尽，刚健不闻。思革其弊，用光志业。……以兹伟鉴，取其雄伯，壮而不虚，刚而能润，雕而不碎，按而弥坚。

龙朔为唐高宗年号。当时文坛上流行上官仪的“上官体”。《新唐书·上官仪传》云：“仪工诗，其词绮错婉媚。及贵显，人多效之，谓为‘上官体’。”① 显然，“绮错婉媚”之“上官体”仍然承袭的是齐梁文风。这种只重形式雕琢，题材内容都偏狭窄的文风遭到了王勃为代表的“初唐四杰”之批评。而他们要扫除文坛“积年绮碎”的齐梁余风，重新创立新的文坛气象。这种气象就是这里所说的“骨气”、“刚健”、“雄伯”。但这种风格又不等同于魏徵所讲的河朔质朴的风格。杨炯所说的“壮而不虚，刚

---

①《新唐书》卷一百五，中华书局1975年出版，第4035页。

而能润，雕而不碎，按而弥坚”，显然已经融合了南北文风的长处，既有刚健的风骨，又在形式上兼具辞采之丰润。可以说，经过唐初史家、“初唐四杰”等人的努力，这种融合南北文风的长处，兼具内容与形式的新文风，已经成为唐初文人的共识。

二、陈子昂的文论

初唐时期，真正鲜明地提出建立唐诗“风骨”的，是陈子昂。而他的“风骨”论，显然是承袭四杰的“骨气”、“刚健”说而来。

相比四杰，陈子昂对唐代文学影响更大。韩愈《荐士》诗云：“国朝盛文章，子昂始高蹈。勃兴得李杜，万类困陵暴。”由陈子昂到李杜，勾勒出初唐至盛唐文学的走向。杜甫《陈拾遗故宅》诗云：“有才继骚雅，哲匠不比肩。公生扬马后，名与日月悬。”可见，在唐代文人心中，陈子昂有着举足轻重的地位。而其之所以如此重要，源于其对唐代文学风格成型的贡献。卢藏用在《右拾遗陈子昂文集序》中这样评价陈子昂的贡献：

> 宋、齐之末，盖憔悴矣。逶迤陵颓，流靡忘返。至于徐、庾，天之将丧斯文也。后进之士若上官仪者，继踵而生。于是风雅之道扫地尽矣。易曰：物不可以终否，故受之以泰。道丧五百岁，而得陈君。……崛起江汉，虎视函夏。卓立千古，横制颓波。天下翕然，质文一变。①

显然，在初唐文人的眼里，齐梁以至初唐上官仪，文风一脉相承。这种绮靡文风，给传统儒家诗教观念带来巨大冲击。不仅如此，这种专注于辞采靡丽、内容肤浅的文风，给文学发展带来巨大伤害。这就是卢藏用所谓的“风雅之道扫地”、“ 天之将丧斯文”。杨炯称王勃成一家之体，“积年绮碎，一朝清廓”；卢照邻等人自称“孤飞百代之前”、“独步九流之上”：都是着眼于扫除齐梁文风，建立唐代文风之重大意义。而陈子昂正是在“初唐四杰”以及唐初史家的基础上，进一步扫除齐梁余风，确立了唐代文学的基本风格。这就是他所倡导的“风骨”、“兴寄”论。

陈子昂之“风骨”、“兴寄”论都出自其《与东方左史虬修竹篇序》。在这篇文章中，他指出：

---

①《唐文粹》卷九十二，文渊阁四库全书本。

文章道弊五百年矣。汉、魏风骨，晋、宋莫传，然而文献有可征者。仆尝暇时观齐、梁间诗，彩丽竞繁，而兴寄都绝，每以咏叹。思古人，常恐逶迤颓靡，风雅不作，以耿耿也。①

陈子昂云“文章道弊五百年”，卢藏用在《右拾遗陈子昂文集序》中也云“道丧五百岁”，显然，卢藏用十分同意陈子昂这一观点。汉魏至唐初五百年间，文学无可观之处。这一观点，比之唐初史家甚至“初唐四杰”，都要偏狭得多。但与隋朝李谔、王通等人的观点相比，陈子昂对汉魏文学的评价则要高得多。而陈子昂对汉魏文学的赞赏，主要集中在建安风骨上。这里并未解释何为风骨。但联系汉魏文学的风格，以及“初唐四杰”等人的观点可知，陈子昂之“风骨”，与杨炯所谓的“骨气”、“刚健”、“雄伯”以及“壮而不虚，刚而能润，雕而不碎，按而弥坚”相近，都是讲诗文创作所呈现出的刚健之气质。这不仅仅是内容上的正气阳刚，也包括形式辞采上的丰富多彩。因此，陈子昂才批评齐梁诗歌“彩丽竞繁，而兴寄都绝”。显然，齐梁文学专注于辞采绮靡，内容偏狭，形式与内容无法呈现出美感，更谈不上风骨了。

从陈子昂这篇文章来看，“风骨”与“兴寄”是一个整体。风骨偏重诗文整体上呈现的风格与气度；而“兴寄”偏指内容呈现与形式表达上的含蓄蕴藉、意味深远。只有做到“兴寄”，才能实现“风骨”。

陈子昂对汉魏风骨的标举对唐代诗人影响甚大。李白在《宣州谢朓楼饯别校书叔云》中称“蓬莱文章建安骨”，显然是直承陈子昂的“汉魏风骨”而来。杜确在《岑嘉州集序》称开元间诗人“近建安之遗范”②。此后，“建安风骨”成为一个专有名词，用来指代建安文学的风格。陈子昂用他的诗文创作实践其“风骨”与“兴寄”论，为唐代文学走上成熟的道路奠定了坚实的基础。

虽然“初唐四杰”与陈子昂对待齐梁文学的观点，还有不少局限之处，甚至与唐初史家的开通相比都不如。但他们毕竟通过自己的理论主

---

①郭绍虞主编：《中国历代文论选》（一卷本），上海古籍出版社1979年版，第119页。

②高棅：《唐诗品汇·历代叙论》，文渊阁四库全书本。

张，并通过自己的诗文创作，影响了当时及后来的文人，为唐代文学开创了新风，也为唐代文学走向辉煌作出了贡献。

第五节　李白与杜甫

李白、杜甫是唐代文学的代表。作为双峰并峙的两位诗人，他们用自己的诗歌创作，影响了后来的众多诗人。就文论史而言，他们的文学观不如其创作那么耀眼。而且李白、杜甫的文学观都谈不上系统，他们的诗文观都散见于众多诗作中。但在唐代文论史上，他们也是不可或缺的人物。特别是杜甫，其很多文论主张，成为宋诗人学习的圭臬。

一、李白的文学观

在唐代文学史上，李白继承了陈子昂的很多主张，继续扫除前代余风，真正创立了一种盛唐文风。其文学观主要有以下几个方面：

（一）坚持儒家传统的文学观

李白在文学史上以高逸著称，有“谪仙”之名。但其文学观，仍然深受儒家传统诗学观念的影响。其从叔李阳冰在《草堂集序》中云：“不读非圣之书，耻为郑卫之作，故其言多似天仙之辞。凡所著述，言多逢兴。自三代以来，《风》、《骚》之后，驰驱屈、宋，鞭挞扬、马，千载独步，唯公一人。”① 唐孟棨《本事诗》中也记载李白曾云：“将复古道，非我而谁与?”② 可见，李白还是希望继承儒家传统，恢复风雅之风。

李白《大猎赋序》云：“白以为赋者古诗之流，辞欲壮丽，义归博达。不然，何以光赞盛美、感天动神。”③ 他在这篇文章里还对汉赋的代表作家司马相如、扬雄提出批评，正因其赋作没有达到“义归博达”。将赋拉入古诗系统，并要求“义归博达”，正是儒家诗教文学观念的体现。不仅如此，其称赋能“光赞盛美、感天动神”，与《诗经》“六义”之颂几乎相同，而且这种将文学的功能视之为感天动地，正是《诗大序》的典型观

①李冰阳：《草堂集序》，见《分类补注李太白诗》，四部丛刊本。

②孟棨：《本事诗·高逸》，文渊阁四库全书本。

③李白：《李太白全集》，中华书局 1977 年版，第 57 页。

点。其《泽畔吟序》云："犹《风》、《雅》之什，闻之者无罪，睹之者作镜。"这又是《诗大序》"上以风化下，下以风刺上，主文而谲谏，言之者无罪，闻之者足以戒，故曰风"观念的继承。其《为宋中丞自荐表》也云："文可以变风俗，学可以究天人。"这又是《诗大序》诗可以"移风俗"观念的延续。李白《古风》其一首句便云："大雅久不作，吾衰竟谁陈。"这些都足以看出，在李白的文学观念中，儒家传统仍然占有重要的比重。

（二）反对齐梁文风，倡导"兴寄"、"风骨"

李白与陈子昂一样，对齐梁文风也是极力反对的。《古风》其一云："自从建安来，绮丽不足珍。"这与陈子昂所谓"齐、梁间诗，彩丽竞繁"意思基本相同，都是对魏晋南北朝建安以后的诗歌予以贬斥。孟棨《本事诗·高逸》记载李白之语云："梁陈以来，艳薄斯极。"无论是绮丽，还是艳薄，都是批评齐梁文学只注重形式而忽视内容的弊端。而其对齐梁文学的批评，自然与其坚持儒家诗学传统密不可分。同时，他反对齐梁文风，也是与当时的文坛现状密切相关。初唐文学深受齐梁文风的影响，虽然有"初唐四杰"、陈子昂等人的努力，但到李白所处的时代，齐梁余风仍然未曾完全扫除。李阳冰在《草堂集序》中对此记载甚详："至今朝诗体，尚有梁、陈宫掖之风，至公大变，扫地并尽。"可见，李白强烈反对齐梁文风，目的与陈子昂相同，都是为了扫除齐梁余风对唐代文学的影响。

正是基于此，李白与陈子昂一样，都倡导"风骨"与"兴寄"。李白《古风》其一对魏晋南北朝文学的批评是从建安以后开始的。他对建安文学推崇备至。他在《宣州谢朓楼饯别校书叔云》中称"蓬莱文章建安骨"，正是对建安风骨的称赞。孟棨《本事诗·高逸》记载李白之语云："尝言：兴寄深微，五言不如四言，七言又其靡也。况使束于声调俳优哉！"可见，李白与陈子昂一样，要求诗文学习建安风骨，诗歌创作要"兴寄深微"，不能仅仅关注辞采声律。

不过，李白对魏晋南北朝形式主义诗风不满，但并不如陈子昂那么偏狭，其对魏晋南北朝诸多诗人也是十分推崇的。他在《宣州谢朓楼饯别校书叔云》中也称谢朓"中间小谢又清发"。再如其《书情寄从弟邠州长史昭》云："昨梦见惠连，朝吟谢公诗。"对谢惠连、谢灵运也十分赞赏。还有《赠江夏韦太守良宰》云："览君荆山作，江鲍堪动色。"显然，李白对江淹、鲍照也是十分肯定的。可见，李白虽然对齐梁文风不满，但对魏晋南北朝优秀的作家与作品仍然十分欣赏，并没有如李谔、王通以及陈子昂等人一样，全盘否定魏晋南北朝文学。

（三）提倡清新自然的诗文观

李白有《戏赠杜甫》一诗："饭颗山头逢杜甫，头戴笠子日卓午。借问别来太瘦生，总为从前作诗苦。"孟棨《本事诗·高逸》以为，这是李白"讥其拘束"，原因不外乎李白认为诗歌不能"束于声调俳优"。这一点是否与史实相符，我们不得而知。但李白的诗歌创作，确实力图挣脱任何束缚，提倡清新自然。这也是其与杜甫极大不同之处。

李白在《赠江夏韦太守良宰》中称赞韦良宰云："清水出芙蓉，天然去雕饰。"他经常用这样的词汇来称赞别人。如其《江宁杨利物画赞》云："笔鼓元化，形分自然。"《金陵名僧頵公粉图慈亲赞》云："粉为造化，笔写天真。"而最集中的论述，则见其《古风》第三十五："丑女来效颦，还家惊四邻。寿陵失本步，笑杀邯郸人。一曲斐然子，雕虫丧天真。"在他看来，盲目模仿前人，那就是东施效颦、邯郸学步。不仅如此，他认为这种没有创造性的雕琢，丧失了文学天真自然的特质，是无法创造出优秀的文学作品的。

正因李白为诗不愿意东施效颦、邯郸学步，倡导清新自然，才继承了屈原以来中国浪漫主义文学传统，成为盛唐文学的巅峰。这种天真自然的诗风，也为后人所难以企及。杜甫曾评价李白云："白也诗无敌，飘然独不群。清新庾开府，俊逸鲍参军。"说的正是李白这种清新自然的风格。

二、杜甫的文学观

杜甫所处的时代，正是唐朝经过安史之乱，由盛而衰的转折。亲身经历安史之乱，面对国破家亡、百姓流离失所的现实，杜甫的思想产生了巨大变化，给其文学观增添了诸多现实主义的因素。在中国文学史上，李白、杜甫并为唐代文学的巅峰，但一为浪漫主义的代表，一为现实主义的典范，时代现实的因素占了很大比重。

（一）积极干预现实的文学观

相比李白，杜甫受儒家入世观念影响更深，也更坚持文学干预现实的功能。杜甫在《进雕赋表》中自称："自先君恕、预以降，奉儒守官，未坠素业矣。"① 可见，"奉儒守官"是杜甫家族的传统。杜甫上《进雕赋表》

①仇兆鳌注：《杜诗详注》卷二十四，中华书局1979年版，第2172页。

也是为了向皇帝陈述其才华，希望能向先辈一样，继续“奉儒守官”，谋得官职。因此，出仕为官、为君分忧、为百姓请命就成为其思想的主要内容。年轻的时候，杜甫就立志“致君尧舜上，再使风俗淳”（《奉赠韦左丞丈二十二韵》），到了老年，虽然思想有了巨大改变，但为国为民之心愈烈，“穷年忧黎元，叹息肠内热”（《自京赴奉先县咏怀五百字》）。正是因其一直坚持儒家积极入世的思想，一生忧国忧民，其文学观念也更趋于儒家积极用世的文学观，强调文学的现实功能。

杜甫《进雕赋表》云：

> 臣幸赖先臣绪业，自七岁所缀诗笔，向四十载矣，约千有余篇。今贾、马之徒，得排金门、上玉堂者甚众矣。惟臣衣不盖体，常寄食于人，奔走不暇，只恐转死沟壑，安敢望仕进乎？伏惟明主哀怜之。……则臣之述作，虽不足以鼓吹六经，先鸣数子，至于沉郁顿挫、随时敏捷，而扬雄、枚皋之流，庶可企及也。

杜甫在这篇上表中极力描绘自己的文学才华，就是为了求官。在他看来，当今像贾谊、司马相如一样的人都可以凭借文学才华得到高位，而他却身处下位，衣不蔽体、食不果腹、流离失所。显然，他自认为比贾谊、司马相如文学才华更高一筹。不仅如此，他认为自己的文章虽然比不上六经，但像扬雄、枚皋之流，还是可以企及的。贾谊、司马相如、扬雄、枚皋都是汉代的辞赋家，凭借辞赋之作而为皇帝赏识，谋得官位。这显然令杜甫深为羡慕。而他将自己与这些辞赋家相提并论，正是希望凭借文学才华得到皇帝的赏识，从而谋取官职。在这里，杜甫遵循的逻辑，不仅是学而优则仕，还是文而优则仕。文学成了谋取官职的手段。这已经将文学的现实功能庸俗化了。其《奉赠韦左丞丈二十二韵》中也有类似的说法：

> 甫昔少年日，早充观国宾。读书破万卷，下笔如有神。
> 赋料扬雄敌，诗看子建亲。李邕求识面，王翰愿卜邻。
> 自谓颇挺出，立登要路津。致君尧舜上，再使风俗淳。

贾谊、司马相如、扬雄、枚皋、曹植、李邕、王翰，杜甫将自己与这些人相提并论。从这两篇诗文看，杜甫对自己的文学才能是非常自信的。

而他认为像自己如此杰出的文学才华，必然能够得到皇帝的赏识，从而入仕为官。这种认为文而优则仕，公开为自己求官的做法，杜甫说出来十分自然。显然，这与唐朝实行诗赋取士的科举制度有关。在唐朝，文学才能确实就是谋官的重要手段。杜甫对自己的文学才能非常自信，自然也就希望凭借这种才能为官。

不过，杜甫作为现实主义诗人的巅峰，其对文学的现实功能并不仅限于求官这样的庸俗功利目的。他还要求文学直面现实，反映民生疾苦，实现文学干预现实的功能。他在读了元结《舂陵行》和《贼退后示官吏作》两诗后，写了《同元使君舂陵行》一诗。其云：

> 吾人诗家秀，博采世上名。粲粲元道州，前圣畏后生。观乎舂陵作，歘见俊哲情。复览贼退篇，结也实国桢。贾谊昔流恸，匡衡常引经。道州忧黎庶，词气浩纵横。两章对秋月，一字偕华星。致君唐虞际，淳朴忆大庭。何时降玺书，用尔为丹青。狱讼永衰息，岂惟偃甲兵。……我多长卿病，日夕思朝廷。肺枯渴太甚，漂泊公孙城。呼儿具纸笔，隐几临轩楹。作诗呻吟内，墨淡字欹倾。感彼危苦词，庶几知者听。

显然，在杜甫看来，元结《舂陵行》和《贼退后示官吏作》两诗之所以好，不在其形式多么华丽，而在其忧国忧民之心。所谓“道州忧黎庶，词气浩纵横”，只要有忧黎庶之心，必然会有浩然之气形诸笔端。杜甫在这首诗的序言里特意提到：

> 今盗贼未息，知民疾苦，得结辈十数公，落落然参错天下为邦伯，万物吐气，天下少安可待矣。不意复见比兴体制，微婉顿挫之词。感而有诗，增诸卷轴。

杜甫等人身经安史之乱，更加深知文学虽不能感天动地，但文学之干预现实的功能依然存在。同时，我们也要看到，杜甫虽然已经不再有《诗大序》所谓诗歌具有“动天地，感鬼神”的幻想，但诗歌之“经夫妇，成孝敬，厚人伦，美教化，移风俗”功能，他还是深信不疑的。因此，他在序言里才提到“比兴体制”，也就是希望诗歌恢复风雅传统，对现实有所讽咏。需要注意的是，杜甫所谓的文学干预现实，并不是要直接言说，仍然要秉承《诗经》“六义”的传统，要求“微婉顿挫”，这也就是《诗大序》所谓的“主文而谲谏”。

正是因其坚持文学干预现实的功能，杜甫虽不在朝廷，但忧国忧民，用诗歌记录现实，反映并讽咏现实。这种现实主义文学观，使杜甫诗歌被奉为“诗史”。后人评李白、杜甫优劣之时，常赞赏其忧国忧民之诗，以此扬杜贬李。也正因为拥有积极用世的文学观，杜甫才对齐梁文学深表不屑。其《戏为六绝句》之五云：“不薄今人爱古人，清词丽句必为邻。窃攀屈宋宜方驾，恐与齐梁作后尘。”虽然这里是以“清词丽句”来反对齐梁文学之绮靡，但齐梁之宫体内容淫邪，无任何现实关怀，这也是杜甫鄙视齐梁文学的一大原因。

（二）强调“转益多师”

虽然杜甫以“清词丽句”反齐梁诗歌，他也赞赏李白之清新俊逸，但他并没有像李白一样着重倡导天真自然，而是要求多向前贤学习。因此，他在李白的清新俊逸之外，特别强调“微婉顿挫”“沉郁顿挫”，这种风格恰恰是“转益多师”、学习古人的结果。杜甫《偶题》诗云：

> 文章千古事，得失寸心知。作者皆殊列，名声岂浪垂。骚人嗟不见，汉道盛于斯。前辈飞腾入，余波绮丽为。后贤兼旧列，历代各清规。

这里，杜甫简单回顾了前代的文学，最后总结出一个结论，即“历代各清规”。一代有一代之文学，一代有一代之文学主张。显然，在杜甫看来，前代文学都有其值得学习之处。其《戏为六绝句》之六云：

> 未及前贤更勿疑，递相祖述复先谁。别裁伪体亲风雅，转益多师是汝师。

显然，作为伟大的诗人，杜甫跟李白一样，都抛弃盲目模仿，李白主张天真自然，杜甫则要求广泛学习前贤，最后成其风格。“转益多师是汝师”是杜甫最重要的理论主张。他也是按照这个准则进行诗歌创作的。他的诗歌中，对历代著名文人大都有所涉及。如《戏为六绝句》中有“庾信文章老更成”、“王扬卢骆当时体”、“窃攀屈宋宜方驾”，对庾信、“初唐四杰”以及屈原、宋玉都持肯定态度。其《解闷》十二首里有“李陵苏武是吾师，孟子论文更不疑”，“复忆襄阳孟浩然，清诗句句尽堪传”，“孰知二谢将能事，颇学阴何苦用心”，“不见高人王右丞，蓝田丘壑漫寒藤”等，孟子、李陵、苏武、“二谢”、阴何以及当代之王维、孟浩然，都是他欣赏的对象。此外，还有《江上值水如海势聊短述》云“焉得思如陶谢手”，对陶渊明、谢灵运颇为赞赏。其《春日忆李白》对李白的赞赏是用庾信、鲍照来对比的。这样的例子不可胜举，足见杜甫学习前代与当代诗人之勤。所以《江上值水如海势聊短述》自称“为人性僻耽佳句，语不惊人死不休”。正因杜甫痴迷于诗歌创作，所以才会强调“转益多师”，从前贤的诗文创作中汲取营养。

李白与杜甫，一个强调天才自然，一个强调“转益多师”。两种不同的文学观，造就了两位同样伟大的诗人。李白之天真自然对后代文人影响不小，后世之自然文学观，从李白那里得到不少启发。而杜甫对后世影响更是深远，其直面现实之“诗史”、强调“转益多师”的学习论，对宋诗影响巨大，其被奉为江西诗派之祖，对江西诗派之重学有着直接影响。宋人重杜甫，大都对这种“转益多师”的学习论十分赞同，并身体力行。

第六节　《诗式》

皎然，生卒年难以确考，中唐诗僧，俗家姓谢，字清昼，湖州长城（今浙江长兴）人。于頔《吴兴昼上人集序》称其为“康乐之十世孙”①，为谢灵运之后代。皎然为当时有名的诗僧，与诸多名士韦应物、颜真卿等来往密切。刘禹锡《澈上人文集纪》云：“世之言诗僧多出江左……独吴兴昼公能备众体。”② 于頔《吴兴昼上人集序》也称皎然“得诗人之奥旨，传乃祖之菁华，江南词人莫不楷范”。足见皎然在当时以诗名世，影响极大。皎然有《诗式》、《诗议》二书，专门论述诗歌创作，对唐代的韩孟诗

①皎然：《皎然集·序》，四部丛刊本。

②刘禹锡：《刘禹锡集》卷十九，中华书局 1990 年版，第 240 页。

派、白居易诗派创作影响不小，对司空图的意境论及后世的诗论也有不小影响，其文学观主要集中于《诗式》中。

皎然论诗，要求内容与形式的统一，对诗歌的创作技巧不偏于某一方面，讲究各种技巧和风格中和于作品中。如其论诗并不排斥声律，也讲“措意”。再如其论“诗有四不”云：“气高而不怒”、“力劲而不露”、“情多而不暗”、“才赡而不疏”，对诗歌的内涵都归于中和。还有其论“诗有四离”云：“虽有道情，而离深僻；虽用经史，而离书生；虽尚高逸，而离迂远；虽欲飞动，而离轻浮。”从抒情、用典，到“高逸”、“飞动”，都要求做到不偏不倚，恰到好处。这种诗歌创作的中和论，显然与儒家传统的“温柔敦厚”、“主文谲谏”等中庸诗学影响有关。这种中和的论调也体现在其对奇险与自然的探讨上。

一、诗歌创作的奇险与自然

皎然虽有中和思想，但其论诗力主奇险。其《诗式》总序云：

> 夫诗者，众妙之华实，六经之菁英。……彼天地日月，元化之渊奥，鬼神之微冥。精思一搜，万象不能藏其巧。其作用也，放意须险，定句须难。虽取由我衷，而得若神表。①

皎然对奇险的主张，显然源于其对诗歌功能的认识。虽然同样是讲天地、鬼神，但这里已经不是《诗大序》所说诗歌“动天地，感鬼神”的意义了。在皎然看来，诗歌的功能在于反映“天地日月，元化之渊奥，鬼神之微冥”。正因为天地日月、元化、鬼神本身就奇特深微，诗歌要想表现这万千世界就必须“放意须险，定句须难”，创意与词句都必须奇险。其云“虽取由我衷，而得若神表”，这已经与西方认为诗人是由神灵附体创作诗歌的论述接近了。从表面来看，放意、定句等诗歌创作是诗人自己的事，但实际上是有如神助。可以说，在皎然看来，世界是神秘的，诗歌创作自然也相应神秘，因而其主张诗歌创作要有如神助。这样，就为其力主奇险找到了依据。这种神秘主义诗学，显然受到道家与禅宗的影响。

这种奇险首先表现在诗歌的气势上。如《诗式》云：

---

①皎然：《诗式》，《全唐文》卷九一七，中华书局 1983 年影印本，第 9553 页。

高手述作，如登荆、巫，觌三湘、鄢、郢之盛，萦回盘礴，千变万态。文体开阖作用之势。或极天高峙，崒焉不群，气盛势飞，合杳相属。

皎然认为，高手的诗歌，能够做到气势非凡，如高山大河，气势磅礴。所谓“极天高峙，崒焉不群”，说的正是一种奇险的气势。值得注意的是，这里的荆、巫，三湘、鄢、郢，都为先秦楚国境内。足见皎然深受楚辞的影响。显然，楚辞之气势宏大奇险，也被皎然吸收到诗歌创作中来了。

皎然还要求诗人在构思意境之初就要有奇险的意识。《诗式》论“取境”云：

又云：不要苦思，苦思则丧自然之质。此亦不然。夫不入虎穴，焉得虎子？取境之时，须至难、至险，始见奇句。成篇之后，观其气貌，有似等闲，不思而得，此高手也。

这里明确提出意境构思要奇险，这样才能由意境之奇险，转化为词句之奇险。而要达到意境之奇险，则须苦思。这与杜甫之“为人性僻耽佳句，语不惊人死不休”一脉相承。在皎然看来，真正的诗歌创作高手，其诗表面看来似闲庭信步，不经意间就完成了一篇佳作，但其实是经过苦思冥想后巧妙布局而成。

皎然主张奇险，但并不排斥自然。实际上，在皎然的文学观中，自然与奇险往往相伴，二者是并不排斥的风格。《诗式》总序在论述奇险之后，紧接着云“至如天真挺拔之句，与造化争衡，可以意冥，难以言状，非作者不能知也”。可见，自然之境，也是诗歌创作的至高境界，非一般人能达到。因此，对于前代诗歌史上风流自然的诗歌作品与诗人，他都是十分赞赏的。如其论述建安七子云：“刘桢辞气偏，王得其中，不拘对属，偶或有之，语与兴驱，势逐情起，不由作意，气格自高，与《十九首》其流一也。”所谓“语与兴驱，势逐情起”，都是讲曹植诗歌创作中自然写意，不事雕琢。对于其祖谢灵运，皎然更是赞不绝口。《诗式》云：“曩者尝与诸公论康乐为文，直于情性，尚于作用，不顾词彩，而风流自然。”

需要注意的是，皎然主张奇险与自然都强调中和，并不会在一种风格上走向极端。《诗式》论“诗有六至”云：“至险而不僻；至奇而不差；至丽而自然；至苦而无迹；至近而意远；至放而不迂。”任何一种风格都不能走向极端，最高的境界恰恰是到了某一限度则止步，否则会弄巧成拙。因此，奇险与自然也要融合统一，不可偏废。

二、对齐梁文学的评价

皎然的文学观受到儒家传统诗教观念影响并不深，加之深受其祖谢灵运风流自然的影响，对齐梁文学的态度与初唐文人不大相同。他并不会用诗教功能来贬斥齐梁文学。卢藏用在《右拾遗陈子昂文集序》中对陈子昂改变齐梁文风给予了高度赞赏，皎然却对其说法提出质疑。《诗式》云：

> 若但论诗，则魏有曹、刘、三傅，晋有潘岳、陆机、阮籍、卢谌，宋有谢康乐、陶渊明、鲍明远，齐有谢吏部，梁有柳文畅、吴叔庠，作者纷纭，继在青史，如何五百之数独归于陈君乎？藏用欲为子昂张一尺之罗，盖弥天之宇，上掩曹、刘，下遗康乐，安可得耶？

显然，皎然对卢藏用称赞陈子昂五百年第一人并不认同。在皎然看来，魏晋南北朝也代有名家。从魏晋到齐梁，三曹、谢灵运等著名诗人，都是诗歌史上不可或缺的人物。其对宋、齐、梁诗人的肯定，足见其对齐梁文学并不排斥。其《诗式》专门论“齐梁诗”云：

> 评曰：夫五言之道，惟工惟精。论者虽欲降杀齐梁，未知其旨。若据时代，道丧几之矣，诗人不用此论。何也？如谢吏部诗：“大江流日夜，客心悲未央。”柳文畅诗：“太液沧波起，长杨高树秋。”王元长诗：“霜气下孟津，秋风度函谷。”亦何减于建安？若建安不用事，齐梁用事，以定优劣，亦请论之。如王筠诗：“王生临广陌，潘子赴黄河。”庾肩吾诗：“秦皇观大海，魏帝逐飘风。”沈约诗：“高楼切思妇，西园游上才。”格虽弱，气犹正，可言体变，不可言道丧。……大历中，词人多在江外。皇甫冉、严维、张继、刘长卿、李嘉祐、朱放，窃占青山、白云、春风、芳草以为己有。吾知诗道初丧，正在于此。何得推过齐梁作者？迄今余波尚寝，后生相效，没溺者多。大历末年，诸公改辙，盖知前非也。

皎然并不认同初唐文人对齐梁文学的贬斥。在他看来，无论是从道丧还是用事来看，齐梁都不输建安，因此不能一味扬建安而贬齐梁。他也不完全肯定齐梁文风，也指出其格调偏弱，但他不能认同的是全盘否定齐梁文学。他认为，对于齐梁文学的评价应该是“可言体变，不可言道丧”，不能用教化的观念来否定齐梁文学。而且，他认为大历年间的诗人才能称得上“诗道初丧”，不能将其看作是受到齐梁颓风的影响。这种认为齐梁文学不输建安文学的观念，在隋唐十分鲜见，也足以看出皎然文学观念的通达。这应该在很大程度上归因于其身为诗僧，较少受到儒家正统观念的影响。

三、意境论

皎然《诗式》中最突出的一点是其对意境的重视。《诗式》论“重意案例”云：

> 两重意已上，皆文外之旨。若遇高手，如康乐公，览而察之，但见情性，不睹文字，盖诣道之极也。向使此道，尊之于儒，则冠六经之首。贵之于道，则居众妙之门。精之于释，则彻空王之奥。但恐徒挥斧斤而无其质，故伯牙所以叹息也。

这里所说的“两重意已上”、“文外之旨”，指的就是意境。这已经与晚唐司空图“韵外之致”、“味外之旨”意思很接近了。“但见情性，不睹文字”，这种意境超越文字表面，是文字之外构成的境界。要想达到意境，仅仅靠文字的雕琢是无法做到的。其对意境的评价非常高，“冠六经之首”、“居众妙之门”、“彻空王之奥”，显然是儒、释、道三家的至高境界。

皎然这里所举的例子是谢灵运，又云“但恐徒挥斧斤而无其质”，足见意境并非文字表面的雕琢能够达到，必须像谢灵运那样风流自然才可达到意境的高度。如果认为皎然所谓的意境，就是不事雕琢，只强调自然，那就背离了皎然的原意。皎然在《诗式》中特意论“取境”云：

> 或云：诗不假修饰，任其丑朴，但风韵正，天真全，即名上等。予曰：不然，无盐阙容而有德，曷若文王、太姒有容而有德乎？又云：不要苦思，苦思则丧自然之质。此亦不然。夫不入虎穴，焉得虎子？取境之时，须至难、至险，始见奇句。成篇之后，观其气貌，有

似等闲，不思而得，此高手也。

不管是主张“不假修饰”，还是反对“苦思”，都是强调诗歌要保持原初状态，不要苦思冥想，也不要文字修饰。对这两种说法，皎然都给予批驳。所谓“文王、太姒有容而有德”，说的是文字修饰很美而内容气质也很纯正。对于文字修饰，皎然是肯定的。这也是为什么他会肯定齐梁文学的原因所在。对于创作苦思，他也是极力赞成的。他主张奇险，必然需要苦思。皎然所谓的意境，并不是李白所谓“清水出芙蓉，天然去雕饰”之美，而是经过苦思，形诸文字的奇险，谋篇布局形成的一种看似等闲自然之境。没有修饰和苦思，是无法达到意境的。这是十分符合创作规律的。不管多么天才的诗人，如果不经过长期的诗文创作训练，不经过苦思，是无法达到喷薄而出、下笔如有神，从而营造出天然的意境，创作出惊世佳作的。任何看似天真自然的诗篇，背后都有诗人付出的艰辛劳动。没有任何积累，不经过艰辛，想要一蹴而就、脱口成章，那是不可能的。

皎然在《诗式》中力主奇险，要求“明势”、主张“措意”，并对诗歌的写作提出“诗有四不”、“诗有四深”、“诗有二要”、“诗有二废”、“诗有四离”、“诗有六迷”、“诗有六至”、“诗有七德”等众多具体的要求，以期通过不懈的努力，最终达到风流自然的意境。

从这个意义上说，皎然主张诗歌之奇险，上承杜甫之“为人性僻耽佳句，语不惊人死不休”理念，下启韩孟诗派奇崛之风。其阐述“两重意已上”、“文外之旨”的意境，又对晚唐司空图之意境论有所影响。

第七节　白居易

一、新乐府运动的政治文化语境

中唐时期，文坛出现诗文革新运动。就诗歌而言，这一阶段出现白居易、元稹领导的新乐府运动。他们倡导诗歌上承《诗经》与汉乐府的传统，对现实进行讽喻，从而达到干预现实、“补察时政”、“泄导人情”的作用。这一主张得到当时很多诗人的响应，除了元白以外，还有李绅、张籍、王建等人。由于这一诗派的领袖元白互相唱和，创作出了大量脍炙人口的诗歌，特别是白居易的诗歌天下闻名、妇孺皆知，因而新乐府成为中唐诗歌最重要的诗歌流派，对中唐及后世诗歌影响深远。《新唐书·元稹传》云："稹尤长于诗，与居易相埒，天下传讽，号'元和体'。"① 可见，元白所倡导的新乐府运动，对中唐文学影响之大。

新乐府运动的诞生，与中唐政治文化语境密不可分。中唐时期，虽然安史之乱已经平息，但唐帝国受到八年战乱的影响，国力日渐衰弱。《旧唐书·郭子仪传》载："宫室焚烧，十不存一。百曹荒废，曾无尺椽。中间畿内，不满千户，井邑榛荆，豺狼所号。既乏军储，又鲜人力。东至郑、汴，达于徐方，北自覃、怀，经于相土，人烟断绝，千里萧条。"可见安史之乱对唐王朝的打击之大。特别是自此以后，藩镇割据势力愈加强大，中央政府基本无力控制，藩镇割据的地方基本成为独立的王国。这种由盛转衰的过程，对唐代文人影响甚大，对唐代文学影响更是深远。初、盛唐那种试图开拓一代文风、阔大昂扬的精神风貌，在中唐以后的文人中基本很难找到。中唐时期，文人面对国力日渐衰弱的局面，纷纷展开反思，寻求对策，这也导致儒学的复兴，传统儒家干预现实的诗学传统重新高扬起来。因而，新乐府运动应运而生。

唐宪宗即位后，奋发有为，国力有所增强。面对藩镇割据的局面，他采取"以法度裁制藩镇"② 的策略，对藩镇势力予以削弱和打击。其在位期间，结束了自代宗以来藩镇割据不受中央管制的局面，"藩镇跋扈，河南北三十余州，自除官吏，不供贡赋，至是尽遵朝廷约束"③。《新唐书·本纪第七》云："宪宗刚明果断，自初即位，慨然发愤，志平僭叛，能用忠谋，不惑群议，卒收成功。自吴元济诛，强藩悍将皆欲悔过而效顺。当此之时，唐之威令，几于复振。"宪宗朝实现了唐朝的中兴，史称这一时期为元和中兴。宪宗即位之后，广开言路，提倡直言进谏。这种政策也刺激了文人干预现实的热情，《诗经》、汉乐府讽喻现实的诗歌传统也得到文人的重视，元白等人正是在这样的政治语境下，以诗歌讽喻现实，试图对朝政有所帮助。

---

①《新唐书》卷一七四，中华书局1975年版，第5228页。
②《资治通鉴》卷二三七，中华书局1976年版，第7627页。
③《资治通鉴》卷二四一，中华书局1976年版，第7765页。

二、白居易的文学思想

白居易作为中唐最重要的诗人，创作了大量的诗歌，在当时及后世影响巨大。《新唐书白居易传》云："居易在元和、长庆时，与元稹俱有名，最长于诗，它文未能称是也，多至数千篇，唐以来所未有。"① 在当时，白居易名闻天下，妇孺皆知，连娼妓都以能歌其诗而身价倍增。② 其诗歌创作对于当时、晚唐、宋代及明清诗歌影响甚大。他的作品众多，文学思想也颇为丰富，比较突出的文学观念主要有以下几点：

（一）"泄导人情"的诗歌观

自先秦以来，中国文学就有言志与抒情两大传统，诗言志与诗言情也成为中国文论中两大基本体系。但在很多文论家那里，言志与抒情往往是统一在一起的。《诗大序》云："诗者，志之所之也，在心为志，发言为诗，情动于中而形于言，言之不足，故嗟叹之，嗟叹之不足，故咏歌之，咏歌之不足，不知手之舞之足之蹈之也。情发于声，声成文谓之音。"内心之志与内心之情发言为诗、发于音乐，这里就是将诗言志与诗言情融合在一起。对于白居易来说，他继承了《诗大序》的很多观念，对诗言志与诗言情也很少分开来说。与很多过于注重诗言志的文论家不同的是，白居易十分强调"情"。其《与元九书》云：

> 夫文，尚矣，三才各有文。天之文三光首之；地之文五材首之；人之文《六经》首之。就《六经》言，《诗》又首之。何者？圣人感人心而天下和平。感人心者，莫先乎情，莫始乎言，莫切乎声，莫深乎义。诗者，根情，苗言，华声，实义。上自贤圣，下至愚騃，微及豚鱼，幽及鬼神。群分而气同，形异而情一。未有声入而不应、情交而不感者。

白居易是一个创作了几千首诗歌的高产诗人，对诗歌的理解十分深刻。在他看来，诗歌具有四大要素：情、言、声、义。这四大要素中，情是诗歌之根基。没有情，就不会有诗歌。这也是其对历代诗歌创作经验的总结。其《序洛诗》云：

---

①《新唐书》卷一一九，中华书局 1975 年版，第 4035 页。

②白居易：《与元九书》，见《白居易集》，中华书局 1979 年版，第 963 页。

> 予历览古今歌诗，自风骚之后，苏李以还，次及鲍谢徒，迄于李杜辈，其间词人闻知者累百，诗章流传者巨万，观其所自，多因馋冤谴逐，征戍行旅，冻馁病老，存殁别离，情发于中，文形于外，故愤忧怨伤之作，通计今古，什八九焉。世所谓文士多数奇，诗人尤命薄，于斯见矣。

从汉之苏、李，到盛唐之李、杜，这几乎囊括了白居易之前的所有诗人。白居易对历代诗人诗歌的总结中，得出一个结论，就是穷愁出诗人。所谓“馋冤谴逐，征戍行旅，冻馁病老，存殁别离”，都是人生不幸遭遇。面对这些不幸遭遇，诗人感怀生“愤忧怨伤”之情，进而创作出诗歌。可见，诗歌是诗人因事生情而作。其《策林》六十九论采诗云：

> 大凡人之感于事，则必动于情，然后兴于嗟叹，发于吟咏，而形于歌诗矣。

显然，这句话是直接继承《诗大序》“在心为志，发言为诗，情动于中而形于言，言之不足，故嗟叹之，嗟叹之不足，故咏歌之”。但相比《诗大序》对志与情表述的含混不清，白居易说得十分明白：诗歌源于人们在日常生活中的触物感怀，因事生情。只不过这种情并不一定完全是个人的喜怒哀乐，也包括像杜甫“感时花溅泪，恨别鸟惊心”这类爱国爱民之情。从这个意义上说，我们就不难理解白居易所谓“圣人感人心而天下和平”。圣人只有体察了百姓的喜怒哀乐之情以及其对政治的好恶之情，自然能够顺应民情施展仁政，也必然会天下太平。这也是白居易如此重视采诗传统的原因所在。

白居易在多篇诗文中呼吁恢复采诗传统。其《策林》六十九专门建议朝廷恢复先秦采诗传统：

> 臣闻圣王酌人之言，补己之过，所以立理本，导化源也，将在乎选观风之使，建采诗之官，俾乎歌咏之声，讽刺之兴，日采于下，岁献于上者也。……故国风之盛衰，由斯而见也；王政之得失，由斯而闻也；人情之哀乐，由斯而知也。然后君臣亲览而斟酌焉，政之废者修之，阙者补之，人之忧者乐之，劳者逸之。

正是因为民间诗歌中有百姓的喜怒哀乐之情，有百姓对政治与朝廷的好恶之情，所以朝廷应建采诗之官，恢复先秦采诗传统，进而观民风、知朝政之得失。其《与元九书》云：“洎周衰秦兴，采诗官废，上不以诗补察时政，下不以歌泄导人情。乃至于谄成之风动，救失之道缺，于时六义始刓矣。”对于诗歌来说，上可以令统治者补察时政，下可以让百姓通过歌咏来泄导人情。由此可见，在白居易看来，采诗传统是维系天下政治稳定的有效途径，恢复先秦采诗传统，对于巩固王朝统治是大有裨益的。因此，白居易的诗言情观，仍然与诗歌的政教功能相关。

当然，白居易的诗言情，不仅包括风诗中的百姓对政治的好恶之情，也包括文人士大夫的个人之情。白居易将其上千首诗分为讽谕诗、闲适诗、感伤诗、杂律诗，其中闲适诗与感伤诗就主要展现的是文人之情。其《与元九书》云：“又或退公独处，或移病闲居，知足保和，吟玩性情者一百首，谓之‘闲适诗’。又有事物牵于外，情理动于内，随感遇而形于叹咏者一百首，谓之‘感伤诗’。”所谓“感伤诗”，正集中展现了白居易之诗言情观，因事生情，情动于中而形于诗。这是典型的诗歌创作过程。

（二）“补察时政”的文学功能观

虽然白居易论诗重情，其也创作了大量的闲适诗，但就诗歌功能而言，他是极力主张诗歌为现实服务的。其倡导新乐府运动，也是着眼于用诗歌来干预现实政治。因此，他在《与元九书》中提出了著名的“文章合为时而著，歌诗合为事而作”观点。这种观点，是其多年文学创作经历的总结和领悟。白居易在《与元九书》中说：

> 既第之后，虽专于科试，亦不废诗。及授校书郎时，已盈三四百首。或出示交友如足下辈，见皆谓之工，其实未窥作者之域耳。自登朝来，年齿渐长，阅事渐多。每与人言，多询时务；每读书史，多求理道。始知文章合为时而著，歌诗合为事而作。

白居易从小即有文才，在他登第后为授校书郎时，已经创作了三四百首诗。这些诗在别人看来，皆为好诗。但当白居易创作了上千首诗的时候，就意识到以前创作的那些被人称道的诗歌，并没有进入诗歌真正的境界。当他年岁渐长，阅览更为丰富，读书更为广博之后，他才真正意识到“文章合为时而著，歌诗合为事而作”。显然，文学的现实功能，在白居易看来，是文学的真谛。白居易这种观念，也是在遍览历代诗歌的基础上得出的，他也以此来衡量历代诗歌的优劣。《与元九书》从先秦到李杜的诗歌都有所评价，他所关注的正是文学的现实功能。如其对秦代文学的评价是“六义始刓”，原因在于：“采诗官废，上不以诗补察时政，下不以歌泄导人情。乃至于谄成之风动，救失之道缺。”在白居易看来，周代的采诗制度，很好地衔接了上下之间的沟通与联系，“圣人感人心而天下和平”。诗歌在其中起到了“上以诗补察时政”、“下以歌泄导人情”的功能，因此天下太平。但秦王朝废弃了采诗制度，自然也做不到上下一心，天下太平。最典型的是其对晋宋梁陈文学的评价：

> 晋、宋已还，得者盖寡。以康乐之奥博，多溺于山水；以渊明之高古，偏放于田园。江、鲍之流，又狭于此。如梁鸿《五噫》之例者，百无一二。于时六义浸微矣！陵夷至于梁、陈间，率不过嘲风雪、弄花草而已。噫！风雪花草之物，三百篇中岂舍之乎？顾所用何如耳。设如“北风其凉”，假风以刺威虐；“雨雪霏霏”，因雪以愍征役；“棠棣之华”，感华以讽兄弟；“采采芣苡”，美草以乐有子也。皆兴发于此而义归于彼。反是者，可乎哉！然则“余霞散成绮，澄江净如练”，“归花先委露，别叶乍辞风”之什，丽则丽矣，吾不知其所讽焉。故仆所谓嘲风雪、弄花草而已。于时六义尽去矣。

对于晋、宋文学，白居易还是抱有一丝好感的。因此，他才会称“康乐之奥博”、“渊明之高古”，对谢灵运和陶渊明的文学才能还是给予肯定。但对他们偏于山水田园的文学创作，却从内容上予以否定。原因正在于山水田园诗与现实无关，无法“补察时政”、“泄导人情”。对于梁、陈文学，白居易则完全予以贬斥。在他看来，梁、陈文学“嘲风雪、弄花草”，更是等而下之。作为一个优秀诗人，白居易并不否定诗歌中涉及风雪、花草类自然景物，但他要求诗歌创作不能仅仅“嘲风雪、弄花草”，还应该以此来讽喻现实。《诗经》中大量涉及了风雪、花草类自然景物的优秀诗篇，都是有所讽喻。诗“六义”之赋比兴，都是讽喻的方式。因此，对于梁、陈文学，他称“丽则丽矣，吾不知其所讽”，正是着眼于讽喻现实而言。

即使对于古代诗歌巅峰的盛唐诗歌，白居易也有所批评。盛唐诗歌的代表为李、杜。对于李白，白居易评价不高。其云：“李之作，才矣！奇矣！人不逮矣！索其风雅比兴，十无一焉。”李白之才气，天下无双，但其诗很少讽喻现实，这点是白居易对其评价不高的原因所在。对于杜甫这位公认的现实主义诗人，白居易的评价稍高，但对其也不完全满意。其云：“杜诗最多，可传者千余首。至于贯穿古今，诊缕格律，尽工尽善，又过于李焉。然撮其《新安》、《石壕》、《潼关吏》、《芦子关》、《花门》之章，‘朱门酒肉臭，路有冻死骨’之句，亦不过三四十首。杜尚如此，况不逮杜者乎？”其对杜甫诗歌之工，予以肯定，但他更在乎的是诗歌内容。显然，在白居易看来，杜甫不仅在艺术手法上要高于李白，在诗歌的现实内容上也要胜过李白。这种评价，实际已经开启了后世争论不休的李、杜优劣论。即使是杜甫这样优秀的现实主义诗人，其直接关涉现实、讽喻现实的诗歌作品，在其上千首作品中也不多。

白居易在《策林》六十八“议文章碑碣词赋”云：

> 且古之为文者，上以纽王教，系国风；下以存炯戒，通讽谕。故惩劝善恶之柄，执于文士褒贬之际焉；补察得失之端，操于诗人美刺之间焉。

显然，对于古文传统，在白居易看来，与《诗经》一样，都是具备上“纽王教，系国风”，下“存炯戒，通讽谕”的功能。正因为诗文具备讽喻现实的功能，所以文士与诗人肩负“惩劝善恶”、“补察得失”的重要社会责任。也正是有感于秦朝以来的诗文逐渐丢弃先秦文学讽喻现实的传统，因此白居易、元稹才要发起新乐府运动，试图恢复诗歌讽喻现实的功能和传统。因此，白居易将其上千首诗分为四类，第一类即是题名为《新乐府》的讽喻诗。《与元九书》云：“自拾遗来，凡所遇所感，关于美刺兴比者；又自武德至元和，因事立题，题为《新乐府》者，共一百五十首，谓之‘讽喻诗’。”显然，新乐府运动就是要恢复《诗经》“六义”和汉乐府讽喻现实的传统。其对历代诗歌以及自己创作的诗歌中表示肯定的部分，都是这种讽喻现实的诗歌。

因此，无论是“文章合为时而著，歌诗合为事而作”，还是“补察时政”、“泄导人情”，都是要求文学讽喻现实。正因为文学具备讽喻现实、干预现实的功能，白居易才要求恢复先秦采诗制度，以此来沟通朝廷与百姓，从而实现“圣人感人心而天下和平”的政治理想。

正因白居易要求文学讽喻现实，所以在艺术手法上，他强调要“直笔”。白居易在《策林》六十八“议文章碑碣词赋”中，针对“书事者罕闻于直笔，褒美者多睹其虚辞”的现实，提出要恢复古文传统，提倡直笔书事。其《赠樊著作》诗云：“君为著作郎，职废志空存。虽有良史才，直笔无所申。何不自著书，实录彼善人。编为一家言，以备史阙文。”显然，这里所说的直笔与实录，乃是从史家的写作原则而来。自从白居易任拾遗以来，其立志“惟歌生民病，愿得天子知”，谏言时直言不讳，写诗也力图直笔实录当时的社会现实。其《新乐府序》云：

> 篇无定句，句无定字，系于意，不系于文。……其辞质而径，欲见之者易喻也；其言直而切，欲闻之者深诫也；其事核而实，使采之者传信也；其体顺而肆，可以播于乐章歌曲也。总而言之，为君、为臣、为民、为物、为事而作，不为文而作也。

无论是辞、言、事、体，白居易都要求直笔。因为这样能够让采诗者更真实地知道民风，让统治者更真实地知道民意，从而对政治有所裨益，这就是“补察时政”。这种直笔，导致诗歌在形式与内容的表达上都偏通俗，也更容易传播。因此，白居易的诗歌流传甚广，影响巨大。《与元九书》描述了其诗歌流传的盛况：“礼、吏部举选人，多以仆私试赋判为准的。其余诗句，亦往往在人口中。”“自长安抵江西三四千里，凡乡校、佛寺、逆旅、行舟之中，往往有题仆诗者；士庶、僧徒、孀妇、处女之口，每有咏仆诗者。”这些都得益于其重内容之真，因而在形式上讲求通俗、直笔。因此，他反对雕琢，反对空文。其《读张籍古乐府诗》云：“风雅比兴外，未尝著空文。”《寄唐生》云：“篇篇无空文，句句必尽规。……非求宫律高，不务文字奇。惟歌生民病，愿得天子知。”这样的直笔实录，一方面导致其诗传播甚广，天下尽知，一方面也导致权贵对白居易的不满与排斥。《与元九书》云：“凡闻仆《贺雨诗》，众口籍籍，以为非宜矣；闻仆《哭孔戡诗》，众面脉脉，尽不悦矣；闻《秦中吟》，则权豪贵近者，相目而变色矣；闻《登乐游园》寄足下诗，则执政柄者扼腕矣；闻《宿紫阁村》诗，则握军要者切齿矣！”当然，这种直笔与实录，也导致白居易仕途不畅。

总之，先秦以来的两大诗学传统——诗言志与诗言情，在白居易的诗学体系中并行不悖地存在着。白居易的贡献在于，他通过将“情”分为个人喜怒哀乐之情与对政治的好恶之情，成功地将诗言志与诗言情两大体系融合在一起。需要注意的是，虽然白居易倡导新乐府运动，十分重视文学讽喻现实的功能，但其诗学观念并不是一成不变的。他推崇“穷则独善其身，达则兼济天下”。他当朝为官，尤其为拾遗时，立志恢复先秦《诗经》与汉乐府讽喻现实的传统，力图“补察时政”，通过诗歌干预现实政治，在政治上有所作为。但当其仕途受挫，他又偏重于创作抒发个人之情的闲适诗与感伤诗。

白居易、元稹等人倡导的新乐府运动，与同时期韩愈等人倡导的古文运动，都是中唐政治文化语境的反映。他们试图通过复兴儒学，恢复先秦《诗经》与汉乐府干预现实的传统，对现实政治有所裨益，从而恢复唐朝的繁荣。由于元稹、张籍、李绅、王建等人的呼应，白居易补察时政的文学观在当时影响甚广。而其直笔、实录、通俗的诗歌创作手法，也影响着历代诗人。白体诗也成为后代诗歌流派中的重要组成部分。

第八节　韩　愈

一、韩愈与中唐古文运动

在唐代文学史与思想史上，韩愈都是一个极其重要的人物。就文论而言，韩愈在唐代文论史上地位更高，是唐代文论家中最有创造力与影响力的人物。苏轼《韩愈论》称其“文起八代之衰，道济天下之溺”，足见其地位之高与影响之大。这种影响主要与其极力推动的古文运动密不可分。

韩愈以前，唐朝就有不少文人提倡古文，如陈子昂、萧颖士、李华、元结、独孤及等。但对于他们来说，提倡古文在很大程度上是为了革除前代文学陋习，创造与唐朝国力相符的新的文体。但到了韩愈所处的时代，唐朝经过“安史之乱”，已经由繁盛转向衰落，国力大不如前，文人的气魄也大不如前。韩愈、柳宗元等人所提倡的古文运动与白居易、元稹等人倡导的新乐府运动，都不是为了创造一种新的唐代文学样式，他们都试图通过文学变革进而影响政治，从而使唐朝恢复盛唐的荣光。白居易、元稹等人希望恢复诗歌干预现实的传统，恢复采诗制度，重新让朝廷与百姓畅通交流，政治进入良性循环的状态，从而达到“圣人感人心而天下和平”。这是希望先秦《诗经》与汉乐府传统的复兴。

而韩愈提倡古文运动，其核心是为了复兴儒学。唐朝立国以来，虽然推崇三教并流，但实际上，儒学的地位一直不如道教与佛教。唐代统治者自认为是道家始祖老子的后代，对道教尊崇有加，一度令道教排在三教之首。自武则天以来，不少皇帝尊信佛教，佛教也一度排在三教之首。虽然儒学经典一直作为唐代科举考试的内容，但儒学鲜有排在三教之首的风光地位。特别是韩愈所处的时代，佛教地位更加尊崇，儒学进一步受到挤压。元和十四年（819），唐宪宗为崇信佛教，下令从凤翔法门寺迎佛骨至长安宫中供养三日。身为刑部侍郎的韩愈对这一举动极力反对，写下《谏迎佛骨表》，导致宪宗大怒，差点被处死，最后在裴度等人的极力帮助下，才免于一死，被贬为潮州刺史。

韩愈反对佛教的重要原因，就在于唐朝历代皇帝崇佛，压制了儒学。其《谏迎佛骨表》云：“夫佛本夷狄之人，与中国言语不通，衣服殊制。口不言先王之法言，身不服先王之法服。不知君臣之义，父子之情。”他甚至建议皇帝：“乞以此骨付之有司，投诸水火，永绝根本，断天下之疑，绝后代之惑。使天下之人，知大圣人之所作为，出于寻常万万也。”可以说，他以死力谏，阻止皇帝迎佛骨入宫，正是看到了皇帝崇佛，必然导致佛教的极大兴盛，从而令儒学衰微。而在他看来，唐代的衰弱，与儒学的式微关系密切。因此，为了复兴唐朝，必须复兴儒学。

从秦代以来，唐代以前，儒学在中国的发展其实是一个逐渐衰落的过程。韩愈在《原道》里说：“周道衰，孔子没，火于秦，黄老于汉，佛于晋、魏、梁、隋之间。其言道德仁义者，不入于杨，则归于墨；不入于老，则归于佛。”① 显然，秦代焚书坑儒，汉代崇信黄老之术，西晋到隋代则佛教流行，儒学则逐渐衰微。唐代更是将道教与佛教凌驾于儒学之上。可见，韩愈要复兴儒学，实际是要恢复先秦儒家传统。虽然在中国儒学史上，汉儒注经之学也是一个重要的阶段，但在韩愈看来，汉儒并没有接续先秦儒家传统。其《原道》云：“尧以是传之舜，舜以是传之禹，禹以是传之汤，汤以是传之文、武、周公，文、武、周公传之孔子，孔子传之孟轲，轲之死，不得其传焉。荀与扬也，择焉而不精，语焉而不详。”从这

①韩愈：《韩昌黎全集》，中国书店 1991 年版，第 172 页。

段话不难看出，在韩愈眼中，先秦儒家传统在孟子那里就中断了，后人没有接续下去。连战国后期大儒荀子都没有接续这一传统，汉代大儒扬雄也同样没有。因此，要复兴儒学，恢复先秦儒家传统，就要从孟子那里开始接续下来。显然，韩愈是以孟子的传人自居的。这种姿态也为后来的宋儒所继承。

我们看到，韩愈将荀子以来的儒学都视为末流。这种儒学逐渐衰微的历程，恰恰与骈文逐渐兴盛的历程重合。实际上，从汉赋到唐代的骈文，讲求对仗、文采、音律的传统是一脉相承的。而赋体文学起源于楚辞，荀子则最早以赋名篇，扬雄更是汉赋大家。可见，韩愈认为荀子与扬雄都没有接续孟子的传统，也是有所指的。既然骈文代表了儒学的衰微历程，韩愈要复兴儒学，自然要推倒骈文的主流地位，重新恢复先秦散文也就是古文传统。显然，复兴儒学与倡导古文，是相辅相成的。这也就是韩愈等人推行古文运动的原因所在。

二、韩愈的文道论

在唐宋古文运动中，解决文与道的关系问题，往往是古文理论家首先要面对的。韩愈的古文理论，最集中体现在其对文与道关系的阐述上。

在唐代文论家中，韩愈对道的高扬为他人所不及。他在多篇文章中鲜明地表明了其弘道之决心，并专门写了一篇《原道》来阐述其倡导的“道”。《原道》开篇即对“道”下了定义：“博爱之谓仁，行而宜之之谓义，由是而之焉之谓道，足乎己而无待于外之谓德。”显然，韩愈所谓的道，就是先秦儒家所讲的仁义之道。在这篇文章里，他也明确指出：

> 曰：“斯道也，何道也？”曰：“斯吾所谓道也，非向所谓老与佛之道也。尧以是传之舜，舜以是传之禹，禹以是传之汤，汤以是传之文、武、周公，文、武、周公传之孔子，孔子传之孟轲，轲之死，不得其传焉。”

韩愈明确宣称自己所谓的道，不是道家与佛家的道，而是儒家之道。而且这道是从尧传下来的，一直到孔子传与孟子，这样代代相传。这就是韩愈著名的“道统”说。显然，从尧、舜、禹、汤到文、武、周公，再到孔、孟，最后由韩愈将这个传统接续上，这就是韩愈所说的道统。这种“道统”说为宋儒所深信，并发扬光大。虽然宋儒中很多人对韩愈也表示不屑，但这种直接接续先秦道统的做法，却为宋儒所采用。

正是因为韩愈一直以弘道为己任，为了维护道，他甚至不惜以身犯险。其上表谏迎佛骨，差点被唐宪宗处死，就是这种弘道决心的典型表现。他在《争臣论》中云："自古圣人贤士，皆非有求于闻用也。闵其时之不平，人之不义，得其道。不敢独善其身，而必以兼济天下也。孜孜矻矻，死而后已。"为了弘道，不惜死而后已，显然韩愈对道之推崇。因此，道在韩愈那里有着无比崇高的地位。韩愈更是鲜明地提出"文以明道"说。其《争臣论》云："君子居其位，则思死其官。未得位，则思修其辞以明其道。"其《答李秀才书》也云："然愈之志于古者，不惟其辞之好，好其道焉尔。"显然，在韩愈那里，道比文辞的地位要高。其《题哀辞后》也云："愈之为古文，岂独取其句读不类于今者邪？思古人而不得见，学古道则欲兼通其辞，通其辞者，本志乎古道者也。"这里说得很清楚，韩愈推崇古文，并不是推崇那些与今文在句读等表面形式上不同的古文，其通读古文，是为了从古文中获取古人之道。这就明确指出了古文运动容易出现的误区，即盲目迷信古文，以为与今文句读不同就是古文，偏于古文形式而忽视了古文运动的目的是为了获取古人之道。这种偏颇在北宋古文运动中表现明显。宋僧释智圆在《送庶几序》中也提出与韩愈类似的观点："夫所谓古文者，宗古道而立言，言必明乎古道也。古道者何，圣师仲尼所行之道也。……古文之作，诚尽此矣，非止涩其文字，难其句读，然后为古文也。"① 显然，道是根本，文只是其表现形式而已。对此，韩愈弟子李汉在《唐吏部侍郎昌黎先生韩愈文集序》中明确宣称："文者，贯道之器也。"②

关于文道关系，韩愈之前，唐代也有不少提倡古文的文论家提出自己的看法。裴行俭云："士之致远，先器识而后文艺。"③ 梁肃在《长州刺史独孤及文集后序》中也云："必先道德而后文学。"韩愈之"文以明道"、李汉之"文以贯道"说，与这些说法也有一脉相承之处。但正如宋代大儒朱熹评价韩愈说："只是要做好文章，令人称赏而已。"韩愈重道，但并不轻视文。他在《答陈生书》中明确指出："愈之志在古道，又甚好其言

①释智圆：《送庶几序》，《闲居编》卷二九，《续藏经》本。

②李汉：《昌黎先生集序》，见《韩昌黎文集校注》，上海古籍出版社 1986 年版，第 1 页。

③见《旧唐书・王勃传》，中华书局 1975 年版，第 5006 页。

辞。”不仅古道为韩愈赞赏，古文之言辞也为韩愈所肯定。其《送陈秀才彤序》也云：“读书以为学，缵言以为文，非以夸多而斗靡也。盖学所以为道，文所以为理耳。”显然，韩愈并不反对文，但希望文能入理，而不要一味以靡多为胜。为了更好地弘扬道，他还在文学技巧上提出了很多创新。“气盛言宜”说、“务去陈言”说以及尚奇风格，都是韩愈重文的表现。

三、气盛言宜

韩愈提倡“文以明道”，道是根本，文则是道的表现。道充实，则文也会相应充实。因此，他十分重视文人的道德修养对文章的重要作用。其《答尉迟生书》云：“夫所谓文者，必有诸其中，是故君子慎其实。”文章的内涵就是这里所说的“其中”，也就是“其实”，这也就是作家道德在文中的表现。《答李翊书》云：“道德之归也有日矣，况其外之文乎?”显然，内为道德，外则发为文章。韩愈在这篇文章中还说：“将蕲至于古之立言者，则无望其速成，无诱于势利，养其根而俟其实，加其膏而希其光。根之茂者其实遂，膏之沃者其光晔。仁义之人，其言蔼如也。”内心之道德不是一日养成的，必须日积月累，逐渐让道德之根充实，并枝繁叶茂，这样才能发而为好文章。其云“仁义之人，其言蔼如”，与言如其人、文如其人的观点一致。因此，他在这篇文章里明确提出了“气盛言宜”说：

> 气，水也；言，浮物也。水大而物之浮者大小毕浮。气之与言犹是也，气盛则言之短长与声之高下者皆宜。

内在修养如同水一样，文章则如同水上的浮物。只有大水才能不管浮物多大都能让其漂浮起来。同样的道理，只有内在修养达到一定的境界，才能让好文章喷薄而出。“气盛言宜”说，强调了作家内在修养的重要。其弟子李翱对这一观点也十分认同，其《答朱载言书》云：“故义深则意远，意远则理辩，理辩则气直，气直则辞盛，辞盛则文工。”① 从义到意，再到理与气，最后到辞与文，这是一个完整的创作过程，对韩愈之“气盛言宜”做了更具体的阐释。韩愈“气盛言宜”说对北宋古文理论影响巨

①郭绍虞主编：《中国历代文论选》第二册，上海古籍出版社 1979 年版，第 164 页。

大。欧阳修在这个基础上，就提出了著名的“道胜者文不难而自至”①，并称“其充于中者足，而后发乎外者大以光”②。

此外，在《答李翊书》中，韩愈还明确提出了如何养气：

> 始者，非三代两汉之书不敢观，非圣人之志不敢存。处若忘，行若遗，俨乎其若思，茫乎其若迷。当其取于心而注于手也，惟陈言之务去，戛戛乎其难哉！其观于人，不知其非笑之为非笑也。如是者亦有年，犹不改。然后识古书之正伪，与虽正而不至焉者，昭昭然白黑分矣，而务去之，乃徐有得也。当其取于心而注于手也，汩汩然来矣。其观于人也，笑之则以为喜，誉之则以为忧，以其犹有人之说者存也。如是者亦有年，然后浩乎其沛然矣。吾又惧其杂也，迎而距之，平心而察之，其皆醇也，然后肆焉。虽然，不可以不养也，行之乎仁义之途，游之乎诗书之源，无迷其途，无绝其源，终吾身而已矣。

显然，韩愈这里所谓的养气，讲的是培养仁义之心。他在这里讲述了养气的两种途径：读书与存志。实际上，这两方面是互为补充的。“非三代两汉之书不敢观”，是希望从古文中获取仁义道德之真谛。但单纯地读书，并不能完全养气，还必须要“非圣人之志不敢存”。这样坚持多年，读书渐渐有得，内心所存之志逐渐壮大，则可以分辨古书所讲道德之是非。只有到这个时候，养气才算成功，气存乎内心，“取于心而注于手也，汩汩然来矣”。因此，必须要“行之乎仁义之途，游之乎诗书之源”，双管齐下，多年坚持，才能达到“气盛言宜”的境界，这也就是欧阳修所说的“其充于中者足，而后发乎外者大以光”。

韩愈之“养气”说，显然直承孟子“我善养吾浩然之气”而来。而其对养气的途径的阐释，也为宋人所继承和发展。宋人苏辙、杨万里、周必大等人都有其养气之说。③

---

①欧阳修：《答吴充秀才书》，《欧阳修全集》，中国书店 1986 年版，第 321、322 页。

②欧阳修：《与乐秀才第一书》，《欧阳修全集》，中国书店 1986 年版，第 506 页。

③彭民权：《江西文人群与宋代文学观念的演变》，中山大学出版社 2011 年版，第 199—206 页。

四、不平则鸣

韩愈论文讲究内心充实，发而为文章。因而内心有所感，必然会体现在文章中。他由此提出了著名的“不平则鸣”说。韩愈在《荆潭唱和诗序》中云：

> 夫和平之音淡薄，而愁思之声要妙。欢愉之辞难工，而穷苦之言易好也。是故文章之作，恒发于羁旅草野。至若王公贵人，气满志得，非性能而好之，则不暇以为。

“欢愉之辞难工，而穷苦之言易好”，这是古今中外文学的普遍规律。人在志得意满之时，往往无暇为诗文。即使强迫写作，也因为内心的不平静，很难创作出上佳之作。相反，那些穷愁之人，心中有不平之气，无处倾泻，只好形诸文字，表现为歌诗。这样的作品往往具有真情实感，能够直指人心，具有很强的感染力。韩愈在《送孟东野序》中对这种现象解释说：“大凡物不得其平则鸣。”在韩愈看来，从自然界中的物体到言语，再到音乐，最后到文辞，都是不平则鸣。其云：

> 人之于言也亦然。有不得已者而后言，其歌也有思，其哭也有怀。凡出乎口而为声者，其皆有弗平者乎！……其于人也亦然。人声之精者为言，文辞之于言，又其精也，尤择其善鸣者而假之鸣。

人的内心不平静，自然发之于言语，进而表现为文章。需要注意的是，韩愈之“不平则鸣”，固然指人遭受到不平之事愤而发声、发而为文，但也不仅限于此。凡是人内心郁结、志气不畅，都可以不平则鸣，并不一定要遭受打击、苦难等遭遇。因为韩愈在这篇文章中列举了大量“不平则鸣”的例子，上到唐虞之咎陶、大禹，夏之五子，周之周公，春秋之孔子，战国之孟子、屈原、荀子等人，下到司马迁、司马相如、扬雄等，再到唐代之陈子昂、李白、杜甫等人，以及当时的孟郊、李翱、张籍，每个时代都有“不平则鸣”的代表作家。这些人当中大多都有不平遭遇。但也有一些人不一定都有不平的境遇，或遭受到不幸，他们之“不平则鸣”，往往是心中有所郁结所致。正如韩愈在《送高闲上人序》中云：

> 往时张旭善草书，不治他技，喜怒、窘穷、忧悲、愉佚、怨恨、思慕、酣醉、无聊不平，有动于心，必于草书焉发之。

虽然这里说的是张旭创作书法的过程，但与文学创作的过程也是一致的。显然，韩愈所谓“不平则鸣”，意义是比较宽泛的，心中有所郁结，有所动，就会形诸文字。

对于不平则鸣，中国文学史上很多文论家都注意到这个现象，并有相关阐述。汉代司马迁有“发愤著书”说，韩愈同时期的白居易也有“诗人尤命薄”说，宋代欧阳修有“诗穷而后工”说，明代李贽有“不愤不作”说等。可见，这已经成为中国文学的规律性现象，为人所熟知。

此外，韩愈还有一些诗文创新方面的观点，在当时及后世也有很大影响。如其《答李翊书》主张“惟陈言之务去”，要求文学创作不能蹈袭前人，要有创新。在《答刘正夫书》中也称其学习古文，“师其意，不师其辞”，不能在形式上模仿古文。他在这篇文章中明确指出：“能者非他，能自树立不因循者是也。”这些都表明其试图在文学创作上出其不意，摆脱前代文学的窠臼，自创新的文学形式。因此，其诗文创作尚奇。其在《醉赠张秘书》中称赞孟郊“东野动惊俗，天葩吐奇芬”，《答孟郊》诗里也明确提出“规模背时利，文字觑天巧”，在《荆潭唱和诗序》中也说“搜奇抉怪，雕镂文字”，都是主张诗文创作要出奇制胜。因此，其古文创作并不模仿先秦古文的形式，而是自创一体，其诗歌则大胆创新，“以文为诗”，大大拓展了诗歌的表现力。这种尚奇的主张在当时影响了一大批人。王谠《唐语林》卷二即云：“元和以后，文笔学奇于韩愈……元和之风尚怪也。”

韩愈以其极富创造力的理论与诗文创作，对中唐及以后的文学影响巨大。就文而言，他与柳宗元一起倡导古文运动，成为古文运动的领袖。就诗而言，他又与孟郊等人一起，成为韩孟诗派的代表作家。并且，他通过团结培养了一大批后辈文人，在其周围形成一个不小的团体，声势浩大。就其古文理论而言，他的很多观点不仅在当时影响巨大，改变了中唐诗文创作的面貌，而且对后代特别是北宋古文理论影响深远。其文道观、“文以明道”说、“气盛言宜”说、“不平则鸣”说、“务去陈言”说、“师其意，不师其辞”说等，都在很大程度上影响了唐以后的文论。因此，清人叶燮在《原诗》中说：“唐诗为八代以来一大变，韩愈为唐诗之一大变。

其力大，其思雄，崛起特为鼻祖，宋之苏、梅、欧、苏、王、黄，皆愈为发起端，可谓极盛。”

第九节　柳宗元

在中唐，柳宗元与韩愈一起倡导古文运动。在唐代文学与文论史上，柳宗元也是一位十分重要的人物，其文学作品与文学思想对后代影响深远。柳宗元（773—819），字子厚，河东（今山西永济）人。德宗贞元九年（793）中进士。入朝为官后，积极参与王叔文政治革新，迁礼部员外郎。永贞元年（805），王叔文革新失败，柳宗元被贬永州司马。宪宗元和十年（815）改任柳州刺史，元和十四年卒于柳州任上。

柳宗元一生“唯以忠正信义为志，以兴尧舜孔子之道，利安元元为务”①，因而其力图与韩愈一起复兴儒学，并参与王叔文政治革新，文论思想上则主张“文以明道”，通过文学创作来高扬道。

一、“文以明道”说

与韩愈一样，柳宗元也高扬“文以明道”的大旗。相比韩愈，柳宗元的“文以明道”说更加鲜明，阐释得更为清晰。对于文与道之关系，柳宗元在《答韦中立论师道书》中明确提出：

> 始吾幼且少，为文章，以辞为工。及长，乃知文者以明道，是固不苟为炳炳烺烺，务采色，夸声音而以为能也。

所谓“以辞为工”、“炳炳烺烺”、“务采色”、“夸声音”，说的都是文学的形式技巧，虽然柳宗元并不完全否定这些形式技巧，但文章的形式技巧只是表面的东西，文章的核心在于“明道”。柳宗元在《报崔黯秀才论为文书》中进一步说：

> 然圣人之言，期以明道，学者务求诸道而遗其辞。辞之传于世

①柳宗元：《柳宗元集》，中华书局1979年版，第780页。

者，必由于书。道假辞而明，辞假书而传。……今世因贵辞而矜书，粉泽以为工，遒密以为能，不亦外乎？

所谓“圣人之言，期以明道”，与“文以明道”的意思一致。而“学者务求诸道而遗其辞”，显然与韩愈之“师其意，不师其辞”意思接近。连圣人之辞都可以抛弃，何况一般文人的文辞。显然，对于韩愈、柳宗元而言，他们倡导古文运动，并不是要盲目模仿古人，而是要将先秦儒家之道的传统接续过来。他们的目的在道，而非古人的文辞。因此，他们创作的古文，在形式上与先秦古文已经大不相同。正是有这样的创新精神，才令他们可以摆脱盲目习古的窠臼。在柳宗元看来，辞与书必不可少，但它们都是外在的东西，内在的道，才是古人要传递的真谛。因此，他对那些“粉泽以为工，遒密以为能”，一味在文辞上面雕琢的做法，深为不满。在这篇文章中，他甚至称这种做法是病癖：“凡人好辞工书，皆病癖也。”古文运动，正是要与这些病癖分道扬镳，重新回到古人之道上来。

既然“文以明道”，有什么样的道，就相应地表现为什么样的文。柳宗元在《寄许京兆孟容书》中明确表明其政治理想：“唯以忠正信义为志，以兴尧舜孔子之道，利安元元为务。”从个人修养来说，要达到忠正信义；从政治理想来说，要恢复先秦圣人之道，治国安邦，令天下苍生安居乐业。这就是其“文以明道”的核心，也是其要通过文章表达的宗旨。正因为柳宗元高举如此崇高之道，所以其要求为文者人品高尚。《报袁君陈秀才避师名书》云：“文以行为本，在先诚其中。”在柳宗元看来，为文与为人一样。作者内心真诚，真实地表达自己的理想，才能写出好文章。这就对写作者的道德修养提出了很高的要求。文以明道，非有道之人不能达到。不仅如此，柳宗元还强调文人追求道的过程也要持之以恒。他在这篇文章中说：“秀才志于道，慎勿怪、勿杂、勿务速显。道苟成则慤然尔，久则蔚然尔。源而流者岁旱不涸，蓄谷者不病凶年，蓄珠玉者不虞殍死矣。然则成而久者，其术可见。”只有长期地坚持道，不怀疑、无杂念，久而久之，道自然充盈心中。这样发而为文，自然无所不可。

正因“文以明道”，所以柳宗元强调写作的过程要认真，要全心投入。如《答韦中立论师道书》云：

故吾每为文章，未尝敢以轻心掉之，惧其剽而不留也；未尝敢以

> 怠心易之，惧其弛而不严也；未尝敢以昏气出之，惧其昧没而杂也；未尝敢以矜气作之，惧其偃蹇而骄也。抑之欲其奥，扬之欲其明，疏之欲其通，廉之欲其节；激而发之欲其清，固而存之欲其重，此吾所以羽翼夫道也。

写文章不可掉以轻心，不可懈怠，不可糊涂而言之，也不能有骄矜之气。显然，对于明道之文，柳宗元的态度是严肃认真的。道是崇高的，传道之人是诚实高尚的，写作明道之文自然也该全身心投入。不管是“抑之”、“扬之”、“疏之”、“廉之”，还是“激而发之”、“固而存之”，所有的写作手法都是为了恰到好处地表达道。实际上，柳宗元这里已经用自己的创作经历，很好地传达了一种符合普遍写作规律的创作理论。只有全身心投入写作过程，才能创作出优秀作品。中国和西方的文学史，早已证明了这一点。

二、强调“文之用”，反对形式主义文风

中唐时期的文学家，大都具有现实主义精神，其文学主张也大多要求具有现实性。白居易鲜明地喊出“文章合为时而著，歌诗合为事而作”的主张，要求文学“补察时政”、“泄导人情”。韩愈云“自古圣人贤士，皆非有求于闻用”，其立志复兴儒学，要求文以明道，都是有很强的现实针对性。柳宗元的政治理想本来就是治国安邦，希望有用于世，因此积极参加王叔文政治革新运动。其所谓“文以明道”之道，本身就具有很强的现实性。其《答吴武陵论非国语书》云：“仆之为文久矣……故在长安时，不以是取名誉，意欲施之事实，以辅时及物为道。”显然，柳宗元深受儒家入世传统的影响，将入仕为官、治国平天下作为平生理想，写文章则在其次。只有在无法实现平生政治理想时，才会以文章来寄寓政治理想。柳宗元在被贬永州之后，正是这样一种状态。但即使被贬偏远之地，柳宗元的文学观依然具有强烈的现实性。其《大理评事杨君文集后序》云：

> 文之用，辞令褒贬，导扬讽谕而已。虽其言鄙野，足以备于用。……文有二道：辞令褒贬，本乎著述者也；导扬讽谕，本乎比兴者也。著述者流，盖出于《书》之谟、训，《易》之象、系，《春秋》之笔削，其要在于高壮广厚，词正而理备，谓宜藏于简册也。比兴者流，盖出于虞夏之咏歌，殷周之风雅，其要在于丽则清越，言畅而意

美，谓宜流于谣诵也。

这里，柳宗元将文学分为两大类，一为辞令褒贬，一为导扬讽喻。但不管是辞令褒贬，还是导扬讽喻，都是针对现实的。而这两类也是来自先秦文学传统。辞令褒贬，来自于先秦史书传统，具有微言大义的特征，其对现实是直接褒贬，无所隐晦。因此，这类的文学作品，大多是像《尚书》、《易经》、《春秋》这样内蕴丰富的大著作。导扬讽喻，则来自先秦民歌传统，其对现实并不是直接褒贬，而是采用咏歌的方式，规劝君王，扬善抑恶，讽喻现实。这就是《诗经》的比兴传统。这两大传统，都是先秦现实主义文学传统，也是儒家诗学的两大传统。先秦儒家士人，大多靠这两种传统干预现实。显然，柳宗元与白居易一样，都要恢复先秦《诗经》的传统，希望通过文学对现实有所干预。正是因柳宗元具有现实主义文学观，只要对现实有所助益的文学作品，都会予以称道。即使世人称之为怪异之作，柳宗元也会看到其有用于世的一面。韩愈所著《毛颖传》，时人都以为怪异，但柳宗元在《读韩愈所著毛颖传后题》中却对这篇文章予以肯定："韩子穷古书，好斯文，嘉颖之能尽其意，故奋而为之传，以发其郁积，而学者得以励，其有益于世欤!"

正因为柳宗元强调"文以明道"，要求文学有用于世，所以对盲目追求文辞、内容空洞的形式主义文风予以强烈抨击。《报崔黯秀才论为文书》云："凡人好辞工书，皆病癖也。"他认为自己以前也沾染上了这种癖病，直到被贬之后才悟到为文的真谛。柳宗元十分看重文学的现实性，对不顾事实、只有文采的创作倾向也予以批评。他在《答吴武陵论非国语书》中云："夫为一书，务富文采，不顾事实，而益之以诬怪，张之以阔诞，以炳然诱后生，而终之以僻，是犹用文锦覆陷阱也。"文章表面看起来辞采华美，内容则与事实不符，形式技巧越高超，越能吸引世人，则危害更大。因此，他对《国语》这类语言上极具煽动性却不符合道义的作品，予以否定，并写了67篇文章专门批驳《国语》，将之命名为《非国语》。其《与吕道州温论非国语书》云：

尝读《国语》，病其文胜而言厖，好诡以反伦，其道舛逆。而学者以其文也，咸嗜焉，伏膺呻吟者，至比六经，则溺其文，必信其实，是圣人之道翳也。

由此可见，这类文采引人入胜之作，如果内容上违背正道，对社会的危害更大。即使在古文运动内部，对于那些受到古文运动的影响，但并不能真正理解古文的内涵，在形式上盲目模拟与抄袭古文的文章，他也予以批评。《与友人论为文书》云："而为文之士，亦多渔猎前作，戕贼文史，抉其意，抽其华，置齿牙间，遇事蜂起，金声玉耀，诳聋瞽之人，徼一时之声。"从表面上看，这些文人的文章充满了古人的故事以及古文的形式，但实际上，文人们只是为了附庸风雅，沾上古文的光，好夸耀于世，来获取名声。此外，柳宗元还在《与吕道州温论非国语书》中批评了那些看起来言理道的文章：

> 其言本儒术，则迂回茫洋，而不知其适；其或切于事，则苛峭刻核，不能从容，卒泥乎大道。甚者好怪而妄言，推天引神，以为灵奇，恍惚若化，而终不可逐。故道不明于天下，而学者之至少也。

这些文章虽然也在言道，但由于在形式上出现问题，导致内涵无法表达。柳宗元着重批评了三种情形：第一种与第二种确实在言道，但第一种"迂回茫洋"，不知所云；第二种则把大道讲得死板刻薄，丝毫不能吸引人。第三种在形式上引人入胜，但讲得神乎其神，与道相偏离。实际上，这已经涉及了柳宗元的文学创作思想。对于柳宗元而言，古文运动并不是光凭热情，光有古人的理论就可以的，必须要有高超的技巧与表现形式，才能将道很从容地在文章中表现出来。其所批评的情形在北宋古文运动中也曾出现过。在形式上盲目劫掠古文以及古书中的语言，将道讲得佶屈聱牙、无法卒读的"太学体"，就遭到欧阳修等人的痛批。

虽然柳宗元强调"文以明道"，但并不忽视文的作用。虽然其主张"文之用"，反对形式主义文风，但柳宗元并不一味否定辞采。他在多篇文章中描述其长期学文的历程。《与杨京兆凭书》称"宗元自小学为文章"，《复杜温夫书》也称其"少为文"，《答吴武陵论非国语书》称"仆之为文久矣"。正是这长期为文的经历，令其对文学有相对客观的认识。《与杨京兆凭书》云："文章，士之末也。然立言存乎其中，即末而操其本，可十七八，未易忽也。"由于受儒家入世传统的影响，在中国古人的眼里，入仕为官、建功立业是第一位的。在儒家士人立德、立功、立言之"三不朽"中，立言排在最末。柳宗元也深受这种观念的影响。其将文章视为士人之末，显然对文章有所轻视。但他又说从文章这个末可以寻找到本，这也就是文以明道的意思。从这个意义上说，文学又是不能忽视的。其《答吴武陵论非国语书》也云：“言而不文则泥，然则文者固不可少也。”这里对文采也很重视，文采对于立言来说也是必不可少的。《大理评事杨君文集后序》云：“然而阙其文采，固不足以竦动时听，夸示后学。”就文学的现实功用而言，没有文采也是无法打动人心的，更不用提文以明道。这也就是孔子所说的“言之无文，行之不远”。

三、既“读百家书”，又反对“荣古虐今”

对于如何达到“文以明道”，柳宗元也提出了具体的方法，那就是“读百家书”，从古人书中悟到为文的真谛。《答韦中立论师道书》云：

> 本之《书》以求其质，本之《诗》以求其恒，本之《礼》以求其宜，本之《春秋》以求其断，本之《易》以求其动：此吾所以取道之原也。参之谷梁氏以厉其气，参之《孟》，《荀》以畅其支，参之《庄》，《老》以肆其端，参之《国语》以博其趣，参之《离骚》以致其幽，参之太史公以著其洁：此吾所以旁推交通，而以为之文也。

柳宗元与韩愈一起，立志复兴儒学。其“文以明道”，也主要是儒家之道。因而其强调多读书，主要以儒家经典为主。“读百家书”首先要读《诗》、《书》、《礼》、《易》、《乐》、《春秋》这儒家“六经”，这是柳宗元所谓的“道之原”。柳宗元强调复兴儒学，但他本身并非一个腐儒，对百家之书也是广泛阅读，其“文以明道”也需要读诸子百家之书。不仅儒家之《孟子》、《荀子》在必读书的范围之内，道家之《老子》、《庄子》，屈原之《离骚》，司马迁之《史记》以及《春秋谷梁传》也都在阅读的书目之中。甚至连被柳宗元写了67篇文章批驳的《国语》，也被其列为必读书目。不仅如此，柳宗元一一点出每部书的优点，要求读者“旁推交通”，从中吸取其优点集于一身，自然能明白为文之道。其《报袁君陈秀才避师名书》也云：

> 其外者当先读六经，次《论语》、孟轲书，皆经言。《左氏》、《国语》、庄周、屈原之辞，稍采取之；谷梁子、太史公皆峻洁，可以出入……其归在不出孔子。

可见，柳宗元对古书的态度是十分开明的。要想创作出好的文章，遍读前人之书是一个必由途径。综合两文来看，柳宗元所列书目主要以儒家经典为主，“六经”、《论语》、《孟子》、《荀子》等儒家经典是其学习的重点，这也是道之原。从这些经典中悟到道之原，方可以从容为文。这是文之根本。但光有儒家经典还不够，文学需要多种艺术才能综合而成，光有道理没有好的文学修养与文学技巧，只能变成被柳宗元批评的腐儒。道理明明在那里，写出来的文章要么不知所云，要么枯燥乏味。因此，柳宗元要求广读书，《左传》、《国语》、《谷梁传》、《史记》这些史书可以增广见闻，《庄子》以及屈原的《离骚》可以令读者汲取丰富的文学素材与文学技巧。通过广读书，悟到道之原，增强文学素养，汲取丰富文学创作技巧，多加练习，好文章自然源源而来。这也是柳宗元自身多年为文的经验总结。其《与杨京兆凭书》云：“宗元自小学为文章……自贬官来无事，读百家书，上下驰骋，乃少得知文章利病。”这种文学创作的规律总结，也对后人为文提供了很好的经验。

柳宗元不仅对读百家书持开明的态度，其对古人与古文的态度也十分开明。与韩愈“师其意，不师其辞”，讲究古文创作出新出奇一样，柳宗元也反对“荣古虐今”（《与友人论为文书》）。其《与杨京兆凭书》云：

> 自古文士之多莫如今，今之后生为文，希屈、马者，可得数人；希王褒、刘向之徒者，又可得十人；至陆机、潘岳之比，累累相望。若皆为之不已，则文章之大盛，古未有也。后代乃可知之。

显然，对于中唐时期的散文创作，柳宗元是十分自信的。正是有这种自信，所以他反对“荣古虐今”，认为今人并不比古人差。在这篇文章中，他还提出一个观点：“古之人未必不薄于当世，而荣于后世也。”在柳宗元看来，那些在唐人看来赫赫有名的古人，在其所处时代说不定籍籍无名，跟他们这些唐人一样。古人的威名往往是后人发现的。这也是很符合社会发展规律的。在中国文学史上，很多像刘勰、陶渊明这样的名人，在当时籍籍无名，都是被后代发现其价值而名垂青史的。从这个意义上说，没必要厚古薄今。因为唐人在后世也会声名赫赫，这已经被历史所证明。

此外，柳宗元还有一些很有价值的观点。如其也有类似韩愈“不平则鸣”、白居易“文士多数奇，诗人尤命薄”的观点。其在《娄二十四秀才花下对酒唱和诗序》中云："故形于文字，伸于歌咏，是有其具而未得行其道者之为也。"《寄许京兆孟容书》也云："贤者不得志于今，必取贵于后，古之著书者皆是也。"正是因为不得志，文人才会寄情于诗书，发而为文，进而创作出流传后世的佳作。

总之，作为中唐古文运动的主将，柳宗元的"文以明道"说、"读百家书"说以及其古文创作理论等众多有价值的观点，在当时以及后世影响深远。他论文学重现实性，强调多读书，反对"荣古虐今"等，这些观点与同时期的韩愈、白居易等人观点多有交集，充分证明，在中唐的政治文化语境下，有识文人不约而同试图通过恢复先秦文学传统，恢复文学的现实功能，来对现实政治有所干预，实现其政治、文化以及文学理想。

第十节　司空图

虽然中唐宪宗朝有短暂的中兴，中唐士人如王叔文等人也通过政治上的革新来试图挽救日益衰落的唐朝，韩愈、柳宗元等人也力图通过复兴儒学来恢复唐朝的荣光，但到了晚唐，唐朝已经不可避免地走向衰败，国力日渐衰弱，藩镇割据进一步加强。政治上无可挽回的局面，令晚唐文人整体气质上呈现颓废的特色。虽然也有一些文人关心国事，如罗隐等人，通过文章来针砭时政，但更多的文人开始退回到个人世界，关注个人的享乐、关注个人的内心世界，或者专注于山水以及艺术境界的营造。与中唐相比，晚唐文论更倾向于艺术的层面，关注形式和技巧以及艺术境界。晚唐文论以司空图为代表，其"意境"论对后世影响深远。

司空图（837—908），河中虞乡（今山西运城永济）人，字表圣，自号知非子，又号耐辱居士。唐懿宗咸通十年（869）进士，曾官中书舍人，后隐居中条山王官谷。唐哀帝被弑，他绝食而死，终年七十二岁。《新唐书》卷二一七有传。《全唐诗》收其诗三卷，还有文集十卷。此外，还有著名的《二十四诗品》也一直被冠以司空图之名，从宋代开始，历代都有人仿此作。到了清代，续作、仿作更盛。但当今学界对其是否为司空图所作多有怀疑，暂无定论。因此，本节对《二十四诗品》暂不论述。

司空图以诗名世，其也以善作诗为傲。但其名声流传于后世，则是因其诗论。司空图生于晚唐，政治上无所作为，为了避祸，他隐居达二十余年之久。《新唐书》本传称其“知命”，也指的是其知道政治上已经无能为力，只能隐居避祸。正是长期的隐居生活，使其远离政治，其诗也更多地关注山水田园风光与隐居的个人生活。因此，其诗论也不像白居易等人那样倡导诗歌的现实性，转而关注诗歌的艺术特征。这一点，从其对唐代诗人的评价可以看出。其《与王驾评诗书》云：

> 国初主上好文雅，风流特盛。沈宋始兴之后，杰出于江宁，宏肆于李杜极矣。右丞苏州，趣味澄敻，若清风之出岫。大历十数公，抑又其次焉。元、白力勍而气孱，乃都市豪估耳。刘公梦得、杨公巨源，亦各有胜会。阆仙东野、刘得仁辈，时得佳致，亦足涤烦。厥后所闻，逾褊浅矣。①

司空图对唐代著名诗人的评价与众不同。他虽然称唐诗到了李白、杜甫，已经臻于极盛，但对二人之诗不置一字评语。李、杜之后，司空图特别提到了王维、韦应物、大历十才子、元稹、白居易、刘梦得、杨巨源、贾岛、孟郊、刘得仁。值得注意的是，他对这些著名诗人的评价并不一致。其中评价最高的是王维、韦应物，其次为刘梦得、杨巨源、贾岛、孟郊、刘得仁等人，甚至连大历十才子，他都表示了肯定。唯独对于声名更大的元稹、白居易，司空图评价不高。所谓“力勍而气孱”、“都市豪估”，说的都是二人之诗歌气格不高。这充分表明了司空图与白居易等人诗学观念的差异。白居易倡导“歌诗合为事而作”，要求诗歌恢复“补察时政”、“泄导人情”的现实功能，因而更关注诗歌的内容，从写作手法上强调直笔实录。司空图称白诗格调不高，恰恰说明他所看重的是诗歌的审美功能，而不是现实功能。这一点也可以从其对韩愈、柳宗元的评价中看出来。其《题柳柳州集后序》云：

> 愚尝览韩吏部歌诗累百首，其驱驾气势，若掀雷抉电，奔腾于天地之间，物状奇变，不得不鼓舞而徇其呼吸也。……今于华下方得柳诗，味其深搜之致，亦深远矣。

---

①《唐文粹》卷八十五，文渊阁四库全书本。

从此处看，司空图对韩愈之诗特别推崇。而其特别推崇韩愈之诗的原因，恰恰是韩愈诗歌所具有的尚奇特色，以及因奇特瑰丽而营造出的奔腾气势。他对柳宗元诗歌的评价显然不如韩愈，但也称其诗深远。显然，不管是韩愈之奇特气势，还是柳宗元之深远，都着重其诗歌的艺术美。在这篇文章中，他还提到杜甫、李白、张九龄等人的诗文：

> 又尝睹杜子美《祭太尉房公文》、李太白《佛寺碑赞》，宏拔清厉，乃其歌诗也。张曲江五言沈郁，亦其文笔也。

不管是“宏拔清厉”还是“沈郁”，都是艺术特征。从其对唐代这么多诗人的评价来看，司空图特别关注诗歌的艺术性，着重对艺术技巧与艺术风格的探求。这也就是后人将《二十四诗品》冠于其名下的原因所在。

在所有的唐代诗人中，司空图最为推崇王维与韦应物。除了《与王驾评诗书》外，其著名的《与李生论诗书》也云：“王右丞、韦苏州，澄澹精致，格在其中，岂妨于遒举哉?”他将二人之诗作为其著名的“味外之旨”说的例证，可见其对二人评价之高。司空图对王维、韦应物的推崇，一方面因为二人与司空图一样，都有隐居田园的经历，二人之诗也跟司空图一样，大都书写田园风光与山水田园乐趣。而最重要的原因在于，二人的诗学主张与司空图相近，都追求诗歌的淡泊悠远、含蓄蕴藉的意境之美。这就是司空图著名的“味外之旨”、“韵外之致”、“象外之象”、“景外之景”说。

司空图对“味外之旨”、“韵外之致”的阐述集中于《与李生论诗书》：

> 文之难，而诗之难尤难。古今之喻多矣，愚以为辨于味而后可以言诗也。江岭之南，凡足资于适口者，若醯，非不酸也，止于酸而已。若鹾，非不咸也，止于咸而已。中华之人所以充饥而遽辍者，知其咸酸之外，醇美者有所乏耳。……诗贯六义，则讽谕、抑扬，渟蓄、渊雅，皆在其中矣。然直致所得，以格自奇。前辈诸集，亦不专工于此，矧其下者耶？王右丞、韦苏州，澄澹精致，格在其中，岂妨于遒举哉？贾阆仙诚有警句，然视其全篇，意思殊馁。大抵附于蹇涩，方可致才。亦为体之不备也，矧其下者哉？噫！近而不浮，远而

不尽，然后可以言韵外之致耳。……足下之诗，时辈固有难色。傥复以全美为上，即知味外之旨矣。

综合司空图对元稹、白居易的批评，以及其对王维、韦应物的推崇，加上这里所谓的“辨于味”的比喻，司空图之“味外之旨”、“韵外之致”内涵还是比较清楚的。日常生活中的醋和盐，是调味的必需品，没有这些，就显得寡淡无味，但它们的功能也就仅仅在于提供酸和咸味，不可能有更丰富的味道。这里所谓的醋和盐，就好像白居易、元稹的诗歌一样。他们的诗歌浅显，妇孺皆知，但从艺术上看也就仅限于此，没有更深远的韵味。王维、韦应物的诗歌虽然描写的是山水田园，但从诗句中可以品味到悠远的意境，这就是“近而不浮，远而不尽”的“味外之旨”、“韵外之致”。

“象外之象”、“景外之景”的意思与“味外之旨”、“韵外之致”一致。司空图《与极浦书》云：

戴容州云：“诗家之景，如蓝田日暖，良玉生烟，可望而不可置于眉睫之前也。”象外之象，景外之景，岂容易可谈哉？

所谓“蓝田日暖，良玉生烟”，并不是蓝田玉真的因日照而冒出青烟，而是指这种玉的材质非常精妙，在日照下能让人产生有烟雾的感觉。这种青烟，你可以感觉到，但又不在眼前。这就是“象外之象，景外之景”。高妙的诗歌也是如此，所描写的景物明明历历在目，但又引人联想，呈现出更悠远的景致。

司空图之“味外之旨”、“韵外之致”、“象外之象”、“景外之景”对后世影响深远。宋人苏轼《书黄子思诗集后》云：

唐末司空图崎岖兵乱之间，而诗文高雅，犹有承平之遗风。其论诗曰：梅止于酸，盐止于咸，饮食不可无盐梅，而其美常在咸酸之外。盖自列其诗之有得于文字之表者二十四韵，恨当时不识其妙，予三复其言而悲之。

苏轼将司空图之“味外之旨”、“韵外之致”概括为“美在咸酸之外”，进一步地扩大了司空图诗学观念的影响。而这种“美在咸酸之外”

的观点，也成为苏轼自己的艺术追求。苏轼之后，严羽也受司空图的影响，在《沧浪诗话》中提出了“兴趣”说。《沧浪诗话·诗辨》云：“盛唐诸人惟在兴趣，羚羊挂角，无迹可求。故其妙处，透彻玲珑，不可凑泊，如空中之音，相中之色，水中之月，镜中之象，言有尽而意无穷。”① 所谓“空中之音，相中之色，水中之月，镜中之象”，显然承继司空图的“味外之旨”、“韵外之致”、“象外之象”、“景外之景”而来。因此，清人许印芳在《与李生论诗书跋》云：“自表圣首揭味外之旨，逮宋沧浪严氏，专主其说，衍为诗话，传教后进。”② 可见，司空图诗学观念在后世传播之广，以至清人许印芳要专门写一篇文章，来廓清其对初学者的误导。

---

①郭绍虞：《沧浪诗话校释》，人民文学出版社 1961 年版，第 26 页。

②郭绍虞：《中国历代文论选》第二册，第 202 页。

第五章 // 宋金元的文论发展

第一节　概　述

宋代在政治上彻底结束了士族集团的统治地位，代之以科举之士为主的文官政治，在文化上形成了继承韩愈、柳宗元的古文运动创造的独具特色的宋学。宋金元的诗、文、词、曲取得了辉煌成就，这些成就是建立在对创作经验和艺术规律的积极探讨之上的。

一、宋金元的政治

宋代在政治上有几个显著的特征。首先是“兴文教，抑武事”的基本国策。宋代是通过“陈桥兵变”获得政权的，为了防止武臣的故技重演，宋初的统治者采取了“兴文教，抑武事”的基本国策。这一国策使文人士大夫进入政治的核心，激发了他们与君主共治天下的政治热情。其次，科举制度的改革和完善。为了笼络士人和维护科举考试的公平，宋初的统治者对科举制度进行了一系列的改革。先后采取糊名（封弥）、誊录、锁院、别头试等制度；禁止请托和公荐；大量增加录取名额，考中即授予官职等等。这些措施增加了考试的公平性，促进了社会阶层之间的流动，为文学和文化的普及、繁荣创造了条件。第三，党争不断。宋代从庆历新政以来就有新旧党之争，王安石变法期间士人明显分为变法派和反变法派，南渡以后又有主战和主和之争。在激烈的党争中，文学或者充当“党派的喉舌”，或者沦为打击政敌的工具。第四，内忧外患。宋代建国伊始就面临辽和西夏的侵扰，经受了两次亡国（北宋亡于金，南宋亡于元）。国内有冗兵、冗官、冗费之患。内忧外患为文学创作提供了不尽的动力和素材，士人们经常借文学创作来表达他们的忧患意识和爱国热情。第五，宋朝有“不杀士大夫及上书言事人”的祖训。这为士大夫“开口揽时事，议论争煌煌”提供了保障，他们经常在文学中议论国是，抒发感慨。最后，宋代士人的待遇也比较优厚。赵翼《二十二史札记》卷二十五云：“其待士大夫，可谓厚矣。……恩逮于百官者惟恐其不足，财取于万民者不留其有余。”① 这在中国古代是非常罕见的。以上都是孕育宋代文化和文学的土壤，宋代文化和文学正是在这样的语境下诞生的。

金元以少数民族崛起于西北，其成就主要是勇猛强悍的武功，政治文化并无突出贡献。元朝在政治上实行森严的等级制，将人分为蒙古人、色目人、汉人、南人四类。科举考试时断时续，导致许多文人沉寂于社会底层。特殊的政治境遇使他们不醉心于建功立业，而是将所有的才华倾注于戏曲这种新型文体，终于成就一代之胜。

二、宋金元的文化

宋代在文化上取得了辉煌的成就，塑造了与汉学截然不同的宋学。宋学有广义和狭义之分。广义的宋学涵盖宋代所有的学问，狭义的宋学特指程朱理学。其实，程朱理学只是宋代众多学派中的一派，除此之外还有王安石新学、三苏蜀学、司马光的涑水之学、叶适和陈亮的永嘉之学、陆九渊的心学等等。这些学派彼此交锋、争论不断。不过，作为同一时代的产物，它们又具有许多共同的特征。

首先，重义理的阐释。宋学是对汉代章句之学的反动，注重阐释经典所传达的道理。宋人主要是在“法其意”、“体其情”的基础上推阐圣人制礼作乐的精神，然后以此来建构自己的学术思想。他们强调学术的自得，反对因循守旧或恪守成说。他们不是为学术而学术，而是要“为天地立心，为生民立命，为往圣继绝学，为万世开太平”（张载语）。他们完全是以一个立法者的角色来从事学术研究的。

其次，内圣外王的贯通。魏晋以来，由于儒家内圣之学淡薄，士人的心灵无所皈依，多逃入佛老。唐代的李白、王维、柳宗元、白居易等莫不如此。就是以复兴儒道自任的韩愈在内圣方面也颇有不足。欧阳修《与尹师鲁第一书》云：“又常与安道言，每见前世有名人，当论事时，感激不

---

①赵翼著，王树民校证：《廿二史札记校证》，中华书局 1984 年版，第 533、534 页。

避诛死，真若知义者，及到贬所，则戚戚怨嗟，有不堪之穷愁形于文字，其心欢戚无异庸人，虽韩文公不免此累。”即此一端即可看出唐宋两代士人精神的差异。宋人大多实现了内圣与外王的贯通。在外王方面，他们积极入世，有强烈的忧患意识，希望泽世济民，以道化成天下；在内圣方面，尽管凭借的资源不完全相同，有的借助佛老，有的依赖儒家的心性之学，但是都能自得其乐、恬淡自足。

第三，理性意识高涨。宋人的理性意识达到了一定的高度，他们善于用理性来衡量事物的是非曲直。宋人对汉人的天人感应学说进行了严厉的批判。王安石甚至发出“天变不足畏、祖宗不足法、人言不足恤”的旷世豪言。宋人不迷信神仙方术，对于生老病死他们能够坦然面对。强烈的怀疑精神使宋人敢于突破前人之成说，对一些学术公案进行辨证，比如欧阳修认为《易传》不是孔子作的，朱熹认为《诗经》并不是“篇篇皆是讥刺人”。

三、宋金元的文学

在一般人的观念中，宋代文学的代表是宋词。从接受者价值选择的主动性和审美趣味的多样性来看，把宋词作为宋代文学的代表未尝不可，但是因此而否定宋文、宋诗在当时文坛的正统地位就有违史实了。如果进入宋代的历史语境，就会发现当时的文体之间其实是有等级的。文最高，因为它是载道的。诗次之，因为它是言志的。词最下，因为它是不登大雅之堂的“艳科”。虽然后来通过尊体地位有所提升，但也仅是“诗余”。当然，地位低下并不意味着词不能取得很大的成就。恰恰相反，笔者认为正是地位低下成就了词的一代之胜。地位低下使词不必处处载道言志，主要用来抒发士人的儿女情长和叹老嗟卑等个体性的情感，而这恰是后人欣赏和肯定宋词的一个主要原因。

客观而言，宋文和宋诗都取得了辉煌的成就。“唐宋八大家”除了韩愈、柳宗元，其余六人欧阳修、苏洵、苏轼、苏辙、王安石、曾巩都是宋人。除此之外，王禹偁、释智圆、释契嵩、陈亮、叶适、朱熹等人的散文创作也取得了很高的成就。四川大学古籍研究所编纂的《全宋文》，共360册，8345卷，收录作者9178人，文章178292篇，字数达一亿一千多万字，是九百多万字的《全唐文》的十一倍，是先秦至宋以前文章总和的七倍。宋文风格多样，流派众多，有欧阳修、苏轼代表的文学家文派，王安石、司马光代表的政治家文派，二程、朱熹代表的理学家文派，陈亮、叶适代表的永嘉功利主义文派等等。陆游《尤延之尚书哀辞》评价宋文“抗汉唐而出其上”①。杨万里《杉溪集后序》认为“古今文章，至我宋集大成矣”②。金人王若虚甚至说“散文至宋人，始是真文字”（《文辨四》）。③这些都是有事实根据的，绝非溢美之词。

宋代不仅诗人多，而且作品数量惊人，就现存作品而言远远超过唐人。北京大学出版社出版的《全宋诗》共 72 册，所收作者不少于 9000 人，为《全唐诗》的 4 倍；诗篇 30 余万首，是唐诗的 6 倍。宋诗成就非凡，形成了独特的审美典范——宋调。宋诗虽然有过度议论化、义理化的弊端，但这些不足以否定其整体成就。纵观中国诗歌史，真正可以与唐诗相提并论的只有宋诗。欧阳修、王安石、苏轼、黄庭坚、陆游等既是伟大的古文家，也是成就斐然的诗人。尽管他们的诗与唐人截然不同，未必能够获得大家一致的肯定，但是作为一种独特的审美范型，自其产生之日起就获得许多士人的肯定，聚讼纷纭的唐宋诗之争就是明证。

宋代涌现了柳永、欧阳修、晏殊、苏轼、秦观、黄庭坚、李清照、周邦彦、辛弃疾等一大批词人，塑造了豪放和婉约两种交相辉映的风格典范。元代涌现了关汉卿、王实甫、白朴、马致远、郑光祖、纪君祥等一大批伟大的戏曲家，创作了《窦娥冤》、《西厢记》、《梧桐雨》、《汉宫秋》、《倩女离魂》、《赵氏孤儿》等一系列经典之作。

四、宋金元的文论

宋代诗文的演进呈现出一定的阶段性。北宋初期主要是延续晚唐五代的文风，四六骈文和律赋占据重要地位，是科举考试的主要标准。诗歌方面有白体、晚唐体、西昆体。白体学习白居易的浅显闲适，如李昉、李至、徐铉等。晚唐体学习贾岛、姚合的雕琢苦吟，如潘阆、魏野、寇准、九僧诗人等。西昆体学习李商隐的华词丽藻，是杨亿、刘筠、钱惟演等馆阁重臣在秘阁编撰《册府元龟》时唱和的产物。由于其华丽文风符合了统治者“润色鸿业”的诉求，也有利于士人参加科举考试而风行文坛达四十年之久。

柳开和王禹偁是宋初率先举起诗文革新旗帜的先驱。柳开，原名肩

---

①陆游：《渭南文集》卷四十一，四部丛刊初编本。

②杨万里：《诚斋集》卷八十四，四部丛刊初编本。

③王若虚著，胡传志、李定乾校注：《滹南遗老集校注》，辽海出版社 2006 年版，第 434 页。

愈，字绍先，钦慕唐代韩愈、柳宗元的古文创作。后改名开，字仲涂，希望像隋代大儒王通一样开古道于当世。在《应责》中，柳开说他所谓的道是“孔子、孟轲、扬雄、韩愈之道”，文是“孔子、孟轲、扬雄、韩愈之文”。柳开认为科举骈文华而不实，不适合传达圣人之道。柳开对古文的定义是：“古文者，非若辞涩言苦，使人难读诵之；在于古其理，高其意，随言短长，应变作制，同古人之行事，是谓古文也。”这一看法具有合理性，但其创作实践并没有达到这一高度，部分作品晦涩难读。王禹偁也积极提倡古文创作，在《答张扶书》中，他将古文视为圣人“传道而明心”的工具，主张“易道易晓”。职此之故，他对扬雄《太玄》、《法言》的语艰义奥进行了批评，认为这是扬雄“自大之辞也，非格言也，不可取而为法矣”。王禹偁的易道易晓说使宋代古文走上平易自然的发展方向，避免了唐代古文的怪奇毛病。

庆历时期是北宋诗文革新的真正起点。随着范仲淹、韩琦、富弼、欧阳修等革新派登上政治舞台，诗文革新运动获得了蓬勃发展。庆历士人以道论文，增加了文学的政治功能，自此文学不再是谋取利禄、雕琢物象、留恋风月的技艺，而是变成了针砭时弊、彰善瘅恶的利器。

范仲淹论文强调文学的教化功能。其《奏上时务书》云：“臣闻国之文章，应于风化。风化厚薄，见乎文章。”主张通过政治手段自上而下地变革文风。范仲淹认为诗文表达的思想情感必须与时代和作者的身份相吻合，他批评五代以来的悲哀之音是“影响前辈，因人之尚，忘己之实。吟咏性情而不顾其分，风赋比兴而不观其时”（《唐异诗序》）。范仲淹真正期待的是表征三代之盛的颂声，显而易见，这种文学观中寄托着他的政治理想。

梅尧臣是庆历时期专门从事诗歌创作的诗人，注重诗歌的感发和美刺功能。其《答韩三子华、韩五持国、韩六玉汝见赠述诗》叙述诗歌的功能云：“因事有所激，因物兴以通。自下而磨上，是之谓国风。雅章及颂篇，刺美亦道同。不独识鸟兽，而为文字工。屈原作离骚，自哀其志穷。愤世嫉邪意，寄在草木虫。”“因事有所激，因物兴以通”强调诗歌创作的现实基础，“自下而磨上，刺美亦道同”强调诗歌对现实政治的介入功能，这与将诗歌视为纯粹的语言游戏的观念截然不同。梅尧臣还是宋代“平淡”诗风的开创者，其《读邵不疑学士诗卷》云：“作诗无古今，唯造平淡难。”这一观念影响宋人深且巨，“平淡”最终成为宋代诗人共同的审美追求。

欧阳修学古文虽然后于尹洙和苏舜钦，学诗后于梅尧臣，但是他后来者居上，很快成为文坛盟主。嘉祐二年（1057）主持的科举考试黜退好奇尚怪的“太学体”，选拔了苏轼、苏辙、曾巩等古文后劲，奠定了宋代古文发展的正确方向。欧阳修认为“道胜者文不难而自至”，只是他对道的理解比较切实，反对华而不实的迂阔之论。欧阳修的诗歌观念是“穷而后工”，认为诗人只有经历坎坷遭遇才能写出感人肺腑的诗歌。欧阳修认为只有“事信言文”的文章才能传之不朽。

孙复、石介和胡瑗并称“宋初三先生”，他们对古文复兴也做出了一定的贡献。石介是攻击西昆体的急先锋，将西昆体的领袖杨亿视为与佛、老并立的三怪之一，严加挞伐。其《怪说中》云：“昔杨翰林欲以文章为宗于天下，忧天下未尽信己之道，于是盲天下人目，聋天下人耳，使天下人目盲，不见有周公、孔子、孟轲、扬雄、文中子、韩吏部之道；使天下人耳聋，不闻有周公、孔子、孟轲、扬雄、文中子、韩吏部之道。”在石介看来，杨亿代表的华丽文风阻碍了人们对周公、孔子、孟子、韩愈之道的接受，因此要复兴古文必须先铲除西昆体的华丽文风。石介为清除西昆体的华丽文风作出了贡献，只是他对道的理解比较保守，偏重于儒家的三纲五常和仁义道德。孙复也强调文学的政治教化功能，认为圣人整理过的六经是理想的典范，后人只要“佐佑名教、夹辅圣人”就可以了。孙复说后人可以采取多种方式“佐佑名教、夹辅圣人”，“或则列圣人之微旨，或则名诸子之异端，或则发千古之未寤，或则正一时之所失，或则陈仁政之大经，或则斥功利之末术，或则扬贤人之声烈，或则写下民之愤叹，或则陈天人之去就，或则述国家之安危，必皆临事摭实，有感而作。为论为议，为书、疏、歌、诗、赞、颂、箴、解、铭、说之类，虽其目甚多，同归于道，皆谓之文也”（《答张洞书》）。由此可见，孙复对发扬圣道的方式的理解比较宽泛，既包括正面阐发圣贤之道，也包括攻击异端邪说；既包括写下民之愤叹，又包括述国家之安危。只要是有真情实感的文章，都有助于圣人之道的发扬。

神宗熙宁、元丰时期，文坛群星璀璨，学派林立，文学观念也发生了剧烈的分化。大致可分为三派，一是以王安石为代表的政治家文论，二是以“三苏”父子为代表的文学家文论，三是以周敦颐、“二程”为代表的理学家文论。

王安石论文强调文学的政治功能，认为文章的主要价值是“治教政令”和“礼教治政”。变法期间王安石以新学自上而下地“一道德”、“同风俗”，用经义代替了诗赋取士，结果造成千篇一律的文风，对文学创作产生了非常负面的影响。

“三苏”即苏洵、苏轼、苏辙，是蜀学的代表，其学问注重探讨古今兴衰成败，讲究机权通变，有战国纵横家遗风。在《仲兄字文甫说》中，苏洵提出“风水相遭”说。其言云：“今夫风水之相遭乎大泽之陂也，纡馀委蛇，蜿蜒沦涟，安而相推，怒而相凌，舒而如云，蹙而如鳞，疾而如弛，徐而如回。……殊状异态，而风水之极观备矣。故曰‘风行水上涣’，此亦天下之至文也。”这里的“水”指作者的思想感情，“风”指激发思想感情的外在事物。苏洵认为只有与现实生活相激荡才能产生天下之至文。苏轼是宋代最伟大的文学家，其文论思想丰富而深刻。首先，苏轼非常重视文学的适用性，提倡“言必中当世之过”（《凫绎先生诗集叙》）。其次，苏轼也有超然恬淡的一面，特别崇尚陶渊明的超然之趣。再次，苏轼重视文辞技艺的价值，主张文道并重、随物赋形。最后，苏轼强调诗画之间的相通性，提出了“诗画本一律”的著名命题。这些文论思想对后世产生了深远的影响。苏辙丰富和发展了孟子的养气说。其《上枢密韩太尉书》云：“文者，气之所形。然文不可以学而能，气可以养而致。孟子曰：‘我善养吾浩然之气。’今观其文章，宽厚宏博，充乎天地之间，称其气之小大。太史公行天下，周览四海名山大川，与燕赵间豪俊交游，故其文疏荡，颇有奇气。此二子者，岂尝执笔学为如此之文哉？其气充乎其中，而溢乎其貌；动乎其言，而见乎其文，而不自知也。”孟子的养气说强调道德修养形成的圣贤人格境界，苏辙则强调广博的阅历、丰富的生活经验对文学创作的重要意义。

理学先驱周敦颐论文强调道德修养，提出著名的“文以载道”。《通书》第二十八云：“文所以载道也。轮辕饰而人弗用，徒饰也，况虚车乎？文辞，艺也；道德，实也。……不知务道德而第以文辞为能者，艺焉而已。噫！弊也久矣。”周敦颐所谓的道德主要是指儒家的伦理规范，与欧阳修注重道的现实性名同实异。程颐认为“作文害道”。《二程遗书》卷十八记载：或问：“诗可学否？”曰：“既学时，须是用功，方合诗人格。既用功，甚妨事。古人诗云：‘吟成五个字，用破一生心’；又谓‘可惜一生心，用在五字上’。此言甚当。……素不作诗，亦非是禁止不作，但不欲为此闲言语。且如今言能诗无如杜甫，如云‘穿花蛱蝶深深见，点水蜻蜓款款飞’，如此闲言语道出作甚？某所以不常作诗。”程颐因担心诗文创作妨碍士人对圣贤之道的体悟而予以否定。他批评杜甫的诗为闲言碎语，可见其对诗歌创作的鄙视，也可看出其思想的狭隘和迂腐。

北宋后期诗文创作主要靠苏门弟子维持，当时有“苏门四学士”（黄庭坚、秦观、张耒、晁补之）、“苏门六君子”（外加李廌和陈师道）之称，其中成就最大的是黄庭坚。黄庭坚有感于苏轼“乌台诗案”，反对诗歌创作强谏、怒骂。黄庭坚论诗的最大特点是多谈诗法，既强调读书穷理，又强调巧妙利用文学遗产推陈出新，点铁成金。由于黄庭坚有规矩可循，所以法门独盛，最终汇成跨越两宋的江西诗派。江西诗派的形成与吕本中编订《江西诗社宗派图》密不可分。吕本中论诗强调“活法”，其《夏均文集序》云：“学诗当识活法。所谓活法者，规矩备具而能出于规矩之外，变化不测而亦不背于规矩也。是道也，盖有定法而无定法，无定法而有定法。知是者，则可以与语活法矣。”活法是对死法的超越，是对既有艺术法则的顿悟。吕本中认为要识“活法”必须顿悟，而顿悟建立在长期的实践功夫上。

南宋的古文创作远逊于北宋，主要沿着两个脉络发展。一是继承欧阳修、苏轼文风的文学家，尤其以陈亮、叶适代表的浙江永嘉学派，他们讲究功利，与程朱理学相颉颃。二是继承二程道学的理学家，成就较高者有朱熹、真德秀、魏了翁等。

陈亮多次与朱熹书信往来讨论义利、王霸问题，批评理学家空谈道德性命。其《送吴允成运干序》云：“往三十岁时，亮初有识知，犹记为士者必以文章行义自名，居官者必以政事书判自显，各务其实而极其所至。人各有能有不能，卒亦不敢强也。自道德性命之说一兴……为士者耻言文章行义而曰尽心知性，居官者耻言政事书判而曰学道爱人。相蒙相欺以尽废天下之实，则亦终于百事不理而已。”在陈亮看来，士人应该根据自己的能力选择相应的职业以尽自己的社会责任，理学家抛开文章行义和政事书判而醉心于道德性命，结果造成天下实际事务的荒废。叶适的思想与陈亮相似，认为理学家不谈功利是无用之虚语。叶适比较重视文学的社会价值和艺术形式，他多次批评王安石的新学和程朱理学对文学创作的负面影响。《习学记言》卷四十七云：“文字之兴，萌芽于柳开、穆修，而欧阳修最有力，曾巩、王安石、苏洵父子继之，始大振。……及王氏用事，以周、孔自比，掩绝前作；程氏兄弟发明道学，从者十八九，文字遂复沦坏。”在程朱理学如日中天的时代氛围中，叶适敢于为文学辩护的精神难能可贵。叶适积极鼓励“永嘉四灵”徐照、徐玑、翁卷、赵师秀为矫正江西诗派的弊端而发起的恢复唐诗风貌的努力。其《徐道晖墓志铭》云：“故善为是者，取成于心，寄妍于物，融会一法，涵受万象，豨苓、桔梗，时而为帝，无不按节赴之，君尊臣卑，宾顺主穆，如丸投区，矢破的，此唐人之精也。然厌之者谓其纤碎而害道，淫肆而乱雅，至于廷设九奏，广就大舞，而反以浮响疑宫商，布缕谬组绣，则失其所以为诗矣。然则发今人未悟之机，回百年已废之学，使后复言唐诗自君诗，不亦词人墨卿之一快也！”叶适说唐诗之长在于“寄妍于物”、“涵受万象”是非常准确的。叶适对宋诗反唐诗的原因的分析也比较客观，认为是宋人有感于唐诗的破碎大道而走向雅化的，其缺点是破坏了诗歌的格律声调。可惜的是，“永嘉四灵”由于才力和生活经验的局限只能学习晚唐的贾岛、姚合，这与叶适所期待的盛唐诗风有一定距离。

朱熹是理学的集大成者，建构了颇具体系的理学家文学观。在创作上，朱熹主张“文皆是从道中流出”，突出道对文的规范作用；在鉴赏上，朱熹强调讽诵和涵泳，突出诗歌的道德感发作用；在风格上，朱熹喜欢自然浑朴的近古之作，强调诗歌的言志功能。真德秀编辑了一部《文章正宗》，编选的标准是“以明义理切世用为主，其体本乎古、其指近乎经者然后取焉，否则辞虽工亦不录”。真德秀所谓的“明义理切世用”主要指通过宣扬理学家的义理来维持世道人心，与古文家通过文学创作泄道人情、裨补时阙有很大的区别。由于选取标准过于狭隘，不近人情，后世少有“尊而用之者”。魏了翁认为文章的根本在于作者的性情和志气，他经常以此来衡量文学的优劣。其《杨少逸不欺集序》云：“人之言曰：‘尚辞章者乏风骨，尚气节者窘辞令。’某谓不然。辞虽末技，然根于性、命于气、发乎情、止于道，非无本者能之。……唐之辞章称韩、柳、元、白，而柳不如韩，元不如白，则皆于大节焉观之。……眉山自长苏公以辞章自成一家，欧、尹诸公赖之以变文体，后来作者相望。人知苏氏为辞章之宗也，孰知其忠清鲠亮临死生利害而不易其守，此苏氏所以为文也。”魏了翁认为柳宗元的文学成就不如韩愈、元稹的文学成就不如白居易的根本原因在于柳、元的志节不如韩、白高尚；苏轼文章成功的根本也在于其忠清鲠亮、坚贞不屈的人格魅力。这些批评虽有一定的道理，但难免给人拘狭之感。

南宋诗学主要是围绕着对江西诗派的批评展开的。陆游、杨万里、姜夔等虽然都从江西诗派入，但经过深刻反思都顿悟了诗歌创作的真谛，走出了江西诗派，形成了自己的风格。张戒、刘克庄、严羽等则批评江西诗派是邪门歪道，将诗歌创作引入歧途。

陆游早年与江西诗派的韩驹、吕本中、曾几等学习诗法，晚年顿悟“工夫在诗外”，意识到客观现实生活对于诗歌创作的重要意义，认为只有抒发心中悲愤不平的作品才能感动人。在《荆溪集序》中杨万里叙述学诗的经过是：开始学习江西诗派，接着学陈师道、王安石的七言绝句，最后又学晚唐七绝，但是“学之愈力，作之愈寡”，直到淳熙五年（1178）忽有所寤，于是摆脱前人影响，直接描写耳闻目见的各种事物。在《白石道人诗集》第二篇序中，姜夔提出对待古人的态度是：“求与古人合不若求与古人异，求与古人异不若不求与古人合而不能不合，不求与古人异而不能不异。”这一态度超越了对古人的“影响焦虑”，完全以表达自我的情志为鹄的。在《白石道人诗说》中，姜夔认为诗有四种高妙，即理高妙、意高妙、想高妙和自然高妙。理高妙指“碍而实通”，意高妙指“出自意外”，想高妙指“写出幽微，如清潭见底”，自然高妙指“非奇非怪，剥落文采，知其妙而不知其所以妙”。这四种高妙是姜夔自家体悟出来的艺术境界，颇具隐士高人的审美趣味。

张戒是较早对江西诗派提出批评的学者，他借儒家诗学的“言志咏物”传统来批评宋诗的议论化和才学化。《岁寒堂诗话》云：“自汉、魏以来，诗妙于子建，成于李杜，而坏于苏黄。……子瞻以议论作诗，鲁直又专以补缀奇字。学者未得其所长而先得其所短，诗人之意扫地矣。”又云：“然诗者，志之所之也，情动于中而形于言，岂专意于咏物哉？……用事、押韵何足道哉？苏、黄用事、押韵之工至矣，尽矣，然究其实，乃诗人中一害。使后生只知用事、押韵之为诗，而不知咏物之为工、言志之为本也，风雅自此扫地矣。”在张戒看来，诗歌应该通过咏物来表达作者内心的情志，而苏轼、黄庭坚却一味以议论为诗，以用事、押韵为诗，使诗歌丧失了含蓄蕴藉之美。张戒认为这是对诗歌本质的异化，必须予以纠正。刘克庄是江湖诗派中的杰出诗人和批评家，他也不满于江西宋诗的议论化和概念化。《竹溪诗序》云：“唐文人皆能诗，柳尤高，韩尚非本色。迨本朝则文人多，诗人少。三百年间，虽人各有集，集各有诗，诗各自为体；

或尚理致，或负材力，或逞辩博；少者千篇，多至万首。要皆经义策论之有韵者尔，非诗也。自二三巨儒及十数大作家，俱未免此病。”从本色的角度批评宋诗“尚理致”、“负材力”、“逞辩博”，是“经义策论之有韵者”，可谓抓住了宋诗的病根。为了区分唐宋诗的异同，刘克庄提出了两个重要概念即风人之诗和文人之诗。他说“风人之诗”是“以情性礼义为本，以鸟兽草木为料”，“文人之诗”是“以书为本，以事为料”（《跋何谦诗》）。这两个概念颇具启发性，有助于分析唐宋诗的异同及其成因。严羽以禅喻诗，批评苏轼、黄庭坚“以文字为诗，以才学为诗，以议论为诗”是野狐禅。严羽认为诗歌有独特的题材和旨趣，不能一味地说理和堆垛典故。严羽提倡向盛唐诗歌学习，这一观点在元明清产生了广泛的影响。

宋代产生一种新的批评形式——诗话。诗话最初具有史传记事的性质，但后来记事功能越来越弱，谈诗论诗功能越来越强。欧阳修的《六一诗话》是第一部诗话，其后有司马光的《温公续诗话》、刘攽的《中山诗话》、叶梦得的《石林诗话》、张戒的《岁寒堂诗话》等等。据郭绍虞考证，宋代诗话大概有一百四十部左右，成就较高的是欧阳修的《六一诗话》、阮阅的《诗话总龟》、张戒的《岁寒堂诗话》、刘克庄的《后村诗话》、胡仔《苕溪渔隐丛话》、严羽《沧浪诗话》等。

金朝在理论上比较有建树的是王若虚和元好问。王若虚认为表情达意是文学创作的根本。《滹南诗话》引其舅周昂的话说“文章以意为主，字语为之役。主强而役弱，则无使不可无令不从。世人往往骄其所役，至跋扈难制，甚者反役为主”。显然将思想内容放在了第一位。王若虚力倡自得，反对标榜门户和衣钵相传。其《论诗》云“文章自得方为真，衣钵相传岂是真?”这是针对江西诗派而言的，他甚至批评黄庭坚的点铁成金和脱胎换骨是“特剽窃之黠者耳”。这一批评虽不乏误解，但表达了他对模拟剽窃的厌恶。宋人多批评白居易的诗歌过于平易、浅俗，王若虚却说白居易的诗歌“情致曲尽，入人肝脾，随物赋形，所在充满，殆与元气相侔”，“哀乐之真，发乎情性，此诗之正理也”。可见王若虚主要是欣赏白居易诗歌情感的真实和自然。元好问的《论诗三十首》继承了杜甫《戏为六绝句》以组诗论诗的传统，在内容上提倡真情实感，反对虚情假意；提倡慷慨悲壮，反对柔弱纤靡；提倡自然雅正，反对雕琢奇巧。

由宋入元的方回完成了江西诗派诗学谱系的最终建构，提出著名的

“一祖三宗”之说。《瀛奎律髓》卷二十六云：“呜呼，古今诗人当以老杜、山谷、后山、简斋为一祖三宗，余可豫配飨者有数焉。”“一祖”指杜甫，“三宗”指黄庭坚、陈师道、陈与义。方回将杜甫视为唐诗之冠，黄庭坚、陈师道视为宋诗之冠，认为黄庭坚、陈师道主要学习杜甫诗歌的“高格”。方回还将江西诗派的学杜甫与梅尧臣的学盛唐区别开来，“宋人诗善学盛唐而或过之，当以梅圣俞为第一；善学老杜而才格特高，则当属之山谷、后山、简斋”（《瀛奎律髓》卷二十四）。这一区分非常重要，说明方回已经意识到了唐宋诗的根本差异。

元代中期诗坛兴起一股宗唐抑宋的诗风。当时的诗坛巨子虞集、杨载、范梈、揭傒斯、袁桷等都标榜雅正的盛唐诗风，借此鸣国家之盛。在宗唐的时代风潮下，诞生了两部颇有影响的唐诗研究著作。一部是辛文房的《唐才子传》，记载和评价了三百九十多位唐人的奇闻异事和诗歌成就。一部是杨士宏的《唐音》，将唐诗分为始音、正音、遗响。始音包括“初唐四杰”杨炯、王勃、卢照邻和骆宾王的诗歌；正音以初、盛唐诗为主，以中晚唐得音声之正者附之；遗响则指诸家中篇章长短参差，音律不能谐和者。显然，杨士宏最欣赏的是盛唐诗歌的音声之美和雅正之旨。《唐音》在明代产生了广泛影响，高棅的《唐诗品汇》、前后七子的复古诗论都受到它的启迪。

与创作实践相比，宋金元的词论、曲论相对沉寂，这可能与词、曲的身份有关。尽管文人们经常填词谱曲，但是词、曲在他们心目中的地位并不高，被视为“诗余”或游戏之作。宋代词论主要涉及两个问题。一是辨别词体。词本来是供十八女郎歌唱的婉约之声，但苏轼、辛弃疾等以诗为词、以文为词，创作了豪放词，对于这种别调，褒贬不一。肯定者如胡寅《酒边词序》云：“及眉山苏氏一洗绮罗香泽之态，摆脱绸缪宛转之度，使人登高望远，举首高歌，而逸怀浩气，超然乎尘垢之外。于是《花间》为皂隶，而柳氏为舆台矣。”① 王灼《碧鸡漫志》亦云：“东坡先生非醉心于音律者，偶尔作歌，指出向上一路，新天下耳目，弄笔者始知自振。”② 都充分肯定了苏轼对词格的提升和词境的开拓。否定者亦不乏其人。李清照认为词不同于诗，“别是一家”（《论词》），批评晏殊、欧阳修、苏轼等人

①张惠民编：《宋代词学资料汇编》，汕头大学出版社 1993 年版，第 212 页。

②唐圭璋编：《词话丛编》，中华书局 1981 年版，第 85 页。

所作词“皆句读不葺之诗”。陈师道《后山诗话》亦云：“子瞻以诗为词，如教坊雷大使之舞，虽极天下之工，要非本色。”① 二是词的雅化。词最初来自民间，是一种俗文学，北宋初期寇准、晏殊、晏几道、范仲淹、欧阳修、柳永等的部分词都不脱骫骳从俗、绮罗香泽之态。但经过苏轼、李清照、姜夔、周邦彦、吴文英等的创作以后，词越来越雅化，最终成为与诗并驾齐驱的雅文学。

元代比较有影响的曲论是周德清的《中原音韵》和钟嗣成的《录鬼簿》。《中原音韵》通过研究中原正音的特征探讨如何安排戏曲的音韵曲律，多为后世作曲者所遵循。《录鬼簿》主要是为当时已死或未死的名公才人也就是戏曲家立传，既有史料价值，又是对戏曲艺术家的充分肯定，这在戏曲艺术还备受正统士大夫非议的时代是有重要意义的。

第二节　欧阳修

欧阳修（1007—1072），字永叔，号醉翁，晚年又号六一居士，庐陵（今江西吉安）人，著有《欧阳文忠公集》等。欧阳修四岁丧父，家贫无书可读。十岁在邻居李氏家见韩愈的文集而好之，但为了干禄养亲，只能忍痛割爱，从俗学作时文参加科举考试。二十四岁进士及第后任西京留守推官，自此放弃时文，开始与苏舜钦、尹洙等学习古文写作。虽然欧阳修学古文后于尹洙和苏舜钦，学诗后于梅尧臣，但由于性情丰富、识见通达、文笔流畅，很快后来者居上，成为文坛盟主。嘉祐二年（1057）主持贡举改革，雷厉风行，黜退了好奇尚怪的“太学体”，擢拔苏轼、苏辙、曾巩等古文后劲，奠定了古文发展的正确方向。② 欧阳修对通过主盟文坛维持斯文不坠有明确的自觉，先是与苏舜钦、梅尧臣共同主持文坛，晚年又将主持文坛的重任授予苏轼。欧阳修不仅创作成绩斐然，而且对许多文学现象进行了深入思考，提出了许多真知灼见。

---

①何文焕辑：《历代诗话》，中华书局2004年版，第309页。

②王水照、曾枣庄系统探讨过嘉祐二年贡举改革的文学史意义。参见王水照：《王水照自选集》，上海教育出版社2000年版，第198—243页；曾枣庄：《文星璀璨：北宋嘉祐二年贡举考论》，复旦大学出版社2010年版，第1—76页。

一、道胜文至

庆历时期士人主体精神获得了群体性自觉，道成为士人言说的主要符码和核心范畴，他们以道论文，以道批判和规范现实政治。欧阳修正是在这一语境下提出“道胜者，文不难而自至”（《答吴充秀才书》）的。欧阳修说尽管学者们都把道作为追求的志向，但真正实现这一志愿的非常少，原因在于“学者有所溺焉尔”。欧阳修所谓的“学者有所溺”主要指由于文学创作“难工而可喜，易悦而自足”，学者一旦能够写文章，就会沾沾自喜，曰“吾学足矣”。于是把写文章作为自己的职业，“弃百事而不关于心”，从而懈怠了对道的追求。欧阳修举孔子、孟子、荀子的例子证明“圣人之文虽不可及，然大抵道胜者，而文不难自至也”。孔子老而归鲁，在数年之间整理了六经，尽管用功不多，但《易》、《春秋》、《书》、《诗》都取得了很高的成就。孟子栖栖遑遑周游列国，无暇著书；荀子也是晚年以后才开始著书立说。与此相反，扬雄和王通“道未足而强言”，结果只能模拟前人语言勉强写作。欧阳修批评后世的学者不明白这个道理，只见前人的文章能够流传久远，就以为学者的职责就是学习文辞技巧，结果“愈力愈勤而愈不至”。欧阳修认为道对文学创作具有决定性意义，如果道不足而强为言，就难以纵横高下皆如意；如果对道的涵养非常充沛，就能够随心所欲不逾矩。

既然道对文如此重要，那么如何扩充对道的认识呢？欧阳修主张通过“师经”明道。其《答祖择之书》云：“夫世无师矣，学者当师经。师经必先求其意。意得则心定，心定则道纯，道纯则充于中者实，中充实则发为文者辉光，施于事者果致。”这里提出的“求其意”的经学阐释原则值得关注，它说明欧阳修“师经”不是把经奉为圭臬，不敢越雷池一步，而是在把握经的主要精神的基础上，将经的精神内化为自己的智慧，借以丰富自己的精神世界，从而进行文学创作和政治实践。在《代曾参答第子书》中，欧阳修也强调学习圣人应该“师其道，不必师其人；师其人，不必师其形”。如何“师其道”呢？欧阳修认为从“《诗》可以见夫子之心，《书》可以知夫子之断，《礼》可以明夫子之法，《乐》可以达夫子之德，《易》可以察夫子之性，《春秋》可以存夫子之志”。由此可见，欧阳修是注重发掘孔子整理六经的精神和原则，而不是恪守孔子制定的具体制度。欧阳修认为圣人没有什么神秘之处，只是特别洞达人情世故，依据人情世故来制礼作乐。欧阳修如此阐释经意义重大，把经建立在了切实可靠的现实基础之上，为实现经的当下意义找到了切入口。

欧阳修以道论文的独特之处在于对道的内涵进行了限定，增强了道的现实性。在《与张秀才第二书》中，欧阳修虽然对张棐秀才“闵世病俗，究古明道，欲援今以复之古”的志向深表同情，但对其文章“述三皇太古之道，舍近取远，务高言而鲜事实”不予认可。欧阳修认为君子为学的根本目的是求道，要求道就必须知古，但知古只是求道的途径而不是目的；求道的最终目的是知古明道，然后“履之以行，施之于事”，也就是付诸实践。欧阳修认为君子所学的道应该是“周公、孔子、孟轲之徒常履而行之者”，“六经所载，至今而取信者也”，“其道易知而可法，其言易明而可行”。由此可见，欧阳修是非常重视道的可行性与可法性、文的可信性与简明性的。欧阳修批评“以混蒙虚无为道，洪荒广略为古，其道难法，其言难行”的释古者为“诞者之言”。欧阳修引孔子“道不远人”、“可离非道”等经典语录证明圣人之道能够“履之于身，施之于事”。在欧阳修看来，古圣人尧、禹所谓的“稽古”、“师古”，孔子所谓的“好古”等主要指“君臣上下、礼乐刑法之事”，非诞者所言的虚无缥缈之事。孔子整理六经之所以断自《尧典》，而弗道其前者，是因为“其渐远而难彰，不可以信后世也”。孔子虽然特别推崇尧舜之道，但“其事不过于亲九族、平百姓，忧水患，问臣下谁可任，以女妻舜，及祀山川，见诸侯，齐律度，谨权衡，使臣下诛放四罪而已”，都是切于事实，易知而可行的。欧阳修说孔子之后，“孟子最知道，然其言不过于教人树桑麻、畜鸡豚，以为养生送死为王道之本”，也都是切实可行的。由于重视道的现实性，欧阳修反对学者言性。其《答李翊第二书》云：“修患世之学者多言性，故常为说曰夫性，非学者之所急，而圣人之所罕言也。”这是针对当时方兴未艾的性命之说而发的，真可谓空古足音，可惜未被当时的学者接受。宋明理学谈论性命思想几百年，到底济的甚事？这是需要认真反思的。

欧阳修对道的阐释一直贯彻着“可通于今”、“可用于今”的现实关怀。在《武成王庙问进士策》中，他说：“儒者之于礼乐，不徒颂其文，必能通其用；不独学于古，必可施于今。”这是欧阳修心目中的儒者形象。欧阳修积极提倡韩愈古文，但他的提倡是建立在对韩愈古文的真正理解之上的。在《记旧本韩文后》中，欧阳修对古文复兴的合法性进行了论证：“道固有行于远而止于近，有忽于往而贵于今者，非惟世俗好恶之使然，亦其理有当然者。”这里欧阳修意识到了道的有效性问题，道不是放之四海而皆准的，有的具有较长的效用，有的则比较短暂。虽然欧阳修发现世俗的好恶会对道之兴废有影响，但是他不把这作为道之兴废的根本，而认为根本在于道本身是否具有合理性。他举孔子、孟子、韩愈的例子证明：孔孟在当时栖栖遑遑，但最终成为万世师法的对象；韩愈古文在其身后寂寞了二百年，而大盛于当下。这些事例充分证明道不会随世俗的好恶而兴废，而是会随着时间的推移而愈加澄明，即使在特殊的历史时期真理会遭遇暂时的遮蔽，最终必将光耀于后世。这是非常深刻的洞见。由此可见，欧阳修对古道的认识不是建立在信仰之上，而是建立在深刻的学理反思之上。

欧阳修论述古文创作的另一个特点是强调古文写作既要指出社会存在的弊病，又要通晓弊病形成的原因，还要提供革除弊病的良方。欧阳修对这一点是有理论自觉的，其《与黄校书论文章》云："其救弊之说甚详，而革弊未之能至；见其弊而识其所以革之者，才识兼通，然后其文博辩而深切，中于时病，而不为空言。"欧阳修认为贾谊论秦朝之失而推究到古代教养太子之礼的重要性可以看作这方面的典范。欧阳修的《原正统论》、《原弊》、《本论》、《责高司谏书》等文都贯彻了这一思路，这是其古文"纡余委备"、"容与闲易"风格形成的一个重要原因。欧阳修对社会问题的剖析具有层次性和逻辑性，能够娓娓道来，以理服人，具有较强的建设意义。这是他与石介等古文家的一个重要区别，石介等古文家也勇于揭露时弊，但是在如何革除弊端上往往迂腐而固执，结果造成"旧弊未除，又增新弊"。

二、事信言文

欧阳修虽然强调道对文的基础性地位，但是他并不因此否定文，相反，他认为文辞对于文学创作具有举足轻重的意义。在《代人上王枢密求先集序书》中，欧阳修说："君子之所学也，言以载事，而文以饰言。事信言文，乃能表见于后世。""事信"与前面所谈的道的可行性是同一意思；"言文"则是对孔子"言之无文，行而不远"的活用，借以强调文辞修饰的重要性。欧阳修举《诗》、《书》、《易》、《春秋》证明只有善于载事又有文采的作品才能不朽。欧阳修还指出，文章能否传之久远与它们所传达的事情的意义大小有关。他说"言之所载者大且文，则传也章；言之所载者不文而又小，则其传也不章"。五经、《论语》、《孟子》、《荀子》、《楚辞》以及贾谊、司马相如、扬雄的赋之所以能够传之不朽，是由于它们记载了历史上的重大事件和文物之盛，而魏晋南北朝的许多文章由于“荡然无所载”，所以不能传之久远。欧阳修同时意识到文章能否传之久远还与有无后学予以弘扬和编辑整理有关。他说六经的传播离不开孔子的删正，孟子、荀子、屈原的不朽离不开弟子们的宣传，韩愈、柳宗元的不朽与其门人弟子对其文集的整理有关。这是非常深刻的。从上面的论述可以看出，欧阳修是深刻思考过文学如何不朽这个问题的。

石介和孙复对骈文采取一概否定的态度，与他们不同，即使在古文取得了主导地位的时期，欧阳修也没有完全抹杀骈文的价值。其《书尹师鲁墓志》云：“偶俪之文苟合于理，未必为非，故不是此而非彼也。”这是非常理性的态度。欧阳修十分重视语言文字的修饰和凝练。陈善《扪虱新话》记载，欧阳修“平昔为文章，每草就，纸上净讫，即粘挂斋壁，卧兴看之，屡思屡改，至有终篇不留一字者”①。其态度之严谨和认真，至今跃然纸上。欧阳修非常重视文章的独创性，要求作者自成一家之言。在《与乐秀才第一书》中，他说：“古人之学者非一家，其为道虽同；言语文章未尝相似。”就是说，古人即使传达相同的道也会在语言文字上各具特色。比如，孔子演的《周易》、周公编的《尚书》、奚斯制作的鲁《颂》，虽然都是经典，但文辞却并不相同。孔门弟子也是如此，虽然都学习孔子，但是为人处世各不相同。欧阳修是非常重视自尊自立的，他批评当时的学者“为辞不规模于前人，则必屈曲变态以随时俗之所好，鲜克自立”。欧阳修虽然对王安石的才华和人品十分欣赏，但是对其为文模拟孟子和韩愈却委婉规劝，欲其“少开廓其文，勿用造语及模拟前人……欧云：‘孟韩文虽高，不必似之，取其自然耳’”②（《与王介甫第一书》）。这说明欧阳修意识到了独创性对于文学的重要性。

三、穷而后工

从唐代开始，文坛就盛行“文章憎命达”或“诗人少达而多穷”的说法。在《梅圣俞诗集序》中，欧阳修认为这种观点不能成立，根本原因在于“盖世所传诗者，多出于古穷人之辞”。欧阳修从创作的角度分析“穷苦之辞”容易被接受的原因是“凡士之蕴其所有，而不得施于世者，多喜

---

①陈善著，孙钒婧、孙友新校注：《扪虱新话评注》，福建人民出版社2014年版，第105页。

②曾巩著，陈杏珍、晁继周点校：《曾巩集》，中华书局1984年版，第255页。

自放于山巅水涯。外见虫鱼草木风云之状类，往往探其奇怪，内有忧思感愤之郁积，其兴于怨刺，以道羁臣寡妇之所叹，而写人情之难言，盖愈穷而愈工”。也就是说如果士人心中蕴藏着伟大的抱负和才华却不能在现实中付诸实践，就只好自放于山巅水涯，因此而有机会探寻自然界花鸟虫鱼的奥秘，并借以抒发郁积于内心的忧思感愤。作者的遭遇越是穷困其所写的诗文就越深刻，越能感动人。欧阳修最后总结到“非诗之能穷人，殆穷者而后工”。欧阳修的这一解释剥离了弥漫在诗歌这种艺术形式本身的原罪意识，揭示了诗歌成功的深层原因。同时也揭示了中国古人对于穷苦之辞偏好的独特现象，突出了接受主体的价值认同维度。

欧阳修也非常重视诗歌揭露时弊、美善刺恶的社会功能。其《本末论》云：“《诗》之作也，触事感物，文之以言，美者美之，恶者刺之，以发其揄扬怨愤于口，道其哀乐喜怒于心，此诗人之意也。”强调诗歌创作应该触事感物，而不是无病呻吟；诗歌的功能是美刺善恶，道心中之喜怒哀乐，而不是阿谀奉承或者炫耀辞采。欧阳修性情丰富，能够兼容并包各种艺术风格。《六一诗话》云：“圣俞、子美，齐名于一时，而二家诗体特异。子美笔力豪隽，以超迈横绝为奇；圣俞覃思精微，以深远闲淡为意：各极其长，虽善论者，不能优劣也。”既能欣赏苏舜钦的豪放超迈，又能体味梅尧臣的平淡邃美，认为两者各有所长，不能以优劣论。欧阳修论文评人能够“博取于人”①，在《六一诗话》中，他虽然不满于西昆体的华丽文风，但对他们的部分诗作却能做出中肯的评价；他虽然批评晚唐诸子浅薄雕琢，但也能肯定他们的部分诗作的刻画之工。

除此之外，欧阳修还对其他文学问题做出了独到的阐释。言与意从先秦开始就是中国文论关注的一个重要问题，有言尽意、言不尽意等多种观点。在《系辞说》中，欧阳修批评言不尽意“非深明之论”。欧阳修的看法是“书不尽言之烦而尽其要，言不尽意之委曲而尽其理”。就是书虽然不能详细记载语言的全部内容，但是能够记载语言的主要内容；语言虽然不能委曲、详尽地传达作者的细微思想，但是能够表达作者的主要思想。这一观点非常通达，既驳斥了言不尽意论对语言的怀疑，又稀释了言尽意论对语言的迷信。欧阳修晚年所作《六一居士传》，对琴、棋、书、画、

---

①欧阳修《礼部唱和诗序》云：“夫君子之博取于人者，虽滑稽鄙俚犹或不遗，而况于诗乎！”

酒的自适其乐成为后世士人排遣仕宦情累、优游自适的人格典范。他的“三多”即“看多，做多，商量多”①，至今仍是许多作家遵循的文学创作法则；“三上”即“马上、枕上、厕上”②，至今也是许多作家奉行的构思秘诀。

虽然宋初的柳开、王禹偁、穆修等已经举起了复兴韩柳古文的旗帜，但是他们都不能改变宋初文坛论卑气弱的风气。欧阳修登上文坛以后，一方面积极参加范仲淹领导的庆历新政，一方面团结诗文同好积极进行文学创作和学术研究。苏轼《六一居士集叙》云：“宋兴七十余年……而斯文终有愧于古。士亦因陋守旧，论卑气弱。自欧阳子出，天下争自濯磨，以通经学古为高，以救时行道为贤，以犯颜纳谏为忠。长育成就，至嘉祐末，号称多士。欧阳子之功为多。”③ 这是非常公允的评价。欧阳修是宋代文学的真正革新者，整个北宋的诗文革新都离不开他的培育和引导。

第三节　王安石

王安石（1021—1086），字介甫，号半山，抚州临川（今属江西）人，著有《临川集》等。庆历二年（1042）进士及第，长期在地方担任较卑微的官职。嘉祐三年（1058）向仁宗上《万言书》，提出变法要求，但没有引起注意。宋神宗赵顼即位后励精图治，王安石得君行道，主持熙宁变法。变法期间，王安石通过行政手段取消诗赋考试代之以经术，对文学创作产生了非常负面的影响。王安石的文论思想具有政治家文论的显著

①陈师道《后山诗话》记载：“永叔谓为文有三多：看多，做多，商量多也。”参见何文焕辑：《历代诗话》，中华书局2004年版，第305页。

②欧阳修《归田录》卷二记载：钱思公（钱惟演）虽生长富贵，而少所嗜好。在西洛时，尝语僚属言：“平生惟好读书，坐则读经史，卧则读小说，上厕则阅小辞。盖未尝顷刻释卷也。”谢希深（谢绛）亦言：“宋公垂同在史院，每走厕必挟书以往，讽诵之声琅然闻于远近，其笃学如此。”余因谓希深曰：“余平生所作文章，多在三上，乃马上、枕上、厕上也。”盖惟此尤可以属思尔。中华书局1983年李国伟点校本，第24、25页。

③苏轼著，孔凡礼点校：《苏轼文集》，中华书局1986年版，第316页。

特征。

一、文者，礼教治政云尔

王安石少有大志，慨然以稷契自期，希望致君尧舜上。强烈的政治抱负使王安石非常重视文学的政治功能，而不屑于文学创作。欧阳修非常欣赏王安石的文学才华，其《赠王介甫》云："翰林风月三千首，吏部文章二百年。"将王安石比作唐代的李白和韩愈，其称誉和期待之高不言而喻。但是王安石却不以为然，回答道："欲传道义心虽壮，强学文章力已穷。他日若能窥孟子，终身何敢望韩公?"（《奉酬永叔见寄》）《韩子》诗亦云："纷纷亦尽百年身，举世何人识道真？力去陈言夸末俗，可怜无补费精神。"王安石以孟子自期，根本不屑做韩愈那样的文人，在王安石看来，韩愈的"力去陈言"只是为了赢得虚誉，根本无益于对道的认识。

在《上人书》中，王安石解释了他与韩愈、柳宗元产生分歧的根本原因。王安石认为文章的价值在于"礼教治政"，而韩愈、柳宗元却"徒语人以其辞"，王安石批评这"非圣人作文之本意"。在王安石看来，韩愈、柳宗元根本没有把握文学内容与形式之间的恰当关系。王安石认为适用、有补于世是文章的根本，文辞的修饰就像器具上的刻镂绘画一样无关紧要。如果文章不适用就像器具失去了功用一般，但是器具如果不装饰仍然具有使用的价值。王安石的这一比喻旨在说明文章的功用是第一位的，形式是第二位的；文辞虽然具有装饰的作用，但是不能先于内容。王安石虽然没有完全否定文辞修饰的重要性，说"然容亦未可已也"，恰当的态度是"勿先之，可也"，但是这一比喻充分说明了他对文学功能的重视。在《与祖择之书》中，王安石重申了这一主旨，说："治教政令，圣人之所谓文也。书之策，引而被之天下之民，一也。圣人之于道也，盖心得之。作而为治教政令也，则有本末先后，权势制义，而一之于极。其书之策也，则道其然而已矣。"文章主要是用来书写圣人对道的体认以及对治教政令的规划的。王安石批评庸人不能洞悉圣人作文之本意，往往本末倒置、"当后者反先之"。其实，韩愈、柳宗元并非只是"徒语人以其辞"，忽视文章的内容，只是他们领导的古文运动在当时有矫"骈文"之弊的问题意识，所以不断地强调文辞革新的重要性。王安石生活在重文抑武的北宋中期，士人进入了政治的核心，所以他们的政治使命更强烈。这是王安石强调文学的政治功能而反对谈论文学修辞的一个深层原因。

由于重视文章的政治功用，王安石对真宗朝盛行的以杨亿、钱惟演为代表的西昆体进行了严厉的批评。他说："杨、刘以其文词染当世，学者迷其端源，靡靡然穷日力以摹之，粉墨青朱，颠错丛庞，无文章黼黻之序，其属词藉事，不可考据也。"（《张刑部诗序》）其《上邵学士书》也说："某尝患近世之文，辞弗顾于理，理弗顾于事，以襞积故实为有学，以雕绘语句为精新，譬之撷奇花之英，积而玩之，虽光华馨采，鲜缛可爱，求其根柢济用，则蔑如也。"在王安石看来，文只有贯乎道，辞只有顾及事理，才能达到根底济用的目的。否则，只是襞积故实、雕绘语句，虽光华馨采、鲜缛可爱，却不适用。王安石将文学的价值归结于礼乐治政难免狭隘和偏激，但这一表述突显了他的政治抱负和价值诉求。

二、以经义造士

王安石认为探讨圣人之道离不开圣人之经，其《答吴宗孝书》云："若欲以明道，则离圣人之经，皆不足以有明也。"换言之，研究圣人之经是明道的主要途径。但在《答曾子固书》中，王安石却认为"世之不见全经久矣，读经而已，则不足以知经"。于是他遍读群书，"自百家诸子之书，至于《难经》、《素问》、《本草》诸小说，无所不读。农夫女工，无所不问"，目的是"于经为能知其大体而无疑"。王安石解释这样做的原因在于后世学者所处的时代与先王之时不同，"不如是，不足以尽圣人故也"。王安石举扬雄的例子证明："扬雄虽为不好非圣人之书，然于墨、晏、邹、庄、申、韩亦何所不读。彼致其知而后读，以有所去取，故异学不能乱也。惟其不能乱，故能有所去取者，所以明吾道而已。"王安石是主张在博观的基础上确定对道的整体认识，然后在对道整体把握的基础上做出是非对错的价值判断。这是王安石建构新学的基本策略，这一策略包含哲学阐释学所谓的阐释循环现象。这一阐释策略对于新学的建构意义重大，它打破了经学的封闭性，为发挥阐释主体的主动性留下了余地，也为接受佛老思想留下了空间。王安石的新学正是吸收了老庄的形而上学，将儒学的礼乐政教建立在道家的道德性命之上，将儒家、墨家兼济天下的为人之学建立在道家的为己基础之上，这一点在《礼乐论》、《杨墨》、《庄周》、《老子》等文中表现得最明显。当然，王安石是在"法其意"的原则下"明吾道"的。"法其意"虽然强调对圣人精神的继承，但是"明吾道"的价值诉求规定了他是以己意为圣人意的。换言之，王安石根据自己对圣人之道的理解建构了完整的理论体系，然后以此作为变法的根底。

熙宁年间，王安石得君行道，主持变法。变法的一项重要举措是变革科举考试内容，废除宋初以来的诗赋而代之以经术。熙宁八年，为了进一步钳制异论，打击新法的反对者，王安石采用他和其子王雱等注疏的《三经新义》（《尚书》、《周礼》、《诗经》）取士，希望通过行政手段来“一道德”、“同风俗”。王安石贡举改革的目的当然是培养德行兼备的官吏，为变法输送所需的人才。但是由于当时的文学没有获得独立地位，科举考试的指挥棒直接影响着士人的文学价值观，结果对文学产生了致命的打击。汪藻《鲍吏部集序》云：“本朝自熙宁、元丰，士以谈经相高，而黜雕虫篆刻之习，庶几其复古矣。然学者用意太过，文章之气日衰。”① 叶适《习学记言序目》卷四七亦云：“汉以经义造士，唐以词赋取人。方其假物喻理，声谐字协，巧者趋之；经义之朴，阁笔而不能措。王安石深恶之，以为市井小人皆可以得之也。然及其废赋而用经，流弊至今，断题析字，破碎大道，反甚于赋。”② 值得追问的是，王安石科举改革本欲“变学究为秀才”，结果却“变秀才为学究”，原因何在呢？首先，经义造士对经的推崇，降低了诗赋的价值，诗赋被许多士人视为壮夫不为的雕虫小技，从而削弱了士人从事诗赋创作的积极性。其次，以《三经新义》为钦定的教科书限制了士人的阅读范围，士人不再阅读史书和诸子百家，也不再探讨社会的兴衰成败，完全在《三经新义》内讨生活，造成作家知识结构的狭窄和僵化。最后，以钦定的《三经新义》取士造成士人唯《三经新义》是从的心理，摧残了士人独立思考问题的能力，结果造成思想上的千篇一律和文风上的模拟剽窃。这也许是通过政治手段解决学术问题的必然宿命，值得深长思之。

三、王安石的诗论

王安石论诗强调诗歌的善美刺恶功能。其《国风解》云：“或曰：‘《国风》之次，学士大夫辨之多矣，然世儒犹以为惑，今子独刺美序之，何也?’曰：‘昔者圣人之于《诗》，既取其合于礼义之言以为经，又以序天子诸侯之善恶而垂万世之法，其视天子诸侯，位虽有殊，语其善恶则同而已矣。’”认为美刺善恶是圣人制定诗歌法则的根本精神。王安石诗歌创作的一个重要主题是揭露社会的黑暗和民生的艰难，如《感事》、《河北民》、《兼并》、《收盐》、《省兵》、《发廪》等都是忧时感事之作。

---

①汪藻：《浮溪集》卷十七，四部丛刊初编本。

②叶适：《习学记言序目》，中华书局 1977 年版，第 699 页。

在众多唐代诗人中，王安石最欣赏的是杜甫。其题《老杜诗后集序》云："予考古之诗，尤爱杜甫氏作者。……世之学者，至乎甫而后为诗，不能至，要之不知诗焉尔。"《杜甫画像》亦云："吾观少陵诗，为与元气侔。……惜哉命之穷，颠倒不见收。青衫老更斥，饿走半九州。瘦妻僵前子仆后，攘攘盗贼森戈矛。吟哦当此时，不废朝廷忧。常愿天子圣，大臣各伊周。宁令吾庐独破受冻死，不忍四海赤子寒飕飕。伤屯悼屈止一身，嗟时之人死所羞。"由此可见，王安石主要是欣赏杜甫忧君爱民的人格风范和变态万殊的艺术风格。

王安石曾编选杜甫、李白、韩愈、欧阳修四家诗，其排列顺序是杜甫、欧阳修、韩愈、李白。王安石之所以把杜甫排在第一、李白排在第四，据说与他们诗歌风格的多样性以及内容的严肃性有关。《遁斋闲览》记载："或问王荆公云：'公编四家诗，以杜甫为第一，李白为第四，岂白之才格词致不逮甫也？'公曰：'白之歌诗，豪放飘逸，人固莫及，然其格止于此而已，不知变也。至于甫，则悲欢穷泰，发敛抑扬，疾徐纵横，无施不可。'"① 《钟山语录》亦云："荆公次第四家诗，以李白最下，俗人多疑之。公曰：'白诗近俗，人易悦故也。白识见污下，十首九首说妇人与酒；然其才豪俊，亦可取也。'"② 在前一则，王安石认为李白诗不知变化只有豪放飘逸一格，而杜甫则能够悲欢穷泰，发敛抑扬，无施不可，内容有平淡简易、绮丽精确、淡泊闲静、风流蕴藉等多种风格。在后一则，王安石虽然对李白的豪俊有所认可，但是对其识见、"诗多说妇人与酒"表示不满。在此，我们大可不必认同王安石排列四家诗的顺序及其理由，但是从他对李白和杜甫的评价中能够看出他的诗歌价值观。

除此之外，王安石非常重视文学的艺术特征。黄庭坚《书王元之〈竹楼记〉后》曾云："荆公评文章，常先体制而后文之工拙。"出于对文章体制规范的尊重，王安石认为王禹偁的《竹楼记》优于欧阳修的《醉翁亭记》，理由当是前者以记事为主，后者以议论为主，而记事原是记体文的主要功能。他批评苏轼的《醉白堂记》"不是醉白堂记，乃是韩白优劣论耳"，也是反对在记体文中大发议论。在宋代诗人中，王安石的诗歌比较

①魏庆之编：《诗人玉屑》，上海古籍出版社1978年版，第296页。

②胡仔编撰，廖德明校点：《苕溪渔隐丛话》，人民文学出版社1981年版，第37页。

接近唐人，这也源于他对诗歌艺术特征的尊重。

总之，王安石并非不懂得文学艺术的审美特征，只是强烈的政治家的角色意识使他特别强调文学的政治功用。王安石本人的诗文创作取得了很高的艺术成就，部分作品直接改变了北宋政治和文学的发展方向。但是他希望通过行政手段自上而下地“一道德”、“同风俗”却是不可取的，这种期望破坏了文学发展的生态，忽视了文学的特殊规律。

第四节　苏　轼

苏轼（1037—1101），字子瞻，号东坡居士，四川眉山人，著有《苏文忠公全集》等。苏轼与苏辙虽然出生在较偏僻的西蜀，却接受了较好的家庭教育。苏洵早年科举失利后一边折节读书，一边教授苏轼、苏辙古诗文创作。嘉祐二年（1057），苏洵带领苏轼兄弟到开封参加科举考试。苏轼兄弟一鸣惊人，苏轼更是博得主考官欧阳修的青睐，曾对梅圣俞云“吾当避此人出一头地”。苏轼诗、文、词、书、画俱工，是少有的艺术通才。王安石变法废除诗赋代之以经术，苏轼独持异议，坚持诗文创作，维持斯文不坠。苏轼积极奖励和举荐诗文才华出众者，北宋后期的诗文俊杰大多出自苏门，如“苏门四学士”黄庭坚、张耒、秦观、晁补之，“苏门六君子”中的李廌、陈师道等等。苏轼深谙文学艺术三昧，提出了许多著名的文论思想。

一、言必中当世之过

苏轼奋厉有当世志，重视文章对社会的批判作用。《凫绎先生诗集叙》评价鲁人凫绎的诗文云：“先生之诗文，皆有为而作，精悍确苦，言必中当世之过，凿凿乎如五谷必可以疗饥，断断乎如药石必可以伐病。其游谈以为高，枝词以为观美者，先生无一言。”这既是对凫绎诗文价值的高度肯定，也是他自己的文学价值观的自然流露。苏轼非常重视文章的适用性。在《答王庠书》中，苏轼批评“儒者之病，多空文而少实用”。在《谢除两职守礼部尚书表二》中，苏轼说自己的学问“以适用为本，以空言为耻”。苏轼认为人才应当“以智术为后而以识度为先”，文章应该“以华采为末而以体用为本”（《答乔舍人启》）。这与王安石有相通之处。

在众多前代文人中，苏轼最欣赏唐代的陆贽，其《乞校正陆贽奏议上进札子》云："伏见唐宰相陆贽，才本王佐，学为帝师。论深切于事情，口不离于道德。智如子房，而文则过；辩如贾谊，而术不疏。上以格君心之非，下以通天下之志。三代已还，一人而已。"可见苏轼是欣赏陆贽的王佐之才和帝师之学以及文智双修、辩术兼善的政治家品格。苏轼曾将陆贽文集缮写进御给朝廷，希望将陆贽之学推广开来。苏轼不仅推崇陆贽的学识和文章，而且模仿陆贽的论政风格。当仁宗朝政治苟且懈怠时，他劝仁宗皇帝励精庶政，督察百官，果断力行；当神宗皇帝励精图治而流入苛政时，他劝神宗皇帝忠恕仁厚，含垢纳污，屈己裕人。苏轼这种因时而谏的论政风格在不知者看来难免前后矛盾，但他却以为这是君臣相济、宽猛相资的政治策略。当然，从政治实效来看，苏轼的这一策略并不成功。王安石变法规模宏大，需要长期的观察和实践来检验。苏轼的即物触事、应口所言虽然不是反对派所攻击的愚弄朝廷、包藏祸心、讪讟谩骂，而是出自忠心耿耿、忧国爱民，是"寓物托讽，庶几流传上达，感悟圣意"，但是他的讥刺时政无意中充当了沮坏新法的急先锋，成了反对派的异论赤帜，客观上阻碍了新法的顺利实施。而且苏轼归咎新法的部分作品本身缺乏合理性，比如"一有水旱之灾，盗贼之变"必归咎于新法就是强词夺理。众所周知，无论王安石变法前还是变法后，水旱之灾和盗贼之变都没有停止过，怎么能一味地归咎于新法呢？当然，这是变法派与反变法派意气相争的产物，已经超出了理性的藩篱。

苏轼反对为文而造文，认为优秀的文章是作者内在的思想情感充满流溢的产物。其《南行前集叙》云："夫昔之为文者，非能为之为工，乃不能不为之为工也。山川之有云雾，草木之有华实，充满勃郁，而见于外，夫虽欲无有，其可得耶？自少闻家君之论文，以为古之圣人有所不能自已而作者。故轼与弟辙为文之多，而未尝敢有作文之意。"只有内心充实丰富才能写出优秀的文章，这是苏轼对圣人作文本意的推阐，也是他自己为文的准则。在《思堂记》和《录陶渊明诗》中，苏轼多次说明他的文章是"言发于心而冲于口，吐之则逆人，茹之则逆余。以为宁逆人也，故卒吐之"的产物。在忧国忧民方面，苏轼最心仪的是杜甫。其《与王定国七》云："杜子美在困穷之中，一饮一食，未尝忘君，诗人以来，一人而已。"《王定国诗集叙》亦云："古今诗人众矣，而杜子美为首，岂非以其流落饥寒，终身不用，而一饭未尝忘君也欤。"可见苏轼主要是欣赏杜甫忠君爱国的精神。

苏轼非常重视文章的主题思想，将其视为能够把众多材料贯穿起来的绳索。葛立方《韵语阳秋》记载苏轼在儋耳（今属海南），有人问他作文的方法，苏轼打了个很恰当的比喻："儋耳虽数百家之聚，州人之所需，取之市而足。然不徒得也，必有一物以摄之，然后为己用。所谓一物者，钱是也。作文亦然。天下之事，散在经、子、史中，不可徒得，必有一物以摄之，然后为己用。所谓一物者，意是也。"将文章的主题思想比作摄取各种事物的货币是非常巧妙的，这一比喻形象地说明了思想内容对于文章的统摄作用。苏轼认为培养思想的主要途径是博观约取。其《答张嘉父》云："当且博观而约取，如富人之筑大第，储其材用，既足而后成之，然后为得也。"在送张琥的《稼说》中，苏轼通过富人之稼与穷人之稼的不同来说明"博观而约取，厚积而薄发"的重要性。他说富人由于"其田美而多，则可以更休而地力得全；其食足而有余，则种之常不后时，而敛之常及其熟"，所以其稼常美，少秕而多实，久藏而不腐；穷人由于"寸寸而取之，日夜以望之，锄耰铚艾相寻于其上者如鱼鳞，而地力竭；种之常不及时，而敛之常不待其熟"，所以其稼必然不美。这就告诉我们写文章必须注重长期的积累，只有"用于至足之后"、"发于持满之末"才能游刃有余。

苏轼的文学思想最接近欧阳修，他曾转述欧阳修的话说"吾所谓文，必与道具"（《祭欧阳文忠公文》）。只是苏轼对道的理解更宽泛，囊括儒、道、佛中他认为合理的所有内核。苏轼生活在王安石新学一统天下和理学逐渐形成的时期，所以他反对不学而求道的空疏学风和新学、洛学的尚同之弊。在《日喻》中，苏轼批评"世之言道者，或即其所见而名之，或莫之见而意之，皆求道之过也"。在苏轼看来，"道可致而不可求"，"致"主要指通过学习和实践来认识道，不是抛弃客观事物而一意在头脑中揣摩道的形态。苏轼认为"不学而求道"就像北方的游泳者一样，由于没有亲自下水练习，只是从善游者那里求得游泳的道理，以此下河未有不沉溺者。苏轼的批评非常深刻，抓住了新学和理学重视求道而忽视客观现实的病根。在《答张文潜书》中，苏轼批评王安石的科举改革对文学创作的异化，云："文字之衰未有如今日者也。其源实出于王氏。王氏之文未必不善也，而患在好使人同己。自孔子不能使人同，颜渊之仁，子路之勇，不能以相移，而王氏欲以其学同天下。地之美者，同于生物，不同于所生。

惟荒瘠斥卤之地，弥望皆黄茅白苇，此则王氏之同。”苏轼的批评切中肯綮。理想的教育是因材施教，根据受教育者的不同禀赋、个性特征培养其独立之人格和自由之思想，而不是通过行政手段雕刻清一色的器具。苏轼在这一点上确实表现出远见卓识，其《上曾丞相书》云：“以为凡学之难者，难于无私；无私之难者，难于通万物之理。”这真是超越古今的洞识。做学问必须摆脱私利私欲的束缚，古往今来多少学者为了私利私欲而郢书燕说或言不由衷？同样，又有多少学者由于不通万物之理而宣传着似是而非的谬论呢？可惜苏轼的这一卓识在后世没有得到很好的阐发。

二、超然之趣

苏轼还有超然旷达的一面，这既是天性使然，也是为了排遣激烈的党争带来的情累所迫。苏辙《东坡先生墓志铭》云：“（苏轼）少与辙皆师先君，初好贾谊、陆贽书，论古今治乱，不为空言。既而读《庄子》，喟然叹息曰：‘吾昔有见于中，口未能言，今见《庄子》，得吾心矣。’……后读释氏书，深悟实相，参之孔、老，博辩无碍，浩然不见其涯也。”可见，苏轼的思想有个演变的过程，从最初的注重古今治乱逐渐转移到对个体精神世界的关注。不过，苏轼对释、老的接受是有选择的。在《答毕仲举一》中，他强调自己主要是借佛教的智慧来洗濯心灵，而对佛教的超然玄悟不感兴趣，也无意于佛教的出生死、超三乘。

佛老思想对苏轼的审美趣味产生了深刻的影响，集中体现在他对平淡超然之美的欣赏上。苏轼《书黄子思诗集后》云：“予尝论书，以谓钟、王之迹，萧散简远，妙在笔画之外。至唐颜、柳，始集古今笔法而尽发之，极书之变，天下翕然以为宗师，而钟、王之法益微。至于诗亦然。苏、李之天成，曹、刘之自得，陶、谢之超然，盖亦至矣，而李太白、杜子美以英玮绝世之姿，凌跨百代，古今诗人尽废，然魏晋以来高风绝尘亦少衰矣。李杜之后，诗人继作，虽间有远韵，而才不逮意，独韦应物、柳宗元发纤秾于简古，寄至味于淡泊，非余子所及也。唐末司空图崎岖兵乱之间，而诗文高雅，犹有承平之遗风。其论诗曰：‘梅止于酸，盐止于咸。饮食不可无盐梅，而其美常在咸酸之外。’盖自列其诗之有得于文字之表者二十四韵，恨当时不识其妙。”苏轼主要是欣赏魏晋书法的“萧散简远，妙在笔画之外”，苏武、李陵诗的自然天成，曹植、刘桢诗的自得，陶渊明、谢灵运的超然旷达，韦应物、柳宗元的“发纤秾于简古，寄至味于淡泊”，司空图的味外之味、象外之象等等。需要注意的是，苏轼所谓的超然淡泊不是平淡无味，而是在看似平淡中却蕴涵着深厚的意蕴，这种意蕴就像食橄榄一样只有耐心咀嚼才能体会到。苏轼对此做过说明，其《评韩柳诗》云：“柳子厚诗在陶渊明下、韦苏州上。退之豪放奇险则过之，而温丽靖深不及也。所贵乎枯淡者，谓其外枯而中膏，似淡而实美，渊明、子厚之流是也。若中边皆枯淡，亦何足道。佛云：‘如人食蜜，中边皆甜。’人食五味，知其甘苦者若是，能分别其中边者，百无一二也。”换言之，这种平淡是绚烂以后的平淡，是“外枯而中膏”、“似淡而实美”。苏轼晚年的和陶诗将这种精神推向巅峰，他不仅喜欢陶渊明的诗歌，而且喜欢陶渊明的为人。在贬谪海外时，他将陶渊明集和柳宗元诗文“常置左右，目为二友”。陶渊明的诗歌虽然创作于东晋，但在苏轼之前并未产生非常大的影响，苏轼发现了陶渊明诗歌的意义，并将其发扬光大，最终确立了陶渊明在中国诗歌史上的地位。

换言之，苏轼的超然旷达主要是通过调整主体心灵对待外物的态度来实现的。其《宝绘堂记》云：“君子可以寓意于物，而不可以留意于物。寓意于物，虽微物足以为乐，虽尤物不足以为病。留意于物，虽微物足以为病，虽尤物不足以为乐。”寓意于物指借外物来寄托和表达自己的情志，使自己的情志闲适自乐；留意于物则指由于私欲膨胀而刻意占有外物最终被外物所奴役，也就是庄子所说的“役于物”。这是两种截然不同的态度。在《超然台记》中，苏轼解释了其中的原因。他说：“彼游于物之内，而不游于物之外。物非有大小也，自其内而观之，未有不高且大者也。彼挟其高大以临我，则我常眩乱反覆，如隙中之观斗，又焉知胜负之所在。是以美恶横生，而忧乐出焉，可不大哀乎。”也就是说，如果一个人不能超然于物外审视外物就会被外物所束缚，从而随外物之得失而悲喜。相反，如果一个人能够神游于物外则一切物都可以成为观赏的对象。由此可见，超然之趣的关键在于主体精神世界的完满自足，既无待于外，也无弃于外，对外物采取不执著的自适态度。

三、随物赋形

与政治家王安石不同，苏轼向来被视为文学家，其中的一个重要原因在于苏轼强调文学表达技巧的重要性。其《书李伯时山庄图后》云：“居士之在山也，不留于一物，故其神与万物交，其智与百工通。虽然，有道有艺，有道而不艺，则物虽形于心，不形于手。”这虽是针对绘画而言，但完全适用于文学。道主要指作品的思想内容，艺主要指作品的形式技巧。在苏轼看来，文学创作既需要对道的涵养，也需要对技巧的锻炼，只有道艺双全才能获得成功。否则，有道而无艺，即使心中有很好的艺术构思也难以形诸笔墨。在《文与可画筼筜谷偃竹记》中，苏轼坦陈自己虽然能够心识文与可画竹的秘诀，但由于“内外不一，心手不相应”，却不能像文与可那样随心所欲地描绘竹子。可见苏轼对艺术表现技巧的重要是有切身体会的。

由于意识到了文学技巧的重要性，苏轼对孔子的“辞达观”做出了新解释。其《与谢民师推官书》云：“孔子曰：‘言之不文，行之不远。’又曰：‘辞达而已矣。’夫言止于达意，即疑若不文，是大不然。求物之妙，如系风捕影，能使是物了然于心者，盖千万人而不一遇也。而况能使了然于口与手者乎？是之谓辞达。辞至于能达，则文不可胜用矣。”孔子有两句话对后世产生了深远影响，就是这里提到的“言之不文，行之不远”和“辞达而已矣”。但在苏轼之前这两句话代表两种截然相反的文学观念，重视文辞修饰者往往会引用“言之不文，行之不远”，重视表情达意的则会强调“辞达而已矣”。苏轼将这两种各有所偏的文学观念有机地统一起来。苏轼认为不能凭借孔子的“辞达而已”来否定文辞修饰的重要性，理由是文学创作包括两个方面：一是对表达的事物要有充分的把握，做到了然于心；二是要有将了然于心的道理物质化的能力，也就是了然于口与手，这两个方面都至关重要，缺一不可。在文章结尾苏轼批评扬雄的《太玄》和《法言》是“好为艰深之辞，以文浅易之说”，从苏轼对扬雄的批判可以看出，他所谓的辞达主要指用清晰流畅的语言充分地刻画所要传达的道理。这是非常高的要求，苏轼认为能够做到这一点，“则文不可胜用矣”。

苏轼具有非常强的语言表达能力。其《自评文》云：“吾文如万斛泉源，不择地皆可出，在平地滔滔汩汩，虽一日千里无难。及其与山石曲折，随物赋形，而不可知也。所可知者，常行于所当行，常止于不可不止，如是而已矣。其他虽吾亦不能知也。”苏轼所言不虚，他的诗、文、词、赋就像万斛泉水一样是自然而然流出来的，达到了当行则行、当止则止，从心所欲不逾矩的境界。苏轼非常重视诗人的写物能力，在《评诗人写物》中，他称赞林逋的《梅花》诗“疏影横斜水清浅，暗香浮动月黄昏”、皮日休的《白莲》诗“无情有恨何人见，月晓风清欲堕时”有“写物之功”，就是抓住了梅花和莲花的根本特征，而批评石曼卿的《红梅》诗“认桃无绿叶，辨杏有青枝”是“至陋语，盖村学中体也”，原因当在石曼卿的《红梅》诗没有抓住红梅的根本特征。

四、诗画本一律

苏轼对书画艺术有很高的造诣，他的“诗画本一律”对后世产生了深远的影响。这一观点是在《书鄢陵王主簿所画折枝二首》中提出的：“论画以形似，见与儿童邻。赋诗必此诗，定非知诗人。诗画本一律，天工与清新。”苏轼认为绘画的价值在于传达所画对象的精神而不是描摹它的外在形态，诗与画都应该追求自然、清新的品格，传达士人疏远闲适的情怀。苏轼也是这样评价王维的诗画的，《书摩诘蓝田烟雨图》云：“味摩诘之诗，诗中有画；观摩诘之画，画中有诗。”从苏轼的论述中可以看出，诗画的相通性是建立在作者与读者精神的相互沟通、通感基础之上的。正因为如此，苏轼特别推崇士人画，反对画工画。其《跋汉杰画山二首》云：“观士人画，如阅天下马，取其意气所到。乃若画工，往往只取鞭策、皮毛、槽枥、刍秣，无一点俊发，看数许便倦。”画工画重视对事物的描画之工，士人画则注重传达描绘对象的精神，而这种精神显然是士大夫人格精神的投射。这是苏轼“诗画本一律”与莱辛《拉奥孔》论诗画异同的根本区别。这一区别当与中国古人对艺术功能的定位有关。在中国古代，诗、文、书、画主要是表达士大夫阶层的人生价值和审美趣味的，尽管不同的艺术体裁在形式上存在明显差异，但是相同的功能诉求使得士人在谈论不同艺术体裁时多谈其同而少谈其异。苏轼的《文与可画墨竹屏风赞》可以看作这种思想的代表。其言云：“与可之文，其德之糟粕；与可之诗，其文之毫末；诗不能尽，溢而为书，变而为画，皆诗之余。”在苏轼看来，文与可的德是最根本的，文是其德的糟粕，诗又是文的毫末，书、画又是诗余。这种等级性的艺术价值观是由中国士大夫独特的精神结构决定的，折射了他们对士人身份的坚守和价值认同。

但是不能因此而推论苏轼是忽视绘画对象的客观形态的，这是有据可查的。在《书竹石后》，苏轼云：“与可论画竹木，于形既不可失，而理更当知；生死新老，烟云风雨，必曲尽真态，合于天造，厌于人意；而形理两全，然后可言晓画。”这里苏轼明确说形不可失，只是比较而言，理更当知，只有形理两全才是真正的晓画者。后世文人画忽视对形似的讲求是对苏轼本意的误解，非苏轼立言之本意。

苏轼对文学艺术的理解是全面的，“言必中当世之过”是对文学社会功能的强调，“超然之趣”是对个体心灵的守护，“随物赋形”是对艺术形式的重视，“诗画本一律”是自适于艺术世界的心态呈露。苏轼是文学艺术的巨人，既集前人之大成，又开辟了新的艺术领域，他的“超然之趣”、“士人画”、“常行于所当行，常止于不可不止”等思想对后世产生了深远的影响。

第五节　黄庭坚

黄庭坚（1045—1105），字鲁直，号山谷道人，又号涪翁，洪州分宁（今江西修水）人，著有《山谷集》。英宗治平四年（1067）进士及第，任北京国子监教授，致书苏轼希望能够游学苏门之下，苏轼对其诗歌与人品大加称赞。“乌台诗案”中受到牵连，贬太和县。元祐年间随旧党入朝，为著作佐郎，参加《神宗实录》编撰。绍圣新党执政后以《神宗实录》多“诬枉之辞”贬涪州别驾，黔州安置。元符三年（1100）复为宣德郎、监鄂州在城盐税。崇宁元年（1102）六月知太平州，旋入“元祐党籍碑”，管勾洪州御龙观。崇宁二年（1103）因作《承天院塔记》，被除名勒停，贬宜州。崇宁四年（1105）卒于宜州。黄庭坚的诗歌创作取得了很高的成就，与苏轼并称“苏黄”。被江西诗派奉为宗祖，在南宋诗坛影响深远。黄庭坚结合自己的创作经验提出了许多著名的文论思想。

一、茂其根本，深其渊源

在中国文论史上黄庭坚以多谈诗法著称。其实，黄庭坚是非常重视作家主体精神修养的。其《与秦少章书》云：“文章虽末学，要须茂其根本，深其渊源，以身为度，以声为律，不加开凿之功而自闳深矣。”“茂其根本，深其渊源”主要指提高作家的道德修养和艺术渊源。在《与洪驹父》的书信中，黄庭坚更是直言孝友忠信是文章学问的根本，只有作家的修养根深蒂固才能写出枝叶茂盛的文章。在《书秦观试卷后》也说“力行所闻，是此物根本”，希望秦观深根固蒂，令此枝叶畅茂。

黄庭坚认为提高文学创作境界的一个重要途径是研读经书和文学经典。其《与徐师川书》云：“甥人物之英。然须治经，自探其本，一一规摹古人，至于口无择言，身无择行，乃可师心自行。……诗政欲如此作，其未至者，探经术未深，读老杜、李白、韩退之诗不熟耳。”黄庭坚认为诗歌创作的正途是研读经书，模仿古人的立身行事，当自己的言行达到从心所欲的时候才可以师心自用。在黄庭坚看来，一些诗人的创作不成功的原因在于他们对经书缺乏深入的研究，对杜甫、李白等经典作品不熟悉。在《跋柳子厚诗》中，黄庭坚评价王观复作诗虽然有古人态度，气格已超迈，但“未能从容中玉佩之音，左准绳右规矩尔”，原因在于“读书未破万卷，观古人之文章未能尽得其规摹，及所总览笼络，但知玩其山龙黼黻成章耶?”也就是读书少且没有抓住古人文章的关键，只是涉猎其华丽的辞采。于是他手书数篇柳宗元的诗，指示柳宗元是如何不露痕迹地学习陶渊明的。在《论作诗文》中，黄庭坚说“词意高胜，要从学问中来尔”。在《答徐甥师川》中，黄庭坚更是把杜甫的“读书破万卷，下笔如有神”作为“作诗之器”。由此可见，黄庭坚把勤读书和广学问视为文学创作的根本。知道这一点至关重要，因为这是宋诗特征形成的主要原因。

黄庭坚认为读书精博能够收到长袖善舞、多钱善贾的效果。在《与王观复书》中，他认为王观复的诗歌兴寄高远，但语言生硬，不谐律吕，词气不逮初造意时的病根在于“读书未精博耳”。当然，黄庭坚并不是让人贪多务博，生吞活剥。在《书赠韩琼秀才》中，黄庭坚强调“读书欲精不欲博，用心欲纯不欲杂”，因为贪多往往吃不透，太杂往往无功效。读书可以有两种态度，一种是把读书作为涉猎文辞、谈说义理的工具；一种是用所读书中的义理滋养作家的心灵，提升作家的精神境界。黄庭坚显然认同后者。他说读书治经“不独玩其文章，谈说义理而已”，而是要一言一句“皆以养心治性”。其《与济以姪》也说读书是为了培养纯静的心灵，只有心灵纯静、精神丰富才能创作出优秀的文学作品。黄庭坚认为杜甫做到了这一点。在《大雅堂记》中，他说杜诗的妙处在于“无意于文，夫无意而意已至”，根源在于杜甫“广之以国风雅颂，深之以《离骚》、《九歌》”。黄庭坚反对抛弃杜诗的主导精神而进行穿凿附会，批评那些“弃其大旨，取其发兴于所遇林泉、人物、草木、虫鱼，以为物物皆有所托，如世间商度隐语者”使杜诗风雅扫地。当然，学习经典不能停留在皮毛之上，而要识得古人的精髓，要入神。在《与王庠周彦》中，黄庭坚评价王庠的诗歌主张甚近古人，但其波澜枝叶不若古人的原因在于“读建安作者之诗与渊明、子美之作未入神耳”。可见只有识得古人精髓才能获得成功。

学习经书和文学经典的另一个目的是揣摩经典作品的用意和文体规范，使自己的创作本色当行。在《与王立之书三》中，黄庭坚云：“若欲作楚辞，追配古人，直须熟读《楚辞》，观古人用意曲折处讲学之，然后下笔。譬如巧女文绣妙一世。若欲织锦，必得锦机，乃能成锦耳。”黄庭坚认为熟读楚辞，掌握楚辞的用意曲折是作好楚辞的前提。黄庭坚在这里用了一个非常生动的比喻，他说即使文绣妙一世的巧女如果要织锦也要懂得织锦的道理，只有这样才能织出漂亮的锦绣。黄庭坚想借文绣与织锦之间的差异说明不同的文体有不同的文体特征，只有懂得每种文体的文体特征才能创作出优秀的文学作品。黄庭坚教授后学的一个重要为文方式就是熟读古人作品，揣摩古人的行文命意处。其《论作诗文》云：“如老杜诗，字字有出处，熟读三五十遍，寻其用意处，则所得多矣。”《与元勋不伐》亦云：“如欲方驾古人，须识古人关捩，方可下笔。”

黄庭坚如此谆谆教导学习古人，是否有教人模拟剽窃的嫌疑呢？答案是否定的。黄庭坚的用意是先引导后学进入古人的堂奥，然后再追求自成一家。黄庭坚非常反对模拟剽窃，曾云“文章最忌随人后”（《赠谢敞王博喻》）、“随人作计终后人，自成一家始逼真”（《题乐毅论后》）。认为自成一家才是文章的真正归宿。黄庭坚不仅这样主张，而且身体力行。黄庭坚的诗歌创作学习杜甫，却不肯形似杜甫。黄庭坚本反对刻意求奇，《与王观复书一》云“好作奇语，自是文章病，但当以理为主，理得而辞顺，文章自然出群拔萃”。但后人评价黄庭坚诗歌的弊病却在刻意求奇。原因何在呢？笔者认为原因当在黄庭坚为了克服杜甫诗歌的“影响焦虑”而刻意求新的结果。文学创作必须面对的一个问题是继承与创新，也就是刘勰《文心雕龙》所说的“通变”。“通”可以使自己的创作进入已有的文学传统，“变”才能确立自己在文学史上的地位。黄庭坚意识到了这一点。他一方面强调向古人学习，一方面强调自我树立，辩证地处理了这一问题。①一些学者因江西诗派的末学模拟剽窃而归罪于黄庭坚是不公允的。

二、诗者人之情性也

黄庭坚学道有得，不济济于仕宦，不戚戚于贫贱，胸次洒然，超逸绝尘，有光风霁月②之风。这样的思想襟怀使他不喜欢过度激烈的怨刺之作，更倾向温柔敦厚的诗风。其《胡宗元诗集序》云：“士有抱青云之器而陆

---

①钱志熙：《黄庭坚诗学体系研究》，北京大学出版社2003年版，第144—156页。

②“光风霁月”是黄庭坚《濂溪诗序》对周敦颐的评价，但用来概括他的精神境界也非常贴切。

沉林皋之下，与麋鹿同群，与草木共尽，独托于无用之空言，以为千岁不朽之计。谓其怨邪，则其言仁义之泽也；谓其不怨邪，则又伤己不见其人。然则其言不怨之怨也。”黄庭坚虽然意识到了士人的远大抱负与现实的穷苦处境之间的巨大反差，但是他没有将这种反差视为书写愤懑愁苦的理由，而是将文学视为士人实现人生不朽的途径。黄庭坚将胡宗元既有仁义之泽又有伤己不遇的诗风概括为“不怨之怨”，并对这种诗风进行了充分的肯定。黄庭坚进一步将诗歌分为三种类型：“夫寒暑相推，草木与荣衰焉，庆荣而吊衰，其鸣皆若有谓，候虫是也。不得其平，则声若雷霆，涧水是也。寂寞无声，以宫商考之，则动而中律，金石丝竹是也。惟金石丝竹之声，国风雅颂之言似之。涧水之声，楚人之言似之。至于候虫之声，则末世诗人之言似之。”候虫、涧水、金石丝竹代表三种不同的诗歌风格，候虫代表末世诗人的诗歌，涧水代表楚辞，金石丝竹代表国风雅颂。黄庭坚的价值倾向非常明显，他最欣赏的是似金石丝竹之声的国风雅颂，其次是似涧水之声的楚辞，最看不起的是似候虫之声的末世诗人之言。

在写于晚年的《书王知载朐杂咏后》中，黄庭坚明确宣称：“诗者，人之情性也，非强谏争于庭，怨忿诟于道，怒邻骂座之所为也。”在黄庭坚看来，诗歌是用来吟咏情性的，而不是用来强谏、怨忿和怒邻骂座的。黄庭坚理想中的诗歌是这样产生的：“其人忠信笃敬，抱道而居，与时乖逢，遇物而悲，同床而不察，并世而不闻，情之所不能堪，因发之于呻吟调笑之声，胸次释然，而闻者亦有所劝勉。比律吕而可歌，列干羽而可舞，是诗之美也。”黄庭坚心目中的诗人是“忠信笃敬，抱道而居”的君子，诗歌主要是用合乎声律的形式来抒发君子由于“仕不遇，人不知”而产生的情感，这种情感的抒发既能使作者胸次释然，又能使听者得到劝勉。黄庭坚的这一主张明显降低了诗歌讽谏怨刺的社会功能，凸显了抒发个体情性的价值。从遣词用语可以看出，黄庭坚是针对“乌台诗案”和元祐党争而发的。在党争的背景下，诗歌过度地介入政治导致其自身价值的危机，人皆以为是“诗之祸”。出于对诗歌价值的维护，黄庭坚回归传统诗教，认为这是创作者“失诗之旨，非诗之祸也”。在《答洪驹父书》中，黄庭坚说苏轼“文章妙天下，其短处在好骂”，希望外甥不要模仿。黄庭坚的这一主张对其诗歌创作产生了深刻的影响，他的部分诗歌缺乏现实的张力和批判的锋芒，但惟其如此，才是真实的黄庭坚。需要说明的是，黄庭坚反对怨刺并不是某些论者所谓的明哲保身，而是与其治心养性、敦朴忠厚的性格完全一致。而且，黄庭坚的这一选择在当时有现实意义。在激烈的党争中，诗歌完全异化为新旧两党攻讦、谤讪的工具。黄庭坚认为与其让诗歌在激烈的党争中扮演抒发一时忿恨的工具，还不如收敛锋芒保持忠信笃敬的君子风范。如果深入到黄庭坚生活的历史语境就可以同情理解这一主张。讽谏怨刺虽然在特定时期能够揭露时弊，增强诗歌的社会批判功能，但有时也会成为激化社会矛盾的锐器，苏轼在王安石变法期间所作的诗歌就不完全发挥了积极作用，这是需要深入思考的。

三、点铁成金与夺胎换骨

黄庭坚好言诗法，但其诗法多有被人误解者，尤其是点铁成金和夺胎换骨之说。点铁成金出自《答洪驹父书》，原文是这样说的："所寄《释权》一篇，词笔纵横，极见日新之效。更须治经，深其渊源，乃可到古人耳。青锁祭文，语意甚工，但用字有未安处。自作语最难，老杜作诗，退之作文，无一字无来处，盖后人读书少，故谓韩、杜自作此语耳。古之能为文章者，真能陶冶万物，虽取古人陈言入于翰墨，如灵丹一粒，点铁成金也。"这段话包含以下几层意思。首先，黄庭坚对洪驹父所寄的《释权》一文予以肯定，同时提醒洪驹父更须治经，以深作文的渊源，他认为这是达到古人作文高度的根本。其次，黄庭坚对洪驹父所作的青锁祭文提出了批评，认为"语意甚工而用字未妥"，由此他推论自作语最难，即使才高如杜甫、韩愈，作诗为文也字字有来历，只是后人读书少而以为是杜甫、韩愈自作此语罢了。最后，黄庭坚点明这样说的主旨是让学者懂得古代善写文章的人由于内心非常丰富，足以陶冶天下万物，所以他们能够把古人之陈言点铁成金，用于自己的诗文创作。黄庭坚的目的是希望洪驹父通过阅读经典提升精神境界，同时积累丰富的语言文字，达到一定程度以后就可以从心所欲地汲取古人的陈言熟语为我所用，实现诗文的推陈出新和点铁成金。但是由于很多后学达不到这一高度，结果造成模拟剽窃的弊病，引起许多学者的批评。其实，这是不善学者对教者的牵累，不足为据。

夺胎换骨之说记载于惠洪的《冷斋夜话》卷一，同样多有误解，现引录全文于下：

> 山谷云："诗意无穷，而人之才有限，以有限之才追无穷之意，虽渊明、少陵不得工也。然不易其意而造其语，谓之换骨法，窥入其

意而形容之，谓之夺胎法。”如郑谷《十日菊》曰：“自缘今日人心别，未必秋香一夜衰。”此意甚佳，而病在气不长。西汉文章雄深雅健者，其气长故也。曾子固曰：“诗当使人一览语尽而意有余，乃古人用心处。”所以荆公《菊》诗曰：“千花百卉凋零后，始见闲人把一支。”东坡则曰：“万事到头终是梦，休休，明日黄花蝶也愁。”又如李翰林诗曰：“鸟飞不尽暮天碧。”又曰：“青天尽处没孤鸿。”然其病如前所论。山谷作《登达观台》诗曰：“瘦藤拄到风烟上，乞与游人眼界开。不知眼界阔多少，白鸟去尽青天回。”凡此之类，皆换骨法也。顾况诗曰：“一别二十年，人堪几回别。”其诗简拔而立意精确。舒王作与故人诗曰：“一日君家把酒杯，六年波浪与尘埃。不知乌石江头路，到老相逢得几回。”乐天诗曰：“临风杪秋树，对酒长年身。醉貌如霜叶，虽红不是春。”东坡《南中》诗曰：“儿童误喜朱颜在，一笑那知是醉红。”凡此之类，皆夺胎法也。

从惠洪的记载可以看出，脱胎换骨是黄庭坚有感于诗意无穷而人之才华有限，以有限之才华追逐无穷之诗意，即使才高如陶渊明、杜甫也难以称心如意这一问题提出的。黄庭坚这里触及一个非常重要的问题，即诗人的诗意是独自创造的还是在继承他人的基础上融合而成的。很显然，黄庭坚倾向于后者。笔者认为黄庭坚的看法有一定的道理。正如歌德所言：“事实上我们全都是些集体性人物，不管我们愿意把自己摆在什么地位。严格说来，可以看成我们自己所特有的东西是微乎其微的，就像我们个人是微乎其微的一样。我们全都要从前辈和同辈那里学习到一些东西。就连最大的天才，如果想单凭他所特有的内在自我去对付一切，他也决不会有多大成就。”① 歌德认为作家的才华主要是从前辈和同辈作家那里学习来的，真正可以归结为作家独创的东西微乎其微。黄庭坚的看法与歌德有相通之处，换骨法和夺胎法正是针对如何丰富诗人的才华和构思而发的。

换骨法指不改变前人的诗意而用新的文辞来表达。从黄庭坚所举诗例来看，这种方法主要用于前人的诗意非常好，但语言表达却存在一定的缺陷。比如，郑谷《十月菊花》中的“自缘今日人心别，未必秋香一夜衰”，李白的“鸟飞不尽暮天碧”、“青天尽处没孤鸿”，立意都非常好，却缺乏

①爱克曼辑录，朱光潜译：《歌德谈话录》，人民文学出版社1978年版，第232页。

雄深雅健之气。而曾巩、王安石、黄庭坚的诗句虽然表达相同的思想，但在语言上却克服了这一弊病。由此可见，换骨法中的“骨”与刘勰《文心雕龙·风骨》中的“骨”同义，指诗歌的语言文字所组成的整体结构，换骨法就是通过更换诗歌的语言文字使其更加完善。夺胎法是窥探、揣摩前人的诗意并用自己的语言将其形容出来。从黄庭坚所举诗例来看，这种方法主要用于前人的诗意、文辞俱佳的时候。比如，顾况的“一别二十年，人堪几回别”，诗意、文辞俱佳，但王安石、白居易、苏轼用新的语言创作了同样意思的优秀诗篇。夺胎法和换骨法虽然都改变诗歌的语言，但一个着重于对语言文字的修改，一个着重于对诗意的继承，略有差别。

诗文创作可以有不同的创作形态，有的是发前人所未发，言前人所未言；有的是使前人所言更精细、更丰富。前者需要一定的天才禀赋，能够为文学史创造新的思想空间和情感世界，但非常罕见，即使天才也不能时时创新，处处创新；后者虽然难以为文学史提供新的思想空间和情感世界，但可以使已有的思想空间和情感世界更加丰富多样。况且，作为类之存在物的相通性决定了人类总有许多共同的母题或情感需要不断书写，这既是对前人思想情感的继承，也是对作者思想情感的表达。这就给不同的作家书写相同的主题提供了可能，只要作品的内容和形式都是完美的，就是优秀的文学作品。从这个角度而言，黄庭坚的夺胎换骨法和点铁成金法都具有一定的意义。当然，这不是文学创作的最高境界，而且能否成功还取决于作者夺胎换骨、点铁成金的功夫如何。

黄庭坚属于学问型诗人，注重治心养性和艺术形式的锻炼，这种诗论的优点是将诗歌创作建立在深厚的道德修养和艺术渊源基础之上，缺点是忽视诗歌创作的现实机缘，容易流为“锻炼精而性情远”。由于黄庭坚谈诗法，乐于给初学者指示入学门径，所以法席独盛，最终演变成影响深远的江西诗派。

第六节　陆　游

陆游（1125—1210），字务观，号放翁，越州山阴（今浙江绍兴）人，著有《剑南诗稿》、《渭南文集》、《老学庵笔记》等。绍兴二十四年

（1154）应礼部试，因排名在权相秦桧之孙秦埙之前而被黜落。绍兴三十三年（1163）孝宗即位后赐同进士出身，出任隆兴、夔州通判。乾道八年（1170）入蜀参王炎、范成大幕府，投身军旅生活。此后又任江西常平提举、知严州、礼部郎中等职。陆游与范成大、杨万里、尤袤合称“中兴四大诗人”，是南宋最杰出的爱国诗人。陆游诗歌创作初学江西诗派，中年顿悟“诗家三昧”，以丰硕的成果确立了在诗歌史上的地位。

一、功夫在诗外

陆游最著名的文论思想是“功夫在诗外”，这是他结合自己的学诗经历对其儿子陆聿提出的忠告。其《示子聿》云：“我初学诗日，但欲工藻绘。中年始少悟，渐若窥宏大。怪奇亦间出，如石漱湍濑。数仞李杜墙，常恨欠领会。元白才倚门，温李真自郐。正令笔扛鼎，亦未造三昧。诗为六艺一，岂用资狡狯？汝果欲学诗，功夫在诗外。”从陆游的叙述中可以看出，“诗外功夫”是相对于“工藻绘”的修辞技巧而言的，当是指作者主体精神的修养。陆游感慨自己过去由于没有顿悟诗歌创作的真谛（“三昧”原为佛教用语，指心专注于一境，陆游代指“诗家三昧”，也就是诗歌创作的真谛或妙境），而一味地追求修辞技巧，尽管笔力可以扛鼎，但是仍然无法进入李白、杜甫等大诗人的堂奥。陆游告诫儿子如果学诗就不能只注重修辞技巧的锻炼，而应当努力提升自己的精神世界。

陆游认为作者的精神世界是与文章的优劣直接相关的，也就是“必有是实，乃有是文”。其《上辛给事书》云：“君子之有文也，如日月之明，金石之声，江海之涛澜，虎豹之炳蔚，必有是实，乃有是文。夫心之所养，发而为言，言之所发，比而成文。人之邪正，至观其文，则尽矣决矣，不可复隐矣。”文章是作者内心世界的呈现，从作者的文章中可以看出作者人品的邪正，只有内心充实丰沛才能写出光彩灿烂的好文章。

有见于此，陆游特别重视内心世界的涵养和陶冶。其《次韵和杨伯子主薄见赠》云：“文章最忌百家衣，火龙黼黻世不知。谁能养气塞天地，吐出自足成虹霓。”《傅给事外制集序》亦云：“某闻文以气为主，出处无愧，气乃不挠。……公自政和讫绍兴，阅世变多矣，白首一节，不少屈于权贵，不附时论以苟登用。每言虏，言畔臣，必愤然扼腕裂眦，有不与俱生之意。士大夫稍有退缩者，辄正色责之若仇。一时士气，为之振起。今观其制告之词，可概见也。”“文以气为主”最早是曹丕在《典论·论文》中提出的，其中的“气”主要指作者先天的气质禀赋。曹丕认为每个作家的气质禀赋是不同的，“虽在父兄，不能以移子弟”。陆游所谓的“养气”更接近于孟子的“浩然之气”和韩愈的“气盛则言之短长与声之高下者皆宜”，偏向于士人的气节和操行。在陆游看来，士人只要拥有充沛的浩然之气，自然能写出好文章。在《方德亨诗集序》中，陆游对其强调“养气”的初衷做了说明：“诗岂易言哉！才得之天，而气者我之所自养。有才矣，气不足以御之，淫于富贵，移于贫贱，得不偿失，荣不盖愧，诗由此出，而欲追古人之逸驾，讵可得哉?”在陆游看来，才是禀之于天的，是作者无法把握的，而气是作者可以用力培养的。陆游认为如果先天的才不被后天的浩然之气驾驭就有可能被功名利禄所俘虏，从而无缘创作出追配古人的好文章。以气论文是中国古代文论的一个重要传统，陆游结合当时的社会现实强调作者的出处和修身是有一定现实意义的。

二、诗家三昧

陆游学诗从江西派入，曾向江西诗派中的吕本中、曾几等请教诗法。其《吕居仁集序》云：“某自童子时，读公诗文，愿学焉。”其《追怀曾文清公呈赵教授赵近尝示诗》云：“忆在茶山听说诗，亲从夜半得玄机。”对吕本中和曾几都充满敬意和崇拜之情。但是，陆游从吕本中、曾几处所得主要是悟活法、参诗句等细枝末节，并没有顿悟“诗家三昧”。其《九月一日夜读诗稿有感，走笔作歌》云：“我昔学诗未有得，残余未免从人乞。力孱气馁心自知，妄取虚名有惭色。四十从戎驻南郑，酣宴军中夜连日。打球筑场一千步，阅马列厩三万匹。华灯纵博声满楼，宝钗艳舞光照席。琵琶弦急冰雹乱，羯鼓手匀风雨疾。诗家三昧忽见前，屈贾在眼元历历。天机云锦用在我，剪裁妙处非刀尺。”从陆游的自述可以看出，他早期的诗歌创作主要是模仿前人，缺乏力量和气势。四十岁在南郑从戎期间，热烈鲜活的军旅生活焕发了他的诗情才思，猛然顿悟了诗歌创作的真谛，决定用锦绣的文笔酣畅淋漓地刻画丰富多彩的现实生活。

陆游的这一顿悟具有重要意义，这是他走出江西诗派的关键。江西诗派注重学问，注重对杜甫、黄庭坚、韩愈等诗歌的学习，这都没有错。但是诗歌创作只有这些是不够的，如何使古人的学问，杜甫、黄庭坚的诗歌典范与当下的现实生活发生关联是一个非常重要的问题。如果这个问题不克服，诗歌创作只能沦为对前人的模仿和拼凑，必然缺乏生机和活力。陆游的顿悟克服了这一问题，将诗歌创作引向广阔的现实生活，找到了古人的学问与现实生活之间的关联，实现了诗外功夫与现实生活之间的互动。

这时，陆游发现生活中时时有诗思，处处有诗材。其《舟中作》云：“村村皆画本，处处有诗材。”《夜读巩仲至闽中诗有怀其人》亦云：“诗思寻常有，偏于客路新。能追无尽景，始见不凡人。”无尽的诗思可以刻画无尽的景物，或者说美好的大自然可以帮助作者将其思想情感充分地表达出来。

当陆游认识到这一点时，他对江西诗派所讲求的诗法就不再认可。其《答郑虞任检法见赠》云：“文章要须到屈宋，万仞青宵下鸾凤。区区圆美非绝伦，弹丸之评方误人。”《题萧彦毓诗卷后》云：“法不孤生自古同，痴人乃欲镂虚空。君诗妙处吾能识，正在山程水驿中。”“好诗流转圆美如弹丸”是吕本中引用谢朓的话来说明他对“活法”的理解，陆游说“区区圆美非绝伦，弹丸之评方误人”显然是对吕本中“活法”的否定。用“好诗流转圆美如弹丸”形容“活法”非常形象，但是“活法”不能孤立存在，必须落实于诗歌创作实践。诗法都是从创作实践中总结出来的，而创作实践又与现实生活息息相关，因此脱离现实生活而空谈诗法无异于痴人说梦。陆游由于顿悟了诗歌创作与现实生活的紧密关系，所以断然否定了吕本中的“活法”。

陆游不仅以此实现对江西诗派的超越，而且金针度人，将之授予志同道合者。其《与杜思恭书》云：“大抵此业在道途则愈工，虽前辈负大名者，往往如此。愿舟楫鞍马间，加意勿辍，他人超尘迈往之作，必得之此时为多”。在陆游看来，舟车鞍马间的现实生活正是诗人捕捉诗思，抒发情感的最好环境，所以他谆谆告诫杜思恭在道途中坚持诗歌创作。在《予使江西时以诗投政府丐湖湘一麾会召还不果偶读书稿有感》中，陆游更是直言“挥毫当得江山助，不到潇湘岂有诗!”充分肯定了自然环境和社会环境对诗歌创作的意义。陆游认为只有在广阔的现实激荡下的诗思才能创造出优秀的篇章，这一认识增加了诗歌创作的现实维度，从而摆脱了江西诗派闭门造句、刻镂虚空的弊病。

三、悲愤积中发为诗

无尽的诗思与广阔的现实生活相激荡可以产生各种各样的诗歌，并不是所有的诗歌都能获得陆游的认同，陆游最欣赏的是那些忠君报国、悲愤不平之作。陆游出生于靖康之难不久，中原的沦丧时时呼唤着诗人收复中原故土和中兴宋朝。但是朝廷君臣的苟且偷安和昏庸无能使他报国无门、壮志难酬。坎坷的仕宦经历使陆游对古人的悲愤不平之情有深刻的体验，也认识到悲愤不平对于文学创作的重要意义。其《澹斋居士诗序》云：“《诗》首《国风》，无非变者，虽周公之《豳》，亦变也。盖人之情，悲愤积于中而无言，始发为诗。不然，无诗矣。苏武、李陵、陶潜、谢灵运、杜甫、李白，激于不能自已，故其诗为百代法。国朝林逋、魏野以布衣死，梅尧臣、石延年弃不用，苏舜钦、黄庭坚以废黜死。近时，江西名家者，例以党籍禁锢，乃有才名。盖诗之兴本如是。”陆游肯定了《诗经》中的变风变雅，认为它们是诗人对郁积于胸的悲愤的抒发。结合诗歌史，陆游还发现抒发悲愤不平之情既是古人创作诗歌的基本法则，也是他们的诗歌获得成功的根本保证。

由于意识到悲愤不平是诗歌创作的根本，所以陆游能够同情理解古人的悲愁之作。其《读唐人愁诗戏作五首》云：“清愁自是诗中料，向使无愁可得诗?”“我辈情钟不自由，等闲白却九分头。此怀岂独骚人事，《三百篇》中半是愁。”“天恐文人未尽才，常教零落在蒿莱。不为千载《离骚》计，屈子何由泽畔来?”陆游将愁视为诗歌创作的素材，将钟情于愁看作诗人的本分，甚至将《离骚》解释为天公有意让文人尽情抒发自己的才华。其中虽不乏讽刺意味，但可以看出他对“诗人多穷”命运的深刻体认。陆游的《感兴》诗也表达了类似的意思：“文章天所秘，赋予均功名。吾尝考在昔，颇见造物情。离堆太史公，青莲老先生。悲鸣伏枥骥，蹭蹬失水鲸。饱以五车读，劳以万里行。险艰外备尝，愤郁不平中。山川与风俗，杂错而交并。邦家志忠孝，人鬼参幽明。感慨发奇节，涵养出正声。”在陆游看来，无论是司马迁还是李白，他们读万卷书，行万里路，似乎是造物主有意让他们饱受各种艰难险阻以激发其愤郁不平之气，有意让他们蹭蹬仕途以抒发壮志难酬的悲声，也只有这样才能创作出优秀的文学作品。在《曾裘父诗集序》中，陆游对“诗言志”中的志做了区分。他说：“古之说诗曰‘言志’。夫得志而形于言，如皋陶、周公、召公、吉甫，固所谓志也。若遭变遇谗，流离困悴，自道其不得志，是亦志也。”陆游将志区分为“得志”之志和“不得志”之志，意在肯定“不得志之志”的价值。

陆游的悲愤不平之情更接近屈原、杜甫、韩愈、岑参等豪放雄浑这一派，这在其诗文中多有流露。其《白鹤馆夜坐》云：“袖手哦诗句，清寒愧雄浑。屈宋死千载，谁能起九原？中间李与杜，独招湘水魂。自此竞摹写，几人望其藩？兰苕看翡翠，烟雨啼清猿。岂知云海中，九万击鹏鲲。

更阑灯欲死，此意谁与论?”《野兴》评韩愈诗云：“韩子未除豪气在，文章都待不平鸣。”《夜读岑嘉州诗集》评岑参诗云：“公诗信豪伟，笔力追李杜。”相反，他对晚唐的悲苦之声不予认可。其《宋都曹屡寄诗且督和答作此示之》云：“天未丧斯文，杜老乃独出。陵迟至元白，固已可愤疾。及观晚唐作，令人于欲焚笔。此风近复炽，隙穴始难窒。淫哇解移人，往往丧妙质。苦言告学者，切勿为所怵。航川必至海，为道当择术。”在陆游看来，诗歌发展到元稹和白居易已经够令人愤慨的了，到了晚唐就更不足观了。陆游对当时兴起的以徐照、徐玑、赵师秀、翁卷为代表的晚唐诗风深表不满，批评其“淫哇解移人”，非诗歌发展的正途。

在诗歌形式上，陆游追求自然浑成，反对雕琢太过。其《读近人诗》云：“雕琢自是文章病，奇险尤伤气骨多。君看大羹玄酒味，蟹螯蛤柱岂同科?”《文章》亦云：“文章本天成，妙手偶得之。粹然无疵瑕，岂复须人为?”将自然浑成的诗歌视为含有至味的大羹玄酒，将雕琢奇险的诗歌视为蟹螯蛤柱，认为二者不可同日而语。在《何君墓表》中，陆游解释反对雕琢的原因是“锻炼之久，乃失本指；斫削之甚，反伤正气”，也就是过度雕琢会损害诗歌的浑成自然之美。

陆游的诗论非常具有借鉴意义，“功夫在诗外”意在说明文学创作不仅仅是语言修辞问题，它关涉到作家的精神世界；“诗家三昧”告诉我们作者只有以饱满的激情投入现实生活中才能发现无尽的诗思和诗材，闭门造车、虚空刻镂是行不通的；“悲愤积中发为诗”说明伟大的作品必然是作者情志愤懑郁积的产物，无病呻吟、为赋新词强说愁是不能打动人的。

第七节　朱　熹

朱熹（1130—1200），字元晦，号晦庵，徽州婺源（今江西婺源）人，著有《四书集注》、《诗集传》、《楚辞集注》、《朱子语类》等。周敦颐、程颢、程颐、张载等开创的理学本只是北宋中期众多学派中的一派，他们为儒家的人伦道德找到了形而上的根据，主张存天理，灭人欲，希望通过“格君心之非”实现三代之治。由于其学说不怎么讲求权变和实效，终北宋未获得统治者的青睐，崇宁党禁中还被视为“元祐学术”予以禁锢。靖康之难使王安石新学走下神坛[1]，理学获得较大发展空间。到了南宋中期，理学的义理逐渐精微，影响逐渐扩大，对文学创作产生了非常大的影响。朱熹是理学的集大成者，也是理学家中最具文学才华者，对其文论思想的研究有助于窥探理学家文学思想的基本特征。

一、文皆是从道中流出

朱熹最著名的文论思想是“文皆是从道中流出”，这一观点是在他与弟子陈才卿的谈话中提出的。《朱子语类》卷一三九《论文上》记载：“才卿问：‘韩文李汉序头一句甚好。’曰：‘公道好，某看来有病。’陈曰：‘文者，贯道之器。且如《六经》是文，其中所道皆是这道理，如何有病?’曰：‘不然。这文皆是从道中流出，岂有文反能贯道之理？文是文，道是道，文只如吃饭时下饭耳。若以文贯道，却是把本为末，以末为本，可乎？其后作文者皆是如此。’”陈才卿认为李汉《韩愈文集序》提出的“文以贯道”说非常好，朱熹却认为这一说法有问题。在朱熹看来，真正的文章应该是从道中流出来的，道是根本，是第一位的；文是道的副产物，是第二位的、辅助性的。其实，“文以贯道”也把道放在第一位，但由于这种说法把文放在首位，有重视文这一贯道工具的意味，所以遭到朱熹的批评。相反，朱熹的“文皆是从道中流出”完全取消了文的独立价值，使文沦为道的奴婢。

朱熹也是按这一思路批评苏轼的“吾所谓文，必与道俱”[2] 的。朱熹云：“道者，文之根本；文者，道之枝叶。惟其根本乎道，所以发之于文，皆道也。三代圣贤文章，皆从此心写出。文便是道。今东坡之言曰：‘吾所谓文，必与道俱。’则是文自文，而道自道；待作文时，旋去讨个道来，入放里面，此是他大病处。只是他每常文字华妙，包笼将去，到此不觉漏逗，说出他本根病痛所以然处。缘他都是因作文，却渐渐说上道理来；不是先理会得道理了，方作文，所以大本都差。”(《朱子语类》卷一三九)前面朱熹为了强调道的重要性，区分了文与道的不同，说“文是文，道是道”。这里朱熹把道视为文之根本，文视为道之枝叶，文便成了道的化身，文与道合二为一了。朱熹以他对文道关系的理解来衡量苏轼，发现苏轼的

---

[1]靖康之难的直接原因是崇宁宣和年间蔡京的擅权专政，由于蔡京假借的旗帜是王安石新学，所以当时许多士人都把靖康之难归咎为王安石的学术不正。

[2]据苏轼《祭欧阳文忠公文》记载，“吾所谓文，实与道俱”，本是欧阳修告诫苏轼的话，由于苏轼以继承欧阳修衣钵自任，所以朱熹将此视为苏轼的观点。

“吾所谓文，必与道俱”是“文自文，道自道”的“二本”论。所谓“二本”就是把文和道看作两个独立的本体，这与朱熹“理一分殊”把“理”作为万物根本的“一本”论相矛盾，所以他说苏轼“大本都差”。朱熹说苏轼“待作文时，旋去讨个道来，入放里面”、“缘他都是因作文，却渐渐说上道理；不是先理会得道理了，方作文”，显然是对苏轼作文理路的误解。如前所述，苏轼是非常重视文章的思想内容的。朱熹这样说恰恰彰显了文学家苏轼与理学家朱熹的本质区别。苏轼强调道是为了写出好文章，立足点是文学，希望通过文学发挥道的作用；朱熹强调道是为了取消文学存在的价值，立足点为哲学，以继承儒学正统自任。

理学家将孔孟之学性理化、心性化，在他们看来为学的根本是向内用功，从自己身上体认伦理道德的真实性。如果士人的行为违背了这一方向就被他们视为玩物丧志。《论文上》云：“今人不去讲义理，只去学诗文，已落第二义。”《答徐载叔第一书》亦云：“所喻学者之害，莫大于时文，此亦救弊之言。然论其及，则古文之与时文，其使学者弃本逐末，为害等尔。”在朱熹看来，讲明义理是士人的第一要义，古文和时文虽有不同，但在妨碍对义理的体认上却是相同的。朱熹并不是绝对禁止诗文创作，曾说“作诗间以数句适怀亦不妨”，但由于担心士人沉溺于诗文创作，从而“分了为学功夫”，所以说“不用多作”。对朱熹而言，与其用力于诗文写作，还不如用心于对义理的体认。朱熹批评韩愈、柳子厚、苏洵等古文家“皆只是要作好文章，令人称赏而已，究竟何预己事，却用了许多岁月，费了许多精神，甚可惜也”（《沧州精舍谕学者》）。“己事”指诚心正意的为己之学，“何预己事”就是说诗文创作与道德修养无关。

在朱熹看来，学者不应汲汲于学文，而应积极求道，等到对道的体认达到一定的境界自然能写出好文章。《读唐志》云：“夫古之圣贤，其文可谓盛矣，然初岂有意于学为如是之文哉？有是实于中，则必有是文于外。”《论文上》亦云：“今人学文者，何曾作得一篇，枉费了许多气力。大意主乎学问以明理，则自然发为好文章。”表面看起来，朱熹的论述与古文家非常相似，都强调作者的精神世界对于文学创作的重要性。其实大不同。关键在于对“理”和“实”的内涵理解不同。朱熹所说的“理”和“实”指心性化的义理、天理；古文家的“理”和“实”指客观事物的道理、规律。这在朱熹对苏轼的批评中体现得最明显。虽然朱熹也承认苏轼的文章在艺术上取得了很高的成就，但是对其思想却深恶痛绝。其《答程允夫第一书》云："苏氏议论切近事情，固有可喜处，然亦谲矣。至于炫浮华而忘本实，贵通达而贱名检，此其为害，又不但空言而已。"其《答程允夫第三书》亦云："苏氏文辞伟丽，近世无匹。若欲作文，自不妨模范。但其词意矜豪谲诡，亦有非知道君子所欲闻。是以平时每读之，虽未尝不喜，然既喜未尝不厌，往往不能终秩而罢。"持敬是理学家重要的体道方式，苏轼却任性自由，时时要打破这个"敬"字；理学家拘谨固执，苏轼却通达权变，这是朱熹不满苏轼的主要原因。

二、诗者，本为言志

朱熹非常重视诗歌的言志功能。在《答陈体仁》中，朱熹认为《诗经》"本为言志而已"，并不是某些人所谓的"本为乐而作"，志是诗歌的根本，乐是诗歌的末节，乐之存亡无关乎志。《在答杨宋卿书》中，朱熹直接将志向之高低作为衡量诗歌优劣的主要标准。他说："然则诗者，岂复有工拙哉？亦视其志之所向者高下如何耳。"在朱熹看来，只要道德达到高明纯一之境，诗歌就会不学而能。朱熹批评当时的诗人由于留意于格律之精粗，用韵属对、比事遣辞之善否，而导致诗歌创作"葩藻之词胜，言志之功隐"。

朱熹经常根据诗歌的内容来判断作者人品的高下。比如，他说："诗见得人，如曹操虽作酒令，亦说从周公上去，可见是贼。若曹丕诗，但说饮酒。""乐天，人多说其清高，其实爱官职。诗中凡及富贵处，皆说得津津地涎出。杜子美以稷契相许，未知做得与否？"这样的判断难免武断。金人元好问不是感叹"心画心声总失真，文章宁复见为人"吗？人品与文品之间存在一定的联系，但也有不一致的现象，不能将两者完全等同起来。

宋人由于注重道德修养，反对在诗文中表达怨怼愤懑，所以对屈原多有批评。朱熹虽然对屈原略有微词，但是能够理解屈原的志向和操守。其《楚辞集注序》云："原之为人，其志行虽或过于中庸，而不可以为法，然皆出于忠君爱国之诚心；原之为书，其辞旨或流于跌宕怪神、怨怼激发，而不可以为训，然皆生于缱绻恻怛，不能自已之至意。虽其不知学于北方，以求周公、仲尼之道，而独驰骋于变风、变雅之末流。以故醇儒庄士或羞称之，然使世之放臣屏子、怨妻去妇抆泪讴吟于下，而所天者幸而听之，则于彼此之间天性民彝之善，岂不足以交有所发，而增夫三纲五典之重？此予之所以每有味于其言，而不敢直以词人之赋视之也。"朱熹虽然说屈原的志向或过于中庸，不可为法；屈原的赋或流于跌宕怪神、怨怼激发，不可为训；但他肯定屈原忠君爱国之诚心和缱绻恻怛之至意。朱熹虽然惋惜屈原不学于周孔之道而驰骋于变风变雅之末流，但是认为这种悲苦之音如果获得统治者的聆听，就会君臣相感，有助于增强儒家的三纲五典。在《楚辞后语目录序》中，朱熹充分肯定了屈原的作品，而对宋玉的《高唐赋》、《神女赋》，曹植的《洛神赋》等弃而不录，理由是这些赋虽然词采优美，但“以义裁之，而断其为礼法之罪人也”。其批评是非常严苛的。

三、沉潜讽诵，玩味义理

朱熹给《诗经》做过注解，名《诗集传》。朱熹解读《诗经》的独特之处在于反对像汉儒那样以美刺解诗，而强调在讽诵和涵泳中把握诗歌的意思和义理。比如，他说：“温柔敦厚，《诗》之教也，使篇篇皆是讥刺人，安得温柔敦厚!”“当时解《诗》时，且读本文四五十遍，已得六七分，却看诸人说与我意如何，大纲都得之。又得三四十遍，则道理流通自得矣。”反复吟诵和咀嚼是朱熹解读《诗经》的主要方法。这种方法使朱熹时有所见，比如，他说《诗经》中的《国风》“多出于里巷歌谣之作，所谓男女相与咏歌，各言其情者也”，就发前人所未发。但是一些学者由此而断定朱熹是把《诗》当作文学作品来读就言过其实了。事实上，朱熹从来没有把《诗经》作为纯粹的文学作品来阅读，如或不信，请看朱熹的如下言论：

> “《诗》如今恁地注解了，自是分晓，易理会。但须是沉潜讽诵，玩味义理，咀嚼滋味，方有所益。若只草草看过，一部《诗》只两三日可了，但不得滋味，也记不得，全不济事。古人说：‘诗可以兴’，须是读了有兴起处，方是读诗。若不能兴起，便不是读诗。”
>
> “章句以纲之，训诂以纪之，讽咏以昌之，涵濡以体之，察之情性隐微之间，审之言行枢机之始，则修身及家，平均天下之道，其亦不待他求而得之于此也。”（《诗集传序》）

从这两则引文可以看出，朱熹反复讽诵和涵泳的目的是玩味和咀嚼《诗》中的义理和滋味，引起读者对理学家“修身，齐家，治国，平天下”之道的感发，并不是体验《诗》所传达的情感。朱熹这样做会遇到一个问题，众所周知，《诗经》中的部分作品被朱熹视为“淫诗”，这样的诗如何感发人的善意呢？在《读吕氏诗记桑中高》中，朱熹探讨过这一问题。他说：“孔子之称‘思无邪’也，以为《诗》三百篇劝善惩恶，虽其要归无不出于正，然未有若此言之约而尽者耳，非以作诗之人所思皆无邪也。今必曰彼以无邪之思铺陈淫乱之事，而闵惜惩创之意自见于言外，则曷若曰彼虽以有邪之思作之，而我以无邪之思读之，则彼之自状其丑者，乃所以为吾自警惧惩创之资耶？而况曲为训说而求其无邪于彼，不若反而得之于我之易也。巧为辩数而归其无邪于彼，不若反而责之于我之初也。”朱熹认为孔子只是用“思无邪”来概括诗歌劝善惩恶的功能，并不是说《诗经》的作者都是没有邪思的。在朱熹看来，与其将《诗经》中的“淫诗”解释为作者希望通过铺陈淫乱之事达到劝善惩恶的目的，不如将其解释为虽然作者以邪恶的思想作诗，读者却用无邪的心思去阅读。这样，“淫诗”对于作者而言就变成了自暴其丑；对于读者而言就变成了警惧惩创的反面材料。朱熹的解释值得把玩，既坚持了《诗经》中的部分作品是“淫诗”的观点，又掌握了读《诗》的主动性，完全将《诗》作为提升道德修养的媒介。

从上面的论述可以看出，朱熹是带着理学家的有色眼镜来欣赏诗歌的，他只接受其义理能够消融的部分，这一点也体现在对韦应物的评价中。朱熹说：“《国史补》称韦‘为人高洁，鲜食寡欲，所至之处，扫地焚香，闭阁而坐’，其诗无一字做作，直是自在，其气象近道，意常爱之。”朱熹喜欢韦应物诗歌的原因在于其诗歌“气象近道”，就是与其义理有相通之处。对于违背其义理的作品，朱熹是避之唯恐不及的。在《答吕伯恭》中，朱熹说：“屈、宋、唐、景之文，熹旧亦尝好之矣。既而思之，其言虽侈，然其实不过悲愁、放旷二端而已。日诵此言，与之俱化，岂不大为心害？于是弃绝不敢复观。”朱熹不敢反复阅读《楚辞》是担心被其悲愁、放旷的思想所感染，朱熹不断批评苏轼也是担心其思想败坏风俗和人才。

如果抛开义理解诗的束缚，朱熹倡导的通过讽诵和涵泳把握诗歌的主旨不失为一种有效的读诗方法。由于这种方法建立在细腻体验和反复咀嚼上，所以常能见人所不能见，发人所不能发。比如朱熹对陶渊明和李白的评价就非常独到。他说：“李太白诗不专是豪放，亦有雍容和缓底，如首篇‘大雅久不作’，多少和缓！陶渊明诗人皆说是平淡，据某看，他自豪放，但豪放得来不觉耳。其露出本相者是《咏荆轲》一篇。平淡底人如何说得这样言语出来!"[①] 从李白诗中读出雍容和缓的一面，从陶渊明诗中读出豪放的一面都是颇具卓识的。

四、自然含蓄

朱熹对于文学风格的论述有几点值得注意。首先，朱熹提倡自然平淡的风格。在《答谢成之》中，朱熹认为陶渊明诗高于苏轼的地方在于“超然自得，不费安排处”，他说苏轼虽然才高，但是篇篇句句依韵和之已失自然之趣。在《答巩仲志第四书》中，朱熹将古今诗歌分为三等：“盖自书记所记，虞夏以来，下及魏晋，自为一等”；“自晋宋间颜谢以后，下及唐初，自为一等”；“自沈宋以后，定著律诗，下及今日，又为一等”。朱熹划分的标准是唐初以前的诗歌虽然高下不等，但都自然浑成。自从律诗产生以后，诗法大变，益巧益密，无复古人之风。朱熹彻底否定了律诗的价值，其偏颇显而易见。

其次，朱熹喜欢含蓄蕴藉的诗歌。比如，他说：“古诗须看西晋以前，如乐府诸作皆佳。杜甫夔州以前诗佳；夔州以后自出规模，不可学。苏、黄只是今人诗，苏才豪，然一滚说尽，无余意，黄费安排。”“古人诗中有句，今人诗更无句，只是一直说将去，这般诗一日作百首也得。”黄庭坚最喜欢杜甫在夔州以后的诗，认为达到了不烦绳削而自合的境界。朱熹却说杜甫在夔州以后的诗自出规模不可学，他对苏轼的“一滚说尽”和黄庭坚的“刻意安排”更是不予认可。从朱熹的论述中可以看出，他主要是喜欢古诗和乐府的含蓄蕴藉和言有尽而意无穷。庆历以后士人普遍重理尚意，将杜甫和韩愈作为学习的典范，对《文选》多加批评。朱熹却主张学习《文选》。《清邃阁论诗》云：“李太白始终学《选》诗，所以好。杜子美诗好者亦多是效《选》诗。渐放手，夔州诸诗则不然也。”《跋病翁先生诗》亦云“全是学《文选》、乐府诸篇，不杂近体俗体，故其气韵高古而音节华畅，一时流辈，少能及之”。朱熹主张学习《文选》当在《文选》所选的诗气韵近古、音节流畅。在这一点上，朱熹与当时宗唐抑宋的诗坛潮流是一致的。只是由于反对律诗，他没有主张向盛唐学习，而主张向更古的《诗经》、《楚辞》、古诗十九首、乐府等学习。

第三，主张遵守古本旧法，反对求新求变。《跋病翁先生诗》云：“余

---

①黎清德编，王星贤点校：《朱子语类》，中华书局 1986 年版，第 332 页。

尝以为天下万事皆有一定之法，学之者皆循序而渐进。如学诗则且当以此等为法，庶几不失古人本分体制。向后若能成就变化，固未易量，然变亦大是难事。果然变而不失其正，则纵横妙用何所不可；不幸一失其正，却反不若古本旧法以终其身之为稳也。”朱熹认识到诗歌具有一定的法度，只有循序渐进地学习这些法度才能使自己的作品与古人相似。朱熹发现变而不失正是非常困难的，为了避免走向求新求变的歧途，他宁愿选择比较稳妥的古本旧法。朱熹教给后学的为文方法是选择优秀的作品，熟读模仿，久之自然长进。《论文上》云：“人做文章，若是仔细看得一般文字熟，少间做出文字，意思语脉自是相似，读得韩文熟，便做出韩文底文字；读苏文熟，便做出苏文底文字，若不曾仔细看，少间却不得用。向来初见拟古诗，将谓只是学古人之诗，元来却是如古人说‘灼灼园中花’，自家也做一句如此；‘迟迟涧畔松’，自家也做一句如此。……意思语脉皆要似他底，只换却字。某后来依如此做得二三十首诗，便觉得长进。”朱熹认为只有对前人的优秀文字看得熟，才能用得上，才能在意思语脉上与其相似，这是有一定的道理的。但是如何在相似前人的基础上确立自己的独特性，朱熹却很少言说，这是其诗论的局限。整体而言，朱熹的文论思想是比较保守的。

朱熹的文论思想虽然存在局限，但却自成体系。“文皆是从道中流出”是对文学的本质规定；“诗者，视其志之所向者高下如何耳”是评价诗歌优劣的标准；讽诵和涵泳是他特有的解诗方法；自然含蓄是他追求的文学风格。朱熹发展了理学家程颐的“作文害道”和张载的“文以载道”，将文学完全规训为道德义理的讲章，对南宋、明清的文学创作产生了非常负面的影响，必须严加批判。

第八节　严　羽

严羽，字仪卿，又字丹丘，号沧浪逋客，邵武（今属福建）人，生卒年不详。主要生活在南宋理宗时期，终生不仕，著有《沧浪集》和《沧浪诗话》。《沧浪诗话》是宋代最具理论特色的一部诗话，全书由诗辨、诗体、诗法、诗评、考证五部分组成。其中，诗辨旨在辨明诗的本质特征，是《沧浪诗话》的核心。诗体概述诗歌史上形成的各种诗歌体制和流派。诗法主要讲诗歌的用字、使事、押韵、立意、发端、收场等法则。诗评从气象、体貌等角度评论汉、魏、晋、唐、宋诗人和诗歌的优劣得失。考证主要考证诗歌史上的逸诗和伪诗等。严羽非常自负，《答出继叔临安吴景仙书》云："仆之《诗辨》（《沧浪诗话》），乃断千百年公案，诚惊世绝俗之谈，至当归一之论。其间说江西时病，真取心肝刽子手，以禅喻诗，莫此清切。是自家实证实悟者，是自家闭门凿破此片田地，即非傍人篱壁，拾人涕唾得来者。李、杜复生，不易吾言矣。"他自谓"参诗精子"、"论诗，若那吒太子，析骨还父，析肉还母"。《沧浪诗话》沉着痛快地表达了他对诗歌的看法。

一、以禅喻诗

严羽论诗的一个显著特征是"以禅喻诗"。在《答出继叔临安吴景仙书》中，严羽说明他选择以禅喻诗的目的在于"欲说得诗透彻"。在严羽看来，诗道与禅道在很大程度上是相通的，于是他借禅宗的大乘、小乘、南宗、北宗、正法眼、第一义、野狐外道等观念来论述诗歌的高下得失。他说："禅家者流，乘有小大，宗有南北，道有邪正，学者须从最上乘，具正法眼，悟第一义。若小乘禅，声闻辟支果，皆非正也。论诗如论禅，汉魏晋与盛唐之诗，则第一义也。大历以还之诗，则小乘禅也，已落第二义。晚唐之诗，则声闻、辟支果也。学汉魏晋与盛唐诗者，临济下也。学大历以还之诗者，曹洞下也。"严羽的这一比喻遭到许多学者的批评，因为佛教中的大小乘、南北宗本不分优劣，只是针对不同的受众采取不同的悟道方法，严羽却赋予它们明显的等级秩序。严羽把汉魏晋和盛唐之诗看作是最好的，认为大历以还之诗已经落入第二义，对晚唐之诗采取完全否定的态度。

严羽说"大抵禅道惟在妙悟，诗道亦在妙悟"。严羽举孟浩然和韩愈的例子加以说明，孟浩然学力不如韩愈，而诗歌却在韩愈之上，原因就在于他"一味妙悟而已"。严羽因此推论妙悟才是诗歌创作的当行和本色。严羽还发现"悟有浅深，有分限，有透彻之悟，有但得一知半解之悟"；妙悟的境界与诗歌创作的成就直接相关。汉魏诗歌自然浑成，没有诗法可循，"是不假悟也"；谢灵运和盛唐诗人彻底顿悟了诗歌的旨趣，是"透彻之悟"；"他虽有悟者，皆非第一义也"。严羽声称他的这一判断是建立在对汉魏、晋宋、南北朝、唐宋诸家诗熟参的基础之上的，难以更改。于是，严羽主张学诗“以识为主，入门须正，立志须高；以汉魏晋盛唐为师，不作开元天宝以下人物”。理由是如果立志不高就会有下劣诗魔入其肺腑之间；入门不正、路头一差就会愈行愈远。严羽认为学诗的恰当顺序是先熟读楚辞，再读《古诗十九首》，李陵、苏武的五言诗，李白、杜甫集，盛唐名家，“酝酿胸中，久之自然悟入”。严羽说这是直截根源、单刀直入的顿悟之法。从上面的论述可以看出，严羽是把汉魏晋和盛唐诗作为学习的典范的，但在《诗辨》结尾他又“截然谓当以盛唐为法”，自注理由是只有到了盛唐古体和律体的体裁才完备。因此，严羽真正主张的是以盛唐为法，这是明代前后七子“文必秦汉，诗必盛唐”的先声。

二、诗有别材；诗有别趣

严羽倡导诗歌创作以盛唐为法是有现实针对性的。首先，他不满苏轼、黄庭坚的“以文字为诗，以才学为诗，以议论为诗”，认为“诗有别材，非关书也；诗有别趣，非关理也”。就是说诗歌有特殊的题材和兴趣，并不是用来堆垛学问和抽象说理的。由于严羽反对在诗歌中堆垛学问和抽象说理，许多人遂误以为严羽主张不读书、不穷理。其实，这是断章取义。在别材别趣之后，严羽紧接着就说“然非多读书，多穷理，则不能极其至，所谓不涉理路，不落言筌者，上也”。就是说诗歌创作离不开读书和穷理，但在创作的时候要做到不能抽象地讲道理，字字求出处。严羽认为诗歌的内容是“兴趣”，形式应该“透彻玲珑，不可凑泊”，就像“空中之音，相中之色，水中之月，镜中之象”一样，言有尽而意无穷。严羽将盛唐诗看作这方面的典范。这一点也可以从严羽对汉魏、六朝、唐诗、宋诗的评价中得到验证。严羽概括南朝诗歌的特点是“尚词而病于理”，就是讲究文辞的华丽而缺乏充实的思想内容；宋诗的特点是“尚理而病于意兴”，就是注重传达抽象的道理而忽视诗歌的审美特征；唐诗的特点是“尚意兴而理在其中”，就是道理渗透在感兴之中；汉魏诗歌的特点是“词理意兴，无迹可求”，就是词、理、意兴三者浑然融为一体。严羽心目中的理想典范当然是唐诗。严羽发现宋诗发展到苏轼和黄庭坚“始自出己意以为诗，唐人之风变矣”。于是，他批评苏轼和黄庭坚将诗歌创作引入了歧途，他说：“近代诸公乃作奇特解会，遂以文字为诗，以才学为诗，以议论为诗；夫其不工，终非古人之诗也，盖于一唱三叹之音，有所歉焉。且其作多务使事，不问兴致；用字必有来历，押韵必有出处，读之反复终篇，不知着到何在。其末流甚者，叫噪怒张，殊乖忠厚之风，殆以骂詈为诗。诗至于此，可谓一厄也。”由此可见，严羽认为苏轼、黄庭坚的“以文字为诗，以才学为诗，以议论为诗”，虽然工整，但缺乏古诗那种一唱三叹、含蓄蕴藉、言有尽而意无穷的艺术感染力。严羽更是不满叫噪怒张的诗风，批评其“以骂詈为诗”，违背了诗歌温柔敦厚的精神，是诗歌发展的一大厄运。

严羽针砭的另一对象是“永嘉四灵”和江湖诗派。“永嘉四灵”不满于宋诗的议论化和学问化提出向唐人学习。但是由于才力不够，他们只能学习贾岛、姚合的清苦诗风。这种诗风获得了许多江湖诗人的仿效，一时称为唐诗之宗。严羽对这一现象深表忧虑，因为“唐诗之说未唱，唐诗之道或有时而明也。今既唱其体曰唐诗矣，则学者谓唐诗诚止于是耳，得非诗道之重不幸邪”。严羽担心四灵诗派对晚唐诗的标榜会遮蔽人们对真正的唐诗盛唐诗的认识，所以严加辨析。严羽提倡的盛唐诗与四灵提倡的晚唐诗在格力风貌上截然不同，盛唐诗慷慨悲壮，晚唐诗雕琢苦吟，严羽欣赏前者，否定后者。

三、辨体制、格力、气象、音节

严羽认为诗歌包含五个因素，“曰体制，曰格力，曰气象，曰兴趣，曰音节”。兴趣已经论述，现在来看严羽对体制、格力、气象、音节的论述。

严羽非常重视诗歌的体制特征。《答出继叔临安吴景仙书》云：“作诗正须辨尽诸家体制，然后不为旁门所惑。今人作诗，差入门户者，正以体制莫辨也。”严羽认为辨尽诸家体制是作诗的根本和前提，苏轼、黄庭坚之所以走入邪门歪道就在于他们没有辨清诗歌的体制特征。严羽说自己的特长就是“于古今体制，若辨苍素，甚者望而知之”。吴景仙用“雄深雅健”来概括唐诗的风格特征，严羽认为这四个字只能评文不能评诗，“不若《诗辨》‘雄浑悲壮’之语为得诗之体也”。严羽显然认识到了诗与文的艺术特征的差异。在“诗体”部分严羽概述了古今各种诗体及其代表人物。从时代的角度，严羽将诗歌的体制概括为建安体、黄初体、正始体、太康体、元嘉体、永明体、齐梁体、北朝体、唐初体、盛唐体、大历体、元和体、晚唐体、本朝体、元祐体、江西宗派体。从作者的角度，严羽将诗歌分为苏李体、曹刘体、陶体、谢体、徐庾体、沈宋体、王杨卢骆体、张曲江体、少陵体、太白体、高达夫体、孟浩然体、岑嘉州体、王右丞体、韦苏州体、韩昌黎体、柳子厚体、韦柳体、李长吉体、李商隐体、卢全体、白乐天体、元白体、张籍王建体、贾浪仙体、孟东野体、东坡体、山谷体、后山体、王荆公体、杨诚斋体等。严羽的概括全面而准确，许多诗体的名称至今沿用不辍。此外，严羽考证诗歌真伪的一个重要标准就是体制气象。比如，他考证《问来使》“尔从山中来，早晚发天目。我屋南山下，今生几从菊。蔷薇叶已抽，秋兰气当馥。归去来山中，山中酒应熟”非陶渊明诗，理由就是“其体制气象，与渊明不类”。

格力主要指诗歌的格调和笔力，是诗歌的感情基调和语言文字凝练成的艺术感染力，相当于魏晋南北朝的“风骨”概念。严羽比较喜欢格力悲壮、雄浑、高古、飘逸的作品。比如，“诗之品有九：曰高，曰古，曰深，曰远，曰长，曰雄浑，曰飘逸，曰悲壮，曰凄婉”。“韩退之《琴操》极高古，正是本色，非唐贤所及。”“高、岑之诗悲壮，读之使人感慨；孟郊之诗刻苦，读之使人不欢。”由于严羽谈论诗歌的形式特征时用了“如空中之音，相中之色，水中之月，镜中之象”等形容词，所以很多学者误以为严羽对盛唐诗的理解偏重于王维、孟浩然一派。这是误解。严羽将诗歌的风格概括为优游不迫和沉着痛快两大类。很显然，王维、孟浩然的诗有优游不迫之趣，却难以承当沉着痛快，沉着痛快更倾向于杜甫的沉郁顿挫。严羽认为诗歌的极致是“入神”，只有李白和杜甫的诗歌达到了极致，而李白的显著特征是飘逸，杜甫的显著特征是沉郁，这与他将诗歌风格概括为优游不迫与沉着痛快两大类完全吻合。况且，整个《沧浪诗话》很少论述到王维，所以不能因为严羽使用了“空中之音，相中之色，水中之月，镜中之象”等形容词，就推论其诗论倾向于王维、孟浩然一派。①

气象是严羽辨别诗歌优劣的一个重要标准，严羽所谓的气象主要指诗歌的思想内容和语言文字呈现出的整体艺术风貌。严羽说“唐人与本朝人诗，未论工拙，直是气象不同”，意思是说唐诗与宋诗在体制、风貌上呈现出截然不同的艺术风格。整体而言，严羽比较喜欢气象混沌、自然、浑厚的作品。比如，“汉魏古诗，气象混沌，难以句摘。晋以还方有佳句，如渊明‘采菊东篱下，悠然见南山’、谢灵运‘池塘生春草’之类。谢所以不及陶者，康乐之诗精工，渊明之诗质而自然”。“建安之作，全在气象，不可寻枝摘叶。灵运之诗，已是彻首尾成对句矣，是以不及建安也。”

---

①王运熙的《全面地认识和评价〈沧浪诗话〉》一文对此做过详细论证，刊登于齐鲁书社 1981 年出版的《古典文学论丛》第二辑。

“盛唐诸公之诗，如颜鲁公书，既笔力雄壮，又气象浑厚。”相反，他批评孟郊诗“憔悴枯槁，其气局促不伸”、“诗道本正大，孟郊自为之艰阻耳”。

严羽特别重视诗歌音节的抑扬顿挫和响亮圆转。他说：“下字贵响，造语贵圆”、“孟浩然之诗，讽咏之久，有金石宫商之声”。严羽说《古诗十九首》中的“青青河畔草，郁郁园中柳。盈盈楼上女，皎皎当窗牖。娥娥红粉妆，纤纤出素手”一连六句，皆用叠字，今人必以为句法重复之甚，而他认为“古诗正不当以此论之也”。理由当在连用六个叠字使整个诗读起来朗朗上口、抑扬顿挫，有一唱三叹之效。类似的论述在《诗评》中还有几处。严羽强调诗歌的音乐性和韵律感是为了使诗歌呈现出一种含蓄蕴藉、余音袅袅的艺术美，读之能够产生感动和激发人意的效果。比如，他说：“语忌直，意忌浅，脉忌露，味忌短，音韵忌散缓，亦忌迫切。”“唐人好诗，多是征戍、迁谪、行旅、离别之作，往往能感动激发人意。”宋人也写征戍、迁谪、行旅、离别之作，但他们写这些题材的时候往往要人自持、自重、自适、以理遣情，很少能感动激发人意。这是唐宋诗的一个重要区别。

当然，在严羽那里体制、气象、兴趣、格力、音节相辅相成，共同构成诗歌的整体风貌。比如，“大历以前，分明是一副言语；晚唐，分明是一副言语；本朝诸公，分明是一副言语”。“五言绝句：众唐人是一样，少陵是一样，韩退之是一样，王荆公是一样，本朝诸公是一样。”这里的“一副言语”、“一样”就是体制、气象、兴趣、格力、音节共同形塑的诗歌风貌。

除此之外，《沧浪诗话》还有许多独到的见解。比如，严羽云：“李杜二公，正不当优劣。太白有一二妙处，子美不能道；子美有一二妙处，太白不能作”、“子美不能为太白之飘逸，太白不能为子美之沉郁。太白《梦游天姥吟》、《远别离》等，子美不能道；子美《北征》、《兵车行》、《垂老别》等，太白不能作。论诗以李杜为准，挟天子以令诸侯也。”这是非常通达的态度，既把握了李杜诗歌的主要风格，又意识到不能用杜甫的风格要求李白，也不能用李白的风格批评杜甫。又云：“盛唐人诗，亦有一二滥觞晚唐者，晚唐人诗，亦有一二可入盛唐者，要当论其大概耳。”这一提醒非常重要，它告诉我们严羽主要是从诗歌的整体特征来论诗的，而不是以时代先后为优劣的。

有一个问题需要说明，苏轼、黄庭坚尤其江西诗派特别推崇杜甫，严羽也推崇杜甫，但他们的诗学旨趣为什么截然相反呢？概括言之，江西诗派主要推崇杜甫的忠义之气和用字用典的学问渊源，注重杜诗的命题立意和行文的曲折变化；严羽主要推崇杜诗雄浑悲壮的感情基调和用字用语的响亮圆转、自然浑朴。江西诗派把杜诗中重议论、学问的一面发扬光大，将之视为杜诗的主要风貌和艺术特征；严羽则是用盛唐诗的共同风格观看杜甫，将杜诗中雄浑悲壮、委婉含蓄的一面揭发出来，以之概括杜诗的主要风貌和艺术特征。客观而言，他们都用自己的审美取向和价值认同阐释杜诗，杜诗风格的多样性也允许他们这样阐释，所以同尊杜甫却得出截然相反的结论。

严羽针对当时诗坛的弊病，提倡向盛唐诗歌学习是有现实意义的，他对盛唐诗歌特征的把握也是比较准确的。但这是否意味着其论诗没有局限呢？答案是否定的。首先，严羽主要是从鉴赏的角度指出他所欣赏的诗歌典范，没有深究这种诗歌典范形成的深层原因。他将唐诗胜过宋诗的原因归结为唐朝“以诗取士”，显然把复杂的问题简单化了。同样，严羽对宋诗弊病的批评也是非常准确的，但却没有追问这种诗歌创作趋向形成的深层原因。现在的研究已经表明，唐宋诗的差异与时代的精神气质、士人的心态、诗歌自身的传统、作家的性情等因素息息相关。忽视这些因素而谈论唐诗、宋诗难免给以人隔靴搔痒、恍惚迷离之感，这是严羽遭受批评的一个重要原因。其次，从创作的角度而言，作家的志向、才情以及对诗歌功能的期许等都会影响到诗歌的创作，但严羽的诗论却很少谈及这些，这就导致其诗论付诸实践时很难取得成功，明代前后七子的失败就是最好的证明。最后，如果说宋人把诗歌当作说理的工具、炫耀学问的媒介有忽视诗歌艺术特征的偏颇，那么严羽矫枉过正，把盛唐诗歌视为创作的唯一标准同样不够通达。严羽把不同己见者视为“见诗之不广，参诗之不熟”、“野狐外道蒙蔽其真识”，他不知道在审美趣味上很难强求一致。选择什么样的诗歌典范作为学习的榜样会涉及学习者的才情和价值认同等多种因素，绝不是严羽所说的“见诗不广、参诗不熟”所能涵盖的。在这一点上，严羽对苏轼、黄庭坚的创作思路的理解似乎有些许隔膜。其实，苏轼、黄庭坚选择宋诗这种诗歌典范是非常自觉的。忽视这一点而谈论宋诗必然知其然而不知其所以然，只知宋诗之病而不知其病形成的原因，看似咄咄逼人的批判其实未必能够说服被批判者。

严羽的诗论虽然存在一定的局限，但是他由于把握住了诗歌的审美特征，对盛唐诗歌的标榜也吻合士人对盛世景象的期待，所以在元明清产生了广泛的影响。元代杨士弘的《唐音》，明初高棅的《唐诗品汇》，前后七子的复古诗论，清代沈德潜的“神韵”说等，都受到了他的影响。

第九节　元好问

元好问（1190—1257），字裕之，号遗山，太原秀容（今山西忻州）人，著有《遗山集》，编金人诗《中州集》。金宣宗兴定五年（1221）进士，官至行尚书省左司员外郎。金亡不仕，以著书自任，是金朝杰出的诗人和文论家。元好问以“诗中疏凿手”自任，对汉魏以来的诗歌进行了全面的评价。其《论诗三十首》在形式上继承了杜甫《戏为六绝句》以组诗论诗的传统，在内容上提倡真诚、慷慨、雅正的诗风。

一、提倡真情实感，反对虚情假意

元好问认为诗歌创作应该表达作者真实的情感体验，不能“心画心声总失真”。《论诗三十首》第九首云：“斗靡夸多费览观，陆文犹恨冗于潘。心声只要传心了，布谷澜翻可是难。”将传达心声作为文章的根本，认为违背这一根本而斗靡夸多，既增加了读者的阅读难度，也很难获得成功，陆机的繁冗即是证明。元好问对“心画心声总失真”的现象予以了批评，《论诗三十首》第六首云：“心画心声总失真，文章宁复见为人。高情千古《闲居赋》，争信安仁拜路尘。”心画心声出自扬雄的《法言·问神》，由于这一观点准确地概括了中国古人对言文一致、表里如一的期待，所以在后世获得了广泛认同。但文学史上“心画心声总失真”的现象也时时考验着人们对这一观念的信任，元好问举潘岳的例子来说明这一点。潘岳在《闲居赋》中表达了对官场的厌倦和对隐逸田园的向往，似有高士恬淡自守的品格，但在现实中他却是个谗事权贵的卑鄙小人，远远望见达官贵人的车子扬起的尘土就跪拜。潘岳的言行不一导致人们对心画、心声的怀疑，恬淡隐逸的《闲居赋》并不能掩盖作者卑劣谄媚的品质。

对于诗歌情感的产生，元好问主张亲身体验现实生活，反对闭门造车。《论诗三十首》第十一首云：“眼处心生句自神，暗中摸索总非真。画图临出秦川景，亲到长安有几人？”第二十九首云：“池塘春草谢家春，万古千秋五字新。传语闭门陈正字，可怜无补费精神。”元好问认为作诗不能暗中摸索，只有在亲眼所见的基础上创造的句子才能传神。这就像绘画一样，只有亲自去过长安的人临摹出的秦川景色才是真实的。元好问说谢灵运《登池上楼》中的“池塘生春草，园柳变鸣禽”之所以千古传诵，原因在于作者对春天有充分的体验，捕捉到了谢家春天的特征。与此相反，传说陈无几平时出门，觉有诗思，便急归拥被，卧而思之，呻吟如病者，或累日方起。元好问认为这种创作模式既劳神竭虑，又缺乏真实性。出于对情感真实性的深刻认识，元好问对窘步相仍、俯仰随人的唱和诗进行了批评。《论诗三十首》第二十一云：“窘步相仍死不前，唱酬无复见前贤。纵横正有凌云笔，俯仰随人亦可怜。”元好问认为诗歌创作的正途是情感的纵横恣肆，唱和诗却以押韵相附和，这必将无缘攀跻诗歌创作的高峰。

在《杨叔能小亨集引》中，元好问将真实的情感概括为“诚”，认为这是文学创作的根本。其言云：“诗与文特言语之别称耳。有所记述之谓文，吟咏性情之谓诗，其为言语则一也。唐诗所以绝出于三百篇之后者，知本焉尔矣。何谓本？诚是也。……故由心而诚，由诚而言，由言而诗也。三者相为一，情动于中而形于言，言发乎迩而见乎远。同声相应，同气相求，虽小夫贱妇孤臣孽子之感讽，皆可以厚人伦、敦教化，无他道也。故曰不诚无物。夫惟不诚，故言无所主，心口别为二物，物我邈其千里，默然而往，悠然而来；人之听之，若春风之过马耳，其欲动天地感鬼神难矣。其是之谓本。唐人之诗，其知本乎！何温柔敦厚蔼然仁义之言之多也。幽忧憔悴，寒饥困惫，一寓于诗，而其阨穷而不悯、遗佚而不怨者，故在也。至于伤谗疾恶、不平之气，不能自掩，责之愈深，其旨愈婉，怨之愈深，其辞愈缓。优柔餍饫，使人涵泳于先王之泽，情性之外不知有文字。”在元好问看来，诗与文虽然存在一定的区别，文用于记述事情，诗用来吟咏情性，但它们的共同点是都用语言表达真实的情感。元好问认为真实的情感是诗歌发挥厚人伦、敦教化社会功用的根本，只有情动于中而形于言的作品才能“言发乎迩而见乎远”，才能与读者同声相应，同气相求。相反，不诚实的情感就像春风过马耳一样，很难感动读者。元好问认为唐诗成功的根源在于情感的真实不虚。虽然元好问也标榜温柔敦厚，但是他所理解的温柔敦厚是包含“幽忧憔悴、寒饥困惫”和“伤谗嫉恶、不平之气”的，只不过要用委婉和缓的形式表达出来。

在《新轩乐府引》中，元好问阐释《诗经》成功的根源在于“小夫贱妇幽忧无聊赖之语，时猝为外物感触，满心而发，肆口而成者尔”。元好问认为苏轼的词能够“一洗万古凡马空”就在于继承了《诗经》的这一抒情传统，完全以情感的表达为准。当有人怀疑这种过度激烈的情感表达是否有以笔墨劝淫的嫌疑，同时有违儒家乐天知命的精神时，元好问做出了完全否定的回答，认为这是陶写性情的必然要求。由此可见，元好问对诗歌情感真实性的理解偏向于自然情感的本真流露，而非理学家经过义理过滤过的“性情”。

从上面的论述可以看出，元好问对诗歌情感真实性的要求是立体的，既要求对生活有切实的感受，又要求这种感受是发自内心的，还要求将真实的感受行之文字的时候做到言文一致、文如其人。总之，“情性之外不知有文字”是元好问对诗歌情感的根本要求。

二、提倡慷慨悲壮，反对柔弱纤靡

元好问论诗的另一个显著特点是喜欢感情基调慷慨悲壮的作品，反对柔弱纤靡的诗风。《论诗三十首》第二首云：“曹刘坐啸虎生风，四海无人角两雄。可惜并州刘越石，不教横槊建安中。”元好问非常欣赏曹植、刘祯所代表的建安风骨，他对西晋诗人刘琨不能与建安七子横槊赋诗表示惋惜。不过，元好问对慷慨悲壮诗风的理解比较宽泛，他能够欣赏张华的风流和阮籍的狂放。《论诗三十首》第三首云：“邺下风流在晋多，壮怀犹见缺壶歌。风云若恨张华少，温李新声奈尔何！”第四首云：“纵横诗笔见高情，何物能浇块垒平？老阮不狂谁会得？出门一笑大江横。”元好问认为西晋诗人较多地继承了建安风骨的流风余韵，其诗歌与温庭筠、李商隐相比，还是风云气多，儿女情少，尽管钟嵘《诗品》对张华诗歌的评价是“恨其儿女情多，风云气少”。元好问认为阮籍诗歌的魅力在于借诗歌表达狂放不羁的情怀，这是非常深刻的。在第二十四首，元好问比较了韩愈的《山石》和秦观的《春日》，认为秦观的《春日》为“女郎诗”，这可以从其“有情芍药含春泪，无力蔷薇卧晚枝”诗句看出。由于青睐慷慨激昂的诗歌，元好问对北朝的《敕勒歌》做出了很高的评价：“慷慨悲歌绝不传，穹庐一曲本天然。中州万古英雄气，也到阴山敕勒川。”元好问认为《敕勒歌》继承了中州英雄慷慨悲歌的抒情传统。元好问对陈子昂在初唐提倡建安风骨进行了充分的肯定，说“论功若准平吴例，合着黄金铸子昂”。

与此相反，元好问对孟郊、李贺的穷愁苦吟深表不满。《论诗三十首》第十六首云：“切切秋虫万古情，灯前山鬼泪纵横。鉴湖春好无人赋，岸夹桃花锦浪生。”第十八首云：“东野穷愁死不休，高天厚地一诗囚。江南万古潮阳笔，合在元龙百尺楼。”这两首诗通过对比李白、韩愈与李贺、孟郊诗境的差异，批评李贺、孟郊不去吟咏广阔的宇宙天地，而像秋虫一样，束缚在狭小的范围之内，不断地呻吟自己的悲愁。对慷慨豪壮风格的青睐当与元好问生活的环境有关，他所生活的并州地区向来民风豪爽，多英雄风云之气；再加上当时战争频仍，社会混乱，他喜欢慷慨悲壮也就不难索解了。

三、提倡自然雅正，反对雕琢奇巧

在表现形式方面，元好问提倡自然雅正。《论诗三十首》第四首评价陶渊明云：“一语天然万古新，豪华落尽见真淳。南窗白日羲皇上，未害渊明是晋人。”陶渊明虽是晋人，但其诗歌自然天成、落尽豪华，真有上古淳朴之风，令人常读常新。元好问反对过度讲求四声八病等声律问题，《论诗三十首》第十七首认为苦研切响浮声无益于诗文创作的宏旨，就像元结《欸乃曲》对水声的描绘，虽然没有音乐中的宫商角徵羽，却合于《韶》、《濩》之乐。从这两首诗可以看出，元好问倾向于内容充实、形式自然合律的作品。

关于诗歌的体裁，元好问主张雅正，反对俳优怒骂。《论诗三十首》第二十三首云：“曲学虚荒小说欺，俳优怒骂岂诗宜？今人合笑古人拙，除却雅言都不知。”第十三首云：“万古文章有坦途，纵横谁似玉川卢？真书不入今人眼，儿辈从教鬼画符。”在前一首，元好问认为诗歌不适合表达俳优怒骂，不应当放弃古人对典雅风格的坚守而追求荒诞不经。在后一首，元好问批评晚唐卢仝刻意追求险怪为“鬼画符”，迷失了诗歌创作的正途。反对怒骂和怪奇既与元好问的立身准则相关，又与其温柔敦厚的诗教观相一致。在《杨叔能小亨集引》中，元好问叙述其自警的数十条学诗原则是“无怨怼，无谑浪，无惊恨，无压异，无鸷狠，无崖异，无媕阿，无傅会，无笼络，无炫鬻，无矫饰，无为坚白辩，无为贤圣癫，无为妾妇妒，无为仇敌谤伤……”可见坚持不怨怼、不戏谑、不谤伤是元好问非常自觉的选择。

四、提倡学至于无学

杜甫是诗歌史上的高峰，后世希望在诗歌创作上有所成就的学者不得不去探索这种高峰形成的原因。黄庭坚认为杜诗主要从学问中来，因此鼓励后学勤读书，广学问，以蓄积诗材诗思。严羽针对苏轼、黄庭坚“以文字为诗，以才学为学，以议论为诗”，倡导“诗有别材，非关书也；诗有别趣，非关理也”。客观而论，他们都抓住了杜诗的某些特征，但是由于后学的不善理解，都滋生了弊病。元好问对杜诗做出了新的阐释，其《杜诗学引》云“窃尝谓子美之妙，释氏所谓‘学至于无学’者耳”。所谓“学至于无学”就是指杜甫通过熟读深思、细心咀嚼，充分吸收了经书和诸子百家的精华，将其熔铸为自己的知识结构，在创作中不露斧痕地表现出来。元好问认为杜甫这种熔铸式创新既可以称为“无一字无来处”，也可以称为“不从古人中来”。元好问认为在这一点上黄庭坚最知杜甫，其《大雅堂记》反对读杜诗“至谓草木虫鱼皆有比兴，如试世间商度隐语然者”。鉴于此，元好问将黄庭坚与江西诗派做了区别对待，《论诗三十首》第二十八首云“论诗宁下涪翁败拜，莫作江西社里人”。认为黄庭坚在论诗方面高于江西诗派，这是比较中肯的。

“学至于无学”是元好问对如何学习古人这一问题的理论概括。这一概括既意识到学习古人的重要性，又指出了如何转化古人为我所用。在《陶然集序》中，元好问进一步论述了这一问题。他说：“盖秦以前，民俗醇厚，去先王之泽未远，质胜则野，故肆口成文，不害为合理。使今世小夫贱妇满心而发，肆口而成，适足以污简牍，尚可辱采诗之求取耶！故文字以来，诗为难；魏晋以来，复古为难；唐以来，合规矩准绳尤难。”元好问认为后世诗人真积力久地学习诗歌创作却达不到古诗的高度根源在于时代风俗的差异。原初诗歌大多因事陈辞，随情遣字，写起来毫不费力。但是随着诗歌形式的多样和技巧的丰富，诗人就有“脱弃凡近”、“囚锁怪奇”、“笼络今古”、“移夺造化”的“影响焦虑”，要实现对前人的超越就必须呕心沥血、殚精竭虑地追求诗歌的工整。由于元好问意识到后世诗歌创作的艰难处境，所以他对李贺的呕出肝肺为诗，杜甫的“语不惊人死不休”，王安石的“看似寻常最奇崛，成如容易却艰辛”等说法进行了同情式的理解。不过，元好问同时提醒“学至于无学”、“技进于道”才是最终目的，他认为杜甫自夔州以后，白居易自香山以后，苏轼自海南以后都达到了不烦绳削而自合的境界，诗歌创作应该以他们为榜样。

《论诗三十首》以极小的篇幅包含了极大的容量，对汉魏以来诗歌史上的重要诗人和诗学问题做了比较公允的评价。元好问对真实情感的强调，对慷慨悲壮诗风的欣赏，对自然雅正诗歌形式的肯定，对“学至于无学”艺术问题的探讨都是可取的。《论诗三十首》在元明清产生了广泛的影响，王士祯、袁枚等都有仿作问世。

中国文论史

下册

李　春青
窦　可阳
徐　宝锋等
——著

山西出版传媒集团　山西教育出版社

图书在版编目 (CIP) 数据

中国文论史 / 李春青等著 .—太原：山西教育出版社，2019.11

（中国分类文学史 / 张炯，郎樱，仲呈祥主编）

ISBN 978-7-5703-0641-1

Ⅰ . ①中… Ⅱ . ①李… Ⅲ . ①中国文学—文学理论—文学史—研究 Ⅳ . ① I209

中国版本图书馆 CIP 数据核字 (2019) 第 214824 号

中国文论史

ZHONGGUO WENLUN SHI

出 版 人 李 飞
责任编辑 康 健 张志强
复 审 杨 文
终 审 樊爱香
装帧设计 王春声 薛 菲
印装监制 蔡 洁
出版发行 山西出版传媒集团 · 山西教育出版社
（地址：太原市水西门街馒头巷7号 电话：0351-4729801 邮编：030002）
印 装 山西人民印刷有限责任公司
开 本 720×1020 1/16
印 张 42.25
字 数 714千字
版 次 2021年9月第1版 2021年9月山西第1次印刷
书 号 ISBN 978-7-5703-0641-1
定 价 170.00元（上、下册）

目　录

第六章 // 明代的文论发展

第一节　概　述

1368 年朱元璋推翻了元朝蒙古人的统治，建立明朝。1644 年李自成攻入北京，明思宗自缢，明朝灭亡，历时 277 年。五代辽宋金是大分裂时代，元朝虽 90 年间一统华夏，却民族矛盾尖锐，社会矛盾重重。面对这个大乱摊子，明太祖朱元璋制定并完善各项制度，立酷法保证各项制度之严格执行，收拢一切权力归于帝王，强化意识形态控制。明代前期政治体制相对完备而稳定，自景泰年政治体制开始松动，意识形态领域悄然孕育着变化。正德年间心学的崛起，社会意识开始走向多元化。万历年间多元的社会意识冲突融合，社会意识形态复杂，一直持续到清顺治年间。明代的文论思想就是在这个大环境下发展起来的。

明代文论思想存在着三个不同的时期：明代开国至弘治前期是政教文论时期，即 1368—1494 年；弘治中期至万历前期是复古文论时期，即 1495—1589 年；万历中期至崇祯末年为多元化时期，即 1590—1644 年。任何两个时期都存在一段时间的过渡与交叉。

一、明代前期的政教文论

明代前期的政教文论观念发端于洪武朝，永乐至正统最为鼎盛，景泰至弘治逐渐式微，弘治后期为复古思潮取代。

明代前期总体上政权稳固、社会稳定，统治阶层充满雄心壮志，程朱理学成为国家意识形态并成为社会意识形态之主流，士人们也往往积极进取，统治者需要文章歌颂统治和盛世，士人们也愿意配合和效力。因此这个时期的文论主要是以文章宣圣贤之道、赞国家之盛，以政治教化为核心的政教文论。政教文论观的形成与发展经历了三个阶段。

洪武至建文为政教文论观的第一阶段。此阶段国家甫健、制度初创，政教观念逐渐兴起。这个时期的文论思想是明太祖统治思想与士大夫思想共谋的产物。朱元璋十分认可理学思想，几乎推举为国家意识形态，由理学思想派生的文论思想自然也成为国家意识形态的重要成分。所以此阶段的文论思想以儒家意识形态为根本，用文章高扬明道宗经思想，开辟经世致用之路。宋濂和方孝孺的文论思想是本阶段前后期文论观念的代表。

永乐至正统为政教文论观的第二阶段。此阶段政权更加稳固，社会更加稳定，经济也完成了复兴，意识形态的控制更加强烈。明成祖颁布《四书大全》、《五经大全》、《性理大全》，正式将程朱理学作为国家意识形态进行教化，以八股文的形式作为初级官员的选拔机制。内阁学士成为皇帝之下地位最高的参与统治者，其审美品位与文学观念对士人具有导向作用，担任内阁学士四十余年的杨士奇、杨溥、杨荣的文论观念决定了此阶段的文论思想。“三杨”以程朱理学为指导思想，发扬了宋濂等人明道宗经与政教功利文章观，以传圣贤之道为诗文的终极目标，呈现国家的繁盛，渲染国家的强大，传承了儒家中正和平的审美趣味，重视温柔敦厚的诗教，对己则以文学表现性情之正。

景泰至弘治前期为政教文论观的第三阶段。经历了正统末年和景泰末年两次变乱，明朝的政权不再稳固，明初高昂的雄心和士气转向保守，意识形态控制也开始松动。成化、弘治年间，陈献章在广东讲学，其学源于陆九渊，以“静养”为体悟之门，“宗自然”、“贵自得”，与程朱理学分属不同儒学体系，打破了理学一统意识形态领域的状况，开启明代心学先河。此时的文学观念也在悄然变化。“文学思想变化之一表现，是从鸣国家之盛转向写个人日常生活。文学思想变化之又一表现，是审美趣味从追求典则雅正、温厚平和转向追求自然平淡。”① 成化年间台阁诗文作家相继退出了政治与文学舞台，台阁体诗文不再统治文坛，但遗风影响深远。

二、明代中期的复古文论

复古思想贯穿明代文论始终。文在于明道，明道必需宗经，宗经则要求复古，这是明代前期文章复古论的基本思想。之后的复古论尽管具体观

①罗宗强：《明代文学思想史》，中华书局2013年版，第177页。

点林林总总，但思维逻辑一般不二，即都高标理想的诗文典范，都提出诗文发展必须要学习这些经典，甚至要求当下的文章呈现那些经典的面貌。明代最有代表性、影响最大的文学复古思潮是明代弘治至万历年间“前后七子”的文学复古运动。

1495 年（弘治八年）李东阳入内阁同时成为文坛领袖，标志着“前后七子”文学复古运动开始。李东阳高扬诗文异体，肯定诗文的审美价值与独立存在的意义。李东阳诗论建基于《诗大序》为代表的儒家诗学观念，诗行使对己言志，对外教化的功能。因诗歌行使教化功能，故李东阳诗歌传承了台阁体遗风；因诗歌行使言志功能，故李东阳要求诗歌必须如古诗抒写真情实感。李东阳诗歌复古的对象主要在于盛唐诗歌。李东阳成为前七子文学复古运动的先导。

弘治、正德年间，以李梦阳为核心，以何景明、康海、徐祯卿、王廷相、王九思、边贡为骨干的前七子派文学复古运动形成。前七子派文学复古的现实目的有二：一是要打破明初百年来以道统文的文学观念。他们同样认可诗文济世载道，但同时追求诗文的审美意义，高扬诗文具有独立的价值，不只是济世载道的工具。二是以复兴秦汉文盛唐诗，抒发强烈的生命豪情，以流畅雄奇的诗文风貌扫除台阁体靡丽萎弱的遗风。前七子派的文学复古运动在正德朝影响极大，如《明史・文苑传》所说，“操觚谈艺之士，翕然宗之”。前七子派对道统文学观产生极大冲击，基本扫除了台阁体诗文遗风，与茶陵派、吴中派共同开启了诗文重情思想，影响了此后明代各个文学流派。

1530 年（嘉靖九年）随着李梦阳逝世，前七子文学复古运动落幕，另一个复古流派唐宋派随之兴起。唐宋派文论家主要是王慎中、唐顺之、归有光、茅坤四人。唐宋派的文学思想以反前七子派为表征。唐宋派文论的理论前提之一是载道论。因文以载道，故对前七子片面追求诗文法式格调不重济世载道不满。因文以载道是宋儒的思想，故师法与复古的对象只能是以唐宋八大家和理学家的唐宋文。唐宋派要求济世载道的文学观，在一定程度上又是明初以宋濂为代表的复古思想的延续。1545 年（嘉靖二十四年）唐宋派分裂，影响日微，迅速被另一个规模更大的文学复古流派后七子派取代。

后七子派活跃于嘉靖朝后期至万历朝前期，历时四十年。1550 年前后，围绕着李攀龙，王世贞、谢榛、宗臣、吴国伦、梁有誉、徐中行结成了文学复古同盟，继承前七子复古思想。1570年（隆庆四年）李攀龙去世，王世贞成为文坛领袖，执掌文坛20年。后七子一方面继承前七子的文章复古观念并深入阐发，更强调文学本体，以言志缘情为诗歌的本质，以汉魏、盛唐格调为法，追求意与象的融会、韵律与内容的和谐，要求诗歌在呈现美的同时于世有用。一方面以“文必秦汉，诗必盛唐”的复古理念同唐宋派、吴中派等其他学派论争，将文学复古运动发扬光大，将明代的诗文复古运动推向了最高潮，并着意培养后继人才，壮大后七子派复古队伍。王世贞晚年思想发生一定转变，察觉到复古的弊端，思想兼容，对复古运动的流弊有所纠正。1590年（万历十八年）王世贞的去世宣告了持续近百年的文学复古运动走向终结。这一年在文论思想维度上，是明中后期的分水岭。

三、明代后期的多元化文论

明代后期的文论思想多元，没有前中期一以贯之的主流的文论观念，主要存在着四种文论观念：性情文论观、通俗文论观、功利文论观和复古文论观。这四种文论观几乎同时存在，互有交叉相互作用，构成了明代后期多元化的文论思想。

性情文论观源于明代中期，其有三大源头：现实源头是明中后期的社会，哲学源头是阳明心学，文学源头是吴中派文论。明代中后期商品性农业不断发展，刺激了货币的流通。商品流通的兴盛导致手工业者涌现，商人阶层进一步发展壮大，以市民为主体的城镇也随之兴起。市民、商人的意识形态改变了社会意识，明代社会形成了追逐金钱、违礼越制、标新立异、纵情享乐的思潮。湛若水传承陈献章思想，于正德、嘉靖年间广收门徒讲学，其学宗旨为“随处体认天理”。正德年间以“致良知”为主旨的王阳明心学崛起，嘉靖、隆庆年王门心学势力庞大。《明史·儒林传·吕柟传》言：“时天下言学者，不归王守仁，则归湛若水。”心学肯定了人心的本体地位，高扬了本心的价值，解放了长期为理学束缚的人性，心学末流与狂禅之风逐渐结合，更加要求随任自然无所束缚，更加强调文学表现本性真情。明代中期开始各种文论思想普遍重情，只是对“情”的理解差异颇大。前七子诗论以“情”为核心开展，但其“情”依然维持在儒家诗言志缘情的意义上，更多是作为集体的我之情，较少包含个人私情。吴中派重个性重真情，然其“情”多指个人私情，对言志缘情持排斥态度。明后期李贽、汤显祖、公安派、竟陵派组成的性情派对个体真性情的强调与吴中派相似，如李贽以“童心”为本源，肯定私欲，汤显祖的戏剧创作贯彻着“至情”文论观，公安派高扬“独抒性灵，不拘格套”的“性灵说”，竟陵派追求古诗中“幽情单绪孤行静寄”的“性灵”，只是性情派往往以心学为思想本源，比吴中派多了形而上之思。1590 年《焚书》刊刻，从此性情派文论大行于世。性情派在 1602 年李贽狱中自杀后大受挫折，汤显祖再也没有创作出匹敌“四梦”的剧作，公安派开始转向追求以“无欲无我”为核心“质”、“淡”、“韵”的审美旨趣。1610 年袁宏道病逝，公安派逐渐消亡，接过性情派文论大旗的是源于公安派的竟陵派钟惺、谭元春。公安派的体验人生依于性灵发为文艺，竟陵派转变为在古诗中寻觅古人精神，即与我同一之性灵，又存在一定的复古思想。竟陵派主要活跃于万历末期和天启年间。崇祯时性情文论思想派还在士人中变异地流传，作为文论流派则消失殆尽。

通俗文论观是对活跃于民间的文艺如小说、戏剧、民歌等的理论思考。明代最有价值的通俗文论观是戏剧论和小说论。戏剧理论在万历时期蔚为大观。万历中期戏剧界形成了以汤显祖为首注重文辞意趣的“临川派”和以沈璟为首注重合律依腔的“吴江派”，两派因戏剧观念不同爆发了争执。随着争执的深入与两派首领的去世，“临川派”理论后继乏人，“吴江派”理论家辈出。“吴江派”的继承人大都看到了自己理论的不足，于是吸收“临川派”理论，纷纷提倡意趣与声律并重，吕天成提倡意趣与律法“合之双美”，王骥德提出“法与词两擅其极”。吕天成的《曲品》和王骥德的《曲律》的出现是“临川派”与“吴江派”之争深入进行取得的最重要的成果。“吴江派”后期的理论领袖是活跃于万历后期至崇祯前期的冯梦龙。“情教说”是冯梦龙戏剧、小说理论的核心和支柱。冯梦龙欲以“情”作为教化的本源，同时吸收了性情文论观与政教文论观，是明代后期文论思想发生融合的典型体现。明中期后，小说的地位不断上升。李开先、李贽、袁宏道等理论家大力肯定小说的价值，小说理论也获得长足发展，小说的虚实论成为热门话题，理论界逐渐肯定小说虚构的重大价值。冯梦龙是明代小说理论的集大成者，其提出“史统散而小说兴”，论述了小说产生的历程，其特别强调通俗性对于小说的巨大意义，以“事赝而理真”为前提和评判标准肯定和发扬小说的虚构性。源于其情教思想，冯梦龙尤其在意小说对世道人心的教化性。

政教文论观在明代一直都是高层统治的观念，是国家意识形态，从明太祖到明神宗一直没有太大变化。政教文论观发生变化源于万历中期以后东林党人的讲学与参政议政。东林党人大多不在统治集团的核心，其政教文论观与高层统治者不同，主要秉持政教文论观中的功利维度，因此明后期的政教文论观以功利文论观最为突出。17 世纪前期大明王朝统治者面对朝廷腐败、民变蜂起、强敌入侵三大顽疾苦苦支撑无力回天，以东林党人为代表的使命感强烈的士人纷纷思考报国之策，企图挽狂澜于既倒。东林党人活跃于万历后期和天启年间，源于顾宪成、高攀龙在东林书院的讲学活动，但东林党是政敌一统的蔑称，本身并无严整统一的组织和思想。对于东林党主流，文论观念都是要求回归程朱理学道统，文章以言理为主，实用为第一。崇祯时作为集团的东林党不再存在，但功利文论观影响日益广泛，一直持续到清顺治时，极大地影响了清代的文论思想。

复古文论观在崇祯年再一次复兴。此次复古运动以复社领袖张溥和几社领袖陈子龙的文论思想为代表。此次复古者面对的社会与文学现实远远不同于前后七子们。三大顽疾几乎吞噬了大明王朝，文坛经过性情派的冲击，思想混乱价值取向多元。复古者还希望拯救政府与社会，要求诗文于世有用改变现实，因此复古论者同时也是政教功利论者。张溥、陈子龙等依然认同儒家诗教观，以雅正为审美标准，重诗文情采和格调，希望复兴秦汉文、汉魏至盛唐诗的审美理想和审美特征。明末复兴的文学复古思潮很快被农民起义与满清入关摧毁。明代文论就此终结。

第二节　宋　濂

宋濂（1310—1381），字景濂，号潜溪，浙江金华人，元末明初文学家。宋濂元朝时期不仕，创作了大量诗文，充满社会批判意识，是当时“山林文学”之典范。1360 年投靠朱元璋后为明朝重臣，被朱元璋誉为“开国文臣之首”，诗文大变，多颂圣应制之作，成为明朝前期“台阁文学”的源头。后因孙宋慎卷入胡惟庸党案而被流放，途中而死。宋濂代表性的文论作品有《文原》、《文说》、《徐教授文集序》、《答章秀才论诗书》等。

一、宋濂的文论思想

宋濂的文论思想源于哲学、学术思想，融合了部分创作经验，涵盖了诗论和文论，以文论为主体，主要由文学本体论、文学创作论和文学批评论三部分组成。

（一）本体论

1．文之本源是道，文之本质在于明道，明道之途径在于宗经。

宋濂的诗文本体论源于其哲学思想。宋濂的哲学思想以理学为体。宋濂从学于许谦、柳贯，许谦、柳贯是黄榦的三传弟子，而黄榦一派在朱熹弟子中最重道统。因此宋濂的理学和文论思想同样首重道统。从理学道统的根本思想出发，宋濂的文论观念自然认为文之本源是道，文之本质在于明道。宋濂的文道论在《文原》、《文说》和《徐教授文集序》中论述得最为充分。

“文以载道”基本为宋代理学家的共识。周敦颐首先提出“文以载道”，朱熹发展为“道文一贯”，道都为文之本源，文是道的显现，文之本质在于明道。宋濂的“道”的主体是孔子之“道”，辅以孟子和理学家发展阐扬的“道”。“道德之儒，孔子是也，千万世之所宗也。我所愿则学孔子也。其道则仁义礼智信也，其伦则父子君臣夫妇长幼朋友也。其事易知且易行也，能行之则身可修也，家可齐也，国可治也，天下可平也。我所愿则学孔子也。”① 宋濂的“文”是能够显现儒家圣人之“道”的，“文”的本质在于“明儒家圣人之道”。“明道之谓文，立教之谓文，可以辅俗化民之谓文。斯文也，果谁之文也？圣贤之文也。非圣贤之文也，圣贤之道充乎中，著乎外，形乎言，不求其成文而文生焉者也。不求其成文而文生焉者，文之至也。”② 文的意义就是道之显现方式，文的最高境界就是文中充溢着道，文即是道，道即是文。“文之至者，文外无道，道外无文。”除了至文外还有具有现实应用性的文。“粲然载于道德仁义之言者，即道也。秩然见诸礼乐刑政之具者，即文也。”圣人自能“道积于厥躬，文不期工

①宋濂：《宋濂全集·潜溪前集·卷六·七儒解》，浙江古籍出版社1999年版，第71页。

②宋濂：《宋濂全集·芝园续集·卷六·文说》，浙江古籍出版社1999年版，第1568页。

而自工"①，而普通人明道之途径则在于宗经。

宋濂的思想逻辑有这样一个链条，即道—圣—经。道是终极本体，圣人能够掌握道，圣人通过写经来呈现道。"是故天地未判，道在天地；天地即分，道在圣贤；圣贤之殁，道在六经。凡存心养性之理，穷神知化之方，天人应感之机，治忽存亡之候，莫不毕书之。皇极赖之以建，彝伦赖之以叙，人心赖之以正。"五经即是"至文"，即是道之显现。"文之所存，道之所存也。文不系于道，不作焉可也。"②"后之立言者，必期无背于经，始可以言文。"③ 五经是道的呈现，是文之典范，人只有用文载道，只有不违背道、不违背五经的思想，才可以作文。因文章的典范是五经，当世人文章的最高境界是通过效法五经的文章风貌传达五经的思想，文章的最高境界不是自然而出，戛戛独造，而是复古。宋濂由明道宗经的文章本体论派生出的文章复古论，开创了贯穿明朝始终的复古思想的先河。

2. 文之功能在于实用。

宋濂的哲学思想除了程朱理学，还存在婺学的维度。婺学以吕祖谦学说影响最大。婺学不同于程朱理学与陆九渊心学之处在于，程、朱、陆都侧重心性道德的修养，而婺学追求事功，重视经世致用之学，在事功中培养心性道德。宋濂是浙江金华人，受金华传统婺学的影响很大。因此，对事功的追求一直存在于宋濂的思想深处。宋濂投靠朱元璋，后来成为最接近帝王意识形态的士大夫的代表，婺学追求事功思想是其原动力。基于经世致用思想，宋濂的文论亦强调于世有用。

宋濂认为文学的本原是道，本质在于明道，文章之功能即在于实用。"明道之谓文，立教之谓文，可以辅俗化民之谓文。"文的功能在于通过显现道，宣讲道德心性，从而教化众生，建立儒家理想的政治、人伦秩序，匡正时事之弊。"凡所以正民极，经国制，树彝伦，建大义，财成天地之

---

①宋濂：《宋濂全集·芝园后集·卷一·徐教授文集序》，浙江古籍出版社 1999 年版，第 1352 页。

②宋濂：《宋濂全集·浦阳人物记·文学篇》，浙江古籍出版社 1999 年版，第 1838 页。

③宋濂：《宋濂全集·芝园后集·卷一·徐教授文集序》，浙江古籍出版社 1999 年版，第 1351 页。

化者，何莫非一文之所为也？”① 宋濂认为诗文同源，其诗论亦强调诗“发乎情，止乎礼义”②，赞扬汪广洋的诗歌“受丞弼之寄，竭弥伦之道，赞化育之任，吟咏所及，无非可以美教化而移风俗”③。宋濂的诗文功能论依然建基于儒家的诗文教化观，尤其是《诗大序》。宋濂的文章功能论是儒家传统文章教化观与婺学事功观的结合，入明之后，身为文坛领袖，更将二者合而为一。

（二）创作论

由于文的本质是明道，如何创作充盈道的文章，自然是宋濂思考的重要问题。

1. 首在养气。

儒家的养气观念源于孟子。“公孙丑问孟子曰：‘敢问夫子恶乎长？’曰：‘我知言，我善养吾浩然之气。’‘敢问何谓浩然之气？’曰：‘难言也。其为气也，至大至刚，以直养而无害，则塞于天地之间。其为气也，配义与道；无是，馁也。’”孟子的“气”并非自然之气，而是义与道的崇高人格自然产生的道德仁义之气，是精神人格的最高境界。孟子自认为长于知言，正是因为拥有此气。孟子善养浩然之气，同时将养气同知言关联，广为后世儒者推崇和效法。《礼记·乐记》云：“情深而文明，气盛而化神，和顺积中而英华发外。唯乐不可伪也。”韩愈便有“气盛则言之短长与声之高下皆宜”之论。韩愈将道德之“气”与文章创作结合，气充沛则文章自然顺达。宋濂的养气论延续了这一儒家传统。《文原》曰：“为文必在养气，气与天地同，苟能充之，则可以配序三灵，管摄万汇。……人能养气，则情深而文明，气盛而化神，当与天地而同功也。……大抵为文者，欲其辞达而道明耳，吾道既明，何问其余哉？虽然，道未易明也，必能知言养气，始为得之。”④ “圣贤之心，浸灌乎道德，涵泳乎仁义，道德

---

①宋濂：《宋濂全集·潜溪前集·卷五·华川书舍记》，浙江古籍出版社 1999 年版，第 55 页。

②宋濂：《宋濂全集·宋学士先生文集辑补·霞川集序》，浙江古籍出版社 1999 年版，第 2024 页。

③宋濂：《宋濂全集·銮坡前集·汪右丞诗集序》，浙江古籍出版社 1999 年版，第 482 页。

④宋濂：《宋濂全集·芝园后集·卷五·文原》，浙江古籍出版社 1999 年版，第 1404 页。

仁义积而气因以充，气充，欲其文之不昌，不可遏也。”① “天地之间，至大至刚，而吾籍之以生者，非气也耶？必能养之而后道明，道明而后气充，气充而后文雄，文雄而后追配乎圣经。”② 可见宋濂的作文养气观直接源于孟子、《礼记·乐记》、韩愈等对于言、乐、文与气之关系的思考。宋濂认为人能养气才可能明道，明道后气更充盈，气充盈后文章才能雄肆而顺达，这样才真正是宗经，将五经之道实践。养气是明道和宗经的中介，是作文的前提。

2. 师古而从心出。

宋濂的老师之一黄文献说：“作文之法，以群经为本根，迁、固二史为波澜。”③ 宋濂年轻时深信此说并躬行之，晚年依然以五经为本根，只是补充了“六籍之外，当以孟子为宗，韩子次之，欧阳子又次之”④。作文师法五经是宋濂一生的根本主张。在诗论中，宋濂提出作诗师法的具体方法。“其上焉者，师其意，辞固不似而气象无不同；其下焉者，师其辞，辞则似矣，求其精神之所寓，固未尝近也。……诗乃吟咏性情之具，而所谓风雅颂者，皆出于吾之一心，特因感触而成。”⑤ 宋濂继承了《礼记·乐记》的“乐者，音之所由生也，其本在人心之感于物也”，《诗大序》的“吟咏性情”、“发乎情”，韩愈的“师其意而不师其辞”，对于黄庭坚的“夺胎换骨”好像也有所吸取。宋濂对本体意义的“心”的重视源于陆九渊思想。师法五经及孟、韩、欧等文之意，从心所出是宋濂作文的基本方法。

3. 五美言诗。

宋濂以诗文创作名世，积累了宝贵的创作经验，其诗文论同时亦是创

①宋濂：《宋濂全集·芝园续集·卷六·文说》，浙江古籍出版社 1999 年版，第 1569 页。

②宋濂：《宋濂全集·浦阳人物记·文学篇》，浙江古籍出版社 1999 年版，第 1838 页。

③宋濂：《宋濂全集·翰苑别集·卷四·叶夷仲文集序》，浙江古籍出版社 1999 年版，第 1028 页。

④宋濂：《宋濂全集·芝园后集·卷五·文原》，浙江古籍出版社 1999 年版，第 1406 页。

⑤宋濂：《宋濂全集·潜溪后集·卷四·答章秀才论诗书》，浙江古籍出版社 1999 年版，第 209 页。

作经验的总结。他提出作好诗的五种条件："诗，缘情而托物者也。其亦易易乎？然非易也。非天赋超逸之才，不能有以称其器；才称矣，非加稽古之功、审诸家之音节体制，不能有以究其施；功加矣，非良师友示之以轨度，约之以范围，不能有以择其精；师友良矣，非雕肝琢膂，宵咏朝吟，不能有一验其所至之浅深；吟咏侈矣，非得夫江山之助，则尘土之思胶扰蔽固，不能有以发挥其性灵。五美云备，然后可以言诗矣。"① 才情、学识、师友、苦思、外物五个维度是创作诗歌的前提条件，这五个维度是递进上升关系，满足的条件越高诗歌境界越高。宋濂认识到才情是诗歌创作的根基，没有诗才难作诗；学识是诗歌创作的保证，学习诗歌的体制最为重要；师友指点评论，是提升诗歌品质的捷径；苦思是深化情感体验、强化诗美的必经之路；这些都具备，如果没有外物的触发，其诗依然是凡品，性灵飞动的诗作必然得之于内心、受外物之美的震撼。宋濂对创作诗歌的认识，可以看到刘勰、陆游、严羽等人的影子，固然我们不能断定宋濂受了他们的影响，至少宋濂同意以上诸人的相应观点。宋濂五美言诗的诗歌创作论是吸收前贤之论，根据自身的创作经验总结而成的，确是师古而从心所出。

（三）批评论

宋濂的文论创作很大一部分是针对别人的诗文集写的序言和评论，因此，宋濂的文章批评观在宋濂文论中地位突出。宋濂的文章批评论同样源于其文章本体论和文章创作论。明道宗经是其批评论的基础和核心，着重肯定他人诗文的现实价值，勉励作者不断提升精神境界和道德修养，建议作者师法五经但诗文创作从心而出。在具体的批评标准上，宋濂主要依据雅正中和为标准进行文章批评。《〈杏庭摘稿〉序》评论洪潜夫的诗"和而不怨，平而不激，严而不刻，雅而不凡"②，《〈田氏哀慕诗集〉引》称赞田奂笃的诗"丰缛而纡徐，粹雅而冲和"③，《〈叶夷仲文集〉序》肯定

---

①宋濂：《宋濂全集·銮坡后集·刘兵部诗集序》，浙江古籍出版社 1999 年版，第 608 页。

②宋濂：《宋濂全集·潜溪前集·卷六·杏庭摘稿序》，浙江古籍出版社 1999 年版，第 73 页。

③宋濂：《宋濂全集·銮坡前集·卷八·田氏哀慕诗集引》，浙江古籍出版社 1999 年版，第 498 页。

叶夷仲的诗“温醇而有典则，飘逸而有思致”①，《书刘生铙歌后》评论黄文献的文章“和平渊洁，不大声色，而从容于法度”②，《题李易安所书〈琵琶行〉后》批判《琵琶行》发乎情却不能止于礼义。③ 可见，宋濂的文章批评重视雅正，要求中和，很明显地传承了《中庸》之道和《诗大序》等儒家经典的诗文观。

二、宋濂文论思想的政治文化语境

（一）宋濂身份的变化与其文论的关系

研究宋濂的文论思想与洪武朝政治文化语境之关系的前提是对宋濂身份、特别是政治身份变迁的认知。宋濂50岁以前一直在家乡从学讲学，不仕，其身份是学者和文人，主要从事学术研究和创作诗文作品。故此时宋濂的文论较多理学色彩，重视道、圣、经、性、文等儒家传统范畴的探讨，重视精神境界的修养，较少现实针对性，其明道宗经的文章本体论主要形成于此时。1360年，宋濂投靠朱元璋后成为朱元璋的文学侍从，一度为太子师甚至帝师，身份由学者和文人转变为政治家，身份的转变必然造成思想意识的变化。宋濂前期的思想明道宗经与事功并重，但以明道宗经为思想主体，经世致用之学蕴含其中。后期作为政治家，思想的出发点和归宿自然是维护本阶级与自身的利益，除继续高扬明道宗经外，对经世致用之学的思考与探索成为其思想的显著特色。朱元璋赞之为“开国文臣之首”，既是对其作为醇儒的赞赏，更是对其学对国家政治、文化建构具有重大实用价值的肯定。宋濂在朱元璋的要求下主编了《元史》，编写了《大明日历》、《大明律》等国家重要典籍，参与国家重大礼乐制度、典章制度的制定，《明史·宋濂传》云：“在朝，郊社宗庙山川百神之典，朝会宴享律历衣冠之制，四裔贡赋赏劳之仪，旁及元勋巨卿碑记刻石之辞，咸以委濂，屡推为开国文臣之首。……一代礼乐制作，濂所裁定者居多。”这时宋濂的文论更加突出文的政治文化建构功能。“凡所以正民极，经国制，树彝伦，建大义，财成天地之化者，何莫非一文之所为也?”同时，

①宋濂：《宋濂全集·翰苑别集·卷四·叶夷仲文集序》，浙江古籍出版社1999年版，第1029页。

②宋濂：《宋濂全集·芝园续集·卷五·书刘生铙歌后》，浙江古籍出版社1999年版，第1555页。

③宋濂：《宋濂全集·芝园续集·卷十·题李易安所书琵琶行后》，浙江古籍出版社1999年版，第1623页。

由于理学被朱元璋推崇为国家意识形态，宋濂作为醇正的理学家，又为文坛领袖，自然肩负起推广理学，推广国家意识形态的任务。由其理学思想派生的文论思想自然也成为国家意识形态的重要成分。罗宗强说："宋濂的文学观是洪武朝文学思想的主导，是适应开国气象的文学思想最为完整的表述。"① 这是由洪武朝初期的政治文化环境和宋濂的政治身份共同决定的。

（二）洪武朝的政治思想环境与宋濂思想的关系

朱元璋的统治思想是儒法并用，外儒内法，在利用中限制佛道二教。对于政治家，首要运用法术势等法家思想，朱元璋自觉地运用但讳言。儒释道，朱元璋三家并用。"于斯三教，除仲尼之道祖尧舜，率三王，删《诗》制典，万世永赖；其佛仙之幽灵，暗助王纲，益世无穷，惟吉是常。尝闻天下无二道，圣人无两心。三教之立，虽持身荣俭之不同，其所济给之理一。"② 朱元璋用《老子》君人南面之术，用佛教的鬼神论、因果论钳制人心，用儒家以建立各种政治礼乐制度，树立国家意识形态，推行教化。三家之中儒学最重。对于朱元璋的儒家观，宋濂的影响甚大。宋濂利用自己太子师的身份，常对朱元璋父子进行儒家意识形态的灌输。朱元璋初期好黄老之术，宋濂屡以五经荐之。朱元璋曾问宋濂儒家的帝王之学首要的书，宋濂首举《大学衍义》。夏燮《明通鉴》记载，朱元璋命人在新落成的宫殿壁上书写《大学衍义》，并说："《大学》平治天下之本"，"朕观《大学衍义》一书，有益于治道者多矣"。③ 朱元璋采纳了宋濂等儒者的建议，建立国子监、太学等官办学校，开设科举考试，学校教育"当以孔子之道为教"，"一以孔子所定经书诲诸生"，教学内容主要为四书五经。宋濂在读书人中也影响极大，"士大夫造门乞文者，后先相踵。外国贡使亦知其名，数问宋先生起居无恙否。高丽、安南、日本至出兼金购文集。四方学者悉称为'太史公'，不以姓氏"。(《明史·宋濂传》) 而宋濂作为"开国文臣之首"，其儒学思想与朱元璋以儒为体的治国策略互相强化，对洪武朝国家意识形态建构的功劳是首屈一指的。宋濂晚年的儒释一贯也同朱元璋三家并用的政治思想互相影响。宋濂本来就坚持经世致用的文章观

①罗宗强：《明代文学思想史》，中华书局2013年版，第67页。

②朱元璋：《全明文·卷十·三教论》，上海古籍出版社1992年版，第145页。

③朱元璋：《明太祖实录》，上海书店出版社1982年版，第1410、2489页。

念，在这样的政治思想环境中，宋濂以儒为本，以理学为正宗，以明道为文章的最高追求，以六经为文章的最高范式的文章观念更加强化。

（三）洪武朝的文章风貌与宋濂文论思想的关系

洪武朝的文章风貌是直接在朱元璋文章观的影响下形成的。朱元璋作为开国帝王，对文章的要求是有助于巩固统治，由于他自身文化素质不高，不能理解夸饰性的文章之美，同时这样的文章对巩固统治没有直接帮助，自然为其所恶。“唐虞三代，典谟训诰之辞，质实不华，诚可为千万世法。……朕尝厌其雕琢，殊异古体，且使事实为浮文所蔽。其自今凡告谕臣下之词，务从简古，以革弊习。尔中书宜播告中外臣民，凡表笺奏疏，毋用四六对偶，悉从典雅。”① 朱元璋的文章观尊崇典籍，注重实用，要求直陈其事，反对修饰。朱元璋的圣谕改变了洪武朝初期官员的文风，并推而广之，集合宋濂等人在科举考试中初步制定了八股文文章的做法，进行了从上至下将全体读书人囊括殆尽的文风改革。尽管宋濂不赞成八股文，但限于政治地位和政治身份，依然在文风改革中扮演了重要角色。当然宋濂以理学为体的文章观念不同于朱元璋彻底实用主义的文章观，但尊典籍重实用是二者的共同之处。因朱元璋对儒家经典的重视一定程度上是宋濂长期儒家意识形态渗透的结果，朱元璋也颇为欣赏宋濂以经世致用为鹄的、以雅正中和为审美标准的文章观，故朱元璋的文章观念受宋濂的影响也颇深。从这个意义上来说，宋濂对洪武朝的文章风貌产生了重大影响。

三、宋濂对明代文论的影响

宋濂的文论思想中，对后世影响最大的是文章复古论和政教功利论。得到了朱元璋的认可和支持，宋濂的文章观念逐渐发展成为洪武朝主流文章观。经过明太祖和明成祖两代帝王的推行，诗文复古思想贯穿明朝始终，成为明代诗文论的标志性思想之一，而政教功利论在明朝初期和明朝末期也出现了两次繁荣。

（一）文章复古论

文在于明道，明道必通过宗经，宗经则要求复古，这是宋濂的文章复古论。宋濂之后的明代文章复古论尽管具体观点林林总总，但思维逻辑和宋濂一般不二。各种文章复古论都高标理想的诗文典范，都提出诗文发展必须要学习这些经典，甚至要求当下的文章呈现那些经典的面貌。宋濂的

---

①朱元璋：《明太祖实录》，上海书店出版社 1982 年版，第 1512、1513 页。

宗经思想得到明成祖的进一步倡导，明成祖颁布《四书大全》、《五经大全》、《性理大全》，其目的就在于用程朱理学统一士人思想。明中后期出现了明代最有代表性的诗文复古思潮，李东阳首举文学复古的大旗，继之而起的前七子和后七子，其高标的“文必秦汉，诗必盛唐”，更是彻底的文学复古主义。明末陈子龙是前后七子后裔，作诗师法六朝和盛唐。

（二）政教功利论

明代前期政教功利论文章观大兴，而明末政教功利论文章观复兴。明代前期的政教功利论文章观源于宋濂，繁盛于台阁体诗文。永乐年间形成了以杨士奇、杨溥和杨荣为代表的“台阁体”。台阁体与宋濂的文论与诗文存在极大的相似性。台阁体诗文基本也是以传圣贤之道为诗文的终极目标，通过描述国家的繁盛以鼓舞人心，以温柔敦厚的审美趣味教化民众，对国家政权具有现实意义。尽管以台阁体的内容和形式衡量宋濂的文论与诗文，宋濂类似的文论与诗文数量不多，但由于宋濂的政治身份，他这部分作品影响最大。因此，固然不能说宋濂开创了台阁体，但他实在是台阁体的重要源头。明末由于时代危机，政教功利论文章观复兴。东林党人强调为学以世为本，于世有用。陈子龙、顾炎武、黄宗羲、王夫之等标举经世致用的为学为文宗旨，倡导求实学风文风。

作为“开国文臣之首”，宋濂对明王朝政治制度、意识形态的建构作出了重大贡献。宋濂的思想以理学为体，注重事功，晚年糅合了佛学，被朱元璋讥为“佞佛”。宋濂的思想基本上可以代表明初帝王倡导推行的思想，对明代文论发展具有导向作用。尽管诗文风貌呈现了一定的差别，但宋濂的文学思想并无显著差异，只是前期更注重对文学本体的探讨，后期更强调文章的经世致用功能。宋濂的文章复古论和政教功利论开创了明代文学复古思潮和政教功利思潮的先河。

第三节　李梦阳

李梦阳（1472—1530），字献吉，号空同子，甘肃庆阳人，明朝中期文学家，“前七子”派文学复古运动领袖。李梦阳自恃极高，风骨傲岸，节气凛然，铁肩担道，27 岁步入政坛至 43 岁罢官，一直与权贵进行不屈的殊死抗争，四次被贬，五次入狱，两次当死。李梦阳以人格和诗文，在政坛与士林中都影响很大，领导了前七子派文学复古运动。李梦阳作品大多被收入《空同集》中。

一、李梦阳的文论思想

在高扬理学道统与重视政教功利的政治思想环境下，与国家政治经济状况相应，明永乐年间形成了持续至成化年间的以杨士奇、杨溥和杨荣等台阁之臣为代表的诗文体式“台阁体”。台阁诗文作家以程朱理学为指导思想，发扬了宋濂等人明道宗经与政教功利文章观，以传圣贤之道为诗文的终极目标，呈现国家的繁盛，渲染国家的强大，传承了儒家中正和平的审美趣味，重视温柔敦厚的诗教，起到意识形态国家机器的重要作用。“成化以后，安享太平，多台阁雍容之作。愈久愈敝，陈陈相因，遂至啴缓冗沓，千篇一律。”①

1495 年李东阳入内阁同时成为文坛领袖，诗文创作延续了台阁体部分风貌。李东阳认为，诗文体类不同，诗文的根本区别在于诗“兼比兴，协音律”②，所以论诗注重“格调”。李东阳诗论建基于《诗大序》为代表的儒家诗学观念，诗行使对己言志、对外教化的功能。因诗歌行使教化功能，故李东阳诗歌传承了台阁体遗风；因诗歌行使言志功能，故李东阳要求诗歌抒写真情实感，其对民歌的肯定主要源于民歌的“真情实意”。胡应麟说：“成化以还，诗道旁落，唐人风致，几于尽隳。独李文正才具宏通，格律严整，高步一时，兴起李、何，其功甚伟。”③ 李东阳高扬诗文异体，高倡诗文复古的文学观念，成为前七子文学复古运动的先导。

在弘治、正德年间形成了以李梦阳为核心、以何景明、康海、徐祯卿、王廷相、王九思、边贡为骨干的前七子派文学复古运动。前七子派文学复古的现实目的有二：一是要打破明初百年来以道统文的文学观念。他们同样认可诗文济世载道，但同时追求诗文的审美意义，高扬诗文具有独立的价值，不只是济世载道的工具。二是以复兴秦汉文盛唐诗抒发强烈的生命豪情，以流畅雄奇的诗文风貌扫除台阁体靡丽萎弱的遗风。文学复古思想贯穿李梦阳一生，贯彻了其诗论和文论。李梦阳继承了李东阳诗文异

①永瑢等：《四库全书总目・空同集提要》，中华书局 1965 年版，第 2309 页。

②李东阳：《李东阳集・第二册卷八・镜川先生诗集序》，岳麓书社 1985 年版，第 115 页。

③胡应麟：《诗薮・续编・卷一》，上海古籍出版社 1958 年版，第 345 页。

体的思想，对诗和文的文体特征和本质进行了一定程度的区分。在李梦阳看来，根据文体特征，有韵为诗，无韵的经史子集著作都是文。诗的本质在于言志抒情，文的本质在于说理叙事。

（一）李梦阳诗论

李梦阳的人生以罢官为界，前后期的诗论呈现了一定差异。前期高扬复古论，以先秦至盛唐诗歌格调为准则，以《诗经》、汉魏盛唐诗为典范，后期着重肯定“真诗乃在民间”，对无古诗文格调但直抒胸臆的当世民间歌谣、戏曲大加褒奖。然而李梦阳前后期的诗论都围绕着“情”展开，皆以复古为指向，根本目的都是为了革除诗文时弊，从而振奋士风，有功于国家复兴，前后期只存在着复古对象及对格调理解的些许差异。

1．情感中心论

“情”是李梦阳诗论的核心，其诗论以情感为中心，要求情感自然真切地表达，是贯穿终生的理念。李梦阳赞赏先秦、汉魏、盛唐诗和当世民间歌谣、戏曲能够将情感真率自然地表达，对二者都十分欣赏，而对中唐以后诗歌追求形式靡丽、无病呻吟、片面说理等文学思潮予以否定。

《鸣春集序》论述了诗产生的原因和诗的本质。“圣以时动，物以情征。窍遇则声，情遇则吟，吟以和宣，宣以乱畅，畅而咏之，而诗生焉。故诗者，吟之章而情之自鸣者也。有使之而无使之者也，遇之则发之耳。”① 诗产生于人在特定的时空环境中感物生情，通过吟咏抒情而成。所以诗的本质是情感通过吟咏的方式自然地显露出来。在《结肠操谱序》中，李梦阳引用陈生的话说诗歌“发之情而生之心”②。《题东庄饯诗后》中说：“情动则言行，比之音而诗生矣。”③ 李梦阳总是从情感和音韵双重特征理解诗，情感是诗的本体，音韵是诗的形式特征。

2．复古论

诗歌复古论是李梦阳的终生理念。然而考察李梦阳前后期的诗论，其复古对象发生了些许变化，前期师法《诗经》、汉魏诗、盛唐诗，后期除

①李梦阳：《空同集·卷五十一·鸣春集序》，《四库明人文集丛刊》，上海古籍出版社 1991 年版，第 473、474 页。

②李梦阳：《空同集·卷五十一·结肠操谱序》，上海古籍出版社 1991 年版，第 468 页。

③李梦阳：《空同集·卷五十九·题东庄饯诗后》，上海古籍出版社 1991 年版，第 543 页。

了依然坚持前期师法对象外，更强调学习民间歌谣、戏曲。复古对象的转变源于李梦阳对格调认识的变化，前期坚持诗歌复古必须谨守古诗格调，后期逐渐淡化了对格调的要求，而更看重不加修饰直抒胸臆之作。而对格调认识的变化恰恰与罢官时期大体对应，是区别李梦阳前后期诗学观念的标识。

（1）谨守古格调

“文必秦汉，诗必盛唐”的文学复古论是李梦阳的流传甚广的代表性诗文论观念，因出于《明史·李梦阳传》，影响极大。此言大致不差，但并不确切。前七子的复古运动并未提出一致的口号，而且李梦阳对于诗的取法对象也并非仅限于盛唐。他在《诗集自序》中叙述了自己诗歌取法对象转变史，由唐近体到李杜歌行，到六朝到魏晋到汉赋楚骚，到琴操古歌，最后到风雅。李梦阳认为诗的本质在于言志抒情，其前期非常强调诗歌遵守古格调。他在《潜虬山人记》中说：“夫诗有七难，格古、调逸、气舒、句浑、音圆、思冲，情以发之，七者备而后诗昌也。”① 情发、格古、调逸是最重要的三点。七者完备之诗非三百篇莫属，尤其是《风》，而《雅》、《颂》因是文人创作，多修饰，情感抒发不如《风》真率。汉魏之诗固不如《雅》、《颂》，犹承续了三百篇之格调。“诗至唐，古调亡矣，然自有唐调可歌咏，高者犹足被管弦。”李梦阳认为古诗格调从三百篇以降愈来愈失，至唐而亡，但盛唐近体诗因发于真情并依然具有可歌咏之音调，而且成就极高，故犹可取法。李梦阳理解的古格调主要是比兴和音调。“夫诗，比兴错杂，假物以神变者也，难言不测妙。感触突发，流动情思，故其气柔厚，其声悠扬，其言切而不迫。故歌之心畅，而闻之者动也。”三百篇至盛唐诗直抒真情，形式上主要运用比兴，借它物以言情，故含蓄蕴藉，可是“宋人主理不主调，于是唐调亦亡。……宋人主理做理语，于是薄风云月露，一切铲去不为，又做诗话教人，人不复知诗矣”②。宋诗因理遮蔽情，不协音律，失去古格调，又重诗格法式，故古诗亡，不足取法。李梦阳诗歌的复古对象是从三百篇到汉魏诗再到盛唐诗，而并未仅仅“诗必盛唐”。

---

①李梦阳：《空同集·卷四十八·潜虬山人记》，上海古籍出版社 1991 年版，第446 页。

②李梦阳：《空同集·卷五十二·缶音序》，上海古籍出版社 1991 年版，第477 页。

（2）“真诗乃在民间”

李梦阳罢官之后，锐气顿减，复古主张不如早年激烈，不再坚持诗歌严守格调，更加欣赏直抒胸臆的当世民间歌谣、戏曲。然而晚年的李梦阳对民间文学的赞赏依然源于其终生坚守的诗学理念——情感中心论和复古论。当世民间歌谣、戏曲因直抒胸臆毫无掩盖修饰，比《雅》、《颂》及之后的诗更接近《风》，而《风》是李梦阳理念中诗歌的最高典范。因《风》本身就是直接抒情的民间诗歌，民间文学更接近《风》，所以复古的另一维度是学习民间文学。

李梦阳晚年作《诗集自序》，与前期相比诗学观念发生了一定转变。李梦阳回忆早年王叔武的话：“夫诗者，天地自然之音也。”诗是人感物生情自然而发之音，又妙于运用比兴，《风》便是典范。民间歌谣戏曲虽俗，但情真自然。于是李梦阳认识到“今真诗乃在民间”。可是20年后依然认为“余之诗，非真也。王子所谓文人学子韵言耳”，根本原因在于本身就是文人学士，“出之情寡而工之词多”。可见李梦阳始终坚持情感在诗歌中处于中心地位，前期要求诗歌谨守古格调，后期淡化格调直陈情感。其一直认为诗歌的最高典范是《风》，复古始终是其思想的基调。

（二）李梦阳文论

李梦阳论文比论诗少，其文论思想相对稳定。根据其复古思想，李梦阳文论主要强调了文章的本质在于说理叙事，文章的典范是秦汉文，文章创作必须坚持法式。

1. 叙事说理

李梦阳认为无韵的经史子集著作都是文，文的外延极广，这导致了人们理解文的内涵具有很大的难度。经与子都是说理之文，史是叙事之文，集中之文为文章，文章言志缘情说理叙事包罗万象，因言志缘情功能由诗承担，故文的主要功能在于叙事说理。李梦阳说：“夫文者，随事变化，错理以成章者也。”提出文的两个基本功能——说理和叙事。但李梦阳又根据文体特征区分了经、史与文章的不同要求。“经史体殊，经主约，史主该。”经文要简约，史文要丰富，而文章“不必约，约而伤肉，不必该，该而伤骨”，文章更体现随事变化错理成章，更自由。东汉以来文章效法经文，过于追求简约，以致“为湔洗，为聱牙，为剜剔，使观者知而不知所以事，无由仿佛其形容”，于是“西京之后作者无闻矣”①，东汉开始文章便无足观。而国朝依然盛行台阁体遗存的萎弱之文，故振作文风，必须复古，“学不的古，苦心无益”②，复古的对象则是秦、西汉之文。

2. “文复秦汉”

明朝前期宋濂推崇五经，高扬文章复五经之文。台阁文章家推崇欧阳修的散文，有意模仿欧文“纡余委备”文风。但学欧文者因时代、模仿、才华三方面缺陷，李东阳指出：“未得其纡余，而先陷于缓弱；未得其委备，而已失之于覼缕，以为恒患。”③ 弘治年间，王鏊等人学韩愈文风，以韩文的雄肆奇崛解学欧文之弊。文章复古一直是明代文章发展的主流，只是复古的对象不断变化。弘治后期随着七子派的形成，复古思潮愈加壮大。七子们将文章复古的对象转移为秦汉文。黄卓越教授为代表的一派观点认为，“文复秦汉”由康海首先提出，李梦阳大力倡导，以成规模。“文复秦汉”基本为前七子的共同主张。秦汉古文流畅质朴散发着生命活力，前七子“文复秦汉”就是要以秦汉文纠正当世萎弱靡丽的文风。李梦阳的《论史答王监察书》从作史之义的角度赞扬秦汉史作“文贵约而该”：“古史莫如《书》。《春秋》，孔子删修，篇寡而字严。左氏继之，辞义精详。迁固博采，简帙省缩。”而后世作者“传叙繁芜”，《后汉书》“言枯体晦”，三国、南北诸史“浪漫难观”，《晋书》“体制混杂，俗雅错棼”，《新唐书》“新靡加固”。④ “西京之后作者无闻”，因此文必先秦秦汉，文复先秦秦汉。王九思《刻太微后集序》说当世之论“文必曰先秦两汉，诗必曰汉魏盛唐”。康海《渼陂先生集序》言：“明文章之盛，莫极于弘治时，所以复古昔而变丽靡者，惟时有六人焉。……于是后之君子，言文与

---

①李梦阳：《空同集·卷六十六·论学上篇》，上海古籍出版社 1991 年版，第 602 页。

②李梦阳：《空同集·卷六十二·答周子书》，上海古籍出版社 1991 年版，第 569 页。

③李东阳：《李东阳集·第二册·卷八·叶文庄公集序》，岳麓书社 1985 年版，第 110 页。

④李梦阳：《空同集·卷六十二·论史答王监察书》，上海古籍出版社 1991 年版，第 568、569 页。

诗者，先秦两汉，汉魏盛唐，彬彬然盛乎域中矣。"[①]"文复秦汉"虽未在文学复古运动初期就明确提出，却是前七子派逐渐形成的共同文章写作观念。

3. 坚持法式

如同诗歌重格调，李梦阳注重文章法式。"文必有法式，然后中谐音度，如方圆之于规矩，古人用之，非自作之，实天生之也。今人法式古人，非法式古人也，实物之自则也。"[②] 文章法式是"天生之"，是"物之自则"，因此必须遵守。文之典范五经皆是言理，五经之文都存在法式。"文自有格，不祖其格，终不足以知文。"[③] 然而李梦阳对文章法式并无全面的论述，综合其不同文章的观点，大体贵质朴尚简古。不过李梦阳倒是提出了具体的法式。《再与何氏书》言："古人之作，其法虽多端，大抵前疏者后必密，半阔者半必细，一实者必一虚，叠景者意必二。此予之所谓法。"[④]《答周子书》提出文章法式在于"开合照应，倒插顿挫"[⑤]。

二、李梦阳与前七子派其他成员的分歧

大体而言，前七子的文学观念一致，故结成了以李梦阳为首的文学团体，但由于人员众多、思想差异、才性不同，对具体问题的看法存在分歧，因此争议频发。前七子派中发生过李梦阳与徐祯卿、李梦阳与何景明两次影响重大的争论。当然这些争论都是在相近的复古思想体系中的差别，并无本质性分歧。

（一）李徐之争

李徐之争发生在弘治十八年徐祯卿中进士后。徐祯卿仰慕李梦阳，致书李梦阳，李梦阳回复《与徐氏论文书》，徐祯卿写作《与李献吉论文

---

①康海：《渼陂集·卷首·渼陂先生集序》，台湾伟文图书出版社有限公司 1976 年版，第 3 页。

②李梦阳：《空同集·卷六十二·答周子书》，上海古籍出版社 1991 年版，第 569 页。

③李梦阳：《空同集·卷六十二·答吴谨书》，上海古籍出版社 1991 年版，第 568 页。

④李梦阳：《空同集·卷六十二·再与何氏书》，上海古籍出版社 1991 年版，第 567 页。

⑤李梦阳：《空同集·卷六十二·答周子书》，上海古籍出版社 1991 年版，第 569 页。

书》。二人主要争论两个问题：诗友关系问题和诗歌风格问题。这两个问题都与李梦阳的复古思想密切相关。对于诗友关系问题，徐祯卿将与李梦阳的关系类比为皮日休和陆龟蒙的关系，亲密唱和交流，“窃欲自附于下，执事即如日休、龟蒙辈，走之愿也”。由于李梦阳主张师法《诗经》、汉魏诗和盛唐诗，对晚唐诗歌和诗人持贬斥态度，故李梦阳对此十分不悦，在《与徐氏论文书》中批判了这个观念。对于诗歌风格问题，徐祯卿传承了吴中派轻柔华丽的诗风，而李梦阳论诗以情为核心，尚质，重格调，“夫诗宣志而道和者也，故贵宛不贵险，贵质不贵靡，贵情不贵繁，贵融洽不贵工巧”①，所以这也是李梦阳反对的。徐祯卿在《与李献吉论文书》中进行辩解，说自己师法“丽而不淫，哀而不怨”的屈原赋，反对“靡丽浩荡”的汉赋。而且自己重文也重质，“若徒务雕切之华而不责其实，则恐为扬雄之玄，徒取病于后世耳。……其必本道德之衷，遵作者之度”②。李徐之争的结果是徐祯卿抛弃了吴中派文学观，转向了七子派的文学复古观念，成为七子文学复古运动的重要成员。

（二）李何之争

李梦阳与何景明的争辩发生在正德年间前七子复古运动如火如荼之时，因两个领袖发生争执，而且争执导致二人亲密关系解体，因此备受当世与后世文人学士的重视。李何之争的原始文献保存至今的有李梦阳的《驳何氏论文书》、《再与何氏书》、《答周子书》和何景明《与李空同论诗书》。二人的争执只是复古中是不是要有创造，而不是要不要复古；只是针对何为诗文的法式，而不是要不要法式；因此只是文学复古运动内部的分歧，而不是质疑复古运动本身。

李梦阳与何景明围绕着复古中的创造问题展开了争辩。二人都赞成复古，但对复古中的创造的认识不同。何景明认为自己在复古中能够“富于材积，领会神情，临景构结，不仿形迹”③，即能够保持原创性，而抨击李梦阳的诗歌创作“刻意古范，铸形宿模，而独守尺寸”，仿古过度，只知

①李梦阳：《空同集·卷六十二·与徐氏论文书》，上海古籍出版社 1991 年版，第 563 页。

②徐祯卿：《迪功集·卷六·与李献吉论文书》，《钦定四库全书集部》，第 2、3 页。

③何景明：《何大复集·卷三十二·与李空同论诗书》，中州古籍出版社 1989 年版，第 575 页。

坚守法式，失去创新，以至于他好的诗歌也只是“古人影子”。李梦阳也反对因循模拟，但只要“应诸心而本诸法”，“以我之情，述今之事，尺寸古法，罔袭其辞”① 的仿古则无不可，是不是完全从己所出并不重要。何景明重视的是复古中的创造性问题，李梦阳更重视的是创作的本源和法则，二人的着眼点和侧重点不同，自然不能达成一致意见。法式问题也是李何之争的重要问题。李梦阳与何景明都认同诗文必须遵循法式。何景明在《与李空同论诗书》中说：“仆尝谓诗文有不可易之法者，辞断而意属，联类而比物也。上考古圣之言，中徵秦、汉绪论，下采魏、晋声诗，莫之有易也。”② 诗文有不可易之法，即师法五经、秦汉文、魏晋诗。李梦阳在《驳何氏论文书》中把法式与诗文的关系比喻为规矩与方圆。二人的主要分歧是对于何为法式的理解不同。何景明认为诗文的法式应该是“辞断而意属，联类而比物”，李梦阳则认为是“前疏者后必密，半阔者半必细，一实者必一虚，叠景者意必二”，与“开阖照应，倒插顿挫”。何景明理解的法式在于辞意关系与修辞方式，而李梦阳理解的法式则是结构关系，都是文学创作要处理的基本关系，而二人没有全面理解文学创作的思维过程和创作过程，各执片段而各执一词。李何之争并没有导致前七子派的文学复古运动进步，却导致了两位领袖交恶，一定程度上妨碍了文学复古运动的进一步发展，甚至导致了前七子派的分裂和解体。

三、前七子派文学复古运动的影响

前七子派的文学复古运动在正德年间影响极大，如《明史·文苑传》所说，“操觚谈艺之士，翕然宗之”。景泰年间以来，文学思想趋向多元化，而前七子派的文学复古运动就是在这个环境下诞生的，同时又促进了文学思想进一步多元化。前七子派对道统文学观产生极大冲击，基本扫除了台阁体诗文遗风，与茶陵派、吴中派共同开启了诗文重情思想，影响了此后明代各个文学流派。无论是同时期重个性重真情的吴中派，还是稍后以批判前七子为基本主张的唐宋派，拟或是继承前七子衣钵的后七子派，都受前七子派文学观念不同程度的影响。

吴中派与前七子派大体同时，以重个性重真情为基本创作倾向，但吴

---

①李梦阳：《空同集·卷六十二·驳何氏论文书》，上海古籍出版社 1991 年版，第 566、565 页。

②何景明：《何大复集·卷三十二·与李空同论诗书》，中州古籍出版社 1989 年版，第 576 页。

中派成员亦有与前七子相近的复古思想。文学复古运动初期，出身吴中派的徐祯卿即在与李梦阳的交往中抛弃了凸显个性风格靡丽的文学创作思想，转向文学复古。而以祝允明为代表的吴中派第二代文人都不同程度地具有复古思想。祝允明认为越古的文章越值得师法，复古最高的典范是六经。虽与前七子“文复秦汉”的复古对象存在差异，复古思想却无本质的不同。尽管没有实证证明吴中派复古思想来源于前七子，但两个文学观念差异很大的文学流派都提倡复古，足以说明文学复古思潮的时代影响。

唐宋派文论家主要是王慎中、唐顺之、归有光、茅坤四人。唐宋派的文学思想以反前七子派为主要表征。唐宋派文论的理论前提是载道论和心本论。因文以载道，故对前七子片面追求诗文法式格调不重济世载道不满。而且文以载道是宋儒的思想，故师法的对象不可以是不言载道的秦汉文，只能是唐宋八大家和理学家的唐宋文。因文以心所本，而心是无善无恶的先验本体，故否定前七子高标的诗文源自真情抒发。但唐宋派依然有明确的复古主张，即是复兴以载道为鹄的的唐宋古文。而且唐宋派要求济世载道的文学观在一定程度上又是明初以宋濂为代表的复古思想的延续。整个明代文坛蔓延着复古思想，但前七子作为明朝中期复古运动的高潮，明朝后世文学流派只要存在复古思想，就很难说没有受到前七子的影响。何况在嘉靖年间爆发了直接传承前七子派文学思想的规模更大理论水平更高的后七子派文学复古运动。

复古是明代纷繁复杂的文学思想中最大一宗，明代文人几乎都存在不同程度、不同对象、不同认识的复古思想。贯穿整个明代的复古运动中，前后七子的文学复古运动是最高峰，成为明代最具有代表性的诗文运动。李梦阳开创了前后七子文学复古运动，是前期的领袖。李梦阳因鲜明的个性特征、昂扬的斗争精神、强烈的担当意识，成为明代知识分子的楷模，成为李贽等后世开明士人赞赏、学习的榜样。

第四节　王世贞

王世贞（1526—1590），字元美，号凤洲，又号弇州山人，江苏太仓人，明代文学家、史学家，“后七子”领袖之一。元美生于太仓大族，生性正直，恃才傲物，22 岁中进士，中年时期七子集团与严嵩集团针锋相对，屡遭迫害，一生数次罢官数次起用，累官至南京刑部尚书。王世贞喜好古诗文，李攀龙之后，独掌文坛二十年，影响了大批文学人才，并喜收藏精鉴赏，对书法绘画亦有深入见解。王世贞著述宏富，主要作品有《弇州山人四部稿》、《弇州山人续稿》等。

一、后七子对前七子的继承

由于前七子派过于强调复古，创造不足，个性不显，过于强调格调法式，妨碍情感自然真率地表达，激起了后世流派的批判与否定。唐宋派就是紧随前七子派于嘉靖前期活跃于文坛，以反前七子派为主要表征的文学流派。王慎中、唐顺之等唐宋派文人深受理学及当时影响日广的心学思想影响，文论思想源于哲学思想，核心理论是文以载道论和文以心本论。主张文以载道自然对前七子重视诗文法式格调超过重视济世载道不满，主张文以心本自然否定前七子高扬的情，代之以心和性。

后七子派活跃于嘉靖朝后期至万历朝前期，不同于前七子派初期弘治朝相对自由和宽松的政治环境，后七子派一形成就必须面对善于玩弄权术、怂恿朝臣党争、性情反复无常的嘉靖皇帝和势力庞大的严嵩集团，政治的互相支持帮扶关系个人生死，这种政治关系与文学思想关系互相强化，自然不同于前七子派只是文学主张相近的松散文学团体，后七子派的结盟意识极其强烈。后七子派前期推举的领袖是李攀龙，王世贞等人的诗文充满着对李攀龙的尊崇。隆庆四年李攀龙去世后，王世贞成为文坛领袖，执掌文坛 20 年。

后七子派基本继承了前七子派的诗文复古思想，将其进一步推进和深化，并不时纠正复古运动流弊，在为诗文复古辩护的同时批判唐宋派思想。和前七子派相同，后七子派的文学理论也是以诗论为主。后七子派反对唐宋派的以心为本和济世载道，更强调文学本体，以言志缘情为诗歌的本质，以汉魏、盛唐格调为法，追求意与象融会、韵律与内容和谐，要求诗歌在呈现美的同时于世有用。

二、王世贞的诗文论思想

（一）“师匠宜高，捃拾宜博”的复古思想

前后七子乃至整个明代的诗文复古运动都存在根深蒂固的政治诉求。

“子长不绝也，其书绝矣。千古有子长也，亦不能成《史记》。”① 有才能的文人历代不绝，但已无人能创作如《史记》之经典，王世贞认为这种现象是源于社会的退化。他在《金虎集自序》中谈自己与李攀龙倡导诗文复古运动，源于对政治腐败的愤恨，理想的破灭，希望通过重振文道改造世风人心，所以文学必须复古。前后七子一方面根据自己的理念谋求进行政治改造，一方面通过诗文复古改造社会。“怀着对今不如昔的社会现实和文学现实的惋惜，为了挽救正统封建社会和正统封建文学的衰落，而提倡最理想的正统封建文学，这就是王世贞文学思想的出发点。就其基本内容而言，这也是整个明中叶诗文复古思潮的出发点。”②

前后七子的“文必秦汉，诗必盛唐”思想由《明史》概括并频繁记述，影响极大，大体符合前后七子思想，但前后七子均无这样的表述，而且其复古对象远不是这么狭隘。王世贞言：“自六经而下，于文则知有左氏、司马迁，于骚则知有屈、宋，赋则知有司马相如、扬雄、衡，于诗古则知有枚乘、苏、李、曹公父子，旁及陶、谢，乐府则知有汉魏、鼓吹、相和及六朝清商、琴、舞杂曲佳者，近体则知有沈、宋、李、杜、王江宁四五家，日夜置心焉。”③ 对于文章，王世贞的复古对象是东汉以前的文章，“先秦两汉，质不累藻，华不掩情，盖最称笃古矣”④，“西京之文实，东京之文弱，犹未离实也”⑤，东汉后文章需要严加选择。对于诗歌，王世贞的复古对象是魏晋以前和盛唐两段，“盛唐之于诗也，其气充以完，其声铿以平，其色丽以雅，其力沉而雄，其意融而无迹，故曰盛唐其则也”⑥，其余诗歌同样需要严加选择。“师匠宜高，捃拾宜博”⑦ 是王世贞复古取法的基本主张。

---

①罗仲鼎：《艺苑卮言校注》，齐鲁书社 1992 年版，第 108 页。

②成复旺：《中国文学理论史》，北京出版社 1987 年版，第 123 页。

③王世贞：《弇州山人续稿·卷一百二十一·与张助甫书》，台湾伟文图书出版社有限公司 1976 年版，第 54 页。

④王世贞：《弇州山人四部稿·卷六十四·重刻尺牍清裁小序》，台湾伟文图书出版社有限公司 1976 年版，第 57 页。

⑤罗仲鼎：《艺苑卮言校注》，齐鲁书社 1992 年版，第 102 页。

⑥王世贞：《弇州山人四部稿·卷六十五·徐汝思诗集序》，台湾伟文图书出版社有限公司 1976 年版，第 23 页。

⑦罗仲鼎：《艺苑卮言校注》，齐鲁书社 1992 年版，第 34 页。

王世贞晚年师法的对象发生了变化，由早年的“抑宋”转变为“用宋”。晚年的读书笔记《读书后》多正面评价宋文。万历八年作《宋诗选序》言：“余所以抑宋者，为惜格也。……以彼为我则可，以我为彼则不可。子正非求为伸宋者也，将善用宋者也。”① 还选编了《苏长公外纪》，说：“虽不能为吾式，而亦足为吾用。”② 宋代诗文虽然仍不能作为复古对象，但可以用秦汉盛唐的格调意法为体批判地利用宋诗文长于记述事理、风格平淡顺达的优点。王世贞晚年仍坚持诗文复古思想，但能够兼收并蓄，切实做到了“师匠宜高，捃拾宜博”。王世贞是明代诗文复古运动的集大成者。

（二）由“情”到“真我”的诗歌本源论

“情”是前七子派诗论的核心，同样也是王世贞诗论的核心。李梦阳赞赏先秦、汉魏、盛唐诗和当世民间歌谣、戏曲能够将情感真率自然地表达，对二者都十分欣赏，同样，后七子对盛唐诗歌的肯定同样在于其发于深情。王世贞的《艺苑卮言》卷一在四十七条引文中引用了钟嵘、李攀龙、范晔、刘勰、沈约等前人十五条论述诗文缘情抒情的句子。王世贞和李梦阳的诗论都是以复古论与性情论为核心，但与李梦阳不同的是他认为复古最高境界是通过复古而实现“情景妙合，风格自上，不为古役，不堕蹊径”，即以复古为途径实现自我真性情的抒发，高度强调个性的文学价值。“王武子读孙子荆诗，而云：‘未知文生于情，情生于文。’此语极有致，文生于情，世所恒晓；情生于文，则未易论，盖有出之者偶然，而览之者实际也。吾平生时遇此境，亦见同调中有此。”③ 作者因情生文，读者观文生情，以文为中介，作者读者感应，实现了文学的价值。“文生于情，世所恒晓”，王世贞把诗文缘情当作常识和真理，可见其对“情”的重视。在他的诗文批评中，情感也是重要维度。其评论屈原的《九歌》：“‘悲莫悲兮生别离，乐莫乐兮新相知。’是千古情语之祖。”④ 论张、王乐府说：

---

①王世贞：《弇州山人续稿·卷四十一·宋诗选序》，台湾伟文图书出版社有限公司 1976 年版，第 46 页。

②王世贞：《弇州山人续稿·卷四十二·苏长公外纪序》，台湾伟文图书出版社有限公司 1976 年版，第 78 页。

③罗仲鼎：《艺苑卮言校注》，齐鲁书社 1992 年版，第 121 页。

④罗仲鼎：《艺苑卮言校注》，齐鲁书社 1992 年版，第 87 页。

"乐府之所贵者，事与情而已。"批评王庭筠等金元诗人"质于元而少情"。①

《艺苑卮言》是王世贞40岁以前的作品，而他人生后期在认识上又大大深化，不再单独用"情"字，常常"情"与"真"并用。王世贞批评复古中剽窃模拟之病："后人好剽窃余似，以苟猎一时之妙，思舛而格杂，无取于性情之真。"② "真"乃道家美学范畴，庄子以真为美，真美同一。王世贞后期受三教合一时代思潮的影响，对儒道释三教思想兼收，其文论思想也从前期以儒家为体、创作经验为用转变为三教思想杂取并用，更具包容性。"有真我而后有真诗。"③ 王世贞源于审美经验和创作经验的对文学缘情言情的认识升华为对存在论维度的本真存在状态的体悟，生存保持本真状态才是真诗美诗的创作前提。有真我之后才能"神来、气来、情来"。"所谓神来者，从容中道；气来者，触处而发；情来者，悠游而得。"④ "神来、气来、情来"的境界正是自然自由合道的存在状态。拥有了这种本真存在状态，诗文才能实现《艺苑卮言》提出的"一师心匠，气从意畅，神与境合"的境界。而格调法式之类皆是拥有了此境界后，"兴与境诣，神合气完使之"⑤。王世贞短于形而上之思，人生境界与诗文境界的关系问题，只是灵机一动体悟到的，故散见于不同时期诸篇章，未有充分完整论述。

（三）注重意法、格调、意象、意境的创作论与批评论

王世贞在《艺苑卮言》中提出自己的创作方式："吾于诗文不作专家，亦不杂调。夫意在笔先，笔随意到，法不累气，才不累法，有境必穷，有证必切。"⑥ "不作专家，亦不杂调"是言对诗文体式的选择，众体兼善但各保正宗不相混杂。"意在笔先，笔随意到"是对创作过程的描述。"意"

①罗仲鼎：《艺苑卮言校注》，齐鲁书社1992年版，第204、227页。

②王世贞：《弇州山人四部稿·卷六十六·刘诸暨杜律心解序》，台湾伟文图书出版社有限公司1976年版，第46页。

③王世贞：《弇州山人续稿·卷五十一·邹黄州鹤鹤集序》，台湾伟文图书出版有限公司1976年版，第31页。

④王世贞：《弇州山人续稿·卷四十·苍雪先生诗禅序》，台湾伟文出版有限公司1976年版，第81页。

⑤罗仲鼎：《艺苑卮言校注》，齐鲁书社1992年版，第28页。

⑥罗仲鼎：《艺苑卮言校注》，齐鲁书社1992年版，第361页。

是情思的感发，“笔”是具体的写作，情思先于写作，写作过程紧紧围绕着情思。“法不累气，才不累法”探讨的是创作主体与法则的关系。文学体式、创作法则与创作主体需要互相适合。曹丕曰：“文非一体，鲜能备善。”作家根据自己的才气选择文体、法式，在符合文体、法式的写作训练中改造自身的才气，使主体的条件与文体互不妨碍。“有境必穷，有证必切”是文学创作追求的境界。诗文追求意境，说理考证之文追求切实实证。这是王世贞一生诗文创作的基本法则。

王世贞早期的文学理论如《艺苑卮言》对意法、格调、意象、意境等创作论与批评论问题尤其重视。王世贞运用这些范畴与理解这些关系时不区分创作过程与批评过程，故不能截然区分《艺苑卮言》里的创作论与批评论。《艺苑卮言》卷一引前人诗文论 47 条，关于“意”的有 16 条，关于“情”的有 15 条，可见情和意是王世贞诗文论的关键词。然而王世贞并不存在诗文创作以情为主还是以意为主的问题。王世贞以情作为诗文尤其是诗歌的本源。对于王世贞文学理论思想，“情”存在于本体论维度，而“意”存在于创作论维度。他比较了李白和杜甫的诗歌创作，认为：“太白以气为主，子美以意为主。”① “气”由先天禀赋与后天学养融合而成，不能完全由创作主体把握。“意”是意念，完全由创作主体发出。诗文本源上源于情，创作上出于意，这是王世贞对“情”、“意”关系的理解。

作为创作论重要范畴，“意”与“法”具有密切关系。“法”包括篇法、句法、字法等文章法则。“来自意而往之法。意至而法偕立，法就而意融乎其间矣。夫意无方而法有体也，意来甚难而出之若易，法往甚易而窥之若难。此所谓相为用也。左氏法先意者也，司马氏意先法者也。然而未有不相为用者也。”② “来自意而往之法”，“意法相为用”，是王世贞对“意”与“法”关系的思考。诗文出于创作主体之意，形成于诗文本身之法，意由法呈现，法靠意贯穿，“意”与“法”相互作用形成了文学创作。

“格调”是《艺苑卮言》中对后世影响极大的一个范畴。虽然“格调”连用在《艺苑卮言》里只有两次，在《弇州山人续稿》中也只有五

①罗仲鼎：《艺苑卮言校注》，齐鲁书社 1992 年版，第 166 页。

②王世贞：《弇州山人四部稿·卷六十七·五岳山房文稿序》，台湾伟文图书出版社有限公司 1976 年版，第 16 页。

次，但“格”、“调”单用则出现频繁。王世贞的“格调”说的核心是：“才生思，思生调，调生格。思即才之用，调即思之境，格即调之界。”① “才”处于创作的准备阶段，“思”是构思阶段，“调”与“格”则是传达阶段。“调”兼指诗歌的情调和声调。“诗之所谓格者，若器之有格也，又止也，言物至此而止也。”② “格”是诗歌形式上的本体，即音调之外诗歌成为诗歌之物，主要指体式。王世贞诗论十分强调处于传达阶段的格调，对格调的重视超过才思，这是其复古思想引申之必然。前后七子的诗文复古运动固然重视诗文传达的思想，比如推崇五经和排斥宋代诗文探讨义理多发议论，但根本上，从《诗经》到明代诗文，各时期表达的思想并无显著的不同，可是形式各异，所以复古派对复古对象的挑选主要于形式着眼。李梦阳论诗要求谨守古格调，守的就是三百篇、汉魏、盛唐诗的体式和风味。王世贞的“格调”与李梦阳大体相同。王世贞晚年依然坚持“格调”说，这个维度并未出现钱谦益说的“晚年悔悟”。《沈嘉则诗选序》言：“格者，才之御也；调者，气之规也。……今子能抑才以就格，完气以成调，几于纯矣。”③ 用格调统御改变才气，而格调即是三百篇、汉魏、盛唐诗的格调，依然是强烈的复古主张。

王世贞对“意象”和“意境”的论说较多，都是追求“意与象合”、“意与境会”。“意”是作家的思想意志，“象”是作品呈现的艺术形象，“意与象合”即艺术形象能够完全传达作者的思想情感，形象鲜活生动。“诗意象应曰合，意象乖曰离。”他称赞汪淮的诗“意象协矣”，徐中行的诗“意象合矣”，《胡元瑞绿萝馆诗集序》称“象必意副”。④ 使意象合，

---

①罗仲鼎：《艺苑卮言校注》，齐鲁书社 1992 年版，第 39 页。

②王世贞：《弇州山人续稿·卷四十二·真逸集序》，台湾伟文图书出版社有限公司 1976 年版，第 43 页。

③王世贞：《弇州山人续稿·卷四十·沈嘉则诗选序》，台湾伟文图书出版社有限公司 1976 年版，第 8 页。

④王世贞：《弇州山人续稿·卷四十·胡元瑞绿萝馆诗集序》，台湾伟文图书出版社有限公司 1976 年版，第 23 页。

王世贞提出要“意有造而象发之”①，“外足于象”，“内足于意”。② 王世贞在《艺苑卮言》中没有用“意境”，“境界”只用了三次，但他常用“意”和“境”，“境”固然不等同于“意境”，但是“意境”的重要维度即是“意与境会”。而且王世贞运用“境”多与“神”、“天”、“兴”范畴相会。“神与境会。”“兴与境诣，神合气守使之然。”“遇有操觚，一师心匠，气从意畅，神与境合。”“神与境触，师心独造。”“境”、“神”、“兴”都存在于主客浑融中，只是偏重不同的维度。“境”是主体体验到或文学呈现出的偏重于客体的世界，而“天”是纯粹的客体世界，故“境与天会，未易求也”。而“神”和“兴”则偏重于主体心理体验。王世贞无论是创作论还是批评论都要求主体与客体浑融，而“意境”的重要维度即是“意与境会”。王世贞固然少用“意境”这个词，但其对“意”、“境”、“神”的论说是对意境论的重大贡献。

三、后七子派诗文复古运动的影响

后七子除了王世贞外，李攀龙和谢榛也有较丰富的文学理论思想。李攀龙以为李梦阳的后继者，其言：“今之作者论不与李献吉辈者，知其无能为也。”③ 殷士儋作李攀龙墓志铭称：“文章道丧，弥弥日以下，盖千载于兹矣。明兴，北地李献吉奋起而力挽之，于鳞生承其后，益拓其业，斐然成一家言。”④ 李攀龙的文论史价值不在于具体的文论观点，主要在于在前七子派解体20年后，诸文学思想各异纷呈中接续前七子的复古思想。其根据复古思想编选的《古今诗删》、《唐诗选》等成为士人理解、接受诗文复古运动的学习范本，影响甚大，以至于伪托之书蜂出。其领导的后七子派使诗文复古运动影响更大、理论水平更高，成为明代诗文复古运动的高峰。谢榛在文论史上最突出的价值在于其诗论丰富了意境论。“意境”由署名王昌龄的《诗格》提出，经权德舆、释皎然、刘禹锡、司空图、苏轼

---

①王世贞：《弇州山人四部稿·卷六十九·华阳馆诗集序》，台湾伟文图书出版社有限公司1976年版，第42页。

②王世贞：《弇州山人四部稿·卷六十四·于大夫集序》，台湾伟文图书出版社有限公司1976年版，第72页。

③李攀龙：《沧溟先生集·卷十六·送王元美序》，上海古籍出版社1993年版，第394页。

④殷士儋：《明故嘉议大夫河南按察使按察李公墓志铭》，上海古籍出版社1993年版，第717页。

的丰富和发展，成为重要的美学范畴。谢榛对意境论的贡献在于对情景关系的论述。“诗乃摹写情景之具，情融于内而深且长，景耀乎外而远且大。”“景乃诗之媒，情乃诗之胚，合而为诗，以数言而统万形，元气浑成，其浩无涯矣。”“夫情景相触而成诗，此作家之常也。”① 情是诗的本源，诗的本质就是摹写情景，情景相合才能构成诗。《二十四诗品》中“物境”、“情境”、“意境”浑融一体。宋代起山水画大兴，于是宋元诗论、画论中“情景交融”逐渐成为“意境”的重要维度。到清初的王夫之那里，“情景交融”已经成为意境的重要特征，在情景交融中的现量观中显现本真，“三境”统称为“意境”。谢榛的“情景”论是意境论之情景交融维度从宋元初步探讨情景关系，到王夫之成熟的情景交融论的中介，在“意境”观念史上具有重大意义。

后七子除了自身的复古努力外，还吸引和培养了大量人才投入复古运动，与后七子同时或稍后的就有后五子、广五子、续五子、末五子一大批较突出的诗文作者与文学理论家，其中享有盛名的就有汪道昆、李先芳、屠隆、胡应麟等。这些人在不同程度和维度上支持并拓展了诗文复古运动，为嘉靖至万历年间持续40年的诗文复古运动贡献了创作与理论成果，构成了广义的后七子派。后七子派因思想与创作模拟太重，过于要求古格调法式，失于真性情，而广遭心性派批判。万历以后，明王朝内部连年天灾，农民暴动层出不穷，外部后金崛起严重威胁北部边疆和北京的安全，明王朝内忧外困。而晚明社会心学末流和禅宗末流的社会影响日益加大，轻视人伦道德、宣扬情欲的释放、片面追求功利的社会思潮泛滥，士人也抛弃了崇高的人生境界和道德追求，或于政坛投机钻营，或于商场殖货买卖，或于学术贪大空疏。于是复古思潮再度兴起。明末诗文复古思潮由东林党的议政为先导，复社和几社士人为主体，以重振道统追求实学为基本精神，重畅复古主义，要求文学摆脱庸俗的功利和情欲，回归雅正之情的抒发，成为明代第三次大规模的诗文复古运动。有明一代，诗文复古运动与戏曲小说等世俗化文学崛起堪称明代文学的两大特征，前后七子派士人功绩甚伟。

王世贞作为后七子的中坚人物和后期领袖，将文学复古运动继续推

①谢榛：《四溟诗话·卷四》，见丁福保辑《历代诗话续编》，中华书局1983年版，第1180、1221、1224页。

进，一方面继承前七子的文论观念并深入阐发，一方面宣扬“文必秦汉，诗必盛唐”的复古理念，同唐宋派、吴中派等其他学派论争，将文学复古运动发扬光大，与李攀龙、谢榛、宗臣、梁有誉、徐中行、吴国伦等人共同努力，将明代的诗文复古运动推向了最高潮，并着意培养后继人才，壮大后七子派复古队伍。王世贞晚年思想发生了一定转变，察觉到复古的弊端，思想兼容，对复古运动的流弊有所纠正。可以说，王世贞是最能反映明代文学理论特征的人物。

第五节　李　贽

李贽（1527—1602），字宏甫，号卓吾，明代思想家、文学家，以其率真的性情、怪诞的行为与批判性思想，对士人影响极大，往往被视为“狂人”和“异端”。嘉靖年间李贽以举人身份授官，万历中任云南姚安知府，三年后弃官，寄寓麻城等地著述、讲学，后出家为僧，身为住持却不受戒律。晚年屡遭迫害，四处避难，最终被诬下狱，自刎而死。李贽一生著述宏富，代表作品有《焚书》、《续焚书》、《藏书》、《续藏书》等。

一、李贽的双重人格

李贽的人生大体可分为两个阶段，以万历八年弃官为界。万历八年54岁之前，李贽的人格和思想尽管怪异，却依然符合封建士大夫标准。万历九年之后，李贽以著书、讲学、避难为主要生活，人格和思想逐渐成熟，作为思想家的李贽才诞生。

李贽的人格是双重人格，狂人是李贽的现实人格，圣人是李贽的理想人格。作为狂人的李贽，行为举止不同于常人。李贽率性自然，待人内热外冷。与投机之人，常整天相处，但往往只是对面读书，也不常说话；遇不投机之人，交手礼拜之后，就让远远落座。早年儿子死掉，也不纳妾生子。当了20年中小官，荣登知府之位，却于54岁弃官，专职著述讲学，并收纳一批女弟子。妻子想念家乡，于是尽遣妻女还乡，自己独不回，也不思念伤感。李贽有洁癖，当官期间每天让多人轮番扫地，伺候洗澡。62岁因恶头痒，“蒸蒸作死人气”，轻易剃去头发，出家却不受戒。76岁在狱中夺剃刀自尽，死前写道“七十老翁何所求”。李贽怪诞的行为源于人格的狂怪。在别人眼中李贽是一个彻底的狂人，李贽也常以狂人自命，并欣赏狂人。他言："我从来不见有一人果然真正豪杰难得，纵有也不是彻骨地好汉。"（《李温陵外纪》卷二《柞林纪谭》）"大丈夫喜则清风朗月，跳跃歌舞；怒则迅雷呼风，鼓浪崩沙，如三军万马"，不可"作妇人女子贱态"。① 李贽眼中的豪杰都是具有独立人格、批判意识和豪爽性情的人。他欣赏稍早或同时的王阳明、李梦阳、何心隐等狂人是源于思想与性情的双重接近。李贽很清楚自己的人格不能为满世"依势仗富"、"趋势谄富"之人所容，"余性好高，好高则倨傲不能下。……余性好洁，好洁则狷隘不能容"②。李贽人格中狂狷的维度在万历九年之后集中爆发，成为李贽主导的现实人格。于是士君子眼中的李贽是"独处独游，独行独语，目如晨曦，胆如悬瓠，口如雷霆，笔如风雨"。（《李温陵外纪》卷一陶望龄《吊李卓吾文》）李贽的理想当然不是做狂人而是成为圣贤。成圣成贤往往是儒家士人的终极追求。李贽渴望成圣贤之心极其强烈，"昼夜读书，期与古先圣哲合德而已"③。"丈夫生于天地间，太上出世为真佛，其次不失为功名之士。若令当世无功，万世无名，养此狗命，在世何益，不如死矣。"（《李温陵外纪》卷一汪本钶《哭李卓吾先生文》）李贽理想中的自我是堪与孔子并列的圣人，因此李贽时时刻刻以圣贤的标准要求自己，并以受圣人教化的民众的标准衡量别人。然而狂人人格与圣人人格并不相同，现实中的自我与理想中的自我存在冲突，李贽拿圣人人格苛求自己，拿狂人人格面对世俗世界，既对自己不满，又对世界不满，加剧了天性中求全责备与愤世嫉俗的程度。随着生命的流逝，李贽成圣贤之心愈加迫切，狂狷的程度于是愈演愈烈。

二、李贽思想概述

李贽是明代伟大的思想家，思想复杂，其思想源于阳明心学，却不囿于心学，杂取道释思想合于一体，以"童心"作为思想本源，形成了独特的思想体系。

（一）儒道释之学，一也

对生死性命之思是李贽思想的根底。"凡为学皆为穷究自己生死根因，

---

①李贽：《焚书·卷四·豫约》，见《焚书·续焚书校释》，岳麓书社 2011 年版，第 295 页。

②李贽：《焚书·卷三·高洁说》，岳麓书社 2011 年版，第 182 页。

③李贽：《续焚书·卷一·与周友山》，岳麓书社 2011 年版，第 483 页。

探讨自家性命下落。”对儒道释学说，李贽都接受并能够融会贯通，性命思想是其贯通儒道释的枢机。李贽认为三教的立足点都是大道，三教圣人同以性命为所宗，都是教人如何实现生命的永恒。“唯三教大圣人知之，故竭平生之力以穷之，虽得心应手之后，作用各各不同，然其不同者特面貌尔。”① “夫所谓仙佛与儒，皆其名耳。孔子知人之好名也，故以名教诱之；大雄氏知人之怕死，故以死惧之；老氏知人之贪生也，故以长生引之。皆不得已权立名色以化诱后人，非真实也。惟颜子知之，故曰夫子善诱。”② 李贽认为儒道释三教的本质都是三教圣人针对世人执着之物，设立方法引导之归于大道的过程，区别只在于三教圣人对世人执着之物的认识和引导方法的差异，大道和三教的本质并无差别。大道是真实自在的，三教的引导方法不过是权宜之计，并非真实的、永恒的。基于这样的思想，在李贽思想体系中，儒道释三家是同一的。

李贽虽然儒道释兼收并蓄，但对庞杂的儒道释思想进行了取舍。对于儒家思想，李贽主要接受先秦儒家和心学，批判理学思想；对于释家，李贽禅净双修；对于道家，李贽认可老庄思想。儒家思想是李贽贯穿一生的主导思想。李贽服膺孔子，将孔子看作儒家的大圣人，身为芝佛院住持依然悬挂孔子画像，认可先秦儒家的诚意正心的理念，高扬儒家的心性论。李贽50岁后受阳明心学特别是泰州学派影响甚大。李贽师事王艮之子王襞，两次面见浙中学派祖师王畿，同罗汝芳等心学传人接触广泛。依据泰州学派思想，认为人人理论上都可为孔子。李贽信仰孔子，但不以孔子的观念作为标准，也不执著坚守于孔子的言行。李贽在云南为官期间，同信仰佛教的僧侣和居士来往密切，对禅宗的空无心性论理解甚深，后来李贽出家为僧，宣扬净土宗思想。禅宗逐渐净土宗化是明代汉传佛教的重要变化，僧人往往对外宣传净土思想，争取信众获得布施，对己持有禅宗主张，追求明心见性。明代有很多僧人禅净双修，李贽也是如此，只是李贽不是严格的僧人，不守戒律，而且思想中存在着比重更大的非佛教思想。李贽对于道家思想的接受源于对《老子》和《庄子》的研读和注解。李贽十分认同先秦道家慕本真重自然求自由的思想。“真”可以说是李贽思想的本体，求真是李贽思想的旨归，“童心”是李贽思想的本源。

①李贽：《续焚书·卷一·答马历山》，岳麓书社2011年版，第468页。

②李贽：《焚书·卷一·答耿司寇》，岳麓书社2011年版，第68页。

（二）童心本源

李贽将“童心”视作人的本源。“夫童心者，真心也。若以童心为不可，是以真心为不可也。夫童心者，绝假纯真，最初一念之本心也。若失却童心，便失却真心；失却真心，便失却真人。人而非真，全不复有初矣。童子者，人之初也；童心者，心之初也。”① 在李贽思想中“童心”即是本真合道的状态，是人心的原初形态，“童心”—“真”—“初”是三位一体的关系，是李贽设定的思考言说的逻辑前提。李贽的童心说受道家思想影响强烈。“婴儿”在《老子》中出现了四次。老子认为婴儿的原初状态是人天然的最接近道的状态，所以常以婴儿来代指得道。“真”在《庄子》中出现了66次，意义极为丰富。庄子所标举的“真”是天道与人性情的同一，是人的自由的存在状态。一切仁义道德世俗礼法都是对人本质自由的束缚和遮蔽，都是必须抛弃的。要保持本真存在，必须浑然与物同体，“天与人不相胜也，是之谓真人”。对于“童心”的论述也见于儒家，孟子曰：“大人者，不失其赤子之心者也。”孟子认为作为本体的心无善恶，但心派生的性本善，最善的性莫过于婴儿。先秦儒道两家都非常重视和肯定“童心”，认为道可以通过童心较完整地显现。李贽的“童心说”继承了先秦道家和儒家的“童心近道”思想，将“童心”作为自己思想的本源，在本体维度上并无创见。“童心说”有原创价值的部分在于童心丧失原因与结果的分析与童心对于文学创作的意义。

（三）批判假道学

人的婴儿状态最接近道，随着年岁的增长，仁义礼智的侵入，童心渐失，与道愈远。李贽对童心丧失原因的分析固然没有脱离老子的窠臼，但因其强烈的现实针对性，依然意义重大。李贽认为童心丧失首先源于日常经验，其次源于所受的教育，再次源于对声名的追求。“夫道理闻见，皆自多读书识义理而来也。”李贽重点批判了理学教育对童心的遮蔽。李贽认为应该多读书识义理，但理学的教育不仅不能使人养护童心，反而因多读书识义理丧失童心，使闻见道理取代了童心。“闻见道理”主要是理学家改造后的儒学思想。一方面理学家把四书五经当作真理，教化世人，一方面理学家改造先秦儒家思想使之符合理学主张，二者都严重危害童心，是童心丧失的罪魁祸首。即使是四书五经，“纵出自圣人，要亦有为而发，

①李贽：《焚书·卷三·童心说》，岳麓书社2011年版，第172页。

不过因病发药，随时处方……岂可遽以为万世之至论乎”？经过理学、尤其是假道学的改造，已沦为“道学之口实，假人之渊薮”。明代中后期理学思想丧失了宋代的原发性，日渐陈腐，又经朝廷的宣扬、利用与改造，成为国家意识形态，沦为统治的工具。士人往往口言理学思想，作为进身之阶，阳奉阴违，实则逢场作戏不择手段，以致于假人、假言、假事盛行。“盖其人既假，则无所不假矣。由是而以假言与假人言，则假人喜；以假事与假人道，则假人喜；以假文与假人谈，则假人喜。无所不假，则无所不喜。满场是假，矮人何辩也。”① 阳明心学的出现与盛行就是矫理学之弊。李贽感于满场是假的社会现实，而发童心之论，批判意味强烈，言时人之未言，使有同感者心有戚戚，使假道学者大加挞伐，社会影响极大。《童心说》的意义不在于理论创新而在于社会批判。

（四）肯定“私”与“欲”

理学家将天理视为世界的本源，人欲是天理的对立面，危害天理的自然流行，因此普遍要求“存天理灭人欲”。王阳明则以“致良知”来去除私欲。李贽立足于“童心说”，认为人的童心作为人之初的本真心包含了私欲存在，因此复归童心的同时也就肯定了私欲的必然性。李贽获得较大的社会影响，在思想史上占有重要地位，其中一个重要维度在于首次肯定私欲的合理性，反对以天理来压制人性中自在之私与欲。李贽在《藏书·卷二十四·德业儒臣后论》中称：“夫私者人之心也，人必有私而后其心乃见，若无私则无心矣。”将私心作为人心的重要维度加以肯定。肯定私心必然同时肯定由私心派生出的私欲。李贽又从阴阳平衡易理观出发，一方面认为人皆公私心俱存，二者都具有合理性，另一方面认为男女也应该平衡平等，男女之欲也是自然合理的，从而对情欲的追求也持肯定态度，因此对卓文君私奔司马相如之举非常赞赏。李贽对“私”与“欲”的肯定，既是时代风气使然，又引领并深广地影响了时代风气。

三、李贽的文论思想

（一）本源论——“童心说”

“童心”是李贽思想的本源，“童心说”是李贽文论思想的核心。故李贽曰：“天下之至文，未有不出于童心焉者也。”存有“童心”的作者依据“童心”创作的文章才有可能成为“至文”，“至文”一律出自“童心”。

①李贽：《焚书·卷三·童心说》，岳麓书社 2011 年版，第 172、173 页。

"童心"也是文学创作的本源。苏轼云："吾文如万斛泉涌，不择地而出。在平地滔滔汩汩，虽一日千里无难。及其与山石曲折，随物赋形，而不可知也。所可知者，常行于所当行，常止于不可不止，如是而已矣！"（《文说》）苏轼虽未言童心，其写作状态完全依本真之心任自然而生之情自由流泻。苏轼的佳作可称至文，这种自然合道的写作状态乃是对"童心"的完美诠释。然而"童心"只是写作至文的本源，并非充分条件，李贽为了树立"童心"的本源地位，对存有"童心"的人与其依据"童心"创作的文字不加分析地推崇。"苟童心常存，则道理不行，闻见不立，无时不文，无人不文，无一样创制体格文字而非文者。……故吾因是而有感于童心者之自文也，更说什么六经，更说什么《语》、《孟》乎！"① 李贽衡量至文的标准即是否出于童心，出于童心自成典范，四书五经皆不足效法。

在《童心说》中，李贽对古今至文流变的论述同样具有重大理论价值。李贽的时代正是复古主义文学思潮兴盛的时代，文坛复古思想浓郁，除仍以四书五经为最高标准外，文必秦汉诗必盛唐，特别注重格调法式。在复古主义笼罩下，李贽关于至文流变的观点尤为突出。"诗何必古《选》，文何必先秦，降而为六朝，变而为近体，又变而为传奇，变而为院本，为杂剧，为《西厢曲》，为《水浒传》，为今之举子业，皆古今至文，不可得而时势先后论也。"② 李贽认为诗文只要出于童心，即是至文，各时代都有至文出现，而且至文在不同的时代都有代表性的诗文。尤其难得的是，李贽高度肯定了往往不为正统文人重视、带有浓重民间色彩的传奇、院本、杂剧、小说，对于当时的《水浒传》尤为赞赏，对于文人往往当作敲门砖的举子业也倍加推崇。李贽的文学观不为时代所缚，不迷信古人，对当世诗文也能够正视并重视，能够认清古今文学的通变，是复古思潮笼罩下文坛的重大成就。

（二）作者论——人品决定文品

李贽认为"童心者自文"，作者的品格决定文章的品格。李贽对于文学作品的观照首先审视作者的人格，如果人格狂狷，特立独行，那么文章也是好文章；如果人品卑弱，文章绝不会得到称许。明人周晖《金陵琐事·卷一·五大部文章》载，李贽常云："宇宙有五大部文章：汉有司马

①李贽：《焚书·卷三·童心说》，岳麓书社2011年版，第172、173页。

②李贽：《焚书·卷三·童心说》，岳麓书社2011年版，第172、173页。

子长《史记》，唐有杜子美集，宋有苏子瞻集，元有施耐庵《水浒传》，明有李献吉集。”李贽对五大文章的肯定主要源于对作者人格的钦佩。如李贽对苏轼“心实爱公，是以开卷便如与之面叙也”①，“苏长公何如人，故其文章自然惊天动地。世人不知，只以文章称之，不知文章只彼余事耳。世未有人不能卓立而文章能不朽者”②。李贽与李梦阳文学思想差异颇大，李梦阳首揭文学复古大旗，李贽主张出于童心即是至文，古今至文代代流变。但李贽对李梦阳钦佩异常，如：“李公才最高，其人负气，傲睨一世，以是得奇祸，坎懔终其身，世咸疾之如仇。世传李公双瞳炯炯如电，论古今终夜不少休。世莫能容，良有故矣。若李公者，安能使无闻哉！”（《续藏书·李梦阳传》）“如空同先生与阳明先生同世同生，一为道德，一为文章。千万世后，两先生精光俱在。”③ 可见李贽的文学作者论是首先考察作者的人格，如果为人光明磊落狂狷劲节，即使文学观念与李贽不合，或作品因循模拟，都不足影响其在李贽心中的地位。只要李贽认为其人存有童心，其文源自童心，其人就是狂狷的豪杰，其文就是天下的至文。

（三）作品论——“化工”与“画工”

李贽以“童心”为本源，认为至文必然出于童心，是童心的自然流溢，因此李贽的美学观念必然以“真”和“自然”为美。“以真为美”、“以自然为美”的美学观念自然源于道家。道家思想认为最高境界的艺术是“以天合天”的天籁之音，而工巧的人籁只是艺术的低层次。后世受道家思想影响的艺术家往往推崇自然、天工的作品，“一语天然万古新，豪华落尽见真淳”。李贽的《杂说》提出了“化工”与“画工”的差别及其作者维度的原因。

“《拜月》、《西厢》，化工也；《琵琶》，画工也。夫所谓画工者，以其能夺天地之化工，而其孰知天地之无工乎！……要知造化无工，虽有神圣，亦不能识知化工之所在，而其谁能得之？由此观之，画工虽巧，已落二义矣。”“画工”的作品如《琵琶记》，结构工巧、文辞华美，思想上也符合官方意识形态的要求，呈现了人工雕琢的最高境界。可是天地自然，本无工巧。《拜月》、《西厢》语言流畅自然、感情真挚，虽亦为人工作品，

①李贽：《续焚书·卷一·与焦若侯》，岳麓书社2011年版，第519页。

②李贽：《焚书·卷二·复焦若侯》，岳麓书社2011年版，第89页。

③李贽：《焚书·增补一·与管登之书》，岳麓书社2011年版，第454页。

却少见人工雕琢的痕迹，“化工”的作品接近于大道自然，臻于天籁。二者的区别主要源于作者的创作方式不同。“画工”的作品是作者思考所得。“惟作者穷巧极工，不遗余力，是故语尽而意亦尽，词竭而味索然亦随以竭。”思考形成的作品主于人的理性维度，可用于教化，可用来分析、学习，却不易深入人心。“《西厢》、《拜月》，乃不如是。意者宇宙之内本自有如此可喜之人，如化工之于物，其工巧自不可思议耳。且夫世之真能文者，此其初皆非有意于为文也。其胸中有如许无状可怪之事，其喉间有如许欲吐而不敢吐之物，其口头又时时有许多欲语而莫可所以告语之处，蓄极积久，势不能遏。一旦见景生情，触目兴叹，夺他人之酒杯，浇自己之块垒。诉心中之不平，感数奇于千载。既已喷玉唾珠，昭回云汉，为章于天矣。遂亦自负，发狂大叫，流涕恸哭，不能自止。宁使见者闻者，切齿咬牙，欲杀欲割，而终不忍藏于名山，投之水火。”① “化工”的作品是作者情感自然自由流泻而成，可能形式不甚完美，却诉诸人心，故感人至深。由于“化工”之作源于“童心”，备受李贽推崇。李贽对文学作品的理解和欣赏依然源于“童心说”，侧重于对作者人品与创造方式的考察，考察作者的真情是否不加限制地自由抒发，但是对于文学本体——形式的观照不够。因此，李贽主要作为思想家流传于世，他的影响主要在于思想启发。

四、李贽的时代历史影响

作为明代伟大的思想家之一，李贽对明代后期的思想界影响深广，生前死后都毁誉分明。赞誉李贽的人认为李贽是大圣人，如马经纶言：“李先生，所谓百世以俟圣人而不惑之人也。”② 痛恨李贽者则认为其甚于洪水猛兽，如明神宗以“敢倡乱道，惑世诬民”降罪李贽。批评李贽的如东林学派领袖顾宪成认为李贽“是人之非，非人之是，又以成败为是非而已”。③ 认同李贽的如李贽好友焦竑的评价“未必是圣人，可肩一狂字，坐圣门第二席”。④ 对于李贽的社会影响，天启年间的内阁首辅朱国祯愤慨地说：“最能惑人，为人所推，举国趋之若狂……今日士风猖狂，实开于此。

---

①李贽：《焚书·卷三·杂说》，岳麓书社2011年版，第168—170页。

②《李贽研究参考资料》第1辑，福建人民出版社1976年版，第88页。

③许苏民：《李贽评传》，南京大学出版社2006年版，第636页。

④《李贽研究参考资料》第1辑，福建人民出版社1976年版，第50页。

全不读《四书》本经，而李氏《藏书》、《焚书》，人夹一册，以为奇货。"① 傅维麟也说："后士风大都由其染化。"（《明书》卷一百六十《李贽传》）朱国祯、傅维麟的说法不无夸大之嫌，士风猖狂自正德年已发端，愈演愈烈，到万历年已成普遍之状，李贽只是猖狂士风中最具有代表性的人物，但朱国祯的观点证明了李贽对于当时士人的深远影响。作为思想家，李贽的影响波及政治、宗教、社会、文化等各个领域，但李贽影响最大的领域依然在于文学。晚明文学思潮与文学创作中受李贽影响最大的是汤显祖、公安派和金圣叹。

汤显祖是泰州学派罗汝芳的弟子。万历十八年，汤显祖见到《焚书》立即成为李贽的崇拜者。李贽大胆肯定卓文君私奔之举，给汤显祖极大震撼和启发，万历二十六年完成了《牡丹亭》。汤显祖非常认同李贽的"童心说"，以此为基础引申出自己的"至情说"。李贽也很认可汤显祖的至情思想，并欣赏杜丽娘追求个性自由、追求自由恋爱的反封建精神，于万历二十七年赴江西拜访汤显祖。公安三袁是李贽的私淑弟子。万历十九年至万历二十一年，三袁数次与李贽论道，往往历时数月。三袁在追求自我价值与实现生命解脱的维度深受李贽影响，其"性灵说"几乎就是"童心说"的演绎。万历二十四年后李贽思想归于深沉平静，三袁也都经历了由狂放走向内敛的人生历程。袁中道写《李温陵传》道出了三袁对李贽的崇敬和与李贽的不同，"虽好之，不学之也。其人不能学者有五，不愿学者有三"，对李贽的评说深入、公正而客观。李贽评点过《水浒传》、《西厢记》等小说戏曲，坊间销量甚巨。明末金圣叹评点的《水浒传》、《西厢记》与李卓吾评本相同，都贯穿着狂放的精神与自我价值的追求，部分文学思想也相近，而且金评中不时讥评李卓吾，几乎以李卓吾为假想敌，都证明了金圣叹受李贽影响之深。金圣叹是明代狂放思潮的殿军，是晚明精神上最接近李贽的人物。金圣叹与李贽虽无学术思想的直接传承，但性情与人生观、价值观的相近，导致金圣叹同李贽一样走向了悲剧的人生结局。不过对二人而言，或许未必是悲剧。

李贽是晚明启蒙思潮中最具有代表性与影响最大的一位。李贽思想源于阳明心学，杂取道释思想，合于一体，以"真"为思想本体，以"童心"为思想本源，以求真为旨归，批判假道学，肯定"私"与"欲"的

①许苏民：《李贽评传》，南京大学出版社2006年版，第168页。

必然性与合理性，形成了独特的思想体系。就思想主体来说，李贽是先秦儒家精神的坚决捍卫者和实践者。李贽是晚明重情主义艺术思潮的代表，其文艺思想对汤显祖、公安派和金圣叹等都产生了重大影响。

第六节　汤显祖

汤显祖（1550—1616），字义仍，号海若、若士，晚年又号茧翁，自署清远道人，江西临川人，明代中晚期戏曲家。汤显祖出身于书香门第，34岁考中进士入仕途。时值万历皇帝昏庸官场腐败，汤显祖官阶不高却长期遭贬。官场上的失意，地方恶霸的有恃无恐，加之女儿、大弟和儿子的先后夭折所带来的打击，1598年汤显祖愤然辞官，归隐于临川玉茗堂。他在百感交集之中，创作了《紫钗记》、《牡丹亭》、《南柯记》、《邯郸记》，合称“玉茗堂四梦”或“临川四梦”。

一、汤显祖文论思想的渊源

嘉靖、万历年间，以王艮为祖师的“泰州学派”影响较大，罗汝芳是王艮的再传弟子，汤显祖作为罗汝芳的高足，文论观深受老师思想的影响。罗汝芳认为，“天初生我，只是个赤子，赤子之心，浑然天理，细看其知不必虑，能不必学，果然与莫之为而为，莫之致而致的体段，浑然打得对同过”。“《礼记》谓：人生而静，天之性也。《孟子》曰：在人者，不失其赤子之心者也。夫赤子之心，纯然而无杂，浑然而无为，形质虽有天人之分，本体实无彼此之异。”① 罗汝芳所谓的“赤子之心”即良知，是指人的真性情所在。传承恩师的衣钵，汤显祖提出了自己的“至情”文论观。李贽对汤显祖的文论思想也大有启发。李贽猛烈攻击封建礼教，他的学说带有市民阶层强烈的个性解放色彩。汤显祖通过阅读《焚书》成为李贽的信徒，读李氏之书“寻其吐属，如获美剑”。作为汤显祖的精神导师，李贽的“童心说”对汤显祖思想的影响是毋庸置疑的，汤显祖的“至情”文论观与李贽的“童心说”在理论基础、哲学思想上都具有相通之

①邹自振、罗伽禄：《论罗汝芳对汤显祖的影响》，福州大学学报（哲学社会科学版），2007年第4期。

处。达观和尚与李贽被列为当时思想界的“二大教主”，其与汤显祖有着多年的交往。据《汤显祖年谱》记载，万历十八年十二月，汤显祖与达观首次相见，但是却因20年前汤显祖中举后曾在南昌云峰寺题过的禅诗，让达观对其发出“吾望子久矣”的感慨。达观虽遁入佛门，但却与“情”纠缠不清，“达观一直是一位面冷心善的多情的和尚”，“是一位能实践的情的哲人”,① 这种看似矛盾的评价道出了达观真实的心境，正如汤显祖所评“无情无尽恰情多”②。达观思想中的“佛”、“情”矛盾直接影响了汤显祖的文论思想。

二、汤显祖的文论思想

（一）“意趣神色”曲学理论

汤显祖的创作成就主要集中在戏曲方面，“临川四梦”是其留给后人的宝贵的精神财富和文化遗产。在戏曲创作上，他认为内容比形式更重要，不能单纯强调曲牌格律而削足适履。汤显祖在给吕姜山的信中提出了“意趣神色”：“寄吴中曲论良是。‘唱曲当知，作曲不尽当知也’，此语大可轩渠。凡文以意趣神色为主。四者到时，或有丽词俊音可用。尔时能一一顾九宫四声否？如能按字摸声，即有窒滞迸拽之苦，恐不能成句矣。”③

汤显祖的曲学理论中“意”字一马当先，作为精神首领，它指的是作品的立意，即主题思想。汤显祖认为一部作品只有贯穿了作者的思想才能具备思想性和生命力。他在文章中反复强调“文以意为宗”、“词以立意为宗”、“余意所致，不妨拗折天下人嗓子”。“趣”，即情趣，在文艺创作上要求作品不要拟古、落入俗套，情节要新颖奇特。汤显祖在《答王澹生》信中说：“以为汉宋文章，各极其趣。”王骥德评论汤沈之争时说“吴江守法”、“临川尚趣”，点明了“沈汤之争”的焦点，凸显了汤显祖曲论中尚趣的艺术笔调。“神”，指“神韵”，即要求以寄托的方法，抒写生动自然、清奇冲淡，缜密洗练、达到委曲含蓄而趣味无穷的艺术境界，这是汤显祖极力追求的超凡脱俗之境。“临川四梦”都是“有讥有托”，曲意“转在笔墨之外”，正是“神韵”体现之处。“色”，是辞采。汤显祖的剧本中充

①黄芝冈：《汤显祖编年评传》，中国戏剧出版社1992年版，第291页。

②汤显祖：《汤显祖诗文集（上）·江中见月怀达公》，上海古籍出版社1982年版，第531页。

③汤显祖：《汤显祖诗文集（下）·答吕姜山》，上海古籍出版社1982年版，第1337页。

满了“丽词俊音”，因为他认为辞采可以更好、更充分地表达感情。他称赞《焚香记》桂英冥诉几折的曲词：“遂令后世之听者泪，读者颦，无情者心动，有情者肠裂。”吕天成称“临川四梦”：“摘艳六朝，句叠花翻之韵。”① 作为“临川四梦”的代表，《牡丹亭》充斥着大量优美的词曲，是绝妙好辞。总体来说，“意”、“趣”是作品思想维度，“神”、“色”是形式维度。汤显祖的“意趣神色”曲学理论集中体现在以下三点：

1. 尚真尚情

在戏曲创作上，汤显祖对“真”给予了极高的评价。他认为“真”是戏曲创作追求的重要目标，是文艺作品的生命。拟古主义作品的弊病就在于“假”，要使作品不假，首先自己必须是“真人”。作品之“真”出于作家本性之“真”。在戏曲批评方面，汤显祖继承了徐渭“宜真宜俗”之“真”，论曲讲求“真色”，“其填词皆尚真色，所以入人最深，遂令后世之听者泪，读者颦，无情者心动，有情者肠裂，何物情种，具此神手”②。汤显祖认为，人的“真趣”、“真气”源于人的天性，而人心最大的天性又莫过于情，“世总为情”，因此，汤显祖论文、论曲推崇“至情”，通过“情”与“理”、“情”与“法”、“情”与“志”之辩，肯定了真情、自然的可贵。

2. 以“意”为先

汤显祖提出“凡文以意趣神色为主”，打破了自元代以来戏曲为“曲”的旧观念，审核剧本的优劣以“意趣神色”为标准，不再以“曲”为尺度。为了剧本思想内容的需要，顾全“曲意”，当遇到“有丽词俊音可用”，但又和“九宫四声”相矛盾时，可以不管“窒滞迸拽”、“恐不成句”的忌讳，可以“不以正格”，突破了长久以来戏曲音律的束缚。而在有关曲意和律法的问题上，同时期的沈璟论曲崇尚“本色论”，要求戏曲运用本色语，严守格律。沈璟论曲与后七子派的形式拟古相呼应，倡导声律词法。随着汤显祖《牡丹亭》的广泛流传，围绕其声律问题展开了汤显祖的“意趣神色”论和沈璟的“合律依腔”论的争执。汤显祖的“意趣神色”论中以“意”为先，反对从纯形式的角度审视情感内容与格律声韵

---

①吕天成：《曲品》，《中国古代戏曲论著集成（六）》，中国戏剧出版社 1980 年版，第 213 页。

②汤显祖：《汤显祖全集·焚香记总评》，北京古籍出版社 1991 年版，第 1656 页。

的关系，把握住了戏曲中情感意蕴这一关键要素。

3. 注重情节结构安排

汤显祖认为戏曲情节必须前后呼应，衔接自然，应根据整个舞台表演的实际效果安排结构，凡推动高潮的情节应该格外精心设置。《牡丹亭》的蓝本是《杜丽娘暮色还魂》话本。“话本是两个太守、一双女儿，门当户对，终偕连理的戏剧框架。汤显祖则将男女主人公中男主人公的社会地位下移为穷秀才身份，就连科考的盘缠都要靠他人资助。话本中的双方父母既属同级，承认儿女婚姻何等爽快；而剧本中的杜大人要认可女婿比登天还难。话本中正反两方面冲突的阵营十分淡薄，剧本中则增添了腐儒陈最良、花神、判官等一系列新的角色，从而使冲突的建构更为丰厚完整。话本窘迫仓促地讲完一个言情故事，剧本则舒缓从容地演述出一幕幕如诗如画的抒情场面。”① 汤显祖较早地注意到戏曲作品情节结构的安排，为以后的王骥德、凌濛初、李渔论戏曲结构开创了先河。

（二）“至情”文论观

汤显祖的文学创作与文学批评始终贯穿着“情”字，“情”是其文论的本体。“《牡丹亭》中杜丽娘所说的‘可知我一生爱好是天然’，就是作者对‘情’的最确切的解释，换言之，在作者看来，顺乎人性的天然，让他们饥得食，病得医，成年长大得遂男女婚姻，这就是合乎人性的‘真情’。”② 在他看来，“情”是一种无形的生命力量，贯穿着人的生命历程。“至情”是汤显祖所向往的情感的最高境界。汤显祖的“至情”论主要体现在三个维度：

1. 情为世界与人之本体

在《宜黄县戏神清源师庙记》中，汤显祖指出：“人生而有情。思欢怒愁感于幽微，流乎啸歌，形诸动摇。或一往而尽，或积日而不能自休。”又在《调象菴集序》中写道：“情致所极，可以事道，可以忘言。而终有所不可忘者，存乎诗歌序记词辩之间。固圣贤之所不能遗，而英雄之所不能晦也。”他认为“情”是人与生俱来的天性，与生命的过程形影相随。情感表达是人的本能需要，无须论证，世事并非“理”能够完全解释，世

①袁行霈：《中国文学史（第二版）·第四卷》，高等教育出版社 2005 年版，第 115 页。

②钱英郁：《汤显祖的创作道路》，《汤显祖研究论文集》，中国戏剧出版社 1984 年版，第 28 页。

事都是伴随着情感的旋律而发生。汤显祖非常重视创作主体的情感，任何对情感的规定和描述都必须要落实到创作主体自身，要达到这般高度，那就必须经历“有情人生”的体悟。汤显祖的“世总为情”、“人生而有情”这些直觉的人生体验规定了“有情”是人生的本质，人的情感是具有本体性的存在。这种情感本体论是对传统的“感物心动”思维模式的超越。

2．“至情”是人生的最高境界

《牡丹亭》是“至情”的最好演绎。在《牡丹亭记题词》中，汤显祖说道：“情不知所起，一往而深，生者可以死，死可以生。生而不可与死，死而不可复生者，皆非情之至也。”这是对杜丽娘与柳梦梅超生入死的爱情的最好诠释。这种爱情追求不能以寻常事理逻辑、时空逻辑来审视和理解，它将情感提升到超越生死和时空的高度，情感追求不但在于与现实抗争以求得个人尊严和从精神上超越人生困境，而且更重要的是在超越过程中张扬了生命意识，觉醒了个体意识。

3．戏剧是最有效的“至情”体悟方式

在汤显祖的时代，社会意识总体还处在皇权统治和程朱理学控制下，后七子派的文学复古思潮势力庞大，汤显祖的“至情”思想不可能通过正面表达的方式获得广泛认可，他只能借助戏剧的手段来实现。他晚年总结自己的文学创作特别是戏剧创作时，提出了一个与其创作实际非常符合的文学观念：“因情成梦，因梦成戏。”① 在汤显祖思想中，“梦”是以两种不同层次的形态存在着，前者是它的现实形态，后者是它的超现实的审美形态。两者一实一虚，共同构建了文学作品的情感空间。汤显祖“因情成梦，因梦成戏”的文学主张在“临川四梦”中实际运用，是其一生创作的总结。《牡丹亭》中的杜丽娘因为“情”在地府可以得到阎王的同情，从而与柳梦梅幽会，因为“情”最后可以还魂重生，在现实中得到皇帝赐婚，从而与柳梦梅喜结连理；《南柯记》中的淳于棼可以在梦中享尽荣华富贵，但最终因“非俺族类，其心必异”被遣送回人间；《邯郸记》中的卢生因吕洞宾的仙枕而入梦，在梦中他春风得意历尽繁华，同时也饱尝人世风波险阻，梦醒后被神仙点化，于是幡然大悟，抛弃红尘，随吕洞宾仙游而去；《紫钗记》中的霍小玉因为“情”感动了黄衫客，行侠仗义，对

---

①汤显祖：《汤显祖全集·第二集·第四十七卷·复甘义麓》，北京古籍出版社1991年版，第1464页。

破坏李益、霍小玉婚姻的卢太尉给予了一定警示。在这些贯彻着“至情”论的戏剧中，汤显祖殷切地呼唤着社会的良知，他希望在“至情”的感召下，人能从麻木不仁和冷漠无情的存在状态中解脱，世界因此而和谐美好。

三、汤显祖文论思想的影响

（一）时代影响

随着“临川四梦”影响日隆，一大批剧作家深受汤显祖作品中的真情感染，从剧本的立意构思到曲词风格的熔铸都刻意模仿汤显祖，掀起了一场宣扬真情，以“情”抗“理”的创作热潮，歌颂人间的真情，宣扬个性解放，形成了戏曲史上的“玉茗堂派”，又称“临川派”。吴炳、孟称舜、洪升、张坚是汤显祖忠实的追随者。“吴炳的《粲花别墅五种》，被梁廷楠《曲话》定位为‘置之《还魂记》中，几无复可辨’。”① 孟称舜的情爱关系也写得婉转深情。《长生殿》除了辞采，全局的情旨追求更显现汤显祖影子。张坚的创作构思和汤显祖的创作精神紧密相连，他在《梦中缘》自叙中极力歌颂“梦之所结，情之所钟也”。汤显祖对同时代的剧作家和后代剧人产生了不同程度和层面的启发与影响。

与以汤显祖为首的“玉茗堂派”剧作家相互映衬，以沈璟为领头人的“吴江派”曲学家群体（沈自晋、冯梦龙、袁于令、范文若、吕天成、叶宪祖）在当时也非常活跃，两大曲学派别风格相互融聚和竞争，形成了一场旷世瞩目的“汤沈之争”，促进了明代后期戏曲的繁荣。吴江派推崇沈璟倡导的“合律依腔”曲学理论，沈璟曲论的基本出发点是倡导封建伦理道德，“声律论”是其曲论影响最大的方面。吕天成《曲品》言：“宁协律而不工，读之不成句，而讴之始叶，是曲中之工巧。”音律和文辞兼美是戏曲创作的最高境界，如果两者不能兼得，“玉茗堂派”选择的是文辞，“吴江派”选择的是音律，这两大曲学派别的根本分歧在于“玉茗堂派”重视曲文，因此要求音律服从文辞，强调曲意，“吴江派”重视曲乐，因此要求文辞服从音律，注重律法。在明代，有关“意”与“法”的争论一直是复古派关注的核心问题，曲理论界的“汤沈之争”是复古思潮在戏曲论中的自然渗透。

---

①袁行霈：《中国文学史（第二版）·第四卷》，高等教育出版社 2005 年版，第 121 页。

（二）后世影响

汤显祖的“至情”文论观除了直接影响了晚明的曲坛，还渗透到了诗文的创作，“公安派”和冯梦龙受其影响最深。公安派提出“性灵说”，在创作中推崇“独抒性灵，不拘格套”，强调真实地表现作者的思想情感，反对人为的约束以及“粉饰蹈袭”。汤显祖曾指出：“予谓文章之妙不在步趋形似之间。自然灵气，恍惚而来，不思而至。怪怪奇奇，莫可名状。”①“灵气”和“生气”是指在艺术创作中表现出来的一种自然的、灵气飞动的创作特点。汤显祖的“灵气”给予了公安派直接的启发。

冯梦龙也深受汤显祖“至情”文论观的影响，他说：“天地若无情，不生一切物。一切物无情，不能环相生。生生而不灭，由情不灭故。四大皆幻设，惟情不虚假。”② 从宇宙生成论的角度，冯梦龙认为“情”是万物的起始和根源，将“情”提升到世界本体的高度，在汤显祖的情感本体论基础上提出了“情教说”。

汤显祖是明代伟大的戏曲作家和戏曲理论家。他的“临川四梦”是明代戏曲最辉煌的成就，他的“意趣神色”曲学理论兼顾内容与形式，尚真尚情、以“意”为先、重视情节结构安排，并以“意趣神色”开展戏曲批评，是对明代曲学理论的重大贡献。汤显祖的思想本源乃是“至情”思想。“情”是汤显祖文论的本体，更是他毕生不懈的精神追求。汤显祖的“至情”论寄寓着以“至情”为中心的社会理想和人文关怀精神，为小说、戏曲等通俗文学的发展提供了新的理论视野。

第七节　袁宏道

袁宏道（1568—1610），字中郎，号石公，又号六休，湖北省公安县人，明代后期文学家。袁宏道出身于中小地主家庭，自幼聪慧，擅长诗文，1592 年考取进士，之后断续为官，都是中小官职。袁宏道不以当官为

①汤显祖：《汤显祖诗文集（下）·合奇序》，上海古籍出版社 1982 年版，第 1078 页。

②冯梦龙：《冯梦龙全集·卷七》，江苏古籍出版社 1993 年版，第 1 页。

意，追求自由适意的生活。与其兄袁宗道、其弟袁中道合称“公安三袁”。袁宏道是公安派的实际领袖，是晚明重情文艺思潮的代表。作品主要收入《袁宏道集》。

一、袁宏道的人格特征

（一）尚“狂”

晚明是狂禅思想滥觞的时代。“狂”，是“真”，即率性而为，张扬个性。正德以后，中正平和的儒家传统人格形态逐渐被否定，“狂士”不断涌现。王阳明自称“狂者”；王畿推崇“狂者”；李贽被视为“狂人”和“异端之尤”；汤显祖也“宁为狂狷，不为乡愿”。袁宏道深受士风影响，数次向李贽问道，拜李贽为师，欣赏李贽的思想与行为，而其天性中又本具“癫狂”之质，故狂放异常，常语出惊人，离经叛道，自许为不让天下，坦言宣称：“但辨此心，天下事何不可为。”①

（二）纵情适欲

作为狂士，追逐“呵佛骂祖”式的自由，率性而为，是袁宏道性格的典型特征。在生活上袁宏道追求自适，追求物欲情欲的满足，尤其耽好女色。袁宏道坦白“弟往时有青娥之癖”，推崇“入拥座间红”为“人间第一佳事”。正是这种对本能欲望的毫不掩饰的追求和流露，使袁宏道的言行带有强烈的个性解放色彩，不过也使其堕入低级享受的泥淖，又妨碍了人生境界与诗文品格的提升。

二、袁宏道的文论思想

袁宏道在四十二年人生中思想发生了很大的变化。早年偏爱禅学，反对诗文拟古，主张“独抒性灵，不拘格套”，注重个性创造精神，形成以“变”、“真”、“趣”、“露”为审美旨趣的“性灵说”。万历三十年后，袁宏道由禅宗皈依净土，人生观由自适转向退守和稳实，开始对自己前期理论进行反思，文论思想由“性灵”为核心转向以“无欲无我”为核心的“质”、“淡”、“韵”的审美旨趣。

（一）袁宏道前期的文论思想——“性灵说”

1．“变”

袁宏道对前后七子的拟古之风深恶痛绝，反对亦步亦趋地模拟古人。

①袁宏道：《袁宏道集笺校·锦帆集·聂化南》，上海古籍出版社1981年版，第262页。

对于文学与时代的关系，袁宏道在《叙小修诗》中说：“夫代有升降，而法不相沿，各极其变，各穷其趣，所以可贵，原不可以优劣论也。”① 袁宏道对文坛上风行的“贵古贱今”的思想进行深刻的批判，认为今日之文有自己独特的时代特征和审美旨趣。文学是时代的产物，时代在不停地变化，世态、人情、语言也在不断地改变，这样，文学随着时代的转换自然应该发生变化，“世道既变，文亦因之”（《与江进之》）。“法因于弊而成于过”② 是袁宏道论“变”的另一个重要思想。时代的变化发展是文学变化发展的根本原因，但文学内部的因革损益才是文学发展的根本途径。在《雪涛阁集序》中，袁宏道论述了新旧文学之间“相反相成”的关系，指明了文学内部矛盾运动的发展规律。“变”的文学思想与拟古之论形成了鲜明的对立。

2. “真”

在“变”的文学思想总领下，袁宏道主张文章表达真情实感，提出“独抒性灵，不拘格套，非从自己胸臆流出，不肯下笔”的文学主张，鼓励作家抒写真性情。“真”是“性灵”的内在规定。作诗是性灵的表达，这样的诗才是“真诗”。作“真诗”首先必须学会做“真人”，“无闻无识”为“真人”。“故吾谓今之诗文不传矣。其万一传者，或今闾阎妇人孺子所唱《擘破玉》、《打草竿》之类，犹是无闻无识真人所作，故多真声，不效颦于汉、魏，不学步于盛唐，任性而发，尚能通于人之喜怒哀乐嗜好情欲，是可喜也。”③ “闻识”指人后天学习的道理知识，袁宏道推崇“无闻无识”之人，实际上是提倡作家在写诗文时应该遵从自己独特的内心感受，说真话。由于人之性情的不同，因此诗文就不会千篇一律。

3. “趣”

“诗以趣为主”是袁宏道“性灵说”的又一审美理念。“趣如山上之

---

①袁宏道：《袁宏道集笺校·锦帆集·叙小修诗》，上海古籍出版社 1981 年版，第 188 页。

②袁宏道：《袁宏道集笺校·瓶花斋集·雪涛阁集序》，上海古籍出版社 1981 年版，第 710 页。

③袁宏道：《袁宏道集笺校·锦帆集·叙小修诗》，上海古籍出版社 1981 年版，第 187 页。

色，水中之味，花中之光，女中之态，虽善说者不能下一语，唯会心者知之。”① 袁宏道的“趣”作为审美范畴，与钟嵘的“滋味”，司空图的“韵味”，尤其是严羽的“兴趣”和“别趣”都有相通之处，但是其主要关乎性情，是一种不可言说的，不受理性逻辑思维控制的主观情感状态。袁宏道把“趣”看成是人世间最高的乐趣，认为“世人所难得者唯趣”，“不同思想、精神、情操的人有不同的‘趣’，最上乘的‘趣’则是天真无邪的童子之趣，即孟子所说的‘童子之心’，老子所说的‘能婴儿’也”。② 总的来说，袁宏道的“趣”首先关乎诗人自身的真切体验，其次是与理性相对，不能加以规范和刻意强求，最后关乎诗人独特的生活方式。

4.“露”

因直接抒发真性情的理念，袁宏道必然提倡诗文表现的“直露”。在中国古典诗歌的创生期形成了《诗经》与《楚辞》两大传统，《诗经》的感情抒发方式是“温柔敦厚”、含蓄蕴藉，《楚辞》的感情表达是直抒胸臆、酣畅淋漓。袁宏道以《离骚》感情抒发直露的特点来支持自己：“且《离骚》一经，忿怼之极，‘党人偷乐’……‘信馋赍怒’，皆明示唾骂，安在所谓怨而不伤者乎？穷愁之时，痛哭流涕，颠倒反覆，不暇择音，怨矣……是之谓楚风，又何疑焉？”在袁宏道看来，《离骚》这种怨而伤、怒而骂的情感表达方式是真情的自然流露，给人带来酣畅快达的感受。袁中道因为其诗歌太直露而曾受到批评，袁宏道为其辩解道：“而或者犹以太露病之。曾不知情随境变，字逐情生，但恐不达，何露之有？”③ 直露是激情自然自由喷薄而出的结果。

（二）袁宏道后期的文论思想——“无欲无我”

袁宏道青年时以禅宗为思想根底，以狂禅为人生态度，抨击诗文复古思潮，高扬“独抒性灵，不拘格套”，慷慨宣言“扫时诗之陋习，为末季之先驱，辨欧、韩之极冤，捣钝贼之巢穴”。④ 到了中年，随着生活中的磨

①袁宏道：《袁宏道集笺校·解脱集·叙陈正甫会心集》，上海古籍出版社 1981 年版，第 463 页。

②张少康：《中国文学理论批评史·下卷》，北京大学出版社 2005 年版，第170 页。

③袁宏道：《袁宏道集笺校·锦帆集·叙小修诗》，上海古籍出版社 1981 年版，第 188 页。

④袁宏道：《袁宏道集笺校·瓶花斋集·答李元善》，上海古籍出版社 1981 年版，第 763 页。

难与打击，及社会越来越黑暗腐朽，袁宏道发现理想变得更加虚无，生存的意义也越来越缥缈，他的思想由禅宗趋向净土。思想根底的转变直接导致审美意识的变化，文论思想开始追求“质”、“淡”、“韵”。

1. “质”

袁宏道晚年提出“质”范畴。“物之传者必以质，文之不传，非曰不工，质不至也。”在《行素园稿引》中，袁宏道详细地论述了“质”与诗文的关系，认为“质”的有无及水准的高下是作品能否世代流传的关键因素。何谓“质”?“古之为文者，刊华而求质，敝精神而学之，唯恐真之不极也。”可见，“质”与“朱粉”之“饰”相对立，与“性灵”之“真”密切相关，是“真之极”。“夫质者，道之干也，载于言则为文，表于世则为功，葆于身则为寿。”“质”代表着创作主体的精神品质，这与孔子所讲的“文质彬彬”的“质”相近。袁宏道还把“质之至”看作是诗文的最高审美标准，认为“天下翕然而文之，而古之人不自以为也，曰是质之至焉者矣”。要想达到“质之至”的境界，必须“博学而详说”，“大其蓄”，这样日积月累之后就会“胸中涣然”如“涨水之思决”，一旦灵感降临就会“机境偶触，文忽生焉”。①

2. “淡”

在《叙呙氏家绳集》一文中，袁宏道论述了其贵“淡”的思想。“苏子瞻酷嗜陶令诗，贵其淡而适也。凡物酿之得甘，炙之得苦，唯淡也不可造；不可造，是文之真性灵也。浓者不复薄，甘者不复辛，唯淡也无不可造；无不可造，是文之真变态也。风值水而漪生，日薄山而岚出，虽有顾、吴，不能设色也，淡之至也。”② 淡是滋味之本源，袁宏道的“淡”乃诗文滋味之本源，“淡”是诗文至高境界，是经长期艰苦努力秉持性灵感悟而得。实现“淡”的诗文自然、素朴、真实，这是诗文的真正品格和生命所在。袁宏道后期追求的是一种淡然博大、超凡脱俗的文人情趣。

3. “韵”

“质”和“淡”都是袁宏道后期文论的新思想，“韵”表现出其追求的人生境界。“韵”，即一种士人精神境界，一种清虚之感，是较高人文修

---

①袁宏道:《袁宏道集笺校·未编稿·行素园稿引》，上海古籍出版社 1981 年版，第 1570、1571 页。

②袁宏道:《袁宏道集笺校·潇碧塘集·叙呙氏家绳集》，上海古籍出版社 1981 年版，第 1103 页。

养的外现。袁宏道在《寿存斋张公七十序》中说道：“山有色，岚是也；水有文，波是也；学道有致，韵是也。山无岚则枯，水无波则腐，学道无韵则老学究而已。昔夫子贤回也以乐，而其与曾点也以童冠咏歌。夫乐与咏歌，固学道人之波澜色泽也。”“韵”是一种个性潇洒、自由的人生审美境界。“大都士之有韵者，理必入微，而理又不可以得韵。故叫跳反掷者，稚子之韵也；嬉笑怒骂者，醉人之韵也。醉者无心，稚子亦无心，无心故理无所讬，而自然之韵出焉。由斯以观，理者是非之窟宅，而韵者大解脱之场也。……纵心则理绝而韵始全。”① “韵”是无理性的真性自然呈现，“理”是对“韵”的束缚。袁宏道论“韵”流露出随缘禅的思想，所谓“高明玄旷清虚淡远”，通过“随缘任运”达到“解脱”的境界。

三、“性灵说”与“童心说”的关系

袁宏道的“性灵说”受徐渭的“真情论”、汤显祖的“灵气说”与李贽“童心说”的影响，而李贽的影响尤大。袁宏道数次向李贽问道，每次数月，并拜李贽为师。李贽曾说：“伯（宗道）也稳实，仲（宏道）也英特，皆天下名士也。然至于入微一路，则谆谆望之先生（宏道），盖谓其识力胆力，皆迥绝于世，真英灵男子，可以担荷此一事耳。”② 袁宏道的“性灵说”中谈论的“真”以及提出的“无闻无识”做真人的标准与李贽的“童心”即“真心”以及“闻见道理”遮蔽“童心”的思想有一脉相承的关系。李贽作为思想家，重在批判假道学，依旧站在儒家“敦教化，易风俗”的传统思想立场上，强调文学对世道人心的改良作用。袁宏道作为纯粹的文人，对真的强调旨在破除文学的“格套”与摆脱伦理道德的束缚，恢复生命、情感之真，超越了儒家传统观念。李贽倡导诗文情感表达应直抒胸臆和自然流露。袁宏道接受了李贽的思想并引申之，提出“情至之语，自能感人，是谓真诗”，认为“情随境变，字逐情生，但恐不达，何露之有”，并且十分推崇《离骚》直抒胸臆、酣畅淋漓的抒情方式。李贽古今至文流变的思想也为袁宏道所接受，提出“世道既变，文亦因之”的文学发展论。李贽大胆肯定《西厢记》、《水浒传》等通俗文学，袁宏道同样存在着重“俗”的审美旨趣。

---

①袁宏道：《袁宏道集笺校·未编稿·寿存斋张公七十序》，上海古籍出版社 1981 年版，第 1541 页。

②钱伯城：《珂雪斋集》，上海古籍出版社 1989 年版，第 756 页。

四、袁宏道文论思想的影响

作为公安派的实际领袖和明代文学反对复古运动的主将，袁宏道以“性灵说”文论而赢得了很高的声誉，他的文论思想对后世的文学理论和创作实践产生了重大而深远的影响。

竟陵派继承了袁宏道的“性灵说”文论思想。钟惺拜师于公安派的雷思霈，并提出重“真文”，重“性灵”的主张，以“求古人真诗所在，真文者，精神所为也”① 为文学追求。谭元春也提出：“夫真有性灵之言，常浮出纸上，决不与众言伍。”② 可以说，竟陵派的性灵理论师法于袁宏道。袁宏道从文学创作论、发展观和表现形式等方面充分肯定了通俗文学的历史地位并给予其高度的评价。他看到了明代通俗文学的审美价值，认为它们涵盖了社会众生相，内容鲜活，艺术表现灵活多变，具有旺盛的生命力。因其巨大的社会影响力，一定程度上促进了通俗文学的发展和兴盛。袁宏道由自适的人生而追求自适的文学，对晚明小品文的创作者产生了一定的影响，创作小品文的主要目的是表现自适之情聊以自娱。清代性灵派的袁枚认同袁宏道追求率真、抒写一己之情的诗文主张，认为“诗写性情，惟吾所适”，“凡作诗者，各有身分，亦各有心胸”，③ 并在此基础上对袁宏道的“性灵说”进行了吸收和扬弃，使得“性灵说”变得更加充实和完备。

袁宏道是明代杰出的诗文作家与文学理论家。他既反对前后七子摹拟秦汉盛唐诗文的倾向，也反对唐顺之、归有光摹拟唐宋古文的倾向，主张文随时变，诗文应随着时代而加以创新。针对盛行的诗文复古思潮，他提出诗文要“独抒性灵，不拘格套”予以对抗。晚年又追求“无欲无我”的人生境界与“质”、“淡”、“韵”的审美旨趣。袁宏道是晚明重情文艺思潮的代表，在明代文坛上占有重要的地位。

---

①徐伯容：《钟惺散文选集》，天津百花文艺出版社 1997 年版，第 27 页。

②田秉愕：《谭友夏小品》，北京文化艺术出版社 1996 年版，第 8 页。

③袁枚：《随园诗话》，人民文学出版社 1982 年版，第 3、101 页。

第八节　王骥德

王骥德（？—1623），字伯良，一字伯骏，号方诸生、玉阳生，别署秦楼外史、方诸仙史、玉阳仙史，浙江绍兴人，晚明时期的戏曲作家、曲论家。早年师从同里徐渭，曾得到孙如法的声韵指导，是吴江派的中坚人物，与沈璟、吕天成、王澹等往来甚密。一生著作颇丰，曾作杂剧五种，今仅存《男王后》；传奇戏曲四种，今仅存《题红记》；戏曲理论的作品是《曲律》。

一、嘉靖至万历年间的戏曲理论

明代随着戏曲创作的繁荣和发展，到了嘉靖、隆庆、万历年间，戏曲研究已经成为当时文艺界的一种时尚，大量的戏曲创作和曲学论著涌现，影响较大的戏曲理论有徐渭的“本色”论、李贽的“化工”论、汤显祖的“意趣神色”论、沈璟的“格律”论和吕天成的“双美”论。

徐渭发现早期南戏的长处——“句句是本色语”，于是提出“本色”论。徐渭提倡戏曲作品语言浅显易懂，重点在于“正身”，即真性的自然表现，反对“涂抹”、“插带”。“宜真宜俗”是其主要特点。李贽在戏剧专论《杂说》中提出：“《拜月》、《西厢》，化工也；《琵琶》，画工也。”“化工”的作品是作者情感的自然流露，可能形式不甚完美，却诉诸人心，故感人至深。由于“化工”之作源于“童心”，备受李贽推崇。汤显祖的曲论以“至情”为本源，以“意趣神色”为本体，兼顾内容与形式，尚真尚情、以“意”为先、重视情节结构安排。沈璟的“格律”论提倡“合律依腔”，坚守戏曲中的声律之审美特征。对于临川派重意趣、吴江派重律法的特点，吕天成提出将意趣与律法“合之双美”的主张。

二、王骥德的曲论思想

《曲律》共四卷，分为四十节，对戏曲的源流与发展、音乐、声韵、曲词、句法、字法、剧本结构、戏剧科白等问题进行了深入分析，还对元、明以来的不少戏曲作家及其作品进行品评。《曲律》的理论贡献主要集中在以下几点：“法与词两擅其极”；创作论；作家论；声律修辞论；结构论；宾白论。

（一）“法与词两擅其极”

对于“汤沈之争”，王骥德的立场中立而客观。既称赞沈璟“其于曲学、法律甚精，泛澜极博。斤斤返古，力障狂澜，中兴之功，良不可没”①，又批评沈璟“吴江守法，斤斤三尺，不欲令一字乖律，而毫锋殊拙”②，反对沈璟所谓的“取其声，而不论其义可耳”③。对于汤显祖，既称赞其戏剧“布格既新，遣词复俊，其掇拾本色，参错丽语，境往神来，巧凑妙合，又视元人别一蹊径，技出天纵，非由人造”，又不满其“余意所至，不妨拗折天下人嗓子”的观念。④ 王骥德认为汤显祖的“尚达”与沈璟的“守法”各有局限，吴江、临川两派必须取长补短，“剂众长于一冶”，从而“不废绳检，兼妙神情”⑤。两派结合才有可能创作“神品”，“神品，必法与词两擅其极”⑥。

（二）创作论

《曲律》中最具特色和价值的理论当属对戏曲创作论的研究，其创作论集中体现在“风神”、“人情”、“本色”等方面。

1. “风神”

“风神”是戏剧作品的风貌和神韵。“其妙处，政不在声调之中，而在句字之外。又须烟波渺漫，姿态横逸，揽之不得，挹之不尽。摹欢则令人神荡，写怨则令人断肠，不在快人，而在动人。此所谓‘风神’，所谓‘标韵’，所谓‘动吾天机’。不知所以然而然，方是神品，方是绝技。”⑦“风神”，一方面表现为作品空灵而富于变化，文辞之外韵味无穷，令人反复回味；另一方面表现为作品感染力强烈，能使人感同身受，产生共鸣。王骥德认为“风神”充盈是戏剧创作的理想境界，具备“风神”的作品即为“神品”。

---

①王骥德：《曲律·杂论下》，《中国古典戏曲论著集成第四集》，中国戏剧出版社1959年版，第163页。

②王骥德：《曲律·杂论下》，中国戏剧出版社1959年版，第165页。

③王骥德：《曲律·杂论下》，中国戏剧出版社1959年版，第160页。

④王骥德：《曲律·杂论下》，中国戏剧出版社1959年版，第165页。

⑤王骥德：《曲律·杂论下》，中国戏剧出版社1959年版，第166页。

⑥王骥德：《曲律·杂论下》，中国戏剧出版社1959年版，第172页。

⑦王骥德：《曲律·论套数》，《中国古典戏曲论著集成第四集》，中国戏剧出版社1959年版，第132页。

2. “人情”

在《曲律》中，王骥德提出将曲与诗词文学和古代音乐进行比较，认为曲最善于表达人情，“快人情者，要毋过于曲也”①。无人情者不可作曲，“曲之道，广矣，大矣，自王公、士人，以迨山林、闺秀，人人许作。而特不许僧人插手”②。在王骥德看来，感受人情是戏曲创作的基本要求，因为戏剧作为一门表演性的视听综合艺术，直接面对观众，要使观众叫好，作品必须真切“动人”。王骥德的“人情”并非一切，而是真性情，直指人心，无须粉饰不可矫揉。

3. “本色”

戏曲的“本色”问题，是嘉靖到万历年间众多曲论家研究的理论热点。何良俊、徐渭、沈璟、吕天成等都有代表性的言论，何良俊论“本色”重在“清丽流便”、“简淡可喜”、“全不费词”；徐渭论“本色”推崇“宜俗宜真”；沈璟论“本色”强调戏曲语言的浅显、拙朴和民间口语化；吕天成论“本色”追求天然情趣。王骥德的“本色论”将“本色”与“文采”结合。“大抵纯用本色，易觉寂寥；纯用文调，复伤琱镂。……至本色之弊，易流俚腐；文词之病，每苦太文。雅俗浅深之辨，介在微茫，又在善用才者酌之而已。”③ 真性情加以老妪皆解的文辞为本色，但高境界的“风神”之作还需富有文采，戏剧追求本色并非唯大众的欣赏水平是瞻，而是在保证大众能理解的基础上拥有“须下得恰好，全不见痕迹碍眼”而又能达到“模写物情，体贴人理”的文辞。王骥德推崇本色而富有文采的汤显祖：“于本色一家，亦惟是奉常一人——其才情在浅深、浓淡、雅俗之间，为独得三味。”④

（三）作家论

《曲律·杂论》主要是对关汉卿、马致远等元代戏曲家和徐渭、吕天成、孙如法等当代著名戏曲家及其作品进行研究和评论。王骥德注重作家的个性特征。《曲律·杂论上》写道：“人之赋才，各有所近，马东篱、王

①王骥德：《曲律·杂论下》，中国戏剧出版社 1959 年版，第 160 页。

②王骥德：《曲律·杂论下》，中国戏剧出版社 1959 年版，第 179 页。

③王骥德：《曲律·论家数》，《中国古典戏曲论著集成第四集》，中国戏剧出版社 1959 年版，第 122 页。

④王骥德：《曲律·杂论下》，中国戏剧出版社 1959 年版，第 170 页。

实甫……尺有所短，信然。”[①] 王骥德认为每位作家的作品特色主要是由作家的性情决定，也就是所谓的“赋才”。优秀的剧作家性情不同，作品各具特色，也各有长短。王骥德分析作家作品时特别强调时代和地域的影响。永嘉“书会才人”之于南戏，大都“王关马白”之于元杂剧，李玉等作家之于昆剧，“盖气数一时之盛”[②]。

（四）声律修辞论

《曲律》第三到十二章是声律论，第十三到二十一章是修辞论，可见王骥德对声律修辞的重视。王骥德对与自己同时代的孙矿、孙如法的音律学说，沈璟的《南词韵选》和《南词全谱》等理论进行吸收、批判和继承，系统论述了调名、宫调、平仄、阴阳、韵法、腔调、板眼、声调等问题，提出了重韵、犯声、阴阳错用、蹈袭、宫调乱用等四十条“曲禁”。王骥德注重字声的阴阳之辨。他认为，字声的阴阳是声调的清浊，北曲中凡声调扬起的字都称为阳声，抑下的是阴声，南曲则正好相反。字声必须适应唱腔要求，达到“字响腔圆”的效果。

王骥德在修辞上，要求用字精炼，“百炼成字，千炼成句”。字词搭配和谐，“要极新，又要极熟；要极奇，又要极稳”[③]。句法自然准确，“宜自然不宜生造”，又要新奇，“意常则造语贵新，语常则倒换须奇”[④]。虽然推崇用句要奇巧，但是“当对则对”、“字字的确”、“斤两相称”的得当用句之法依然是王骥德修辞天平中兼顾的另一端。

（五）结构论

作品的结构彰显了作者的构思和立意，《曲律》自身结构的完整和严密表明了王骥德对于戏剧结构这一问题的关注和重视。在创作上，王骥德主张首先应该统筹大局，对作品的间架布局有一个宏观的把握，然后再逐步丰富和细化充实，他认为编剧作曲好比工程师建造宫殿“必先定规式”，将结构做妥善安排，才能塑造鲜活的人物、添加丰富的情节。其次，戏剧

---

①王骥德：《曲律·杂论上》，《中国古典戏曲论著集成第四集》，中国戏剧出版社1959年版，第147页。

②王骥德：《曲律·杂论上》，中国戏剧出版社1959年版，第146页。

③王骥德：《曲律·论字法》，《中国古典戏曲论著集成第四集》，中国戏剧出版社1959年版，第124页。

④王骥德：《曲律·论句法》，《中国古典戏曲论著集成第四集》，中国戏剧出版社1959年版，第124页。

情节的安排应张弛有度，不应“太蔓”，“蔓则局懈，而优人多删削”，也不能“太促”，“促则气迫，而节奏不畅达”。情节的进展必须符合舞台演出的需要。最后，情节展开的紧凑与粗略以是否“要紧”为衡量标准。“传中要紧处，须重着精神，极力发挥使透。”① “无关紧要处”可以“只管敷演”和“草草放过”。王骥德要求戏剧结构疏密有致、虚实相生、富于变化。

（六）宾白论

长期以来，曲论家都是着重论曲而不重视宾白，王骥德要求作者认真重视宾白，强调宾白与剧曲并重，对戏曲创作是一种开创性的见解。跟曲词相比，宾白在表达剧中人物言语等方面更直接、更生活化，创作好的宾白并不容易。“诸戏曲之工者，白未必佳，其难不下于曲。”② 宾白分为“定场白”和“对口白”两种，由于属性的不同，两者也有着不同的要求，具体来说，“定场白”大多是四六饰句，可以“稍露才华”，但是不可深晦，“对口白”是个人散语，应该“明白简质”。两者不同的主张充分地考虑了演出的需要，有利于人物形象的鲜活刻画。

三、王骥德曲论思想的影响

明万历年间戏曲理论涌现出一大批思想和著作，汤显祖、沈璟和潘之恒分别从剧情、音律和表演三个方面为本体构建了自己的曲学理论。王骥德的《曲律》是在对万历剧论的反思中形成的，其对当时及后世的戏曲创作与曲学研究均产生了很大的影响。松蔓道人在《曲品跋》中宣称：“方诸生东南词手，当与松陵、临川二先生鼎立者，其不屑与哙等伍者。”汤显祖和沈璟二人都非常重视王骥德。汤显祖不许他人改动自己的剧作，却说：“吾兹以报满抵会城，当邀此君削正之。”冯梦龙在《曲律叙》中言：“余早岁曾以《双雄》戏笔，售知于词隐先生。先生丹头秘诀，倾怀指授，而更谆谆为余言王君伯良也。”③ 同时得到曲坛中针锋相对的两位前辈的青睐，对于“汤沈之争”，王骥德保持中立，进行客观分析，指出二人的长

---

①王骥德：《曲律·论剧戏》，《中国古典戏曲论著集成第四集》，中国戏剧出版社1959年版，第137页。

②王骥德：《曲律·论宾白》，《中国古典戏曲论著集成第四集》，中国戏剧出版社1959年版，第141页。

③冯梦龙：《曲律·叙》，《中国古典戏曲论著集成第四集》，中国戏剧出版社1959年版，第47页。

处与不足。王骥德不因名家而附和，批评了朱权的《太和正音谱》，不因师友而苟同，对于吕天成的《曲品》也提出了很多异议。王骥德的《曲律》对明末、清初及近代的许多曲学研究著作都产生了不同程度的启发和影响。如明末沈宠绥的《度曲须知》，清初李渔的《闲情偶记》，近代吴梅的《曲学通论》，许之衡的《曲律易知》，任中敏的《散曲概论》等，它们之中有的汲取了《曲律》的理论精髓，有的则是参照了《曲律》的写作体例。

王骥德是明代后期成就卓著的戏剧理论家，在当世及后世都有重大影响。王骥德的《曲律》是中国戏剧理论史上第一部具备系统性的理论著作，总结了前辈戏剧家的理论成果和精华，以自身的立场与观念统摄，形成自己的戏剧理论体系。《曲律》在创作论、作家论、声律修辞论方面理论贡献尤大，其编写体例奠定了曲学理论写作的基石。

第九节　冯梦龙

冯梦龙（1574—1646），别署龙子犹、墨憨斋主人、前周柱史、顾曲散人、香月居主人等，江苏苏州人，晚明文学家。出身名门世家，与其兄画家冯梦桂及弟太学生冯梦熊并称“吴下三冯”。冯梦龙一生功名蹭蹬，61岁才升任知县，获赞誉，任满后归隐乡里。清兵南下时，冯梦龙奔走于反清复明的活动，最终在悲愤忧郁中去世。冯梦龙的最大成就是编著了《三言》——《喻世明言》、《警世通言》、《醒世恒言》，标志着古代白话短篇小说整理和创作高潮的到来。

一、冯梦龙的情教思想

“情教说”是冯梦龙的理论核心和支柱。在《〈情史〉序》中他说：“我欲立情教，教诲诸众生。子有情于父，臣有情于君，推之种种相，俱作如是观。”① 这是其情教观的宣言。在冯梦龙看来，情是联系人与自然、人与社会不可缺少的纽带。冯梦龙思潮以“情”为本源，“试图建立一套

①冯梦龙：《冯梦龙全集七·情史》，凤凰出版社2007年版，第1页。

与儒教、道教、佛教并列，类似宗教的教化理论体系”①。冯梦龙的情教观呼应了晚明文坛重文艺教化的风气，是晚明性情思潮中的一个重要理论。冯梦龙的情教观集中体现在以下三个维度：

（一）情生万物

冯梦龙生性多情，称自己为“情痴”。男女情爱是冯梦龙情教说的起点，《三言》有三分之一以上篇幅涉及情爱。冯梦龙重视男女之情不但是为了反对理学禁锢，释放人欲，倡导情爱自由，而且是源于他的根本理念——“情始于男女”。《周易》提出：“天地絪缊，万物化醇；男女构精，万物化生。”情不但是人类情感的依据，而且是宇宙运行的根据，男女之情体现了宇宙自然的意志和规律。《〈情史〉序》中说：“万物如散线，一情为线索。散线就索穿，天涯成眷属。”② 万物都是由情化生，都是有情有灵性的。“万物生于情，死于情。人于万物中处一焉，特以能言，能衣冠揖让，遂为之长，其实觉性与物无异。微独禽鱼，即草木无知，而分天地之情以生，亦往往泄露其象。何则？生在而情在焉。”③ 冯梦龙认为情是生命的原动力和存在的本源。

（二）情生生不息

冯梦龙认为情是亘古不变的，在《情史》中他说：“人生死于情者也，情不死于人者也。人生而情能死之，人死而情又能生之。即令形不复生，而情终不复死。”“天地若无情，不生一切物；一切物无情，不能相环生。生生而不灭，由情不灭故。四大皆幻设，惟情不虚假。有情疏者亲，无情亲者疏。无情与有情，相去不可量。”④“情”的恒久不变维持了宇宙的生生不息。

（三）情的教化性

冯梦龙认为社会上一切不合理的规范和行为都是无“情”所致，他推崇自己的“情教观”就是希望通过人人有情来达到社会的和谐。他认为，世人应该像信仰宗教那样相信情，这样世道人心才会改观，达到“无情化有，私情化公，庶乡国天下，蔼然以情相与，于浇俗有更焉”的理想境界。他甚至认为，情教比佛教、儒教有着更大、更明显的社会功效，“佛

①聂付生：《冯梦龙研究》，学林出版社2002年版，第65页。

②冯梦龙：《冯梦龙全集七·情史》，凤凰出版社2007年版，第1页。

③冯梦龙：《冯梦龙全集七·情史》，凤凰出版社2007年版，第932页。

④冯梦龙：《冯梦龙全集七·情史》，凤凰出版社2007年版，第1页。

亦何慈悲，圣亦何仁义。倒却情种子，天地亦浑沌”①。在冯梦龙的观念中，“情”高于一切，是评判人物、事件和规范社会的基本标尺。

二、冯梦龙的小说理论

小说者，街谈巷议稗官野史之流，在中国传统文化中，不能与经史、诗文相提并论。小说一直在民间发展，从南北朝的“志人”、“志怪”到唐“传奇”，再发展为宋代的“话本”，小说逐渐走向繁荣，但没有改变小说的末学地位。入明以来，随着长篇通俗小说的崛起，小说创作家和理论家为了提高小说的社会地位和价值，想方设法拉近小说与“史”的距离，希望通过使小说作为“正史之补”来提高它的文体地位。明中期后，小说的地位不断上升。李开先认为任何文学题材都做不到像小说那样广泛地反映现实生活，同时针砭时弊，他称《水浒传》“委曲详尽，血脉贯通”，“《史记》之下，便是此书”。李贽打破了鄙视小说的传统观念，认为《水浒传》是“古今至文”，它与《史记》具有相等的思想艺术价值。随着文人们对小说的关注，有关其创作手法和艺术价值的讨论也日益增多。小说批评家有关小说虚实理论的探讨，使小说逐渐摆脱了历史事实的枷锁，在创作上提倡大胆虚构，有效地促进了小说创作的繁荣发展。

（一）“史统散而小说兴”

作为小说的推崇者，在《古今小说·叙》中，冯梦龙提出了一个著名的命题：“史统散而小说兴。始乎周季，盛于唐，而浸淫于宋。韩非、列御寇诸人，小说之祖也。《吴越春秋》等书，虽出炎汉，然秦火之后，著述犹希。迨开元以降，而文人之笔横矣。若通俗演义，不知何鹏？按南宋供奉局，有说话人，如今说书之流。其文必通俗，其作者莫可考。”② 冯梦龙第一次将小说和历史文化系统对立起来考察。冯梦龙认为，通俗小说作为市民阶层的代言体，应该拥有一套属于自己的话语，以此来区别以经典性史传为代表的官方文学话语体系。小说只有获得广大市民的欣赏，才能具有旺盛的生命力，因此，小说作品中的人物，叙事视角、方式及语言，都应采用市民喜闻乐见的方式。

（二）小说的通俗性

小说作为一种大众文体，“通俗”是冯梦龙在小说创作时遵循的基本

①冯梦龙：《冯梦龙全集七·情史》，凤凰出版社 2007 年版，第 2 页。

②冯梦龙：《冯梦龙全集一·古今小说·叙》，凤凰出版社 2007 年版，第 2 页。

原则。冯梦龙认为，《五经》提倡的“令人为忠臣，为孝子，为贤牧，为良友，为义夫，为节妇，为树德之士，为积善之家”的道理，只有“切磋之彦”、“博雅之儒”的有学之士才能读懂和理解，而“村夫稚子，里妇估儿，以甲是乙非为喜怒，以前因后果为惩劝，以道听途说为学问”①，他们喜闻乐见的说理方式是“浅”、“俚”，所以冯梦龙特别重视小说的通俗性。

小说的通俗性主要表现在两个方面：首先是小说的表达方式，其次是小说的内容。就小说的表达方式来说，冯梦龙认为“文必通俗”，小说与经史文体相比其独特的个性就在于其表达形式上的“谐于里耳”，这种方式为普通民众所喜闻乐见，它蕴藏了小说巨大的影响力、艺术冲击力和感染力，而宋以前的小说“尚理或病于艰深，修词或伤于藻饰，则不足以触里耳而振恒心”。② 小说内容的通俗性体现在以世俗大众的生活作为表现对象，同时以市民阶层的趣味和要求改编经史文化的内容，使其通俗化、平民化和当下化。

（三）小说的虚构与真实

冯梦龙对小说创作虚和实、真和赝的关系问题做了比较彻底的论述。冯梦龙在总结话本小说创作经验的基础之上，提出了“事赝而理真”的观点。虚构是区分小说与史学文体的重要因素。小说叙事与真实的历史叙事是否符合并不重要，重要的是必与社会人生之“理”相符合。“真”是冯梦龙衡量作品思想和艺术的一个重要标准。在《太霞新奏》中冯梦龙说道：“子犹诸曲，绝无文采，但有一字过人，曰真。”③ 只要是“真”的作品，就可以起到“补金匮石室之遗”的作用。冯梦龙的“真”是在现实生活基础上建立的艺术真实。他将艺术的真实性内涵总结为人真、事真、情真、理真四个方面。“理真”是其艺术真实理论的根本。小说创作不应局限于现实中的真人真事，人物和事件可以有很大的艺术虚构的空间。这种新的价值评判标准标志着小说已经脱离史学文体的羁绊。冯梦龙的“事赝而理真”观在我国小说理论发展史上占有着重要地位，对后代的小说理论与创作产生了深远的影响。凌濛初以《西游记》为例，提出了“幻与真”的问题，“即如《西游》一记，怪诞不经，读者皆知其谬。然据其所载，

①冯梦龙：《冯梦龙全集二・警世通言・叙》，凤凰出版社2007年版，第663页。

②冯梦龙：《冯梦龙全集三・醒世恒言・叙》，凤凰出版社2007年版，第1页。

③冯梦龙：《冯梦龙全集十・太霞新奏・叙》，凤凰出版社2007年版，第1页。

师弟四人，各一性情，各一动止，试摘取其一言一事，遂使暗中摩索，亦知其出自何人，则正以幻中有真，乃为传神阿堵”①。吟啸主人在《平虏传序》中提出：“予曰：苟有补于人心世道者，即微讹何妨。有坏于人心世道者，虽真亦置。”随着对虚构和真实的问题越来越明确的认识，小说创作家们开始自觉遵循这一创作原则。

三、冯梦龙的戏曲理论

冯梦龙是明代后期“吴江派”的代表人物，继承吴江派的曲学理论，创作了传奇《双雄记》和《万事足》，同时评点、改订传奇数十种，现存十六种，还选编和评点了散曲集《太霞新奏》。冯梦龙的戏曲理论主要存在于序言和评点中。

（一）严守曲律

作为“吴江派”的中坚力量，严守曲律也是冯梦龙曲学的核心。“若夫律必叶，韵必严，此填词家法，即世俗议论不及，余宁奉之惟谨。”② 冯梦龙认为，学会谱曲是戏曲中最基本的一环，“律设，天下始知度曲之难；天下知度曲之难，而后之芜词可以勿制，前之哇奏可以勿传。悬完谱以俟当代之才，庶有兴者”③。冯梦龙的戏曲生涯中大量工作都是致力在“‘窜改’不合律的曲子上，细言之，大抵不出沈璟在《词隐先生论曲》里提出的三个方面：四声阴阳、句法和用韵”。④冯梦龙对汤显祖不严守曲律的作剧论非常不满，他按严格的曲律改订汤显祖的《牡丹亭》和《邯郸记》时批评《牡丹亭》：“独其填词不用韵，不按律。”“识者以为此案头之书非当场之谱，欲付当场敷演，即欲不稍加窜改而不可得。”而《邯郸记》则有“词落调及失韵处，不得不为一窜耳”。虽然冯梦龙不认同汤显祖的曲律观，但是他没有囿于门户之见，对于汤显祖及其剧作还是给了很高的评价。

（二）本色当行

---

①凌濛初：《二刻拍案惊奇》，《中国历代小说论著选》，江西人民出版社 2004 年版，第 266 页。

②冯梦龙：《冯梦龙全集十一 · 墨憨斋定本传奇 · 新灌园序》，凤凰出版社 2007 年版，第 3 页。

③冯梦龙：《曲律 · 叙》，《中国古典戏曲论著集成第四集》，中国戏剧出版社 1959 年版，第 47 页。

④聂付生：《冯梦龙研究》，学林出版社 2002 年版，第 131 页。

戏曲的语言，一直以来都是戏曲家们争论不休的问题，戏曲的本色当行是明代曲坛上的一个热门话题，何良俊、徐渭、沈憬、王骥德、吕天成、徐复作、凌濛初等人都发表过自己的见解。王骥德强调本色与文词的统一，“大抵纯用本色，易觉寂寥；纯用文词，复伤雕镂……至本色之弊，易流俚腐；文词之病，每苦太文。雅俗浅深之辨，介在微茫，又在善用才者酌之而已”①。冯梦龙非常推崇王骥德的本色论，用“字字文采，却又字字本色”评价王骥德的散曲作品。冯梦龙认为：“词有当行、本色二种，当行者，组织藻绘而不涉于诗赋；本色者，常谈口语而不涉于粗俗。当行也，语或近于学究；本色也，腔或近于打油。”② 冯梦龙强调言语辞藻文采与通俗的统一，当文采与通俗不能兼顾时，务必通俗第一。

（三）倡导情节的新奇和“针线严密”

伴随着明代传奇的繁荣发展，曲坛上的抄袭之风愈演愈烈，冯梦龙对此深恶痛绝，他批评填词者“高者浓染牡丹之色，遗却精神；卑者学画葫芦之样，不寻根本”，为此他提出“脱落毛皮，掀翻窠臼”的理论命题以针砭时弊。冯梦龙认为戏曲情节务须新奇。首先，情节构思应有新意，写前人不曾写过的事件。写前人写过的故事，务必进行改造。其次，情节发展应出人意料，富有戏剧性。

冯梦龙重视戏曲情节的完整与周密。他认为，剧本前部分的情节安排一定要为后面的故事发展打好铺垫，埋下伏笔。他强调叙事结构中事件的贯穿、衔接及前后照应。在改本《洒雪堂总评》中提出：“情节关锁紧密无痕。”③ 如在《楚江情》第五折中，冯梦龙不满意原本义侠青长公弃妾换素徽一事，于是“添入洪宝儿与池通有交，埋伏后《易姬》张本”。

四、冯梦龙文论思想的影响

冯梦龙非常强调文艺作品的通俗性，较早地意识到通俗语言的感染力和冲击力。其在《喻世明言》序中说，好的小说能够使“怯者勇，淫者贞，薄者敦，顽钝者汗下。虽小诵《孝经》、《论语》，其感人未必如是之

①王骥德：《曲律》，《中国古典戏曲论著集成第四集》，中国戏剧出版社 1959 年版，第 122 页。

②冯梦龙：《冯梦龙全集十·太霞新奏·叙》，凤凰出版社 2007 年版，第 1 页。

③冯梦龙：《冯梦龙全集十一·墨憨斋定本传奇·洒雪堂总评》，凤凰出版社 2007 年版，第 821 页。

捷且深也。噫！不通俗而能之乎？”① 冯梦龙所编纂的“三言”代表了明代拟话本的最高成就，是中国古代白话短篇小说的宝库。在“三言”的影响下，凌濛初编著了《初刻拍案惊奇》和《二刻拍案惊奇》。在“三言”、“二拍”的推动下，明末清初白话短篇小说的创作如雨后春笋，繁盛一时，如西湖渔隐主人的《欢喜冤家》，天然智叟的《石头点》，华阳散人的《鸳鸯针》等。冯梦龙改编的《新列国志》在允许的范围内合理虚构，取得了很大的成功，这部作品的问世为后来演义的发展开辟了一条新的道路。清代钱彩的《说岳全传》，褚人获的《隋唐演义》都受了它很大的影响。

冯梦龙的戏曲理论对“苏州派”产生了深远影响，可以称作“‘苏州派’老师和先驱”②。在题材上，冯梦龙的剧作为苏州派剧作家们提供了源泉，他们从“三言”改编的传奇就有七种。在戏曲语言上，自冯梦龙提出“案头场上，两擅其美”的主张之后，“苏州派”更重视传奇艺术的舞台性特征，因而多从舞台效果方面来考虑戏剧的语言。在结构上，冯梦龙认为传奇作品有四五十出太过冗长，因而精心建构，删缩篇目。受其影响，苏州派的剧作逐渐趋向短小，并在结构上突破了生旦团圆的俗套，以主题和内容为出发点来安排情节，讲求情节的致密、连贯。此外，冯梦龙的情教思想对“苏州派”也有深刻的影响，苏州派剧作家在用戏曲纯化人心和社会，发挥其教化功能方面与冯梦龙保持着高度的一致。

冯梦龙一生勤于著述，在小说、戏曲、民歌、笑话等通俗文学的搜集、整理、编辑和创作方面都取得了重大成就。思想上，冯梦龙深受李贽的影响，敢于打破传统观念；文学上，他强调真挚情感抒发和文学教化。冯梦龙的文论思想对后世产生了重大影响。

---

①冯梦龙：《冯梦龙全集一·古今小说·叙》，凤凰出版社2007年版，第3页。

②康保成：《苏州剧派研究》，花城出版社1993年版，第202、203页。

第七章 // 清代的文论发展

第一节　概　述

清代是中国封建历史的最后一个重要的阶段，也是中国古代文艺理论集大成的历史时期。几百年的时间里，清人在有关文学的理论、批评和研究等领域都取得了不凡的业绩，在诗论、词论、散文理论、小说理论、戏曲理论上也取得了非常重要的成就。

一、清代文论的特征

首先，“诗文评”作为传统图书分类学概念正式确立，《四库全书》在集部创立“诗文评”一类，标志着这一类著述在清代的急剧增长。其次，大量的戏曲小说评论著作数量之巨大，方法之丰富多样，涉及面之广，达到成就之高，已为前代难以企及。再次，清代文论写作和出版量非常巨大，各种文学理论与文学批评文献十分丰富。不算诗选和评点类的出版物，仅严格意义的诗话已知（含亡佚）就有 1470 余种。此外笔记、目录题跋、选集、评点以及诗文集中的序跋、诗作、书信、碑传和诗学专题论文，再加史书、方志中的诗人传记，无不蕴藏着大量的诗学资料。最后，清代文学理论、批评的内容和形式都极为丰富。内容上讲有论古今、专家、体式、郡邑、闺秀之分，形式上则有自撰、汇辑、摘句、图谱、诗咏之别。其中不乏闺秀诗话和图谱之类清人开创的新领域。

二、清代文论风格的成因

清代文论之所以具有上述发展特点，是清代社会的现实生活造成的。首先，从政治上看，作为一个少数民族政权，清代统治者为了强化封建的中央集权，加强君主专制统治，一方面大力提倡程朱理学又大兴文字狱，严厉压制知识分子在思想上的反抗；一方面通过承袭明代以八股取士的科举制度，通过扩充录取名额，增定捐纳制度，开设“博学鸿词科”等方式罗致“名士”，政治性地笼络和控制知识分子。这使得清代文人的述而不作成为一种普遍的社会风气，文学理论方面总结性的著作逐渐增多，但是在理论的创新性方面又显得严重不足。尤其是乾隆、嘉庆时期，考据已然成为一种专门的学问。乾嘉学派在森严的文网之下，逐渐改变了清初顾炎武等人倡导的“当世之务”的学风，脱离现实，埋头于故纸堆中，虽然他们在整理中国古代学术文化方面有所贡献，但却在复古的道路上越走越远。这种复古主义的倾向对清代文论方面的影响十分突出，类似桐城派古文理论和浙西派的词论都表现出了浓厚的复古主义色彩。其次，从文化发展的角度来看，虽然清代是中国封建社会的末世，各种社会矛盾都非常激烈，但清代的文学创作伴随封建经济的繁荣，特别是18世纪以来资本主义萌芽的成长依然出现了许多新的主题，戏曲小说等体裁获得了长足的发展，相应的小说和戏曲评点理论也开始在清代大量出现。再次，在清代高压的政治环境下，知识界并非死气沉沉，也出现了如黄宗羲、顾炎武、王夫之的反封建专制的民主思想，以及戴震等对程朱理学的批判，等等。这些，都使清代的文学理论在某种程度上又保留了些许的思想活力。

三、清初文论的发展

清初的文人学者，以遗民诗人群体为代表，表达了对于清朝统治者的民族压迫和专制统治的强烈不满，作品中较普遍地存在反对清廷的民族思想。这一以黄宗羲、顾炎武、王夫之等人为代表的明遗民创作群体在文论取向上表现出了十分明确的经世致用的理论倾向。比如：

黄宗羲不满明代文学的刻意摹拟，摘抄剽窃之风，主张文学应当反映现实社会，表达出作者的真情实感，其文论已经表现出了现实主义的特点。王夫之则以深厚的创作实践和思辨的哲学精神为基础，对诗歌的性质、功能、创作、技巧等理论问题进行了深入的阐发，提出了很多精辟的见解，一开清代诗歌理论批评的先河，成为具有承上启下、继往开来作用的文论大家。

康熙后期，清朝的统治已经十分巩固，文士又多是在清朝成长起来的，其政治抱负和文学考量自然与早期的明遗民群体不同。类似施闰章、宋琬、王士禛、朱彝尊、查慎行、赵执信等的诗歌，已不再以表现民族矛盾与阶级矛盾为主，而是致力于艺术技巧的追求，内容以抒情吊古和摹写山水为主。与这种诗歌创作现状相适应，王士禛把神韵作为诗歌创作的根本要求提了出来，要求诗歌在艺术表现上应该追求一种空寂超逸、镜花水月、不着形迹的境界。本来，王士禛矫正明代前后七子的复古主义运动，言必汉、魏、盛唐所造成的肤廓、貌袭的流弊以及公安派流于浅率之失的企图十分值得称道，但其所提倡的神韵说因倡导诗应清远、冲淡、超逸，片面地强调诗的空寂超逸、镜花水月的境界，反对现实性强的诗歌及沉着痛快、酣畅淋漓的风格，抹杀了诗歌积极的社会作用，导致清代受此理论影响的诗歌进一步走上脱离生活、脱离现实的道路。

清初的词论呈现出了十分明显的振兴的特点。阳羡词派的陈维崧在词学理论方面倡导苏轼、辛弃疾的豪放词风，较好地论述了词中“物”、“情”、“辞”三者的关系，提出了十分明确的以词存史，推尊词体的理论，从理论上较好地阐述了词的艺术功能，尤其是他的词“穷而后工”的理论创建对于清中期的词学产生了非常重要的影响。朱彝尊编选《词综》，提倡南宋姜夔、张炎一派清空雅洁的词风，为浙派词的开山之祖。他所开创的浙西词论虽然没有能够形成严密的理论体系，但对当时乃至后来的词创作依然产生了较大的影响。浙西词论中的“广学殖”、“明源流”、“别情性”、“择途径”四个方面虽对提高词体地位、提高词创作水平发挥了重要的作用，但其在扩大词的取材范围、增强词的社会功用等方面却产生了一定的消极影响。

清初由于文学本身的演变和城市生活发展、市民阶层壮大等原因，新兴的戏曲、小说在文学史上的地位，逐渐超过当时的诗歌、散文。清代戏曲、小说理论获得了前所未有的成就和发展。戏曲理论方面以李渔为代表。李渔是一位集大成的出色的戏曲理论家，是明清之交中国古代戏剧理论批评家的杰出代表。他的《曲话》在前人的基础上，将一些分散的、零碎的戏曲观点系统化、理论化、全面化，使之成为有机的理论形态，是我国古代一部最完备最系统的戏曲理论专著；他的《闲情偶记》把戏剧理论批评以及他注重戏剧舞台性和观众反映的实践活动相结合，完备了中国的戏剧理论体系，也使戏剧理论真正成熟起来，把戏剧抬到了足以与诗歌、小说理论抗衡的理论高度。小说理论方面主要以金圣叹、毛宗岗、张竹坡等人为代表。金圣叹把对《离骚》、《庄子》、《史记》、杜甫诗、《水浒传》、《西厢记》的评点，称为“六才子书”，尤其是他对被称作“第五才子书”《水浒传》的评点，最集中地体现了金圣叹的小说理论思想。金圣叹将中国古代的诗文书画艺术美学原则与小说创作的实际紧密地结合起来，特别在评点形式方面，他继承和发展了刘辰翁、李卓吾等人的批评传统，将评点的批评方式推向高潮并使之系统化，对后世的小说理论批评有十分深远的影响。

在康熙后期政治、经济形势上升的基础上，雍正、乾隆时期正式进入了清朝的“盛世”。被破坏了的明中叶以来萌发的资本主义生产因素，得到了一定程度的恢复和发展，中国的封建经济呈现出了最后阶段的繁荣。但由于土地集中，官吏贪污，统治者奢侈腐化和穷兵黩武等原因，深层的社会矛盾一直没有停止发酵和酝酿。在文化、思想方面，雍乾两朝继续厉行钳制政策，在提倡程朱理学之外，又奖励考据学，引导文人学者致力于脱离现实斗争的学术研究。尤其乾隆朝利用编修《四库全书》的机会，大量销毁、篡改不利于清廷统治的书籍，在某种程度上统一了社会意识形态，控制了文人的自由思想。受此影响，这时期的诗文作家，更多在朝廷的钳制压力下，迷惑于“盛世”的表面承平，继续康熙后期的倾向，在反映社会矛盾与社会现实方面显得内容薄弱。与诗文表现乏力不同，这时期文论方面的建树颇为丰富，诗说、诗派十分活跃。沈德潜的格调说、袁枚的性灵说都产生了十分广泛的影响。其他如与袁枚齐名和创作主张相近的蒋士铨、赵翼、张问陶；风格以幽秀取胜的厉鹗，以生新取胜的钱载，以奇峭取胜的黎简，以清迥倜傥取胜的黄景仁，以及描写人民疾苦的郑燮等都在理论方面有一定的建树。这一时期的文论出现了不同程度的创新，形成了元明以来所没有出现过的理论盛况。散文方面，产生了以方苞、刘大櫆、姚鼐为代表的桐城派散文理论。方苞讲求义法，姚鼐讲究文章的阴阳刚柔。桐城派的散文理论在思想上固守程朱理学的正统观念，风格以清真雅正为宗，十分适应当时的政治背景，但却在理论建构方面缺乏宏伟的气魄和规模。伴随《红楼梦》、《儒林外史》、《聊斋志异》等小说的出现和广泛流行，这一时期出现了不少足称大家的小说批评家，诸如“天花藏主人”、脂砚斋、畸笏叟、杏斋等人。他们的论述虽无完整的系统，却也自成一家，诸如“论哭”、“论赞”、“偶评”、“偶得”等多种单篇形式的批评文章已经出现，诸如小说特点、小说传道、虚实关系、小说写实等理论都有了新的突破、新的发展。

四、盛世日衰境况下的文论成就

从嘉庆初年到道光二十年鸦片战争之前（1796—1840），社会矛盾继续发展，更加尖锐。清朝的“盛世”趋于没落，中国的封建社会也日益走向衰亡。当时的文人，一方面眼看着“盛世”面貌的逐渐幻灭，一方面又无法挣脱思想上所受的钳制。在这种暴风雨前的沉闷、窒息的氛围中，清代的文坛上有一些小的变化，但蓬勃的气象已不如前一时期。与此相适应，清代这一时期的文论也努力震荡着中国古代文论的余响。在散文理论方面，有恽敬、张惠言、李兆洛等阳湖派的理论家力求以健茂的气格，补救桐城派的薄弱，在理论上提倡文章要合汉魏六朝与唐宋之长，合骈、散两体之长。但是因为阳湖派在写作实践方面的成就普遍不能超过桐城派，其理论影响自然也就不及桐城派的深广。在词学理论方面，张惠言与稍后的周济等常州派词人，宣扬词的比兴意义和社会作用，宣扬词要写得深美闳约、质实厚重。在理论上有较大的贡献，推动了清词的进展，其影响直接延伸到近代。但因他们的创作，虽想“以国风、《离骚》之旨趣，铸温、韦、周、辛之面目”，却颇偏于浓艳，缺乏有深广现实意义和积极精神的内容，使得这派词论终究无法上升到较高的历史高度。诗论方面，赵翼的《瓯北诗话》系统地评论李白、杜甫、韩愈、白居易、陆游、苏轼等10家诗，立论比较全面、允当。因其论诗也重“性灵”，主创新，与袁枚接近，他的诗歌理论在某种程度上为晚清的诗坛注入了一定的理论活力。小说、戏曲创作在本时期走向低潮，但是小说理论却获得了深入发展。小说批评家的自觉意识日渐鲜明，批评的内容丰富繁杂，几乎论及了小说理论的各个方面。小说批评的形式在保持了序跋、评点、笔札等传统形式基础上已经有所突破。如梁启超对自己的作品《新中国未来记》的评点，吴研人的《历史小说总序》都颇具新意和影响。虽然晚清小说批评还未形成完整的体系，而西方小说理论影响已经初露端倪。

学术界从来没有忽视清代文学理论和批评的成就，从民国初丁福保就着手搜集、整理清诗话的工作。1922年日本学者铃木虎雄《支那诗论史》的问世，标志着清代文学理论和批评研究的正式发轫。此后从郭绍虞《中国文学批评史》、青木正儿《清代文学评论史》到王镇远、邬国平《清代文学批评史》、黄霖《近代文学批评史》及众多的专题研究著作，都以不同的方式和篇幅对清代文学理论、批评的总体面貌和文论家、文论著作的具体问题作了多层次的论述，勾勒出了清代文学理论的大致框架和基本走势。

对于清代这样一个独特的历史时期，企图以几万字的篇幅尽书清代文论的全貌是完全不可能的。因此，本部分在写作的过程中只是抽取了几个关键的代表人物，力求通过梳理金圣叹的小说批评，李渔的剧论，叶燮、王士禛、袁枚与龚自珍的诗学，张惠言等人的词律研究、姚鼐的散文理论，最终勾勒出一个关于清代文论的初步图谱。

第二节　金圣叹

一、金圣叹与“第五才子书”

金圣叹（1608—1661），原姓张，名采，字若采，吴县（今江苏苏州）人。性格狂放怪诞，廖燕在《金圣叹先生传》中称其“为人倜傥高奇，俯视一切”；明朝灭亡后，“绝意仕进，更名人瑞，字圣叹，除朋从言笑外，惟兀坐贯华堂中读书著述为务”。清朝顺治十八年，金圣叹因苏州“哭庙案”被杀。金圣叹一生著书评点，他把对《离骚》、《庄子》、《史记》、杜甫诗、《水浒传》、《西厢记》的评点，称为“六才子书”，其中最重要的是对《水浒传》和《西厢记》的评点，尤其是他对被称作“第五才子书”《水浒传》的评点，最集中地体现了金圣叹的文论思想。

作为一个经历了明清交际阶段的重要文人，金圣叹的思想是相当复杂的。这集中体现在他对于《水浒传》的评点之中。一方面，金圣叹竭力维护封建皇权统治秩序，视“君臣”、“父子”等封建伦理纲常为永恒之“妙理”，“万物坏时妙理不坏”①。他认为《水浒传》中一百零八人“皆豺狼虎豹之资”，“杀人夺货之行”。他反对将“忠义”二字冠以《水浒传》之前，以符合作者“恶之至，迸之至，不与同中国”的用意。金圣叹在经其删改过后的《水浒传》的第七十回后半节中虚构了“惊恶梦”的情节，以“其身甚长，身挽宝弓”的嵇康将梁山英雄斩尽杀绝作为全书的终结。另一方面，金圣叹也同情百姓疾苦，痛恨社会黑暗，时常有愤激、慨叹之辞，如“大君不要自己出头，要放普天下之人出头；好民好，恶民恶，所

①金人瑞：《唱经堂才子书汇稿》（卷一），上海杂志公司1935年版。

谓让善于天；天者，民之谓也”①。他认为农民起义是被酷吏赃官逼出来的，“一部大书七十回，将写一百八人也，乃开书未写一百八人，而先写高俅者，盖不写高俅便写一百八人，则乱自下生也。不写一百八人，先写高俅，则是乱自上作也”。② 他肯定了农民造反的根源是封建统治者的压迫，所以“官逼民反”。在十四回阮小七说，“如今那官司一处处动掸便害百姓；但一声下乡村来，倒先把好百姓家养的猪羊鸡鹅尽都吃了，又要盘缠打发他”，金圣叹批道：“千古同悼之言，《水浒》之所以作也。”其评点表现了对贪官污吏的强烈愤慨和对现实的批判。金圣叹对《水浒传》的删改和评点，反映了明末市民阶层思想要求与封建统治阶级观念的矛盾，是由其所处的时代和社会地位决定的。

金圣叹对《水浒传》思想内容的评点，受到时代和社会身份的制约，存在着一定的局限性。但是在我国小说理论批评史上，金圣叹始终占据着举足轻重的地位，其在对《水浒传》的评点中，善于将中国古代的诗文书画艺术美学原则与小说创作的实际紧密地结合起来，特别在评点形式方面，他继承和发展了刘辰翁、李卓吾等人的批评传统，将评点的批评方式推向高潮并使之系统化，对后世的小说理论批评有深远的影响。金圣叹对《水浒传》艺术成就的分析和评价，有其独到的精辟见解，达到了前所未有的高度。金圣叹的小说理论批评，主要集中在他写的《水浒传》的三篇序言、《读第五才子书法》以及他对删改后的七十回本《水浒传》的批语中。

金圣叹对小说和历史的界限有了比较明确的认识，在《读第五才子书法》中通过对《史记》与《水浒传》的比较，指出了小说和历史的不同特点：“某尝道《水浒》胜似《史记》，人都不肯信。殊不知某却不是乱说。其实《史记》是以文运事，《水浒》是因文生事。以文运事，是先有事生成如此如此，却要算计出一篇文字来，虽是史公高才，也毕竟是吃苦事。因文生事即不然，只是顺着笔性去，削高补低都由我。”金圣叹指出《史记》的特点是“以文运事”，强调历史著作的撰写要服从历史事实的真实，作者不能任意改变。而《水浒传》的特点是“因文生事”，强调小说创作是由作者虚构出来的，其中的人物和事件不一定是真实的历史事实，

①同上。

②施耐庵、金圣叹：《第五才子书施耐庵水浒传》第一回总评，中华书局 1975 年版。

是作者“顺着笔性”虚构和创造出来的，可见他对小说艺术特点的深刻认识。

二、金圣叹论《水浒传》人物与写作技巧

《水浒传》中的人物性格塑造，是金圣叹评《水浒传》中最为闪光的部分。他首次将“性格”的概念用于小说批评中，在吸取李卓吾的人物性格理论的基础上，对《水浒传》中人物性格塑造给予了很高的评价，提出了很多有价值的观点。金圣叹认为《水浒传》艺术上的高超首先表现在创造了极具个性的人物形象，在《读第五才子书法》中说：“别一部书，看过一遍即休，《水浒传》只是看不厌，无非为他把一百八个人性格都写出来。《水浒传》写一百八个人性格，真是一百八个样。若是别一部书，任他写一千个，也只是一样，便只写得两个人，也只是一样。”在《水浒传序三》中说：“《水浒》所叙，叙一百八人，人有其性情，人有其气质，人有其形状，人有其声口。”《水浒传》塑造了各种类型的人物形象，同时又传神地表现出了不同人物的独特的性格，使之百看不厌。金圣叹认为《水浒传》在塑造人物形象时，达到了“化境”。他在《水浒传序一》中说：“心之所至，手亦至焉者，文章之圣境也。心之所不至，手亦至焉者，文章之神境也。心之所不至，手亦不至焉者，文章之化境也。”发展了李卓吾在《杂说》中提到的“化工”、“画工”说，提出了文章“三境”说。《水浒传》第三十七回中对李逵的描写：“戴宗便起身下去，不多时引着一个黑凛凛大汉上楼来。宋江看见，吃了一惊。”金圣叹在书中“黑凛凛大汉”五字处批道：“‘黑凛凛’三字，不惟画出李逵形状，兼画出李逵顾盼、李逵性格、李逵心地来。下便紧接宋江吃惊句。盖深表李逵旁若无人，不晓阿谀，不可以威劫，不可以名服，不可以利动，不可以智取。宋江吃一惊，真吃一惊也。”施耐庵对李逵的描写运用了中国古典小说常用的白描手法，用极其简练的笔墨勾勒出人物形象，“黑凛凛”不仅写出了李逵的外貌，更是传神地刻画出了李逵的性格，达到了“化境”。同时，金圣叹认为，施耐庵在塑造人物形象时，善于表现具有相似之处的同一类型的人物性格的独特性。在《读第五才子书法》中写道：“《水浒传》只是写人粗卤处，便有许多写法。如鲁达粗卤是性急，史进粗卤是少年任气，李逵粗卤是蛮，武松粗卤是豪杰不受羁靮，阮小七粗卤是悲愤无说处，焦挺粗卤是气质不好。”第二回中，金圣叹把史进和鲁达进行比较：“此回方写过史进英雄，接手便写鲁达英雄；方写过史进粗卤，接手便写

鲁达粗卤；方写过史进爽利，接手便写鲁达爽利；方写过史进剀直，接手便写鲁达剀直。作者盖特地走此险路，以显自家笔力，读者亦当处处看他所以定是两个人，定不是一个人，毋负良史苦心也。”通过对比的方式突出了史进和鲁达各自性格的独特之处，是对李卓吾“同而不同处有辨”观点的发展。另外，金圣叹在分析《水浒传》人物性格时，善于通过人物的外貌服饰、行为语言特征，表现人物的性情、气质、胸襟、心地，尤其是人物的个性化语言，即“声口”。他在《读第五才子书法》中说：“《水浒传》中并无之乎者也等字，一样人，便还他一样说话，真是绝奇本事。”其他多处批语，如“是鲁达语，别人说不出”，“非鲁达定说不出此语”，“定是小七语，小二小五说不出”，“如此妙语，自非李大哥，谁能道之”。特定的人物有特定的语言，人物语言要符合人物的身份、思想、情感状态、所处的环境等。通过个性化的语言，刻画出有独特性格的人物形象。金圣叹在分析《水浒传》人物塑造时，注意到施耐庵善于将人物还原到现实生活中，使一个个人物形象就是现实中活生生的人，通过深入地描写人物的心理等方式，让读者更加觉得真实、自然，把豪杰、奸雄、淫妇、偷儿都写得栩栩如生、惟妙惟肖。“吾知之矣！非淫妇定不知淫妇，非偷儿定不知偷儿也。谓耐庵非淫妇、非偷儿者，此自是未临文之耐庵耳。夫当其未也，则岂惟耐庵非淫妇，即彼淫妇亦实非淫妇；岂惟耐庵非偷儿，即彼偷儿亦实非偷儿。……若夫既动心而为淫妇，既动心而为偷儿，则岂惟淫妇、偷儿而已。惟耐庵于三寸之笔，一幅之纸之间，实亲动心而为淫妇，亲动心而为偷儿。既已动心，则均矣，又安辨泚笔点墨之非入马通奸，泚笔点墨之非飞檐走壁耶?”① 在塑造人物时，作者要置身于人物本身，途径是“动心”。另外，在塑造人物形象时，作者还要“十年格物”“因缘生法”。《水浒传序三中》云：“施耐庵以一心所运，而一百八人各自入妙者，无他，十年格物而一朝物格，斯以一笔而写百千万人，固不以为难也。格物亦有法，汝应知之。格物之法，以忠恕为门。何谓忠？天下因缘生法，故忠不必学而至于忠，天下自然无法不忠。火亦忠，眼亦忠，故吾之见忠；钟忠，耳忠，故闻无不忠。吾既忠，则人亦忠，盗贼亦忠，犬鼠亦忠；盗贼犬鼠无不忠者，所谓恕也。夫然后物格，夫然后能尽人之

①施耐庵、金圣叹：《第五才子书施耐庵水浒传》第五十五回总评，中华书局1975年版。

性，而可以赞化育，参天地。今世之人，吾知之，是先不知因缘生法；不知因缘生法，则不知忠；不知忠，乌知恕哉?”金圣叹说格物方法以忠恕为主，强调塑造人物要在熟悉生活的基础上，分析人物的性格特点，推己及人、设身处地地想象人物在不同的环境中如何行动、说话，使人物显得真实、贴切，合情合理。金圣叹强调“因缘生法”，即作者在表现人物时，要分析人物的语言、行动、性格形成的原因和条件，“因缘生法”后“动心”，使人物形象逼真、传神。他在《水浒传序三》中说：“忠恕，量万物之斗斛也。因缘生法，裁世界之刀尺也。施耐庵左手握如是斗斛，右手持如是刀尺，而仅乃叙一百八人之性情、气质、形状、声口者，是犹小试其端也。”

金圣叹评点《水浒传》的写作技巧，也有很多可取之处，是对作家写作经验的精心总结。在《读第五才子书法》中提出了《水浒传》注意结构的完整性特点，“凡人读一部书，须要把眼光放得长。如《水浒传》七十回，只用一目俱下，便知其两千余纸，只是一篇文字，中间许多事体，便是文字起承转合之法。若是拖长看去，却都不见”。金圣叹删改《水浒传》为七十回本，客观上也有利于结构的完整。金圣叹分析《水浒传》结构的完整性，体现在人物出场顺序、情节线索贯穿等，将分散的材料融合成一个有机的整体，要做到“有全锦在手，无全锦在目；无全衣在目，有全衣在心；见其领，知其袖；见其襟，知其帔也”。《水浒传》所叙一百零八人，聚于梁山之前，犹如“大珠小珠不得玉盘，迸走散落，无可罗拾”。①施耐庵精心安排其中穿针引线的人物和事件，作出整体设计，既要突出人物性格，同时也能使《水浒传》构成一个有机的统一整体。金圣叹对故事情节的“犯避”，也作了细心的分析，既要避免情节、人物的重复和雷同，又要有意地写出相同、相近，显示作者刻画人物、铺排故事的功力。在第十一回总评中指出：“吾观今之文章大家，每云我有避之一诀，固也，然而吾知其必非才子之文也。夫才子之文，则岂惟不避而已，又必于本不相犯之处，特特故自犯之，而后从而避之。此无他，亦以文章家之有避之一诀，非以教人避也，正以教人犯也。犯之而后避之，故避有所避也。若不能犯之而但欲避之，然则避何所避乎哉？是故行文非能避之难，实能犯之难也。”金圣叹认为，写作要追求“避”，但是以“犯”求“避”更显可

①同上，第十六回总评。

贵，于相同、相近中求差异，更好地把握对象的独特之处，是真正的大笔法。

金圣叹对《水浒传》的评点发展了小说评点批评方式的高潮，他评点《水浒传》采用了书前作序、读法、对全书作总的评价等批评方法，具有相当的理论深度。不同于容本、袁本等在每一回后发议论，金圣叹是在每一回前面对该回的内容和艺术特色进行较为全面的分析。他把传统的行间夹批改为文字间的小字夹批，可以进行自由地发挥。继金圣叹评点《水浒传》以后，一些重要的小说评点，如毛纶、毛宗岗父子评点《三国演义》、张竹坡评点《金瓶梅》和脂砚斋评点《红楼梦》等，他们都受到金圣叹的影响，运用金圣叹评点《水浒传》的基本方式，在艺术方面也在承袭金圣叹观点的基础上有了一些新的发展。金圣叹对《水浒传》人物形象的推崇、在人物刻画方面取得的高超的艺术成就以及对小说创作技巧的分析总结，这些关于小说评点的理论主张是相对系统和全面的，对后世的小说创作和鉴赏有重要的借鉴和启迪作用。金圣叹在小说理论批评史上占据重要地位是毋庸置疑的。

第三节　李　渔

一、李渔与《闲情偶寄》

李渔（1611—1680），字笠鸿，又字谪凡，号笠翁，别号笠道人、新亭客樵、随庵主人、觉世稗官等。祖籍浙江兰溪，出生于江苏稚皋（今江苏如皋），晚年居于杭州西湖。明亡入清后，李渔开始了小说、戏曲创作的卖文生涯。他著有短篇小说集《十二楼》、《无声戏》（又名《连城璧》），长篇小说《肉蒲团》、《织锦回文传》，传奇《笠翁十种曲》（《比目鱼》、《风筝误》、《凰求凤》、《蜃中楼》、《慎鸾交》等），诗文杂著《笠翁一家言》。其戏曲理论收于《笠翁一家言》的《闲情偶记》，其中《闲情偶记》的《词曲部》和《演习部》，后人合为《李笠翁曲话》，是他的曲论。他还编辑了《芥子园画谱初集》等书。李渔一生著述宏富，最值得称道的还是其戏曲理论，是一位集大成的出色的戏曲理论家，是明清之交中国古代戏剧理论批评家的杰出代表。

李渔在戏曲理论批评上的成就与他丰富的戏曲实践经验是分不开的。李渔组成了以其姬妾子婿为主的戏班子，演出的剧本大都由他自己编写，并且由他亲自排练、导演，使他有了丰富的戏曲创作和舞台演出的实践经验，同时李渔对于观众的兴趣和戏曲演出效果也非常重视，深谙戏剧艺术的个中三昧。李渔在前人的基础上，将一些分散的、零碎的戏曲观点系统化、理论化、全面化，使之成为有机的理论形态，他的《曲话》是我国古代一部最完备最系统的戏曲理论专著。

李渔的戏曲理论收录在其中的《闲情偶记》，共分六卷，包括词曲、演习、声容、居室、器玩、饮馔、种植、颐养八个部分，内容丰富。其中“词曲部”分为结构、词采、音律、宾白、科诨、格局六个方面，论述戏曲创作的原则、技巧等。“演习部”从选剧、变调、授曲、教白、脱套等方面论述戏曲的表演、导演艺术。“声容部”的“歌舞”条，还涉及演员的挑选、教育、训练等内容，涉及戏曲活动编、导、演和观众各个环节，把剧本写作、演员表演和舞台演出看作是一个不可分割的完整过程，比较全面地论述了戏曲的有关理论。李渔把剧本写作纳入戏剧活动的过程，肯定创作的目的就是为了适应舞台演出，“填词之设，专为登场”，舞台演出的效果是检验戏剧是否成功的根本标准，剧本创作要摆脱那些“首重音律”或专求辞采的案头读物的陋习。李渔重视戏剧的舞台性特征，重视观众的兴趣和戏剧演出效果，对戏剧舞台特征的把握贯穿在他对戏剧各个环节的论述中，他的戏剧理论紧密依托于舞台演出实践。李渔充分肯定了戏剧作为独立成熟的艺术样式在文坛上的地位，认为“填词非末枝，乃与史传诗文同源而异派者也”。①（《结构第一》）故而将戏剧置于与正统诗文并驾齐驱的重要地位，戏曲创作也可使作者、朝代传名后世。“文字之最豪宕、最风雅、作之最健人脾胃者，莫过填词一种。若无此种，几于闷杀才人，困死豪杰。予生忧患之中，处落魄之境，自幼至长，自长至老，总无一刻舒眉。惟于制曲填词之倾，非但郁藉以舒愠为之解，且尝僭作两间最乐之人，觉富贵荣华，其受用不过如此，未有真境之为所欲为，能出幻境纵横之上者——我欲作官，则顷刻之间便臻富贵；我欲致仕，则转盼之际又入山林；我欲作人间才子，则为杜甫、李白之后身；我欲娶绝代佳人，即作王嫱、西施之原配；我欲成仙成佛，则西天、蓬莱即在砚池笔架之

①李渔：《闲情偶记》，中国画报出版社 2013 年版，第 2 页。

前；我欲尽孝输忠，则君治亲年可跻尧、舜、彭籛之上。”①（《语秋求肖似》）戏剧比诗文更易使作者更直接、更充分地体验到人物的心情，在戏剧中忘掉现实的苦恼忧愁，解除心灵的重负疲惫，使人精神焕然一新。同时戏曲要负荷劝世警言、抑恶扬善的使命，戏曲不同于高雅的诗文，戏曲有着广泛的群众基础且通俗易懂，“因愚夫愚妇识字知书者少，劝使为善，诫使勿恶，其道无由，故设此种文词，借优人说法，与大众齐听，谓善者如此收场，不善者如此结果，使人知所趋避，是药人寿世之方，救苦弥灾之具也”。②

二、李渔的戏曲理论

李渔的戏剧理论特别重视剧本的写作，明确提出了戏剧创作“结构第一”的观点：“尝读时髦所撰，惜其惨淡经营，用心良苦，而不得被管弦、副优孟者，非审音协律之难，而结构全部规模之未善也。”③“填词首重音律，而余独先结构，以音律有书可考，其理彰明较著。”④戏曲创作结构重于音律，是整出戏演出成功的关键。“至于‘结构’二字，则在引商刻羽之先，拈韵抽毫之始，如造物之赋形，当其精血初凝，胞胎未就，先为制定全形，使点血而具五官百骸之势。倘先无成局，而由顶及踵，逐段滋生，则人之一身，当有无数断续之痕，而血气为之中阻矣。工师之建宅亦然，基址初平，间架未立，先筹何处建厅，何方开户，栋需何木，梁用何材，必俟成局了然，始可挥斤运斧。”⑤戏曲写作过程中，进入具体创作之前，“结构”犹如建筑图纸，剧作家必须要首先形成一个基本的框架体系，着眼于全局的情节安排，做到成竹于胸。

李渔提出的“结构”，包括“戒讽刺”、“立主脑”、“脱窠臼”、“密针线”、“减头绪”、“戒荒唐”、“审虚实”七个方面。“立主脑”，“主脑非他，即作者立言之本意也。传奇亦然”，“一本戏中，有无数人名，究竟俱属陪宾；原其初心，止为一人而设。即此一人之身，自始至终，悲欢离合，中具无限情由，无穷关目，究竟俱属衍文；原其初心，又止为一事而

①同上，第 38 页。
②同上，第 5 页。
③同上，第 4 页。
④同上，第 3 页。
⑤同上，第 4 页。

设。此一人一事，即作传奇之主脑也”。[1]“主脑”即指戏曲的主题、主要人物和中心事件，戏剧创作过程中首先要确立作品的主题、主要人物和主要的矛盾冲突，其他的人物、事件、矛盾冲突都由此展开。李渔认为为了达到戏曲的演出效果，一部戏中应该只有一个主要的矛盾冲突，即“一人一事”，其他次要的矛盾冲突不能头绪太多太乱，要尽可能“减头绪”，“头绪繁多，传奇之大病也。《荆》、《刘》、《拜》、《杀》之得传于后，止为一线到底，并无旁出侧见之情。三尺童子，观演此剧，皆能了了于心，便便于口，以其始终无二事，贯穿只一人也”。[2] 强调情节的单一化，以突出戏剧的主要矛盾冲突。“密针线”，是指戏剧结构要精巧、严密、完整，情节发展前后照应埋伏、贯穿衔接浑然天成，“编戏有如缝衣，其初则以完全者剪碎，其后又以剪碎者凑成，剪碎易，凑成难。凑成之功，全在针线紧密；一节偶疏，全篇之破绽出矣”。[3] 结构精巧严密完整，“所谓无断续痕者……务使承上接下，血脉相连，即于情事截然绝不相关之处，亦有连环细笋伏于其中，看到后来方知其妙；如藕于未初之时，先长暗丝以待；丝于络成之后，才知作茧之精”。[4]“脱窠臼”，即情节结构要创新，突破陈规。“古人呼剧本为‘传奇’者，因其事甚奇特，未经人见而传之，是以得名。可见非奇不传。新，即奇之别名也。……欲为此剧，先问古今院本中曾有此等情节与否。”[5] 是对当时抄袭摹拟之风的抨击批判，新奇的戏剧情节更能吸引观众的兴趣，是戏剧演出成功的又一基本要素。戏剧创作在追求“新”的同时还要依据生活真实，情节安排要合乎人情物理，不能把剧本创作当作个人报复讽刺、泄私愤的工具，写些荒诞不经的内容。“凡作传奇，只当求于耳目之前，不当索诸见闻之外。无论词曲，古今文字亦然。凡说人情物理者千古相传；凡涉荒唐怪异者，当日即朽。”“世间奇事无多，常事为多；物理易尽，人情难尽，有一日之君臣父子，即有一日之忠孝节义。性之所发，愈出愈奇，尽有前人未作之事，留之以待后人；后人猛发之心，较之胜于前辈者。”认为“事涉荒唐，即文人藏拙之

---

①同上，第 7 页。

②同上，第 10 页。

③同上，第 9 页。

④同上，第 16 页。

⑤同上，第 8 页。

具也”。[①] 但戏剧创作又不单单是照搬生活，而是以坚实的现实生活为基础，进行提炼加工，李渔对戏剧创作的真实与虚构的认识也是很深刻的。“凡阅传奇而必考其事从何来，人居何地者，皆说梦之痴人，可以不答者也。”所以他认为“传奇无实，大半皆寓言耳”。“传奇所用之事，或古或今，有虚有实，随人拈取”。[②] 李渔对戏剧结构的认识及情节安排的各个方面，环环相扣，全面而深刻。

李渔认为戏剧创作中“独先结构”，而词采也是很重要的，主张“词采第二”，他认为戏剧语言要做到：“贵浅显”、“重机趣”、“戒浮泛”、“忌填塞”。戏剧语言之所以贵在“浅显”，是因为“传奇不比文章，文章做与读书人看，故不怪其深。戏文做与读书人与不读书人同看，又做与不读书之妇人小儿同看，故贵浅不贵深”。[③] 由于戏剧的观赏对象是平民大众，同时又限于戏剧舞台演出的艺术特征，“填词之设，专为登场”，[④] 所以戏剧语言应当通俗易懂，“以其深而出之以浅，非借浅以文其深也”。[⑤] 又说戏曲的词采与诗文不同，“诗文之词采贵典雅而贱粗俗，宜蕴藉而忌分明。词曲不然，话则本之街谈巷议，事则取其直说明言。凡读传奇而有令人费解，或初阅不见其佳，深思而后得其意之所在，便非绝妙好词”。[⑥] 戏剧的语言较之诗文的语言要通俗明白。戏剧语言贵“浅显”，却不要流于粗俗，要“戒浮泛”。“词贵浅显之说……然一味浅显，而不知分别，则将日流粗俗，求为文人之笔而不可得矣。”而又认为“极粗极俗之语，未尝不入填词，但宜从脚色起见”。语言要表现出人物的性格特色，“说张三要像张三，难通融于李四”。“如在花面口中，则惟恐不粗不俗；一涉生、旦之曲，便宜斟酌其词。无论生为衣冠、仆从，旦为小姐、夫人，出口吐词，当有隽雅舂容之度；即使生为仆从，旦作梅香，亦须择言而发，不与净、丑同声：以生、旦有生、旦之体，净、丑有净、丑之腔故也。”景物描写也要符合人物的情感变化和情节的安排，同样不可浮泛。例如李渔赞赏《琵琶记》中“赏月”曲：“同一月也，牛氏有牛氏之月，伯喈有伯喈

---

①同上，第 11 页。

②同上，第 12 页。

③同上，第 19 页。

④同上，第 55 页。

⑤同上，第 15 页。

⑥同上，第 15 页。

之月。所言月者，所寓者心。牛氏所说之月可移一句于伯喈，伯喈所说之月可挪一字于牛氏乎？”① 即景生情，语言精准而不浮泛。李渔认为戏剧的语言还要有“机趣”，“机者，传奇之精神；趣者，传奇之风致。少此二物，则如泥人、土马，有生形而无生气”。② “机趣”，是指戏剧语言要活泼、生动，才能表现出人物的精神气质和个性风貌，“勿使有断续痕，勿使有道学气”。戏剧的语言风格要前后相连、互相照应，“务使承上接下，血脉相连，即于情事截然不相关之处，亦有连环细笋，伏于其中，看到后来方知其妙”。另外，“填词种子，要在性中带来。性中无此，做杀不佳”。戏剧语言要带有鲜明的个性，“非但风流跌宕之曲、花前月下之情当以板腐为戒，即谈忠孝节义与说悲苦哀怨之情，亦当抑圣为狂，寓哭于笑”。③ 戏剧语言还要“忌填塞”，“其所以致病之由，亦有三：借典核以明博雅，假脂粉以见风姿，取现成以免思索”。戏剧语言不能过多地运用生僻的典故，堆砌辞藻，直书成句。填词要做到“其事不取幽深，其人不搜隐僻，其句则采街谈巷议。即有时偶涉诗书，亦系耳根听熟之语，舌端调惯之文，虽出诗书，实与街谈巷议无别者”。

戏剧语言除了曲词之外，还包括宾白，王骥德曾专门论述过宾白，但是李渔却十分重视宾白，将之与曲词同观：“曲之有白……就人身论之，则如肢体之于血脉……故知宾白一道，当与曲文等视。有最得意之曲文，即当有最得意之宾白。”④ 宾白和曲词同样是戏剧的组成部分，不可缺少，“即抹去宾白而止阅填词，亦皆一气呵成，无有断续，似并此数言亦可略而不备者”。宾白和曲词相互补充，表现人物个性，推进情节发展，两者不可取代。李渔认为宾白的语言要做到“声务铿锵”、“语求肖似”、“词别繁减”、“字分南北”、“文贵洁净”、“意取尖新”、“少用方言”、“时防漏孔”，其中不乏精辟的见解。

李渔对科诨也给予了重视，科诨也是戏剧的重要组成部分。“插科打诨，填词之末枝也。然欲雅俗同欢，智愚共赏，则当全在此处留神。文字佳，情节佳，而科诨不佳，非特俗人怕看，即雅人韵士，亦有瞌睡之时。……则科诨非科诨，乃看戏人之人参汤也。养精益神，使人不倦，全

①同上，第 18 页。

②同上，第 16 页。

③同上，第 17 页。

④同上，第 35 页。

在于此，可作小道观乎？”① 李渔认为科诨的语言要遵循“戒淫亵”、“忌俗恶”、“重关系”、“贵自然”等原则，颇有价值。

李渔在《闲情偶记》中阐释的戏剧理论批评以及他注重戏剧舞台性和观众反映的实践活动，使他的戏剧理论体系完备起来，也使戏剧理论真正成熟起来，戏剧理论足以与诗歌、小说理论抗衡，李渔是一位集大成的戏剧理论家。

第四节 王夫之

王夫之（1619—1692），字而农，号姜斋，别号夕堂，人称“船山先生”，湖南襄阳人。明崇祯十五年（1642 年）举人，明亡后曾于衡山一带组织抗清斗争，以失败告终。晚年隐居湘西石船山著书，总结明王朝覆亡教训。明末清初著名的唯物思想家和文论家，与黄宗羲、顾炎武并称明末清初三大思想家，他以深刻的思辨精神对事物的本质和规律进行探究，一定程度上也决定了他的诗论的深度。他的诗论著作有《诗绎》、《夕堂永日绪论》（内、外编）、《南窗漫记》，此三卷被后人辑为《姜斋诗话》。王夫之还著有《古诗评选》、《唐诗评选》、《明诗评选》、《诗广传》、《楚辞通释》等诗学著作。他的诗作有《自定稿》、《分体稿》、《编年稿》、《剩稿》、《柳岸吟》等数十卷。此外，后人编订的《船山遗书》，内容涉及哲学、政治、历史、文艺、天文、历算等。王夫之以深厚的创作实践和思辨的哲学精神为基础，对诗歌的性质、功能、创作、技巧等理论问题进行了深入地阐发，提出了很多精辟的见解，一开清代诗歌理论批评的先河，是一位具有承上启下、继往开来作用的文论大家。

一、诗缘情文论

在诗歌批评发展史上，长期存在着“言志”和“缘情”的传统。宋明以来，理学占据主导地位，文坛上也主张要抑制情感，重道轻文。王夫之在公安派三袁、李卓吾主情诗学传统的基础上，对诗歌的性质和功能作了非常全面的阐述，形成了独特而统一的主情诗学观。

①同上，第 60 页。

诗“缘情”，强调诗歌要抒写性灵，王夫之明确提出：“长言咏叹，以写缠绵悱恻之情，诗本教也。”① 他认为诗歌的本质是抒情，诗是“心之元声”的体现，是人情感的自然流露。② “心之元声”的说法和李卓吾的“童心说”有相通之处，和公安派提倡的“独抒性灵，不拘一格”也是一致的，强调诗歌是人内心真实情感的自然流露。王夫之认为，“情”是诗歌最本质的特征，情之所至，发而为诗，“诗以道情，道之为言，路也。情之所至，诗无不至；诗之所至，情以之至，一遵路委蛇，一拔木通道也……古人于此乍一寻之，如蝶无定宿，亦无定飞，乃往复百歧，总为情止，卷舒独立，情依以生”。③ 王夫之强调诗歌的本质特征在于自由地抒写心灵，表达真实的情感，而所抒之“情”不是偏于宣泄个人喜怒哀乐的情欲，而是“性之情”，将“性”与“情”融于一体，在王夫之看来，“情”与“性”是统一的，“情”是人之“性”的组成部分和表现形态，性中有情，情中有性，王夫之对诗歌情感因素的把握更为深刻而辨证。他在强调诗歌抒情特征的同时，也并不否定诗歌中的“理”，他说：“诗源情，理源性，斯二者岂分辕反驾者哉？不因自得，则花鸟禽虫，累情尤甚，不徒理也。”④ “自得”之“理”，即发自内心而非外加之“理”，则“情”“理”相融，“通人于诗不言理而理自至”，“亦理亦情亦趣，逶迤而下，多取象外，不失圜中。”⑤ 王夫之主张诗歌“情”“性”统一，“情”“理”相融，在此基础上他强调诗歌创作要“以意为主”，提出：“无论诗歌与长行文字，俱以意为主，意犹帅也，无帅之兵，谓之乌合。”⑥ 王夫之所言的“意”，不是指抽象的义理，而是一种理性的内在情意，“意”是诗歌创作的统帅，诗歌要表达充满理性的情意。他又指出，“以意为主，势次之。势者，意中之神理也”。⑦ “势”是指诗歌创作中意象之间内在的自然而然的感情逻辑关系，王夫之对“情”、“性”、“理”、“意”、“势”的阐述，从诗歌本质到诗歌创作过程是统一贯穿其中的。

---

①王夫之：《姜斋诗话》（卷二），民国刘氏刻求恕斋丛书本。

②王夫之：《姜斋诗话》（卷二）夕永堂日绪论内篇序，民国刘氏刻求恕斋丛书本。

③王夫之：《古诗评选》（卷二），上海古籍出版社 2011 年版，第 142 页。

④同上，第 89 页。

⑤同上，第 89 页。

⑥王夫之：《姜斋诗话》（卷二），民国刘氏刻求恕斋丛书本。

⑦王夫之：《古诗评选》，上海古籍出版社 2011 年版，第 161 页。

二、情缘景、情以景生

诗歌通过形象抒情，王夫之对情景关系作出了更为全面、系统、深刻而辨证的阐述。诗歌通过对景的描写表现情感，通过写出各种“景语”，“以写景之心理言情，则身心中独喻之微，轻安拈出”。[①] 情语、景语结合，“夫景以情合，情以景生，初不相离，唯意所适。截分两橛，则情不足兴，而景非其景”。[②] 又说“情、景虽有在心在物之分，而景生情、情生景、哀乐之触，荣悴之迎，互藏其宅”。[③]“情景名为二，而实不可离。神于诗者，妙合无垠。巧者则有情中景，景中情”。[④] 诗人的情思与外界景物相投合，即“情生景”；外界事物触动诗人而生情，即“景生情”。情景相融，妙合无垠，诗人与外界事物相互蕴涵，此时情亦是景，景亦是情，物我浑然一体，是谓“神”者，是情景相融的最高层次。比如“池塘生春草”、“蝴蝶飞南园”、“明月照积雪”等皆是“心中目中与相融浃，一出语时，即得珠圆玉润”的名篇佳句。[⑤] 所谓“情中景”，是指诗人在抒发强烈的情感过程中凝聚成的诗中的鲜明生动的意象，他以杜甫的《登岳阳楼》中“亲朋无一字，老病有孤舟”句举例，“尝试设身作杜陵，凭轩远望观，则心中目中二语居然出现，此亦情中景也”。[⑥] 所谓“景中情”，是指诗人在描写外界景物时，寓情于景，借景抒情。例如李白的《子夜吴歌》“长安一片月”突出了诗人的“孤栖忆远之情”，杜甫的《喜达行在所》“影尽千官里”突出了诗人的“喜达行在之情”。[⑦] 王夫之强调“情景相生”，指出“身之所历，目之所见，是铁门限。即极写大景，如‘阴晴众壑殊’、‘乾坤日夜浮’，亦必不逾此限”。[⑧] 又说“情不虚景，情皆可景，景非滞景，景总含情。……大无外而细无垠”。[⑨] 真实的情感通过景物表现出来，生动的景物蕴涵着动人的情思，情景相生，妙合无垠。王夫之在阐述情景交融

---

①同④。

②同④。

③王夫之:《姜斋诗话》（卷一），民国刘氏刻求恕斋丛书本。

④王夫之:《姜斋诗话》（卷二），民国刘氏刻求恕斋丛书本。

⑤同上。

⑥王夫之:《姜斋诗话》（卷二）夕永堂日绪论内篇，民国刘氏刻求恕斋丛书本。

⑦同上。

⑧同①。

⑨王夫之:《《古诗评选》》（卷五）上海古籍出版社 2011 年版，第 205 页。

的关系时，还注意到诗中意与势的关系。他在《夕堂永日绪论内篇》中说：“以意为主，势次之。势者，意中之神理也。唯谢康乐为能取势，宛转屈伸以求尽其意；意已尽则止，殆无剩语：夭矫连蜷，烟云缭绕，乃真龙，非画龙也。”诗中意象的生成要顺乎诗歌意象内在的逻辑关系即“势”，追求诗歌的自然化工之美，反对“霸气”，提倡“神理”。

王夫之在论述创造诗歌“情景相生”的意象时，发展了钟嵘“即目所见”的“直寻”说，提出了“即景会心”的“现量说”。他在评诗人贾岛和王维的名句时说道：“‘僧敲月下门’，只是妄想揣摩，如说他人梦，纵令形容酷似，何尝毫发关心？知然者，以其沉吟‘推’、‘敲’二字，就他作想也。若即景会心，则或推或敲，必居其一，因情因景，自然灵妙，何劳拟议哉？‘长河落日圆’，初无定景；‘隔水问樵夫’，初非想得：则禅家所谓现量也。”“现量”是佛学术语，《相宗络索·三量》中有“现量”条：“现在不缘过去作影；现成一触即觉，不假思量计较；显现真实，乃彼之体性本自如此，显现无疑，不参虚妄。”佛学的“现量”说有现在、现成、显现真实义，指通过感觉器官对事物的直接反映而取得的直接知识，王夫之借“现量”来说明诗歌创作是在一种自然的状态下涌现出来的，是心目相应一刹那的直接的审美观照。他认为即时的事物可以直接成为诗人的审美对象，即刻的审美情感直接切入诗中，强调了情景交融的意象的生成是诗人直接的审美观照，而不是苦思冥想、寻章摘句而得。“天壤之景物，作者之心目，如是灵心巧手，磕着即凑，岂复烦其踌躇哉？”①诗歌创作是诗人直接感兴的产物。王夫之对“现量”的“现成”义的阐发，体现了他对诗歌意象生成中艺术直觉的重视，诗歌创作是诗人艺术直觉的积累和瞬间爆发，“不资思致，不人刻画，居然为天地间说出”。② 王夫之强调要“一触即觉，不假思量计较”地去进行诗歌创作，“只于心目相取处，得景得句，乃为朝气，乃为神笔。景静意止，意尽言息，必不强括狂搜，舍有而寻无，在章成章，在句成句。文章之道，音乐之理，尽于斯矣”。③ 艺术的真谛是“心理所诣，景自与逢，即目成吟，无非然者”。④

王夫之在强调“诗道性情”的同时，并不像公安派诗人那样只是宣泄

①王夫之：《古诗评选》（卷五）上海古籍出版社 2011 年版，第 203 页。

②同上，第 181 页。

③王夫之：《唐诗评选》上海古籍出版社 2011 年版，第 105 页。

④王夫之：《古诗评选》上海古籍出版社 2011 年版，第 239 页。

个人情感而忽视诗歌的社会教化作用，他特别强调诗歌的“情”应当是健康的、积极的，对孔子的“兴、观、群、怨”说作了新的发挥，提出了“摄兴观群怨于一炉”的“四情”说。王夫之指出，“唯此摇摇之中，有一切真情在内，可兴、可观、可群、可怨，是以有取于诗”。[1]“兴、观、群、怨”都是源于情，尽管四者的内容和表现形态不同，但是“情”是它们的共同本质，王夫之把“兴、观、群、怨”称之为“四情”，将诗歌创作与诗歌“兴、观、群、怨”的功能联为一体，强调诗歌创作必须“出于四情之外，以生起四情”。[2]王夫之指出“兴、观、群、怨”是一个统一的整体，不可分割。他在《诗译》中说：“‘诗可以兴、可以观、可以群、可以怨。’尽矣。辨汉、魏、唐、宋之雅俗得失以此，读《三百篇》者必此也。‘可以’云者，随所‘以’而皆‘可’也。于所兴而可观，其兴也深；于所观而可兴，其观也审。以其群者而怨，怨愈不忘；以其怨者而群，群乃益挚。出于四情之外，以生起四情；游于四情之中，情无所窒。作者用一致之思，读者各以其情而自得。”兴中可观，观中有兴，群而愈怨，怨而益群，四者相互联系、相互补充：诗人的感“兴”只有包含了启迪人们认识事物的“观”，“兴”才更显深厚；人们从诗中获得对事物的认识即“观”，须依赖于诗中强烈的情感、鲜明的意象；发挥诗歌对社会的讽喻、批判的“怨”刺作用，诗中具有容易引起共鸣和交流的“群”的情感，人们才会“怨愈不忘”；而诗中有对社会批判的“怨”刺内容，才能加强人们的情感联系，使人们更加团结。“兴、观、群、怨”四情的配合使诗歌更具艺术感染力。王夫之论述诗歌“兴、观、群、怨”的社会本质和社会功能，也对“兴观群怨”作了审美价值的判断，认为诗歌创作不仅要有“兴、观、群、怨”的四情，也要遵循诗歌创作的艺术规律。他在评阮籍《咏怀》诗时说：“唯此摇摇之中，有一切真情在内，可兴、可观、可群、可怨，是以有取于诗。然而因此而诗，则又往往缘景、缘事、缘已往、缘未来，终年苦吟而不能自道。以追光蹑景之笔，写通天尽人之怀，是诗家正法眼藏。”[3]“兴、观、群、怨”是诗歌社会教化功能和审美价值的辩证统一。而“兴、观、群、怨”不仅是诗人进行诗歌创作、表达情感

①同上，第161页。

②王夫之：《姜斋诗话》（卷一），民国刘氏刻求恕斋丛书本。

③王夫之：《古诗评选》，上海古籍出版社2011年版，第161页。

的方式，也是读者鉴赏、体悟诗歌的途径，读者可以根据自身不同的情况和境遇从诗歌中体悟到不同的内容。

王夫之在诗歌创作中重视活法，反对死法，主张要有独创性，对前后七子复古模拟之风进行了猛烈的抨击，“盖心灵人所自有，而不相贷，无从开方便法门，任陋人支借也”。① 又说：“有皎然《诗式》而后无诗，有《八大家文抄》而后无文。”“死法之立，总缘识量狭小。如演杂剧，在方丈台上，故有花样部位，稍稍一步则错乱。若驰骋康庄，取涂千里，而用此步法，虽至愚者不为也。”② 王夫之的批评切中时弊，对纠正当时文坛的不良风气有着积极的作用。

王夫之的诗歌理论是对传统诗歌理论发展的一个重要的总结，对清代诗歌理论发展有着重要的影响。王夫之对诗歌本质、诗歌创作技巧和诗歌功能等理论问题的深刻认识对其后的文论家有着重要的启迪作用。他是明清之际一位承上启下的卓然的诗歌理论家和批评家。

第五节　叶　燮

叶燮（1627—1703），字星期，号已畦，吴江（今属江苏）人。康熙九年（1670 年）进士，康熙十四年（1675 年）为宝应县知县，因为伉直忤上被弹劾罢官，后以徜徉山水，以著书、授徒终，人称衡山先生。主要著作有《已畦文集》二十二卷，《已畦诗集》十卷，《诗集残余》一卷，《汪文摘谬》一卷，《原诗》四卷，还著有星土之学《江南星野辨》。其文论思想散见于以上诸作，其中以诗话专著《原诗》最成体系，《原诗》中的见解精辟，对后世的影响很大。《原诗》分内外篇，每篇内分上下两部分，内篇主要阐述诗歌的基本理论，外篇则运用基本理论作出具体评说，深入阐释了有明以来诗歌发展规律和创作原则等问题。

一、探索诗歌发展的“正变”规律

叶燮《原诗》的中心是探索诗歌本原，力图阐述诗歌的源流发展和变

①王夫之：《姜斋诗话》（卷二）夕永堂日绪论内篇，民国刘氏刻求恕斋丛书本。

②王夫之：《姜斋诗话》（卷二）夕永堂日绪论外篇，民国刘氏刻求恕斋丛书本。

革关系。叶燮认为，诗歌的发展是一个自然而又必然的过程，而明代以来复古主义文学思潮的盛行，倡导五言必建安、黄初，其余诸体，必初唐盛唐。公安派对这种复古主义思潮进行矫正和批判，“然又往往溺于偏畸之私说。其说胜，则出乎陈腐而入乎偏颇；不胜，则两敝。而诗道遂沦而不可救”。[①] 叶燮继承和发展了公安派的文学思想，对复古主义文学思潮作了深入的批判，又对公安派的偏颇之处进行了纠正。叶燮批判前代“称诗之人，才短力弱”，“既不能知诗之源流本末正变盛衰”，“不能辨古今作者之心思才力深浅高下长短”，因而不能正确说明诗歌发展中“孰为沿为革，孰为创为因，孰为流弊而衰，孰为救衰而盛”，不能“一一剖析而缕分之，兼宗而条贯之”。[②] 叶燮论述诗歌的源流“正变”时，首重一个“变”字。他说：“盖自有天地以来，古今世运气数，递变迁以相禅。古云：‘天道十年而一变。’此理也，亦势也，无事无物不然；宁独诗之一道，胶固而不变乎？今就《三百篇》言之：《风》有正风，有变风；《雅》有正雅，有变雅。《风》、《雅》已不能不由正而变，吾夫子亦不能存正而删变也。则后世为风雅之流者，其不能伸正而诎变也明矣。”诗歌同世间万物一样，发展变化是必然的趋势，具体表现为“因”与“创”。“汉苏李始创为五言，其时又有亡名氏之《十九首》，皆因乎《三百篇》者也；然不可谓即无异于《三百篇》，而实苏李创之也。建安、黄初之诗，因于苏李与《十九首》者也。然《十九首》止自言其情；建安、黄初之诗，乃有献酬、纪行、颂德诸体，遂开后世种种应酬等类；则因而实为创。此变之始也。”叶燮在论“变”的同时，他也论述了“因时递变”、今胜于古的文学发展观，“大凡物之踵事增华，以渐而进，以至于极。故人之智慧心思，在古人始用之，又渐出之；而未穷未尽者得后人精求之，而益用之出之。乾坤一日不息，则人之智慧心思，必无尽与穷之日”。例如：“彼虞廷《喜》、《起》之歌，诗之土簋、击壤、穴居、俪皮耳。一增华于《三百篇》；再增华于汉；又增华于魏。自后尽态极妍，争新竞异，千状万态，差别井然。”肯定了诗歌发展的客观规律，文学史发展中的顶峰，“虽各有所因，而实一一能为创”，“正有渐变，故变能启盛”，是对明末复古模拟之风的强烈批判。叶燮的诗歌“正变”说发展了袁宏道的“法因于敝而成于过”的观

①叶燮：《原诗》，人民文学出版社 1987 年版，第 3 页。

②同上，第 35 页。

点，认为诗歌的发展过程是由“正”逐渐达到盛，然后开始衰亡；接着必然出现“变”，新变而又兴盛，形成新的“正”，循环往复，文学发展必然会出现盛衰递变的状况。他说“递衰递盛，诗之流也”，又说“诗始于《三百篇》，而规模体具于汉……而要之诗有源必有流，有本必达末；又有因流而溯源，循末以返本。其学无穷，其理日出。乃知诗之为道，未有一日不相续相禅而或息也。但就一时而论，有盛必有衰；综千古而论，则盛而必至于衰，又必自衰而复盛，非在前者之必居于盛，后者之必居于衰也”。在这循环往复、正变盛衰相继中，诗歌不断地创新、发展。

叶燮在论述诗歌发展“正变”的同时，推崇儒家“温柔敦厚”的“诗教”传统。他推崇杜甫、韩愈，在《原诗》外篇中说道：“杜甫之诗，独冠古今。此外上下千余年，作者代有，惟韩愈、苏轼，其才力能与甫抗衡，鼎力为三。”他倾心于三人用事精深与字句之工，并指出他们各自有着创作个性，抒写性情，积极入世，忧国忧民。叶燮“温柔敦厚”的“诗教”观吸收了公安派注重真实抒写性灵反对复古模拟的思想，与他主张“变”的思想也是一致的，他力图将抒写性灵与诗教传统调和统一起来，强调“温柔敦厚”在不同时代有不同的具体内容。他在《原诗》内篇中指出：“或曰：‘温柔敦厚，诗教也。’汉魏去古未远，此意犹存，后此者不及也。不知‘温柔敦厚’，其意也，所以为体也，措之于用，则不同；辞者，其文也，所以为用也，返之于体，则不异。汉魏之辞，有汉魏之‘温柔敦厚’，唐、宋、元之辞，有唐、宋、元之‘温柔敦厚’。……且‘温柔敦厚’之旨，亦在作者神而明之；如必执而泥之，则《巷伯》‘投畀’之章，亦难合于斯言矣。”“温柔敦厚”是“体”，与传统诗教是相同的，“一言以蔽之曰雅。雅也者，作诗之原而可以尽乎诗之流者也”。① “温柔敦厚”的具体内容是“用”，在不同时代的创作中各具特色。

二、探索诗歌创作的主客体关系

探索诗歌创作规律，研究创作主体与客体的相互关系、条件及原理，是叶燮《原诗》论述的重点。从创作的客观方面说，“曰理、曰事、曰情，此三言者足以穷尽万有之变态。凡形形色色，音声状貌，举不能越乎此。此举在物者而为言，而无一物之或能去此者也”。天地间万物的构成，无

---

①南开大学古籍与文化研究所：《清文海》16，国家图书馆出版社2010年版，第405页。

外乎理、事、情三个方面。他说：“曰理、曰事、曰情，大而乾坤以之定位、日月以之运行，以至一草一木一飞一走，三者缺一，则不成物。”关于理、事、情的含义，叶燮以草木滋长发育为例来说明：“其能发生者，理也。其既发生，则事也。既发生之后，夭矫滋植，情状万千，咸有自得之趣，则情也。”“理”是指客观事物内在的本质及其发生发展的规律；“事”是客观事物按照自身发展规律而存在的具体的实际的状貌；而“情”则是指事物的特殊情状、事物发展的特有的态势，并非人的主观情感。理、事、情是构成事物的三要素，也是诗歌创作中客体的基本构成部分，三者是辨证的统一体，“事”中有“理”，寓“理”于“事”，“情必依乎理，情得然后理真，情理交至，事尚不得耶”？而理、事、情三者都要由“气”来统帅，“然是三者，又有总而持之、条而贯之者，曰气。理、事、情之所为用，气为之用也”。“气”指的是事物的内在生命力，是充盈于一切事物内部的生机，离开了气，事物的理、事、情便失去了生命力。叶燮提出理、事、情之说，是从创作客体的角度来反对诗歌创作不变之死法。他说，“然则，诗文一道，岂有定法哉！先揆乎其理，揆之于理而不谬，则理得。次征诸事，征之于事而不悖，则事得。终絜诸情，絜之于情而可通，则情得。三者得而不可易，则自然之法立。故法者，当乎理，确乎事，酌乎情，为三者之平准，而无所自为法也”。诗歌创作没有一定的死法可依，作诗之“法”必须依据事物理、事、情的种种状态，才能自然成文。在叶燮的“理”、“事”、“情”之前，我国古代文论中就有“神”、“形”、“势”之说，苏轼有“常形”、“常理”说，王夫之有“物态”、“物理”之说，叶燮的理、事、情说与其相通，是对其的一个总结。

关于创作主体，叶燮将诗歌创作概括为基础、取材、匠心、文辞四个过程。其中以基础最为重要，他说：“诗之基，其人之胸襟是也。有胸襟，然后能载其性情、智慧、聪明、才辩以出，随遇发生，随生即盛。”“有是胸襟以为基，而后可以为诗文。”叶燮认为，“胸襟”具体体现为诗人之才、胆、识、力四个要素。基础其次是取材，诗文创作“当不惮远且劳”，取材是一件非常艰苦的事。再其次是“匠心”，即诗人创作的构思立意、谋篇布局等。最后是“文辞”，诗文创作最终都要以华实并茂的语言来呈现。创作主体只有经过上述四个过程，才能够“言人之所欲言”，“言人之所不能言”，创作出具有真情实感而又不因袭模拟的艺术作品。创作主体的“胸襟”——诗人之“才”、“胆”、“识”、“力”四者是诗文创作不可或缺的因素。“大凡人无才，则心思不出；无胆，则笔墨畏缩；无识，则不能取舍；无力，则不能自成一家。”“才”指诗人的才能，是诗人认识、把握事物及描绘和表现事物的能力。“胆”指诗人的胆略，是诗人敢于突破传统观念、独立思考、自由创新的胆略。“识”指诗人对世界万物的辨识能力。“力”则指诗人创作的艺术功力和笔力以及其独树一帜、自成一家的气魄。诗人的才、胆、识、力是辩证统一的，“大约才胆识力，四者交相为济，苟一有所歉，则不可登作者之坛”。“才”源于“识”，又通过“胆”得以实现；“胆”有赖于“识”，又能扩充和发展“才”，“惟胆能生才，但知才受于天，而抑知必待扩充于胆邪”！“才”必须有“力”以载之，“惟力大而才能坚，故至坚而不可摧也”。诗人若无“力”，则“才”不能充分地展示出来。而四者之中，又以识最为重要。叶燮认为，“四者无缓急，而要在先之以识；使无识，则三者俱无所托”。“人惟中藏无识，则理事情错陈于前，而浑然茫然，是非可否，妍媸黑白，悉眩惑而不能辨，安望其敷而出之为才乎！”“今夫诗，彼无识者，既不能知古来作者之意，并不自知其何所兴感、触发而为诗。”“才”源于“识”，“识为体而才为用，若不足于才，当先研精推求乎识”。“胆”以“识”为基础，“识明则胆张，任其发宣而无所于怯，横说竖说，左宜而右有，直造化在手，无有一之不肖乎物也”。“惟有识，则能知所从、知所奋、知所决，而后才与胆力，皆确然有以自信；举世非之，举世誉之，而不为其所动摇。”“惟有识，则是非明；是非明，则取舍定。不但不随世人脚跟，并亦不随古人脚跟。非薄古人为不足学也；盖天地有自然之文章，随我之所触而发宣之，必有克肖其自然者，为至文以立极。”诗人创作必须具备才、胆、识、力四个主观条件，才能对世间万物理、事、情有充分的认识，进而产生文学作品。叶燮说：“以在我之四，衡在物之三，合而为作者之文章。大之经纬天地，细而一动一植，咏叹讴吟，俱不能离是而为言者矣。”将文学创作的主体和客体统一起来，才能创作出自成一家的文章。叶燮对文学创作主客体关系的分析，看重“识”和“理”，认为诗人只有具有高超的见识，才能洞察世间物理。“凡文章之道，当求之察识之心，而专征之自然之理。”① 以“识”、“理”为基础，将“才”、“胆”、“力”与“事”、

①南开大学古籍与文化研究所：《清文海》16，国家图书馆出版社2010年版，第365页。

“情”结合起来，是叶燮对诗歌创作中主客观诸因素的内涵及其相互关系作出的深入阐释。

此外，叶燮在《原诗》中从艺术思维的角度论述了创作主客体的相互关系。他说：“诗之至处，妙在含蓄无垠，思致微妙，其寄托在可言不可言之间，其指归在可解不可解之会，言在此而意在彼，泯端倪而离形象，绝议论而穷思维，引人于冥漠恍惚之境，所以为至也。”这与严羽的“羚羊挂角，无迹可求。故其妙出妙处透彻玲珑，不可凑泊，如空中之音，相中之色，水中之月，镜中之象，言有尽而意无穷”有相通之处，但是叶燮指出诗歌创作思维具有特殊的规律，“要之作诗者，实写理事情，可以言言，可以解释，即为俗雅之作。惟不可明言之理，不可施见之事，不可径达之情，则幽渺以为理，想象以为事，倘恍以为情，方为理至事至情至之语”。这与严羽的“不涉理路，不落言荃”和反对“以文字为诗，以才学为诗，以议论为诗”的说法是不同的，他将诗中的理、事、情与艺术思维结合起来给予了更全面的、更完整的论述，这是叶燮超越前人的地方。

叶燮的《原诗》是继刘勰的《文心雕龙》、严羽的《沧浪诗话》之后，中国文学批评史上又一部比较成熟的理论专著，具有很大的借鉴意义。叶燮的诗歌理论对诗歌源流正变的规律和诗歌创作的主客体关系进行了比较全面的、详尽细密的阐述以及深入、细致的分析。《原诗》的产生，也是时代的产物，我们可以清楚地看到清代中期以后诗歌理论向传统儒家诗学复归的痕迹。叶燮的诗论在综合了前人论述的基础上，使之更加条理化、系统化，他在《原诗》中对我国古代诗歌理论做出了较为全面、深刻、严密的系统总结，使叶燮终究超越了前人。《原诗》具有独特的理论特色，对文学理论批评体系起到了有益的借鉴作用，叶燮无疑在文学理论批评发展史上占据着重要地位。

第六节　王士祯

一、王士祯与神韵说

王士祯（1634—1711），字子真，一字贻上，号阮亭，又号渔洋山人，山东新城（今桓台）人。顺治十二年（1655 年）中进士，历任扬州推官、礼部员外郎、户部郎中、国子祭酒等职，后累官至刑部尚书。王士祯著作颇丰，诗作有《渔洋集》、《蚕尾集》等，诗论著作有《渔洋诗话》以及其他文集和各种笔记杂著如《池北偶谈》、《香祖笔记》、《古夫于亭杂录》、《居易录》、《分甘余话》、《花草蒙拾》等，诗歌选本《唐贤三昧集》等，还有门人辑录的《然灯记闻》、《师友诗传录》、《师友诗传续录》和学生张宗楠编选的《带经堂诗话》三十卷，等等，都体现了他的重要的文学思想。

王士祯的诗论偏重诗歌的艺术层面，主张诗歌创作要有空灵超脱、意味无穷的境界，他在吸取了晚唐司空图的“韵味”说、南宋严羽的“兴趣”说以及文人画论等理论的基础上，提出了以“神韵”说为核心的诗歌理论，从不同方面阐释和总结了中国古代的审美艺术传统，成为清初最具代表性的文学理论。

神韵最早见于南朝谢赫的《古画品录》，有言“神韵气力”，指绘画生动传神，有无穷的韵味。唐代张彦远在《历代名画记》中说道：“至于鬼神人物，有生动之可状，须神韵而后全。若气韵不周，空陈形似；笔力未遒，空善赋彩，谓非妙也。”强调绘画要有神韵、气韵，追求神似、传神，才是绝妙之作。司空图的“韵外之致”说也是要求体味作品的味外之味。明代胡应麟、王夫之也多次在诗论中提到神韵，大都偏重于神理自然、韵味深长。王士祯在前人的基础上，形成了以“神韵”为核心的诗学体系，“神韵”指一种理想的艺术境界，主张诗歌创作要自然传神、韵味深远，天生化成，而无人工造作的痕迹。

王士祯论神韵受到了清初政治文化思想的影响，康熙年间开始大兴文字狱，竭力加强思想控制；同时大力提倡程朱理学，空谈义理心性。汉族士人普遍存在的遗民意识和沉重的幻灭感，以及王士祯想借助于禅、道来回避残酷的现实斗争并得以解脱却又无法超脱的苦闷，使王士祯十分重视诗歌中真情的抒写。与王士祯同时期的朱彝尊，提倡“言志”传统，肯定“温柔敦厚”、“发乎情止乎礼义”的“诗教”传统，强调诗人要有深厚的学问。而王士祯则强调诗人拥有深厚学问的同时要抒发真情实感，做到“文如其人”。他说：“李格非善论文章，尝曰诸葛亮的《出师表》，李令伯的《陈情表》，陶渊明的《归来隐》，沛然如肺肝流出，殊不见有斧凿痕。盖文章以气为主，气以诚为主。”① 在《蚕尾集》中又说：“诗以言志，古之作者，如陶靖节、谢康乐、王右丞、韦苏州之属，其诗俱在。试以平生出处考之，莫不各肖其为人。”诗人力求抒发真诚的感情，诗歌才能“文如其人”。王士祯强调性情之真，是为针砭清初诗坛模拟盛唐、两宋，致使诗歌内容空洞肤廓、了无生气。他说：“今之作者，但须真才实学，本性求情，且莫理论格调。”② 诗歌的“神韵”来自于诗人的真性情，以真情实感作为基础，才能写出有“神韵”的诗歌。

二、诗歌的神韵来自“味外之味”

王士祯认为，要构思和创作出有“神韵”的诗歌，就要追求“味外之味”，强调诗歌要传达给读者一种含蓄蕴藉、悠长持久的韵味或美感，给读者留下更大的想象空间。赵执信在《谈龙录》中记载的以画龙比喻作诗的故事，“神龙者，屈伸变化，固无定体；恍惚望见者，第指其一鳞一爪，而龙之首尾完好，故宛然在也”。“神龙”即指有神韵的诗歌，创作出有“神韵”的诗歌，就像画龙只画龙在云雾中的一鳞一爪，其他部分则由读者去想象，龙的风神、气势、活力在想象中得到更加完美的体现。老子的“大音希声，大象无形”，庄子的“天籁”、“天乐”，以及文学创作中的“文外之旨”、“言外之意”、“境生象外”、“象外之象”、“景外之景”、“韵外之致”、“味外之旨”等都是构成艺术意境的关键。王士祯非常欣赏司空图的“不著一字，尽得风流”。他在《香祖笔记》中说：“《新唐书》如近日许道宁辈画山水，是真画也。《史记》如郭忠恕画天外数峰，略有笔墨，然而使人见而心服者，在笔墨之外也。右王楙《野客丛书》中语，得诗文三昧。司空表圣所谓‘不著一字，尽得风流’者也。”艺术之妙在于给人留下想象的余地，使人产生无穷的意趣。有“神韵”的诗歌就在于那似有非有、似无非无、若隐若现、若存若亡、如“蓝田日暖，良玉生烟，可望而不可置于眉睫之前”、虚虚实实、镜花水月般的意境，给人含蓄不尽的言外之意，使人回味无穷，从而得到真正的美感享受。而严羽的“不涉理路，不落言荃”、“如水中之月，镜中之象，言有尽而意无穷”的“兴趣”说，正是王士祯之所谓“神韵”也。他在《唐贤三昧集序》中说：“严沧浪论诗云：‘盛唐诸人，唯在兴趣，羚羊挂角，无迹可求，透彻

①王士祯：《香祖笔记》商务印书馆1934年版，第121页。

②王士祯：《池北偶谈》中华书局，1987年版。

玲珑，不可凑泊，如空中之音，相中之色，水中之月，镜中之象，言有尽而意无穷。’司空表圣论诗，亦云：‘味在酸咸之外。’”王士祯也多次强调诗歌的神韵境界可以悟禅，他在《香祖笔记》中说：“唐人五言绝句往往入禅，有得意忘言之妙，与净名默然，达磨得髓，同一关捩。观王裴《辋川集》及祖咏《终南残雪》诗，虽钝根初机亦能顿悟。”在《蚕尾续文》中说：“严沧浪以禅喻诗，余深契其说，而五言尤为近之。如王裴辋川绝句，字字入禅。他如‘雨中山果落，灯下草虫鸣’，‘明月松间照，清泉石上流’，以及太白‘却下水精帘，玲珑望秋月’，常建‘松下露微月，清光犹为君’，浩然‘樵子暗相失，草虫寒不闻’，刘昚虚‘时有落花至，远随流水香’，妙谛微言，与世尊拈花，迦叶微笑，等无差别。通其解者，可语上乘。”王士祯论有“神韵”的诗歌，都是含蓄深远、意在言外，融禅意与诗境为一体，富含韵外之致、味外之味的作品。

三、诗歌的神韵源于灵感爆发、兴会神到

具有神韵的诗歌境界，是诗人在构思阶段灵感爆发、兴会神到的状态下创作出来的。诗人的情感因外物触发而自然而然地爆发灵感，非人力所能强求，所以王士祯非常崇尚“伫兴”：“萧子显云：‘登高极目，临水送归，蚤雁初莺，花开叶落，有来斯应，每不能已。须其自来，不以力构。’王士源序孟浩然诗云：‘每有制作，伫兴而就。’余平生服膺此言，故未尝为人强作，亦不耐为和韵诗也。”① 重在“伫兴”，强调诗人的灵感来得自然而然，不可有矫揉造作或人为的痕迹，“兴来神来，天然入妙，不可凑泊”。(《古夫于亭杂录》卷二）他在《香祖笔记》中说：“南城陈伯玑允衡善论诗，昔在广陵评予诗，譬之昔人云‘偶然欲书’，此语最得诗文三昧。今人连篇累牍，牵率应酬，皆非偶然欲书者也。坡翁称钱塘程奕笔云：‘使人作字不知有笔。’此语亦有妙理。”诗人创作灵感的涌现是偶然的，非人力强求所能实现。他又说：“越处女与勾践论剑术曰：‘妾非受于人也，而忽自有之。’司马相如答盛览论赋曰：‘赋家之心，得之于内，不可得而传。’诗家妙谛，不过此数语。”诗歌创作重在兴会神到，苦思强吟必定很难达到神韵的境界。具有神韵的诗歌，要做到自然、入神，王士祯在《渔洋诗话》中说道：“律句有神韵天然，不可凑泊者，如高季迪‘白下有山皆绕郭，清明无客不思家’、曹能始‘春光白下无多日，夜月黄河

①王士祯：《渔洋诗话》（卷上）1912 年扫叶山房石印本。

第几湾’、李太虚‘节过白露犹余热，秋到黄州始解凉’、程孟阳‘瓜步江空微有树，秣陵天远不宜秋’是也。余昔登燕子矶有句云：‘吴楚青苍分极浦，江山平远入新秋。’或亦庶几尔。”“神会”之作，必须含意深远、神游象外，使人感到神韵超然。他在《古夫于亭杂录》中说道：“宋景文云：左太冲‘振衣千仞冈，濯足万里流’，不减嵇叔夜‘手挥五弦，目送飞鸿’。愚案：左语豪矣，然他人可到；嵇语妙在象外。六朝人诗，如‘池塘生春草’、‘清晖能娱人’，及谢朓、何逊佳句多此类，读者当以神会，庶几遇之。”① 在《香祖笔记》中说：“张道济手题王湾‘海日生残夜，江春入旧年’一联于政事堂。王元长赏柳文畅‘亭皋木叶下，陇首秋云飞’，书之斋壁。皇甫子安、子循兄弟论五言，推马戴‘猿啼洞庭树，人在木兰舟’，以为极则。又若王籍‘蝉噪林逾静，鸟鸣山更幽’，当时称为文外独绝。孟浩然‘微云淡河汉，疏雨滴梧桐’，群公咸阁笔，不复为继。司空表圣自标举其诗曰：‘回塘春尽雨，方响夜深船。’玩此数条，可悟五言三昧。”韵味深远的山水田园隐逸诗，得自然超脱之妙，达到了神韵的境界。自然、入神的境界可以悟禅，王士祯在《香祖笔记》中说：“舍筏登岸，禅家以为悟境，诗家以为化境，诗禅一致，等无差别。”他在《分甘余话》中说道：“或问‘不著一字，尽得风流’之说。答曰：太白诗：‘牛渚西江夜，青天无片云。登高望秋月，空忆谢将军。余亦能高咏，斯人不可闻。明朝挂帆去，枫叶落纷纷。’襄阳诗：‘挂席几千里，名山都未逢。泊舟浔阳郭，始见香炉峰。常读远公传，永怀尘外踪。东林不可见，日暮空闻钟。’诗至此，色相俱空，正如羚羊挂角，无迹可求，画家所谓逸品是也。”没有任何人工痕迹、达到了化境的诗歌，相当于绘画中的“逸品”，自然天成而臻化工造物境界的“逸品”，意在言外，就是诗歌中的“神韵”。

四、诗歌神韵的特点是“冲淡清远”

王士祯论神韵，特别强调“冲淡清远”的特色，要求诗人以简易平淡的手法表现隽永超诣的情思，给人一唱三叹、韵味无穷之感。他在《燃灯记闻》中说：“为诗先从风致入手，久之要造平淡。”在《池北偶谈》中引汾阳孔文谷论诗之语：“诗以达性，然须清远为尚。”又说薛西原论诗，独取谢康乐、王摩诘、孟浩然、韦应物，言：“‘白云抱幽石，绿蓧媚清

①王士祯：《古夫于亭杂录》，中华书局1988年版。

涟’，清也；‘表灵物莫赏，蕴真谁为传’，远也；‘何必丝与竹，山水有清音’，‘景昃鸣禽集，水木湛清华’，清远兼之也。总其妙在神韵矣。‘神韵’二字，予向论诗，首为学人拈出，不知先见于此。”王士祯特别推崇王维、韦应物冲和淡远的田园山水诗，不主张在诗歌中写政治性、现实性很强的内容，他在《分甘余话》中说：“东坡谓柳柳州诗在陶彭泽下、韦苏州上，此言误矣。余更其语：韦诗在陶彭泽下、柳柳州上。余昔在扬州作《论诗绝句》有云：‘风怀澄淡推韦柳，佳句多从五字求。解识无声弦指妙，柳州那得并苏州。’又尝谓陶如佛语，韦如菩萨语，王右丞如祖师语也。”王士祯所举的唐人名句，大都具有清远、冲淡的特色，他认为冲和淡远的诗歌更易体现神韵的特色。同时，王士祯认识到，“自昔称诗者尚雄浑则鲜风调，擅神韵则乏豪健，二者交讥”，主张“去其二短，而兼其二长”，“见以为古淡闲远，而中实沉着痛快”。① 神韵和雄浑劲健是可以统一的，不同时代、不同流派的作品都可以有神韵，他在《芝廛集序》中说：“古澹闲远而中实沉著痛快，此非流俗所能知也。”“沉著痛快，非惟李、杜、昌黎有之，乃陶、谢、王、孟而下莫不有之。子之论画也，而通于诗，诗也而几于道矣。”王士祯论诗歌神韵，并不局限于冲和淡远，而兼容雄浑劲健。

王士祯的“神韵”说，受到当时政治背景的影响而崇尚冲和淡远，作为一种理想的艺术境界，是对中国古代文学艺术审美传统的总结，对创作原则等方面进行了有益的探索，形成了自己的诗歌美学体系，是清初最具代表性的文论思想。

第七节　袁　枚

一、袁枚与性灵说

袁枚（1716—1797），字子才，号简斋，浙江钱塘（今杭州）人。乾隆四年进士，官江宁知府，辞官后居于江宁小仓山之随园，以诗文名于时，世称随园先生，晚年自号仓山居士。著有《小仓山房诗文集》七十余

①王士祯：《带经堂诗话》，人民文学出版社 1963 年版。

卷，诗论《随园诗话》、《续诗品》等，还有《子不语》等三十余种作品。袁枚论诗以“性灵”著称，“性灵”说是其诗歌理论的核心。

“性灵”作为概念，早在六朝时期就已经被提出，刘勰、钟嵘，其后的颜之推、李商隐、杨万里等都谈到过性灵。公安派把“性灵”作为个性解放，反对复古的理论武器。袁枚所说的“性灵”是对李贽和公安派文学思想的继承和发展，与“性情”或“情性”的含义基本一致。他在《随园诗话》中说：“自《三百篇》至今日，凡诗之传者，都是性灵，不关堆垛。”“诗者，人之性情也。”“诗者，心之声也，性情所流露者也。”“千古善言诗者，莫如虞、舜，教夔典乐曰：‘诗言志。’言诗之必本乎性情也。”袁枚所谓性情，是指人的心思情绪，是人们发自内在心灵的真实自然之“情”，他理解的“诗言志”，已经摆脱了儒家伦理中的“载道”内容。他在《与邵厚庵太守论杜茶村文书》中说：“诗言志，劳人、思妇都可以言，《三百篇》不尽学者作也。”他引尹文端公曰：“言者，心之声也。古今来未有心不善而诗能佳者。《三百篇》大半贤人君子之作。溯自西汉苏、李五言，下至魏、晋、六朝、唐、宋、元、明，所谓大家、名家者，不一而足。何一非有心胸、有性情之君子哉?”《再答李少鹤》中说：“来札所讲‘诗言志’三字，历举李、杜、放翁之志，是矣。然亦不可太拘。诗人有终身之志，有诗外之志，有事外之志，有偶然兴到、流连光景、即事成诗之志。‘志’字不可看杀也!”从强调性情出发，他说：“余作诗，雅不喜叠韵、和韵、及用古人韵。以为诗写性情惟吾所适。”

袁枚论“性情”，强调诗歌要抒写真情，诗歌是诗人性情的自然流露。他说：“诗难其真也，有性情而后真；否则敷衍成文矣。”写出人内心的真实情感，表现其赤子之心，这样的诗歌才是佳作。袁枚说：“余尝谓：诗人者，不失其赤子之心者也。”赤子之心即真心，是对李贽童心说的继承和发挥。诗歌的本质就是诗人性情真实自然的流露，他在《答施兰垞论诗书》中说：“《三百篇》不著姓名，盖其人直写怀抱，无意于传名，所以真切可爱。今作诗，有意要人知，有学问，有章法，有师承，于是真意少而繁文多。”在《随园诗话》中又说：“熊掌、豹胎，食之至珍贵者也；生吞活剥，不如一蔬一笋矣。牡丹、芍药，花之至富丽者也；剪彩为之，不如野蓼山葵矣。味欲其鲜，趣欲其真，人必如此，而后可与论诗。”

袁枚认为，诗歌抒写性情要表现出创作的独特个性，表现出不同的人不同的性情。他说：“人问：‘杜陵不喜陶诗，欧公不喜杜诗，何也?’余曰：‘人各有性情。陶诗甘，杜诗苦；欧诗多因，杜诗多创：此其所以不合也。元微之云：鸟不走，马不飞，不相能，胡相讥?’”不同的个性抒写出不同的性情。“凡作诗者，各有身分，亦各有心胸。”诗歌抒写性灵，而各个时代的人有各自的性情。他说：“诗者，人之性情；唐、宋者，帝王之国号。人之性情，岂因国号而转移哉?”不赞成去区分唐宋诗歌的优劣，“诗无所谓唐、宋也。唐、宋者，一代之国号耳，与诗无与也。诗者，各人之性情耳，与唐、宋无与也。若拘拘焉持唐宋以相敌，是子之胸中，有已亡之国号，而无自得之性情，于诗之本旨已失矣”。每个时代的诗人都有自己的特点，“诗如天生花卉，春兰秋菊，各有一时之秀，不容人为轩轾。音律风趣，能动人心目者，即为佳诗；无所谓第一、第二也”。“诗有情至语，写出活现者。”真情流露的语言皆能活现出不同的个性和性情。诗歌要表现内心的真情，相比写景而言，写情更难。他说：“凡作诗，写景易，言情难。何也?景从外来，目之所触，留心便得；情从心出，非有一种芬芳悱恻之怀，便不能哀感顽艳。”诗歌表现真情实感，要从自身出发，所以袁枚在《随园诗话》中指出：“作诗，不可以无我，无我，则剿袭敷衍之弊大，韩昌黎所以‘惟古于词必己出’也。北魏祖莹云：‘文章当自出机杼，成一家风骨，不可寄人篱下。’”“有人无我，是傀儡也。”强调诗歌的独创性，反对因袭摹拟。他说：“高青邱笑古人作诗，今人描诗。描诗者，像生花之类，所谓优孟衣冠，诗中之乡愿也。譬如学杜而竟如杜，学韩而竟如韩，人何不观真杜、真韩之诗，而肯观伪杜、伪韩之诗乎?”对复古摹拟思想进行了批判，“萧子显云：‘若无新变，不能代雄。’陆放翁曰：‘文章切忌参死句。’黄山谷曰：‘文章切忌随人后。’皆金针度人语”。他在《答王梦楼侍读》中说：“诗宜自出机杼，不可寄人篱下，譬作大官之家奴，不如作小邑之薄尉。”强调诗歌创作要有创造性不可依傍前人。

二、袁枚性灵说对前人的继承和发展

袁枚主张诗歌表现“性灵”，他在《钱玙沙先生诗序》中批评“今人浮慕诗名而强为之，既离性情，又乏灵机，转不若野氓之击辕相杵，犹应风雅焉”。袁枚论诗，既注重抒写性情，又注重灵机，即诗人的天分禀赋和兴到自成的天籁之作。他在《何南园诗序》中说：“诗不成于人，而成于其人之天。其人之天有诗，脱口能吟。其人之天无诗，虽吟而不如无吟……无他，其人之天殊也。”拥有作为诗人的天分，有感受和把握外物的

禀赋和敏悟，是成为一个真正诗人的先决条件。同时，袁枚也肯定读书学习的重要性，拥有作诗的天分，又有后天读书学习的积累，所以能写出好诗。袁枚认为，要“求诗于书中，得诗于书外”，通过读书吸取前人的创作经验，而写出独抒性灵、体现个人特色的诗歌。在诗歌的艺术境界上，袁枚要求一种自然化工的天籁境界，反对矫揉造作的人工痕迹。他在《续诗品》中指出：“诗为天地元音，有定为无定，恰到好处，自成音节，此中微妙，口不能言。”“恰到好处”的天地自然之音，才是天籁般的好诗。关于如何写出有如天籁的诗歌，他说：“混元运物，流而不注。迎之未来，揽之已去。诗如化工，即景成趣。逝者如斯，有新无故。因物赋形，随影换步。彼胶柱者，将朝认暮。”“即景成趣”是写出天籁之作的关键，诗人的情思与外界景物自然契合，发为吟咏，是谓佳作。他说：“自古文章所以流传至今者，皆即情即景，如化工肖物，着手成春，故能取不尽而用不竭。”他欣赏诗歌的天籁境界，认为“桐城张徵士若驹《五月九日舟中偶成》云：‘水窗晴掩日光高，河上风寒正长潮。忽忽梦回忆家事，女儿生日是今朝。’此诗真是天籁”。他喜欢萧子显《自序》中所说的“凡有著作，特寡思功；须其自来，不以力构”以及陆游的“文章本天然，妙手偶得之”的说法。袁枚注重诗歌的自然化工的天籁境界，与王士祯的“神韵”说有相通之处。

袁枚以“性灵”说为基础，对沈德潜的文学观点进行了批判并作了较全面的论述。他反对沈德潜提倡的“温柔敦厚”的“诗教”传统，在《答李少鹤》中指出：“《礼记》一书，汉人所述，未必皆圣人之言。”“故朴以为孔子论诗，可信者兴观群怨，不可信者温柔敦厚也。”袁枚提倡诗歌要抒写性灵，诗人要有“赤子之心”，而非仅限于“发乎情，止乎礼义”的“诗教”传统，袁枚对艳诗即爱情诗的充分肯定也说明了这一点。他在《再与沈大宗伯书》中说：“闻《别裁》中独不选王次回诗，以为艳体不足垂教，朴又疑焉。夫《关雎》即艳诗也，以求淑女之故，至于展转反侧。使文王生于今遇先生，危矣哉！《易》曰：‘一阴一阳之谓道。’又曰：‘有夫妇然后有父子。’阴阳夫妇，艳诗之祖也。”“情所最先，莫如男女。古之人屈平以美人比君，苏、李以夫妻喻友，由来尚矣。”对男女之情的大力肯定，体现了他对“温柔敦厚”的“诗教”传统的叛逆精神。袁枚论诗注重抒写性情，诗人要有创作个性，所以他批评了沈德潜提倡“唐音”、主张效法古人的思想，以区分古今和唐宋文学创作的优劣。他说：“尝谓诗有工拙，而无古今。自葛天氏之歌至今日，皆有工有拙，未必古人皆工，今人皆拙。即《三百篇》中，颇有未工不必学者，不徒汉、晋、唐、宋也；今人诗有极工极宜学者，亦不徒汉、晋、唐、宋也。”“至于性情遭遇，人人有我在焉，不可貌古人而袭之，畏古人而拘之也。今之莺花，岂古之莺花乎？然而不得谓今无莺花也。今之丝竹，岂古之丝竹乎？然而不得谓今无丝竹也。天籁一日不断，则人籁一日不绝。”至于沈德潜说的“格调”，袁枚认为“须知有性情，便有格律，格律不在性情外”。性情中自有格调：“三百篇半是劳人思妇率意言情之事，谁为之格？谁为之律？”袁枚强调变古，他在《续诗品》中指出：“不学古人，法无一可。竟似古人，何处著我？”“唐人学汉魏变汉魏，宋学唐变唐，其变也，非有心于变也，乃不得不变也。使不变，则不足以为唐，不足以为宋也。”

袁枚的“性灵”说也是对明代公安派“性灵”说的发展。公安派只强调表现性情之真，反对学习古人的创作经验，导致诗歌流于浅薄、俚俗的弊端。袁枚在注重诗歌抒写性灵的同时，也主张吸取古人的创作经验。他说：“人闲居时，不可一刻无古人，落笔时，不可一刻有古人。平居有古人，而学力方深；落笔无古人，而精神始出。”“求诗于书中，得诗于书外。”公安派只重才不重学，而袁枚主张把先天禀赋和读书积学结合起来，他说：“诗文之作意用笔，如美人之发肤巧笑，先天也；诗文之徵文用典，如美人之衣裳首饰，后天也。”他引赵松雪《论诗》云：“到老始知非力取，三分人事七分天。”天分和学力，两者都是应该重视的。袁枚主张诗歌创作自然化工的天籁境界，同时他又说：“诗有从天机来者，有从人巧得者，不可执一以求。”两者不可偏废，但天籁须从人功求之，“人功未极，则天籁亦无因而至。虽云天籁，亦须从人功求之”。因此，他反对恃才自放，说：“人安得恃才而自放乎？唯糜唯芑，美谷也，而必加舂揄扬簸之功。赤堇之铜，良金也，而必加千辟万灌之铸。”天籁与人功结合，相得益彰。他说：“诗宜朴不宜巧，然必须大巧之朴；诗宜澹不宜浓，然必须浓后之澹。”由人功之极而达到天籁的境界。

袁枚的“性灵”说，强调诗歌要抒写性情，同时注重天分和学力的结合，追求一种自然化工的天籁境界，是对李贽“童心”说和公安派“性灵”说的继承和发展。袁枚批判了沈德潜的“温柔敦厚”的“诗教”观，具有一定的反叛精神，体现了个性解放的时代要求，对明清文学理论作出了新的贡献。

第八节　姚　鼐

一、姚鼐与“桐城派”

姚鼐（1731—1815），字姬传，一字梦谷，安徽桐城人。其书斋名为惜抱轩，人称惜抱先生。乾隆二十八年进士，曾任四库全书纂修官，相继在扬州梅花、南京钟山等地书院讲学40余年。著有《惜抱轩文集》十六卷，《惜抱轩诗集》十卷，《惜抱尺牍》等，选有《古文辞类纂》四十八卷。姚鼐承接桐城方苞、刘大櫆开创的清代最为正统的散文流派桐城派，人称“桐城三祖”。他对方苞、刘大櫆的古文理论作了全面总结，使桐城文论有了重要的新发展，形成了相当完整的理论体系，是桐城派文论最重要的代表人物。

桐城派至姚鼐而始定，所以其论文主张也更为重要，如王先谦在《续古文辞类纂·序》中说：“自桐城方望溪氏以古文专家之学主张后进，海峰承之，遗风遂衍。姚惜抱禀其师传，覃心冥追，益以所自得，推究阃奥，开设户牖，天下翕然，号为正宗。”《清史稿·文苑·姚鼐传》中称：“其论文根极于道德，而探源于经训，至其浅深之际，有古人所未尝言，鼐独抉其微，发其蕴，论者以为词近于方，理深于刘。”《桐城文录序》中姚门四弟子之一方东树评价姚鼐云：“因望溪之义法，而不失之憨；取海峰之品藻，而不失之滑耀而浮。经术根柢不及望溪，才思奇纵不及海峰，而超卓之识，精诣之力，则又过之。盖深于文事者也。”姚鼐是桐城派承前启后之关键性人物。

桐城派的文论上承以韩愈、柳宗元为代表的唐宋八大家，其理论核心是提倡文章写作中义理、词章、考据的统一。桐城派的创始人方苞，字灵皋，号望溪，有《方望溪文集》，他的文论核心是提倡“清真古雅”的“义法”，是桐城派的理论基础。他在《又书货殖传后》中说：“《春秋》之制义法，自太史公发之，而后之深于文者亦具焉。义即《易》之所谓言有物也，法即《易》之所谓言有序也。义以为经而法纬之，然后为成体之文。”在《书归震川文集后》中说道：“孔子于艮五爻辞释之曰‘言有序’，家人之象系之曰‘言有物’，凡文之愈久而传未有越此者也。”“义”

是指文章的内容，“法”是指文章的形式；“义”要“有物”，“法”要“有序”，然后为成体之文。方苞处于康、雍“宋学”盛行的时代，所以他提倡的“义法”与程朱理学有着密切联系，他所称之物，是指程朱理学。方苞主张古文要做到“清真古雅”。在他编选的乾隆钦定的四书文之《凡例》中说：“故凡所录取，皆以发明义理，清真古雅，言必有物为宗，庶可以宣圣主之教思，正学者之趋向。”“清真古雅”就是他说的“雅洁”，正如沈莲芳在《书方望溪先生传后》中所说“南宋元明以来，古文义法不讲久矣。吴越间遗老尤放恣，或杂小说，或沿翰林旧体，无雅洁者”。“清真古雅”是对古文写作的要求，“清真”是对内容即“义”的要求，“古雅”是对形式即“法”的要求，“清真古雅”是对“义法”说的具体发挥。方苞的学生刘大櫆，字才甫，号海峰，著有《论文偶记》，他对方苞的文论思想作了进一步的发挥，是桐城派的中坚人物。刘大櫆在方苞“义法”说的基础上，更偏重于“法”的阐释，他重视文章写作技巧和文章形式的重要性，即为文之能事。他在《论文偶记》中说：“盖人不穷理读书，则出词鄙倍空疏；人无经济，则言虽累牍，不适于用。故义理、书卷、经济者，行文之实；若行文自另是一事。譬如大匠操斤，无土木材料，纵有成风尽垩手段，何处设施；然即土木材料，而不善设施者甚多，终不可为大匠。故文人者，大匠也；神气、音节者，匠人之能事也；义理、书卷、经济者，匠人之材料也。”义理、书卷、经济是材料，而不是行文之能事。他认为：“作文本以明义理，适世用。而明义理，适世用，必然有待于文人之能事；朱子谓‘无子厚笔力发不出’。”又说：“当日唐虞记载，必待史臣；孔门贤杰甚众，而文学独称子游、子夏，可见自古文字相传另有个能事在。”他要于神气音节中求行文之能事。他说：“行文之道，神为主，气辅之。曹子桓、苏子由论文，以气为主，是矣。然气随神转，神浑则气灏，神清则气逸，神伟则气高，神变则气奇，神深则气静，故神为气之主。”“神气者，文之最精处也。”“神者，文家之宝。文章最要气盛；然无神以主之，则气无所附，荡乎不知其所归也。神者气之主，气者神之用。神只是气之精处。”“神”是文章自然天成、不落痕迹的化工境界，“气”是文章中具体呈现出的行文气势，“气”是“神”的集中体现，“气”随“神”转。刘大櫆接着探求了神气、音节、文字三者的关系，他在《论文偶记》中说：“神气者，文之最精处也；音节者，文之稍粗处也；字句者，文之最粗处也；然论文而至于字句，则文之能事尽矣。盖音节者，神气之迹也；字句者，音节之矩也。神气不可见，于音节见之；音节无可准，以字句准之。”由字句以定音节，由音节以窥神气，他进一步论述道：“音节高则神气必高，音节下则神气必下，故音节为神气之迹。一句之中，或多一字，或少一字；一字之中，或用平声，或用仄声；同一平字仄字，或用阴平、阳平、上声、去声、入声，则音节迥异，故字句为音节之矩。积字成句，积句成章，积章成篇，合而读之，音节见矣；歌而咏之，神气出矣。”凭音节、字句以体会古人之神气，如刘大櫆所言：“学文而至于字句，则文之能事尽矣。”他通过这种具体的方法，使得神气不再不可捉摸而得以探求，从文章形式技巧方面对桐城派的古文理论作出了贡献。

二、姚鼐的文论主张

姚鼐在继承方苞“义法”说、刘大櫆为文能事理论的基础上，提出了文章写作过程中，义理、考证、文章三者要统一。他在《复汪进士辉祖书》中强调注重义理，“夫古人之文，岂第文焉而已！明道义，维风俗，以昭世者，君子之志；而辞足以尽其志者，君子之文也”。而在《与陈硕士书》中更是认为“阅太史公书，似精神不能包括其大处、远处、疏淡处及华丽非常处，止以义法论文，则得其一端而已”。进而在《复秦小岘书》中，他提出了著名的“天下学问之事，有义理、文章、考证三者之分，异趋而同为不可废。”姚鼐身处乾嘉“汉学”盛行的时代，他受考据学的影响，他在《与陈硕士书》中指出：“以考据累其文，则是弊耳，以考据助文章之境，正在佳处。”可见姚鼐是在汉学正盛的时候，使考据学助力于桐城派文论的发展。关于义理、考据、文章合一，他在《述庵文钞序》中说：“余尝论学问之事有三端焉，曰：义理也，考证也，文章也。是三者，苟善用之，则皆足以相济；苟不善用之，则或至于相害。”他认为，义理、考据、文章三者合一，才是最理想的文章。他在《敦拙堂诗集序》中说：“夫文者，艺也。道与艺合，天与人一，则为文之至。”道与艺合，天与人一，姚鼐超越了方苞的“义法”说。

姚鼐编纂的《古文辞类纂》中把文章体裁共分为十三类，包括论辨、序跋、奏议、书说、赠序、诏令、传状、碑志、杂记、箴铭、颂赞、辞赋、哀祭。他在《古文辞类纂序目》中说：“凡文之体类十三，而所以为文者八。曰：神、理、气、味、格、律、声、色。神、理、气、味者，文之精也；格、律、声、色者，文之粗也；然苟舍其粗，则精者亦胡以寓焉？学者之于古人，必始而遇其粗，中而遇其精，终则御其精者而遗其粗者。”姚鼐提出的“为文者八”与刘大櫆的“神气、音节、字句”是一脉相承的，在刘大櫆文章形式技巧论的基础上作了进一步发展。“神、理、气、味”指的是文章的艺术内容方面，包括文章的境界、文章的文理、行文的气势以及含蓄不尽的韵味等。“格、律、声、色”指的是文章的艺术形式方面，包括文章的格调、文章的律法、文章的节奏以及华美的辞藻等。“文之精”寓之“文之粗”，与刘大櫆所说的“神气不可见，于音节见之；音节无可准，于字句准之”是一致的。他在《答翁学士书》中说：“夫道有是非，而技有美恶。诗文皆技也。技之精者必近道，故诗文美者，命意必善。文字者犹人之言语也。有气以充之，则观其文也，虽百世而后，如立其人而与言于此，无气则积字焉而已。意与气相御而为辞，然后有音乐节奏高下抗坠之度，反复进退之态，采色之华，故声色之美，因乎意与气而时变者也。”文之粗随文之精而时变，由粗入精，御精遗粗，循迹可求。所以他在《与石甫书》中认为：“文章之精妙，不出字句声色之间，舍此则无可窥求矣。”与刘大櫆的神气、音节、字句论不同，姚鼐主张从文章的“格、律、声、色”开始，一步步地去体悟其中蕴涵的“神、理、气、味”，“文之粗”与“文之精”二者相济，才能创作出文学佳作。

姚鼐把文章的风格美分为阳刚之美和阴柔之美两大类。他在《复鲁絜非书》中说：“鼐闻天地之道，阴阳刚柔而已。文者天地之精英，而阴阳刚柔之发也。……自诸子而降，其为文无弗有偏者。其得于阳与刚之美者，则其文如霆，如电，如长风之出谷，如崇山峻崖，如决大川，如奔骐骥；其光也，如杲日，如火，如金镠铁；其于人也，如冯高视远，如君而朝万众，如鼓万勇士而战之。其得于阴与柔之美者，则其文如升初日，如清风，如云，如霞，如烟，如幽林曲涧，如沦，如漾，如珠玉之辉，如鸿鹄之鸣而入寥廓；其于人也，漻乎其如叹，邈乎其如有思，暖乎其如喜，愀乎其如悲。观其文，讽其音，则为文者之性情形状举以殊焉。”姚鼐生动形象地描绘了雄伟劲直的阳刚之美和温婉柔和的阴柔之美。在《海愚诗钞序》中说：“文章之原本乎天地，天地之道，阴阳刚柔而已。苟有得乎阴阳刚柔之精，皆可以为文章之美。”得阴阳刚柔之精，才可以为文章之美。“阴阳刚柔”说有着深远的历史渊源，《周易·系辞上》有“一阴一阳谓之道”，《周易·说卦》中有“分阴分阳，迭用柔刚”。曹丕所说的“清气”，即指阳刚之美；“浊气”，即指阴柔之美。刘勰在《文心雕龙》中说：“才有庸隽，气有刚柔。”严羽在《沧浪诗话》中说：“其大概有二：曰优游不迫，曰沉着痛快。”所谓“优游不迫”，即指“阴柔之美”，而“沉着痛快”，即指“阳刚之美”。姚鼐似乎更为推崇阳刚之美，他在《海愚诗钞序》中说：“文之雄伟而劲直者，必贵于温深而徐婉。温深徐婉之才，不易得也，然其尤难得者，必在乎天下之雄才也。”阴阳刚柔作为基本的风格类型，对于具体作家作品而言往往或偏重于阳刚之美，或偏重于阴柔之美，而过于偏胜，则不可以为文。姚鼐认为：“阴阳刚柔并行而不容偏废，有其一端而绝无其一，刚者至于偾强而拂戾，柔者至于颓废而阉幽，则必无与于文者矣。”“且夫阴阳刚柔，其本二端，造物者糅，而气有多寡进绌，则品次亿万，以至于不可穷，万物生焉。故曰：一阴一阳之为道。夫文之多变，亦若是已。糅而偏胜可也，偏胜之极，一有一绝无，与夫刚不足为刚，柔不足为柔者，皆不可以言文。”刚柔相济，才是理想的文章，“惟圣人之言，统二气之会而弗偏，然而《易》、《诗》、《书》、《论语》所载，亦间有可以刚柔分矣”。“雄伟劲直”和“温深徐婉”相结合，才能天与人一。

桐城派文论发端于方苞，经刘大櫆、姚鼐的阐释，形成了完整的理论体系，后人称为“桐城三祖”。桐城派后学中方东树、姚莹、管同、梅曾亮，称为“姚门四弟子”，他们在继承“桐城三祖”的文论的基础上，都有着自己的发挥。桐城派成为清代最具代表性的文论流派。

第九节　朱彝尊、张惠言、周济

一、朱彝尊

词于清代，得以中兴。清初，有以陈维崧为代表的阳羡派，推崇苏轼、辛弃疾的豪放派诗作，强调抒写豪情之作。

同时期以朱彝尊为代表的浙西词派，宗奉姜夔的清空雅正词风。朱彝尊（1629—1709），字锡鬯，号竹垞，浙江秀水人。辑有《词综》二十六卷，选词以“雅正”为标准，在《词综发凡》中说：“言情之作，易流于秽，此宋人选词多以雅为目。”又在《群雅集序》中说：“盖昔贤论词，表出于雅正。”他认为词与诗不同，有着自身的艺术特点，在《紫云词序》中说道：“至于词或不然，大都欢愉之辞，工者十九，而愁苦者十一耳。”

诗更多地承载着社会内容，而词更多地表现词人的闲情逸致和儿女情长，所以他宣扬“词宜于宴嬉逸乐，以歌咏太平，此学士大夫并存焉而不废也”。朱彝尊论词特别推崇南宋姜夔，词能够表达诗所不能表达的内容，他在《陈维云红盐词序》中说：“词虽小计，昔之通儒巨公往往为之。盖有诗所难言者，委曲倚之于声，其辞愈微，而其旨益远。善言词者，假闺房女儿之言，通之于《离骚》、变雅之义，此尤不得志于时者所寄情焉耳。”词可以用隐微的言辞来表达深远的意义，肯定了词体的文学地位。浙西词派的汪森也强调了词体的独立性，在《词综序》中说：“自有诗，而长短句即寓焉。《南风之操》、《五子之歌》是已。周之颂三十一篇，长短句居十八；汉《郊祀歌》十九篇，长短句居其五；至《短萧铙歌》十八篇，篇篇长短句，谓非词之源乎！迄于六代，《江南》、《采莲》诸曲，去倚声不远，其不即变为词者，四声犹未畅也。自古诗变为近体，而五七言绝句，传于伶官乐部，长短句无所倚，则不得不更为词。当开元盛日，王之涣、高适、王昌龄诗句流播旗亭，而李白《菩萨蛮》等词亦被之歌曲。”追溯长短句的历史和诗词倚声合乐的情况，肯定了词体具有与诗歌等同的文学地位，所以他强调说：“古诗之于乐府，近体之于词，分镳并骋，非有先后；谓诗降为词，以词为诗余，殆非通论矣。”反对把词视为“诗余”，认为西蜀、南唐之后的词作“言情者或失之理，使事者或失之伉。鄱阳姜夔出，句琢字练，归于醇雅”，“而词之能事毕矣”。朱彝尊和汪森的思想成为浙西词派基本的词学观念。朱彝尊崇尚醇雅的词风，要求通过严谨的格律来表达词人的情趣。他在《水村琴趣序》中说：“夫词自宋元以后，明三百年无擅长者。排之以硬语，每与调乖；窜之以新腔，难与谱合。”他要求作词必须“温雅芊丽，咀宫含商，以雅为目”。朱彝尊推崇南宋姜夔、张炎的词风，在《词综·发凡》中说：“世人言词，必称北宋。然词至南宋，始极其工。至宋既而始极其变。姜尧章为最杰出……”《解佩令·自题词集》中又说：“不师秦七，不师黄九，倚新声玉田差近。落拓江湖，且分付歌筵红粉。料封侯白头无分。”他反对北宋苏轼、辛弃疾等人作词之粗豪，又不认同秦观、黄庭坚等人言情之俚俗，他追求姜夔、张炎词意雅正、格律严谨的词风，来表现封建士大夫的闲情逸趣，歌咏太平，为封建统治阶级服务。浙西词派对清代词学的发展兴盛起了关键性的作用，他们提高了词体在文学史上的地位，推崇醇雅的词风，一定程度上针砭了清初词坛的鄙俗、浅陋的弊病，但是由于其词创作内容上表现欢愉之词、艺术上日渐堕入堆砌空寂之流，最终为常州词派所取代。

二、张惠言

张惠言（1761—1802），字皋文，江苏武进人，常州词派的创始人。他与弟弟张琦编选的《词选》，是常州派的范本。他在《词选序》中说："词者，盖出于唐之诗人，采乐府之音以制新律，因系其词，故曰'词'。传曰：'意内而言外，谓之词。'其缘情造端，兴于微言，以相感动，极命风谣里巷男女哀乐，以道贤人君子幽约怨悱不能自言之情，低回要眇，以喻其致。盖诗之比兴，变风之义，骚人之歌，则近之矣。然以其文小，其声哀，放者为之，或跌荡靡丽，杂以昌狂俳优。然要其至者，莫不恻隐盱愉，感物而发，触类条鬯，各有所归，非苟为雕琢曼辞而已。"在他看来，词近乎"《诗》之比兴，变风之义，离骚之歌"，与"诗赋之流同类而风诵之"。虽然"其文小，其声哀"，但是"义为幽隐，并为指发"，包含着深厚的思想内容，不过表现方法更为含蓄委婉，"意内而言外"，"以道贤人君子幽约怨悱不能自言之情"，抒发封建士人"感士不遇"以及"忠爱之忱"的思想情感，从而提高了词体的文学地位。张惠言认为词并非"苟为雕琢曼辞"，强调词要有比兴之义，有词人深刻的情感寄托，要"缘情造端，兴于微言，以相感动"，"低回要眇，以喻其致"。在艺术创作中"恻隐盱愉，感物而发，触类条鬯，各有所归"，词人的情感通过比兴寄托于意象之中，词中的意象有着深厚的寄托寓意。他在《词选》中评论欧阳修的《蝶恋花·庭院深深深几许》云："'庭院深深'，闺中既以邃远也。'楼高不见'，哲王又不寤也。'章台'、'游冶'，小人之经。'雨横风横'，政令暴急也。"还有他对温庭筠《菩萨蛮》"小山重迭金明灭"以及苏轼《卜算子》"缺月挂疏桐"的评论则有过分比兴的流弊。张惠言主张词要比兴寄托，并以此为基础梳理了唐宋词的源流正变。他把唐宋词分为唐、五代、北宋、南宋几个阶段，把唐代诗人李白、韦应物、王建、韩翃、白居易、刘禹锡等归为"正"，把晚唐温庭筠视为"正"的典范；五代词人中，西蜀孟昶、南唐李璟、李煜、冯延巳等归为"变"，"词之杂流，由此起矣"；宋词中，张先、苏轼、秦观、周邦彦等为"正"，柳永、黄庭坚、吴文英、刘过等为"变"。唐宋词中有比兴寄托者为词之"正"，反之为词之"变"，实为传统的儒家诗教观，表现出张惠言浓厚的复古主义倾向。清末词学家张尔田在《彊邨遗书序》中曾这样概括张惠言的词论："张皋文起，原诗人忠爱悱恻，不淫不伤之旨，《国风》十五导其源，《离骚》廿五表其絜，剪摘孔翠，澡沦性灵，崇比兴，区正变，而后倚声者人知尊体，是为词学之三盛。”肯定了张惠言的传统儒家诗教观，他通过追溯词的源头提高了词的文学地位，崇尚词的比兴寄托，并以此梳理了词之源流正变，成为常州词派的词学基本纲领。张尔田对张惠言词论的积极意义的概括还是很中肯的。

三、周济

张惠言之后，常州词派的另一主要理论家周济，在张惠言词论的基础上提出了很有价值的观点，进一步发展完善了常州词派的词学理论。周济（1781—1839），字保绪，又字介存，号止庵，主要词论著作是《介存斋论词杂著》以及他所编选的《宋四家词选》的目录绪论。

周济首先也肯定了词体的独立地位，他认为词不仅仅是抒发封建士人的个体身世情感之作，而且要把词的内容与现实社会生活紧密联系起来，提出了“诗有史，词亦有史”的著名观点，扩充了词的社会内容，强调词要表达包含深刻的社会历史内容的情感。他在《介存斋论词杂著》中说：“感慨所寄，不过盛衰；或绸缪未雨，或太息厝薪，或已溺已饥，或独清独醒，随其人之性情学问境地，莫不有由衷之言。见事多，识理透，可为后人论世之资。诗有史，词亦有史，庶乎自树一帜矣。若乃离别怀思，感士不遇，陈陈相思，唾沛互拾，便思高揖温、韦，不亦耻乎！”社会的兴衰荣辱、个人的情感寄寓，都可以成为词的内容。在强调词的寄托方面，周济比张惠言更突出。周济论寄托，超越了张惠言的比兴寄托，开始尊重词创作的审美规律，提出了“非寄托入，无寄托出”的重要观点。他在《介存斋论词杂著》中说：“初学词求有寄托，有寄托则表里相宣，斐然成章。既成格调求无寄托，无寄托则指事类情，仁者见仁，知者见知。”论述了“非寄托入，无寄托出”的必要性，“非寄托不入”是初级阶段，词作有寄托意味着词的内容有着深厚的社会历史基础；“专寄托不出”是高级阶段，词人在作品中寄托的情感在意象描写中浑然无迹。他在《宋四家词选目录序论》中说：“夫词，非寄托不入，专寄托不出。一物一事，引而伸之，触类多通，驱心若游丝之缳飞英，含毫如郢斤之斫蝇翼。以无厚入有间，既习已，意感偶生，假类毕达，阅者千百，謦欬勿违，斯入矣。赋情独深，逐境必寤，酝酿日久，冥发妄中；虽铺叙平淡，摩缋浅近，而万感横集，五中无主；读其篇者，临渊窥鱼，意为鲂鲤，中宵惊电，罔识东西，赤子随母笑啼，乡人缘剧喜怒，抑可谓能出矣。”所谓“非寄托不入”，是指词作要包含深刻的社会历史内容；“专寄托不出”，是指词作包含的深刻意蕴不能被直接看出来，而需要读者反复咏叹才能够体会到其中的深意，“意内而言外”。谭献在《复堂词话·宋四家词选》中说：“以有寄托入，以无寄托出，千古辞章之能事尽，岂独填词为然!”“有寄托入，无寄托出”不仅仅是对于词作而言，对于一般的文章创作也同样适用。从“非寄托不入”到“专寄托不出”需要很强的艺术表现力，才能做到将思想情感化入生动含蕴的意象中，既有着深刻的寄托又浑然无迹。周济在《宋四家词选》中评价周邦彦的《苏幕遮》词：“若有意，若无意，使人神眩。”谭献评冯延巳《蝶恋花》词：“金山碧水，一片空濛，此正周氏所谓有寄托入，无寄托出也。”对于张惠言论词的源流正变，周济也是继承并发展了张惠言的观点。他在编选的《词辨》中说：“一卷起飞卿为正，二卷起南唐后主为变。”晚年编选的《宋四家词选》更是集中反映了周济的源流正变观。他指出，“词以思笔为入门阶陛。碧山思笔，可谓双绝，幽折处大胜白石”，“碧山餍心理切，言近旨远，声容调度，一一可循”。这是周济看来王沂孙（碧山）词作词学的入门阶段。又说：“稼轩由北开南，梦窗由南追北，是词家转境。”“梦窗立意高，取径远，皆非余子所及，惟过嗜饾饤，以此被议。若其虚实并到之作；虽清真不过也。”“稼轩不平之鸣，随处辄发，有英雄语，无学问语，故往往锋颖太露；然才情富艳，思力果锐，南北两朝，实无其匹。”辛弃疾（稼轩）、吴文英（梦窗）的词作中寄托着深厚的思想内容，但辛词“锋颖太露”，吴词太过堆砌辞藻，属于“有寄托入”的阶段。周邦彦（清真）的词“思力独绝千古”，“钩勒劲健峭举”，疏密相间、虚实并举，是“有寄托入，无寄托出”的典范，是词之集大成者。所以周济提出学词要“问途碧山，历梦窗、稼轩，以还清真之浑化”，表明了他的源流正变观，也为初学者提供了具体的学习路径。

第八章 // 近代的文论发展

第一节 概 述

近代文论是中国社会在近代这一特定历史时期的产物，主要时限集中在鸦片战争以来和“五四”新文化运动爆发之前。在鸦片战争前，中国传统文化中的儒学思想和纲常伦理如日月经天，江河行地，是“万古不易之常经”。这种以家国宗族和纲常伦理为核心的政治文化体系，具有凝聚性、稳定性，虽经数千年来几次大的文化输入，但始终没有突破和改变其固有结构。但是，鸦片战争一爆发，如马克思所说，“满族王朝的声威一遇到英国的枪炮就扫地以尽，天朝帝国万世长存的迷信破了产，野蛮的、闭关自守的、与文明世界隔绝的状态被打破”。[①] 由此，中国社会的生产与生活都发生剧烈变化，整个社会也逐渐走向现代化。在这个过程中，中国文学、文化和学术逐渐从传统走向现代，文学观念、理论与批评也一步步地从传统过渡到现代。总体上看，近代文论既是对当时社会生活和文学活动状况的展现和反映，也是对当时社会生活和文化活动的参与和创造，是中国近代社会生活和文化实践之现代化进程的一部分。考察近代文论的出现和发展，可从如下几个方面或线索加以把握。

一、语文观念的变革

西方文化作为一种势力东渐中土，本土文化既内在地抗拒，又不得不与时迁化。总体上说，近代中国的现代化经历了一个从物质层面到制度层

①《马克思恩格斯选集》第一卷，人民出版社 1995 年版，第 691 页。

面、进而到思想文化层面的痛苦的变革过程。随着维新变法、辛亥革命和新文化运动的发展，志在革新的人们从西方获取了进化论和民主、平等各项思想武器，用它来批判日益僵化的传统儒学，批判旧的纲常伦理。进化论和民主、平等思想成为文化各个领域的指导思想，而文化的各个领域为宣传民主、自由、平等服务。传统文化越发失去原有信用，文化各领域都发生剧烈的变化。其中最为突出的是文教体制发生重大变革，各类文化设施和文化事业陆续出现，成为新兴的文化部门。文教体制的变革和现代报章的发展，以及由此引发的民族语文问题，成为近代文论转型的重要背景。

近代中国逐渐地发展起各项现代文化事业，如学校、报刊、出版机构、图书馆和文化团体等。在鸦片战争至甲午战争期间，具有现代性质的文化事业大都由外国人借传教发端并受其支配。从维新运动开始，民族国家各项文化事业开始逐渐建立，到民国初年，中国现代文化事业稍具规模并有初步发展，这对于中国文化和文学的发展有着极为重要的影响。中国自办的第一份近代报纸，是1858年在香港出版的《中外新报》。到甲午中日战争以前，先后在香港、广州、上海、汉口等出版的此类报刊总共不过十余家，且影响很小。中国人自办报刊的盛行，始于戊戌维新运动时期。1895年，康有为、梁启超先后在京、沪分别刊行《中外纪闻》（初名《万国公报》）和《强学报》，结果遭清政府取缔。1896年8月，梁启超等人在上海再创《时务报》，获得更大成功。此后，各地竞相效仿，一时兴起办报热，著名的有上海的《时务报》、湖南的《湘报》、天津的《国闻报》等。20世纪初革命风潮兴起，海内外鼓吹革命的报刊随之激增。1900年1月，孙中山在香港出版兴中会机关刊物《中国日报》，其后革命派在东京、香港、澳门、南洋、美洲和上海等地相继创办报刊120余种，著名的如《民报》《复报》《浙江潮》《江苏》《警钟日报》等。辛亥革命后，全国报刊数和总销量都大大增加，盛极一时。“二次革命”失败后，由于袁世凯的独裁统治，全国报刊数一度下降，但1920年前后又再度恢复。

文教体制是近现代化进程中变革最为深远的领域之一。传统文教到明清时期已开始僵化，在这种情况下，科举制度的弊端日益显露，科举成为禁锢人心的精神枷锁。经过两次鸦片战争，教会学校和教育逐渐在中国渗透，教会建立学校，编纂教科书，各类层次的学校日渐扩大。维新变法时期，清政府提出改革科举，废除八股文，兴办学校。新式教育体制变革始于1902年由管学大臣张百熙制订的《钦定学堂章程》，1904年，张百熙、张之洞等重新拟定《奏定学堂章程》，并经法令正式颁布并在全国施行，当时阴历仍在癸卯年，所以通常称为“癸卯学制”。癸卯学制是清末民初新式教育体制的主要依据，对中国近代教育产生过重大影响。1905年清廷又迫于形势诏准：“自丙午（1906年）科为始，所有乡会试一律停止，各省岁科考试亦即停止。”由此结束了自隋朝以来实行1300年之久的科举取士制度。由于科举制的废除和新学制的实行，中国在20世纪初出现了兴办学堂、编印教科书的热潮。这样，经过西来教会教育的冲击、晚清政府教育改革和民国初年教育改制，传统教育逐渐为新型现代教育所改造和取代。

近代报刊的出现是整个晚清和民初文化变革的重要基石。报章作为一种传播媒介，并不是简单、透明的中介物或媒质，它本身就带有信息，意味着新的信息方式和生活形态。从传统版刻到近代报章，这一转折不仅仅是技术问题，而且还涉及到了传播形式、写作技能、接受者的心态、写作者的趣味等，实在关系重大。自晚清以来，人们逐渐发觉文人著述不再是“藏之名山，传之后世”，也不再追求“十年磨一剑”，而是“朝甫脱稿，夕即排印，十日之内，遍天下矣”。近代报纸和杂志出来以后，报章文的勃兴促成文章体式、文章体用和文学观念从传统向近现代的深刻转型。1901年《清议报》第100期所载《中国各报存佚表》中有一段话很有象征意味：“自报章兴，吾国之文体，为之一变。”报馆文讲究“文以通俗”，要求在最大限度最大范围内普及文化，教育群众。精英文人逐步认识到过去的文章过于古雅，“文集文”不过是文人的积习，“报章文”才是将来的潮流。近代文化和文学的事实证明，报章的出现不仅是传播方式的重大变化，传播信息也随之变形，而且，语言、文类、文体、风格和趣味及其在社会生活中的地位也出现了较大升降和变化。

值得注意的是，晚清“言文一致”思想的出现和白话文运动的崛起，它们对近现代以来的民族语文和文学的变革有着极为深刻的影响。一般认为，中国现代的语文变革只是起源于“五四”以来的新文化运动。但近年来的研究指出，在“五四”之前的晚清其实存在一个白话文运动，正是由于这个先在的白话文运动直接开创了后来“五四”白话文学的先声。“五四”的白话文运动其实是清末民初白话文运动和国语运动的进一步高涨。现在看来，在“五四”以前西方文化影响下的“言文一致”思潮才是中国语文和文学现代化运动的内驱力。在中国，较早提出“言文一致”问题的是黄遵宪，其《日本国志·学术志二·文学》（1887）指出，中国语言与文字不合，将来必与西方一样，也是“言文合一”。由此，方块汉字开始被判定为不如拼音文字，汉字文化渐披恶名。许多启蒙思想者对民族语文的情绪开始恶化。康有为在《大同书》中提出，未来世界的语言文字也应该“世界大同”，世界各地的人应该在“地球万音室”中制作统一的语音；谭嗣同在《仁学》中呼吁“言文合一”，因为中国语文繁难、费力、固执、荒谬，是“繁而劣”者；吴稚晖更强调中国汉字汉语既然天生“野蛮”、“低效率”，不符合于“科学世界”，所以应当采用作为“万国新语”的世界语。马建忠是语言学家，他也认为中国学习语文要比西人花费更多时间，所以要像西方一样构建“文法”。清末民初的“言文一致”思潮和拼音文字的主张，在相当程度上影响了近现代文学的走向和现代化进程。

二、传统诗文观念的衰变

在近代，有清一代所形成的诸多传统诗派、词派和文派都逐渐衰落。对近代文论和诗文批评而言，在清代整理过去几千年传统而形成的相当完整的诗学，既是一份宝贵的财富，也是一种沉重的包袱。不少文论家、诗学家致力于传统，恪守家法，在艺术造微上多有推敲和总结。也有一些人在坚持传统的同时，面对国运衰微、列强侵逼、西学东渐、风云变幻的大奇大变，力图有所变革，有所突破，打破传统的束缚，解放个性，并且讲求致用。但从总体上看，传统诗文观念日渐衰变，这是一个大的趋势。这里可以宋诗派、常州词学和桐城文派及其思想的日渐没落为代表，稍作检视。

晚清诗坛崇尚宋诗的气氛一度活跃并且与时衍变。一般认为，道咸年间的宋诗运动发轫于程恩泽和祁寯藻，二人身居高位，煊赫于世，此唱彼和，宋诗运动得以展开。继程、祁之后，在咸丰、同治年间，有何绍基、魏源、曾国藩、郑珍、莫友芝等喜言宋诗。宋诗论诗标举“不俗”，表现个性，但其中浓重的士大夫式的淡泊清高，其实是强调学诗要以学问为基础。至光绪年间，沈曾植、陈三立、陈衍、郑孝胥等又一批崇尚宋诗的诗人崛起。他们互相唱和，结成一派，形成所谓的“同光体”。虽然他们的政治态度、艺术风格和创作理论不尽一致，但不主唐诗、喜言宋诗，是他们的共同倾向。陈衍是他们的理论代表。后来沈曾植又进一步提出“三关”说。光、宣以降的宋诗派最大的特点也是主宋诗，而不专宗宋诗。他们吸取了前人的“墨守盛唐”的反面教训而注意拓宽门径，从而能够争取广泛的响应。从总体上看，不管如何精微、圆通和丰富，宋诗派及其主张毕竟走到了古典时代的末路。

清代词坛一度破元明的冷寂局面而中兴，扬波逐流，在清代涌现出中国词学史上最后一个高潮。到晚清，在龚自珍之后也出现了邓廷祯、蒋春霖、谭献、庄棫及“清末四大词人”王鹏运、郑文焯、朱祖谋、况周颐等名家。当时，各种词话、词谱、词选等相继问世，在词学的理论总结和整理考订方面都有相当的成绩。其中谭献的《复堂词话》、陈廷焯的《白雨斋词话》、况周颐的《蕙风词话》及冯煦所辑的《宋六十一名家词选》、王鹏运校刊的《四印斋所刻词》、朱祖谋编校的《彊村丛书》等都名重一时，影响较大。这些词学著作和编印大都沿着常州词派的道路，再作若干的发展或折衷。此外，如刘熙载的《艺概·词曲概》、谢章铤的《赌棋山庄词话》等均能不囿门户之见，时有独创之论。但在传统文化向现代文化转型的近代化进程中，词作与词论作为士人文化及其生活方式的基本反映和产物，其现实影响力受到很大削弱。只有当词学研究不再局限于词学而在一定程度上升到整个诗学或文艺研究的高度，并且注入相当的现代社会生活意蕴时，词学才会有更大的突破。而这个工作要至王国维的《人间词话》发表，王氏将现代性意蕴注入词学，从而融会中西，词学方才别开生面。

清代桐城一派自方苞始创，刘大櫆继之益振，姚鼐加以确立，延续两百余年，与清朝国运相始终，造就知名文士数百余人。在晚清时期，桐城派屡遭有识之士诟病，虽有桐城学者起而卫道，但不免走向衰落。太平天国在东南一带的活动，更使桐城派的社会影响和思想基础受到猛烈冲击。桐城派已经无法面对现实社会，开始走下坡路，即将凋零。于是有曾国藩重振旗鼓，使桐城文章一度中兴，在文坛造成了很大的声势，影响较大，古文辞方面尤以张裕钊、吴汝纶、薛福成和黎庶昌声名为著，世称“曾门四弟子”。吴汝纶明确表示不宜将“义理之说施之文章”，并对西学产生兴趣，主张“救时要策，自以讲习西文为务”。他为严复的《天演论》《原富》及多部美国、日本学者的著作写序，在他主持的学堂里，特聘英文、日文教员，开设西学课程，这些都为清末思想的近代变革做出了一定贡献。吴汝纶之后，桐城派之嫡传还有马其昶、姚永朴、姚永概等诸人。

随着近代文教格局的急剧变革，桐城文派在清末民初无可避免地走向衰败，最后带着“谬种”的恶谥而被“五四”一代新派学人击溃。其时有严复与林纾，早年均非桐城门，然中年都与吴汝纶交好，论文喜谈桐城遗说，一度被新文化派学人视为“桐城嫡派”。由于严、林二人在清末文坛上各有成绩，声名很大，本欲附桐城以自重，但情形却是反过来，他们以其转译西来学术和文学，给末期的桐城派带来了某些复杂而奇幻的光彩。他们引介西学译著，推广西方文化在中国的传播，开启了民智，又反过来加速了桐城古文的败亡。

对于桐城古文尤其是晚清桐城古文的评价，历来毁誉不一。“五四”时期钱玄同曾斥桐城派为“谬种”，而1920年梁启超作《清代学术概论》认为：“平心而论，桐城开派诸人，本狷洁自好，当汉学全盛时而奋然对抗，亦可谓有勇，不能以其末流之堕落归罪于原始。然此派者，以文而论，因袭矫揉，无所取材；以学而论，则奖空疏，阏创获，无益于社会。”梁氏评价着眼于文章人格与经世价值，褒贬参半。后人如姜书阁则认为：“平心思之，不当以其短而尽抹杀之也。即民国以来，新文学之鼓吹，恐亦非先有此通顺文章为之过渡，不易直由明末之先秦两汉而一变成功也；惟过渡太长，为不值耳。”这种观点也颇有见地。

三、经世文潮的勃兴

经世化是晚清到清末民初直到“五四”文论的主要线索。在文化与文学上，求新求变、发愤抒情、经国济世，几乎成为近代文化压倒一切的要求。其先声可从晚清今文经学中约略见出，而龚自珍的文论可以作为颖出的代表。龚自珍强调“自尊”、“尊情”，欣赏感慨无伪之作。魏源著《定盦文录序》说龚自珍“以经术作政论”，“以朝政国故世情民隐为骨干”。梁启超《清代学术概论》也认为他“文辞俶诡连犿”，“往往引《公羊》以讥切时政，诋排专制”。

今文经学的用世精神发展到晚清时代的康有为，已达登峰造极的地步。在晚清维新变法派人士的眼中，文化与文学已是维新改良运动的工具。试帖风云月露之词根本无用，经史八股也无法凑手，所以康有为认为小说就可以完全取而代之，而作为《人境庐诗草》的作者的“公度岂诗人哉”。清末民初的革命派文论，如南社等，也往往以文学为经世救国的工具。总体看来，以龚自珍、魏源、康有为、梁启超为代表的经世文论，奠立了近现代文学和文化的功利主义主旋律。

鸦片战争以来，在经世文潮中具有突出贡献的，要数以梁启超为代表的文学改良运动。以梁启超、黄遵宪为代表的维新派文人继承和发展了龚自珍、魏源以来的经世传统，以想象中的西方为典范，批判诗文小说的古典文化，创立了趋新求异的新文论传统。运动倡导者强调启蒙和新民，以通俗化、民间化和西方化为主要方向，要求写作摒弃僵化传统和雅正趣味，积极寻求边缘地带的文化滋养。他们往往有意识地引进和模仿西方文学的大众传媒、创作技巧、手法乃至文学种类，从而扩大文学的范围，丰富文学的表现力。文学改良运动以梁启超提出的“文界革命”、“诗界革命”和“小说界革命”为代表。

四、小说戏曲理论的崛起

通俗化、大众化是近代文化发展的重要倾向之一，由此出现小说、戏曲在文学各文类体系中地位的抬升，而小说和戏曲理论也日渐成为学者研究的对象。与此同时，西来的哲学和美学理论也就有了进入中土并为先进知识分子所接受和消费的可能。

19 世纪末 20 世纪初报业出版业的急速发展，使通俗小说刊物如雨后春笋般出现。各种题材的小说风行起来，出现谴责小说、黑幕小说、言情小说等。当时报纸刊载的小说和戏曲，题材广泛，供人游戏、娱乐、休闲已成为主导风尚。通俗文学的重要特征在于它的消遣性、趣味性，也就是娱乐性，小市民阶层的趣味是当时通俗文学不可忽略的取向。通俗文学一开始就是商品交换、金钱买卖的产物，由此出现了一批报人、作者，他们看准市民需求，市场行情，努力写作，凭此获得稿酬，以敷生活之用。

通俗文学的盛行适应了市民阶层的需求。小说创作高潮的掀起，又使得小说逐渐主导文学。文学观念也因此发生急剧的转型。与此同时，外国文学也开始传播，19 世纪末梁启超称要把译书作为“强国第一义”，20 世纪的翻译作品亦大量问世，著名的有林纾译《巴黎茶花女遗事》《黑奴吁天录》《迦因小传》等。1906 年前，翻译之作多于我国作家自行创作，大多数译文随便删节，译述并用，译名混乱，讹误百出。后来翻译文学大有变化，外国的优秀作品几乎都有译本，翻译水平大有提高，翻译之作各体兼备。外国文学名著较好地表现了西方文学精神，并影响我国的文学观念。

在当时，无论是改良派还是革命派都注意到了小说和戏曲的重要性。梁启超、王国维、黄人、徐念慈、蒋智由、陈独秀等人的传统小说或戏曲观都有非常大的突破，显示中国小说戏曲理论的崛起。这种理论在背后得到了西来文论和美学的支持。

五、“五四”新文学的出场

在传统文化向现代文化转型的过程中，现代文化事业及文化体制的逐渐发育，新旧文类的升降浮沉和西来文艺审美思想的冲击，激发中国传统学术对当时社会文化和文学活动作出回应，以便重建既符合时代精神和现代品质、又有文化本土品格的文学文化及其体制。在从传统文学思想向现代文学思想转换过渡的方面，从中国朴学传统出发，并济以近代科学精神，对文学概念进行细致辨析和严密梳理的，要数清末民初学术大师刘师培和章太炎。刘师培继承扬州学派和家学传统，接过同乡先贤江苏仪征阮元鼓吹的“文言”说，推崇“骈文为文”。在清末民初的学界，刘氏观点有相当的影响力。刘氏的提法遭到另一位更为严谨的朴学学者章太炎的反对。章太炎着眼于语言文字之学，对“文”重新界说，并企图从语文层面对文章文学进行变革。他又鼓吹“文学复古”，试图通过包括小学和文辞等在内的复古，“取千年朽蠹之余，反之正则”，从而实现民族文化复兴。章太炎的文论和思想在当时有着非常的战斗力，对“五四”时期如钱玄同、胡适、鲁迅、周作人等人对古文的抨击具有重大的启发作用。

留日时期的青年周树人、周作人兄弟跟从章太炎学习，师、弟之间在革新传统文化、推动人文重建的精神意绪方面颇为相通。但与章氏坚持以汉文化传统为本位，力求逻辑界说文学的做法相反，周氏兄弟早期文论的特点在于借引西来文论，强调文学的情感特性，由此主张文学独立和审美自治。循西学现代分化的规则，《摩罗诗力说》强调文学作为美学之一部，“实利离尽”、“究理弗存”，而最大本质在于创造了使读者和观众为之兴感怡悦的东西，即“诗力”，“摩罗诗力”更是一种具有奇妙魔力的伟大的民族感情。《论文章之意义暨其使命因及中国今论文之失》试图界说文学，认为文学要“脱离学术”、“表扬真美，普及凡众”，具备大众性；要以“能感”为上，具有情感性；要注重“思想之形现”，“出自意象、感情、风味”，突出形象性；要“得领解”、“生兴趣”，有感染功能。这些界说都强调文学的本质是意象、感情和风味三事“合为一质”的思想形象，由此文学寄寓人格个性、伟大灵思和民族心声。在这些紧张而热烈的表述中，蕴蓄着极为丰富的现代内涵。

19 世纪末 20 世纪初的近代，是中国文学理论批评从古典走向现代的过渡时代。由于在中国发展了千余年的传统文化与文学的社会土壤发生剧烈变化，文学理论批评也发生巨大的转型。一方面，在西学的背景下，传统文学理论批评进行着前所未有的、具有宏大眼光的比附和总结；另一方面，在西学的刺激下，艺术审美和纯文学的观念得以逐渐接引而进入中土。在新的社会土壤的培育下，现代的文学观念、理论和批评逐渐地发展着。在近代，这种属于审美现代性范畴的文学思想、理论和批评，企图兼容文字和情感，张扬现代情感，以“人格个性”、“内在精神”和“民族心声”为其内在意蕴。虽然内在地存在着许多紧张和矛盾，但近乎喑哑的呐喊已形成现代文学思想的骨血。随着现代文化生产机制的日渐发育和完善，随着“五四”时期新文化运动的勃兴和壮大，在现代民族国家教育制度建设的过程中，现代文学理论批评与现代文学一起，正逐步地成熟起来。中国文艺由此从古典走向现代，从士人走向民众，从传统之附庸走向独立自足和兼容并包。

第二节　龚自珍

龚自珍（1792—1841），生于乾隆五十七年，卒于道光二十一年，享年仅50岁。他死前一年鸦片战争爆发，死后一年即订立破天荒的不平等条约——《南京条约》，再后九年洪秀全即发动太平天国起义。在龚自珍生前和死后的数十年，中国处在一个内外形势晦暗不明，社会危机深重入髓，时代风云波诡云谲的时代。

龚自珍家学渊源深厚，他是清代乾嘉学者，著名古文家、小学家段玉裁的外孙，所以自幼从外祖父学，21岁时“慨然有经世之志”，赋诗述志曰：“屠狗功名，雕龙文卷，岂是平生意?”他一生思想敏锐，文字骜桀，出入诸子，其实更多来自对严酷的社会现实和千疮百孔的世界的感受、把握和批判。他深感“衰世”已经来临，发愤著书，23岁作《明良论》四篇，24至25岁作《乙丙之际诸论》，都超逸出家学传统，自出心裁，透视世道的病根，探求救世的良方，鼓吹社会的变革。他主张道、学、治三者不可分割，开知识界慷慨论天下事之风。其好友张维屏即认为“近数十年来，士大夫诵史鉴，考掌故，慷慨论天下事，其风气实定公开之”。从总体上看，激越的社会文化批判，整体立意上的经学辩证，以史为鉴的史学思考，并且由此带来主体意识的觉醒和对情感心声的倡扬，这是龚自珍学术成就和文论思想的根本特色。

一、"药方还贩古时丹"

龚自珍才华横溢，但将近40岁才考中进士，这实在是毕生的大挫折，此后十余年任职于礼部、宗人府等衙门，不过是一员六品主事，浮沉于下僚，境遇不堪。其时朝廷昏庸无能，只求安稳混世，对于天下大势一概不知。当时鸦片走私，白银外流，国计民生日益削弱，农村进一步破产，农民的反抗和起义越发迫近，而海上有西方资本主义国家战舰大炮，西北有帝俄的虎视眈眈，天朝大国已经四面楚歌，大的动乱已经无法避免。

眼看天就要塌下来，但对龚自珍而言，有心无力，一筹莫展，有志之士感到的是何等的沉痛和愤懑。对时代气氛的感受和理解，使龚自珍超越了当时或埋首经史汉学或诵习理学的一般士子。他运用春秋公羊学大义，大胆指斥清政专制罗网之下，束缚得社会没有黑白是非，戕杀得人心且死，最后有才者求其"一便"，"乱亦不远矣"。一有人才出现，就有"百不才督之缚之，以至于僇之"，并且"徒僇其心，僇其能忧心，能愤心，能思虑心，能作为心，能有廉耻心，能无渣滓心。又非一日而僇之，乃以渐"。这种统治造成的局面就是一大帮奴才和庸人，丧失自我和主见，朝廷中朝士们看皇帝的脸色行事，"朝见长跪，夕见长跪"，整个京师犹如"鼠壤"。他指责满清贵族的霸道及其专制政治"摧锄天下之廉耻"，养成无耻的仆从与狎容，如《古史钩沉论一·觇耻》云：

> "昔者霸天下之氏，称祖之庙，其力强，其志武，其聪明上，其财多，未尝不仇天下之士，去人之廉，以快号令，去人之耻，以嵩其身。一人为刚，万夫为柔，以大便其力强武，而允逊乃不可长、乃诽、乃怨、乃责问其臣、乃辱。荣之亢，辱之始也；辨之亢，诽之始也；使之便，任法之便，责问之始也。……积百年之力，以震荡摧锄天下之廉耻，既殄，既狝，既夷，顾乃席虎视之余荫，一旦责有气之臣，不亦莫乎？"

而清代政界的"资格"更是压制才俊英雄，以致人才尽在无尽年岁中变得世故阅历，奄然一息，其《明良论三》分析道：

> 满洲汉人之仕宦之日凡三十五年而至一品，极速亦三十年。贤智

者终不得越，而遇不肖者亦得以驯而到，此今日用人论“资格”之大略也。夫自三十进身以至为宰辅，为一品大臣，其齿发固已老矣，精神固已惫矣。虽有耆寿之德，老成之典型，亦足以示“新进”，然而因阅历而审虑，因审虑而退葸，因退葸而尸玩，仕久而恋其籍，年高而顾其子孙，傫然终日不肯自请去。……其“资格”浅者曰：“我积俸以俟时，安静以守格，……冀得尚书侍郎，奈何‘资格’未至，哓哓然以自丧其资格?”其“资格”深者曰：“我既积俸以俟之，安静以守之，久久而危致乎是，奈忘其积累之苦，而哓然以自负其岁月为?”……此士大夫所以尽奄然而无生气者也。当今之弊，亦或出此于此，此亦不可不为变通者也。

侯外庐认为这种深刻的暴露和议论，多“从心理学上研究起”，虽然没有达到人类学和历史学的研究，“但近代的理论过程是有步骤的，初期要求人文主义或个人主义的思想，大都爱从心理学的分析入手，卢梭的‘天赋人权’说即其一例。定庵的明耻论，……不是一般的知耻论，而是近代意义的批判，他的最后目的是存于不可不变革。由奄然无生气的无耻社会，改革为跃然欲生的耻社会，人民有耻，于是便无国耻了。”①

龚自珍27岁时自毁功令文两千余篇，同年开始对今文经学发生兴趣，次年应恩科会试落笔滞留京师，向礼部主事刘逢禄“问公羊家言”。自此，今文经学成了他借用五经微言来发挥经世大义的工具。在对现实的感受、理解和批判中，龚自珍的经学研究形成自己的时代特色。正如其好友魏源在龚身后为其《定盦文录叙》中所点破的：“其道常主于逆，小者逆谣俗，逆风土，大者逆运会，所逆愈甚，则所复愈大，大则复于古，古则复于本。若君之学，谓能复于本乎，所不敢知，要其复于古也决矣。”蕴蓄着社会风云或时代精神，龚氏力图通过“通经致用”之学，抓住时代的根本问题。只有去迎取和测度大大小小的时势风云，才能真正博通古今，参透根本，正所谓“何敢自矜医国手？药方只贩古时丹”，这正是龚自珍超逸家学传统和考证之学而倡扬今文经学的原因。

清代中后期的所谓今文经学，无论是庄存与、刘逢禄、宋翔凤，还是魏源、龚自珍，抑或是后来的廖平、康有为，他们所谓的今古经学之分

---

①侯外庐：《近代中国思想学说史》，上海生活书店1947年版，第615页。

别，其实都是在追究什么才是最好的和最真的儒学，并以此回应社会现实。比如龚自珍的《五经大义终始答问》，其实就是力图透过圣人之言和五经经典，彰显经学义理，追求五经所体现的儒家一以贯之有始有终之道，这就打破了宋儒空谈性命天道的一隅之偏，也抛弃了饾饤考据、破碎大道的小儒之陋。五经体现出的是什么样的儒家整全之道呢？在龚自珍看来，就是“圣人之道，本天人之际，胪幽明之序，始乎饮食，中乎制作，终乎闻性与天道。民事终，天事始，鬼神假，福褆应，圣迹备，若庖羲、尧、舜、禹、稷、契、皋陶、公刘、箕子、文王、周公是也”。龚自珍用三世说来解释五经大义之终始，由“食货”到“祀、司空、司徒、司寇”再到“宾师”的三世，就是“据乱”、“升平”到“太平”的三世。这就使大义终始具有了“始乎天人，中乎制作，终乎天人”的逻辑一贯性。按照这种阐发，《春秋》所引申出来的“三世”说和《洪范》的“八政”配合起来，从而贯穿五经。因此，五经大义所体现的政治至境乃是圣王合一之伟人政制的建立，而握有权柄者能否吸纳和容蓄圣贤之士，推行“宾、师”二政，就成了王运兴衰的关键。至于五经、六经等经典本身，在龚自珍看来，其实是先王的政典。那些灾异符命之说最多可追溯为周史之小宗，而孔子“述作”六经、阐扬周公，才是深得周史大宗之家法，是对周史大宗传统的一个延续。《春秋》应当被视为先王的“政典记述”而不是孔子的“革命法典”。这样，在龚自珍那里，孔子不是鼓吹激进革命、倒腾“革命微言”的圣人，而是一位超越王朝而又温良节制的圣王伟大政教的保存者和传承者。

龚自珍的经学思想突出地投射出对宾师作用的重视，以及对宾与时王之间理想关系的想望。然而现实是残酷而具体的，在五经大义所体现的政治至境及其历史演进中，这种理想关系也是脆弱而金贵的，“宾”正是“圣王合一”、“有德有位”的王道至境破碎和断裂的关节。在乱世，固然或有时王依赖异姓的“魁杰寿耄”，有所谓“宾宾”场景的出现，但宾“有德无位”，“古者开国之年，异姓未附，据乱而作，故外臣之未可以共。天位也，在人主则不暇，在宾则当避疑忌”。宾与时王之章的裂缝在升平世依然存在，即使到太平世，三统已存，宾表面上有师儒之位，宾师之政修明，但宾与时王之间仍不是同一的，如《古史钩沉论四》指出的：“祖宗之兵谋，有不尽欲宾知者，燕私之禄，有不尽欲与宾共者矣，宿卫之勇，有不欲受宾之节制者矣，一姓之家法，有不受宾者之议论者矣。四者，三代之异姓所深自审也。……且夫史聃之训曰：‘知足不辱，知止不殆。’……孔子曰：‘非天子不议礼。不制度，不考文，吾从周。从周，宾法也。’又曰：‘出则事公卿。事公卿，宾分也。’”也就是说，宾与时王之间的关系其实也是高度不确定不稳定的紧张关系，无论是据乱、升平还是太平之世。在某种意义上，宾对道的担当使宾的身份必须超越时代，他深入历史而又超越历史。

透过龚自珍警觉紧张的经学话语及其对现实社会的沉痛批判，可以看到，他其实是在叙述和想望着一种“时势中的主体”，或者说，他在呼唤一种新型主体的诞生。

二、“众人之宰，自名曰我”

龚自珍在天人之辨的高度上把握这种新型主体：“天地，人所造，众人自造，非圣人所造。圣人也者，与人对立，与众人为无尽。众人之宰，非道非极，自名曰我。我光造日月，我力造山川，我变造毛羽肖翘，我理造文字言语，我气造天地，我天地又造人，我分别造伦纪。”（《壬癸之际胎观第一》）在这里，有四个重要的概念，即世界、创造、群众和自我，强调世界是由人创造的，“我”与天相沟通，创造世界的是一般群众而非圣人，自我意识是每个人的主宰，每个人各有其自我意识。龚氏认为，世界是由有自我意识的群众创造的。“我”创造世界，同时也为世界立法，“我”的力量源于“心力”，通过主体的意志力的发挥和运作，我对世界的认知框架得以建立起来，世界万物才呈现出活力和生机，人的战斗力和创造性力量也得以彰显，只有发挥主观精神力量，才能成就大事业。作为其富含张力的经学学术的延伸，虽然相对驳杂模糊，但“众人之宰，自名曰我”这类话语业已展现出一种近世化的自我或主体，主体推崇自我，“自尊其心”，精力弥满和心力激昂，具有健全的人格，非凡的主动性以及历史的智慧。

所谓健全的人格，即是解除了外在束缚，而获得自然生长，具有自然本性、人格、个性的自我和人才。龚自珍的《病梅馆记》讲述了一个解放的故事：由于文人画士以“梅之欹、之疏、之曲”为美，鬻梅者便“斫其正，养其旁条；删其密，夭其稚枝；锄其直，遏其生气。以求重价，而江、浙之梅皆病”。所以主人公买了三百盆病梅，为之哀泣三日，决心“疗之、纵之、顺之，毁其盆，悉埋于地，解其棕缚，以五年为期，必复之全之”。梅要解除外来的束缚，在泥土中自然地生长，人也要挣脱枷锁，在自由的天地中发展个性，成长自我。龚自珍表示欣赏那种自然中的有个性的人，高山密林育虎豹，深渊大川生蛟龙，只有自然的条件才能生成健全的人格。新的自我虽然不一定是圣贤全才，但他们不同于空讲道德的伪君子或庸才，而是有真才实学的人。真正的人才必须是自尊而有所偏胜，而各有所长的，就像自然万物之存在而各有姿态和长短，其《与人笺五》描摹："高者成峰陵，礁者成川流，娴者成阡陌，幽者成蹊径，驶者成泷湍，险者成峒谷，平者成原陆，纯者成人民，驳者成鳞角，怪者成精魅，和者成参苓，华者成梅芝，戾者成棘刺，朴者成稻桑，毒者成砒附，重者成钟彝，英者成珠玉，润者成去霞，闲者成丘垤，拙者成嵔嵔，皆天地国家之所养也，日月之所煦也，山川之所咻也。"

在龚氏这里，这个"众人之宰，自名曰我"的主体，也是一个具有种种欲望，而不断追求，因而具有非凡的主动性的自我。自处万马齐喑的衰世，他希望"不拘一格降人才"，期望能够出现视"京师如鼠壤"的想象中的豪杰。在《尊隐》中，龚氏指出"山中之民"的崛起："俄焉寂然，灯烛无光，不闻余言，但闻鼾声，夜之漫漫，鹖旦不鸣，则山中之民，有大音声起，天地为之钟鼓，神人为之波涛矣。"在这里，豪杰作为"山中之民"是与"京师之民"相对立的"时势中的主体"。承平之际，京师繁荣，人民狎野，到了衰世"夕时"，则阴惨之相毕露，一切失道。而山中或野鄙活动起来了，虽然祖宗神灵亦悲观于京师的大清王朝而瞩望于山中之民，但仍然鼾声其睡意，粉饰其太平，一直临到天明，"山中之民"忽然大声响起，起来革命了。按照侯外庐的说法，所谓"天地为之钟鼓"即指另为一朝天地，所谓"神人为之波涛"，即指当朝贵人的没落。①

龚氏所重视的"时势中的主体"又是注重历史维度上的开放性，追求豪杰之士的完美和智慧。龚氏曾作的《尊史》强调，作为自尊其心的重要维度，尊史就是要"善入"而又"善出"：

> 心何如而尊？善入……又如何而尊？善出。……何者善入？天下山川形势，人心风气，土所宜，姓所贵，皆知之；国之祖宗之令，下

---

①侯外庐赞曰："文章极其瑰玮，而意思不能豁达，然这亦可谓大胆的言论。作者以为这篇文章埋没了一百余年，现在才让我们读懂。"参见侯外庐：《近代中国思想学说史》，生活书店 1947 年版，第 617— 618 页。

逮吏胥之所守，皆知之。其于言礼、言兵、言政、言狱、言掌故、言文体、言人贤否，如其言家事，可为入矣。……何者善出？天下山川形势，人心风气，土所宜，姓所贵，国之祖宗之令，下逮吏胥之所守，皆有联事焉，皆非所专官。其于言礼、言兵、言政、言狱、言掌故、言文体、言人贤否，如鍼人在堂下，号咷舞歌，哀乐万千，堂上观者，肃然踞坐，眄睐而指点焉，可谓出矣。

所谓善入善出，其实就是强调要最大限度地熟悉和理解广阔世界的事物，而又从主体的角度给予批判性把握，并形成自己的话语。在《送徐铁孙序》中，龚自珍重复了类似的看法：

于是乃放之乎三千年青史氏之言，放之乎八儒、三墨、兵、刑、星气、五行，以及古人不欲明言、不忍卒言，而姑猖狂恢诡以言之之言，乃亦摭证之以并世见闻，当代故实，官牍地志，计簿客籍之言，合而以昌其诗，而诗之境乃极。

只有熟悉历史，理解现实，才能把握现在，只有在创作中“综百氏之所谭”，“百物为我隶用”，才能有现在自己独到的见识，发出自己独到的声音。

三、“受天下之瑰丽而泄天下之拗怒”

龚自珍对社会现实的把握深刻洞微，对历史的理解既深入而又超越，同时对时代主体及其境遇的把握也颇为独到，所以他在文学艺术上形成了迥异于时俗的理解。魏源《定盦文录叙》的概括仍然最是探本：“火日外景则内暗，金水内景则外暗，外暗斯内照愈专。君愦于外事，而文字窔奥洞辟，自成宇宙，其金水内景者欤?”因为龚氏之道常主于“逆”，由今而逆于古，由古而逆于“本”，甚至“废外景向内专”。所谓“本”，即“心声”，点出了龚氏文学的特点，也是龚氏文论的根本所在。也即龚自珍旗帜鲜明地倡导对情感心声的表现，为此不惜剑走偏锋，形成对主流或正统的疏离和反叛。

所谓剑走偏锋，就是社会上风气习俗和一般标准与自身的格格不入。他无视或鄙视当时占统治性地位的文学及其风气，而指斥之为“伪体”：“天教伪体领风花，一代人材有岁差。我论文章恕中晚，略工感慨是名家。”（《歌筵有乞书扇者》）不少诗文评家评论诗文，或重教化，讲究“温柔敦厚”，或重学问，以考据为诗，龚自珍在这里偏偏认为这些都是一代不如一代，没有生命力。相比之下，应该“怨中晚”，因为往往那些中晚唐的诗人文章有水准，他们能写出感慨，诗文都是有感而发。龚自珍故意抬高中晚唐诗文的价值，其实意味深长。他对自己的评价标准及其与社会的不协，其实有清醒的认识。在《四先生功令文序》中他指出，文学应该与时代和环境密切相关，随时代而推移：

> 其为人也惇博而愈夷，其文从容而清明，使枯臞之士，习之而知体裁，望之而有不敢易视先达之志。盛世之盛，唐之开元、元和，宋之庆历、元祐，明之成化、弘治，尚近似之哉，尚近似之哉！其人多深沉恻悱，其文叫啸自恣，芳逸以为宗，则陵迟之徵已。夫庄周、屈平、宋玉之文，别为初祖，而要其羡周任、史佚、尹吉甫之生，而愿游其世，居可知也。自珍尝之五都之廛，市诸物，见有内外完好不呰窳者，必五十岁前物，曷尝不想见时运之康阜，民生之闲暇，虽形下之器，与夫专道艺者等。又况学士大夫，生赐书之家，而泽躬于尔雅之林者欤？

龚自珍想象盛世“如日炎炎”，甚至市场上的货物都“内外完好”，文章自然“从容而清明”，“使枯臞之士，习之而知体裁，望之而有不敢易视先达之志”，而处陵迟衰世，则其文章必然“叫啸自恣，芳逸以为宗”。而今之世，则盛世已去，衰世已临，如“日之将夕，悲风骤至，人思灯烛，惨惨目光，吸饮暮气，与梦为邻”，所以自己有所感应，只能引阴气而畅悲情。

龚自珍对自己的文章风格和艺术感觉颇多省察也甚为自负，他更为欣赏那些心胸开阔而又深有忧患之作。其《王仲瞿墓表铭》评好友云：“其为人也中身，沈沈芳逸，怀思恻悱；其为文也，一往三复，情繁而声长；其为学也，溺于史，人所不经意，亹亹心口间；其为文也，喜胪史；其为人也，幽如闭如，寒夜屏人语，絮絮如老妪匪但平易近人而已。其一切奇怪不可迩之状，皆贫病怨恨，不得已诈而遁焉者也。”《袁通长短言序》则云：“今夫闺房之思，裙裾之言，以阴气为倪，以怨为轨，以恨为旆，以无如何为归墟，吾方知之矣。”在《送徐铁孙序》中，他更是提出了“受天下之瑰丽而泄天下之拗怒”的美学极则，鼓吹泄衰世之哀怨拗怒之情。

当时文人士子戮力于科举之外，或专注于学术，皓首穷经，锱铢必较，或以诗文酬唱，温柔敦厚，清真蕴藉。龚自珍这种伤时骂坐，以怨恨、悲愤和拗怒为风格的诗文，及其内蕴的社会批判，自然引士林侧目，遭时人批评。当时有前辈学者王芑孙，学问宏博，文章名震一时，肆力于诗，被称为“吴中尊宿”。据张祖献《定庵先生年谱外纪》载，龚自珍早年编有文集《竚泣亭文》，请王品评，结果受到指斥：“愚始不晓‘竚泣’所出，及观自记，不过取义于《诗》之‘竚立以泣’。此‘泣’字碍目，宁不知之。……天下之字多矣，又奚取于至不祥者而以名之哉！……足下病一世人乐为乡愿，夫乡愿不可为，怪魁亦不可为也。乡愿犹足以自存，怪魁将何所自处?”很显然，龚自珍这种诗文风格和个性解放的思想是很不容易找到同道的。读龚氏诗文，也可以深切地感受到其人的孤独和寂寞，以及不见容于世的无奈。

四、“宥情”“尊情”与“畅情”

龚氏还有“宥情”、“尊情”、“畅情”的各种说法，著称于世，更加突显张扬尊重与抒发生命哀情的诗学主张。龚氏早年就写有《宥情》（1827）一文，即已突破程朱理学以来的对情与欲的禁绝和压抑的态度。文章假设甲、乙、丙、丁、戊五人就甲提出的“有士于此，其于哀乐也，沉沉然，言之而不厌”这种沉溺于情并且津津乐道的现象进行讨论。乙以儒家圣人为例，判耽情之人轻薄不庄重，为“媟嫚之民”。丙引佛学“欲有三种，情欲为上”的观点，认为不应以耽情为鄙。丁则认为乙“以情隶欲”、丙“以欲隶情”的说法都不对，认为佛家“析言情”的做法好。戊则认为佛家对情其实是“概而诃之”，“不得言情”。由于儒释各种说法莫衷一是，龚氏又探本溯源，就正于友人和自己的体验。通过体证和反思，文章最后得出结论：无论儒学圣人和佛家说法，不妨执著于自身体验，对这种“阴气沉沉而来袭心”的生命体验和情绪“姑自宥也，以待夫覆鞫之者”。

《宥情》强调，既然这种基于自身体验、与生俱来的生命情绪真实存在，不可压抑，那么就不妨采取原宥的态度，承认其存在，采取不压抑的态度。至《长短言自序》（1839），龚自珍的态度则进一步明朗化，将“宥情”提高到“尊情”乃至“畅情”的高度：

> 情之为物也，亦尝有意乎锄之矣；锄之不能，而反宥之；宥之不

已，而反尊之。龚子之为长短言何为者耶？其殆尊情者耶？情孰为尊？无住为尊，无寄为尊，无境而有境为尊，无指而有指为尊，无哀乐而有哀乐为尊。情孰为畅？畅于声音。声音如何？消瞀以终之。如之何其消瞀以终之？曰：先小咽之，乃小飞之，又大挫之，乃大飞之，始孤盘之，闷闷以柔之，空阔以纵游之，而极于哀，哀而极于瞀，则散矣毕矣。人之闲居也，泊然以和，顽然以无恩仇；闻是声也，忽然而起，非乐非怨，上九天，下九渊，将使巫求之，而卒不自喻其所以然。畴昔之年，凡予求为声音之妙盖如是。是非欲尊情者耶？且惟其尊之，是以为《宥情》之书一通；且惟其宥之，是以十五年锄之而卒不克。请问之，是声音之所引如何？则曰：悲哉！予岂不自知？凡声音之性，引而上者为道，引而下者非道；引而之于旦阳者为道，引而之于暮夜者非道；道则有出离之乐，非道则有沈沦陷溺之患。虽曰无住，予之住也大矣；虽曰无寄，予之寄也将不出矣。然则昔之年，为此长短言也何为？今之年，序之又何为？曰：爰书而已矣。

龚自珍勇敢而真诚地展示了自己对于“情”的心路历程：从“锄情”，到“宥情”，再到“尊情”，到最后追求“畅情”。龚氏超越时局的主体感情和表现模式，实乃对数千年来传统权威和文化惯习的突破。

为什么出现从“宥情”到“尊情”的突破？龚自珍至晚年精研佛法，借助《维摩诘经》，对“情”有了更深远的理解，对“情”的合法性也给出了更好的辩护。这里他提出“无住为尊，无寄为尊，无境而有境为尊，无指而有指为尊，无哀乐而有哀乐为尊”的说法。“无住”、“无寄”这些说法见诸鸠摩罗什译《维摩诘所说经·观众生品》，强调世间事物和现象都是“法”，万法为识，法无自性，缘感而起。世间事物和现象尚未在因缘和合中产生之前，是不能用俗谛所说的“有”和“无”来规定的，只可称之为真谛上的“无法”状态。这个“无法”是一切法之“本”、之“源”，且因其作为本源，“无法”是无法“住”、“寄”、“寓”在一般的事物和现象之中，但却又是最为重要和根本的，所以，龚氏用以描述自己所执著之“情”——“无住为尊，无寄为尊”，这种“情”超越于一切外在的对象、知性、功利和语言，因为“无住”、“无寄”，所以是要害，是根本，能“立一切法”。紧接着龚氏所谓“无境而有境为尊，无指而有指为尊，无哀乐而有哀乐为尊”，强调自己所以执著之“情”是缘感而起，在因缘和合之前即已存在，因缘和合产生之后又迥异世俗哀乐，这种生命之情“无境而有境”、“无指而有指”、“无哀乐而有哀乐”，所以值得也必须“为尊”。这种看来矛盾实则臻于某种本体状态的“情”，是龚氏一直所执著的，与《宥情》篇中所描摹的“一切境未起时，一切哀乐未中时，一切语言未造时，当彼之时，亦尝阴气沉沉而来袭心，如今闲居时”的状态，也是吻合相契的。

本于生命而起的“情”，如果不取传统“以理节情”或佛教纵情“纯情而坠”，现实和“时势中的主体”又该如何面对？龚氏的提法是“情孰为畅？畅于声音。”具体即“声音如何？消瞀以终之。如之何其消瞀以终之？曰：先小咽之，乃小飞之，又大挫之，乃大飞之，始孤盘之，闷闷以柔之，空阔以纵游之，而极于哀，哀而极于瞀，则散矣毕矣”。这种“畅情”说颇近于宣泄的意思，但更有超越和升华的意蕴。生命之情如果过度压抑得不到宣泄，就会导致心绪纷乱，昏暗郁闷。好的做法是“消瞀”，即让饱含深情的声音透过程度不同的压抑而由小到大地畅发而出，最后达到“极于哀”、“极于瞀”的状态，也就是达到凄清尖利顶点的时候，与生俱来的郁闷和纷乱也就消散了。接受欣赏者也会有所震惊从而感受到人生的本原状态：“人之闲居也，泊然以和，顽然以无恩仇；闻是声也，忽然而起，非乐非怨，上九天，下九渊，将使巫求之，而卒不自喻其所以然。”

对“宥情”、“尊情”、“畅情”理论之于主流的疏离，龚自珍有清醒的认识：“请问之，是声音之所引如何？则曰：悲哉！予岂不自知？凡声音之性，引而上者为道，引而下者非道；引而之于旦阳者为道，引而之于暮夜者非道；道则有出离之乐，非道则有沈沦陷溺之患。虽曰无住，予之住也大矣；虽曰无寄，予之寄也将不出矣。”诗文其实传达的是一种心声，但这种声音将把人心引向何处？按照正统观念，无论是儒家还是佛家，只有引人向上、向“旦阳”的声音，才符合“道”，引人向下、向“暮夜”的声音则是“非道”。合道的声音使人有出离即涅槃之乐，非道的声音则使人有“沈沦陷溺之患”。龚自珍推崇“无住”、“无寄”的生命情绪和感受，可这是否符合儒佛之道呢？龚自珍自己则既矛盾而又清醒地指出，“悲哉！予岂不自知？”他以近乎抗争的态度顽强宣布：“然则昔之年，为此长短言也何为？今之年，序之又何为？曰：爰书而已矣。”所谓“爰书”，并非仅仅“于是写下”的意思。“爰书”一词典出《史记·酷吏列传》：“（张汤）劾鼠掠治，传爰书，讯鞫论报。”司马贞索隐引韦昭曰：“爰，换也。古者重刑，嫌有爱恶，故移换狱书，使他官考实之。故曰传爰书也。”也就是说，自己的长短言也算是一种狱书吧，“一个为‘无住无寄’之‘情’所‘囚’，甘作此‘情’之‘囚’的人真实心声的记录而已！”①龚自珍不愿受传统观念的束缚，维护自身真实体验的顽强和执著，由斯可见。

这可算是横绝千年传统的独特“心声”的最激越表达。虽然这种心声不可避免地遭到传统势力的压抑和排斥，但毕竟在顽强地表现自己，在暧昧和晦涩中昭示着旧时代的即将过去，和未名的新时代的即将来临。

第三节　曾国藩

早期桐城派学者以孔孟韩欧程朱以来的道统自任，宗奉理学而与朴学对峙。桐城文论自比“学行继程朱之后，文章介韩欧之间”，诵法曾巩、归有光，造立古文“义法”，认为只要做到“义理、考据与辞章合一”，那么就可以做到“明志达道”，而且文章雅洁。桐城派指朴学家之文“繁碎缴绕而语不可了当”（姚鼐《述庵文钞序》），强调“义理”、“考据”与“文辞”鼎足而三，所谓“异趋而同为不可废”，三者都是学问。桐城文派总结历代文论精华，大讲文辞的“神理、气味、格律、声色”，往往能奠定初学写作者的规范意识和文章基础，对于文章的近世化和通俗化有一定的过渡作用。但是，以文辞设教的结果，往往导致末流之作，内容空洞，清而无物，文派已然呈现衰败的迹象。至咸同年间，曾国藩中兴桐城文派，在文坛又造成了很大的声势。

---

①参见孙静：《略论龚自珍的文学思想及其时代意义》，载《中国近代文学论集》，北京大学出版社 2012 年版；程亚林：《龚自珍“尊情说”新探》，《文艺理论研究》2000 年第 1 期。

一、桐城中兴与曾国藩

鸦片战争前后，一些桐城派学者如梅曾亮（1786—1856）、管同（1780—1831）、方东树（1772—1851）、姚莹（1785—1853）等能注意因应形势，补充桐城文章清空之不足。比如，对自古以来文学从属于德行，德行可取代文学的观点，梅曾亮就以文人自居，明确指出这两门学问“自古大贤不能兼”，对“有德者必有言，有言者不必有德”的圣人学说提出了异议。方东树以卫道自居，撰写《汉学商兑》抨击汉学，但他也强化了桐城文派的“有物”说，强调义理气节在于适时用世，为改变世道衰蔽而建功立业。姚莹则强调读书作文的“要端有四：曰义理也，经济也，文章也，多闻也”（《与吴岳卿书》），强调经济对文章的作用及其在文学中的地位。他本人推崇“发愤读书”的传统和“沉郁顿挫”的风格，与龚自珍、魏源等交好，肯定他们对社会现实的关心及作品振聋发聩的作用。

从总体来看，桐城派无法面对现实社会，开始走下坡路。再加上晚清国运衰靡，而有识之士对时局颇多感慨，对桐城文派占主导地位的状况多有批判。当桐城派所鼓吹的古文无法用来适应表现时代和社会批判的要求时，古文和古文派理论内在的结构性问题就成为时人攻击的对象。比如，冯桂芬（1809—1874）等许多学者和文人则针对桐城义法，力求文章改革。其《复庄卫生书》说：

> 蒙读书为文三四十年，所作实不少，而才力苶靡不能振，天实限之，亦何敢侈口论文？顾独不信义法之说。窃谓文者，所以载道也。道非必“天命”、“率性”之谓，举凡典章、制度、名物、象数，无一非道之所寄，即无不可著之于文。有能理而董之，阐而明之，探其奥赜，发其精英，斯谓之佳文。故长于经济者，论事之文必佳，宣公奏议，未必不胜韩、柳，长于考据者，论古之文必佳，贵于《考》序，未必不胜欧、苏。文之佳者，随其平奇浓淡，短长高下，而无不佳。自然有节奏，有步骤，反正相得，左右咸宜，不烦绳削而自合，称心而言，不必有义法也；文成法立，不必无义法也。

冯氏强调文章内容不应局限于程朱理学和性命之谈，表现形式和艺术风格也应当由内容决定，“称心而言”，“文成法立”，不必拘泥于某一法式和格局。这种看法强调文章为现实服务，击中桐城派文章的要害，沉重打击了桐城义法，并推动文学向着经世化和时务化发展。再加上晚清内乱，太平天国在东南一带的活动，上海殖民都市及其经济和文化的逐渐崛起，使桐城派在全国的社会影响和思想基础都受到猛烈冲击。于是曾国藩以自身努力及其势力，重振旗鼓以自任，使桐城文章一度中兴。

曾国藩（1811—1872），字伯涵，号涤生，湖南湘乡人。曾氏以镇压太平天国起家而成为摇摇欲坠的清王朝的中兴功臣，同时也是“桐城古文的中兴大将”。民国学者钱基博著《中国文学史》，其附录《清代文学纲要》云：“厥后湘乡曾国藩以雄直之气，宏通之识，发为文章，而又据高位，自称私淑于桐城，而欲少矫其懦缓之失；故其持论以光气为主，以音响为辅，探源扬马，专宗退之，奇偶错综，而偶多于奇，复字单词，杂厕相间，厚集其气，传声彩炳焕而戛焉有声。此又异军突起而自为一派，可名为湘乡派。一时流风所被，桐城而后，罕有抗颜行者。门弟子著籍甚众，独武昌张裕钊、桐城吴汝纶号称能传其学。吴之才雄，而张则以意度胜；故所为文章，宏中肆外，无有桐城家言寒涩枯窘之病。夫桐城诸老，气清体洁，海内所宗。徒以一宗欧归，而雄奇瑰玮之境尚少；盖韩愈得扬马之长，字字造出奇崛。至欧阳修变为平易，而奇崛乃在平易之中。桐城诸老汲其流，乃能平易而不能奇崛；则才气薄弱，势不能复自振起，此其失也。曾国藩出而矫之，以汉赋之气运之，故能卓然为一大家，由桐城而恢广之，此自为开宗一祖。殆桐城刘氏所谓‘有所变而后大’者耶？”①钱氏强调曾国藩带出湘乡一派，“有所变而后大”，从而重振起桐城文章，其推崇和赞赏的程度不可谓不高。

曾国藩早年科场顺利，但并无家学渊源和特殊师承，适逢湖南名儒唐鉴内调进京，所以很快即精研程朱理学。据黎庶昌著《曾国藩年谱》记载：“善化唐公鉴由江宁藩司入官太常寺卿，公以讲求为学之方。时方详览前史，求经世之学，兼治古文辞，分门记录。唐公专以义理之学相勖，公遂以朱子之书为日课，始肆力于宋学矣。”照理，宋明理学追求道理探求和道德履践，唐鉴也早就告诫过“诗、文、词、曲，皆可不必用功”，但曾国藩于古文辞却一再忘情，其日记即记载自己管不住自己，依然“日日耽著诗文”，有时甚至“名心大动，忽思构一巨著以震炫举世之耳目”。这其实也表明曾氏对理学重道贬文的传统并未完全服膺，长期揣摩制作古

①钱基博：《中国文学史》，东方出版中心 2008 年版，第 75 页。

文辞的经验使他形成了一定之见。正是在这里，曾国藩对桐城古文表现出相当的信任和敬意。作于1845年的《与刘孟容书》即云：

> 仆早不自立，自庚子以来，稍事学问，涉猎于前朝本朝诸大儒之书，而不克辨其得失。闻此间有工为古文诗者，就而审之，乃桐城姚郎中鼐之绪论，其言诚有可取。于是取司马迁、班固、杜甫、韩愈、欧阳修、曾巩、王安石及方苞之作悉而读之，其它六代之能诗者及李白、苏轼、黄庭坚之徒，亦皆泛其流而究其归，然后知古之知道者，未有不明于文字者。能文而不能知道者或有矣，乌有知道而不明文者乎？……周濂溪氏称文以载道，而以虚车讥俗儒。夫虚车诚不可，无车又可以行远乎？孔孟没而道至今存者，赖有此行远之车也。吾辈今日苟有所见，而欲为行远之计，又可不早见具坚车乎哉？故凡仆之鄙愿，苟于道有所见，不特见之，必实体行之；不特身行之，必求以文字传之后世。虽曰不逮，志则如此斯。

虚车诚不可，但无车不可行远，道也必须“具坚车”而行远，所以文字和文辞是值得立志修持的。由此，曾国藩表示很看重姚鼐的观点，并向朋友表达，这表现出他对理学家与文学家两种追求之间矛盾的体会，但也可理解对此间两造所努力达成的平衡。

二、以“经济之学”救治古文

在清代的整体氛围，学者之文的位置比较高，而对与八股文藕断丝连的古文本身，有一种从整体上的批评，认为古文往往清通无物，且“只是作好文章”。比如明末清初的王夫之批评归有光“熙甫但能摆落纤弱，以亢爽居胜地耳；其实外腴中枯，静扣之，无一语出自赤心”（《夕堂永日绪论外编》），直接点出归氏这种八股文家兼小品文家的问题和境界。王夫之论明末抗清义士黄淳耀“蕴生言皆有意，非熙甫所可匹敌”，认为其文在于“有意”：“蕴生当天步将倾之日，外则辽左祸逼，内则流寇蜂起，黄扉则有温、周、杨、薛之奸，中涓则有张彝宪、曹化淳之蠹，忧愤填胸，一寓之经义，抒其忠悃。传之异代，论世者所不必不能废也。”对古文的批评还可以上溯到宋代。比如朱熹论苏洵：“予谓老苏但为欲学古人说话声响，极为细事乃肯用功如此，故其所就亦非常人所及。如韩退之、柳子厚辈亦是如此。其答李翊、韦中立之书，可见其用力处矣。然皆只是要作好文章，令人称赏而已，究竟何预己事？却用了许多岁月，费了许多精神，甚可惜也。”

然而曾国藩对古文却抱有同情，有自己的看法。突出的比如在《湖南文征序》中他对古文兴起本身的理解：

> 自东汉至隋，文人秀士，大抵义不孤行，辞多俪语。即议大政，考大礼，亦每缀以排比之句，间以阿娜之声，历唐代而不改。虽韩、李锐志复古，而不能革举世骈体之风，此皆习于情韵者也。宋兴既久，欧、苏、曾、王之徒，崇奉韩公，以为不迁之宗。适会其时，大儒迭起，相与上探邹鲁，研讨微言。群士慕效，类皆法韩氏之气体，以阐明性道。自元明至圣朝康雍之间，风会略同，非是不足与于斯文之末。此皆习于义理者类也。

从文化风会与士子思想消长的角度去理解古文兴起的时代性，这种看法真正有如史学家的平正和宽容。

曾氏立于宋学门庭，精研理学，但也能开放心胸，且与当时经世学和朴学相沟通，从而修正和充实学术基础。并且通过精研古文，琢磨辞章，所以眼界开阔，对各家学问和路数都形成自己的观察。所以《与刘孟容书》即有论述：“能深且博而属文、复不失古圣之谊者，孟、毛而下，惟周子之《通书》、张子之《正蒙》，醇厚正大，邈焉寡俦。许、郑亦能深博，而训诂之文或失则碎失之碎。程、朱亦且深博，而指示之语或失则隘失之隘，其他若杜佑、郑樵、马贵与、王应麟之徒，能博而不能深，则文流于蔓矣。游、杨、金、许、薛、胡之俦，能深而不能博，则文伤于易矣。”对诸儒文采的观察和比较，也体现出自身对古文表达的揣摩和营求。后来在1858年，曾国藩作《圣哲画像记》，将姚鼐与韩、柳、李、杜，同置于古今三十二圣哲之列，又称姚鼐“持论闳通，国藩之初解文章，由姚先生启之”，并尊姚氏于历代孔、孟、程、朱等三十二位圣哲之列。在《欧阳生文集序》中也说：“姚先生独排众议，以为义理、考据、词章，三者不可偏废。必义理为质，而后文有所附，考据有所归。”这些都可以见出曾氏对古文的敬重。

桐城派古文理论，以方苞的“义法”说奠定基础，标榜雅洁，突出简练质朴的文风；刘大櫆提倡“神气”，讲究文章气势，跌宕起伏；而姚鼐进一步提出“神、理、气、味、格、律、声、色”说，强调学习古文从形式到精神最后达到更高境界的路径和过程。曾氏对此都表示过有看重的地方。但这些不是他的全部评价。由于有较深的体会，曾氏对桐城派文论也有批评。比如对方苞的批评，认为方其实强行捏行道与文，竟致以道害文。在《鸣原堂论文》选录《方苞请矫除积习兴起人材札子》的评语中亦言：“望溪先生古文辞为国家二百余年之冠，学者久无异词，即其经术之湛深，八股文之雄厚，亦不愧为一代大儒。虽乾嘉以来汉学诸家百方攻击，曾无损于毫末。惟其经世之学，持论太高，当时同志诸老，自朱文端、杨文定数人外，多见谓迂阔而不近人情。”在充分肯定之余，亦有委婉的批评。

又比如对姚鼐的批评。其《复吴敏树》中说：“至姚惜抱氏虽不可遽语于古之作者，尊兄至比之吕居仁，则亦未为明允。惜抱于刘才甫，不无阿私，而辨文章之源流，识古书之正伪，亦实有突过归、方之处。……至尊缄有曰：‘果以宗桐城为派，则侍郎之心殊未必然。’斯实搔着痒处。”这些话自然是针对吴敏树不以姚氏为然而为姚氏所作辩护，但其中赞赏吴敏树“搔着痒处”一语，也确实透露出曾国藩并不以姚鼐为自己治古文辞的宗师，认为姚鼐并不能够与他心目中的崇高的“古之作者”相提并论。归根结底，他也是不肯将自己列入桐城派门墙而引以为荣的。曾国藩幕府的后学黎庶昌在《续古文辞类纂》中就曾氏和姚氏的区别有所辨析和整理：

> 余今所论纂，其品藻次第，一以昔闻诸曾氏者，述而录之。曾氏之学，盖出于桐城，固知其与姚先生之旨合，而非广己于不可畔岸也。循姚氏之说，屏弃六朝骈丽之习，以求所谓神、理、气、味、格、律、声、色者，法愈严而体愈尊；循曾氏之说，将尽取儒者之多识、格物、博辨、训诂，一内诸雄奇万变之中，以矫桐城末流虚车之饰，其道相资，无可偏废。

如果说姚鼐是立法者，那么曾国藩则是变法者。诚如一些学者所概括的，曾氏“沿着道问学、经世学的路径，寻求‘雄奇万变’的气度，这样的开拓是拘谨滞碍的姚鼐无法比拟的”。①曾国藩对桐城派的文学主张有很

①钱竞：《曾国藩、王夫之文论思想异同》，《文学遗产》1996 年第 1 期。

多变化和发展。

曾氏论文是重张桐城文章的旗号，但正如弟子吴汝纶在《与姚仲实》中所记载，曾国藩认为“桐城诸老，气清体洁”，“雄奇瑰玮之境尚少”，所以要因应现实，兼以“汉赋之气运之”。在这方面，曾国藩最重要的开拓在于，强调古文当以义理之学为体，以经济之学为用。仍然宗奉理学，但要求扩大散文范围，在姚鼐“义理、考据、辞章”说之外又添上“经济”，藉“经济”以求应当时之实用。一方面，继承桐城先辈刘大櫆、姚鼐兼顾世用的传统，其《求阙斋日记类编·问学》指出“有义理之学，有词章之学，有经济之学，有考据之学”，“此四者缺一不可”；另一方面，他又进一步将之与孔门德行、文学、言语、政事四科相联系，以增加权威性。其《劝学篇示直隶士子》解释说：

> 义理者，在孔门为德行之科，今世目为宋学者也。考据者，在孔门为文学之科，今世目为汉学者也。辞章者，在孔门为言语之科，从古艺文及今世制义诗赋者皆是也。经济者，在孔门为政事之科，前代典礼政书及当世掌故皆是也。

这样，四者兼顾并重，但是义理为体，统帅经济；经济为用，落实义理。再加以考据多闻，文章内容就不但显得充实，而且更能发挥社会作用。曾国藩对桐城文论的发展，使桐城文士找到了补救空疏之弊的良策。

将“经济”置于治学的根本，在曾国藩并不是一句空洞的口号。这至少可证诸于曾氏一生的两个方面。其一是曾氏的杂著，其内容多为实务应用之属，从淮盐运行章程，房产告示到军制、营规，包括用方言白话撰写的《陆军得胜歌》《水师得胜歌》《爱民歌》《解散歌》等等，无不亲自创制，刻意求俗；其二是他编纂的《鸣原堂论文》，收集了古代著名著议，详加批评，几乎视为经世文的一种典范，似乎有意于创一门奏议学。

三、古文“不宜说理耳”

古文是否能行远经世，则或当别有能事。曾氏《湖南文征序》认为，人心各具自然之文，而陈于简策，缀辞成篇，则其浅深工拙，又往往相去甚远：

> 人心各具自然之文，约是二端：曰理曰情。二者人人之所固有。

> 就吾就知之理，而笔诸书，而传诸世。称吾爱恶悲愉之情而缀辞以达之，若剖肺肝而陈简策，斯皆自然之文。性情敦厚者，类能为之。而浅深工拙，则相去十百千万而未始有极。

古文能不能行远，其实又取决于个人不同的襟度气象、学识才力和艺术旨趣。因为正是这些决定了其辞能否达意，其气能否举体，其文能否襟度远大，其句能否珠圆玉润，其意能否精微细密，其象是否光明俊伟。要达坚车行远之境，需要锻炼说理叙事、表情达意的本领，而这些又离不开读书识理，蕴藉深厚的功夫。这一切确实不是雕饰字句、巧言取悦所能达到的。

也就是说，道理有其另一方面，就是阐明义理，讲解性道，是不是古文之擅场呢？曾氏明断，“学行程朱，文章韩欧”的说法存在着顾此失彼的隐患。古文之道，由先秦两汉文脱胎而来，奇句单行，往往长于叙写而短于持论。由于自承程朱圣人儒学，古文追求渊懿，而不能过多取用那议论辩驳纵横捭阖之辞，自律以雅洁，就不足以显示恢宏博奥抑扬抗坠之节。《湖南文征序》云：

> 窃闻古之文，初无所谓法也。《易》《书》《诗》《仪礼》《春秋》诸经，其体势声色，曾无一字相袭。即周秦诸子，亦各自成体。持此衡彼，画然若金玉与卉木之不同类，是乌有所谓法者。后人本不能文，强取古人所造而摹拟之，于是有合有离，而法不法名焉。若其不俟摹拟，人心各具自然之文，约有二端：曰理，曰清。二者人人之所固有。就吾所知之理而笔请书而传请世，称吾爱恶悲份之情而缀辞以达之，若剖肺肝而陈简策，斯皆自然之文。性情敦厚者，类能为之。而浅深工拙，则相去十百千万而未始有极。自群经而外，百家著述，率有偏胜。以理胜者，多阐幽造极之语，而其弊或激宕失中；以情胜者，多悱恻感人之言，而其弊常非缛而寡实。

“法”不在摹拟，而在于真实地表达自己的思想感情，真实地叙事，恰当地用辞，从而成为“自然之文”。这样讲，“义法”其实已无可自立。

古文家讲求义法，欲达到“道与文兼至交尽”的地步，其实是强行将“道”与“文”糅合在一起，这十分困难。如果说姚鼐之时尚只以义理、考据与辞章各为文化和学问之一境，个人才有偏胜而或可各治一隅，小心翼翼举擢而出，那么，到曾国藩这里，则以其堂皇气魄而明言断之。《复吴南屏书》谈及吴氏本人文字云：

> 中如《书〈西铭讲义〉后》，鄙见约略相同。然此等处，颇难于著文。虽以退之著论，日光玉洁，后贤犹不免有微辞。故仆尝称古文之道，无施不可，但不宜说理耳。

古文家已悬文章为德行和事功以外人生别一盛事，其中多可别求文境与情致。长期以来的事实也证明，宋代以来文士大举宏道而好谈义理，但文气往往不盛。体道而文不昌，能文而道不凝，鲜有文与道而并至者，这是桐城古文家面对的绝大困境。曾氏有《与刘霞仙书》更大力鼓吹：

> 大著游记二首，以义理言则多精当，以文字言终少强劲之气。自孔孟以后，惟濂溪《通书》、横渠《正蒙》，道与文可谓兼至交尽。其次如昌黎《原道》、子固《学记》、朱子《大学序》，寥寥数篇而已，此外则道与文竟不能不离而为二。鄙意欲发明义理，则当法《经说理窟》及各语录、札记（原注：《读书录》《居业录》《困知记》《思辨录》之属）。欲学为文，则当扫荡一副旧习，赤地立新，将前此所业，荡然若丧其所有，乃始别一番文境。望溪所以不得入古人之阃奥者，正为两下兼顾，以致无可怡悦。

义理与古文各有渊源和途径，与其以高就低，兼取而相害，无可怡悦，失措乖张如方苞，不如“道”、“文”分开，从一而择，义理归义理，而文章归文章，做一回堂堂正正的文章家，体验赤地立新、扫荡旧习的淋漓酣畅。在这里，曾国藩大胆提出“道与文相离为二”，并标出“怡悦”二字，指明古文是不同于理学语录而“别有一番文境”，其功用之一在于怡情娱乐。这表明曾氏对文章特点的深入认识，更展露出曾氏去门面、求廓大的大胆观点和改革气魄。

四、气象包容及其影响

正因为曾氏有粗犷雄放的见解，所以他对于当时文坛的骈散门户之见，往往能采取调和折中的态度。比如，他不计较当时文坛上的骈散门户之争，而站在古文的立场上，融合选学的长处，奇偶互用，主张“古文之道与骈散相通”。其《送周荇农南归序》即详细阐明“奇偶互用之道”云：

> 一奇一偶者，天地之用也。文字之道，何独不然？六籍尚已。自汉以来，为文者莫善于司马迁。迁之文，其积句也皆奇，而义必相辅，气不孤伸，彼有偶焉者存焉。其他善者，班固则毗于用偶，韩愈则毗于用奇。蔡邕、范蔚宗以下，如潘、陆、沈、任等，比者皆师班氏者也。茅坤所称八家，皆师韩氏者也。传相祖述，源远而流益分，判然若白黑之不类，于是刺议互光，尊丹者非素。而六朝、隋、唐以来，骈偶之文亦已久王而将厌。宋代诸子，乃承其敝，而倡为韩氏之文，而苏轼遂称曰：“文起八代之衰。”非直其才之足以相胜，物穷则变，理固然也。豪杰之士，所见类不甚远。韩氏有言：“孔子必用墨子，墨子必用孔子，不相用不足为孔、墨。”由是言之，彼其于班氏相师而不相非，明矣。耳食者不察，遂附此而抹杀一切。

其《经史百家杂钞》也直接选录若干骈赋。曾氏治古文而济以选学，也是为了补救桐城古文的弊病。桐城前辈强调文字清澄雅洁，不许将“魏晋六朝人藻丽俳语，汉赋中板重字法”入古文，结果使桐城文往往“淡远简朴”，空疏乏美。曾国藩也不满方苞“不用华丽非常字眼”的规矩，他能吸收当时文坛“骈散相通”的观点，希望古文家学习骈文，重视小学训诂、音节神气，博采众长，兼收并蓄，以加强行文气势和文章的华采。

也因为曾氏气象包容，视野开阔，所以他对各体文章的欣赏和理解也在桐城派的基础上有所深化和开拓。他曾在日记中集成姚鼐的观点，探讨文章风格与不同体裁之间的关系：

> 吾尝取姚姬传先生之说，文章之道，分阳刚之美，阴柔之灵。大抵阳刚者，气势浩瀚；阴柔者，韵味深美。浩瀚者，喷薄而出之；深美者，吞吐而出之。就吾所分十一类而言之，论著类、词赋类宜喷薄，序跋类宜吞吐，奏议类、哀祭类宜喷薄，诏令类、书牍类宜吞吐。其一类中微有区别，如哀祭类虽宜喷薄，而祭郊社祖宗则宜吞吐；诏令类虽宜吞吐，而檄文则宜喷薄；书牍类虽宜吞吐，而论事则宜喷薄；此外各类，皆可以是意推之。

这体现出对文章规律的浓厚理解。曾氏还尝试进一步将古文之境分为八种，其《求阙斋日记类钞》载：

> 尝慕古文境之美者，约有八言：阳刚之美曰雄、直、怪、丽；阴柔之美曰茹、远、洁、适。（小注：蓄之数年，而余未能发为文章，略得八美之一，以副斯志。是夜将此八言，各作十六字赞之，至次日辰刻作毕，附录如左：）
>
> 雄：划然轩昂，尽弃故常，跌宕顿挫，扪之有芒。
> 直：黄河千曲，其体仍直，山势如龙，转换无迹。
> 怪：奇趣横生，人骇鬼眩，《易》、《玄》、《山经》，张、韩互见。
> 丽：青春大泽，万卉初葩，《诗》、《骚》之韵，班、扬之华。
> 茹：众义辐凑，吞多吐少，幽独咀含，不求共晓。
> 远：九天俯视，下界聚蚊，寤寐周、孔，落落寡群。
> 洁：冗意陈言，类字尽芟，慎尔褒贬，神人共监。
> 适：心境两闲，无营无待，柳记欧跋，得大自在。

这种分法，概括了曾氏所理解和欣赏的八种风格或境界，对于历代文章精华，具有相当的借鉴意义。

曾国藩在征伐事功之外，日益成为桐城派中兴的盟主。据薛福成《叙曾文正公幕府宾僚》一文所录，其幕僚前后共有 83 人之多，其中大多数颇有文声，而古文辞方面尤以张裕钊、吴汝纶、薛福成和黎庶昌声名为著，世称“曾门四弟子”。曾氏与其门弟子张裕钊、吴汝伦、薛福成、黎庶昌等人“扩姚氏而大之”，“并功德于一途”，坚持古文，扩大堂庑，而古文再现一时之盛，直至清末民初时代。胡适之 1922 年作《五十年来的中国文学》称曾国藩是“桐城古文的中兴大将”，梁启超 1923 年作《国学入门书要目及其读法》，赞曾国藩集“桐城派之大成”，都有相当的道理。

第四节　梁启超

鸦片战争以来的经世文潮中，具有突出贡献的要数以梁启超为代表的文学改良运动。晚清的文学改良运动是自改良派取代洋务派成为历史舞台的主角后，传播西方文化以推进中国传统文化发生变革、实现现代转换的产物。这一运动的主调是趋新求变，学习西方，面向民众，以新的文学形式和方法表达变革的意图，以期达到启蒙和新民的功效。这一过程中，梁启超的地位和作用最突出和关键。

梁启超（1873—1929），字卓如，号任公，别号饮冰室主人，广东新会人。他是康有为的学生，同为维新运动领袖，并称“康梁”。戊戌政变后逃亡日本，主张立宪。辛亥革命后一度出任司法总长和财政部长。晚年在清华学校讲学。平生著作宏富，后人编为《饮冰室全集》。19 世纪末 20 世纪初，梁启超先后提出“诗界革命”、“文界革命”、“小说界革命”和“戏剧改良”等口号，倡导革新，其号召得到各政治派别文人和作家的广泛响应，催生了清末创作、评论、研究和翻译等各方面的文学改良运动。后来随着维新派蜕变为保皇党，特别是 1906 年前后与革命派公开论战后，其威信受到影响，其文学运动也由盛转衰。

一、文界革命

梁启超“文界革命”的思路实际上贯穿于戊戌变法前后的思想宣传，并不自 1899 年始。从投身于维新活动起，他就十分推崇报纸文章的作用。1895 年《致汪穰卿书》即指出：“非有报馆不可，报馆之议论，既浸渍于人心，则风气之成不远矣。”不久，他先后主持《中外纪闻》、《时务报》的笔政，开始其报馆生涯。《时务报》创刊号即著《报馆有益于国事》并指出：“觇国之强弱，则于其通塞而已。……去塞求通，厥道非一，而报馆其导端也……阅报愈多者，其人愈智；报馆愈来愈多者，其国愈强。”其《敬告我同业诸君》又指出，报纸不仅可“向导国民”，而且能“监督政府”，故“报馆者，摧陷专制之戈矛，防卫国民之甲胄也”。报纸成为维新、动员群众最理想的工具。

1899 年梁启超东渡日本，作《夏威夷游记》（又名《汗漫录》），其中记述自己读日本政论家德富苏峰著作的感想：

> 其文雄隽放，善以欧西文思入日本文，实为文界别开一生面者。余甚爱之。中国若有文界革命，当亦不可不起点于是也。

“文界革命”说由此提出。这一思路突出四个方面的问题。首先是文章的立意与目标，梁氏主张和鼓吹作“觉世之文”，严厉批判八股文体。1897 年他任职湖南时务学堂时，在堂约中就提出要作“觉世之文”，文章要求“辞达而已矣！当以条理细备、词笔锐达为上，不必求工也”。

其次是文章的内容和精神，梁氏强调要以“欧西文思”启蒙国民。他看重德富苏峰著作中的“欧西文思”，赞赏他能用日文文章流畅自如地表达西方文化的内容和精神。在梁看来，中国“文界革命”的起点，就应该是改造和充实文章内容，使之成为输导和传播西学的得力工具。

更主要的是文章的形式问题。为与表达崭新的“欧西文思”内容相统一，梁氏非常看重俗语文体的形式，认为报章文出现后文学写作当以通俗化为方向。狄葆贤《论文学上小说之位置》载，梁氏一直宣传采用俗语是文学进步的表现，“俗语文体之流行，实文学进步之最大关键也”，由“古语”变“俗语”是世界潮流之所向。梁氏《小说丛话》呼吁扩大“俗语”文体的使用范围，使之成为文坛的通用语言：“苟欲思想之普及，则此体非徒小说家当采用而已，凡百文章，莫不有然。”倡导“文界革命”，在形式上企图以长期以来的“言文分离”为变革对象，高度肯定俗语文学的发展方向，这在当时引起很大的反响。

引发争议的是“新文体”和“新名词”问题。通过编办报纸与报章写作的实践，梁氏创造了一种通俗易懂的报章“新文体”，风靡报界和学界。后来其《清代学术概论》概述自己为文“务为平易畅达，时杂以俚语韵语及外国语法，纵笔所至不检束；学者竞效之，号新文体；老辈则痛恨，诋为野狐；然其文条理明晰，笔锋常带感情，对于读者，别有一种魔力焉”。“杂以外国语法”即是“新文体”的重要特征。梁氏所谓外国语法，其实与“日本语句”同义，主要指借自日文的“新名词”，当时日本为了翻译西方学术书籍，往往用汉语构词法自造汉字新词。梁启超认为“新名词”的出现是社会变迁的必然。为了传播新思想新知识，必定要大量输入和使用“新名词”。在当时还没有出现许多进入口语的新名词、突破传统文体格局的新文体的情况下，梁氏勇于创新，采用一种介乎文白之间的语文，以便以文言词汇特别是抽象名词白话化，从而使新名词逐渐地为人们所熟悉。在某种意义上看，“文界革命”最有价值且影响后世的贡献正在于“新名词”，它使民族语文超越自身进化而迅速完成向现代汉语的转换。

维新变法期间晚清政府允创报馆，1902 年又废八股改试策论，作惯八股文的读书人骤然失去依傍。于是梁启超带有“策士文学”特点的报章

“新文体”便成为应考者的枕中之秘：“朝旨废八股改试经义策论，士子多自濯磨，虽在穷乡僻壤，亦订结数人合阅沪报一份。而所谓时务策论，主试者以报纸为蓝本，而命题不外乎是。应试者以报纸为兔园册子，而服习不外乎是。书贾坊刻，亦间就各报分类摘抄刊售以侔利。盖巨剪之业，在今日用之办报以与名山分席者，而在昔日则名山事业且无过于剪报学问也。”①风气一开，官场中人也受到浸染，梁文中的“新译之名词、杜撰之语言，大吏之奏折、试官之题目，亦剿袭而用之”（黄遵宪《与梁启超书》）。虽然影响所及，许多士人文章生吞活剥，笑话百出，但梁启超对“文界革命”的倡导与身体力行，毕竟使得半文不白的“新文体”推行开来，有力地推动后来“五四”时期的文学白话化运动。

二、诗界革命

倡导“诗界革命”之前，已有许多诗歌改革的尝试。比如与“诗界革命”关系最密切的是夏曾佑、谭嗣同、梁启超三人一度热衷于创造的“新学之诗”。由于生硬堆砌新名词及冷僻典故，创作并不成功且影响较小。

当时黄遵宪的诗歌与诗论有更为显著的影响。黄遵宪（1848—1905），字公度，号人境庐主人。曾出使日本任参赞，后任驻英使馆参赞、驻新加坡总领事等职。1896 年与汪康年在上海创办《时务报》，以梁启超任主笔，风动一时。第二年任湖南长宝盐法道，署按察使，协助湖南巡抚陈宝箴厉行新政，成绩卓著。黄氏很早就反对崇古因袭，提出：“……我手写吾口，古岂能拘牵？即今流俗语，我若登简编，五千年后人，惊为古斓斑。”其《日本国志·学术志二·文学》批判中国语文分离的现状：“盖语言与文字离，则通文者少，语言与文字合，则通文者多，其势然也。”言文合一，趋向口语的要求表现得明白无遗。1891 年，黄氏在伦敦撰写《〈人境庐诗草〉自序》，鼓吹当代诗人要自立：

> 仆尝以为诗之外有事，诗之中有人；今之世异于古，今之人亦何必与古人同。尝于胸中设一诗境：一曰复古人比兴之体；一曰以单行之神，运排偶之体；一曰取《离骚》、乐府之神理而不袭其貌；一曰用古文家伸缩离合之法以入诗。其取材也，自群经三史，逮于周秦诸子之书，许郑诸家之注，凡事名物名切于今者，皆采取而假借之。其

①姚公鹤：《上海报业小史》，《东方杂志》第十四卷第 6 号。

> 述事也，举今日之官书会典，方言俗谚，以及古人未有之物，未辟之境，耳目所历，皆笔而书之。其炼格也，自曹、鲍、陶、谢、李、杜、韩、苏迄于晚近小家，不名一格，不专一体，要不失乎为我之诗。诚如是，未必遽跻古人，其亦足以自立矣。

黄氏强调古今异世，学习古人要取神遗貌，要基于现实以文入诗，以诗化文，炼格不拘家派，博取众家，要不失我。更重要的是，他强调要努力表现“古人未有之物、未辟之境”，这种自觉显然有世界的背景和眼光。黄氏诗作实践及诗歌革新思想给梁启超以很大的启发。

“诗界革命”这一口号最早见于1899年12月15日梁启超的《夏威夷游记》：

> 予虽不能诗，然尝好论诗。以为诗之境界，被千年来鹦鹉名士（小注：予尝戏名辞章家为鹦鹉名士，自觉过于尖刻）占尽矣。虽有佳句佳章，一读之，似在某集中曾相见者，是最可恨也。故今日不作诗则已，若作诗，必为诗界之哥伦布、玛赛郎然后可……欲为诗界之哥伦布、玛赛郎，不可不备三长。第一要新意境，第二要新语句，而又须以古人之风格入之，然后成其为诗。……若三者具备，则可以为二十世纪支那之诗王矣！……

梁氏相信“今日者革命之机渐熟”，于是大倡“诗界革命”。“诗界革命”有三项具体的要求，即“新意境”、“新语句”和“古风格”，三者具备则可以为“二十世纪支那之诗王”。梁氏称赞黄遵宪的诗开拓了“新意境”，为“时彦中能为诗人之诗而锐意欲造新国者”，但批评黄氏“新语句尚少”，以其人为“重风格者”；他也集中检讨戊戌以前的“新学之诗”，既肯定谭嗣同、夏曾佑“善选新语句”，“颇错落可喜”，“其意语皆非寻常诗所有”，又指出这些诗因过多使用“新语句”，而破坏了“古风格”，失去了诗歌特质。于是在1902年开始连载的《饮冰室诗话》中，梁氏又对“诗界革命”说作了进一步的阐发，强调诗歌创作要“以旧风格含新意境”：

> 过渡时代，必有革命，然革命者，当革其精神，非革其形式。吾

> 党近好言诗界革命。虽然，若以堆积满纸新名词为革命，是又满洲政府变法维新之类也。能以旧风格含新意境，斯可以举革命之实矣。苟能尔尔，则虽间杂一二新名词，亦不为病。不尔，徒示人以俭而已。

梁启超去掉了“新名词”，认为“近世诗人能熔铸新理想以入旧风格者，当推黄公度”。由于《饮冰室诗话》影响很大，故“新意境”与“旧风格”的统一便成为“诗界革命”的理论基础。

“诗界革命”论所提倡的“新意境”、“新理想”，主要指西方的新思想、新事物和新知识，也包括运用这些新诗料及新视角所产生的诗歌新境界。这体现了文人志士要求以西方文明启蒙中土民众的思路。“诗界革命”所肯定的“旧风格”、“古风格”，主要指中国古典诗歌特有的格律以及由此产生的特殊韵味与风格。出于对“新学之诗”的反思，“新语句”最终被“诗界革命”领袖们抛弃。新思想的阐发离不开新名词，新语句的减少，诗歌中的新思想明显削弱，但就诗歌艺术而言，不再突出思想的宣传，而注重表现意象与情感，或许更切合诗歌特质。抛开“新语句”的“新意境”往往与“古风格”相融而无法突现创新意识，从而也在某种程度上减弱了“诗界革命”的革新意义。

“诗界革命”在当时的知识阶层中具有近乎普遍的号召力。许多国内作者给《清议报》中的“诗文辞随录”专栏和《新小说》特设的“杂歌谣”栏目冒风险投稿，而海外华人界也应者如云。大量诗作也由初期喜用新名词而变为注重新意象。诗中所录所咏者从潜艇、飞艇、汽艇、气球、汽车、电话、电灯、无线电、留声机、报纸，到蜡人、西餐、勋章，以及对潮汐、月食、下雨等自然现象的科学解释，皆得自西方新事物和新知识，而出之以相思曲或游仙诗旧格。这些诗作往往颇为别致，有启蒙开化之功，但也仍然带有浮浅、格套，难以深入到新理致的层面。①从整体上看，“诗界革命”使诗歌创作重新贴近现实生活，以流俗语入诗，对民歌、弹词、粤讴等通俗文艺形式的借用，都体现出时代精神，另一方面也突出思想情感内容与语言文体形式之间的矛盾，从而为古典诗歌向现代白话诗的革命激变打下了基础。

---

①参见夏晓虹：《晚清文学改良运动》，载陈平原、陈国球主编：《文学史》第2辑，北京大学出版社1995年版，第230页。

三、小说界革命

“小说界革命”的提法迟至1902年才在梁启超《论小说与群治之关系》一文中正式出现。但在戊戌变法前后，出于政治改良的需要，又受到域外文学的启发，维新人士已对传统小说题材深感不满，开始关注小说革新的问题。1897年天津《国闻报》发表严复、夏曾佑撰写的《本馆附印说部缘起》一文，强调“且闻欧、美、东瀛，其开化之时，往往得小说之助”，认为可以运用小说“使民开化”。康有为、梁启超寄希望于政治变革，为此积极奔走呼号，但也看到小说在启发民智方面具有非凡的作用。在1897年大同译书局刊印的《日本书目志》中，康有为专设“小说门”，并在“识语”中提到：“六经不能教，当以小说教之；正史不能入，当以小说入之；语录不能喻，当以小说喻之；律例不能治，当以小说治之……今中国识字人寡，深通文学之人尤寡，经义史故，亟宜译小说而讲通之。泰西尤隆小说学哉！”1898年维新变法失败，康有为流亡日本。1900年，康有为得知友人欲效梁启超撰写以戊戌变法为题材的小说，遂赠以一诗《闻菽园居士欲为政变说部诗以速之》，充分肯定了小说发展的势头，认为小说发展之盛足以与六经争衡：“我游上海考书肆，群书何者销流多？经书不如八股盛，八股无如小说何……方今大地此学盛，欲争六艺为七岑。”

1898年戊戌变法失败，梁启超出走日本，决定借鉴明治时期“小说改良”的范例，从而正式揭开“小说界革命”之帷幕。提倡与创作“政治小说”是“小说界革命”开端的标志。梁氏创办《清议报》，专门开辟“政治小说”专栏，先后连载日本著名的“政治小说”《佳人奇遇》与《经国美谈》。作为开场白，梁撰写《译印政治小说序》，大力鼓吹“政治小说”：

> 在昔欧洲各国变革之始，其魁儒硕学，仁人志士，往往以其身之经历，及胸中所怀，政治之议论，一寄之于小说。于是彼中辍学之子，黉塾之暇，手之口之，下而兵丁、而市侩、而农氓、而工匠、而车夫马卒、而妇女、而童孺，靡不手之口之。往往每一书出，而全国之议论为之一变。彼美、英、德、法、奥、意、日本各国政界之日进，则政治小说为功最高焉。

梁氏强调政治小说在影响普通百姓精神中的作用，认可小说如西人所言可视为“国民之灵魂”。

到1902年《新小说》创刊，开始连载梁启超《新中国未来记》，“政治小说”便已由翻译转变为创作了。同刊发表梁氏《论小说与群治之关系》一文，着重论证“中国小说界革命之必要”，因此该文被视为“小说界革命”的宣言书。该文提出小说“改良群治论”和“新民论”：

> 欲新一国之民，不可不新一国之小说。故欲新道德必新小说，欲新宗教必新小说，欲新政治必新小说，欲新风格必新小说，欲新学艺必新小说，乃至欲新人心，欲新人格，必新小说。何以故？小说有不可思议之力支配人道故。

他要求小说承担起改良社会政治的重任，承担起救国的责任。启蒙思想家和政治家认定“小说为文学之最上乘”：

> ……实文章之真谛，笔舌之能事。苟能批此窾，导此窍，则无论为何等之文，皆足以移人；而诸文之中能极其妙而神其技者，莫小说若。故曰：小说为文学之最上乘也。

因为据说“小说为国民之魂”，而今小说又被论证为“文学之最上乘”，所以“小说界革命”便成为文学改良运动的中心，其社会影响力也最大。晚清小说界基本上接受了这一观点。于是在传统中从未入流的小说“小道”，一跃而身价百倍，甚至超过一直属于正统中心文类的诗文。小说地位的空前迅速提高，最终导致了传统小说观念的崩溃和近代文学观念的迅速变迁。

梁启超发现小说具有“易感人”的力量，即“小说有不可思议之力支配人道”。他指出，小说有“熏”（熏陶）、“浸”（浸染）、“刺”（刺激）和“提”（提升）四种感染力，“提”是四种力的最高境界。借助小说的艺术感染力达到发挥小说的社会教育功能的启蒙思路，在此也得到充分的体现。小说既有如此伟力，所以在梁氏看来，“中国群治腐败之总根源，可以识矣”，中国社会上盛行的迷信相命、卜筮祈禳、风水械斗、迎神赛会、轻弃信义、权谋诡诈、苛刻凉薄、轻薄无行、沉溺声色、绻恋床笫和帮会门派巧取豪夺、伤风败俗、陷溺人群等社会现象，都统统算到了传统小说身上。梁氏倒果为因，显然从其政治教化的角度观察小说的社会效果，以“诲盗诲淫”、“英雄男女”概括传统小说并加以批判的做法竟然恰与传统旧文人的言辞结论相同。不难发现，这种新的政教型文学观的偏颇也是自见的。

从历史上看，梁启超“小说界革命”的提法，核心在于提出小说“改良群治论”，认为“小说为国民之魂”，是“文学之最上乘”，这一观点，影响巨大。此后整个20世纪小说地位的空前迅速提高，超过一直属于正统中心文类的诗文，最终导致传统小说观念的崩溃和近代文学观念的迅速变迁。另一方面，由于梁启超的提倡，20世纪小说杂志逐渐风行，到“五四”新文化运动时期，小说的翻译与创作形成热潮。随着小说地位和影响因现代报刊出版业的迅速发展而提高和扩大，写小说赚稿费也成为可以谋生的手段，第一批以小说创作或翻译为职业的专业小说家产生，也标志着近现代大众文化在中国的出现。1902年《新小说》杂志创刊后，到“五四”新文化运动时期，小说和翻译与创作形成热潮。吴趼人《〈月月小说〉序》用“几于汗万牛充万栋，犹复日出不已而未有穷期”概括新著新译小说出版的盛况。《清末民初小说目录》实收1898—1918年创作和翻译的作品至少7230部。①一些从国外引进的小说类型（如政治小说、侦探小说、科学小说等）以及写作手法（如倒叙、限制叙事、日记体等），也开始在新小说中尝试运用，由此也促成了传统章回小说的解体。晚清小说批评和理论研究也相应地活跃起来，出现了一批比较知名的小说评论家，比如夏曾佑、狄葆贤、陶佑曾等，也出现了不少小说家兼评论家，著名的有林纾、吴趼人、徐念慈、黄小配等。其中管达如在1912年发表的《论小说》和诚之（吕思勉）在1914年刊出的《小说丛话》，系统地阐释了小说的分类、社会影响、审美价值等问题，代表了清末民初小说理论的最高水平。

四、新民论与乐教传统

梁启超“新民论”，以及文界、诗界、小说界革命的理论和实践，表面看上承龚自珍、魏源经世致用的文学传统，又吸收欧洲和日本的新观点和新思路，从而成为开启民智、改造国性的强大武器，对一般士子文人和普通文化民众的社会动员力极强。自今看来，梁启超的“革命”诸说，与其说是文学的“革命”，不如说是一种政治的启蒙和诉求；与其说是一种

---

①据樽本照雄《清末民初小说的种类》所作的统计，其中包括短篇小说。参见夏晓虹：《晚清文学改良运动》，载陈平原、陈国球主编：《文学史》第2辑，北京大学出版社1995年版，第243页。

以西方学术和思想为主要资源的引进，不如说是别一种复古更新，在经世思想主导下泥沙俱下、兼收并蓄的复古更新。“新民论”和诸界革命的最大特色，其实在于将文学的现代政治化维度与儒家文教诗教的传统沟通起来。也就是说，在以西学为坐标的现代意识框架内，将文学、学术和启蒙混搭融合起来，要求对传统诗文小说的内容进行全面政治化的替换，对尊诗文轻小说的旧有文类格局进行调整，使之更适应现代时代气息。

梁启超认为，中国自古“诗教”、“乐教”的传统本来很发达，但到了清代，这个传统却已衰歇。关于诗乐分途、文教传统的衰歇，梁启超认为有四个原因。其一是由于唐宋以来科举取士的制度造成的。唐宋以诗取士，没有乐的内容，“乐教”从此不被重视。到明清则以八股取士，诗乐全部排除在外。其二是理学泛滥，宋代程朱理学强调“正衣冠，尊瞻视，以坚苦刻厉绝欲节性为教”，排除以文化调节名教礼义和欲望享乐之间压抑紧张关系的可能。其三，有清一代学术风气受统治者节制而丕变，因而注重“考证笺注之学”兴起，高才之士皆趋之，而在文化艺术和娱乐上教化方面无所作为。其四，清代自雍正年间起，“改教坊之名，除乐户之籍，复无所谓官伎”，而私家也不许“自蓄乐户”，导致精英士子和平民大众在文化娱乐上没有正当性。梁启超认为，“综此诸原因，故其退化之程度，每况愈下”。“至于今日，而诗、词、曲三者皆成为陈设之古玩，而词章家真社会之虱矣。”他慨叹：“举国无一人能谱新乐，实社会之羞也。”而在他对远方异邦强国的想象中却颇有我中土之古风，这岂能不引其感慨：“读泰西文明史，无论何代，无论何国，无不食文学家之赐；其国民于诸文豪，亦顶礼而尸祝之。若中国之词章家，岂于国民有丝毫之影响耶？推其原故，不得不谓诗与乐之所致也。”因此，在《饮冰室诗话》第77则，他明确提出要恢复词乐合流，亦诗亦歌，使“诗教”、“乐教”的传统重回我中华大地：“盖欲改造国民之品质，则诗歌音乐为精神教育之一要件，此稍有知识者所能知也。”

梁启超的政治教化和文学教育的思路，虽然有延续自古以来儒家传统的因素和特点，但由于其现代国族文教的总体框架以及新的时代性内容，决定了其在20世纪初的中国文化界能够获得强大的传播和认同。尤其在当时政教的变动和传媒的发展形势中，梁启超的“新文体”携带着各种“革命”主张，开启了民智，凝聚着士子文人和下层文化民众，激发了当时走向近现代化的中国民众的国家、社会和民族认同。

第五节　王国维

王国维（1877—1927），字静安，号观堂，浙江海宁人。晚清秀才，曾留学日本，归国后任学部所属图书馆编译等。辛亥革命后，以遗老自居，晚年为清华研究院教授。传世有《观堂集林》《海宁王静安先生遗书》等。王国维开拓的学术领域、取得的学术成果和运用的治学方法在近现代都有着重要的典范意义。陈寅恪曾在《王静安先生遗书序》中指出："然详绎遗书，其学术内容及治学方法，殆可举三目以概之者。一曰取地下之实物与纸上之遗文互相释证。……二曰取异族之故书与吾国之旧籍互相补正。……三曰取外来之观念与固有之材料互相参证。凡属于文艺批评及小说戏曲之作，如《红楼梦》及《宋元戏曲考》等是也。此三类著作，其学术性质固有异同，所用方法亦不尽符会，要皆足以转移一时之气，而示来者以轨则。"

王国维早年钻研西方哲学及美学，对德国尼采、叔本华的学说尤有心得。在文学和文论研究方面，著有《红楼梦评论》《人间词话》和《宋元戏曲考》等。王国维的文论思想吸取了当时最新的西方哲学思想，创造了现代文学批评的典范，背离了我国原有传统的文学观，突出了文学的自律性特征，成为现代文论思想的源头之一，对20世纪中国文论有深刻影响。

一、学术观与新学语

20世纪初，青年王国维在上海时接触到德国哲学，十分迷恋康德、叔本华、尼采的思想，一度从事哲学研究，后转至文学、美学方面。因此，其学术思想具有针对传统的、前所未有的叛逆性和超越性。这首先突出地表现在他对近代学术的估计上。在他看来，旧时儒家抱残守缺，无创造之思想，学术停滞；而佛教东传，激活了我国思想界，学者见之，如饥者得食，渴者得饮，"担簦访道者，接武于葱岭之道，翻经译论者，云集于南北之都，自六朝至于唐室，而佛陀之教极千古之盛矣。此为吾国思想受动之时代。然当是时，吾国固有之思想与印度之思想互相并行而不相化合，至宋儒出而一调和之，此又由受动之时代出而稍带能动之性质者也。自宋以后以至本朝，思想之停滞略同于两汉，至今日而第二之佛教又见告矣，西洋之思想是也”。王国维把西学东渐比作佛学东传，激活了我国文化创造，这一见识非常开明。

其次，表现在他对西来哲学建制和学术自主性的充分肯定上。他认为，过去传入的西学，多为形而下之学而少有形而上之学。近代中国新设大学里分科不设哲学，这在王国维看来很不正常。在《论近年之学术界》中，他指出，哲学、文艺、思想和学术都应有自身的地位。国家虽然有别，但知力人人同有，宇宙人生问题，人人之所不得解，唯有通过哲学学术之探索而求解决。学术之争论，只有是非真伪之别，所以应把学术视为目的，而非手段。“故欲学术之发达，必视学术为目的，而不视为手段而后可”；“学术之发达，存于其独立而已”，所以“一面当破中外之见，而一面毋以为政论之手段”。涉及当时之文学，在他看来，“亦不重文学自己的价值，而唯视为政治教育之手段，与哲学无异”。从总体上看，王国维对当时学术的批判，强调探讨人生之惑、要求学术自主等，很有现实针对性，很有现代思想性。

再次，王国维也注意到语言文字与思想品质之间的内在关系。在《论新学语之输入》中，他认为：“我国人之特质，实际的也、通俗的也；西洋人之特质，思辨的也、科学的也，长于抽象而精于分类，对世界一切有形无形之事物，无往而不用综括及分析之二法，故言语之多，自然之理也。吾国人之所长，宁在于实践之方面，而于理论之方面则以具体的知识为满足，至分类之事，则除迫于实际之需要外，殆不欲穷究之也。”王国维没有像一般仰视西方文化的维新志士那样，简单地将中国的贫弱归于民智不开，归于使用文言。他从中西言语的不同，发现了中西思想方法不同。尽管王氏的概括有些以偏概全，但仍然在大体上指出了一个非常深刻的事实，即由于长期以来中国学术已经失去了对思想的精确而深刻的描述力和表达力了。由此，王氏认为，新学语的输入、创造新学语非常必要，应重视哲学和形而上学，提高中国人的思维能力。同时，要认清现代学科分化的事实，有系统地研究各个学科，以“是非真伪”来论学，而不是以“国家人种宗教之见杂之”。在《论哲学家与美术家之天职》中，他指出：“天下有最神圣尊贵而无与于当世之用者，哲学与美术是也”，应该按照西方学术分立的逻辑，把文学作品与学术著述从经术政术中独立出来。

二、《红楼梦评论》的创造性贡献

经过德国哲学与美学的洗礼，王国维把其思想融会于中国文学研究，提出了与传统诗学大相径庭的新的文学和美学观。在《文学小言》一文中，他接受了席勒、康德、叔本华等人的美学的游戏说："文学者，游戏的事业也。人之势力用于生存竞争而有余，于是发而为游戏。"在《人间嗜好之研究》一文中，他认为"文学美术亦不过成人之精神的游戏"。游戏非关实利，文学则是"可爱玩而不可利用者"。美在自身，而不在其外。这种文学、美学观念，毫无疑问吸取了席勒、康德、叔本华等人的思想，强调了文学的审美特性，非关功利性的一面，"游戏""消遣"的一面。这在当时的文学界是非常新颖的观点和思想。

王国维的这种文学观，集中地表现于独具开创性的《红楼梦评论》中。该文连载于 1904 年 6 月至 8 月的《教育世界》杂志。《红楼梦评论》从现代哲学、美学的高度揭示了这部作品的新的价值，是一篇有系统性的论文。历史地看，这是从现代思想去批评传统文化最具代表性的文章之一。王国维认为，文学是表现人生的。在《屈子文学之精神》中他曾指出，诗歌是"描写人生者也"或"描写自然及人生"，"诗之为道，既以描写人生为事，而人生者，非孤立之生活，而在家族、国家及社会中之生活也"。同样，《红楼梦评论》也是注重从人生出发评论《红楼梦》，企图建立一种独立的新的文学批评。这与传统文论诗学一贯抛弃不开的"宗经""原道"的招牌是大不相同的。尽管它本身带着稚嫩和不少问题，但草创之功毕竟可贵。

从总体上看，《红楼梦评论》是接受了叔本华的悲观主义哲学和美学思想。王国维由此对人生的内涵作了如下解释："生活之本质何？欲而已矣。欲之为性无厌，而其原生于不足。不足之状态，苦痛是也。"人们为争欲望之满足，必然会产生苦痛或者倦厌。会不会有快感呢？当然会有。但这是暂时。因为即令各种欲望得到满足，到时又会萌生倦厌之心，"故人生者，如钟表之摆，实往复于苦痛与倦厌之间者也"。所以，"人生之所欲，既无以逾于生活，而生活之性质，又不外乎苦痛，故欲与生活与苦痛三者一而已矣"。生活、欲望、痛苦，三者互通，无从超越，构成生之悲剧。那么，文学何为？王国维认为，文学在于表现这种生活、欲望和痛苦，而且还在于"解脱"这种痛苦，使人从悲剧中解脱出来。他说："吾人之知识与实践之二方面，无往而不与生活之欲相关系，即与苦痛相关系。兹有一物焉，使吾人超然于利害之外，而忘物与我之关系。此时也，……物之能使吾人超然于利害之外者，必其物之于吾人无利害之关系而后可，易言以明之，必其物非实物而后可。然则，非美术何足以当之乎?”“美术之务，在描写人生之苦痛与其解脱之道，而使吾侪冯生之徒，于此桎梏之世界中，离此生活之欲之争斗，而得其暂时之平和，此一切美术之目的也。”

在王国维看来，悲剧能使民众惊醒，天才能唤醒蚩蚩之民，并从生活、欲望和痛苦中解脱出来。而《红楼梦》正表现了一种人生的悲剧，一种厌世解脱的精神，“实示此生活此痛苦由于自造，又示其解脱之道，不可不由自己求知者也”，既表现悲剧，又示以解脱之道，所以实在伟大。《红楼梦》较之歌德的《浮士德》，同样都描写了人的痛苦与解脱，故其成就不在其下。王国维认为，在中国文学中，《桃花扇》与《红楼梦》都表现了厌世解脱之精神，但在他看来，《桃花扇》之解脱非真解脱，“故《桃花扇》之解脱，他律的也；而《红楼梦》之解脱，自律的也”。拿《红楼梦》与《桃花扇》作比，其实是王国维就文学与生活、人生、国民、政治、历史等问题，和当时以梁启超为代表的“文学救国论”者们争辩。在王氏看来，主要是因为《桃花扇》借侯、李之事，写故国之戚，而非纯粹描写人生为事，所以是“政治的”、“国民的”、“历史的”，这实非纯粹的人生，是属于所谓“他律”的文学了。王国维首次在文论中提出了“自律”与“他律”的问题，这个问题困扰中国近百年。在德国美学思想影响下，王国维提出的文学游戏说、悲剧说，触动了我国原有的政教型的传统文学观，同时和服务于政治改良的政教型文学观也判然有别，强调了文学艺术的独立与自主。

在另一篇文章《论哲学家与美术家之天职》中，王国维指出，“文学”所追求的是诗人的感性直观，文学与政治应该分开。传统无不以兼做政治家为荣，所以其创作往往从属于政治，诗人文士往往“多托于忠君爱国劝善惩恶之意，以自解免，而纯粹美术上之著述，往往受世之迫害而无人为之昭雪者也。此亦我国哲学美术不发达之一原因也”。这样，哲学家与美学家就“自忘其神圣之位置与独立之价值”，并告诫说，“若夫忘哲学美术之神圣，而以为道德政治之手段者，正使其著作无价值者也”。

王国维在20世纪初就标举文学的独立，这在当时是非常难能可贵的。评价作品时，王国维以叔本华的人生悲剧说作为价值取向，来反对文学的道德、政治评价的传统说，判定后者无视文学艺术独立之价值。20 世纪初，王国维的《红楼梦评论》耳目一新，为后人提供了以西学思想阐释中国文学作品的典范。

三、《人间词话》的划时代成就

20 世纪初的王国维讨论文艺主要从西来美学入手，“使西来观念与本土固有材料互相参证”，其理论主体是德国古典美学。后者主要以一套较严密的哲学范畴，曲折而抽象地表达一种审美理想。1907 年，王国维发表《古雅在美学上之位置》一文，着重运用纯粹之美只关形式的观点，并参证以中国古代文学中的诸多现象，概括出了一个新的范畴——“古雅”。在王国维看来，所谓“古雅”，可以称之为“形式之美之形式之美”。作为“第一形式之美”的优美或壮美，需由具有生命力的天才来创造，而艺术中的古雅美，则是可以经过艺术家来“表出”的艺术美，是“第二形式之美”。也就是说，创造古雅美的艺术家，并非天才，但只要“人格诚高，学问诚博”，其艺术即非天赋，亦可古雅可观。这样，传统文论中“神”“韵”“气”“味”“趣”“格”“调”“辞”等曾被许多文人雅士视为最高一级的审美范畴，在王国维这里都已经归之为古雅，属于“第二形式之美”了：“凡吾人所加于雕刻书画之品评，曰‘神’、曰‘韵’、曰‘气’、曰‘味’，皆就第二形式言之者多，而就第一形式言之少。文学亦然，古雅之价值大抵存于第二形式。”

那么，王国维极为推崇的“优美”和“壮美”的“第一形式之美”则是什么呢？在王国维的美学文学思想体系中，它落实为 1908 至 1909 年间在《国粹学报》上发表的《人间词话》中的所谓“境界”：

> 词以境界为最上。有境界则自成高格，自有名句。五代、北宋之词所以独绝者在此。
>
> 言气质、言格律、言神韵，不如言境界。有境界，本也。气质、格律、神韵，末也。有境界而三者随之矣。
>
> 沧浪所谓“兴趣”、阮亭所谓“神韵”，犹不过道其面目，不若鄙人拈出“境界”二字，为探其本也。

《人间词话》采用传统的词话形式，但其理论核心是“境界”说。《人间词话》大体可分为两部分：前九则为标举境界说的理论纲领；

其后各则是以“境界”说为依据的具体评论。自唐人用“境”论诗以来，“意境”和“境界”已经成为普遍运用的术语。但各人所道的“境界”的含义不尽相同，有的指某种界限，有的指造诣程度，有的指作品内容中的情或景，或情与景的统一。王国维所标举的“境界”说，有着特殊而具体的审美理想的内涵：

> 境非独谓景物也，喜怒哀乐，亦人心中之一境界。故能写真景物，真感情者，谓之有境界。否则谓之无境界。
>
> “红杏枝头春意闹”，著一“闹”字而境界全出。“云破月来花弄影”，著一“弄”字而境界全出矣。①

在这里突出的三层内涵值得注意：其一，景物与感情都必须为“真”；其二，“真景物”和“真感情”必须真切饱满地表达出来；其三，在前两者的基础上，感情与景物达到交融统一而凝为“境界”。王国维所谓的“境界”，其实是以生命力为底蕴的、真景物与真感情统一交融的艺术世界和精神形象。在《人间词话》中，王国维又从审美鉴赏和艺术评论的角度，以“隔”与“不隔”、“自然之眼”与“自然之舌”、“沁人心脾”和“豁人耳目”、“亲切动人”与“精神弥满”等概念加以补充：

> 问“隔”与“不隔”之别，曰：陶、谢之诗不隔，延年则稍隔矣。东坡之诗不隔，山谷则稍隔矣。“池塘生春草”“空梁落燕泥”等二句，妙处唯在不隔，词亦如是。即以一人一词论，如欧阳公《少年游·咏春草》上半阕云：“阑干十二独凭春，晴碧远连云。二月三月，千里万里，行色苦愁人。”语语都在目前，便是不隔。至云：“谢家池上，江淹浦畔”则隔矣。白石《翠楼吟》：“此地宜有词仙，拥素云黄鹤，与君游戏。玉梯凝望久，叹芳草、萋萋千里”，便是不隔。至“酒祓清愁，花消英气”则隔矣。然南宋词虽不隔处，比之前人，自有浅深厚薄之别。②

---

①王国维著，周锡山注：《人间词话：汇编汇校汇评》，上海三联书店 2013 年版，第 42 页。

②王国维著，周锡山注：《人间词话：汇编汇校汇评》，上海三联书店 2013 年版，第 99 页。

纳兰容若以自然之眼观物，以自然之舌言情。此初入中原，未染汉人风气，故能真切如此。北宋以来，一人而已。又曰：

> 大家之作，其言情也必沁人心脾，其写景也必豁人耳目。其辞脱口而出，无矫揉妆束之态。以其所见者真，所知者深也。诗词皆然。持此以衡古今之作者，可无大误也。
>
> “昔为倡家女，今为荡子妇。荡子行不归，空床难独守。”“何不策高足，先据要路津？无为守穷贱，轗轲长苦辛。”可为淫鄙之尤。然无视为淫词、鄙词者，以其真也。五代北宋之大词人亦然。非无淫词，读之但觉其亲切动人。非无鄙词，但觉其精力弥满。可知淫词与鄙词之病，非淫与鄙之病，而游词之病也。“岂不尔思，室是远而。”而子曰：“未之思也，夫何远之有？”恶其游也。

只要基于人之生世，基于人的生命力，不论写情还是写景，都能“以自然之眼观物，以自然之舌言情”，有真切动人之“不隔”感：“语语都在目前，便是不隔”，“但觉其亲切动人”，“但觉其精力弥满”，也就是“其言情也必沁人心脾，其写景也必豁人耳目，其辞脱口而出，无矫揉妆束之态”。反之，若在创作时感情虚浮矫饰，遣词造句，多用“代字”“隶事”乃至一些浮而不实的“游词”，都或多或少地伤害艺术形象的生命力、审美空间的真切感，给人以“隔”或“稍隔”的感觉。王国维的“境界”说的突出贡献在于结合汉语诗歌的抒情传统，赋予作为“第一形式之美”的“境界”以“真”的内涵。这使唐宋以下传统诗学中因文人情调化而显得神秘的“兴趣”和“神韵”，回到基于现实土壤的个体生命力和艺术创造力上来，从而抓住了作为近代知识分子审美理想的艺术境界的现实内涵。

创造境界或鉴赏境界出自对纯粹美和自由美的判断，其结果即“第一形式之美”。作为第一形式之美的境界是天才者的事业，天才诗人能以第一形式之美来呈现“自然人生”和“理想世界”，正在于他“入乎其内，故能写之，出乎其外，故能观之”，而“能观”和“能写”的产品便是“有生气”、“有高致”的境界。王国维认为，境界之所以有“高格”、有“远致”，能“使读者自得之”，正在于境界“以其所见者真，所知者深也。”从总体上看，王国维所论境界和古雅，其实都是文学内容与形式对立统一而形成的内在形式，但二者是有等差的，意境更为深刻，内涵更为丰富，而古雅则较为形式化、大众化。境界是天才的创造，对鉴赏者的要求也很高，非凡人俗士所能窥见，而古雅则不忽略修辞，强调艺术家的学习和经营，是初学者学习和鉴赏的入门之径，也有利于普及和教化。

以境界为中心，王国维还有意识地借鉴西方文艺思想和美学理论，组织了一个有联系的概念系列：

> 有造境，有写境，此理想与写实二派之所由分。然二者颇难分别。因大诗人所造之境，必合乎自然，所写之境，亦必邻于理想故也。
>
> 有有我之境，有无我之境。“泪眼问花花不语，乱红飞过秋千去。”“可堪孤馆闭春寒，杜鹃声里斜阳暮。”有我之境也；“采菊东篱下，悠然见南山。”“寒波澹澹起，白鸟悠悠下。”无我之境也。有我之境，以我观物，故物皆著我之色彩；无我之境，以物观物，故不知何者为我，何者为物。古人为词，写有我之境者为多，然未始不能写无我之境，此在豪杰之士能自树立耳。
>
> 无我之境，人惟于静中得之。有我之境，于由动之静时得之。故一优美，一宏壮也。①

《人间词话》中提出的许多概念，如“造境”和“写境”、“有我之境”和“无我之境”等，都使“境界”说的内涵得以扩展。

王国维观点如钱基博所论，“辟奇论以砭往古，树新义而诏后生”，在现代中国美学中具有警人的现代意味。②王氏后来也自承，知识论与审美论是一对矛盾：“知其可信而不可爱，觉其可爱而不可信”。由于“意境”和“古雅”说遵循的正是这种矛盾的美学，所以强调以直观、形式的眼光去观照世界，在这个艺术的世界中直观和形式的内容居多。因此，尽管他也曾把“意境”和“境界”的内容规定为一种“真景物”“真感情”，是“性情真”“赤子之心者”观照世界的结晶，但正如他所认识到的，这种

---

①王国维著，周锡山注：《人间词话：汇编汇校汇评》，上海三联书店 2013 年版，第 12—32 页。

②《中国现代学术经典·钱基博卷·现代中国文学史》，河北教育出版社 1996 年版，第 342 页。

"意境"其实仍然是以主观之眼观照世界的结果。王国维的"境界"论突出地具有一种现代意味和品性，它要求突破旧俗的无病呻吟和文采伪饰，在作品贯注主体的气魄和品格，这与传统而日显僵化的其他诗话词话是很不相同的。

四、中国戏曲史的拓荒者

王国维的《宋元戏曲考》，将西方学术的逻辑、历史的眼光和清代考据学的传统结合起来，开拓了研究中国戏曲的新领域。这部著作完成于1912年。实际上从1908年开始，他即专注于研究戏曲史，发表了《曲录》(1908)、《戏曲考源》(1909)、《录鬼簿校注》(1909)、《优语录》(1909)、《唐宋大曲考》(1909)、《录曲余谈》(1910)和《古脚色考》(1911)等。

清末民初的启蒙思想家们对戏曲的作用推崇备至，但对戏曲的研究却十分薄弱。王国维在《静庵文集续编·自序二》中指出："余所以有志于戏曲者，又自有故。吾中国文学之最不振者，莫戏曲。若元之杂剧，明之传奇，存于今日者，尚以百数。其中文字虽有佳者，然其理想及结构，虽欲不谓至幼稚至拙劣，不可得也。国朝之作才，虽略有进步，然比诸西洋之名剧，相去尚不能以道里计。此余所以自忘不敏，而独有志于是也。"在中西比较的视野中，王国维隐然有振兴戏曲之意。但揆诸当时实际，中国文学传统历来轻视戏曲，绝少为戏曲家立传，也没有人研究。王国维痛切地指出：

> 独元人之曲，为时既近，托体稍卑，故两朝史志与《四库》集部，均不著于录；后世儒硕，皆鄙弃不复道。而为此学者，大率不学之徒，即有一二学子，以余力及此，亦未有能观其会通，窥其奥窔者。遂使一代之文献，郁堙沈晦者，且数百年，愚甚惑焉。①

王国维有志于此，所以开创了中国戏曲史的研究。《宋元戏曲考》的着眼点在宋元戏曲，并认为元代戏剧为高峰，同时又对上古至五代的戏曲渊源流变进行考察和论述。这样一项新开拓的领域，虽工作难度很大，但该著作材料翔实，校勘、辨伪、辑佚很见功力，考证精审，而创见迭出。

①王国维：《王国维文学论著三种》，商务印书馆2012年版，第46页。

《宋元戏曲考》思想方面的贡献在于王国维在序文中指出要做到的“观其会通，窥其奥窔”。所谓“观其会通”，即强调要有史识。王国维认为，戏曲是一种独立的、有历史传承的艺术样式：“我国戏剧，汉魏以来，与百戏合，至唐而分为歌舞戏及滑稽戏二种；宋时滑稽戏尤盛，又渐借歌舞以缘饰故事；于是向之歌舞戏，不以歌舞为主，而以故事为主，至元杂剧出而体制遂定。南戏出而变化更多，于是我国始有纯粹之戏曲；然其与百戏及滑稽戏之关系，亦非全绝。”戏曲之始是与巫的活动相联系的，唐代有歌舞剧和滑稽剧，但都属于歌舞剧，宋代始有纯粹演故事的戏剧，但其中穿插竞技游戏。真正在艺术上有独立意义的成熟的戏曲是从元杂剧开始的，因为此时“杂剧之为物，合动作、言语、歌唱三者而成”，这里提出中国古代戏曲是一种有情节的歌剧。这是很精辟的见解。

所谓“窥其奥窔”，就是能够从戏曲艺术作品中概括出这门艺术的特质。王国维指出：

> 元剧最佳之处，不在其思想结构，而在其文章。其文章之妙，亦一言以蔽之，曰：有意境而已矣。何以谓之有意境？曰：写情则沁人心脾，写景则在人耳目，述事则如其口出是也。古诗词之佳者，无不如是。元曲亦然。明以后其思想结构，尽有胜于前人者，唯意境则为元人所独擅。①

如同在《人间词话》一样，王国维坚持以意境来揭示元剧艺术的特质。但是，他也注意到戏剧兼有写景、抒情和述事之美。因此，在王国维看来，元曲有意境，其关键在于“自然”：

> 元曲之佳处何在？一言以蔽之，曰：自然而已矣。古今之大文学，无不以自然胜，而莫著于元曲。盖元剧之作者，其人均非有名位学问也；其作剧也，非有藏之名山，传之其人之意也。彼以意兴之所至为之，以自娱娱人。关目之拙劣，所不问也；思想之卑陋，所不讳也；人物之矛盾，所不顾也；彼但摹写其胸中之感想，与时代之情状，而真挚之理，与秀杰之气，时流露于其间。故谓元曲为中国最自

①王国维：《王国维文学论著三种》，商务印书馆2012年版，第134页。

然之文学，无不可也。①

王国维强调元曲虽用俗语，但亦可作“史家论史之资者不少”，而且也可供后世研究语言之用。这一段对元曲的评价文字，颇有锋芒，针对旧时正统文人的心态，显示出王国维学术的新锐和思想的开明。

第六节 章太炎

章太炎（1869—1936），名炳麟，字枚叔，一名绛，号太炎，浙江余姚人。早年从晚清大儒俞樾在杭州诂经精舍学习经学。向往维新派，任《时务报》撰述。戊戌政变后，与孙中山相识。1900 年以布衣学者倡言“排满革命”，1903 年撰写《驳康有为论革命书》，并为邹容《革命军》作序，强调革命舆论，震动中外。1906 年出狱赴日以后，章太炎凭其精深学术辅翼其革命宣传，以《民报》为阵地，与竭力鼓吹保皇立宪的梁启超进行思想与学术论战，名震内外。辛亥革命后，他一面周旋于政界，发表了大量的政论、文章、演说、宣言和通电，一面从事学术研究，开办各种国学讲习会，在学界被视为国学大师。著作宏富，刊入《章氏丛书》《章氏丛书续编》《章氏丛书三编》等。章氏文论思想可以看成清代朴学传统在清末民初时代的延续，其中有部分是针对当时以骈文、古文为文章正宗的思想，但更内聚着复杂而深厚的时代内容和学术内涵。大抵而言可概括为“文字为文”论、“文章雅俗”论和“文学复古”论。

一、“骈文为文”说与阮元、刘师培

清末民初，近代文化与文学发生剧烈变革与现代转型。什么是文？什么是文章？自古以来人们仿佛不证自明，但在西来文化的冲击下，各种传统观念进退失据，意见纷纭而莫衷一是。比如刘师培，他继承扬州学派家学，造诣深厚。作为文选学派在晚清的大师，他接过同乡先贤江苏仪征阮元鼓吹的“文言”说，推崇“骈文为文”。在清末民初的学界，这种观点

①王国维：《王国维文学论著三种》，商务印书馆 2012 年版，第 133 页。

有相当的影响力。①

阮元（1764—1849），字伯元，号芸台，江苏仪征人。乾隆四十五年（1780）进士，累官至体仁阁大学士。他提倡朴学，主编《经籍籑诂》，校刻《十三经注疏》，汇刻《皇清经解》，著有《揅经室集》。由于他身居显宦，历仕乾隆、嘉庆、道光三朝，《清史稿》称他“身历乾嘉文物鼎盛之时，主持风会数十年，海内学者奉为山斗焉”，所以学术上被誉为乾嘉学派强有力的殿军和总结者，扬州学派的中坚人物。生当桐城古文势力大盛的清代中叶，阮元研究六朝“文笔说”，著有《文言说》《书梁昭明太子文选序后》《与友人论古文书》等，大力倡导骈文，对当时以古文为正统的观念形成强劲冲击。阮元论文，认为“凡文者，在声为宫商，在色为翰藻”，“奇偶相生，音韵相和”，散行直达者是笔而不是文。在阮元看来，上古有文言之分，六朝有文笔之辨，所以不仅子史都是后出，不得谓“文”，而且凡不属声韵对偶、沉思翰藻者，皆不得谓“文”。所以，明人所称韩愈以来的唐宋八大古文家其实都不是古文的正统，不能算作“文”：

> 若夫昌黎肇作，皇李从风；欧阳自兴，苏王继轨；体既变而异今，文乃尊而称古。综其议论之作，并升荀孟之堂；核其叙事之辞，独步马班之室。……此沿子、史之正流，循经传以分轨也。（《四六丛话序》）
>
> 然则今人所作之古文，当名之为何？曰：凡说经讲学，皆经派也；传志记事，皆史派也；立意为宗，皆子派也；惟沉思翰藻，乃可名之为文也。非文者，尚不可名之为文，况名之为古文乎？（《书梁昭明太子文选序后》）②

阮元区分文笔，其实是要争立骈文“文统”，以反对唐宋八大家到桐城派的古文“文统”。阮元取消了唐宋以来的古文作为“文”的资格，对桐城派的否定是非常明显的。阮元的理论有明显的缝隙：《文心雕龙》论

①关于文选派阮元、刘师培文论思想的梳理，参见王风《刘师培文学观的学术资源与论争背景》和周勋初《黄侃〈文心雕龙札记〉的学术渊源》，载陈平原主编《中国文学研究现代化进程二篇》，北京大学出版社2002年版。

②吴宏一、叶庆炳编：《清代文学批评资料汇编》，成文出版社1978年版，第589、590页。

及文笔时以有韵无韵为界，不过是时论，而《文选序》的标准虽是“沉思”“翰藻”，但没有形式上的要求，更严重的是骈文本身并不一定押韵。但在阮元的影响下，清代苏南苏北地区文风很盛，出现过汪中、李兆洛、孔广森、洪亮吉等许多著名学者和骈文家。

刘师培（1884—1920），字申叔，号左庵，江苏仪征人。1903 年与章太炎等人结交，后加入光复会，任《警钟日报》主笔。1907 年赴日本任《民报》编辑，加入同盟会，后变节入两江总督端方幕。1915 年参加发起筹安会，拥护袁世凯称帝。1917 年受聘为北京大学教授。1919 年发起国故月刊社，任《国故月刊》总编。他对经学、小学及汉魏诗文皆有精深研究，擅长骈文，著述甚丰，著有《刘申叔先生遗书》等。阮元之后，骈文派虽一度声势大振，但仍不敌与清王朝相始终相表里的桐城派。此时刘师培重张先乡贤旧帜，仍然针对桐城派，但也隐指当时梁启超式“新文体”驰骋口说和演讲之辞。1905 年刘师培作《文说》《文章源始》，发挥阮元“文言说”，强调“骈文一体，实为文体之正宗”。利用自己深厚的小学修养，组织庞大的例证，分析“或抑扬以协律、或经纬以成章、或间句而协音、或隔章而转韵、或用韵不拘句末、或协声即在语端、或益助词用以足句、或谱古调以成音”之具为“句中之韵”，而“或掇双声之字、或采叠韵之词、或用重言、或用叠语”乃“字中之音”，并以《文心雕龙·声律》中“声不失序，音以律文”为证，说明“古人之文，可诵者文也，其不可诵者笔也”（《文说·和声篇》）。刘氏有意识地将刘勰有韵无韵的标准论证为可诵不可诵，以此为骈文和韵文建立了统一性。同时，刘师培强调，“饰”是文的基本属性，文有别于“言”与“语”。他在《文章原始》中说：“词之饰者，乃得而文，不饰词者，即不得为文。”在《论文杂记》也说：“盖‘文’训为‘饰’，乃英华外化，秩然有序之谓也。”《文说·耀采篇》云：

> 昔大《易》云：“道有变动故曰爻，爻有等故曰物，物相杂故曰文。”《考工》亦有言：“青与白谓之文，白与黑谓之章。”盖伏羲画卦，即判阴阳；隶数作数，始分奇偶。一阴一阳谓之道，一奇一偶谓之文。故刚柔相错，文之重于天者也；经纬天地，文之列于谥者也。三代之时，一字数用，凡礼乐法制，威仪言辞，古籍所载，咸谓之文。是则文也者，乃英华发外秩然有章之谓也。

1909年刘师培作《广阮氏〈文言说〉》援引载籍，考之文字，杂糅文学诸说："三代之时，凡可观可象，秩然有章者，咸谓之文。就事物言，则典籍为文，礼法为文，文字亦为文；就物象言，则光融者为文，华丽者亦为文"，申言"文章之必以彣彰为主"。同时推出"文辞异职"论，以巩固"饰"才是文的本义：

> ……就应对言，则直言为言，论难为语，修词者始为文。文也者，别乎鄙词俚语者也。《左传》曰："言之无文，行之不远。"又曰："非文辞不为功。"言语既然，则笔之于书，亦必象取错交，功施藻饰，始克被以文称。

在刘师培看来，"文"不同于"辞"，"辞"是口语，笔为文章则为散体，即所谓"古文"，而"文"必定是骈文，讲声律，讲文藻。

阮元论文的核心在"文言"，刘师培则富于独创性地建立了庞大的"文"的系统，"文"包括"礼乐法制、威仪言辞、古籍所载"的天地间的一切事物，因而只有符合"英华发外秩然有章"的"偶语韵词"才可称"文"。刘师培把阮元的"文言"纳入他所分析的"文"的统一性中，这为骈文乃"文章之正宗"提供了更有力的支持。刘师培同时受到西方把文学定为艺术之一种的观点的影响，认为非美文不足以言文，中国的美文就是骈文。在《中国中古文学史讲义》（1917）中，他强调指出，"俪文律诗为诸夏所独有，今与外域文学竞长，唯资斯体"，力图以回应西学而证明自己的观点。刘师培的这些提法遭到了另一位更为严谨的学者章太炎的反对。

二、"文字为文"论

章太炎以朴学路径循名责实，反对阮、刘"骈文为文"的观点。在《文学说例》（1902）中，章氏同样不满于桐城古文自认正统，因而宽假阮元之说，指出"俪体之用，古由意有殊条，辞须翕辟，孑句无施，势不可已"，因而"体若骈枝，语反简核"，"仪征推崇斯体，上溯文言，信哉其见之卓也"。但他指出，古来文章存在质言和文言之分，所有文章的根本在于"存质"，并不在文饰，而骈文之类的"文言"其实只是书面文的一种，不能以偏概全。1906年章太炎撰写《文学论略》①，明确“文”的指标是文字，“榷论文学，以文字为准，不以彣彰为准”：

> 文学者，以有文字著于竹帛，故谓之文。论其法式，谓之文学。凡文理、文字、文辞，皆言文。言其采色发扬谓之彣；以作乐有阕，施之笔札谓之章。《说文》云：“文，错画也，象交文。”“章，乐竟为一章。”……夫命其形质曰文，状其华美曰彣，指其起止曰章，道其素绚曰彰，凡彣者必皆成文；凡成文者不皆彣，是故榷论文学，以文字为准，不以彣彰为准。

在刘师培那里，“文”是“英华外发秩然有章”，而章太炎虽也承认有“彣彰”偏于文采绘饰的，但坚决反对将此与“文章”等同起来，而强调“彣”只是“文”的一种。在章太炎看来，只有“著于竹帛”的文字才可称作“文”。章氏认为，文字是区分书面文与口头语的根本标志，是文学得以确立和存在的基本指标。章氏认为，“文”之本义如同“绳线联贯谓之经，簿书记事谓之专（传），比竹成册谓之仑（论）”一样，都是“各从质以为之名”，“文”从载体和物质性得名，目的就是“以别文字与言语也”。在章太炎看来，语言文字“殊流”别构，功用各殊：

> 文字初兴，本代以声气，及其功用有胜于言者。言语仅成线耳，喻若空中鸟迹，甫见而形已逝，故一事一义得相联贯者，言语司之。及夫万类坌集，棼不可理，言语之用，有所不周，于是委之文字。文字之用，足以成面，故表谱图画之术兴焉，凡排比铺张，不可口说者，文字司之。

由语言而文字，由“吐言成章”到“文字代言”，进而口头创作与文墨辞章，“二者分流”，这是历史发展的趋势。因此，口头的东西还不算严格意义上的“文学”，而只有以文字写成，著于竹帛，才可能算文学。由此章氏形成了独特的文类体系。具体而言，文学分为“有句读文”和“无句读文”两大类：

---

①章太炎在1910年将该文以《文学总略》为题收入《国故论衡》。

<table>
<tr><td rowspan="16">文『以文字为准』</td><td rowspan="4" colspan="2">无句读文</td><td>地图</td><td rowspan="4" colspan="3">无兴会神味</td></tr>
<tr><td>表谱</td></tr>
<tr><td>簿录</td></tr>
<tr><td>算草</td></tr>
<tr><td rowspan="12">成句读文</td><td rowspan="6">无韵之文</td><td>典章</td><td>比类知源</td><td rowspan="4">可感人，
可不感人</td><td rowspan="12">有兴会神味，又称『文辞』</td></tr>
<tr><td>公牍</td><td>便俗致用</td></tr>
<tr><td>历史</td><td>确尽事状</td></tr>
<tr><td>学说</td><td>浚发思想</td></tr>
<tr><td>杂文</td><td rowspan="8" colspan="2">以感人为主，
有不感人者</td></tr>
<tr><td>小说</td></tr>
<tr><td rowspan="6">有韵之文</td><td>词曲</td></tr>
<tr><td>古今体诗</td></tr>
<tr><td>箴铭</td></tr>
<tr><td>哀诔</td></tr>
<tr><td>赋颂</td></tr>
<tr><td>占繇</td></tr>
</table>

无句读文包括图书、表谱、簿录和算草，成句读文可分为有韵文和无韵文，而有韵文包括赋颂、哀诔、箴铭、古今体诗、词曲和占繇等，无韵文则包括小说、杂文、学说、历史、公牍和典章。成句读文大都有兴会神味，有韵文和小说、杂文以感人为主，亦有不感人者，而学说、历史、公牍和典章可感人，可不感人。因此，章太炎的结论和理论推演是对阮、刘的“文”“辞”不同论的直接反驳，不仅“经”“子”“史”皆可以称为“文”，骈文和散文都可以称为文，而且有一个超出刘师培理论极限的问题，不仅“有句读文”可以称为“文”，而且还存在一个没有语言属性的“无句读文”，如图书、表谱、簿录和算草，亦可以称“文”。

章氏对文学的界说影响很大，“五四”新文学运动前后，仍为谢无量在1918年出版的《中国大文学史》采用。在这种界说中，章太炎继承清代朴学实事求是的精神，并将传统“小学”发挥到现代“语言文字之学”的高度，在学理上深刻地揭示了文化本身的即物性和符号性，而“文学总略”说显然是一种从逻辑定义的角度对汉语文学传统的全面总结，它强调“汉字”对汉语文、文学和民族文化的重大意义，突出文字在文化中的基础性内涵。

值得注意的是，章氏论文着重以语言文字之学为根本基础和基本维度。晚清以来，西方现代社会学、人类学、逻辑学与文化学开始进入中国，受外来思路的刺激和滋养，章氏倡立“语言文字之学”，提出大量有关语言、文字与文化发生发展的理论课题，并建立由文字起源以阐明思维发展和由文字孳乳以阐明历史发展的理论。①在章氏看来，传统小学可以发展为“语言文字之学”，必须使“语言文字之学”真正成为“一切学问之单位之学”（《语言文字之学》，1906），“语文学”对“群学”（相当于现在的社会学）、“名学”（逻辑学）、“史学”（历史学）乃至“文学”（文学之学）都具有极为重要的基础性意义。他强调，语言是一切学问的基础：“盖学问以语言为本质，故音韵训诂，其管籥也；以真理为归宿，故周、秦诸子，其堂奥也。”（《致国粹学报社书》）在章氏看来，语文事实上是一切学问的根本和素质，只有“以语言为本质”，才能够“以真理为归宿”，以“小学”和语文为基础去治理其他学问，能够“推寻故言，得其经脉”，追溯语源、解说名物、正名求实，从而重新审核前人留下的种种观念，重新去探讨“名相”的即物性和真实性。正是从这种语言文字之学的视角，在重温历史和借鉴西学的基础上，章太炎得以从民族语文现代化的高度，对传统语文、文章文学和民族文化展开批判性反思。

三、文章雅俗论

清末民初，传统崩乱，各种学说纷纭，各类文学并起，一切价值有待重估。章太炎独出机杼，推出自成系统的文学“雅俗论”。在章太炎看来，文学要讲雅俗，求“雅”就是为文要讲“轨则”。其《文学论略》云：

---

①《国故论衡》中的《语言缘起说》篇追溯语言发生时的原始状况，《转注假借说》篇试图阐明文字依赖语言而发展的基本规律，《原名》篇则综合东西“名学”（包括西方“名学”、荀学、墨学和因明学）而超越形式逻辑学，讨论从感觉之“受”到表象之“想”再到判断之“思”的思维逻辑，等等。侯外庐因此认为章氏“语言文字之学”其实是一种“语文逻辑学”，“亦是他所谓近代的科学所趣”，具有非常独到的现代科学精神和思想深度。参见侯外庐：《章太炎的科学成就及其对公羊学的批判》，载《章太炎生平与学术》，三联书店 1988 年版，第 125、131 页。

先求训诂，句分字析，而后敢造词也。先辨体裁，引绳切墨，而后敢放言也。

工拙者系乎才调，雅俗者存乎轨则。轨则之不知，虽有才调而无足贵。是故俗而工者，无宁雅而拙也。

章氏认为，一切文章都有“自性”（即规律），自有“法式”和“雅俗”，但观其会通，所有文章都有基础的“文字性”，这种“文字性”强调文章和文学的根本功能，即书契记事，形诸文字。因此，凡“文”必须以质实性和直接性为基础，在此基础上方可衍生出其他属性如艺术性和审美性等。也就是说，要在不以文害辞、以辞害意的前提下，讲求装饰性和蕴藉性，以期达到“文质彬彬”。因此，章太炎认为，文章必须出乎真知实见和真情实感，入门要正，强调履绳蹈墨，反对浮言壮词、曼衍缭绕。在此立意上，他竭力推崇晚周和魏晋之文：

魏、晋之文，大体皆埤于汉，独持论仿佛晚周。气体虽异，要其守己有度，伐人有序，和理在中，孚尹旁达，可以为百世师矣。然今世能者，多言规摹晋、宋，惟汪中说《周官》《明堂》诸篇，类似礼家；阮元已不相逮。至于甄辨性道，极论空有，概乎其未有闻焉。典礼之学，近世有余；名理之言，近世最短。（《国故论衡·论式》）

在章氏看来，魏晋文章几乎重现了诸子百家争鸣，何晏、王弼、郭象等人“甄辨性道，极论空有”，文章达到了前所未有的高度，而阮籍、嵇康、裴頠等人的辩驳文章则“守己有度，伐人有序，和理在中，孚尹旁达”，自有光华而直截无蔽。这些文章几乎“可以为百世师矣”，是学习的典范。追其根本，魏晋文章的魅力在于不仅“擅其学”而且善于“持理议礼”。所谓“持理议礼”，就是在学问的基础上，根据判断和推理去探论思想、理论和现实问题。以此为标准，章太炎对唐宋以降文风尖锐批评：

自唐以降，缀文者在彼不在此，观其流势，洋洋洒洒，即实不过数语。又其持论不本名家，外方陷敌，内则亦以自偾，惟刘秩、沈既济、杜佑，差无盈辞。持理者，独刘、柳论天为胜，其余并广居自恣

之言也。宋又愈不及唐者，济以哗愧。(《国故论衡·论式》)

章太炎认为，唐宋以降，文人作文不先求文字功底，不辨体裁，仅以运气为主，以奇制胜，却反称“古文”；好以单篇散文议论名理，但持论却“不本名家”“广居自恣之言”，所以议论空泛，缠绵无物。这样看来，章氏重辨“雅俗”，其现实用意仍在对清末民初文学界的种种“诡雅异俗”现象和浮夸文风的针砭。严复引介西学，思想新锐，但以古文运笔，在谨饬中流露出制举气味，章氏形容为“曳行作姿”。对林纾的批评更为尖刻，“物其体势，视若蔽尘，笑若齵齿，行若曲肩，自以为妍，而只益其丑”。在他看来，林氏以古文“笔法”译述西来小说，少有甄别又“辞无涓选”，雅俗错位；奉小说为文章正宗，“作意好奇”，无根而为雅；自比史迁韩愈，空言气势声调，用评点术大言古文之道，至俗而自命为雅。林纾文章与文论既不能雅，又不能俗，实为“诡雅异俗”。章太炎的批判别出蹊径，有着非凡的战斗力，对“五四”时期如钱玄同、胡适、鲁迅、周作人等人对古文的抨击有着重大的启发作用。

值得注意的是，章太炎强调“轨则”、师法魏晋、积极求雅的文学主张，与当时经世化的风潮和通俗化的现代大趋势，其实存在紧张关系。对此章氏本人也有清醒的认识。维新变法失败后，章太炎的立场迅速趋向革命排满，革命宣传的实际需要与文学存真求雅之间出现紧张关系。1903 年邹容写成《革命军》一书，章太炎欣然为其作《革命军·序》，充分肯定邹的文章，检讨长期以来革命者以俗为耻、避俗求雅的错误。革命志士“恳恳必以逐满为职志”，但由于“文墨议论又往往务为蕴藉，不欲以跳踉搏跃言之”，结果导致世人“勿为动容”。由此章氏指出，宣传文章不必刻意求雅，不必考虑词藻，必须“辞多恣肆，无所回避”，“要叫咷恣言”，具有革命气魄，这样才能“震以雷霆之声”，唤醒一般民众，产生巨大的社会效果。

文学有“自性”，“虽致用不足尚，虽无用不足卑”，但如何解决“文”的自性存真与现实利用这个矛盾呢？章氏的正面主张是“文不避俗”。1910 年章太炎在东京主编《教育今语杂志》，创刊号《教育今语杂志章程》，标明宗旨在于“本杂志以保存国故，振兴学艺，提倡平民普及教育为宗旨”，“凡诸撰述，悉演以语言，期农夫野人，皆可了解。所陈诸义，均由浅入深”，力图把宣传革命、普及历史和文字教育融为一体。所谓“今语”即以白话文行文，其用意便在通俗行远，便俗致用。追求“便俗致用”，又何以言“雅”呢？在章氏看来，“便俗致用”并不妨碍文学自有“雅俗”和“轨则”，通俗文章做得好，最重要的就是言之有物，“存质”而“合格”。而存质合格的“公牍”（包括诏诰、奏议、文移、批判、告示、诉状、录供、履历、契约等）总比那些矫揉造作的“诡雅异俗”之文好。其《与友人论文书》云：

> ……徒论辞气，大上则雅，其次犹贵俗耳。俗者土地所生，婚姻丧纪所行也，非猥鄙之谓。……夫以俗为缦白，雅乃继起，施以章采，故文质不相畔。世有辞言袭常，而不善故训，不綦文理，不致隆高者，然亦自有友纪，窕儇侧媚之辞，薄之则必在绳之外矣，是能俗者也。

俗并不是低劣奇伪的东西，它与“风”互用，原指地方风土山川和语言音声，指各地自然生就、约定俗成的风俗习惯。俗者乃是土生土长的日常语言，本于百姓欲念和愿望，天下之大必有差异，所谓“百里不同风，千里不同俗”。因此必须对它保持尊敬和戒惧，即使是士人也不能以精粹和理智来贬“俗”的合理性和基础性。就文章而言，以小学为基础，行文中规中矩，浑然天成又具有创造性，所谓“文质彬彬”者，可以称为“尽雅”，这显然是理想状态；“俗”则在功能上能遵从土俗和时势，虽无文却极朴质，语词与意念相合，自有门径而没有滞碍，也能摒弃“窕儇侧媚之辞”，这就叫做“能俗”“尽俗”，亦即“通俗”。在“雅”的文字文化与“俗”的民间文化之间，“尽俗”能够确保纯洁质素，“尽雅”好比在纯洁质素上加上最合适的文采。如果能在“俗”的基础上，再加以适当的精炼和修饰，所谓“以俗为缦白，雅乃继起，施以章采，故文质不相畔”，这便是“雅”，是文章的最高境界。章氏既坚持以语文核定“雅俗”的基本原则，又根据整体文化和现实斗争的具体情况灵活调适。在这里，精英写作的书面文化与民间流传的通俗文化被平等看待，既承认两者的互动，又强调“二者殊流”。这种平视雅俗的思路是“五四”新文化运动崛起的内在思想依据，只不过“五四”学人以西方为模范的“以俗为雅”更为激进化而已。

四、文学复古论

“文学复古”一词，最早见于1906年章太炎从上海出狱后赴日在东京留学生欢迎会上的长篇演讲，后来又屡见于其他鼓吹革命的文章：

……由我们看去，自然本种的文辞，方为优美。可惜小学日衰，文辞也不成个样子，若是提倡小学，能够达到文学复古的时候，这爱国保种的力量，不由你不伟大的。(《东京留学生欢迎会演说辞》)

夫讲学者之嫌于武事，非独汉学为然。今以中国民籍，量其多少，则识字知文法者，无过百分之二；讲汉学者，于此二分，又千分之一耳。且反古复始，人心所同，裂冠毁冕之既久，而得此数公者，追姬汉之旧章，寻绎东夏之成事，乃实见犬羊殊族，非我亲昵。彼意大利之中兴，且以文学复古为之前导，汉学亦然，其于种族，固有益无损已。(《革命之道德》)

章氏相信，只要通过包括小学和文辞等在内的文化领域内的努力创造，可以达成“文学复古”，实现民族的复兴，因为“彼意大利之中兴，且以文学复古为之前导”。所以所谓“文学复古”，是参照意大利“文学复古”（今通译“文艺复兴”）而提出的，其用意在文化和文学领域内“以复古为革新”。

“文学复古”论则是在民族文学与文化遭西学冲击渐趋崩溃情况下的救赎方案。主要包括两方面的内容。一方面要在文学文辞上要求对传统文章习气进行改造和变革，“斫雕存朴”，存质求真。所谓斫雕存朴，就是在各体文章都有自性、都有“轨则”的基础上，摒弃浮夸和藻饰的文风，这就是穷而返本，回复到“故训求是之文”的道路。章太炎认为，今人作文的流弊在于一味强调“文辞”，所以往往大量运用表象，导致“渐离其质”，而古人作文往往以小学为基础，追求“故训求是”，所以“语本直核”，虽文体各异，虽“师法义例，容有周疏”，但都“彧然信美”，这才是真正的文辞。以此为标准，章氏激烈地批判宋元以下文学步步走向堕落，认为它们不以“小学”为本，而以“通借”为尚：

至乎六书本义，废置已夙，经籍仍用，通借为多。舍借用真，兹为复始，其与好书通用，正负不同。瞢者不睹字例之条，一切訾以难字，非其例矣。……必当采用故言，然后义无遗缺。野者不闻正名之旨，一切訾之藻缋，非其例矣。知《尔雅》之为近正，明民之以共财，奇恒今古，视若游尘，取舍不同，惟其吊当。斯则华士謏闻，鄙夫玩习，其皆有所底止乎？(《检论·订文·附正名杂义》)

许多华士鄙夫自己不能掌握字例和本义，却反诬字例为难，导致作文以“藻缋”为“正名”。正是在“舍借用真，兹为复始”的思路中，章太炎强调“必当采用故言”，“使义无遗缺”，从而使天下百姓了解民族文化的财富，写文章都能做到恰当地取舍文辞，准确地表情达意。

另一方面要在语文体系方面勇于解剖，复兴小学，为此，章氏甚至提出“先小学而后文章”的激烈主张。所谓勇于“解剖”，就是要对中国语文体系进行激活、革新和改造，以适应现代文化科学化、理性化的要求。《馗书·订文》指出，当代世界最为发达的语言应数英语，“今英语最数，无虑六万言，言各成义，不相陵越。东、西之书契，莫繁是者，故足以表西海”。相比之下，中国语言文字的发展大为落后。南宋以来，中国语言文字日益萎缩和僵化，已经导致“政令逡巡以日废”。在近代，“与异域互高互市，械器日更，志念之新者日蘖”，中国古老的语言文字再若停滞不前，那势必引发严重后果。因此，他呼吁创造大量新的词汇，使汉字有大发展，以适应和满足现代需要：“孟晋之后王，必修述文字。其形色志念，故有其名，今不能举者，循而摭之；故无其名，今匮于用者，则自我作之。”章氏呼唤民族文字的发展和创造，其文化进步的措意由斯可见。因此他立意反叛，大声疾呼，要打破自诩为“天然之完具”的旧文辞和唐宋以来正统文学“文辞完具”的鬼话；只有经过语文改革和文辞创新，才能锻造出新文辞，文学才能回到刚健清明、朴质名理的轨道上来：

> 顾彼所谓完具者安在耶？金之出矿必杂沙，玉之在璞必衔石，炼鈃攻斫，必更数周，而后为黄流之勺，终葵之圭。夫如是，则完具之名器，非先以破碎，弗能就也。破碎而后完具，斯真完具尔。任天产之完具，而以破碎为戒，则必以杂沙之金、衔石之玉为巨宝也。（《文学说例》）

由此可见，章太炎提倡“文学复古”，实则是“以复古为革新”，要求对民族语文体系和文学文化进行革新和改造。他企盼通过“提倡小学”以求“文学复古”，使民族语文能更准确地体现中国人的思想和精神，他企盼一种民族语文与民族“神思”之间水乳交融而又互相精进的、真正的“言文一致”的状态。这自然是一种理想状态。他要求改革民族语文体系，反叛正统文辞，反映了当时文化界、知识界的革新潮流，具有一定的现实性。

与理论主张相辅而行，章太炎提出许多积极可行的改革措施。比如在《驳中国用万国新说》（1908）中，他反对那种要求废除汉语和汉字的文化虚无主义主张，提出以汉字为中心和本柢的语文改革思路。其中，简化汉字、制定注音、推广国语的思路和主张在后来的民国政府和新中国政府得到具体的贯彻和深化，促进了中华文化从传统向现代方向的发展。

从整体上看，章太炎在“文”概念上的辨析，以“轨则”定雅俗的思想，内聚革命内涵的“文学复古”说，在当时有相当的影响。这种紧张激烈而充满内在矛盾的文学思想，突出地表现出从古典向现代的过渡状态，而且对当时的古文“载道”说、桐城“义法”说和“骈文正宗”说，以及当时声势大振的“文学功利论”的经世文潮也是一种必要的祛魅，从学理而言，也是有其积极意义的。至于章太炎的平视雅俗、主张解剖语文、鼓吹“持理议礼”的思路更是“五四”时期新文化、新文学运动崛起的内在思想依据。章氏文学思想的革命内涵及其与“五四”的内在关联不可小觑。①

①钱玄同在“五四”新文化运动以前，提倡写真正的古文古字，到“五四”新文化运动期间一转为推崇白话和“白话文”，从追求“言文一致”的一个极端走到了另一个极端。钱玄同的语文和文学思想其实坚持的是章太炎追求的革命理想，即在语文根柢上坚持“得了这古今一致，言文一致之说”。个中因缘如钱氏自承：“章先生于一九〇八年，著了一部《新方言》。他说：‘考中国各地方言，多与古语相合。那么古代的话，就是现代的话，现在所谓古文，倒不是真古，不如把古语代替所谓古文，反能古今一致，言文一致。’这在现在看，虽然觉得他的话不能通行，然而我得了这‘古今一体，言文一致’之说，便绝不敢轻视现代的白话文。从此便种下了后来提倡白话之根。民国元年（1912 年）一月，章先生在浙江教育会上演说，他曾说过：教育部对于小学校删除读经，固然很对，但外国语修身亦应删去。历史宜注意。将来语言统一以后，小学教科书，不妨用白话来编。我对白话文的主张，实在植根于那个时候，大都是受太炎先生的影响。”（参见熊梦飞：《记录玄同先生语文问题的讲话》，载《文化与教育》第 27 期）可以说，正是在章太炎历时性与共时性浑然一体的独特“言文一致”观念中，钱玄同读取了“古今一致、言文一致”之说，并使之成为他提倡白话文的基础。参见任访秋主编：《中国近代文学史》，河南大学出版社 1988 年版，第 360—361 页；［日］木山英雄：《“文学复古”与“文学革命”》，载《学人》第 10 辑，江苏文艺出版社 1996 年版。

第九章 // 现代的文论发展

中国现代文论在延续近代文论诸多问题意识和思想话语的基础上，确实开启了中国文论史完全不同的阶段。中国现代文论主流以个人主义方法将文学视为自我表达、社会参与、人生塑造、文化启蒙、自由意志、现实批判、永恒人性以及审美独立等的重要领域，与此相应的集体主义方法论则将阶级批判、民族精神、国家意志、社会整合、国民认同、大众解放等方面的表现或者塑造作为文学的使命，从而构成了中国现代文论复杂的冲突、对话、批判、融合、对抗等关系，也形成了中国文学史上从未有过的思想争鸣和话语张力。然而，如同中国现代历史、中国现代文学史的过程与性质存在诸多争议一样，人们认为中国现代文论也具有多个起点和多种性质判断。无论是将中国现代文论的起点设定在 19 世纪晚期还是 20 世纪早期抑或是新文化运动之时，无论是人们将现代文论视为激进主义的还是多元主义的，存在这种起点与性质的争议自然具有其合理性。因为审视中国现代文论历史毕竟具有非常多的角度，影响中国现代文论的力量非常复杂，而中国现代文论的场域更是错综纷纭，所以人们很难就中国现代文论的起点和性质形成统一的认识。但考虑到诸多常识性意见和其他原因，我们这里把新文化运动视为中国现代文论产生的起始点，由此将现代文论过程分为 1917—1926 年、1927—1936 年、1937—1949 年三个阶段，以考察中国现代文论历史中的生产机制、问题意识、话语创造与结构性关系等方面的变化。

第一节　概　述

考察中国现代文论的历史过程，比较中国传统文论，人们不得不惊讶于一点，那就是这一时期的中国文论引入、创造了大量的话语来分析、批评、诊断文学，从而创造了中国文学史上少有的思想活跃期和话语丰富期。概而言之，中国现代文学理论因其所面对、所要思考、所要解决的传统中国与现代中国、外来影响与本土资源、政治要求与文化思考、不同文化思想流派等之间关系而产生的问题，从而表现出颇为突出的争议性和丰富性。无政府主义、自由主义、马克思主义、民族主义、古典主义、人文主义、启蒙主义、传统儒学与新儒学、佛学、国家主义、三民主义、保守主义、文化主义、非理性主义、新村主义、实用主义、存在主义、审美论等各种思想都出现在中国文学思想建构之中，并对文学提出自己的要求、发现其视域中独特的问题，进而提出规范性理解。当然，现代文学思想的活跃在整个现代历史过程中也因为不同时期的历史语境、历史力量、文学思想的言说者以及思想资源等方面的不同而不同。

一、现代思想视域中传统文论的问题化

就1917—1926年代的文学思考而言，传统与现代关系问题无疑是他们所面对的最直接的、也是最急迫的问题。如同传统社会中王朝更替不会对社会、文化、社会集体心理意识产生过于强大的影响一样，共和革命所产生的影响也在比较有限、或者更准确地说主要在政治和社会上层中有较大影响，上层能够利用自己的资源和文化话语权将共和革命转化为自己的政治与社会统治；共和革命之后的地方精英不少是传统文化的主张者，传统文化也有助于支持他们的统治，由此导致了传统文化与共和革命之后各种政治力量之间复杂的共谋关系。“五四”一代的启蒙知识分子大多或者是在共和革命之后的社会与政治中相对边缘的人物，或者是接受海外教育而深切地感受到传统文化与社会、政治之间的密切关系造成的中国变化之困境的人，或者是现代教育之下的年轻人，他们对传统文化、社会、政治在共和政治之中的关系比较敏感，再加上他们大多认为法国、日本等国现代化的主要原因在于文化先行发生的变化，因此，“五四”时期的启蒙知识

分子就将传统文化作为批判和革命的对象，希望通过对传统文化的批判以促进社会的重建和共和政治的真正实现。重要的是，这些知识分子进行的传统批判既不是从传统寻找批判资源，如晚清从子学、公羊学、佛学等寻找文化批判的资源，也不是对传统文化中的某一部分展开批判，如晚清末年的“中体西用”，而是从多种来自西方的思想文化出发对传统展开整体性、根本性、彻底性的批判，从而将传统与现代、中学与西学的冲突关系激进化。

在这种思考中，“五四”启蒙知识分子首先将此前被人们认为是正当的、自然的、甚至是天理的思想问题化，将诸多文学现象、文学观念问题化。中国传统文学中，道、君臣、家族、礼教、天理等都是具有自然正当性的概念和社会关系，并不成为问题，但启蒙知识分子都将这些概念及其社会规范性意义加以问题化，强调它们造成了人们的蒙昧和中国社会的各种专制，压制了个人的自由、独立思考、尊严和生命。尽管传统文学语言在清末已经被一些思想家视为问题，但基本没有撼动文言在文学领域中的地位，“五四”启蒙知识分子则从现实主义角度质询文言脱离时代氛围和时代的需要、不能传达人们真切的思想情感和真实的认识、不适合反映人们与世界真实遭遇的体验、更无法建立人们与社会之间的现实关系，而将文言问题化。传统中国的士人文化、科举制度与文官制度等决定了中国文学中诗歌和散文的中心地位，也决定了小说相对较低的地位，“五四”启蒙思想家们看到了文体与传统文化、传统社会结构之间的关系，并将文体的文化的、社会的结构关系问题化，进而从根本上瓦解了传统诗歌、散文在文学领域中的地位。“五四”启蒙知识分子自然非常不满传统文学，尤其是明清时代所形成的文学复古之传统，极力指责这种传统造成了文学的抄袭、闭门造车、阿谀虚伪、奴性等，进而造成了国民性、社会、政治等方面的黑暗蒙昧。由此，启蒙知识分子也指责传统文学只是贵族的、等级的、欺骗的、游戏的、无病呻吟的、个人穷通的、死的东西，而无关乎社会和活生生的人生。因而，“五四”启蒙知识分子虽然在一定程度上或者肯定了传统的白话文学，或者肯定了传统中一次次变革文学，但他们总体上是通过家族批判、礼教批判、语言批判、文体批判、复古批判以及内容批判等，从总体上否定了中国传统文学的主流，进而彻底否定了革命、共和时代传统文学的价值。

“五四”启蒙知识分子之所以能将传统文学问题化，之所以能将家族、礼教、文以载道、文言等概念提出来，并作为传统文学的基本范畴而对之加以批判，就是在于他们从传统之外的思想文化中引入了大量新的思想、概念，并以之建构了自己的文学理论。胡适提出文学改良、白话文学、“国语的文学、文学的国语”等思想，通过将语言与国家、历史、进化、活的文学和死的文学、生命、思想、情感等概念联系起来，论证了语言、文学之间的关系以及它们与一个人真实的生存感受、时代的关系，也论证了它们与一个民族、一个国家的文明发展的关系。这些关于语言、文学、文化等思想所带来的是关于文学创作、文学批评、文学史建构、文学与现实关系、文学与受众关系、文学体裁以及现代文学与传统文学及传统文化关系的整体变化。当陈独秀提出“文学革命论”时，他将独立自主、抒情写实、宇宙、人生、社会、革命、贵族文学、时代精神、社会文学、国民文学、写实文学、黑暗、文学革命、文以载道、师古等概念引入到文学思想之中，并通过这些概念在文学与社会、政治、革命之间建立起完整的理论关系，以此理论作为根据而将中国传统文学主流与现代社会、政治、精神建设所需要的文学以及传统文学主流与其革命性的部分加以区别，主张以革命方式实现文学的现代性。当周作人提出“人的文学”“平民文学”等思想时，他将人、非人、人的发现、生活本能、动物进化、身体、个人主义的人间本位主义、平民、普遍的思想与事情、真挚的思想与事情、人生共同的人类的命运等概念运用于文学思想之中，从个人主义、人间、普遍性、本能、进化等角度批判传统文学对人的扭曲，以促进文学既要落实到人的时间性之中，也要表现人生的普遍性，提倡文学要有助于个人的发现与自由。当文学研究会提出“将文艺当作高兴时的游戏或失意时的消遣的时候，现在已经过去了。我们相信文学是一种工作，而且又是于人生很切要的一种工作；治文学的人也当以这事为他终身的事业，正同劳农一样”,[①] 就不仅是提出了文学内容关乎创作者和普通人的人生观，更是改变了文学作为形式、作为“文以载道”的工具等的局面，将文学带回到社会、人生等世俗存在之中，而且提出了治文学可以作为人生很重要的工作，从而从现代性工作伦理以及现代社会分工、职业化等角度肯定了文学的社会存在根据。当创造社诸人将自我、个人、冲动、表现、天才、主观、生命、情感，直觉、灵感、内心、真和爱、无目的性、全与美、艺术

①《文学研究会宣言》,《小说月报》第十二卷第1期。

的功利主义、创造等一系列话语带入文学领域时，无疑重构了文学思想话语。“五四”启蒙知识分子以传统与现代的对立来思考文学也激起了一些知识分子的强烈反应与批判。不考虑对某一现代文学理论的针对性批判，而从批判者对启蒙知识分子现代文学思想的总体性批判着眼，大体上可以将这些批判分成三类。一类是以林纾为代表的传统知识分子，以理、道、孔教、古文、文法、文气、章法、义法、伦常等概念构成自己的文学思想，在强调主流文学传统的同时，也指责启蒙主义知识分子之主张无论在审美还是伦理方面都缺乏价值。一类是章太炎等人，他们从清代朴学、国粹论、革命、诸子学、种族文化以及传统文学史等出发，在系统梳理中国文学思想传统的基础上，提出了“文学者，以有文字著于竹帛，故谓之文；论其法式，谓之文学”，“文章者，礼乐之殊称矣。其后转移，施于篇”，以及以质和情为主的文学规范性要求，强调“修辞立其诚也，自诸辞赋以外，华而近组则灭质，辩而妄断则失情。远于立诚之齐者，斯皆下情所欲弃捐，固不在奇偶数。徒论辞气，太上则雅，其次犹贵俗耳。俗者，谓土地所生习，婚姻丧纪，旧所行也，非猥鄙之谓”。章太炎等人的文学观念既对林纾、严复等人的文学观念展开批判，对中国文学传统进行新的梳理，开拓了在桐城派和阮元等主张的韵文之外的文学空间，也对新文学所理解的审美之问题构成质疑。尽管章太炎等人的观念是从传统文化和传统文学之中生发出来的，但其观念并不只是对传统文学的辩护，而是以详细的历史资料与深刻的反思精神，从文学之历史运用角度建构文学思想，具有超越新旧两派文学观念简单对立的特点。第三类启蒙主义文学思想批判者则是以《甲寅》和《学衡》两杂志为代表的知识分子。章士钊从文化的民族性、地域性、传承性的角度批判启蒙知识分子将西方文化普遍性运用到对传统文学的批判之中，指出“凡一民族，善守其历代相传之特性，适应与接之环境，曲迎时期的之精神，各本其性情之所近，嗜好之所安，力能之所及，孜孜为之，大小精粗，俱得一体，而于典章文物，内学外艺，为其代表人物所树立布达者，悉呈一种欢乐雍容情文并茂之观，斯为文化”。①《学衡》的吴宓、梅光迪、胡先骕等人认为语言文字与文学是分离的，“文学自文学，文字自文字，文字仅取其达意，文学则必达意之

①章士钊：《评新文化运动》，《中国新文学大系·文学论争集》（影印本），上海文艺出版社 2003 年版，第 196 页。

外，有结构，有照应，有点缀。而字句之间，有修饰，有锻炼”，并在此基础上批判胡适等人的白话文学观念。他们也从人文主义思想出发，强调以理性严谨、广博研究、务求真理、同情尊重的态度对待历史和文化，提出“人之异于物者，以其有思想之历史，而前人之著作，即后人之遗产。……非既能创造，则昔人之创造，便可唾弃之也。”①《学衡》诸人从文化和文学的民族性、历史性、经典性、人文性等角度理解文学及其传统，从而提出文学得传统文学之精华、应时代之趋势而创造新文学的观念，以反对启蒙主义知识分子在传统与现代之间对立的思想。

二、自我反思与多元的现代文论

应该说，1927—1936 年间知识分子的一些文学思考在 1924 年前后已经成为文学的话题，如关于文学与阶级、文学与政治关系、文学与革命等方面的问题，但因为这一时期政治介入文学的广度、强度以及力度等还没有达到将文学政治化的程度，而且这一时期文学政治也没有引起政治的足够注意，故文学与政治关系的讨论没有充分激荡文学和政治两个领域。1927—1936 年间文化和文学领域成为文化政治和政治文化角逐的阵地之一，自然也就将大量政治话语带入到文学思想领域，进而从根本上破坏了“五四”时期的启蒙知识分子文学思想本来就比较脆弱的话语共同体，将现代知识分子文学思想之间的分歧、矛盾等彻底展示出来。

首先，一些知识分子运用唯物辩证法的分析方法来分析中国社会、阶级意识和文学之间的关系。他们将资本主义、帝国主义、解放运动、阶级意识、农工大众、无产阶级、革命、斗争、民族资产阶级、封建主义、世界革命等概念运用到中国社会分析和历史发展趋势的分析之中，认为中国社会存在激烈的阶级冲突，这些阶级之间构成了反动与进步的关系。他们判断“在国际上，中国处于帝国主义最严酷的压迫下；在国内，军阀与反动的封建资产阶级勾结帝国主义，肆行对于劳动群众的虐待与剥削，同时革命的浪潮日渐飞涨，所谓革命的运动不但是政治的，而且有经济制度改造的意义。中国的被压迫群众不但要求民族的自由，民权的建设，而且要求经济的解放……在这一种社会生活中，不但有残酷的压迫、弱者的哀吟、愚者的醉生梦死、怯者的退后以及种种黑暗的阴影，而且有光荣的奋斗、强者的高歌、勇者的向前以及一切令人震动的热情、呼声、壮烈的行

①胡先骕：《中国文学改良论（上）》，《东方杂志》1919 年 3 月第十六卷第 3 号。

为。我们不但可以观出现代中国社会生活之无希望的、陈腐的、反动的、旧的、坏的方面来，而且可以寻出有希望的、进步的、新的、康健的原素，并且照大局看来，这种原素将要为产生新中国的根源。”①

基于这样的社会与历史分析，他们自然不会像启蒙主义知识分子那样视文学为表现普遍人性及批判人性被扭曲的文化，也不会像人文主义那样将文学的标准设定为体现民族文化和精神之积淀的经典，而是将文学活动作为政治活动的一部分，视为阶级性的政治实践，文学家们总是无意有意地在创作中体现其阶级立场、阶级意识并发挥某种政治作用。他们自然也会采取进步主义作为自己这一阶段活动历史意义的理论根据，只是他们的进步主义不是建立在关于人的自由、科学、理性、平等、独立、民主、权利等概念之上，而是建立在阶级斗争、历史等为中心的概念之上，所以，他们认为文学家如果要成为社会进步的力量，就需要从阶级意识、生活方式、创作方法、创作题材、文体形式、文学语言等方面进行无产阶级化和革命化的改造，以正确地表现农工大众的命运、历史主体性、集体政治以及阶级革命的历史前途等。这意味着文学的本质在于其意识形态性，“普洛文学，第一就是意特渥洛奇的艺术。所以，在制作大众化文学之前，我们先该把握明确的普洛列塔利亚观念形态。这种观念形态，就是一切宣传鼓动和暴露文学的动力。在这种普洛列塔利亚意识形态统一之下，应用简明的手法，不单从理论方面把握现存秩序的生产和剥削的机构，而且要抓住流动的现实世界，适应各种特殊状况，将资本主义的魔鬼，如何在背后活跃的事实，具体而如实地描写出来；于是，将这种作品送进群众里面，从布尔乔亚的精神麻醉中间，夺取广大的群众，使他们获得阶级的关心，使他们走上阶级解放的战线；这才是普洛列塔利亚大众文学的目的。作品的鼓动和宣传的力量，能够有效地变成他们自身的血肉，——换句话说，这种意特渥洛奇的被摄取百分比，也就是这种大众文学的价值的Scale。”②作家们需要得到“全无产阶级意识”，“他广泛地生活于政治过程及意识过程，而且在一定的条件下面，还可以接近物质的生产过程，同时也能有批判它的生活要求，所以他批判的领域，可以说是及于全生活过程了。有了这种全生活过程底批判，才能发生社会主义的意识；有了这种‘意识的要

①蒋光慈：《现代中国文学与社会生活》，《太阳月刊》创刊号，1928年1月1日。

②夏衍：《文学运动中的几个重要问题》，《拓荒者》第一卷第3期，1930年3月。

素’的参加，劳动阶级才能汲取真正的全无产阶级意识。如果仅以普罗列塔利亚自身的力量，却不能超过一定的限度，即在意识过程方面，只能达到一种粗杂的唯物论或经验论”。① 所以，“革命文学应当是反个人主义的文学，它的主人公应当是群众，而不是个人；它的倾向应当是集体主义的，而不是个人主义的。所谓个人只是群众的一分子，若这个个人的行动是为着群众的利益的，那么当然是有意义的……革命文学的任务，是要在此斗争的生活中，表现出群众的力量，暗示人们以集体主义的倾向。”②

如果说1920年代末的革命激进知识分子通过大量运用苏联版的马克思主义概念来建构文学思想、批评中国文学历史和现状、争夺文学和文化领域的领导权，既在一定程度上忽视了文学的审美性、现实性、具体性和文学家的主观性，更因为其激进态度而引起大批独立的文学家和批评家的批判，那么，1930年代成立的“左联”以及其他左翼文学活动自1929年开始则在一定程度上要解决上述问题。左翼文学思想继续深化文学的阶级性、文学与政治、文学与宣传、文学的意识形态性等问题的理论思考和争论，也对大众文艺等问题进行了广泛的理论建构。大众文艺和文艺大众化是左翼知识分子关注时间较长、问题和讨论都比较复杂的课题。文艺大众化作为此前激进知识分子革命文学的主张是1930年代的延伸，需要解决革命文学没有提出或者未解决的问题。如果说革命文学理论在某种程度上提出并论证了革命文学合法性，提出了进步知识分子应该写什么的问题，那么，革命文学理论并没有解决革命文学服务对象的问题。大众和文艺大众文化的争论则是对文艺服务对象和如何服务于对象的问题的深化。冯乃超、郭沫若、洪灵菲、沈端先、鲁迅、茅盾、冯雪峰、周扬、瞿秋白、田汉、郑伯奇等人都参与到这一问题的讨论之中。众多激进知识分子以文艺大众化为革命文艺必然之路、急迫之路，在大众与知识分子、普罗文学与欧化文学之间画下壁垒，要求进行在文艺大众化之前先进行知识分子的“大众化”。“左联”在《中国无产阶级革命文学的新任务》中强调文艺大众化的重要性，并将文艺大众化纳入组织和运动之中，提出“在创作、批评，和目前其他诸问题乃至组织问题，今后必须执行彻底的正确的大众

①李初梨：《自然生长性与目的意识性》，《思想》月刊第2期，1928年9月15日。

②蒋光慈：《关于革命文学》，《太阳月刊》2月号，1928年2月1日。

化，而决不容许再停留在过去所提起的那种模糊忽视的意义中。只有通过大众化的路线，即实现了运动与组织的大众化，作品、批评以及其他一切的大众化，才能完成我们当前的反帝反国民党的苏维埃革命的任务，才能创造出真正的中国无产阶级革命文学。”① 瞿秋白则注意到旧形式和语言在文艺大众化中的作用，提出“革命的先锋队不应当离开群众的队伍”，“革命的大众文艺在开始的时候必须利用旧的形式的优点——群众读惯的看惯的那种小说诗歌戏剧，——逐渐的加入新的成分养成群众的新的习惯，同着群众一块儿去提高艺术的程度。”他认为“五四”新文学的白话文是绅士的语言，而大众文艺需要用“现代中国活人的白话来写，尤其是新兴阶级的话来写”。② 因为“在‘五方杂处’的大城市和工厂里，正在天天创造普通话”，它“容纳许多地方的土话”和“所谓‘官话’的软化”，是“各地方土话的互相让步”，“消磨各种土话的偏僻性质”，“接受外国的字眼，创造着现代科学艺术以及政治的新的术语”，从而“可以写成很好的文章，可以谈科学，可以表现艺术”。③

这一时期的左翼文学思想还就“文学的自由与自由的文学”、“民族革命战争的大众文学”与“国防文学”等展开争论。左翼文学理论强调文学的阶级性和大众文学，并建立比较严密的组织，形成了文学领域强大的政治力量和文化权力，在一定程度上将自己的文学理论、真理性和权力等同起来，引起了胡秋原、苏汶等人的警惕。他们批评左翼和民族主义文艺知识，提出在左翼文学和民族主义文学强调的政治和文艺关系之外，应该有文学家发展的第三条道路，一条文学家可以自由创作、批判生存的不自由、表现艺术自由的道路，一条重视文艺自身价值的道路。胡秋原等人的文学自由论强调文学家的自由、强调艺术在政治外的生存，自然与左翼文学将文学政治化的主张格格不入。一些左翼文学批评家将阶级性、党派性和真理性混同，并对他们的主张进行了激烈地批判，而鲁迅、冯雪峰、瞿秋白等人则提出，在阶级社会中人们无法超越其社会而成为超阶级的文学家，文学家及其创作总是会具有一定的阶级性，而无法成为超现实的自由人。但这并不意味着只有强调阶级性、具有明确阶级意识和阶级斗争内容

---

①《文学导报》第一卷第8期，1931年11月15日。

②宋阳：《大众文艺的问题》，《文学月报》创刊号，1932年6月10日。

③史铁儿：《普洛大众文艺的现实问题》，《文学》半月刊第一卷第1期，1932年4月25日。

的文学才是这个时代的进步文学，只有在创作中对现实展开真实表现而不为了自己的倾向性和主观性掩盖现实的文学，才是有价值的文学。至于“民族革命战争的大众文学”与“国防文学”争论的核心则是在民族危机时代文学口号与创作路线的争论。“国防文学”主张者将国防文学作为创作路线提出来，以创作活动和创作内容是否表现民族战争为标准来划分文学阵营及其作品的价值。

1930 年，潘公展、朱应鹏、范争波、傅彦长等人成立前锋社，发表《民族主义文艺运动宣言》，以民族主义、民族意识等概念为中心建构文艺、民族、政治之间的关系，强调“民族主义的充分发展，一方面须赖于政治上的民族意识的确立，一方面也直接影响于政治上民族主义的确立”，而文艺“不是从个人的意识里产生而是从民族的立场所形成的生活意识里产生的”，文艺的最高意义就是民族主义。由此，民族主义文艺主张者自然会将阶级文学、大众文艺、自由主义文艺、普遍人性的文艺以及封建文艺等作为自己批判的对象，而呼吁将文艺统一到民族主义之下，并以民族意识作为文艺创作的指导，以有利于建设民族主义和民族新生命。尽管存在诸多争议，尤其是民族主义文学思想将民族意识作为统一各种文学思想的核心概念，并将民族意识简单地与政治民族主义甚至国民党意识形态及其政治权力相关联，自然与启蒙主义、马克思主义和自由主义文学思想之间存在巨大的冲突。但民族主义作为思想方式，在文艺理论领域存在下来，并成为此后诸多文艺思想必须面对的话语，而民族作为文学思考的重要路径在此后一直是文艺思想的中心概念，而且是各种文学思想都在争夺的话语领域。

自由主义文学理论在 1927—1936 年间的文学思想领域中的活跃令人印象深刻。自由主义在这一时期文学领域中得以发展，既是因为一批英美和欧洲留学的知识分子开始在中国文化和文学领域中表现自己的存在，并在媒体和大学中占有了一定的位置，也是因为这一时期知识分子深刻地感受到知识和思想独立性的危机，以及中国社会重建的思想与知识需要。他们共同强调个体在社会、在文学中的独立性，强调文学活动中个体的自由选择、独立意识等的重要性，而批判民族意识和阶级意识等以集体性压制个人性、以政治干预文学自由与独立以及胡适文学审美的普遍人性。新月派主张文学和艺术在健康和尊严两项原则基础上实现自由，认为“美我们是尊重而且爱好的，但与其咀嚼罪恶的美艳还不如省念德性的永恒……我们愿意在更平静的时刻中提防天时的诡变，不愿意籍口风雨的猖狂放弃清风白日的希冀。我们当然不反对解放情感，但在这头骏悍的野马的背上我们不能不谨慎的安上理性的鞍索。我们不崇拜任何的偏激，因为我们相信社会的纪纲是靠着积极的情感来维系的，在一个常态社会的天平上，情爱的分量一定超过仇恨的分量，互助的精神一定超过互害的与互杀的动机。……我们不能归附功利，因为我们不信任价格可以混淆价值，物质可以替代精神，在这一切商业化恶浊化的急坂上我们要留住我们倾颠的脚步。我们不能依傍训世。因为我们不信现成的道德观念可以用做评价的准则，我们不能听任思想的矫健僵化成冬烘的臃肿。标准，纪律，规范，不能没有，但每一个时代都得独立去发表它的需要，维护它的健康与尊严，思想的懒惰是一切准则颠覆的主要根由。”此后林语堂也主张文学应该表现性灵，认为性灵文学是自我表现的文学，“性灵就是自我”，“一个人有一个人之个性，此个性之无拘无碍自由自在指文学，便叫性灵”，“文章者，个人性灵之表现”。①

三、文学与政治之间的文学理论

抗日战争的爆发改变了中国文学思想，也许民族、民主、自由等几个概念可以帮助我们进入这一时期的文学思想。抗战将民族共同体建构和民族统一意识问题推到所有知识分子面前，并将“民族”作为一个核心的、正当的思想观念置于话语的中心。无论人们关于文学自由、审美独立性、文学阶级性等有多么强烈的认同，也需要回应民族所提出的文学要求，甚至要参与到关于民族话语权的建构与争夺之中。所以，抗战爆发之后成立的中华文艺界抗敌协会的宣言中通过民族概念来重述中国新文艺历史，认为“在这二十年中，内忧外患，没有一日消停，文艺界也就无时不在挣扎奋斗。国土日蹙，社会动摇，变化无端，恍如噩梦；为唤醒这恶梦，文艺自动的演变，一步不惜的迎着时代前进。……这二十年中的文艺，是紧紧伴随着民族的苦痛挣扎，以血泪为文章，为正义而呐喊”。正是因为中国新文艺运动具有如此不断抗争的意志、社会良心的表达以及民族启蒙的精神，所以，人们在民族概念的统照下，要求抗战时期的文艺“为争取民族的自由，为保卫人类的争议，我们抗战；这是一民族自卫的热血，去驱击惨无人道的恶魔；……对国内，我们必须喊出民族的危机，宣布暴日的罪

①林语堂：《论性灵》，《宇宙风》1935 年第 1 期。

状，造成全民族严肃的抗战情绪生活，以求持久地抵抗，争取最后胜利。对世界，我们必须揭露日本的野心与暴行，引起全人类的正义感，以共同制裁侵略者。……为了这个，我们必须联合起来。”①

1942 年，张道藩发表了《我们所需要的文艺政策》，强调了要用三民主义来建构统一的国家意识形态，规范民族文艺，以此建构统一的民众意识。他认为“封建社会、资本社会、共产社会都有它们独特的文艺，那么，较之它们更为完美的三民主义社会既是另一样的社会意识形态，为什么不能建立自己的文艺呢？封建、资本、共产社会都利用文艺作为组织民族、统一民众意识的工具，那么，我们为什么不能也拿文艺为建国的推动力呢？”② 他在论述了建立三民主义文艺的正当性之后，提出三民主义文艺的四条原则是：全民性、中国事实决定中国文艺的方法、仁爱之心和民族国家的观念。三民主义文艺应该受制于“六不”，即不专写社会的黑暗、不挑拨阶级的仇恨、不带悲观的色彩、不表现浪漫的情调、不写无意义的作品、不表现不正确的意识；要坚持“五要”，即要创造中国民族的文艺、要为最苦痛的民众写作、要站在民族的立场创作、要有理智的作品、要用现实的形式等。

中国共产党人在这一时期也从人民大众的革命和解放出发，提出了自己关于民族文化和民族文艺的思想，强调文艺的大众性、民族文艺的核心是表现人民大众的革命与解放，服务于人民大众民族解放和民主斗争的需要，要采取为人民大众所喜闻乐见的民族形式。毛泽东提出了新民主主义文化思想，他认为“新民主主义的文化，就是人民大众反帝反封建的文化；在今日，就是抗日统一战线的文化。这种文化，只能由无产阶级的文化思想即共产主义思想去领导，任何别的阶级的文化思想都是不能领导了的。所谓新民主主义的文化，一句话，就是无产阶级领导的人民大众的反帝反封建的文化”。③

从人民大众解放和民主斗争出发来建构民族，自然会赋予民族现实与未来统一的内涵，也会赋予大众的生活、斗争等以革命的、未来的价值，而将人民大众中存在的问题局部化、边缘化、历史化或当下化，由此民族

---

①《中华文艺界抗敌协会宣言》，《文艺月刊·战士特刊》第 9 期，1938 年 4 月。

②张道藩：《我们所需要的文艺政策》，《文化先锋》1942 年创刊号。

③毛泽东：《新民主主义论》，《毛泽东选集》第二卷，人民出版社 1966 年版，第 659 页。

的科学的大众的文艺会提出文学需要采取能表现民族民主斗争未来的创作思想。他们认为许多文学家“不了解人民的力量存在于人民大众从被压迫生活中的觉醒和可能觉醒中，却反而想去从人民中找什么‘原始的强力’了；他们不了解人民的力量存在于觉醒的人民的集体斗争中，却片面地着重了‘个性解放’的问题。……其主观意图虽然是要寻找人民群众中的力量，发扬人民的英雄主义，但实际上，它所看到的人民力量不是从现实生活中产生，倒是建立在与现实生活无感的感情波动之上，也不是在集体的群众中产生，倒是建立在离开群众的独立特行的个别人物身上。”① 所以他们要“把目光放得很远，狭隘的琐屑的斗争全不在他的眼底，他要向我们披示他的，也是大众的胸襟……他的画笔不擅工细，而善渲染，要纵横挥洒，布一个广阔境界”。② 文学需要突破单纯的现实观察，而表现具有正确历史方向的未来现实，即“所谓第三种现实——未来的现实，具体地说来，便是一种历史的必然方向的认识，一种对于光明未来的向往和为争取他的实现的斗争的热情。他不仅理解历史的过去和现在的实况，他还憧憬着未来，信赖着未来。把握着这种健康的创造方法，才不会陷落到自然主义的悲观的泥沼里去，即使是剖析着阴暗的丑恶的现实，却能从阴暗中看出光明，从丑恶中看出纯洁”。③

所谓民族形式的争论也需要放在这种有关民族、民主、大众文艺的历史建构和话语权关系中加以理解。为什么需要民族形式，仅仅因为民族战争就向文学艺术提出建设文艺的民族形式是否具有正当性，谁是民族形式的提出者，其中是否可能存在着从自由、民主和启蒙看来的思想理论和政治实践能力，民族形式建设的资源和方法是什么，文艺民族形式建设将会把哪些文艺形式作为自己需要对话或者批判的对象，文艺民族形式建设是否真的达到了其关于民族和民众动员的目标，其动员起来的又是怎样的民族及其精神，民族形式建设是否可以有多种路径，民族形式与其他文艺思想之间是否能共处……这些问题就成为民族形式思考者和批判者所需要思考和解决的问题。因此，在如何建构民族文艺的形式的问题上，将人民大

①胡绳：《评路翎的小说》，《大众文艺丛刊》第2辑《人民与文艺》，1948年5月1日。

②胡绳：《评庄涌的〈突围令〉》，《文艺阵地》第四卷第4期，1939年12月16日。

③石怀池：《东平小论》，《希望》第2辑第3期，1946年7月。

众、民族解放、民主斗争、革命、现实、辩证法等概念运用到民族形式文艺思想之中，以保证其在民族形式思想建构方面的话语权就成为非常重要的事情。因此，人们说“新文学作者所当引以为惧的，倒是新文学的老停滞在狭小的圈子里。所以大众化是当前最大的任务。事实已经指明出来：要完成大众化，就不能把利用旧形式这一课题一脚踢开完全不理！一脚踢开是最便当不过的，然而大众也就不来理你。‘文章下乡，文人入伍’，要是仍旧穿了洋服，舞着手杖，不免是自欺欺人而已。”① 因此，“首先是因为要能真正走进民众中间去，必须它自己也是民众的东西，也就是说它能和民众的生活习惯打成一片。旧形式，一般地说，正是民众的形式，民众的文艺生活一直到现在都是旧形式的东西，新文艺并没有深入民间。但其次的而且更重要的是：旧形式是中国民众用来反映自己生活的一种文艺形式。中国民众习于运用这些形式，而且在长时期运用中使它达到了相当的熟练程度，使它最适于反映民众生活中的某些东西。旧形式不仅仅是旧的，而且也有许多地方是很发展，很确当的”。当然，运用旧形式并不是完全无批判地运用，而是“要把旧形式反映现实的优良的手法从它的格律的限制里解放出来，也就是把现实主义归还给我们民族文艺传统”。② 进而有人提出了民间形式作为文学民族形式建设的中心源泉③，并引发诸多批判性的争论和辩证式的解决。④ 毛泽东在《延安文艺座谈会上的讲话》中，通过论述文艺为人民大众、革命文艺来源人民生活等问题，统一了解放区关于这一问题的争议。

作为关于民族文艺的另一种思考路径，战国策派强调民族至上、国家至上、英雄崇拜、反对民治主义精神是中国应该采取的民族国家建设方向，“民族国家，如果还想保持自己的生命自由，不感激于他们传统的习惯外另取一种新的态度，新的手段，新的精神，是绝没有侥幸的。”⑤ 他们提出“一个民族能够认识自己，创造特殊有价值的文学，大多数的国民必须先要有民族意识。他自己首先要感觉，自己和旁人不同，而且这一种不

---

①茅盾：《大众化与利用旧形式》，《文艺阵地》第一卷第4期，1938年6月。

②艾思奇：《旧形式运用的基本原则》，《文艺战线》第一卷第3号，1939年4月。

③向林冰：《论“民族形式”的中心源泉》，《大公报》，重庆，1940年3月24日。

④《文艺的民族形式问题座谈会》，《新华日报》1940年7月4日；《新文艺民族形式问题座谈会上潘梓年同志的发言》，《新华日报》1940年7月4—5日。

⑤陈铨：《德国民族的性格和思想》，《战国策》第6期，1940年6月25日。

同的地方，就是他们自己可以骄傲的地方。……我们可以说，没有民族文学，根本就没有世界文学；没有民族意识，也根本没有民族文学。……中国思想界不以个人为重，不以阶级为中心，而以全民族为中心。中华民族是一个整个的集团，这一个集团，不但要求生存，而且要求光荣地生存。在这一个大前提之下，个人主义、社会主义，都要听它支配。凡是对民族光荣生存有利益的，就应当保存；有损害的，就应当消灭。我们可以不要个人自由，但是我们一定要民族自由……在这一个阶段中间，中华民族第一次养成极强烈的民族意识。他们第一次认清楚自己。中古的文学，从现在起，一定有一个伟大的将来。……只有强烈的民族意识，才能产生真正的民族文学。"①

在各种强大的民族文学思想主导着这一时期文学思想的同时，梁实秋、朱光潜、沈从文、胡风等人依然保持着自己的文学思考，即使他们认可民族文学在抗战时期的重要，但也执著于文学的自由和启蒙主义文学传统。针对张道藩的三民主义文艺政策，梁实秋提出"站在文艺的立场上来看，现今世界各国只有两个类型，一个是由着文艺自由发展，一个是用鲜明的政策统制着文艺的活动。……在英美，各种样的文艺作品都可以自由的创作，自由的刊印，自由的销行，政府不加限制。……这种思想自由出版自由可说是民主政治之最值得令人称羡的一端。在苏联德意，文艺作家是一种战士，受严格的纪律，不合于某一种'意德沃洛基'的作品是不能刊行的，有时还连累作者遭受迫害，不能在本国安居，或根本丧失生命。这现象在苏联德意只被认为他们的文艺政策应有的结果，所以，从文艺的观点，一个国家是属于封建主义、资本主义或社会主义，那都没有多大关系。……文艺的园地很广大，所以可以包括各种各样的题材，我们不能指定专写某一种题材。"②

在这一时期的文学思想版图中，胡风等人的启蒙主义文学思想也表现出强大的韧性和坚定的批判精神。无论是在关于民族形式与旧形式、民间文艺形式的争论之中，还是在关于文艺与政治关系的批判中，胡风等启蒙主义文艺思想家仍然坚持鲁迅等人所开创的启蒙文学思想传统，对国民性

---

①陈铨：《民族文学运动》，《大公报·战国》，1942 年 5 月 12 日。

②梁实秋：《关于"文艺政策"》，《文化先锋》第一卷第 8 期，1942 年 10 月 12 日。

中的精神创伤和蒙昧保持着深刻的警惕和坚定的批判，对新文学在民族抗战期间因为宣传动员的需要而简单化旧形式、民间形式等之中的传统文化及其反启蒙展开深入的批判，并用主观战斗精神作为作家对社会、对大众、对自我的批判和思想反思的路径，要求文学要通过现实切入到民族、大众和个体的精神世界之中，促使人们进行文化和精神启蒙，从而促进建立真正民主的文化和社会。

随着解放战争的结束和第一次中华全国文学艺术工作者代表大会的召开，中国文学思想现代阶段也就此结束，自“五四”以来的文艺思想的争论与多元的阶段进入到文学思想统一的历史阶段。

第二节　陈独秀

作为新文化运动最为激进也是批判性最强的知识分子，陈独秀的现代文学思想建构活动的时间并不长，但其对现代文化、现代文学和现代文学思想的创造性贡献则是非常重要的。

陈独秀（1879—1942），原名庆同，字仲甫。安徽怀宁人。新文化运动的领导者之一，中国共产党的创始人和早期的主要领导人之一，也是中国现代思想重要的建构者与批判者。

陈独秀的文学思想建构开始于他参加革命、创办报刊、引介域外思想以及进入北京大学教书之后，发生于共和政治失败、民族国家危机、传统文化依然盘踞于中国社会甚至与破坏共和政治的各种力量合谋的背景之中，这种个人经历、思想资源以及文学理论的发生背景，促使陈独秀在启蒙主义的传统文化和传统社会批判中构建自己的文学思想。

一、科学和自由的文学

“五四”时期的启蒙知识分子将社会、政治问题放在文化问题的基础之上，认为传统中国社会的问题在于传统文化的蒙昧主义，提出了“礼教吃人”的主张。“五四”知识分子从现代理性、自由、个性等观念出发，批判传统社会以家族、王朝等以所谓先验的正当性及由此而产生的礼法等规范个体，无视个体作为人所天赋具有的自由权利、独立思考、理性精神、个性发展等，甚至无视个体的生命、情感。更为严重的是，传统文化已经内化到每个人的思想意识和生活习惯等之中，成为人们自觉的并认为是正当而无需证明的文化、价值、思想方式，由此每一个人也就自觉地参与到传统文化的蒙昧之中。人们认为正是传统文化这样的特征，导致了其无法培养具有独立人格的文化、有自觉的权利诉求和自由理性精神的民众，无法创造可以自由地追求自己幸福的社会以及尊重个人权利的文化与社会整合方式，也无法构建平等的、自由的、能唤起人们认同的国家。正是基于启蒙知识分子对传统文化的上述批判性判断，故他们提出了社会与文化重构的方案。“五四”知识分子提出以个人、自由、民主、科学、平民、权利、进化、民族等为核心的现代性观念来重建文化思想，提出希望以“自主的而非奴隶的”，“进步的而非保守的”，“进取的而非退隐的”，“世界的而非锁国的”，“实利的而非虚文的”，“科学的而非想象的”，科学与人权并重的文化建设启蒙人们，将其从家族、专制、礼教、蒙昧、迷信、奴隶状态等之中解放出来，以实现个人独立而具有尊严之人格、行动与思想之自由、社会平等以及保障人民之权利的国家。正如陈独秀所言，“万一不安本分，妄欲建设西洋式之新国家，组织西洋式之新社会，以求适今世之生存。则根本问题，不可不首先输入西洋式社会国家之基础，所谓平等人权之新信仰，对于与此新社会新国家新信仰不可相容之孔教，不可不有彻底之觉悟、猛勇之决心。否则不塞不流、不止不行”。①

陈独秀不是将现代科学认识方法引入中国的第一人，但他确实是将现代实证主义方法和唯物主义思想引入到文学思考中的重要人物。在《新青年》的创刊号中，陈独秀就说：“自约翰·弥尔（J·S·Mill）‘实用主义’倡道于英，孔特（Comte）之‘实验哲学’唱道于法，欧洲社会之制度、人心之思想，为之一变。最近德意志科学大兴，物质文明，造乎其极，制度人心，为之再变。举凡政治之所营，教育之所期，文学技术之所风尚，万马奔驰，无不齐集于厚生利用一途，一切虚文空想之无裨于现实生活者，吐弃殆尽。……科学者何？吾人对于事物之概念，综合客观之现象，诉之主观之理性而不矛盾之谓也。想象者何？既超脱客观之现象，复抛弃主观之理性，凭空构造，有假定而无实证，不可以人间已有之智灵，明其理由，道其法则者也。在昔蒙昧之世，当今浅化之民，有想象而无科

①陈独秀：《宪法与孔教》，《新青年》第二卷第3号。

学。宗教美文，皆想象时代之产物。”① 陈独秀在此阐述了科学方法的特点及其运用，提出了科学和蒙昧对立的观念，并将之与宗教与文学的想象方法加以对比，论证了科学实证主义方法将成为文学认识方法和功能的趋势。根据科学实证主义方法，陈独秀提出了将现实作为人们认识活动和实践活动的基础和界限，把现实主义方法作为批判迷信的根本方法，讴歌现实主义在所有领域中的扩展和胜利。在《今日之教育方针》中，他说：“现实世界之内有事功，现实世界之外无希望。惟其尊现实也，则人治兴焉，迷信斩焉；此近世欧洲之时代精神也。此精神磅礴无所不至：见之伦理道德，为乐利主义；见之政治者，为最大多数之幸福主义；见之哲学者，曰经验论，曰唯物论；见之宗教者，曰无神论；见之文学美术者，曰写实主义，曰自然主义。一切思想行为，莫不植根于现实生活之上。”② 陈独秀此一时期的文学实证主义、现实主义、科学主义的思想，对他此后的文学革命论以及现代文学思想的现实主义认识论和方法论都具有开拓性意义。

陈独秀也是较早将个人主义、自由思想等引入到文学思想领域的思想家。他在《敬告青年》中强调个体自主的权利，提出从政治、教会、经济和性别等多种压迫下解放人的自由权利，以实现“一切操行，一切权利，一切信仰，唯有听命各自固有之智能，断无盲从隶属他人之理”。③ 在比较法兰西文明和德国文明之后，陈独秀认为德国伟大的哲学家、思想家和文学家不乏自由平等者，但其民族大多数人则缺乏法兰西的自由、平等、博爱之精神，“世界而无法兰西。今日之黑暗不识仍居何等。……夫德意志之科学，虽为吾人所尊崇，仍属近代文明之产物；表示其特别之文明有功人类者，吾人未之知也；所可知者，其反对法兰西人所爱之平等、自由、博爱而已。文明若德意志，其人之理想，决非东洋诸国可比。其文豪大哲，社会党人，岂无一爱平等、自由、博爱，为世矜式者？特其多数人之心理，爱自由、爱平等之心，为爱强国强种之心所排而去，不若法兰西人之嗜平等、博爱、自由，根于天性，成为风俗也”。④

从科学、自由、平等、实用、进步等所构成的现代思想出发，陈独秀

①陈独秀：《敬告青年》，《新青年》第一卷第1号，1915年9月。

②陈独秀：《今日之教育方针》，《新青年》第一卷第2号，1915年10月。

③陈独秀：《敬告青年》，《新青年》第一卷第1号，1915年9月。

④陈独秀：《法兰西人与近世文明》，《新青年》第一卷第1号，1915年9月。

展开了东西方文明的比较，得出西方文明具有重视个人、进取、好战、法治、实利、理性、科学的特点，东方文明以重视家族、感情、虚文、安息平和等为特点，他强烈批判东方文明，主张向西方文明转化。由此，陈独秀展开了激烈的传统批判，并将批判的矛头指向礼教、家族以及蒙昧的文化，要“反对孔教、礼法、贞节、旧伦理、旧政治”，“反对旧艺术、旧宗教”，“反对国粹和旧文学”，[①] 陈独秀认为“中土儒者，以纲常立教。为人子为人妻者，既是个人独立之人格，复无个人独立之财产”，[②] 呼吁人们通过新旧思潮之争论，实现启蒙之使命。

陈独秀的科学、自由、进步、平等、现实主义等启蒙主义思想，落实到文学思考上，自然会强调文学的现实主义。他通过梳理欧洲近代文学发展历史，将自然主义文学提到极高的地位，赋予其科学、理性、进步以及自由等特点。他说：“欧洲文艺思想之变迁，由古典主义（Classicalism）一变而为理想主义（Romanticism），此在十八、十九世纪之交。文学者反对模拟希腊罗马古典文体，所取材者中世之传奇以抒其理想耳。此盖影响于十八世纪政治社会之革新黜古以崇今也。十九世纪之末，科学大兴，宇宙人生之真相日益暴露。所谓赤裸时代、所谓揭开假面时代，宣传欧土自古相传之旧道德、旧思想、旧制度，一切破坏。文学艺术亦顺此潮流，由理想主义再变而为写实主义（Realism），更进而为自然主义（Naturalism）。自然主义唱于十九世纪法兰西之文坛。而左喇（Emile Zola. 法国巴黎人，生于1840年，卒于1902年）为之魁。左氏之毕生事业，惟执笔耸立文坛，笃崇所信，以与理想派文学家勇战苦斗，称为自然主义之拿破仑。此派文艺家所信之真理，凡属自然现象，莫不有艺术之价值，梦想、理想之人生，不若取夫世事人情，诚实描写之，有以发挥真美也。故左氏之所造作，欲发挥宇宙人生之真精神、真现象。于世间猥亵之心意，不德之行为，诚实胪列，举凡古来之传说、当世之讥评，一切无所顾忌，诚世界文豪中大胆有为之士也。……自然主义，果真失败乎，即其毁坏无复存续。而于坚持文学上之观察力及现实界真诚之研究，其功积亦未可没。……现代欧洲文艺，无论何派，悉受自然主义之感化，作者之先后辈出，亦远过

①陈独秀：《〈新青年〉罪案之答辩书》，《新青年》第二卷第1号，1919年1月15日。

②陈独秀：《孔子之道与现代生活》，《新青年》第二卷第4号，1916年12月1日。

前代，世所称代表作者。”①

二、文学革命论

当陈独秀通过科学、自由的启蒙主义观察中国文学时，他发现中国文学既缺乏科学精神和现实主义，也缺乏平等主义传统，而是充满着贵族主义的虚伪、陈腐、雕饰、复古，充满着礼教的、家族的、等级的、性别的压迫，所以中国文学必须通过革命的方式推翻传统，以启蒙精神重构新文学。他主张“孔教问题，方喧呶于国中，此伦理道德革命之先声也。文学革命之气运，酝酿已非一日，其首举义旗之急先锋，则为吾友胡适。余甘冒全国学究之敌，高张“文化革命军”大旗，以为吾友之声援。旗上大书特书吾革命军三大主义：曰推倒雕琢的阿谀的贵族文学，建设平易的抒情的国民文学；曰推倒陈腐的铺张的古典文学，建设新鲜的立诚的写实文学；曰推倒迂晦的艰涩的山林文学，建设明了的通俗的社会文学”。② 陈独秀认为只有通过启蒙主义的文学革命才能带来中国文学、中国文化、中国政治和中国社会的根本变化。故陈独秀认为“今日庄严灿烂之欧洲，何自而来乎？曰，革命之赐也。欧语所谓革命者，为革故更新之义，与中土所谓朝代鼎革，绝不相类，故自文艺复兴以来，政治界有革命，宗教界亦有革命，伦理道德亦有革命，文学艺术，亦莫不有革命，莫不因革命而新兴而进化。近代欧洲文明史，宜可谓之革命史。故曰，今日庄严灿烂之欧洲，乃革命之赐也。吾苟偷庸懦之国民，畏革命如蛇蝎，故政治界虽经三次革命，而黑暗未尝稍减。其原因之小部分，则为三次革命，皆虎头蛇尾，未能充分以鲜血洗净旧污；其大部分，则为盘踞吾人精神界根深蒂固之伦理道德文学艺术诸端，莫不黑幕层张，垢污深积，并此虎头蛇尾之革命而未有焉。此单独政治革命所以于吾之社会，不生若何变化，不收若何效果也，推其总因，乃在吾人疾视革命，不知其为开发文明之利器故”。③

在通过文学革命革新中国之伦理道德、政治，以建设自由、科学的文化的观念之外，陈独秀也意识到审美在文学中的价值。在《新青年》的《通信》中他谈到，“何谓文学之本义耶？窃以为文以代语而已。达意状

---

①陈独秀：《现代欧洲文艺史谭》，《青年杂志》第一卷第3号。

②陈独秀：《文学革命论》，《陈独秀文集》，人民出版社2013年版，第202—205页。

③陈独秀：《文学革命论》，《陈独秀文集》，人民出版社2013年版，第202—205页。

物，为其本义。文学之文，特其描写美妙动人者耳。其本义原非为载道有物而设，更无所谓限制作用，及正当的条件也。状物达意之外，倘加以他种作用，附以别项条件，则文学之为物，其自身独立存在之价值，不已破坏无余乎”?①

作为文学革命论的提出者，陈独秀将科学、自由、平民、实用主义、实验哲学、实利、写实、自然主义、现实主义、通俗等概念引入到文学思想中，不仅构建启蒙主义文学思想，批判了传统文化和文学，促使人们以现代观念来思考文学，而且将科学的思维方式带入文学之中，极大地促进了中国文学思想的现实主义、世俗化转型。

第三节 胡 适

胡适（1891—1962），原名嗣穈，学名洪骍，字适之，安徽绩溪人。中国现代著名的自由主义思想家，中国现代文学和现代学术的重要开拓者。新文化运动的领导人之一。

比较陈独秀个体生命经历与其置身于历史语境之间深刻的体验与反思关系以及激进的批判态度，胡适与中国语境之间的关系在其新文学运动开始阶段则是相对超然的。作为接受英美自由主义教育、并具有实用主义哲学教育背景的思想家，胡适进入中国文化和文学批判领域，也表现出理性对话、渐进变革的思想特点。

一、自由、进步、实用主义思想

在胡适提倡白话文学、提出“问题与主义”、建构现代学术制度、传播实用主义、推行好人政府、讨论宪政与人权、创办《独立评论》、参与《自由中国》等过程中，胡适始终坚持自己英美式的自由主义思想。胡适作为自由主义者，其思想基础是杜威的实用主义和赫胥黎的怀疑批判精神，他在介绍自己的思想历程时谈道：“我的思想受两个人的影响最大：一个是赫胥黎，一个是杜威先生。赫胥黎教我怎样怀疑，教我不信任一切没有充分证据的东西。杜威先生教我怎样思想，教我处处顾到当前的问

①《新青年》第三卷第2号。

题，教我把一切学说理想到思想的结果。”① 因此，尽管在回国之后，胡适对中国的政治现实和人们的思想状况比较悲观，但他坚持认为要改变中国的现状不能依靠革命的激进方式，而是需要通过科学和自由启蒙的方式，逐步改变。他认为“文明不是笼统造成的，是一点一滴造成的。进化不是一个晚上笼统进化的，是一点一滴进化的。现今的人爱谈‘解放’与‘改造’，须知解放不是笼统解放，改造也不是笼统改造。解放是这个那个制度的解放，这种那种思想的解放，这个那个人的解放：都是一点一滴的解放。改造是这个那个制度的改造，这种那种思想的改造，这个那个人的改造：都是一点一滴的改造”。所以，胡适的自由主义主张通过实验对各种思想主张进行验证，以怀疑态度对所有教条保持批判与反思，从而保证个人自由之心智。胡适在《杜威先生与中国》一文中提到了历史的方法和实验的方法：“（一）历史的方法——‘祖孙的方法’，他从来不把一个制度或学说，看做一个孤立的东西，总被他看做一个中段；一头是他所以发生的原因，一头是他自己发生的效果；上头有他的祖父，下头有他的孙子。捉住了这两头，他再也逃不出去了！这个方法的应用，一方面是很忠厚宽恕的，因为他处处指出一个制度或学说所以发生的原因，指出他历史的背景，故能了解他在历史上的地位和价值，故不致有过分的苛责。一方面，这个方法又是很严厉的，最带有革命性质的。因为他处处拿一个学说或制度发生的结果，来评判他本身的价值，故最公平又最厉害。这种方法，是一切带有评判（Critical）精神的运动的一个武器。（二）实验的方法——实验的方法，至少注重三件事：(1)从具体的事实与境地下手；（2）一切学说理想，一切知识，都只是待证的假设，并非天经地义；(3）一切学说与理想，都须用实行来试验过。实验是真理的唯一试金石。第一件，——注意具体的境地——使我们免去许多无谓的问题，省去许多无意识的争论。第二件，——一切学理都看做假设——可以解放许多‘古人的奴隶’。第三件，——实验——可以稍稍限制那上天下地的妄想冥想。实验主义只承认那一点一滴做到的进步，步步有智慧的指导，步步有自动的实验——才是真进化。”② 因此，他希望通过自己的写作“要读者学得一点科学精神，

①胡适：《介绍我自己的思想》，《胡适论学近著》卷五，上海商务印书馆 1937 年版，第 630 页。

②胡适：《杜威先生与中国》，《胡适文集》第二卷，北京大学出版社 1998 年版，第 280 页。

一点科学态度，一点科学方法。科学精神在于寻求事实，寻求真理。科学态度在于撇开成见，搁起情感，只认得事实，只跟着证据走。科学方法只是‘大胆的假设，小心的求证’十个字。没有证据，只可悬而不断；证据不够，只可假设，不可武断；必须等到证实之后，方才奉为定论”。① 他认为只有通过科学的方法，人们才能意识到“一切主义，一切学理，都该研究。但只可认作一些假设的（待证的）见解，不可认作天经地义的信条；只可认作参考印证的材料，不可奉为金科玉律的宗教；只可用作启发心思的工具，切不可用作蒙蔽聪明、停止思想的绝对真理。如此方才可以渐渐养成人类的创造的思想力，方才可以渐渐使人类有解决具体问题的能力，方才可以渐渐解放人类对于抽象名词的迷信”。② 作为启蒙主义者和自由主义者，胡适在其实用主义科学基础上，强调自由个人主义，以个人的权利、个性、自由意志等为基础建构人的存在，并以个体自由为基础来理解与建构自由的社会与国家，而反对以国家、社会等集体性的自由、进步、解放等来压抑或者取代个人自由的本体性地位。他在介绍易卜生时说：“‘我所最期望于你的是一种真实纯粹的为我主义，要使你有时觉得天下只有关于你的事最要紧，其余的都算不得什么……你要想有益于社会，最好的法子莫如把你自己这块材料铸造成器。……有的时候我真觉得全世界都象海上撞沉了船，最要紧的还是救出自己。’这便是最健全的个人主义。……把自己铸造成了自由独立的人格，你自然会不知足，不满意于现状，敢说老实话，敢攻击社会上的腐败情形，做一个‘贫贱不能移，富贵不能淫，威武不能屈’的斯铎曼医生。……这也是健全的个人主义的真精神。这个个人主义的人生观一面教我们学娜拉，要努力把自己铸造成个人；一面教我们学斯铎曼医生，要特立独行，敢说老实话，敢向恶势力作战。……欧洲有了十八九世纪的个人主义，造出了无数爱自由过于面包、爱真理过于生命的特立独行之士，方才有今日的文明世界。现在有人对你们说‘牺牲你们个人的自由，去求国家的自由！’我对你们说‘争你们个人的自由，便是为国家争自由！争你们自己的人格，便是为国家争人格！自由平等的国家不是一群奴才建造得起来的！’”③ 从这种强调独立、理性、个体

①胡适：《介绍我的思想》，《胡适文集》第三卷，花城出版社 2013 年版，第 116 页。

②胡适：《三论问题与主义》，《每周评论》第 36 号，1919 年 8 月。

③胡适：《易卜生主义》，《新青年》第四卷第 6 号。

和宽容的自由主义出发，胡适强调独立、公平的批判精神，强调建构公开讨论与批评的公共空间，“我们都不期望有完全一致的主张，只期望各人都根据自己的知识，用公平的态度来研究中国当前的问题。所以，尽管有激烈的辩争，我们总觉得这种讨论是有益的。我们现在发起这个刊物，想把我们几个人的意见随时公布出来，做一种引子，引起社会上的注意和讨论。我们对读者的期望和我们对自己的期望一样：也不希望得着一致的同情，只希望得着一些公心的，根据事实的批评和讨论。我们叫这刊物做‘独立评论’，因为我们都希望永远保持一点独立的精神。不依傍任何党派，不迷信任何成见，用负责任的言论来发表我们个人思考的结果：这是独立的精神”。①

二、白话文学论

胡适在中国现代文论史上的贡献同他的自由主义是无法分开的。胡适在新文学运动中的理论贡献是从语言开始的。选择白话文作为中国文学改良的第一步固然同胡适所接触到的西方国家俗语与其民族文学、启蒙思想建构之间历史材料有关，但也基于胡适自由主义的改良思维。尽管语言无疑是文化及其传统的重要根基，但从提倡以白话文来代替文言文写作，对于传统文化的冲击依然还是局部的、渐进的，而不像文学革命论那样是整体的、激进的。

胡适的文学思想中，对于白话文与文言文、国语文学和文学国语等进行了持续的关注，并运用实用主义的进步观来证明以白话创作文学的价值。胡适认为白话文是活的语言，而文言文是死的语言，白话具有文言文的优美适用，也具有文言文所不具有的自然文法、可读可听的特点，可以创造第一流的文学。他通过历史梳理，提出中国文学的进步历史是由白话文学构成的，认为文学革命是中国历史就已经存在，尤其在元代的词、曲、剧本、小说等都是第一流的俗语文学，也是活文学。如果不是明代复古文学潮流，俗语文学则成为中国文学主流。他说：“居今日而言文学改良，当注重历史的文学观念。一言以蔽之，曰，一时代有一时代之文学。纵观古今文学变迁之趋势，白话文学，自宋以来，虽见屏于古文家，而终一线相承，至今不绝。岂不以此为吾国文学趋势如此，故不可禁遏而日以昌大耶？吾辈之考古家，正以其不明文学之趋势，而强欲作以前一千年二

①《引言》，《独立评论》第 1 号，1932 年 5 月 22 日。

千年以上之文。此说不破，则白话之文学，无有列为正宗文学之一日。”① 所以，胡适提出了两千年中国文学中没有有价值有生命的文言文学的结论，认为：“‘这都因为这二千年的文人所作的文学都是死的，都是用已经死了的语言文字作的。死文字决不能产出活文学。所以中国这二千年只有些死文学，只有些没有价值的死文学。’……用死了的文言决不能作出有生命有价值的文学来。这一千多年的文学，凡是有真正文学价值的，没有一种不带有白话的性质，没有一种不靠这个‘白话性质’的帮助。……但是那已死的文言只能产出没有价值、没有生命的文学，决不能产出有价值、有生命的文学；只能作几篇《拟韩退之〈原道〉》或《拟陆士衡〈拟古〉》，决不能作出一部《儒林外史》。……为什么死文字不能产生活文学呢？这都由于文学的性质。一切语言文字的作用在于达意表情；达意达得妙，表情表得好，便是文学。那些用死文言的人，有了意思，却须把这意思翻成几千年前的典故；有了感情，却须把这感情译为几千年前的文言。……请问这样作文章，如何能达意表情呢？既不能达意，既不能表情，哪里还有文学呢？”②

由此，他得出结论，“然以今世历史进化的眼光观之，则白话文学之为中国文学之正宗，又为将来文学必用之利器，可断言也（此‘断言’乃自作者言之，赞成此说者今日未必甚多也）。以此之故，吾主张今日作文作诗，宜采用俗语俗字。与其用三千年前之死字（如‘于铄国会，遵晦时休’之类），不如用二十世纪之活字；与其作不能行远不能普及之秦汉六朝文字，不如作家喻户晓之《水游》《西游》文字也”③。胡适更是通过《白话文学史》的写作等来推动白话和国学文学的传播与发展。

胡适所提倡的“八不”主要是针对传统而提出的批判，通过对言之无物、用典、对仗等表达方法的批判，以科学和自由的文化为根基，将文学从教条中带出来，带回到现实之中，带回到每一个个体生存于其中的现实与尊重个体性认知情感之中，并将文学推进到用关于人的自由与科学的启蒙话语之中，从而做到文学中“语语中须有个我在”。④ 这个“我”也就是他在《建设的文学革命论》中所强调的“要有话说，方才说话。……有

①胡适：《历史的文学观念》，《新青年》第三卷第3号。

②胡适：《建设的文学革命》，《新青年》第四卷第4号，1918年4月。

③胡适：《文学改良刍议》，《新青年》第二卷第5号。

④胡适：《寄陈独秀》，《新青年》第二卷第2号。

甚么话，说甚么话；话怎么说，就怎么说……要说我自己的话，别说别人的话。……是甚么时代的人，说甚么时代的话。”① 所以，胡适的文学思想中非常重视个人与社会关系的表达，并始终坚持个体相对于社会的优先性，“易卜生的戏剧中，有一条极显而易见的学说，是说社会与个人互相损害。社会最爱专制，往往用强力摧折个人的个性（Individuality），压制个人自由独立的精神。等到个人的个性都消灭了，等到自由独立的精神都完了，社会自身也没有生气了，也不会进步了。社会里有许多陈腐的习惯，老朽的思想，极不堪的迷信。个人生在社会中，不能不受这些势力的影响。有时有一两个独立的少年，不甘心受这种陈腐规矩的束缚，于是东冲西突，想与社会作对。……易卜生的人生观只是一个写实主义。易卜生把家庭、社会的实在情形都写出来，叫人看了动心，叫人看了觉得我们的家庭、社会原来是如此黑暗腐败，叫人看了觉得家庭、社会真正不得不维新革命：这就是易卜生主义。表面上看去，像是破坏的，其实完全是建设的……虽然如此，但是易卜生生平却也有一种完全积极的主张。他主张个人须要充分发达自己的才性，须要充分发展自己的个性”。②

三、实证的、进步主义文学史观

胡适文学思想中令人印象深刻的还有他的进步主义文学历史观。现代史学在晚清之时已经通过梁启超等人而引入到中国，严复的进化论也曾给予史学以较深刻影响，但在中国文学史写作领域，现代史学并没有得到很好的运用，即使王国维和刘师培等人已经以时代文学概念来理解文学，而不再采取传统文学的循环论史观。真正给文学史写作和文学史思想带来转型意义的是胡适。在谈到国学整理方法，胡适在批判地分析传统国学研究方法之时，提出“第一，用历史的眼光来扩大国学研究的范围。第二，用系统的整理来部署国学研究的资料。第三，用比较的研究来帮助国学的材料的整理与解释”。③ 这种历史研究方法所依靠的科学实证、系统分析与综合、怀疑批判以及比较阐释的特点，在胡适的历史研究中得到充分运用。胡适在谈到自己的哲学史写作时曾提出自己的历史研究方法，“我的理想中，以为要做一部可靠的中国哲学史，必须要用这几条方法。第一步须搜

---

①胡适：《建设的文学革命论》，《新青年》第四卷第4号。

②胡适：《易卜生主义》，《新青年》第四卷第6号。

③胡适：《〈国学季刊〉发刊宣言》，1923年1月。

集史料。第二步须审定史料的真假。第三步须把一切不可信的史料全行除去不用。第四步须把可靠的史料仔细整理一番：先把本子校勘完好，次把字句解释明白，最后又把各家的书贯串领会，使一家一家的学说，都成有条理有统系的哲学。做到这个地位，方才做到‘述学’两个字。然后还须把各家的学说，笼统研究一番，依时代的先后，看他们传授的渊源，交互的影响，变迁的次序：这便叫做‘明变’。然后研究各家学派兴废沿革变迁的原故：这便叫做‘求因’。然后用完全中立的眼光，历史的观念，一一寻求各家学说的效果影响，再用这种种影响效果来批评各家学说的价值：这便叫做‘评判’”。胡适正是通过这一历史研究方法，一再叙述新文学、新文化运动历史，以构建新文学运动的历史价值和其启蒙、自由、科学的主流传统，并在传统文学史观、各种启蒙主义批判文学史观和马克思主义新文学史观的对话与冲突中，坚持新文学史的启蒙主义和自由主义。

胡适作为新文学运动的发起者之一，将自由主义、科学实证思想等引入到中国文学思考中，并通过自己持之以恒的对新文学的阐释以及对自由主义文学思想家的支持，构建中国文学理论自由主义的传统，并促进了中国文学的现代转化和启蒙主义的扩大与深化。胡适在《新思潮的意义》中曾经谈到，“我以为现在所谓‘新思潮’，无论怎样不一致，根本上同有这公共的一点：——评判的态度。孔教的讨论只是要重新估定孔教的价值。文学的评论只是要重新估定旧文学的价值。贞操的讨论只是要重新估定贞操的道德在现代社会的价值。旧戏的评论只是要重新估定旧戏在今日文学上的价值。礼教的讨论只是要重新估定古代的纲常礼教在今日还有什么价值。女子的问题只是要重新估定女子在社会上的价值。政府与无政府的讨论，财产私有与公有的讨论，也只是要重新估定政府与财产等等制度在今日社会的价值。……我也不必往下数了，这些例很够证明这种评判的态度是新思潮运动的共同精神”。[①] 这或许可以说是夫子自道吧。

①《新思潮的意义》，《胡适文集》第二卷，花城出版社2013年版，第552、553页。

第四节　鲁　迅

鲁迅（1881—1936），字豫才。原名周树人。鲁迅为其笔名。浙江绍兴人。伟大的文学家、思想家。新文化运动的领导人之一。

比较现代文论史大多数文学思想家有清晰的、一贯的文学思想和概念体系，鲁迅的文学思想之复杂性在于其以否定性、批判性方式与自己所处时代中的对手展开的激烈争论，也在于其思想中没有明确的、中心的概念可以引导人们比较方便地进入到他的文学思想之中。更重要的是，鲁迅的文学思想常常是通过对自己的创作、对文学想象的批评等方式表现出来，呈现流动性。尽管如此，鲁迅文学思想之深度及其对中国现代文学思想的影响之巨大确实无可置疑。

一、个人自由意志文学观

在鲁迅的思想中，个体与大众、意识与物质、超人与末人之间的紧张关系始终存在，也成为鲁迅分析社会、文明、他人和自己生命的基本视野。早在20世纪初，鲁迅就指出西方文化以物质和众数而显其偏至，而肯定强力意志者的孤独以及超时代性，“德人尼采（Fr・Nietzsche）氏，则假察罗图斯德罗（Zarathustra）之言曰，吾行太远，孑然失其侣，返而观夫今之世，文明之邦国会，斑斓之社会矣。特其为社会也，无确固之崇信；众庶之于知识也，无作始之性质。邦国如是，奚能淹留？吾见放于父母之邦矣！聊可望者，独苗裔耳。此其深思遐瞩，见近世文明之伪与偏，又无望于今之人，不得已而念来叶者也”。① 鲁迅没有像陈独秀等人那样肯定了法国大革命以来的自由、平等思想和历史，而是认为这种思想和历史发展也导致了“使天下人人归于一致，社会之内，荡无高卑。此其为理想诚美矣，顾于个人殊特之性，视之蔑如，既不加之别分，且欲致之灭绝。更举黑甚暗，则流弊所至，将使文化之纯粹者，精神益趋于固陋，颓波日逝，纤屑靡存焉。盖所谓平社会者，大都夷峻而不湮卑，若信至程度大同，必

---

①鲁迅：《文化偏至论》，《鲁迅全集》第一卷，人民文学出版社1981年版，第49页。

在前此进步水平以下。况人群之内，明哲非多，伧俗横行，浩不可御，风潮剥蚀，全体以沦于凡庸”①。对于人们所热切肯定的科学进步和现实主义，鲁迅也看到其中所存在的深刻问题，指出“盖唯物之倾向，固以现实为权舆，浸润人心，久而不止。故在十九世纪，爰为大潮，据地极坚，且被来叶，一若生活本根，舍此将莫有在者。不知纵令物质文明，即现实生活之大本，而崇奉逾度，倾向偏趋，外此诸端，悉弃置而不顾，则按其究竟，必将缘偏颇之恶因，失文明之神旨，先以消耗，终以灭亡，历世精神，不百年而具尽矣。递夫十九世纪后叶，而其弊果益昭，诸凡事物，无不质化，灵明日以亏蚀，旨趣流于平庸，人惟客观之物质世界是趋，而主观之内面精神，乃舍置不之一省。重其外，放其内，取其质，遗其神，林林众生，物欲来蔽，社会憔悴，进步以停，于是一切诈伪罪恶，蔑弗乘之而萌，使性灵之光，愈益就于黯淡：十九世纪文明一面之通弊，盖如此矣”②。而作为这种物质和大众文化的反动，欧洲文明“或崇奉主观，或张皇意力，匡纠流俗，厉如电霆，使天下群伦，为闻声而摇荡。即具他评骘之士，以至学者文家，虽意主和平，不与世忤，而见此唯物极端，且杀精神生活，则亦悲观愤叹，知主观与意力主义之兴，功有伟于洪水之有方舟者焉”③。根据这种认识，鲁迅提出，“诚若为今立计，所当稽求既往，相度方来，掊物质而张灵明，任个人而排众数。人既发扬踔厉矣，则邦国亦以兴起”。④由是，鲁迅的文学观念自然不是所谓的平民的、自由的、平和的、宽容的，而是强调个人强大的意志之自由，肯定抵抗精神及其力量。他说：“今且置古事不道，别求新声于异邦，而其因即动于怀古。新声之别，不可究详；至力足以振人，且语之较有深趣者，实莫如摩罗诗派。摩罗之言，假自天竺，此云天魔，欧人谓之撒但，人本以目裴伦（G · Byron）。今则举一切诗人中，凡立意在反抗，指归在动作，而为世所不甚愉

①鲁迅：《文化偏至论》，《鲁迅全集》第一卷，人民文学出版社 1981 年版，第 50—51 页。

②鲁迅：《文化偏至论》，《鲁迅全集》第一卷，人民文学出版社 1981 年版，第 53 页。

③鲁迅：《文化偏至论》，《鲁迅全集》第一卷，人民文学出版社 1981 年版，第 53 页。

④鲁迅：《文化偏至论》，《鲁迅全集》第一卷，人民文学出版社 1981 年版，第 46—53 页。

悦者悉入之，为传其言行思惟，流别影响，始宗主裴伦，终以摩迦（匈加利）文士。凡是群人，外状至异，各禀自国之特色，发为光华；而要其大归，则趣于一：大都不为顺世和乐之音，动吭一呼，闻者兴起，争天拒俗，而精神复深感后世人心，绵延至于无已。虽未生以前，解脱而后，或以其声为不足听；若其生活两间，居天然之掌握，辗转而未得脱者，则使之闻之，固声之最雄桀伟美者矣。然以语平和之民，则言者滋惧。……索诗人一生之内，则所遇常抗，所向必动，贵力而尚强，尊己而好战，其战复不如野兽，为独立自由人道也，此已略言之前分矣。故其平生，如狂涛如厉风，举一切伪饰陋习，悉与荡涤，瞻顾前后，素所不知；精神郁勃，莫可制抑，力战而毙，亦必自救其精神；不克厥敌，战则不止。而复率真行诚，无所讳掩，谓世之毁誉褒贬是非善恶，皆缘习俗而非诚，因悉措而不理也。盖英伦尔时，虚伪满于社会，以虚文缛礼为真道德，有秉自由思想而探究者，世辄谓之恶人。裴伦善抗，性又率真，夫自不可以默矣，故托凯因而言曰，恶魔者，说真理者也。遂不恤与人群敌。世之贵道德者，又即以此交非之。”①

尽管这些关于文明和文学的思想是鲁迅早期的思想，也是其尚未开始新文学活动的思想，但这些关于文明和文学的思想确实是鲁迅在此后文学活动中对社会、文化和文学语境做出反应的基本思想方式。

鲁迅的思想自然具有启蒙主义的特点，但他的启蒙主义并不是以人们获得科学方法、民主政治和自由权利这些启蒙主义思想为核心，而是以人们是否具有强大的生命意志，是否具有与蒙昧的、平庸的、意志不自由的、从众的大众相对抗的强大意志。谈到自己创作《坟》时，他说：“但我并无喷泉一般的思想，伟大华美的文章，既没有主义要宣传，也不想发起一种什么运动。不过我曾经尝得，失望无论大小，是一种苦味，所以几年以来，有人希望我动动笔的，只要意见不很相反，我的力量能够支撑，就总要勉力写几句东西，给来者一些极微末的欢喜。人生多苦辛，而人们有时却极容易得到安慰，又何必惜一点笔墨，给多尝些孤独的悲哀呢？……偏爱我的作品的读者，有时批评说，我的文字是说真话的。这其实是过誉，那原因就因为他偏爱。我自然不想太欺骗人，但也未尝将心里的话

①《摩罗诗力说》，《鲁迅全集》第一卷，人民文学出版社 1981 年版，第 65—82 页。

照样说尽，大约只要看得可以交卷就算完。我的确时时解剖别人，然而更多的是更无情面地解剖我自己，发表一点，酷爱温暖的人物已经觉得冷酷了，如果全露出我的血肉来，末路正不知要到怎样。我有时也想就此驱除旁人，到那时还不唾弃我的，即使是枭蛇鬼怪，也是我的朋友，这才真是我的朋友。倘使并这个也没有，则就是我一个人也行。但现在我并不。因为，我还没有这样勇敢，那原因就是我还想生活在这社会里。还有一种小缘故，先前也曾屡次声明，就是偏要使所谓正人君子也者之流多不舒服几天，所以自己便特地留几片铁甲在身上，站着，给他们的世界上多有一点缺陷，到我自己厌倦了，要脱掉了的时候为止。”① 鲁迅在叙述自己的创作时一再强调寂寞、虚无、大众、呐喊、希望、麻醉、灵魂，他说：“我感到未尝经验的无聊，是自此以后的事。我当初是不知其所以然的；后来想，凡有一人的主张，得了赞和，是促其前进的，得了反对，是促其奋斗的，独有叫喊于生人中，而生人并无反应，既非赞同，也无反对，如置身毫无边际的荒原，无可措手的了，这是怎样的悲哀呵，我于是以我所感到者为寂寞。这寂寞又一天一天的长大起来，如大毒蛇，缠住了我的灵魂了。然而我虽然自有无端的悲哀，却也并不愤懑，因为这经验使我反省，看见自己了，就是我决不是一个振臂一呼应者云集的英雄。只是我自己的寂寞是不可不驱除的，因为这于我太痛苦。我于是用了种种法，来麻醉自己的灵魂，使我沉入于国民中，使我回到古代去，后来也亲历或旁观过几样更寂寞更悲哀的事，都为我所不愿追怀，甘心使他们和我的脑一同消灭在泥土里的，但我的麻醉法却也似乎已经奏了功，再没有青年时候的慷慨激昂的意思了。……是的，我虽然自有我的确信，然而说到希望，却是不能抹杀的，因为希望是在于将来，决不能以我之必无的证明，来折服了他之所谓可有，于是我终于答应他也做文章了，这便是最初的一篇《狂人日记》。……在我自己，本以为现在是已经并非一个切迫而不能已于言的人了，但或者也还未能忘怀于当日自己的寂寞的悲哀罢，所以有时候仍不免呐喊几声，聊以慰藉那在寂寞里奔驰的猛士，使他不惮于前驱。至于我的喊声是勇猛或是悲哀，是可憎或是可笑，那倒是不暇顾及的；但既然是呐喊，则当然须听将令的了，所以我往往不恤用了曲笔，在《药》的瑜儿的

①《写在〈坟〉后面》，《鲁迅全集》第一卷，人民文学出版社 1981 年版，第 282—284 页。

坟上平空添上一个花环，在《明天》里也不叙单四嫂子竟没有做到看见儿子的梦，因为那时的主将是不主张消极的。至于自己，却也并不愿将自以为苦的寂寞，再来传染给也如我那年青时候似的正做着好梦的青年。”① 鲁迅当然不否定文学将大众唤醒、促使其进行文化和社会变革的重要，也认可文学参与到救救孩子、提出女性权利和解放、批判封建礼教、运用白话等启蒙主义文学思想，但不同于其他启蒙主义者的是，鲁迅深切地感受到唤醒大众的困难，认识到大众与启蒙之间的冲突，而并不看好文学的启蒙意义和现实主义，当然鲁迅也没有将文学视为浪漫主义的自我表达，而是将文学作为治疗愚昧国民精神的方式。值得注意的是，鲁迅将文学视为解剖社会、解剖他人和自我解剖的方式，并强调这种解剖是非常深刻的以至于黑暗。这种解剖自然不只是关于礼教文化之下国民性扭曲的解剖，而是会伸向虚无、绝望和巨大黑暗的解剖，是怀有强力意志的人对大众、对未来、对希望、对生命意义都怀着深深的怀疑与否定以及强烈的超越的解剖。

二、文学阶级性

鲁迅的文学思想中自然有左翼所强调的无产阶级理论，因为鲁迅多次讨论文学与革命、文学的阶级性，提出过置身在阶级社会中的人难免有阶级性，其文学创作也会有阶级性的观点。针对梁实秋以文学表现普遍人批判“文学阶级性”的观念，鲁迅在指出梁实秋承认社会阶级存在之后，认为“既然文明以资产为基础，穷人以竭力爬上去为‘有出息’，那么，爬上是人生的要谛，富翁乃人类的至尊，文学也只要表现资产阶级就够了，又何必如此‘过于富同情心’，一并包括‘劣败’的无产者？况且‘人性’的‘本身’，又怎样表现的呢？譬如原质或杂质的化学底性质，有化合力，物理学底性质有硬度，要显示这力和度数，是须用两种物质来表现的，倘说要不用物质而显示化合力和硬度的单单‘本身’，无此妙法；但一用物质，这现象即又因物质而不同。文学不借人，也无以表示‘性’，一用人，而且还在阶级社会里，即断不能免掉所属的阶级性，无需加以‘束缚’，实乃出于必然。自然，‘喜怒哀乐，人之情也’，然而穷人决无开交易所折本的懊恼，煤油大王那会知道北京捡煤渣老婆子身受的酸辛，饥

①《呐喊·自序》，《鲁迅全集》第一卷，人民文学出版社1981年版，第417—420页。

区的灾民，大约总不去种兰花，像阔人的老太爷一样，贾府上的焦大，也不爱林妹妹的。‘汽笛呀!’‘列宁呀!’固然并不就是无产文学，然而‘一切东西呀!’‘一切人呀!’‘可喜的事来了，人喜了呀!’也不是表现‘人性’的‘本身’的文学。倘以表现最普通的人性的文学为至高，则表现最普遍的动物性——营养，呼吸，运动，生殖——的文学，或者除去‘运动’，表现生物性的文学，必当更在其上。倘说，因为我们是人，所以以表现人性为限，那么，无产者就因为是无产阶级，所以要做无产文学”。鲁迅在批判梁实秋观点的同时，也针对左翼知识分子忽视人的现实性现象，提出要实现文学的阶级性需要回到阶级的现实之中，而不能仅以口号相标榜。鲁迅支持“民族革命战争的大众文学”的主张，强调这种文学是“广泛到包括描写现在中国各种生活和斗争的意识的文学。因为现在中国最大的问题，人人所共的问题，是民族生存的问题。所有一切生活（包括吃饭睡觉）都与这问题相关；……懂得这一点，则作家观察生活，处理材料，就如理丝有序；作者可以自由地去写工人，农民，学生，强盗，娼妓，穷人，阔佬，什么材料都可以，写出来都可以成为民族革命战争的大众文学。也无需在作品的后面有意地插一条民族革命战争的尾巴，翘起来当作旗子”。①

鲁迅还提出过宣传不一定是文学、文学总会有宣传的观点，鲁迅也曾经参加过大众文学的讨论，批判过第三种人的文学主张，鲁迅曾经支持民族革命战争的阶级文学创作道路：这些都可以说明晚年的鲁迅文学思想中具有左翼文学的性质。鲁迅在与革命文学提倡者争论后，通过阅读马克思主义文学理论著作而在一定程度上认可左翼文学思想，是确实存在的，他也在《中国无产阶级革命文学和前驱的血》《对于左翼作家联盟的意见》《中国文坛上的鬼魅》以及叶紫、萧军等人作品的序中都运用阶级、大众、解放、压迫等左翼文学概念就文学创作、文学现象、文学政治等进行批判，并明确表达了对受压迫的左翼作家的同情，对文学领域中专制的抵抗。在文艺大众化讨论之中，鲁迅认可文艺走向大众对左翼文学的重要性，认为“文艺本应该并非只有少数的优秀者才能够鉴赏”，“倘若说，作品愈高，知音愈少。那么，推论起来，谁也不懂的东西，就是世界上的绝作了”。但他看到中国大众受教育程度之低和接受文艺可能性之小，因此，

①《论我们现在的文学运动》，《现实文学》第1期，1936年7月。

他提出“现今的急务”，是“应该多有为大众设想的作家，竭力来作浅显易解的作品，使大家能懂，爱看，以挤掉一些陈腐的劳什子”。认识到文艺大众化既需要分阶段实行，从“使大众能鉴赏文艺的时代的准备”开始，认识到文艺大众化并不能取代大众的社会解放，主张文艺根本的大众化“必须政治之力的帮助，一条腿是走不成路的”。①

但是，如果就此得出鲁迅的文学思想发生了根本的变化的结论，则是需要慎重的。这一时期的鲁迅文学思想中挥之不去的孤独、不妥协、怀疑以及作为精神界战士抗争的思想并没有消失，而不过是转换了方式。所以，鲁迅在《伪自由书》中就强调自己创作的批判、孤独、呐喊的特点，以及解剖精神之黑暗的特点，“我之所以投稿，一是为了朋友的交情，一则在给寂寞者以呐喊，也还是由于自己的老脾气。然而我的坏处，是在论时事不留面子，砭锢弊常取类型，而后者尤与时宜不合。盖写类型者，于坏处，恰如病理学上的图，假如是疮疽，则这图便是一切某疮某疽的标本，或和某甲的疮有些相像，或和某乙的疽有点相同。而见者不察，以为所画的只是他某甲的疮，无端侮辱，于是就必欲制你画者的死命了”。②

鲁迅文学思想既不认可普遍的人性，也没有简单接受在科学、自由概念下的启蒙主义的乐观，而是强调以个体的精神自由和生命意志为中心，来表现其在社会中的孤独呐喊，并进而反思与解剖个体自身和社会内部的黑暗，以此达到社会、文化、大众的精神批判与启蒙，形成具有独立精神和自由意志的强大个体。

第五节　周作人

周作人（1885—1967），原名櫆寿（后改为奎绶），字星杓，又名启明等，号知堂等。浙江绍兴人。中国现代著名作家、文学理论家、翻译家、思想家，中国民俗学开拓人，新文化运动代表人物之一。

周作人早期的文章曾经广泛地讨论了法律、革命、共和、孔教、宪

①《文艺的大众化》，《大众文艺》第二卷第3期。

②《伪自由书·前记》，《鲁迅全集》第五卷，人民文学出版社1981年版，第4页。

政、国民性、文学、女性权利等诸多现象，译介外国文学、研究民俗、研究童话以及评论希腊文学等方面的努力在新文学运动诸人中是非常突出的。这一时期的文学和文化研究活动对形成周作人此后的文学思想产生了深刻的影响。在关于民谣、童话、希腊文学以及精神分析等的研究中，周作人基本形成了自己的自然人性观念。这种自然人性即周作人通过梳理西方文学思想而提出的人生思想之现形、精神、性灵、至美思想、精神之美大、神思、感兴、美致等概念，以及由此而形成的裁铸高义鸿思、汇合阐发、阐释时代精神的然无误、阐释人情以示世、发扬神思趣人心以进于高尚的为文之使命。根据这种文学观念，周作人对中国古代文学和文学思想进行了批判，指出“中国国民思想，就文章一面测其情状，准学者之公言，更取舍以自见，则可先为二语曰：中国之思想，类皆拘囚卷曲，莫得自展，而文运所至，又多从风会为转移，其能自作时世者殆鲜见也。……试观上古，文章首出，阙惟风诗。原数三千余篇，十三国美感至情，曲折深微，皆于是乎在，本无愧于天地至文，乃至删诗之时，而运遂厄。孔子以儒教之宗，承帝王教法，割曲而制定之，曰：‘《诗》三百，一言以蔽之，曰思无邪’。夫邪正之谓，本亦何常？此所谓正，特准一人为言，正厉王雄主之所喜而下民之所呻楚者耳！……删诗定礼，夭阏国民思想之春华，阴以为帝王之右助，推其后祸，犹秦火也”。①

一、人的文学和平民文学

“五四”时期，在新文学已经通过胡适、钱玄同、陈独秀等人提出之后，建设新文学则成为新文学思想家所要思考的，而周作人所提出的“人的文学”“平民文学”“思想革命”就是在前者基础上向建设新文学理论迈出的重要一步。周作人在其关于中国传统文学和文学思想的判断、并发展自己在新文学运动之前的文学观念的基础上，提出：“文学这事务，本合文学与思想两者而成。表现思想的文字不良固然足以阻碍文学的发达。若思想本质不良，徒有文字，也有什么用处呢?”“文学革命上，文字改革是第一步，思想改革是第二步，却比第一步更为重要。”② 周作人认为新文学建设的核心是人的文学，“我们现在应该提倡的新文学，简单的说一句，

①周作人：《论文章之意义暨其使命因及中国近世论文之失》，《周作人散文全集》第一卷，钟叔河编订，广西师范大学出版社2009年版，第92页。

②钟叔河编订：《思想革命》，《周作人散文全集》第二卷，广西师范大学出版社2009年版，第132—133页。

是‘人的文学’，应该排斥的，便是非人的文学”。“人的文学”就是人道主义的文学，这就关系到周作人如何理解人道主义。一方面，周作人在“动物的‘进化’和‘动物’的进化”关系中理解人的文学。他强调人是“以动物的生活为生存的基础”，“其内面的生活，却渐与动物相远”，“兽性与神性，合起来便只是人性”。他认为这种人道文学是关系到个人和生活的人道文学，相对于人道以上的所谓神圣的礼教世界和人道以下兽性的世界，即“各尽人力所及，取人事所需”，“以爱智信勇四事为基本道德，革除一切人道以下或人力以上的因袭的礼法，使人能享自由真实的幸福生活”。另一方面，他从人与他人的关系、个体和人类的关系出发理解人道主义，强调人道主义乃是一种个人主义的人间本位主义。“它要求人人从个人做起，要讲人道，爱人类，便先需要自己有人的资格，占得人的位置。”他认为人具有“个人与人类的两重性”，“只承认大的方面有人类，小的方面有我，是真实的”。在个人与人类的关系上，他强调“从个人做起”“要讲人道、爱人类，便须先使自己有人的资格，占得人的位置”，“个人爱人类，就只为人类中有了我，与我相关的缘故”。所以，周作人认为“如种族国家这些区别，从前当作天经地义的，现在知道都不过是一个偶像。……现在知道了人类原是利害相共的，并不限于一族一国……这样的大人类主义，正是感情与理性调和的出产物，也就是我们所要求的人道主义文学的基础”。①

在这种关于人道主义的理解之上，周作人提出了“人的文学”与“非人的文学”，人的文学是“这人道主义为本，对于人生诸问题，加以记录研究的文字，便谓之人的文学。其中又可以分作两项，（一）是正面的，写这理想生活，或人间上达的可能性；（二）是侧面的，写人的平常生活，或非人的生活，都很可以供研究之用。这类著作，分量最多，也最重要。因为我们可以因此明白人生实在的情状，与理想生活比较出差异与改善的方法。这一类中写非人的生活的文学，世间每每误会，与非人的文学相溷，其实却大有分别。……一个严肃，一个游戏。一个希望人的生活，所以对于非人的生活，怀着悲哀或愤怒；一个安于非人的生活，所以对于非人的生活，感着满足，又多带些玩弄与挑拨的形迹。简明说一句，人的文

①钟叔河编订：《人的文学》，《周作人散文全集》第二卷，广西师范大学出版社2009年版，第85—93页。

学与非人的文学的区别，便在著作的态度，是以人的生活为是呢，非人的生活为是呢”①。从这种对人的基本理解出发，周作人在《新文学的要求》中再次概括了“人的文学”的含义，“一、这文学是人性的，不是兽性的，也不是神性的”；“二、这文学是人类的，也是个人的，却不是种族的、国家的、乡土及家族的”。② 周作人在平民文学通过关于普遍的人的权利、对于所有人都普遍平等适用的道德、普通的生活、普通男女、个体化的存在以及真挚的情感与思想等角度，对人的文学有更明确的阐释：“第一，平民文学应以普通的文体，记普遍的思想与事实。我们不必记英雄豪杰的事业，才子佳人的幸福，只应记载世间普通男女的悲欢成败。因为英雄豪杰才子佳人，是世上不常见的人。普通男女是大多数，我们也便是其中的一人，所以其事更为普遍，也更为切己。我们不必讲偏重一面的畸形道德，只应讲说人间交互的实行道德。因为真的道德，一定普遍，决不偏枯。天下决无只有在甲应守，在乙不必守的奇怪道德。所以愚忠愚孝，自不消说，即使世间男人多所最喜欢说的殉节守贞，也是全不合理，不应提倡。世上既然只有一律平等的人类，自然也有一种一律平等的人的道德。第二，平民文学应以真挚的文体，记真挚的思想与事实。既不坐在上面，自命为才子佳人，又不立在下风，颂扬英雄豪杰。只自认是人类中的一个单体，浑在人类中间，人类的事，便也是我的事。我们说及切己的事，那时心急口忙，只想表出我的真意实感，自然不暇顾及那些雕章琢句了。譬如对众表白意见，虽可略加努力，说得美妙动人，却总不至于诌成一支小曲，唱的十分好听，或编成一个笑话，说得哄堂大笑，却把演说的本意没却了。但既是文学作品，自然应有艺术的美，只须以真为主，美即在其中。这便是人生的艺术派的主张，与以美为主的纯艺术派所以有别。”③

如果说胡适早期的自由主义文学思想还偏重于从文化、从政治等方面展开，尚未明确提出普通的、独特的个体的日常生活、思想和情感的文学价值，那么，周作人则明确地提出了以个人在生活中自然形成的、真实的

①钟叔河编订：《人的文学》，《周作人散文全集》第二卷，广西师范大学出版社2009年版，第88—89页。

②钟叔河编订：《新文学的要求》，《周作人散文全集》第二卷，广西师范大学出版社2009年版，第207页。

③钟叔河编订：《平民文学》，《思想革命》，《周作人散文全集》第二卷，广西师范大学出版社2009年版，第104页。

自我为中心的文学思想，而排除了任何超越自我之外的规范，自我因此具有绝对的在先性、甚至唯一性，而人类等集体性存在只是自我的结果。“他们只承认单位是我，总数是人类：人类的问题的总解决也包含在我之内，我的问题的解决，也便是那个大解决的初步了，这大同小异的人道主义的思想，实在是现代文学的特色。……所以这多面多样的人道主义文学，正是真正的理想的文学。”① 正是对于个人权利以及传统中人的自由缺失的批判，周作人肯定了民间文学中女性抗争的表达，“中国妇女向来不但没有政治经济上的权利，便是个人种种的自由也没有，不能得到男子所有的几分，而男子自己实在也过着奴隶的生活，至于所谓爱的权利在女子自然更不必说了。但是这种不平不满，事实上虽少有人出来抗争，在抒情的歌谣上却是处处无心的流露”②。肯定了民歌的价值正在于“真实表现民间的心情”，具有“原人得到的思想”。③

二、文学是个人的

“五四”以后，周作人的文学思想一方面延续着他对精神、个体、性灵、生活、自然人性等方面的强调，也因为他所面对的政治、文化和文学等方面的变化而发生了一些变化。后“五四”时期的周作人长期坚持自己的个人主义、审美的、自然而普遍人性的自由文学思想，主张“文艺的生命是自由而非平等”，④ 反对以集体性、大众性、多数、功利、社会、国家、伦理等观念要求文学。他说自己的文学创作是“依了自己的心的倾向，去种蔷薇地丁，这是尊重个性的正当方法……倘若用了什么大名义，强迫人牺牲了个性去奉同白痴的社会——美其名曰迎合社会心理，——那简直与借了伦常之名强人忠君，借了国家之名强人战争一样的不合理了”。⑤他说：“我始终承认文学是个人的，但因‘他能叫出人人所要说而

---

①钟叔河编订：《点滴·序》，《周作人散文全集》第二卷，广西师范大学出版社2009年版，第236页。

②钟叔河编订：《〈歌谣与妇女〉序》，《知堂序跋》，岳麓书社1987年版，第364页。

③钟叔河编订：《中国民歌的价值》，《歌谣周刊》第6号，1923年。

④钟叔河编订：《文艺的统一》，《周作人散文全集》第二卷，广西师范大学出版社2009年版，第572页。

⑤钟叔河编订：《自己的园地》，《周作人散文全集》第二卷，广西师范大学出版社2009年版，第510页。

苦于说不出的话'，所以我又说即是人类的。然而在他说的时候，只是主观地叫出他自己所要说的话，并不是客观的去体察了大众的心情，意识的替他们做通事，这也是真确的事实。"① 在周作人看来，文艺应该是独立的、审美的、有无形功利的，因而是普遍的，"是人人的需要，没有什么阶级差别等等差异"。② 周作人反对从阶级意识、阶级斗争、民族意识、国家需要等方向要求文学的功利，他认为"倘若把社会上一时的阶级争斗硬移到艺术上来，要实行劳农专政，他的结果一定与经济政治上的相反，是一种退化的现象"。③ "不能以多数决的方法来下文艺的判决。"④ "在现今以多数决为神圣的时代，习惯上以为个人的意见以至其苦乐是无足轻重的，必须是合唱的呼噪始有意义。这种思想现在虽然仍有势力，却是没有道理的。"⑤ 周作人强烈地批判任何将文学定于一尊的观念，"君师的统一思想，定于一尊，固然应该反对，民众的统一思想，定于一尊，也是应该反对的。……文艺本是著者感情生活的表现，感人乃其自然的效用，现在倘若害己从人，去求大多数的了解，结果最好也只是'通俗文学'的标本，不是他真的自己的表现了"。⑥ 所以，周作人认为"文艺上的统一不应有也不可能。……文学是情绪的作品，而著者所能最迫切感受到者又只有自己的情绪，那么文学以个人自己为本位，正是当然的事"。⑦ "文学既不被人利用去做工具，也不再被干涉，有了这种自由，他的生命就该稳固一

①钟叔河编订：《诗的效用》，《周作人散文全集》第二卷，广西师范大学出版社2009年版，第521页。

②钟叔河编订：《关于儿童的书》，《周作人散文全集》第三卷，广西师范大学出版社2009年版，第77页。

③钟叔河编订：《贵族的与平民的》，《周作人散文全集》第二卷，广西师范大学出版社2009年版，第520页。

④钟叔河编订：《诗的效用》，《周作人散文全集》第二卷，广西师范大学出版社2009年版，第524页。

⑤钟叔河编订：《文艺的统一》，《周作人散文全集》第二卷，广西师范大学出版社2009年版，第572页。

⑥钟叔河编订：《诗的效用》，《周作人散文全集》第二卷，广西师范大学出版社2009年版，第524页。

⑦钟叔河编订：《文艺的统一》，《周作人散文全集》第二卷，广西师范大学出版社2009年版，第572页。

点了。”①

周作人从自己关于文学的个人主义的自由主义的理解，将“五四”文学革命的源流追溯到中国古代的“言志”文学传统，并将之与“载道”传统加以比较，认为“五四”文学革命与明末公安文学的革命具有类似性。在提出“文学是用美妙的形式，将作者独特的思想和感情传达出来，使看的人能因而得到愉快的一种东西”之后，周作人批评了明代复古文学，他在新文学和公安文学之间建立了从语言到精神、审美等方面的联系，指出：“对于这复古的风气，揭了反叛的旗帜的，是公安派和竟陵派。公安派的主要人物是‘三袁’，即袁宗道、袁宏道、袁中道三人……他们的主张很简单，可以说和胡适之先生的主张差不多。所不同的，那时是16世纪，利玛窦还没有来中国，所以缺乏西洋思想。例如从现代胡适之先生的主张里面减去他所受到的西洋的影响，科学、哲学、文学以及思想各方面的，那便是公安派的思想和主张了。而他们对于中国文学变迁的看法，较诸现代谈文学的人或者还更要清楚一点。理论和文章都很对很好，可惜他们的运气不好，到清朝他们的著作便都成为禁书了，他们的运动也给乾嘉学者所打倒了。‘独抒性灵，不拘格套’，这是公安派的主张。……那一次的文学运动，和民国以来的这次文学革命运动，很有些相像的地方。两次的主张和趋势，几乎都很相同。更奇怪的是，有许多作品也都很相似。胡适之、冰心和徐志摩的作品，很像公安派的，清新透明而味道不甚深厚。好像一个水晶球样，虽是晶莹好看，但仔细地看多时就觉得没有多少意思了。和竟陵派相似的是俞平伯和废名两人，他们的作品有时很难懂，而这难懂却正是他们的好处。同样用白话写文章，他们所写出来的，却另是一样，不像透明的水晶球，要看懂必须费些功夫才行。然而更奇怪的是俞平伯和废名并不读竟陵派的书籍，他们的相似完全是无意中的巧合。从此，也更可见出明末和现今两次文学运动的趋向是‘怎样的相同了’。”②

当然，周作人在20世纪20年代的文学思想中对自由主义文学思想的反思，自然有很多问题。

周作人自20世纪早期开始文学翻译、批评、写作和理论思考，其中尽

---

①钟叔河编订：《文学的未来》，《周作人散文全集》第七卷，广西师范大学出版社2009年版，第157页。

②钟叔河编订：《新文学的源流》，《周作人散文全集》第六卷，广西师范大学出版社2009年版，第51—72页。

管存在一些变化，但个人主义的自由主义文学观念一直是其主要思想方式，也是其对现代文学影响最大的文学思想。

第六节　茅　盾

茅盾（1896—1981），原名沈德鸿，字雁冰，笔名茅盾等。中国现代著名作家、文学评论家，新文学运动的参与者，革命文艺的先驱者。

一、自然主义文学观

茅盾在1920年代作为文学研究会成员和《小说月报》的编辑，一直比较注重文学与人生、现实主义文学理论的建构。从最初开始文学理论活动之时，人生就成为其文学思考的关键词。茅盾认为“文学是为表现人生而作的。文学家所欲表现的人生，决不是一人一家的人生，乃是一社会一民族的人生。不过描写全社会的病根而欲以文学小说或剧本的形式出之，便不得不请出几个人来代表。他们描写的虽只是一二人、一二家，而他们在描写之前所研究的一定是全社会、全民族。从这里研究得普遍的弱点，用文字描写出来，这才是表现人生的文学”。① 所以茅盾认为进化的文学需要具有三种要素，即普遍的性质、表现人生指导人生、为平民。由此可见，茅盾的为人生文学观与“五四”时期不少文学思想家是不同的。如果说“五四”时人们重视的是自由主义的文学观，那么，茅盾的文学观从一开始就比较偏向科学的、大众的、民主的、现实主义的文学观，是从社会来看人生的文学观。茅盾在提出“自然主义”时，他将科学的观察方法、全体人生的真的普遍性、各个人生的真的特殊性、客观的态度、主观的态度等话语构成关于文学与现实之间的正当关系以及合理方法，认为“我们应该学自然派作家，把科学上发见的原理应用到小说里，并该研究社会问题，男女问题，进化论种种学说。否则，恐怕没法免去内容单薄与用意浅显两个毛病。即使是天才的作者，这些预备似乎也是必要的”。②

---

①茅盾：《现在文学家的责任是什么》，《茅盾全集》第十八卷，人民文学出版社1991年版，第9页。

②茅盾：《自然主义与中国现代小说》，《小说月报》，1922年第十三卷第7号。

茅盾从这一文学观出发研究中国文学，提出中国传统文学观念主要有“文以载道”“游戏态度”两种。载道文学认为文学必须包含圣贤之道，把文学弄得狭窄，且失去了真实。游戏文学把文学作为虚无主义的游戏或者消遣，而失去了人生的意义，在社会上是废物。要救中国文学之弊，自然主义则是非常适合也是非常有必要的。所以，茅盾大力介绍自然主义。茅盾认为中国旧派小说“那技术上共同的错误是：（一）他们连小说重在描写都不知道，却以‘记帐式’的叙述法来做小说，以至连篇累牍所载无非是‘动作’的‘清账’，给现代感觉锐敏的人看了，只觉味同嚼蜡。（二）他们不知道客观的观察，只知主观的向壁虚造，以至名为‘此实事也’的作品，亦满纸是虚伪做作的气味，而‘实事’不能再现于读者的‘心眼’之前。思想上的一个最大的错误，就是游戏的消遣的金钱主义的文学观念。这三层错误，十余年来给与社会的暗示，不论在读者方面在作者方面，无形中已经养成一股极大的势力，我们若要从根本上铲除这股黑暗势力，必先排去这三层错误观念，而要排去这三层错误观念，我以为须得提倡文学上的自然主义”。茅盾认为自然主义的观察描写的方法和科学研究人生与社会的题材，可以治疗中国文学所存在的问题。在他看来，“自然主义者最大的目标是‘真’；在他们看来，不真的就不会美，不算善。他们以为文学的作用，一方要表现全体人生的真的普遍性，一方也要表现各个人生的真的特殊性，他们以为宇宙间森罗万象都受一个原则的支配，然而宇宙万物却又莫有二物绝对相同。世上没有绝对相同的两匹蝇，所以若求严格的‘真’，必须事事实地观察。这事事必先实地观察便是自然主义者共同信仰的主张。实地观察后以怎样的态度去描写呢？左拉等人主张把所观察的照实描写出来……左拉这种描写法，最大的好处是真实与细致。……自然主义是经过近代科学的洗礼的；他的描写法、题材，以及思想，都和近代科学有关系。……自然派作家大都研究过进化论和社会问题……我们应该学自然派作家，把科学上发见的原理应用到小说里，并该研究社会问题，男女问题，进化论种种学说。否则，恐怕没法免去内容单薄与用意浅显两个毛病。即使是天才的作者，这些预备似乎也是必要的”。①“自然主义的真精神是科学的描写法，见什么写什么，不想在丑恶

①茅盾：《自然主义与中国现代小说》，《茅盾全集》第十八卷，人民文学出版社1991年版，第232—238页。

的东西上面加套子，这是他们共通的精神，我觉得这一点不但毫无可厌，并且有恒久的价值；不论将来艺术界里要有多少新说出来，这一点终该被重视的。虽则‘将来主义无穷’，虽则‘光明之处与到光明之路都是很多’，然而这一点真精神至少也是文学者的ABC，走远路人的一双腿。”①

二、革命文学论

政治形势的变化带来了茅盾文学思想、文学认识和文学创作的变化。在《关于“创作”》一文中，茅盾清楚地将“五四”文学传统纳入到“五卅”叙事中，他说：“‘五卅’爆发后宣告‘五四’时代的正式告终。但是请不要太机械地去理解这句话。我们决不能把事情想象做这样，一九二五年五月卅日下午三时上海南京路上帝国主义枪声一响，于是‘五四’的幕就落下，而‘五卅’的幕就拉开了！不时地，尤其在文化思想的划分上，我们决不能看成这样单纯。并不是从那年五月三十日下午三时以后，关于‘五四’的一切就像扫地似的被扫得干干净净而不复有什么残存；也不是在那年五月三十日以前我们的社会生活里竟简直连那造成五卅运动的要素的一些影子也没有，事实上却是从一九一九年五月四日北京学生火烧赵家楼以后就有‘五卅’要素在孕育，在发酵，而终至于成熟；并且事实上在一九二五年五月三十日以后我们的社会生活里依然残存着若干‘五四’要素，时隐时现地在蠢动，在继续。这一点，在我们分析一九二五年到一九二七年中国文坛状况时，便可以看得很明白。”② 这种叙事的核心是将“五四”启蒙传统淡化而将之转换成阶级革命传统的起源。

随着瞿秋白、冯乃超、李初梨、冯雪峰、周扬等从政治革命转向文化革命或者在日本受到左翼影响的人纷纷进入文学领域，他们从政治斗争的文化霸权构建需要和文化政治双重角度阐释自己的文学主张，提出了革命文学、大众文艺等主张，并从左翼社会、文化与政治观批判“五四”以来的文学，建构了不同于启蒙主义文学思想的话语体系。如钱杏邨在批评鲁迅的《阿Q正传》时说，“十年来的中国农民是早已不像那时的农村民众的幼稚了。所以根据文艺思潮的变迁的形式去看，阿Q是不能放在‘五四’时代的，也不能放在‘五卅’时代的，更不能放到现在的大革命的时

①茅盾：《“左拉主义”的危险性》，《茅盾全集》第十八卷，人民文学出版社1991年版，第286页。

②茅盾：《关于“创作”》，《茅盾全集》第十九卷，人民文学出版社1991年版，第275页。

代的。现在的中国农民第一不象阿 Q 时代的幼稚，他们大都有了很严密的组织，而且对于政治也有相当的认识；第二是中国农民的革命性已经充分地表现了出来，他们反抗地主，参加革命，近且表现了原始的 Baudon 的形式，自己实行革起命来，绝没有象阿 Q 那样屈服于豪绅的精神；第三是中国的农民智识已不象阿 Q 时代的农民的单弱，他们不是莫名其妙的阿 Q 式蠢动，他们是有意义的，有目的的，不是泄愤的，而是一种政治的斗争了。……说到这里，我们是很明白的可以看到现在的农民不是辛亥革命时代的农民，现在的农民的趣味已经从个人的走上政治革命的一条路了"。① 另一方面，瞿秋白、李初梨、冯雪峰、周扬等人从政治斗争者身份转到文学思想建构者甚至依然以政党领导人身份参与到文学场域话语权争夺之中，他们对阶级身份和政治目标有着明确的意识，不仅要通过文学理论阐释和规范权的建构以达到无产阶级在文化场域中的领导地位，而且要由此推动文学的社会政治化。同时，不同于文学研究会成员或者《新青年》同仁的松散性、多元性团体形式，以"左联"为代表的文学社团则是具有纲领、组织等特点的政治性极强的社团。尽管这种文学政治化和政治文学化的文学理论冲突因政治身份和意识形态差异而影响其文学观念的现象甚至出现在具有某些政治共识的文学成员之间，如鲁迅、茅盾等人与年青一代的左翼作家们在政治与文学关系、历史的认识与判断、文学思想方面明显的冲突，但置身于这一文学思想话语中的茅盾等人还是认可了政治、阶级、革命、大众、社会、历史、辩证法、唯物主义、民族等为核心的思想。

在这种从文学革命到革命文学的转换中，茅盾文学思想也发生了相应的变化，即从"为人生"的文学观向阶级的、大众的、革命的文学观转换。在《鲁迅论》《王鲁彦论》《从牯岭到东京》《读〈倪焕之〉》等文章中，茅盾运用阶级、革命等观念来分析文学创作，并在与革命文学对话中，为描写小资产阶级的现实主义创作辩护，从而开始了自己文学理论的转型。在《"五四"运动的检讨》中，茅盾将"五四"分成了白话文学、反封建礼教、民主政治学生运动、无产阶级崛起四个阶段，并提出这是封建思想和资产阶级发展过程中的冲突，因此，"五四"文学在浪漫主义和自然主义之间摇摆是资产阶级摇摆的表现，是资产阶级文学。"五卅"之

①钱杏邨：《死去的阿 Q 时代》，《太阳月刊》3 月号，1928 年 3 月 1 日。

后，文学研究会和文学创造社所代表的资产阶级文学就衰落下去了。因此，茅盾尽管在“五四”之后还在一系列文章中肯定现实主义的真实性，要求文学避免“脸谱主义”和“方程式”的表达，但他已经通过无产阶级、革命、封建主义、资产阶级、帝国主义、斗争、唯物辩证法、未来、工农、社会现象、意识形态、时代、大众、小市民等概念构建了一套不同于其前期的文学思想。因此，尽管他看到“农民中的佃户虽然也是无产阶级，而最大多数的自耕农也是被压迫者，过的生活极困难，但是实际上农民的思想多倾向于个人主义，家族主义，宗教迷信的。所以然之故，半因农民的经济条件与劳工不同，半亦因落后的农业生产方法使他们不懂得合作，没有阶级意识”。[①] 所以他说：“我们必须从农村的血淋淋的斗争中，指示出农村破产的过程，农民的原始反抗性，农民的小资产阶级意识，在革命贫农分子中间所残存着的落后的农民封建意识，以及这些不正确的倾向怎样由渐进的然而坚韧的工作来克服；我们必须揭示出干部的无产阶级分子的薄弱将在农村斗争中造成怎样的严重错误，土豪劣绅改组派取消派将怎样利用农民的落后意识来孕育反革命暴动。”[②] 但他依然建构了一个乐观的阶级文学地图，“抗战的高热，刺激了中国巨人的诱惑力的新细胞，在加速度滋生而壮健起来，他有足够的力量进行着三重的斗争。……最近半年来的抗战文艺就是向着这条大路走。新的典型，已经（虽然不多）在作家笔下出现。‘华威先生’（张天翼《华威先生》，本刊一期）就是旧时代的渣滓而上不甘于渣滓自安的角色，‘差半车麦秸’（姚雪垠《差半车麦秸》的主人公的诨名，本刊三期）正是‘肩负着这个时代的阿脱拉斯型的人民的雄姿’。在《北方的原野》（碧野）里，我们听见了斗争中的青年战士们的充满着胜利的自信的笑声；青年农民出身的游击队员黑虎，农家孤儿十来岁的桂儿（皆为《北方的原野》里的人物），不都是崭新的人物？我们看见‘红花的女英雄’（碧野《在获鹿》，《战地半月》第四期）怎样想赴盛宴似的投入一个新的斗争，我们又看见富农田大爷、村公所长童先生（集体创作三幕剧《突击》内的人物）虽然还背着旧时代的重荷，但是战斗的意志、复仇的意志又多么强烈！我们又看见‘小弟弟小杜’怎样为

①茅盾：《论无产阶级艺术》，连刊于1925年5月起的《文学周报》第172、173、175、196期。

②茅盾：《中国苏维埃革命与普罗文学之建设》，《文学导报》第一卷第8期，1931年11月15日。

祖国流尽了最后一滴血（小杜是骆宾基的短篇小说《一星期零一天》里的人物，见骆宾基的短篇小说集《大上海的一日》），而这位‘小弟弟’正是在炮火里长大坚强起来的战士的典型”。①

茅盾带着他转型后的文化思想在1949年第一次文代会上作了一个总结十年国统区文艺的报告，他如此描述、定性国统区的文艺自然并对之展开反思与批判自然不会令人惊讶，他说：“不管我们在文艺思想上曾存在着或多或少的问题，在创作上曾存在着若干严重的缺点，国统区文艺运动还是有其显著的成就的。从斗争的总目标上看，国统区与解放区的文艺运动是一致的；从文艺思想发展的道路上看，双方在基本上也是一致的；而就国统区的革命文艺运动的主流来说，最近八年来也是遵循着毛主席的方向而前进，企图同人民靠拢的。国统区的文艺工作者在政治的、经济的、文化的三重压迫下，和日本帝国主义、美国帝国主义、国民党反动派斗争，固守着自己的岗位，对于抗日民族解放战争，对于在反动统治下的民主运动，对于人民解放战争，都起了积极的推动或配合的作用。反动派扼杀新文艺运动的企图，从来没有成功过。……现在，让我们回过来再看我们的文艺创作有些什么缺点；其中哪些是比较主要的。……我们经常看到有这样的情形，许多读者虽然津津有味地读了某些作品，但掩卷回索，却又惘然无所得；也有不少作品，虽然在读者中起了一些启导求进步的作用，但同时又无形中给了读者以低迴感伤的情绪。……有些作家因为不能反映出社会中的主要矛盾和主要斗争，就只能收集许多次要的社会生活现象，乃至许多与社会本质没有关联的社会生活现象。他们努力把所写的人物与现象写得细致，写得生动，并努力表现出革命的主题来，但终究在字里行间流露出一些黯淡无力的思想情绪。还有一些作家，表面上和上述的倾向相反，他们为了使作品‘有力’，就着重去描写人物的精神状态。然而不幸，他们所写的人物和斗争既未能反映出主要矛盾和主要斗争，而且又往往不能完全按照客观的真实而加以表现，甚至竟以作家的主观任意解释和说明客观的现实。……也还有一些作家以人道主义的思想情绪来填塞他们的作品，他们有正义感，有同情心，他们局部地揭露了现实的黑暗，也表现了若干客观的真实，但是他们回避开了社会中的主要矛盾与主要斗争。他们

①茅盾：《八月的感想——抗战文艺一年的回顾》，《文艺阵地》第一卷第9期，1938年8月16日。

认识世界的方法是经验主义的，他们的作品也多少流露着感伤的情绪。……但此外还有一些更有害的倾向潜生在进步的文艺阵营内部，成为腐蚀我们的斗志的毒素。一种是完全按照个人的趣味而采集些都市生活的小镜头，编成故事，既无主题的积极意义，亦无明确的内容。这种纯粹以趣味为中心的作品，显然是对小市民的趣味投降，而失去了以革命的精神去教育群众的基本立场。还有一种倾向，一方面描写抗日战争，另一方面则故意避免暴露抗日阵营中的黑暗面，却用男女间的恋爱故事，穿插其间，企图以‘抗战’吸引进步的读者，同时又以‘恋爱’迎合落后的读者，达到了‘左右逢源’之乐。像这样的抗战加恋爱的新式传奇，在作者本人既然没有忠于真理忠于人民的严肃的态度，结果他的作品自然不但庸俗而已，而且在客观上对于反动统治起了掩饰的作用。最后的一种倾向是抵不住反动统治的低气压的压迫，经济生活的煎熬，又受着资本主义没落期的文艺思潮的影响，公然把颓废主义呈现在大众的面前，而且还要装出‘纯文艺’的高贵的气派来骗取读者。”自然也不意外于茅盾对文艺家再次改造的呼吁，“过去我们在反动政府压迫下，没有写作自由与发表自由，很少可能和群众建立密切联系；从此以后，我们将生活在自由的天地中，我们将有一切机会和群众建立密切的联系。空前伟大的人民革命的胜利，与正在开始着的全国生产建设的事业，供给了我们文艺工作者以无限丰富的题材，觉醒了的战斗着的工作着的人民大众中间的英雄与模范，将是我们的文艺作品内的主人翁”。①

茅盾作为现代文学思想的建构者始终同其所置身于其中的社会历史和文学保持着紧密联系，并以持之以恒的对底层社会和人生的关怀而建构自己的文学思想。作为一种文学思考方式，茅盾的文学思想在中国现代文学思想格局中具有重要的价值，这种文学思考在整个文学场域中作为一种自由争鸣、甚至以其集团性力量而争取话语权，并确实带来了中国文学思考的独特路径。但是，这种思想如果在其反思和改造过程中成为国家意识形态机器一部分甚至借助强大的国家意识形态、国家暴力机器而成为唯一文学思想方式，则会影响其他文学思想方式可能提出的问题、思考和批判。1949 年以后的茅盾正是带着关于国统区文学如此的反思和批判，进入到新

---

①《在反动派压迫下斗争和发展的革命文艺》，《中华全国文学艺术工作者代表大会纪念文集》，新华书店 1950 年版，第 65 页。

中国文学思想的道路之中。

第七节　梁实秋

梁实秋（1903—1987），字实秋，笔名秋郎等，北京人，现代著名的散文家、学者、文学批评家、翻译家。

一、古典主义文学论

在后“五四”时代文学思想家中，有一批在欧美受过教育的留学生，如闻一多、徐志摩、梁实秋、朱光潜、梁宗岱、李健吾等。比较“五四”一代文学思想家以留学日本为主、且其教育背景大多为哲学、工科、医学等，后“五四”时代从事文学理论和文学批评的文学思想家颇多留学欧美的学生、且受过专门语言文学、艺术、美学等方面教育。他们不仅能及时地将海外现代文艺思潮等介绍到中国，系统地进行阐述，而且他们更加强调文艺相对于社会的独立性，重视审美趣味，提出新古典主义、现代主义等文学主张。这群文学思想家对文学的政治功利性颇为不满，对“五四”以来的文学功利主义、个人主义、自然主义、阶级文学、大众文学、艺术的去伦理化等进行了比较强烈的批评，提出了建立在人性的永恒性、普遍性等之上的文学审美理论，以图超越阶级的、社会的冲突，故梁实秋提出：“阿诺德论莎孚克里斯的伟大，他说莎孚克里斯能‘沉静的观察人生，观察人生的全体’。这一句话道破古往今来的古典主义者对于人生的态度。惟其能沉静的观察，所以能免去主观的偏见。惟其能观察全体，所以能有正确的透视。故古典文学里面表现出来的人性是常态的、是普遍的。其表现的态度是冷静的、清晰的、有纪律的。”①

梁实秋是这群欧美留学生中一位颇具代表性的文学思想家。梁实秋深受亚里士多德、贺拉斯、莎士比亚、阿诺德、白璧德等思想家的影响，形成了自己的古典主义文学观，这种古典主义以永恒而普遍的人性为核心，强调在变化的世界中以审慎理性的方式超越现象去把握不变的普遍的人性，并以有节制的艺术形式将情感、生命、自然等表现在文学之中。梁启

①梁实秋：《梁实秋批评文集》，珠海出版社 1998 年版，第 43 页。

超在解释古典主义时谈道："我们根据以人为本为基础的古典主义，来观察'艺术即是选择'的学说，可得二一：（一）文学的对象的选择。（二）作品的内容的选择。前者是讲文学与人生自然的关系；后者是讲作品内容各部分的相互的关系。宇宙万物在川流不息的变动，但是在变动之中却有不变动者在。艺术家能够辨察虚实真伪，不为现象界所拘束诱骗。文学家处在森罗万象的宇宙中间，并不因获得一鳞半爪的材料便沾沾自喜，他要沉静的体会那普遍的固定的人性。……这样的文学家须要的是纯正的有纪律的想象力，超过耳目感官的现象界，以达于歌德所谓的'较高的真实之幻觉'……亚里士多德之所谓模仿，不是模仿现在而是模仿当然的或然的，亦即是以哲学的眼光在人生中寻求文学的对象。伟大的文学家，不在乎能写多少，而在乎能把多少不写出来。……肯选择的作者，他牢记着作品的目的，着眼在骨骼的结构，凡与主旨无关者悉在剪裁之列。……皆知的力量永远比放纵的力量更为可贵。……其整体必为有生机的，其内容必为单纯的。要求这种简单的精神，必须有两个条件：（一）理性的选择，（二）清健的力量"。① 在梁实秋看来，文学自然是要表现自然人生的，而不是世界之外某些超越性的存在，这是他作为人本主义的坚持。但梁实秋的自然和人生并不是自然人生中的现象的、碎片的、暂时的，也不是"五四"时期浪漫主义者所强调的主观的、情感的、偶然发生的，而是能反映人生的普遍性和永恒性的自然人生现象，是具有可能性的、真理性的自然人生。"五四"时期的文学思想家可能会在启蒙与蒙昧、自由与专制、个体与社会、现代与传统、现实与形式等之间构建二元对立关系，并强调以科学方法观察自然人生并加以现实主义的或者强烈的主观的表现，但梁实秋则创造了现象与真理、个性与普遍性、变动与永恒、放纵与节制、感情与理性等一系列的二元关系，强调后者才是文学中应该加以关注的，是文学的本质，而前者对于文学来说或者只具有材料的性质，或者是应该回避的。

梁实秋的古典主义是以亚里士多德、阿诺德和白璧德等人为代表的古典主义。这种古典主义非常重视"模仿"，并且是亚里士多德意义上的模仿，而非文学研究会等人所强调的文学是人生的关照。他说："文学是模

---

①梁实秋：《"艺术就是选择"说》，《浪漫的与古典的文学的纪律》，人民文学出版社 1988 年版，第 158、159 页。

仿，但所模仿的是什么？亚里士多德以为那便是‘真’，亦便是‘理想’。我们平常以为真实与理想判然两事，但亚里士多德以为唯有理想才得称为真实，二者乃一物之异名。文学所模仿者是人生，是自然；但是人生与自然的哪一面呢？亚里士多德的意思，人生是变动的，但人生亦有其不变动者在，这一点不变动的便是亚里士多德所谓之‘普遍性’，‘永久性’，亦即‘真’，亦即‘理想’。诗人所模仿的也就是这普遍的永久的真的理想的人生与自然。……在亚里士多德看来，艺术的模仿乃超于现象界的羁绊而直接为最后的真实之写照。歌德的解释最为精当，他说模仿者乃‘较高的真实之幻象也’。”① 梁实秋所说的模仿是对现实中具有永恒性、普遍性的存在的模仿，是关于现实可能性真理的模仿，并由此达到理想的、较高的真实。很明显，梁实秋所说的模仿既不是自然主义所强调的对自然人生的无选择的真实的描写，不是对现实的科学观察、细节真实的表现，也不是胡适等人所说的“言之有物”的“物”和陈独秀在写实主义文学中所强调的平民世界，也不是周作人所强调的个人主义的生活和印象，当然更不是茅盾等人所主张的“血和泪的人生”。在梁实秋看来，“五四”时期的文学思想家所强调的现实都只是表面的现象，而不是普遍而永恒的真实，后者才是文学表现的对象，是需要通过亚里士多德意义上的模范来穿透自然人生现象，才能把握到的真理。

二、普通的人性论

如同亚里士多德一样，梁实秋所强调的模仿对象并不是超越人生与自然之外的，不是柏拉图意义上的理念，而是存在于自然人生之中的本质性真理。梁实秋在批评王尔德的唯美主义时说，“艺术的产生与当时社会环境及哲学思想自有不可分离的关联。……艺术的创造总是由经验而来，而此种经验更须要经过分析与综合的步骤，把此种制炼后的经验表现出来，这便是所谓‘创造的现象’。越是抽象的艺术，越要有实在的东西表现它。……亚里士多德的确说过，Mythos 是悲剧的正当题材，但是亚里士多德在比较悲剧与历史的时候，把艺术与人生的关系也确定了。他说，艺术对象乃是或者可以发生的事物，换言之，即是有或能性者。……想象固是重要，而想象的质地则尤为重要，真正伟大的作品，不是想入非非的胡言乱道，而是

①梁实秋：《亚里士多德的〈诗学〉》，《浪漫的与古典的文学的纪律》，人民文学出版社 1988 年版，第 62 页。

稳健的近乎常态的人性的”。[①] 模仿所能达到的是亚里士多德意义上的对事物最终目的之把握，他说“亚里士多德所谓‘戏剧的模仿’，即心灵之活动的一种方式。宇宙万物既有其最终之目的，故所谓心灵之活灵亦绝不是放纵的无归宿的现象。是故戏剧的模仿亦是有一定之模仿的对象，其模仿之价值不在模仿之历程，而在模仿之目的。何谓善？何谓恶？亚里士多德说，凡公共所企求者，所认为目标者即为善，反是为恶。所以在普遍性这一点上，善与真完全可以合二为一。并且亚里士多德是认定人性是普遍的，是有中心的。吾人欲表现善与真，换言之，吾人欲表现理性，若不于人性之普遍的方面着手，实别无良法。……凡普遍者，即为中庸者”。[②]

这就涉及了梁实秋对人性的理解。在梁实秋之前的周作人、茅盾等人也曾经谈论过人性，周作人从进化论上谈论人性和茅盾从社会学上谈论人性，固然可能包含着某种普遍性或者社会性，但他们以传统与现代相反对的方式来谈论人性，其普遍性就只能包含着现代的普遍性了，甚至是平民的普遍性或者现实人生中社会关系的普遍性，而不具有超越文化的、超越时代的普遍性。这与梁实秋是不同的。梁实秋将人生分为自然的、人性的、宗教的三重境界，“自然的”指卢梭的自然哲学所强调的原始的、个人的、情感的、蒙昧的人生境界；“人性的”是以亚里士多德、莎士比亚、歌德以及中国古典中的自然人生中感性与理性、现象与真理、个性与普遍性相统一的人生境界；“宗教的”指人的神性存在以及世界的神学根源等。梁实秋认为“人性是很复杂的（谁能说清人性包括的哪几样成分），惟因其复杂，所以才有条理可说，情感想象都要向理性低首，在理性指导下的人生是健康的常态的普遍的，在这种状态下所表现的人性亦是最标准的”[③]，“吾人要的一固定的普遍的标准必先将‘机械论’完全撇开，必先承认文学乃‘人性’之产物，而‘人性’又绝不能承受科学的实证主义的支配，……纯正的人性，绝不如柏格森所谓之‘不断的流动’。人性根本是不变的”，“普遍的人性是一切伟大作品之基础，所以文学作品的伟大，无论其属于什么时代或什么国土，完全可以在一个固定的标准之下衡量起

---

①梁实秋：《王尔德的唯美主义》，《浪漫的与古典的文学的纪律》，人民文学出版社 1988 年版，第 139—143 页。

②梁实秋：《亚里士多德的〈诗学〉》，《浪漫的与古典的文学的纪律》，人民文学出版社 1988 年版，第 75 页。

③梁实秋：《梁实秋文集》第二卷，鹭江出版社 2002 年版，第 143 页。

来，无论是各地的风土、人情、地理、气候是如何的不同，总有一点普遍的素质”。[①] 这种人性不是存在于自然人生之外的某个神秘而不可止的地方，“这人生的精髓就在我们的心里，纯正的人性在例行的生活里就可以实现。人性是不稀奇的，从事文学的人，若专从‘奇’处着想，这条路便越走越远，所谓‘道不远人人自远之’”。[②]

在梁实秋所理解的人性之中理性和伦理具有很重要的地位。梁实秋自然不会赞成自然哲学所强调的自然的、原始的、个性的、欲望的、情感的人性，而是主张“能‘沉静的观察人生，观察人生的全体’。这一句话道破了古往今来的古典主义者对于人生的态度。惟其能沉静的观察，所以能免去主观的偏见；惟其能观察全体，所以能有正确的透视。故古典文学里面所表现出来的人性是常态的，是普遍的。其表现的态度是冷静的，清晰的，有纪律的”。[③] 梁实秋重视观察在人性中的地位，是因为他看到了自然主义哲学以所谓自然的名义，强调个人完全沉浸在自然之中，而且是自我放纵的情感性的同化于自然，而无法对自然和人生采取一种有距离的、可以透视人生自然的真理的态度，也就是一种理性的态度。梁实秋非常重视理性的态度在文学中的价值，他在批评卡莱尔的文学观时，虽然批评了其关于文学批评家的观念，但他也认同卡莱尔的诗人与真理之间的关系的看法，认可诗人具有穿过现象看见真理的理性能力，“诗人能看穿色相，能看到事物之真理。诗人不是耽溺于耳目声色的美感，而是负有一种极大的精神使命。诗便是真理的写照。……惟诗人独具只眼，洞见真理”。[④] 与此同时，梁实秋面对着浪漫主义的强烈的自我、表现人的本能以及极端地表现感伤等，他提出人性的价值在于其伦理性、纪律性、节制能力等，他说：“文学发于人性，基于人性，也止于人性。人性是很复杂的……惟因其复杂，所以才有条理可说，情感想象都要向理性低首，在理性指导下的人生是健康的常态的普遍的，在这种状态下所表现出的人性亦是最标准

①同上，第 123—125 页。

②梁实秋：《文学的纪律》，《浪漫的与古典的文学的纪律》，人民文学出版社 1988 年版，第 116 页。

③梁实秋：《现代中国文学之浪漫的趋势》，《浪漫的与古典的文学的纪律》，人民文学出版社 1988 年版，第 18 页。

④梁实秋：《喀赖尔的文学批评观》，《浪漫的与古典的文学的纪律》，人民文学出版社 1988 年版，第 54 页。

的；在这标准下所创作出来的文学才是有永久价值的文学。所以在想象里，也隐隐然有一个纪律，其质地必须是伦理的常态的普遍的。……诗人可以想象最可怕最反常的罪恶，并且引做题材，但是他能不自己卷入这罪恶的漩涡。”①

正是基于梁实秋对于模仿和人性的如此理解，所以，梁实秋极力反对“五四”文学思想家将科学引入到文学之中以及在此基础上形成的文学现实主义，他认为，“把人当作物，即泯灭了人性，而无限制发展物性，充其极即是过分的自然科学的进步，而没有人去适当地驾驭那些科学的成果，变成为纯粹的功利主义，这科学的功利主义即是‘自然主义’的一面，我们称之为科学的自然主义”。② 所以，他反对文学和文学批评中的科学主义，认为文学的科学化既会忽视普遍的人性和伦理，也会导致文学有机性的丧失和模仿所能获得的现象之本质，会影响文学的自由的、伦理的选择及价值表现，而是停留在事实的归纳上。他说：“文学批评也不是科学，以科学方法（假如世界上有所谓‘科学方法’者）施于文学批评，有绝大之缺憾。文学批评根本的不是事实的归纳，而是伦理的选择，不是统计的研究，而是价值的估定。凡是价值问题以内的事物，科学不便过问。近代科学——或假科学——发达的结果，文学批评亦有变成科学之势。”③“五四”时期的文学思想普遍表现出世俗化、社会化和现实主义化的趋势，这种趋势以关于社会现实的科学分析为基础，要求文学能写出现实中的人生、社会、阶级或者因现实而发生的情感，梁实秋认为这种现实主义社会学的文学创作、思想和批评虽然可以分析文学产生的社会背景，却不足以把握文学的内在的人性、审美的和真理的价值，“譬如，对于莎士比亚的戏剧，社会学的批评家们恐怕就要先说明伊丽莎白时的社会生活政治状况经济情形和舞台设备等，对于鲁滨逊漂流记，社会学的批评家恐怕又要研究当时英国探险事业的状况”，他说：“文学作品一方面固是表现了当时的社会，但一方面也表现了作者个人的人格，并且解释社会状况，只能算是

---

①梁实秋：《文学的纪律》，《浪漫的与古典的文学的纪律》，人民文学出版社 1988 年版，第 122—123 页。

②梁实秋：《关于白璧德先生及其思想》，《梁实秋批评文集》，人民文学出版社 1988 年版，第 215 页。

③梁实秋：《文学批评辨》，《浪漫的与古典的文学的纪律》，人民文学出版社 1988 年版，第 102 页。

解释了作品生产的状况，不能算是评衡其内容的价值。”①

作为古典主义文学思想家，梁实秋既然强调人性的理性、伦理性、普遍性等，自然也需要面对人们关于感性、自然性、情感和社会现实等方面的质疑。对于这些质疑，梁实秋强调自己并不否定自然、情感等在文学中的价值，但这些都需要通过理性、伦理以及艺术的形式来加以选择、节制并以适度的方式加以表现，以体现普遍的人性。他认为文学要在放纵的感情的主观力量和理性的客观的力量之间，找到一个中庸之道，并引述贺拉斯的观点，指出“适当”在文学和人性中的价值。

梁实秋的古典主义的文化和文学思想，促使其对自然主义、浪漫主义、现实主义、唯美主义、革命文学、意象主义、个人主义等现代以来的文学思潮和“五四”以来的中国文学颇为不满。关于他所置身于其中的中国文学，他说：“不幸我们正逢着一个荒歉的年头，收成的希望是枉然的。这又是个混乱的年头，一切价值的标准，是颠倒的。……我们不妨把思想（广义的，现代刊物内容的一个简称）比作一个市场。……这思想的市场也是摆满了摊子，开满了店铺，挂满了招牌，扯满了旗号，贴满了广告，这一眼看去辨认得清的至少有十来种行业，各有各的色彩，各有各的诱惑，……一感伤派，二颓废派，三唯美派，四功利派，五训世派，六攻击派，七偏激派，八纤巧派，九淫秽派，十热狂派，十一稗贩派，十二标语派，十三主义派，……思想上言论上更应得有充分的自由，不错。但得在相当条件下。最主要的两个条件是，（一）不妨害健康的原则，（二）不折辱尊严的原则。……我们要充分的发挥这一双伟大的原则——尊严与健康。尊严，它的声音可以唤回在歧路上彷徨的人生。健康，它的力量可以消灭一切侵蚀思想与生活的病菌。我们要把人生看作一个整的……我们相信亦不纯正的思想是人生改造的第一个需要。……我们说解放因为我们不怀疑活力的来源。……要从恶浊的底里解放圣者的泉源。”②

基于对文学与普遍人性关系的理解，梁实秋对浪漫主义文学和功利主义文学进行了持之以恒的批判。在梁实秋的文学思想活动中，他从古典主义文学角度对浪漫主义文学进行深刻的分析，强调浪漫主义的感情主义、

①梁实秋：《文学批评结论》，《梁实秋批评文集》，珠海出版社 1988 年版，第 128 页。

②《〈新月〉的态度》，《新月》第 1 期第 1 号，1928 年 3 月 10 日。

主观主义、个人主义、创造、天才、现象、自然等文学观念，既缺乏节制，而且混乱了普遍的人性和文学形式标准。他指出："浪漫主义者对自己的生活往往有不必要的伤感，愈把自己的过去的生活说得很悲惨，自己心里愈觉得痛快舒畅。……情感在量上不加节制，在作者的人生观上必定附带着产出'人道主义'的色彩。人道主义的出发点是'同情心'，更确切些应是'普遍的同情心'。……吾人试细按普遍的同情，其起源固由于'自爱''自怜'之扩大。但其根本思想乃是建筑于一个极端的假设，这个假设就是'人是平等的'。平等观念的由来，不是理性的，是情感的。"①他认为浪漫主义的情感表达和自然偏好是自我的消融，是人的自由化，而不是古典主义自然的人性化，前者是人与自然的平等，而后者是人为宇宙中心，而他是主张后者的，他强调浪漫主义"专要寻出个人的不同处，势必要将自己的怪癖的变态极力扩张，以为光荣，实则远离了人性的中心"。② 他希望用普遍人性、古典主义、理性节制、健康尊严等来规范文学思想和创作，"我们可以赞成'皈依自然'，但我们是说以人性为中心的自然，不是浪漫主义者所谓的自然。浪漫主义者所谓的自然，是与艺术立于相反的地位。我们也可以赞成独创，但我们是说在理性指导之下去独创，不是浪漫主义者叛离人性中心的个性活动"。③ 因此，改变文坛的混乱与恶浊，建构一个清明、健康的文学空间就成为一些文学的自觉追求。

就功利主义文学而言，梁实秋从文学表现普遍人性角度非常反对国民党的文学政策，反对以三民主义统一文学，认为三民主义作为政策、作为某个时代的政治要求，是无关乎人性的永恒性的。梁实秋指出："思想这件东西，我以为是不能统一的，也是不必统一的。个人有个人的遗传环境教育，所以没有两个人的思想是相同的。中国有一句老话，'人心不同，各如其面'，这话不错。一个有思想的人，是有理智力有判断力的人，他的思想是根据他的学识经验而来的。思想是独立的；随著潮流摇旗呐喊，那不是有思想的人，那是盲从的愚人思想只对自己的理智负责，换言之，

①梁实秋：《现代中国文学之浪漫的趋势》，《浪漫的与古典的文学的纪律》，人民文学出版社1988年版，第16—17页。

②梁实秋：《现代中国文学之浪漫的趋势》，《浪漫的与古典的文学的纪律》，人民文学出版社1988年版，第23—24页。

③梁实秋：《现代中国文学之浪漫的趋势》，《浪漫的与古典的文学的纪律》，人民文学出版社1988年版，第27页。

就是只对真理负责；所以武力可以杀害，刑法可以惩罚，金钱可以诱惑，但是却不能掠夺一个人的思想。别种自由可以被恶势力所剥夺净尽，唯有思想自由是永远光芒万丈的。一个暴君可以用武力和金钱使得有思想的人不能发表他的思想，封书铺，封报馆，检查信件，甚而至于加以‘反动’的罪名，枪毙，杀头，夷九族！但是他的思想本身是无法可以扑灭，并且愈遭阻碍，将来流传的愈快愈远。……天下就没有固定的绝对的真理。真理不象许多国的政府似的，可以被一人一家一族所把持霸占。人类文明所以能渐渐的进化，把迷信铲除，把人生的难题逐渐的解决，正以为是有许多有独立思想的人敢于怀疑，敢于尝试，能公开的研究辩难。思想若是统于一，那岂不是成为一个固定的呆滞的东西？当然，自己总以为自己的思想是对的，但是谁敢说‘我的思想是一定正确的，全国的人都要和我一样的思想’？再说，‘思想’两字包括的范围很广，近代的学术注重专门，不象从前的什么‘儒家思想’‘道家思想’等等的名词比较可以概括所有的人之说有的析向。在如今这样学术日趋繁复的时候而欲思想统一，我真不知道那一个人那一派人的思想可以当得起一切思想的中心。……这样的统一，实在是无益的。在政治经济方面，也许争端多一点，然而在思想上有争端并无大碍，凡是公开的负责的发表思想，都不妨容忍一点。我们要国家的统一，是要基于民意的真正的统一，不是慑于威力暂时容忍的结合。所以我们正该欢迎所有的不同的思想都有令我们认识的机会。……我们若从国家的立场来看，思想是不必统一的。……凡是要统一思想，结果必定是把全国的人民骗到三个种类里面去，第一类是真有思想的人，绝对不附和思想统一的学说；第二类是受过教育而没有勇气的人，口是心非的趋炎附势，这一类人是投机分子，是小人；第三类是根本没有思想的人，头脑简单，只知道盲从。……我们现在要求的是，容忍！我们要思想自由，发表思想的自由，我们要法律给我们以自由的保障。我们并没有什么主义传授给民众，也没有什么计划要打破现状，只是见著问题就要思索，思索就要用自己的脑子，思索出一点道理来就要说出来，写出来，我们愿意人人都有思想的自由，所以不能不主张自由的教育。”① 因此，梁实秋指出国民党的党义文学的荒诞，“很明显的，现在当局是要用‘三民主义’来统一文艺作品。然而我就不知道‘三民主义’与文艺作品有什么关系：我更不

①梁实秋：《论思想统一》，《新月》第二卷第3号，1929年5月。

解（国民党中央）宣传会议决议创造‘三民主义’的文学，如何就真能产出‘三民主义’的文学来，我们愿意等十年、二十年、三十年，请任谁忠实同志来创作一部‘三民主义的文学’给我们读读”。① 针对20世纪40年代国民党所提出的文艺要求，梁实秋再次表现出强烈的反对，并提出：“站在文艺的立场上来看，现今世界各国只有两个类型，一个是由着文艺自由发展，一个是用鲜明的政策统制着文艺的活动。……在英美，各种样的文艺作品都可以自由的创作，自由的刊印，自由的销行，政府不加限制。……这种思想自由出版自由可说是民主政治之最值得令人称羡的一端。在苏联德意，文艺作家是一种战士，受严格的纪律，不合于某一种‘意德沃洛基’的作品是不能刊行的，有时还连累作者遭受迫害，不能在本国安居，或根本丧失生命。这现象在苏联德意只被认为他们的文艺政策应有的结果，所以，从文艺的观点，一个国家是属于封建主义、资本主义或社会主义，那都没有多大关系。……文艺的园地很广大，所以可以包括各种各样的题材，我们不能指定专写某一种题材。”②

对于无产阶级文学所强调的宣传、文学阶级性等观念，梁实秋表示不满，自然也就不令人意外了。在梁实秋看来，虽然社会是有阶级性，但文学是要表现普遍永恒的人性，是要在社会现象的叙述描写之中表现超阶级的普遍的人性，所以他说：“一个资本家和一个劳动者，他们的不同的地方是有的，遗传不同，教育不同，经济的环境不同，因之生活状态也不同，但是他们还有同的地方。他们的人性并没有两样，他们都感到生老病死的无常，他们都有爱的要求，他们都有怜悯与恐怖的情绪，他们都有伦常的观念，他们都企求身心的愉快。”“人生现象有许多方面都是超于阶级的。例如，恋爱（我说的是恋爱的本身，不是恋爱的方式）的表现，可有阶级的分别吗？例如，歌咏山水花草的美丽，可有阶级的分别吗？没有的。”③ “阶级性只是表面现象……人性和阶级性可以同时存在，但我们认清这轻重表里之别。”④ “文学的精髓是人性的描写”⑤，“文学作品之是否

①《论思想统一》，《新月》第二卷第3号，1929年5月。

②梁实秋：《关于“文艺政策”》《文化先锋》第一卷第8期，1942年10月12日。

③《文学是有阶级性的吗》，《新月》第二卷6、7号合刊，1929年9月。

④《文学是有阶级性的吗》，《新月》第二卷6、7号合刊，1929年9月。

⑤《人性与阶级性》，《偏见集》，正中书局1934年版，第299页。

伟大，要看它表现的人性是否深刻真实”①，“如其文学反映出阶级性，那也只是附加的一点色彩”②，“一部作品有它的精髓，也有它的附属的‘时代精神’、‘地方色彩’，那精髓即是人性的描写，其它附属的则无关紧要”。③ 梁实秋这样强调人性的普遍性：“‘人性’是普遍固定的，喜怒哀乐之情，仁义礼智信的美德，不分古今，不问中外，永远是不变的。人生当中有许多现象是变动的，是‘无常’的，但在变动中有不变者在，‘多中有一’。”④ 基于这种古典主义人性观，尽管可能冒天下之大不韪，梁实秋在抗战时期还是强调文学的普遍性和审美性，提出“与抗战无关”的文学观念，“现在抗战高于一切，所以有人一下笔就忘不了抗战。我的意见稍微不同，于抗战有关的材料，我们最为欢迎，但是与抗战无关的材料，只要真实流畅，也是好的，不必勉强把抗战截搭上去。至于空洞的‘抗战八股’是没有益处的。”⑤

梁实秋的人本主义的古典主义文学思想批评了中国现代文学中的启蒙主义、马克思主义、个人主义、自然主义和浪漫主义以及建立在这些思想背后的科学主义，为中国现代激进的文学思想提供了人本主义、自由主义和保守主义的古典主义的反动，在中国现代文学思想史上确实具有独特的价值。

第八节　沈从文

沈从文（1902—1988），原名沈岳焕，字崇文，笔名休芸芸等，湖南凤凰县人，苗族。中国现代著名文学家。

沈从文在中国现代文学史并不以理论而著称，但他在创作中所自觉表现的现代文明与自然人生、时间变迁与永恒人性之间的冲突以及顽强健康的生命与单纯智慧的德性统一，以及他对这种文学创作的思考，也构成了

---

①《现代文学论》，《偏见集》，正中书局 1934 年版，第 156 页。

②《论第三种人》，《偏见集》，正中书局 1934 年版，第 90 页。

③《古典文学的意义》，《偏见集》，正中书局 1934 年版，第 252—253 页。

④《新世训》，《星期评论》 正中书局 1934 年版，1941 年 4 月 4 日。

⑤《中央日报·平明》，1938 年 12 日 1 日。

中国现代文学思想上一个独特的理论风景。

一、自然人性和反现代性的文学观

在沈从文的文学思想中，人性是非常重要的概念。沈从文所理解的人性包含着几个方面的意思。首先，这种人性是普遍共通的，超越当时诸多文学争论中所强调的阶级性、民族性等。沈从文说："一个作品的恰当与否，必须以'人性'作为准则，是用在时间和空间两方面都是'共通处多差别处少'的共同人性作为准则。'人事'包括两个方面，一是'社会现象'，即人与人之间的关系，一是梦的现象，即人的心和意识的单独种种活动。"① 第二，沈从文所谓的人性是健康的、美丽的、纯洁的、理性的、智慧的、充满自然生命的神秘与完满，而不同于浪漫主义狂热的内在自我，也不同国民性批判者的精神创伤。他说："因为我活到这世界里有所爱。美丽，清洁，智慧，以及对全人类幸福的幻影，皆永远觉得是一种德性，也因此永远使我对它崇拜和倾心。这点情绪同宗教情绪完全一样。这点情绪促我来写作，不断的写作，没有厌倦，只因为我将在各个作品各种形式里，表现我对于这个道德的努力。……生活或许使我平凡与堕落，我的感情还可以向高处剥去，生活或许使我孤独独立，我的作品将同许多人发生爱情同友谊。"②

比较这种自然的人性，沈从文认为现代文明之下的人则已经失去了淳朴和健康，他认为现代人"一面不满现状，一面用求学名分向大都市里跑……挥霍家中前一辈的积蓄，享受腐烂的现实，并用'时代的轮子''帝国主义'一类空洞语句，写点论文和诗歌，情书或家信。末了是毕业、结婚、回家，回到原有的那一个现实里做新一代的绅士或封翁，等待完事。就中少数有志气，有理想，无从使用家中财产或不屑使用家中财产，想好好努力奋斗一番的，也只是就读书所得到的简单文化概念，以为世上除了'政治'再无别的事物。对历史社会的发展，既缺少较深刻地认识，对个人生命的意义，也缺少深刻地认识。个人出路和国家幻想，都完全寄托在一种依附性打算中，结果到社会里一滚，自然就消失了……日子过得很好，但是那点年轻人的壮志和雄心……可完全消失净尽了"。③ 这些现代

①沈从文：《沈从文全集》第十二卷，北岳文艺出版社2002年版，第65页。

②沈从文：《沈从文全集》第二卷，北岳文艺出版社2002年版，第34页。

③沈从文：《〈长河〉题记》《沈从文文集》第六卷，花城出版社1983年版，第3、4页。

人是“阉寺性的人，实无所爱，对国家，貌作热诚，对事，马马虎虎，对人，毫无情感，对理想，异常吓怕。也娶妻生子，治学问教书，做官开会，然而精神状态上始终是个阉人”。① 第三，这种人性是神与人、宇宙与社会、人与自然在生命力和爱之上和谐统一的存在，是处在生死中的人与永恒的宇宙秩序之间的统一。他说：“宇宙实在是个复杂的东西，大如太空列宿，小至蚍蜉蝼蚁，一切分裂与分解，一切繁殖与死亡，一切活动与变易，俨然都各有秩序，照固定计划向一个目的行进，然而这种目的却尚在活人思索观念活动边际之外，难以说明。人心复杂，似有过之无不及。然而目的却显然明白，即求生命永存。”② 这个生命当然不只是简单的生物学意义上的生命，也不只是个体性的生命或者“五四”新文化运动以来那种自由的、主观的生命或者建立在个体绝对的独立和权利之上的生命，它是有意志、理性和包括国家、人类意义的生命，是个体与种族、国家圆融一体的生命，也是意志与理性一体的生命。他认为应当“由新的理性产生‘意志’，且明白种族延续国家存亡全在乎‘意志’，并非东方式传统信仰的‘命运’。用‘意志’代替‘命运’，把生命的使用，在这个新观点上变成有计划而能具连续性，是一切新经典的根本”。③

其次，基于这种关于人性的理解，沈从文把文学理解为一种供奉人性的希腊小庙。他说：“这世界或有想在沙基或水面上建造崇楼杰阁的人，那可不是我。我只想造希腊小庙。选山地作基础，用坚硬石头堆砌它。精致、结实、匀称，形体虽小而不纤巧，是我理想的建筑。这神庙供奉的是人性。我要表现的本是一种人生的形式，一种优美、健康、自然而又不悖乎人性的人生形式。”④ 他希望能通过自己的文学创作为无神的世界建构一个神性的空间，为人性的圆融建构一个空间，“我还得在‘神’之解体的时代，重新给神一种赞颂。在充满古典庄严与雅致的诗歌失去光辉的意义时来谨谨慎慎写最后一首情诗”。⑤ 这种表现永恒人性的文学是“一种美和爱的新宗教，来煽动更年轻一辈做人的热诚，激发其生命的抽象寻找，对

①沈从文：《生命》《沈从文文集》第十一卷，花城出版社 1983 年版，第 295 页。

②沈从文：《烛虚》，《沈从文文集》第十一卷，花城出版社 1983 年版，第 278 页。

③沈从文：《长庚》，《沈从文文集》第十一卷，花城出版社 1983 年版，第 292 页。

④沈从文：《〈从文小说习作选〉代序》，《沈从文文集》，花城出版社 1983 年版，第十一卷，第 42 页。

⑤沈从文：《水云》，《沈从文文集》第十卷，花城出版社 1983 年版，第 294 页。

人类明日未来向上合理的一切设计，都产生一种崇高庄严的感情”①，“是追求善和美的一种象征”。② 他说自己的《边城》“不再领导读者去桃源旅行，却想借重桃源上行七百里路喜水流域一个小城小市中几个愚夫俗子，被一件普通认识牵连在一处时，各人应有的一份哀乐。为人类‘爱’字作一度恰如其分的说明”。③ 沈从文执著地认为文学应该是自由、生命、力量和人的生命的完整呈现，“我崇拜朝气，欢喜自由，赞美胆量大的，精力强的”。④ 他认为：“生命者，只前进，不后退，能迈进，难禁止。”⑤ 所以，“探索‘人的灵魂深处或意识边际，发现‘人’，说明‘爱’与‘死’可能具有的若干形式”，就成为沈从文创作的基本追求。⑥

正是由于对人性永恒、健康之美的追求，所以沈从文对现代文化的庸俗化有着深切的恐惧与担忧，“政治、哲学、文学、美术，背面都给一个‘市侩’人生观在推行。……一切有庸俗腐败小气自私市侩人生观建筑的有形社会和无形观念……所以精神堕落处，正由于工具误用，在受过高等教育的公务员中，就不知不觉培养成一种阉宦似的阴性人格，以阿谀做政术，相互竞争”。⑦ 在沈从文看来，现代性的知识体系以及由此决定的生活方式是功用性的、市侩的、孤独而腐败的。在这种世界中，爱、美等都已经贬值。因此，有必要重建人们的生活空间。这个生活空间要以爱、美和善作为基石，从而可以既实现人的生命自由，又引导人们的精神向上发展。为了改变庸俗市侩的社会和人生，沈从文认为文学应当建构美与爱的叙事和人生，而不能屈服于现实中的丑陋与庸俗。他说：“不管是故事还是人生，一切都应当美一些！丑的东西虽不是罪恶，总不能令人愉快。我们活到这个社会中，已经被官僚、政客、银行老板和伪君子，理发师和成衣师傅，种族的自大与无止的贪私，共同弄得到处够丑陋！可是人生应当还有一个较理想的标准，至少容许在文学和艺术上创造那个标准。因为不

①沈从文：《沈从文文集》第十一卷，花城出版社 1983 年版，第 379 页。

②沈从文：《沈从文文集》第十一卷，花城出版社 1983 年版，第 34 页。

③沈从文：《〈从文小说习作选〉代序》，《沈从文文集》第十一卷，花城出版社 1983 年版，第 45 页。

④沈从文：《沈从文文集》第十一卷，花城出版社 1983 年版，第 33 页。

⑤沈从文：《沈从文文集》第十一卷，花城出版社 1983 年版，第 285 页。

⑥沈从文：《沈从文文集》第十一卷，花城出版社 1983 年版，第 281 页。

⑦沈从文：《沈从文选集》第十一卷，花城出版社 1983 年版，第 291 页。

管别的如何，美丽永远是善的一种形式，文化的向上就是追求上的象征。”“我们得承认，一个好的文学作品，照例会使人觉得在真美感觉以外，还有一种引人‘向善’的力量。我说的‘向善’，这个词的意思，并不属于社会道德一方面‘做好人’的理想，我指的是这个，读者从作品中接触了另外一种人生，从这种人生景象中有所启示，对‘人生’或‘生命’能作更深一层的理解。普通做好人的乡愿道德，社会虽异常需要，有许多简便方法工具可以利用，‘上帝’或‘鬼神’，‘青年会’、‘新生活’，或对付他们的心，或对付他们的行为，都渴望从那个‘多数’面产生效果。不必要文学来作。至于小说可作的事，却远比这个重大，也远比这个困难。如象生命的明悟，使一个人消极的从肉体爱憎取予，理解人的神性和魔性，如何相互为缘，并明白生命各种形式，扩大到个人生活经验以外，为任何书籍所无从企及。或积极的提示人，一个人不仅仅能平安生存即已足，尚必须在他的生存愿望中，有些超越普通动物的打算，比饱食暖衣保全首领以终老更多一点的贪心或幻想，方能把生命引导到一个崇高理想上去。这种激发生命离开一个动物人生观，向抽象发展与追求的兴趣或意志，恰恰是人类一切进步的象征。这工作自然也就是人类最艰难伟大的工作。推动或执行这个工作，文学作品实在比较别的东西更其相宜。若说得夸大一点，到近代，别的工具都已办不了事，唯有‘小说’还能担当这种艰巨。原因简单而明白，小说既以人事为经纬，举凡机智的说教，梦幻的抒情，一切有关人类向上的抽象原则学说，无一不可以把它综合组织到一个故事发展中”。① 这就要求文学要写出“优美、健康、自然，而又不悖乎人性的人生形式”②，“用文字故事来给人生做一种说明，在说明中表现人类对崇高光明的向往，以及在这努力中必然遭遇的挫折”③，从而“塑造一个新的人格，如何向博大、深厚、高尚、优美的方向发展，且启发这个民族的感情，如何在忧患中永远不灰心，不丧气”④。在沈从文看来，“这种美或由

---

①沈从文：《短篇小说》，《沈从文文集》，第十二卷，花城出版社 1983 年版，第 114—115 页。

②沈从文：《〈从文小说习作选〉代序》，《沈从文文集》第十一卷，花城出版社 1983 年版，第 45 页。

③沈从文：《白话文问题》《沈从文文集》第十二卷，北岳文艺出版社 2002 年版，第 63 页。

④同上，第 64 页。

上帝造物之手所产生，一片铜，一块石头，一把线，一组声音，其物虽小，可以见世界之大，并且世界之全。或即‘造物’最直接最简便那个‘人’。流星闪电刹那即逝，即从此显示一种美丽的圣境，人亦相同。一微笑，一皱眉，无不同样可以显出那种圣境。一个人的手足眉发在此一闪即逝缥缈的印象中，即无不可以见出造物者之手无比精巧。凡知道用各种感觉捕捉住这美丽的神奇光影的，此光影在生命中即终生不灭”。① 在这里，沈从文把审美表达视为一种宗教性的话语形式，不仅可以将人的生命提升到更高的形式中，而且可以使生命得到永恒。

二、爱和美的文学

至于如何才能创造出爱与美统一的文学，沈从文曾经通过一个仪式描述了永恒神圣艺术的条件。他说：“看看刚才的仪式，我才明白神之所在，依然如故。不过他的庄严和美丽，是需要某种条件的，这种条件就是人生情感的素朴，观念的单纯以及环境的牧歌性。神依赖这种条件方能产生，方能增加人生的美丽。缺少了这些条件，神就灭亡。我刚才看到的并不是什么敬神谢神，完全是一出好戏，一出不可形容、不可描绘的好戏。是诗和戏剧音乐的源泉，也是它的本身。声音颜色光影的交错，织就一片云锦，神就存在于全体。在那光影中，我俨然见到了你们那个神。”② 要写出这些的美丽，就需要对自己所写作的对象有着深切温情，有着诚实而客观的叙述，“对于农人和兵士，怀了不可言说的温爱，这点感情在我一切作品中随处可看出。……我生长于作品所写到的那类小城，我的祖父、父亲以及兄弟，全列身军籍；死去的莫不在职务上死去，不死的也必然的将在职务上终其一生。就我所接触的世界一面，来叙述他们的爱憎与哀乐，……因为他们是正直的，诚实的，生活有些方面极其伟大，有些方面又极其平凡，性情中有些方面极其美丽，有些方面又极其琐碎，——我动手写他们时，为了使其更有人性，更近人情，自然就老老实实写下去”。③ 所以，沈从文反对不少文学理论家将生活当作艺术所要表现的对象或者是为艺术之来源的主张，而认为艺术之美在于人的生命的自然本质，“美不在生活，而在生命。生命的本质，首先表现为摆脱金钱、权势，符合人的自

---

①沈从文：《烛虚》，《沈从文文集》第十一卷，花城出版社 1983 年版，第 277 页。

②沈从文：《凤子》，《沈从文文集》第四卷，花城出版社 1983 年版，第 387 页。

③沈从文：《沈从文文集》第六卷，花城出版社 1983 年版，70 页。

然本质”。[①] 他也从自然生命出发，质疑各种主义、各种意识、各种观念对文学的要求，提出“‘思想’二字的真正的含义是什么，是盲目的信赖，还是深刻的怀疑”的质疑。[②]

从作家的角度来说，沈从文关心其能否聆听生命精神的言说以达到直面生命本真和世界存在的最高真理的境界。他曾经描述自己对于自然的聆听，“对于一切自然景物，到我单独默会它们本身的存在和宇宙微妙关系时，也无不感觉到生命的尊严。一种由生物的美与爱有所启示，在沉静生长的宗教情绪，无可归纳，我因之一部分生命，竟完全消失在对于一切自然的皈依中”。[③] 从这种自然生命论的角度反思自己，沈从文反思自己在现代文明中的迷失，并为之深深担忧。他说：“我发现在城市中活下来的我，生命俨然只淘剩一个空壳。正如一个荒凉的原野，一切在社会上具有商业价值的知识种子，或道德意义上的观念种子，都不能生根发芽。个人的努力或他人的关心都无结果。”[④] 另一方面，沈从文对现代以来形成的阶级、民族、国家等对文学的介入和要求也保持着怀疑，认为文学家的自由是非常重要的，认为“更显而易见的作用，也许还是将文学运动，建设在一个社会广大基础上，培育了许多优秀作家，有理想，能挣扎，不怕困难。副刊既能进尽庄严的责任与义务，因之也就有它的社会地位。……增加人对于人事思索的深度，容易培养抽象健康观念和有传染性的高尚情感。这对文学创作而言，将使作品有性格，有分量。对文学作家言，则将加深他的学习兴趣，能超越近功小利，而做比较寂寞的长远跋涉……希望它能有作用，即在多数人情感观念中能消毒，能免疫。不至于还接受现代政治简化人头脑的催眠，迷信空空洞洞‘政治’二字可以治国平天下，而解决国家一切困难与矛盾。却明白一个国家真正的进步，实奠基于吃政治饭的越来越少，而知识和理性的完全抬头”。[⑤]

从保守的自由主义的文学自由和永恒人性观念出发，沈从文自然对所谓的阶级文学、大众文学尤其是以城市大众为主体的文学一直不满，而对

---

①凌宇：《从边城走向世界》，三联书店 1985 年版，第 147 页。

②沈从文：《沈从文文集》第十一卷，花城出版社 1983 年版，第 53 页。

③沈从文：《沈从文文集》第十卷，花城出版社 1983 年版，第 288 页。

④沈从文：《〈从文小说习作〉代序》，《沈从文文集》第十一卷，花城出版社 1983 年版，第 276 页。

⑤沈从文：《〈文学周刊〉编者言》，《文学周刊》第 11 期，1946 年 10 月。

美与爱以及自然生命的文学追求，对现代文明功利性的排斥，也使他对文学的功利性保持怀疑的态度，即使在抗战这样的重大历史时期也是如此。在批判“一切文字都是宣传”的抗战文艺主张时，他提出抗战固然需要一般的宣传，但也应该“另外有些作家，特别值得注意。这些人好像很沉默，很冷静，远离了‘宣传’空气，远离了‘文化人’身份，同时也远离了那种战争的浪漫情绪，或用一个平常人资格，从炮火下去实实在在讨生活，或作社会服务性质，到展区前后方，学习人生。或更抱负一种雄心与大愿，向历史和科学中追究分析这个民族的过去当前种种因果。这几种人的行为……目的只有一个，对于中华民族的优劣，作更深的探讨，更亲切的体认，便于另一时用文字来说明它，保存它。……只重在尽职，尽一个中国国民身当国家存亡忧患之际所能尽的本分。……据我个人看法，对于‘文化人’只是一般化的种种努力，和战争的通俗宣传，觉得固然值得重视，不过社会真正的进步，也许还是一些在工作上具特殊性的专门家，在态度上是无言者的作家，各尽所能来完成的”。[①] 因此，沈从文作为保守的自由主义文学思想家更看重文学作为永恒人性、美和爱的创造空间，应该有独立于政治功利性的空间，应该除掉对于文学来说不必要的禁忌与束缚，“由头脑出发，用人生的光和热所蓄聚综合所作成为种种优美原则，用各种材料加以表现处理；彼此相粘合，相融汇，相传染，慢慢形成新的势能、新的秩序的憧憬来代替”。[②] 只有这样，文学才能真正为这个民族创造出一点健康的灵魂和自然而富有生命力的人性。

沈从文的文学思想以永恒人性、自然生命、健康秩序、爱和美以及自由等为核心，为中国现代文学造就了一个诗意化的理论话语和保持诗意性文学存在的思想诉求，为无法摆脱第三世界政治化思考的现代文学思想提供了另一种可能性。

第九节　胡　风

胡风（1902—1985），原名张光人，笔名谷非等，湖北蕲春人。中国

①沈从文：《一般或特殊》，《今日评论》第一卷第4期，1939年1月22日。

②沈从文：《从现实学习（二）》，天津《大公报》，1946年11月10日。

现当代文艺理论家，文学评论家，翻译家，七月派诗人，左翼文化代表人之一。

一、民主和现实主义的文学

胡风的启蒙主义文学思想继承了“五四”启蒙主义者的精神批判传统，坚持在革命和民族抗战中进行大众启蒙的重要性。无论在1930年代的大众文艺与国防文学的论争中，还是在抗战期间的民族形式的争论中，胡风都顽强地坚持“五四”启蒙主义文艺传统，强调医治国民性精神创伤的重要性。在《论现实主义的路》《文学上的五四》《对于五四革命文艺传统一理解》《以〈狂人日记〉为起点》《论民族形式问题》等作品中，胡风一再提出中国新文学的主流是由“五四”启蒙主义所形成的现实主义文学，并认为这种启蒙主义文学传统与世界进步的文学精神是一致的，他说“五四”新文艺“正是市民社会突起了以后的、累积了几百年的、世界进步文艺传统底一个新拓的支流。那不是笼统的‘西欧文艺’，而是：在民主要求底观点上，和封建传统反抗的各种倾向的现实主义（以及浪漫主义）文艺；在民族解放底观点上，争求独立解放的弱小民族文艺；在肯定劳动人民底观点上，想挣脱工钱奴隶底命运的、自然生长的新兴文艺”。[①] 这种文艺“融合了个性解放的要求和民族解放的要求”，“它代言了一个伟大的精神：不但用被知识分子发动了的人民底反抗帝国主义的意志和封建、买办底奴从帝国主义的意志相对立，而且要用‘科学’和‘民主’把亚细亚的封建残余摧毁”,[②] 并且要“在人生观、社会观、文艺观意识形态的领域掀起一场大的革命”。[③]

胡风的文学思想特别强调由鲁迅开创的批判国民性中精神奴役的价值，认为“（鲁迅）不但用对于科学的信仰来确定了丰富了对于封建势力的认识与仇恨，而且通过对于科学的信仰，把对于封建势力的仇恨和对于祖国更胜的志愿统一成为一个二而一的战斗的意识立场”，他认为鲁迅这种科学的信仰“一方面反映出了他痛切地关心到在几千年的封建力量压迫和封建意识底麻痹下的人民的精神状态，另一方面说明了他对于科学的真诚

①胡风：《论民族形式问题》，《胡风选集》第一卷，四川人民出版社1996年版，第321—322页。

②胡风：《文学上的五四》，《胡风评论集》（中），人民文学出版社1984年版，第122页。

③胡风：《胡风评论集》（上），人民文学出版社1984年版，第115页。

的追求终于使他接触到了意识斗争课题。在当时的历史阶段上，这个问题提出本身就是一个伟大的控诉，几千年的封建意识遇到了控诉”。① 胡风坚持鲁迅的国民性批判传统，指出了中国农民在传统文化压制下导致了精神奴役的创伤，他认为农民“在封建主义里面生活几千年，在殖民地里面生活，那精神上积压是沉重得可怕的”②，因此，农民即使具有脚踏实地的品格，“同时也是以封建主义底各种各样的具体表现所造成的各式各样的安命精神为内容”，“你可以听见旱烟管里的悲叹，小茶馆里的啾啾，但对于神的意志并无违反。但是，你以为这些驯良的农夫也就永远的祈祷在观世音之前吗？……因为我始终认为在中国的现阶段的农村里能发现一个自发性的绝对的觉醒者，恐怕是很难能的。像海绵那样的会吸收的农民型，能够意识的捉住许多不同的现象，然后在这里参悟到自己的地位，同伴们的地位，将来的命运，于是……这样的人是被写出。已经被我们的作家，很认真的写出了，但这是真实的吗？……但是这种人型，是在中国的土地里生长出来过的吗”？③ 所以，尽管作为左翼文学思想家，胡风对人民大众的历史进步性有一定的认可和信心，但这种信心不意味着他放弃了自己精神启蒙的立场，他充分意识到精神奴役的普遍性和顽固性，即使在争取解放的革命者身上也不例外，“他们底精神要求虽然伸向着解放，但随时随地都潜伏着或扩展着几千年的精神奴役的创伤”④，“在进入了实践过程的成员身上拓展的时候，会成为怎样的虐杀千万生灵的可怕的屠刀”。⑤

这种启蒙主义立场决定了胡风坚决反对将打着深深精神奴役痕迹的民间文学形式作为建设新的民族文学中心源泉的主张，他批评把民间文艺形式作为建设民族文艺新形式的人“只看见‘农民占绝大多数’，就以为他会在文艺创造上‘起决定作用’，因而向自然生长的民间形式或农民的欣

---

①胡风：《胡风评论集》（中），人民文学出版社 1984 年版，第 330—332 页。

②胡风：《〈财主的儿女们〉序》，《财主的儿女们》，人民文学出版社 1985 年版，第 1 页。

③端木蕻良：《关于〈科尔沁草原〉》，《文艺新潮》第一卷第 9 期，1939 年 6 月 5 日。

④胡风：《置身在为民主的斗争里面》，《希望》第一集第 1 期，1945 年 1 月。

⑤胡风：《论现实主义的路》，《胡风评论集》（下），人民文学出版社 1984 年版，第 354 页。

赏力纳表投降……绝对无从完成什么重要的任务”。① 所以他坚持主张任何新文学都不能是民间叙事形式的简单转化，而应当是继承“五四”以来的战斗的现实主义的传统，“从民众底生活、困苦、希望出发，诱发并养成他们底自动性、创造力使他们能够解决问题，理解世界，由这参加战斗，同时又会从战斗里面涌出解决问题、理解世界的欲望，使他们底自动力、创造力继续成长，‘从亚细亚落后’（今天的状态）脱出，接近并获得现代的思维生活”。②

当然，胡风的文学思想也力图发展“五四”启蒙主义，这集中体现在他超越“五四”批评的悲观色彩，尤其是铁屋子困境，积极肯定启蒙的历史价值。他不仅认为通过启蒙和大众革命可以实现强健的、人道的、独立的人格，而且对历史进步充满乐观精神，因此，胡风的文学思想在继承“五四”批判传统之时也强调更积极地肯定大众觉醒和解放前景。在批评路翎的《饥饿的郭素娥》时，胡风热情地肯定了路翎作品对民众精神创伤的揭示，认为他继承“五四”启蒙主义主观战斗精神和现实主义的乡土叙事，同时也批评了他对人物抽象的理想化，用社会革命的明天设想架空了人物的现实命运。但是他也肯定了路翎作品对中国社会明天的思考和暗示，为路翎写出了受精神奴役创伤的郭素娥形象而高兴。他说：“他的着力点每步都放在祖国的明天，也就是他的人物们的明天上面。因为这，他有时甚至情不自禁地有了显得性急的表白，例如这里面的小冲和青年长工，这两个明天的人物，就不曾在应有的形象里面出现，但在主线上，他的笔尤如一个吸盘，不肯放松地盯在现实人生的脉管上面。他所追求的是节节带着血痕的生活真理，不是抽象的灰色结论，更不是骗人的热闹故事。”③ 尤其是在批评鲁迅的作品时，他不仅从启蒙主义的角度肯定了这些人物的文化批判价值和对这些精神奴役者进行启蒙的必要性，而且他从社会未来的角度重新诠释了这些人物形象的价值，认为“任何真实的作品，都要从这一或另一路径把明天反映或暗示出来，从作家痛恨和热爱去感受到那些内容性格底好似比现实更强烈的生命，这是连闰土、祥林嫂、阿Q

①胡风：《论民族形式问题》，《胡风评论集》（中），人民文学出版社1984年版，第254页。

②胡风：《胡风评论集》（下），人民文学出版社1984年版，第297页。

③胡风：《一个女人和一个世界——路翎做中篇小说〈饥饿的郭素娥〉序》，《野草》第四卷第4、5期合刊，1942年9月1日。

等地身上都放射着这样的明天的强光的。因为，读了他们，人就会引起了不应该这样活的强烈的欲望，强烈地要求通过对于造成他们命运的现实社会内容的把握去追求一个幸福的明天。是这样的作品，才能够成为推动社会实践运动的思想武器，把人推向着明天前进”。① 因此，胡风批评路翎的《罗大斗底一生》没有很好地从正面描述人物的民主性质的反抗，他希望路翎改稿是“减少一点阴暗的内容，而加强正面的事物”。②

二、主观战斗精神

由于对中国国民性相对消极的评估、对现实中人们精神创伤的深刻认识以及对反启蒙文化之强大的认识，胡风无法接受左翼文学理论中对大众的简单的认可，也无法单纯地接受革命现实主义文学的乐观，而是提出了以作家的主观战斗精神与现实之间进行搏斗的现实主义之路，认为作家应该以自己独立人格、强大的意志，向现实世界突进。他说，“对于对象的体现过程或克服过程，在作为主体的作家这一面同时也就是不断地自我扩张的过程，不断的自我斗争的过程。在体现过程或克服过程里面，对象的生命被作家底精神世界所拥入，使作家扩张了自己；但在这‘拥入’的当中，作家的主观一定要主动地表现出或迎合或选择或抵抗的作用，而对象也要主动地用它底真实性来促成、修改、甚至推翻作家底或迎合或选择或抵抗的作用，这就引起了深刻的自我斗争。经过了这样的自我斗争，作家才能够在历史要求底真实性上得到自我扩张，这是艺术创造底源泉。”③ 批判传统文化的蒙昧对个体生命意志的压制。“人们心理的人性性格自我价值的火焰常常隐藏在自己不很知道的深度，有时候还是自己否认的。我们要把它挖掘出来。”④ 胡风希望通过这种主观战斗精神的创作，通过对国民性的批判，开拓通向民主的现实主义的道路。他说：“承受劳动重负的坚强和善良，同时又是以封建主义底各种各样的具体表现所造成的各式各样的安命精神为内容的。前一侧面产生了创造历史的解放要求，但后一侧面

①胡风：《论现实主义的路》，《胡风评论集》（中），人民文学出版社1984年版，第360页。

②路翎：《一起共患难的友人和导师——我与胡风》，晓风编《我与胡风——胡风事件三十七人回忆》，宁夏人民出版社1993年版，第482页。

③《胡风评论集》（下），人民文学出版社1984年版，第20页。

④胡风，参见路翎《一起共患难的友人和导师——我与胡风》，晓风编《我与胡风——胡风事件三十七人回忆》，宁夏人民出版社1993年版，第480页。

却又把那个要求禁锢在、麻痹在，甚至闷死在‘自在的’的状态里；这个惯常是被后一侧面所包围的统一着但却对立着的内容，激荡着、纠缠着、相生相克着，形成了一片浩漫的大洋。每一个人民底内容都是这样一片浩漫的大洋。”① “农民的觉醒，如不接受民主主义的领导，就不会走上民族解放的大道，自己解放的大路；因为，农民意识本身，是看不清楚历史也看不清楚自己的。”② 所以，胡风对民主斗争的前景富有信心，“在带着精神奴役的创伤的人民里面去担受那带着血痕和泪痕的人生，寻求支配历史命运的潜在力量，开辟从创伤里面逐渐把潜在力量解放出来，生发起来的道路”。③

在 1930 年代之后的中国现代文论版图中，胡风等人的启蒙主义文学思想也表现出强大的韧性和坚定的批判精神。无论是在关于民族形式与旧形式、民间文艺形式的争论之中，还是在关于文艺与政治关系的批判中，胡风等启蒙主义文艺思想家仍然坚持鲁迅等人所开创的启蒙文学思想传统，对国民性中的精神创伤和蒙昧保持着深刻的警惕和坚定的批判，对新文学在民族抗战期间因为宣传动员的需要而简单化旧形式、民间形式等之中的传统文化及其反启蒙展开深入的批判，并用主观战斗精神作为作家对社会、对大众、对自我的批判和思想反思的路径，要求文学要通过现实切入到民族、大众和个体的精神世界之中，促使人们进行文化和精神启蒙，从而促进建立真正民主的文化和社会。最后，胡风带着自己关于现实主义的启蒙主义、主观战斗精神和强烈的批判精神进入到新中国。

第十节　毛泽东

作为政治领袖而能在文化和文学思想方面有所建树，人类历史上并不

①胡风：《论现实主义的路》，《胡风评论集》（下），人民文学出版社 1984 年版，第 349 页。

②胡风：《论民族形式问题》，《胡风选集》第一卷，四川人民出版社 1996 年版，第 341 页。

③胡风：《论现实主义的路》，《胡风评论集》（下），人民文学出版社 1984 年版，第 352 页。

多见，而毛泽东则是这少数人之一。毛泽东，字润之，湖南人，1893 年出生，1976 年去世。他是中国共产党、中国人民解放军和中华人民共和国的主要缔造者和领袖，也是马克思主义中国化的主要思想家。毛泽东从其革命实践和马克思主义的思考出发，在反思中国传统文化和“五四”新文化的基础上，在 20 世纪 40 年代提出了关于新民主主义文化理论，并在延安整风运动中系统阐述了自己的文学思想，从而成为此后指导解放区文艺思想、文艺创作并对非解放区文艺活动产生相当影响的文学理论创造者，更对新中国成立之后很长时间内的文学政策、文学意识形态、文学思想、文学创作等产生决定性的、建构性的作用。

毛泽东对思想、文化、文学的关注是比较持久的，从早期报刊活动到对新文化运动的兴趣，从农民运动的宣传到红军文艺工作建设，从马克思主义中国化的长期思考到中国社会与中国革命的分析，从中国历史思想的建构到文化和文艺思想的系统提出；与此同时，毛泽东的思想、文化和文学思考又是在其革命实践和思想斗争中形成的，从早期共产党人内部的马克思主义思想斗争到与国民党的思想文化斗争，从中国革命实践中所提出的问题到关于中国革命和民族解放话语权的争夺，从统一中国共产党内部的思想认识到关于民主建国的思考，毛泽东文学思想可以说是建立在他关于中国革命、中国社会、中国历史、中国共产党性质与使命等的马克思主义思考之上。

一、实践论和矛盾论

毛泽东系统提出自己的文学思想之前，写作了《实践论》和《矛盾论》，系统阐述了认识世界的方法。毛泽东强调要从包括生产活动、阶级斗争、政治生活以及科学和艺术活动在内的社会实践活动中获得认识，并指出认识活动是在实践中从个别到普遍联系、从现象到本质、由浅入深、从感性认识到理性认识以及从认识到实践的辩证展开，并且要根据现实和实践而不断完善与发展，从而通过在实践中发现真理又在实践中完善与发展真理的过程中实现改造客观世界和主观世界。在毛泽东看来，无论是社会实践还是人与世界的关系，都是充满矛盾的，而“社会的变化，主要地是由于自然界内部矛盾的发展，即生产力和生产关系的矛盾，阶级之间的矛盾，新旧之间的矛盾，由于这些矛盾的发展，推动了社会的前进，推动了新旧社会的代谢”。① 因此，他强调唯物主义辩证法的认识放大的科学

①毛泽东：《矛盾论》，《毛泽东选集》第一卷，人民出版社 1966 年版，第 277 页。

性，“这个辩证法的宇宙观，主要地就是教导人们要善于去观察和分析各种事物的矛盾的运动，并根据这种分析，指出解决矛盾的方法”。[1] 由此，毛泽东提出了关于中国社会主要矛盾和革命性质的分析与判断，“既然现阶段上中国革命的敌人主要的是帝国主义和封建地主阶级，那末，现阶段上中国革命的任务是什么呢？毫无疑义，主要地就是打击这两个敌人，就是对外推翻帝国主义压迫的民族革命和对内推翻封建地主压迫的民主革命，而最主要的任务是推翻帝国主义的民族革命。中国革命的两大任务，是互相关联的。如果不推翻帝国主义的统治，就不能消灭封建地主阶级的统治，因为帝国主义是封建地主阶级的主要支持者。反之，因为封建地主阶级是帝国主义统治中国的主要社会基础，而农民则是中国革命的主力军，如果不帮助农民推翻封建地主阶级，就不能组成中国革命的强大的队伍而推翻帝国主义的统治。所以，民族革命和民主革命这样两个基本任务，是互相区别，又是互相统一的”。[2] 在提出中国历史进入到新民主主义历史阶段的论断后，毛泽东认为新民主主义的文化应该是民族的科学的大众的文化，并在这一论断的基础上论述了中国文学的问题和建构了自己的文学思想体系。

二、新民主主义文学

考察毛泽东的文学思想，不能忽视这一时期的文化领域中话语权建构的背景。民族危机、政治正当性匮乏以及社会崩溃趋势等给当时的文化和思想界造成了新的理论问题。尽管文化和思想界在民族救亡的共识下，暂时停止因关于国家、民族、阶级、自由、民主等方面不同思考及由此提出的现代性方案而产生的激烈争议，而展开了广泛的社会动员、文化宣传、民族共同体文化建构等，但他们并没有停止文化、思想批判，只是这种文化和思想批判更多地表现为在承认民族的正当性的前提下，承认形成民族共同体具有急迫性的前提下，就如何赋予民族、国家等概念以充实的内涵展开思考与批判，而不是简单地接受民族概念及其理论的意识形态内容。就此而言，当人们提出通过三民主义、新民主主义、强力意志、主观战斗精神等来理解与规范民族精神或者民族历史时，都是在建构某种民族主义，都是将建立强大的民族和国家作为目标。因此，人们在这一时期不仅

---

①毛泽东：《矛盾论》，《毛泽东选集》第一卷，人民出版社1966年版，第279页。

②毛泽东：《中国革命和中国共产党》，《毛泽东选集》第二卷，人民出版社1966年版，第600页。

大量使用国家、中国、民族等概念，而且纷纷争夺民族、国家思想的话语权。在这一背景下，毛泽东意识到关于民族话语权建构的重要性，也从中国共产党人的文化政治和政治文化的需要重建了关于中国历史和中国社会性质的分析。毛泽东认为："我们这个殖民地、半殖民地、半封建的社会，有如下的几个特点：一、封建时代的自给自足的自然经济基础是被破坏了；但是，封建剥削制度的根基——地主阶级对农民的剥削，不但依旧保持着，而且同买办资本和高利贷资本的剥削结合在一起，在中国的社会经济生活中，占着显然的优势。二、民族资本主义有了某些发展，并在中国政治的、文化的生活中起了颇大的作用；但是，它没有成为中国社会经济的主要形式，它的力量是很软弱的，它的大部分是对于外国帝国主义和国内封建主义都有或多或少的联系的。三、皇帝和贵族的专制政权是被推翻了，代之而起的先是地主阶级的军阀官僚的统治，接着是地主阶级和大资产阶级联盟的专政。在沦陷区，则是日本帝国主义及其傀儡的统治。四、帝国主义不但操纵了中国的财政和经济的命脉，并且操纵了中国的政治和军事的力量。在沦陷区，则一切被日本帝国主义所独占。五、由于中国是在许多帝国主义国家的统治或半统治之下，由于中国实际上处于长期的不统一状态，又由于中国的土地广大，中国的经济、政治和文化的发展，表现出极端的不平衡。六、由于帝国主义和封建主义的双重压迫，特别是由于日本帝国主义的大举进攻，中国的广大人民，尤其是农民，日益贫困化以至大批地破产，他们过着饥寒交迫的和毫无政治权利的生活。中国人民的贫困和不自由的程度，是世界所少见的。"① 由此得出"既然中国社会还是一个殖民地、半殖民地、半封建的社会，既然中国革命的敌人主要的还是帝国主义和封建势力，既然中国革命的任务是为了推翻这两个主要敌人的民族革命和民主革命，而推翻这两个敌人的革命，有时还有资产阶级参加，即使大资产阶级背叛革命而成了革命的敌人，革命的锋芒也不是向着一般的资本主义和资本主义的私有财产，而是向着帝国主义和封建主义。既然如此，所以，现阶段中国革命的性质，不是无产阶级社会主义的，而是资产阶级民主主义的。但是，现时中国的资产阶级民主主义的革命，已不是旧式的一般的资产阶级民主主义的革命，这种革命已经过时了，而是新式的特殊的资产阶级民主主义的革命。这种革命正在中国和一切殖民地

①毛泽东：《中国革命和中国共产党》，《毛泽东选集》第二卷，人民出版社 1966 年版，第 593—594 页。

半殖民地国家发展起来，我们称这种革命为新民主主义的革命。这种新民主主义的革命是世界无产阶级社会主义革命的一部分，它是坚决地反对帝国主义即国际资本主义的。它在政治上是几个革命阶级联合起来对于帝国主义者和汉奸反动派的专政，反对把中国社会造成资产阶级专政的社会”。在此基础上，中国共产党人为民族文化赋予了新民主主义内涵，并给予充分的历史正当性和必然性论证，“这种新民主主义的文化是民族的。它是反对帝国主义压迫，主张中华民族的尊严和独立的。它是我们这个民族的，带有我们民族的特性。……这种新民主主义的文化是科学的。它是反对一切封建思想和迷信思想，主张实事求是，主张客观真理，主张思想和实践一致的。……对于人民群众和青年学生，主要地不是要引导他们向后看，而是要引导他们向前看。这种新民主主义的文化是大众的，因而是民主的。它应为全民族中百分之九十以上的工农劳苦民众服务，并逐渐成为他们的文化。要把教育革命干部的知识和教育革命大众的知识在程度上互相区别又互相联结起来，把提高和普及互相区别又互相联结起来。革命文化，对于人民大众，是革命的有力武器。革命文化，在革命前，是革命的思想准备；在革命中，是革命总战线中的一条必要和重要的战线”。[①] 国民党则在分析中国五千年历史文化、鸦片战争之后的屈辱历史、中国国民党在三民主义指导下实现中国独立斗争与社会文化发展等之后，而提出“只要我全体国民对于我们自己的国家民族有至诚的信心，对于建国的原理三民主义作热烈的爱护与积极的笃行，对于国民革命的宗旨与目的，有一致的认识，作共同的奋斗，如此则今后纵有排山倒海的艰难，亦没有不成功的道理。全国同胞们！不平等条约已经取消了！我们一回想到百年来的痛苦，更要继续我们殉国的军民同胞和革命先烈的遗志，祖述五千年立国的精神，恢复我们固有的德性，立定志气，抱定决心，实事求是，精益求精，笃行国父‘知难行易’的革命哲学，各就其职业地位，各依其聪明才力，来改造社会习尚，刷新政治风气，养成法治观念，共同一致，指向建国的目标——就是心理、伦理、社会、政治、经济五项的建设，努力实行文化经济与国防合一的整个建设计划，期与同盟各国，来分担其改造世界，保障和平，解放人类的责任”。[②] 从而为三民主义作为中华民族的民族

①毛泽东：《新民民主义论》，《毛泽东选集》第二卷，人民出版社 1966 年版，第 667—668 页。

②蒋介石：《中国之命运》，正中书局 1943 年版，第 213 页。

主体建构提供历史传承的证明和现实功业的证明。比较这些从历史、民族文化以及社会理论来建构民族话语权，战国策派则从强力意志推论了民族精神中应该提倡兵文化中的意志、力量、训练、秩序、集体精神等，而反对柔弱的文化和个人主义，“若要健全地推行建国运动，我们整个的民族必须经过一番悲壮惨烈的磨炼。二千年来，中华民族所种的病根太深，非忍受一次彻底澄清的刀兵水火的洗礼，万难洗净过去的一切肮脏污浊，万难创造民族的新生。……由弱者的眼光看来，动武是非常可怕的事，所以只有专门使用心计了。我们的理想是恢复战国以上文武并重的文化。每个国民，尤其是处在社会领导地位的人，必须文武兼备。义教是文化的起点，军训是武化的起点。两者都是基本的国民训练。……小家庭无形中培养成一个极端个人主义的风气，发展到极点，就必演成民族自杀的行动——节制生育。这恐怕是许多古代文化消灭的主要原因，这也是今日西洋文化的最大危机。建国运动，创造新生，问题可只万千？但兵可说是民族文化基本精神的问题，家庭可说是社会的基本问题，元首可说是政治的基本问题。三个问题若都能圆满的解决，建国运动就必可成功，第三周文化就必可实现。”①

毛泽东根据自己关于中国革命、中国历史的分析和自己独特的认识论，展开了对新文化运动以来文艺的反思、历史评估以及批判。比较其他革命文艺提倡者从阶级和大众角度关于新文化运动的反思与激烈的批判否定，毛泽东以社会实践论和矛盾论为认识论基础的批判，不仅肯定了新文化运动以来的文学成就，而且确定了新文化运动以来文学的主流是鲁迅代表的传统，并且这一传统本质上就是新民主主义的、人民大众的、科学的文学传统。通过建立新文化运动和新文学传统的新民主主义性质，毛泽东可以由此展开关于资产阶级和小资产阶级思想意识、思想方法等方面的批判，提出“因为思想上有许多问题，我们有许多同志就不大能真正区别革命根据地和国民党统治区，并由此弄出许多错误来。同志们很多是从上海亭子间来的；从亭子间到革命根据地，不但是经历了两种地区，而且是经历了两个历史时代。……到了革命根据地，就是到了中国几千年来空前未

①雷海宗：《此次抗战在历史上的地位》，《中国文化和中国的兵》，商务印书馆2014年版，第177—180页。

有的人民大众当权的时代”。①

三、文艺为工农兵大众服务和文艺来源于生活

那么，文艺活动如何才能准确地回应新民主主义历史环境及其提出的问题呢？首先，毛泽东提出文艺为什么人的问题，并给出了文艺为工农兵大众服务的答案。由此，毛泽东通过论述文艺来源于人民群众的实践的命题，从根本上批判了“封建的、资产阶级的、小资产阶级的、自由主义的、个人主义的、虚无主义的、为艺术而艺术的、贵族式的、颓废的、悲观的以及其他种种非人民大众非无产阶级的创作情绪”。② 其次，毛泽东提出艺术来源于人民大众的生活、文学艺术家要到人民大众生活中去的观点，进而提出了作家应该写什么和怎么写的问题，“一切危害人民群众的黑暗势力必须暴露之，一切人民群众的革命斗争必须歌颂之，这就是革命文艺家的基本任务”。③ “对于革命的文艺家，暴露的对象，只能是侵略者、剥削者、压迫者及其在人民中所遗留的恶劣影响，而不能是人民大众。人民大众也是有缺点的，这些缺点应当用人民内部的批评和自我批评来克服，而进行这种批评和自我批评也是文艺的最重要任务之一。但这不应该说是什么‘暴露人民’。对于人民，基本上是一个教育和提高他们的问题。除非是反革命文艺家，才有所谓人民是‘天生愚蠢的’，革命群众是‘专制暴徒’之类的描写。”④ 再次，毛泽东从自己关于知识分子与工农兵大众的关系上提出了文艺的提高和普及问题，并以辩证的方式强调在普及基础上的提高，他指出，“现在工农兵面前的问题，是他们正在和敌人作残酷的流血斗争，而他们由于长时期的封建阶级和资产阶级的统治，不识字，无文化，所以他们迫切要求一个普遍的启蒙运动，迫切要求得到他们所急需的和容易接受的文化知识和文艺作品，去提高他们的斗争热情和胜利信

---

①毛泽东：《在延安文艺座谈会上的讲话》，《毛泽东选集》第三卷，人民出版社1966年版，第833页。

②毛泽东：《在延安文艺座谈会上的讲话》，《毛泽东选集》第三卷，人民出版社1966年版，第831页。

③毛泽东：《在延安文艺座谈会上的讲话》，《毛泽东选集》第三卷，人民出版社1966年版，第828页。

④毛泽东：《在延安文艺座谈会上的讲话》，《毛泽东选集》第三卷，人民出版社1966年版，第828—829页。

心，加强他们的团结，便于他们同心同德地去和敌人作斗争”。[①] 最后也是最重要的是毛泽东建构了文艺与党的革命工作之间的规范性关系，“党的文艺工作，在党的整个革命工作中的位置，是确定了的，摆好了的；是服从党在一定革命时期内所规定的革命任务的。……文艺是从属于政治的，但又反转来给予伟大的影响于政治。革命文艺是整个革命事业的一部分，是齿轮和螺丝钉，和别的更重要的部分比较起来，自然有轻重缓急第一第二之分，但它是对于整个机器不可缺少的齿轮和螺丝钉，对于整个革命事业不可缺少的一部分。如果连最广义最普通的文学艺术也没有，那革命运动就不能进行，就不能胜利。不认识这一点，是不对的。……革命的思想斗争和艺术斗争，必须服从于政治的斗争，因为只有经过政治，阶级和群众的需要才能集中地表现出来。革命的政治家们，懂得革命的政治科学或政治艺术的政治专门家们，他们只是千千万万的群众政治家的领袖，他们的任务在于把群众政治家的意见集中起来，加以提炼，再使之回到群众中去，为群众所接受，所实践……正因为这样，我们的文艺的政治性和真实性才能够完全一致”。[②] 通过社会、文化和文学历史的与理论的分析，毛泽东推论延安文艺代表了中国文艺的方向，“‘大后方’也是要变的，‘大后方’的读者，不需要从革命根据地的作家听那些早已听厌了的老故事，他们希望革命根据地的作家告诉他们新的人物，新的世界。所以愈是为革命根据地的群众而写的作品，才愈有全国意义。……中国是向前的，不是向后的，领导中国前进的是革命的根据地，不是任何落后倒退的地方”。[③]

毛泽东的文学思想在分析中国社会、文化和文学历史以及吸收此前革命文艺思想的基础上，不仅解决了革命文艺中的一些重要问题与实践中的困惑，而且从社会实践出发系统地提出了文学的来源、目的、内容、形式、历史、发展趋势、文学认识的方法、文学与政治的关系等方面的基本思想和规范性要求，建构了中国现代文论史上最完整且逻辑性强并极具说服力的文学政治学和政治学文学理论。

---

①毛泽东：《在延安文艺座谈会上的讲话》，《毛泽东选集》第三卷，人民出版社1966年版，第818—819页。

②毛泽东：《在延安文艺座谈会上的讲话》，《毛泽东选集》第三卷，人民出版社1966年版，第823页。

③毛泽东：《在延安文艺座谈会上的讲话》，《毛泽东选集》第三卷，人民出版社1966年版，第833页。

第十章 // 当代的文论发展

第一节　概　述

1949 年 7 月，中华全国文学艺术工作者代表大会，也就是“第一次文代会”召开，这一大事件往往被看成“当代文学”的开端。此后六十余年，便是“当代文论”的发展历程。在今天看来，所谓“当代文论”的很多现象，还难以遽下定论，也难以为其准确地分期。这是因为，很多文学现象和理论成果还远远没有总结、积淀下来，其理论形态和文学效应还需要更长的时间来消化；而更多的理论研究还处在激辩、攻坚的阶段，尤其是大量跨时代的学者、学人也依然精力旺健，在文学理论界发挥着巨大的作用。因此，当代文论的发展概况只能粗略地勾画出一个开放性的、未完成的图景，它还在召唤着后世研究者们来填补。即便如此，我们大约还是能归纳出当代文论的几大特点，这几点也使得 1949 年这一年成为了中国文论、乃至整个中国文学发展的一个重大分水岭。第一，在中国历代文学理论发展史上，很少有一个时期这样深刻、这样彻底地受到外来文论的影响和“改造”，尤其是新中国成立后三十余年，中国文论几乎“克隆”了苏联模式，至少在理论结构和主要问题的探讨上，都不出苏联文论的视域。第二，也没有一个时代，能有如此多的理论家和文学家，有着如此相似的政治命运，而其个人命运的起转沉浮，又紧密联系着他们的理论，以至于这以后多年来，每一个文论家几乎都可以用相同的时间断限来为其“分期”。第三，在这一时期，教学和研究机构在文学理论界、甚至整个文学界，都发挥着重大的作用，而且它的作用是体制性的、决定性的。下面我们就分别来谈一谈这三个特点。

一、起转沉浮

1949 年 10 月 1 日新中国成立之后，蹂躏了中国百余年的帝国主义入侵和残酷的内战终于成为过去。因此，一般都把 1949 年看作中国“翻天覆地”的一年，从这一年开始，中国人民真正地“站起来”了。之所以说“翻天覆地”，还因为新中国成立后一系列的运动彻底地改变了中国的经济、政治格局，包括 1950 年的“整风整党”运动，1950—1951 年的减租反霸、镇压反革命运动，1952 年的土地改革运动，1952 年的“三反”“五反”运动，1956 年的“肃反”运动等，一方面纯净了革命队伍，清除了旧社会的流毒，更彻底地消灭了封建的土地所有制，解放了农业生产力，进一步巩固了工农联盟，为国民经济的恢复和发展，为国家社会主义工业化和对农业社会主义改造创造了条件。这确实是“翻天覆地”的大事，以上历次运动范围之广、执行之坚决、改造之彻底，都是以往所有时代没有做到的。不过，在新中国成立之初，对文学界影响最大的运动，莫过于“知识分子改造”运动。这次运动的主持者，主要是来自延安的周扬、胡乔木、艾思奇等人。运动中，知识分子几乎全部系统接受了马克思列宁主义教育，使他们从世界观、理论知识到思想体系全部得到改造，很快适应了新中国的意识形态，也很快缩小了知识分子与工人、农民的区别。也就是说，民国时期学人的尊崇地位被消除了。这种体制上的彻底改造，我们在后面还会提到。在当时这种斗争性的改造并没有体现出对知识的足够尊重，对欧美西学的全盘否定也彻底影响了几十年的学术。

毛泽东曾提出“百家争鸣，百花齐放”的方针，但随后很快就转为“对右派分子的反击”，此过程中，很多知名学者蒙上不白之冤，并遭受了迫害。据后人统计，几次“反右”过程中，后文中我们立专节介绍的诸位先生，如朱光潜、王元化、黄药眠、蒋孔阳、李泽厚等人都受到了冲击，并遭到长期的批判。虽然此后党和国家曾作出纠正“左”倾错误的努力，但很快，“文化大革命”又开始了。从 1966 年到 1976 年，很多的知识分子被打倒，甚至含冤而死。即使没有过多受到摧残的学者们，其理论工作也几乎陷于停滞，难有可以称道的论著问世。当然，多数学者在十年间并没有停止思考和研究。朱光潜先生在“文化大革命”期间依然坚持译书、写稿，钱锺书离开“五七”干校不久就开始了《管锥编》的写作，李泽厚的《批判哲学的批判》也是在“文化大革命”期间酝酿出来的。

1976年，“四人帮”被打倒。1979年10月，第四次“文代会”召开，中国的文艺工作终于走上正轨。1980年，中央正式提出“文艺为人民服务，为社会主义服务”的方针。随着一大批学者的平反，中国文论也迎来了它的“新时期”。

二、苏联的影响

1917年，还在第一次世界大战中鏖战的沙俄爆发了十月革命，之后，一个崭新的国家——苏维埃社会主义联盟成立了。虽然从成立到覆亡，苏联的历史只有短短的七十年，但它对中国的影响却非常巨大。因为，不光中国共产党从成立到革命成功的几十年间直接得到了苏联大量的援助和指导，连孙中山的革命也获得了苏联的大力支持。苏联对中国的巨大影响，直到20世纪50年代后期“中苏交恶”之后还在持续发酵，直到80年代后期，中国学界才算基本从苏联模式中走了出来。

苏联文论对中国文论的影响早在20世纪20年代就已颇具规模，这首先就与“五四”运动的推毂分不开。在20年代初，鲁迅、郑振铎、瞿秋白等学人已经在大篇幅地翻译和介绍俄国文艺理论和文学批评，所谓“别、车、杜”——别林斯基、车尔尼雪夫斯基和杜勃罗留波夫的论著都得到了系统引入。这一进程还伴随着“五四”之后对中国传统国学的质疑和共产主义运动在中国的蓬勃兴起，因此，其声势很盛。到了30年代，“左翼作家联盟”成立，这一组织作为苏联领导的国际革命作家联盟的一个支部，还要向国际汇报工作，实际上接受苏联的指示。“左联”解散后，“白区”的革命文化事业只是略有消歇，而中国共产党领导的延安学界则依然在系统接受苏联文论。40年代，联共中央关于《星》和《列宁格勒》两个文学杂志以及相关文艺学问题的决议，以及日丹诺夫的相关报告等，都被及时地翻译到了中国。

因此，新中国成立后，苏联文论几乎完全地“改造”了中国文论就非常合理了。在新中国成立后，苏联文论的重要文件都成了必读教材。可见，苏联文论在中国的广泛传播，还借助于体制的力量，如果说“改造”中苏联文论改造了中国文论界的思想，“院系调整”则按照苏联的模式改造了中国的高校和科研机构，苏联文论作为最权威的理论体系、苏联文论教材作为被普及开来的经典，更深刻地改变了中国文论的格局。比如，苏联文论家季莫菲耶夫的《文学原理》、谢皮洛娃的《文艺学概论》等都广泛传入中国，影响很大。而此时期我国文论界编写的各种文艺学教材，除了在材料上加入有限的中国文学因素作为例证，其阐释体例、理论构架、概念范畴和价值评判标准都不出苏联经典教材的窠臼。苏联文论完全成了中国文论的标准知识和标准理论，实现了学术的统一。与之相对，在“五四”之后几十年传来的欧美文论，则受到了广泛、深入和尖锐的批判，以至于在相当长的一段时间内，西方文论话语基本沉寂了。

应该说，苏联文论产生于特定的革命时代，也有相当深厚的文化积淀。不过，在苏联建国前后历次激烈残酷的政治斗争中，其文论也模式化为对“别、车、杜”的阐释引申，以及对列宁“反映论”的体制化改造，认为文学是认识和反映现实的一种工具，中国文论自古以来重情、讲意境的文学传统不是被批判就是遭到了扭曲，尤其是“典型论”对中国传统意境说的侵犯，都深刻影响了中国文论。更为重要的是，在苏联文论的直接影响下，当时的中国文艺批评突出人民性、党性、阶级性，政治化和斗争性痕迹十分明显。当然，这也与中国共产党长期以来的艰苦斗争分不开，只不过，新中国成立后，和平建设虽然开始了，但文学界反映“斗争心态”的词汇依然俯拾皆是：“会师”“胜利”“插红旗”“文艺大军”“锋芒直指”“猖狂进攻”“引蛇出洞”等。这些都烙上了苏联文论的印记。进入60年代，中苏关系逐渐交恶，中国也逐渐陷入到越来越激烈的社会动荡中，但苏联模式的文论体系依然在发挥作用，当时文论家立论，依然言必引“马、恩、列、斯、毛”，很多时候也不会忘记“别、车、杜”。五六十年代文学研究界发起的诸多大讨论，比如对陶渊明是否是“现实主义诗人”的讨论、对刘勰到底是唯心论者还是唯物论者的争论以及对“唯心主义哲学家”朱光潜的批判等，都是这种“改造”的成果。

更让人痛心的是，中国文论对苏联文论的学习，不但亦步亦趋、邯郸学步，而且大量存在囫囵吞枣式的接受。这一现象也直接导致中国文论在思想上和材料上的贫乏，外国文论唯苏联马首是瞻，中国文学则只看左翼文学家的作品。如此，中国文论长时间以来不尊重传统文论，也不会辩证地思考、批判地接受，更不要谈转益多师了。近年来，中国文论的研究者们常常会谈到中国古代文论“失语”的问题。这一“失语”，到底发生于何时？“五四”之后，众多文论大家如此注重中国哲学传统、力图汇通中西文论，只有到了苏联文论“一统”中国文论界之后，这些话题才骤然消逝，而且，一消逝就是三十年。

80年代改革开放之后，我国发生了第二次“美学热”，大量的西方文论体系被引入中国，中国文论界面对这些可能五六十年代就风靡西方的阐释学、系统论、接受美学，简直如获至宝，完全是如饥似渴地学习、接受、讨论，这大概也是对苏联文论“改造”中国文论之后的一种反拨吧！

三、知识分子的“体制化”

前面我们说到，在中国的历史上，没有一个时期能像当代中国一样，教学和科研机构在文学理论界、甚至整个文学界都发挥着重大的作用。也就是说，中国当代的文论家们，全部都任教于高校或者供职于研究院、研究所等科研机构，而这些机构全部都在党和国家的直接领导下。这样，个人命运的沉浮和科研的基本导向，便直接联系到其所工作和生活的“单位”中，尤其像文艺理论这样本就与政治、与哲学关系紧密的学科，更通过这样一种形式而更加“体制化”了。

当然，此现象的出现，也与“现代化”大学的出现关系莫大，而现代化意义上的大学的出现，最早是在清末、西学传入中国之后。因此，民国时代的学者就都工作在各级中学、大学和研究院之中；而民国时期的知名大学，以北京（北平）为例，如北大、清华、北师大（包括女子师大）、辅仁大学、燕京大学、中国大学等都在中国文论史上发挥了巨大的作用。民国时期大学教授社会地位比较高，其工资收入也远高于其他职业。虽然因为战乱和政治的不统一，大学的经费经常不能保证，教师的课时费有时也不能如数发放，但民国时期这些教学机构和科研机构的存在和发展，依然能够为学者们提供一个开科授课、著书立说的良好环境。在这一点上，1949 年前后的现代中国与当代中国是非常类似的。但两个时期的区别依然十分明显。在民国时期，大学教授的工作相对变动多，既可以方便地兼职多个高校，也来去频繁，这也是为什么很多知名学者都曾任教于多所高校的原因。而 1949 年、尤其是“院系调整”之后，大学教授和研究员很少有随意“跳槽”的，即使有人事流动，也都是由组织安排。这样，我们就可以看到，很多在民国时就已知名的学者，会在一所大学教书育人直到晚年，成为一所大学之文脉的标志。在这一点上，“单位”的固定，也就是知识分子的“体制化”，对中国人才培养的稳定性和专业性，功不可没。

在这一“体制化”的进程中，1952 年的“院系调整”是最重要的一件大事。这次院系调整是一次规模巨大的教育体制改革，涉及全国四分之三以上的高校。很多知名的私立大学，如燕大、辅仁、金陵大学、震旦大学、圣约翰大学等，或裁撤或合并，而几所历史悠久的综合性大学，如中央大学、中山大学、浙江大学、武汉大学和厦门大学，即所谓“五大母校”，则被拆解，加上北大、清华、北洋大学、川大等学校的调整，很多专业都合并到专科大学中。对于当代文论研究来说，知名学者益发集中到科学院和一些重点院校中，这些院校在后来的文论界都成为了最活跃、最重要的阵地。

第二节 周 扬

周扬（1907—1989），原名周运宜，字起应，湖南益阳人。早年曾在上海国民大学、大夏大学求学，后留学日本。周扬 1931 年加入“左联”，两年后成为“左联”的领导人直至组织解散。1937 年他去了延安，并很快成为陕甘宁边区的文化战线领导者，先后任教育局长、文艺界抗敌协会主任、鲁迅艺术学院副院长、延安大学校长等职务。新中国成立后，曾任文化部副部长、中共中央宣传部副部长、中国文学艺术联合会副主席等。“文化大革命”后，周扬复出并继续主持文艺界工作，直至 1989 年去世。

严格来说，周扬成为当代文学史上最重要的文论家，并不是依靠其等身的著作，而是依凭他对中国文论、乃至整个中国现代文学的深刻影响而言的。一个世纪以来，在中国文艺界，还没有第二个文论家能够像周扬这样，不但与同时代每一位重要的文学家都有这样那样的交集，而且还永远地改变了其中很多人的命运。与其他文论巨擘更有不同的是，和周扬那几起几落、跌宕沉浮的人生相比，他的理论体系反倒显得不那么宏富艰深。如童庆炳先生所描述的，周扬一生的文学理论活动中真正发生影响的就是“一个中心——人民文艺论”和“两个基本点——艺术真实论和艺术形象论”。① 但是，恰恰因为他在历史上的特殊地位，因为他的人生中交织着的斗争、批判、背叛、屈辱、反思，周扬的理论所产生的巨大影响才能远远超出了理论本身的视域，成为“中国近当代文艺史和意识形态史的缩影”。

与同时代很多学者类似，周扬的理论发展轨迹深受时代的影响，1937、1949、1966、1976 年这些重要的年份也成了周扬人生中天然的分

①童庆炳：《周扬文艺思想论略》，《东疆学刊》2006 年第 1 期，第 6 页。

期。在此，我们将以四个不甚接续的时代来阐述周扬文学理论的演变历程。

一、左联时期（1931—1936）

20世纪20年代后期，是中国共产党自建党以来所遭遇的第一个困难时期。1927年，蒋介石、汪精卫等人先后背叛革命，抓捕共产党人，整个上海笼罩在一片白色恐怖之中。而就在这样的白色恐怖之中，周扬却义无反顾地加入了中国共产党。据他后来在延安鲁迅艺术学院时的回忆："'四一二'以后，正当白色恐怖时期，昨天还是革命者的我所认识的好些同乡，今天突然变成了规矩人的时候，我却再也不能抑制我的愤怒，我感到一种要报复的欲望，于是我就加入了党。"① 在此，我们能看到一个满腔热血、义无反顾的青年周扬的形象。我们当然要说，周扬的勇敢和叛逆是受到了"五四"精神的影响，但他个人的求学经历也对他此时的选择起到了决定性的影响。周扬在上海求学期间所学的专业主要是英国文学，这使他更自觉、更主动地接触西方思潮，此中既有共产主义，也有柏格森与尼采主义、易卜生的个人主义、克鲁泡特金的无政府主义。其中，尼采主义的叛逆精神对他影响最大、最直接。他后来回忆道："惟因当时在李石岑的影响下，深深醉心于尼采主义。尼采思想在我的生活中曾起过重大的作用，我应该说，是革命的作用，他教了我大胆否定一切因袭、传统、权威，在我脑筋中进行了一次大扫荡，没有这次大扫荡，接受马克思主义也许不会这么纯净，干脆。"②

1930年3月2日，以鲁迅为首的革命文学团体"左翼作家联盟"成立，这标志着我国左翼文学进入了一个新的历史时期。1931年底，周扬加入左联，1932年便被推上左联常委的位置。1933年丁玲被捕，周扬更成为左联党团书记直到1936年组织解散。因为他的革命追求，周扬并没完成过一个完整的学业，在日本的留学也因被捕而中断。周扬也很少文学创作，他在文学上最多的贡献是对国外革命文学的译介。他能够成为左联的领导，一方面是因为组织的需要、冯雪峰等人的推举，另一方面，也是因为他的一腔热诚和勤劳肯干。临危受命的周扬在异常艰苦的环境下坚持负责左联的文化运动，为反对国民党的文化围剿做出了巨大贡献。

---

①参见《周扬自传》。此书是周扬在鲁艺时期所作，未标具体完成时间。

②参见《周扬自传》。

一般认为，此时期周扬的文学理论还不成熟，他对文学的理解还缺乏一种深沉洗练之后的真知灼见。实际上，周扬自身文学理论的大致思路正是在这个时期形成的，其中几个最重要的方面在此时期都已经做了思考，包括文学与政治的关系、现实主义和形象思维等问题。更为重要的是，此时周扬的想法应该是相对来说最真诚、最多含有独立思考的成分。

刚加入左联，周扬就与鲁迅等左翼文学家并肩作战，与以胡秋原、苏汶等为首的“自由人”和“第三种人”展开激烈论争。在当时的具体历史条件下，胡、苏等人提出的文学脱离政治、脱离阶级，“马克思主义者不要真理”等主张对左翼文化造成了很大威胁，而周扬的《到底是谁不要真理，不要文艺》（1932）、《文学的真实性》（1933）等文则对之给予了有力的回击。周扬文论中最核心的论题——文学与政治的关系也在此时被提了出来：“文学的真理和政治的真理是一个，其差别，只是前者是通过形象去反映真理的。所以，政治的正确就是文学的正确。不能代表政治正确的作品，也就不会有完全的文学的真实。”“作为理论斗争之一部的文学斗争，就非从属于政治斗争的目的，服务于政治斗争的任务之解决不可。同时，要真实地反映客观的现实，即阶级斗争地客观的进行，也有彻底把握无产阶级的政治的观点的必要。对于文学之政治的指导地位，就在于此。”① 可见，周扬此时的表述尚显稚嫩，观点也比较绝对化；但从字里行间却可看出周扬的真诚，作为一个全心向往革命的热血青年，周扬毫不质疑以政治为中心的一元论。其实，何止周扬，在那个热血的时代，左联的青年们很多都深受共产主义的感召，他们尤其努力紧跟国际共运的步伐，只是因为环境的险恶和联络的不畅，时常会有“滞后”。在此，周扬凭着外文的优势，总能更快地接受苏联理论界的新变化，就是他在1933年将苏联“社会主义的现实主义”引进中国，同时对严重“左”倾的“拉普”创作理论做了彻底的否定，这也是他此时期理论上最大的功绩。在《关于“社会主义的现实主义与革命的浪漫主义”》一文中，他指出拉普批评家们常用“唯物辩证法的创作”的繁琐哲学公式去评判一切作家的作品，其中还纠缠着极端的宗派主义和官僚主义，这种庸俗社会学的论调曾是左联青年们追摹的目标，而周扬的文章及时刹住了这一风气。更为可贵的是，他进一步提出：“艺术家的世界观又是通过艺术创造过程的复杂性和特殊性

①周扬：《周扬文论选》，人民文学出版社2009年版，第9—10页。

而表现出来的。艺术的特殊性——就是‘借形象的思维’；若没有形象，艺术就不能存在。单是政治的成熟的程度，理论的成熟的程度，是不能创造出艺术来的。”① 这也是周扬对自己“左倾”论点的反拨，这种反拨在他的人生中多次出现，只是造成的反响各有不同。不论如何，此时的青年周扬在论辩中逐渐成熟，也更多地注意到了文学本有的艺术品格。

不过，周扬还是为自己的年轻气盛付出了代价。随着周扬在左联领导地位的逐渐提高，组织内部的矛盾逐渐激化，始于1935年的“两个口号之争”使得周扬和鲁迅、茅盾、冯雪峰等人公开决裂，以至于鲁迅激烈地撰文称周扬为“拿了鞭子的奴隶总管”，是“无药可医”的了。这一纷争给周扬以极大的刺激，直到20世纪80年代，周扬还称30年代是自己的“另一个癌症”。

二、延安时期（1937—1948）

1937年11月，周扬来到延安，很快担任边区教育厅长，后来逐渐担任鲁艺副院长和延安大学校长等职，并主持多种官方杂志，实现了从文艺青年向“党的领导”身份的转变。当然，此时期对周扬影响最深远的事情莫过于毛泽东的信任。初到延安，毛泽东对周扬这个不到30岁的青年还只是“不偏不倚”地关心培养，后来逐渐委以重任，甚至互相阅看文稿，毛泽东那篇著名的《在延安文艺座谈会上的讲话》就曾被周扬细细地阅改过。也是从这时开始，周扬逐渐主持了党的教育、文化、宣传事业，在历次运动中，和毛泽东之间形成了一种固定的“互动模式”：运动之初，周扬常常是被动的，甚至没有预料到毛泽东对事件的反应；于是几乎每次运动初始，他都会遭到毛泽东的批评，但运动渐入佳境后他往往会迅速调整自己，先是依照毛泽东的指示作出检讨，“亡羊补牢”后成为毛泽东思想的坚定执行者，运动结束时他在党内的领导地位便也丝毫无损。此中最值得称道的事，就是周扬在毛泽东“座谈会讲话”之后，成为了毛泽东文艺思想最权威的阐释者。

1942年5月，毛泽东针对延安文艺界脱离工农群众、一味搞“大、洋、古”的现象做了讲话，在文艺的功用、文艺的源泉、创作的继承与革新和文艺批评的政治与艺术标准等方面都给出了指导意见。在那个抗战最

①周扬：《到底是谁不要真理，不要文艺》，《周扬文集》第一卷，人民文学出版社1984年版，第36页。

艰难的时期，这篇讲话具有深远的历史意义和社会价值。1944 年，周扬组织编写了《马克思主义与文艺》一书，该书共分五辑，分别为“意识形态的文艺”“文艺的特质”“文艺与阶级”“无产阶级的文艺”和“作家与批评家”，每辑都收录了马、恩、列、斯、毛和鲁迅的相关论述。将马、恩、列与毛泽东并列为党的理论领袖，成为绝对正确的风向标，这是周扬此时期一大功绩。在该书序言中，周扬说：“毛泽东同志的《在延安文艺座谈会上的讲话》给革命文艺指了新方向，这个讲话是中国革命文学史、思想史上的一个划时代的文献，是马克思主义文艺科学与文艺政策的最通俗化、具体化的一个概括，因此又是马克思主义文艺科学与文艺政策的最好的课本。”① 如果说左联时期周扬的文艺思想一直在追慕苏联，从此时起，周扬忠实而坚定地传播并执行了毛泽东的文艺思想，并将之学理化、经典化，同时也奠定了自身在文艺理论界的领导地位。

在毛泽东文艺思想的指导下，周扬的文艺思想渐趋成熟，并在实践上多有成效。周扬文论的核心问题——文艺与政治的关系，也有了进一步的发展。初到延安，他就在《抗战时期的文学》一文中直言不讳文学是“政治的工具”，后来在毛泽东的影响下，在历次运动的磨砺下，他的“工具论”有了进一步的发展，并逐渐将之与毛泽东思想并轨。“座谈会上的讲话”之后，周扬以马克思经典理论为依据，系统阐发了毛泽东的文艺群众论：文艺从群众中来，必须到群众中去。他首先指出：“毛泽东作了关于‘大众化’的完全新的定义：大众化‘就是我们的文艺工作者的思想感情和工农兵大众的思想感情打成一片’，这个定义是最正确的。”② 以此为出发点，周扬发挥了毛泽东“普及与提高”和“如何表现新的群众的时代”的具体论述，并将之应用到延安的文化、宣传实践中。比如，鲁艺戏剧系原来热衷于《钦差大臣》《带枪的人》《日出》等重头大戏的排演，音乐系常常排演《黄河大合唱》等等。毛泽东批评鲁艺这是“关门提高”，过于注重“大、洋、古”。整风运动后，周扬在批判了有资产阶级意识的艺术之余，反复思索适合中国的“民族形式”，并最终选中了赵树理的创作作为典型。1946 年，周扬发表《论赵树理的创作》③，指出赵树理的创作

①周扬：《周扬文论选》，人民文学出版社 2009 年版，第 112 页。

②周扬：《周扬文论选》，人民文学出版社 2009 年版，第 120 页。

③周扬：《论赵树理的创作》，《解放日报》1946 年 8 月 26 日。

“是毛泽东文艺思想在创作实践上的一个胜利”，因为他的作品写农民就像农民，只消几个动作几句语言，农民真实的情绪面貌就栩栩如生地跃然纸上。其中一个最重要的成功因素，是赵树理的语言，因为他的语言是“真正从群众中来的，而又是经过加工、洗练的，那么平易自然，没有一点矫揉造作的痕迹”①。这样的成就自然是毛泽东文艺思想的典型体现，周扬后来将之发展为“新的英雄人物”的理论，在新中国成立后的文艺界发挥了巨大指导作用。

三、“十七年”时期（1949—1966）

1949 年 7 月，北平解放。在第一次文代会上，周扬被选为文联副主席，后任文化部副部长、中宣部副部长，他也从延安的文艺界领导变成了新中国文艺政策的指导者和执行人。他在第一次文代会上做的《新的人民的文艺》的报告指出：“毛主席的《在延安文艺座谈会上的讲话》规定的新中国的文艺的方向，解放区文艺工作者自觉地坚决地实践了这个方向，并以自己的全部经验证明了这个方向的全部正确，深信除此之外，再没有第二个方向了，如果有，那就是错误的方向。”② 如此，周扬就把延安的文论精神推广到了全国，并且不遗余力地在各个领域贯彻毛泽东的指导思想，直到 1966 年入狱。

据后人追忆，十七年间周扬的主要成就，一是主导新中国第一次文艺体制改革；二是主抓文艺创作和戏曲剧目，颇有实绩；三是主持了大学文科教材建设。③ 因为周扬特殊的政治地位和文化经历，他的文艺思想主要是在历次讲话中展现出来，又通过多年来事无巨细的领导工作践行了自己的理论。比如，作为全国文化和宣传工作的负责人，周扬对当时文科教材编写的指导思想相对比较公允，对待传统文化和唯心主义思想比较宽容，也反对机械化、庸俗化地理解毛泽东文艺思想。当时有一种“以论带史”的主张，即将所有知识都贯穿到毛泽东思想的“红线”上。对此，周扬强调：“研究历史，不能先有一个公式，先立下个结论，然后再找一些史料

①周扬：《周扬文论选》，人民文学出版社 2009 年版，第 376 页。

②周扬：《新的人民的文艺》，《周扬文论选》，人民文学出版社 2009 年版，第 371 页。

③张光年：《回忆周扬——与李辉对话录》，载王蒙、袁鹰主编：《忆周扬》，内蒙古人民出版社 1998 年版，第 17 页。

来套，来证明。研究历史应当从史料出发……研究现状应当从现状出发。”① 在此，周扬实质上依然扮演着毛泽东文艺思想贯彻者的角色。毛泽东在《讲话》中曾提出“两条战线的战争”，既反对内容有害的作品，又反对只讲形式不注重内容。在此，周扬一方面坚持了文艺与政治的紧密结合，同时也反对概念化、公式化的理解，并指出：“无论表现现代的或历史的生活，艺术的最高原则是真实。”② 这一原则在周扬阐述并指导“新的英雄人物”的艺术创作中起到了比较积极的作用。“新英雄人物”也是由毛泽东《讲话》所提出，但周扬一方面将之奉为以后艺术创作的根本要求，另一方面，他强调要联系现实，写出英雄人物性格的成长过程，在描写过程中也要注意从具体到一般的逻辑概括过程，而不是脸谱化、公式化的标语口号。从中也可见到周扬“纠左”的努力，尤其是“文艺为最广大的人民群众服务”的口号，是他对于文艺与政治关系的思考中最有价值的主张。

尽管周扬是毛泽东文艺思想的重要阐释者和执行者，尽管毛泽东曾盛赞“周扬懂逻辑，他的长处是紧跟党”，尽管周扬在十七年中被动或主动地批判、打击了胡风、丁玲等一大批文艺工作者，但“文化大革命”中他还是被打倒，直到 1975 年才重获自由。

四、晚年（1976—1989）

1977 年，复出后的周扬被任命为中国社科院副院长，1979 年被列为中央委员。晚年的周扬对“文化大革命”前自己极“左”的言行进行了深刻反思，对他批斗过的“右派”们反复地、真诚地道歉。同时，他也积极参与了对“四人帮”的批判，在思想解放的大氛围中不断纠正那极“左”的十年对文艺的破坏。

晚年周扬文艺思想的核心问题还是文艺和政治的关系问题。复出后，周扬继续了文艺为政治服务的观点：“党领导文艺主要靠马列主义、毛泽东思想和正确的文艺政策。这要求我们领导者了解文学、艺术的规律和作

①周扬：《周扬文集》第三卷，人民文学出版社 1990 年版，人民文学出版社 2009 年版，第 312—313 页。

②周扬：《改革和发展民族戏曲艺术》，《周扬文论选》，人民文学出版社 2009 年版，第 295 页。

家们提供生活和创作的最好条件，进行艺术创作和学术讨论的自由。”① 在坚持党对文艺直接领导的同时，他也以一种开放的心态拨乱反正。在全国第四次文代会上，他做了《继往开来繁荣社会主义新时期的文艺》的报告，这是晚期周扬最具代表性的文章之一。此文系统总结了“五四”以来我国文学创作和文艺理论的发展历程，对新时期的文艺发展做了展望。文中，他指出：“‘四人帮’推行的路线，是一条为篡党夺权阴谋服务的极‘左’路线。他们篡改和歪曲毛泽东同志的文艺思想，割断文艺和人民的血肉联系，否认社会生活是文艺创作的唯一源泉”，“他们歪曲文艺和政治的正确关系，用反革命政治奴役艺术，使文艺成为‘阴谋文艺’，成为反动政治的奴婢”。② 在实践中，周扬依然以毛泽东文艺思想的阐释者而自任。他还归纳了三条“经验教训”：文艺和政治的关系；文艺和人民生活的关系；文艺上继承传统和革新的关系。其中，第二点是最基本的。他认为：“作家任何时候都应当深入生活，忠实于生活，写他自己所熟悉的、有兴趣的、感受最深的、经过深思熟虑的东西。作家不应只根据一时的政策，而应从更广阔的历史背景来观察、描写和评价生活。”③ 这是一种深刻的“纠左”，是“文化大革命”、甚至“十七年”间国内文艺界情况概括的认识。在对文化遗产的态度上，周扬主张推陈出新、古为今用、洋为中用，同样也是新时期的新气象。新时期文学创作的繁荣，正始于斯。

在影响中国当代文论最深远的诸家中，周扬是最特殊的。他的一生与时代紧密牵系，但回首往事，却是满路荆棘、大起大落；他与同时代几乎所有重要的学者都有着各种各样的联系，但此中的恩恩怨怨，又总是纠葛着政治的因素；他并没有很多精力去融贯中西、铺篇排理，却依然能够强力地影响、推毂中国文论的进程。周扬文论的独特价值和魅力，就在于此。

---

①周扬：《也谈党和文艺的关系》，《周扬文集》第五卷，人民文学出版社 1994 年版，第 153 页。

②周扬：《继往开来，繁荣社会主义新时期的文艺》，《周扬文论选》，人民文学出版社 2009 年版，第 498 页。

③周扬：《继往开来，繁荣社会主义新时期的文艺》，《周扬文论选》，人民文学出版社 2009 年版，第 503 页。

第三节　宗白华

宗白华（1897—1986），原名宗之櫆，字伯华，祖籍杭州，生于安徽安庆。其父宗嘉禄曾中举，后成为水利学家；其母是“桐城派”散文家方苞的后代。早年就读于新式小学、中学，曾入青岛大学中学部学习德文，后在同济大学学医。1920 年赴德留学，1925 年回国后被东南大学（后改名中央大学）聘为哲学系教授，从此便在大学讲堂讲授哲学，并从 1952 年任教于北京大学哲学系直至逝世。宗白华先生青年时参与发起“少年中国学会”，1919 年主持《时事新报》的副刊《学灯》，发掘和推举了一批才华横溢的文学青年，包括著名诗人郭沫若。早年与宗先生来往的诗人学者还包括田汉、吴梅、汤用彤、冯友兰、金岳霖、朱光潜等，都是对后来中国文化界影响深远的巨擘。不过，20 世纪 50 年代之后，宗白华却长时间地沉潜下来，既没有参加新中国成立后两次规模浩大的美学大讨论，“文化大革命”时期也没太受到如朱光潜先生所遭受的“大批判”。1981 年，宗白华的美学文集《美学散步》正式出版，产生了一定的影响。但真正掀起宗白华“研究热”的，还是在 1994 年《宗白华全集》出版之后；1996 年，朱光潜、宗白华诞辰一百周年纪念大会召开，会议的论文集《美学的双峰——朱光潜、宗白华与中国现代美学》出版，宗先生在美学界的崇高地位才获得了真正的认可。值得玩味的是，与朱光潜先生相比，宗白华更超然于时争之外，也罕有朱先生《论诗》《悲剧心理学》等体制宏阔、逻辑严整的论述。宗先生留给世人的，多为要言不烦、点到即止的散论，只有在《宗白华全集》问世之后，人们才真正窥见宗先生美学体系之全貌。作为一代大诗人、美学家、哲学家，宗白华在中国文论史上也留下浓墨重彩的一笔。早年宗白华的新诗理论便对中国现代文学影响深远；而宗白华的意境理论、周易美学研究更深远地影响了中国生命诗学之建构。

一、宗白华的新诗理论

黑夜的影将去了，人心里的黑夜也将去了！我愿乘着晨光，呼集清醒的灵魂，起来颂扬初生的太阳。

上文引自宗白华诗集《流云》的序言。这部诗集最早出版于1924年，在当时中国文艺界产生了巨大的影响，以至于朱自清指出："《流云》出版后，小诗渐渐完事，新诗跟着也中衰。"[①] 此时的宗白华确是以清丽的文字和剔透的哲理，创作出一首首"流云"小诗，引领着当其时的文坛，对中国新诗创作影响巨大。如他所说的，"呼集清醒的灵魂，起来颂扬初生的太阳"。不过，宗白华对新诗产生巨大影响，还在于他的一系列重要论文：《新诗略谈》《新文学底源泉》，以及他与诗人郭沫若、柯一岑和康白情等人的书信往来。

《新诗略谈》发表于1920年2月的《少年中国》第1卷第8期，同月又在《学灯》上刊载了《新文学底源泉——新的精神生活内容底创造与修养》，学界往往以前者为宗白华生命诗学诞生的标志。文中，宗白华首次比较全面地讲述了他对新诗的认识。首先，他为诗下了定义："用一种美的文字——音律的绘画的文字——表写人的情绪中的意境。""这能表写的、适当的文字就是诗的'形'，那所表写的'意境'就是诗的'质'。换一句话说：诗的'形'就是诗中的音节和词句的创造；诗的'质'就是诗人的感想情绪。"[②] 在这平淡的文字中，渗透着宗白华对新诗的深切理解。尤其是与同时代其他诗人激进地轻视艺术形式的趋向相比，宗白华强调形质并重；他在给郭沫若的信中强调："我觉得你的诗，意境都无可议，就是形式方面还要注意。""你的诗又嫌简单固定了点，还欠点流动曲折……但你小诗的意境也都不坏，只是构造方面还要曲折优美一点，同做词中小令一样。要意简而曲，词少而工。"[③] 应该说，之后郭沫若的《天上的街市》显然更多注意了诗歌的艺术形式。而这个定义也包含了宗白华美学中几个重要观念：他始终在阐发中国艺术的音乐性，而其意境研究更是生命诗学的核心表述。此后，他针对当时的"新文学"创作，指出了几个问题：一、旧体诗缺乏实情和形式主义的倾向。实际上，宗白华少年时就写过旧体诗，即他的东山"记游诗"四首："坐久浑忘身世外，僧窗冻月夜深明。""回头忽见云封堞，暗对青峦自把杯。"[④] 这样规制工整、格调古远的诗句，却让宗白华很不满，以至他之后再也没写古体诗，原因就在于

①朱自清：《中国新文学大系·诗集》导言，参见《诗刊》1988年第1期。

②宗白华：《宗白华全集》第一卷，安徽教育出版社2012年版，第168页。

③宗白华：《宗白华全集》第一卷，安徽教育出版社2012年版，第227页。

④宗白华：《宗白华全集》第一卷，安徽教育出版社2012年版，第1—2页。

这样的诗句出自十几岁少年之口，“太老气”。他进一步尖锐地指出，这样“无病呻吟”，“形存质亡，势将破产”。① 在他看来，真正的新诗当“用自然的形式，自然的音节，表写天真的诗意与天真的诗境”。② 二、思想的浅白直露。宗白华在给郭沫若的另一封信中说道：“你的凤歌真雄丽，你的诗是以哲理做骨子，所以意味浓深。不像现在有许多新诗一读过后便索然无味了。”③ “以哲理做骨子”，强调诗歌当具有哲理性的思想深度，在清词丽句中融会诗人的哲思，这既是针对时弊的意见，也是宗白华艺术创作自觉的宣言。他说：“我已从哲学中觉得宇宙的真相最好是用艺术表现，不是纯粹的名言所能写出的，所以我认为将来最真确的哲学就是一首‘宇宙诗’，我将来的事业也就是尽力加入做这首诗的一部分罢了。”④ 是的，不论是宗白华的诗，还是他的哲学散文，总有一种神采隽逸、生机盎然的气骨，这种超然又积极的诗学理念正可看作宗白华生命美学一个鲜活的范型。三、人格修养的问题。在《新诗略谈》中，宗白华针对新诗“形与质”的问题，已经说到新诗创作者需要修养诗人的人格。因为艺术境界的实现，“端赖艺术家平素的精神涵养，天机的培植，在活泼泼的心灵飞跃而又凝神寂照的体验中突然地成就”。⑤ 留德期间，宗白华感触良深。在给柯一岑的信中，他说：“中国现代社会上的音乐，听了都使人消极生悲感，能刺激人的神经而不能发扬人的灵魂，真所谓亡国之音哀以思，以这种音乐表现这种民族精神，中国现在文化的地位可想而知了。”对此，他提倡：一是多去山水中徒步旅行，二是多习点高尚些的音乐歌曲，里巷戏院中淫靡的歌词太坏，绝不可学，学了丧人志气，堕人品格。⑥ 终其一生，宗白华都持一种积极乐观又淡泊名利的人生观，在作诗和做人上都身体力行地呈现自己生气流行的诗学观和健康圆满的人生哲学。有时宗白华甚至激动地宣言：“我愿意在诗中多作‘深刻化’，而不作‘悲观化’。宁愿作‘骂人之诗’，不作‘悲怨之曲’。”⑦

---

①宗白华：《宗白华全集》第一卷，安徽教育出版社2012年版，第171页。

②宗白华：《宗白华全集》第一卷，安徽教育出版社2012年版，第168页。

③宗白华：《宗白华全集》第一卷，安徽教育出版社2012年版，第226页。

④宗白华：《宗白华全集》第一卷，安徽教育出版社2012年版，第225页。

⑤宗白华：《宗白华全集》第二卷，安徽教育出版社2012年版，第361页。

⑥宗白华：《宗白华全集》第一卷，安徽教育出版社2012年版，第415页。

⑦宗白华：《宗白华全集》第一卷，安徽教育出版社2012年版，第418页。

宗白华的新诗理论是他青年时期的理论尝试，其中可见生命美学那灵动的辉光，而他的诗歌创作也成了最具生气的新诗范型。只不过，宗先生的生命美学体系要在旅欧归来之后才建构完成，而那时的他已经很少写诗了。就像他说的："我们心中不可没有诗意、诗境，但却不必定要做诗。"①步入中年的宗白华真的不再纠结"写诗"与"作诗"，而是用诗意的"散步美学"来阐发意境了。

二、宗白华的中西文论比较

在宗白华的一生中，留学德国和归国后任哲学教授是最重要的两件事。旅欧期间，宗白华受到了扎实的艺术、美学和哲学训练。因此，宗白华的美学才能真正做到出入中西，比之青年时的文论，更显大师气度。从事哲学教育，尤其是与方东美等哲学家们共事，更启发了宗白华立论时时不忘立足本土诗学，在中西互释的大格局中建构（或者说重释）了中国的生命美学。当然，要说清宗白华之中西比较文论并不容易，最主要的原因是，宗白华并未专力文论，而是诗、乐、舞、书画、建筑等诸种艺术门类触类兼通，而且其论中所见之文学素材均是为其生命美学的整体阐发所用的。具体地说，宗白华中西比较文论主要体现在以下三个互渗互证的方面：

首先，宗白华将中国生命哲学归之于艺术化的乐舞、将西方哲学概括为纯逻辑、纯科学化的形上学，这种高度的概括对中国诗学有着高屋建瓴的指导。宗白华美学的哲学渊源是什么？远至古希腊哲学，近达斯宾格勒、海德格尔，都对宗白华有着直接、深刻的影响。但从宗先生的《形上学——中西哲学之比较》手稿来看，他对西方哲学有着完满、深湛的把握；他对中西比较的落脚点，也不在于那些鸡零狗碎的片段，而是最宏阔、最具超越性的终极艺境：中国哲学终结于"神化的宇宙"，非如西洋之终结于"理化的宇宙"，以及对"纯理"之"批判"为哲学之最高峰。②而对于这个"神化"，宗先生指的并不是宗教之神，而是援《易》以为说："《易》云：'圣人以神道设教'，其'神道'即'形上学'上之最高原理，并非人格化、偶像化、迷信化之神。其神非如希腊哲学所欲克服、超脱之出发点。而为观天象、察地理时发现'好万物而为言'之'生生宇宙'之

①宗白华：《宗白华全集》第一卷，安徽教育出版社2012年版，第214页。

②宗白华：《宗白华全集》第一卷，安徽教育出版社2012年版，第586—587页。

原理（结论）！”[①] 这样，宗先生实际上把中国的生命美学放到与西方形上学并立的地位。在当时西风劲吹的中国学界，这是颇具开创性的断语，也为宗白华中西比较文论设立了一个基调。《中国诗画中所表现的空间意识》一文便是这一理念最鲜活的铺演。“用心灵的俯仰的眼睛来看空间万象，我们的诗和画中所表现的空间意识，不是像那代表希腊空间感觉的有轮廓的立体雕像，不是像那表现埃及空间感的目中的直线甬道，也不是那代表近代欧洲精神的伦勃朗的油画中渺茫无际追寻无着的深空，而是‘俯仰自得’的节奏化的音乐化了的中国人的宇宙感。”[②] “俯仰自得”，这种诗意的概括点出了中国艺术那种阴阳明暗高下起伏的空间意识，则他将中国诗画定义为音乐化的艺术就自然而然了：“一个充满音乐情趣的宇宙（时空合一体）是中国画家、诗人的艺术境界。”[③] 如此，中国诗画永远是具有鲜明律动的生命体，“中国画中的虚空不是死的物理的空间间架，俾物质能在里面移动，反而是最活泼的生命源泉。一切物象的纷纭节奏从他里面流出来”[④]！也正是在此意义上，宗白华强调：中国生命哲学之真理惟以乐示之！

其次，宗白华之所以能将中国诗画定义为乐舞一般律动化的艺术，与易学在其诗学中的本体化密不可分。可以说，援易以为说，并将之纳入中国哲学—美学体系的文脉中放射性地铺演开来，是当时新儒家哲学的共通点。而宗先生这一理论建构，则更艺术化、更美学化，因此也就更接地气、更具生命之灵动。在《形上学》手稿中，宗白华高屋建瓴地指出中西哲学路线之异点：“西洋化‘命运’为命定之自然律。中国推天人合一于‘保合太和，各正性命’之形上境！”[⑤] 这种申说在其他著论中也反复出现：“中国人的最根本的宇宙观是《周易传》上所说的‘一阴一阳之谓道’”[⑥]；“中国画所表现的境界特征，可以说是根基于中国民族的基本哲学，即《易经》的宇宙观……这生生不已的阴阳二气织成一种有节奏的生

①宗白华：《宗白华全集》第一卷，安徽教育出版社2012年版，第586页。
②宗白华：《宗白华全集》第二卷，安徽教育出版社2012年版，第423页。
③宗白华：《宗白华全集》第二卷，安徽教育出版社2012年版，第431页。
④宗白华：《宗白华全集》第二卷，安徽教育出版社2012年版，第439页。
⑤宗白华：《宗白华全集》第一卷，安徽教育出版社2012年版，第585页。
⑥宗白华：《宗白华全集》第二卷，安徽教育出版社2012年版，第434页。

命"[1]。在宗白华文论的视域中，易学的本体化范式主要是通过"象与数"的铺演和对《鼎》《革》等卦之美学阐发而展开的。我们先说象数。宗白华认为中西艺术之最高分埒在于时空观，中国时空观是通过象数展开的。我们知道，象数本是传统易学的重要范畴，宗先生则参照康德的古典美学和西方之科学，指出中国宇宙观之最根本的元素就是象与数。他说："中国从三代鼎彝到八卦易理，是以象示象，而数在其中，数为立象尽意之数，非构形明理之数学也。"[2] 在散见诸文的阐释中，宗白华所云之"象"是自足、完形、无待、超关系的；"数"则表示着秩序、节奏。两者交织，又成为中国生命美学之生生条理。在此，宗先生铺演的象数既象征着中国传统文化中最具本体意义的原生之象，又笼括着中国诗画乐舞所共通的生生之节奏。在《形上学》中，宗先生以《鼎》《革》两卦为例做了进一步解说。《鼎·象》曰："木上有火，鼎。君子以正位凝命。"宗白华赞道："此中国空间天地定位之意象，表示于'器'中，显示'生命中天则（天序天秩）之凝定。'以器为载道之象！条理而生生。"[3] 从《鼎》之卦象出发，一个静止的物象成为了把握整体精神生命的坐标，意味着空间的生命化。而《革》卦则代表中国时间生命之象，如《革·象》："泽中有火，革。君子以治历明时。"所谓"治历明时"，确实笼括着中国传统文化深刻的时间观。朱熹说："四时之变，革之大者。"中国人对"四时"的理解深刻渗透在年复一年的农业活动中，这种规律性、季节性的理解是最具实践意义的生命体验。所以，相对于西方哲学的数理之学，"中国哲学既非'几何空间'之哲学，亦非'纯粹时间'（柏格森）之哲学，乃'四时之成岁'之历律哲学也。"[4] 这两卦，一象征时间境，一象征空间境，则"革与鼎为中国人生观之二大原理，二大法象"。[5] 总的说来，宗白华以《易》为其生命诗学之原点，以象数为原生范型，系统地比较了中西诗学。这种比较有时很散漫、随意，却成为其生命诗学最鲜活、最深刻的理论依据。

最后，宗白华比较文论一大成就是确立了"错彩镂金"与"芙蓉出

①宗白华：《宗白华全集》第二卷，安徽教育出版社2012年版，第109页。

②宗白华：《宗白华全集》第一卷，安徽教育出版社2012年版，第621页。

③宗白华：《宗白华全集》第一卷，安徽教育出版社2012年版，第612页。

④宗白华：《宗白华全集》第一卷，安徽教育出版社2012年版，第611页。

⑤宗白华：《宗白华全集》第一卷，安徽教育出版社2012年版，第617页。

水”为中国艺术的两种艺术理想，而此论又是与其对中西时空观的体察、尤其是对易学的阐发分不开的。在《中国美学史中重要问题的初步探索》中，他有这样一段论述：

> 鲍照比较谢灵运的诗和颜延之的诗，谓谢诗如“初发芙蓉，自然可爱”，颜诗则是“铺锦列绣，雕缋满眼”。《诗品》：“汤惠休曰：谢诗如芙蓉出水，颜诗如错采镂金。颜终身病之。”这可以说是代表了中国美学史上两种不同的美感或美的理想。①

所谓“错彩镂金”的美，早在先秦时期就有了萌芽，显现了鲜明的装饰性。楚国的图案、楚辞、汉赋、六朝骈文、颜延之诗、明清的瓷器、一直存在到今天的刺绣和京剧的舞台服装，都是此种艺术理想的代表。而“芙蓉出水”则自六朝时开始受重视，呈现出一种清新平淡、自然可爱的境界，以汉代的铜器陶器、王羲之的书法、陶潜的诗、宋代的白瓷为典范。对两种美，宗先生显然更倾向于后者。作为一位极富艺术灵悟、又超然于世外的美学家，宗白华非常倾心于晋人之美，指出此时代是精神上极自由、极解放，最富于智慧、最浓于热情的一个时代，因此也就是最富有艺术精神的一个时代。② 而此时代也正是首推“芙蓉出水”的时代，陶潜、顾恺之和王羲之的艺术创作清新自然，是美学思想上的一个大的解放。从此，“诗、书、画开始成为活泼泼的生活的表现，独立的自我表现”③。宗先生并以李太白“清水出芙蓉，天然去雕饰”、司空图“生气远出，妙造自然”和苏轼“无穷出清新”等句，概括了中国艺术创造的这一最高理想。这种归于平淡的追求与宗白华的流云小诗和艺术意境理论互为表里，亦与其周易美学思想互为参照，体现着宗白华对于美与真的问题的深湛思索。在说到《贲》卦之美时，宗白华指出，此卦卦象显示山下有火，就好比夜间山上的草木在火光照耀下，线条轮廓突出，是一种美的形象。这也是一种装饰美的范例。但宗白华认为，此卦中最重要的是“白贲”的含义。他指出：“贲本来是斑纹华彩，绚烂的美。白贲，则是绚烂又复归于

①宗白华：《宗白华全集》第三卷，安徽教育出版社2012年版，第450页。
②宗白华：《宗白华全集》第二卷，安徽教育出版社2012年版，第267页。
③宗白华：《宗白华全集》第三卷，安徽教育出版社2012年版，第451页。

平淡。……这里包含了一个重要的美学思想，就是认为要质地本身放光，才是真正的美。所谓‘刚健、笃实、辉光’就是这个意思。”①

总的来说，宗白华的比较文论出入中西、会通诗画，最关键的是，他虽然以西方艺术为重要的参照，却最终落脚于中国艺术的最高理想。比之同时代那种扬西抑中的深刻反思，宗白华的比较诗学对中国艺术影响更为深远，更为他的生命美学树立了一个基调。当然，宗白华生命美学最鲜活的体现还是他的意境理论。

三、宗白华的艺术意境论

意境本是中国古代文论最重要的范畴，从先秦时期的“意象论”算起，它贯穿了中国文论的始终。近代以来，王国维等人深受西学的影响，对意境等范畴做了新的诠释，宗白华也是如此。我们甚至可以说，宗先生的“意境论”是其生命美学阐发中最重要、最直观的体现，尤以代表着“散步美学”最高成就的《中国艺术意境之诞生》最为昭著。

此文有两个版本，其增订稿比第一稿结构更严整、引证更充实，对宗白华来说是非常罕见的，因为他行文一直闲逸洒脱，不拘格套。从中可见宗白华对艺术意境是多么重视。何为意境？宗白华说：

> 艺术家以心灵映射万象，代山川而立言，他所表现的是主观的生命情趣与客观的自然景象交融互渗，成就一个鸢飞鱼跃，活泼玲珑，渊然而深的灵境；这灵境就是构成艺术之所以成为艺术的“意境”。②

所谓“主观的生命情趣与客观的自然景象交融互渗”，实际上点出了中国意境论“情景交融”的根本特征。如果说宗白华的时空观描绘了生命诗学中一个空灵的风景，则他对情的重视则为意境带来鲜活的生气：“山川大地是宇宙诗心的影现；画家诗人的心灵活跃，本身就是宇宙的创化，它的卷舒取舍，好似太虚片云，寒塘雁迹，空灵而自然!”③ 宗白华的情景交融并不是古人意境论的简单重复，因为他的艺术意境中对时空观显然可见康德、柏格森甚至尼采哲学的印记（有学者指出，所谓艺术意境之“诞

①宗白华：《宗白华全集》第三卷，安徽教育出版社2012年版，第459—460页。
②宗白华：《宗白华全集》第二卷，安徽教育出版社2012年版，第358页。
③宗白华：《宗白华全集》第二卷，安徽教育出版社2012年版，第359—360页。

生”，很有向尼采《悲剧的诞生》致敬的意味）；更为重要的是，宗白华把中国艺术意境联系到道、舞、空白，这既是宗白华美学的融会贯通，更是中国艺术理论的整合。

联系中国本土哲学的“道”来诠释意境，分明可见宗白华文论的立足点在于中国诗学。“中国哲学是就‘生命本身’体悟‘道’的节奏。‘道’具象于生活、礼乐制度。道尤表象于‘艺’。灿烂的‘艺’赋予‘道’以形象和生命，‘道’给予‘艺’以深度和灵魂。”① 在此，宗白华引《庄子》中“庖丁解牛”的寓言来做说明，很自然地把“道”和节奏化的中国艺术融汇在一起：“‘道’的生命和‘艺’的生命，游刃于虚，莫不中音，合于桑林之舞，乃中经首之会。”② 在宗白华看来，这种生生节奏正是中国艺术境界的最后源泉。而最能代表这生生节奏的，便是舞。“这最高度的韵律、节奏、秩序，理性，同时是最高度的生命、旋动、力、热情，它不仅是一切艺术表现的究竟状态，且是宇宙创化过程的象征。”③ 由此，舞也便成了中国一切艺术境界的典型：“天地是舞，是诗（诗者天地之心），是音乐（大乐与天地同和）。”④ 将舞作为中国艺术最高境界来解说，是宗先生意境理论的独特之处，虽然有一些“过度诠释”，却在一个烂漫的语境中点出了中国生命美学节奏性的诗化特质。这一阐发显然是他早年“气韵生动”说的发展。在《论中西画法之渊源与基础》中，他说：“中国画的主题‘气韵生动’就是‘生命的节奏’或‘有节奏的生命’。”⑤ 在《中西画法所表现的空间意识》中，他又说：“中国的书法本是一种类似音乐或舞蹈的节奏艺术。”⑥ 在以上诸论中，宗白华完全是从明暗虚实的节奏出发，逐渐描述中国书画艺术的气韵生动的。而在“诞生”一文中，宗白华不但完全将“舞”从他艺术论的张力中推举出来，更进一步探讨了艺术中的“空白”问题。他指出，中国绘画境界的特点就建筑在以“舞”为代表的中国艺境之上，只不过，“舞”以掉臂游行，超脱自在的舞动最直接、最具体地展现了人类心中一个最自由最充沛的深心的自我。而画家书家解

①宗白华：《宗白华全集》第二卷，安徽教育出版社 2012 年版，第 367 页。
②宗白华：《宗白华全集》第二卷，安徽教育出版社 2012 年版，第 365 页。
③宗白华：《宗白华全集》第二卷，安徽教育出版社 2012 年版，第 366 页。
④宗白华：《宗白华全集》第二卷，安徽教育出版社 2012 年版，第 369 页。
⑤宗白华：《宗白华全集》第二卷，安徽教育出版社 2012 年版，第 109 页。
⑥宗白华：《宗白华全集》第二卷，安徽教育出版社 2012 年版，第 143 页。

衣盘礴，用的是飞舞的草情篆意，在画幅的虚白上谱出宇宙间空灵的音乐和诗境。两种艺术妙境相通，“虚空中传出动荡，神明里透出幽深，超以象外，得其环中，是中国艺术的一切造境”。① 可见，诗画由虚实相生的艺术妙造联系在一起，并都统照在中国人对“道”的体验之中：“于空寂处见流行，于流行处见空寂”，唯道集虚，体用不二，这构成中国人的生命情调和艺术意境的实相。② 如此，宗白华在形而上学的层面上真正会通了中国诸艺，也更充分地诠释了中国传统意境论。如果说中国传统意境理论之阐发多着眼于禅境之点化或具体的艺术批评，宗白华则出入中西，将中国艺术之灵境揭橥于生命美学的视域之中，使其成为中国传统美学现代转型最高妙的典范。从这样的理论高度上反观文学，则中国诗歌之妙，处处体现着壮阔幽深的宇宙意识生命情调。他并引船山诗论“以追光蹑影之笔，写通天尽人之怀”，认为这两句表现出中国艺术的最后的理想和最高的成就。对此，宗白华也附上自己的一首小诗，以传达中国心灵的宇宙情调：

飙风天际来，绿压群峰暝。云罅漏夕晖，光写一川冷。
悠悠白鹭飞，淡淡孤霞回。系缆月华生，万象浴清影。

——《柏溪夏晚归棹》

第四节 朱光潜

朱光潜（1897—1986），笔名孟实，安徽桐城人。桐城自古以来便人文荟萃，清代的“桐城派”散文更是名满天下。在这皖南灵秀之地，朱光潜自幼就浸润在中国传统文化的氛围中，在其父的严格教育下，他熟读经典、遍览诗书，还“偷看”过《西厢记》和《水浒传》这样的文学作品，既为朱光潜积淀了深厚的文学功底，又养成了他恬淡勇毅的人格，使其在

①宗白华：《宗白华全集》第二卷，安徽教育出版社2012年版，第370页。

②宗白华：《宗白华全集》第二卷，安徽教育出版社2012年版，第370页。

后来的艰难岁月中笔耕不辍、愈挫愈坚，终成一代大师。不过，作为中国当代最有影响的美学家、文学理论家和翻译家，朱光潜更重要的学术积累始于他的留学经历。朱光潜1918年入香港大学学习教育学，后又考取安徽官费留学名额，于1925年赴英国爱丁堡大学学习英国文学，毕业后转入伦敦大学、巴黎大学和斯特拉斯堡等学校继续深造，直至1929年回国。在留学的这几年里，朱光潜系统地接受了西方文学、哲学的训练，尤其深受意大利美学家克罗齐“直觉说”的启发，并在巴黎大学德拉库瓦教授《艺术心理学》课程的影响下，由斯特拉斯堡大学布朗达尔教授指导完成了博士论文《悲剧心理学》。更难能可贵的是，迫于生活的压力，也是由于学业的积淀，留学八年，朱光潜先后完成了《给青年的十二封信》、《文艺心理学》、《谈美》、《诗论》初稿、《变态心理学》等书稿，不但在国内学界产生了巨大影响，同时也奠定了他一生学术的基础。归国后，朱光潜先后任教于北京大学、清华大学、四川大学，留学期间的手稿也成为他的讲稿，在反复修改之后陆续出版。此间，朱光潜还曾主编《文学杂志》，为《中央周刊》写稿，在文化界产生巨大影响；后者后来辑纂为《谈文学》和《谈修养》。新中国成立后，朱光潜留在北大继续任教。在五六十年代，朱光潜大量阅读马克思主义哲学原著，并卷入了“第一次美学大讨论”，其间曾撰文《我的文艺思想的反动性》，对自己进行了批判。这些都深刻影响了朱光潜的后期美学，如他在1964年完成的《西方美学史》，在学理体系上就与其前期著作有着显著的不同。1986年，朱光潜在北京逝世。

同宗白华先生一样，朱光潜先生是20世纪中国最有影响的美学家，他最早的代表作《文艺心理学》即是一部通论美学的专著，其晚年的《西方美学史》更是美学界一座后人难以企及的巅峰。不过，朱光潜美学对中国文论也影响至深，因为朱光潜的研究始终立足于文学、着眼于文学，他最感兴趣的问题也都是文学问题。他自己曾说过：“我原来的兴趣中心第一是文学，其次是心理学，第三是哲学。”① 通观朱光潜的著论，《文艺心理学》泛论文艺，《诗论》和《谈文学》更是专论文学。至于《西方美学史》，有学者指出，此书似乎更加侧重文论。因此，朱光潜与中国文论的当代发展关系莫大。

从学术影响和立论的参照系来看，朱光潜先生的文论可分为两期，以

①朱光潜：《朱光潜全集》第一卷，安徽教育出版社1987年版，第200页。

20世纪50年代中期为界。前期的朱光潜文论以《悲剧心理学》《文艺心理学》《诗论》等几部著作为代表；后期文论可以《西方美学史》等著论为代表。当然，朱光潜一生创作极为宏富，短短的篇幅并不能全面地阐述朱先生的全部文论。不过，就其学理体系和后世影响来看，朱光潜文论还是可以用几个代表性的观点来概括。下面我们就分别说一说这几点。

一、从《悲剧心理学》到《诗论》：朱光潜的前期文论（1924—1952）

如前所述，《悲剧心理学》《文艺心理学》《谈美》和《诗论》几部著作都是朱光潜在留学期间完成的，它们的立论前后相关，在学理表述上此呼彼应，互为表里。其中，《悲剧心理学》和《文艺心理学》、包括《变态心理学》等书均从心理学切入到文学研究中，其中《悲剧心理学》和《文艺心理学》都起稿于1932年，前者是朱光潜的博士学位论文，1933年出版了英文版，其中文版大约在半个世纪之后才由张隆溪先生译出；后者经过多次增改，于1936年出版，成为奠定朱光潜在现代中国美学史地位的第一块基石。两书分别从特殊的艺术美感（悲剧心理）层面和一般美感（艺术心理）层面论述审美心理的理论体系，代表了朱光潜对西方美学、文艺心理学和悲剧理论的一般认识。《诗论》则是朱光潜最重视的早期代表作，他自认在此书上“用功较多，比较有点独到见解”①。如他所说，他“试图用西方诗论来解释中国古典诗歌，用中国诗论来印证西方诗论”②，力求中西会通，更见功力。概言之，此时期朱光潜文论可以归结为以下几个主要话题：

1. 直觉——表现：诗学逻辑的起点

在朱光潜早期美学体系中，美感经验是其核心理念。朱光潜的《文艺心理学》开篇即用五章的篇幅分析美感经验，因为在他看来，事物能引起美感经验才算是美。那么，何谓美感经验？“这就是我们在欣赏自然美或艺术美时的心理活动。”③“美感经验是一种极端的聚精会神的心理状态。全部精神都聚会在一个对象上面，所以该意象就成为一个独立自足的世界。”④可见，朱光潜美学非常重视心理学的研究方法，在其后对美感、对文学的分析中，心理学的分析方法始终居于原发的地位；或者说，朱光潜

①朱光潜：《朱光潜全集》第三卷，安徽教育出版社1987年版，第331页。
②朱光潜：《朱光潜全集》第三卷，安徽教育出版社1987年版，第331页。
③朱光潜：《朱光潜全集》第三卷，安徽教育出版社1987年版，第205页。
④朱光潜：《朱光潜全集》第三卷，安徽教育出版社1987年版，第212页。

在心理学中看到了一种科学的方法论，来反观中国文论。此中，克罗齐的影响难以抹煞。这不光在于朱光潜将美感经验解读为“形象的直觉”，而克罗齐的《美学原理》即以其“艺术即直觉”之说闻名于世，更在于，在朱光潜的早期论著中，处处可见克罗齐的影响。朱光潜自己也说：“我学美学是从克罗齐入手的，因为本世纪初克罗齐是全欧公认的美学大师，我是在当时英美流行的风气下开始学习美学的。”① 早在1927年，朱光潜还在留学时，就曾撰文介绍克罗齐，是第一位介绍克罗齐美学的中国学者。②在稍晚于《文艺心理学》的《诗论》中，朱光潜在说完“诗的起源”后，紧接着就开始谈“诗的境界”和“诗与表现”的问题，都以克罗齐的“直觉说”和“表现说”为切入点。如他说“诗的境界是用‘直觉’见出来的，它是‘直觉的知’的内容而不是‘名理的知’的内容”③，而这一学理的区分便依据克罗齐的《美学》；而论“表达”，也是从克罗齐的“外达”（L’estrinsecayione）说起的。40年代后期，朱光潜译完克罗齐的《美学原理》（1947）之后，又写了《克罗齐哲学述评》（1948），系统地“批评”了克罗齐哲学。新中国成立后，朱光潜又有多篇文章直接论及克罗齐，而其最具代表性的《西方美学史》（1963）更是以克罗齐为该书所列的最后一位美学家，作为全书之终结。不管是早期的推崇备至，还是之后的怀疑和批判，朱光潜和克罗齐的关系永远是纠缠不清的。

不过，早期朱光潜最成功的一点，却正在于他引入了克罗齐的“直觉说”，因为这体现了朱光潜的远见卓识。如朱光潜所说，克罗齐的“心灵哲学”集康德、黑格尔美学之大成，因为西方古典哲学经两人的梳理和归纳，虽然达到了几千年来的高峰，却还是没有很好地解决西方哲学“心物二元”的矛盾，其要害就是知识的对象与主体的对立，“即与知识主体相对立的那个‘物’或‘外在的自然’”。④ 朱光潜甚至将之描述为“打不破、嚼不烂的硬栗壳”。而克罗齐则打破了二元主义，建立了一种比较彻底的唯心哲学，因为他指出前面说到的“物”原来只是知识主体凭主观感官印象创造出来的，而这感官印象并非来自外物，而是来自知识主体自己

①朱光潜：《朱光潜全集》第十卷，第648页。

②朱光潜：《近代三大批评学者（三）——克罗齐》，《朱光潜全集》第八卷，安徽教育出版社1987年版，第229—246页。

③朱光潜：《朱光潜全集》第三卷，安徽教育出版社1987年版，第51—52页。

④朱光潜：《朱光潜全集》第四卷，安徽教育出版社1987年版，第332页。

的经验。换句话说，一切外物皆为意象，而意象都是直觉的产物。这样，心与物就都统一到“心灵哲学”的视域中，并且克罗齐将心灵活动解析为“两度四阶段”，两度为知与行（知解与实用），其中“知”分直觉与概念两阶段，“行”分经济的活动和道德的活动。四阶段各为一个“具体的共相”，相当于美真益善四种价值。前述的直觉作为一种凝神观照，与艺术直接相关，朱光潜认为诗就是直觉所“见”出来的，直觉中，情感与意象猝然相遇而忻合无间，这种遇合就是艺术，创造如此，欣赏也是如此。朱光潜当然对此种图式很不满，因为在克罗齐看来，“传达”并非必要，因为心中所直觉到的意象无需表达就已经是艺术了。朱光潜则认为，传达不但很有必要，而且直觉（表现）中已经包含了一部分传达，因为它已经使用“传达”所用的媒介。总的说来，相对于克罗齐的“表现说”，朱光潜的“表现说”改造成了如下公式：

艺术创造 { 第一阶段：情感 + 意象 + 语言 = 表现（传达 = 艺术活动）。
第二阶段：艺术 + 文字符号 = 记载 ≠ 艺术活动。①

总的说来，克罗齐的“艺术即直觉”，深刻影响了朱光潜美学，尤其是其宏观的学理建构。朱光潜的诗论和悲剧理论，都深深刻着“直觉说”的影子。比如，与传统悲剧理论比较注重戏剧形式不同，朱光潜的《悲剧心理学》就非常侧重于戏剧欣赏者的反应，因为朱光潜多次强调：“情感思想与语言是一个完整连贯的心理反应中的三方面”②，那么心感于物则必会产生情愫，进而形于言。在这点上，朱光潜的“意境论”更具代表性。

2. 情趣——意象：朱光潜的意境论

意境是中国文论的核心范畴之一，如果延展到意象论，则这一范畴的探讨便贯穿了中国文论的始终。传统意境论中，“情景交融说”的影响最为深远。如王夫之“情景名为二而实不可离，神于诗者，妙合无垠。巧者则有情中景，景中情”（《薑姜斋诗话》）便极有代表性；再如近代的王国维：“文学中有二元质焉：曰景，曰情”（《文学小言》）更为人所称道。值得一提的是，王国维正是深深服膺叔本华，进而影响到了自己的文学

---

①朱光潜：《朱光潜全集》第三卷，安徽教育出版社 1987 年版，第 97 页。

②朱光潜：《朱光潜全集》第三卷，安徽教育出版社 1987 年版，第 93 页。

观，尤其是“境界说”。而朱光潜又在《诗论》中旗帜鲜明地对王国维“接着说”，尤其是下面这段话：

> 情景相生而且相契合无间，情恰能称景，景也恰能传情，这便是诗的境界。每个诗的境界都必有“情趣”（feeling）和“意象”（image）两个要素。“情趣”简称“情”，“意象”即是“景”。①

在此，朱光潜也认为意境是情景的契合，但他将“情”解释为情趣，而“景”则解释为意象。此中显然还是有克罗齐“直觉说”的影子，只不过，朱光潜又引入了几种理论作为“直觉说”的补充。比如，解说情趣的时候，朱光潜并没有依照中国古代文论对情的解读入手，而是用立普斯的“移情作用”（empathy）和古鲁斯的“内模仿说”（inner imitation）作为参照系，前者以人情衡物理，后者以物理移人情，总之都是人之情趣与物的意态互相渗透的产物。当然，在朱光潜看来，情趣与意象有很大区别：“情趣是感受来的，起于自我的，可经历不可描绘的；意象是观照得来的，起于外物的，有形象可描绘的。情趣是基层的生活经验，意象则起于对基层经验的反省。”② 两者一内一外，一偏于主一驻于客，但两者在诗意的直觉中，却是不可剥离的，因为情趣不附丽到具体的意象上去，就根本没有可见的形象；而诗歌的意象作为“见”出来的对象，必须恰能表现一种情趣；直觉到的意象零乱破碎，必须有情趣来融化它们，才内有生命，外有完整形象。因此，“一个境界如果不能在直觉中成为一个独立自足的意象，那就还没有完整的形象，就还不成为诗的境界”③。在此，朱光潜更引克罗齐《美学》的断语，艺术把一种情趣寄托在一个意象里，情趣离意象，或是意象离情趣，都不能独立。史诗和抒情诗的分别，戏剧和抒情诗的分别，都是繁琐派学者强为之说，分其所不可分。凡是艺术都是抒情的，都是情感的史诗或剧诗。④

细看来，朱光潜所说的“情趣与意象”并不脱“情景交融”之视域。不过，朱光潜“意境说”的价值在于，他系统地吸纳了西方文论的理论体

---

①朱光潜：《朱光潜全集》第三卷，安徽教育出版社1987年版，第54页。

②朱光潜：《朱光潜全集》第三卷，安徽教育出版社1987年版，第62页。

③朱光潜：《朱光潜全集》第三卷，安徽教育出版社1987年版，第52页。

④朱光潜：《朱光潜全集》第三卷，安徽教育出版社1987年版，第54—55页。

系，尤其采纳最具代表性的“直觉说”“移情说”“内模仿”等理论，从学理上重新阐释了意境这一历久常新的范畴。尤其值得注意的是，朱光潜所撷诸说非常具有代表性，其内在学理更与中国之意境理论有着异曲同工之妙。以“移情说”为例，它一般的定义为“把我的情感移注到物里去分享物的生命”①；但这一概念所强调的生命移注与艺术是如此相通相契，以至于有的学者干脆把移情称作“宇宙的生命化”（animation de l' univers）。朱光潜所说的“相看两不厌，唯有敬亭山”就很好地契合了移情的艺术效果。可见，朱光潜在中西会通的问题上颇具慧眼。但更值得一提的是，朱光潜始终站在一个超越的层面上建构自己的理论体系，因此他在中西互释过程中从没盲目照搬，朱光潜对克罗齐的接受就是如此，以至于意大利汉学家沙巴蒂尼说：“每逢克罗齐好像和真正的中国艺术概念不一致时，朱光潜便毫不犹豫地摈斥克罗齐，或者采取了他认为是必要的‘纠正’，这些‘纠正’往往毁坏了克罗齐的理论基础。”② 且不论此说是否公允，但朱光潜意境论博采众长而又不拘泥于一家，深粹精准而又力求中西融通，这也正是他美学的魅力所在吧！

对于意境研究，朱光潜还对王国维的“境界说”做了深入的评说，比如，朱光潜从“移情说”出发，将王国维的“有我之境”与“无我之境”解说为“超物之境”与“同物之境”，因为他认为王国维所谓“有我之境”实际上是“无我（忘我）之境”，而王氏的“无我之境”，如“采菊东篱下，悠然见南山”，没有经过移情作用，实际上是“有我之境”。因为朱光潜是以心理学为重要参照的，所以，他进一步指出，“严格地说，诗在任何境界中都必须有我，都必须为我的性格、情趣和经验的返照”③。他还对王国维的“隔”与“不隔”做了解说。与宗白华相同的是，两人的文论都深受西学之系统训练，也都对中国诗学之意境论深得其情。但两人不同的是，如果说宗白华是用诗化的阐释让中国的生命灵境自然呈现，朱光潜则始终高瞻远瞩而又条分缕析地建构一个清晰深湛的理论体系。在这一点上，朱光潜确实是中国文论的一位引路的先驱。

3．有音律的纯文学：朱光潜诗学的整体观

①朱光潜：《朱光潜全集》第一卷，安徽教育出版社 1987 年版，第 236 页。

②马里奥·沙巴蒂尼：《外国学者论朱光潜与克罗齐美学》，《读书》1981 年第 3 期。

③朱光潜：《朱光潜全集》第三卷，安徽教育出版社 1987 年版，第 60 页。

如果说“直觉说”和“移情说”纳入中国诗学是一种“以西窥中”，则朱光潜在《诗论》中给诗歌下的定义——诗为有音律的纯文学，则是从中国诗歌的艺术本质出发，对诗学下的一个统照性的断语。《诗论》全书十三章，除末章论陶渊明略显突兀，其他章节均是紧紧围绕诗歌的诸多核心理念，而从第五章区分散文与诗歌时强调诗为有音律的纯文学开始，其余七章全部都是在谈诗歌的音律。其中既谈及了著名的“诗画异质说”，更系统分析了中国诗歌的声、顿和韵，最后总括性地探讨了中国诗歌何以走上“律”的道路。

朱光潜论诗的声律是极富创见的。对于中国诗歌的“四声”，朱光潜一开篇便在文论中引入物理学，从长短、音高和强弱的角度出发来分析声调，在当时的中国文论显然是一大创见，对后学影响深远。朱光潜总是力图在文论阐释中采纳一种科学的态度，对“声”的科学分析就是一大明证，此种阐发，在中国传统文论中是看不到的。而朱光潜又拿来英文诗和法文诗的形式与中国诗歌对比参照，得出结论：平仄对诗歌节奏影响甚少，但对诗歌的和谐却有着重要的作用。这一结论是他科学分析的结果，更是对胡适忽视诗句中平仄之作用的回应。在“顿”的问题上，朱光潜借用英文诗“音步”（foot）来解说中西诗歌之顿，也是发前人所未发。朱光潜认为中国诗歌之节奏必须仰赖“顿”的使用，如四言诗之音节为二二，五言诗为二二一或二一二，七言诗则为二二二一或二二一二。西文诗有“上下关联格”，每行不必一句，上行文艺可以一直流注到下行，很可能句末重点不在行末而在行中。也就是说，“西诗‘上下关联’时上行之末无须停顿，而中诗‘上下关联’时则上‘句’之末必须停顿，这件事实也足证明‘顿’对于中诗节奏的重要性”①。再说到中国诗歌之“韵”。中国诗论，谈韵者在所多有，因此朱光潜也没有做过多分析。不过，在中西比较的视域中，却很有话可说。通过对域外诗歌的比照，朱光潜发现，诗与韵本无必然关系，很多民族的诗歌用韵很晚，这与当时的风尚有关，也与各国语言的个性密切相关，比如英法语音之轻重分别不同，所以英文诗不爱用韵，法文诗则一律用韵；但中文诗与法文诗一样轻重不分明，音节易散漫，必须借韵的回声来点明、呼应和贯串。在此，朱光潜借齐梁发现四声之前就已经在韵脚上十分精确，由此来证明“韵”对于中国诗的节奏，比

①朱光潜：《朱光潜全集》第三卷，安徽教育出版社1987年版，第181页。

声较为重要。

据朱光潜自己反思，他构思《诗论》构思了很久，这部书也一直被他重视直到晚年。而此书中最能体现朱光潜中西汇通之成效的，一为意境论，一为音律研究，虽然两论都曾受到挑战和质疑，但朱光潜诗学却影响深远，其中原因，开创性是一方面，时代意义是更重要的另一方面。在朱光潜的青年时期，胡适等人发起的“新文化运动”影响巨大，但其中有些主张却显得十分偏激，比如胡适主张“作诗如说话”，因此他的文学史不选词赋，更蔑视律诗；他的白话诗创作，按照朱光潜的说法，“只是白话文写的旧诗，解了包裹的小脚”。朱光潜在《诗论》中系统地阐发音律，就鲜明地针对胡适们的白话诗论，他后来还写过《替诗的音律辩护》和《现代中国文学》等文，旗帜鲜明地反驳胡适等人的新诗理论，尤其是他们提出的“散文分行写就是诗”的观点，“诗为有音律的纯文学”就是为此而提出的。所谓“纯文学”，显然是对当时“文学就是阶级斗争的工具”观点的反驳；而“有音律”，更体现朱光潜对诗歌形式美的重视，这种努力对当时中国新诗运动也产生了相当的影响，更通过朱光潜在课堂上的讲解、在文化战线上的身体力行和众多的著论散播于世。

二、《西方美学史》与朱光潜的后期文论（1952—1986）

1982 年，朱光潜为自己的《美学文集》写了一篇说明，其中说到新中国成立后的“美学大讨论”之时，他说：“也是通过这次批判和讨论，初步认识到自己的美学思想的唯心主义的片面性，开始认真地学习马列主义。《西方美学史》就是在这次讨论后开始编写的，这是我回国后头二十年中唯一的一部下过功夫的美学著作。”① 可见，《西方美学史》在朱光潜的学术生涯中占据着重要的位置。新中国成立后，因为其崇高的地位和巨大的影响，朱光潜或主动或被动地卷入了多次学术激辩和政治漩涡，这对朱光潜的学术和创作产生了巨大的影响，其中一个表现就是朱光潜在此阶段有大量的论辩之文发表；如他所述，新中国成立后，朱光潜系统地接受了马列主义，并努力用唯物主义重新建构自己的美学体系，这也是朱先生的一大转变。而《西方美学史》则是此次转变的集中体现。

《西方美学史》一书从 1962 年接受任务，1964 年最终完稿，历时不长，却丝毫没有急就章的粗疏和偏执，全书上讫古希腊美学，终结于克罗

①朱光潜：《朱光潜全集》第十卷，安徽教育出版社 1987 年版，第 565 页。

齐，历时跨度长达两千五百年，所介绍的均是最能代表一个时代、一个学派的美学家，在每一章节中的陈述也总是深入浅出而又筋脉分明，最重要的是，这部著作也可算是国内美学第一部系统介绍西方美学史的巨著，其影响之巨大、视野之寥廓、措述之精当，完全可看作一部永恒的经典。与宗白华相比，朱光潜更偏爱大构架的宏论，即便是单篇论文也总高瞻远瞩、逻辑谨严。其中，《西方美学史》就是最典型之代表。虽然是一部美学著作，但它对中国文论的发展也意义深远。在该书的序论中，朱光潜就反复强调了美学与文艺学的密切联系："美学必须结合文艺作品来研究，所以它历来是和文艺批评紧密联系在一起而成为文艺批评的附庸。"① 更为重要的是，在全书末章，朱光潜总结了四个关键性问题，其中除了"美本质问题"，其余三个问题都可算是文艺理论问题：形象思维、典型人物性格以及浪漫主义和现实主义的问题。比如"形象思维"问题，完全是在围绕着艺术活动而展开铺叙，其叙述的目的也是为了避免美、美感和形象思维之间的片面孤立。而对于浪漫主义与现实主义的关系问题，则是作为创作方法来谈的。此外，朱光潜在写作《西方美学史》时，已经彻底采纳了唯物主义理论体系来阐析西方美学的历史，这一点上也对后学影响深远。还是在序论中，朱光潜专设一章，旗帜鲜明地强调：研究美学史应以历史唯物主义为指南。在此文中，朱光潜非常具体、坦诚地列出了自己对马、恩、列的三个迷惑，并博引马列经典，一一进行了自我剖析。在每一章的结束语中，朱光潜也态度鲜明地分析了各位美学家的阶级性、其思想认识的局限性，尤其是关注每一种美学理论是否符合历史唯物主义的逻辑要求。这样，朱光潜不但成功地完成了其唯物主义美学观的建构，更以问题史来带动理论史，为后人树立了一个极为鲜活又不失深刻的经典范例。还有一点值得一提，就是朱光潜在此书中继续了他的比较研究，新中国成立前，朱光潜便已博览众家，也常能自觉地在比较中见出深意，如他自己所说："一切价值都由比较得来。"② 在《西方美学史》中，各种比较游刃有余而又水清石见，不论是柏拉图与亚里士多德之比较，还是英国经验派与大陆唯理论之比较，都很好地支持了全书体大虑周、深入浅出的特色。

---

①朱光潜：《西方美学史》，人民文学出版社2003年版，第5页。

②朱光潜：《谈文学·文学的趣味》，《朱光潜全集》第四卷，安徽教育出版社1987年版，第176页。

不过，“西美史”还有一些问题值得探讨。比如，在这样一部里程碑一样的巨著中，谢林、叔本华、尼采等同样里程碑式的美学家，书中并无专章提到；朱光潜对克罗齐的批判，在书中也是非常激烈的，将其说成“为帝国主义阶段西方颓废文艺提供美学辩护的代言人”，这些都和朱光潜之前的表现大相径庭。其实，朱光潜曾对此做过解释：“不介绍尼采、叔本华和弗洛伊德等人与变态心理学，因为他们都被戴上反动派的黑帽子，我不敢，怕这顶黑帽子真安到自己头上来。”① 参照新中国成立后朱老的《我的文艺思想的反动性》等文，其理论导向之“深度”转化，令人唏嘘。

新中国成立后，朱光潜潜心翻译了大量美学著作，对中国文论研究也提供了宝贵的第一手资料。朱先生凭借其深湛的外语功底和宏富的理论积淀，极其精准地翻译了柏拉图《文艺对话集》、黑格尔《美学》、维柯《新科学》等经典。朱光潜的译文本身就体现着他对很多理论问题的深刻思考，比如，翻看朱老的《新科学》中译词的一些说明，他将 authority 译为“所有权”、principle 译为“根源”等创见，都可看到他的覃思和博学。后人常将朱光潜美学之深湛看成一座不可逾越的高峰，其中最重要的原因大概就是对西方美学这种真正全面、深透的把握吧！

第五节　钱锺书

钱锺书（1910—1998），原名仰先，后改名锺书，字默存，号槐聚，江苏无锡人，著名作家、文学批评家，著名学者。钱锺书先生一生博学多才，学贯中西，通晓多种语言，在古汉语方面造诣尤深。其父为中国著名的古文学家、教育家钱基博，夫人为著名文学家、翻译家杨绛。

钱锺书自幼便有深厚的家学浸染，又天资过人，有过目不忘的记忆力，青年时就成绩特出，为人瞩目。1929 年，他以数学 15 分、英语满分这一“严重偏科”的成绩考入清华大学外文系。钱锺书曾立志“横扫清华图书馆”。为此，他终日苦读，对哲学、心理学等学科也有了较深的体悟，逐渐形成了开放的思维体系。这对其后来学术思想的开放性和跨越性都产

①朱光潜：《朱光潜全集》第十卷，安徽教育出版社 1987 年版，第 650 页。

生了一定的影响。因为才学出众，青年时代的钱锺书就受到罗家伦、吴宓、叶公超等先生的赏识。1935 年，钱锺书赴牛津大学英文系留学，并于 1937 年获得学士学位。1938 年归国后，曾先后任教于清华大学和上海暨南大学，同时开始了文学创作。1953 年全国院系调整，钱锺书转入中科院文学研究所工作。晚年曾任中国社会科学院副院长。

与同时代其他学贯中西的大师相比，钱锺书的著论从数量上看虽未“著作等身”，但不论在文学创作上还是在文学研究上，都被看成中国文学界的高峰。从钱锺书的求学与研究经历来看，步入清华校园之后的十年求学生涯是他学术思想的积淀与形成期，从 1939 年清华任教开始，他将毕生精力都致力于中西文学与不同学科的融通贯穿。在英国留学时，钱锺书深受西方哲学的影响，并将其灵活运用在了自己的批评观之中，不论是他的《中国文学小史序论》《谈中国旧诗》，还是《中国古代戏剧中的悲剧》，亦或是学位论文《十七十八世纪英国文学里的中国》，都可看出钱氏批评观之雏形。归国工作后，钱锺书的思想益发成熟练达，并将“打通中外”的理论付诸实践。归国后的钱锺书进入多产的时期，在文学创作方面，他发表了《写在人生边上》《人兽鬼》和极具影响力的《围城》；在文学批评著作上，他出版了《谈艺录》《宋诗选注》《旧文四篇》《管锥编》，又有《也是集》《七缀集》等著作集。他对中国文学批评理论传统加以突破，更是重建了传统文学理论的体系，后学将其学说冠之以“钱学”之名。

作为文学批评家，钱锺书的文论思想散见各篇，概括起来殊非易事。有人曾指出钱锺书无思想、无体系，对此，钱锺书在《写在人生边上》序言中回应道：“他们觉得看书的目的，并不是为了写批评或介绍。他们有一种业余消遣者的随便和从容。”① 在《读〈拉奥孔〉》中他也表示：“在考究中国古代美学的过程里，我们的注意力常给名牌的理论著作垄断去了。……也许有人说，这些鸡零狗碎的东西不成气候，值不得搜采和表彰，充其量是孤立的、自发的偶见，够不上系统的、自觉的理论。不过，正因为零星琐碎的东西易被忽视和遗忘，就愈需要收拾和爱惜；自发的孤单见解是自觉的周密理论的根苗。”② 这正表明了钱锺书的写作态度：他推

①钱锺书：《写在人生边上·人生边上的边上·石语》，三联书店 2013 年版，第 7 页。

②钱锺书：《七缀集》，三联书店 2013 年版，第 33—34 页。

崇用“零星随感”的“碎片”模式来记录自己的思想，不拘泥于理论概念、不受限于条框格式和体系。总的说来，我们可以将他的文论大体上概括为三个方面：文学“打通论”、文学本体论和文学创作论。

一、文学打通论

“弟之方法并非‘比较文学’，in the usual sense of the term，而是求打通，以中国文学与外国文学打通，以中国诗文词曲与小说打通。”①

此语见于钱锺书先生的一封信中，他借此表明自己的学术追求：站在文明最高点上俯瞰一切、并将它们在最高的精神层面融会贯通。这便是贯穿钱锺书整个学术生涯的文论观——打通论。

早在青年时，钱锺书就在心中埋下“中西文化观”的种子，青年时期的两篇文章——《中国古代戏剧中的悲剧》和《十七十八世纪英国文学里的中国》，已较为成熟地暗示了他打通中西的文学研究观。弟子张隆溪曾在文中举例说明此观点：钱锺书在《十七十八世纪英国文学里的中国》中辨析《神曲天堂篇》第八章是如何受中国文化影响时，十分自如地运用了中英著述、历史事实、文学作品、游记等资料，使文章颇具说服性、感染力和可读性。② 钱锺书在留洋期间，直接接触到欧洲哲学之精髓，却没有盲目追崇西方理论，而是践行了“西体中用”的原则，将西方哲学吸收后灵活地应用在了中国古典文学研究中。

钱锺书的文字，不求条贯刻板和故作高深。他喜欢在论说中旁征博引，汪洋恣肆。许多艰深的理论借助于修辞，在他笔下灿然生姿。他曾说道：“吾辈穷气尽力，欲使小说、诗歌、戏剧与哲学、历史、社会学等为一家。”③“人文科学的各个对象彼此系联、交互映发，不但跨越国界，衔接时代，而且贯穿着不同学科。”④ 这样的文化积淀和远见卓识，正是其打通论的基础。《中国比较文学年鉴》中评论道：“比较文学在中国的复兴是以钱锺书的巨著《管锥编》1979 年在中国的出版为标志的。《管锥编》全面、丰富、完整地体现了比较文学作为一门‘最广阔、最开放’，最‘无法归纳进任何科学或文学研究体系中去’的‘边缘学科’的特点。”⑤ 钱

①转引自周振甫：《〈管锥编〉的打通说》，《书品》1989 年第 1 期。

②张隆溪：《钱锺书谈比较文学与“文学比较”》，见《读书》1981 年第 1 期。

③钱锺书：《谈艺录》，中华书局 1998 年版，第 352 页。

④钱锺书：《七缀集》，三联书店 2013 年版，第 129 页。

⑤张德劭：《〈管锥编〉与中国比较文学的兴起》，载《社会科学》1992 年第 6 期。

锺书的“打通”不仅是知识内容上的中外打通，也不限于本国内的古今打通和各个文学类别打通，更有文学、文学史和文学批评上的打通，也有语言、写作和文论上的打通、不同文化类别的打通等。他打破了中外间的阻碍，冲破了各个学科牢笼的屏障，在每个维度上都能自如地穿行。他在给弟子张隆溪的信中，将自己的文学批评方法解释为“不为任何理论系统所束缚，敢于独立思考（osepenser de luimere），取各派之精华”①。自古以来中国就有重通融、天地人相合的美学思想和人文传统，钱锺书立足并超越了这一传统，突破时间和距离的束缚，在今日重现历史长河中的人文精神，将人类从精神上连为一体，并为中国的传统文化理念进行了重构。“西体中用”的文学批评原则贯穿在他著作的始终，《谈艺录》就是利用西方哲学思想、批评方法对我国古代文学进行重新认识而形成的一部书，而《七缀集》中的多篇小文也是将中西方的多种文化进行了灵活的打通比较。具体而言，钱锺书先生的“打通”有如下几个特点：

首先，跳出文字层面，并不拘泥在字句上的同一性和内容上的相似性，转而注重形而上的打通。他将视野放在了全人类的精神文化观念上，从而寻求到了一种更大的、更广泛的心理认同性。各个民族在文明上的心理共通点成就了钱锺书的“打通论”，正如他所强调的“邻壁之光，堪借照焉”②、“东海西海，心理攸同；南学北学，道术未裂”③。是人类共同的心理本源让“理以一贯”的宏远蓝图得以实现。比如，他在《通感》中说：“中国诗文有一种描写手法，古代批评家和修辞学家似乎都没有理解或认识。”④ 以此，钱锺书便让西方的通感理论和中国的通感实例相结合，恰当地补充了古代文论观中这一空缺。同样，在文学与其他艺术形式上，钱锺书同样找到了相通点：“诗和画既然同是艺术，应该有共同性；他们并非同一门艺术，又应该格局特殊性。它们的性能和领域的异同，是美学上重要理论问题。”⑤

其次，钱锺书尊重各个民族不同文化之间的差异。为了抓住这种差

①钱锺书于1980年6月11日致张隆溪的信函，见张隆溪：《道与逻各斯》，四川人民出版社1998年版。

②钱锺书：《管锥编》第一册，中华书局1986年版，第166页。

③钱锺书：《谈艺录》序，中华书局1986年版，第1页。

④钱锺书：《七缀集》，三联书店2013年版，第62页。

⑤钱锺书：《七缀集》，三联书店2013年版，第7页。

异，他将它们置于同一平台进行交流，使之形成对话关系，最终寻求到了动态的、生命上的关联和统一。钱锺书的“对话观”便由此产生，它同样是钱锺书“打通论”的一种体现。他认为“各国文学在发展上、艺术上都有特色和共性，即异而求同。因同而见异，可以使文艺学具有科学的普遍性”①。和而不同、尊重异同、互相取长的观点，使钱锺书的研究更包容、更宏阔。在本民族文化中，钱锺书同样搭建起了对话和互动的平台。比如他在《中国诗与中国画》中将诗画作以比较，“诗是无形画，画是有形诗”，诗与画虽有表现上的不同，但在意韵上都在追求“意周笔不周”的境界。钱锺书主张客观地承接外来优秀文化，而不是盲目地固守民族主义，他在《中国古代戏剧中的悲剧》结尾处说道：“为了充实我们的某些审美经验，我们必须走向外国文学；为了充实我们的另一些审美经验，我们必须回归自身。文学研究中的妄自菲薄固然不可取，拒绝接受外文明成果的爱国主义就更不可取。”《意中文学的互相照明：一个大题目，几个小例子》一文中也提到：“正如两门艺术——像诗歌和绘画——可以各放光明，交相辉映，两国文学——像意大利和中国的——也可以互相照明，而上面所说的类似，至少算得互相照明里的几支小蜡烛。”② 尊重不同的接受原则，互相借鉴，互相“照明”，这样的观点直到今天，依然还有指导意义。

再次，“循环阐释论”是钱锺书阐释文本的一大方法论。“‘一解即是一切解，一切解即是一解’。其语初非为读书颂诗而发，然解会赏析之道所谓‘阐释之循环’者，固亦不能外于是矣。”③“乾嘉‘朴学’教人，必知字之诂，而后识句之意，识句之意，而后通全篇之义，进而窥全书之指。虽然，是特一边耳，亦只初桄耳。复须解全篇之义乃至全书之指（‘志’），庶得以定某句之意（‘词’），解全句之意，庶得以定某字之诂（‘文’）；或并须晓会作者立言之宗尚、当时流行之文风以及修词异宜之著述体裁，方概知全篇或全书之指归。积小以明大，而又举大以贯小；推末以至本，而又探本以穷末；交互往复，庶几乎义解圆足而免于偏枯，所谓‘阐释之循环’（der hermeneutische Zirkel）者是矣。《鬼谷子反应》篇不云

①聂友军：《钱锺书的文化观》，载《天府新论》2009 年第 1 期。

②钱锺书：《写在人生边上·人生边上的边上·石语》，三联书店 2013 年版，第 173 页。

③钱锺书：《管锥编》第一册，中华书局 1986 年版，第 172 页。

乎：‘以反求履？’正如自省可以忖人，而观人亦资自知；鉴古足佐明今，而察今亦裨识古；鸟之两翼、剪之双刃，缺一孤行，未见其可。”① 钱锺书留学时，正是西方哲学阐释学初起之时，钱锺书亦深受影响。他在批评、继承了中国古代的孟子、王安石、乾嘉朴学等解释方法后，又结合了西方现代解释学与辩证法、修辞学、哲学等。钱锺书对于“整体”“圆满”等概念十分推崇，如《谈艺录·说圆》中所赞：“形之浑简完备者，莫过于圆。”② “即谓真学问、大艺术皆可以圆形象之，无起无讫，如蛇自嘬其尾。”③ 视野之浑圆完备，辅以严密流畅的思辨语言，使得钱锺书在批评文章时，呈现出了一种连续回环、交互运动的行文之美。他还深受黑格尔的影响，例如他写的：“黑格尔曰矛盾乃一切事物之究竟动力与生机，曰辩证法可象以圆形，端末衔接，其往亦即其还，曰道真见诸反覆而返复。曰思维运行如圆之旋，数十言均《老子》一句之衍义，亦如但丁诗所谓‘转浊成灵，自身回旋’。”④ 在此，他将辩证法与“圆形打通”完美地结合在了一起。只有“打通”才可不受限于某种框架的拘束，但也正因为有“打通”才容易混淆，不过，钱锺书的辩证法，却可让他从各个角度分辨事物之间的是非与异同，做到内外明辨、事理悠通。这是一种超越了文字与文本的，从部分到整体的多层交互的大循环：从文章中的细节字句，到俯瞰文章的整体，再到作家的整理论著风格甚至到整个时代的整体风尚。解释学一直以来都存在着关于基本释义与文本理解的主次之争，解释部分与整体的先后之争，钱锺书将这几者结合，形成了动态循环的结构，跳出了以往思路上的屏障，增强了循环解释系统的开放性。

值得一提的是，阐释离不开语言和文字，这同样引起了钱锺书的注意。中国自古便将训诂学与阐释学紧密相连，作为“循环阐释学”的开端，字法论是钱锺书一生都在亲历实践的文论观。他在创作时十分考究自己的用词、用句，同样的，在文学研究当中，他占用了大量的篇幅来考究文学作品中的语言文字和表达方式。但与训诂学的考究不同，钱先生并不是将注意力放在字形、字音、字义之上，而是对语言文字所包孕的深广的文化内容颇为注重。他强调“指异而旨无异焉”，要通过字面含义深层剖

---

①钱锺书：《管锥编》第一册，中华书局1986年版，第171页。

②钱锺书：《谈艺录》，中华书局1986年版，第111页。

③钱锺书：《谈艺录》，中华书局1986年版，第112页。

④钱锺书：《管锥编》中华书局1986年版，第二册，第446页。

析语言背后的深层奥义。这是一种将文字与时代、与文化、与民族交流融合的衔接和打通。

打通的学术观念不仅出现在钱先生的文学批评中，更是自如徜徉在他的创作里。他最具影响力的长篇小说《围城》与《谈艺录》的撰写时间有所重合，因而，在《谈艺录》中讨论的许多思想观点都在《围城》中得以实践。钱先生在《围城》中大量引经据典，为了让这些死板的中外典故在小说中活灵活现，讽刺、调侃的语气和比喻、象征的手法是让它们焕发新生的不二法门。这种写作方式完美地营造出了小说的幽默氛围，又突出了小说的哲理性和深刻性，将作品的可读性再度推向了高潮。

二、文学本体论

文学的本源是什么？文学的本质又是什么？这是每一位批评家都不可回避的问题。钱锺书在《中国文学小史序论》开篇就直言他对于文学定义之独到见解："文学定义独言功用——外则人事，内则心事，均可著为文章，只须移情动魄——斯已歧矣！"[①] 在文中，他明确提出"以为文学史与文学批评体制悬殊"[②]。钱锺书强调"以文为本"，而非以社会内容为本，也非侧重史实和文学评论。他反对形式主义的观点，认为注重形式和语言的同时还要看重内容："盖吾国评者，夙囿于题材或内容之说——古人之重载道，今人之言'有物'，古人之重言志，今人之言抒情，皆鲁卫之政也。究其所失，均由于谈艺之时，以题材与体裁或形式分为二元，不相照顾。而不知题材、体裁之分，乃文艺最粗浅之迹，聊以辨别门类，初无与于鉴赏评骘之事。"[③] 同时，他也非常重视作品的艺术形式，当然，这并不等于他拘泥于字面含义而忽视字后内涵，而是将字后意义上升到哲学的高度。如他的"论易之三名"便是从具体的修辞现象再升华到哲学的深思。他强调文学是一个整体，追求文学的内容、形式与背后的内在精神要有高度的、辩证的统一，这在文学内容与形式不容兼得的中国近代文学批评观当中，颇有开创意义。

在作品论述中，钱锺书鲜有针对作品、作者的时代背景、政治环境、作家性格、作家境遇等角度进行的阐释，反而更多地直接针对文学本身、

---

①钱锺书：《写在人生边上·人生边上的边上·石语》，三联书店 2013 年版，第 92 页。

②钱锺书：《写在人生边上·人生边上的边上·石语》，三联书店 2013 年版，第 93 页。

③钱锺书：《写在人生边上·人生边上的边上·石语》，三联书店 2013 年版，第 103 页。

前人的具体理论进行艺术批评。他反对只注重概念而忽视甚至忽略了艺术本身的批评理念，《管锥编》即是从具体现象出发，化体为用的鸿篇巨制："尽舍诗中所言而别求诗外之物，不屑眉睫之间而上穷碧落、下及黄泉，以翼弋获，此可以考史，可以说教，然而非谈艺之当务也。"① 从《宋诗选注》的选诗上同样也可一窥钱锺书的文学本体论。他将宋诗从艺术价值的角度重新作以评定，客观地将诗作的史料价值与文学价值、艺术价值加以区分，在选诗上多选择具有现象代表性和体现真实情感的宋诗，放弃了艺术完整性较差的一些作品。虽然钱锺书尊重作家自身的心理状态，他认为作家可以文载道，以诗言志，提出了"文如其人"，但这并不代表他拘泥于内部因素，文学外部因素对于一部作品而言同样关键。他只是反对将时事背景与作者生平作为文学变化发展的唯一原因，也就是反对环境决定论。文学外部环境可以作为文学产生的原因，却不能作为衡量优劣的主要因素，更不可作为文学批评的主要角度。对于文学的内外部因素和文学本体之间的关系，他选择辩证地看待，他说："文学演变，自有脉络可寻，正不必旁证远引，为枝节支离之解说也……时势身世不过能解释何以有某种作品，至某种作品何以为佳为劣，则非时势身世之所能解答，作品之发生，与作品之价值，绝然两事……社会背景充其量能与以机会，而不能定价值。"② 与西方文学本体论不同，钱锺书并不局限于某一部作品的细读，而是站在宏观的角度对许多作品中所呈现的共同的文学现象和文化现象进行概括和总结，并从中探索出文学的发展规律。这种文学观点一反同时期以政治背景、作者社会地位为主的文学批评理论，具有前瞻性、超越性和正确的引导性。

三、文学创作论

作为一位创作不多却影响深远的作家来说，钱锺书的创作论也值得后人玩味。他对文学创作的目的、创作中文学与情感的相互关系，文学创作的过程、内容和借鉴等都有详论。他认为抒发感情是文学创作的主要动因，在创作过程当中，作者要注重灵感与情、物、文三者之间的关系。那么，作家要如何在文章中以情动人？钱先生认为，作者要通过"移情"来

①钱锺书：《管锥编》第一册，中华书局1986年版，第110页。

②钱锺书：《写在人生边上·人生边上的边上·石语》，三联书店2013年版，第99—100页。

打动读者，作家需要设身处地，将自己当作作品中的人物，体味他们的生活百态，感受他们的嬉笑怒骂，在作品当中通过艺术手法将切身感受转化为笔下的艺术形式展现出来，使艺术源于生活又高于生活。对于文艺作品的语言，钱锺书认为言是不能“尽意”的，情感是复杂的，而语言却是简单的，但正因为这种言有尽而意无穷才使得语言有了种种朦胧的美感，所谓“意境”“神韵”之美也正是出于此。钱锺书指出：“近世西人以表达意旨（semiosis）为三方联系（trirelative），圆解成三角形（the basic triangle）：‘思想’或‘提示’（interpretant，thought or reference）、‘符号’（sign，symbol）、‘所指示之事物’（object，referent）三事参互而成鼎足。‘思想’或‘提示’，‘举’与‘意’也；‘符号’，‘名’与‘文’也；而‘所指示之事物’则‘实’与‘物’耳。”① 但是，此三者并不能在一部作品当中完整地实现，心手相左，艺术难以完整表达作者的心意。钱锺书从未否认三方任意一方的重要意义，只希望艺术家可以实现对三者进行完美的融汇。

除以上几点，钱锺书还将喻象论等其他理论灵活运用在自己的文学批评和创作当中。在语言上注重谐趣、在字法上考其始终是钱老一贯的语言风格。钱锺书不论是对自己创作时的语言使用，或对其他作品的语言批评，都能做到一针见血、鞭辟入里。在创作和著述中，钱锺书在用词上讲求精练和精准，用句上讲究韵律和节奏，作品中大量骈句的使用使得文章用句简练、节奏明快，便于展示思辨思维，《管锥编》即为一例。再者，虽然钱锺书作品多为严肃的学术著作，却不失可读的趣味性。这主要源于以下几点原因：一是他将自己性格中的幽默风趣延伸到了作品的字里行间，二是其巧用比喻和象征的手法使作品妙笔生花，三是注重作品语言的形象性，比如短篇小说集《人兽鬼》一书，就是鲜明展现了钱老把玩语言的熟练技巧，“陌生化”的语言配以诙谐幽默的风格，让小说的意蕴内涵深邃又不失单调。

总的说来，钱锺书对于近代中国产生的巨大影响，不仅在于他的文学创作、理论研究，钱先生之所以蔚为一代大师，也是中国传统文人风范在新一代人心目中的折射。钱锺书的一生对中国文学理论的贡献巨大，在贯通了中国古代文化与思想后，又加入了大量先进的西方理论作以解释和理

①钱锺书：《管锥编》第三册，三联书店 2013 年版，第 1177 页。

论支撑。他打通中西民族文化，取二者各自所长，融会贯通，西体中用，这是对中国近代文学批评理论“固守本土”或“一味媚外”的一种突破，更是对千百年来中国文学批评观的一种补充、重构和发扬。

第六节　黄药眠

黄药眠（1903—1987），原名黄访苏、黄访、黄恍，还曾用过达史、黄吉等笔名。黄药眠先生既是一位著名的现代政治活动家，也是著名诗人、学者和教育家。作为一位作家、诗人，他留下了众多影响深远的名作，如诗歌《黄花岗上》、长诗《桂林底撤退》、散文集《美丽的黑海》、小说《痛心》《暗影》《一个妇人的日记》等，都广为流传。作为一位文艺理论家和美学家，黄药眠以独特的学术见解以及丰硕的研究成果享誉海内外，他出版的文艺论文集有《战斗者的诗人》《论约瑟夫的外套》《初学集》《沉思集》《迎新集》等等，在中国当代文艺理论发展的道路上留下了不可磨灭的功绩。作为一位教育家，他任北京师范大学一级教授多年，不但是北京师范大学文艺学学科的奠基人，更可算是中国现代文艺学学科最早的创始人之一。1953 年，全国第一个文艺学教研室由他创立，全国第一个文学概论教学大纲也出于黄先生笔下。中国第一个文艺学研究生班和中国第一个文艺学博士点也都由黄药眠先生一力创建。新中国成立后，黄先生历任第一届全国人大代表，第三、四、五届全国政协委员，第六届全国政协常委，民盟中央常委，中国文联常务理事兼副秘书长，中国文艺理论学会副会长等职。

作为一位积极参与政治活动的文艺理论家，黄药眠先生经历了中国现当代文学史大半个世纪的风风雨雨，他的人生履历和学术生涯总是与时代的沉浮纠葛不清。因此，考其发展演变和对学界的影响，黄先生的文艺理论之路，可以清晰地分为三个时期，分别是青年时期——新中国成立前、五六十年代的创作高峰期和“文化大革命”后的反思和回顾时期。

一、革命岁月：在文艺界崭露头角

黄药眠，1903 年生于广东梅县，早年就读于广东省立第五中学，1921 年考入广东师范英语系。青年时期，他举起民主与科学的旗帜积极投身于爱国运动，在文艺思想上则深受新文化运动的影响，喜读郁达夫、泰戈尔的诗作。1927 年“四一二”政变后，他逃到上海，经成仿吾介绍加入了创造社，担任出版部助理编辑，从此开始文学创作活动。同时，在白色恐怖的氛围下，黄药眠开始学习马克思主义理论知识，并成为马克思主义的忠实信徒。在创造社的这段时间，黄药眠创作了大量激情洋溢的文艺论文，为创造社鼓吹革命文学。在《非个人主义的文学》中，黄药眠提出了对革命文学内容的认识。他指出，作家应当摒弃个人主义，在创作中体现集体化。有些作家之所以将文艺视为“心目中的世界之具象化”“心的损害时的一种幻象的满足”，是因为他们“既看不惯这社会，又不愿向这社会妥协”。① 黄药眠指出，新的时代已经来临，文艺家应当与被压迫的民众拥抱在一起，共同创造出一种新的文学。在《文艺家应当为谁而战》一文中，黄药眠号召文艺家与无产阶级站在统一战线，参与到社会变革之中，文艺家们应当站在无产阶级的地位上来表现无产者的疾苦。② 如此，黄药眠先生通过在创造社期间的作品，在文艺界崭露头角，逐渐为学界所知名。也就是在此期间，黄药眠学习了马克思主义理论知识，并深为马克思主义的理论和理想所打动。1928 年，黄药眠加入了中国共产党。1929 年至 1933 年，他在苏联青年共产国际东方部学习和工作，这段经历使他的马克思主义理论水平又有了很大的提高，对于他后期的文艺创作有着深远的影响。

1938 年，黄药眠前往桂林主持国际新闻社的工作，在此期间，他任中国文协桂林分会常务理事兼秘书，并负责除四川外的西南大后方抗战文艺的理论导向工作。由于我国自“五四”运动以来，一直满足于欧化的、适合于文化精英层面的文艺，文艺的民族化、大众化问题日益凸现出来。毛泽东曾指出：“马克思主义必须与我国的具体特点相结合并通过一定的民族形式才能实现。”此时期，国统区和解放区的知识分子在文化战线上展开了激烈的讨论。为此，黄药眠特别组织了一个座谈会，就“中国化和大众化及其联系的民族形式”问题进行了讨论，并发表了总结性论文《中国化和大众化》。在抗日战争中，中国最需要的是人民群众拿起武器来与敌人战斗，如果文艺一直只有知识分子才能欣赏，不仅脱离了实际，也偏离

①陈雪虎、黄大地选编：《黄药眠美学文艺学论集》，北京师范大学出版社 2002 年版，第 166 页。

②陈雪虎、黄大地选编：《黄药眠美学文艺学论集》，北京师范大学出版社 2002 年版，第 172 页。

了抗战期间文艺发展的方向。黄药眠指出："真的，如果从本质上说起来，中国化的问题也就是大众化的问题。假如一个作家，他能够随时留心到最大多数中国人的生活，把他们的生活态度、习惯、姿势和语言，记忆选择和陶炼，如实地写了出来，那么他这个作品一定是中国化的，同时也是大众化。"① 虽然自"五四"运动以来的文艺有着明显的欧化倾向，但是黄药眠认为，在文艺大众化的过程中，仍然要秉承着"五四"的文化精神，正如他在《诗歌的民族形式问题之我见》中所说："我们也承认我们的文艺必须更加展开，一直普及到下层，我们也承认我们必须反对过去的，脱离开了中国民族的立场，离开了中国大多数人民的需要，离开了中国预压的自然的韵律的生吞活剥的西洋崇拜，可是这和我们在基本精神上要继承'五四'运动以来的民主和科学化的文艺系统并没有妨碍。"② 除了文艺的中国化和大众化问题，黄药眠对文艺与政治的关系也进行了思考。在《文艺之政治性，艺术性及其他》一文中，黄药眠就有些知识分子提出的"过分强调政治性会干涉作家的创作"这一问题进行了阐释，他指出，当前形势广泛的政治运动已经吸纳了许多人民大众参与其中，每个人都有其自身的政治观点，如果一个作家没有政治态度，或者认为是政治影响了创作，那么这个作家一定是脱离了现实的。如果作家做不到用文艺来为人民群众服务，那么就走上了艺术之上的极端，也是个人主义的表现。③ 在《文艺与政治》一文中，黄药眠用辩证的眼光看待了这一问题，他既不赞成以往文艺家对政治的厌恶心理，也不同意有人认为文艺与政治是仆人与主人的关系。他指出："从一般的方向上说来，文艺是属于政治的，然而文艺并不仅限于政治，因为它可以在政治力不容易达到的地方执行他精神上的组织作用。"④

1942 年 5 月，毛泽东在延安文艺座谈会上发表了讲话，提出了关于当

---

①陈雪虎、黄大地选编：《黄药眠美学文艺学论集》，北京师范大学出版社 2002 年版，第 174 页。

②陈雪虎、黄大地选编：《黄药眠美学文艺学论集》，北京师范大学出版社 2002 年版，第 587 页。

③陈雪虎、黄大地选编：《黄药眠美学文艺学论集》，北京师范大学出版社 2002 年版，第 183 页。

④黄大地编选：《中国现代学术经典·黄药眠篇》，北京师范大学出版社 2012 年版，第 49 页。

前文艺的几个问题，文艺应该为谁服务以及如何服务的问题。《讲话》指明了新时期文艺工作的努力方向，开启了工农兵群众与新闻学结合的文艺新时期。为响应《讲话》的积极号召，国统区一些文艺家展开了激烈的讨论。1944 年 7 月，黄药眠发表了《读了〈文艺工作底发展及其努力方向〉以后》，在文中，黄药眠指出，胡风对于“主观精神”和“客观精神”涵义使用的十分不确切，他过分地强调了作家在精神上的衰落，只提出了文艺家的病态，并未找到产生这种现象的源头。① 文章一发表，便引发了我国文艺界关于“主观论”的论争。不久，舒芜在胡风主编的《希望》上发表了《论主观》，从哲学角度来分析论述了主观问题。黄药眠在《论约瑟夫的外套》一文中对舒芜的文章进行了批判。他反对舒芜将人类的整个历史解释为主观的发展史，认为该文章是舒芜在对于哲学和社会科学没有系统研究的情况下所作，是“摆着唯物论面貌”的披着约瑟夫外套的唯心论。②

在这一阶段，黄药眠先生有大量的论作问世，他的文艺理论成果随着社会背景的变迁呈现出鲜明的时代特色，黄药眠曾是一位追求真理、不畏强暴的文艺青年。但革命的历练和学术的积淀，使他的文章始终立场鲜明、思路清晰，其观点不仅符合当时社会斗争的需求，在今天看来，依然具有很强的研究价值。

二、20 世纪 50 年代：创作高峰期

1949 年黄药眠从香港前往北京，并于同年出席了全国文学艺术工作者代表会，9 月参加全国政协第一次全体会议。新中国成立后，黄药眠在广东省政府委员和北京师范大学中文系教授之间选择了后者，成为北师大中文系一级教授，教书育人，也继续他的学术研究。可以说，20 世纪 50 年代是黄药眠跌宕一生中少有的平静时光，这段时间也是黄药眠思想最为活跃、学术成果最为丰富的时期。在抗战期间，他创作的作品大多是鼓吹革命文学的力作，强调文学的阶级性、政治性和功利性，但是在 50 年代中期，黄药眠把目光集中在了文学自身的规律和特点上，将马克思主义理论与文艺创作实际相结合，出版了大量激情洋溢的散文诗歌，以及《初学

---

①黄药眠：《论约瑟夫的外套》，人间书店 1948 年版，第 120 页。

②陈雪虎、黄大地选编：《黄药眠美学文艺学论集》，北京师范大学出版社 2002 年版，第 234—247 页。

集》《沉思集》《批判集》等大量的理论评论集，同时，他在文艺理论、美学理论上也发表了一系列重要成果。1950 年发表的《论小说中人物的登场》以及 1954 年发表的《谈人物描写》主要对人物的描写与故事的叙述问题进行了具体的阐释，力图指导文学创作摆脱教条主义和公式主义，从而转变为更加注重主观感受以及文学的自身规律，对我国的叙事学研究有着很大的影响。在黄药眠先生的时代，中国的文艺往往主张向苏联学习，而当时苏联的美学界有一种观点，即“美学倾向于艺术学”。黄药眠深受此观点的影响，但他却并没有完全照搬苏联的思想，而是结合我国文艺发展的实际需要，以马克思主义的观点为核心理念，对文艺学问题进行研究，从而提出了一系列缜密而独到的观点。在 1956 年的“美学大讨论”中，黄药眠曾发表一篇批判朱光潜美学思想的文章，名为《论食利者的美学》，颇具代表性。在文中，他对朱光潜“形象的直觉说”“心理距离说”“移情说”“忘我”和“灵感”等“美感经验”进行了深入的探讨，并且对朱光潜对于艺术文学的社会效果的看法进行了批判。他认为：“朱先生的这种美学思想，不仅直接地影响青年，而且还有更大的害处：那就是如果有些作家们在他的美学思想的影响下去从事创作，那么他的作品的危害性就更难估计了。”① 黄药眠在文中还提出了以“生活实践”为基础的美学思想，这是第一篇批判朱光潜唯心主义文艺观的文章。不久后，蔡仪发表了《评〈论食利者的美学〉》。他认为，黄药眠的美学思想同朱光潜先生一样，都是唯心主义的，黄先生的观点并非“事物如何才能算是美”，却是“事物如何才能成为美的对象”，黄先生非但没指出朱光潜先生美学思想的要害，反而站在朱先生的观点之上进行批判。但同时，蔡仪也指出：“按‘美学的意义’和‘美学评价’，相同于一般所谓‘美的评价’；‘美学理想’大约相同于‘美的理想’或‘艺术理想’之类。黄药眠在这里着意避免用‘美’之一词而以‘美学’代之，当亦自有其用意。”② 从中可见，学界对黄先生“美是美学评价”一说有所认知。当时，黄药眠任北京师范大学中文系系主任，于 1957 年上半年邀请美学各派人士到北师大作报告，每周一次，报告持续了半年多。1957 年 6 月 3 日，黄药眠做了题为

①陈雪虎、黄大地选编：《黄药眠美学文艺学论集》，北京师范大学出版社 2002 年版，第 76 页。

②蔡仪：《评〈论食利者的美学〉》，《人民日报》1956 年 12 月 1 日。

《美是审美评价：不得不说的话》的总结性发言，他从哲学的角度指出“美是人类的社会生活现象，首先肯定客观现实是存在的，但不是说，客观现实存在了，美也就存在了。从认识论来说，从哲学来说，客观事实是先于人发生的，但不能因哲学有此命题而认为美也先于人而存在”①，“故美不是存在于事物本身中，而是人对于客观事物的美的评价”②。概言之，黄药眠先生的这篇文章，从价值观的角度阐述了人的审美活动是什么的问题。他认为，美作为人类社会生活现象，也就是人的审美活动。而人的审美活动之实现，最核心的部分就是“美学评价”，也可以说是“情感评价”。在此意义上，黄先生的观点与所谓“大讨论”的“美学四家”又有不同，童庆炳先生认为可以算作“第五派”。不过，黄先生 1957 年做了此次讲话后，讲稿并未及时发表，因为被划作“右派”，直到 1999 年，整理好的讲稿才见诸文字。③

20 世纪 50 年代，我国与苏联处在蜜月期，社会各界都投入到积极学习苏联的进程中，我国文艺界也努力像苏联文艺界靠拢，以苏联的理论来对文学进行简单的唯物主义及唯心主义的划分，当时我国十分盛行“文学反映客观现实的本质”这一说法，将作家的个人感受一概作为唯心主义来批判。这一理论不仅强调了文学反映事物的本质，同时也强调了创作要忽视主观的作用，因此，导致了文学创作失去了自身的规律，丧失了主体性。黄药眠在这样的时代浪潮下，并没有忽视文学的特殊规律，他十分强调要重视作家的主观，主张发挥创作主体的能动作用。在《问答篇》一文中，黄药眠借客甲、客乙之口，从文学的创作主体、文学的对象主体和文学的鉴赏主体三个方面论述了他对文学主体性的见解。不难看出，黄药眠对于文学主题的理论研究是建立在马克思主义理论之上的。他认为主观与客观是统一的，在强调主观的能动作用的同时，也要强调主观是建立在客观实践的基础之上的。50 年代中期，李泽厚、朱光潜等人都从不同的角度探讨了文学主体性的问题，但黄药眠的思考则更加深入，研究成果也更具

---

①陈雪虎、黄大地选编：《黄药眠美学文艺学论集》，北京师范大学出版社 2002 年版，第 28 页。

②陈雪虎、黄大地选编：《黄药眠美学文艺学论集》，北京师范大学出版社 2002 年版，第 28 页。

③黄药眠：“美是审美评价：不得不说的话”，《文艺理论研究》1999 年第 3 期，第 10 页—16 页。

理论价值，这也是黄药眠对我国文艺学的重要贡献之一。

总的说来，20 世纪 50 年代，是黄药眠先生一生中创作作品最多、理论成果最为丰富的一个时期，在此期间，他摆脱了过去将文学作为政治武器的思想，走出了文学功利性的桎梏，立足于马克思主义理论知识，遵循我国文学发展的现状来进行文学研究。

1957 年，黄药眠为民盟中央起草了《我们对高校的领导意见》，被错划为“右派分子”，成为“六教授事件”受害者之一，导致他的学术创作受到了极大的阻碍。

三、新时期：反思与回顾

十一届三中全会后，黄药眠所蒙受的冤屈全部得以平反，此时的黄药眠虽然饱受命运的折磨，况且年事已高，但他仍坚持文学的创作和理论研究。对于文艺方面的问题，他进行了更加深入的思考。在 1980 年发表的《关于当前文艺理论的几点意见》一文中对于时下文艺创作中的诸多问题进行了论述。黄药眠再次对文学的本质进行了反思，他认为“文学是我们的头脑对客观世界的反映”这一说法违反了文学的特殊规律性，因为“一切科学都可以说是我们的头脑对客观世界的反映”，文学的作用不在于反映客观现实和客观世界，而只是反映人们的现实生活。① 黄药眠谈到“形象思维说”时说道：“在文学创作里面，形象思维是重要的，但并不是文学的唯一特征。”在 1982 年发表的《“形象思维”小议》一文中，他进行了系统的阐述。他认为，文学创作必须要靠形象思维，例如，“表象的复呈、联想、想象，或是幻想等等”，但除此之外，作家还应当有“逻辑的思维、切身的感受和感觉”。② 可以看出，黄药眠在对时下文学创作的问题进行评判的同时，也寄予了他对于作家的诸多希冀。

在 20 世纪 80 年代，我国兴起了朦胧诗的表现形式，黄药眠对诗坛出现的这种诗歌形式进行了探讨。首先，黄药眠通过对我国古代以及外国诗歌的经典诗歌进行解读，他赞同创作朦胧诗，但他也表示“我认为诗的好坏与否，同他的表现方法当然有关，但最好的诗的关键还是要看他的思想

①陈雪虎、黄大地选编：《黄药眠美学文艺学论集》，北京师范大学出版社 2002 年版，第 407、410 页。

②陈雪虎、黄大地选编：《黄药眠美学文艺学论集》，北京师范大学出版社 2002 年版，第 402 页。

内容、感情、感觉的真实透彻的程度和它所描写的生活内容的深度和广度"①。其次，黄药眠对林英男先生所作的《吃惊之余》中提到的诗歌的创作方法进行了批判。总体来说，对于朦胧诗，黄药眠的观点是只要是情绪健康、积极向上、令人深思并且使人产生感触的诗，可以带有一些朦胧意味；相反，那些消极的、意义不明确的诗，是不被提倡的。

这一时期，黄药眠的创作基本上是对文艺界一些问题的思考和反思，他的观点仍紧跟时代步伐，立足于社会实践来进行文艺方面的探讨，其理论研究成果对当时的文艺界有着一定的影响，对文艺家的创作也有一定的指导意义。

1987 年 9 月 3 日，黄药眠先生因病辞世，他为我国的文艺事业倾其一生，做出了巨大贡献。他在创作的同时，还在文艺教育界辛勤耕耘，他是全国高校第一个文艺理论教研室的组织者和领导者，还为我国培养出第一批文艺学博士。孜孜不倦，谆谆育人，坚持真理，笔耕不辍。黄药眠先生为今日之学术界留下了极其宝贵的学术遗产，他的文艺理论和美学研究，直到今天，还很值得我们玩味、研究。

第七节　王元化

王元化（1920—2008），号清园，湖北江陵人。早年生活在清华园，1937 年考入大夏大学攻读经济专业。1938 年加入中国共产党，负责上海文艺通讯总站的工作，任文艺刊物《奔流》编辑，后任上海地下党文委委员、《联合晚报》副刊编辑等职。新中国成立初期先后担任震旦大学与复旦大学兼职教授、上海新文艺出版社总编兼副社长。1955 年因胡风案受牵连而隔离审查，平反后先后担任国务院学位委员会第一、二届文学评议会成员，华东师范大学兼职教授与博士生导师，上海古籍整理规划小组组长等职。

王元化是中国现当代重要的思想家、作家和文论家，他的研究视域极

①黄药眠：《关于朦胧诗及其他》，见《黄药眠美学文艺学论集》，北京师范大学出版社 2002 年版，第 642 页。

其广泛，涉及古今中外的文学、美学和哲学等多个学术领域，并且都有卓异的创建。在中国古代文论尤其是《文心雕龙》研究、现当代文论研究及中外文学批评等方面，王元化先生的研究都有重要的开拓性意义。王元化的学术生涯具有很明显的阶段性特点，但各个阶段的思想之间又有着前后接续的联系，并随着时间的延展不断完善。王元化从20世纪30年代便开始尝试文学批评实践和文论的探讨，50年代开始集中探讨《文心雕龙》创作论、黑格尔、莎士比亚、龚自珍和韩非等人的文艺思想，80年代后，晚年的王元化开始反思和总结一生的文论思想，使其更加系统化。

王元化的学术生涯和20世纪动荡多变的中国社会环境是息息相关的，年少时的社会动荡和中年的政治批判丝毫没有影响王元化的学术热忱，反而造就了他博古通今、学贯中西的治学品格，他利用周遭一切可利用的资源进行学术研究，到了晚年依然笔耕不辍。下面将以时间为线索，梳理王元化的文论思想发展脉络。

一、20世纪30—50年代：探索时期

王元化的青少年时期正值中国社会动荡不安，民族危在旦夕的时刻，与其他进步青年一样，王元化也阅读了大量的进步书籍，参加了“一二·九”学生运动，并且较早地接触了鲁迅等人的作品。加入中国共产党后，王元化便开始了文学理论的创作。这一阶段是王元化文艺思想的初探时期，其成就主要体现在文学创作和具体的文学批评实践上。

此阶段前期，王元化主要进行以救国救亡、抨击时事为主题的文学创作和中外文学批评。在担任地下党期间，王元化撰写了《文学的健康与文学的病态》等一系列论战性文章，批判国民党顽固派的“抗建文学论”与敌伪的“和平文学论”，这些文章后多被收录到散文集《脚踪》中。文学批评则涉及古今中外多名作家的多部作品，早年王元化便接触鲁迅的文学作品，对鲁迅针砭时弊的战斗精神和对国民爱恨交织的感情十分敬仰，1939年发表长篇论文《鲁迅与尼采》，从阶级意识、人种论、理性观、个性主义等多个方面对二者进行了对比，二人跨越不同国家和不同研究领域，对二人进行比照可谓标新立异，在当时学界引起了注意。《新中国文艺丛刊》的编者戴平万在编后记中写道：“《鲁迅与尼采》的作者，还是一位二十岁左右的青年。他以这样的年龄，而能有这么严正的精神来治学，真是可敬。”1950年王元化发表了《重读约翰·克利斯朵夫》，歌颂了约翰·克利斯朵夫式的英雄形象，而王元化本人也对约翰·克里斯朵夫这个形象崇敬有加，他在纪念罗曼·罗兰的文章中写道：“当你对人生、对艺术的信仰的火焰快要熄灭的时候……你就会自然而然地想到克利斯朵夫，他的影子在你的心里也就显得更光辉、更清楚、更生动……”此外，还对契诃夫、别林斯基、车尔尼雪夫斯基、果戈里等人的作品进行评论，主要批评观点是反抗庸俗社会，不畏强权，向往淳朴的心灵，而在现实生活中，王元化也对世俗正义和个人精神自由有着较为理想化的坚持，他坚持独立思考，在任何情况下“都不会因为外在的原因而放弃自己所确认的”①，这也预示着他在今后日益严峻的政治形势下命运的坎坷。

后期，王元化开始尝试探讨有关文艺理论的诸多问题，主要包括以下几个方面：首先是有关文艺理论体系、文学的形式、表现技法、文学与真实性的问题，如在《和新形势探索者对话》中提到虽然说艺术发展要创新突破，但是不能因此摒弃所有人类智慧的巨大遗产，“掉首不顾，弃若敝屣，甚至以轻佻的态度去任意加以褒贬，那也是愚不可及的”②。他指出作家不应盲目地追求新的文学形式和表现手法，而是应该坚持现实主义写实的原则，充分而完美地表现生活本身。在《形式主义的栅栏》《几种夸张》《反对“无巧不成书”的“巧”》等文章中批判了形式主义和假大空的文风，仍然提倡文艺应真实地反映生活，反映人的真实情感。其次是有关作家主体性和人格的问题，认为作家要敢于写真实现实与情感，在《“要有光!”》和《将人提高》两篇文章中提到“一部作品是否具有高尚的情操并不在于它写的是什么，也不在于它有没有写到光明，而是在于他具体有怎样的思想感情”。③ 这些文论后多被收录到论文集《文艺漫谈》和《向着真实》中，作为从1939年到1954年这一历史阶段所写论文的选集。关于这些问题的探讨，对当时中国文艺理论的发展起了一定的警醒和推动作用。综观王元化这一时期的文艺思想，最基本的特点是坚持现实主义写实的原则，坚持用根据现实主义写实的原则创作出揭露丑恶与弊端的作品和进行文学理论研究。

二、20世纪50—80年代：成型时期

进入50年代，声势浩大的反胡风运动开始了。王元化为人耿直，坚持

---

①胡晓明：《跨过的岁月——王元化画传》，上海文艺出版社1999年版，第45页。

②王元化：《王元化文学评论选》，湖南人民出版社1983年版，第18页。

③王元化：《王元化文学评论选》，湖南人民出版社1983年版，第88页。

认为说胡风有严重政治问题缺乏证据，不承认胡风是反革命，因而受到严厉批判，王元化后来回忆说，这一时期“无论在价值观念或是伦理观念方面，我都需要重新去认识”。[①] 之后的岁月里，王元化经历了长期痛苦的折磨，“文化大革命”开始后，被打成历史现行反革命，多年经受着身体和精神上的双重压迫。但是王元化并没有放弃学术研究，并且得到了多位著名学术前辈的帮助，使得他进一步开阔了研究领域，如韦卓民的黑格尔研究、熊十力的佛学研究、郭绍虞的古代文论研究都反映在《文心雕龙创作论》的研究中。王元化在条件极其艰苦的环境下，以过人的意志力和学术热忱，埋头于思想与学术，在这几个相隔甚远的领域里沉潜苦读，使其文艺思想日益系统化、理论化，下面将对王元化集中探索的四个领域的文艺理论思想进行归纳。

1．对《文心雕龙》创作论的研究

王元化对《文心雕龙》的研究，最早始于20世纪40年代末在国立北平铁道管理学院任教期间。60年代初因胡风案件，王元化重新开始《文心雕龙》的研究，并提出了一系列颇具特色的文学理论。

首先是研究方法的革新。王元化在《文心雕龙创作论》（第二版跋）中曾说：“这本著作是企图在《文心雕龙》的研究上采用新方法，作出一点尝试。为此，我曾经过多年的思考。”[②] 这种研究方法就是“古今结合、中西结合、文史哲结合”[③] 的三结合方法，即“综合研究法”。他认为“对于萌芽形态尚未成熟的文学现象，只能用后来已经成熟的发达形态文学现象才能加以说明”。古今结合，就是把中国古代文论与当代文艺理论中的现实问题结合起来，追根溯源，联系古今，使得文艺理论具有前后一脉相承的整体感和历史的纵深感。中外结合，就是把中国的古代文论和外国文论进行比照，求同存异，从而探寻中西方具有普遍意义和价值的文学理论思想。文史哲结合，就是回归“大文”思想，打破学科界限，使文史哲有机结合，从哲学、历史的角度解读文学，发掘其内在联系。综合研究法为《文心雕龙》及中国文论的研究者提供了一个广阔的研究视角，使得《文心雕龙》创作论上升到文艺理论的高度，为学者们重新认识古代文学

①傅杰编：《海上文学百家文库·王元化卷》，上海文艺出版社2010年版，第407页。
②王元化：《文心雕龙讲疏》，广西师范大学出版社2004年版，第347页。
③王元化：《文心雕龙讲疏》，广西师范大学出版社2004年版，第350页。

提供了良好的方法。

其次是对《文心雕龙》的理论研究。王元化选取了创作论作为主要研究对象，而具体范畴则选择了可以进行中西方对照的内容，如才性说、情志说、心物交融说等。这些思想总结形成的重要论著是《文心雕龙创作论》和《文心雕龙讲疏》，它们不仅在中西方文学比较研究领域取得了成果，而且还推动了当代文学理论学科的建设。《文心雕龙创作论》认为《神思》是《文心雕龙》创作论的总纲，由此引发了一场论争。《文心雕龙讲疏》是我国新时期影响巨大的龙学著作，书中从文思论、结构论、风格论三个方面谈王元化对创作理论的认识。在文思论中，王元化认为刘勰提出的“心物交融”指的是创作过程中主体和客体的关系，“神思”指的就是想象，并阐释了创作中的虚静状态的重要性。在结构论中，王元化总结了《文心雕龙》中提出的创作方法，“三准”指的是创作过程中“设情”“酌事”“撮辞”三个步骤，文学作品需要遵循一定的结构规律，和谐统一。关于风格论，王元化认为《体性》篇是专门阐述作家风格的，又探讨了有关作家才性禀赋、风骨等问题。

《文心雕龙》的研究在方法和具体内容方面取得的新突破，对于中国文艺理论做出了重要贡献，为之后的文论研究提供了新范式。

2. 对黑格尔哲学美学思想的探讨

王元化对黑格尔的研究始于20世纪50年代中期，论著为《读黑格尔》一书，他多次阅读《小逻辑》《美学》《哲学史讲演录》等著作，觉得黑格尔的哲学好比“一杯不羼杂质的清水一样纯净明澈”①。黑格尔哲学对人的理性力量的肯定，无坚不摧的人格力量，使得王元化深深地敬仰。王元化关于黑格尔哲学美学思想的研究主要包括以下几个方面：

首先是有关知性问题的研究。黑格尔关于知性范畴的论述给了王元化很大的启发，知性论的提出有助于纠正德国古典美学提出的感性和理性的二分法，知性作为人类认识过程中一个重要的环节，只有在感性—知性—理性三范畴认识论中才能体现其价值。其次是关于黑格尔《小逻辑》中普遍性、特殊性、个体性的三范畴总念论，黑格尔认为三个范畴是密不可分的，同时王元化将黑格尔美的法则三范畴：情况—情境—情节与普遍性、特殊性、个体性相联结，情况就是矛盾普遍性，情境就是情况的特殊性，

---

①王元化：《九十年代反思录》，上海古籍出版社2000年版，第229页。

情节就是在情境中的个体，这一观点对于中国文艺学和美学的影响是深刻的。第三是关于黑格尔《美学》的研究，在《读黑格尔〈美学〉札记》一文中写道：“黑格尔的哲学体系是理念的自我综合、自我发展、自我深化的运动过程……黑格尔体系毫无例外地遵循正、反、合的否定之否定规律，即自在—自为—自在自为三个环节构成的。绝对理念是构成他的整个体系的根本依据。”① 王元化认为黑格尔的哲学体系是按照“美是理念的感性显现”的原则建立的客观唯心体系，并充分挖掘黑格尔辩证法所包含的智慧，为正确地认识和分析黑格尔的哲学美学思想做出了重要贡献。

3. 对莎士比亚、韩非和龚自珍思想的探究

王元化于20世纪50年代和80年代都对莎士比亚的戏剧进行过评论，“五四”时期的学者多对莎士比亚评价不高，王元化对莎士比亚产生兴趣是在50年代隔离期间，莎士比亚戏剧中的人物和情节使处境艰难的王元化产生了深深的共鸣，他认为莎士比亚戏剧的“艺术世界像海洋一样壮阔……他的作品把世界上的各种人物都囊括在内”。② 王元化撰写了长达十几万的莎士比亚评论，如《论莎士比亚四大悲剧》《奥赛罗的悲剧》《李尔的蜕变》等。之后，王元化又和夫人张可合译西方的莎士比亚评论，完成《莎剧解读》这一评论集，为中国莎士比亚研究做出了重要贡献。

进入70年代，王元化的研究方向转向了中国古代思想史领域，撰写了长篇论文《韩非论稿》和《龚自珍思想笔谈》。《韩非论稿》探讨了思想家韩非的主张，他认为早期法家一断于法，而韩非的学说融会了法、术、势三个方面③，韩非将术放在法之前，他的一切议论都是围绕着君主本位这个核心的，这根本不是法治精神，与早期法家相比是后退了。同时，王元化将黑格尔思想引入对韩非的探讨，黑格尔认为古代东方的本体论就是“个体停止其为主体”，即用共性去淹没个性，这正是韩非的哲学思想基础。王元化认为许多评论者往往撇开这些思想而盲目地将他拔高，要全面评价韩非就不能忽略这些观点。在《龚自珍思想笔谈》中，王元化将龚自珍的文学主张概括为《识某大令集尾》里的“达”“诚”“情”，阐述了它们的新意和价值所在，指出其中义的“情”近似于费希特的“自我意识”，

①王元化：《文学沉思录》，上海文艺出版社1983年版，第112—113页。

②傅杰编：《海上文学百家文库·王元化卷》，上海文艺出版社2010年版，第412页。

③王元化：《文学沉思录》，上海文艺出版社1983年版，第219页。

代表着反唯理主义的个性解放。他还认为龚自珍的经世致用之说和他的批判性寓言之间存在着矛盾，前者不能评价过高，后者却有恒久的价值。他还批驳了当时将龚自珍归为法家的无稽之谈。

三、20 世纪 80 年代以后：升华时期

在新时期，随着政治环境日益宽松，王元化也进入了人生的又一个创作高峰，这一时期出版了大量的文学和文学理论的著作，他对自己前期的文艺思想进行反思和升华，并且也对当前活跃的文艺理论问题进行思考。通过前后比较可以发现，他的文艺思想较之以前更加系统化、理论化，如关于文学真实性、文学风格、思维方法、形象思维等问题进行了反思和深入的思考，此外经过了一系列政治运动，王元化开始对"五四"进行反思，对人性也进行更深刻的剖析。

"文化大革命"后，王元化针对"文化大革命"中否定人性，强调人的阶级性的问题加以思考，王元化通过深入阅读马克思主义的著作，对"人性论"进行了清晰的梳理和思考，认为马克思主义的"人性论"包括"人的本性"和"在不同历史时期变化了的人性"两个方面，对普遍人性的存在给予了积极肯定，王元化注重个体性和人的尊严，对"文化大革命"中否认个体价值、蔑视个人尊严的事件表示痛心，而面对"文化大革命"中狂热的个人崇拜、将人变成神、以"神性"否定"人性"的现实，王元化坚决予以反对，认为"人不可以成神"。尤其在《人性札记》中，以马克思《资本论》为依据，指出在特定社会中变化了的人性即阶级性之外，还有人的一般属性，而人的本质属性是社会性及其反映意识的属性。

进入 90 年代，王元化开始总结"五四"，反思民主与思想启蒙。他写了《再谈五四》《关于现代思想史答问》等一系列文章，对于"五四"的态度一方面是继承"五四"独立自由、个性解放的精神，另一方面是反思与超越"五四"，改进"五四"的缺点如激进主义、功利主义等。他结合文艺界的现实，提出"文学的启蒙"和"启蒙的文学"的创作主张，"文学的启蒙"与"五四"思想史一脉相承的，旨在用文学的武器来驱逐黑暗，改变蒙昧，而"启蒙的文学"则对于作家提出了要求，呼吁作家创作具有启蒙意义的作品，为新时期的"新启蒙"运动下的文学创作找到了价值依托。

王元化作为中国当代著名的文艺理论家，他的文艺思想对中国古代和当代文论都有重要的价值。比如，他首创并倡导的"综合研究法"，拓宽了人们理论研究的方法和视域，有力推动了中西文艺理论的比较研究和中国古代文论发展，又如他对人性、知性、作家主体性等问题的研究具有十分重要的时代意义。他在《文心雕龙》及黑格尔美学研究等问题上的新探索，对于人们走出误区具有一定的借鉴意义。王元化的一生坚持“为学不作媚时语”，傲然独立，求真务实。同时，王元化又是一个深沉内敛，淡泊名利的人，他人生的座右铭是“戒直戒露，去甚去太”。他一生恪守这句格言，沉潜于书籍和思想的海洋，宠辱不惊，在变化莫测的环境中坚持学习和研究，是当下所有学者的楷模。他的研究范围之广之精深使得他在国内外都有很好的声誉，与钱锺书齐名，两位学术泰斗被合称为“北钱南王”。总的说来，王元化先生是新中国成立以来中国现当代文论发展史上不可或缺的领军人物，他的文论思想在今天依然有着难以取代的研究价值。

第八节　蒋孔阳

蒋孔阳（1923—1999），原名蒋术明，四川万县人。1946 年毕业于中央政治大学经济系，曾在上海海光图书馆从事翻译工作，1951 年调到复旦大学新闻系、中文系从事教学活动，历任复旦大学中文系教授、博士生导师、文艺理论教研室主任等职务。与同一时期的学者们一样，蒋孔阳的生活与学术研究也被刻上了时代的烙印，他的一生经过几次起落，学术研究也具有一定的阶段性特点。20 世纪 50 年代的蒋孔阳厚积薄发、敢为人先，且保持了特立独行的文人品格，大胆地提出了诸多影响深远的文论观点，其文论体系也在这一时期初步形成。从 50 年代末开始，蒋孔阳遭到一系列批判，但他始终没有放弃学术研究，而是将目光转向了美学领域，为建设有中国本土特色的文艺美学思想做出了重要贡献。蒋孔阳一生孜孜不倦地致力于学术研究，直至晚年蒋孔阳依然参加国内外学术会议，并开始对人生和学术经历进行回顾和思考，进一步完善了自己的思想体系。

蒋孔阳的学术研究跨越文艺学和美学两大领域，并且都有相当的建树。朱志荣先生对蒋孔阳一生的研究工作具体概括为四个方面：“文艺理论与批评研究、中国古典美学研究、西方美学研究和美学理论研究。”① 这四个方面分别是蒋孔阳不同时期的研究重点，体现了蒋孔阳学贯中西的学术能力和宠辱不惊的超然品质。虽然蒋孔阳在不同时期有不同的研究重点，但是蒋孔阳的理论是前后一脉相承、融会贯通的，并逐渐走向成熟完善。蒋孔阳的学术研究同他的人生紧紧地结合在一起，学术发展史也是他的一生。下面将从蒋孔阳经历的几个阶段来简述他的一生和文论发展的历程。

一、20 世纪四五十年代：积淀

蒋孔阳从小性格内向，“对外界事物缺乏敏感，对人际之间的周旋更是缺乏才干，喜欢过孤独的内心生活”。② 他高中就对文史哲产生了浓厚的兴趣，发表过有关鲁迅作品的短文。1941 年蒋孔阳考取了中央政治学校经济系，但他对经济学不感兴趣，而对哲学和文学情有独钟。1942 年蒋孔阳在《中国青年》上发表了《力的呼唤——读〈弥盖朗基罗传〉》，这是他第一次在刊物上发表文章。此外，他还组织发起了人文学会，讨论文学与哲学。蒋孔阳大学期间阅读了大量文史哲方面的书籍，如冯友兰、宗白华和朱光潜的著作，他们给了蒋孔阳最初的也是极为重要的文学和美学启发。他后来回忆说：“我所以能走上美学道路，是离不开宗先生和朱先生的。”1948 年蒋孔阳到上海任海光图书馆的文学翻译，开始对西方文学作品产生兴趣，撰写了大量有关西方文学作品的书评。至此，蒋孔阳开始了他的专业学术生涯。

新中国成立后不久，蒋孔阳受林同济的推荐到复旦大学任教，教新闻写作，后到中文系教授《文学概论》等课程。1954 年，蒋孔阳开始接触苏联文论家毕达可夫和季摩菲耶夫的文艺理论体系，之后辩证地吸收了季摩菲耶夫的文艺理论的体系，结合自己所学的西方文论和中国文学的实际，并以中国古代的诗歌、小说及现代的鲁迅小说等文艺作品为例证，完成了《文学的基本理论》《论文学艺术的特征》两部重要的文学理论著作，并撰写了一系列相关论文，建构了他 20 世纪 50 年代较为完整的文论思想体系。在特定环境背景下产生了重要影响，同时对于中国当代文论的发展也具有重要的价值和意义。

①朱志荣：《蒋孔阳评传·自序》，上海远东出版社 2012 年版，第 1—2 页。

②濮之珍选编：《且说说我自己》，上海文艺出版社 2008 年版，第 4 页。

蒋孔阳20世纪50年代的文论在一定程度上受到了苏联文学理论和毛泽东《延安讲话》的影响，如在谈论阶级性、党性等问题上，认为文学必须为人民服务，作家必须站在工人阶级立场上，反对为艺术而艺术等，有着鲜明的时代特点。但可贵的是，蒋孔阳在具体观点上并没有完全被前苏联文论的框架和时代环境所拘囿，体现了较强的个性以及敢于打破陈规的胆识和魄力。蒋孔阳50年代的文论高度重视作家的创作个性与风格，肯定了人性的普遍性和复杂性，强调作品中形象与典型的个性和作品的情感性、生动性。同时注重对古今中外具体作品的分析，将中外文学理论与中国文学实际相结合，突出文学理论的民族化和自主立场，对中国文学原理的发展有着重要而深远的影响。

蒋孔阳高度重视作家的个性，在当时的社会背景下具有非凡的意义。当时无论是苏联文论还是《延安讲话》精神都是注重国家集体意识形态，个人意识往往被忽略，而蒋孔阳将作家的个性、个人创造性提高到重要的位置。他认为每一个作家都有他自己独特的与其他作家不同的性格，表现在作品中就是作家的风格，具有独特风格的作家才能给读者带来新鲜的阅读感受。所以“为了繁荣创作，必须保证文艺创作上风格的绝对自由”①。在论述文学的党性问题上，他反对用机械粗暴的行政领导方式指导文学，认为这种做法“完全抹煞了文学的特征，束缚了作家创作的个性”。② 这一观念是建立在对作家、对文学的高度尊重的基础上的，在普遍批判资产阶级人性论的时代，他因为坚持真理而遭到批判。

蒋孔阳除了重视作家的创作主体性以外，更重视作品的个性。针对这一问题，蒋孔阳着重论述了形象和典型问题。他提出：“文学是用语言来创造形象的”，形象是作家“运用形象思维的构思方式，通过具体的、生动的、个别的并能够唤起美感的感性形式来反应现实生活的方式”。③ 因而形象是具体的、生动的、个性化的。作品中所描写的人物是形象，而作品中所描写的自然风景、动物、整部作品所反映的现实生活等都是形象。蒋孔阳进一步阐述了典型和典型形象问题，典型通过具体化的具有特征的人物和事件来概括和体现现实生活中的本质规律性，它和生活本身一样，是

①蒋孔阳：《蒋孔阳全集》第一卷，安徽教育出版社1999年版，第148页。
②蒋孔阳：《蒋孔阳全集》第一卷，安徽教育出版社1999年版，第59页。
③蒋孔阳：《蒋孔阳全集》第一卷，安徽教育出版社1999年版，第23页。

具有千差万别的个性特征的，没有个性的典型是不具有真实生命的，所以不能简单化地把典型归结为本质或规律，这样就会使艺术品丧失丰富多彩的表现力。典型性格也始终是与个性结合在一起的，具有像生活一样复杂而多样的形式。所以对于“典型环境中的典型性格”，应注重典型性格本身的积极性，不能“把他当成纯粹是受环境所束缚的木偶”。① 此外，蒋孔阳强调了形象与生活的关系，认为“艺术形象离不开现实生活”，艺术必须以文学的真实性为基础，只有深入生活，才能创造富有个性特点的形象。在《要善于通过日常生活来表现英雄人物》一文中，蒋孔阳探讨了关于描写英雄人物的问题，批评了当时塑造英雄人物形象时公式化、概念化的弊病，认为不应只描写英雄人物的功勋和正面高大的形象，而应该把伟大的题材溶解到生活中去，通过日常生活来塑造人物复杂生动的性格，“离开了生活的土壤，一切都将失去意义”。② 他在《附记》中写道：“文学不仅是生活的反映，而且是人心的挖掘，人生的揭示。正因为这样，所以伟大的作品能够成为一个时代的心声。”在特定的时代环境下，提出并坚持自己的独特见解十分可贵，而蒋孔阳也因此受到批判，他独立思考和深入探究的精神与勇气，令人敬佩。

蒋孔阳肯定了人的个性，这一观点无论是在之前还是同一时代都有文论家提出和坚持，但可贵的是，蒋孔阳进一步提出了人性的普遍性和复杂性，认为文学所要反映的对象是有行为、思想和感情的生活在社会中的人，具有复杂的生活内容，人性也是复杂的。作家在作品中表现出的思想或者政治倾向不等于他的阶级性，“倾向性要比阶级性更为广泛和复杂”③。在分析作品时不能单纯地从作家的阶级出身和立场分析，在《文学艺术的特征与文艺批评》一文中，批评了庸俗社会学的做法，他们不把人物当性格丰富而复杂的人物形象，而是采用概念化的阶级分析法。蒋孔阳认为在阶级对抗的社会中，“文学除了作为上层建筑从思想上和感情上来为不同的阶级服务外，还有只是反映生活，不为任何阶级服务的”。④ 他以苏东坡、王维等人描写自然风景的作品和贺知章的《回乡偶书》为例，认为这

---

①蒋孔阳：《蒋孔阳全集》第一卷，安徽教育出版社 1999 年版，第 38 页。

②徐俊西主编、朱立元编：《海上文学百家文库·蒋孔阳卷》，上海文艺出版社 2010 年版，第 304 页。

③蒋孔阳：《蒋孔阳全集》第一卷，安徽教育出版社 1999 年版，第 44 页。

④蒋孔阳：《蒋孔阳全集》第一卷，安徽教育出版社 1999 年版，第 10 页。

些作品只是把客观存在的自然美艺术地表现了出来，或是描写人类社会中具有普遍意义的人生经验，并没有体现阶级性。他还引述苏联杂志《关于文学艺术中的典型问题》一文中的观点：“文学和艺术的许多典型现象都有着人所共有的特征。”在以阶级为纲的大背景下，蒋孔阳突破了阶级观念的束缚，肯定了人性的共同性和复杂性，在当时的环境下需要很大的勇气，他也因此遭到严厉的批判，而中国文论发展的事实表明了其观点的正确性。

蒋孔阳在肯定文学个性的同时，强调了文学的情感特征。他认为：“文学的特征表现在内容上是思想和感情的统一。”文学在表现生活的时候不仅要用其中的思想教育读者，更要用感情打动读者，使其在感情上受到陶冶，“只有思想，而没有感情的作品……无论它所表现的思想内容多么深刻，都将是干枯的，不能激动人心的，因而也将不是好的作品”。① 蒋孔阳在谈论诗的时候说道：“诗的语言，就必须是感情充沛的、动人的、具有抒情性质的。”② 这样才能打动读者。而作品的这种高度的感染人的艺术力量，又不是单纯依靠作家的技巧，而是要真实地表达思想感情，不虚伪、不矫揉造作、高水平的艺术作品，往往都是平淡的、朴素的、自然的。

二、20 世纪六七十年代：沉潜

20 世纪 50 年代末期，蒋孔阳的文艺观受到批判，但他并没有终止研究，而是将重心转向了美学。蒋孔阳十分重视德国古典美学在西方美学史上的重要性，1964 年完成了《德国古典美学》的撰述，久经曲折在 1980 年出版，“契合了当时文艺学和美学界的需求，有提纲挈领、针砭时弊之功”③。其语言简洁晓畅，通俗易懂，产生了深远的影响。

20 世纪 70 年代末，蒋孔阳恢复自由回到学校，但还不能授课，他利用这个机会到图书馆看书，促成了他对中国先秦音乐美学的研究，完成了《先秦音乐思想论稿》一书。在书中，蒋孔阳探究了音乐的起源、音乐在先秦社会生活中的地位作用、阴阳五行与春秋美学思想、礼乐制度及诸子的音乐思想等问题。首先，蒋孔阳对先秦音乐的发展历程进行了梳理，认

---

①蒋孔阳：《蒋孔阳全集》第一卷，安徽教育出版社 1999 年版，第 10 页。

②蒋孔阳：《蒋孔阳全集》第一卷，安徽教育出版社 1999 年版，第 200 页。

③朱志荣：《蒋孔阳评传》，上海远东出版社 2012 年版，第 246 页。

为音乐的起源很早，上古时期的艺术实践是音乐、舞蹈、诗歌等结合在一起的，在古代社会占有重要地位，“生民之道，乐为大焉”，“整个宇宙人生社会，都受到音乐的影响”。① 究其原因，他认为有两点：一是音乐较为简单，易于掌握而成为了交流工具。二是音乐参与到了劳动生活之中，上古许多乐器都是从劳动工具转变而来的，如埙和磬。而后随着原始社会向奴隶社会发展，古代音乐也出现了阶级性，成为了统治阶级荒淫享乐和巩固政权的工具，从而使音乐典礼化、等级化、神秘化。然而音乐在表现形式上是复杂多样的，民间音乐与宫廷音乐“双峰对峙，二水分流”，但统治阶级的音乐仍然占统治地位，也是蒋孔阳研究的主要内容。其次，蒋孔阳论证了阴阳五行与春秋时期音乐思想的关系。他认为阴阳五行学说是由贵族唯心主义向朴素唯物主义转变的巨大进步，阴阳五行说在春秋时期被普遍认可，据《左传》昭公二十五年：“则天之明，因地之性，生其六气……章为五声。”音乐所表达的感情与天地阴阳是相通的，就将阴阳五行与音乐紧密地联系起来。他进一步提出了音乐的作用：一是省风，即了解节气，帮助农业生产、了解敌情和听乐知政的作用；二是宣气，即宣导疏通的作用，体现了音乐的实用功能。最后，蒋孔阳依次评论了诸子的音乐思想。认为孔子的“正乐”思想是以“礼”来统帅“乐”的，所谓“正乐”是指在恢复殷周礼乐制度的同时，加进“仁”的内容，实现用礼乐推行德政和仁政的宏大政治理想，并通过诗书和礼乐培育理想的人格。又以礼乐为核心将先秦诸子当作一个整体进行研究，进一步阐述了先秦道家、墨家、法家等各家的音乐思想的不同特点和主要特征。《先秦音乐美学思想论稿》出版后，立即在文艺学界和美学界、音乐学界产生了巨大反响，虽然一些观点具有一定的时代特点，但蒋孔阳研究先秦音乐的独特视角和客观准确的学术态度，保证了这本书的意义和价值，并且对当下的学术研究仍然有重要的借鉴价值。就像他自己说的：“在先秦诸子的著作中，我不仅看到了中国的历史，也看到了中国的今天。”②

三、20 世纪八九十年代：熔铸

进入 80 年代后，社会政治和经济文化环境好转，蒋孔阳在学术上进入了最佳时期，虽然身体状况一直不好，但蒋孔阳坚持撰写了大量研究论

①蒋孔阳：《蒋孔阳全集》第一卷，安徽教育出版社 1999 年版，第 471 页。

②濮之珍选编：《且说说我自己》，上海文艺出版社 2008 年版，第 14 页。

文，对典型、形象等文学理论问题进行了深入思考，并参加了国内外一系列学术会议，开始了对中西美学比较的研究。此外，蒋孔阳也对自己的学术经历进行回顾和总结，写下了许多总结性、回忆性的文章。也是在这一时期，蒋孔阳的文艺学思想逐渐在学术界产生更为重要的影响。

1977 年，在形象思维大讨论之后，蒋孔阳继续他关于形象和典型问题的思考。他依然坚持自己 50 年代反对庸俗社会学的观点，并使其观点更加深刻和系统化，完成了《形象与典型》一书和相关论文。首先在形象和形象思维问题上，针对 70 年代文学政治化的现象，蒋孔阳强调了文学形象性的基本特征及形象对于文学的重要性，认为形象是文学区别于其他学科的标志，进而将文学艺术与自然和社会学科进行比较，概括了形象在形式上的五个基本特点：个别性、具体性、生动性、丰富性和完整性，及内容上的四个特点：真实性、典型性、倾向性和感染性，形成了关于形象问题的思想体系。同时，蒋孔阳还从现实生活角度概括了形象思维具体性、生动性、创造性和丰富复杂的特点，从形象出发概括了形象思维个性化和性格化的特点，辨明了形象思维与形象的关系，指出了形象思维在创造形象中的重要性。蒋孔阳从形象与现实生活的关系着眼，评析了阿 Q 这一人物形象的艺术特色。给予阿 Q 这个鲜明的人物形象以肯定，认为鲁迅采用了现实主义手法，贴近社会现实，体现政论性和抒情性的统一。其次，在典型问题上，蒋孔阳从文学艺术本身出发，对典型的内涵、典型化、典型环境及典型形象等问题进行了深入研究，把典型与形象、形象性等问题联系起来，形成了严密的逻辑体系。突出典型和个性特征 ，强调文学艺术的创造性。

在蒋孔阳一生的学术研究过程中，对中西方文学理论的研究几乎是同时进行的，他在研究西方美学和中国古代美学的同时，善于“在中西美学思想相互比较的当中，开掘和整理中国古代的美学思想”。① 蒋孔阳的一生都致力于突破现有理论构架建立有中国特色的文学和美学理论，而研究西方艺术和美学思想的最终目的正是通过了解西方以便“他山之石，可以攻玉”，“用世界的眼光，重新认识中国古代的艺术和美学思想，以便挖掘民族的‘根’，发扬其固有优点……从而走向世界，独树一帜”。② 所以蒋孔

①蒋孔阳：《蒋孔阳全集》第四卷，安徽教育出版社 1999 年版，第 93 页。

②蒋孔阳：《蒋孔阳全集》第三卷，安徽教育出版社 1999 年版，第 443 页。

阳在中西美学思想的比较中，坚持全面深入、独立自主，同中求异和异中求同的原则。蒋孔阳晚年撰写了《美学新论》，在融合中西方美学思想上构建了新的美学体系。在书中，蒋孔阳针对人们在中西方美学思想比较中产生的对一些问题的误解进行了解释，认为把中国美学思想简单地归结为“言志”“传神”“致用”，把西方美学思想简单地归结为“模仿”“逼真”“非功利”都是片面的。蒋孔阳还分别从社会历史背景、思想的渊源和传统、文学艺术的实践和语言文字的结构四个方面来比较中西美学思想的差异，追根溯源，全面而具体地阐述了中西方美学思想差异的原因。最后，蒋孔阳从整体上指出了中西方美学的不同之处，即西方美学看重理性和逻辑，而中国美学看重感性的兴发感悟，强调道与自然和整体把握，所以很难建立体系，因此需要学习西方美学的思维方法，增强中国美学思想的逻辑性和系统性，在比较之中重新挖掘和整理中国古代的美学思想。

蒋孔阳从青年时期起就对中国古典艺术有特殊的好感，对唐诗尤为痴迷，出于兴趣蒋孔阳对唐诗进行了大量研究，归纳了唐诗的四大美学特征，即音乐美、建筑美、个性美和意境美。其中建筑美的观点认为唐诗化虚为实，化动为静，把时间纳入空间，使意向交织重叠，形成具有空间立体感的诗歌形象。此外，蒋孔阳十分推崇唐诗的个性美，认为“诗歌是自由心灵的书写，必须有个性”。① 这与他强调文学的创作个性是一脉相承的。蒋孔阳对于唐诗的美学特征的概括是建立在对具体作品的批评与赏析基础上的，他列举大量的唐诗为例，生动形象，与理论融为一体，通俗易懂而又耐人寻味。在中国古代绘画方面，蒋孔阳注重从中国动态的历史过程角度看待中国古代绘画，在此基础上概括出了中国古代绘画的特点，即它是一种具有感情、力量和气势的线条艺术，讲究散点透视，以小观大，不受时空限制。在创作上注重画家主体思想，强调“师造化”和“法心源”的统一，重视画家的人品和修养，注重作品的整体境界。

90年代，蒋孔阳进入晚年时光，但先生始终保持积极乐观的态度，开始更多地思考人生，回顾学术历程，写了一些回忆性的文章。他一生谦和真诚，以马克思的“真理占有我，而不是我占有真理”为座右铭，始终保持严谨的治学精神，学贯中西，融古通今，在当代中国的文艺学和美学领域具有十分重要的开拓与建设意义。蒋孔阳还一直乐于提携后进，培养新

---

①蒋孔阳：《蒋孔阳全集》第三卷，安徽教育出版社1999年版，第691页。

秀，在他的思想影响下，产生了一大批出色的学生，他们评价自己老师的学术品格是：海纳百川，博采众长，巍然卓立。他们继承和发扬了他的学术思想和品格，在文艺理论和美学等学术领域都发挥着不可或缺的作用。而蒋孔阳也由此为中国文学理论和美学的发展持续地贡献着自己的力量。

第九节　李泽厚

李泽厚（1930—　），湖南宁乡人，当代著名哲学家、美学家。幼时家境富裕，后家道中落。1945 年初中毕业后虽然考取了省立一中，最后却入读省立第一师范，只因后者“连吃饭也有公费补助”。1950 年以第一名的成绩考入北大哲学系，毕业后被分配到中科院哲学所，成为《哲学研究》的创刊人之一。作为当代最具原创性、最具影响力的哲学家、美学家，李泽厚青年时期就凭着出众的文采和敏锐的洞察闻名学界，又因为积极参与 50 年代的“美学大讨论”，成为与朱光潜、蔡仪、高尔泰等巨擘并立的美学家，李泽厚在此次论战中提出美感的矛盾二重性，被后人视作“实践美学”的创立者。“文化大革命”时期，李泽厚遭批斗、被抄家，可他依然潜心研究康德哲学，并在新时期连续出版了《批判哲学的批判》（1979）、《美的历程》（1981）、《华夏美学》（1989）、《美学四讲》（1989）等一系列巨著，这些著作至今依然畅销不衰，李泽厚也被称作“青年导师”。这些著作完成了其哲学美学体系的基本建构，在世界学术界都产生了巨大影响。1988 年，李泽厚当选为巴黎国际哲学院院士。1992 年，李泽厚赴美讲学，研究的中心转向中国思想史，宣扬“儒家主情论”，他的《世纪新梦》（1998）、《论语今读》（1998）、《己卯五说》（1999）、《历史本体论》（2002）、《实用理性和乐感文化》（2005）等著作，和此前的《中国近代思想史论》（1979）、《中国古代思想史论》（1985）和《中国现代思想史论》（1987）等著作一起，构成了李泽厚的思想史体系。

作为一位哲学家、美学家，李泽厚很少探讨具体的文学问题，他的文艺思想总是他宏阔的美学构架之中的组成部分，又经常有意无意地镌刻上时代的烙印。但恰恰因为这一点，李泽厚的文论却常常更显其深度和影响力。总体来看，李泽厚的美学思想可分为两大体系：一为哲学美学，主要包含他对美的哲学、美感心理学和艺术社会学的横向解析；二为中国美学史论，囊括了李泽厚对中国美学思想史的纵向铺叙。这一纵一横两大体系有着清晰的学术内核，在不同的时代中也有变化和发展。下面，我们便在这两大体系的陈述中，介绍李泽厚的文论思想。

一、李泽厚的哲学美学与文论

李泽厚美学是哲学美学，其美学体系建构的完成，或者说他的美学体系第一次完整、清晰地为世人所知，是在他完成了对马克思和康德哲学基本问题的解析之后，再进入中国传统融汇而成的，此中又以《批判哲学的批判》和《美学四讲》最具代表性。

之所以强调李泽厚美学最具原创性、最具体系性，是因为李泽厚在出入马克思、康德、黑格尔与中国文化传统的基础上，既实现了以上几者的融汇，又完成了创造性的超越，建构了自己的人类本体论哲学。李泽厚认为，美的本质、总的根源是“自然的人化”。这一结论出于对康德哲学中“自然向人生成”这一根本问题的回答。李泽厚吸收了历史唯物论，又扬弃了“经济基础决定上层建筑”的条框，进而把康德针对上题的解答——“先验直观”改造成人类在漫长的社会实践活动中由改造内外自然所获得的一种文化心理结构和能力。因此，李泽厚从人类总体生存发展的历史过程中，把康德的“认识如何可能”的问题转化成了“人类如何可能”，其美学基石便是“主体性实践”：人是自然的最后目的，美的本质与人的本质都是实践的产物。李泽厚整个美学体系都与实践这一核心概念息息相关，对于美的本质，他追根溯源，认为美的本质问题等同于根源问题，他的美学也成为了鲜明的审美发生学，美根源于实践，则其本质就是自然的人化——实践。其中外自然的人化形成工具—社会结构，产生科技人文；而美感则来自内自然的人化，并向“人的自然化”延伸，它是建立人类心理本体的过程，它产生的是文化—心理结构，产生情感本体，即李泽厚所说的“建立新感性”。而艺术则是“情感本体的物化对应物”，或者说，艺术把美感集中化、形式化地展现了出来。

明乎此，则李泽厚的一些文论观点就可以从根源处说清。在此，我们摘要谈一谈李泽厚对“形象思维”的探讨和他对艺术创作过程的解说。

“形象思维”问题直接关乎文学创作，此问题曾在苏联学界引起激辩，20 世纪 50 年代和七八十年代，我国文艺界也发生了两次针对形象思维的大讨论。1959 年，李泽厚曾发表《试论形象思维》一文，指出形象思维确实存在，其特点是个性化与本质化同时进行，形象思维永远伴随着美感感情态度。而逻辑思维则是形象思维的基础："艺术家的形象思维所以不但不同于动物性的纯生理自然的感性，而且还不同于人们一般的表象活动和形象幻想，就正是因为它作为一种具有美感特性的东西，就必须建筑在十分坚固结实的长期逻辑思考、判断、推理的基础之上，它的规律是被它的基础（逻辑思维）的规律所决定、制约和支配的。"① 此后，该文被批为"修正主义文艺思潮"的典型，李泽厚也因此遭到了重点批判。"文化大革命"后，毛泽东《给陈毅同志谈诗的一封信》发表，提到"诗要用形象思维，不能如散文那样直说"。此时的学界依然有学者认为形象思维受到抽象思维的指导和制约，甚至依然有鲜明的形象思维"否定"论。对此，李泽厚再次对形象思维问题发表了意见。在《形象思维再续谈》中，他首先反对形象思维的"否定"论，也不认为形象思维与逻辑思维平行存在、互不相干。因为形象思维并非思维，艺术也不该被简单地看作认识，这种错误观点将产生很多概念化、公式化的作品。形象思维有自己的逻辑，即"情感的逻辑"，作家在文艺创作中处于非自觉、非理性的状态，因此，"肯定文艺创作中非自觉性，不仅不是降低文艺创作和艺术作品的思想性倾向性，而且正是对他提出更高的要求"。② 在今天看来，李泽厚关于"形象思维"的主张都是一些常识，但它们在当时却有着非常鲜明的时代意义。在"否定形象思维"的主张面前，李泽厚坚持真理、坚持文艺的独立自存，旗帜鲜明地反对将文艺从属于政治，这是需要极大勇气的。更为重要的是，李泽厚在此强调文艺的情感性和非理性的特质，并由此引入对美感的解析，指出美感是由感知、理解、想象、情感四要素变化组合的方程式，"这几种因素不同比例不同方式的组合排列，形成各种不同的美感。例如有的美感是平静、宁适的愉快；有的则激动亢奋一些；有的在愉快中还夹杂某种痛苦和悲伤"。③ 这一解析在《美学四讲》中得到展开，这也构成了李泽厚美学体系中重要的一环，李泽厚并绘制了一个图表，演示了审美心理研究是从美的本质、根源到审美现象、审美对象的过渡的中介，这也正是他所强调的从工具本体到心理（情感）本体的过渡。④

---

①李泽厚：《美学旧作集》，天津社会科学院出版社 2002 年版，第 163 页。

②李泽厚：《形象思维再续谈》，《文学评论》1980 年第 3 期。

③李泽厚：《形象思维续谈》，《学术研究》1978 年第 1 期。

④李泽厚：《美学四讲》，见《美学三书》，安徽文艺出版社 1999 年版，第 503 页。

在李泽厚的艺术论中，他的“积淀说”意义重大。完成了美的哲学建构之后，李泽厚把关注的重点转向美感，形成了他的艺术社会学，或者说审美形态学。在此，他把美和美感放到人类社会的历史实践中去理解和阐发，提出了艺术作品的三个层面：形式层、形象层和意味层。其中形式层对应“内在自然的人化”中的“感官的人化”，这是语言可能传达的感知意味，它来自于人类在长期的生产实践中形成的“原始积淀”；而形象层对应着“自然的人化”中“情欲的人化”，这是情欲满足的想象扩张从而见证生命的意味，它比形式层更进一步，其发展过程表现为“艺术积淀”；意味层是前两者的深化和提高，它是感知、情感、想象、理解的交融合一，它是人类“生活积淀”的成果，也是文学艺术最终的真实。李泽厚的“积淀说”再现了艺术创作由感知到情欲、再到意味的自下而上的层递化进程，这也可看作是李泽厚对文学创作图式的美学阐释。此前，李泽厚因为过多关注群体、理性、历史等范畴，忽视美的个体性而饱受批评。在《美学四讲》中，他强调了让个体的心理本体之建立，其“新感性”的意义就在于此：

> 积淀既由历史化为心理，由理性化为感性，由社会化为个体，从而，这公共性的、普遍性的积淀如何落实在个体的独特存在而实现，自我的独一无二的感性存在如何与这共有的积淀配置，便具有极大的差异。这在美学展现为人生境界、生命感受和审美能力（包括创作和欣赏）的个性差异。这差异具有本体的意义，即那似乎是被偶然扔入这个世界，本无任何意义的感性个体，要努力去取得自己生命的意义。这意义不同于机器人的“生命意义”，它不能逻辑地产生出来，而必需由自己通过情感心理来寻索和建立。所以它不只是发现自己，寻觅自己，而且是去创造、建立那只能活一次的独一无二的自己。人作为个体生命是如此之偶然、短促和艰辛，而死却必然和容易。所以人不能是工具、手段，人是目的自身。①

如此，李泽厚人类学本体论的“积淀”最终立足于偶然的、感性的、个体的生命价值，如他所呼喊的：“回到现实的日常生活（everyday life）

---

①李泽厚：《美学四讲》，见《美学三书》，安徽文艺出版社1999年版，第595页。

中来吧!”①

二、李泽厚的美学史论与文论

1955年，李泽厚的学术处女作《论康有为的〈大同书〉》发表于《文史哲》。② 同年，还有一篇《谭嗣同研究》发表于《新建设》。③ 正是这几篇文章使他初出茅庐就显示了不凡的功底。而这两篇文章也显示了李泽厚从最初便极为关注思想史的探析，这一努力也贯穿于李泽厚学术生涯的全部过程，在建构哲学美学体系的同时，李泽厚也密切关注国内的改革进程和中西文化的碰撞与融合。他的三部“思想史”首先便熟练地运用历史唯物论解读了由古而今的中国思想史；而《美的历程》和《华夏美学》则铺演了中国美学史上不同时期的重要范畴，其中很多观点都为今人普遍接受。后期李泽厚美学除了标举“情本体”，他还对儒学做了系统分析，提出了“四期儒学”说，因为牟宗三、杜维明等人的“三期儒学”以心性——道德理论来概括儒学流于狭隘，而且现代新儒学无论在理论框架、思辨深度还是创造水平上，都没有实现真正的突破。这些困境，是有待“四期儒学”来解决的问题，其主题为“人类学历史本体论”：

> “儒学四期说”将以工具本体（科技——社会发展的“外王”）和心理本体（文化心理结构的“内圣”）为根本基础，重视个体生存的独特性、阐释自由直观（“以美启真”）、自由意志（“以美储善”），和自由享受（实现个体自然潜能），重新建构“内圣外王之道”，以充满情感的“天地国亲师”的宗教性道德，范导（而不规定）自由主义理性原则的社会性道德，来承续中国“实用理性”“乐感文化”“一个世界”“度的艺术”的悠长传统。④

这段话几乎囊括了李泽厚思想史论的所有重要范畴。从文学理论的视域来看，李泽厚的美学思想史直接关乎文艺，又以“巫史传统”和“情本体”的发现最为重要。

在《美的历程》中，李泽厚曾指出“儒道互补是两千多年来中国思想

---

①李泽厚：《美学四讲》，见《美学三书》，安徽文艺出版社1999年版，第595页。

②李泽厚：《论康有为的〈大同书〉》，《文史哲》1955年第2期。

③李泽厚：《谭嗣同研究》，《新建设》1955年第7期。

④李泽厚：《历史本体论·己卯五说》，三联书店2003年版，第155页。

的一条基本线索。”① 而在《华夏美学》中，他进一步将儒家文化概括为“自然的人化”，道家则是“人的自然化”。具体来说，“儒家讲‘天人同构’‘天人合一’，常常是用自然来比拟人事、迁就人事、服从人事；庄子的‘天人合一’，则是要求彻底舍弃人事来与自然合一”②。在中国文化史的历程中，两者既对立，又互相补充，其根本原因在于，两者都源起于非酒神型的远古传统。到了《己卯五说》，李泽厚明确指出这一传统就是巫术礼仪：“‘儒道互补’。之所以能互补，是因为二者虽异出却同源，有基本的共同因素而可以相连接、相渗透，相互推移和补足。所谓‘同源’，即同出于原始的‘巫术礼仪’。”③ 巫术祭祀活动发展出来的仪文礼节和形式规范，既可以沟通先人、和合祖先、降福氏族，又能凝聚氏族、保持秩序、巩固群体、维系生存，正是“巫”使西方所谓“两个世界”——哲学上现象与本体、物质与精神、存在与意识等的对立以及宗教上此岸世界与彼岸世界、尘世与天堂、今生与来生的对立和冲突——融合成“一个世界”。在此过程中，有一个逐渐趋向人文理性的演进，即由“巫”而“圣”，由“巫君合一”而“内圣外王”；而“巫术礼仪”的人文理性化过程则是由“巫”而“史”而“德”而“礼”。孔孟哲学“以仁释礼”，建构了儒学思想体系；道家也受巫术礼仪的启发，其核心范畴“道”并非某种脱离现实物质世界的超验本体，而恰恰根植于现实的巫术礼仪的世界。两者异旨而同源，正好形成了互补；在互补的过程中，儒家始终是主体、基础，道家则被深深地融入到儒家体系里。

“情本体”是与“巫史传统”难以分解的另一个重要命题。李泽厚曾举出一系列本体，为此还招致了学界的批评。对于本体，他解释为：“所谓本体即是不能问其存在意义的最后实在，它是对经验因果的超越。离开了心理的本体是上帝，是神；离开了本体的心理是科学，是机器。所以最后的本体实在其实就在人的感性结构中。”④ 在此意义上讲，“情本体”就是诸本体中最值得阐扬的，因为它正是李泽厚人类学历史本体论哲学逻辑演进的必然结果。在《实用理性与乐感文化》一书中，李泽厚系统阐释了

---

①李泽厚：《美的历程》，见《美学三书》，安徽文艺出版社 1999 年版，第 55 页。

②李泽厚：《华夏美学》，见《美学三书》，安徽文艺出版社 1999 年版，第 292 页。

③李泽厚：《历史本体论·己卯五说》，三联书店 2013 年版，第 183 页。

④李泽厚：《关于主体性的第三个提纲》，《实用理性与乐感文化》，三联书店 2005 年版，第 237 页。

所谓“情本体”。在解说“情”的过程中，李泽厚引入了原始儒家的“孝”范畴，儒家以自然血缘生理关系为核心纽带的亲亲之情，成为了人生本原的“情”之基础，它辐射、扩散到整个社会，使得中国社会充满了人情味：“把以亲子之爱为基础的人际情感塑造、扩充为‘民吾同胞’的人性本体，再沉积到无意识中，成为华夏文艺所不断展现的原型主题。”① 因此，这个情本体不同于西方的理性本体，不是宋儒以来的伦理本体，也不是“新儒家”所言的超验的心性本体。因为这种生发自血缘亲情的孝亲观念并不反对自然情感，甚至将之看作人生最本源的基础；当然，“情本体”中之情早已超越了自然情感，它已经成为中华民族所共有的一种“心理本体”。

对于艺术来讲，李泽厚在美学思想史上的阐发很好地贯穿了中国美学，或者如有的学者所说，他打通了中西美学的血脉。在此，李泽厚所提出的“实用理性”与“乐感文化”命题便成为“巫史传统”下中国哲学的两大基本精神：前者来自人们制造——使用工具为基础的客观物质实践活动中积累的经验，是一种“经验合理性”；后者“不以另一个超验世界为旨归，它肯定人生为本体，以身心幸福地生活在这个世界为理想、为目的”。②

总的说来，李泽厚美学因其极富哲学、历史深度的表述，文采斐然的诗化语言和前后统贯连续又不断超越前说的美学构架，深刻影响了几代中国学人，更在全世界形成了巨大的影响。尽管李泽厚美学广受责难，但他的美学、他的艺术论仍有其不可撼动的价值与魅力。

---

①李泽厚：《华夏美学》，见《美学三书》，安徽文艺出版社 1999 年版，第 258 页。

②李泽厚：《实用理性与乐感文化》，安徽文艺出版社 1999 年版，第 78 页。

参考文献

古籍目录

孟子：《孟子译注》，上海古籍出版社2004年版。

左丘明：《左传》，上海古籍出版社1998年版。

戴德、戴圣：《礼记》，中华书局2001年版。

董仲舒：《春秋繁露》，中华书局1992年版。

司马迁：《史记》，中华书局1982年版。

班固：《汉书》，岳麓书社1993年版。

王充：《论衡校读笺识》，中华书局2010年版。

陈寿：《三国志》，岳麓书社1990年版。

郭象：《庄子注》，上海古籍出版社1995年版。

萧统：《文选》，影印清胡刻本，中华书局1977年版。

魏收：《魏书》，中华书局出版社1974年版。

范晔：《后汉书》，中华书局1965年版。

刘勰：《文心雕龙》，人民文学出版社1958年版。

钟嵘：《诗品》，岳麓书社1997年版。

王通：《中说》，文渊阁四库全书本。

孔颖达：《毛诗正义》，清阮元刻《十三经注疏》本，中华书局1980年版。

令狐德棻：《周书》，中华书局1971年版。

王勃：《王子安集》，文渊阁四库全书本。

卢照邻：《卢照邻集》，中华书局1980年版。

骆宾王：《骆丞集》，文渊阁四库全书本。

杨炯：《杨炯集》，中华书局1980年版。

白居易：《白居易集》，中华书局1979年版。

魏徵：《隋书》，中华书局 2000 年版。

陆贽：《翰苑集》，文渊阁四库全书本。

孟棨：《本事诗》，文渊阁四库全书本。

李白：《李太白全集》，中华书局 1977 年版。

李白：《分类补注李太白诗》，四部丛刊本，北京图书馆出版社 2003 年版。

杜甫：《杜诗详注》，中华书局 1979 年版。

释皎然：《皎然集》，四部丛刊本。

刘禹锡：《刘禹锡集》，中华书局 1990 年版。

韩愈：《韩昌黎全集》，中国书店 1991 年版。

柳宗元：《寄许京兆孟容书》，中华书局 1979 年版。

刘昫：《旧唐书》，中华书局 1975 年版。

姚铉：《唐文粹》，文渊阁四库全书本。

洪兴祖：《楚辞补注》，中华书局 1983 年版。

宋祁、欧阳修等：《新唐书》，中华书局 1975 年版。

欧阳修：《欧阳修全集》，中国书店 1986 年版。

欧阳修：《归田录》，中华书局 1983 年版。

欧阳修：《诗本义》，上海涵芬楼刻本。

司马光：《资治通鉴》，中华书局 2013 年版。

钱易：《南部新书》，文渊阁四库全书本。

计有功：《唐诗纪事》，文渊阁四库全书本。

释智圆：《闲居编著》，《续藏经》本。

曾巩：《曾巩集》，中华书局 1984 年版。

苏轼：《苏轼文集》，中华书局 1986 年版。

汪藻：《浮溪集》，四部丛刊初编本。

胡仔：《苕溪渔隐丛话》，人民文学出版社 1981 年版。

吕祖谦编：《宋文鉴》，四库全书本。

郑樵：《通志》，文渊阁四库全书本。

朱熹：《四书集注·论语集注》，岳麓书社 1987 年版。

陆游：《渭南文集》，四部丛刊初编本。

杨万里：《诚斋集》，四部丛刊初编本。

严羽：《沧浪诗话校释》，人民文学出版社 1961 年版。

陈善：《扪虱新话》，丛书集成本。

叶适：《习学记言序目》，中华书局 1977 年版。

魏庆之：《诗人玉屑》，上海古籍出版社 1978 年版。

王若虚：《滹南遗老集校注》，辽海出版社 2006 年版。

钱伯城等：《全明文》，上海古籍出版社 1992 年版。

胡应麟：《诗薮·续编》，上海古籍出版社 1958 年版。

宋濂：《宋濂全集》，浙江古籍出版社 1999 年版。

高棅：《唐诗品汇》，文渊阁四库全书本。

李东阳：《李东阳集》，岳麓书社 1985 年版。

李梦阳：《空同集》，《四库明人文集丛刊》，上海古籍出版社 1991 年版。

徐祯卿：《迪功集》，《钦定四库全书集部》。

何景明：《何大复集》，中州古籍出版社 1989 年版。

湛若水：《格物通》，文渊阁四库全书本。

康海：《渼陂集》，台湾伟文图书出版社有限公司 1976 年版。

王世贞：《弇州山人四部稿》，台湾伟文图书出版社有限公司 1976 年版。

李攀龙：《沧溟先生集》，上海古籍出版社 1992 年版。

李贽：《焚书·续焚书校释》，岳麓书社 2011 年版。

汤显祖：《汤显祖诗文集》，上海古籍出版社 1982 年版。

汤显祖：《汤显祖全集》，北京古籍出版社 1991 年版。

吕天成：《曲品》，《中国古代戏曲论集成》，中国戏剧出版社 1980 年版。

冯梦龙：《冯梦龙全集》，江苏古籍出版社 1993 年版。

袁宏道：《袁宏道集笺校》，上海古籍出版社 1981 年版。

钟惺：《钟惺散文选集》，百花文艺出版社 1997 年版。

凌濛初：《二刻拍案惊奇》，江西人民出版社 2004 年版。

谭友夏：《谭友夏小品》，北京文化艺术出版社 1996 年版。

段玉裁：《说文解字注》，上海古籍出版社 1981 年版。

严可均辑：《全汉文》，商务印书馆 1999 年版。

章学诚：《文史通义新编》，上海古籍出版社 1993 年版。

永瑢、纪昀等：《四库全书总目》，中华书局 1965 年版。

董诰、阮元、徐松等：《全唐文》，中华书局 1983 年影印本。
赵翼：《廿二史札记》，中华书局 1984 年版。
何文焕：《历代诗话》，中华书局 2004 年版。
丁福保：《历代诗话续编》，中华书局 1983 年版。
袁枚：《随园诗话》，人民文学出版社 1982 年版。

作品选目录

华东师范大学古籍整理研究室：《历代书法论文选》，上海书画出版社 1979 年版。
厦门大学历史系：《李贽研究参考资料》，福建人民出版社 1976 年版。
鲁迅：《鲁迅全集》，人民文学出版社 1981 年版。
周作人：《周作人散文全集》，钟叔河编订，广西师范大学出版社 2009 年版。
钱穆：《钱宾四先生全集》，台湾联经出版事业公司 1998 年版。
茅盾：《茅盾全集》，人民文学出版社 1991 年版。
胡适：《胡适文集》，北京大学出版社 1998 年版。
毛泽东：《毛泽东选集》，人民出版社 1966 年版。
宗白华：《宗白华全集》，安徽教育出版社 2012 年版。
朱光潜：《朱光潜全集》，安徽教育出版社 1987 年版。
郭绍虞主编：《中国历代文论选》（一卷本），上海古籍出版社 1979 年版。
梁实秋：《偏见集》，正中书局 1934 年版。
梁实秋：《梁实秋批评文集》，珠海出版社 1998 年版。
梁实秋：《梁实秋文集》，鹭江出版社 2002 年版。
沈从文：《沈从文文集》，北岳文艺出版社 2002 年版。
胡风：《胡风评论集》，人民文学出版社 1984 年版。
周扬：《周扬文集》，人民文学出版社 1984 年版。
周扬：《周扬文论选》，人民文学出版社 2009 年版。
余英时：《余英时文集》，广西师范大学出版社 2004 年版。
孙静：《中国近代文学论集》，北京大学出版社 2012 年版。
陈平原主编：《中国文学研究现代化进程二篇》，北京大学出版社 2002 年版。

章念驰编：《章太炎生平与学术》，上海人民出版社 2016 年版。

晓风编：《我与胡风——胡风事件三十七人回忆》，宁夏人民出版社 1993 年版。

李泽厚：《美学旧作集》，天津社会科学出版社 2002 年版。

陈雪虎、黄大地编选：《黄药眠美学文艺学论集》，北京师范大学出版社 2002 年版。

蒋孔阳：《蒋孔阳全集》，安徽教育出版社 1999 年版。

王水照：《王水照自选集》，上海教育出版社 2000 年版。

卞孝萱、张清华编选：《韩愈集》，凤凰出版社 2006 年版。

郁沅、张明高编选：《魏晋南北朝文论选》，人民文学出版社 1996 年版。

张少康、卢永璘编选：《先秦两汉文论选》，人民文学出版社 1996 年版。

王元化：《王元化文学评论选》，湖南人民出版社 1983 年版。

伍蠡甫等编：《西方文论选》，上海译文出版社 1979 年版。

［日］木山英雄：《“文学复古”与“文学革命”》，载《学人》第 10 辑，江苏文艺出版社 1996 年版。

［德］黑格尔：《美学》第 1 卷，朱光潜译，商务印书馆 1979 年版。

［德］爱克曼辑录，朱光潜译：《歌德谈话录》，人民文学出版社 1978 年版。

［希］亚里士多德：《记忆与回忆》，《外国理论家作家论形象思维》，中国社会科学出版社 1979 年版。

中共中央马克思、恩格斯、列宁、斯大林著作编译局：《马克思恩格斯选集》，人民出版社 1995 年版。

期刊目录

姚公鹤：《上海报纸小史》，《东方杂志》第 14 卷第 6 号。

熊梦飞：《记录玄同先生语文问题的讲话》，载《文化与教育》第 27 期。

陈独秀：《敬告青年》，《新青年》第 1 卷第 1 号，1915 年 9 月。

陈独秀：《法兰西人与近世文明》，《新青年》第 1 卷第 1 号。

陈独秀：《今日教育之方针》，《新青年》第1卷第2号，1915年10月。

陈独秀：《现代欧洲文艺史谭》，《青年杂志》第1卷第3号。

陈独秀：《〈新青年〉罪案之答辩书》，《新青年》第2卷第1号，1919年1月15日。

胡适：《寄陈独秀》，《新青年》第2卷第2号。

陈独秀：《宪法与孔教》，《新青年》第2卷第3号。

陈独秀：《孔子之道与现代生活》，《新青年》第2卷第4号，1916年12月1日。

陈独秀：《文学革命论》，《新青年》第2卷第6号。

陈独秀：《新青年》第3卷第2号。

胡适：《文学改良刍议》，《新青年》第2卷第5号。

胡适：《历史的文学观念》，《新青年》第3卷第3号。

胡适：《建设的文学革命》，《新青年》第4卷第4号，1918年4月。

胡适：《建设的文学革命论》，《新青年》第4卷第4号。

胡适：《易卜生主义》，《新青年》第4卷第6号。

胡适：《三论问题与主义》，《每周评论》第36号，1919年8月。

胡先骕：《中国文学改良论（上）》，《东方杂志》1919年3月第16卷第3号。

沈雁冰：《自然主义与中国现代小说》，《小说月报》1922年第13卷第7号。

胡适：《〈国学季刊〉发刊宣言》，1923年1月。

胡适：《引言》，《独立评论》第1号，1932年5月22日。

郑振铎、周作人、沈雁冰等：《文学研究会宣言》，《小说月报》第12卷第1期，1921年1月4日。

周作人：《中国民歌的价值》，《歌谣周刊》第6号，1923年。

茅盾：《论无产阶级艺术》，连刊于1925年5月起的《文学周报》第172、173、175、196期。

蒋光慈：《现代中国文学与社会生活》，《太阳月刊》创刊号，1928年1月1日。

蒋光慈：《关于革命文学》，《太阳月刊》2月号，1928年2月1日。

钱杏邨：《死去的阿Q时代》，《太阳月刊》3月号，1928年3月1日。

徐志摩：《〈新月〉的态度》，《新月》第1卷第1号，1928年3月10日。

李初梨：《自然生长性与目的意识性》，《思想》月刊第2期，1928年9月15日。

梁实秋：《论思想统一》，《新月》第2卷第3号，1929年5月。

梁实秋：《文学是有阶级性的吗》，《新月》第2卷6、7号合刊，1929年9月。

夏衍：《文学运动中的几个重要问题》，《拓荒者》1卷3期，1930年3月。

施华洛（茅盾）：《中国苏维埃革命与普罗文学之建设》，《文学导报》第1卷第8期，1931年11月15日。

左翼作家联盟：《文学导报》第1卷第8期，1931年11月15日。

宋阳：《大众文艺的问题》，《文学月报》创刊号，1932年6月10日。

史铁儿：《普洛大众文艺的现实问题》，《文学》半月刊第1卷第1期，1932年4月25日。

林语堂：《论性灵》，《宇宙风》1935年第1期。

鲁迅：《论我们现在的文学运动》，《现实文学》第1期，1936年7月。

鲁迅：《文艺的大众化》，《大众文艺》第2卷第3期。

郭沫若、茅盾等：《中华文艺界抗敌协会宣言》，《文艺月刊·战士特刊》第9期，1938年4月。

茅盾：《大众化与利用旧形式》，《文艺阵地》第1卷第4期，1938年6月。

茅盾：《八月的感想——抗战文艺一年的回顾》，《文艺阵地》第1卷第9期，1938年8月16日。

梁实秋：《中央日报·平明》，1938年12日1日。

沈从文：《一般或特殊》，《今日评论》第1卷第4期，1939年1月22日。

沈从文：《〈文学周刊〉编者言》，《文学周刊》第11期。

艾思奇：《旧形式运用的基本原则》，《文艺战线》第1卷第3号，1939年4月。

端木蕻良：《关于〈科尔沁草原〉》，《文艺新潮》第1卷第9期，1939年6月5日。

黄绳：《评庄涌的〈突围令〉》，《文艺阵地》第4卷第4期，1939年12月16日。`

向林冰：《论“民族形式”的中心源泉》，重庆《大公报》，1940年3月24日。

陈铨：《德国民族的性格和思想》，《战国策》第6期，1940年6月25日。

《文艺的民族形式问题座谈会》，《新华日报》1940年7月4日。

《新文艺弥足形式问题座谈会上潘梓年同志的发言》，《新华日报》1940年7月4—5日。

冯友兰：《新世训》，《星期评论》1941年4月4日。

张道藩：《我们需要的文艺政策》，《文化先锋》1942年创刊号。

陈铨：《民族文学运动》，《大公报》1942年5月12日。

胡风：《一个女人和一个世界——路翎做中篇小说〈饥饿的郭素娥〉序》，《野草》第4卷第4、5期合刊，1942年9月1日。

梁实秋：《关于“文艺政策”》，《文化先锋》第1卷第8期，1942年10月12日。

胡风：《置身在为民主的斗争里面》，《希望》第1辑第1期，1945年1月。

石怀池：《东平小论》，《希望》第2集第3期，1946年7月。

周扬：《论赵树理的创作》，《解放日报》1946年8月26日。

沈从文：《从现实学习（二）》，天津《大公报》，1946年11月10日。

胡绳：《评路遥的小说》，《大众文艺丛刊》第2辑《人民与文艺》，1948年5月1日。

李泽厚：《论康有为的〈大同书〉》，《文史哲》1955年第2期。

李泽厚：《谭嗣同研究》，《新建设》1955年第7期。

蔡仪：《评〈论食利者的美学〉》，《人民日报》1956年12月1日。

李泽厚：《形象思维续谈》，《学术研究》1978年第1期。

李泽厚：《形象思维再续谈》，《文学评论》1980年第3期。

张隆溪：《钱锺书谈比较文学与“文学比较”》，《读书》1981年第1期。

王运熙：《全面地认识和评价〈沧浪诗话〉》，《古典文学论丛》第二辑，齐鲁书社1981年版。

朱自清：《中国新文学大系·诗集》导言，《诗刊》1988 年第 1 期。

周振甫：《〈管锥编〉的打通说》，《书品》1989 年第 1 期。

张德劭：《管锥编与中国比较文学的兴起》，载《社会科学》1992 年第 6 期。

夏晓虹：《晚清文学改良运动》，载陈平原、陈国球主编《文学史》第 2 辑，北京大学 1995 年版。

钱竞：《曾国藩、王夫之文论思想异同》，《文学遗产》1996 年第 1 期。

程亚林：《龚自珍“尊情说”新探》，《文艺理论研究》2000 年第 1 期。

童庆炳：《周扬文艺思想论略》，《东疆学刊》2006 年第 1 期。

邹自振，罗伽禄：《论罗汝芳对汤显祖的影响》，《福州大学学报（哲学社会科学版）》2007 年第 4 期。

聂友军：《钱钟书的文化观》，《天府新论》2009 年第 1 期。

陆涛：《论文学语象及其生成》，载包兆会主编《中国美学》第一辑，上海古籍出版社 2010 年版。

［意］马里奥·沙巴蒂尼：《外国学者论朱光潜与克罗齐美学》，《读书》1981 年第 3 期。

专著目录

钱穆：《国史大纲》，商务印书馆 1996 年版。

宗白华：《艺境》，安徽教育出版社 2000 年版。

方孝岳：《中国文学批评·中国散文概论》，生活·读书·新知三联书店 2007 年版。

黄芝冈：《汤显祖编年评传》，中国戏剧出版社 1992 年版。

钱基博：《中国文学史》，东方出版中心 2008 年版。

钱基博：《中国现代学术经典·钱基博卷·现代中国文学史》，河北教育出版社 1996 年版。

章士钊：《评新文化运动》，《中国新文学大系·文学论争集》（影印本），上海文艺出版社 2003 年版。

茅盾：《现在文学家的责任是什么》，人民文学出版社 1991 年版。

朱光潜：《西方美学史》，人民文学出版社 2003 年版。

周作人:《知堂序跋》,岳麓书社 1987 年版。

王仲荦:《魏晋南北朝史》,上海人民出版社 1980 年版。

唐圭璋编:《词话丛编》,中华书局 1981 年版。

胡风:《财主的儿女们》,人民文学出版社 1985 年版。

雷海宗:《中国文化和中国的兵》,商务印书馆 2014 年版。

梁实秋:《“艺术就是选择”说》,《浪漫的与古典的文学的纪律》,人民文学出版社 1988 年版。

梁实秋:《亚里士多德的〈诗学〉》,人民文学出版社 1988 年版。

梁实秋:《王尔德的唯美主义》,人民文学出版社 1988 年版。

梁实秋:《文学的纪律》,人民文学出版社 1988 年版。

梁实秋:《现代中国文学之浪漫的趋势》,人民文学出版社 1988 年版。

梁实秋:《喀赖尔的文学批评观》,人民文学出版社 1988 年版。

梁实秋:《文学批评辨》,人民文学出版社 1988 年版。

王蒙、袁鹰主编:《忆周扬》,内蒙古人民出版社 1998 年版。

黄大地编著选:《中国现代学术经典·黄药眠篇》,北京师范大学出版社 2012 年版。

黄药眠:《论约瑟夫的外套》,人间书店 1948 年版。

侯外庐:《近代中国思想学说史》,上海生活书店 1947 年版。

王亚南:《中国官僚政治研究》,中国社会科学出版社 1981 年版。

钱英郁:《汤显祖的创作道路》,《汤显祖研究论文集》,中国戏剧出版社 1984 年版。

徐复观:《两汉思想史》,台湾学生书局 1985 年版。

钱锺书:《写在人生边上·人生边上的边上·石语》,生活·读书·新知三联书店 2013 年版。

钱锺书:《七缀集》,生活·读书·新知三联书店 2013 年版。

钱锺书:《谈艺录》,中华书局 1998 年版。

钱锺书:《管锥编》,中华书局 1986 年版。

余英时:《士与中国文化》,上海人民出版社 1987 年版。

任访秋主编:《中国近代文学史》,河南大学出版社 1988 年版。

钱伯城:《珂雪斋集》,上海古籍出版社 1989 年版。

王元化:《文心雕龙讲疏》,广西师范大学出版社 2004 年版。

王元化:《九十年代反思录》,上海古籍出版社 2000 年版。

王元化：《文学沉思录》，上海文艺出版社 1983 年版。

黄晖：《论衡校释》，中华书局 1990 年版。

张岂之主编：《中国思想史》，西北大学出版社 1993 年版。

刘跃进：《门阀士族与永明文学》，生活·读书·新知三联书店 1997 年版。

郭英德：《中国古代文人集团与文学风貌》，北京师范大学出版社 1998 年版。

李泽厚：《美学三书》，安徽文艺出版社 1999 年版。

李泽厚：《历史本体论·己卯五说》，生活·读书·新知三联书店 2003 年版。

李泽厚：《实用理性与乐感文化》，生活·读书·新知三联书店 2005 年版。

田余庆：《东晋门阀政治》，北京大学出版社 2005 年版。

朱渊清、廖名春：《上博馆藏战国楚竹书研究》，上海书店出版社 2002 年版。

孙筱：《两汉经学与社会》，中国社会科学出版社 2002 年版。

王永祥：《董仲舒评传》，南京大学出版社 2002 年版。

程世和：《汉初士风与汉初文学》，中国社会科学出版社 2004 年版。

杨义：《通向大文学观》，安徽教育出版社 2006 年版。

陈炎主编：《中国审美文化简史》，高等教育出版社 2007 年版。

濮之珍选编：《且说说我自己》，上海文艺出版社 2008 年版。

朱谦之：《新辑本桓谭新论》，中华书局 2009 年版。

谭洁：《南朝佛学与文学》，宗教文化出版社 2009 年版。

罗宗强：《魏晋南北朝文学思想史》，中华书局 1996 年版。

罗宗强：《明代文学思想史》，中华书局 2013 年版。

张少康：《中国文学理论批评史》，北京大学出版社 2005 年版。

徐无闻主编：《甲金篆隶大字典》，四川辞书出版社 1991 年版。

彭民权：《江西文人群与宋代文学观念的演变》，中山大学出版社 2011 年版。

张惠民编：《宋代词学资料汇编》，汕头大学出版社 1993 年版。

张隆溪：《道与逻各斯》，四川人民出版社 1998 年版。

曾枣庄：《文星璀璨：北宋嘉祐二年贡举考论》，复旦大学出版社 2010

年版。

钱志熙：《黄庭坚诗学体系研究》，北京大学出版社 2003 年版。

成复旺：《中国文学理论史》，北京出版社 1987 年版。

许苏民：《李贽评传》，南京大学出版社 2006 年版。

袁行霈：《中国文学史》，高等教育出版社 2005 年版。

聂付生：《冯梦龙研究》，学林出版社 2002 年版。

康保成：《苏州剧派研究》，花城出版社 1993 年版。

凌宇：《从边城走向世界》，生活·读书·新知三联书店 1985 年版。

胡晓明：《跨过的岁月——王元化画传》，上海文艺出版社 1999 年版。

傅杰编：《海上文学百家文库·王元化卷》，上海文艺出版社 2010 年版。

朱志荣：《蒋孔阳评传》，上海远东出版社 2012 年版。

徐俊西主编、朱立元编：《海上文学百家文库·蒋孔阳卷》，上海文艺出版社 2010 年版。